小沢蘆庵自筆　六帖詠藻　本文と研究

蘆庵文庫研究会　編

和泉書院

中野稽雪氏に捧ぐ

1 小沢蘆庵像（部分）
（東東洋画〔江戸後期〕写 一幅 東京国立博物館蔵 Image: TNM Image Archives）

2 小沢蘆庵墓（妙法院宮真仁法親王揮毫）
（日本バプテスト病院内 京都市左京区北白川）

3 『六帖詠藻』春一・改装表紙（静嘉堂文庫蔵）

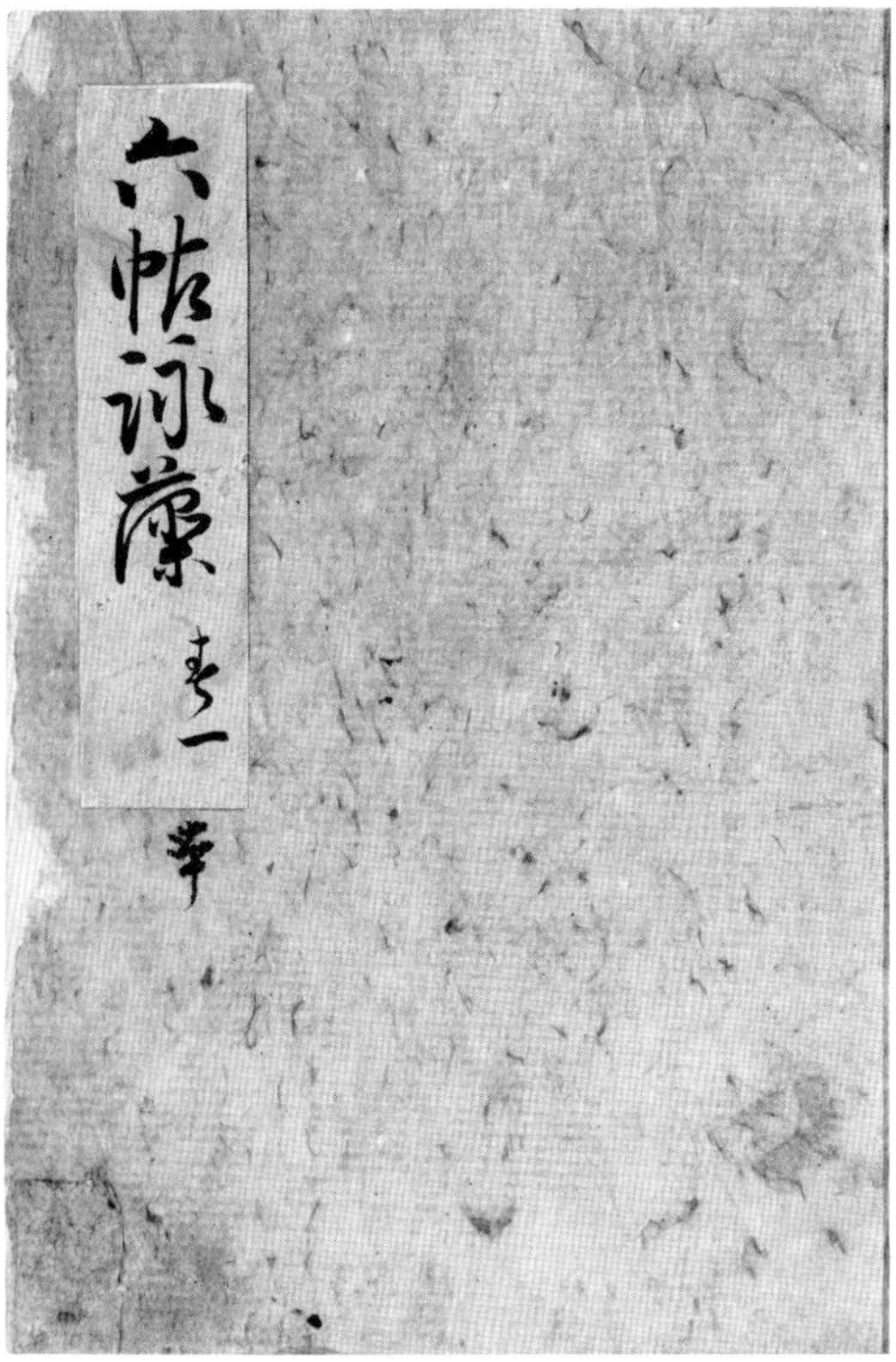

4 『六帖詠藻』春一・原表紙（静嘉堂文庫蔵）

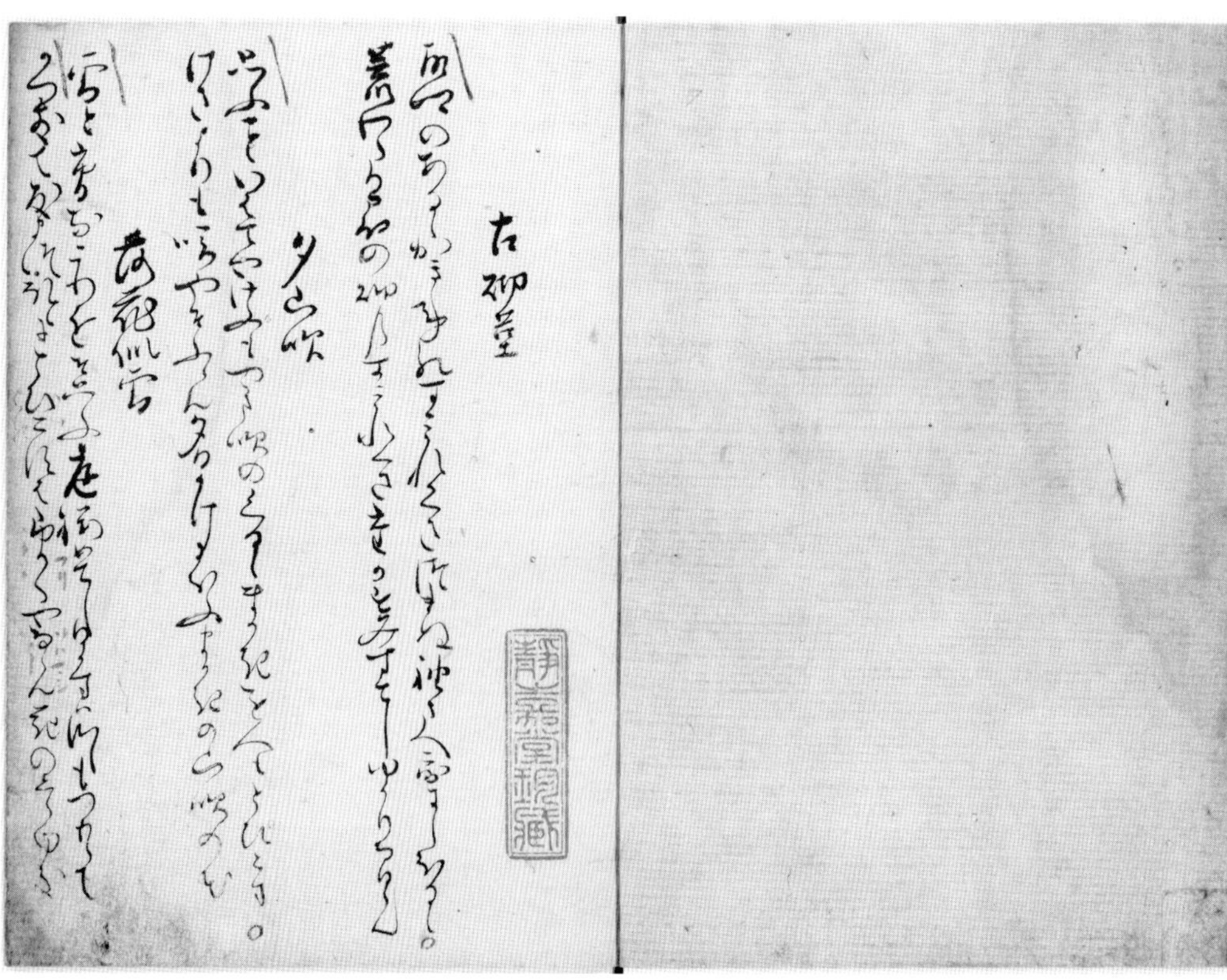

5 『六帖詠藻』春一・巻頭（静嘉堂文庫蔵）

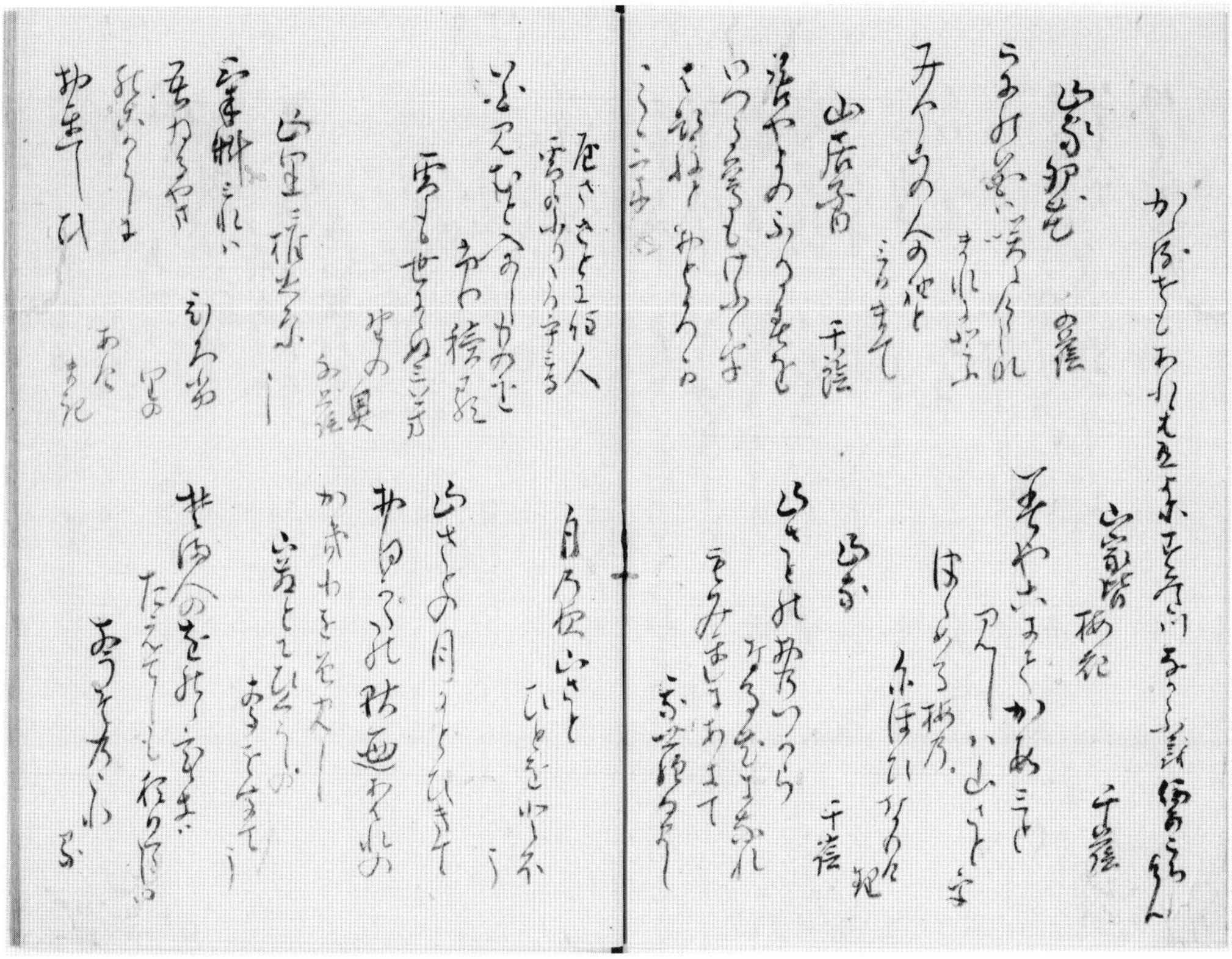

6 『六帖詠藻』夏五（静嘉堂文庫蔵）＊千蔭歌（散らし書き）　本文二〇二頁

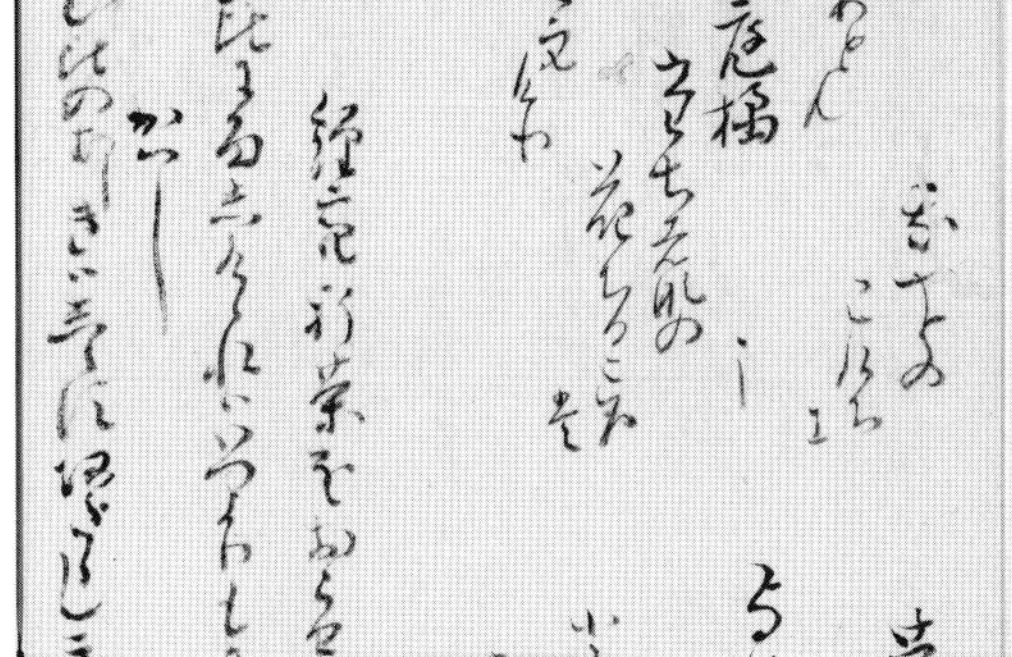

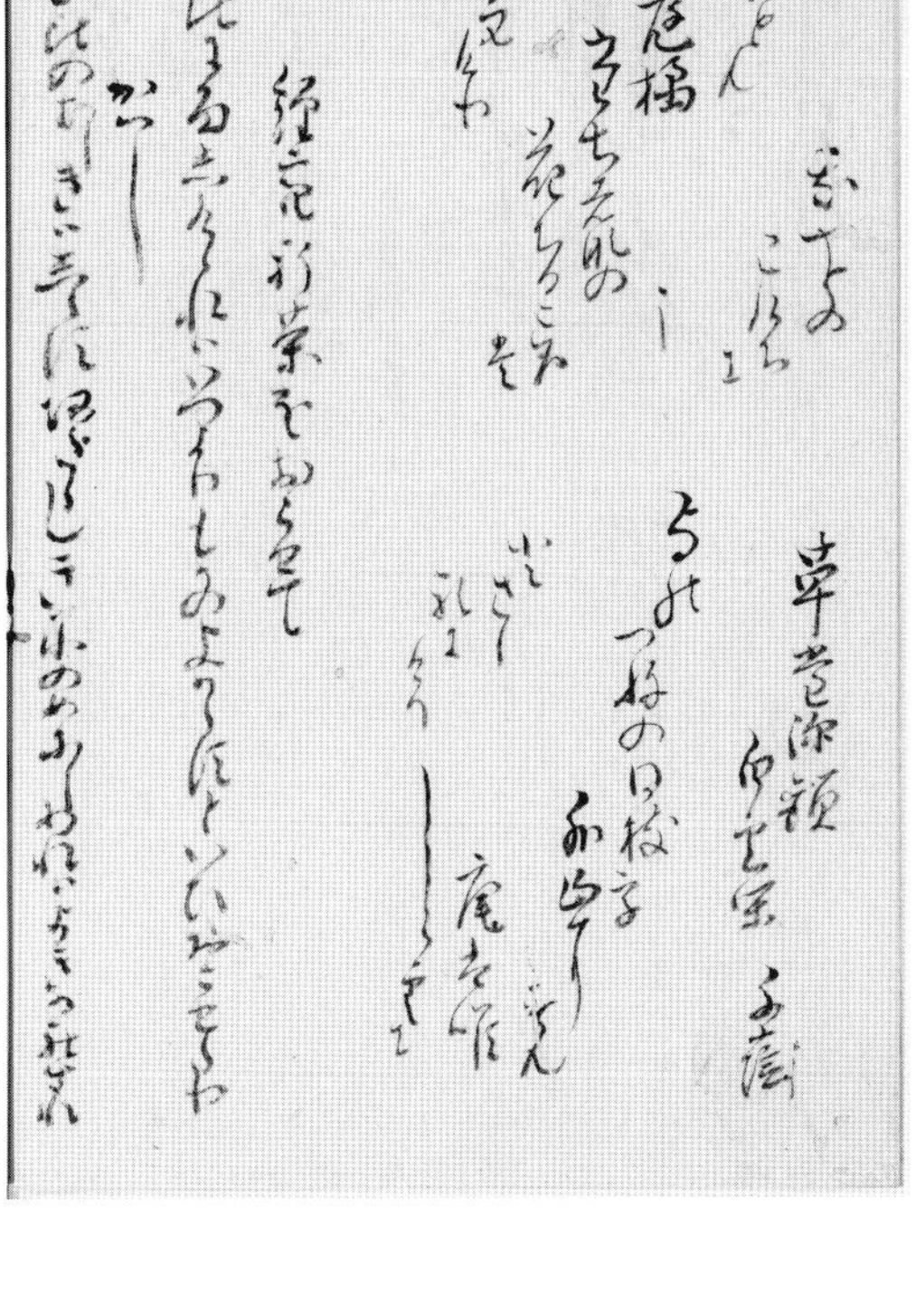

7 『六帖詠藻』夏五（静嘉堂文庫蔵）＊千蔭歌（散らし書き）　本文二〇二頁

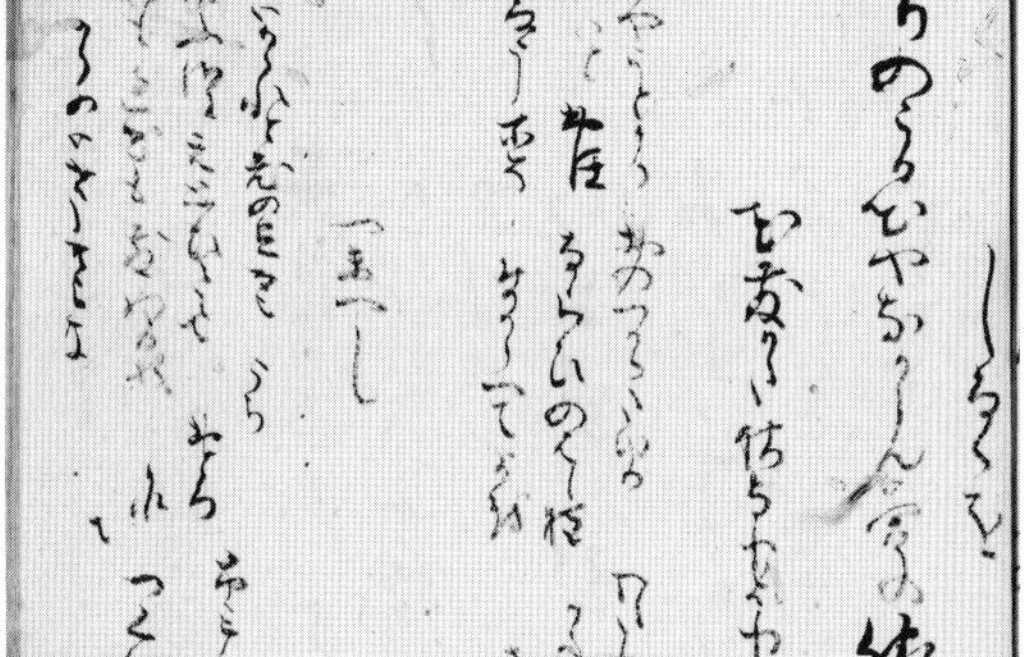

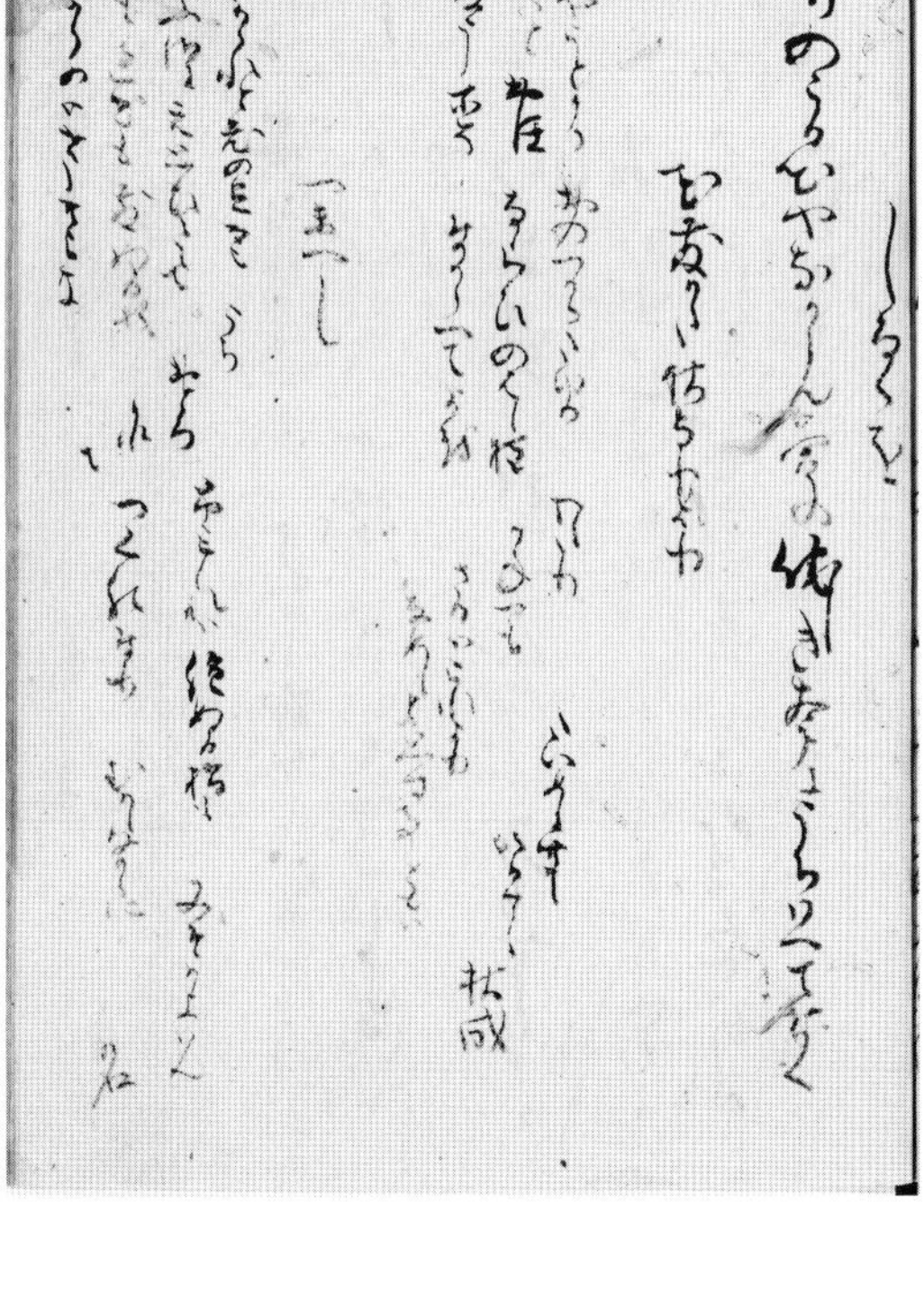

8 『六帖詠藻』春七（静嘉堂文庫蔵）＊秋成歌（短冊写）　本文九九頁

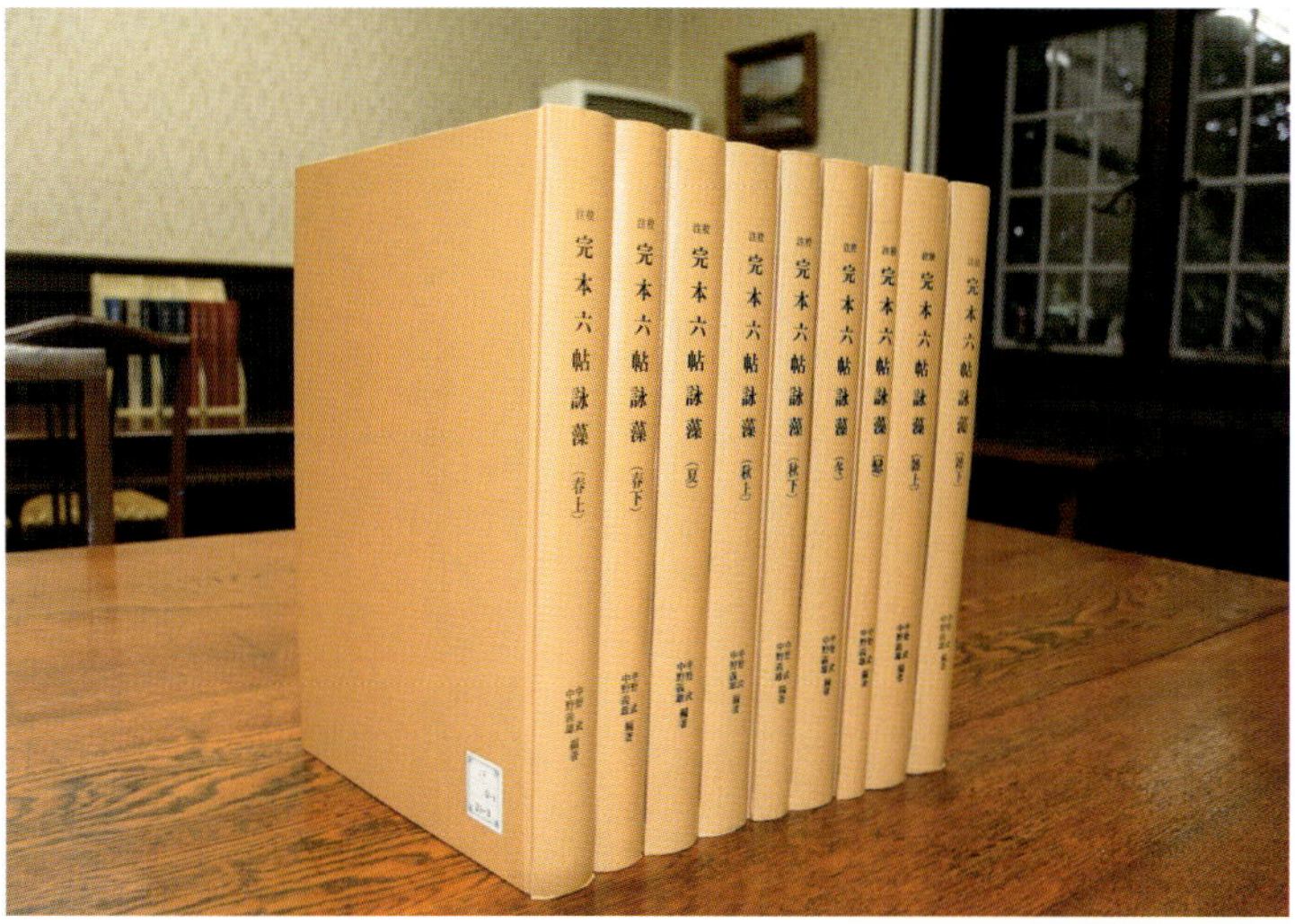

22 『校注完本六帖詠藻』（中野義雄清書本）
（中野武・中野義雄編著　全九冊　静嘉堂文庫蔵）

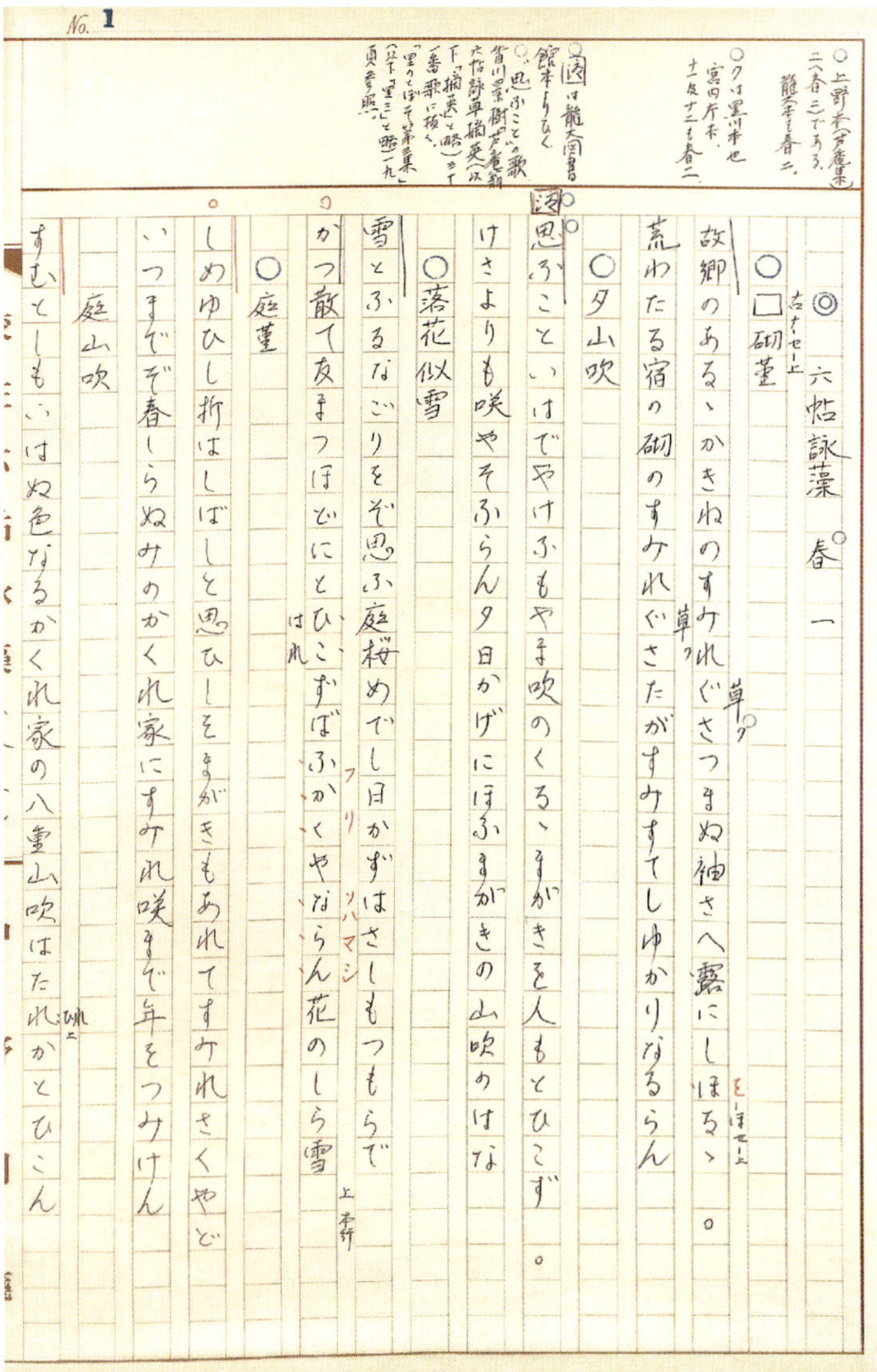

No. 1

◎六帖詠藻　春一

○□砌菫

故郷のあるゝかきねのすみれぐさつまぬ袖さへ露にしほるゝ。

荒わたる宿の砌のすみれぐさたがすみすてしゆかりなるらん

○夕山吹

思ふこといはでやけふもやま吹のくるゝまがきを人もとひこず。

けさよりも咲やそふらん夕日かげにほふまがきの山吹のはな

○落花似雪

雪とふるなごりをぞ思ふ庭桜めでし日かずはさしもつもらで

かつ散て友まつほどにとひこずばふかくやならん花のしら雪

○庭菫

しめゆひし折はしばしと思ひしをまがきもあれてすみれさくやど

いつまでぞ春しらぬみのかくれ家にすみれ咲まで年をつみけん

○庭山吹

すむとしもいはぬ色なるかくれ家の八重山吹はたれかとひこん

23 『校注完本六帖詠藻』春一・巻頭（静嘉堂文庫蔵）

緒言

――近世和歌史と小沢蘆庵――

神作研一

小沢蘆庵を、澄月・伴蒿蹊・慈延と並べて「平安和歌四天王」と呼んだのは橘南谿の『北窓瑣談』（文政十二年〈一八二九〉刊）後編「三」が最初である。ついで幕末の『近世三十六家集略伝』（河喜多真彦著、嘉永二年〈一八四九〉刊）に出たあと近代に入り、三上参次・高津鍬三郎の『日本文学史』下巻（金港堂、一八九〇）や、小沢政胤の『慶長以来国学家略伝』（国光社、一九〇〇）、『国学者伝記集成』（大日本図書、一九〇四）に相次いで収載されて流布し、さらに佐佐木信綱の『日本歌学史』（博文館、一九一〇初版）に登載されて決定的となった。しかしながら、その叙述には、四人の中でも蘆庵を頂点と見る、一定の傾向が看取される。

近世和歌の研究史を繙く時、草創期のものとしてまず第一に挙げるべきは、窪田空穂による『和文和歌集』（日本名著全集刊行会、一九二八）の「解説」であろう（のち『窪田空穂全集』第十巻近世文学論Ⅱ〈角川書店、一九六六〉に再録）。そこで空穂は、実作者としての柔軟な〈まなざし〉に基づいて小沢蘆庵を高く評価するが、「歌人としての小沢蘆庵を見るには、歌論の方を先とすべきである」と確言し、その「ただ言歌」歌論に注目した。空穂の深い影響を受けた藤平春男もまた、蘆庵歌論の達成を高く評価しており（『歌論の研究』〈ぺりかん社、一九八八〉、のち『藤平春男著作集』第三巻歌論研究

Ⅰ〈笠間書院、一九九八〉に再録）、こうして蘆庵は長く「歌論家」として位置づけられてきたのだった（その評価史観はおそらく今も変わってはいない）。

他方、丸山季夫によって、伝記を中心とした地道な蘆庵研究が積み重ねられてきたことも特記しなければなるまい（その多くは『国学史上の人びと』〈吉川弘文館、一九七九〉と『国学者雑攷』〈吉川弘文館、一九八二〉の二書に収録）。そしてその丸山とともに、蘆庵に深い愛情を持って接したのが中野稽雪だ。医者であった中野は、本務の傍ら蘆庵の基礎的研究を継続し、その成果は『小沢蘆庵』（「里のとぼそ」第一集、蘆庵文庫、一九五一）以下、『小沢蘆庵の真面目』（中野義雄編、「里のとぼそ」第五集、私家版、一九八五）に至る四冊の研究書に示され、蘆庵研究を今も裨益し続けている。

歌論書『布留の中道』の注釈（新日本古典文学大系『近世歌文集』下、鈴木淳校注、岩波書店、二〇〇〇）と、「蘆庵翁六帖詠草摘英」（香川景樹が刊本『六帖詠草』から抄出したもの）の抄注（新編日本古典文学全集『近世和歌集』、久保田啓一校注・訳、小学館、二〇〇二）も、最新の研究の水準を示した極めて重要な仕事である。そして近時、鈴木淳と加藤弓枝によって初めて蘆庵家集に全注釈が施された（和歌文学大系『六帖詠草　六帖詠草拾遺』〈明治書院、二〇一三〉）。刊本を底本として、正編一九七四首・拾遺三五〇首、都合二三二四首もの蘆庵の和歌をじっくりと味わう環境が整ったのである。

ここに翻印公刊する蘆庵自筆の『六帖詠藻』（静嘉堂文庫蔵、四十七巻五十冊）は、他詠を含めると一六六五六首という、厖大な和歌を収載する（一部に連歌や漢詩も含む）。詞書中には稀に歌論的言説が見出されるほか、連作の妙味も、妙法院真仁法親王や上田秋成との雅交（贈答歌）も、あるいは双六歌や沓冠歌などの〈遊び〉も、蘆庵の日々の和歌の営みが、すべて収められている。収載された七〇〇名を超える人名は蘆庵の交遊圏そのものであり、その出現頻度は雅交の濃淡を端的に示して興味深い。その意味でこの自筆本は、いわば蘆庵の人的交流を具現した、巨大な「データバンク」とも見なせよう。さらに――、高名な「秋の夕暮」の連作も、刊本とは歌の排列が異なっていて、蘆庵による周到な編集意識が窺われるのだという（本書「研究編」所収の加藤弓枝「自筆本『六帖詠藻』と板本『六帖詠草』」参照）。こたびの蘆庵自筆本の公刊は、このように、刊本との比較による詳密な読解を初めて可能にさせる。

小沢蘆庵の研究は、ここに「新たなステージ」へと入る。

＊本書は、独立行政法人日本学術振興会平成二十八年度科学研究費助成事業（科学研究費補助金）（研究成果公開促進費）【課題番号16HP5030】の交付を受けて刊行される。

目次

緒言――近世和歌史と小沢蘆庵――……神作研一 i

第一部 本文編

編集・校訂 飯倉洋一・大谷俊太・加藤弓枝
神作研一・盛田帝子・山本和明

翻字凡例……二
六帖詠藻 春一……三
六帖詠藻 春二……一五
六帖詠藻 春三……三三
六帖詠藻 春四……五一
六帖詠藻 春五……六七
六帖詠藻 春六……七八
六帖詠藻 春七……八八
六帖詠藻 春八……一〇一
六帖詠藻 春九……一一二
六帖詠藻 春十……一二五
六帖詠藻 春十一……一三七
六帖詠藻 夏一……一四二
六帖詠藻 夏二……一五七
六帖詠藻 夏三……一七四
六帖詠藻 夏四……一八四
六帖詠藻 夏五……一九三
六帖詠藻 夏六……二〇四
六帖詠藻 秋一……二一三
六帖詠藻 秋二……二二九
六帖詠藻 秋三……二四八
六帖詠藻 秋四……二六二
六帖詠藻 秋五……二七九
六帖詠藻 秋六……二九一
六帖詠藻 秋七……三〇二
六帖詠藻 秋八……三一二
六帖詠藻 秋九……三二四
六帖詠藻 秋十……三四〇
六帖詠藻 冬一……三四二
六帖詠藻 冬二……三五六
六帖詠藻 冬三……三七三
六帖詠藻 冬四……三八五
六帖詠藻 冬五……三九四
六帖詠藻 冬六……四〇五
六帖詠藻 恋一……四一一
六帖詠藻 恋二……四一九
六帖詠藻 恋三……四三六
六帖詠藻 雑一……四四六
六帖詠藻 雑二……四五七
六帖詠藻 雑三……四七四
六帖詠藻 雑四……四九一
六帖詠藻 雑五……五〇九
六帖詠藻 雑六……五一九
六帖詠藻 雑七……五二九
六帖詠藻 雑八……五四〇
六帖詠藻 雑九……五五一
六帖詠藻 雑十……五六〇
六帖詠藻 雑十一……五七二
六帖詠藻 雑十二……五八六
六帖詠藻 雑十三……六〇二

第二部 研究編

加藤弓枝

はじめに……六〇九
論文1 自筆本『六帖詠藻』と板本『六帖詠草』……六一〇
論文2 小沢蘆庵の門人指導――『六帖詠藻』に現れる非蔵人たち――……六二三
論文3 『六帖詠藻』と蘆庵門弟――自筆本系の諸本を通して――……六三三

第三部 索引編

大谷俊太
加藤弓枝 編

索引凡例……左二
人名索引……左三
和歌連歌初句索引……左一四
漢詩初句索引……左一二九
後 書……大谷俊太……七七三

第一部　本文編

校訂・編集

飯倉洋一
大谷俊太
加藤弓枝
神作研一
盛田帝子
山本和明

翻字凡例

一、本文の底本には、静嘉堂文庫蔵本（小沢蘆庵自筆）を使用した。ただし、虫損や改装の際の裁断等による不明箇所および明らかな誤脱箇所は、底本に付された付箋および京都女子大学図書館蔵蘆庵文庫本・龍谷大学図書館蔵本により〔　〕内に補った。なおかつ不明の場合は□で示した。

一、翻字にあたっては可能な限り底本に忠実であることを心がけたが、細目については次項以下に示す通りとした。なお、底本においては蘆庵自身の和歌は天（行頭）から記され、字下げで記されることは原則としてない。一方、他者の和歌はその限りではなく、字下げで、あるいは詞書中に続けて記される場合もあり、そのことにより蘆庵の和歌か他者の和歌かが判る場合もある。従って、和歌の位置も可能な限り底本通りに示した。

一、歌題・詞書は和歌本文から二字下げ、作者名は二〇字下げ、左注は三字下げを原則とした。

一、丁移りは、その丁の表および裏の末尾を示し、」（15オ）のように、本文に追いこみで示した。なお、扉（元表紙）は丁数に入れなかった。

一、全ての和歌・漢詩・発句に通し番号を付した。詞書中のものにも番号を付した。ただし古歌には番号を付さずに、〈　〉で括った。重出歌については、明らかに削除している場合を除き、別に番号を付した。

一、漢字は原則として通行の字体を使用した。たとえば、「鴬」は「鶯」に、「哥」は「歌」に統一した。なお、「蘆庵」については、「芦庵」と表記する場合もあるが、「蘆庵」に統一した。

一、和歌・詞書ともに適宜濁点を施した。

一、詞書には適宜句読点を施した。

一、仮名遣いは底本通りとした。ただし、「社」「南」など助詞として使われている漢字は「こそ」「なん」などと仮名に開いた。

一、踊り字は「ゝ」・「ゞ」・「〱」・「〲」で表記した。漢字の繰り返し記号はいずれの表記であっても「々」に統一した。ただし、歌題が「山中歳暮」で次の歌題が「海辺々々」とある場合、「海辺歳暮」と翻字した。なお、「々」が詩経の本文に用いられている場合は、本文の表記通りに翻字した。

一、省略記号（「――」等）で表されている箇所は、本来の字句に直した。たとえば、歌題が「沼菖蒲」で次の歌題が「関――」とある場合、「関菖蒲」と翻字した。

一、校訂者注は、〔　〕内に記入した。

一、本文の見せ消ち、書入による補入・訂正注記は、訂正後の本文を翻字した。

一、付箋・貼紙による補入・注記は、〔貼紙〕「　　」として、その範囲を「　　」で示した。

一、頭書・割書などで、本来の位置に示し得ない場合は、（　）内に表記し、（　　〔頭書〕）などと示した。ただし、詩経本文の訓点・振り仮名などは翻字を省略した。また、朱による注記は、原則として、朱であることをことわらなかった。

一、本文に傍線が引かれている場合は、そのまま反映した。

一、歌頭の「〇」および庵点「〽」は反映させなかった。

一、名巻の巻頭題は、原則として、原表紙の外題（現扉題）を掲げた。

六帖詠藻　春一

古砌菫

1 故郷のあるゝかきねのすみれぐさつまぬ袖さへ露にしほるゝ

2 荒わたる宿の砌のすみれぐさたがすみすてしゆかりなるらん

夕山吹

3 思ふことといはでやけふもやま吹のくるゝまがきを人もとひこず

4 けさよりも咲やそふらん夕日かげにほふまがきの山吹の花

落花似雪

5 雪とふるなごりをぞ思ふ庭桜めでし日かずはさしもつもらで

6 かつ散て友まつほどにとはれずはふりやそはまし花のしらゆき」（1オ）

庭菫

7 しめゆひし折はしばしと思ひしをまがきもあれてすみれ咲やど

8 いつまでぞ春しらぬみのかくれ家にすみれ咲まで年をつみけり

庭山吹

9 すむとしもいはぬ色なるかくれ家の八重山吹はたれかとひこん

10 咲あまる庭のまがきの山吹はなどかとへどもいはぬいろなる

花衣

11 色にそむ心しられてたが袖も花のかふかきころもきにけり

12 香ばかりや袖にのこらんあさ衣きつゝなれにし花もちりなば

花枝」（1ウ）

13 松杉のみどりにはえてさくら花枝のすがたもこと木にはにず

14 をしてこそみるべかりけれ滝つせにかた枝さしおほふ花のさかりは

庭の山吹をこひ侍る人のもとへ、花にそへて

15 山吹をめづる心しかはらねばをしともえこそいはぬ色なれ

杣花

16 桜咲みおの杣人此ごろは花にのみこそ心ひくらめ

17 をのゝえも朽木の杣のさくら花ときはにゝほふ色かなりせば

榎本亭にて人々とゝもに花見侍るに

為花久友

18 色かそふことばの花に友なれてとひこし宿の春やいくはる」（2オ）

初花

19 是ぞ此八重さく花のはつ桜深き色かもたぐひやはある

20 咲つがむ花をもまたじこのやどの此はつざくらあかぬ色かに

残花

21 山かぜも心してふけ此宿のほかには花のちりものこらず

元長主のかへりなんとするに

22 まてしばし年にまれなる花のかげにあひあふけふの春の一時

滝花

23 滝つせの中ばによどむ白浪やいはねの花のさかりなるらん

24 滝つせのいはねも春はしらぎぬにつゝむとみゆる花のしらなみ」（2ウ）

隣花

25 中がきはへだつともなし庭ざくら色かもおなじ花の一もと

26 中がきをへだつばかりの庭ざくら色かもよそのものとこそみね

東山にあそび侍りけるに、あらしの山に一木ちりのこりたる花のみえしが、夕かけていとさら〔ママ〕だかならねば

27 山とをくみしやいづれとわかぬまで花こそかすめ夕ぐれの空

28 それとなくかすみはてゝもみし花の面かげのこす夕ぐれの山

重家七回忌に

29 ともにみし春やあらぬとかげとへばそのよながらの花の木本

30 もろともにみしよの春をかたりいでゝ円ゐの袖ぞ花に露けき

31 とひとはれ花鶯になれしにも遠ざかり行年々のはる」（3オ）

甲斐義方が亭にて、春月といふことを

32 更やすきかげばかりこそかすむよの月に立そふうらみなりけれ

懐旧　大町亭当座

33 さくやこの花みるごとにしたふ哉なにはのみよをそへしことのは

日向守秀辰、関東下向に申つかはし侍る

34 うら山の春のみるめに咲そはんことばの花の色ぞゆかしき

かへし

35 ことのはの花のみやこをうら山のみるめにかけてさぞなしたはん

菫

36 うごきなきいはねに咲るすみれぐさ宿の千とせの春ちぎるらし」（3ウ）

保道といふ人の会に主の、37 わすれめや色も匂ひもたぐひなき花のみやこの人の
ことのは　とありしに

38 木がくれて色なき露にことのはの花の都の名をやけたまし

花盛開

39 桜がり野山の春を見わたせばけふこそ花のさかりなりけれ

40 吉野山雲のかゝらぬみねもなしけふや花はさかりなるらん

41 咲にけり花をそかりし此春は八重もひとへもひとつさかりに

42 後にこそちるてふうさもそひぬらめあかずよ花のけふの盛は

落花満庭

43 庭の面はちりしく花にうづもれてまれにも苔の色ぞ残らぬ

44 庭の面のこけのむしろは色かへて花のにしきを風ぞしきける」（4オ）

立春

45 よのまより春〔ママ〕たちくらしほの〴〵と明ゆくそらに霞たな引

46 きのふまでゆきげにさえししがらきのと山かすみて春はきにけり

若菜

47 つみいるゝかたみのわかなけさはまだめならぶきゞもなきみどり哉

48 かきくらしふるのゝ雪に袖ぬれてたがためけふのわかなつむらん

49 いかにしてつみてきぬらんけさはまだ雪まもみえぬのべのわかなを

50 つみてこし心深さも雪消ぬのべのわかなの色にこそみれ

51 つまばやな春のみどりの初わかなはつかに消し雪まもとめて

花匂」（4ウ）

52 ちればこそ吹をもいとへ花ざかりのどかにかほる春の夕かぜ

53 匂ひのみ吹さそひきて此比の花には風をいとふともなし

54 春風のふかぬ絶まもかほるかになべてさくらの盛をぞしる

花雲

55 そをだにと思ひし雲も山ざくら散にし後は色もまがはず

56 花とみし遠山ざくらよゝへてもへだてぬ色にまがふ白くも

夕藤

57 松の色はくるゝ入江の春風をほのかにみせてなびく藤なみ

58 山松の春のみどりの色ふりて入日を藤の花のひとしほ

古宅梅」（5オ）

59 うゑしよも有けるものをすみ捨てあれ行やどにゝほふ梅がゝ

60 すみすてゝみる人もなき軒ばにはなをあたらしき梅のはつ花

三月尽

61 霞だに立もとまらばけふのみの春のわかれもなぐさめてまし

立春風

62 霜がれし草ばの色もけさよりやみどりになびくはるの初風

帰雁似字

63 うすゞみの一筆がきの面かげにかすみてかへるかりの玉づさ

64 かへり行夕の空にかきけちてそこはかとなきかりの玉づさ

65 うすゞみにかきまぎらはす玉づさの面かげかすむ春のかりがね」（5ウ）

立春水

66 ふりつみし雪やとくらん春にけさ音信初る軒のたま水

立春都

67 いとはやもけさは都にたち初ぬ柳さくらのはるの面かげ

早春湖

68 けさよりは水の春とや成ぬらん浪の花さくしがのからさき

江春月

69 そことなく夕しほみちてかすむ江の春のみるめは月にこそあれ

島山吹」（6オ）

70 立ばなの小島も春はうづもれて波まにうかぶ山ぶきの花

滝霞

71 落たぎつ水のはる風吹なへにいはせのかすみ立もつゞかず

里霞

72 朝だき霞へだてゝ住やどの猶ま遠なる春の山里

春暁月

73 山のはに待いでし宵のかげよりもかすめる月の入がたの空

躑躅紅

74 夕日かげ入ぬる後も紅にゝほふやみねのつゝじなるらん」（6ウ）

庭山吹

75 人とはぬ庭の垣ねの花ぞとやこたへぬ色に咲る山ぶき

三月尽

76 をしめどもとまらぬ春の花鳥になれて悔しきけふの別路

遠帰雁

77 なく声もかすみの遠の嶺越て行かたしたふかりの一つら

早春鶯　榎

78 声の色もまだ朝さむきむめがえに雪うちはぶき来鳴鶯

79 あはゆきのけふもふるのゝ春の色を何に分てかうぐひすのなく

歳中立春」（7オ）

80 猶残る年の日かずもけふよりや花まつ春にかぞへそめまし

試筆

81 松風は猶冴ながら朝日さす軒の雪げに春ぞしらるゝ

82 ことのはも花にさかなんけさよりはなべて木のめの春はきにけり

83 鳥のねも遠くきこえて天の戸のおし明がたの春ぞしづけき

84 けさよりはよしのゝ山の春がすみたが心にもかゝり初らん

社頭花

85 名にたてる千本の桜咲にけり神のそのふにかゝるしらくも

86 あたらしき色にはさけど石上ふりて久しきみづがきの花

87 幾むかしふるの社の花なれどなを神さびぬ色かにぞさく

松間花」（7ウ）

88 一入の緑もふりて住よしのまつの木間に匂ふはつ花

正月中ころ左近将監とひきて、こぞよりうとかりし事などものがたりするに、いとかなしくせし禅尼の身まかりけるよしをかたりいづ。さる事もしらずて過つる我をこたり、いはんかたなし。いたみの一巻とてみするに

89 みるからによそのたもともたゞならずこの別路のことのはの露

かへし　淑長

90 聞てだに袖のぬるゝといふほどのあはれをしるもことのはの友」（8オ）

としはいくつばかりにやものゝ給ひけんといへば、廿二三ばかりにぞ成侍りぬらんかし。後のよの事露わするゝひまなく、いまはのきはもつねのさまにてなんなど、いひもあへずむせかへらるゝ。をしなべたる人だにかなしきをことはりぞかしとおもへば、いとゞなぐさめがたし。

桜を

91 あだにちるうさもわすれて山桜色かになるゝ春の木本

92 よしの山みぬよ〔の〕春の面かげもかはらぬ花のいろかにぞしる

立春」（8ウ）

93 いつしかと春立くらし久かたの天つみ空のけさはかすめる

94 いづる日の光を四方にしき島や大和もろこし春やたつらん

名所五十首内　志賀花園　春

95 さゞ浪やふりにし志賀の山里もむかしにかへす春の花ぞの

鳥羽

96 白鳥のとばたのを草雪消てみどりにかへす春はきにけり
97 冴かへりふりつむ雪に白鳥のとば山まつは春としもなし
県井戸
98 くみ捨しあがたのゐどは水さびゐてかげさへみえぬ山吹のはな
99 あせにけるあがたのゐども花の色に春を深めてさける山吹」（9オ）
小塩山
100 春くれば松の二葉に相生のをしほの山の若なをぞつむ
101 いく千とせ神代の春をへだつらん小塩の山にかすむ月かげ
山吹
102 垣ねこそとへどもいはぬ色ならめ折てもみせよ山吹のはな
翫花
103 けふくれぬ一枝は折て山ざくらあかぬかへさのなごりにもみん
104 灯のひかりをそへてよるも猶みぎりの花のかげにあかさん
立春
105 四の海八島のほかも天地のめぐみへだてぬ春はきにけり」（9ウ）
106 けさよりや心の道もすなをなる神代の春に立かへるらん
山霞
107 遠近もわかずかすみてけさはゝや春にもれたる山のはもなし
海霞
108 海原や春のみるめは浪とほくかすみかゝれるうらの夕なぎ
109 よせかへる色もわかれず難波がた芦べをかけてかすむ夕浪
子日
110 うちむれてよはひをのべの姫小松千とせへぬべきためしにぞ引
111 かすがのゝ子日の小まつ引つれてたれも千とせの春いはふ也
若菜」（10オ）
112 春を浅みまだつむほども七種のわかなをとめてのべにくらしつ
113 水ぬるむ春のさはべに乙女ごがもすそぬらしてねぜりをぞ引

津梅
114 難波づに咲初しよりよゝたえず吹つたへたるむめのはる風
夜梅
115 みし夢の花の面かげそれながらまくらにかよふよはの梅がゝ
春駒　馬杉翁八十賀
116 なれもけふよはひをのべのわかくさにむれてやあそぶ春駒の声
117 わかくさの緑日にそふ時をえてのがひの駒も声いさむなり」（10ウ）
暮春雨
118 長閑なる春の日数もふりいでゝ弥生の空ぞ雨に成ゆく
119 さほ姫のかすみの袖もしほるらしはるのなごりの夕暮の雨
鶯告春　以下六首、迎称寺
120 春ぞともまだしら雪の古郷にけさ鶯の初ねをぞきく
梅落衣
121 ふりくるも袖寒からぬ春風に梅がゝ深き花のしらゆき
余寒雪
122 去年みしはのこらぬ雪をいづくよりさそひきぬらん春の山風
山花未遍
123 けふはまだむら〳〵咲てよしの山さかりを残す花のしら雲
古寺花」（11オ）
124 円ゐしていくよの春を古寺のみのりの花のかげになれけん
春暁花
125 咲うづむ色もわかれて山のはの花にたな引よこ雲のそら
126 横雲はへだてもはてず山鳥のおのへの花の色ぞわかるゝ
遅日
127 入相の声より後もくれがたき空にぞ長き春日をもしる
128 花さかばをしまれぬべき日長さを暮し煩ふ此ごろの空
朝鶯

129 春来ても残れる雪の朝風にまだうちとけぬ鶯の声
130 光なき谷戸いで、朝日さす梢にうつるうぐひすのこゑ
名所五十首内 小野山　春」（11ウ）
131 すみがまの煙も春にたちかへりかすみ深むるをの、山ざと
132 さく花の春しもなどかとはざらん雪だに分しをの、山みち
いつのとしにか二月五日、馬杉老人、周尹、賓興主などともなひて、東山の花みあ
りき侍りしに、長楽寺のはなの盛なるをみるに、潭空にあひたり
133 さく花のおりよくけふはこゝにきて年にまれなる人にあひぬる
かへし
134 ことのはの色かはしらぬわがみさへおなじ心に花をこそみれ
知恩院の花わづかにひらきはじめたるを
135 かつ咲てさかりまだしき木かげこそ花の色かはのどけかりけれ
かなたこなたみありくに、永き日もくれて、月かげほのかに、ほひて、いと立かへ
りうき花のもと也
136 ちらぬまとちぎりはおけどことしげみ又しもとはじ花の木本
くれすぐるほど、古瓦亭に行て」（12オ）
137 あかずけふくれぬる花のなごりとてことばの友のやどりをぞとふ
岸柳
138 ゆく水にかげもみだれてきしねなる柳の枝に春風ぞ吹
春雨
139 ふるもけさ軒に音せぬ春の雨を色そふ庭の草葉にぞしる
春月
140 すみ侘し浅茅がやどの春ぞとや軒もる月もおぼろなるらん
春曙
141 花鳥の色ねもあれど春はたゞかすむ野山の明ぼの、そら
142 わすれめやひばり立の、末とをく花咲山のはるのあけぼの」（12ウ）
帰雁
143 暮深きかすみにみちやまどふらんつらにをくれてかへる雁がね
栽花
144 我宿にうへてこそみれ山桜花もあらしのうさやわするると
145 うつしうゑてみぎりのさくらことしより花のさかりもよそに尋ねじ
惜花
146 身にかへてをしむにとまる花ならばたれかさくらのちるまではみん
古郷春雨
147 とへかしな軒ばかすみて古郷の花まつやどの雨のさびしさ
148 おもひやれ花の木のめのはるごとに軒ば朽そふ雨のふる里
三月尽
149 暮て行春のなごりか山のはも分ぬかすみにのこる日かげは
暮春風」（13オ）
150 吹かへすならひもあれなちる花とゝもにくれ行春の山かぜ
父のなにはにて身まかり給へる十七回忌に追慕の心を
151 十とせあまりなにはの春にたちかへり又袖ぬらすみつのうらなみ
152 むかしにもあらずなるみはことのはの露ばかりなる手向とをみよ
此日母の剃髪し給ふに、戒師因性寺の、153 花の色もうつろふころもあだにみてけ
ふたちかふるすみぞめの袖　とよまれ侍るを、これがかへし、母にかはりたてまつ
りて
154 常もなき花色衣何かせん心をのりにそめしみなれば
155 かぎりなき命ある国にすみぞめの衣の色もなどかゝはらん」（13ウ）
惜残春
156 かへりこぬ花の別をゝしむまに春の日かずものこりすくなし
古郷春月
157 すみすてしむかしのまゝにかすむよの月はやつさぬ春のふるさと
春駒
158 若くさにつなぐとみしもさそはれてともにあれ行のべの春駒

紫藤

159 紫の雲とみるまで古寺の軒ばのまつにかゝる藤なみ

試筆

160 春にあふ身にもあらねどあら玉の年たちかへるけさはうれしき

夕藤

161 あやにくにくるゝ日かげのさしもなど色をそふらん藤なみの花」（14オ）

姫君の誕生ありける又のとしのむ月に、春日の社御法楽ありけるに、子日小松とい
ふ事を

162 此春をちよのはつねの姫小松いやさかゆべきかげをこそまて

岸藤

163 立とまりみてこそゆかめ道もなきかた山ぎしにさける藤なみ

春欲暮

164 ちる花をぬさと手向の山ざくら春のわかれもほどやなからん

残花

165 めできつる花のなごりとちりのこる一木のかげぞいとゞたちうき

166 ちりゆくををしみしよりも立うきはよそに〔残〕らぬ花の下かげ

柳糸緑新

167 なびきあふみどりも春にあら玉の年のをながき青柳のいと」（14ウ）

168 春の色に心ひかるゝはつしほや柳のいとのみどりなるらん

169 くりいだすいとのみどりも日にそひて深くなりゆく春の青柳

夕春雨

170 立こめてくるゝもわかぬかすみぞとおもへばやがて雨になる空

立春雲

171 横ぐものひまみえ初てくるはるの色もわかるゝ山のはのそら

初春に日向守の宮の御使にてあづまに下りけるに

172 かさねても猶春さむき旅衣心してゆけのかぜ山かぜ

かへし

173 まださむきの風山かぜそれよりもうきはたびだつけさの別路

とかきこえし、そのおりはさしも〔心〕にとまらざりつることも、今はなき人の
ことのはなればわすれ」（15オ）がたくなん。

花為春友

174 春くれば野山の花になれ〳〵て都の友ぞうとくなりぬる

落花

175 花のみぞむかしの春の友かゞみふりぬるかげをあはれともみよ

176 このはるは日かずふりぬる雨のうちにあらしもまたで花ぞちりぬる

177 をしみこしかぎりしられて吹さそふ風の絶まも花ぞちりける

杜霞

178 はるかなる野中のもりの春風をなびくかすみの色にこそみれ

179 梢のみかつあらはれて朝がすみふかくぞたてる山もとのもり

花満山」（15ウ）

180 松をこそ絶まなりしがそれもけさ花にうづめるみよしのゝ山

181 みよしのゝ山はさくらにうづもれて花の外なる梢をもみず

谷余寒

182 解やらぬ氷のうへに雪ちりてまだ春うとき谷川のみづ

残花　榎本亭

183 散のこる一木の花のかげしめてくれ行春のうさをわすれん

浦春曙

184 霞たつ沖つしほ風吹たゝでうらしづかなる波のあけぼの

若草

185 めづらしなまだ深からぬ春の色を雪まにみするのべのわかくさ

松久友　友俊勧進」（16オ）

186 わかへつゝみぎりの松をともなひて契れ千とせの行末のはる

望山花

187 明るよの雲はわかるゝ山のはにのこれるいろやはなのひとむら

小島重家々人かたにて、彼忌日に当座有之。霞といふ事を

188 おしてるやなにはのうらの朝な〳〵かすみてとほき沖つしま山

重家はなにはにて身まかりけり。此みちのともにて、うらなくかたらひける人なり。身まかりて五年になるか。

あるよの夢に、うちある歌書を見侍るに、189 池の藤のはていかばかりあせぬらん水のかはづも色になく也　とありしを、これは藤氏の人のうたには侍らじ」(16ウ)、他性の人のよめるなめりかしと、かたへの人々のいひしが、予が心には他性の人ならばなどか、くなめげにはよむべき、藤氏の人のいまはさかりなれど、むかしにくらべてはおとろへたまへるをよめるならんとおもふ〳〵、めさめぬ。いとあやしう

泉涌寺にまうでたまへる御ともにまゐりたるに、ある名だかき道場の松をおほくきられたるをみて

190 けふみれば薪にくだく庭のまつうゑける人もありけるものを

木ぶかくしげりてこそ年ふるほどもしられて、寺院はいとゞたふとくもあなるを、いとくまなうみわたされてあさましうなん、さすがにのこされたる松どもの、いま一しほの色そふもかつあはれにて

191 これも又いつのたきゞの為とてか残れる松の春にあふらん」(17オ)

これより野路をゆくに、とし〔老〕たるもの、たきゞをおひてかたはらによりたるを、みさきおふみさぶらひの、われはがほなるけしきして、御みちなさまたげそ、なほしぞけとて、かひなをもてつきたれば、かたさがりなる古はたにたふれて、いとわびしげに土などはらひ、くづれたる木などやう〳〵につむをみるもなみだぐまし

192 おもにおひうきよをわたるみちせばみおのがなげきもよくかたやなき

子日　春日法楽

193 神がきの子日のこまつさながらにひかでやちよの春を契らん

橋霞

194 春ごとのかすみぞたてるはし柱むかしながらのなのみ朽せで」(17ウ)

立春日

195 幾めぐり明たつ春ぞ天つ日のかはらぬ御かげよゝにくもらで

早春山

196 けさはまだ雪もけなくにしがらきの山かすみて春はきにけり

早春浦

197 猶冴る塩風ながらけさはゝやのどかによする春のうらなみ

三月春日の御法楽に藤といふことを

198 春日山神代をかけて思ふにもさかり久しき北のふぢ波

199 春ごとに咲そふ藤の花かづらはふきもちよの松にちぎりて

後のうたは又のとしにや。

暮春鐘

200 飛鳥寺あすをもまたで春はけふくれぬとつ〔ぐ〕る入相のかね」(18オ)

花鏡

201 咲にほふ花のかげ行水かゞみうつる日かずもわすれてぞみる

暮春霞

202 猶たてる霞のみこそゆく春の花より後のなごり也けれ

信濃守貞楨が亭にて、梅開客来といふ事をかれこれよみ侍りし序に

203 吹さそふ風もうらみじ梅花かをとめてこそ人もとひけれ

山家鶯

204 のがれ住心をかへてなれはよの春にやいそぐたにのうぐひす

残花

205 散のこる此一もとの花ゆへや春もしばしと立どまるらん」(18ウ)

春山

206 夕づく日入ぬるみねは猶みえてかすみをもるゝはるのとほやま

207 おくふかきみちこそしらね春ごとに心はゆきてみよしの山

余寒月

208 かすむかとおもへばいまだ雪ちりて猶かげさむき春のよの月

209 更行ばなほかげさむし春の月かすむとみしや雪げなりけん

210 よひのまはさすがかすみし月かげの雪げにくもる有明のそら

静見花

211 この春はことしげからじしばしなる花のさかりものどかにぞみる

212 山ふかくとりの一声音づれて花のいろかぞさらにしづけき

たのみなきみとなりしより、筆をたかへして業とすれば、備忘ばかりの筆記もいとまなくてすぎぬるに、けふは立春也と人のいふにおどろ」(19オ)おどろ〔ママ〕かれて　十

二月廿五日

213 わがまたぬ春はきにけりをしと思ふとしの日かずのくれもはてぬに

214 かぎりある日かずもまたでくる春にまだきも年のくれて行らん

うぐひすのまだしたゞみてなくを

215 けさよりはたえずをきなけおのがねをむぐらの宿の春の鶯

216 をのがねにたえぬ心の霜ゆきもしばしはとくるけさの鶯

野春雨

217 けさまでものこりしのべの雪消て草のみどりぞ雨にそひゆく

218 うちかすむ遠かた人のうちはへてたれをとふひのゝべの春雨

鶯有慶音　榎本会始

219 鶯のあかずや千よをならすらんことばの花も春にそふ宿」(19ウ)

220 をさまれるよの声ならし吹風ものどけき花の春のうぐひす

初春茅屋に人々あつまりて、梅交松芳といふ事をよみしに

221 立ならぶ松のあらしにかほりくる梅や千とせの春のはつ花

222 枝かはす軒ばの梅の咲しより松ふく風も花のかぞする

洞春雪

223 山ふかきほらはかすみの名のみして春ものすごくふれる白雪

224 仙人のあとはいくよの春ふりてかすみの洞もつもるしら雪

古瓦亭にて、草漸青といふ事を

225 春雨のふるのゝ草ばあすは又けふにまされるみどりをかみん

226 もえいづる草のみどりは日にそひて霜のふるばぞまれに成ゆく

立春氷」(20オ)

227 解初てうちいづる波の早瀬川こほりの下もはるやたつらん

くれなばなげの

228 よしやふけくれなばなげの桜花ちるをだにみん春の夕かぜ

ちる花ごとに

229 なべていまちる花ごとにぬきとめよのにも山にもあそぶいとゆふ

230 おもふぞよちる花ごとにをしみきて我もおい木の行末のはる

231 などやかく心にそめてをしむらんちる花ごとにあだし色かを

春雨

232 のどけしなくもるもわかでくれ深くかすむ軒ばの雨になる空

巌頭藤

233 かげ高きいはほの藤の花かづらいくよの春をかけてさくらん

海辺霞

234 住吉の松ふく風もかすむ日は波まにきゆるあはぢしまやま」(20ウ)

月前梅

235 いづれをかあはれといはん春のよのかすめる月にほふ梅がゝ

山吹

236 山吹の露やつもりて玉川の波さへ花のいろにいづらん

237 水底のかげもとゞめず山吹の花ちりかゝるゐでの川なみ

常陸介淑長の主より、238 雪消の春にしなれどとひよらぬ心あさしと人のおもはん

ときこえしに申つかはしき

239 雪消の春をもしらぬ宿なればとはぬをあさき心ともみず

余寒風

240 さほ姫のかすみの袖のうす衣なほ春さむく山かぜぞふく

241 ふるとしの雪げわすれぬ山かぜに霞の衣たちもつゞかず

242 梅がえに雪うちゝりて朝戸出のにほひもさむき花のはる風」(21オ)

243 池水のこほりやさらにむすぶらん冴かへりぬる波のはる風

244 ふるとしの雪げの雲のいづこにか残りて風の冴かへるらん
霞添春色
245 立こめていとゞ日かげぞのどかなるかすみや春のひかり成らん
門柳　矢部亭
246 たがやどぞかすむ門田のはる風にたえ〴〵みえてなびく青柳
月前落花
247 面かげを後もしのべど弥生山有明の月に花のちるらむ
248 庭の面は散しく花に色そひてしらむもわかぬ有明のかげ
249 春ふかくかすめる月にちる花のひかりをそへし有明の庭
250 弥生山かたぶく月にちる花の面かげのこせ有あけの庭」（21ウ）
こぞの春はしたしくせし関口正利、つかへをしぞけられて籠居せし、このまへに、
251 かにゝほふ梅がえいづらゆふがすみ　といふ発句せしをあはれびて、252 この
もとのにほひも梅のなごりかな　といひしも、たゞきのふのやうにおぼゆるに、彼
人はまたつかへて、我ははなたれけるよなどおもひつゞけて
253 中々に花やあはれとおもふらんしたひし人はあらずなるよを
254 をしみつる我こそあらずなりにけれ花はむかしの春の梅がゝ
春
255 今朝みれば雲もかすみもさく花の色にぞにほふみよしのゝ山
256 よこ雲は空にわかれて山鳥のおのへの花の色ぞ明ゆく
257 小松引わかなつむより春はたゞのべに心のゆかぬ日ぞなき」（22オ）
少将殿に梅花を奉るとて
258 君がへん千よのかざしとみそなはせともにわかきの梅の初花
かへし
259 あかずみんことばの花の色そへてにほひくはゝる梅の一えだ
春雨
260 春雨のふるのさゝ原けさみれば一よのほどにゆきものこらず
山家花
261 春くれば都の人をまつの戸の花にはよをばいとふともなし
花色
262 朝まだきかすみにゝほふ初花に立まがふべき色やなからん」（22ウ）
落花
263 あすまではさてもあらしの山ざくらわづかに残る花のしら雲
ある人の十三回忌にあたれりけるに、春懐旧といふ事を
264 かぞふればそのよも十とせみし春にかすめる月を面かげにして
山家春
265 山里のかきねのわらびもえしより都のつてをまたぬ日もなし
里鶯
266 とひよりてきかばや声もうちかすむかた山里の春のうぐひす
竹鶯
267 けふよりはねぐらをしめよ陰ふかきそのふの竹にきなく鶯
ね覚鶯」（23オ）
268 かすむよの月のなごりにあくがれてね覚とひよる窓の鶯
原若菜
269 待つけてわかなつむとや雨はるゝあしたのはらに人のゆくらん
遠山の雲をみて
270 まだきより春を深めてかすむるは花かとのみぞみねの白雲
花雪
271 消残る雪かとみえて山とをき松の木のまにゝほふ初花
花挿頭
272 かへるさをかざしの花になぐさめてしひて立ぬる春の木下
三月朔日、けふはことのほかのどかにて、ふくとなきかぜに花のかのにほひくるに
あくがれて、ひるつかたより宿をいでゝ、まづかも川わたりを逍遥す。東山をみれ
ばいたうかすみて、かぐらをかのかたに鶯の声のかすかに聞ゆるに」（23ウ）さそは
れて、たどり行て、資芳の宿りをとふに、折しもつれ〴〵と春のけしきをみいだし

て詠吟の半とみゆ。此ほどとほざかりしをこたりなどいふうち、盃いだされたり。下戸なれど折にあへばにくからぬものになん、かたみにくみかはしてゑひ心ちになをうかれつゝ、いざこのちかき山べの花みんとて、うちつれてかなたこなた行めぐり、如意寺といふにまうでゝ、京のかたをかへりみれば、たゞ一むらの、といひけんやうにかすみあひたり。此寺にたふとき不動尊まします。つねにはみともひらかず、うちおがみてすぎぬ。これよりさきに如意滝といふをはるかにみる。七八丁もありとぞ。日もくれゆけば、ちかきほどにとちぎりてたきのもとまではゆかず、山水のけしきいとおもしろき所也。又鹿がたにといふ所に常に念仏するてらあり。苔路おのづから塵なく人跡たえていと心すむ寺也。いかなるにか、けふはさまかはりて誦経の声聞えたるに、鶯の声をあはするやうなるも」(24オ)いと淋し

273 さく花もあだなる色ととくのりによをうぐひすのねをぞ添なる

こゝかしこひがんざくらのおそき、山ざくらのはやきなど咲みだれたるをみありくに、山のはの夕日のなごりのやゝうすくなるに、遠村の煙のほそくたつもかすみあひたるをみて

274 春風になびくとみればゆふ煙やがてかすみの色をそへつゝ

花添春月　迎称寺

275 宿れとやゆふべの梢いろそひて月もにほへるはなの下かげ

旅客見花

276 古郷の春やいかにと旅人の花をみつゝもおもひいづらん

橋下花

277 行てみん道もこそあれ咲花の木かげにわたすそばのかけはし」(24ウ)

河辺花

278 うつろふもいとはでぞみる桜花川せの波にちらぬかぎりは

古渓花

279 谷かげの老木のさくらいく春かふかき色かをしる人のなき

花のさかりにはかならずとひし人の此春は音もせざりければ、これより花にそへて

280 花ぞうき人は心もかはらじをいかに咲ばかとはれざるらん

花のころ清水にまうでゝ

281 ことのはも及ばぬ花の色にかに妙なる法のちかひぞをしる

花のちるころ、馬杉老人とゝもに同じ所にまうでゝ、

282 さそふをも花はうしとも思はでや風の心にまかせはつらん　といはるれば、

283 をしと思ふ心を人にまかせつゝやすくや花はかぜにちるらん」(25オ)

284 心もてちるだにあるをさくら花うたて吹そふ花のはるかぜ

すゞりに花のちりかゝりけるを

285 名にたてる春のみなとやこれならん硯のうみの花のしらなみ

残花を尋ねありき侍りけるに、いづくもちりすぎ侍るに、ある山かげに一木の花の今をさかりとちるを

286 ほかはみなさそひつくしてさくらばなこの一もとにのこるはる風

山霞

287 いとはやもけさは霞のたつた山よはにやはるのこえて来ぬらん

花下言志

288 年ごとの花の色かはかはらねどおなじ心にみる春ぞなき

落花

289 雪とちるなごりのみかは年ごとに我もふり行花の木本」(25ウ)

余寒氷

290 冴かへりけさはた絶る音羽川うちいでし波やまたこほるらん

初春のころ、暁がたにかねをきゝて

291 猶冴るこの暁のかねの音もこぞの霜よのひゞきにはにず

海辺花

292 霞たついそ山ざくら咲ぬらし花のかさそふ春のうら風

春暁月

293 咲梅の色かにあかで明るよの月や木のまになほのこるらん

落花難留

294 うらむべきかたこそなけれ山かぜのふかでも花の心とぞちる

落花随風
295 よしの山花のしら雲吹払ふ風のゆくゑぞ空にしらるゝ
連峰霞」（26オ）
296 立いでゝみればかすまぬみねもなしいくへの山を春やこゆらん
やよひのつもごり（ママ）がた、京にかへりまうでくる人をまつとて、あふさか山のほとりにて、よの明るをまつに、やゝしらみゆく山ぎは谷のみおろし、そこともわかずうちかすみ、水の音かすかにていとをかし
297 立こむる相坂山の朝がすみくれ行はるをせきもとゞめよ
とし頃あひなれける人にわかれける春のくれつかた、雅胤のもとより、298 君ひとりさぞなうからん春のみかなほはかなゝる人の別に　といひおこせたりしに
299 かへりこぬ人の別をゝしむまにいやはかなにも春ぞくれ行
水郷朝霞　二十首」（26ウ）
300 よせかへる波の色より明そめてかすみぞふかきうぢの川づら
岡上若菜
301 万代もこゝにぞつまんかめのをかともに老せぬはるのわかなを
竹籬聞鶯
302 くれ竹のよの春しらぬ笆をもへだてずきなくうぐひすの声
谷底残雪
303 谷深み梢はさすがかすむ日もひばらがかげにのこるしらゆき
河辺古柳
304 春をまつ色もすくなしかは柳いく年波にかげふりにけむ
夜風告梅
305 春風のさそはざりせば軒ちかく咲ともしらじよはの梅がゝ
田家春雨
306 小山田は昨日かへしつ我門のなはしろ水はあめにまかさん
旧宅残花」（27オ）
307 春ごとの花こそのこれうゑ置し人はふりにしやどの軒ばに

行路見花
308 思はずもはるの日かげのうつるまで道のゆくてに花をこそみれ
海辺春月
309 波とほく塩瀬のけぶり立やそふわきてかすめるうらの月かげ
旅宿帰雁
310 かへる雁なみだなそへそ草枕さらでも袖のつゆはかはかず
橋上落花
311 吹わたる風のゆきゝに散そひて花にぞうづむ谷の川はし
近砌款冬
312 此はるは猶うゑそへて明くれにあかずみぎりのやま吹のはな
遠岸紫藤
313 むらさきの雲とみるまで遠かたのかた山ぎしにかゝる藤なみ
三月尽
314 惜めどもはかなく暮て入相のかねとゝもにぞ春はつきぬる」（27ウ）
これもいつの春か、馬杉老人、周尹などゝもなひて、さが山の花みんとて行に、京をはなれてはるかにむかへば、いたうかすみたるうちに、むら〳〵しろくみゆるを
315 花なれや都のにしの山とほくかすみてかゝるみねのしら雲
さがにきつきて
316 咲みちて春行水の大井河いはねにあまる花のしら波
317 桜咲となせにたぎつしら玉はまだきに花のちるかとぞみる
318 滝つせの中なる淀とみるまでに岩ねの桜ちりもはじめず
天龍寺内に松間の花のありしを
319 吹さそふあらしを松にかこはせて盛のどけき花の一もと
320 枝かはす松のちとせにかへてみん花のさかりの春の一とき
涌蓮庵を尋ねて　此庵より花みえず
321 みな人の心うかるゝ花をさへそむけてすめる山かげのいほ」（28オ）
322 しづけしな花の春をもよのほかにすみなす竹のおくのかくれ家

二尊院にて広空上人、323 春のうちはきとこん人をさく花にまかせてみるもしづか
なるいほ　といはる、につけても　我はむかしながらにことのはのいとつたなきを
おもひて
324 色かそふことばの花のかげとひてみのをこたりぞ更にしらる、
おなじ所にて、人々あまた歌よまれけるにまじりて
325 そことなく花のか、すむ夕ぐれのをぐらの山の春はわすれじ
326 ながき日も花にくらして夕月夜をぐらの山にまとゐをぞする
此所のあけぼの、けしきのいとえんなる物がたりをき、て
327 かたるよりさぞなとむかふ心ちしてなほみまほしき春の明ぼの
春の山べといふ香をたかれけるに
328 たきもの、名もむつまじき折しもあれ春の山べの花のかぞする」(28ウ)
村上種徳、長屋重枝など、もに、此寺に花みしはいつの春にか有けん、まだわかき
にはやうせぬる事よなどかたりいで、
329 ともにみし春はいくよを古寺の花におぼゆる人の面かげ
かたらひ侍る女の身まかりける春のくれがたに
330 行春も分てぞをしきなき人のながめすてけるなごりとおもへば
暮春鶯
331 しばしなほなけやうぐひす行はるもけふをかぎりの夕暮の声
野春雨
332 若くさのみどりや深く成ぬらんかすめるのべに春雨ぞふる
花交松
333 枝かはす松もめかれず高砂のをのへの桜花にさくころ」(29オ)
山家春月
334 月もよをのがれてやすむ山の庵かすめるかげの分てしづけき
暮春雲
335 をしめども立もとまらで行春の日かげのこらぬ山のはのくも
山吹
336 桜ちるかきねの露に咲いで、さかりをかふるやま吹のはな
藤
337 ぬししらばとひてもみばやたそかれの軒ばゆかしく咲る藤がえ
蛙
338 まかせつるなはしろ水に所えておのが時ぞとかはづなく也
さが山の花見にまかりけるまたの日、信濃守貞植のもとより、花はいかゞとたづね
こしける返事に
339 咲ちるはほどなき春のさがの山とへかし花のをりすぎぬまに」(29ウ)
殿にありて、いとしづかなるにしばしまどろみけるに、花のちるを夢に見侍りて
340 きのふみし花はいかにとおもひねの夢路はよきよ春の山風
夜にいりて雨をびた、しくふりければ
341 をしみつるきのふの花の友人やこよひの雨に袖ぬらすらん
三月八日、所々の花の木どもの、けふはわかばにかはりたるをみて
342 みし花の青葉にかはる比しもぞうつりゆくよも更にしらる、
つねに侍る所の軒の一木も散そひて、葉底の花にさかりの色かをしのびて
343 けふはなほちりそふ庭の花の色にあすの梢を思ひこそやれ
十五日、さがにたよりありて広空上人のもとへ申遣し侍る」(30オ)
344 花にふる雨ぞうきよのさがの山まだしかりしもちりはのこらじ
345 とはゞやな君がことばの花のかげ山のさくらはよしちりぬとも
またの日かへしあり、346 日かずふる雨にあらしの山ざくらちるやうきよのさがと
しられて　347 ちり残るさが山桜猶もとへあかぬかへさのなごり思はゞ　とかあり
し
霞知春　廿首
348 雪もまだ消ぬと山の朝がすみ立くる春をいかでしるらん
竹裏鶯
349 けさよりは砌の竹に宿しめておきふしなれようぐひすの声
梅薫袖

350 花さかぬ里もあらじな此ごろはたが袖わかず梅が丶ぞする」（30ウ）

野若菜

351 いつしかと霜のかれはの色もなくひとつみどりの丶べのわかくさ

牧春駒

352 友よばふ声ものどけし霞たつみづのみまきにあそぶ春駒

山春月

353 いづるよりほのかにみえし山のはのかすみに丶ほふ春のよの月

遠帰雁

354 遠ざかる声哀也春の雁つばさもみえずうちかすむ空

花盛久

355 さはりなく心のどかにみる春は花のさかりも久しかりけり

挿頭花

356 よのうさもわする丶花のかざしには老もいかでかかくれざるべき」（31オ）

河落花

357 ちりてしもしばしとまらで川水のゆくゑもしらず花ぞながる丶

春田雨

358 種おろす時やきぬらんふる雨にぬれつ丶かへす賤が小山田

暮春藤　已上

359 夏になほ咲か丶るとも藤の花春のなごりの色にまさらじ

望山花

360 山とほくかすみてか丶る白雲やたかねの花のさかり成らん

野遊

361 春くれば子日わかなの後もなほつばなすみれの丶べにくらしつ」（31ウ）

六帖詠藻　春二

元日、殿にありていとのどかなる朝

362 みてもなほあかぬはけさの朝日かげ霞に丶ほふ初はるの空

けさを三の朝といふとかき丶て

363 去年とくれことしとあけて四十あまり三の朝もめぐりきにけり

初春の比、なほ手あらふ水のこほれるを

364 春の来てとくとはすれどけさはまだ結れぬる水のうすらひ

これもおなじ比

365 春来てもあさ霜さむし鶯の今いくか有てねにはなくらん

366 春〔はま〕だあさ風さむみさほ姫の霞の衣たちもつゞかず

余寒月」（1オ）

367 うら〳〵とかすめる月もともすれば雪げにかへす春の山かぜ

余寒氷

368 けさ〔は〕また柳なみよる風さえてかげみし水もむすぼ丶れぬる

岡残雪

369 岡のべや梢はさすがかすむ日も松かぜさむみのこるしら雪

原若菜

370 待つけてわかなつむとや雨はる丶朝のはらに人のゆくらん

沢若菜

371 おりたちてね芹やつまんのどかなる日かげにぬるむ春の沢水

茅屋のとなりにありけるうなゐごの、をとつしばかりよりあけくれなれむつれきてあそびける、いとさかしうらうたくて、やに」（1ウ）あれば、声を聞つけてはしりきなどせしを、こぞの大みそかよりなやましうふしくらし侍りし、風にやなどこと丶ひしが、よべよりことのほか病おもくなりて、にはかに何くれとさわげどかひなくて、けさ身まかりぬときくに、むねつぶれて、なみだのほろ〳〵とこぼるれど、なれぬるなごりにや、なほなき人ともおもひ定められず

372 したゞみて物がたりせし声もなほ聞心ちしてうかぶ面かげ

373 夢かとて今さら何とたどるらん思へばたれもうつゝなきよを

初春なれば、なべて世の人のいとふ中にも、無常は迅速にして時をえらまず、けふははつねなどいふをきゝても、このをさなき子を思ひ」（2オ）いでゝ

374 みちのべに引すてられてはつねのび千年をしらぬ松も有けり

いたくかすめる日、あらし山に雲のかゝれるをみて

375 まだきより春を深めてかすむるは花かとのみぞみねの白雲

里鶯

376 とひよりて聞ばや声もうちかすむかた山里の鶯の声

竹鶯

377 けふよりはねぐらをしめよ陰ふかきそのふの竹にき鳴鶯

ね覚鶯

378 かすむよの月のなごりにあくがれてね覚とひよる窓の鶯

正月十五日の夜の夢に」（2ウ）

379 よしあしもあなわづらはしふみ月のいつかこのよの夢をみはてん

いかにおもひていへるにか、首尾もせざることを。

桜

380 あだに散うさもわすれて桜花色かになるゝ春の木下

寄花夢

381 春の風吹なさそひそうたゝねの夢ばかりなる花の盛を

夕山吹

382 とひよりて宿りもとらん山吹の色にくれゆく里のかきねを

ある人の七十賀に、逐年梅盛といふことを

383 春ごとに色かを添て咲梅の花にいくよのさかえをかみん

柳垂糸　北林禅尼手向

384 打なびく色もめづらし青柳のいとゆたかなる枝のはる風」（3オ）

竹間花

385 よをこめし霞ながらに呉竹の葉ごしの花の色ぞ明行

岡藤

386 行ずりに袖さへ色にゝほふまで藤咲つゞく岡ごえの道

摘菫

387 すみれさくかきねの小草露分てとひこし春のゆかりにぞつむ

曙花

388 立ならぶ梢はわかで軒ちかき花よりしらむ宿の明ぼの

古砌菫

389 あれはてゝ野となる庭のすみれぐさこゝぞむかしのかきねとや咲

湖帰雁」（3ウ）

390 遠ざかる声ばかりして行雁のかげもとゞめぬしがのうら波

折早蕨

391 長閑なる春の日ぐらしうちむれておるてにあかぬのべのさわらび

殿にて、つねにある所の軒ばの花のさかりなるに、人々うちよりて大なる枝どもおろして、とり〴〵あかれゆくにおもひしこと

392 おらでたゞかくながらみよ庭桜風のさそふもをしくやはあらぬ

さくらはをる所よりくつれば、いとをしきことかぎりなし。ことしげきにこの花をみて

393 〔こと〕しげみをし分ねばなべてよの花のさかりを一木にぞみる

394 うつるひも光をそへて咲にほふ花のさかりの朝戸出の庭」（4オ）

早春雪

395 〔立そ〕めて春の日数のつもらねばかすめる空にあはゆきぞふる

鶯出谷

396 よの春をいかにしりてか光なき谷の戸いづるうぐひすの声

待花

397 よしの山花まつ比は朝な〳〵心にかゝるみねのしら雲　可吟味

橋霞

398 たえ〴〵のかすみの遠にあらはれて朝風わたるうぢの川はし
参仕退出のみちに梅さかりなる垣ねをすぐとて
399 この春もゆきゝになれてみはやさん主もしらぬ宿の梅がえ」（4ウ）
400 この宿をとふとはなしに行とくとなれしかきねの花の下〔道〕
行かふ人の追風に梅がゝのかほるに
401 たが袖もくゆるばかりに成にけり梅さかりなるよもの春風
岡ざきにすみ侍りける友をとふとて
402 〔霞〕みつる里はほのかに見え初て分こしかたぞゝことしも〔なき〕
403 うぐひすの声なつかしみとめくれば此山かげぞ梅さかりなる
柳弁春
404 青柳のいとゝくみするみどりよりなべての木々も春やしるらん
早春鶯
405 〔白雪はまだ〕消あへぬ園のうちに春ぞと来鳴鶯の声
松有春色」（5オ）
406 〔春〕ごとにみどりを添て松がえの色は千歳の後もふりせじ
余寒風
407 〔春を浅みゆき〕げの雲をさそひきて空さえかへり山風ぞ吹
にしのやまをみれば、そことなくかすみわたれるに、花のかのほのかにうちかほる
に、さきぬとみえて、といはまほし
408 〔心あ〕てに尋てもみん山かくすかすみも花の色にゝほへり
409 〔名に〕たかきさが山桜咲ぬらしにし吹風に花のかぞする
清続とゝもに西のゝに出て眺望するとき
410 山とほき都の南雲はれてふかきかすみのかぎりをぞみる
411 うすくこきかすみの色にあらはれて遠近しるき春の山々」（5ウ）
412 深くなる夕の色は山々のとほざかりゆくかすみにぞしる
月あかきよ、花をみて
413 この春は月の比しも咲みちてこゝろありける花ざかり哉

山残雪
414 山陰は春もあらしの猶冴てこぞみしまゝに残るしらゆき
遠尋花
415 尋入山はいく重ぞしら雲のにほはぬ花に家路わすれて
初春待花
416 春にけさ立そふ花の面かげも霞にこもるをはつせの山
朝見花
417 〔うち霞む〕とほ山ざくら色ぞ添いづる朝日のかげにゝほひて
海辺霞」（6オ）
418 〔よ〕せかへる色もわかれず難波がたあしべをかけてかすむ夕波
春雪
419 〔冴かへるよは〕のあらしにふりそひて雪まもみえぬけさの山のは
かのつねにある所の花のさかりに松風をきゝて
420 〔いつ〕もきくものともなしやさく花のかたへにつらき松風の声
二月十八日、周尹にとぶらはれて嵐の花みんとてうちつれていづるに、雨いたくふ
りいづ。道もあしうなればやにかへるに、そらいとよくはれたり。けさよりいくた
びとなくかゝり、たま〳〵閑暇を得ていでゆかんとするに、さはれば心やまし
421 行かへり花に心をつくせとやふりも定めぬけふのむらさめ」（6ウ）
また雨のふりくるに　周尹
422 〔思ひや〕る花のためにもつらき哉心さだめぬ風のむらさめ
423 山ざくらちりもこそすれ春雨はよしはれずとも思ひたゝなん
さらばとていでたゝんとするに又
424 はれまゝつ心も花の雨やどりかりのいとまものどかなる友
425 はる雨の雲もはれ行あらし山日はたけぬともおもひ〔たゝば〕や
かへし
426 よしさらばこよひは花のかげにねて嵐の桜ちるをだにみん
かくいひつゝ京を出はなるゝ比ほひ、またくらがりて雨ふるに、発句せよといへば、

427 ふらばふれぬればぬれなん花のあめ　このたびはかく思ひさだめてゆくほどに
はれたり。あらしの山をみればむら〳〵」（7オ）雲のかゝりたるやうにみゆるは、
花のさかり成べし
428 〔雨はいま〕はるゝあらしの山のはにむら〳〵かゝる花のしら雲
とかくいふほどに又ふりきぬ。この度はしきりてふる
429 〔雨〕まぜに吹くるかぜの嵐山いかなる花かちりのこるべき
御室のあたりにや、木だかき下みちをすぎてかへりみれば、花一木雨はるゝ雲まの
夕日ににほひあひたり
430 松しげき木下みちを分すぎて立かへりみるはなの一もと
広沢にて
431 尋来て水の心も広沢のめぐりの山をうつしてぞみる
432 春風に汀の桜吹みだし花の波よる広沢のいけ
433 春風によせくる波の白あはも汀の花のちるかとぞみる」（7ウ）
二尊院に行て何くれとうちかたらふに、〔あ〕らしの花もさかり過ぬとき〻て
434 春雨にふりはへとひしさがの山さればよ花のうつろひにけり
435 心あてのあらしの花はよそにしてまづことのはの友をこそとへ
436 春雨にぬれつゝとひしかひもあれやさが山ざくら散のこるかげ
このちかきわたりに涌蓮道人すみ侍りけり。そのもとへとていひやる
437 草のいほにすます心もいかならん花の為うき雨風の空
かけひの水の、よにいるまゝしづかなるに
438 くるとあくとにごりに染し心さへすますかけひの水の音なひ
439 此まゝにすみもはてばや山水のよにながれてはにごりもぞする
かへし　上人
440 山かげやかけひの水のよしづかにかたらひあかせことのはのとも」（8オ）
かへし
441 浅からぬ心の水を汲てとふかひも有けることのはのとも
けふしもとひけることなどいひて　上人
442 山ざくらちらまくをしと春雨のふるに付てや人はとひけん
かへし
443 山ざくらとはずはいかで雨にそふことばの花の色をしもみん
上人
444 桜がり雨に一よの宿かして我心さへはなになりぬる
かへし
445 浅からぬ心の花をしればこそさくらのかげもよそになしつれ
446 ぬれ〳〵も雨にとはずはことのはの花の木かげにやどりせましや
ゐまちの月ほのかにさして、軒ばの花にうつろひたる、いはんかたなし」（8ウ）
447 あやにくの色をそへけり山かげのをぐらの花にかすむよの月
周尹の主の詠もあれど、あまりあまたなれば追てかきとむべし。かくものがたりし
て、しばしまどろみけるに、暁のかねにおどろかれて
448 いまはとて起いづる花の朝露に心とまれと色かをやそふ
449 わすれめや花の木かげのをぐら山ふもとの寺の春の明ぼの
450 かへりみてさらに別を〻しむ哉一よなれぬる花のこのもと
かくかき付て、上人のまくらがみにおきて、嵐の花もうしろめたくてたちいづ。さ
こそいへ、まだちりのこりけり
451 散残る梢もそれとしらみゆくあらしの山の花の明ぼの
猶おくふかき花みんとしも思はで、周尹は渡月橋をわたりて松尾に行とて別なん」
（9オ）といへば
452 花にきて花になごりもとめず行ひとの心ぞ風よりもうき
かくてわかれて野路をかへるに、ひばりのあがるを
453 朝まだき人めもたえてかすむのは分行袖にひばりたつ也
日たくるまゝ花みにゆく人にあまた行あふもむつかしければ、人けもまれなりしき
のふのみちをもとめて、辰刻さがりにやにかへりぬ。
十九日、けふはいとよくはれてうら〳〵とかすみわたれるに、周尹もとへいひやる
454 うかりけるきのふのさがよ雨風もなぎたるけふを花にくらさで

廿日、しなの、かみが二尊院にまかりけるた」(9ウ)よりに、涌蓮道人のもとより
455 草のいほにすます心は心にてうきはかはらぬ花のあめ風
456 春ごとのあらしのさくらみればこそうきよのさがも住かひはあれ
　これはいんさきのかへしなり。後の歌は周尹かたへとあり。
行路梅
457 咲つゞく花の下みち分ゆけば手折ぬ袖も梅がゝぞする
山吹
458 すむやたれいはぬ色なる山吹に暮行春をかこふかきね〔は〕
かのつねにある所の花の、雨のあした半落花するに、人のうへにとりて思ふことのありて、459 さかりなる花をやねたむ夜の雨　などひとりごちたるに、また」(10オ)雲のかへしの風ふけば
460 夜の雨のつらさをかこつ朝戸出に又吹しをる花のはる風
暮春鶯
461 けふのみと暮行春やうぐひすの声のかぎりを鳴つくすらん
　正月末つかたにや、ことし三月下旬東武御下向御供にまゐれば、その比はいとまなかるべしとて、古瓦亭に餞別にまねかれて、まかりて、羇中山といふ事を
462 旅衣きそぢの末のはるけさをまづおもひやるけふの山口
　周尹、高尹、公強なども集会也。人々の詠ことしげゝれば追て可留」(10ウ)
夜梅
463 深きよの花の梢や過ぬらんねやのひまもる風のむめがゝ
余寒月
464 春ぞとは月もしらじな山かぜに雪ちりまがふかげの寒けさ
路若草
465 玉ほこのみちもさりあへずはぎすゝき生そふのべはふまゝくもおし
柳靡風
466 春風の吹かたしるくうちなびきみだれもやらぬ青柳のいと
朝春雨
467 朝戸明てむかふ梢もわかぬまで軒ばかすめる宿のはるさめ
　よべおびたゞしく雨ふりて、この朝け晴たり。よのまにおもひしもしるくちりしきたる花のかたよりて、いまもなほあらそひちる」(11オ)
468 庭たづみあとなき波のあとみせてこゝにかしこに花ぞかたよる
469 うかりける雨のなごりの朝戸出に露よりさきとちるさくら哉
松藤
470 久しかれ松にかゝれる藤の花これもときはの色にならひて
北林禅尼手向　春月朧　竹間花
471 風絶てかすみも深き春のよの更ゆく月のかげのしづけさ
472 吹分る風もかほりて呉竹のしげみがおくの花をこそみれ
迎称寺にて、残花何方といふ事を
473 山はみな青葉になりぬいづくにかのこるさくらの花を尋ねん
　けふはのどかなれば、東山の残花みんとて立いづ。そことなく花のかのかほりくるに、たの」(11ウ)もしくも又うきものゝ、又したはるゝ花の風などひとりごちてゆく。みかきの花のさかりなれば
474 むべしこそ嵐もきかぬ九重のみかきの花はちりもはじめず
　榎本亭に立よるに、この花も八重にてさかりなれば
475 八重桜春をかさねて咲にほふことばの花といづれまさらん
　この春はさはることのありて、花みにもいでたゝれぬよしなれば、476 しばしなる花のさかりも雨風のさはり思はでみる春ぞなき　とおもひつゝ、そこをいでゝ、資芳をとふに、やにあらで、附鳳にあふ。ともに物がたりなどして」(12オ)
477 とひよりし心もおなじかげしめて花の主のかへるをぞまつ
　とてまちつれどかひなければ、ともに立かへるに、附鳳主
478 花にみる心もおなじかげにしてうしやかはらんかへるさのみち
　などいひて別て、かも川の橋ばしらにいざよふ波の音をしるべにてわたりて、榎本に行てけふのさまをかたるに、かへさのみちのなぐさめにとて、かの庭の花を一枝おくらるるをみちすがら

479 木のもとは立わかれてもかざしくる花のかふかしかへるさの袖

見花

480 あくがるゝ心を道の〔し〕をりにてしらぬ野山の花をこそみれ」（12ウ）

人にかはりて、子日祝といふ事を

481 いざけふは子日の小まつ引つれてたれもよはひをのべにあそばん

東におもむくべきなごりをしまんとて、榎本亭にまねかれて、行路霞といふ事を

482 立別れとほざかりなばかへりみる都の山もかすみはてまし

惜花

483 散花のなごりぞつきぬをしみきて又一年のはるの木のもと

資芳より旅の調度などおくりて

484 かりがねにおくれぬ旅もかへるさは秋よりさきの契たがふな

かへし

485 かりのくる秋をもまたじかへるさの雲井はるけき旅にはありとも」（13オ）

十日のよ、月明なるに、こん月のこよひはいづくのやどりならんなどいひて、よひのほどあそぶに、桜の青葉もるかげ、ほとゝぎすもよほしがほ也

486 花散しさくらの木のまもる月はかすみながらに春としもなし

馬杉老翁のもとより旅だちのことをとひて

487 たらちめにつかふるみちも二なき心にいそげ東路のたび

かへし、わすれにたり。」（13ウ）

やよひの初つかたにや、周尹入来ありて、御室のわたりの花みんとてさそはれて行しに、遊客あまた花のもとにあつまりて、いとさわがし。いつもこの花のさかりはかゝることぞかし

488 あだなれや人の心の花ざくらうつろふかげは立もとまらず

ならびのをかにやすらひたるに、雨ふりいづべくおぼえければ立かへるに、母のすき給へればわらびをとりてかへる。過つ日、さがのかへさにもたづさへかへりしなど思ひいでゝ

489 西山の花みてかへるをり〳〵のつともかはらぬみねのさわらび

かへりつけば、思ひしもしるく雨ふりいづ。国女父の賀に春松久友といふ事を

490 〔春にあ〕ふみどりの松や千年ともかぎらぬ老の友とみるらん」（14オ）

武佐勧進、同題

491 〔春〕ごとに色そふ松のことのはや老の千とせの友と成らん

やよひはじめつかた、殿よりさがの上人とうちつれてまかでいで、やにかへるに、軒ばいたくふりて、けふはふきかへける塵の中にすゑてものさわがしけれと、さかづきいだして、492 板やふく音もいぶせき山かぜをいとはずとひし心深さよ　と興じていふに　上人

かへし

493 いまよりはあかずとひきて春いくよ心の花のやどやからまし

494 春いくよとへかし花の色ならぬ心のまゝのよもぎふのやど

折ふし、桜山吹などおほく折て、人のもとより」（14ウ）おくりけるをさかなにて、などいひて

495 折よくもおくる桜の一枝にゑひをすゝむるはるのさかづき

母君にたいめして　上人

496 ものおもひなくてのばへし老にけふあひみる花は分てめづらし

母君にかはりたてまつりて

497 よはひなをいくよの春かのばへましことばの花に老もわすれて

花がめの花のちるを

498 かめにさす八重の桜もちりゆけばなべての花もさぞなとぞ思ふ

かへし　上人

499 見つゝこし山の桜のいかならんこの一枝にをしき夕かぜ

かへし

500 〔八重〕桜この一枝の夕かぜにことばのつゆはおくかたもなし

庭の山吹のあるかなきかに咲たるを　上人

501 〔しばし〕とは思ふ物からことのはもなくてはいかゞ山ぶきの花」（15オ）

かへし

502 〔こと〕のはの露かゝらずは木がくれて咲山吹もかひやなからん

かくいふほど公強来れり。しる人にこそせめといふに、これももとより上人とした
しき人々にてぞ有ける　　公強

503 一枝の花もこよひは折にあひて君が情の色やそふらん

かへし　　上人

504 おのづからあふに心もうちとけて花にやはらぐ春のよの友

かへし

505 あひにあふことばの花もとり〴〵にあかずかたらふ春のよの友

夕月ほのかにさして初夜のかねの音づるゝも、うちかすみたる空のけしき、たとし
へなくしづけし　　上人

506 しづかなる心ならひに市の中ものどかにやみる朧よの月」(15ウ)

ともにみだりがはしきゑひ心ちに口すさびし事なれば、いと心得ぬ事もおほかれ
ど、たゞむかしの恋しきまゝにかきとめ侍になん。
これもいつのとしにや、三月十二日けふはさが山の花みんとて、資芳、賓興、この
やどをよぎぬみちなれば立よるべしと也。このごろは日まぜに雨ふりて、けふはい
かゞなど思ひしを、いとよくはれて心にかゝる雲もなし。されど朝戸出の袖のさむ
きは、れいの風などにをかされけるにや

507 さくら花待どほなりし年なればさかりもいまだ朝さむきそら

周尹などもさが山の花にはかならずと」(16オ)契りしを、あとの廿よかのほどより、
みのゝくにへときく。さかりの比はのぼるべしといひおけど、いまだ便もなし。と
しごろともなひければ、いとさう〴〵し

508 契つる人しもさぞなさがの山花さくころとおもひいづらん

みのこくすぐるほど、二人うちつれてとぶらはる。せちにいざなはるゝに、茶など
煮てしづかにものがたりするもいとよし。心ちもなやまし。けふはこゝにて日くら
してよといへど、おもひ立ぬるけふなればとて、もよほしたてらるゝに、さらばと
て立いづ。野山のうちかすみて、のどかなるをみれば、物むつかしかりし心もなぎ
ぬ。ならびのをかにて、兼好法師の墓といふ所にふりたるさくらあり。それに

509 春ごとの花はむかしに」(16ウ)かはらねど詠し人はこのこけの下

とかき付たり。こゝにて身まかりしとはきかねど、なきあとのしるしはいづくにあ
るもおなじことぞかし。などかさもよまざらんとうちながむるに、〈あはれいくよ
の春をすぐさむ〉といひしもおもひいでゝ

510 かくしつゝ我もいくよか古寺に残れる花の春をとはまし

とぞおもひし、かの人々もあはれなることどもいひ〳〵て、御むろのかたにゆく。
この花はまたなべてこそさかざりけれ。いま三日四日ばかりあらば、さかりなるべ
くみゆ。みめぐりて、妙光寺といふにゆく。御室のにし北にあたれり。いまだ詣ざ
る寺なればまうでつ。やがて広沢にいづ。池のほとりにやすらふ。にほ鳥のこゝか
しこにあそびたるけしき、いとしづかなり。汀の花も」(17オ)けふをさかりなれば、
立さりがたくて酒たうべ、かたみに思ふことゞもいふに時うつりぬるなるべし。心
あてのあらしの山にきつきたれば、花のいろもおぼろなるまでくれにけり。三神、
柚木、谷村などいふ人々これも花見に来て、いまはかへりなんとするをしひてとゞ
めて、大井の川辺におりゐて、又さかづきをめぐらす。山はくれて花の色のほのか
なるをよめといひければ

511 山まつの梢はわかずくれはてゝほのかに花の色ぞのこれる

人々の詠いとおほかればえとゞめず。涌蓮法師もとひきて、興に入ぬ。月ほのかに
さして、いはんかたなくしづけし

512 大ゐ川月と花とのおぼろよにひとりかすまぬ波の音哉」(17ウ)

よもいたく更ぬれば、人々あかれなんとするにもみすてゝかへる心ばへをいひ、ま
たやどかる花のもとにもなほ別をなど、さま〴〵なり。こなたは涌蓮、資芳と、も
にあらしの山のふもとにやどる

513 大ゐ川かはべのいほにやどかりて岩せの波を枕にぞきく

又の日は西芳寺のかたにゆくべしとて、うちつれて、まづ法輪寺にまふづ。こゝも
花盛也。松の尾にまうで、月よみの社をすぎ、西芳寺につく。夢想国師の開基とぞ。
池の心ひろく、岩のたゝずまひかどありて、いとおもしろし。いたくかうじたれば、
この小川のうへにあなる能済軒といふに行て、くふものをこひて」(18オ)いかふ。

この庭に一木花あり。所がらしづかにて、ちることもしらざるやうにて、このよのほかの心ちす。涌蓮法師に後のよのことゝひきくに、いとゞ立かへるべくもおぼえぬを、俄に風あらましくふきて、雨ふりいづべきけしきなるにもよほされて、しひて出たつ。かみのゝはしとやらんいふわたりより、雨こぼれいづ。野を横ざまに行て、うづまさにつく。こゝにて物外禅尼にあひぬ。これはけふさがの花見に行てかへらるゝとぞ。うちつれてかへるに、雨はおなじさまなれば、いたくふりいでぬ。さきにとていそぎてくれ過るほど、茅屋にかへりつきぬるに、思ひしもしるく、やがて」(18ウ)かきくらし雨ふり、又の日のつとめて、賓興のもとへ

514 もろともに立かへりなば花にうき雨をもよそにきかまし物を

甲斐守義方が亭にて、正月初て歌よみけるに、子日松と云ことを

515 さかゆべき春をぞかねて契おく千よの初ねの松のことのは

北林禅尼君手向　帰雁

516 春のよの月待ほどの夕やみに友よびかはしかへるかりがね

残花少

517 をしめなを散ゆくまゝに茂りあふ梢の花ぞのこるともなき

518 きのふまでのこるとみしも散そひて青ばの底の花ぞまれなる」(19オ)

三神法橋かたにて、二月に毎日有春といふ事を

519 あすはまた鶯さそへさく梅の匂ひくはゝるけさの春風

520 玉くしげ明る日ごとに花鳥のいろねくはゝる此比のはる

521 子日せしきのふの春ははやふりぬ小松がはらのけさの鶯

これもおなじかた　梅近聞鶯

522 うゐて待軒ばの梅の咲しよりよそにうつらぬうぐひすの声

523 梅花咲初しより鶯の声をもやどのものとなしつる

524 宿ちかくうつし心の色みえて軒端の梅になるゝうぐひす

菫菜」(19ウ)

525 あれわたる垣ねの菫哀たがゆかりの色にいまもさくらん

信濃守貞楨が亭にて、夕春雨といふことを

526 立こめてくるゝもわかぬかすみぞとおもへばやがて雨になりぬる

門柳

527 春くればさせることなき賤が家の門の柳のいともめかれず

春雨

528 霜がれしふるのゝ草はいまよりやみどりになびく春雨の空

谷春雨

529 かげ深き谷の木のめも春の色をよそに過さぬ雨ののどけさ」(20オ)

殿にて、垂柳蔵水といへることを

530 春風の吹ほどばかり青柳のかげゆく水の色はみえけり

江春月

531 のどけしなかすみも波にみつしほの入江おぼろにいづる月かげ

夕帰雁

532 かへるさも花にわすれて白雲の夕ゐるみねをかりの行らし

行路梅　迎称寺

533 ゆく袖に匂ひもふかくうつるまで花咲つゞく梅の下みち

梅移水

534 水きよみにほひもうつす心ちして梅がゝよするなみのはる風

迎称寺にて、花逐年珍といふ事を

535 春ごとにおもへばこぞの色よりもいやめづらしくむかふはつはな」(20ウ)

馬杉老人八十賀　寄花祝老

536 万代も老かくるべきかげなれやふりせぬ春の花のかざしは

春霜

537 さらにけさおく霜しろくくれ竹のよのまの風や冴かへるらん

538 ふるとしもみしはかはらぬ朝しものうすき色にや春をわくらん

帰雁連雲

539 羽風にもはらひやはてぬ白雲に半きえゆくかりの一つら

夜帰雁

540 春のよの夢のまくらをとひすてゝやみのうつゝにかへるかりがね」(21オ)

鶯

541 花になく心のいろもおのづからねにあらはるゝ春のうぐひす

542 くれ竹にねぐらはしめてあさな〳〵花にうつろふそのゝうぐひす

待花

543 春きてもまだ雪消ぬみよしのゝ花の下ひもいつかとくらん

武者小路殿にて、若木梅

544 咲そはむ色かをこめて梅がえの花もわかきの春ぞのどけき

545 色もかもとしにそふべく咲梅のわかきにちぎるゆく末のはる

殿にて春日社が法楽に、花盛を

546 なべてよは花のさかりと成ぬらしさくらにゝほふよものはる風

547 野山にも心ちらさで花ざかりけふもみぎりの春にあそばむ

霞」(21ウ)

548 ふりつみし雪もけなくに立初るかすみや春のいろ〔を〕分らん

549 日にそひてさぞな木のめも春がすみふかくなりゆくみよしのゝ山

嶺霞

550 春くれば高ねかすみていこま山夕ゐる雲の色もわかれず

行路霞

551 たどりつゝ猶分ゆかんさくらがり花のかながらかすむ山路は

山霞

552 へだてなき光もみえてくる春のかすみにもれぬよもの山のは

553 春をあさみまだ消あへぬ雪もけさかすむと山の色ぞのどけき

江霞

554 住の江の春のみるめの一しほや波まにかすむ松のむらだち

柳帯露

555 吹となき春風みえて露ながらなびく柳のいとものどけし」(22オ)

花未飽

556 けふもまたみぎりのさくらなれぬともおもはで暮る花の木本

557 分のこす野山をおほみさくら花心ゆくまでみるはるぞなき

花色

558 ゆく末の千よの春しる家ざくらあかずよけふの花の円ゐも

惜花

559 年のうちの花はさながら色もあらじ春の桜のめうつしにみば

花枝

560 ふかぬまもかねてぞをしむ山かぜのさそはゞなげの花の木下

関花

561 日のめぐるかた枝よりまづ咲そめてさかりをのこす花ぞのどけき

花移池水

562 あふさかやとざゝぬよにも花にうきあらしはとむる関もりもがな」(22ウ)

563 かげうつす汀のさくら咲しよりいけの心も花にそむらし

寄花灯

564 月おそき木かげの円ゐさよふけて花にかゝぐるはるのともしび

565 かゝげみる花の光やまさるらんさくらにしらむまどのともし火

寄花述懐

566 色にかにおもひぞいづるさくら花めでこしよゝの人の心も

惜落花

567 をしむ我心もともにさそはれて散かたしたふ花のはる風

山家花

568 いかなれやよをもいとひし山里の花の色かにそむるこゝろは

569 かをとめて人やとひこんかくれ家の軒ばの山の花のはるかぜ

花始開」(23オ)

570 咲そはむ色をもこめて朝まだき霞む梢にゝほふ初花

571 山ざくらけさや咲らん立さらぬ雨のなごりの雲の一むら

見花

572 咲しよりみぬ日なければ蝶鳥も友とやなるゝ花の木本

573 すがのねの長き日ぐらしみても猶あかずよ春の花の木下

榎本亭にて、月前梅を

574 花の色はかすめる月のさよ風におぼろげならずにほふ梅がゝ

575 霜雪の色よりも猶身にしむはおぼろ月よにゝほふ梅がゝ

早春川

576 氷とく春のひかりの早せ川岩こす波の音まさり〔ぬる〕

577 水上の雪げしられていとはやもに〔ごり〕初ぬる春の山川」（23ウ）

殿にて春祝と〔いふ〕事を　春日〔社〕法〔楽〕

578 みかさ山ふた葉の松も一しほのみどりにこもる万代のはる

早春川

579 いつのまに氷ながれてよしの川早くも水の春をみすらん

桜柳交枝　新玉つしまにて

580 枝かはす柳桜も色やそふこゝに都の春をうつして

当座五十首中　初春

581 さえ〴〵し雪げの空も春くれば霞にまがふ山のはのそら

遠帰雁

582 かへりゆくつばさは消て声ばかりほのかに残る天つ〔か〕りがね」（24オ）

嵯峨山の花みにまかれりけ〔るに〕、はやうちりすぎて侍りければ、かひなくて山ふかく尋ね侍るに、一木散おくれたる花のことさらにめでたくおぼえたれば

583 吹のこすあらしの山のさくら花さかりをのみやあはれ〔とは〕みん

栽梅待鶯

584 ことしよりねぐらもしめよ鶯のやどにとうへし梅のはつはな

山家梅

585 山里もへだてぬ春の光とはかきねの梅のいろかにぞしる

落梅浮水

586 池水に散うく花を吹よせてさゞ〔浪か〕ほるむめの〔はるかぜ〕」（24ウ）

挿頭花　月真院

587 山ざくらかざしてかへる里の子に花の所をとひつゝぞ〔ゆく〕

588 色かにはかくれずとてもさくら花かざして老をしばし〔わすれん〕

新玉つしまにて、若草を

589 いつしかと名もわくほどに生たちてみどり日にそふのべのわかくさ

柳似煙

590 名残なき朝けの後もうちなびく煙や遠の里の青柳

柳帯露

591 よのほどの雨のなごりを猶みせて柳におもきけさのしら露

当座五十首のうち、岸柳

592 川岸の水の煙の絶まよりほの〴〵みえてなびく青柳」（25オ）

暮春月

593 をしと思ふ春の日かずはくれそひてよな〳〵おそき在明のつき

三月尽夕

594 かねの音にかすみてくれぬはつせ山ひばらがおくも春やのこらぬ

庵春雨

595 庵ふりてふるともわかぬ春雨を色そふ軒のしのぶにぞみる

596 〔音〕づるゝ軒の雫もかすかなる春の雨夜の庵のさびしさ

円海寺周円勧進、石見国人丸社奉納

早春風　水辺柳　社頭花

597 よる波の音ものどけし石見潟うらふく風にはるや〔たつらん〕

598 春雨にいとそめかけて池水のあやおりそふる青柳の〔かげ〕

599 みづがきの久しくなれどこの神のこ〔とば〕の花の色ぞふりせぬ」（25ウ）

潭空亭当座に、帰雁幽

600 立かへるなごりいまはの春の雁声もこしぢの空にか〔すみ〕て

601 かへりこむ秋まつほども久かたの雲井に消るかりの一つら

梨

602 たぐふべき色かもよゝになしつぼのことばの花をたれかすさめぬ
いはふ事ある所にて、花契多春といふことを
603 ちるといふことをもしらぬことのはの花にをちぎれ万代のはる
604 桜花あかぬ心をよはひにてつきせぬ春の色かをもみん
野雲雀
605 若くさのあをむ春のをよそにしてかすむみ空にひばりたつ也
606 声ばかりそこと聞えてかすむのゝ芝生の床にひばりおつ也」（26オ）
北林禅尼手向　藤
607 夕日かげのこる梢は一しほにむらさき深き松の藤なみ
608 心とく桜はちりしいけ水に夏をかけてもにほふふぢなみ
是も同じかた　子日
609 子日するのべのこまつの二葉よりかねて千年の色ぞみえける
河苗代
610 こん秋のたのみもさぞな川ぞひのなはしろ水はゆたかにぞ引
611 山ちかきたよりの小川せき入しなはしろ水ぞ末ゆたかなる
当座五十首の中に　雪中〔鶯〕
612 猶冴て雪の古巣をいでがてに鳴ねもとけぬ春の鶯」（26ウ）
迎称寺にて、夕春雨といふ事を
613 雨かすむ野山の色はくれはてゝ音のみ残る軒のたま水
614 ふりしめるわらやの軒端さらになほかすむや雨のくれがたの空
是もおなじかたにて、松添春色
615 春くればおなじみどりも色そへてときはの松のかけぞふりせぬ
榎本賓興亭にて、春のゝにいでゝといふことを
616 年ごとの春のゝにいでゝつみつればわかなや老のかずをしるらん
元雅亭にて、橋霞を
617 うちわたす水のはる風吹たえてけさは霞のよどの川はし
618 山かぜの吹ほどばかりと絶してかすみわたれるみねのかけはし」（27オ）

茅屋にて、氷始解といふ事を
619 うちいづる波の花にはいとはじよ氷吹とく水のはる風
春月幽
620 うらみあれやことゝふよはの月だにもかすみにうときよもぎふのかげ
野菫
621 たが袖のゆかりとやさくつぼすみれきやどる人もみえぬ野原に
夕蛙
622 春深き日かげやなれもをしむらんくるゝ野沢にかはづ鳴也
623 春深き井手のわたりの夕まぐれ霞む汀にかはづ鳴也
田蛙
624 所えてかはづ鳴也せき入し山田の水はすみもあへぬに
625 せき入し小川の水やすみぬらん小田のかはづの所えてなく」（27ウ）
迎称寺にて、依花待人といふ事を
626 みよしのゝ花しさかずは古郷に春も人めのまたれましやは
627 月雪はよしうとくとも一年にまれなる花の春をだにとへ
花色
628 朝まだき霞にゝほふ初花に立まがふべき色やなからん
花形見
629 うきながらかたみとやみん桜花散てのゝちもかほるはる風
残（花〔朱〕）
630 あすまではさてもあらしの山ざくらわづかにのこる花のしら雲
山家花
631 春くれば都の人をまつの戸の花にはよをばいとふともなし
632 ちらば又たれかはとはん山陰の軒ばの花よ風にしらるな」（28オ）
交花
633 咲しよりあそぶこてふとみをなして花になづさふ春の日ぐらし
634 咲匂ふ花にゝげなき麻衣立まじる袖の色もはづかし

635 〔野〕へ山へけふも桜のかげこひて花ゆゑ友にうとくなりぬる
636 さくら咲春としなればかげとひて友にはうとき花の此ごろ
637 桜咲春の山べに交りつゝおきふしなるゝ花のこのもと
春関
638 いくむかし立へだつらん春ごとのかすみを不破の関戸にはして
639 清みがたかすむ夕や旅人の心をとむる春のせきもり」（28ウ）
迎称寺にて、紅梅
640 咲まじる中にも分て紅のこそめの梅の花ぞめかれぬ
初春の比、けぢかき松のかすめるをみて
641 一本の松の梢もかすむ也けさいかならん住の江のはる
滝霞
642 おちたぎつ山はかすみにつゝまれて音のみむせぶせゞの岩波
643 松風の声かときけば立こめし霞のおくにおつる滝つせ
於矢部亭　霞添春色　神祇二題懐紙
644 雪消るとほ山まつの春のいろをいま一しほと立かすみかも」（29オ）
二月十九日つとめて、風のいとさむきに軒の梅のちるを
645 さえかへるけさのあらしにちる花を猶しも雪のふるかとぞみし
廿日、ひねもすよもすがら雨ふりて、またの日いとよくはれたるに、梅のいたくちるを
646 雨をこそいとひし梅の朝づく日のどけきにしも花はちりけり
永屋亭にて、春といふ題を得て
647 氷とけ芦のかれはも春の色に立かへりぬる庭の池みづ
行路早蕨
648 道のべのをどろにまじるさはらびもおらでは過ぬ春の家づと
649 桜がりかへさの袖のしたわらび花に折そふ春の山づと」（29ウ）
岡蕨
650 我もいざをりめづらしき初わらびをかべのすぐろ分てたづねん

いたくかすめる日、松のむらだちたるをみて
651 時わかぬ松の煙もかげろふのもゆる春日ぞ立まさりける
夕山吹
652 たそかれの宿の山吹とひてみん花はこたへぬ色にさくとも
653 〔け〕ぬがうへに露や置そふくれかけておもげになびく山吹の花
春の歌に古今の詞をいれてよむとて
654 みし雪の面かげかへて春がすみたてるやいづこ遠の山のは
655 春たてど雪ちりかひてよしの山花も匂はぬ風のさむけさ
656 かすがのゝとぶひの野守老ぬらし幾よの春のわかなつみつゝ」（30オ）
657 桜花とはゞけふとへ春雨のあすさへふらばちりもこそすれ
658 古郷の春やいかなる春霞立をみすてゝかへるかりがね
659 色よりもかこそあはれとさそふらし花にうからぬ梅のはる風
夜帰雁
660 古郷にいかにいそげば霞よの月をみすてゝかりの行らん
661 なく声もおぼろ月よの春の雁いくへかすみの遠の一つら
折梅
662 をる袖にゝほひこぼれてよるの雨のなごり露けきむめの初花
663 今日咲ばとくもやちると梅花分てまだしき枝をこそおれ
里花」（30ウ）
664 年ごとに心は行てみよしのゝ花になれぬる春の古郷
665 花ざかりとふべき里のあまたあれば中々うときかたや残らん
古今の詞をよむとて
666 をしみこし我おもかげやかはるらん花のかゞみはむかしながらに
667 山ざくら花さかぬ身もある物をいたくなわびそよしやちるとも
668 白雲のみねにもおにもたつた山けふもや花のさかりなるらん
669 立つゞく柳桜にかすみつゝ都のにしきいく重ともなし
670 心してくはゝる春も有ものを花鶯のなごりだになき

671 あかず思ふ契の色のうつろはゞ花のちりなん心ちこそせめ
672 ちらぬまの契もはかな春過ば花みがてらにとふよしもなし
673 花さかぬわがみはいつを一さかり有なばちらんうさもなげかじ
674 あかなくにくれ行春の人ならばちりかふ花に立ぞとまらん
675 思ひねの夢のうちにもちるとみし人の心の花やいかなる」（31オ）

山家花

676 谷水のさそひいでずは山かげの軒ばの花をとはれましやは

千首のうちに、岸藤

677 岸たかみ及ばぬまつにうちよせてかへらぬ浪や春の藤枝
678 立どまりたれめでざらん行春のかた山ぎしに咲る藤なみ

松有春色

679 ときはなる松のみどりのあさがすみ立そひて春の色やわくらん
680 雪消てみどりにかへる松の色にまだき見初る春の一しほ
681 春の色をまだき砌の雪消てみどりにかへるまつの初しほ

夕春雨

682 入相の声さへしめる心ちしてかすむ野寺の雨のさびしさ
683 みどりそふ野山の色もわかぬまでかすみてくるゝ雨のしづけさ」（31ウ）

無題

684 花みんとうゑて待まの久しさを咲てのゝちの日数とも哉
685 山吹のうつろふかげをちりぬとや井でのかはづのねには鳴らん
686 鶯はそこともいはず花にねて古巣のはるやわすれはつらん
687 かへり入山にも春のゝこらねばよを鶯のねにやなくらん

花手向

688 かへりゆく春のたむけかさくら花ぬさとみだれて山風ぞ吹
689 たむくともうけじな神の心にもをしくやはあらぬ花の春風

春野

690 きのふみし霜の古葉の色もなくみどりにかへるのべのわかくさ

691 いろ〳〵の花のひもとく秋もあれど一つみどりののべのわかくさ」（32オ）

無題

692 けふのみと春を思ひて山かぜの心つよくやはなさそふらん
693 たが里もおぼろ月よの春風にぬしさだまらぬ梅がゝぞする

桃

694 紅のもゝさく山の夕がすみ空さへ花のいろにゝほへり
695 かすみさへ立もかくさず紅の夕日にゝほふもゝのにしきは

草漸青

696 雪はまだ消もはてぬに野べはゝやうすみどりなる春のわかくさ

浜霞　千首

697 みくまのゝうらの浜ゆふ夕かけてたてるかすみやいくへなるらん」（32ウ）

暁帰雁

698 つれなさのたぐひやはある霞よの月を残してかへるかり〔金〕

峰帰雁

699 名残あれやおぼろ月よの明がたにかすみて帰る春の雁がね
700 こして行山のはなくはかすむとも猶みおくらん春のかりがね
701 雲もいまかへる夕のみね越てなくねもかすむかりの一つら

帰雁幽

702 遠ざかるなごりをしゐてしたはずはそれともきかじかすむかりがね
703 声ごとにとをざかりつゝ行かりのそれともわかず霞はてぬる

武者小路殿にて、見花述懐を

704 花みつゝおもへば老となるまでにいくたびよその春をとふらん
705 かげなれて老となるまでいくとせか花咲はるをよそにみるらん」（33オ）

尋花

706 みちかへていづち尋ねん心あての花もまだしき春の山ぶみ
707 尋つゝ分入袖になほさえて花もにほはぬ春の山かぜ

翫花

708 かめにさしかざしに折てすがのねの長き春日を花にくらしつ
709 咲しより何のいろかもよそにして花に心をそめぬ日ぞなき

朝花

710 夜の雨の名ごり露けき朝戸出の軒ばの花に春風ぞ吹

峰花

711 ちらぬまも心づくしを風越のみねにしもなど花の咲らん

岡花

712 枝かはす契とならば岡のべのまつにをならへ花のさかりも」（33ウ）

落花庭満

713 けさみれば庭も笆もうづもれて雪を浅しと花ぞつもれる
714 庭のおもにむら〳〵みえし苔の色ものこるかたなく花ぞちりしく
715 ふりつもる雪の朝戸の明がたをあらしの庭の花にこそみれ
716 ふりうづむ砌の池のさくら花水にも消ぬゆきかとぞみる
717 さらにけさ所もわかぬ白雪をちりしく庭の花にこそみれ
718 こけの色ものこるかたなく散しきて花にぞたどる庭の通ひぢ
719 むら〳〵に残りし庭のこけの色もうづみはてぬる花のしら雪

花下

720 散ぬとも猶立さらじ春ごとになれてとひこし花の木下

伏見山の梅さく比はかならずとひてんとちぎり侍りけれど、このはる久しく風の心ちにわづらひ侍るほど、その比も過ぬなりときゝて、荷田のなにがしのがりいひ遣しける」（34オ）

721 さく花のあたりをいとふ風のまに契りし梅の折も過ぬる

ある人のあらしの桜、井手の山吹をうつしうゑけるが、花さきぬとておくり侍りけるを

722 手折きて君しみせずはこの春の花のさかりはよそにきかまし

この花、七日やう日かめにさしおくにいたくちり過たれば、などかみぐるしう、と人のいふに

723 手折こし心の色の深ければうつろふ花の枝もめかれず

ある日人の来りて、此比さがにまかりつる、嵐の花もさかりになど物語の序に、涌蓮道人、澄月法師、これかれ四人ばかり花みられし歌ざまもゆかしうて、妹をして歌をこはせしとて見せらる。月師は此五六年はいたく隔らるれば、歌みることもうとくて、いとめづらしくなやましさも」（34ウ）なぐさみぬ

道人

724 色かにはそむとはなしに春ごとの花にもなれしさがの山ずみ

澄月

725 ふもと川ふくもいとはずあらし山にほひわたれる花のしら浪

又こゝら花みる人の歌よみてといひければ、と有て

726 みよや此さくらにゝたることのはも波まにうかぶ花のひかりを

今二三首ありしかど、とゞめず。このうたどもをみるに、いはれたりとも覚えず。澄月は年をつみて修練久しく、さながらこの道にのみ身をよせける人ぞかし。みちのかたきことをいよ〳〵思ひしり侍り。

杜花

727 さほひめの春のよそひか咲にほふ花のにしきの衣でのもり
728 あさがすみ霞るもりの木のまより日かげにゝほふ花のしら雲

庭花をみて」（35オ）

729 うつりゆく月日もしらぬこの宿に花こそ咲て春を告けれ
730 軒ばなる花よりおつる露の音に春のねぶりも覚て淋しき
731 しづかなる宿にならはゞ庭桜花のさかりものどけからなん
732 まちをしむ心のほかのわざもなししづけきやどの花の木下
733 なべてよの春をやみする桜花うつる月日もしらぬ宿に〔ママ〕

花錦

734 よし野山霞の遠やいくむらの花のにしきをおり重ぬらん
735 くらべては木々のもみぢも一むらの花のにしきに立やおくれん

花便

736 さくら咲比にしなれば山里の花の便をまたぬ日もなし
737 心にもつねはかゝらぬ山里の便またるゝはなのこの比
738 春霞よしへだつともさくら花とはゞやとはん風を便りに
路苗代」(35ウ)
739 せき入しあぜのほそ道水こえて行きわづらふ賤がなはしろ
740 かへるさはしめはへてけりみちのべに水せきいれし賤がなはしろ
極楽寺にて、庭花といふことを
741 山かげやちりの外なる庭ざくらよに類ひなき色かをぞみる
野菫
742 一よねしなごりを、しみすみれぐさ咲る春のに日かずをぞつむ
梨花
743 春風におふのうら波立ぞ添汀のなしのはなやちるらん
松下躑躅
744 うちけぶると山の松の下つゝじ花もたぐひの色にこがれて
745 咲しより木下てらすつゝじはら松のみどりもうつるばかりに
花面影」(36オ)
746 立そふもうしやあらしの山ざくらをしみもとめぬ花の面かげ
747 山ざくら散ぬときけどなれてみし花のさかりの面かげぞたつ
花根
748 春ごとにちるとはみれどさくら花つきぬ色かやねにこもるらん
初春霞
749 けさはまだ霞もはてずみをつくしたちかへる春のしるしばかりに
750 けさはまだ立もつゞかで春きぬといふばかりにも霞初めつる
五十首当座よみ侍りける中に、朝見花
751 さくら花よのまの露にさきそひて朝日にゝほふ色もまばゆし
関花
752 あしがらの八重山ざくら咲にけりはるのあらしの関守も哉

山路尋花
753 はては又いとはむ風を便りにて花のかとむる春の山ぶみ」(36ウ)
754 分いれどなほ袖さえて吹風に花もにほはぬ春の山ぶみ
橋下花
755 旅人の花ふみ行とみえつるは梢にわたすきそのかけはし
湖花
756 吹きおろすひらの高ねの山かぜに花の雪ちるしがのうら波
池見元始亭にて、廿首当座よみ侍りけるに、松残雪
757 岡のべや梢はかすむ春日にも猶松かげの雪ぞつれなき
武者小路殿にて、江雨鷺飛
758 波遠く暮る入江にとぶさぎのつばさかすみて雨になる空」(37オ)
花のうた
759 梓弓おきふしなれていく春か花に心のひかれきぬ〔らん〕
760 色もかもさかり久しき桜花風ふかぬよの春をみす〔らし〕
761 大方の春に心のひかるゝも色かゆゑとも花はしらずや
762 あかず思ふ心よりこそ年ごとに花の色かのそふとみゆらめ
763 明初る遠山ざくらほの〴〵とかすみてかゝる花のしらくも
764 あだなりと花やかへりておもふらんつねなき色にそむるこゝろを
765 めできつる花よおほくのとしをへて春しらぬみもあはれとをみよ　遍昭歌〈苔のたもとよかはきだにせよ〉
766 春しらぬみにくらぶれば咲ちるもあだなる花の色かとはなし
767 咲てとくちるとなわびそさくら花春しらぬみもあればあるよぞ
榎本賓興亭、花盛久といふことを
768 桜花色かふりせで此宿のさかりをみする春やいくはる」(37ウ)
これもおなじ所にてや　逐年花盛
769 わすれめやことばの花もとしごとに咲そふ宿の春の木下
島霞　千首
770 春くればむろのやしまの煙さへ立もわかれずかすみこめぬる

771 春たてば松のみどりもうすゞみのえしまの波のかすむのどけさ
渡霞
772 立こむる霞のみをのわたし守なれし舟路もさぞたどるらん
池藤
773 影みだす水の春風ふかぬまに立よりてみん池の藤なみ
江藤
774 夕日さす入江の水のはる風に霞をもれてにほふ藤なみ
775 咲かゝる汀を遠みかすむ〔江〕の〔入日〕にゝほふ藤なみのはな」(38オ)
迎称寺にて、帰雁契秋といふことを
776 かへりゆく雲ゐのかりに秋かけて契ることばの露なたがへそ
野霞　千首
777 浅みどりかすめるのべはわか草のまだつまごもる春としもなし
山田苗代
778 谷川の水を心にまかすらしこの山かげのをだのなはしろ
暁鶯
779 在明の月かげにほふ梅がえに明るもまたできなくうぐひす
780 ねやながらたれかきくらん灯も猶残るよのまどのうぐひす
朝鶯
781 朝な〳〵咲そふ梅のかをとめて花になれ行鶯の声」(38ウ)
千首中に、夕山吹
782 くれゆくをおのが色とやゆふ露に咲ものこらぬ山ぶきの花
路山吹
783 行春の花のなごりと過がてに折てぞかざす野路の山ぶき
池山吹
784 春ふかき色にさけばや山吹のかげ浅からぬ庭のいけ水
785 いひしらぬ色にぞ匂ふ池水のみどりのうへの山ぶきの花
岸山吹
786 暮て行春をゝしともいは岸にうつろひかゝる山ぶきの花
787 桜花ちりものこらぬかたきしに心ありてやさける山吹
里山吹
788 とはゞやな春をとゞめて山吹の〔花〕にかこへる里の一むら」(39オ)
笆山吹
789 しめゆひし笆もみえず山吹の八重にかさなる花のさかりは
790 をしめなを露のまがきに春くれてうつろひかゝる山吹の花
春柳風静　誰亭の詠ぞ、不覚　榎本
791 浅みどり柳のいとのなびかずは吹ともしらじ庭のはる風
早蕨
792 都人とはずは春もつれ〴〵とひとりやをらんみねのさわらび
793 山かげのおどろかやはらかき分て誰かをりこし春のさわらび
山花盛
794 立こめし霞もけさは花の色に匂ひみちたるみよしのゝ山
遠山春月」(39ウ)
795 暮深みやゝさしのぼる月かげに霞も〔は〕てぬ遠の山のは
796 山のはもほのかにみえて深よのかすみの遠にいづる月かげ
雪中鶯　千首
797 春やとき花おそげなる梅がえの雪うちはぶき鶯のなく
故郷梅
798 住すてゝあれ行やどの梅花うゑてみしよの色かともなし
軒梅
799 さく花の軒のはる風ふかぬまも絶ずぞかほるやどの梅がゝ
海帰雁
800 海原やかぎりもみえぬ浪のうへをいづくとまりとかりの行らん
801 からろおす声かときけばこゝのうみの波路はるかにかへるかりがね」(40オ)
三位殿にて、若木桜

802 花はまだかぞふるほどのわかきに〔も〕千歳をこめてにほふむめがゝ

岡早蕨

803 霞そふ松の煙も春ふかしをかべのわらび今かもゆらん

804 春に又折めづらしき初わらびをかべのすぐろ分て尋ねん

行路早蕨

805 折そへぬ柴人もなしかへるさのみちの行てにもゆるさわらび

806 桜がりかへさの袖の下わらび花に折そふ春の家づと

迎称寺にて、夕藤を

807 咲かゝるたかねの藤の花なれや夕日にゝほふ紫のくも

岡藤　千首」（40ウ）

808 越わびぬ藤咲かゝる岡のべの春のなごりの花の下道

池藤

809 いつしかと藤さく池の水かゞみうつりにけりな春の日かずは

浦藤

810 あま人も心よすらしうらとほくみるめかすめる春の藤なみ

811 うつりゆく春の光をうら波にかげみし藤の色ぞあせぬる

夕梅

812 咲花の梢はそことみえわかで梅がゝふかくかほるゆふかぜ

梅〔似雪〕

813 さくむめの花は〔さなが〕ら白雪の梢を分てふるかとぞみる」（41オ）

矢部直妹正子、宮づかへ〔す〕とて〔あづまへまかり〕侍りけるとき、人々をまねきけるに、松間花を

814 いつしかとまつの木のまのさくら花かつ咲そめし春にあひぬる

815 すみよしのまつにあひ生の桜花色か久しきさかりをぞみん

武者小路殿にて、門柳漸緑

816 春のくる門の柳の朝みどり朝な〳〵ぞ色まさりける

817 かげとめてたれかよりこぬこの門の柳のいとのみどりそふ比

818 此かどの柳のみどりひにそひてのどけき春のしるしをぞみる

針医浜随軒土佐帰国のとき、餞別に柳条にそへて」（41ウ）

819 めぐりあはん折〔なた〕がへそたぐへやる柳の〔枝の〕わかれ行とも

海辺霞

820 春はなほ霞わたりて海ごしにそことも波のきちとを山

821 海ばらやかぎりも波のひとつ色にかすみ深むるうらの朝な〔ぎ〕

822 あま人のたくもの煙立やそふかすみぞ深きしほがまのうら

藤為松花　武者小路殿

823 十かへり〔の春〕まつほどはまつの木の花ともみよとかゝる藤浪

三月〔尽夜〕

824 まどろまで猶ぞをしまむ花鳥の春も〔一〕よの夢とこそなれ

825 暁のかね聞までとをしむよもかすかに成〔ぬ〕春の〔ともし〕び」（42オ）

寅年元旦、うちくもりて小雨〔ふり〕けるに

826 雨もよの空〔も〕はる立〔け〕ふとてやかすみのいろにまがひ初らん

先人の御事いとゞおもひいでられて

827 千よませともちゐのかゞみそなへつゝむかひしこぞのけふぞ恋しき

828 春きても心は霜の空さえて袖のつらゝのとくべくもなし

829 春きてもとけぬつらゝやつねもなきよを鶯の涙成らん

夕にかねをきゝて

830 年はけふあらたまれどもとゞまらぬならひはおなじ入相の声

二日つとめて、雪のちるを

831 冴かへり雪ぞふりくるけさまでもかすむとみえし初はるの空

四日にはいたくかすみたるに、山を〔みて〕

832 山遠くけさはかすみて消あへぬたかねの雪の色ものどけし」（42ウ）

人のわざするに、人のなく声の〔聞えけ〕れば

833 人ごとにちとせをいはふ春なれど歎にしづむやどもありけり

五日のよの明がたにや、うせたまひしみかげをみたてまつり、はらから友だちなど

いとにぎはゝしくつどひてあそぶとみし夢、覚ておもひかへせば、〔み〕ななくなりし人になん有ける
834 夢路にもまぎれはてなで常もなきうつゝになどか立かへるらん
いたくかすみて雨ふりいづるに
835 春くればふかくかすむとみしまでにくもるもわかで雨になりぬる
風のいとのどかなるを
836 梅がゝもいまさそふらし朝なゆふな袖さむからぬのべのはる風」(43オ)
けさは七種のかゆを仏に奉るにも、としぐ〜の春のおもひいでられて、いとかなし
837 けふなれどわかなもつ〔ま〕ずちよませといはひし人のかげしみえねば
838 此春はたがよはひをかのべにいで、雪まのわかなつみはやさまし
なみだのたえずこほるれば
839 春のきて日かげのどかにかすめども袖のこほりはとくべくもなし
古瓦亭にて、涌蓮道人の絵に梅花を
840 かたつえはかるゝ老木の梅花いかに分ける春のめぐみぞ
一日二日かなたこなたにやどりては、やにかへりてふしたるに、いと心やすかればば」(43ウ)
841 旅にして錦をしける床よりもなれしよもぎがねやぞふしよき
武者小路殿に〔て〕、初春霞
842 浅みどり春たちくらし玉だれのこすのと山もかすみ初つる
843 いとはやもさゞ浪とほくかすむ也春に明行しがのうらなみ
雪中鶯
844 うちとけぬ初ね鳴也春さむき雪の古巣のけさのうぐひす
寄梅祝
845 此やどのわか木の梅の初花やいくよの春のさかえみすらん
846 年々に色かをそへてさく梅のわかきにちぎる行末のはる」(44オ)
寄花述懐
847 かげなれてとしも古木の桜花あはれとおもへ春しらぬみを
848 さくら花あはれとおもへ光なき谷の朽木の春しらぬみを
滝辺花
849 落たぎついはねの桜咲にけりよそめは水のまさるとやみん
850 白玉のひかりをそへてかほる也たぎついはねの花のはる風
武者小路殿にて、関路鶯
851 あふさかの花よりさきの関守やゆきゝをとむる鶯の声
852 関山のゆきゝになるゝうぐひすはとざしせぬよの春やつぐらん
霞隔遠樹　同所」(44ウ)
853 立かくすかすみをもれて梢のみかつあらはるゝ山もとのもり
浦春月　是も
854 更行か煙たえてもしほがまのうらの名だてにかすむよの月
855 心ありてあまは煙をたてねども月こそかすめ松がうらしま
856 波とほくかげこそかすめもしほやくけぶりを何かうら波の月
三月九日、さがよりとて文をさしおきてかへる人あり。あけてみれば詞はなくて、
涌蓮道人の手して
857 あらし山花はさかりになりにけり雨ふらぬまにはやくとひませ
十三日、独歩、嵯峨ちり過にけるかとおもへば、さかりなれど、いとまばらなれば
858 いつよりも春さむからしあらし山ことしは花のいろかすくなし
庵室をとひて」(45オ)
859 さがの山あらしのつてにつげざらばさかりほどなき花をみましや
かへらんとするにとゞめらるれば
860 立かへり更にぞとはんこの比は花のたよりと人もこそいへ
大井川いたくかすみて、水のゆく瀬もみえず
861 大井川下はかつらの春かけていくへいくせかかすむ夕なみ
暮春花
862 咲ちるはほどなき花のさかりともまたでや春のくれて行らん
863 はかなくぞ春はくれ行あだなりと名にたつ花もうつろはぬまに

河落花

864 山かぜもよしやいとはじよしの川ちりしく波の花のさかりは

865 よしの川ちりかひくもる水上のあらしをみする花のしら浪

866 山かぜにちりくる花の大井川いくせの波もかにゝほふらし」（45ウ）

六帖詠草　春三

月真院にて、松間花を

867 松かぜもさかりをつげてみどりなる木かげの花のかにゝほふ也

花交松

868 枝かはす松のみどりのめうつしに花も一入の色やそふらん

武者小路殿にて、花下送日

869 咲しより木陰をつねの栖にておきふしなるゝ花の木下

870 おもほえず立ことやすき日数哉なれてもあかぬ花の下〔ママ〕かげは

榎本亭にまかりけるに、うへそへたる花のさかりなれば

871 うゑ添て咲つる軒の初花やふりせぬ宿の春をみすらん

磯花　月真院」（1オ）

872 春深き沖つしほ風吹たびに花の波こすいその松ばら

花似雪　同

873 日数ふる雪の梢とみるまでに八重さく花の色ぞかさなる

尼のなまめけるが、花を手折もたるをみて

874 よをいとふ心の花もすみぞめにさくとはみえず猶ぞいろなる

賓興勧進十三回忌

875 もとつかをしのびやすらん春をへて咲そふ宿の花をみるにも

876 十とせあまりみしよの花にうゑそへてもとつかしたふ春の木下

あかつきがた花のちるをみて

877 春もやゝうつろふ光誰みよと有明の月に花のちるらん

武者小路殿にて、花間鶯」（1ウ）

878 いざゝらばあひやどりせむ鶯もねぐらをしむる花の木下

879 くるゝのゝ夕の花の色そへてかすむ梢にうぐひすぞなく

880 花の色も一きはそへて夕日かげうつる梢にうぐひすぞなく

岸山吹

881 玉川の水ゆく岸に咲みちてうつるも清き山ぶきの花
882 よる波の岸ねは花にうづもれて八重咲かゝる井での山吹
883 うつり行春の光や玉川の水行きしの山ぶきの花
花浮水
884 ちりそひて流にうかぶ花のかもふかくなりゆく水のはる風
885 ちりしくもみるべきものを木下にさそふ水あれば花ぞ流るゝ
河上霞
886 水無瀬川かすみのみをのあらはれて一筋深き遠の山もと」（2オ）
887 浅みどり霞わたりて山川の春行水は色もわかれず
888 水の色もひとつみどりにかすみつゝ行せをたどる春の川なみ
暮山花
889 入相の声より後も花の色はかすみてのこるゆふぐれの山
890 をのづからくれ行花の色もみんと山のさくら雲なへだてそ
春述懐
891 花さかぬことのは草のうへにしもわが身にうとき春としらるれ
892 花になく春の心は身にしらでよをうぐひすの声かとぞきく
893 花鳥にこがれくらしてこの春もあだに過ぬる月日をぞ思ふ
今日風雨甚、わづかにちりのこりたる花をみて
894 ちりのこる花に心をくだけとや桜をそゝぐ雨風の空」（2ウ）
武者小路殿にて、三題内　依梅侍人
895 花ゆへぞ八重むぐらをもかきはらふ梅さくやどは人もとふとて
896 とはるべき宿ならねどもさく梅の花をあるじに人をこそまて
897 かをとめてとへかし梅の春がすみ立枝はよしやたちかくすとも
帰雁似字
898 うすゞみの一ふでがきの面かげにかすみてかへるかりの玉づさ
899 ゆくゑなくかきけつもじの面かげやかすみの遠のかりの一つら
900 かへり行夕の空にかきけちてそこはかとなきかりの玉づさ

901 うすゞみにかきまぎらはす玉づさの面かげかすむ春のかりがね
元迪叙法眼侍しとき、山花
902 殊更にのぼる位の山ざくら花もかひある色かにぞさく
903 咲つゞく限りもみえずみよしのゝ八重山ざくら末もかすみて」（3オ）
山霞
904 日にそひて遠山まゆの面かげにふかく成行かすみをぞしる
905 咲てこそ花にいとはめ春がすみみどりになびくみよしのゝ山
武者小路殿にて、夕梅
906 花の色はたそかれ時のかきねみち行過がてにゝほふ梅がゝ
907 けさよりも梅がゝ深し夕露に咲そふ花のいろはわかねど
春曙
908 花にうきあらしもきかず山とほき都のゝべの春の明ぼの
909 しらみ行かすみの外の色もなし塩の八百重の春の明ぼの
910 横雲のわかるゝみねを行かりも春の色そふ明ぼのゝそら」（3ウ）
〔摘〕若菜　月真院
911 名のみして人だのめなるわかなとはおほくのとしをつみてこそしれ
月真院にて、原若菜を
912 雪きえぬ野原のわかなつむことのかたきを年のかずとしも哉
913 のどかなる朝の原のはつわかな千とせつむともあかじとぞおもふ
914 いざけふはわかなつみてんかすみたつ朝の原のあさみどりなる
915 いつしかと雪は残らでわかなつむ袖の色そふかすがのゝはら
916 消のこる雪かとみれば袖はへてたれかすがのゝわかなつむらん
917 霜がれし野原のあさぢかき分てまだはつかなるわかなをぞつむ
年々春草生といふことを思ひて
918 年々の草の原のゝはつわかなつむ人さへやあらたまるらん
月真院の会、立春を」（4オ）
919 朝日さすみねのまさがきかすむ也春立くらし天のかぐ山

920 朝づく日にほふをみれば久かたの雲井よりこそかすみ初けれ

霞

921 いそのかみふるの都の春がすみいくむかしをか立へだつらん

922 立かへる春のしるしやみわの山あらしも絶てかすむ杉むら

子日におもふこと侍りて

923 子日にも引人なくてふりにけるみをあはれとや松もおもはん

月真院にて、羇中霞

924 春ふかみ分こしみねの朝な〳〵かすみに消るあとのとほ山

925 日にそひて遠ざかりゆく故郷をいくへかすみの立へだつらん

雲雀落

926 かすみ分いまか〔お〕つらし夕ひばりはるかに聞し声のちかづく」（4ウ）

927 のべちかきかきねに床やしめつらんかすめる軒にひばりおつ也

両吟百首　梅香留袖

928 立よりし木かげやいづことひてみん梅がゝ深き行ずりの袖

929 梅がゝは人をもわかず日をかさね立よる袖ぞふかくしみける

岸山吹

930 かはづなく汀もみえず山吹の花をきしねの井での玉川

霞春衣

931 花鳥をあやにおりはへはるのきるかすみの衣いくへたつらん

水郷柳

932 とひてみん川ぎしかけてすむ里の垣ねの水になびく青柳

933 いく春かみどりになびく玉しまの川かみとほくかすむ青柳」（5オ）

月真院にて、帰雁知春

934 一とせはわすれて立もおくれなむかすめばかへる春のかりがね

935 此比を契や置てかへる雁かすめる空におもひたつらし

936 一とせはおもひわすれよ春がすみたてば雲井にかへるかりがね

古黄門重豊卿、古賓興亭にて花のえんせられけるに、雨ふりいでければ

937 うつろふと何いとひけんふる雨に色かふかむる花もこそあれ」（5ウ）

霞春衣

938 立初し春のかすみのうす衣日を重ねてやそふ色もみん

岸山吹

939 枝たはに八重かさなりて玉河の岸ねもみえずさける山ぶき

月真院にて、湖帰雁を

940 こぐ舟の声は残りてしがのうらのさゞ浪とほくかすむかりがね

立春氷」（6オ）

941 とぢはてし岩まの氷よのほどに春立ぬとやけさはとくらん

杜花

942 山かげのもりの木のまのさくら花一むらのこる雪かとぞみる

挿頭花

943 おりはえし花のにしきやさほ姫の春のよそひの衣でのもり

944 山ざくらかざしてかへる里の子に花の所をとひつゝぞゆく

二月余寒

945 猶さえて衣きさらぎ名もしるく雪げにかへす袖のはる風

946 ともすれば花にまがひてちる雪に梅がゝさむききさらぎの空」（6ウ）

山重畳して花さけり。ふもとに川ながれたる絵に

947 おく深き水のみなかみとめくれば猶さかりなるみよしのゝ花

五十首当座に、橋霞

948 川かぜもけさはと絶て春霞深くぞたてる波のうきはし

949 河岸の柳になびく風みえてかすみかたよる水のうきはし

初春

950 けさはまだ雪もけなくにみよしのゝ山べかすみて春はきにけり

早春川

951 け〔さ〕はゝや氷ながるゝ山川によどまぬ春の光をぞしる」（7オ）

月真院にて、閑居花

952 人とはぬ宿とて風の吹ざらば猶静にぞ花をみてまし
953 鶯のとひこざりせば庭ざくらひとりやけふも花にくらさん
954 うつりゆく月日もしらぬ柴のとに花こそ咲て春を見せけれ
三神法眼のもとにて、春雨
955 霜がれし木のめけぶりて朝戸出の庭しめやかに春雨ぞふる
956 おく深き雪ものこらじよしの山花の木のめの春雨のころ
松残雪
957 こと木には残らぬこぞのしらゆきを猶山深き松にこそみれ
正月七日周尹勧進に、若菜契遐年と」(7ウ)いふ事を
958 めもはるにのなるわかなを行末のちとせの数につまんとぞ思ふ
柳をみて
959 春のきていくかもへぬを青柳のいとのどかにもなびき初ける
梅薫留袖　月真院
960 かげなれて心をそめし梅がゝの袖にさへこそふかくしみけれ
961 人わかぬ梅のにほひもかげとひてなれこし袖ぞふかくしみける
海辺霞
962 春のうみのかぜを便にゆく舟も霞をいでぬ波の明ぼの
中西良恭亭にて、見花」(8オ)
963 遠近をかすみに分てうら山のみるめは春の波の朝なぎ
964 桜花ちらでときはにゝほふともみるにあかでやよをつくさまし
965 のどけしな春しるやどの万代をかけてみぎりの花のいろかは
早春梅　池見亭
966 うちいづる波の花もやかほるらん梅咲谷の春のはつかぜ
967 色もかもふりせぬ宿の春みせてまづ咲軒の梅のはつはな
行路霞　三神亭
968 をと女子がわかなつみにとゆく袖をのべのかすみや立かくすらん
969 分なれし都のゝべも春くればたどるばかりにかすみこめぬる

二月廿六日、さが山のさくらさかりなりとて、人々にいざなはれてみにまかりけるとき」(8ウ)
970 年々の花にこしかど山ざくらけふのさかりの色をやはみし
971 さがの山花のさかりにあふこともいきてよにあるかひにやはあらぬ
探題に、滝花を
972 山かげやとなせにたぎつしら玉もあらしの花のちるかとぞみる
くれつかた宛在楼にありて、あらし山を望て
973 夕がすみかすみこめても心あての花の色こそ猶のこりけれ
かすみのいとふかきをみて　松月
974 大井川水のけぶりも立そひて霞ぞ深き春のゆふぐれ
かへし
975 夕がすみ一筋ふかき山もとや大井の川のながれなるらん
人々はよふけぬとて帰るに、予はいたくつかれたれば」(9オ)とゞまり侍るに、かたみにいふことゞもおほかれど忘れぬ。暁がた、め覚たるに、雨ふりいづ。たとしへなくしづけし
976 枕かるかやゝの軒の雨の音を春のよふかきね覚にぞきく
花ざかりに賓興の前栽に桜をうゑけるが、花をしもみてみまかり〔ける〕事をおもひいでゝ、榎本亭にまかりけるに、その花はいまださかざりければ
977 うゑをきし人をやしたふ庭桜いまだに花の咲がてにする
池見元始許まかりけるに、軒の梨花盛也。この人もこぞ妻のみまかりたれば、つれ〴〵と」(9ウ)ながめたる、みるもあはれにて
978 花みてもなみだの雨やはれまなき面かげうかぶやどのつまなし
月真院にまかりて花み侍りけるに、人々きあひてあそびけるに
979 春なれやちぎらぬ人もとひきつる円ゐにくらす花の木のもと
980 にほひのみ吹さそひきて盛なる花にはいとふ春風もなし
かへし　元迪
981 吹風も夕は絶て咲花の色かしづけき山かげの庭

982 夕風はよし吹とても庭桜あだにちるべき花のいろかは
かへし
983 吹とても散ははじめぬ色ながら風絶てこそ花はしづけき
上に、こそと云て、きと留たる事万葉にあり。〈おのがつまこそとこめづらしき〉」（10オ）
竹の林のこなたに咲て、くれ行いろも一きはあざやかなれば
984 外よりもくれのこりけり呉竹のみどりや花の色をそふらん
985 時しらぬ雪かとみえて八重ざくら咲かさなれるたそかれの庭
986 くれのこる花の色さへわかぬまで夜の木かげに円ゐをぞする
いとしげくはあらでかはづの鳴も、をりにあひてをかし
987 ほどもなきさかりやをしむさく花のかげなるいけにかはづ鳴也
弥生朔日、庭の花盛なりとて、山下政教まねかれ侍りて、花色、花鏡といふ二題を」（10ウ）
988 あだし名の立もやせまし咲しよりさながら花の色にそむ身は
989 花もしれ老となるまでみても猶めかれず色にそむる心を
990 むかふより心ぞうつるみづかゞみちりもくもらぬ花のさかりは
991 何をかは春のさくらの友かゞみくらべん花の面かげぞなき
月真院にて花見侍りけるに、三神法眼もきあひてよめる
992 きのふまでさがの、花になれこしもまだあかじとやこゝをとふらん
かへし
993 とくちりしさがの、うさやわするとておくれて咲る花をこそとへ」（11オ）
さが山の花みにまかりけるに、日くれければ大井の里にやどりて
994 大井川かは音たかくなりにけりあらしの花に風すさぶらし
三月三日、月真院、花盛なるよし、題を送られけるに
995 かぎりある日数を花にをしまずは思ふことなきさかりならまし
996 とひきてぞ心はなぎぬ花ざかり風もうからでさそふにほひを
持明院殿勧進　花
997 ［たぐふ］べき色かもあらば咲てとくちるをや花のうきになさまし」（11ウ）

野霞
998 ［若草］の青む春のをみせじとやのべの霞は立かくすらん
999 春くればかぎりもみえずかすみつゝいづくの、べもむさしの、原
1000 若草を人やふむとて春がの、のべの霞は立かくすらし
やよひはつ日ばかり、残花をたづねありきけるに、鶯をきゝて
1001 鳴とむる花もやあると鶯の声するかたの木陰をぞとふ
慈照寺にあそびけるに、池の藤はまだしくて、それかあらぬかなどいひてかへりざまに
1002 咲もまだおぼつかなきを立かへり又こそとはめ藤浪の花
万無寺とかやいふ寺の二町ばかり南に行に、いと大なるさくらの木あり。」（12オ）これは、七八年にもやなり侍りつらん。このともなふ人と契りて、さかりにはみにこんといひしかど、かたみにさはる事のはべりてこざりし、けふ思ひがけずともにみれば、なほあはれ也　蒿蹊
1003 もろともにみんと契りしさくら花けふとひつるもいのちならずや
かへし
1004 もろともにとひくるまでもさくら花残るは深き契ならずや
この花は山桜とみゆ。あとの月廿五六日比に、嵐山は花盛にて、」（12ウ）この朔日より三四日迄、高台寺辺は盛なりつる。今は花もあらじながら、心やりにけふ尋こしを、この花ざかりをみ侍る事、かへす〴〵めづらし。命あらば又こん春も、草の花の散すぎばとふべしとて、かきおく也。
又の日、三神、金屋のもとへ
1005 とひてみよ都は散ものこらぬを猶さかりなる山かげの花　元迪
かへし
1006 山かげに残るいろかを尋ねみん人のことばの花をしをりに　清生
1007 あはれてふ君がことばをまつとてやちりのこるらんやまかげのはな
蒿蹊のもとより

1008 鶯のねにさそはれて散残る花みしことをいつかわすれず」(13オ)

月真院にて故賓興追悼の会をもよほしけるに、紫藤を

1009 むらさきの雲のゆかりに夕日さす高ねの藤の色もむつまじ

同じ所にて月次の会、禁中花

1010 九重にかさなる雲とみえつるやみかきの花の盛成らん

1011 九重のみかきの花や咲ぬらんたかき軒ばにかゝるしら雲

月真院にて、花盛といふ事を

1012 重出 限ある日数を花におしまずは思ふことなきさかりならまし

金谷清生の老母賀に、花を」(13ウ)

1013 春をへてみれどもあかぬ桜花いかなる色の年にそふらん

山本法眼はじめて月次会をもよほされけるに、立春を

1014 待つけてみばやけふよりことのはの花の木のめもはるのはつ風

1015 常盤なる松もけふより一しほのみどりそふべき春はきにけり

里山吹

1016 行春もやどりとらなん此里のまがきはなべてやま吹のはな

1017 家ゐしてすまゝほしきは山吹の花咲井での玉川の里

花忘老　月真院

1018 かざすともかくれじものをさくら花むかへば老をなどわするらん

1019 わかきよりなれこし花のかはらぬはみの老らくもわすれてぞみる」(14オ)

古寺花

1020 常もなき身はいつまでか古寺の花の色かに心そむべき

1021 常もなき色かに咲て古寺の花やあだなるよをしらすらん

榎本賓興亭にて、春到氷解

1022 山陰も氷とくらしなつみ川川音ゆるき水のはる風

月前梅

1023 霜雪の色よりも猶身にしむはおぼろ月よにゝほふ梅がゝ

帰雁連雲

1024 山端の花にわかれて行雁のつばさもまがふ横ぐものそら

花似雪といふことを、賓興亭にて」(14ウ)

1025 かつ散て友まつほどにとひこずはふりやそはまじ花のしらゆき

初鶯

1026 やがて此垣ねや古巣けさよりの春つげ初る宿のうぐひす

古郷春月

1027 すみ侘てたれ詠らん月かげのむかしにかすむ春の古郷

行路霞

1028 東路をゆく〳〵いかに春霞たちやへだてん古郷の空

東行の比の会にや。

惜落花

1029 うきながらまかせてぞみん山風の絶まも今は花ぞちりゆく

閑見花

1030 軒ばなる花よりつたふ露の音に春のねぶりも覚て淋しき」(15オ)

東にたびだち侍る比、賓興亭にてものがたりの序に、あるじ

1031 春のよはのこるともなし旅衣立わかれうきけふの円ゐに

かへし

1032 近くなる旅のよそひのことしげみ思ふばかりをかたらぬもうし

山桜　池見松斎三回忌

1033 とほざかるなごりをぞ思ふさくらがり分こしみねの花のしら雲

谷口貞以亭にて雪月花の題をいだせしに、花をさぐりて

1034 うらやまし年をかさねてみよしのゝよしのゝ春の花の山守

1035 山守のとしをかさねてなれぬともあかじな春のみよしのゝ花」(15ウ)

1036 花なれや所もさらできのふけふあらしの山にかゝるしら雲

依花待人

1037 とはれぬは誰為かうきよもぎふの花よ人めを待つけてみよ

1038 咲しより苔路のちりをはらひつゝ花ゆへ人をまたぬ日もなし

羇中春

1039 古郷の春もしのばじ思ふどち花ゆゑ分るたびぢなりせば

1040 かへるかりなみだなそへそわかれこし我古郷は八重かすむそら

見花

1041 春毎にみるとはすれど桜花あかであまたの年もへにけり

1042 日ぐらしにみれどもうとき心ちしてあかぬ桜の花ぞあやしき

春夜月

1043 心あての花の梢のほの〴〵とあらはれ初てにほふ月かげ」（16オ）

1044 さやかなるかげのみなどかめでつらんあはれはかすむ月にこそあれ

土山厚典上京の亭にはじめてまかりて、四季恋雑の題をわかち侍るに、花をさぐりて

1045 咲そはむ千とせの春を思ふにものどけかりけるやどのはつはな

1046 かげなれてとはゞやけふを万代のはつ花さくらいとゞのどけき

暗夜梅　月真院

1047 さく梅のにほひのみこそ春のよのくらぶの山のみちしるべなれ

1048 くらきよもおりはまどはじ咲梅のにほひを花のしるべにはして

1049 春のよのくらぶの山のむめの花匂ひぞしるべ手折てもこん

若菜　三神法眼新宅会

1050 すみよしの春の浜べのはつ若なつまばゝやこゝに千よも八千よも」（16ウ）

長州阿部新左衛門武貞、古郷へ下り侍るにとひきて、1051 立かへり猶あふぎみん山ざくらかはらぬ花の色をたのみて　と聞えし。いつばかりにか京にかへりおはさんといへば、いま三とせばかり有てといふ。かへしに

1052 とし〴〵にかはらぬ花の色をみばたのめし春やいとゞまたれん

正月廿八日、周尹とわかちて廿首よみけるに、早春鶯

1053 花もまだにほはぬそのゝ梅がえに春をゝしへて鶯やなく

沢若菜

1054 日かげさす野沢の氷とけぬ也けふぞ汀のわかなつまゝし

譚浄法師はとし比多病なりしが、このきさらぎ廿六日の朝、にはかに身まかりぬと聞ける日、題をさぐり侍るに、たゞ此別の」（17オ）いたみのみ心にうかびて

春風

1055 かぎりある花とみる〳〵春風のふかずはとのみかこつはかなさ

春野

1056 とりべのゝけぶりにまがふ夕ぐれのかすみをみても袖ぞしほるゝ

春草

1057 むかしみし色にはさけど人めなき宿のすみれの花ぞ露けき

春獣

1058 春とてもとまらぬひまの駒なるをのどけきかげとなどかたのみし

春舟

1059 我もいまよそにや人のかくぞみんかすみに消る沖のとも舟」（17ウ）

周尹と題をわかちて歌よみけるに　帰雁遥

1060 したひみるつばさもはてはそれとなくかすみへだつる雁の一つら

1061 ほのかなる声をしるべに詠ればいや遠ざかるかりの一つら

春風　小武保庵室七十賀　廿首巻頭

1062 おきいづるたもとにふくもさむからで春たつけさの風ぞのどけき

梅みにまかりありきけるに、東山にいとおほきなる桜のあるをみて、花の比は又もとひてんなどいひたるを此比おもひいでゝ、ひとり二人いざなひて尋ねゆくに、心あての花咲ぬとみえて、山の半に雲のおりゐたらんやうなり。分のぼりてみるに、半ちり過たり。さかりをこそとはめと思ひしを、」（18オ）いとくちをし、こゝを如意寺といふときゝて

1063 我思ふ心の如き寺ならば風には花をまかせざらまし

1064 かくも此てらの名だてにふく風の心のごともちるさくら哉

1065 雪とふる比しもとひて山桜心あさゝを花にみえぬる

1066 契りおきし花のさかりにおくれきてちるをうらむぞかつはわりなき

1067 吹のぼる谷のあらしにさそはれて空にぞ花の雪はちりゆく

1068 山ざくら半は雪とふるてらの梢の花もしづ心なし
1069 いかばかりしづけからまし山ざくらをり〳〵風のさそはざりせば
1070 詠やるふもとも花にかすむまで高ねの風にちるさくら哉
1071 山ざくらちる木のもとは谷川の音もあらしに聞なされつゝ
　かゝることゞもいひて、木のもとにまどろみ侍りて
1072 さく花の木かげならずは物すごき山のいはねに旅ねせましや」(18ウ)
　やめる身はいとゞあはれにおぼえて
1073 こん春はいかでかみんと思ふみに猶をしめとや花のちるらん
　終日うぐひすのなくを
1074 外はみなちりはてぬれや此花のあたりをさらず鶯のなく
　又の日はにし山の残花をと思ひたちて
1075 吹のこす花もやあるとけふはまたあらしのくまの桜をぞとふ
　ゆく〳〵花もみえねば、友なひける人に
1076 さそひこしかひもあらしの山桜一木も花の残らざりせば
　大井川に行てみるに、こきうすきわかばの色にちりにし花の日かずみえて、松風いと淋しく吹たり
1077 松〔に〕ふくあらしばかりやさがの山ちりにし花のなごり成らん」(19オ)
　さが野になまめける女のすみれつむが、袖の色さへむらさきなるを
1078 わぎもこがつめるすみれの花よりも袂の色にうつるこゝろよ
1079 わぎもこがゆくてのゝべのすみれにもみをなしてしかさてはつむやと
　雨ふりくべしとてかへるに、夕のゝべのいとたど〳〵しければ
1080 雨もよの夕のさがの野べ分て春のかすみの限りをぞみし
　春煙
1081 春さむき松がうら島かすませて心あるあまやけぶりたつらん
　春河
1082 水上の雪消しられて我門のいさゝ小川も音〔ま〕さる也」(19ウ)
　春鳥
1083 春くれば鶯ならぬ鳥だにも花に木伝ふ声のゝどけさ
　五条殿手向を、周尹のすゝめしに
　名所花
1084 めでゝみしそのよをさへもしのぶ哉かたのゝ春の花の明ぼの
1085 尋ねみむ花の所もおほかれどわきて名だゝるみよしのゝ春
　三月十四日、六首題を松月とわかちてよみ侍けるに
　水辺躑躅
1086 つゝじ咲いはねの水の紅やかへらぬ浪の春ふかきかげ
1087 つゝじ咲きしねを波の越るかと水底かけてにほふくれなゐ」(20オ)
　雨中藤花
1088 雨そゝぐ藤のしなひのながき日に花の雫のをやむまもなし
1089 立ぬれておもひ出にせんむらさきの雨にゝほへる藤浪のかげ
　山家暮春
1090 我やまたひとりのこらん花鳥の春もくれゆく山のいほりに
1091 山里のかきねのわらびをりにみし人めも絶て春ぞくれ行
　落花をみて
1092 さくら花今はとさそふ山風に心あはせてちり行もうし
　子のゆく末の事をたのみ侍らんとて、ある僧坊をたづね侍りしとき」(20ウ)
1093 花にこそ分こむ春のさがの山子を思ふ道にけふはまどひつ
　道人かへし
1094 子を思ふみちに分てもさがの山まどはぬ心みゆることのは
　海霞
1095 はてしらぬ青海原に立わたる春のかすみや天のうきはし
　岸柳
1096 氷とけ春行水の川ぎしにみどりをそへてなびく青柳
1097 川風になびく霞の絶まよりかつみえそむる岸の青柳
　山花

1098 一村の雲こそかゝれ山のはのとほき梢の花やさくらん
1099 山鳥のをのへの桜咲にけりながき日さらず雲のかゝれる

河山吹」（21オ）

1100 芳野河桜は散てゆく水にさかりをうつす岸の山吹

河辺花

1101 大井川岸ねの桜風吹ば空にも花の波ぞ立ける

海辺夕花

1102 わだつうみの入日のかげを磯山のたかねの花に残してぞみる

古寺暁花

1103 かねの音に起いで、みれば初せ山花の色こそしらみ初ぬれ
1104 初せ山花の色のみ明初てひばらがゝげは猶ぞよぶかき

落花入簾

1105 うち外なく散乱けり玉だれのこす吹入る花のはる風」（21ウ）

三月十七日　松月

1106 このはるは咲山吹の花の色のいはぬに深き思ひをぞしる

易命が家出せし事なるべし。

かへし　涌蓮

1107 思ふこと八重山吹の花の色をとはれてさらに袖ぞ露けき
1108 梓弓八重山吹のかたはらに今咲はぎもみゆるわかだち

かへし

1109 いまさかむはぎのわかだち我たちにきませもろともさかりをぞみん

おなじ日、人々と十首題をわかちてよみ侍けるに

暁更春月

1110 ありて行かげもとゞめず水無せ川霞の底にしらむよの月
1111 春の月かたぶくまゝにかすむかとみゆるはかげのしらむなりけり」（22オ）
1112 春のよの暁ふかくかすみつゝしらむもわかぬ有明のかげ

寄筵恋　可入雑　一二首誤入此所

1113 ひとりねの床はなみだのみなむしろみなれしかげをしきしのびつゝ

社頭榊

1114 広まへにねこじてうふるさかきばのさかえんよゝは神のまに／＼

周尹と題をわかちてよみ侍りけるに

落花

1115 かつ散て心よはさを山かぜにしられ初ぬる花さへぞうき
1116 今年より咲ぬる花に散ことをならはし初し山かぜぞうき

春河」（22ウ）

1117 みねの雪岩まの氷解ぬとはみかさにしるき春の山川
1118 春きぬといふばかりなる音羽川みかさそひゆくせゞの岩波

春枕

1119 思ひねのわが手枕にかほりけりまだ春さむきよはの梅がゝ

春鳥

1120 小草さく春の花野をよそにしてかすむ空にひばりなく也

沢若菜

1121 いつしかとふるのゝ沢の雪消て水のみどりの若菜をぞつむ

武者小路公陰朝臣会に、関路鳥

1122 関山のゆきゝになるゝ鶯はとざしせぬよの春やつぐらん」（23オ）
1123 あふ坂の花よりさきの関守やゆきゝをとむるうぐひすのこゑ

春の末つかた、人々きあひて題をわかちけるに

山家花

1124 咲しより人にとはれて山里は中々花をしづかにもみず
1125 しづかにと住山里のかひもなく心うかるゝ花の一比

閑居花

1126 つれ／＼とみつゝぞくらす庭ざくら花よりほかの春しらぬみは
1127 しばしなる花のさかりも世のわざに紛れぬ宿はのどかにぞみる

暮春花」（23ウ）

1128 いづれをか先おしまゝし桜花ちりのまがひに春ぞくれ行

1129 ちりぬべき花をみすてゝゆく春の心つよさは風よりもうき

松残雪　是も又外のおり

1130 さしおほふ枝しげゝれや岡のべは残るも久し松のしらゆき

1131 ふるとしはうづみし松の葉がくれにかつ〴〵みえてのこるしらゆき

春暁月

1132 まがひつる色もわかれて庭桜花の木のまにしらむよの月

1133 残るともいつまでかみんすむかげをやよひの月も有明のそら

社頭祝

1134 神がきに引しめなはやうちはへてながきよ守るしるし成らん

1135 みづがきもふりて久しき岩清水うごきなきよや神もすみよき」（24オ）

江上暮春

1136 けふのみとかすむ入江をゆく舟や波路の春のわかれ成らん

柳似烟　月真院

1137 六田川柳の木のめ春くれば水のけぶりの色もわかれず

1138 山もとの霞になびくけぶりかとみる〳〵まどふ春の青柳

子春といふ人の子のゆく末をいはふ事のありて、あづまよりのぼりける、せたのは
しをわたるとて、1139 このたびは千よのはじめとゆく末をかけてぞ契るせたの長は
し　といふ歌の詠草にみえしに、かきそへ侍りし

1140 子の春にあふみちなれば万代をかけてもわたれせたの長はし」（24ウ）

古賓興の三回忌を月真院にて修行せしに

初春霞を

1141 さらに又かすみ初てやへだつらんとほざかりゆくいにし［へ］のはる

1142 あら玉のとし立かへりかすむよりいとゞふりゆくこしかたのはる

古郷春月　私亭

1143 春毎にあれまそひゆく軒ばにももるかげうとく月ぞかすめる

1144 春をへてあれのみまさる軒ばにもむかしながらにかすむよの月

立春

1145 さえくれしきのふの雪の山のはものどかにみゆるけさの初はる

1146 花さかむ折をもかけて初春の円ゐにちぎることのはの露

夜春雨

1147 色そはむのべの小草を思ひねの春のよふかき雨のゝどけさ」（25オ）

1148 ふるとしもしら［れ］ぬ春の夜の雨をしたゝる軒の雫にぞきく

夜花

1149 灯の光をそへてむかはずは夜のにしきと花をなさまし

1150 しばしなる花のさかりの春のよはあやなきやみのなからましかば

春月　月真院

1151 こぞよりもかすみそひつゝ春ごとにわがよのふけをみする月かげ

1152 かすむよの月はさやけき秋よりも深き哀のなどかそふらん

年内立春　同

1153 あら玉の年のをのへのかすめるは霞ていにし春やきぬらん

1154 あづさ弓はる立くらしくれのこるとしのをかけてかすみ棚引

1155 いやつぎにゆたかなるよと白雪のふるとしかけて春やたつらん」（25ウ）

曙を

1156 山遠くかすめるみねのほの〴〵としらみ初ぬるはるの明ぼの

馬杉亭安居士月忌、人々月真院にていたみの歌よみけるに、梅を

1157 なれてみし老木の花はちりぬれど猶面かげをのこす梅がゝ

1158 袖ふれし人はむなしき故郷のかきねの春にゝほふ梅がゝ

梅欲散　月真院

1159 花をさへさそひやそめん梅がゝのかぎりとかほるけさのはる風

1160 かほるかもいとふばかりになりにけり移ひがたの梅のはる風

池藤

1161 さく藤のかげなる池は浅けれどそこひもしらぬ色ぞ移ふ

1162 咲しより池のみどりもそめかへてむらさきふかしにほふ藤浪」(26オ)

故山下伴政が七回忌に政教勧進せしに、春草を

1163 霜ゆきのふる葉まじりのわかくさにもとみし春をたれかしのばぬ

里梅

1164 色かをやかたみにめづる山里のやどのへだては梅の花がき

1165 鶯の音にさそはれて山里の梅のさかりをけふぞとひつる

簷梅

1166 くゆるかはたきものならし花の色もすこしにみゆる軒の梅がえ

1167 かり初のかやが軒ばに咲梅の立枝ゆかしき岡のべのやど

1168 吹さそふ風をもまたず明くれに匂ひ満ぬる軒のむめがゝ」(26ウ)

む月一日

1169 けさよりの春のかすみのうす衣まだ立なれぬ色ものどけし

む月二日、ひねもすしめやかに雨のふりて、いとあたゝかなりければ

1170 霜がれしのべの草木のいとはやも初はる雨のめぐみをやしる

三神法眼初会　初春祝道

1171 〔ゆ〕く末のゝどかにみえて天の道も正しきみよに春はきにけり

中西亭初会　霞添春色

1172 おりはえてたてるかすみかから衣はる日うらゝにむかふやま〳〵

1173 雪消る野山のはるのあさみどりかすみて猶や色をそふらん

同当座　春日遅」(27オ)

1174 此はるはことしげからでいつよりもながしとや思ふわたる日のかげ

1175 ことしげき難波わすれて天つ日のながく楽しき春にあふらし

此人津のくにゝありてことしげき人なりしが、ことしいとまあるやうになりて京にすみ侍れば、及此作也

1176 〔いと〕まなきなだのしほやのあま人もくらしやわぶる春の日な〔がさ〕

イトマナクシホヤクナダノ
アシヤガタイトマナシテフ

立春　自亭

1177 春きぬとむかへばしらむしのゝめの空よりぞまづかすみそめける

早春霞　組題三十首　与梅井道敏分各十五首詠之」(27ウ)

1178 久方の天のかぐ山かすむ也神代のはるや立かへるらん

1179 巻あぐるこすのと山のあさみどりけふより春とかすむのどけさ

暁梅

1180 花の色もほの〴〵みえて春のよの明行窓にゝほふ梅がゝ

1181 いづれをかあはれといはん有明の月かげしらむ窓のむめがゝ

江上暮春

1182 けふの日も入江かすみて行舟のあとなき波に春ぞくれぬる

雪中若菜　与道敏両吟十首内

1183 とめゆけど猶春さえて白雪のふるのゝわかなつむべくもなし

1184 春さむみ雪のみつみて七種のかずもかたみのわかなゝりけり

1185 ふりかくすのべのしらゆきかき分てまだ春さむきわかなをぞつむ」(28オ)

1186 春の日に消こぬものはふじのねとわがいたゞきの雪にぞ有ける

む月十一日、古瓦亭にて道敏とゝもに、梅花久薫といふ心をよめる

1187 花の色にまがひし雪はのこらぬを咲つぐ梅のかこそふりせぬ

海辺霞　自亭

1188 住よしの松より遠のうら波もひとつみどりにかすむ春かな

1189 のどけしな霞わたりて塩風もなぎたるあさの春のうら波

朝霞　山下亭

1190 春きてもまだあさ寒き山風にかすみの衣たちもつゞかず

1191 里わかぬ春のひかりもあさづく日さすかたよりぞ先かすみける」(28ウ)

春雪

1192 風冴て空かきくらしふりくれどさすがつもらぬ春のあはゆき

1193 よのほどにふりやつぐらん消のこる雪の色そふけさの山々

初春にみちとし来れりしに、さかづきいだしてものがたりする序に

1194 うぐひすもはつねをそへよもろともにあひあふけふの春のことぶき

かへし　道敏

1195 花に鳴ともうぐひすのことのはも千とせをちぎる春のことぶき
む月末つかた、雪のいといたうふりける朝、涌蓮道人とものがたりの序に申かけ侍
る
1196 咲をまつことばの花にあらそひて猶春寒く雪やふるらん
かへし　道人」(29オ)
1197 みる人のことばの花をさかせずは春ともいはじふれる白雪
かへし
1198 みればまづ我ことのはもうづもれぬひかりを花の春の白雪
軒あさきいほにて、炉辺もさながらつもるべうおぼえければ
1199 風さえて猶うづみ火のあたりまで春としもなく雪ぞ吹入
かへし　道人
1200 さゆる日は春の心もうづみ火のあたりに雪は花とちれども
1201 空にこそ吹かはるらめ衣での風さむからであは雪ぞふる
とはいへど、火桶を袖ぐゝみにして、かしらをゑりにさし入まほしげなるけはひ」
(29ウ)なれば
1202 よそめこそ花にもまがへ白雪のふりくる袖は春もさむけし
きのふは雨ふりて、いとのどかなりしがなどいひて
道人
1203 のどかなる雨のなごりの山かぜに雪をさそひて冴かへる空
かへし
1204 ふる雨の雪とかはるは雲のうへも春のひかりやいたりいたらぬ
1205 雨はるゝあらしに雪のふりくるは雲のあなたに冬やのこれる
かへし
1206 けふは雪きのふは雨と春もまだ空さだめなき光をぞみる
かへし
1207 なかく\にのどけかりけり昨日けふまだ定まらぬ春のひかりも」(30オ)
道人

1208 うちしきり雪はふれども此やどのことばの花に春をたどらぬ
かくいふうちに雪はれて、日かげうらゝかにさしければ
あるじ
1209 雪はるゝ雲のかへしの山かぜは又春めきてむめがゝぞする
鍼師浜随軒術なりて、とさのくにゝくだるに、別をゝしみけるとき、柳にそへて
1210 折にあふ柳の糸のながきよをかけてさかふる春契るらし
1211 めぐりあはん折なたがへそたぐへやる柳の枝のわかれゆくとも
春曙
1212 月雪に思ひくらべてみれど猶花さく頃の春の明ぼの」(30ウ)
1213 花鳥の色ねのほかの春なれやかすむの山の明ぼのゝ空
1214 春の色はかすみの遠の山かづら江の波かけてしらみ行空
1215 露のみを常にもがなと思ふまで心ぞとまるはるの明ぼの
1216 何とかく人の心をとゞむらんたゞ露のまの春の明ぼの
暮春
1217 一年のくはゝる老もなぐさめし花うぐひすの春ぞ暮行
1218 移りゆく月日はいつとわかねどもことにをしきは春の別路
山花
1219 山のはにまがひし雲は色消て朝日いざよふ花の一むら
1220 里遠み雪か雲かとみしはこのたかねの花のさかりなりけり
1221 松の色はやゝ暮そひて高砂のおのへの花にのこる日のかげ」(31オ)
かれこれともなひて、わかなつみにまかりけるに
1222 つみ佗ぬいまはとむれてこしかどもまだ春さむきのべのわかなは
されどすみれは咲ぬとて　松月
1223 つみてこしすみれの色はうすくともとめし心を深しとはみよ
かへし　良恭
1224 つみてこしすみれの色は薄けれどことばの花はふかくにほへり
涌蓮

1225 はつかなるのべのわかなにつみませしすみれの色のめづらしき哉
良寂
1226 此のべの初花なればすみれ草うすむらさきの色もめかれず
盃をめぐらしてかたみにおもふことをいふ序」（31ウ）
良恭
1227 春の色はと山の松にあらはれて遠のたかねぞかすみこめぬる
かへし
涌蓮
1228 春の色も遠のたかねのかすまずはと山の松にいかでみえまし
恵静
1229 咲ぬやとよそめにまがふ雲も哉花まつ頃の春の山のは
一木の桜のあるを
良寂
1230 契りおきて又もとひこん山寺の庭のさくらの花のさくころ
めのわらはの、わかなはいづらともとめわびけるをきゝて、すみれさへ春をしりけるになどいひて
涌蓮
1231 つみてこしすみれの色にけたれてやのべのわかなはなしといふらん
みえぬとこそいふべけれ、なしとはいかゞなどおもひて
玄沖」（32オ）
1232 いせ人はおふのうらなれ此のべの若なをさへやなしといふらん
此道人はいせのくにの人になん有ける。かくいふをきゝて
1233 生の浦の木にありのみのある物をなしとはたれかいひはじめけん
かへし
1234 ありのみをなしといふしもいせ人のひがごとよりと君はしらずや
かへし
1235 ことのはにとなりかくなりいふ君はこまのわたりの瓜つくりかも
かへし
1236 こまとしもなどかさだむる山しろのとばにも瓜はつくるてふ也
かへし
1237 山城の鳥羽にも瓜はつくれども君がこと葉ぞとなりかくなる
かへし」（32ウ）
1238 こまとばの瓜つくるにもよらじ我心の根よりなれることの葉
かへし
1239 ことの葉にかぎるものかは何事も心のねよりならぬやはある
かへし
1240 今やしる心になりて言の葉は瓜つくるにもよらぬ物ぞと
かへし
1241 ありなしとひとつこのみをみるめよりふたみのなをもいせにからずや
かへし
1242 独みる時もふたみの浦といへばこれ又いせのひがごとぞかし
かへし
1243 いせ人のせしひがごとを山しろの都にいまはうつしてぞきく
とかくいふほどに雨ふりきて、里あるかたにゆくとて
良寂」（33オ）
1244 春風の吹さそひくるむらさめにかへるさいそぐ山の古でら
恵静
1245 雨さそふ風こそさゆれ此夕わかなつみ侘かへるたもとに
さらにさかづきをめぐらして人々はあそぶに、かの野のかたをみれば、雨にきほひて煙のたつをみて
松月
1246 あはれたが消るすがたぞ山もとにたえ〴〵みえてなびく煙は
涌蓮
1247 たがみともあすのたきゞはしらねどもけふの煙ぞまづあはれなる
玄沖」（33ウ）
1248 みな人のわかなをつみてあそぶのに終の煙ぞおどろかしぬる
1249 あはれ也けふの煙となる人もきのふの、べのわかなつみけん

又の日、かの女のわらはべにさそはれて、道人の西のゝにわかなつみにまかれりけるに、いといたう雨にぬれけるよしをきゝて、累日の難行いとすじやうにおぼえて、
これより

1250 苔衣きのふものりのためとてぞわかなつむのゝ雨にぬれけん

かへし

1251 これも又のりのためとはをと女ごとつみて立ぬるわかな也けり

又かへし

1252 をと女ごとつみてたつなものりのためみをすて人はげにぞたうとき」(34オ)

1253 かれいひのつとにめでつゝつめるなはいかなる法のためにかあるらん

かめにさしける花をみて　松月

1254 初花をけふしもぞみる老のみの春にそふとはなげかざらなん

かへし

1255 ことのはの色しもそはゞ春ごとにふりゆく老も花にかこたじ

三月十五日あらし山の花みにまかりて、友にあひて

1256 さけばちるさが山ざくら露のまの色にめでつと人にかたるな

芝ゐして酒くみかはすに、良恭の座の山をうしろになしたるにたはぶれて

1257 〔あだ〕にちるうさをみじとてあらし山さかりの花をうしろにやなす」(34ウ)

壬三月九日、東山安楽寺の辺の桜さかりならんとて、人々をすゝめ侍るに、その日になりて雨ふりいづ。道とほし、いかゞは、などいふ人もありけれど、しひてみにまかりけり。思ひしもしるく咲みちて、けふこずはと思ひて雨中尋残花といふ心を人々にすゝめ侍し序に

1258 うれしくぞぬれて尋しさくら花雨まをまたば散ものこらじ

採題十五首をいだす内、野花留人

1259 しばしとはいはでも人をとゞめけりのべのかへさの花のゆふばへ」(35オ)

くれかけて立いづ。かの花をかへりみれば

1260 くれ初る空かとみえてけふの雨にちり残りぬる花の一むら

かへりて人々に

1261 みせばやと思ひし花ぞわがみよになからん後も春ごとにとへ

又の日、ある人のもとへ此事をいひて

1262 とひてみよをくれて咲る山ざくら類ひまれなる花の一木を

かへし　玄純

〔一行空白〕

高登

〔一行空白〕」(35ウ)

道瑞

〔一行空白〕

十二日にきのふこの花を尋しとて、高登もとより

1263 けふまではよもと思ひて尋ねずはちり残りぬる花をみましや

かへし

1264 おりよくぞきのふ尋しのこるともよもけふまではあらじさくらを

元暉のきぶねにまうでけるよしにて、山吹にそへて

1265 口なしの色にしさけば手折ても何といはねの山吹の花

かへし

1266 口なしとなどかいふらん言のはの色をそへける山ぶきの花」(36オ)

1267 いかにして手折きぬらんきぶね川さかしき岸の山吹の花

さかりにはとはむとちぎりし花の、ちりかたになりぬときゝて、みにまかりけるに、
主はほかの花みにまかりけるよしをきゝて

1268 よそになす人もありけりうつろふときゝてとひこし宿の桜を

かへし

1269 うつろふときくまで人のとはぬこそ花のためうき心也けれ

やよひの末つかた、八重桜のさかりに貞胤がり行て、いつのとしも花のこれば春くれ、春のこれ〔ば〕花ちり侍るを

1270 めづらしくはゝる春の八重ざくら色かのどけきさかりをぞみる」(36ウ)

広空上人のとひきて、花がめにさける桜をみていづくの花ぞとゝはれけるに、人の

もとよりといへば、1271 心ざしよせしも花の家桜やさしきほどを千世もながめん
とよみて、冷泉殿へもなどはしたがひて参りたまはぬ心のかど〳〵しきまゝに、今
こそは思ふさまならめど、たれも〳〵はかなき世なれば、後々はよしざまにも人の
いはじなど、せちにいはるゝも、心ざしあさくやは。今は我世の栄枯褒貶にすべて
心をかけじとおもひなりにて侍れば、ましてなからん後の名、とてもかくても思へ
と、」（37オ）かくいふをいかでかは又あらがはん、いと嬉しきことよ、けふまでち
りのこれるもかひある心地し侍りなどいひて

1272 おもはずもことばの露をかけてけふしぼめる花も色をそへけり

若菜

1273 とめきつる野べの雪まのかずよりもつめる若なの色ぞすくなき

1274 けふもまた草のかれはをかき分てみどりすくなき若なをぞつむ

津梅

1275 河風のかすみをもれてかほらずは春の梅づはそことしられじ

1276 咲そめしはなのかとめてなにはづの春をたどらぬ梅の下道」（37ウ）

花留客

1277 暮ぬとてかへさもよほす木下にしばしとゞむる花の春風

1278 くれゆけどえぞ立やらぬよのまにもうつろひぬべき花の木下

早春霞　金子亭

1279 行末の千歳をこめてはる〴〵と小松が原ぞ霞初ぬる

1280 浅みどりかすみ初てや天地のやはらぐ春の色をみすらむ

子日松　武内勧進七十賀十首巻頭

1281 千とせふるためしを引て初はるのはつねにいはふ松のことのは

春月

1282 みるかげのうすきも春の光にて霞を月にいとふともなし」（38オ）

1283 暮深く霞こめたる花の色もほの〴〵みえてにほふ月影

早春風

1284 春を浅みまだ袖さむく吹風もこぞの雪げの嵐には似ず

1285 このねぬる朝けに吹もさむからで袖にしらるゝ春の初風

1286 めにみえぬ風にも春の立ぬとは吹よりとくる氷にぞしる

松間藤

1287 心あれやむら〳〵咲て一入の色もうづまぬ松の藤浪

1288 松の色の又一しほの藤かづらかゝれとてしも花はさかじを

1289 むらさきのむらごにそめて松の色も又一しほにみする藤浪

待花

1290 花遅き年にも有哉こぞの春も此比こそはさかり成しが」（38ウ）

1291 さても猶さかずはさかじ山ざくらわりなくなどか花のまたるゝ

1292 さても猶つれなき花をあし引の山のかひなくなどまたるらん

山下政教病をこたりて人々をまねきけるにまかりて、早春松を

1293 ことのはも又一しほの色ぞみん春待えたる宿のまつがえ

1294 雪消てみどりにかへる初はるぞ松のみさほもさらにしらるゝ

早春雪　自亭

1295 霞あへず猶ふりつもる白ゆきの深きに浅き春をこそしれ

1296 朝戸出の空かきくらしふるゆきやまだ入たゝぬ春をみすらん

春草短

1297 生交る苔のみどりもわかぬまでまだはつかなる春の若草

1298 春雨にけさやもゆらん庭草の古葉がくれにみゆるみどりは」（39オ）

三月尽暁　月真院

1299 暁のかねのひゞきに花鳥の春も一よの夢となりぬる

1300 まどろまでをしむ心もつきなゝん春はかぎりのあかつきの鐘

歳中立春　金子昇義月次初会七月廿四日

1301 あら玉のとしのをかけてめぐる日のけふよりながき春はきにけり

1302 くれのこるとしの日数をけふよりや花まつ春にかぞへ添まし

野経霞　金谷勧進十二首巻頭三十三回忌

1303 とし〴〵にかすみへだてゝ草の原とほざかりゆくいにしへの春

三月尽

1304 なれ〳〵し花鶯のなごりぞとをしみし春もけふに暮ぬる」(39ウ)

1305 かへりこぬ花の別をしたふまに春さへけふにくれて行らん

立春　水野貞胤月次初会

1306 渓川の氷もけさやとけぬらん水のゝ里に春はきにけり

立春　北野宮奉納百首巻頭

1307 神がきも春めきにけり一よ松一よをとしのへだてにはして

1308 けふよりは千本の松も一しほのみどりそふべき春はきにけり

春のうたよめるうちに、翫花　当座百首

1309 咲しより色かにめでゝ春はたゞ花に心をおかぬまぞなき

惜花

1310 限あればさそはぬひまも散花にうたて吹そふ花のはる風」(40オ)

春駒

1311 春のゝにあれゆく駒ももえ初し草の原にぞつながれにける

款冬

1312 しめゆひしもとの笆もみえぬまで八重にかさなる山吹の花

紫藤

1313 春くればよるしら波も紫の色にぞにほふたごのうら藤

暮春

1314 霞だに立どまらなん花鳥のなごりもみえぬ春の別路

山霞　外

1315 いづくにも春たちくらし水鳥のかものは色にかすむ山々

海霞」(40ウ)

1316 春くればたてるかすみを海原の八重のしほぢのさかひとぞみる

子日

1317 袖かけて何かはひかん春ごとの松のねのびはのべにこそみめ

若菜

1318 雪消そふのべのわかなをつみつれば春たつ袖のぬれにける哉

朝鶯

1319 山かげや柴のとぼそをあけさして初うぐひすの声をこそきけ

津梅

1320 なにはづの春いかならんへだてなく垣ねにも咲むめの初花

夜梅」(41オ)

1321 春の夜のやみの比しも咲むめは匂ひに人をあくがらしけり

岸柳

1322 うちなびき氷とけゆく川ぎしに水の色そふ青柳の糸

春雨

1323 のどけしな何の草木か此比のめぐみにもれん春雨の空

春月

1324 中空にみるかげよりも春の月いづさ入さは猶ぞかすめる

春曙

1325 雲の色もうすむらさきにたな引て山のはとほき春の明ぼの

帰雁

1326 かへりゆく空はみどりの玉づさにかきかすめたる雁の一つら」(41ウ)

栽花

1327 咲ぬべき花よりさきとしらぬみもうゑそへてこそこん春をまで

立春

1328 あら玉の春のひかりは鳥がねにしらみ初ぬる山のはの空

早春雪

1329 春にけさふりくるみればきのふまでめなれし雪の色としもなし

1330 はれまなきと山の雪にしられけりまだ入たゝぬ春のひかりは

1331 春きても浅き日かずのあらはれて猶山かぜに雪ぞうちゝる

伊勢海」(42オ)

1332 かすむ日の見るめを置ていせのうみのひがたに誰か貝ひろふらん

1333 かたもなくかすみへだて、いせのうみのうらの塩がひ拾ひ侘ぬる

手向山

1334 くれて行春の手向の山ざくらぬさともちる〔か〕かぜにみだれて

1335 咲しよりかねて手向の山ざくらさそふあらしも神のまに〳〵

盛花　月真院

1336 色もかも常なきのみぞ山ざくらさかりの花のうきには有ける

1337 ちることをならひそむやとさかりなる花にもいとふ庭のはる風

1338 にほひのみ吹さそひきてさかりなる花にはいとふ春風もなし

早春の霞か　前つかた

1339 けさよりの春の霞のうす衣まだ立なれぬ色ものどけし

遠帰雁」（42ウ）

1340 遠ざかるなごりをしひてしたはずはそれともきかじ天つかり金

1341 声ごとに遠ざかりつゝゆく雁のそれともみえずかすみはてぬる

塩竈浦

1342 更ゆけば煙たえてもしほがまのうらの名だてにかすむよの月

1343 かへるかりいづくはありともしほがまのうらみやすらん春の別ぢ

あきのくに堀尾政孚がはじめてまねきしに、十首当座ありし二月廿六日

早春雪

1344 咲ぬべき面かげかすむしらゆきや待こしけふの春のはつ花

1345 きのふまでふりにし雪もあら玉の春たつけふは花かとぞみる」（43オ）

川柳　月真院

1346 風ふけばかげもなびきて川水の波のあやおる青柳のいと

1347 かげひたす川べの柳風ふけば水のみどりの色ぞわかるゝ

1348 浅みどり柳のいとのかたよりにかすみもなびく遠の川かぜ

1349 さほひめのうちたれがみを川水にあらふとみゆる青柳のかげ

藤花随風

1350 むらさきにそめたる糸をはる風の吹もやほすとみゆる藤がえ

1351 咲かゝる藤のしなひのなびかずはふくともしらじまつのはる風

馬杉亭安三回忌は八月二日なりけり。これに十五首題をいだして人々に歌すゝめけるに、野若菜を」（43ウ）

1352 しらゆきの消にしあとをとひてけふわかなつむのに袖ぬらしつる

1353 法のためのべのわかなをつみつれば苔のたもとぞ露けかりける

1354 法のためつめるわかなの春もはやみとせふるのに袖ぬらしつる

春たつあした

1355 春にあふけさの心ののどけさに老もわかゆといふにや有らん

1356 岩戸いでし光もかくやあら玉の春に明ゆくしのゝめの空

古寺花　月真院

1357 あすまではあらしのかねの声のうちも花散まがふを初せの山

1358 うゑそへし庭の桜も古寺のみのりの花の春にあはなん

このはる、さる事のありし也。

霞遠山衣　土山亭当十二首巻頭」（44オ）

1359 花鳥もいまおりそへんとほ山の霞の衣色ぞのどけき

1360 山とほくたてるかすみやさほ姫の春をよそほふ衣なるらん

1361 浅みどりかすめる山は山あゐもてすれる衣の色もへだてず

1362 朝な〳〵みどりぞ深き遠山のかすみの衣立かさぬらし

関路早春　藤川百首

1363 けさよりや春はこゆらんあふさかの関の杉むらかすみ初ぬる

1364 あふさかの関路も雪の消初て春のこえくるあとをみせけり

盛花

1365 重出 色も香も常なきのみぞ山ざくらさかりの花のうきには有けれ

1366 散ことをならひそむやとさかりなる花にもいとふ庭のはる風」（44ウ）

春月

1367 影かすみ梅かぐはしき春夜の月にはたれか心うつさぬ

梅

1368 みし夢はあとなき花の下ぶしに梅が、ふかきかたしきの袖

1369 〔玉〕くしげ二とせかけて咲梅のかやはへだつるゆきもかすみも

暮春風

1370 折々に猶さそひこし花のかもはてはのこらぬ春のゆふ風

1371 けふのみとしたふもあやし春の風花にうかりしなごりわすれて

名所鶯

1372 春をへて老そのもりの鶯もわがことおなじねをや鳴らん

門柳」（45オ）

1373 くる人もたえてみえねど我門の柳のいとぞ春に色そふ

1374 我門の柳の糸のうちはへてながき日ぐらしくる人もなし

盛花

1375 山ざくらさかりとなれば大かたの雲さへ花の色かとぞみる

思花

1376 みつ、こし山のさくらや移ふと思ひしほる、夜の春雨

霞遠山衣

1377 世におほふ霞の袖も遠山のたかねよりこそ立はじめけれ

朝花

1378 さかりなる庭の梢の朝づく日一きは花のひかりをぞそふ

1379 夜の雨のなごり露けき朝戸出の軒ばの花に春風ぞ吹」（45ウ）

隣家竹鶯

1380 こなたにも枝うつりせよ中垣をへだつばかりの竹のうぐひす

1381 中垣のそなたの竹の鶯をおきふし友と聞ぞなれつる

1382 中垣のそなたの竹にふしなれて声はへだてぬ宿のうぐひす

都春曙

1383 のどけしなあらしもきかぬ九重のみやこの春の明ぼの、そら

1384 のどけきは柳桜のこのめはる春のみやこの明ぼの、そら

野若菜　八月二日馬杉亨安居士三回忌追悼十五首巻頭　於春光院詠之

1385 白雪の消にしあとをとひてけふわかなつむのに袖ぬらしつる

早春風」（46オ）

1386 ゆき氷消ものこらじ草も木も吹よりめぐむはるのはつかぜ

子日松

1387 此春を千よのねのびと引うゑし松のみどりの色ぞのどけき

芦屋里

1388 あま人のわがすむかたもたどるらしかすむ夕のあしのやの里

1389 夕がすみ分て深きやもしほやく芦やの里のわたり成らん

野若菜　九月二日涌蓮上人五七日追悼五十首之内　於春光院詠之

1390 つみもあへず袖のぬる、はなきあとをとぶひの、べのわかな也けり

1391 かたみにや今はつ〔ま〕、しみし人のけぶりとなりしのべのわかなを

山家花

1392 よはなれてすむ山かげはしばしなる花のさかりものどかにやみん」（46ウ）

1393 よの風をいとひてすめる山かげの花の色かぞのどけかりける

春のたつあした

1394 けさよりの春のかすみのうす衣まだたちなれぬ色ものどけし

庵春雨

1395 〔ママ〕春さへさびし人とはぬ草のいほりの夕ぐれの雨

惜花　故木村日向守七回忌追悼十首巻頭　十二月十五日正当

1396 にはかにもさそひし風か心もてちらんも花はをしむならひを」（47オ）

柳の絵讃　羽倉信美被頼江州人

1397 浅みどりよりてみぬまに青柳のいと深くこそ春もなりぬれ

1398 日をへつ、深きみどりのひとむらや千すぢにみえし青柳の糸

1399 青柳の糸のみだれのつかねをや一すぢなびくかすみなるらん

元日、雨ふりていとのどかなりけるに

1400 いとはやもふるとし遠き心ちして雨にかすめるけさのはつ春

1401 草も木もうるひわたりてふる雨のめぐみあまねきけさのはつ春

1402 さく花もまちどほならしけさよりぞこのめはるさめふりそめにけり

む月初つかた、夜の夢にみし歌」（47ウ）

1403 みし花はみな散はて、春山の松にぞ風の音はのこれる

柳先花緑

1404 花はまだ遠き山べも青柳のいとゝく春の色をみせつれ

野若菜

1405 うちむれてつめどつきぬはゆく末のはるけきのべのわかな也けり

桃ひゝなの讃をこひけるに

1406 ひとかたにうきをはらはゞさく花のもゝよろこびのみの日ならまし」（48オ）

1407 はらへせしむかしは遠き上の巳のひゝなあそびにのこる人がた

洛鶯

1408 雪きえぬ谷のふるすをうぐひすの都の春にわすれてやなく

1409 鶯はいなかの谷をいついでゝ花のみやこの春になくらん

1410 なれ増る花のみやこの鶯はいなかの谷のすをやわすれん」（48ウ）

〔六帖詠藻　春四〕

春月言志

1411 いにしへの春もかくやはかすみつる老てぞ月はおぼろよのかげ

沢若菜

1412 外よりもとくもえぬとや沢水におりたちて人のわかなつむなる

1413 雪消る野沢の水のふかせりをつむとや人のみ袖ぬれけん

原若菜

1414 あまたとしつめどあかぬは春日さすあしたの原のわかな也けり

1415 消あへぬ雪の野原にあとつけて下もえ初るわかなをぞつむ

春月懐昔

1416 花の色もむかしながら〔に〕かすむよの月をたれかは袖〔にやど〕さぬ」（1オ）

江上〔霞〕　蓮〔上〕人一周忌手向巻頭

1417 きのふこそ〔か〕すみ初しか春の江の汀も遠く立へだてつる

1418 よる波の音こそ春のみをつくし霞入江のしるしなるらめ

海霞

1419 時わかず浪の花さくうなばらの春のみるめはかすみ也けり

1420 そことなくたづの一声音づれてかすむ夕の春のうみつら

竹鶯

1421 よとゝもにきなけうぐひすくれ竹のみどりは春の後もふりせじ

1422 さけばちる花はうしとや色かへぬ竹のはやしにきなくうぐひす」（1ウ）

河辺款冬

1423 早川の浪のしら玉かけ〔そ〕ひて花おもげなる岸の山吹

1424 うつりゆく春の光も早川の波にちりうくやまぶきのはな

洛鶯

1425 鶯は花のみやこの春になれていなかの谷のすをやわすれん

1426 雪消ぬ谷のふるすを鶯の都の春にわすれてやなく

隣柳
1427 風ふけばうゐし垣ねをよそにしてこなたになびく青柳のいと
1428 青柳の糸をとなりにみるやどはおもひがけずぞ人にとはるゝ」（2オ）
立春　中にし亭にて、祇園神事の比〔か〕
1429 時わかぬことばの花も一しほの色かそふべきやどの初はる
1430 みづがきのちもとの花も待てみん神のそのふに春はきにけり
1431 めできつる花時鳥月雪も又あら玉の春はきにけり
見花
1432 色もかも年にそひゆくことのはの花みてくらす春ぞたのしき」（2ウ）
子日
1433 春たてば子日の小松引つれてたれも齢をのべにきにけり
1434 花さかぬ我にひかれて野べの松ちとせの春をよそにすぐすな
梅薫袖
1435 みぬ人のためとてをれる梅なれど花のにほひは袖にこそしめ
1436 たをらねどうつれる袖の梅が香にあやめやせまし花のあるじは
1437 梅が香は人をもわかず日をかさね立よる袖ぞふかくしみける
田雲雀
1438 賤のをがかへしさしつるあらをだに猶床しめてひばりおつ也
1439 夕かけてかへ〔す〕田面をたつひばりいづくに草の枕かるらん」（3オ）
古郷若草
1440 すみすてゝ年古郷の垣ねともしらじな春にもゆるわかくさ
1441 春くれば霜のふるはは古郷の垣ねみどりにもゆる若草
款冬散
1442 一重だに散のこらねば山吹の八重さく花のかひもなき哉
1443 山吹の花ちる庭ははかでみよこがねのいさごしく心ちせむ
閑中春曙」（3ウ）
1444 浅みどり霞のみかは八重とづるむぐらの宿の春の明ぼの
1445 ことしげき身にしあらねば露のまものどかにぞみる春の明ぼの
山寒花遅
1446 このめはる春のながめも花おそき山には雪とふりかはりつゝ
1447 里はゝや咲初ぬるをよしの山猶風さえて花ぞまだしき
古郷花　十七日会
1448 さく花のかげとひよれば鶯の人くといとふ春のふる郷
1449 あれぬるかとしにまれなる花にさへ人めもみえぬ春の古郷
1450 鶯のねをのみ鳴て咲花を人はすさめぬ春の古郷」（4オ）
惜花　人のむなしくなりしに
1451 〔重〕出 にはかにもさそひし風か心もてちらんも花はをしむならひを
野亭春草
1452 もえ初るかきねのゝべの若草にかれし人めぞやゝまたれける
1453 小松引たよりならでもとひてましわか草青むのべの庵は
沢若菜
1454 氷とけ日をつむまゝに沢水の汀のわかなもえそひにけり
早蕨　十七日会」（4ウ）
1455 桜咲山のかげのゝはつわらびこや折にあふ春の家づと
1456 この比はをり〱みゆる人め哉園生の山にわらびもゆらし
〔貼紙〕「摘若菜　十一月十九日物外亭祐林居士一周忌
1457 あとゝへばはや一年をふる雨にぬれつゝのべの若菜をぞつむ」
若菜
1458 おりたちてわかなすゝぐとすみよしの浅沢水に袖ぬらしつる
1459 みそのふのゆきかき分るはふりこや神のおものゝわかなつむらん」（5オ）
早蕨
1460 家路をも忘れてぞをるすみよしの遠里をのゝ春のさわらび
1461 心ありてをりのこすかと里のこがあさるあとにもみゆるさわらび
唯残半春

1462 いたづらにくれぬるほどぞのこりける花待遠き春の日かずは
1463 ちる花も春も半はのこるとも又やこてふの夢とくれなん

露暖梅開」（5ウ）

1464 おく露もあたゝかけれや朝づく日さす枝の梅のぬれて咲ぬ〔る〕
1465 霜とけて露あたゝかにさす枝より日かげにゝほふ梅の初花

池辺藤花　一字抄

1466 幾はるか水の心も紫の色にそむらんいけの藤なみ

堤柳　十七日会

1467 朝まだき堤の柳ほのみえて霞かたよる水のはるかぜ
1468 そことなくかすむ汀を梢のみみゆる堤の柳にぞしる

初春にいはふべきことあるに、松によせて歌ひとつと人のこふに」（6オ）

1469 朝日さすみぎりの松の雪消て千よあらはなるやどの初はる

初春松

1470 雪消てみどりにかへる初春の松ぞふりせぬためしなるべき

うるふ月あるしはすの中ばに、春のきにけるとし

1471 此月のそはずはむ月つねよりもおくれてきぬる春ぞといはまし

柳先花緑　土岐懐紙所望に遣

1472 重出 花はまだ遠き山べも青柳のいとゞくみする春の色かな

野若菜

1473 同 うちむれてつめどつきぬはゆく末の遠きはるのゝわかな也けり」（6ウ）

社頭春雨

1474 はれまなく日をふるやまの花ちりて春も淋しき神がきの雨
1475 草木までもれぬめぐみを神垣ののどけき春の雨にこそしれ

花下逢古人

1476 うつろふときゝてとひこし花のもとに雪とふりにし人にあひぬる
1477 なれ〳〵てむかしもみつる花のもとにそれかあらぬとたどる友人
1478 いく春の花をともにかみざりけんふりかはりぬる人の面かげ

花　上田元長母六十賀

1479 あかず思ふ心を老のよはひにてつきせぬ春の花をみよ君
1480 くりかへしみよや六十の此春を初花ざくらちよも絶せじ」（7オ）

年々見花

1481 あかず思ふ心づからやこぞよりもことしの花の色のそふらん
1482 みる友はとし〳〵かはる花のもとになれぬと思ふ身はふりにけり

春曙

1483 時わかぬ浪さへ春はさく花の色にかすめるうらの明ぼの
1484 花の色もやゝしらみ行山のはに雁鳴わたる春のあけぼの

若菜　涌蓮和尚三廻忌

1485 つみつれば袖こそ露にしほれけれ人にかはれるけふのわかなも」（7ウ）

これは、栂井一室夜に入までこざりければ、かれにかはりてよみければ也。

子日

1486 子日する小松がはらの春霞千とせをこめてたな引にけり
1487 この春も又うゑそへつ神垣の子日の松の千よにあかねば
1488 としごとにひけどあかぬは初はるの子日するのゝ小松也けり

三月尽

1489 引とむるならひもあれな梓弓春のくれ行けふのわかれを
1490 夕づく日かすめる空をなごりぞと詠るほどに春や行らん」（8オ）

残雪

1491 あさな〳〵わづかになりて遠山のかすむ高ねにのこるしらゆき
1492 冬がれし古葉がくれの新くさにまじりてのこるこぞのしらゆき

子日祝言

1493 けふうゑし松のことのはひろひおきて千よをふる木のためしともみん
1494 初子日やどにほりうゑて花さかん千とせの春をまつぞ久しき

山霞

1495 みねとほく残りし雪や消ぬらんひとつみどりにかすむ山々

1496 春たてばいづれ青ねがみねぞともわかずかすめるみよしの〔ゝ山〕」（8ウ）

初春霞　方倹母六十賀

1497 分そむる千とせの山のかすめるは春もけふよりたつにやあるらん

山辺霞　元信家父十七回忌

1498 朝なゆふなゝれてもみずは面かげのかすみやはてん春の遠山

元日、住吉を遥拝しておもふことありて

1499 けがらはし古葉吹はらへすみよしのおまへの松のはるの初風

年内立春

1500 くれのこる年のをかけ〔ていと〕はやもなが〔き〕春日ぞめぐりきにける」（9オ）

はるたつ日

1501 あづさゆみ春の霞もいそぢ余りいつしかけふぞたな引にける

春雨

1502 春雨のあやおる池は時わかぬ水の緑もそふかとぞみる

寄若菜祝　西尾会始

1503 契おく千とせはけふを初わかなつみてかぞへん春ぞ久しき」（9ウ）

わかなつむ人につかはしける

1504 たのむなよわかなといふはなき名にて年つむごとに身〔こそ〕おいぬれ

またたはぶれに

1505 みな人の老せぬ友とつむなるはわかなとやいふはかなとやいふ

早春雪

1506 日をつまばかくし〔も〕ふらじみよやまた春も浅羽のゝべの白雪

1507 さえ〴〵てつもらぬ春の〔日数〕をも猶ふるけさの雪にこそみれ」（10オ）

1508 立そめし霞のぬ〔きもみだ〕るめりふゞきに〔さ〕ゆる〔袖〕のはる風

契待恋　恋に可入

1509 かならずとたのめしけふのくれなれどとはれぬほどはいかゞとぞ思ふ

1510 などかゝくおぼつかなくはまたるらんたのめしけふのくれにやはあらぬ

鶯知春　長谷川初会二月〔廿八〕日

1511 けふ〔よ〕りの百よろこびを万代の春〔に〕聞べきやどのうぐひす

1512 ことのはの花さくやどやしるからじいとゝくきなく春のうぐひす

連峰霞」（10ウ）

1513 〔かたわかぬ〕春の光もみねつゞきかすみわたりてにほふ日の〔かげ〕

1514 みわたせばかすみにもるゝみねもなし春やこゆらんよものやま〴〵

早春風

1515 巻あぐるたもとにゆるく吹ぬ也こすのと山の春の初風

1516 梅かほり氷ながれてなにはづの春をことわる風のゝどけさ

1517 野へ山へ分てふかねど雪も消このめもゆる春の初風

1518 けさよりはなべてこのめの春風に雪も〔氷〕も消はのこらじ

山春月

1519 重出 そことなく霞てくれ〔し山〕のはもほの〔みえそ〕めていづる月かげ」（11オ）

1520 花の色ほのみえ初て〔春〕山の梅さくみね〔を〕いづる月かげ

遐齢如松　松月勧進

1521 一しほの色そふ春にわかゞへるよはひは松の千とせをぞへん

1522 千〔と〕せへんよはひはしるし春の松の色そふごとにわかゞへりつゝ

花下逢友

1523 咲しよりあひみぬ友のこひしくは花のかげをぞとふべかりける

1524 風よりもさきにとゝひし花のもとにさそはぬ友もうかれきにけり

雪消松緑　伊良子所望に遣歟」（11ウ）

1525 色かへぬ松の千年は雪消てみどりにかへる春をかぞへん

款冬漸散

1526 一重づゝ散ともかくて山吹のやまずは久に花はのこらじ

1527 朝なゆふな散ほどみえて山吹の青葉あらはに花ぞすくなき

蒿蹊の庵をとふに、なきまなりければかへるに、池のかはづをきゝて、たゞうがみにかき付てさしおかせし

1528 虫のごとねにこそたてねあはずして我しもかへる心しらな〔ん〕

風のよきたる一木もやとたづね」（12オ）ありきし序、この院にまうでぬれば、塵にうづもれし心もすむさまにおぼえていとしづかなるに、をり〳〵の興もそへぬべきけしきもみすぐ（ママ）がたくて

1529 常もなき色かや、がて時わかぬみのりの花のしるべならまし

常山、物外、玄章とともに、れいの残花をみにまかりし時、禅林寺の内帰命院といふかたにまゐりての事也

1530 色にかにそめし心をいつしかもみのりの花のうへにうつ〔さん〕

1531 あだなりと花やなか〳〵思ふらんつねなき色にそむる心を」（12ウ）

これも同じとき也。かの例のさくらは、東北にさせりける枝の風にをられて、前みしよりもすこしおとりたれど、かくてもたぐふべき花ぞなきや

1532 外のちる後ならずともいつの春いづこにかゝる花をかはみし

三月廿三日にや、嵐山の花盛は三月三四〔日〕なりとぞ。ことしもはつかばかりおそし。

花有遅速

1533 里ごとの花ちる比ぞあし引の山のさくらは咲はじめける」（13オ）

花

1534 花はたゞ遅桜こそ哀なれ又咲つがむ色かなければ

1535 一とせの花てふ花をつくしてもさくらにたぐふ色やなからん

年内立春

1536 年のうちの日かずをかけて春のきる霞の衣はや立ぬ〔なり〕

1537 あら玉のとしのうちより春はきぬ猶ふる雪にみちもまどはで

1538 くれのこるとしの日数もをしまれずけふより春の立ぬと〔おもへば〕

1539 さらでだにとまらぬとしをいそがせてのこる日かずも春になしつ〔る〕」（13ウ）

初春松　篠山直勝亭初会

1540 けふよりの千よをかぞふることのはもさぞ色そはん松の初はる

隔波見花

1541 舟もがな波路さし分かのみゆるいそ山ざくらたをりてもこん

1542 岩波にはしうちわたせ山川のきしねの花のかげとひてみ〔ん〕

菫

1543 あかなくに一よとてこそねしものをすみれ咲野に日をやつまゝし

1544 むかしみし宿はのはらのつぼすみれ咲るあたりやかきねなりけん」（14オ）

雪中若菜

1545 野べの色もまだ白たへの雪の中にみどりすくなきわかなをぞつむ

1546 けぬがうへにふるのゝみゆきかき分てたがためたれかわかなつむ〔らん〕

春花　潤月閑居初会当座

1547 春たてばまづ咲花もわきてこのちりの外なる色ぞのどけ〔き〕

1548 一とせの花をつくして思ふにも春のさくらにしく色ぞなき

山辺霞　明甫十七回忌」（14ウ）

1549 〔足〕引の山のかすみをあはれとはいつの春より〔な〕がめそ〔め〕け〔ん〕

1550 朝なゆふなかすみや深くなりぬらん遠ざかりゆくこす〔のと〕の〔山〕

1551 巻あぐるこすのと山の朝な〳〵遠ざかりけりかすみへだてゝ

菫

1552 あかずしてくるゝ春のゝ露ながらつめるすみれに月ぞ移ふ

1553 つみいれしあさのたもとのすみれぐさにげなき色と花や思はん

青柳

1554 くりかへしみれどもあかぬ青柳のいとはいくよの春をへぬらん

1555 鶯の木伝ひあそぶは風にもたへずぞなびく青柳の糸」（15オ）

三月尽

1556 みなせ川かすみのみをやけふのみとくれ行春のとまり成らん

1557 花鳥におくるとみえし日かずさへとまらで春やけふにくれゆく

落花埋路

1558 さかりにもあとみぬ庭の通路をふりうづみぬる花の白〔雪〕

1559 散うづむ花にぞまどふふるとしの雪には分るあともみえしを

早春桜　平田老父賀」（15ウ）

1560 〔うゑ〕て〔待や〕どのちとせの初はるはけふとや咲てにほふ梅が、
1561 うゑてまつかきねの梅のにほへる〔は〕けふやちとせの宿の初はる

家梅初開　西尾初〔会〕

1562 万代〔をか〕ねてうゑける此やどの梅はけふこそ咲初にけれ
1563 色もかもはつかながらに万代の宿の春しる梅のはつはな
1564 むれてとふたが袖のかとあやしめば春しる宿の梅の初花
1565 めづ〔らし〕き円ゐの袖のひとつかにかほるや宿の梅の初花

初春霞

1566 入た、ぬ春の日かずもよも山の浅きかすみの色にみえけり
1567 かたわかぬ春のかすみも遠山の高ねより〔こそ〕みえ初めけれ」(16オ)
1568 山のはの遠き梢にたな引てまだ〔春浅き〕かすみをぞみる

七日、あを馬の日なりとおもひて

1569 かすみたつはるのあを馬はるかなる雲ゐの庭に今やひくらん
1570 〔いつよ〕りか春のわかなもあを馬を引けふの日のものとなりけん

松迎春新　元迪初会

1571 いとは〔やも〕かすみにけりなふるとしの色ともみえぬ岡のべの松
1572 けさより〔の〕春にみどりの色そふはかすみにけりな岡のべの松

柳糸緑新　物外勧進十首組題初十〔三〕回〔追〕悼〔々々〕」(16ウ)

1573 〔霜〕がれし〔柳〕のいとも春くればも〔と〕のみどりに〔そめか〕へしけり
1574 たがためかくる〔春ご〕とにあをやぎの糸を〔み〕どりにそめかへすらん

試筆　よべ雨ふりて、よのまにはれたり

1575 夜の雨〔の〕なごりの露やけさよりの春のめぐみの初はるの庭

春月　於三勝亭古雅因追悼三月十日

1576 面かげのかすみてだにも残らずは何をむかしの春のよの月
1577 ともにみし春はいくらもへだてねどかすみてうとき庵の月かげ

朝見花　於嵯〔峨当座〕」(17オ)

1578 このねぬるよのまの露やそへぬら〔んおくる朝〕の花のひかりは
1579 よを残すかすみながらにほの〴〵と色わき初る花の明がた
1580 山姫のよそほひなりていづる日にゑむかとみゆる花の面かげ

ある人のもとより、1581 とき、〔ママ〕きぬのはるをもしらぬ身にしあれば花のにしきに立
もまじらず　といへるは、いたくよにわびて、けふのいでたちなども心にまかせず
とき、て、いとあはれにて

1582 とき、ぬのおもひみだるときくからに花をみるにも袖ぞ露けき

大井川を舟にてゆくに、川上のいとゆかしければ、なにはのうみをおもひいで、

1583 〔いま〕すこし〔のぼ〕れ川ぶね川上の花の〔山さき〕みてかへりこん」(17ウ)

春田蛙　五題内

1584 うちかすむ春の山田の夕まぐれそこ〔はかとなく〕かはづなく也
1585 けさこそは賤がまかせしあらをだの水〔な〕れがほ〔にも〕なくかはづ哉」(18オ)

山春花　さが当〔座廿五首内〕残題

1586 さきちるはほどなきさがの山ざくら折よくとひてさかりをぞみし

平田直信がりまかりたりしに、花咲にければ、人々の見にまうでくなれば、そのま
うけすといふ。とし〴〵この饗聞わたりぬるに、けふとひけることよ、いづらその
花はと、庭の梢を見わたすに、あるじうちわらひて、そはたゞこゝもとにとて、軒
の下くさ分てみするに、い〔と〕ちひさやか〔なる〕木に、花かぞふばかり咲たる
をみて

1587 名にたかき花やことばの花ならん〔桜〕はなへのほどにぞ有〔ける〕」(18ウ)

子日

1588 たれしかも種まき初ていやつぎに生る子日の小松なるら〔ん〕

遅桜を

1589 〔ほ〕かの〔ち〕る後のいろかをまだしらでまづ初花など思ひけ〔ん〕

故賢良身まかりてのとし玉祭の比、人々にす、めて十二首歌おくりけるに

遥見帰雁

1590 空遠く見る〳〵消てゆくかりにおくる、つらも哀れとぞ思ふ

春色浮水

1591 みづ清き春の沢辺をたつひばりあが〔るも〕底に入かとぞみる

1592 かげうつす木〔々〕のみどりは日にそひてなが〔る、水〕の花ぞすくなき」（19オ）

〔暮春落花〕

1593 くれゆけど猶ぞ立うきあすまではあ〔らし吹〕そふ花の木のもと

1594 あすまではをしませじとや比くれをかぎりとさそふ花の春風

1595 はつせ山入相の声もかほる也桜吹まくみねの夕風

落花

1596 月まちてをしまんとこそ思ひしかくれなばなげの花のはる風

久しく心ちそこなひてや、をこたれる比、残花をたづねて

1597 この春の桜はみてや過なまし一木の花のこらざりせば

初春待花」（19ウ）

1598 さく比はまだ遠山の浅みどりかすみ初ぬと花ぞまたる、

1599 春きぬとかすめるみねのゆきの色にまだきまたる、みよしの、花

年〔々見〕花

1600 あかず思ふ心づからやこぞよりもことしの花の色のそふらん

1601 見る友のとし〴〵かはる花のもとになれぬと思ふ身はふりにけり

花ざかりの比、よし野山におもひ立侍りしに

1602 よしの山岩のかけみちふみ分ばやがてうき世にかへらずも哉

花みに出た、んとするあした、日比の雨はれけるに、松月、1603 花みんと契しけふ
のあめはれてふりぬる身にはいとゞうれしき　とき〔こえ〕ける心あての花の所
へ」（20オ）まかりて、日ねもすあそびてくれつかた

1604 ふりぬれば雨のはれまもしらぬ身にのどかに花をみしぞ嬉しき

東山の残花をみにまかりける時になん。

子日

1605 子日とて野べにもゆかじ宿にこそあまた千とせの松はおひけれ

花の頃よしのにゆくに、のこれる人の、京の花をことしはともにみしといへりければ

1606 おそくさく花のかげにはまとゐせん初桜こそともにみずとも

春のたつあした

1607 一年のくは、る老もわすられて春を待えしけさの嬉しさ」（20ウ）

高登がたびだ、んとせしに餞しけるに、さはることありていでた、ぬに、わがよし
のにゆくとき、て、かれより、1608 たび衣まづ立ぬべき我はなほおくれてをしむ君
がわかれぢ　といへりければ

1609 たび衣たつを、しみし君に又おくらすけふぞゆかん空なき

重遠のもとより、1610 山かぜもさそはぬ花のかげとひて君がことばのしるしともみ
ん　といひおこせたるに

1611 ふる郷の野べ分ゆかばみよしの、花をみるにも袖はかはかじ

是は大和宇多（ママ）におほぢのつかのあれば、これにまうで侍らんとおもひたちしより、この」（21オ）よしの、花にも心ざし侍るになん。

昇義のもとより

1612 よ、の人の心をそめしみよしのにうら山しくもおもひたちぬる

かへし

1613 よき人のよしと（ママ）みよしのを花のさかりに分んうれしさ

又かれより

1614 山ふかく分ゆくま、にみよしの、花にそむらん春のころもは

かへし

1615 あだなりと人やとがめん苔衣常なき花の色にそめなば

たびにたつ日の三月三日なりければ

1616 梓弓やよひのも、のさかづきをけふはわかれのまとゐにぞくむ

花　讃州和田浜藤村勇蔵父十七回忌追悼勧進五首巻頭」（21ウ）

1617 めで、みしことばのはなや春ごとの宿のさくらの色をそふらん

野春草　山下伴政十三回忌十首題巻頭

1618 いくたびか生かはるらんともにこしのべの小草ぞ又みどり〔なる〕

春草　故雅因一周忌方俊勧進

1619 霜がれしかきねの草はこの春ももとのみどりに生かはりぬる

梅

1620 かくれがは梅をなうゑそ咲しより匂ひをとめて人ぞむれくる」（22オ）

1621 此比は柳にふくも松ふくもさながら梅にゝほふ春風

柳の水にのぞめるかたかける絵　川口雅尚自〔画〕

1622 ゆく水とゝもに絶せぬ青柳のみどりの糸はいくよをかへん

三月尽

1623 花鳥のわかれのみかはなれ〳〵し春も今はの夕ぐれの空

1624 花はちりぬみどりのみこそゆく春の草木にのこるかたみなるらめ

1625 わりなくもをしむ春哉かへらずはちりにし花のまたもさかじを」（22ウ）

鶯

1626 心なき木草の花もおのがねにもよほさるべき春の鶯

1627 梅がえの花をおそしと神がきにねぎやかくらんうぐひすの声

藤

1628 夕日さすかた山岸の松風になびくもみえてにほふ藤浪

1629 咲かゝる松の木陰は行春も立どまるべくみゆる藤浪

柳

1630 あはれとてくる人あれな青柳のいとこそ門のちり払ふなれ

1631 青柳のいとさだめなき露の身にまたくる春もまちつけてみつ」（23オ）

初春見鶴　讃州高松家中由佐竹翁百歳賀、孫直超坊良歓勧進十首

1632 春のくる朝の空をとぶつるのはるけき千よの行へをぞみる

尋摘若菜　金谷清生亡母三回勧進四月十二日十五首

1633 よそにみるたもとさへこそぬれにけれゆきかき分てつめるわかなは

山家待花　己亥春花五十首内四首

1634 鶯はまだき鳴しを山里の花はまたれてさかむとやする

依花忘行

1635 いもがりといそぐ心をわすれめやみちの行ての花しさかずは」（23ウ）

纔見落花

1636 此春のうさいまだみぬ木のもとの花はいづれの枝よりかちる

夕尋残花

1637 ひまの駒しばしとゞまれ夕かげにのりて尋る花ものこれり

三月朔日、周尹、玄章とゝもに残花をたづねありきけるをり、物外庵室をとひて

1638 梅のをり契し山のおそざくら今はさくらんいざゆきてみん

かへし　物外

1639 初春の契わすれずけふもまた花をとふとてさそふうれしさ

うちつれてれいの遅桜をみれば、花もなかりければ、かれもやすると猶ちかくてみれば、まだしくて、いま十日ばかりあらばさかんずるほど也。此さくらは、」（24オ）さがの花盛に廿余日ばかりおくれて盛なる花なれど、この春はあたゝかにて、八重もひとへも一時にひらけたれば、ちりもぞすると、心いられにとひしなりけり

1640 此春はほかにならひてちりぬやとみしはまだしきよそめ也けり

1641 八重もやゝちりゆく比にまたれけるひとへ桜ぞ又たぐひなき

禅林寺にまうでたるに、前の花八重桜のちり過たるぞおほき。池のほとりはかへでのみどり、花にもおとらぬ木かげ也。やすらひて春色のとく過る〔ママ〕をしみて、日もかたぶけばかへるに、岡崎の東を北にゆくに、こゝかしこのこれる花あり

1642 たれとしもしらぬ庵のかきねみち行過がてに花をこそみれ

又禅尼のいほに立よりて休らふ　あるじ」（24ウ）

1643 おくれたる花の一木のあれ〔ばこそ〕とはれ〔もし〕つれ春の山ざと

このやどにも花わづかにのこれり。行ざまには、れいの花にといそぎてみざりければ

1644 此庵の花をとへとて心あての一重ざくらやまだしかりけん

又かたへにうつし植て、かれぬとみゆるさくらのもとより、わがたちいでたるを　あるじ

1645 かれのこる庵の軒ばの花にしもことばの露のあはれかけてよ

かへし

1646 とひてみんいのちもがなやこむ春は花咲ぬべき庵のさくらを

柳

1647 露にそめ風にさほせるさほひめの手引の糸や春の青柳」（25オ）
1648 たがためか春くるごとに青柳の糸を緑にそめかへすらむ
1649 霜がれし柳の糸をくる春のみどりにたれかそめかへすらん
1650 うゑてみる門の柳の糸たえずくる春ごとに色をそへなん

野外朝霞

1651 春の色は垣ねのゝべの朝な〳〵ふかく成行霞にぞしる
1652 霜がれし垣ねのゝべの朝な〳〵たてる霞の色ぞゝひゆく
1653 花鳥も今おりそへよ春のゝ霞の衣けさぞ立つる
1654 朝な〳〵なれきてみばや春のゝの霞の衣色ぞゝふらん
1655 きのふまでめなれし霜の色そへてかすむ春のゝけさのゝどけさ

落花浮水」（25ウ）

1656 山かげやあゐを流せる谷川を色とりそへて花ぞ散うく
1657 みよしのゝ花吹おろす山かぜに心あはせてさそふ川水

あはれいにしへ花を見、ほとゝぎすをたづね、月にうかれ、雪にあそびて、なれぬる友をかぞふるに、おほくはよみのくにゝいり、あるはもてはなれてうとくなりて、いまにあつさ寒さをとひかはすなからひ、わづか三四人のこれり。そもよのわざしげく、又老つかれなどして、とし月のすぎに過ゆけば、いとくちをしうおもひおこして、いざありしばかりならずとも、をり〳〵はあつまりてむかしの物がたりもせばや、心ゆくわざにもあべかりけるをといへば、」（26オ）たれも〳〵おなじ心なりけり。さは、芦のいほにまづおはせよとまねきて、ひねもすかたみにおもふことをいへば、歌よむべくもなかりけれど、たゞにやはとて、題をいだせといふに、外にもとむべきにもあらずとて、四の題をかきてさぐるに、花を得たり

1658 みし友もとしにすくなくなりにけりとまらぬ花のをしきのみかは
1659 花はたゞかすみわたれる絶まよりしらみ初たる明ぼのゝいろ
1660 桜ばな咲初しよりにほひくる風に心をおかぬ日ぞなき

春ぞすくなき

1661 かけなれん春ぞすくなき老が身は日ごとにかくて花をみるとも」（26ウ）
1662 花もちり鳥もかへりてをしむべき春ぞすくなき此頃の空

野若菜

1663 末とほき春のゝわかなかぞふればつむべきちよぞ限しられぬ
1664 春ごとのわかなとゝもに老らくのつまんよはひをのべにかぞへん
1665 老らくの千よのよはひをしめしのゝ春のわかなはけふよりぞつむ

子日松

1666 春ごとに生る子日の松をこそへぬべき千よの数にかぞへめ
1667 ゆく末のちとせの数にかぞへみよめもはるのゝにおふる松ばを
1668 万代のやどの初ねぞしられけるあまた生そふ庭のこまつに
1669 万代のやどに引うゑてみればなほ千とせの松の色ぞのどけき

柳

1670 青柳のいとくりかへしみれどなほあかでいくよの春をへぬらん
1671 うぐひすの木づたひあそぶは風にもたへずぞなびく青柳の糸」（27オ）

花　讃州和田浜藤村縮父十七回忌追悼五首題内

1672 重出 めでゝみしことばの花やはるごとのやどのさくらの色をそふらん

花蔵遠池

1673 わがやどの垣ねの花の咲しより遠ぢの池は水絶してけり
1674 さくまではこのま〳〵にみしのべの池は花にぞうづもれにける

花

1675 山どりのをのへの花や咲ぬらん永き日たえず雲のかゝれる

折藤

1676 老の波立やまがふとをる袖にかへりて藤の色やゝつさん」（27ウ）
1677 をりてみん夏をかけてはにほふともかへらぬ春の藤波の花

きしの山吹

1678 猶のこる春のひかりを玉川のきしの山吹咲てみすらし

1679 こがね色に水ぞながるゝ玉川のきしの山吹かげをうつして

三月尽

1680 暮ぬるか春は小蝶の夢のまになれみし花を面かげにして

花　松陰亭

1681 あだなりと誰かいひけん春ごとに色かゝはらで咲るさくらを

1682 さけばちる花のたよりに色もかも常なる法の春にあひぬる

あるじはよをのがれて念仏三昧の人になん有ける」(28オ)

霞隔山　万空居士追悼十首内　松斎勧進

1683 なれてみしたかねもそれとわかぬまで山なつかしくかすむ春哉

若菜　中村宗廷六十賀、十七首をおくりける冠字に

1684 万代の春のわかなを君がためうちむれてこそつみはじめつれ

苗代

1685 としのはにうゝべきを田やますらをがなはしろがきのかずぞひてみゆ

1686 おりたちていとなく急ぐなはしろに秋のたのみのむなしからめや」(28ウ)

池辺藤花　篠山初会

1687 水清みはふ木あまたにかげみえて花の色そふ池の藤なみ

1688 咲しよりよりきてこゝにみな人のかげみる池のあかぬ藤なみ

1689 かゝれとや人の心を移すらん藤さくかげのあかぬいけ水

1690 水の色もわかむらさきにゝほふまで花咲かゝる池の藤浪

としのはじめにはる立けるに

1691 さきだゝじおくれじともや契けんとしとゝもにぞ春のきにける

涼暗の春になりぬれども、のごとにうれへがほなれば

1692 それならぬ霞の袖もすみ染の衣の色にまがふ春哉」(29オ)

春従東来

1693 しらむ［よ］りかすみそめけり山かづら春くるかたの空にしられて

1694 鳥がなく東よりくる春ぞとはしらむ高ねの霞にぞしる

1695 梓弓はるくるかたのあさがすみほかよりもとくたな引にけり

1696 出る日の高ねの雪のまづ消て春くるみちぞあらは也ける

1697 かさゝぎも声あはすめり春風にこほりながるゝけさの山川

1698 このくにも猶東よりくる春をもろこし人はまつや久しき

1699 武隈の松の雪げの春風や関の清水のこほりとくらん

1700 とし波もけさ立かはるはる風はすゑの松より吹やきぬらん」(29ウ)

試筆

1701 重 あづさゆみ春のかすみもいそぢ余りいつしかけさぞたな引にける

寄若菜祝

1702 同 ことのはの円ゐもけふぞはつわかなつむべき千よの春ぞ久しき

春雨

1703 重 春雨のあやおる池は時わかぬ水のみどりもそふかとぞみる

1704 松にふく風も音せで殊さらにかすむみどりや春雨の空

住吉奉納会なり。」(30オ)

海上春望

1705 わたつみのかざしの花はときわかずかすみぞ春のみるめ也ける

1706 春たてど咲ちる花の色もみずひとつみどりにかすむうなばら

1707 かぎりなき春のみるめはまつらがたもろこしかけて霞むうみつら

柳

1708 浅みどり春くる色はうちはへて靡く柳の糸よりぞしる

1709 春の色は分て柳のめにぞつくもゆるみどりの糸はやくして

呼子鳥　散木に、なこその関にもよめり」(30ウ)

1710 こたへする人しもなきをよぶこ鳥心永くも声絶ずなく

1711 みゝなしの山ともしらでよぶことり心永くも声たえずなく

1712 われもよを今はとおもふ折しもあれこの山ふかくよぶこどりなく

詠旧詞歌

1713 残りたる雪にまじりて山里のかきねまだらに生るわかくさ

1714 残りたる雪にまじりて春浅き野沢のさぎの色もさむけし

1715 春くればかすみの衣立かさね千へにかくれぬあかはたの山
1716 春山のかげにかゝよふもすがら花になづさふ夢のたましひ
1717 梓弓末中ためてはる山にいつかとまちし花咲にけり」（31オ）

藤

1718 舟よせていざみてゆかんゆく春の夕日にゝほふ田子のうら藤
1719 むらさきの花咲てこそ一入のみどりもみゆれ松の藤なみ

花の頃、但馬敬儀がもとより、 1720 山ざくら咲そめしより九重の都の春ぞいとゞゆかしき　といへりけるかへし

1721 花といへばひなも都もつねなきを何かはこふる九重のはる

風の心ちにわづらはぬ人なかりける春、みづからもやみて

1722 みな人の身にしむ風は春ごとの花にいとひしむくい成らん」（31ウ）

鶯告春

1723 咲そはむことばの花の春告て初ねをやなくやどのうぐひす
1724 さきぬべき花の春とはうぐひすの声の匂ひにまづしられけり

落花をみて

1725 わがいとふ風のうさにはなさじとや吹ぬ絶まも花のちるらん

初春鶯　中村賀之当座

1726 ゆく末のはるけきのべに聞ゆるははつ鶯の声にやはあらぬ
1727 うちむれて千よをことぶくはつ春にはつねをそふるやどのうぐひす」（32オ）

春月　玄章父五十回忌

1728 春の月みぬよをかけて思ふにはみみ〔ママ〕だにかげのかすみそひぬる
1729 そことなく梅がゝかほり月更ていとゞ身にしむおぼろよのかげ
1730 めぐりあふ春やあらぬと詠ればいとゞ涙にかすむ〔よの月〕

あさがすみ　句上におく

1731 朝がすみたてるをみればいつしかとおぼつかなみし春はきにけり
1732 あさがすみたゝずは何に梓弓春くる色を分てしもみん

志賀山越

1733 こゑなづむいもがたもとにふきかけて花をかさぬるしがの山風
1734 しが山を越ゆくいもが袖のかもひとつにかほる花のはる風」（32ウ）
1735 〔分〕わびぬふゞきはるればみちもなく花にぞうづむしがの山〔越〕
1736 いかばかり深からねどもちる花に道まどはせるしがの山ごえ
1737 花のちる比にな越そしがの山みちまどひして旅ねしぬべし

藤

1738 舟よせていざみてゆかん行春の夕日にゝほふたごのうら藤
1739 むらさきの花咲てこそ一入のみどりもみゆれ松の藤なみ

門柳春久

1740 陰たかき柳の門の馬車たえせぬやどの春ぞ久しき
1741 春にあひて久しき門の青柳はうちなびきてぞ人のとひ〔ける〕
1742 青柳のいとのもとにとくる人の絶せぬ門はいく春かへし」（33オ）

初春雪

1743 霞あへずなほふる雪もけふよりの人の心の春はうづま〔ず〕
1744 思ふにはめづらしげなき山里の雪を都のはつ春のそら

春野にをとめのわかなつみにゆく所

1745 ちゝはゝの千よをかぞふるわかなにはあらぬ草ばもつみやそへまし
1746 かぞいろのつむべき千よにくらぶればのべのわかなはすくなかりけり
1747 かすみたつのべのわかなをもろともにつみて千とせの春もあそばん
1748 霞たつのべのわかなをみなゝがらつむともつきじかぞの〔ちと〕せは
1749 君とわがかたみにつみてかぞいろのちよもわかなのわかゞへるみん」（33ウ）
1750 〔君〕とわがつむともつき〔じ〕かすみたつのべのわかなと〔かぞ〕のちとせは

詠旧詞歌

1751 うるひつゝふゝめる花は春雨のいま二日ばかりあらばひらけん
1752 春の日にはれる柳をさほひめのそめてほしたるいとかとぞみる
1753 春の日にはれる柳をめぢとほくみれば煙に立まがひけり
1754 こよひたれやすいもねずにみよしのゝ花散山を月に分らん」（34オ）

嶺椿　千首
1755 朝日山たかねのつばき咲初てくもらぬみよの春をみすらし
いみづ川
1756 二上の山のゆきげもしられけりまさるいみづの春の川音
永原良博、大津にうつりて住んとて京をわかるゝは、三月四日にや。わかるゝはを
しけれど、関山ひとへのへだて、老ぬとも何かはと思ひおこして
かへし
1757 春にいまあふみときけばゆきてみん花咲やども〔遠から〕ぬ道」(34ウ)
いつしかの杜
1758 みのはるにあふみとも哉老らくの花さくやどゝとひもくるがに
千葉野　下総
1759 雪もきえ霞たな引いつしかの杜の梢にうぐひすぞなく
遠松山　未勘
1760 おもふことちばのゝ春にもえいづるこのてがしはのいつかひらけん
1761 白雪も村消初ぬ春風のよはにや吹し遠松の山
花里」(35オ)
1762 けふといへばはゝこのもちひさく花の里のうなひごをりえがほなる
1763 さくもゝの花の里のこうちむれてかきねつゞきにはゝこをぞつむ
花園岸
1764 心をし色にそむればあやふさもしらでたゞずむ花ぞのゝ岸
1765 いざゝらばを舟こぎよせみてゆかん盛なりてふ花ぞのゝきし
林崎
1766 みな人のことばの花の林崎色なき露はかげぞ煩ふ
夜思落花」(35ウ)
1767 思ひやる心をそらになすものは花ちる比のよる〔の〕山かぜ
1768 をしみつる人はかへりてさくら花ひとりやちらんよるの山かげ
風宮　いせ
1769 ちればこそさそひもすらめ桜花おもへば春の風のみやうき
1770 咲ぬまにとく吹つくせ風の宮花しにほはゞ神もうらみん
霞谷　陸奥
1771 春ふかき霞の谷はみちのくの浅かの山のかげにぞ有ける
渡山　石見
1772 大舟のわたりの山に花さけばかへらぬ浪の立かとぞみる」(36オ)
故正子のもとへはじめてまかりけるに
1773 よそにちることばのはなのかをとめてけふこのもとの春をこそとへ
高城山　大和
1774 み谷より出て高城の山になくはつ鶯をけふぞ聞つる
む月朔日の日
1775 あら玉のはるはこぞより立しかど三のはじめぞ分てのどけき
中杜　尾張
1776 鶯のなくはる中のもりなれど猶風さえて花もにほはず」(36ウ)
室山　大和、履中記出
1777 むろ山の老木ももとはわかざくら世にめでられし花にやはあらぬ
1778 わかざくら尋いりけんむろ山のむかしをみする花のちりかた
鶯関　河内
1779 ねに鳴てをしみとゞめよ行はるのこえなばあやな鶯の関
1780 かふちゞに有ときくなる鶯の関にはしばし春やとまらん
殖槻　大和
1781 とはゞやなたれかはよゝにうゑつきや田中の杜のしげりそふかげ
1782 我もいざ千よへん松をうゑつきの田中のもりのかげをそへてん」(37オ)
海上潟　上総
1783 行雁も立かへりみよあきさゐるうなかみがたのはるのあけぼの
1784 かすみたつうなかみがたを見わたせばそこともわかずしだのうき島
子日催興

1785 今年生の松にひかれてうぐひすのはつねもけふの野べに聞つゝ
1786 松にこそ心ひかれしのべに又あかぬはつねのことのはの友
今年今日作例多

はたつもり
1787 もえ増るこのめにしるし雪消てはたつもり行春の日かずは」（37ウ）

関路霞
1788 春のくる道は関戸やなかるらん霞たな引あふさかの山
1789 よもにけさたちわたれども相坂の関路よりこそ霞初らめ

打歌山　石見
1790 うつた山木のまのさくらかへりみて旅行人かすぎがてにする
1791 石見海〔ママ〕うつたの桜ちるなべにひかりぞまさる波の白玉

つばくらめ
1792 天つかりかへるをみてやきのふけふ古巣たづねてつばめ飛かふ

萠」（38オ）
1793 よしの川滝つ岩ねをこす波にぬれて色そふ山吹のはな
1794 おもふこと八重にあればや中々にいはぬ色なる山吹のはな
1795 水こもりのかはづの声は八重に咲井での山吹とへとなるべし

かにはざくら
1796 ちりぬともむかしのかにはさくらんを袖にしめづる人だにやなき
1797 なべて咲花の中にもかばざくらうす紅の色ぞまがはぬ

花　長谷川喜之母七十賀
1798 春をへてふりせぬ花はあかず思ふ心や種と成て咲らむ

湖辺霞　藤井維済母六十賀」（38ウ）
1799 あけてけさ春にあふみの海みればさゞ浪とほく霞初ぬる
1800 風をさへかすみやこめしにほのうみのよるさゝ浪のしわもみえぬは

遠山薄霞　池見元始祖母九十賀
1801 ゆく末のとほき山べのうすがすみ千へにかさねん春をこそみめ
1802 けさはまだうすきかすみにこめてけり遠山まゆの花の面かげ

残花誰家
1803 人ごとにたづぬる花をたれしかもとゞめてやどの物とみるらん

井上　大和
1804 かすみたつ井上ゆかばあはましをよき道をきて今ぞ悔しき」（39オ）

野路　近江
1805 あふみぢの野路の松原むら〳〵にかゝれる雲は花かあらぬか

花未飽
1806 さても猶あくよぞしらぬ桜花なれてあまたの春をへぬれど

大葉山　紀伊
1807 舟人や波ぢたどらん大ば山なびきて立る春のかすみに

花下述懐
1808 とし〴〵の花のかげにはなれぬれど我みにしらぬ春ぞ久しき
1809 ことのはの花はにほはで山ざくらかげとふ身こそいたくふりぬれ」（39ウ）

玖岐崎　す〔る〕が　又摂津とも
1810 波のはなちらぬ日もなしくきがさきいづこのくきに風やどるら〔ん〕
1811 うら風のうち吹ごとにくきがさきくきなき波の花ぞちりける

花自有情
1812 外のちる比しも咲て山ざくら心ふかさをみする一もと
1813 心ありて月の比しもさくら花よるさへみよと思ふ成べし
1814 人よりも心ありける桜哉さかずは花の春もとはれじ

かたかし　万に堅香子（カタカコ）の草花とあり。六帖には木の部に入。此題にて詠ずる故、暫随六帖」（40オ）
1815 くみてしれ寺井のうへのかたかしも花にしさけば常ならぬよを
1816 くれゆけば寺井のうへのかたかしの花もさびしなをる人なしに

つばな
1817 かへりこぬ春の川べの夕風につばな波よる色ぞ淋しき
1818 春のゝのつばなぬくにもやはらかにねし手枕ぞまづおもひいづ

布計里　紀伊
1819 はる風のふけの里の子いつしかと待し雪げにわかなつむらし
藤方　伊勢
1820 一入のみどりも花もいくちよの春をか契る藤かたのまつ
1821 梓弓はるのみどりの一入を色どりそふる藤かたのまつ」（40ウ）
藤野村
1822 さかりなる藤のゝむらかむらさきの雲間にみゆる賤が家々
1823 をとめらがてにまきもたる紫の糸は藤のゝむらのしるしか
花開似美人
1824 露にゑむ花の光とをとめごがかほのにほひといづれまさらん
1825 山ざくら咲てぞみするをとめごが紅にほふ花のおもかげ
間手　摂津
1826 花にうき風にまかする船路にはちるをまてともえこそとゞめね
子日」（41オ）
1827 陰たかくしげりさかゆるすみの江の松はいくよの子日しつらん
1828 かすがのにいざといはましを山かげのけふの子日はまつ人もこず
尋花路遠
1829 尋ね行花の所の遠ければ日をふるほどにちりか過なん
1830 道遠み日をふるほどに尋ゆく花のさかりのをりや過まし
藪浪里　越中
1831 藪なみの里のはるさめをやむまも軒のしづくの音ぞ絶せぬ
聞浜　豊前
1832 浪の音はなぎたる春の夕べにも〔海〕ふく風をきくのはま松」（41ウ）
くさのかう
1833 百草のかうもえいづる春のゝをみればかれなむ物としもなし
雲花無定樹
1834 さく比とおもふ心に松杉もわかでやかゝる花のしら雲

梨
1835 春深くなりぬとみえて朝夕に花の波たつ生のうらなし
1836 この春も花咲にけりわぎも〔こ〕がうゑし庵のつまなしの木は
朝明山　伊勢
1837 春霞立もへだてず日かげさす朝けの山の花のしら雲
有馬村　紀伊」（42オ）
1838 花ざかりよそにしられで神祭る有馬の村ぞ折えがほなる
1839 さく花の折をしまてばとくおそき有馬の村の神祭かな
梅芳微雨
1840 春さめのふるともわかぬほどよりはしめりて深くにほふ梅がゝ
1841 夕まぐれしめりてかほる花のかにそぼふる梅の雨をこそしれ
遊多野　未勘
1842 春の日のゆたのゝ原にゆふいとのいつくるべくもみえぬ空哉
夢崎川　播磨
1843 春のよの夢さき川の正しくはながれてのよのうきをあらすな
桜山谷　近江」（42ウ）
1844 桜谷落たぎつせをけふみれば波の花ちる名にこそ有けれ
1845 尋ばや外はちるとものこりなん春の桜の山のかひには
桜間池　紀伊
1846 よゝくもれ散しかゝらば桜まの池のかゞみのかげみんもうし
1847 春ふかみいひしらぬまでちりつみて花にうもるゝ桜まの池
枝浜　上総
1848 緑なる枝の浜松波こすとみしやきのふの花のちりがた
1849 桜ちる枝のはまべはみるがうちにみどりはそひて花ぞすくなき
海松布関　摂津
〔一行空白〕」（43オ）
御牧浦　未勘

1850 いつとなくひまゆく駒も春日さすみまきのうらのかげはのどけし

聞浜　豊前

1851 重出 波の音はなぎたる春の夕にも海ふく風をきくのはま松

山霞　追悼

1852 分いりし人はかへらで春山にかすみたな引けふも暮ぬる

岸の藤浪

1853 わがやどの松の梢に咲こえてみゆるは山のきしの藤なみ
1854 うちふくものどけき田子のうら風によせてはかへる岸のふぢなみ」（43ウ）
1855 むらさきの雲の色ともみてし哉むかひの岸の藤浪の花

とし立かへる

1856 鶯はまち付てきく春よりもとし立かへるけさのはつこゑ
1857 初ねなく鶯のみや雪のうちにとし立かへる春をたどらぬ
1858 めづらしな春をかさねてみしかどもとし立かへるけさのかすみは
1859 いにし春みしものぞともおぼえぬはとし立かへるかすみ也けり

野

1860 春といへば日かげ霞るかたをかや雨ふるのにも心こそゆけ
1861 小松引わかなをやつむあさみどり霞るのべにあそぶもろ人」（44オ）

柳のまゆぞ

1862 みどりなる柳のまゆぞ紅の花のかほみんはじめなりける
1863 ひらけゆく柳のまゆぞうかりける待えし〔はな〕の面かくしして

高山　かぐ山別名

1864 立ちかくす霞をもれて高山のみねよりしらむ春の明ぼの

榕原

1865 雪消て日をやつむらんあたご山しきみが原も春めきにけり

日野山　山城」（44ウ）

1866 〔伏見過〕岡のや過て日の山にゆけどもくれぬ春の日長き

屛風のうら

1867 たつとみし屛風のうらのはる霞ひら山かぜにたゝまれにけり

かつしか

1868 かつしかの川ぞひ柳色そひて氷とけ行まゝのはる風

池見元始五十賀に、野外子日

1869 とりぐ＼にのべの小松は引つれどみなこのやどのちよとこそなれ
1870 子日するのべにいでしもけふいはふやどのつ〔とに〕とまづひかんため」（45オ）

須田渡

1871 旅人の声をやしるべ朝ぼらけかすみを分るすだの舟人

花落樹猶香

1872 散てしも面かげ残す花のかにえぞ立さらぬ春の木下
1873 木のもとを猶にほはせて梅花散ても人をあくがらしつる

春江浪拍空

1874 かすむ江は明ゆく空も色わかで雲ゐに波の立かとぞみる
1875 霞あひてそこともわかぬ春江の波こそ空のきはをみせけれ

坐久落花多」（45ウ）

1876 〔山ざくら〕ちる木下にやすらへば花も日かげもうつろひにけり
1877 陰とひてをしみしほどの久しさをちりつむ花の深さにぞしる

竹河

1878 ともにいざはしうちわたり竹川のきしの花ぞのみてかへりこん

遥峰帯晩霞

1879 それとなくかすみ深めて山とほき高ねよりこそくれ初にけれ
1880 おしなべてたてるかすみも山とほく暮ゆくみねぞふかくみえける

初春霞」（46オ）

1881 消のこるたかねの雪も春たてば〔霞〕の袖のあやとこそなれ
1882 あかず思ふ心づからや立そめてうすきかすみもふかくみゆらん

田家

1883 のどけきはかきねの小田の雪消てあぜ道つたひわかなつむ比

井手
1884 いづくにも咲はすらめどかはづなく井での山吹なつかしき〔哉〕
梅宮
1885 〔人わかず〕かほるにしるし梅の宮かみのめぐみも〔花〕のさかりも」（46ウ）
1886 枝かはす榊も春は梅宮まづ咲花のかに、ほふらし
春草　土山一周忌
1887 いづれをか哀とはみんくち残る霜のふるばもこぞのわかくさ
除夜に雪ふりける立春
1888 ふりにけるよのまの雪はあら玉のとし立かへるけさの初花
無実有虚名
1889 分いればその色としもなきものを花の名にたつみよしの、雲」（47オ）
椋橋山
1890 立渡るかすみのみをのことさらにふかきあたりやくらはしの山
雪消氷亦釈　西尾兼題
1891 けさは、や外山の雪まみえ初てかけひのたるひ雫おつ也
1892 雪もきえ氷もとけてみどりなるかげをうつさぬ山水ぞなき
懐紙書初歌。
橋霞　当座
1893 〔久かたの〕天つ神代のうきはしをはるのかすみやかけてみすらん
1894 〔吹〕わたすかすみのみをのはる風にたえ〴〵みゆる〔う〕ぢの川はし」（47ウ）
野梅
1895 さして行かたもなけれどかにめで、梅さくのべは遠くきにけり
1896 さくかぎり分つくすとも梅の花あかぬ心やのべにのこらん
試筆に、いたくさむかりければ
1897 猶さえてけさは心のうちにのみまづ立そめしはるがすみかな
1898 一とせの老そふべくもおもほえず明たつ春にむかふ心は
明和八卯正月、武者小路公陰朝臣やまひおもくいま〳〵と成て、生前のなごり、」（48オ）今一たびたいめたまはらんとありし。まかりしほどなく身まかり給ひし、かなしびのあまり
1899 ちよまで枯ぬるものをわか松のさかえをのみもいのりける哉
1900 さかゆべきちとせの松もかれにけり我ことのはもいまはとぞ思ふ
1901 あすしらぬみのながらへてけふはまづ人をあはれととふもはかなし
年内立春
1902 あら玉の年のをかけてすがのねの長き春日ぞめぐりきにける
1903 いつよりもとくくる春かあら玉の〔とし〕のをだまきまきもはてぬに
1904 かぞふれば年の日かずもつきなくに花まちつべき春はきにけり」（48ウ）
1905 かすみあへず猶雪深きとしの内はくるてふ春の色もわかれず
矢野神山　山霞
1906 つまかくすやの、神山神代よりかすみ初てや春はたつらん
1907 露霜ににほひ初たる色よりもかすみにかくすやの、かみ山
遠村柳
1908 雪にみしかきねかすみて青柳のめづらになびく遠の一むら
1909 たがやどぞ軒ばの柳ふく風にかすみもなびく遠の一むら」（49オ）
里鶯
1910 山ざとのかきねの梅に春つげて花を、そしときなくうぐひす
1911 里わかず鳴うぐひすも梅花まづ咲ぬべきかきねをやとふ
故政子が、名に聞えたる所々の、その景物のくさをよませけるに
奈良八重ざくら
1912 いまも猶八重咲にほふいにしへのならの都のさかりをぞ思ふ
かすがの、すみれ
1913 かすがの、わかむらさきのつぼすみれつみける袖も露や乱れし」（49ウ）
井手山吹　花なし
1914 悔しとて青葉をさへや手折こし花ものこらぬ井での山吹
阿美浦　これは探題

1915 なれてしもかすめる春のみるめには心ひくらしあみのうら人

矢野神山

1916 つまかくすやのゝかみ山神代より霞初てや春はたつらん　下句等類有可吟味

1917 露しもにゝほへる秋の色よりもかすみにかくすやのゝかみ山」（50オ）

豈独花堪惜

1918 詠わびぬ宿とやよそに立いでゝおもひおこさん花のちりがた

1919 ちる花をよも我ひとりたへてみじうつろふほどに宿やかへまし

背春有去雁

1920 こてふさへむつるゝ春の花をなどみすてゝ雁のかへり初けん

1921 かへりゆくかりぞあやしき百鳥もち鳥もなるゝ花のあたりを」（50ウ）

六帖詠草　春五

惜花

1922 桜花みるがうちにも散そひてをしむ心ぞいやまさりなる

1923 ちらぬまもをしまぬ花ぞなかりけるなべてあだなる色かと思へば

橋霞

1924 久かたの天つ神代のうきはしを春のかすみやかけてみすらん

1925 吹わたる霞のみをのはる風にたえ〴〵みゆるうぢの川はし

初詠同趣向前かどの歌に有。1926 カギリナキ青海バラニ立ワタルハルノカスミヤ天ノウキハシ

野梅

1927 重出 さして行かたもなけれどかにめでゝ梅さくのべはとほくきにけり

1928 さくかぎり分つくすとも梅がゝにあかぬ心やのべにのこらん」（1オ）

古々井杜

1929 わかれにしこゝゐのもりのはる雨にいとゞなげきぞもえま〔さりけり〕

暮采山上蕨

1930 朝まだき別し雲のかへるまであかずをりつるみねのさわらび

1931 くれにけりたかねのましば分々てあさるわらびもをりまどふまで

所々花盛

1932 さかりなる花の光にあらはれて春は山かげ島かげもなし

1933 神がきも山のこでらも此比の花のさかりの色にへだてぬ」（1ウ）

風揺白梅朶

1934 花ざかりおもひのほかに吹なびく立枝は梅の雪の朝風

1935 さえかへる風の立枝の友さりに花ぶさながら梅やちらまし

岸柳

1936 幾もとぞ岸ねかすみて立田川水の煙になびく青柳

1937 舟人の心をさへやつなぐらん岸の柳の枝たるゝかげ

阿波手

1938 かた糸のあはでのもりにすみながら心ながくはたれよぶこどり」（2オ）

うめのはな　物名

1939 ふく風にちりゆく比はあなうめのはなるゝまなくをしみてぞみる

やまの井

1940 くみてわが思ひしよりもあかずけふ花の散しく山井のみづ

1941 ちりつもる花にうづみてむすぶにもあかずかほれる山井の水

〈梓弓はるのあら田をうちかへし思ひやみにし人ぞ恋しき〉

1942 すきかへす春のあらたを立ひばりいづくに草の枕かふらん

1943 ふかくなる春のあら田をけふみれば桜ちりしき小草花さく」（2ウ）

初春霞　追悼

1944 あら玉のはる立きぬとかすむよりいとゞへだつるこしかたの空

1945 更に又かすみ初てやへだつらん遠ざかりゆくいにしへのはる

実文が身まかりけるに

1946 思ふこといはぬ色には咲ぬれどみれば露けき山吹の花

1947 雨にしほれ風にうつりてさかりをもみず成にける花のはかなさ

またつまなくも、なべてしのぶぐさだにのこらざりけるよ。

野

1948 蕨折すみれをつむと浅みどりかすむ春野にけふもくれぬる」（3オ）

早春水

1949 越てくる春のなのりや関川のこほりながるゝけさの水音

1950 春とこそいはねの氷とけ初てしたゞる水の音に〔しるしも〕

春日遅

1951 かげおそくかすめる春のかた時をくらべば秋のいく日ならまし

1952 春の日はむすぼゝれたるしけ糸のいつくるべくもみえぬ空哉

1953 朝戸出にむかひしかげも昨日かとたどるばかりの春の日長さ

桜川」（3ウ）

1954 春冴てにほひもそめず桜川浪のみ花の名にながれつゝ

椋橋山

1955 重 立わたる霞のみをのことさらにふかきわたりやくらはしの山

子日

1956 ことのはの色しもそはで老のよに子日の松を又やひかまし

1957 ひかでたゞこゝに千とせを契おけのべも軒ばも松やかはれる

柳

1958 青柳のいとへだてゝもみつる哉よりきては猶まさるみどりを

1959 春風のたゆめばとけて青柳のみだれもはてぬいとぞのどけき

1960 松ふくも音せぬ春の風にさへたへずなびく青柳のいと」（4オ）

網浦

1961 重 馴てしも霞る春の見るめには心をやひくあみのうら人

豈独花堪惜

1962 重出 ちる花をよも我ひとりたへてみし移ふほどにやどやかへまし

1963 詠めわびぬ宿をやよそに立出ておもひおこさん花の散がた

背春有去雁

1964 同 こてふさへむつるゝ春の花をなどみすてゝかりのかへり初けん

1965 色にかに心とめずやかへ〔る〕かりよしや花なき里にすむとも」（4ウ）

深山花稀

1966 めうつしの花しなければとり分てみ山桜のかげぞ立うき

款冬瀬

1967 秋風の山吹のせもはるごとの花の所の名にぞながるゝ

1968 うぢ川のきしねにたれかうゑつらん山吹のせの名にながるまで

笆款冬　追悼

1969 へだてなくむかひてともにみし春も夢のまがきの山吹の〔花〕

1970 山吹の咲ちる春をかぞふれば露のまがきにみとせをぞへし

1971 花みんとうゑし笆はあれそひて露にしほるゝ山吹のはな

1972 うゑてみし春をやこひて山吹の古きまがきの露にしほるゝ」（5オ）

1973 いはぬ色も思ふ心のあるげにて垣ねの露にゝほふ山ぶき

苗代

1974 うちかへしあるは種まきいづくにもおくれぬ賤がをだのなはしろ
1975 せき分る小川の水にあらそはぬ賤が心もみゆるなはしろ
1976 日をかさねおりたつ賤がなはしろにうゝべき小田の種をこそしれ
1977 水引て種おろすより山かげはまだきみどりにみゆるなはしろ
1978 なはしろの水せき入しさくら田にちりしく花をまかせてぞみる
1979 おそくとく種まく賤がなはしろにわさ田おくてぞかねてしらるゝ

寄花懐旧」（5ウ）

1980 何せむにわが折つらんもろともにみしよの花の色かならぬを
1981 みしよにはさても帰らぬ春なるを花しさかばと待てける哉
1982 みしよにはあらぬ色かをさくら花何をりつらんたもとぬらしに

宮滝

1983 散うかぶ花こきまぜて宮滝のたきのしら玉光をぞそふ

早春雪　追悼

1984 あら玉の春日のそらにふるとしのなごりの雪も今より〔は〕み〔し〕
1985 あら玉のはる日にあたるしら雪のよにふるほどもなくて消しか

三月尽

1986 かぎりある身を思はずは花鳥の春の別もかくはをしまじ」（6オ）
1987 花とりものこらぬあとにつれもなくひとりやけふの春をおくらん

三月尽

〔一行空白〕

野子日

1988 おなじのゝ若菜か誰もつみさしてけふの小松にひかれきにけり
1989 誰しかもけふを過じと野べにいでゝゆきうちはらひ小松引らん

谷早蕨

1990 谷陰も春の光しへだてねば野べにおくれずもゆるさわらび
1991 山がつも分ぬさきにと谷ふかき木下わらび尋てぞをる」（6ウ）

鶯声和琴

1992 雪さむき梅がえうたふ琴のねにきゐる鶯声あはすなり
1993 雪寒き春のしらべに引琴は鶯のみぞ声あはせける

苗代

1994 種まきていくかへぬらんみこもりにうすもえぎなる小田のなはしろ
1995 さきぬとや種まくほどや待つらんなはしろをだに花ぞ散しく

秀勝願、栄川春山之絵讃、内府公より拝領之由也

1996 浅みどりかひある色に行末のかげたのもしく霞山々」（7オ）

応挙が試筆之玉、知周願

1997 色々の玉の中にもあら玉のとしの光ぞよにたぐひなき

維明が筆、梅雪絵、誓興所望

1998 埋れてさく比よりもにほふかに雪と花とを分ぞかねつる

勝秀が誰とやらん筆の立枝のすみゑの梅、讃をこひしに、うちわすれて、夏になり
て又こひしに、おもひいでゝ、当座に

1999 春の日を立枝かすめる梅花折過ぬまに」（7ウ）とふべかりけり

鶯　朗詠

2000 ふる雪も花とぞみゆる鶯の春をうづまぬ声の匂ひに
2001 春さむき雪をいとひてなくらめときけばのどけき鶯の声

土肥女様頼、桜のちるしたにこねこのざれたるかた　蘆雪絵

2002 思ひ入身こそ及ばねこの人よなどすのうちの花にむつれぬ

春氷

2003 猶さえて袖にはわかぬ春かぜを池の氷ぞとけ〔て〕しらする」（8オ）
2004 鶯もまだつげ初ぬ春にけさ氷ながるゝ谷の川音

梅

2005 色よりも香こそい（ママ）ひし花なれどみれば心ぞわくかたぞなき
2006 日のめぐる南枝の霜どけにぬれてほゝゑむ梅のはつ花

やう〳〵花さきぬと人のつぐるに、風身にしみておぼえければ
2007 いつしかと待ごとにせし花みにも出たゝぬまで身こそふりぬれ
帰雁
2008 うす墨の一筆がきの面かげをかすめてかへるかりの玉づさ」（8ウ）
梅
2009 花故に八重むぐらをもかき払ふ梅咲やどは人やとふとて
つゝじ
2010 さほ姫のつゝむ思ひはいはつゝじ色にいでゝやよそにしらるゝ
2011 旅人のいほる山べにたく火かと木ぐれにみえて咲つゝじ哉
2012 みどりなる春の山べに咲つゝじ色とりそへてさす〔日かげ哉〕
立春
2013 重出 一年の老そふべくもおもほえず明たつ春にむかふ心は
2014 みな人のかたみに千よをことぶきて行末とほきけさのはつ春」（9オ）
紅梅　朗詠
2015 ひとつかにゝほはざりせば紅の花を梅とはたれか思はん
2016 なべてさく梅の中にも紅の色ゆるされし花ぞめにつく
松
2017 十かへりにさくはまだみず一しほの春のみどりぞ松の花なる
立春
2018 みな人のかたみに千よをことぶきて末のどかなるけさのはつ春
春駒」（9ウ）
2019 霞立みまきの草やもえぬらん友よぶ駒の声の聞ゆる
2020 花山の南にはなつ春駒のいばゆる声をきくぞのどけき
つゝじ
2021 さほひめのつゝむ思ひはいはつゝじ色にいでゝや人にしらるゝ
2022 〔重出〕旅人のやどかり初めにたく火かとこぐれにみえてさくつゝじ哉
2023 みどりなる春の山べにさくつゝじ色そめそふる夕づく日哉

鶯端梅
2024 とへかしな軒ばの梅の花のかげ鶯だにもなるゝさかりを
2025 ちらぬまは空焼なせそ軒ちかき梅のにほひぞ宿にみちぬ〔る〕」（10オ）
谷余寒
2026 風さむき谷のこほりは春日さすみねの雪げもしらずがほなる
2027 みねはゝや雪さへとくるはる風の谷にはなどかさえかへるらん
名所鶯
2028 春毎に聞なれこしも石上ふりせぬものは鶯のこゑ
2029 告初る鶯のみぞ石上ふりにし春の声としもなき
2030 春さむきくらまの山の鶯はたどる〳〵や雪に鳴らん
2031 よをこめて聞友も哉呉竹のふしみの里の鶯の声
余寒雪　故日台上人百ヶ日追悼十二首巻頭　於妙満寺二月五日」（10ウ）
2032 我袖にながるゝみれば旧年のなごりにさえし雪もいつまで
2033 さえかへり猶ふるとしに〔かはら〕ねどこほらぬのみや春のあはゆき
若菜　故恵静十三回忌
2034 むれてこしのべの若なを老のよにひとりしつめば袖ぞぬれける
2035 法のためいくその春かつみつらんともにとめこしのべの若なを
布淑頼　闇夜梅の讃
2036 にほふより木立ながらに思ひやる心のうめはやみも〔かくさず〕
春山画　栄川筆　愚息拝領
2037 重出 浅みどりかひある色もゆく末のかげたのもしくかすむ山々」（11オ）
丙午正朔日蝕あり
2038 天つ日のみかげかくせしいにしへをしばしみせける空もかしこし
2039 かくれてぞこよみのみちのたゞしさをあらはにみする天つ日のかげ
2040 みるまゝに心ぼそきは天つ日の光うすらぎかくれゆくそら
鶯声和琴
2041 鶯は声あはす也白ゆきのふりて絶ゆくことのしらべに

2042 かた糸の青柳うたふ琴のをによりあはせつゝうぐひすぞなく

誓興所持、雪中梅

2043 うづもれて咲ほどよりもかをるかに雪と花とを分ぞかねつる

知周持参　応挙書ぞめ玉」(11ウ)

2044 重出 もろ〳〵の玉の中にもあら玉のとしの光ぞよに類ひなき

二月十日ばかり、月ほのかなるに雨をり〳〵〔ふる〕

2045 てりもせずくもりもはてぬおぼろよの月にならへる春の雨哉

故退翁三回忌、息男所望和歌付遣之　丙午三月廿二日

身のふり行まゝ、遠ざかるむかしの、いとゞ恋しうおぼえて

2046 春秋の花ももみぢもそれながらともにみしよの色かとはなし

昇義より桜一枝歌添来。三月尽、2047 春はゝやくるゝなごりのけふしもやおくれ
し」(12オ)花をあはれともみよ

かへし

2048 春はゝやくれぬるけふの庭桜おくる心を〔哀〕とぞみる

こねこのつなはなれたる庭に、花ちる。この花にたはれたるかた、かけるに

2049 重出 おもひいる身こそおよばねこの人よなどすのうちの花にむつれぬ

源わかなの上、まり庭の所とみゆ。

定静が、ことし都に十五年のはるをむかふるよしいひて、2050 朝みどりかすみの」
(12ウ)衣たちかさね猶九重のはるにあひぬる　とあるかへしに

2051 十とせ余りいつなれぬとも思はぬに霞衣はやかさねつる

了周梅をもち来、2052 手折きておくるばかりぞさく梅のふかき色かは君ぞしるらん

かへし

2053 梅花深き色香はしらねどもおくる心にたぐへてぞ思ふ

朝ごとに鶯のなくを

2054 朝ごとにきなく鶯きなけなほ春しらぬ身もは〔る〕としるべく

やよ子わづらふときゝて」(13オ)

2055 風をいとふ花のあたりを思ふにはわが心さへまづぞしを〔るゝ〕

かへし

2056 ふく風をいとふあたりはたれこめて花のさかりも〔し〕らで〔過〕ぬる

きさらぎ末六日、人々あまたさが山の花見にまかれり。折よくさかりにて、花下に
まどゐつゝ、往事を思ふに、とし〴〵こゝの花になれぬれど、この二とせ三とせやま
ひにおかされて得とはず、いたく老ぬれば、こんとしのはるともたのまれねば

2057 桜花みざらん後の春かけて思へばいとゞかげぞ立うき

文紀より、花一枝人のもとより来れるを、すぐにもてきて、かくいふ」(13ウ)

2058 わがやどにあだにちりなば桜花手折し枝のかひやなからん

かへし

2059 おくりつるやどにもおかで一枝にそふる心の花をこそみれ

知足庵より、松の尾のわらびにそへて

2060 ときはなる松尾山に生ればやわらびも千よの色とみゆらん

かへし

2061 松のをに生るわらびは千よのかず数ふるてかとみえもこそすれ

廿日にぼうたん咲たりとて、勝子より一枝おくれるに

2062 梓弓やよひもけふははつか草さくはほどなき春をしれとか」(14オ)

岡野

2063 名にたかきをかのゝすみれとめくればうへよに越し色に咲けり

2064 里遠き岡のゝすみれ紫の色なつかしみ日かずをぞつむ

鶯語漸々稀　千里集句題

2065 鳴とめぬ花の梢は鶯のまれになり行声にこそしれ

2066 朝なゆふな散ゆく花にさそはれてなく鶯やまれになるらん

2067 春はいぬ花は散ぬと鶯の声さへ今はまれになるらん

2068 春くれて花ものこらぬ夏山は鶯さへぞまれになりゆく

千里集には夏にてよめり。但、古今に〈鳴とむる花しなければ〉とよめるを思ふ
に、はるのうちの題にて可然」(14ウ)おぼえ侍り。

門柳

2069 春くれば人ぞとひけるかくれがの門の柳のいとはしきまで

2070 いで入の袖にかゝれど青柳のいとふ人なきかどの明くれ

2071 はるたてばわが門をさへ青柳のなびきて人の過がてにする

咽霧山鶯声尚少

2072 谷さむき霧にむせびてうぐひすの鳴べき春もまれになるらし

2073 まれになく声ものうげに聞ゆるはきりにやむせぶ谷のうぐひす

春光只是有明朝

2074 あけぬべき朝のみこそのこりけれ待をしみこし一年のはる」(15オ)

2075 春はたゞ明むあしたを限ぞとおもふこよひのいやはねらるゝ

風翻白浪花千片

2076 沖つ風吹たつなべによる波は散をゝしまぬ花にぞ有ける

2077 ちれば又沖より咲るわたつみの波の花には風もいとはず

春駒

2078 をさまれる世の春つげて花山の南にはなつ駒ぞいばゆる

2079 乗駒のうらやましとやいばゆらんとりもつながぬ春のゝがひを

河款冬

2080 ながれ行春の光も早川に散山吹の花ぞみせける」(15ウ)

2081 かはづ鳴井[ママ]の玉川けふみればやゝうつり行岸の山吹

遥見去雁　安見喜昌掉[ママ]　贈十二首巻頭

2082 こん秋をかならずまたむよなりせばかりの別は遠ざかるとも

2083 みるがうちにとほざかりつゝはて〳〵は面かげばかりのこるかりがね

春日

2084 何となくのどけきものは初はるのみどりの空にゝほふ日のかげ

2085 氷とけ木のめけぶりて天つ日のめぐみも春ぞわきてみえける

柳臨池水

2086 岸とほき水の煙にかすみあひて春を深むる池の青柳」(16オ)

2087 池水のすむべき千よの春かけてうつり初ぬる青柳の糸

此詠は於松斎新宅初会有之。兼題也。

うぐひすをきゝて

2088 何ごとのはらだゝしかるをりふしもきけばゑまるゝ鶯の声

申二月十三日、夕より太秦十輪院にうつりすむ。この寺、十とせばかりすむ人なし。ひろき寺のいたくあれたる所也。うつりける夜、ことのほかさむくも、夜もすがらいもねず

2089 あれにけるはちをか寺のたびねには春さへさむし身をさすがごと」(16ウ)

夜あけてみれば軒に梅あり。いとよくさけりけり。都は、一木ものこらずやけうせたるをもしらぬさまなる色かなるもあはれにて

2090 よはなれて人もすさめぬ梅なれや思ひのほかの春にあふらん

これもみやこにさけらましかば、いかでかこたびの煙にもれまじ、とぞおぼゆる

さがちかければ、まだしきほどより、花の比ほひ、とひきくつておぼつかなからず

2091 この春はさが山ちかく家ゐして花のたよりをきかぬ日もなし」(17オ)

喜之とひきて、夕がたまで物がたりす。今は、泉涌寺門前にかり初にすむ。みちとほければかへらんとて、たちいづるをおくりて、この花のもとに、こぞの花ざかり、宗廷一献をくまんとて、あそびけることをかたみにいひいで、

2092 この春はなき人したふ花のもとにのこるもあらぬやどのわかれぢ

禅林寺に愚息すめり。えさらぬ事ありて、行て一夜あかして、つとめてかへるに、このわたりの花、とし〴〵みにこしことをおもひいで、、東北をかへりみるに、如意寺の一木の花さかりなり。行て」(17ウ)みばやと思へど、太秦けふをすぐすまじきことのあれば、しひてかへるに

2093 陰なれし昔の花をよそにみてわがすむ山にいそぐ春哉

きのふ喜之のとひこしよしをきゝて

2094 とはれてもわがなき程の家ざくらいかにくやしと花も思はん

さがの花ちりぬべくきゝて、行てみる。くるゝまでありて、かへりがてにおぼえければ

2095 又こそと思ひし花のさかりだにかへさはかげの立うかりしを

久道がもとより、雨ふる日、2096 春雨のふるにつけても君がやの淋しきことを思ひ
こそやれ

2097 かげふかき林も雲にうづまさの夕の雨を思ひやらなん」（18オ）

たゞこのかきねにきじのなくに、め覚て

2098 おどろかすまくらの山のきじのねのめづらしきにもほろゝ（ママ）となく

故玄純追悼　十首巻頭、摘若菜

2099 露ばかりおもひかけきや法の為けふのわかなをつまむ物とは

故宗廷追悼　廿五首巻頭、遠山霞

2100 山とほきかたよりくれて夕がすみ高ねもわかず立かくしぬる

故敬寿追悼　五首巻頭、遠山花

2101 咲はなをひと日もみずて山ざくら散ぬとつとに聞ぞかなしき

此人むかしより貧窮にて、かなたこなた住わびたる人になん有ける。

故久道追悼　七首巻頭、池辺花」（18ウ）

2102 をしとのみいはれの池のわかざくらさかりもまたであはとちれゝば

この人はおとつとしばかりよりわが門にいりて、こころざしふかくて、やまひの床ながらも古きうたをのみよませて、病苦をわすれけるとなん。としはたちなりけれど、いとをゝしく、みな人のほめたりける人なり。

春雨はれまなくふる夜、すべて何の音もきこえねば

2103 ふかきよの雨の音にやうづまさの寺おこなひの声はたえしを

人もやくとてまつに、くる人もなければ

2104 折のこす山のわらひのかひもなし花ちりしより人のとはねば」（19オ）

信言がもとより、2105 思ふどちむれつゝとはんさくら咲君があたりの春をつげこせ
といひおこせたりしに

2106 しづかにと住山里の花ざかりむれつゝとはゞなしとこたへん

又、さがの花の比をとひこしたりしに

2107 春さむきことしのさがの花なれば弥生の末やさかりならまし

ことし太子千百七十年とて開帳ありて、いとさわがし

2108 この春はさながら塵にうづまさの林がくれのすみかともなし」（19ウ）

この地衰微なるを、寺中すべてなげかるゝよしきゝて、あはれにおぼえて薬師仏に申奉る

2109 よのとみをこゝに集めてうづまさのむかしの名をも更にあらはせ

故公強なゝぬか。二月末比、七首の和歌をおくる。巻頭、若草

2110 かれにける霜のふるばはわか草の生さきいかにおもひおきけん

立春日

2111 さえ暮し昨日をこぞと出る日の光のどけきけさの初春

2112 とこしへにめぐる日かげもあら玉の春に明ゆくそらぞのどけき」（20オ）

浦藤

2113 咲初ていくよつもりのうら松の高き梢にかゝる藤なみ

2114 咲しよりよるしら浪もむらさきの色にぞ匂ふたごのうら藤

滝花

2115 うきてたつ雲かあらぬと滝つせのいはねの花の色ぞしづけき

2116 吹さそふあらしにまがふ滝つせの声には花もちらずぞ有ける

梅宮

2117 咲しよりまうで絶せぬ梅宮花ごゝろとや神のみるらん

2118 神だにも花の色かにあくがれて梅のみやゐの名にはたつらん」（20ウ）

春夕花　座主宮様御命奉て

2119 立ならぶ松のみどりもわかぬまでくるゝ色みぬ山かげの花

2120 ながき日を時にて咲ける花なればくれ行色もいそがざりけり

春松をみて思ふことありて

2121 みどりそふ春まちえても霜雪にたへし三冬を松はわすれじ

岡上若菜

2122 子日せしをかべの松のかげそひて千よもふりせぬわかなをぞつむ」（21オ）

暁のかねにつゞきて、つゞみうち、誦経の声きこゆ

2123 しらみ行おまへのともし法の声心すみぬるけさの初はる

たかき梢に朝日のうつるをみて
2124 朝日さす梢のみゆき解初て春まちえたりはち岡の松
2125 雪消てうつる日影やあら玉の春のみどりの松の初しほ
春きていつかといふ朝日のいとのどかなる、俄にくもりければ
2126 はれざらば雪ふりくべし霜朝のにはかにくもる初春の空
といひもあへず、雪になれば
2127 吹おろす山風あれてみるがうちに雪ふりかへす松の村立」（21ウ）
いたくふり〳〵て、夕つかたみぞれになれば
2128 さえかへる雪のみそらも春とてやさすがに雨のふりまじるらん
ひたすら雨にのみなれば
2129 まだき咲花かとめづる白たへの雪をうしとや雨のふるらん
かねの音きこえて、暮行けしきいとしづかなり
2130 くるゝ色を何に分てかしらゆきのうづまさでらのかねは告らん
初春に邦義が、2131 うぐひすの初音はいかに都辺はたくみの斧の声のみぞする　に〔ママ〕
いひおこせしに　此地寒気つよき、げにやことしもうぐひすの〔声〕」（22オ）うと
ければ、
2132 たくみらがてをのゝ音は鶯の声せぬよりもわびしかるべし
名所岡
2133 朝付日のどかにさせばきぬがさの岡べにきつゝわかなをぞつむ
夕款冬
2134 夕暮の色やそふらんけさよりも匂ひまされる山吹の花
2135 夕ぐれのまがきは山とやま吹の八重かさなりて花ぞ咲ぬる
岡上若菜」（22ウ）
2136 松かすむをかべのわかな尋きて千とせの春を契てぞつむ
政子が家をいはひて、2137 いくよともかぎりぞしらぬすみよしの松をためしの君が
よはひは　ときこえしかへし
2138 すみよしの松をためしにながらへば君がちとせの春をかぞへん

里鶯
2139 花さかぬときはの里はうぐひすの初ねよりこそ春をしるらめ
2140 かぜさむみ猶雪ふゞく山里はおのがねのみぞ春のうぐひす」（23オ）
山路梅
2141 にほひくるかにさそはれておりのぼり梅さく山に春日くらしつ
2142 かげゆけばあさのたもともかにしみて花はへだてぬ梅はらの山
落花
2143 をしむとてとまるべきにはあらねどもちる花ごとにあたらとぞ思ふ
2144 月もあらばよるもみるべき桜花あやなきやみにちりなんはをし
2145 もどかしと花やおもはんをしまれてちるにものこる老らくのみを
2146 ちるがうへに散ゆくみればさくら花をしむ身のみやまたのこらまし
翫花」（23ウ）
2147 さくら花ちらでときはにゝほふともあきぬと思ふ年やなからん
2148 かぎりある花の日かずをぬば玉のよのまみざらんことのくやしさ
2149 さくら咲春はよるだになからなんちるまで花をかれずみるべく
む月朔日の日、よみ侍ける
2150 ふるとしに春はきぬれどむ月たつあしたの空ぞことにのどけき
松色浮水
2151 氷とけみどりにかへる池水や春にうつれる松の初しほ
2152 雪も消氷もとけてへだてなき春をみどりの松の下みづ」（24オ）
このみちなほざりにのみなり行人〔を〕、をり〳〵いさめける又としの春、歌みす
るに、いさめししるしもみえ侍しかば、書そへてつかはす
2153 あたらしきとしのしるしに一入の色まさりぬる松のことのは
む月六七日の比、軒の梅こゝかしこ咲たるをみて
2154 かりそめにかをとめてこし花のもとになれて三とせの春もへにけり」（24ウ）
都炎上のあした、ともかうも思ひめぐらさで、たゞ雨露をよくばかりなる所をとて
よすがもとめて、この院にすみそめけるなり。世もをさまりにたれど、都へいざと

いふ人もなく、又旦暮にせまれるよはひをもて、わがちからいりをして、おしたちかへらんもいとわづらはしくて、あかしくらすほどに、三とせにもなりぬ。いまはこゝながらよをつくさばやと思ふも、さるべき契にやありけん、いでやこゝにおはすなる仏たちに歌たてまつり、後のよかけてたのみ奉らばやと思ひて、まづあみだ仏に奉る折句歌卅二首」(25オ)

阿　四方四隅阿字を冠にして卅二首円形に書之」(25ウ)

2155 **あ**さな〳〵**み**まへのはなに**た**ちなれて**ふ**りし三とせも**つ**ゆのまのゆめ

2156 **あ**り〳〵と**み**ゆるも夢の**た**だちとは**ふ**りゆくあとの**つ**き日にぞしる

2157 **あ**はれとや**み**そなはすらん**た**のみなく**ふ**りゆく身にも**つ**きぬねがひを

2158 **あ**がこゝろ**み**だれながらに**た**のむかな**ふ**かきめぐみを**つ**かねをにして

2159 **あ**ふぎみる**み**ねのさくらも**た**をりてん**ふ**もとにのみや**つ**ゆを分べき

2160 あさかやま**み**ちあるあとを**た**どるかな**ふ**み、ぬ**月**日つもり〳〵て」(26オ)

2161 **あ**まをぶね**み**さをも波に**た**ゆたひて**ふ**るえながらや**つ**ひにくちなん

2162 **あ**ぢきなや**み**はなよたけの**た**けからぬ**ふ**し葉の露の**つ**きぬたもとは

2163 **あ**り明の**み**か月になる**た**びごとに**ふ**りそふかげの**つ**つましのみや

2164 **あ**すのかげ**み**なれこしよも**た**のまれず**ふ**けてぞふかき**つ**きのあはれは

2165 **あ**すのひま**み**にまためやも**た**つかゆみ**ふ**すまも駒は**つ**まづかでゆく

2166 **あ**つき日も**み**なみの風の**た**えまなく**ふ**きいる室ぞ**つ**ねにすゞしき」(26ウ)

2167 **あ**なうわが**み**きゝせし人**た**れもよに**ふ**ればなげきの**つ**ゆにふしぬる

2168 **あ**けくれに**み**をある物と**た**のまずは**ふ**しおきうさの**つ**もりしもせじ

2169 **あ**すか川**み**をし絶ずは**た**えせめや**ふ**ちせになるは**つ**ねのよのさが

2170 **あ**さまやま**み**ねのけぶりも**た**えぬべし**ふ**しに立しも**つ**きずやはある

2171 **あ**り〳〵て**み**はさかゆとも**た**のまめや**ふ**く風またぬ**つ**ゆの命を

2172 **あ**りとしも**み**づにかくゐの**た**ちまちに**ふ**でのあとより**つ**くるすがたは」(27オ)

2173 **あ**けくらし**み**なをのみこそ**た**のみつれ**ふ**みゝるみちは**つ**かれがちにて

2174 **あ**またにも**み**なとなふれば**た**ぐひなく**ふ**すさに魚を**つ**るといふなり

2175 **あ**ごのうみ**み**のり舟〔ママ〕の**た**づなもち**ふ**かばとくべく**つ**にぞ風まつ

2176 **あ**りはてぬ**み**はばせをばの**た**ぐひぞと**ふ**きやふりてや**つ**ぐるあき風

2177 **あ**すしまぬ**み**ねのいなづま**た**れとてか**ふ**くろに入て**つ**つみもたらん

2178 **あ**らすなる**み**はふる家の**た**じろぎて**ふ**せぎかねたる**つ**ゆじもの秋」(27ウ)

2179 **あ**きにあふ**み**をうづまさの**た**かむらは**ふ**きしく風に**つ**ゆぞしぐるゝ

2180 **あ**き風に**み**のりの声の**た**かくすみて**ふ**るきみてらの**つ**きぞかたぶく

2181 **あ**めつちに**み**づほの国の**た**まのくさ**ふ**りせぬ種の**つ**きぬ恵は

2182 **あ**きふかみ**み**る人なしに**た**にかぜの**ふ**かばちりなん**つ**ゆのもみぢば

2183 **あ**ともみず**み**にしむ色は**た**そかれの**ふ**ゆのさが野に**つ**もるしらゆき

2184 **あ**らざらん**み**をたのめるは**た**ぎつせに**ふ**りくる雪の**つ**もるまつごと」(28オ)

2185 **あ**だしよの**み**のおもひ出や**た**まくしげ**ふ**たよの外も**つ**き清きかげ

2186 **あ**みだぶに**み**の後をこそ**た**のみおけ**ふ**たごゝろなく**つ**ねにねがひて

薬師仏にたてまつるには、尊号を沓冠折句にして、施頭歌十六首、短歌十二首」(28ウ)

な—む—や—く—し—ふ—つ

—×—×—×—×—×—×—

な—む—や—く—し—ふ—つ

—×—×—×—×—×—×—

な—む—や—く—し—ふ—つ

—×—×—×—×—×—×—

な—む—や—く—し—ふ—つ

—×—×—×—×—×—×—

な—む—や—く—し—ふ—つ

—×—×—×—×—×—×—

な—む—や—く—し—ふ—つ」(29オ)

〔経〕　名号沓冠折句

2187 なり（生）なれ（馴）てむしより（無始）おこるやつのやまひをくすし（医）てしのがせ（凌）給へとふしおがみつつ
2188 ながめはれむかへば軒のやまさくらばなく（含）くめりし（従）しづえゆ咲ぬふたつ三つ四つ
2189 な（汝）はしるやむれきて爰にやまほと、ぎすくさまくらし（頻）きてぞ待しふるきよのなつ
2190 なつかしきむかしにかへせやくものかみのくにつみちし（験）るけき跡もふみたがへきつ
2191 ながきよもむかしの月のやどをとひきてくまもなくしのびかへせばふさであかしつ」
（29ウ）
2192 なれきつ、むかひし人もや〔へへだゝり〕てくる（日暮）と〔あ〕（夜□）く〔と〕しらゆきふればふみをのみ見つ
2193 なやましくむすびし紐もや、とき〳〵てく（奇）すはしきし（験）るしあれなとふしゐねがひつ
2194 なに（四隅）はづのむかしのあともやちまたのかぜくさ〴〵にしどけなくのみふきみだしきつ
2195 なもしるくむべもあさかのやまの井の水くるをしく（若）しづめはつなとふかくたのみつ
（万葉十六釆女歌〈浅カ山——浅クハ人ヲワガ思ハナクニ〉云々。大和物ガタリニハ〈アサクハ人ヲオモフモノカハ〉トアリ。万歌ト心タガヘリ）

〔緯〕な字沓冠折句

2196 なきのちもなれ（馴）つ、今もなす（作業）わざにこそなれ（生）るみをなが、らぬよとなげかずもがな」
（30オ）
2197 むさしの、むらくさ分てむなしき色のむらさきをむつまじとなどむつれそめけむ
2198 やまずこひやつる、までにやるふみをしもやきすて、やどもいはぬはやみてしねとや
2199 くしひ（奇）かる（光指）くに（仏国土）よりてらせくらきこ、ろをくらしともくらきに入てくいぬとぞきく
2200 しらつゆにしぬ、にぬれししろたへのきぬしたにきてしのぶとだにもしらずぞあらまし
2201 ふしてもみふさでもみつるふたみ（三河有二見道）の夢の〔ふるみ〕ちにふみ迷ひきてふかくしぞ思ふ」
（30ウ）
2202 つき日へてつひに咲べきつら〳〵つばきつら〳〵につゆのめぐみをつねにねぎつつ

四隅配四季折句短歌十二首

2203 なにをしてながらへぬらんむそじ余りななつといふもむかしへのはる
2204 やどしめてなれようぐひすむぐらおふるやまべは春もくる人ぞなき
2205 ながき日をむ（空手）なでに過るやましろのく（有久世郡）せぞつたなきしるしとをみよ」（31オ）

2206 むぐらしたやどのべふかくむすばずはくるともしらじやまかげの夏
2207 むらまつのしづく（家辺）落そひくもとぢてややさみだる、むろのわびしさ
2208 つゆさむくつきほのめきてふるころもつまなきみをなふきそあき風
2209 しかやなくつれなき妻をふししばのしば〳〵恋てくる、よごとに
2210 つひにわれふた（不退転）いのくらゐしめぬべくくらき心のやみてらさなん」（31ウ）
2211 ふゆきぬとしの、めさむくふく風にくもりみはれみしぐれ初つる
2212 ふか、りしやちぐさはみなくちはて、しもの花さくふゆがれの、べ
2213 むなしくてやみなばこのよくるよにもしらせよ雪のふるみちのあと」（32オ）

落花

2214 人はみなかへりつくしてちる花の夕のかげぞ分て立うき
2215 今ははや風もうらみじさくら花ちらぬかぎりは吹もさそはず

いとのどかなる夕、例のこのわたり、みありく。市川の里のかきねの梅のちり行をみて

2216 あら玉の春のひかりも行水のながれて早きいち川の里

柳垂糸　古宗廷三回忌十二首巻頭

2217 浅みどりくり出るたびに青柳のいとゞふりゆくいにしへのはる
2218 くりかへしかすめるたびにかげとへば今もそのよの青柳のいと」（32ウ）

野霞

2219 なべてたつかすみの色はかはらじを分てふかきやのべの遠かた
2220 梓弓はるのを遠く詠ればかげうら、かにかすみたなびく
2221 花鳥の色ねをこめてまづぞ思ふまだ春浅きのべのかすみに
2222 いくのをかかけておるらん春のたつかすみの衣ひとへなれども

霞隔遠樹

2223 うすくこきかすみのうちに山もとの遠近わくる松のむら立
2224 山もとの遠近みえてうすくこくかすみこめたる松のむら立」（33オ）

霞中春雨

2225 あづまやのまやのあまりにかすむ日はくもりもやらで春雨ぞふる

のどかなる雨のはれたるあした、風あれ、あられ、ゆきなど吹しきりて、いとさむきに

2226 春雨の雲のかへしの山かぜにゆきしまきくるきさらぎの空

あした夕、花まつに、いとまち遠におぼえて

2227 春さむみ花まつほどの久しさを咲ての、ちの日かずとも哉」（33ウ）

いとのどかなるあかつき、かねのほのかに聞ゆるに

2228 雲かすみいかにへだて、暁のかねのひゞきのほのかなるらん

花麻

2229 あらし吹神路の山のさくら花春の手向るぬさにぞあるらし

2230 さくら花かごめにぬさとちりしより塵にや神のまじり初けん

いとあた、かなる日かげにあたりて、うちねぶるに、けぢかくきじのなくをきゝて」（34オ）

2231 人めなき垣ねのきゞすねに鳴て春の眠をおどろかしつる

春ごとの花五十首の短冊をも、ことしは人々にわかちおくらんと思ひてみるに、こゝかしこ歌のもれたるもあれば、題を補ふまでによみわたす。れいのただ言とやいはれん。

山家待花

2232 つれ〴〵と待こそわぶれ春寒き山のすみかは花おそくして

逐日花盛

2233 きのふけふ咲そふみればおとつ日の花はまだしきさかり也けり

所々花盛

2234 此やどの花のいろかをめづるまに山のさくらやさかり過なん

依花客来

2235 さればこそ人もとひくれしばしなる花のさかりのをしきのみかは

依花厭風

2236 さくら花ちりがたならばいかならんさかりにもうき山かぜの声

風払落花」（35オ）

2237 梢には吹もかへさでちる花をいづくに風のさそひ行らん

海辺落花

2238 さくら散春のみなとの追風に花つみそへていづる百船

雨後残花

2239 まれにけさのこるさくらは夜雨にをしみ留たる花かとぞ思ふ

深山残花

2240 猶残るみ山ざくらは塵のよをそむきてみよと思ふなるべし

又

2241 おそく咲花なりけらし山さむききぢのおくにみゆる〔しらくも〕」（35ウ）

関路残花

2242 すまのうらや関吹こゆる春かぜをいかにとゞめてのこる桜ぞ

古寺残花

2243 あだしよの色にならはで高野山槙の木がくれ花ぞのこれる

残花誰家

2244 たがやど雲か花かとみ山べに一むらのこる軒のさくらは」（36オ）

このあたりにいとむくつけき田夫あり。初花咲たりとて、一枝もちきたれる志のやさしきを思ひて

2245 花につくる心をしるや初桜をりてをくれる小田のますらを

なべての花はまださかぬを、二月廿日比、雨のふるに

2246 猶さえてむすぼゝれたる花のひもとくとやふれるけふの春雨

垣ねのわらびもえ出ぬと」（36ウ）わらわのつぐるに

2247 あし引の山のさくらは咲ぬやとかきねのわらびをり〳〵ぞみる

あらし山を思ひやりて

2248 雨はれて日かげのどけしさがの山ふもとの花は咲や初らむ

雨風のいとはげしき夕

2249 ふらばふりふかば吹なん花もまだ咲あへぬまの雨風のそらにし山をおもひやりて」（37オ）

2250 夕月夜をぐらの山のさくら花霞なたちそよそにてもみん

きさらぎすゑの四日、三神法眼さがのかへさに立よりて、あらしのふもと二三株咲たりとつぐるに

2251 さがの山あすは分みんさくら花一木二木は咲ぬとぞきく

2252 さがの山花咲にけり我をさへみちのゆくてと人やとはまし」（37ウ）

六帖詠藻　春六

二月廿五日、さがの花見にゆかんと思ふに、信言、重愛とひ来れり。宗美もさそひて、いでゆく。開しもしるく、いとまだしかりけれど、あくがれしかげ立さりがたくてみるに、喜之、勝義、盛澄など、おひ〳〵に来あひて興をそふれば、題を書ていだすに

初花　宗美

2253 山桜ひと木ふた木は咲そめぬなめてはいつかさかりならまし」（1オ）

山花　重愛

2254 高ねよりはこぶま柴もさく花のにほひとなれる春の山道

河花　信言

2255 大井川早瀬を下す筏士はいく度花の陰を行らん

松間花

〔一行空白〕

花似雪　勝義

2256 春さむきあらしの山の初ざくらまだきえ残る雪かとぞみる

花如雲

〔一行空白〕」（1ウ）

山家花をさぐりて

2257 さかりぞときゝてし分ばちるやとてまだしきをとふ花の山里

2258 咲ちるはほどなき花もよにうとき山の庵にはのどかにぞみん

またの日、きのふの花を思ひやりて

2259 咲そひてあすは中ばのさかりにもやゝなりぬべし山のさくらは

またの日も猶

2260 花をのみ思ひやりつゝ老らくの身は心にもまかせざりけり

またの日もとし〴〵花に心つくす事など思ひて

2261 としごとの花にかけてもにほはぬは春しらぬみのことのはの露」（2オ）

この比、日ごとに人のとひくれば

2262 〔さ〕が山の花咲しよりわがやども都の人のとはぬ日ぞなき

庭の花の咲初たるをみて

2263 さが山の花をのみやは花とみん庭のさくらも咲初にけり

2264 ことしげき世人いかにさくら花のどかにみてもあかぬ色かを

あしたより雨ふりいで、、未刻ばかりはれたり。この比さかりなりし一重桜はちり、八重はにほひまされるをみて

2265 とく咲はうつろふけふの雨になほにほひ増れる花も〔こそ〕あれ」（2ウ）

またの日、れいの思ひやりて

2266 おそく咲花はきのふの雨に猶のこりてけふも色ぞにほはん

いとさむきあした

2267 あやにくに花さかぬまはのどかにてさかりとなれば朝さむきそら

庭花のさかりなるをひとりみて

2268 いたづらにあすや散なん庭桜けふのさかりを人のとはずは

2269 咲しより庭をぞはらふ我やども花みがてらに人やとふとて

広まへの花のもとを、法師のすぎがてにゆくを

2270 あだし世に心をそめぬ法師も猶かへりみる山ざくら哉」（3オ）

2271 松の色はくれそふま、に木がくれの花の光ぞあらはなりける

日ごとにみれど、あかずおぼえければ

2272 今はよに心とめじと思ひしを花こそ老のほだし也けれ

雨風しげきのち、のこれる花みんと思ふに、さはることありて、さが山にもまからで人のもとに

2273 雨風のしげきのみかは花みんと契しはるもさはりがちなる

庭の花のちりがたになる比、風のたつをみて

2274 心こそまづみだれけれ散のこる花吹しをる山かぜの〔こゑ〕」（3ウ）

きのふひねもす風ふきあれ、この暁雨おびた、しくふるに、よもの梢を思ひやりて

2275 散がたのきのふの嵐けふの雨いかでか花のたへてのこらん

2276 おそく咲梢なるらしこ、かしこ猶散のこるはなも有けり

けふも風たちて、猶ちるに

2277 とはにふくあらしならめど山里の花の比こそことに聞ゆれ」（4オ）

散のこる梢の色の、日ごとにまれ〳〵に〔な〕り行比

2278 あらし山花ちる比の朝な〳〵まがひし雲ぞまれになりゆく（古歌歟。可吟味）

2279 よも山の花やちるらん朝な〳〵高ねの雲の色ぞ消ゆく

一木のこれる花をみいで、

2280 一木だに久しくのこれこの春をわがみん花のかぎりと思へば

2281 うすくともめでざらめやは此春は此一もとにのこる色かを

2282 此春のなごりと思へば桜花かつ〴〵のこる色もめかれず

2283 いづくにか心もちらむなべてよの春を残せ〔る花〕の一もと」（4ウ）

そも散はてたるのち

2284 山のおく谷の〔木〕がくれ尋ても露ばかりだに花はのこらず

2285 世中にしられぬ山はいざしらず花の所は花ぞのこらぬ

花散しより、心ちもれいならず、立ゐもことにくるしう覚えければ

2286 散しより立ゐくるしき老波は花によりてやしばし忘れし

散のこる花を尋ねわびて

2287 花はみなちりはてにけり今よりは何にまぎれて春をくらさん

2288 いづくをか今は尋ねんさくら花心にのこる色かならでは

2289 をしと思ふ心にのこる色〔かこ〕そちりにし花のかたみ也けれ」（5オ）

2290 よしさらば心にのこる色かをもさそひはて、よ春の山かぜ

2291 散ぬるか又こん春もたのまれぬ身の老らくも花は思はで

2292 なぐさめし花も散けり何にかはのこれる老の春をくらさん

2293 散はて、心にのこる花の色はさそはぬ風も中々にうき

まどろみもあへず、め覚て、蝶のとぶをみて

2294 をしみかねまどろむ夢のたましひや花のあと、ふこてふとはなる

花の比はと思ひしにも、とはざりける人を思ひひて〔ママ〕

2295 こぬ人〔をいつ〕とかまたんあら玉のとしにまれなる花も散けり
2296 〔山里の雪消〕なばと契しを花ちるまでも〔まつ人のこぬ〕」（5ウ）
〔こ〕のとをか余りまでに花はち〔りはてた〕れば、やよひの末つかたは、〔たゞ〕
青葉のみしげりて、夏にもかはらざりければよめる
2297 花もなき春の日なみの末の山夏にこゆとも色はかはらじ
いづもの守季政とひきて、久しくこゝにあることなどいひて
2298 花にめで月になれてや古郷の都の春をわすれはてけん
えさらぬわづらはしきことありて、京にも得かへらぬよしいひて、かへし
2299 月花を見るに付ても忘れぬはなれし都の春秋の友
暮春落花」（6オ）
必滅〔ママ〕のことわりを思ひて
2300 春もゆき花もとまらぬ木のもとに残りてひとり我やをしまむ
重出
花麻
2301 さくら花かごめにぬさと散しより塵にや神の交初けん
2302 あらし吹神路の山のさくら花春の手向るぬさにぞ有らし
岡残雪
2303 春さむみ氷とづれや岡のべの松の雪だに消がてにする
2304 〔よそめこそ〕消ぬとみつれ岡のべの松の木かげ〔は〕雪ぞ残れる」（6ウ）
花浮池水
2305 いけ水に消せぬ雪のうかぶかとみゆるは花のちれる也けり
鶯のなくをきゝて、むかしかでの小路の庭の松に、朝ごと、時もたがへず鳴けるこ
となど思ひいでゝ
2306 鶯のなく声きけばいそのかみふりし都の春ぞこひしき
花時無外人
2307 咲しより日ごとにとひて山守も木こりも花の友となりぬる」（7オ）
紅梅の木たれたる絵をもてもうできて、讃をこふに、みれば短尺を付たり。それに
2308 立えこそ人はとひけれ紅の色さりやすき花な木たれそ

2309 紅は人のめにつく色ぞかしあまり木たれてあだにをらるな
おもふ故ありて、のちのうたをかいてつかはす。
益が母の七十賀、初春鶯
2310 もゝとせといはふもあかず思へばや千よの初ねをつぐる鶯
2311 ゆく末の千とせの春になれぬべき初ねをやなく宿の鶯
2312 千とせへん人を友とやこの春の初うぐひすもとひてなくらん」（7ウ）
早鶯猶若　八月七日、月見会十五首巻頭
2313 心とく春告初る鶯もまだ舌だみて声の聞ゆる
2314 それぞとも聞わかぬまでかた言になくねまだしき春の鶯
柳のうちたれたる短冊のかたある、それに
2315 くる人にめでらるべくも思はねどそむるみどりのいとまなき哉
春懐旧　周廷一類十七回忌、旧年遣之。依題出于此
2316 梅がゝも月もむかしの春ごとにいや霞ゆくよをやしのばん」（8オ）
春生人意中　宮御題
2317 春きぬと思ふ心にみよしのゝ山のかすみはおくれてぞたつ
同題　定静会
2318 待つけし人の心の春はまだ花うぐひすもしらずぞあらまし
2319 けさはまだ心の外の春もなしかすみもそめず花もにほはで
春のたつ日、いとさびしかりければ
2320 鳥の声松ふくかぜや山里のはるのはじめをいはふことのは
日かげのいとか〔ママ〕なるに
2321 霜雪のうづまさ寺に跡付し春はなべての春とやは思ふ」（8ウ）
日のかげのすこし暖ければ、あからさまにいでたるに、しらがの風になびくを、雪
かとみまがひて
2322 春の日に雪かもちるとみえつるはきえぬしらがのひかりなりけり
よも山のゆきはむら消たるに、ひらのたかね、白がねをのべたらんやうに春日に
かゞやくをみて

2323 はるゝ日は雲ゐにみえて白雪のたかねまがはぬひらの遠山

雪中梅讃　維明画、蒿蹊頼

2324 花の色をうばへる雪もかほるかにかへりて梅のひかりをぞそふ

子日松　南紀人高垣円祖母七十賀

2325 まれにあふ年のはつねも幾かへり若がへるらんわかのうらまつ」（9オ）

この正朔は初子日なればなり。

正月廿日比、雪のいとふかきに

2326 春きても人めまれなる山里を猶しらゆきのふりうづむかな

遠山霞

2327 馴て見し雪げの雲のあともなく霞るみねやかづらきの山

2328 なべてたつ霞の色もことさらにふかくぞみゆる春のとほ山

ふゝめる梅の露に、朝日のかゞやくを」（9ウ）

2329 梅花咲ぬとみれば夜雨のなごりの露の光なりけり」（10オ）

のどかなる日かげに、ひばりのあがるこゑをきゝて

2330 空たかくあがるひばりの声きけばのべに心のゆかぬ日ぞなき

こぞの冬、みゆきありしをりの詞歌など、物外尼のゆかしがりて、うつしてもていにけり。む月末つかた、それを人そしれりとて、みする人あり。みれば、わが詞歌さながらかきて、よろぼひわたるははづかしといへるは、老人のさもあるべきことゝは聞ゆれど、同じくはかう」（10ウ）ひなにも都もよろこびあへるものを、えおがみ奉らぬことの口をしうなど、みづからの老をなげくやうにあらましかば、いとあはれと聞えなまし。このわたりの事ざま、大かたの心ばへ、人のうきたち、にきびとよみあへるを、ながしめにみてあざわらひ、おのがおがまぬをたかきことゝおもふさまに聞ゆ。さりとて、許由が操為とほむる人もあらじをと、思ふたまへらる。はた、ことにおほけなくおぞましきことは、2331 大みゆき大みよそひはいにしへに立かへりぬる御代とみゆらし　といふうたなり。大みよそひはといへるは、たゞかうやうのうはべのことこそあれ、まことはむかしにゝずと、ふかめたるとみゆ。」（11オ）こはいかなることぞや、今のみよにしては、世中の大政、皆あづまより行ひ給はせらるこそ、かへりてすめらぎのあめつちとゝもに、はかりなき御もとひとこそはおぼゆれ。されば、こたびの御ことなども大政たすけ給ふ人に、さき〲にもまれらなるかしこき人、出おはしまして、万たゞすめらぎの大御意やゝはかりとりまかなひたまひ、なべて雲のうへ人も幸え給ふなどきくにも、おのれらはかたじけなきに、口わろくいふ物か。その人の常の心ばへさへはかられて、つまはじきせらる。又つみうどうつ杖の下にふさんとにや、かへりてはいたましうぞおぼゆる。」（11ウ）

2332 大かたの世にそむけたるさかしらはねぢきの鉾のねぢけ人かも

都人のわらひとるわざなめれと、おもふことえつゝまず。

右は、四国の人のすさびとかや。たれにかあらん。しづかに聞正すべし。

かのねぢけ人、これをきゝて、ほゝゑみていへらく、児やうのものゝ、ひとへ心に思へらんが哀なれば、さとすべし。土さへさけて、あつきにくるしむ夏の日ざかりをまちてさく花の、いといとあやしと思ふに、万草のかれ行、秋の霜をいたゞきてひらく菊あり。松のちとせを」（12オ）ふるもあり。槿の栄を一日につくすもあり。かう世にへつらひ、名をもとむるもあり。山林にかくれて、風光をたのしめるもあり。みな、おのがじゝなり。我におなじからずとて、かれをいなぶ心は、からすのさぎをわらふにゝたり。この人は、蚊のまつげにすくふらん虫の化生せるにや、とこそおぼゆれ

2333 なつかしくつばめはきぬる雲ゐぢになぞしもかりのおもひたつらん

かうなんいひけるとかたりしは、いせ人なり。ひがごとにかあらん。しづかにきゝたゞさるべし。

こぞしはすの中比はいたうあたゝかければ、春たゝば花とくさかんなど思ひし。」（12ウ）此ごろのさむさは冬にもまさりければ

2334 さむからん春もたどらであたゝけき冬より花を待しをさなさ

入江よしまさが七十の賀に、子のひさしが、屏風調じて絵かゝせける歌を色紙にかきておさせけるが、いとをかしければ、やつがれにもよめとて、よしまさまづよむ。たがへるところは直しもせよとて、おこせけるはふるとしなり。そのふみとゞこほ

りて、」（13オ）しはすの末につきぬ。十二首をおもひよるに、かの古歌は名だゝる人々のなれば、及ぶべきもあらず。さりとて、かへしやらんはいと情なかるべう思へば、かのよしまさが歌のかへしによみておくる十二首詞に、
屏風ゑいと」（13ウ）をかしければ、いかでかとおもへど、そふ一言もいでこず。たゞならむもさすがにて、返しよみてまゐらすはあやかりもせんとてなり

よしまさ

正月　元日人々酒のむところ

2335 むつましきとよのあかりの盃にけふよりさしてむ月とやいふ

かへし

2336 万代をさしてめぐらすさか月はうとき物からむつましき哉」（14オ）

二月　柳をみる人あり

2337 青柳のいとわかゞへり春ごとにとしのよるとは思はざらなん

かへし

2338 青柳のいとわかゞへるかげとはゞ我しもとしはよらじとぞ思ふ

三月　花みるところ

2339 あづさゆみかへりもあへず春の日の長ゐしらるゝ花の陰かも

かへし

2340 梓弓いかでかへらん咲しより心ひかれしかげにやはあらぬ

四月　梢にほとゝぎす

2341 ほとゝぎすなが初声を立花の玉にぬかばやときはなるべく」（14ウ）

〔かへ〕し

2342 初声を外にはなかじ郭公君がことばの玉にぬければ

五月　人の家になでしこ多くさけり

2343 代々をへてかはらぬやどのためしとてかねてや植しとこ夏の花

かへし

2344 なでしこのとこなつかしき宿なればとひてこそみめ千よのさ月も

六月　御祓する所

2345 みな月や千とせのぶてふみそぎ川水のながれも心ゆくらん

かへし

2346 万代も（時わかず）心ゆくせのみそぎ川かはらぬかげをみんとこそおもへ（ながれても）」（15オ）

七月　野に女郎花咲り。女おほく遊ぶ

2347 女郎花おほかるのべに交るとも我にはきせ（な）そ露のぬれぎぬ

おほくなを置てそと申歟。又我にはきすなと申歟。

かへし

2348 女郎花さくのゝ露のぬれ衣をきてだに我はわかゞへりなん

八月　月みる所

2349 松がえをもりくる月のかげみれば千とせの秋もかくてへぬべし

かへし

2350 かぎりなき秋にすむべき宿の月何か千とせの松にのみみん

九月　山川に菊さけり、みる人あり」（15ウ）

2351 山姫の谷ふところのきくの花をとせを（におふしけん菊のちとせを）かけて（の秋を）思ふはるけさ

ふところとありて、その用なく候歟。第四句、前の歌にけぢかく候歟。

かへし

2352 かげみれば老の波なきたに川の菊こそ君がともかゞみなれ

十月　山に常盤木多くたてり

2353 色かへぬときはの山のさかきばゝ時雨もしらでとしやふるらん

かへし

2354 むらしぐれ幾よふるともしられねばときはの山のみねのまさかき

十一月　千どりおほくとぶ所

2355 君が代はかぎりもしらずむら千鳥ひとつ〱に八千よとぞなく」（16オ）

かへし

2356 むら千鳥八千代となくを八千かへりかぞへてきかんよはひをぞ思ふ

十二月　よしの山に雪つもれり

2357 よしの山ところもさらずゐる（さながらゝむしら）雲は花にさきだつみねのしらゆき（ゆきかあらぬか）

雪はなべてふるものなれば、所もさらずなどあれば、ふる所ふらぬ所あるに、た

り。再考。花にさきだつなどは、春の雪ともや申べからん。御改作も候はん歟。
又よしの山つゝめる雲はこん春のと候はんか。
かへし
2358 このめはる春をもまたで山桜咲ぬとみゆるみよしのゝゆき」(16ウ)
このよしまさが賀に、わがともがら十二首をおくる。俊成卿の九十賀の題なり。作者は道瑞、布淑、重愛、定静、宗美、維済、勝義、喜之、致陳、義篤、房共、愚老也。道瑞は七十三なれば巻頭とし、やつがれ巻軸、雪を
2359 しらゆきのふりにしあともみぬばかり山とし高く猶つもらなん
三月五日といふに、さが山のさくら咲そめたりときゝて、ひとりふたりいざなひてみにゆくに、ふもとの花むら〱咲たり。」(17オ)さゞれゆく瀬、みどりのふちなどにうつれるけしき、いひしらずをかし
2360 みるがうちに咲そふ花の大ゐ川きしねの桜波にうつれば
川上のかたにゆくに、千どりおほく鳴わたる
2361 むべしこそ千よと鳴けれ村ちどりかはべのさくら花に咲比
あとより人々きて八九人にもなりぬ。とり〲思ふことゞもいへば、いとこちたく、わづらはしければとゞめつ。」(17ウ)
花盛の比をつげやりたるに、邦義より
2362 山里も花には人のむれぬべし散てのゝちぞ我はとふべき
かへし
2363 ちりてのちとひしきまさば山里の花をまつごと君をまちみん
春風夜芳
2364 月しあらばちるをもみまし桜花かをのみさそふ春のさよ風
2365 よも山の花のさかりぞさだかなるやみのうつゝにかほるはる風」(18オ)
三月十日比、周尹入来。当座花卅首題を出、与宗美三人詠之。
花未遍
2366 よしの山なべて盛の折もあれど一木二木の花に咲比
2367 今日はまたむら〱咲て消のこる雪にぞまがふみよしのゝ花

朝見花」(18ウ)
2368 あけゆけばかすみたな引露おちて花のかゝほる春の木下
2369 あさづく日むかひの岡のさくらばな昨日に増る光をぞみる
花似雲
2370 朝なゆふな所もさらずゐる雲は寒き梢の花にや有らん
2371 よしの〔山〕花散がたに成ぬらしむらたつ雲のまれにみゆるは
花薫風
2372 ちればこそふくをもいとへ花盛かをのみさそふけふのはる風
2373 吹くれば(ママ)花かならぬ風もなしよものさくらのさかりしられて」(19オ)
霞隔花
2374 かぜにこそたちもかくさめ春霞花みる人はへだてざらなん
2375 へだつるはうき物ながら山桜かすみて花の匂ひをぞゝふ
滝辺花
2376 滝つせはいはねの花につゝまれてちりくる玉もかにぞにほへる
2377 滝つせの中なる淀とみえつるやいはねの花の盛成らん
古寺花」(19ウ)
2378 色にかにめでずは花のさがの山めぐりもあはじ法の輪の寺
2379 ゆきにみし面かげながら花のかに風をもけふはうづまさの寺
花厭風
2380 散比はさらにもいはじ桜花盛にもうき山かぜの声
2381 花盛吹だにたえぬ春かぜをいとふ心ぞかつはわりなき
頭挿花
2382 かくるべきよはひとはなししかはあれどかざして花に老を忘れん
2383 山ざくら折てかざゝば色もかもにげなき老に花やゝつさん」(20オ)
寄花祝
2384 かぎりなき春を契てさく花はいくよをこめし色か成らん
2385 ふく風ものどけきみよの桜花この春のみや久しかるべき

暮春月

2386 影かすむ春の光もよな〳〵にのこりすくなき有明の空

2387 夢のまに春もながれて天河霞のみをに月ぞかたぶく

社頭花　大秦奉納、地主三十八社アリ」(20ウ)

2388 みづがきの久しくにほへ三十余り八しろを花の日かずにはして

2389 みちとほみたよせに神はをがめどもめはみづがきの花にのみこそ

苗代

2390 神のますもりの下水せきかけしなはしろ小田のたのもしき哉

2391 日にそひて青む水田のみごもりに生るさなへの程をこそしれ

ある人、峨山の花をみて

2392 いと竹に心をよせぬ人しもぞ山の桜はみるべかりける

となん人のかたるをきゝて、この人は達磨和尚の面壁とやらんやうして、ものもいはで終日」(21オ)花をやみけん。ゑひをすゝめ、糸竹をもてあそぶも、みな花の興をそふるぞかし。興をそへてもみ、そへずしてもみるべし。いとかたくなゝる心かな。この人、いと竹のわざをしらざれば、興なきものとおもへるなるべし。酒はいかゞありけん

2393 いと竹に花の光をそへてみしむかしの春を花はこふらし

かのうたのしもぞ、三字のてにはこそいと心得がたけれ。貫之が〈青柳のいとよりかくる春しもぞみだれて花のほころびにける〉、すけみが、〈あだなりとひともどきくる人しもぞ花のあたりを過がてにする〉と」(21ウ)いふ歌に、みなかへりてといふ心あるは、みなもの字のそふ故なるべし。されば、今の人の歌も、下の句を「物のねごとになつかしみする」といはゞ、てにはのかなへるなるべし。

春雨

2394 朽残る老木桜もふる雨の恵にもれぬ春やしるらん

2395 野も山もみどりにかすむ春の雨に普きみよの恵をぞしる

上巳に、勝義、桃を持来れり。ことしは二月に閏ありて、桜さへのこらぬ比なれば、いとめづらし」(22オ)

2396 大かたの花はのこらぬこのはるに猶ふゝめるやみちよふ〔る桃〕

あとの月、蒿蹊がり行し。かれよりつかひおこすときゝて、かへりて上巳に申つかはしたりし。

曾はゆるらかに、所々の春の行方どもうちかたらひしも、心ゆきて覚え侍りし。かへりて文みれば、こぞの病にたへ、七十の春をむかへかしを、嶺の松によせ、猶くさ〳〵のものに付て、ゆく末をさへほぎたまへりし御心ざしの浅からぬにほこりて」(22ウ)

2397 はるにあふきゞ（扇）の中にもたひ（鯛）らけく千年をまつに我もならはん

といはるゝも、悦のあまりに、としの思はんことは忘れにたるなるべし。その日にこのいやをだにと思へりしが、従者のなきまにて、けふをまちしは、みちとせにめぐるほどもかくあらん、かしこ。やよひ三日。

あとの十日あまりの比にや、宮より給へる

2398 問翁積疾全愈否　春満蜂岡奈與何
李白桃紅煙水裏　近来吟得幾扁歌」(23オ)

御かへし

2399 かぜさむみまだ蜂岡の春もみず花咲ぬとはつてに聞とも

2400 咲にほふ霞のうちの色々をいかでか分ん春しらぬ身に

（子春）故重家卅三回にあたれるよし、今の相尹勧進して、春懐旧といふ題をとくおこせし。

上巳の比よめて、周尹につけてつかはす

2401 三十余りみしよはとほくかすめどもしのべばけふの花のわかれぢ

この春よめる歌わづらはしくて、かきもとゞめずおもひいづるまゝ、こゝにかきいづべし。」(23ウ)

梅津に、こぞ、十本梅をうゑたる後、たれも〳〵うゑつぎて、ふたもゝあまり花さきぬときゝて、見にまかりたりし。二月廿二日のほどにや、病後はじめてなれば

2402 七十の春の花みん契ありてこそ病はをこたりやせし

人々の詠ども、いとおほかり。くだ〳〵しければ、とゞめず。布淑のいへる

〔二行空白〕」(24オ)

庭の桜はいつかさくべきと、こぞより待こしに、やゝ木のめけぶりて、いとゞ心いられて、よその花よりもおそしと思ひし。からうじて下枝に花一ふさ、ふゝめり。外にはさくべき花ぶさもみえず。いと老木なれば、この一花をかぎりにて、かれんとやするなど思ふにも、涙ぐまし。

2403 色もかもこの一花をかぎりにて老木の桜かれんとやする
2404 中々にとし切もせぬ一花に老木の春の限をぞしる
2405 まち付し老木の春ぞ哀なるとし切もせでにほふ一はな
2406 こん〔春〕は我はみずとも庭桜二度にほへ根さへかれずは
2407 ひたすらにさかずは花のとし切と思はんものをにほふ一ふさ
2408 まち〔付〕て中々袖の〔露ぞゝ〕ふ限しらるゝ一はなの春」（24ウ）

柳

2409 重出歟 雨に染風にさほしてさほ姫の折はへいそぐ青柳の糸
2410 幾よをかかけてそむらん千はやぶる神のみかきの青柳のいと

朝まだきかすみのたちわたるをみて

2411 かのみゆるふもとの里の垣ねより春野をかけてかすみたな引

わらはやみしてをこたりぬれど、いといたうよはくなれゝば、いまは京にかへりてをあれ、といふにまかせて、住なれしうづまさ寺をいでくとて」（25オ）

2412 あら玉のとしの四とせを古寺の別は春も袖ぞ露けき

子四月廿六日、信美催初会折にて十二題巻頭　梅花初開

2413 移植ていつかと待し梅花此春よりぞ咲初にける
2414 としごとに色かぞゝはんわかきより春しる宿の梅のはつ花

是は男能信の詠、初て出席故也。

霞　故永原良博追悼長門国赤ヶ間関にて、子閏二月十四日死亡云々。廿首巻頭

2415 なき人のけぶりと成しあともみずおもひやるさへかすむうみ山」（25ウ）

行路霞　故三宅致陳追悼、六月十三日死去

2416 たがうへもおもへば終にわかれぢのゆくへもしらずかすみはてなん

柳

2417 たが門の春をみすらん青柳のいとによりくる人ぞ絶せぬ
2418 くりいでゝ幾よをかへし春ごとにあかぬ柳のいとのみどりは
2419 遠方や霞かたよる川かぜにたえ〴〵なびく青柳のいと
2420 くりかへし日ごとによりてみれど猶あかぬは春の青柳のいと

帰雁

2421 かへる雁かすみはてゝも声するはしたふ心にきけばなるべし
2422 古郷にたびだつ雁も神がきに手向すればやゆふかけてなく」（26オ）

春蘭の絵讃

2423 山かぜの吹くるからに谷ふかく咲ぬる花のかこそしるけれ

ことしわが七十になれゝば、なのかみにとしのかずをしるせといへり。六十九ならましかば、歌はよませざらましと思へば、

2424 七十のよはひを露のにほひにてらにのことばのかずに入哉

紅梅のかげに、つるのあそべるかたあるに

2425 色にかにあかでぞ千よも紅の梅さくかげになれん友づる

残花誰家

2426 たれか住庵の垣ねの花一木よそにはみえぬ春を残して」（26ウ）

暮春残花

2427 けふも猶散残りぬる花みれば春は行ともおもほえなくに

わかざくらの陰に鶯のとぶかたを、宗順がよませしに

2428 すだちせしおのが初ねもわか桜まづ咲花になかんとやおもふ

八重桜のかたを信美がよませしに、木だちの桜どもみえざりしかば

2429 八重にほふ花は桜とみゆれどもおのが木だちはあらずもあるかな

残雪を」（27オ）

2430 山遠み雲か花かとみるまでに久しくのこるみねの白雪
2431 霞たち春めく山も谷かげは猶風さえて雪ぞのこれる
2432 松かげはこぞのしづりや深からじわきて久しく雪のゝこれる
2433 よの春にしられぬ谷を光にて残れる雪の色ぞ久しき

2434 なごりなきこぞのかたみをみ山べの谷こそ雪の光也けれ
老木桜のゑを
2435 我も老さくらも古木（生者必衰）ふりせぬはあかぬ（真如実相）心と花の色かと
2436 あまたとしふる木のさくら人ならばむかしのこさにゝほはましやは
すみれ」（27ウ）
2437 〔むらさきのす〕みれの花のにほへばやなべて春のゝあかずみゆらん
2438 夕月のかげうつるまでつみつれどあかず覚ゆるつぼすみれかな
2439 夕かけて菫つむのゝあかなくにかくてや人の一夜ねにけん
2440 一夜とも何かかぎらんすみれ咲のべにぞ春はすむべかりける
2441 すみれ草咲る春のゝ過がてにあかずおもふやむらさきの故
禅尼物外古稀賀に、若菜　卅首巻頭
2442 うちむれて君が齢をのべにつむわかなものりの為ならぬかは
嵩蹊が六十賀閏二月九日にや、初桜をみて遣したる
2443 花もけふもろ心にぞ咲にけるちとせの春を契そむとて」（28オ）
かへし　嵩蹊
2444 手折こし初花ざくらめづらしみ心のばへて千よやへぬべき
初五は手折つる、落句は千よもへぬべし、とあるべき歌なり。
かれより、我古稀賀に、こぞわらはやみして、ことしをこたりたるをいひて
2445 みねの松こぞのあらしにたへつゝぞ千よへん春のいろはみせける
とて、扇鯛をおくれりしに、これより
2446 春にあふきゞの中にもたひらけく千とせを松に我もならはん
〔か〕の人のうた、千よへん色とあらば、上は露しも〔にた〕へ侍るにぞあらん。
あまりに口〔わろく〕」（28ウ）あなかしこ〳〵。
子日松　維済勧進
2447 けふこそは君が千とせの初子ぞと松もしりてや生そめぬらん
春夕、遠山をみて
2448 紅のかすみにゝほふ遠山のまゆみどりなる春の夕ぐれ

残雪
2449 （重出）山遠み雲か花かとみるまでに久しくのこるみねのしらゆき
2450 霞たち春めく山も谷かげは猶風さえて雪ぞのこれる」（29オ）
画讃　備後菅良平
2451 かげにほふ花の色のみあらはにてうつろふ水もかすむよの月
春風解氷
2452 ゆるく吹谷風みえて山里の軒のたるひも雫おつなり
2453 うべしこそ氷とけゝれ春風に梅がゝながらよするさゞなみ
日のあたゝかなるに、ねぶたくなりて
2454 春日のあたゝかにさす朝ごとに老のねぶりはもよほされつゝ
花月のをかしき夜
2455 梅かほり月かすむ夜は更たれどさらにねぬべき心ちこそせね
試筆に、図南亭迎春年也」（29ウ）
2456 〔天戸〕のしらみ行よりのも山もかすみわたりて春はきにけり
ふるとしより鶯のなくを、元日の朝もきゝて
2457 ふるとしもきゝし鶯それながらあら玉りぬる初春の声
北にのみ鳴しが、けさは南のかたになけば
2458 北にのみ聞しうぐひす春きぬとけさは南のゝべにこそなけ
雨のゝちいたくかすめる朝、鶯の声をきゝて
2459 鶯はむべも鳴けりかすみあひて春めきわたるのべの遠かた」（30オ）
日かげのあたゝかければ、法然院へまうでけるに、ひえおろしのいたくさむくて、
梅のちるをみて
2460 山かげは春もあらしの猶さえてちりくる梅も雪かとぞ思ふ
いとのどかなる日、南のゝに鶯のなくを
2461 （重出）鶯はうべも鳴けりかすみ合て春めきわたるのべの遠かた
維済父賀に、霞を
2462 分くれ（ママ）猶末遠き若草のかすむ春のゝあかずも有哉

有隣かたに、く丶たちたる菜を送るに」（30ウ）

2463 雨になほわかなの色も深けれどおくる情はいやまさりけり

かへし

2464 雨になほたけゆく春菜ふりぬるを君はやさずはたれにみせまし

くれつかた、鶯のしげくなくを

2465 花の春けふもくれぬと鶯のうつりゆくよをしみてや鳴

落花を

2466 吹さそふあらしの桜みればうしみねばゆかしき花の散がた

布淑、めをわづらひて書見物うきよし申こすとて

2467 めもはるにかすみそふるはなには江のよしやあしやもわかぬとをしれ」（31オ）

かへし

2468 めもはるにかすみそひなばよしあしを心にわけよなにはづの道

若菜　維済父八十賀

〔一行空白〕

子日　中西良恭七十賀

2469 子日する小まつがはらを詠ればはるかに霞千よのゆく末

山桜の咲初たるをみて

2470 山ざくら咲初にけり今よりは一日を千よになすよしも哉

観音道場の花をみて

2471 山桜これもみのりの花なれやあふことかたき老がよの」（31ウ）春

きさらぎ廿一日、布淑もとより山ざくらをおくりて、廿六日比さかりのよし申こすとて

2472 家づとに手折ばかりは咲ぬれどなべての花は君をこそまて

かへし

2473 一枝に心をやりて詠ればなべての花もめのまへの春

経亮より申おこせし

2474 さくら花咲にし比は白雲のあはたつ山の名にもたがはじ

かへし」（32オ）

2475 しら雲のあはたつ山は春花の咲ちる程の名にこそ有けれ

2476 春花の咲ちる比の名也けり雲のあはたつ山とみえしは

2477 春花の咲ちるみればしら雲のあはたつ山もうきなゝりけり

布淑より、あゆに山吹をかざしておくれるに

2478 いはぬ色はいづことさしてわかあゆのかざしにくめば玉川のつと　布淑

かへし

2479 玉川にくまれける哉かつら鮎かつたがひたる花をかざして

禅林寺花見にまかりしに、誦経の声聞えくる。あらしに花のちりみだれけるをみて

2480 うべしこそ世はつねなしとゝく法の声のうちにも花ぞちりゆく」（32ウ）

花月庵をとひ侍るに、いたく老木となれるをみて、身のほども思ひしられて

2481 引植し花も老木となるまでにいく度庵の春をとふらん

あるじ尼、かへし

2482 としごとの春にとはるゝことのはを花も嬉しとさぞ思ふらん

如意寺の一木の花のよそめゆきのことみえければ、のぼりてみるに、これもいたく古木となれり。むかしこの花もとにて、かれ是あそびける友を思ひいづるに、おほくはなき人となれゝば、いとゞ立さりがたし」（33オ）

2483 ともにこし人はなきよにながらへてひとりしみれば花も露けし

このふもと御所の北のさかひに、むかし大なる桜の木ありき。竹のはやしのかみ二三丈もいでし。枝ひろごりたる事、十四五丈ほどにて、さかりにはかも、たかゞみねわたり、すべてこのあたりみゆる所よりは、雪の山のみえたりし。いつのとしにかありけん、風に五丈ばかりの枝をれたる後、有しごとこそなかりけれ。よのつねの木よりも大らかにて、花は八重ざくらちりはてゝ後さく花にて、いづこも〳〵花なき比の山桜、いとめづらしければ、」（33ウ）この花を京にのこさんとおもひて、二とせばかりこひうけて、五七本つがせ侍りけれど、一木も生たゝず、くちおしかりし。後におもへば、生たちたりとも、いにしとしの都の火にのこらざなり。我にちぎりなき事を思ひしが、けふ尋るにみえず。いかなるにかとかいまめば、かれは

てぬとみえて、切てたきゞにすなり。をしき事かぎりなく、涙さへこぼる
2484 一さかり世に稀なりし花のあとなに、くやしくとひてみつらん」(34オ)
暮つかた山べをとほるに、こゝもかしこも花ちるに、うぐひすのなくを聞て
2485 うつりゆく春をゝしとや鶯の花ちる山に声たえずなく
有隣が作れるからうた
2486 釣鐘幽闇時難分　独在蒲団思可薫
春雨夜中静如昔　枕辺唯鳴去年蚊
とつくれるをみて、一句を一首によみて、四首
2487 うちしめるかねのひゞきのかすかにて雨夜更行時もしられず」(34ウ)
2488 独ねにもゆる思ひの煙たゝばすゝけぞせまし夜の衣の
2489 くりかへしおもへば夜のしづけさはむかしながらの春のいとあめ
2490 いづくにかこぞの古蚊のゝこりゐてまだきに春の枕とふらん
また一首の意趣を和して
2491 ふるとしのふるかのみこそのこりけれむかしにゝたる春のよの雨
岡崎にすみて、さがの花を思ひやりて
2492 みち遠みことしはうときさが山の花のさかりは過やしぬらん」(35オ)
此屋の軒の北に桜あり。こは、南殿の種とぞ。外の花のちりたる比、なほのこれる
に、照道のとひきて
2493 千よかけて咲にし宿の花なればちりがてにのみみゆる成べし
かへし
2494 ちりがてにみゆなることはさくら花君をまちてと思ふなるべし」(35ウ)

六帖詠藻　春七

薄暮霞　古房共中陰手向
2495 一村の霞となりてあだしのゝ煙の色もわかず暮ゆく
やよひ十日ばかり、牡丹を人のおくれる、光陰のとく過るをさらにおぼえて
2496 おそざくらそれさへちりて此春の深みぐさゝへはやにほひけり
大根の花のさかりに小さめふるに、みのきてゆく人あるをみて」(1オ)
2497 みのきつゝゆけばや賤が山畑の大根の花のゆきとみゆらん
大根の花、いまだよめるをきかず。大根は、仁徳御製に出たり。
牡丹をおくれる、三月十一日なりければ
2498 くれのこる春もはつかになりぬれば花に日かずをゝしめとやさく
桜花のさかりなる比、雨がちにて、ともすればあたごのみねに、くものかゝれるを
みて
2499 見るもうしさかりの花のあたご山たかねにかゝる雨もよのくも」(1ウ)
花のちりがたに花月庵をとひて、小竹麻呂がよめる
2500 とゞめあへぬをりにあひては吹かぜもいとはで花のちるをめでつる
かへし
2501 時きぬと心づからにちる花をゝしむ我こそはかなかりけれ
さゝまろ
2502 やま吹の花ぞひとへにかこひつる桜はゆきとふるきみぎりを
かへし
2503 やま吹の花はひとへにかこへどもかきねをこえて散さくら哉
2504 苔のうへに散しく花はさほ姫の青地におれるにしきなりけり」(2オ)
あるじの尼
2505 にはざくらちらばちらなん散うせぬことばの花をなごりにぞみん
かへし　さゝまろ
2506 散さくらとひこざりせば友がきにかゝることばの花をみましや

衣郷

2507 桜色にそめかけてけりかすみたつ衣の里の花や咲らん

2508 かすみたつ衣の里は紅のこそめの梅の花ぞにほへる

この庵の北に、南殿のさくらの苗とて」（2ウ）うゑたる、花ざかりに人のみにくるに、南には和かのうらの松あれば

2509 この庵のなでんの桜わかのまつ人にとはる、種とこそなれ

梅柳のさかりに、雨のつれ〴〵とふる日

2510 梅か〔ほ〕り柳けぶりていとあめのつれ〴〵とふる春の日ながさ

2511 くもる日のいとゆふなれやいと雨のながき春日にふりくらしつる

鶯のなくを

2512 花の春けふもくれぬと鶯のうつりゆくよをしみてかなく

風宮

2513 この春は日をふる雨に桜ばなち〔りゆく〕みれ〔ば〕風の〔み〕やうき」（3オ）

2514 名にたてる風のみやゐの花なれどちらぬ限はさそはざりけり

立春　祇園奉納百首

2515 言葉も花にさかせよいのりこしかみのそのふに春はきにけり

2516 よをこめて春やたつらんしらみゆくみかきの松のほのにかすめる

見花

2517 ちればこそ咲もしつらめ桜花あだなる色と今よりはみし

2518 桜花さかりにだにも散ぬべきうさを思はでみる春も哉

2519 みるほどもあだなる色のかこたれて思ひくまなき花にも有哉」（3ウ）

暮春

2520 さほひめやぬさと手向る神がきの千もとの花の春の別ぢ

2521 いつとても我身にしらぬ春なれどかへるはいかゞをしくやはあらぬ

2522 ことのはの花に咲ぬる春ならばかへる別もかくはをしまじ

雨ふる日

2523 春雨に都かぎりてかげろふのほのにみゆるはあはた山のみ

この春、水戸伊藤隆庵当監やつがりに点を〔乞。二折〕のうた、あまた」（4オ）加筆つかはす。又別に、かれより歌をそふ、2524 月花をその心なるのどけさにへだてずむかふ春の夕暮

かへし

2525 へだてなき心ときけば東路のみちのはてとも君を思はず

思ふ事をえもつゝまで、〔ひが〕ことのみかきちらしたる、つみさりがたくなん。

八重桜のゑに、信美が歌こふに

2526 ふかくなる春の行方も一枝に思ひやらるゝ八重ざくら哉」（4ウ）

野外鶯

2527 この春もかはらぬのべの鶯に若菜つみさし昔をぞ思ふ

谷鶯

2528 へだてなくゝる春つぐるうぐひすの声〔こそ〕谷の光なりけれ

2529 春になる光やしるき瓜生山谷のうぐひすけさぞ鳴なる

早春霞

2530 今ぞはん色ねをこめて花とりの二名のしまぞ霞初ぬる

是、伊予大洲八幡神主兵頭監物守貫老母七十賀、依所望遣十首。次下、松間花、採早苗、舟納涼、〔新秋露〕、〔山〕月明、竹上霜、」（5オ）暁神楽、名所海、寄〔鶴祝〕。作者、政教、元広、卜泉、布済（ママ）、道覚、貞子、維済、勝義、小竹丸等。

略歌。

若菜

2531 君がため年をつめどもつきせぬはかすめるのべの若なゝりけり

是は、同人姉五百子六十賀（ママ）所望遣十首。次下、見花、郭公、夏月、七夕、紅葉、残菊、積雪、眺望、庭松。作者、盛澄、経亮、貞経、定静、宗順、友子、喜之、維徳、重愛等。歌略之。

霞中聞松風　宮御題

2532 はつ春の霞をもれぬ松風は千よをふくめる声にぞ有ける」（5ウ）

2533 うちふくものどけき千よの声なれや霞をもれぬ松のはるかぜ

からめきたる山に、桜の咲るかたを
2534 もろこしのよしの、春といふばかりさかしき山にさく桜哉
年のはじめに　〔九々翁〕澄月
2535 老らくは同じ心ののどけさもさぞな時めくやどの春風
2536 さくやいかに梅を軒ばの花に鳴友鶯の声をきかばや
2537 またひとへ八十すみ坂に君もわが春の霞はおひつきてみよ
これよりと思ひ侍りしを、心おそく御こたへにこそなり侍りけれ　八九童」(6オ)
2538 時しらぬ身にはのどけき音信の聞え初しをやどのはる風
2539 梅もさき鶯もとく鳴ぬれどまだことのははめぐみだにせず
2540 君がよぶ声こそしるべ霞たつ八十の坂もまづのぼりみん
此三をつかはす。
2541 八十坂におよぶべきにはあらねども声をしるべにまづのぼりみん
立作がこんといひける夕つかた、ゆきかきくらしふるに
2542 雪寒しけふこん人を哀とて炭そへてまつ庵のうづみ火
くれ行ほどはれて、のべ白たへに見わたされたるに」(6ウ)
2543 心あれやかきくら〔しふる〕空はれて友まちつべき夕暮のゆき
あさ、北に雪のふりくるを
2544 北かぜに雪横ぎりてにしごりの田中の杜もみえず成ぬ
みるがうちにつり(ママ)たるを、吹ちらす松の風、いとおもしろし
2545 かつさかせかつ吹みだし花よりも花なるかぜの松のしらゆき
九々翁のいかにさむからんと思ひいで、、ふもとさへたふまじき寒さにうづもれて、
いきのしたより」(7オ)
2546 いかならんけさのしら山それよりもまづ八十坂の高ねをぞ思ふ
やまふかきよりも南はれたる庵のもとは、さむさしのびてながめ給ふらん　澄月
2547 おもひおこす道はありともしら山に年のたかさもうづもれにけり
秋成よりいひおこせたる
2548 花にのみおもひかけしをすみつけば都もゆきの古郷にして

2549 思ひやる軒ばのわかのうら松に音せぬ波やつもるしらゆき」(7ウ)
2550 いでがてに思ひやみても幾度遠(ママ)にこゝろのゆきかふやなぞ
かへし
2551 すみなれしなには忘れてことしより都の雪の古郷とせよ
京におはせ、などいふ比なればなり
2552 さしのぼる日かげに落て松の雪音なき波を今ぞ聞つる
使のきたるをり、梢の雪おつる音すれば也
2553 我もけさいく度となく思ひやる思ひや君がかよふなりけむ
使をかへしたる後、心のゆきかふに雪をかくせるをみいでて
2554 墨のいろに雪のありしをおほにみて消ぬばかりに悔しとぞ思ふ
なを雪のおつれば
2555 さしのぼる日かげを花のあらしにて松の梢のみゆき落なり」(8オ)
2556 ふるとしの雨をうれへし心さへ春のみゆきにけふとけにけり
勝義きて是を聞て、かへし
2557 民くさは秋のたのみとおもふらし春の初にふれる白雪
布淑とひきて
2558 つもれどもけやすき春の雪なればふりはへてこそけふはきにけれ
かへし
2559 ふりはへてとひし心の深ければやけやすき雪も猶のこるらん
布淑
2560 しらゆきの松にのこるをあはた山あはは花かとぞあやまたれける」(8ウ)
かへし
2561 うれしくぞ見にきましけるあはた山あはれ残れる雪の消がた
勝義
2562 ふりはへてけふしとはずは雪にさく宿のことばの花をみましや
かへし
2563 ふりはへてとひこざりせばとり〴〵のことばの色を雪にそへめや

歌は言語なることをいひあへるに、りう球の舟人の、こゝにたゞよひてよめるよし
を勝義のかたる、その歌

2564 ながれぶねよべに御上さまおりておよせうることのいなつかしのなん」（9オ）
りうきうは異国なれど、わがくにぶりとなれり。いまのやまと人まさによみてん
や（土佐日記舟人ノ詞。ミフネヨ仰タブナリ。朝北の、コヌ先ニ、ツナデハヤトレ〔頭書〕）。
長柄剛純法師、梅畑真休寺にうつりすむよしを、近江のさゝ丸がもとにいひやる文
にかい付遣しける

2565 実にならんことをこそまて梅畑ことばの花をつくる法師
雪ふかき日、維徳がもとより

2566 春立てかゝるみ雪はありきやと久にふりにし君にこそとへ
かへし」（9ウ）

2567 かゝりける都の雪は十年余り五とせばかりあとや有けん
かめのうへに春日の出たるを、月渓にかゝせて、春日亀が賀につかはすに

2568 誰かしるかめのうへなる春日の、どかにみゆるやどの万代
中西惟忠が古稀の賀、去年ありしを、おくれてこの春、同人のゐに、小松にむら鶴
のあるかたに

2569 君がへん千とせの友やさかえ行こまつが原に遊ぶむらづる
初春に澄月法師とひきて、」（10オ）くるつあしたいひおこせたる、
若草のべにつなげる駒の、いさましげなるけしきにのりてなん

2570 春がすみくみて帰りし山陰にきのふの、べの面かげぞたつ
としぐ〜春草の生るむかし語も、ともにながらへあればこそ

2571 世がたりはむかしにかへるわかの浦の波のしはにぞおどろかれぬる
かへし
山野春光日々新にていまあそばずは、といひしも思ひいでられて

2572 ひまの駒のりて又とへ雪消〔し〕きのふの、べはけふのふるあと」（10ウ）
春草の生かはるも四十余りにもやなりぬらん。その世の人はかげだにみえぬを、と
もにのこれるもいとあやしうなん

2573 波のしはよるともなしやいにしへをかたればわかのうら〳〵として
さきに秋成が遠に心のゆきかふといへりしに、雪をかくせるに心つかであとに思ひ
し

2574 すみの色に雪の有しをおほにみて消ぬばかりに悔しとぞ思ふ
わがかつさかせかつ吹みだし、といひけるをきゝて、秋成

2575 さくとちる風のながれのあやしきはそらめの花のはやしなりけり
初五の「と」は、「は」にてこそあらめと思へど、作者しかいへり。」（11オ）
月渓が試筆にかける小松にことそへよ、と喜之の乞に

2576 うべしこそ筆とり初て墨がきのまつぞ久しき色はみえける
大愚法師よりつく〴〵し、ふきを送りて

2577 何かあると心づくしゝ柴の戸の春風ふきしあとにあざりつ
かへし

2578 老のよにつく〴〵しのぶきしかたのわかなも君がめぐみにぞみし
御文たまへりし比しも、春のことほぎとてこし人に、盃はいだしたれど、例の蓬が
陰何よけんとも思ひあへぬ」（11ウ）折なれば、やがてとりはやせしを、客人もいと
いたうめづらしがり、めでまどひたるも、御徳によりてなり。その日いやをも申そ
へ侍らんとて、御こたへのおくれしを、いとなめしとやおぼすらん、そのつみゆる
し給らましかば、いとうれしうなん。あなかしこ。

霞裏聞松風　小坂殿御題
是は、春深比の気色なり。さるを、正月の題にいだされたれば、詠得ることやす
からず。

慈延
2579 松かぜの声もそのふのみどりつむ霞のおくの春の色なる
御室に積翠といふそのあれば、それを」（12オ）よめり。みどりつむかすみ、是、
霞の深気色初春とはみえず。声も、春の色なる、いと心得がたき歌になん。

蒿蹊
2580 あさぼらけ霞こめたる山のはに声もやはらぐ松のはる風

是も、春の入たちたるけしき初春とはみえず。誠に、初春にはよみがたかるべし。
題をいだすことも可思事也。
月渓がゐに、秋成のよめる
2581 をしげなくをれる心をはつ春のあら玉つばきつら〳〵にみん
とありしをみて
2582 つら〳〵にみれば八千よの春秋もすみゐの花の色はかはらじ」（12ウ）
秋成が乞ける牧寅といふ人のゐに、しがの山ごえとて、山かさなり、谷水おち、梅花一木さかりなるあたり柴人のかへるかた、かけり。しがの山越ならば、桜有べし。六百番歌合より春題に入られたるも、桜をおほくよめり。たゞ所をさらぬゐのまゝにて、まづよむ
2583 柴人の家ぢいそがず成にけりうめさかりゆく春のやまぐち
大愚法師、試筆　歳暮
2584 春にあけしけさの心やあすありと思ひのどむるはじめ成らん
2585 小車のうしてふ年も人のよにつながれぬ身はやすくゝれぬる
これをきゝて、かへしとはなくて、みづからのおもひをのぶ」（13オ）
2586 あすもありと思ひのどめぬ老らくは一日を千よの春とたのまん
2587 小車のわれからうしのとしたかき身につながれてあへぐ心は
これは、いまの世のうたの詞をつめたるにならひたるなり。又
2588 のがれきてよにつながれぬ法師もあまの小舟はいかゞあるらん
む月末つかた、秋成をとはんとおもふに、にしかぜにはかにはげしく、雪しまきくるにおもひとゞまりて
2589 たちいでん心のみちも埋火のあたりながらにふゞきをぞきく
うす雪ふりて、はれたる垣ね軒ばをみわたして
2590 よそにみばいかに哀の深からん雪静なる夜の山里」（13ウ）
立春　勝軍地蔵奉納
2591 春やけさ立そめぬらんしが山のたかねしらみて霞たな引
2592 明初ると山の雪のひまみえて春の越くるかずもかくれず

此里人の、われにみすとて梅を贈りけるに
2593 山がつの心の花にむくゆべきことばの色の露もなき哉
2594 ことのはの色ありとても山がつの心のはなにいかでむくはん
備中神辺菅良平長献より、彼国保命酒、歌、至来。其一首に
2595 ちりのよに立迷ふ身は心にもあらでむなしく月日へにけり
是がへし」（14オ）
2596 立迷ふちりの中にも塵の身をおもひ捨なでとふぞやさしき
たまへる酒の名もしるく、いのちのぶべくおぼえて
2597 春しらぬ老の心のしも雪もあつきなさけに忘れはてゝき
幽居有余閑　小坂殿題
2598 とはれじと柴のとさして花鳥の春をたのしぶやどの明くれ
2599 花鳥のしづけきのみか霜がれしかげをふかむるよもぎふの春
2600 花鳥のたのしびのみか秋くさも種まくころぞよもぎふの春」（14ウ）
賤のめが花をるかた　菅谷頼
2601 花をると柴をあぐらにしづの（ママ）が心ざすえもやさしかりけり
都にかへりすめど、いたくおとろへて、いでたゝんも物うくて、おもひやりつゝ、のみあるに、布淑が花をたづさへきたりて
2602 わきてとく咲ぬる花の心にもまつらん人にみえんとや思ふ
かへし
2603 おとゝしもこぞもことしも手折きて君ぞみせける初さくら花
寒暖ほどよくなりて、こゝかしこの花の所もおもひやりつゝ」（15オ）
2604 山桜咲初しよりわたつみのおきな心も花になりぬる
春日亀が六十賀に、歌にそへて、亀のうへに春日のいでたるかた、月渓にかゝせてつかはしたりけるに、これにも歌そへてといひたるに、うた、ゐにかける。うた
2605 重出 たれかしる亀のうへなる春日のゝどかにみゆる宿の万代
布淑より、若鮎に桜をかざゝせて、青きうつはものにいれておくれるに、歌あり
2606 雨の日も猶引網のめぢとほきかつらのはるをみする」（15ウ）〔鮎子ぞ〕

かへし

2607 雨にちるかつらの花をゝしみつゝすくふあみめにかゝるこあゆか

煕道が、さが山の花みしかへるさに、うづまさの花をみて

2608 古郷と成にしやどの桜花なつかしきかに心とまりぬ

とあるにかきそへし

2609 さかりぞときけばなつかしかげしめてよとせはなれしうづまさの花

やよひの末つかた、なにはにゆかんとするに、経亮、袋草紙、火うちなどたづさへきて」(16オ)

2610 おもひいでばうち付にみよかり初の別をだにもをしむ心を

かへし

2611 うちいでゝみねどもしるし石かねをいれし袋の中の思ひは

そのこと、この事わすれじなどいひて、いと事しげゝれば

2612 かりそめのわかれだにかく事しげしつひの門出を思ひこそやれ

水戸尚古館の高野昌碩がくにゝかへるに、ちかきとしにかならずのぼらんといふに

2613 よしやけふ立わかるとも玉くしげ二度あはん我みなりせば

旅の具ども大かたにしをへぬれば、この春の」(16ウ)花みざらんも口をしとて、かれ是いざなひて花月庵の花みにまかりしに、此庵の一木、きさいのみやにうつされたりときゝて

2614 うつされしみかきの花はよもぎふになれし桜の友やこふらん

布淑、こたびの別に

2615 わが心神にもあらぬか安らけくたび行君をまもらんが為

2616 すみよしの春に心はとまるとも都の人のまつをわするな

京にかへりきて、かへしはつかはしける

2617 やすらけく行かひせしは君が心神となりてや我まもりけん

2618 都にてまつらんとだに思はずは立かへらめやすみよしの里」(17オ)

重愛がいへる

2619 かぞいろはいかにうれしとおぼすらんいそぢのあとを君にとはれて

2620 野山なる盛の花をめにかけてこがれぞゆかんよどの川ぶね

これも京へかへりて

2621 なきかげはいかにはかなと思ひけめ露ばかりなる法の手向を

2622 舟下すかはべ山べの花ざかりとも〔ママ〕みざりしことぞ悔しき

勝義がいへる詞に、心ある人にといひしなにはわたりへ、まかりたまふを」(17ウ)

2623 いにしへの人もうれしと思はましなにはの春を君しみまさば

2624 さくらこそいまはちるらめなにはづに君がことばの花ぞにほはん

これも

2625 いにしへをしのぶなみだにかきくれてなにはの春は霞はてにき

2626 ことのはの花さかぬ身はつのくにのなにはの春をみしかひもなし

花のちるをみて　敬儀

2627 さかりなる花もたびゆく君がためぬさと成てやかぜにちるらん

かへし

2628 このたびのぬさとちりなばさくら花かへりくまではのこりしもせじ

喜之」(18オ)

2629 九重の花はちるとも立かへり都にてみよ八重の山吹

かへし

2630 ほどもなく今たちかへりとひてみん君がかきねの八重の山吹

山ぶきおほかる所になん。

あすたゝんとするこのくれ、澄月より

2631 しばしだにわかるゝはをし老楽はあすの夢ぢもはかりがたさよ

わかれをしむとて、人のたちこみけるほどにて、かへしもせでよふけぬ。あかつきいでたつとて、いひつかはしける

2632 しばしなる別とおもへど老らくはこれもや終の旅ぢならま〔し〕」(18ウ)

廿日のあかつきなりければ、かすめる月のやゝうすらぐまゝ、やま〳〵の花の色わき初たるけしき、いはんかたなし

2633 月はのこり花さく山に雉なきてあかぬことなき春の明ぼの

辰剋ばかり、ふしみにつく舟に、入べき水をもとむるに、このあたりなべて清からず。むかし豊国殿下のこゝに住たまへるとき、ほらせたまへる井あり。常盤と名づく。勝重心とく是をくませて、わがまへにもちいづ。昆明池の水もこれにはしかじとぞみえたる

2634 ときは井の名ぞいちしるきよゝへてもたえぬめぐみをくみてこそしれ」（19オ）

2635 ゆく末も久しくすまんときは井をくみてめぐみの深さをもしれ

この井をしもきゝつたへてくませける、勝重の心ざしの浅からぬをめで、

2636 ときは井は清くすむとも道とほみ汲てもこずはいかでしらまし

いまは思ひのまゝに水もいれつ、舟子もまうきつといへば、舟いださんとす。此ほどにおくりこし人々の、いへることいとおほかりけれど、さわがしきほどにてもらしつ。舟は巳ばかりにやあらん、さしいだす。遠ざかるまゝ、川辺にたちてみおくる人のいとちひさくみえて、はてはうせぬ。かくて、八幡山さきのあはひをくだる」（19ウ）

2637 明くれにはるかにみつる山々のふもとをけふは下る川舟

こゝかしこ、花のさかりなるもあり、ちれるもあり。京なる人にみせまほし。水つねよりもおほくて、とく下るに、かへりみすれば、いまははるかにとほくきぬれば

2638 かへりみる都の山もかすむまで遠ざかりぬるよどの川ぶね

ながるゝ木つみ、ゝなはのさかのぼるやうにみゆるは、舟のとくくだるにやあらん

2639 ながれゆく水のうたかたこしかたにかへるとみるもうらやまれぬる

いとひろき川づらに、こゝかしこに、かもめの」（20オ）うちむれてあそぶ、心ゆくさまにみゆ

2640 鳥すらもおのがむれ〳〵あそべるをひとりうかる我〔ママ〕や何なる

今は、ながらわたりにもなりぬ。つく〴〵おもふに、むかしよりたえたる橋もあまたなる中に、この橋こそわきてなだかゝりけれと思ふに

2641 聞わたるながらの橋の名ばかりものこるはかたきよにこそ有けれ

申半剋ばかり、なにはにつく。むかしのずさの今はこゝにすむが、待つけてかたみに悦。契れるやどりにて、こしかたの事こたび」（20ウ）のことなど、かたみにかたらふ事おほくて夜更ぬ〔れば〕、あすとくこ、とてかへしつ。今はねなんとて、ぬるにねられねば

2642 なには江のあしの一よとおもへどもたびはふしうき物にぞありける

とくおきて、こゝかしこに人やる。入江喜昌のあつらへたる墨吉歌合の判、とく〳〵とせめらるれど、ことしげきにまぎれて、としもあまたへにければ、さのみやはとて、こたびもちくだりてつかはす。以直、わが下りたることをつてきゝて、とひきたれり。けふは何くれと事しげくて、くれぬ。」（21オ）

けふは、念仏寺、誓福寺にまうでゝ、御墓をおがみす。老涙とゞめがたし。それより宗林庵、南州庵をたづね、天王寺にまうで、入江喜昌をとふ。何くれかたらふほどに、夜にいりてかへりぬ。

廿三日、かれこれとひて、夕つかた雨ふりいで、夜にいればいとおびたゞしくふり、風ふきあれてさわがし。日騰は、雨をゝかしてかへる。半夜ばかりにや。」（21ウ）

廿四日、いとよく晴。巳剋ばかり念仏寺に〔ま〕うす。誦経はてゝ、御墓おがみす

2643 なき人のいそぢのあとをとふまでも猶なりいでぬ身をやもどかん

2644 なきかげもはかなとやみんことのはの露ばかりなる法の手向を

2645 今はとてたちもやられず立かへり二度とはんよはひならねば

両寺ともに、御手向のながくたゆまじきやうなど、あとらへてかへりつ。

きのふ仏事はてつれば、けふはすみよしにまうづべしときゝて、以直、舟にて迎にく。たゞこのちかきほり江に舟よすとしらせたれば、いとうれしくて、行てのりぬ。しばし下すほどに、」（22オ）やまとばしといふわたりに日騰おひきて、又のりぬ。それより何くれのほり江をすぎて、小川を南にくだす。これよりすみよしにゆく。舟路とぞいふなる、つのぐむあしはさはるべくにもあらず。ながれにまかせば、心ゆく川ぶねなり。つゝみのふりたる松のかたへは、かれながらさりげなく春めく色をみて

2646 塩かぜにかたへかれぬる老松も猶一しほの春に逢ぬる

松ばらのほとりよりおりて、かちよりまうづ。」（22ウ）むかし、いはけなき比、は、うへ、姉ぎみなどゝもにまうで奉りしことも、今のやうにおもひいづ。とし

ごとに遥拝し、歌奉れど、いととほければ、えしもまうでぬを、けふ広まへにぬか
づきて
2647 今はよにまつこともなく老ぬれど猶いのらるゝことのはの道
2648 いたづらによにへんよりも住吉のおまへの松にならましものを
2649 ふりぬとて松やはかはることのはもむかしにかへ[ママ]すみよしの神
松のすがたのさま〴〵なるをみて
2650 ことのはもかゝれとぞおもふおのがじゝすがたかはれるうらの松ばら
日騰がいへる
2651 古郷の松も忘れてすみよしの春のうみべを哀ともみよ」(23オ)
かへし
2652 古郷の松もけふこそわすれ草生てふ春のうみべとひきて
はまべをかなたこなたみめぐるに、げにかへるべうもおぼえず、時うつりにけるな
るべし。はるかにみえしひがたも、みつしほになれに[ママ]、日騰
2653 おがみせし願もいまやみつしほにたづ鳴わたるすみよしのうら
かへし
2654 ねぎごとのみつしほならばこしかたに今ぞかへらん住江の波」(23ウ)
今は日もくれなんといへば、舟にのりなんとす。猶あかずおぼえて
2655 すみよしの塩干のなごりいつかはとかへりみらるゝあとのうら波
くれもてくけしき、いはんかたなし。日騰、秋もかならずなどいひて
2656 春がすみ立わかれなば住吉の菊さく秋をまつとしらなん
かへし
2657 立かへる春のうらみは住江の秋の月みん時ぞわすれむ
くるつあしたは昌喜の亭にまねかれて、きのふのものがたり、あるはふることゞも
かたりあひて、歌よむべうもあらず」(24オ)夜ふけぬ。
里款冬
2658 山吹のさかりとなればやへ〴〵の人もとひけり玉川の里
此詞、公任卿、清輔朝臣有詠。

2659 ひかりある花は山吹玉川の里とほみより人もとひけり
2660 光ある里は玉川山吹のさかりは人のむれてとひつゝ
廿七日の夕つかた、舟にのらんとするに、かなたこなたより人々きて、別をしみ、
秋をちぎりなどす。さわがしければ、」(24ウ)もらしつ。例の日騰
2661 うら風はけふはな吹そなには江に老の波よるかげをとゞめん
かへし
2662 しばしだにかげはづかしき老の波何かなにはのみづにとゞめん
愚息むかへに下り、誓興法師も不意きあひて、舟のうち、いと物がたりがちなり。
日くれて、何のはへなきよるの舟の、波にさかふ音のみ聞ゆ。明はなるゝ比、ふし
みにつく。経亮、元広よべよりやどりて、まちうく。朝、かれいひなど、もにくひ
て　　経亮
2663 のぼり舟まつほどもなしかねてより君が心のときにまかせて」(25オ)
かへし
2664 わが舟のおそくもあらねどかねてとくやどりて待にいかで及ん
いとにぎはしくてかへりぬ。ゆくさまに、いかでと思ひし軒の花の、猶のこれるを
みて
2665 なにはにていかでと思ひし古郷のかきねの花は猶のこりけり
布淑とひきて、これをきゝて、かへるさに
2666 大かたはさそふらし[ママ]にちる花のぬしまつとてやかつのこりけん
敬儀も伏見へきにけれど、わがゝへりしあとなるを悔て
2667 〔から〕人の契りし橋のもとならばあすはとくきてまたまし物を
といへりしよしをきゝて」(25ウ)
2668 流るともまたまし物をふ〔し〕みづに必君がこんとしりせば
澄月法師より
2669 きかばやなとひしいそぢはいざしらず高津の宮のあとのふること
2670 別にはかへさをしるもをしかりきなにはの春の夢のたゞぢに
2671 鳥は雲に花はあらしにいづちへかあとをおひきの春をしぞ思ふ

かへしに、ながらの橋のみならずあたらしくなるに、いとゞふり行むかししのばれて

2672 雨もると聞てふりにしつのくにのたかつの宮もつくりかへつれ

2673 別路を、しみしこともなには江のあしの一よの夢にぞ有ける

2674 此春も又行方なき花鳥の別をしたふ身のみのこれり」（26オ）

やよひ十八日

2675 なにはよりとくかへりませけふはまたまだきし花のうつろはぬまに

かへし

2676 かげさえてみんよりも我かへるまでのこらん花は哀ならまし

としにまれなる花ものこらぬなげきに、つら杖つきて、つれ〴〵と春のゆくへをしみつゝ、うちまどろむひともおぼえぬに、目覚て

2677 人めなきかきねのきゞす声たてゝ春のねぶりをおどろかしつる（是はうづまさの詠）

こゝにかきとめんとおもふのいとおほかりけれど、ゝかく紛れて秋にもなり、としも」（26ウ）くれぬ。おもひいでゝ、後にもとゞむべし。

春たつあした

2678 明初るの山のけしきうら〳〵とこゝにみたびの春をむかへつ

かぜあらましく、霰ふるを

2679 葎生のけがしきやどゝくる春や風にあられの玉しかすらん

澄月法師より、七十（あまり〔朱〕）にみつの朝の御よろこびになん（伊知地所望のとき、澄月書改て来、如朱。〔朱〕）

2680 春たてばまづものまうす我よりもそのそこいかにのどけかるらん

2681 老はとも（もろ〔朱〕）に嬉しきことの初なるこぞにかはらぬ春のたちゐは（わたせ春の〔朱〕）

2682 梅はさけど霞もなれぬ北窓にうち吹かよふことのはも哉

かへし。いまひとゝせの、といひしも思ひ出られて

2683 春さればまづ咲花もいたゞきの雪にまがひてのどけくもなし」（27オ）

2684 あら玉のともによはひを増鏡かはらぬかげときくぞ嬉しき

2685 冬かけて梅さくかげはふきかねつ花もにほはぬことのはのかぜ

よしたつより、わかなをおくりて

2686 つみためてけふ奉る七くさを君がよはひの数にそへなん

2687 初春の君がやどゝふしるしとて雪まのわかな奉るなり

かへし

2688 七種の薬の若菜くひて猶おほくのとしをつまんとぞ思ふ

2689 雪もまだ消ぬ野にいでゝつみためしわかなに深き心をぞみる

七日、経亮きて物がたりするほど、雪しきりにふりて、みるがうち山野しろくつもれり

経亮

2690 初春のわかなのうへにふる雪のちとせもつもれ君がよはひは

かへし」（27ウ）

2691 初春のわかなにつもる白雪は千とせふるともあかじとぞ思ふ

宮より題たまはれり。霞知春、池辺鶴、二題

2692 しらみゆく山の霞はけさよりの春のひかりをたちやまつらん

2693 ふるとしの雪だに消ぬ山里も霞は春をたどらでぞたつ

2694 鶯はまだつげ初ぬ山ざとの――

2695 〔　マ　マ　〕春をたどらでたつかすみ哉

2696 谷さむみ思ひたゆたふうぐひすに春をしらせてたつ霞かも

2697 来ればたちかへればはるゝ春霞いかにたのめし契なるらん

む月十九日、座主宮へ春のことほぎにいくに、所々の梅、今をさかりなるに、けさのゆき」（28オ）遠近にのこれるをみて

2698 遠近のさかりの梅のめうつしにのこれるゆきも花とみえつゝ

宮にまいりたるに、雪しきりにふるに

2699 をの山の雪分いりしふることもむ月のけふのみむろにぞ思ふ

季鷹がこふ歌のだい、春日望山

2700 春たてばいづくの山もひとへ山重なるみねもわかずかすみて

2701 雪消て日をつむまゝに足引〔ママ〕山の霞ぞ深く成ゆく

宮の御画、中幅、春月讃

2702 さやけくはのど〔ママ〕にもあらじ春の夜のかすむぞ月のひかり也ける」（28ウ）

2703 おぼろげのかげとやは思ふ大ぞらのかすみにみてる春の夜の月
2704 雲もなくなぎたる雲(ママ)の大ぞらのかすみにみてるもち月のかげ
2705 いづるよりかすめる空にかげみちてゆく末とほき春のよのつき
2706 大〔空〕のかすみのうちにかげみてるゆくともみえぬおぼろよの月
2707 雲もなくなぎたる空にかげみちてゆくともみえず霞夜の月

山家鶯

2708 山近く住るかひにはうぐひすの谷より出る初ねをぞきく
2709 植てしも待べき春の鶯を梅咲山に住てこそきけ
2710 鶯の声聞べくは梅花多かる山にすむべかりけり

霞　心性寺百首巻頭

2711 久にへん我まつ山に万代の春をこめてぞ霞たな引
2712 けさよりは春立くらし瓜生山つらなるみねにかすみたな引」（29オ）

墨がき梅の賛　宮の御

2713 墨がきのあかずみゆるは色かしる心をさへや花にうつせし

はれたる空のふじのかた　元広

2714 霞たつ春のみそらにみつる哉おもひもかけぬ雪のふじのね

残春少

2715 くるとあくとをしみ〳〵し花鳥の春はけふこそ限なりけ〔れ〕
2716 花はちり鳥はかへりてけふのみの春の日かげもかたぶ〔き〕にけり

款冬」（29ウ）

2717 波の玉さのみなかけそ八重咲て花おもげなる岸の〔山ぶき〕
2718 かきね〔み〕ち過がてなるをかごとにてとひてこそみ〔め宿の〕山〔ぶき〕

谷鶯

2719 へだてなく来る春つぐるうぐひすの声こそ谷の光なりけれ
2720 春になる光やしるき瓜生山谷の鶯けさぞ鳴なる

備中夏鼎がこん〳〵といひ〳〵てこざりしが、こたびのぼりて、はじめてたいめしたるに

2721 とし月をわたりて日なみしたひこし君にまみゆるけふの嬉しさ

といへりければ、かへし

2722 待々てけふきさらぎの七日こそ君にあふべきすくせ有けめ」（30オ）

このちかきわたり、やどりたる。つとめていひやる

2723 山ちかみまだ春寒きさゝのやのふしうかりけるよをやあかせし

かへし

2724 よとゝもに思ひおこせししるしにやさむさもしらずうまいしてけり

かれより鯔といふいを、おくれるに

2725 人はいさ我はいなゝる魚なれどおくる心はうまくぞ有ける

一日二日ありて、かのくにゝもてはやすといふ初鯛をおくりて

2726 塩しみてこれもいなかと思へども猶こりずまにたてまつ〔る也〕

これがをかしけれ〔ば〕、又申遣せし」（30ウ）

2727 釣えたる詞の花のさくら鯛いなてふ人はあらじとぞ思ふ

江上霞　あきのくに竹原、故惟清十〔三回〕十三首巻頭

2728 春ごとにむかしは遠く流江のけふもかすみてくるゝ夕なぎ
2729 立かへるものとはなしにかすむ江の昔にゝたる春の夕なみ

ある日、山もと世龍亭をとひて、かの家父の遠所をたび〳〵とはれたる、いやいひいる。またの日、世龍がいひたる

2730 さゝがにのくもれる空もいとはずていとめづらしく君がきませる
2731 君がけふきまさゞりせば花さかぬ宿にはいかで春をしらまし」（31オ）

かへし

2732 めづらしく尋し君をいたづらにかへして後ぞくやしかりつる
2733 さゝがにのいとゞくべきをこたりをいひとかんとてとひしなりけり
2734 時わかぬ山里人も君がすむ宿をとひてぞ春をしりぬる
2735 のどかなる春の日ぐらしかたらはで立かへりしぞ我もくやしき

布淑より、鮎にそへて

2736 心をもよすとしらなんかつら鮎引てふ網のめにはみえねど

かへし

2737 散かゝる花かとみればかつら鮎すくへるあみのめづらしき哉

あまた歌見分とていとまなきに、花もさかりに」(31ウ)成ぬときゝて

2738 あけくらしこと葉の塵を分かねてとしにまれなる花をだにみず

さのみやはとて、ちかきわたりの花みに行しに、三十ばかりむかしより、めなれし如意寺の花咲り。是も老木となりて、色のむかしのごともあらずなりにたるも、いとあはれにて

2739 岩ねふみさかしき道を分々て山がたそばの花をこそみれ

安楽寺、法然院などの花もさかりなり。白川のとのゝ花さかりなる池べにて、美季、直吉など、のどかにものがたりするほど、水面に文みえて」(32オ)雨ふりいづ。山陰の院辺、春樹雨色のえもいはずおもしろければ、夕のかね聞ゆる比までありてかへる。かぐら岡の東のみちより、昼みし山をのぞめば、松の色のけぶりたる中より、こゝかしこの花の、くれのこれる色のしづかなるけしき、いはんかたなし

2740 松の色は雨に暮そふ木間より猶ほのみゆる山ざくら哉

夜ふくるまゝ風ふきあれて、けふみし花ののこるべうもなければ

2741 あすとはゞ花のさかりも過ぬべしかしこく雨にぬれてみし哉」(32ウ)

夏鼎、盛有が、けふさがの花みにまかりしを思ひて

2742 旅衣ぬるゝもしらでふる雨にうつろふ花をさぞをしむらん

2743 みな人の待しさかりにふる雨はうべよのさがの山ざくらかな

またの日も風はげしくて、此ごろみえ初しあはたの花も、ゆくへなく消うせぬ。待ほどはいと〳〵久しかりしを、など思ひて

2744 夢のまにちりはてぬべき此はるの花をいつかと待てける哉

夏鼎がさがのつとゝて、わらびをおこせて

2745 千よふべき亀のを山の下わらび君が為にと手折てぞこし」(33オ)

かへし

2746 亀山に我万代を手折つるわらびにしるし君がよはひも

いとおほらかなる花のえにつけて　元広

2747 さくら花うつろひぬれどをしげなく手折心の色をだにみよ

かへし

2748 こんとしの花やゝつさんをしげなく手折心はうれしけれども

おなじ人

2749 名にしおふ山はあらしの寒ければふもとの花に心をぞゝむ

かへし

2750 かぜさむきあらしのふもと尋つゝ花にそめける心をぞ思ふ」(33ウ)

世龍とひて、あはたの花をみやりて

2751 冬はゆき春はさくらの花咲て詠つきせぬ君がやど哉

かへし

2752 とことはに詠つきせぬやどなれどめづることばの花はにほはず

おなじ人

2753 万代もあだにはちらじ君がやどのかめにさしたる山さくらばな

かへし

2754 かめにさす花しちりなば万代の後もさくらの色とやは見ぬ

雨雲のかへしの風、夜すがらおびたゞしく吹て、門のさくらのふゝみながら散たるをみて」(34オ)

2755 房ながら散なんよりもさくら花などか枝にはこもらざりけん

2756 咲もあへず風にもまれて房ながらちりぬる花ぞあだしよのさが

かめにさせる花の、日をへてちれるをさへをしみて、はらひもすてぬを、この花ぶさにおもひくらべて

2757 房ながら散をしみれば心もてうつろふ花はあだならぬかな

2758 心もてうつろふ花と房ながら散とはいづれあはれまされり

自答

2759 一さかり有てうつろふ花よりもふゝみてちるはあはれまされり

2760 房ながらちるは風ゆゑありはてぬよをしる花はあはれまされり

美季が母の五十賀に

2761 あづさゆみいそべの山はわか松の千とせの春をまつや久しき
風の、ち雨のしめ〴〵ふるに、鶯の日ぐら」(34ウ)しなくを
2762 ちりのこる花やなからん鶯の侘しき声にうちはへてなく
花散かた、秋なりより
などやうとかるらん。いとおぼつかなうにぞ
2763 おのづからたゆるならひのはし柱ながらへてよをわたりかねつも
さるはこれよりなめしと思す事どもは、たいめに聞え侍るべし。秋成
かへし
心にはかゝれど、老の足なみのあやふさにえ思ひたゝで、秋も過、花も散ぬる折からの御せうそこに、うちおどろかれて
2764 ふみゝれば絶ぬる橋もつくるなりむかしながらに又ぞかよはん　名」(35オ)
又ひとり言に
2765 心にはかゝりながらも足よはみとはぬを絶んはしと思ふな
直吉が甘棠にそへて、2766 民くさも聖の道の枝折とてきらで残せしその花ぞこれ
と有しかへし
2767 きることはいさめしなしを折つるも心は同じみちをしふとか
古松軒が七十賀に
2768 のがれつゝよのうきことも七十の春に逢ぬる君やたのしき
君命をのがれし春になん有ける。」(35ウ)
残春少
2769 残る日もやゝくれそひて〔ママ〕
2770 花はちり鳥は帰りてけふのみの春の日かげもかたぶきにけり
藤
2771 我やどの松にかゝれる藤浪の花咲ばこそ人はとひよれ
うめのゐ、宮のおほせにて
2772 重出 すみがきのあかずみゆるは色かしる心をさへや花にうつせし
ふじのゐ」(36オ)

2773 重出 のどかなるみどりの空にみつる哉思ひもかけぬ雪のふじのね
鶯のなくに大愚法師をとぶらひけるに、庵の花ちるに
2774 鶯の声をゆかしみとめくれば庵の軒ばの花ぞちりける
軒の花のさかりなる比、朧月のさだかならぬに
2775 我宿の軒ばの花のおぼろよにあこがれいでゝさらにこそみれ
かへり入て、山の花を思ひやりて
2776 やどながら心はゆきて春山の花の木かげにたびねをぞする
よぶこどり」(36ウ)
2777 ゆく春をよびもかへさばよぶこどり諸声にこそ我もなかまし
2778 いづこぞやよぶこの山のよぶこどりかすみがくれの夕暮の声
ある人の雪まのわかなとてみするゐの、いとさだかならぬに
2779 さだかにはみえもわかねどわかなかものべの雪まの浅みどりなる
2780 雪消ぞときけばむら〳〵何としもわかずみゆるやわかなゝるらん
2781 春なればわかゝなるべし雪げぞといふなるあとのむら〳〵とみゆ
2782 白たへの野べのゆきまのむら〳〵〔ママ〕みゆるみどりやわかなゝるらん
かめに梅の花をさしたるをみて　世龍
2783 みるなへにたのしきものは万代のかめにさしたる梅の初花」(37オ)
かへし
2784 もろともに久にみんとぞうめの花万代ふべきかめにさしつれ
ぞといひて、れと留る事、いまは聞えず。古くはおほくよめり。
直かたが春の末つかた、きぶねにまうでゝ山吹をゝり、さくらのちれるをかいあつめて、つとにそへて
2785 いはぬ色にさけばか人のしらざらんきぶねの山の山吹のはな
2786 時過て雪とふりぬる花ながらかきあつめてぞ奉りつる
かへし」(37ウ)
2787 ちるはうきかげはしづみて河水もさそ〔ママ〕きぶねの岸の山吹
2788 やどながら春のゆくへもみ山べにかきあつめこし花の色かに

早春梅にそへて　　布淑
2789 うぐひすのねながらをまて君が為おもひをりける梅のえぞこれ
かへし
2790 うぐひすのあかで別し花のえをとひかもくべくにほふ梅がゝ
墨絵の梅を
2791 うつしけん心の花をおもへばやすみゑの梅のかにゝほふらん」(38オ)
美季母五十賀
2792 重出 梓弓いそべの山のわかまつの栄ん千よのかげをこそみめ
ある日、近江の人とて、雪勝斎円向といふ人のせうそこに
2793 あさからぬ恵の露のかゝれかしまだうらわかきのべの草葉に
たいめせでかへしたるに、又こんといひおければ、またおはせば、これをとて、ずさにあつらへたる
2794 おのづから生せば何の草木にも天のめぐみの露はかゝらん
みづからよみて、みづからしるべきみちなり。何ぞ人のをしへによらん。このことわりも」(38ウ)きかんと思はゞ、かきつの人となるべし。垣外の人に、何ぞわが方寸をあらはさんと思へばなり。
古寺藤
2795 法の声聞つゝみれば古寺の軒ばの藤も雲かとぞおもふ
2796 紫の雲ゐるてらとみえつるは軒ばの藤のさける也けり
維明が梅の花びら、五六片ちりたる風のけしきあるに
2797 むかふより心にまづぞにほひける花ふく風をうつしゑの梅」(39オ)
直よし、海棠の花に付て
2798 重出 民草も聖の道のしをりぞときゝて残せし其花ぞこれ
かへし
2799 きることはいさめしなしを折つるも心は同じ道をしふとか
夏鼎がもとへ杜若をおくるに、かれより
2800 たゞ一重へだつるやどのかきつばたをらずとても行てみましを

かへし
2801 ひとへをもへだてぬやどのかきつばたたゞそこながらみよと也けり
樵路躑躅」(39ウ)
2802 白たへのつゝじ花咲(サキ)柴人のかへるさ遅き比もきにけり
2803 柴人のかへるそばぢのたそかれにたく火とみえて咲つゝじ哉
春月　世龍がいたみに
2804 さえかへり雲がくるべき月かげをのどかにみんと思ひける哉
春の別に
2805 かぎりなく行かへるべき春なれど老は別ぞかなしかりける
2806 うつりゆく春をゝしむもあすしらぬ身をなげくとや人のおもはん
2807 たのまれぬみのみ残りて老らくのまつことにせし春はいにけり
春夜」(40オ)
2808 かほるかに花もやちると春夜のやみこそ人をあくがらしけれ
2809 うちもねば夢にもみてん花のかにうかれて更る春のよな〱
2810 ぬればみえ覚れば〔ママ〕　春夜は夢もうつゝもはなのうへのみ
霞中ふじのかた
2811 雲もなくなぎたる春の中空の雪よりしらむふじの明ぼの
又
2812 かすめばやふりとふりぬるいたゞきの雪もわかえてみゆるふじのね
春駒
2813 おのがどち心のゆきてみゆる哉草たつのべにあそぶ春駒
2814 取つなぐ人はなけれどつのぐめばさはべをさらぬあし毛馬哉」(40ウ)

六帖詠藻　春八

塩竈浦霞　奥州八景之内
2815 しほがまの煙もかぎりあるものをうらの名だてに立かすみ哉
元日、雨ふる
2816 今日なれど人もとひこず山里の初はるさめの音ばかりして
ふるとしの暮、女院かくれさせたまひければ、例の初春のけしきもなき雲のうへを
思ひやりて
2817 なに、けさとくきつらんと思ふらんもてはやされぬ雲のうへのはる
又、仏事なども武家にさはりて行れぬよしき、て
2818 雲のうへはいかゞ淋しきくすもめさじさりとて法の声もきこえじ」（１オ）
美季が梅花をたづさへきたるに
2819 あらたまの初花みれば霜雪のふりし心もわかゞへりけり
うちは触穢、武家はれいの正月なり。草庵にくる人さま〴〵なるも、をかしさによ
める
2820 人ごとにこたふることもかはりけりうれへ悦び云々のはる
経亮きて
2821 百づたふ八十にちかき老らくのちよもいませといはふけふ哉
かへし」（１ウ）
2822 老の身をいはひたまへることのはにわかゞへりぬる心ちこそすれ
元日あくるけしきの、のどかなるをみて
2823 きのふまでせめぎし老も老ずはとよはひにほこるけさの初春
経亮より、氷室の梅にそへて
2824 いつよりもかくあた、かき春なればひむろの梅もほころびにけり
かへし
2825 春にあへば氷室の梅も咲にけりことばの花はいつかにほはん」（２オ）
白川氷室梅一つ、かめにさして、如是性の心を思ひて
2826 白川も氷室の梅も咲ぬれば花の色かはかはらざりけり
直方、七種をつみきて
2827 のどけさに君があたりの、べまでもわかなつみつ、けふはきにけり
経亮きあひて
2828 老らくの君がためにとわがせこが殊更にけふつめる七くさ
是をみて
2829 七くさの一くさごとに百とせをつみてみるともあかじとぞ思ふ」（２ウ）
去年、物のねとゞめられけれど、十二、三日ゆるされければ、千寿万歳など例のご
ときたれりけり。武家より忌きたる令ありて、又とゞめられけるに、町くだりは、
猶言たつけしきなればよめる
2830 千歳やまん歳まではなけれどもすこしばかりやめでたかるらん
経亮があとらへたるゑにかきあはす
2831 ころ〴〵の里のうなひか初春のはつねにもねしことのみえぬは
紀之がいへる
2832 百あまりはたちにあまる人の子も又八十八になるといふなり
この百あまりなる人に、国のかみよりつる」（３オ）をたまひけるとて、そをおくれ
るを又奉るとて
2833 君も又つるの羽衣かさねきて千とせのさかもやすく越てよ
かへし
2834 いはひつるつるのは衣かさねきて君をおひつ、そらにとびてん
元日は、除夜よりふりつゞきたる雨をやみなく、二日よりはれて、五日の昼よりふ
りいで、、夜と、もにをやみなかりければよめる
2835 春にあひて六日もへぬに玉くしげ二度雨をふらすたつどし
2836 丙には火あやふしとてしき〴〵に雨をふらせるたつのとしかも」（３ウ）
としもかへりてむゆかといへるに、ふた、びうるふ。雨がしたのけしき、又なくを
かし。いましもたひらかにおはしけれとはうけ給はる物から、冬より心ちそこなひ
けるなごり、やう〴〵きのふけふをこたりぬる。さらば、例のことの葉はじめにと

てなん
2837 うら、なる春に越けり君も我も老のさかりの花かやなぎか
2838 消のこる雪より雪のはじめまであらばや又もふることはみん
2839 またやみんことしはいたくとばかりの老もわする、春のことの葉
澄月
のたまへるやうに雨しげき。げにや例よりいとあた、けき初春は、なやみもなごり
なくなり給へるなん、いとうれしき。これよりと思ふ」（4オ）うち、をこたりて、
又御返りになり侍りけり
2840 君も我も老のさかりにほこりなん柳桜はもとよりの春
2841 もろともに消ぬべき春に有ふるもさだめなき世は雪も又みん
2842 八十余りみとせの春を待つけしはつことのはの花をみし哉
又雨ふるに
2843 雨しげき年にも有哉春のきて九日までに三度ふりぬる
この日又丙辰の日なりけるよし、保志がもとよりいひおこせしに
2844 折にあひし雨ぞうれしき九日のひのへたつともしらぬやまずみ」（4ウ）
又雨ふるに　経亮
2845 あら玉のとし明しよりもちまでによ、りふりぬるけふのはるさめ
かへし
2846 とし暮しよ、りふりぬる雨なればやよりとしもやいふべかるらん
2847 花の紐とくとしならばいくよりも猶ふりな、ん春のいとあめ
経亮
2848 あはた山かひよりのぼるしら雲にかさなるみねのへだてみえけり
かへし
2849 雲のぼる山をあはたとまどはぬは常になれみしかひにぞ有ける
いにし日、わが庵にくとて　黙軒
2850 さえあれしきのふのなごり猶みえて霞かねたるひえの山哉」（5オ）
経亮

2851 大ひえの高ねは雪のみえながらかすみ初たるあはた山かな
かへし
2852 霞かねかすみ初たるひえあはたみしことのはぞみる心ちする
河社を校合すとて、初春に四度此人々のくるに、この日となれば、あやにくにさえ
かへり遠みちの労を思ひやりて
2853 時ならぬ雪こそふれ、ふる文をかうがへあはす日としなれ、ば
雨ふりいづるに
2854 あら玉のはる立しより廿日あまり三日まで雨の五たびぞふる
庭の梅のうるひて、心ちよげなに咲たるを」（5ウ）
2855 霜雪をしのぎて春を待付し老の心は花ぞしるらん
夕のかねをき、て
2856 老らくの心の霜も消つきぬ雨のどかなるかねのひゞきに
よに入まゝ、風ふくに
2857 くれゆけば風吹そひぬ此夜らの更なば雨や晴んとすらん
明ぬれど、猶はれね
2858 晴ぬべく思ひしかども久かたの雨は人こそはかりがたけれ
家梅初開
2859 老らくのよはひのうちにさく梅のさかりをもみんやどの初花
2860 よもにまづかこそみちぬれ此宿の一木の梅の咲初しより
2861 梅花咲初にけり色かそふ宿のさかりも今こそはみめ」（6オ）
廿六日の夕、雨もよの空をみて
2862 む月にはいつたびふれどあかずとや又雨もよの空と成ぬる
益が梅をたづさへきたりしに
2863 手折こしさかりの梅の色みれば春の寒さもわすられにけり
かへし
［一行空白］
石上舜叟より初春の文の序、2864 春来ても猶うちかへしあらをだのみ草をはらふ道

のためとて
此かへし、いかゞはせん。道のためならば」（6ウ）田にあらざなり、と思ひやりに
2865 枯草をはらふまに〳〵石上ふりにし道もあらはれぬし［ママ］
2866 うちはへて霞たな引久かたの空にあまねき歌塚のはる
これがかへし、再建之祈願あれば
2867 石上ふりて久しき歌塚の草木も今ぞあら玉のはる
2868 都にも鄙にもみつる初春をけふ歌塚にむかへてぞみる
これがゝし［ママ］
2869 ことのはもさぞやちくさのこもるらん君がむかへし歌づかの春
2870 道のためつとめ〳〵て墨染のみをつくしともならばならなん
このかへし
2871 我は又ことばの海のみをつくししるしもみえでくちばくつとも
2872 梓弓取つたへたるものゝふのやたけ心にいのるとはしれ」（7オ）
これがゝへし
2873 めづらしやつゞりの袖にいかにして取つたへけるゆみ矢なるらん
経亮梅見にまかりて、くるつ朝花に付て
2874 ぬば玉のやみの夜なればかをとめて手折し梅ぞみ所もなき
けさみればやみのとがならず、盃のめぐりければ也。
かへし
2875 かをとめて折しは梅の花なればおもひの外にゑひもせじ君
2876 かをとめて折もたがへぬ花みれば思ひの外にゑはずぞ有ける
明がたに羽ぶき聞えて、かりのなくに」（7ウ）
2877 山里の春の別はいまなんと鳴てやかりの軒を過らん
いんさき、大愚法師が試筆の歌に、2878 春に明しけさの心やあすありと思ひのどむ
るはじめなるらん　とよめるときゝてよみし
2879 重出 あすありと思ひのどめぬ老らくは一日を千よの春とたのまん
残春
2880 花鳥におくれて又や此春ものこる日かずをひとりをしまん
2881 花しあらば猶鶯もなくべきをたゞいたづらにのこる春哉
2882 花もちり鳥もかへりてうら〳〵と霞て残る春ぞ淋しき」（8オ）
早春雪　真休寺百首巻頭
2883 春きてもあたごおろしの猶さえて雪ぞちりかふ梅が畑には
梅畑、いまだ物によめるをみず。
世治文事興　小坂殿御題　世治之文字、如何。
2884 天離鄙も都も言葉の花さかりゆく御代のはるかな
2885 咲そひて色の常なること葉の花こそみよの春をみせけれ」（8ウ）
柳糸緑新　布淑初会
2886 くりかへしよりてみれども毎年にあかぬは春の青柳の糸
2887 浅みどり春はうらゝにくりかへしみれどもあかぬ青柳の糸
2888 きのふまでまゆにこもれるいと柳くりいでゝそむる春はきにけり
ほそきをいとはぎ、いとすゝき、いとひをなどはよめり。
糸柳未聞
2889 あかなくによれどよそめにうとくへてみる心ちする青柳のいと
2890 よりきつゝうちみるごとにめづらしみあかぬは春の青柳のいと
湖上霞
2891 春日の長浜かけてうら〳〵と霞わたれるからさきのまつ
2892 春たてばひらのねおろし吹たえてかすみたな引にほのうみづら
2893 から崎の心あてなる一もとの松もほのかにかすむうら〳〵」（9オ）
柳糸緑新　同上
2894 あら玉の春の柳の浅みどり糸よりかけて幾よへぬらん
二月十日、ひぐらし雨ふりて、いとのどけきにあとの月を思ひいでゝ
2895 さえかへり硯の水の氷つるむ月のけふも三十日へにけり
2896 何ごともなさでふるみを草木にもおとれりけりと雨や思ん
2897 はかなくて正月立ぬと思ふまについきさらぎも十はへにけり

彼岸なれば
2898 此岸になすわざもまたきさらぎのとをかの岸にいたるべらなり」（9ウ）
十四日、みやよりみよとて初花たまへるに
2899 此春はたまはん花をみんとてやけふまで老のながらへにけん
きのふのかしこまりにたへて、はつざくらをいたゞき、かはづふしにふし、みゝず
かきにかきて、けふことあげし奉る
2900 はげみつゝ花も咲けりよにひゞく君がことばの玉のひかりに
2901 つまづかず咲ぬる花か人はまださむきひまゆく駒に並びて
2902 さす竹の君がみはしの初花はよにまれらなる種にぞ有らん
2903 くれはとりあやにめづらしきさらぎの望も待あへず咲る桜は
2904 らんまんと咲ぬるみてぞ霜にまたしぼめる老も春をしりぬれ
2905 かくなんと聞えあげてよかはづなく井での山ぶきをりもよからば　名上
御もと人へ申まゐらせ候。」（10オ）
布淑、初ざくらにそへて
2906 雨まをもまたで折つる花ぞとはぬれてにほへる色にみよ君
かへし
2907 桜花折けん雨のぬれ色にぬれけん君が袖をこそおもへ
宮よりたまへる花とゝもにかめにさしたれば、のぶよし、又
2908 心とく人のおくれる花の枝にわがをりつるは色なかりけり
二枝のとくさける桜に、この春のゆくへもしるく、花をみつくせし心ちし侍りて
2909 此春のさくらはみてき今はわがことばの花のさかぬばかりぞ」（10ウ）
これよりさき、宮より給へる花をみて　勝義
2910 やどからの春の光をいとはやも咲るさくらの色〔ママ〕にぞしる
かへし
2911 春しらぬやどの光とけふみるもみやまざくらのちらぬまばかり
同じ人
2912 たよりなきかたにまよはでかしこく〔ママ〕春しるやどの花をみしかな

かへし
2913 花のえを折よくとひし君はしもこゝろの春になれば成べし
よとゝもに雨ふる。こゝかしこ、もる音をやみ」（11オ）なく、いもねられぬまゝに
よめる
2914 もる音にいのねられぬは春雨のふるやにたへてすめば也けり
2915 こぞよりももる音しげし春雨のふるきいたやの朽めもやそふ
むかしのすみかもゝりて、床かへてねたるよの事なども思ひいで、
2916 雨もりてねざりしよはを思ふにも身にはふるやぞちぎり有ける
うしみつばかりにやあらん。風吹いでたるほど、すこしこさめになりぬ。はれもや
するとおもへど、軒の松のいとこと〳〵しくひゞくに、うちぬべくもあらねばよめ
る
2917 もる音は松のひゞきとかはりてもいのねられぬはおなじ事也
可観人世姿。」（11ウ）
二月十七日の朝、善正寺に火あり。このてらは法華をむねととく寺なり
2918 終にかくやけん思ひの家ぞとやけぶりを人にたてゝみすらん
程なくしづまりければ
2919 よそめにはやくとみす〳〵法師の思ひの家や猶残すらん
経亮より、人して
2920 かねの音のおどろかず〔ママ〕はさわらびのもゆる煙とみつゝすぐさん
かへし
2921 かねはよしおとづれずともたれか此ほやけの煙わらびとはみん
2922 かねの音にうちおどろきてわがやどの近きほやけとゝひし嬉しさ」（12オ）
益がとひて
2923 岡崎に火ありときゝてとひくればうしにさはりのなきぞ嬉しき
かへし
2924 とほからぬ火とてとひしぞわがためにあつき心のしるし也ける
くるつあした楠山詮より、くだもの、くさびらなどおくりて

2925 春日のさはりあらじと聞しかどおぼつかなさに文奉る
2926 日比へぬかきの朽木のなめたけのなめたるわざと思ひしる〳〵」(12ウ)
かへし
2927 風をなみわらびばかりの煙にて近きほやけもとくぞ消ぬる
2928 心ざし給くだものなめたけはなへてならじとまづぞいたゞく
清少納言がいひけんことおもひいで、、いと悔し。
十九日夜、雨ふるに又失火あり。大徳寺辺云々
2929 心せよはれますくなき春の雨にあつなかれすることし也けり
幽居は花がめもなかりけるを、人の心ざしてかしたりければ、それにをり〳〵花させるに、いつも同じかめなればよめる」(13オ)
2930 さす花はをり〳〵ごとにうつれどもかはらぬものはかめにぞ有ける
松色添春
2931 一しほの春の緑の玉松の光をそふるやどのことのは
廿日に、宮の御かたへまゐらんとて立いづる花頂山のふもと、よにさくらのうまばとて、桜おほかる所なればとみとほす。一木もいまださかねば
2932 猶残るさむさを花のほだしにてむま場のさくら咲もはじめず
きよみづのあたりをこゆるに、いとしろう」(13ウ)みゆる一木あり。しばし立どまりてみれば、花なり
2933 これもとくにほに[ママ]たれどうち日さすみやの花には猶しかずけり
かのたまひたる花は七日ばかりまへなりしが、いとさかりなりければなり。まゐりて、こぞよりをこたり久しう伺奉らぬことなど申に、御まへの花のちりくる雪ごと[ママ]し。これぞさきに給へりし花ぞとのたまふに、契有て散がたをさへ見侍ることなどいひて
2934 たまはりし一枝だにもあかざりし花の木陰にちるまでもみつ
午のさがりより申のさがりまで、まうでぬ」(14オ)
いとおほらかなる花の枝をおくりけるに
2935 あたらとは思ひしかども山桜みるかひ有は花の大枝

2936 みても猶色かもしらぬ我為はをられし花や悔しと思はん
かへし　利子
2937 色かしる君が為には大枝を、りしも花や嬉しと思はん
布淑、此花をみて
2938 をしげなくうべも折けり桜花めかれぬ君に心ざすとて
西山の花みにまかりし人の物がたりに、」(14ウ)峨山の花さかりにはすこしまだしきよしをつぐ。そはさることにて、みもしらず聞もつたへぬとりの、ひよどりの大さなる、つばさはつばめのはづかひめくが、いくまんともしらず、上下のさが、あらしのふもと、松のをかけて、竹はらにすだく。その声に、大井のみづ音もきこえずなんある。昼はあたご、高雄あたりへとびちるとみえて、夕さりにはかうあつまるとなん。よきさがにかあらん、あしきさがにかあらん。識者はしりもすらめど、愚なる心にはおもひわかず。何のさとしとも
2939 名もしらぬ鳥はすだけど呉竹の露もさわがぬ世にこそ有けれ」(15オ)
又いづくかと聞し。わすれにたり。大城のすみの木がくれに、白きふくろうのあらはれたりとか
2940 いづくぞやしろきつばさのふくろふのおほきあたりにすむといひしは
廿五日のゆふさりつかた、遠山はみえず、あはたもほのかにて、又雨もよのけし[ママ]なる野山をみわたして
2941 雨もよに霞わたれりふりいではけふのさかりの花はのこらじ
けふ、直方がさが山の花みにゆくといひつれば、思やりてよめる」(15ウ)
2942 花をみる心も空に成ぬべし今降いでん雨もよの暮
あはたの花をみて
2943 あはた山夕日にみれば松かげの花ぞ一しほ色まさりける
高遠集、尋花
2944 柴人のかまとぎさしてをしへつる山ぢの花を尋ねてぞ入
散木、夫木
2945 よろぼひて花みにゆかんうしろでをおもひかへせばいてもたゝれず

今ふりいでんと思ひしおとつ日もきのふもはれたり。けふの雨もよはいかゞあらんと、けさより心づかひせらるゝに、昼過るほど」（16オ）よりふりいづ。さかりの花はいかでのこらんと、いと心やまし。かめなる花はしらずがほにて、いとにほひやかなればよめる

2946 たをらずはけふはちらましかめにさす花こそ雨をきかずがほなれ

といひて、又思ふには、2947 かべにこそ耳は有てへかめにさす花にはいかでと人やあやめん　とおもへば、2948 わがことをいぶかしみすな思やる花のみゝには心こそなれ」（16ウ）

経亮より、小枝の花にそへて

2949 此比の花にくらべば手折しといふかひもなき小枝也けり

かへし

2950 うつろへる大枝よりもけふ折るさかりの花の小枝まされり

加茂季鷹がいへる

2951 ことのはの花にも春はあくがれて柴の戸たゝく我なとがめそ

かへし

2952 花をとふ君にはみせじ蓬生の霜のふるはゝ色わきもなし

可七十賀　春松契齢

2953 深みどり色そふ松の春ごとにわかえて千よの花をみよ君」（17オ）

蘆庵ぬしをとひまゐらせて、何くれと例のうた物がたりし侍けるに、よみたまへる此比のうたどもを見せたまひて、たゞかくうちおもへるまゝにうたをもよみ、世の人にもへつらはで、とし月をおくりむかへ給ふるよしきゝて、我も又うちおもへるまゝに書付侍る歌　かも季鷹

2954 古に稀のよはひも天地のなしのまゝなる人こそはへめ」（17ウ）

古詞をよめるをりから

2955 万ねこの子のいそばへわたるうちみつゝ春のなが日をいたづらにへつ

2956 々むかしこの春の永日をいつがりてあひみしいもぞあやに恋しき

2957 山家（仲春）春はゝやいそしくなりぬ梅散て柳はびこり桃さきぬなり

2958 みつね（霞）朝まだき霞わたれば青柳のいとめもさらにみえずぞ有ける

2959 夫木 山川の岸にたゝめる岩わだ（ママ）に鳴なる雉の声ぞながるゝ

2960 賀陽院歌合 後世の歌合には負たりきみつねはよみし花のこゝろも

2961 宝治百首（花）花みんと思ふ心やはやるらんあすをたのまぬ老の身なれば

2962 新葉（春雲）咲花をうら山しとや思ふらんにせて立ぬるくものころもは

2963 六帖 ならべてはにつかぬものを咲花になぞしも雲のまがひ初けん」（18オ）

2964 元真 小山田を夕日にかへすかげは猶ほそ男とぞうちみられける

2965 何にもをる（わらび）人もなくてほどろに成ぬ也かげのわらびも身をたぐひにて

2966 六帖（つゝじ）をとめらが袖ふる山のすそへらのあかくみゆるは岩つゝじかも

2967 実頼（花）民草もゆたかなるよの春に逢てことばの花ぞ時めきにける

2968 山家（花）ことたらぬ蓬生ながら折々の花はさすがにともしくもなし

2969 重家（花）老らくのとしだか人のゐむれつゝわかざくらみる心をぞ思ふ

2970 紫 老つればちかまさりせぬ桃故にいとゞさくらの花ぞわすれぬ

2971 夫―七（あゆ）うなひらが日毎にむれて山川のぬるみにすだくあゆこをぞつる

2972 仲文（わかな）一年の老そふ身にもわかき名をつめばわかやぐ心ちこそすれ」（18ウ）

2973 源賢（わかな）寒けれどわきはさしそふ若菜にぞ日をつむ春の程はみえけれ

2974 初学抄 人しらぬ物とこそなれうちわらひさしわらひともまだいはぬまに

2975 拾愚（鶯）くれ竹のよにあたらしき鶯のわかねさへこそ今はきこえね

2976 壬二 虫の声松風分しことのはのことわりなきをめづる世の人

2977 拾愚（鶯）雪中に春くる道をしるものは老馬よりもわかき鶯

2978 頼政（なはしろ）わかちやる川の枝々いくばくの賤がたのみとならんなはしろ

2979 夫木（花）松しげき林がくれに生もせでかざおもてにも咲る花かな

2980 山家（花）くれ竹のよのうきにのみかくまれて花をみにだに出たちもせず」（19オ）

わかつき何がしより花をおりて

2981 色かしる人にみせましほし月夜かまくら山にたねとりし花

かへし

2982 うつしけん君が光にほし月夜かまくら山の花をこそみれ

宮のおまへにめしいでられて、いとのどやかなる夕、こゝかしこの花のみものがた
りの序、翁が庵の一樹は、むかし宗直翁が南殿の種をうつしうゑたるが、としごと
にゝほへど、いまはさるよししる人もなくて、蓬がゝげに春を忘れず咲るは、くち
をしき。花のちぎりにぞ侍るなど、聞えあげしを、例のすたれたるをおこさまほし
うおぼす御心にやあらん。それみそなはさん、さかりつげよとのたまふに、うちお
どろき、あしく申てけりと、わきをかきて、いかでかさること侍らん、入奉るべき
おまし所も侍らず、」（19ウ）いとかたじけなくわぶれど、花あればすなはち入とこ
そいへ、何かはくるしからん。たゞいなしきのまゝ〔にてと〕のたまふに、いかゞ
はせん。むぐら、蓬のふる葉かきはらひ、ふりたる松かげにくさのおまし所まふけ
て待奉るは、みちとせになるてふ桃をもてはやせしきのふのなごり、猶のどかなる
けふの空のいたくかすみて、雨にやならんとあやぶみしも、いとよくはれ、花もす
こしまだしくやと思ひしかど、さかりみちて、折にあひたり。いらせ給て、御湯た
てまつり、御くだものまゐる。夕かけておほみき奉り、御おろしあまたゝび給はり、
ゑひざまたれて、おのがよろぼひわたるうしろでをも忘れて、ふたへにかゞまれる
こしをしひてのばして、あなたうと、けふのなど」（20オ）うたひまふさまは、ゑひ
のをよぐにゝたり、とをかしがらせ給ふべし。かうかしこみ嬉しみ思ふは、もとの
あるじ、玉も我にとりつきてよろこびをそふにぞあらんかし。宮も興にいらせ給て、
欲情遊糸繋夕陽の御句、玉声ひびけり。慈延御次にはひわたり、めでまどひて、御
和を奉る、2983　君がためつなぎとめなん糸ゆふのながきにあかぬけふの夕陽を　な
どやうにぞきこえし。げにも君が光には、ひまの駒もつながるべくぞおぼゆる。け
ふゐたち、けいめいするうちに、さくら花をおきて、思へることをよめる

2984 さかりをやいそぎたるらんきのふまでふゝめる花もけふは咲ぬる」（20ウ）

2985 くちをしと何かこちけん桜花色そふけふも有ける物を

2986 蘭省の花の種とて大君のとひますけふぞいろかのこすな

2987 春をへてしられぬ花も今よりはとはれぞせましよもぎふのかげ

2988 永きよのおもておこしをいのちにてふるきの花も久にゝほん〔ママ〕

宮のたまへる御うた

2989 春秋のながめつきせで朝なゆふな老をやしなふ松の下庵

御かへし

2990 常に我みなみの山のことぶきを君がみあへにけふ奉る」（21オ）

興子へ、古郷へかへる別をしむ折、花のちりくるをみて

2991 わかれてはいつかもあはんちる花は又こん春もまたまし物を

かへし　　興子

2992 ちる花をかくはをしまじこん春も又みんやどの桜なりせば

ふり分がみをかきおけるをおくりければ

2993 はま千どり残せしあとをしるべにてわかのうらわの玉はひろはん

かへし　　興子

2994 わかのうらの玉ひろひなば浜ちどりあとを残せしかひも〔有なん〕」（21ウ）

やにかへりて、文のはしに申こしたりし

2995 取筆のゆくへもわかずけふはたゞなみだにのみぞかきくれにける

かへし

2996 けふはまだ都のうちにとる筆のあとぞとみるも涙おちけり

宮のわたらせ給へるをよろこびて、道覚より

2997 ことの葉の道にかしこき君により花もおもてをおこすけふ哉

かへし

2998 さく花の面おこしにあへるごと言葉のみちもひらけてし哉」（22オ）

野山の花のちりがた、夜更て風をきゝて

2999 さむからぬ春の夜風の身にしむは花散比にふけば也けり

おほよそこと　かたみ四

3000 花がたみ忘れがたみにあひがたみ互といふをかたみとてよむ

3001 かげろふは春の糸ゆふ虫に又ありと思ふはこゝろ〴〵に

3002 みよしのにあるは秋つのをのぞかしあやしと思はゞやまと文見よ

花散月のどかなる夜、かはづを聞て

3003 のどけさは花ちる春のおぼろよの池のかはづのみごもりのこゑ
3004 赤人集月（花）霞むよめにみれどもかくれぬは盛の花のひかりなりけり」（22ウ）
雨に花のちるかたを宮のよませ給へるに
3005 みる度に袖のぬるゝは雨しげきことしのさがの山桜哉
3006 心もて散をもみせずこの春のさが山ざくら雨にみだれて
3007 雨しげきことしのさがよ心もてちるさへ花はをしきならひを
3008 此春は心とぢれる花もみずさかりもまたでしげき雨風
3009 雨しげきことしの春のさがぞうきさかりもまたずちりみだれつゝ
暖雨晴開一径花　是も句中韻をとりてよめとなり。心も得て、二字をとりてよめる」（23オ）
3010 春山の雨あたゝけきあとみえてかけぢに咲る一本の花
3011 雨はれて雲や残るとみよしの、山のそばぢのさくら花さく
いたくかすみて雨にやならんと思ひしかど、ふらで暮ければ
3012 晴もせずふりもいでなで雨もよのかすみながらにくるゝ山のは
夜更て、雨しめやかにふるに
3013 さればこそふり出にけれ雨もよにふかくかすむとみえし夕ぐれ
雨よりもかはづの声の高かりければ
3014 しづかにてふるともわかぬ雨よりぞかはづの声は高くなりぬれ
あまり雨もりければ、政教よりふきかへたり。やゝ雨だりのおつるに
3015 ふきかへしふる屋の雨のしたゝりは猶もるかとぞおどろかれぬる」（23ウ）
春のくるゝ夕に、かはづのなくをきゝて
3016 鶯はなかず成ぬる春ぞともしらでかはづやなほをしむらん
夕鐘をきゝて
3017 ちる花に聞しはものか声の中に春のつきぬる入相のかね
こよひ立夏なりければ
3018 夏のくるこよひかならず郭公鳴なん声をたれかきかまし
夢中に人のみよといひける花の、よになくめでたかりけるを覚て
3019 夢の中に手折てみせし花の名をとはでさめしぞくやしかりける」（24オ）

故元広中陰追悼　十五首巻頭　独見花
3020 独わがなど過がてにうちみると主なきやどの花や思はん
花林朧月　生白楼六景之中
3021 おぼろ夜の月も影をや分つらん花の林はさしもかすまず
宮の花みにいらせ給ふを悦て、幸久があまた歌おこせしおくに」（24ウ）
3022 花こそはやどのあるじの古言もことしの春ぞ身にしられける
夏鼎が、
花の比、座主の宮のいらせ給ふときくに付ても、いとくちをしき春のなやみになん。とくまかりてもあらましかば、垣ねの小草かきはらふばかりのみやづかへしてまし
物をと思ふも、今はかひなし
3023 誰となくとひくる花のならひにもかゝるかしこきあとやなからん
3024 かをとめてとひしも人のたねならぬ花のさかりのいかに有けん
かへし
3025 とひこしもとはれし花も大かたの世のたねならぬ契ありけん
3026 咲やとてまれにとはれしよもぎふの花のひかりをよゝに残さん」（25オ）
又、梢の青葉なるも、猶色か残れる心ちする俤にむかひて
3027 かしこきがとふもことばの故ぞかしみはしのたねと花なほこりそ
かへし
3028 ほこるとも何かとがめん花なくばよもぎがかげをとはれしもせじ
行路柳
3029 かり初のみちのちまたも青柳のいとこそかげのわかれがたけれ
3030 みちのべの柳はさしもまねかねど糸に引れて人ぞよ〔り〕ける」（25ウ）
季湯巳蘭
3031 花もちり月も有明に成ぬとや小田のかはづの水がくれになく
3032 ちりうかぶ花ものこらで春日のけふもうつろふ水の遠かた
としあけんとする暁、かねをきゝて
3033 常に聞朝のかねののどけきは春のしらべになるにやあるらん

とよみたれば、からごとの歌にゝたるはやと思ふに、思ひかへせば、いにし花の心をもみぢによみ、月を雪にかへたる歌もあまたあなり。もとより同情一般なれば、おのづから心のかよへる、常の事也。くるしからず。是は、わがうたの」(26オ)かたうとしていふにはあらず、わが集めおきし同類の歌をもてしるべし。かくよめるを

3034 からごとの歌の心をぬすめりと人は我をやつまはぢきせん

とも思ひ、又

3035 琴鐘は声のたがへるものなれば耳しもたらば聞分つべし

此二首なども歌也。狂歌にあらず。我のみやこもたるといへば、〈われぞ浄土の主ならまし〉といふも歌なれば、その類と思ふべし。是を、たゞごとうたと云り。ことたゞし、此たゞ言のみ歌にて、余は歌にあらずと思へるは、又ひがごとなり。ことをそへかざりても、」(26ウ)たゞごとにても、まめによく聞ゆれば歌なり。かたよりてこのめるは、うたにあらず。人のうへにも、上すべらぎより、下かたゐまで、みな人なるがごとし。一人のうへにも、おくるときあり、ぬる時あり、行ときあるがごとく、歌もいろ〳〵の体あり。元来言語のみちなれば、露ばかりも聞えぬ所あれば、歌にあらず

3036 もの、ねをけさよりたれかたが為に春のしらべとあらためぬらん

すこしかはれば、如此転ず。是はいまだきかねば、しばらく同類にあらざるべし。されど、いづくのたれかうよめれど、わがまだしらぬにもやあらん。すべて同情をもて歌を難ぜば、此みち荒廃すべし。」(27オ)たゞよくつゞけたると、あしくつゞけたるこそ、みづからの位には侍りけれ。貫之、恵慶が同情の歌、恵慶すぐれたること、古人の説をみて知べし。かゝることをかくほど、鳥の鳴たれば

3037 くる春をまつのとぼその明くれにとほ山がらす一こゑのそら

夜明て、雨もよのそらなれば

3038 今朝よりは春のたちぬと思へばや霞てみゆる雨もよのそら

なぬかの朝

3039 けふよりは老のやまひもなゝ種のくすりのかゆにむかふ嬉しさ」(27ウ)

誠や此七種つみて直かたがきたるに、こぞの春もかゝりばや〔ママ〕とて

3040 春あさきのべのわかなをわがためにつみこしけふの寒さをぞ思ふ

せちぶんの朝、鶯鳴つと人のいふに

3041 老らくは春ともわかぬしもあさにはつ鶯は鳴ぬとぞきく

経亮きて、春のうたなど物がたりするに詠る

3042 ことのはの花ぞ咲そふ七十に五とせふりし老木なれども

かへし

3043 なすことも七十余り五とせをふる木にさくやつれなしの花」(28オ)

慈延

元旦

3044 こぞまでのあしかりしほどをこの春にしらばやいすの杜のことのは

こぞまで、はあしかりけりと、かうあらば猶よからまし。

3045 としかへるけさの心のゝどけさに春はおくるとえこそおもはね

蒿渓

後を所によりて、おくるといへど、こゝは、おくるゝといはでは詞たらぬやうにて、送に聞まどひやすし。いまだ不成就のうたにやあらん。

七日のいはひに布淑きたり。としごとに我を賀すること、かはらず。この春よりかつらのとの守となれゝば、老後けぢかくなれて」(28ウ)いと心ぼそし

3046 今よりは春の梅づのあなたなる月のかつらに君をしのばん

かへし

3047 かはらめやかつらの里にすむとても月の都にかよふ心は

小坂殿御会詩歌可拝見由、たまはせたる。御試筆も

御

同賦春風先発苑中梅

3048 これも又ふるきにかへせ諸人の心をたねの敷島のみち

3049 玉骨凌寒三両枝　一園春信更無私
東風吹覚羅浮夢　冷蘂暗香鶯未知」(29オ)

3050 第一番風暢暖芳　痩枝綴玉噴清香

仙姿早自魁春至　取次百花学靚粧
微妙艸
3051 池上東風解凍来　苑中漸次喚春回
天香先自南枝動　的皪林頭数点梅
詠春風先発苑中梅応
妙法大王教
皆川愿再拝頓首上
賦得春風先動苑中梅」（29ウ）
3052 水晶簾外雪猶堆　衆卉未知春色回
唯有東君先賜沢　清香暗動月前梅
柚木太淳頓首百拝
春風先発苑中梅応
令分韻賜元
3053 氷解雁池嫩碧清　梁園処々報新晴
早芳勾引春風裡　黄鳥遷喬語未成
元賢稽首　拝具」（30オ）
法印寛常
3054 のどけさをみそのゝ梅の梢よりよもにつたへてにほふ春風
法橋行章
3055 雪中にふくめる花も春風を待え〔ママ〕にほふそのゝ梅がゝ
蒿渓
3056 春風にまづこそにほへ都より南のとのゝみそのふの梅
道覚
3057 年のうちにふゝめるそのの梅枝の花の紐とく春の初風
県主季鷹
3058 つの国のなには思はずうめがゝをむかしにかへす苑の春かぜ　七九〔々三〕
賀茂保考」（30ウ）

3059 なにはづのことばの花の春風も先吹初つそのゝ梅がえ　九七々三
保考が歌は、なにはづにとられたり。季鷹が歌は、なにはをよそにして、そのを
むねとよめり。勝たるなるべし。
おなじ所、当座題たまはせたるに、春雪
3060 霞たつみそらよりふる白ゆきはさかでちりくる（るてふイ）花かとぞ思ふ
3061 いづくにか冬のゝこりてわかくさのもゆる春のにあはゆきのふる
かの同題には」（31オ）
3062 異木にはふくともわかぬ春風をけさぞみそのゝうめの初花
3063 ぬるく吹風の心をまづしるはみそのゝ梅の春のはつはな
厚生が初春にいひおこせし
3064 九重の雲ゐにちかき里なればかすみもとくや立はじむらん
かへし
3065 分てとくかすむとぞみし雨もよにうすぐもりぬる初春の空
む月とほかばかり、梅かほるよ
3066 雪消ぬ春のあらしの猶さえて梅はかほれど月はかすまず
雪のふるに、布淑きて
3067 おぼろよと思ひのほかに月かげのさやにみゆるは雪にぞ有ける」（31ウ）
かへし
3068 夕月の比にしあればちりくるも誠の花とみゆるしらゆき
早春梅
3069 冬かけて咲そめしかどうめの花春の色かはことにぞ有ける
のどかなる日、松かぜをきゝて
3070 松にふく春風ぬるく成にけりいづくの山もゆきはのこらじ
夢中に西山の雪の残るを
3071 西山は雪こそのこれ吹おろすみねのあらしやけふもさむけき
信美亭　鶯有慶音」（32オ）
3072 ことのはの声のしらべにかよひけりゆたかなるよの春の鶯

雨もよの空に雁のなくをききて
3073 雨もよほ（ママ）をふかくかすむとみこしぢにまだきもかりの思ひたつらん
三井の三光院がよませたる花、雪（中）、紅葉（右）もこゝにかきつく
3074 みよしの、よしの（ママ）花は敷島のやまとしまねのひかりなりけり
3075 かすが山ふりつむ雪もゆふかくとみゆるや神のひかりなるらん
3076 よも山の秋のにしきとみえつるはこゝにたつたのひかりなりけり
春曙雁　小坂殿二首」（32ウ）
3077 行雁もわかれがたみやねに鳴てかへりみすらん春の明ぼの
3078 雁がねのかすかなるまで聞ゆるは別やをしき春の明ぼの
3079 かりすらも別がたみやかへり（同）みてなく〳〵わろし春の明ぼの
3080 人やりのかりかはあやなくばかりをしまばとまれ春の明ぼの
3081 月にこん秋も思はず雁がねの別ぢをしき春の明ぼの
庵春雨
3082 ことのはもふるきにかへるよの春を草のいほりの雨に聞つる
3083 よをいとふみ山のいほの春雨は一日も千よをふる心ちする
3084 人はこで花の木のめはる雨のふるにかひある山の庵哉
3085 草も木もみどりにかへす春雨をみさへふり行庵にこそきけ
保志が久しく煩ひてをこたりざまにきたりしに、かへるさに温石をつかはしければ、
かれより」（33オ）
3086 吹かぜは冬にかはらずさゆれどもあつきめぐみに春ぞしらるゝ
かへし
3087 ほとぼりのさめやすき石はとをみちをとひし寒にむくいがたしや
西行上人六百年忌に、直方が歌すゝめしに
3088 明くれに君をしのべばとほきよをさらにとふとも思はれなくに
せり、つく〳〵しを人の心ざす
3089 春寒きあれたのこぜりつく〳〵したれわがためにつみてきぬらん
此ごろ風のはげしければ
3090 初はるのあしたはいつものどかにて日たぐるごとに風ぞはげしき
厚生が申おこせし」（33ウ）
3091 （再出）九重の雲ゐにちかき里なれば霞もとくや立はじむらん
かへし
3092 （再出）分てとくかすむとぞ見し雨もよにうすぐもりぬる初はるの空
よもに鶯の声のたえねば
3093 朝なゆふな遠近聞ゆ此比や声のさかりとなれる鶯
三月十五日に
3094 きのふこそ春はきにしかさきくさの三月も半はや立にけり
3095 半たつ残の日かずかぞふれば花みんほどもあらじとぞ思ふ
かへし　敬儀
3096 ながくなる春日にしあればけふよりの後の半ぞ久しかるべき」（34オ）
梅渡年香
3097 冬ごもり咲ぬる日より春かけて久しくにほふやどの梅が、
十五日、夜更て雨まぜに雪ふりていとさむし。こぞ二月十四日に、みやよりみよとて初花たまへりしを思ひいでゝ
3098 初花もこぞの昨日はみし物をことしのけふは猶雪ぞふる
厚生が病床よりよみておこしたるに、かへし付つかはす
3099 かきくらしくるしかりつるをりふしも君ばかりこそ恋しかりつれ
かへし
3100 やまひすと聞つる日よりやちかへりうしろめたくぞ思ひやりつる」（34ウ）
3101 契置し都の春をよそにして思はぬかたにゆかんとぞせし
かへし
3102 こゝにまつ心や君が関と成て思はぬかたはゆかでかへりし
3103 ひまあれば隙あるまゝにうき時はうきに付てぞ都恋しき
我もやみ、又をこたれば
3104 をこたればをこたるごとにやみぬればやむにも君をまちぞわびぬる

3105 家のうちのあゆみもいまだ叶はねど心はとほく都へぞゆく

かへし

3106 思やる都のみかはみちのくも分べき足ぞながくやしなへ

かゝる折に文たまひければ

3107 うれしさの泪に袖のぬるゝかも道の空にて露のふるかも

3108 うしろめてなみだながらに書し文うへぬれてこそ君がみつらめ」（35オ）

3109 玉づさにこむる心の深ければみるうれしさぞ身にあまりける

かへし

3110 嬉しくは猶やしなひてとほ長くいくべき道をおほにすな君

3111 ぬば玉の夜に日に我みやすかれば今は心をのどめてよ君

かへし

3112 みやまひの今はやすしと聞からに老の命ものぶ心ちする

3113 いとはやもわかぎの桜咲出なん老の心をなぐさむるがに

かへし

3114 なごりなくをこたるときかば待〳〵し花みんよりも嬉しかるべし」（35ウ）

六帖詠草　春九

杜霞

3115 川かぜや吹わたすらん水上のたゞすのもりに霞たな引

3116 梢よりかつあらはれて朝霞やゝはれ初るやまもとのもり

二月末つかた、鶯の声のきこえぬに

3117 朝な〳〵鳴しうぐひす声せぬはかへりやしけん花待かねて

布淑が母のおもひにこもれるによみてやる

3118 かれにける老木桜のこのもとはつねなきよをや鶯のなく

かへし　布淑」（1オ）

3119 このもとの淋しき春をとはれてぞ猶鶯のねになかれける

宮よりはつ花たまへり、三月四日

3120 花さかぬ古木をさへもわか桜めぐみの露にはるめかせつる

来あふ人々の歌おほかり。ともに奉り、みそなはす

糸桜

3121 花をぬき柳をたての糸桜春のにしきはこれよりぞおる

3122 さほ姫の花の衣の糸ざくらはづれにけらし風にみだれて

春懐」（1ウ）

3123 〔も〕えいづる草木も雨もしらじかし我み〔ふり〕行春の思ひは

3124 〔ふ〕りしみはあがるひばりをよそにみて下消急ぐこぞの白雪

君子行　こたび、かたゝがひに、詩人は歌の題、歌人は詩題をたまはす

3125 暑き日も陰にはよらじ白浪のけがしき名をもおふのうらなし

朝ごとに、きゝしらぬ鳥の声のいとおもしろければよめる

3126 何鳥としらねど春の朝な〳〵さへづる声のおもしろき哉

鐘

3127 うつりゆく花のさかりを時ごとにうちおどろかすかねの声かも」（2オ）

3128 かへりこぬ宵暁のかねの音におどろかぬみぞいやはかなゝる

初桜の比、経亮より

3129 もろともに花に遊ばん庵近き山のさくらの盛をぞまつ

かへし

3130 時ならぬ寒さに老はかしけつゝ近き花にも思ひたゝれず

故元広が一めぐりに

春のとく過るをゝしみて

3131 こぞ散し花もことしは咲にけりともに詠し人はいづらは

3132 梅ちりて柳さくらとうつるよりみる〳〵〔花〕の春ぞたけゆく」（2ウ）

初春雨の日、いとのどかなるに

3133 老木さへめぐみにもれぬ春雨のふるのゝ若菜いかにおふらん

鐘

3134 重 うつりゆく花のさかりを時ごとにつきおどろかすかねの声かも

こゝかしこ花咲たりときく比、雨風のはげしきに

3135 咲初てさかりまだきに雨かぜのあはたゞしかる花のはる哉

宮の御かたより、初花たまはせたるに〔重出ノ指摘アリ〕

3136 花さかぬ老木をさへも若桜めぐみの露にはるめかせつる」（3オ）

きあひたる人々のうたもおほかり、ともに御に奉る

おなじ御より御使あり。御文有。ひらきみれば、御詞はなくて

3137 あかざりしこぞの遊びを思ひいでゝ又もとひよる松の下庵

3138 しら雲をしるべにこそは問来つる庵の扉の花はちりしか

みもあへずいらせたまひ、くれ比までおはします。くるつあしたにぞ御かへしは奉る

3139 塵をだにはらひ〔もあ〕へず松かげの苔を〔おま〕しになすがゝしこさ」（3ウ）

御かへさもよほさるゝ比、のべに鶯の鳴ければ

3140 うつりゆく花の夕の御車をしばしとぞなくのべの鶯

くるつあした、雪のごとちるをみて

3141 かきくづしけさよりちるは君がこん昨日を待し花にや有らん

生白楼に参りけるに、仙宮もかくやと思ふばかりしづかにて、世塵をわすれはてゝ

3142 世之外の山のみましをたづねきていきてかひある身をぞしりぬれ」（4オ）

宮よりたまはせたる。

おもふ故ありて世をさけんと思ふ折ふし、蘆庵翁きたりて、いにし今（ママ）の物がたりせしついで思ひつゞけ侍る

3143 世外のみちしるべせよわれもまたやがていでんと思ふみなれば

御かへし

おもひがけぬおほみごとをうけたまは〔り〕、うちおどろかれて、なにとかはきこえ〔たて〕まつらんとかしこみて」（4ウ）

3144 しるべせん〔みちこ〕そしらねよの外も心のうちの山ならずして

菜花をみて

3145 菜の花ぞ今さかりなるきのふまで折はやしたるはたのくゝたち

ものよりかへるに、軒の花のはるかにまづみゆるに

3146 しげりあふ松の木のまにわがやどの軒ばの花ぞほのにみえける

大愚庵をとひけるに、花ざかりなれば

3147 さく花は同じけれどもことのはの色ぞふやどはことにぞ有け〔る〕

雨うちつゞきて、いづくの花もちりなんと」（5オ）ながめやるに

3148 ちり残る花も有げにみゆれども雨にかすみてさだかにもなし

摘若菜　賀

3149 七十をつみても老ぬわかなにぞ千とせの春はかぞふべらなり

南山の花の咲るをみて

3150 こゝかしこ松の木のまの白たへにみゆるや花のさけるなるらん

友子きたりて

3151 外はみな散てのゝちもこの庵の一木の花に春ぞのこれる

かへし」（5ウ）

3152 君がこんけふをや待し外はみなちりても残る庵の桜は

三月尽に、元長きて

3153 をしめども〔ママ〕
かへし
3154 花ちりて春もくれゆく山里のけふのあはれぞいはんかたなき
梅のさかりなるかけるに
3155 みるごとに匂ひみちぬる心地して梅はつねなる花かとぞ思ふ
菜花を〔重出ノ指摘アリ〕
3156 菜の花ぞ今さかりなるきのふまでをりはやしたるはたのくゝたち
大根花、麦の中にまじれり
3157 白たへの大根の花は雪にゝてもゆるくさ葉とみゆる麦はた」(6オ)
春くるゝ日
3158 詠やる春のゆくへかくれふかくかすめるのべの鶯の声
3159 くれてゆく春やいづこと詠ればかすめるかたに鶯ぞなく
3160 山鳥一声鳴しはつはるの面かげいづらけふの別路
菜花のさかりなる比、山吹も咲りければ
3161 山吹も菜もうき花の色ぞかしさけば近づく春の別路
白藤のしなひのいとながきを人の心ざすに、かめにさして夜もみるに、灯の光にいときよらにみえたり。昼は紫こそ色のめでたくみえつれと思ひて」(6ウ)
3162 あかねさす昼はむらさきぬば玉の夜は白藤の色ぞはえある
かきつばたのさかりなるに、きどくゞる人折てかへるに
3163 けふぞしるかきつばたとはさく宿をへだてゝよそにみるなゝりけり
市瀬正儀六十賀　雪中若菜
3164 君が為千よをふるのゝ雪の中に老せぬわかなたづねてぞつむ
門柳
3165 春くればさせることなき賤がやの門の柳のいともめづらし
3166 くる人も絶じとぞ思ふわかみどり老せぬ門の青柳のいと」(7オ)
立春　満願寺奉納百首巻頭
3167 から衣うらめづらしくたつ春をいのりかさぬる法の声々

3168 かねの音も春のしらべにあら玉のとし立かへる山の古寺
早春梅
3169 冬かけて咲初しかど梅花春の色香はことにぞ有ける
3170 春ぞとも思ひわかれぬ朝霜にほほひて梅は咲初にけり
海霞
3171 朝な〳〵あまの小舟の遠よるは沖の霞やふかく成らん
3172 沖つすに並立松の春風をたな引海の霞にぞみる」(7ウ)
3173 時わかぬ浪の花さへにほふなり夕日かすめる春の海つら
3174 わたの原八十島かけてうすゞみの一筆がきとみゆる霞か
水郷霞
3175 一すぢのかすみのうちや久世かつら梅津大井のあたり成らん
山花　土山十七回
3176 霞たち花さく山はともにみしむかしをとほくへだつともなし
雨中藤花
3177 そぼちつゝ折けん藤のふることもかくこそ雨のけふのぬれ色
3178 さく藤のしなひを伝ふ雫さへわかむらさきににほふ春雨」(8オ)
立春　善正寺百首
3179 けさはゝや春立くらしかぐら岡松かぜゆるく霞わたれり
3180 寺ふりしみのりの花も殊更に咲そひぬべき春はきにけり
3181 聞なれしかねのしらべも春たてばあら玉りぬる山のふる寺
初春、経亮より
3182 雨はれてけさの朝日にあはた山一しほ春の色やまさらん
かへし
3183 雨はるゝあはたの松の朝日にぞまだき見初る春のはつしほ
又おなじ人」(8ウ)
3184 のどけさにかきねのゝべの初わかなけふ立いでゝ君は〔つ〕むらし
かへし

3185 ことのはのいや生しげる春なれば垣ねのわかなつむひまもなし
重　立春　万願寺百首
3186 かねのおとも春のしらべにあら玉のとし立かへる法の古寺
3187 から衣うらめづらしく立春をいのりかさぬる法の声々
若菜　故重愛追悼
3188 法のためつめば手向のことのはもみながら春のわかなにやあらぬ」(9オ)
世龍をとひ侍し後に、あるじ
3189 さゝがにのくもれる空もいとはずていとめづらしき君がきませる
かへし
3190 さゝがにのいとうとくへしをこたりをいひとかんとてとひし也けり
あるじ
3191 君がけふきまさゞりせば花咲ぬやどにはいかで春をしらまし
かへし
3192 時わかぬ山里人も君がすむ宿をとひてぞ春をしりぬる
あるじ
3193 めづらしく尋ねし君をいたづらにかへして後ぞくやしかりつる
かへし」(9ウ)
3194 のどかなる春日〔マヽ〕く〔らし〕かたらはで立かへりしぞ我も悔しき
としのうちに春たつ日、梅をみて
3195 としのうちに春きぬめりと梅やさく梅さけりとて春やきぬらむ
又春草の咲るをみて
3196 年のうちに春くることを春草の花に咲てや人にしらする
又鶯を
3197 冬かけて春きぬなりと鶯のたれにか聞てたれにつぐらむ
かすみを
3198 としのうちの日かずをこめてあら玉の春の霞はたな引にけり
元日、手あらふとて
3199 手にむすぶ水もぬるめりいづくにもけさや春風こほりとくらん
3200 春のくる東の山をみわたせばほのかにけさぞかすみたな引」(10オ)
初春のつどひに、軒の松かぜいたく寒かりければ
3201 雪消てみどりにかへる松風も猶声寒し初はるの空
かめにさせる柳はすこしみどりをあらはせるに
3202 ことのはのさかえは春の青柳のみどりの糸の絶るよもあらじ
この柳は蜀柳とて、去年勝重がおくれるなりけり。この二首かへし、いとおほかり。こと物にしるせれば、こゝにかゝず。
こぞより心ちそこなへれど、おどろ〳〵しくもあらねば、寒さにたへてこのころまではかくあれど、このゝちをり〳〵あしくて、ふしおきしつゝあるに、二月十五日夕よりことの外〔心ち〕あしく、」(10ウ)いにしわらはやみのごと、あつしくなりて〔何事〕もおぼえず。あかつきがたすこしさめたるに、人々あまたたすけたるなどするをみて、よべのことをとひきゝてしりぬ。これよりあつしさはさしもあらで、うちふしてあるに、三月朔日比、すこしくふものの味などいできたる。三日に又、ありしごとあつしくなりぬ。四日より、又すこしをこたり侍り。瘧にあらず、疫にあらで、いとあやしければ、こたびは中にし何がしといふ医師にちぎりしことあれば、薬をうく。日をへて快けれど、老病づかれ、すみやかにいゑがたし。なすこともすべて止て、此うちの所為には思ふことあれば、人してかい付さす」(11オ)あけぼのに
3203 とことはにあかぬ野山のいつにかは思ひくらべん春の明ぼの
花のさかりなるよしを聞て
3204 思ひきやこぞより待しさくら花さかりをよそにきかん物とは
のぶよし、かへし
〔一行空白〕
黙軒、かへし
〔一行空白〕
夜のあくるを待わびて

3205 やみぬれば夢ばかりなる春夜も明るまつまぞ久しかりける」（11ウ）
花ざかりには人々まねきてとひこたへ歌せ［させ］んと思ひしこと、おもひいで、
3206 わがやどの花はさかりに成ぬれど人まつべくもあらぬ春哉　満願寺
大国主の神の画讃乞ける、思ひいで、
3207 かしこしな武くまめなる御槌もてうちかためます大国のぬし
岩ほにかめのあまたあそぶ　備中国人乞
3208 心ゆく川がめならしさゞれよりなれる岩ほにうから遊びて
わが後の事あつらへけるたくみの身まかりしに
3209 わが思ふ心たくみはかひもなしよにすみ縄のかぎりある身は
布淑が雨日夜に入てかへりしを思ひて
3210 久かたの雨にかへりしかつら人いかにぬるらんやみの長路を」（12オ）
これを聞て、　経亮
3211 老らくの身のいたつきはまづおきて人のうへのみ思ふきみ哉
かへし
3212 人をのみ思ふにはあらず老らくのなからん後をかねて思ふぞ
かはづの鳴をきゝて
3213 わがやどの池のかはづのねにぞ鳴井での山吹今か咲らん
円深が花を折てみせしに
3214 手折こし花の色かになぐさめてやめるうれへもしばし忘れつ
知乗が庭のすみれをみせしに
3215 うなゐごがつみてみせずは我庵の庭のすみれの咲もしらじな」（12ウ）
風あらましき夕、軒の花の房ながらちれりとてみするに
3216 人のよのさかりをまたぬことわりも房ながらちる花にこそしれ
依病鮒をくふに
3217 我をのみうしと思ふな汝がもたる身のくすりこそあだとなりけれ
又ある日は
3218 けふならん我身もしらずうまるよりかならずしなん限有身は

智乗が旧里人にまじりて一日ふつかみえぬ
3219 わするなようきよの塵にまじるともみのりの花のふかき色かを
3220 わするなよいにしへ今のことのはやがてみのりの花のえぞかし
老翁病にふして、久しく古今集をも」（13オ）不承。そこにてもくりかへさるべしや。
夕月の比、花のちるをみて
3221 ふる雪か花ちる比の夕月は猶こそ色のおぼつかなけれ
まれに見いだすに、日のうら〳〵なるを
3222 いたづらにねてもふる哉花みてもをしかりぬべき春の永日を
名所花といふ題のあるをみて
3223 折よくもとひてける哉さけばちるさが山ざくらけふさかりなり
暁のかねのいとうれしかりければ
3224 くる春をつぐるかねにもにたる哉やみてぬる夜の暁の声
智乗が我このめりとてわかなつみて来れる」（13ウ）を、煮ていだしたれば
3225 よをうみのあまのうなゐが袖ぬれてつめるいそなのあつものやこれ
布淑より
3226 芝草をうなゐとゝもにかきはらひとりつる筆ぞ此土の筆
かへし
3227 うなゐごとともにとりつる土の筆かきもつくさじあつき情は
又あるをり、同じ人
3228 かつら鮎とると出たつ道のべのわらびをさへにけふ奉る
かへし
3229 かつら鮎かはべのわらびとり〴〵にをりを過さぬ春の音信
又かきつばたにそへて」（14オ）
3230 杜若をりける花の色に見よ深きこゝろのこもりけりとは
かへし
3231 こもりける心のいろはかきつばたつぼめる花を見てもしらるゝ
いまくふものとてむぎをもおくれるに、くろかりければ、夜に入て、めのわらはに

つかせけるに、月下に兎のうすづく絵を思ひいで、
3232 久かたの月にうのつくかつら麦毛のすゑばかりしらげてをみん
くるつあした、かめにさせる杜若のひらけるをみて、こめける心もあらはれ侍るを
みて
3233 かきつばた心をこめておくれゝばつぼめる花ぞけさひらけぬる
ある人、白詩選新刻なりぬとて〔おく〕れり。」(14ウ) ふせ〔る〕枕がみにおきて、
をり見などす。そがうち五言律をみるに、花下歎白髪を
3234 しらかみにまがふ桜をうつら〳〵みれどもいはんことのはぞなき
3235 むかしにもかはらぬ色とさくら花折もあへぬに袖ぞ露けき
遊宝称寺　以下詩題也。詩ノ和也。
3236 山深み散のこる花をみよとてぞはるかに人をよぶこどりなく
湖亭望水
3237 雨晴て江の水とほくみどりなる入江の波に心をぞやる
間遊
3238 よそに世をなして心のゝどけきは身のおろかさのなせる也けり」(15オ)
秋斉
3239 かくれがは心のうちにあるものを何かうきよの山をもとむる
いたくかすめるに、雨がへるのなくをつらねうたに
3240 かすみそひくもれる春の夕ぐれに池のかはづの雨こひてなく
ほどもなくふりいづ
3241 こひて鳴かはづの声やきこえけん天つそらより雨くだるなり
3242 雨くだる夕のそらを詠めつゝ入相のかねの声をこそきけ
つらね歌とは、曽丹集にいへり。」(15ウ)
花盛に、ある人、大ゐ川三舟うかべ、また書画の二舟をさへそふとは、いとおびたゞしや。むかし一の人のあそび、百舟もうかべらるべけれど、三舟とのみ名のゝこれるは、公任のきみ、経信のきみ、一人三能を具したる名誉をいはんとてこそ、三舟の今のよにながれて聞えけめ。こたび一人三能を具せる人も聞えぬをや。されど五船をうかべらるゝは、いにしへにまされりとやいはん、おとれりとやいはん。やつがれもまかるべきよし、さそはれたり。我は一能もなきものなり。何のめいぼく有てか、老かゞまりて花みる人につゝめき笑はれんとはおもへど、こち〳〵しくもいはで、やまひにふして得まからずとのみいらへければ、かれよりまた、」(16オ) ふしてまからぬことをよみてよ、あづさにゑりてんとつたふるに、その気力もまたなしといらへて思ふに、わが心をかの人はしらざりけり。病をこたりはてゝも、又外事に付ても、かうやうの事もぞある。うちつけには、いとなめし。ほのきこえさせてのちをとぢめんとて
3243 愚なる我にはおはぬ三つの舟何かはのらん身はやまずとも
3244 三つの舟我その人とうけばりてのるらんかほぞ思ひやらるゝ
定静が鳴戸のわかめにそへて
3245 なる渡なるわかめをかりてわたつ海の翁がもとにけふたてまつる」(16ウ)
かへし
3246 わたつ海の翁にしあれどなびきよるわかめときけばなつかしき哉
妙法大王のぼうたんたまはせたるに
3247 大君のめぐみの露の深みぐさいたゞくなへに袖ぞぬれける
直吉より、ぼうたんおくれるにそへて
3248 色も香もかひなかりけり奉る心はなのはつかならねど
かへし
3249 おくりける心の色の深み草はつかとしもは何かゝぎらん
日毎に寒暖定まらねば
3250 夏冬を日まぜになして此頃の暑さ寒さの定なき春」(17オ)
直吉がもとめし梅の画を、うちおきて見いで、
3251 うゑしよりいつしかみんと思ふまにとしも立枝のうめ咲にけり
り字をおきて
3252 りちの声の春面白く聞ゆるは青柳うたふ故にかあるらん
蝶の二とぶかた

3253 心にし身を任せなば飛てふに我もむつれて遊ぶべらなり
まどかよりかたのわかめおくれるに」（17ウ）
3254 あふことのかたと聞こそうかりけれわかめはいつもなつかしけれど
3255 あふことのかたに生てふわかめこそ恋しきいもがたぐひ也けれ
〔かへ〕し
3256 へだつともあふことかたのわかめかはこふとしきかば文もおくらん
朝にいたくかすめるに
3257 あはた山深く霞めるふもとより朝のかねの声ひゞくなり
3258 あはた山みねの松のみ雲にすぎて麓は霧にみえずぞ有ける
春をゝしみて
3259 老てこそなを哀なれ春をゝしむ心はたれもかはらざらめど
つらねうた
3260 はかなくてけふくれはてばをしみこし此年の春もあすのみぞかし
3261 あすのみとなりぬる春のかなしさにけふのたくるもをしくぞ有ける」（18オ）
うぐひすは久しうなかぬに、ひばりの声たえず聞ゆれば　つらね歌
3262 行春を鶯のねはたえぬるをはかなくも猶鳴ひばりかな
3263 なくひばりさのみなゝきそくれて行春はをしめどかひなき物を
3264 かひなしといへども我もゆく春をゝしとぞ思ふなきぬばかりに
3265 なくばかりをしとは何か思ふべき又こん春をたのむみならば
3266 たのまれぬ老の身をもて限なき春をゝしむもかつははかなし
残春二日
3267 けふくればあすもくれなんあすくればことしのはるは残らざるべし
卅日に」（18ウ）
3268 きのふまで猶けふありとたのみしをそもかたぶきぬ春の日のかげ
朝に畑を分て
3269 朝まだき分る野はたの露深み大根の花ぞにほひみちぬる
いにし立夏の日

3270 夏のくる弥生の山のほとゝぎすいづくにけふのはつねなくらん
3271 郭公はやもなかなん花を思ふ春のこゝろもうちわするべく
病にふせる頃、庵の花さかりなるに、元迪とひきて
3272 ことのはの花も咲そふこのやどの軒ばのさくら千代かけてみん
かへし
3273 ことのはの花待ほどに年ふりて老木のさくら春ぞすくなき」（19オ）
松久友　法光院御室御所御母堂
3274 七十の春知まつに十かへりの花をもちぎれ老のゆく末
3275 うへもなき法の光にてらされて久にさかえん宿の玉まつ
維済が歌に、庭の梅をみて、3276 なべてよのはるにおくれて花遅き梅や我みのたぐ
ひ成らん
と有しに書そへたりし
3277 梅ならばおそくとも猶咲ぬべし花の木ならぬみをいかにせん
梅花遠薫
3278 山下のしろくみゆるや花ならんこち吹かぜの梅がゝぞする」（19ウ）
3279 うめがゝのにほへるかたやおのがすむ難波あたり〔と〕かへるうら人
水辺暮春
3280 一しほの春もうつりて松かげの千とせの水の色ぞふりゆく
3281 ちる花をさそひ尽してよしの川かへらぬ水に春さへぞゆく
見花日暮
3282 くれゆけどほのにみゆるはあかず思ふ心の色や花にのこれる
3283 木のもとに入相の声はつきぬれど猶あかなくに花をこそみれ
若松讃、沢益所望
3284 はるぐ〵にみどりそひゆくこ松こそ老の齢の友となりけれ」（20オ）
閑庭梅花
3285 咲ぬやと人もこそとへ梅がゝを垣ねの外に風なさそひそ
3286 久に猶にほへかきねの梅のみぞ花の春しるやどのよもぎふ

花有遅速

3287 まづてらす高ね谷陰おそくとき春の光も花にみえつゝ

3288 とくおそく終にはさける人ごとのこと葉の花も桜にぞみる

惜花遅蹄

3289 乗駒もふまじとや思ふちる花のかげゆく道はすぎがてにする

3290 のるこまの足音も遅し夕かげのちりがたをしむ花の下道」（20ウ）

旅宿暮春

3291 雁もいぬ春もかへりぬ草枕たびにやひとりわが残らまし

3292 うら山の霞みるめに長ゐして春さへくれぬすみよしの里

花落客稀

3293 ちる花の友まつ雪の頃までぞ人めもみえじ春の古寺

3294 花にこそ人めもみつれ散しよりもとのよもぎがかげの淋しさ

梅渡年花

3295 梅ならで何の草木か玉くしげ二とせかけて咲にほふべき

3296 ふるとしの雪の下より咲初て春日うらゝにゝほふ梅がえ」（21オ）

関路残花

3297 乗駒もとゞめられけり足がらの関路にのこる花の下かげ

3298 吹のこす関路の花の春風はなこその名にやいさめらるらん

山花庶望

3299 岩がねのさがしき山のさくら花をしてやけふもよそにのみゝん

3300 よそにのみみてやは過ん山桜老のあゆみのくるしからずは

3301 くるとあくとはるかにみねのさくら花心のみこそゆきてをりけれ」（21ウ）

硯を朱雀門と名付て、おもひいづることを

3302 いにしへの春の御門のあとゝては柳桜の色にのみこそ

元旦立春なりけれ

3303 年と共にけふくる春も老ぬれば数多たびこそめぐりあひぬれ

試筆

3304 人ならばなしといはましをよもぎふのけがしき宿に春はきにけり

けあげ山をまつ坂といふ。ちまたのうたに、松さかこえてといふことを思ひいでて、あまたゝび越たるとしに思ひよそへて」（22オ）

3305 七十のわれ松坂か六さかこえけふなゝさかの山口にきぬ

初春に雪のふるに

3306 あら玉のはるふる雪は寒けれど冬見しよりはのどけかりけり

経亮より、いとおほらかなる梅花一枝おくりて」（22ウ）

3307 おくりつる梅の一枝に神がきの千もとの花の盛をぞ思ふ

3308 ことしより春の梅づの名に立し花のさかりと聞ぞ嬉しき

3309 いかでかと思ひしいのちながらへて花の盛をみるぞうれしき

雪はれて、夕日はなやかにさしたるに

3310 雪晴て夕日にてらすあはた山よしの丶花もかくや咲べき

定静が六十満に

百づたふむそぢの春をむかへ給ふとか、つるぎ、たち、さやは年のつもるべき、まだこ」（23オ）よろぎのいそぢばかりにこそとわかうみゆるに、久しかるべき行末も、かねていちしろくなん。さるはまめなる心より、君のおぼすさまもことにて、よろづあかぬことなくおはす故ならんかし

3311 思ふことなるとの沖の春の波かぎりなきよをゆたにかぞへよ

このもじを上にすゑて、こたびのほぎ歌よまんとて、人々のよめる

3312 おイラクノヨハヒラノベノ姫小松ケフヲ千トセノハジメトゾ引　細川常顕

3313 もシホヤク煙モトモニ立ソヒテカスムウラヂノ末ゾハルケキ　橋本経亮」（23ウ）

3314 ふクカゼモイトノドカナル春日ニナビキテ絶ヌ玉ノヲ柳　羽倉延年

3315 こノ春ヲ千ヨ万ヨノ初花ノ匂ヒソメタル宿ゾノドケキ　山口紀之

3316 とコロエテ花ヤ咲ラン分テ此ヤドノサクラゾサカリ久シキ　藤島宗順

3317 ながムレバ千里ヲカケテ糸遊ノナビク春ノニ駒ゾイバユル　木瀬美季

3318 るイ年ニミレドモアカズハルクレバ色ソフ松ニカヽル藤ナミ　小野勝義

3319 とシゴトニアカズミアレノアフヒ草色カハルヨモアラジトゾ思フ　富岡維徳

3320 のキ近クトヒキテヤ鳴郭公ナレモ千ヨヘン夏ノハツコヱ　沢益
3321 おノヅカラ遠クゾカホル言葉ノ花立バナノサカリシラレテ　稲塚旨苗
3322 きクナヘニ涼シカリケリ時ワカヌイハネノ杜ノ蟬ノモロ声　長谷川喜之」（24オ）
3323 のブトイフ千トセノカゲモミソギスル心ノミヅニマヅウカブラシ　磯谷直吉
3324 はナニサクニハノモ、クサヲリテミヨ千トセノ秋モ色ハフリセジ　中西良恭
3325 るイヲモテアツマル友ノ多カルモシカヨノナガキカヒヨトヤナク　田山敬儀
3326 のジマノヤナミヂヲトホククル舟トミユルバカリノワタルナリケリ　道覚
3327 なレ〳〵テミルカヒアルハ久方ノミヤコノ山ヲイヅルツキカゲ　市瀬正儀
3328 みギリナル松ヲモリキテマサゴヂニ千ヨノカゲミル秋夜ノ月　三神元迪
3329 かゼサムクナリユクマ、ニ長月ノナガキヨスガラコロモ打ナリ　山本卜泉
3330 き木ハマダ一入ゾメノウスモミヂ日ヲヘテソハン色ゾマタル、　佐野栄庵
3331 りウ水ノカゲモフリセヌシラギクノ、コリノ千世ゾカネテクマル、　前波黙軒
3332 なミノシハウヘモナギサノマツカゲノ千年ノ水ハ氷ヰニケリ　山下政教」（24ウ）
3333 きシタカミ及ヌ浪モハマチドリチヨトナクネヲソフカトゾ聞　平田直信
3334 よト、モニツモリ〳〵テ白雪ノ山トシタカキヨハヒナラナン　小西直方
3335 をカノベニフル年カケテ咲初シ梅コソ春ハ久ニ、ホハメ　吉田元長
3336 ゆク末ノサカエヲミセテトシ〴〵ニ生ソフヤドノソノ、クレ竹　鈴木知周
3337 たケモ松モ千トセノ限アリケレバイハホゾ君ガヨハヒナラマシ　渡辺邦義
3338 にハツ鳥カケノタレヲノナガキヨヲウチ心ミヨアクコヤハアル　小川布淑

　知乗がわかなにそへて
3339 わかえよとけふの若なをつみためて君がよはひを祝ふ七種
　かへし
3340 我為につめるわかなの七種は君が千よへんかずとなりなん
3341 かギリナクヨニスミノ江ノ松カゼニ吹アハセタルコマ笛ノコヱ　尾崎友年」（25オ）
3342 そノカミノ千歌ノ文字ハ君ガヘンヨハヒノカズニカキヤソメケン　羽倉信美
3343 へテモミヨタナレノ弓ノフセ竹ノナガキヨハヒノヨニヒカルマデ　藤井維済
3344 よロヅ代モコ、ニカサネヨ六十ヨリナレキテアソブツルノケゴロモ　比喜〔多〕田卯作

いつの比よりかはじまりけん、当代古今集伝授といふことなむ有けり。そを家にもちつたへたるは、ゆるされて開見などいひて、こと〴〵しくいはふ」（25ウ）になん有ける。したしき人のさることゆるされて、家につたへたる箱を開見せしよしにて、いはひのものおくりけるに、これよりもいはひつかはすとて、
3345 つたへしはうら島ならぬ玉手箱あけみし君はいかゞ嬉しき
　かへし
3346 うら島がそれにはあらぬ玉手箱あけてうれしき心こそしれ
　此落句かたぶきて思ひかへせど思ひとかれずよめる
3347 玉手箱あけみし人のことのはにうちのひかりぞ思ひやらる、
　直方がわかさの雪づけのたらをおくりしに
3348 ほど遠き道の日かずもつもれ、ばあやしかるべき」（26オ）たらの雪づけ
　かへし
3349 浅からぬ心づかひにけふぞみるこしになだかき雪づけのいを
　梅宮に奉りし梅のさかりなるをみて
3350 ことの葉もいまぞひらけんねぎかけし梅づの梅は花咲にけり」（26ウ）
　鳥が鳴あづまの空のしらむより、神代もかくやと、天地のけしきもやはらぎ、松ふくかぜもことの外にのどかにて、千よ、ばふ心ちのせらるれば、霜、ゆきの、ふりとふりにし老もさらに、わかな、うぐひすと見きく物ごとに、こぞのさまは、みなあら玉のはるめきたり。されど、隙のこまはとゞまらず、あけくれて、あかきかゆくふ日になりて、雪いとしろうふれるに、なにともいまだとぞつぶやかる。としごとに、けふはしたしきかぎりつどひ、梅をかざし、うたげし、うちあげあそぶ日なり。されば、思へることをのこさで、かたみにいひて心をやるとて、あるじのおきなあやしき声して、まづうたふ」（27オ）
3351 ながらへてみるかひあるはあづさ弓春立山の霞なりけり
3352 なきぬなりまだ舌だみて聞ゆれど春をたどらぬ野べのうぐひす
3353 そらの色もひとつみどりに霞の、ゆく末とほくみえわたるかな
3354 ちごめきて待しは霜の翁ぐさめぐむ春日にあはんとてなり

3355 あかねさすけふは子日が松引て垣ねの、べを人のゆきかふ

3356 まつ高きかぜのしらべにのこりける千年のあとの古きよのこゑ

3357 り〔う俗の色〕かならぬを梅花などちりのよに咲ばそめけむ」（27ウ）

3358 な〔にはづの春〕をぞ思ふ山かげの一木のうめの花の色かに

3359 なばえせし梅のわか木の初花をみ初し春もみとせへにけり（蘖孫枝　和名比古波衣　万マゴエ

〔頭書〕）

3360 ときめける宿いかならんよもぎふのかげこそ春はのどけかりけれ

3361 せばき庵に広野をみるとゐむれつゝはるのニヒ酒くむぞたのしき

3362 のき近く咲ぬる梅の木のまより遠山ばたにわかなつむみゆ

3363 はつ〳〵のわかなやもゆとあさるらん人めみえ初る霜のふるはた

3364 つもりそふ老もわすれぬわかき菜のみどりの色に心ウツリて」（28オ）

3365 はつわかな我ためつむもしらずしていとおほよそにながめけるかな

3366 るいらんのあやふかるよにながらへてけふの円ゐにあふぞ嬉しき

3367 のぼりたち見まくほしきは水鳥のかものは色の春山のみね

3368 まつも引わかなもつみつ梅もみつ今はさくらのをりちぎらなん

3369 とし月は人をもまたずむ梅サキテたのしき時にあそべわが友

3370 ゐの水もこほりとけたりいざけふは野沢にいで、こぜりつみてん

かうよみたるに、猶うたふべき人の入くるに、こたびはつらね歌によみてんとて」

（28ウ）

3371 見にきませやよひの末ぞわがいほのさくらの花は盛成べし

3372 さかりなる折にきまさば酒くみて思ふことをもともにかたらん

3373 かたらんと思ふはやまと言葉のあらず成ゆくいにしへの道

3374 いにしへの道のしをりと成ものはたゞ言歌にしかじとぞ思ふ」（29オ）

3375 しかじとは我はおもへど我ひとり思ふはみちの為にあやふし

3376 ナニかサはあやふかるべきいにしへの直なる道をとめて行には　定静

3377 あやうしと思はぬみちのもしもあらばつたへよ我もさらにならはん

3378 ならはんと思ふよはひは老ぬれど道聞てこそしなば死なまし

かくて布淑がいなんといふに、ゆき、しきりにふりたるに

3379 久かたのかつらの里にかへるさのみちのふゞきを思ひこそやれ

かへし」（29ウ）

3380 雪モ花トミテヤカツラニカヘラマシ春ノナサケ〔二〕寒サ忘レテ

初夜過る比、人々かへりツクシタルニ、山野ヲミレバ雲ハレテ、月さやかなるにねられねば、布淑はいづくわたりまで行つらんなど思ひやりてよめる

3381 あともなき朱雀大路の古きよを思ひいでつゝゆきや分らん

カヘシ、3382 古ヨヲシノブ心ノアトモミエジ都ノスザクユキニ分ズハ

今はかつらにこそゆかめと思ふに、銀橋を月にわたせるけしきならんと思ひやりて

3383 雪つもる夜のかつらの川はしは月にわたせる道かとぞみん

返、3384 タナバタノフミ木モカクヤ雪ノ夜ノ月ノカツラニワタス川ハシ

亥のときも過侍りければ

3385 かつら人今かかへらんかるもかきふすゐの時もはや過にけり

返、3386 都ヲバイソギシカドモ時過テヰナカニ我ハカヘルナリケリ」（30オ）

野若菜　盛澄五十賀十首巻頭

3387 万代を君がしめの、若きなを此春よりぞつみ初つる

雪の日、直吉がり経亮とひてかたときもすぎぬに、あまた歌よめるたん冊をみせし裏に

3388 雪よりもとくつもりぬることのはに中〳〵みゆるふるの中道

大和郡山駒井慎次六十賀息長九郎願

人の世にある命ながくて、とめるにしかず。されどこの二を心にまかせんことはいとかたかなるを、この家つ君の百たらず六十をへても」（30ウ）露おとろふるけしきなく、わかやかに、うからはらからあまた具したまひてとみさかえ、よろづあかぬことなくおはすときくぞいとめでたき。こは、かくれたるうつくしみのありて、天地のめぐみのおのづから駒井の家にあらはれけりと、よそにくみてもしらるゝ悦の聞過しがたくて

3389 松つばき千よも八千よも万代のさかゆく人はふもとにぞみん

いんさき、宮より文たまへりしに
3390 しばらくはかくるとみえし御仏のすがたはさらにあらはれにけり」(31オ)
御かへし
3391 かくれたる仏のさらにあれますも君が光によればなりけり
春たちて久しう鶯のなかぬよし申ければ、日ごとに来なくよしをきゝて
3392 耳うとき老はかたらふかひなしと鶯さへやとはぬ成らん
正月廿五日、契沖阿闍梨百回正当ときゝて、廿四日、今井善四郎方へ遣しける、去年元旦此約
3393 百とせをへしあとゝしもおもほえずわするゝまなく常にしのべば
3394 灯を君かゝげずはぬば玉のくらきやみぢに猶やまどはん
3395 ふりゆけどたぐひなければよゝに名のいとゞ高つの松かぜの声」(31ウ)
浄心院が七十になりたるに、孫盛亮がうたこふに
3396 久にませまさばこむまごやしは子のいやとしのはにさかえ行みん
3397 あら玉の年たちかはることにほぎ春ひと月ははやくれにけり
3398 のがれてはのどにあらましをいかなれや山里人の春のことほぎ
いとあたゝかなる衣を調じて、友子がおくれるに」(32オ)
3399 老らくも飛たつ斗嬉しきは寒さわすれし天のは衣
美季が心ざせる紅梅の色のあせぬをめでゝ
3400 ふゝみしに色ぞかはらぬ大かたはひらけばしらむ紅のうめ
益が紅梅をたづさへきて
3401 色も香も白き花には及ばねど手折てまつる紅のうめ
かへし
3402 白たへの花をめでしが紅の梅をしみればいづれともなし
紅白の色のはるかにかはれるを思ひて
3403 紅も白きも梅にかはらねど同じ木とやはいふべかりける」(32ウ)
3404 にほふかのかはらぬにこそ紅も白きも梅の花としらるれ
雪かきくらしふるに、とし〳〵二月の余寒かはらぬけしきと思ひて

3405 さえかへり衣きさらぎふる事をいつもうづまぬ春の淡ゆき
山霞
3406 近ながらあはともみえずあはた山春は霞のちへにへだてゝ
いたく寒き夜
3407 春さむみ猶きさらぎのあつぶすま重ねてよものあらしをぞ聞」(33オ)
あしたに西山のゆきをみて
3408 春夜の雨さむかりしことわりをけさのあたごの雪ぞみせける
氷消田池
3409 稲茎の氷も霜もけさよりぞ水田にかへす春の日のかげ
この春、宣長が七十になれりと聞て
3410 七十は人数ならぬ我もへぬ君が千歳のよはひかさねよ
かへし、3411 七十ハ数ニモアラズ過シコシ君ニヒカレテ我モチヨヘム」(33ウ)
心静見花
3412 物ごとに心ちらねば名に立て化なる花ものどかにぞみる
3413 春々の花をのどけき物ぞとは心のちらぬ人やみるらん
3414 さくら花ちれどちらねどしづかなる心にみればのどけかりけり
尾張誓願寺上人母七十賀
3415 七十のことしを君は十かへりの花さくまつの春にあはなん
宗弼法師武州離別之餞、屠龍画青柳のわが奉れるに
3416 いく木のめはるをか経しと青柳のわかれし君をかぞへてぞみん」(34オ)
正誼がたつ日、とひて
3417 心のみこゝに残して春がすみ立のにかへる我ぞわびしき
かへし
3418 春霞立なかくしそ君がすむ都の空をみつゝかへらん
3419 春寒きとしならざらば咲花に君がたつのゝ旅もとゞめむ
直方がいひおこせし
〔一行空白〕

かへし
3420 都さへ花待遠しよしの山ふるき詞の雪もしられて」(34ウ)
元日立春
3421 あら玉のとしとのみこそ思ひしがおくれずたてる春霞哉
初春比、余斎翁とひし後、是より
いと〳〵うとくへし我をとひたまへりし御心ざしの嬉しさ、言にもつきぬを、筆にはいかでと思ひながら、いやをだにとてなん。こぞ見奉りしよりは、ゐたちおもだちいといたうわかやぎたまへるなん、道のためにもいとたのもしうこそおぼえ侍れ。寒さもいましばしならん、いとようしのぎたまへ。初はるのつどひおぼしいで、、梅何くれと心よせたまへりしに、老たる馬のおもにおひに、小付とやらん病にさへなやまされ、寒さ」(35オ)にうてばこたへせで過つるつみ、さりどころなくなん、薬たまへるうれしさに
3422 わかえつゝ君にあゆやと給へりし薬のみつゝいかんとぞ思ふ
3423 とくたてよさらば都に住ぬべき心おちゐん君がにひむろ
人のあたへしまゝ、あやしかべきもしらず〳〵、此一くさ奉る。御もと人に心みさせたまへ
返事
よろづ御たいめに承りつるを、わざとの御つかひこそいとかたじけなけれ。新室ことほぎたまへる、いと鼻じろむ事になん。何がしが車につみて、遠近しありきけんにしたがひて、」(35ウ)かひなき命〔を逃〕かくるゝ〔ものに、〕世の人みな指さし〔つゝ〕笑なんも、いといたう口をしくも侍るを、さて得死なぬことゝ、今ひとつあるおのが心にさへうとまるゝなりけり
3424 しら露に消はおくれぬあだ物の命を我はたのむ也けり
あなおろか、あな浅まし。猶たいめしてゐて申奉らん。よき物たまひぬ。夕げにまづとたのしみ侍る。
小沢老兄　　田余斎
子日松　信郷六十
3425 はる〳〵の子日〳〵の松のはを君がへんよのかずにかぞへよ」(36オ)
心静見花
3426 慈延 アヒ思ヘヨミギリノ桜チラデミル心ノハナヲシル人ニシテ
思ヘミギリトイヘバ、ミルニカヽレリ。自ラ心ノハナト云ン事イカヾ。又主意行尊ノ歌ニコトナル事ナシ。一、二句、庭桜ノドカニ、ホヘ、第四、心ヲ花ノトセバ可然歟。
3427 蒿蹊 心コソマヅノドカナレフク風モ枝ヲナラサヌ花ニムカヘバ
是、風静見花ニ可叶。此題意ニハタガヘリ。不及論義。
別のをしきは離苦のことわり、いまさらいかゞはせん。三冬の寒さをしのぎ学ばれしことをおぼしいでよ。ことに、から歌は我国の詞ならねば、めかるればうとくなるものぞ。
3428 此たびの春日に〔と〕けて〔わするな〕よ雪をあつめし窓の古こと」(36ウ)
かへし　　知乗
3429 ハル日カゲノドカナリトモシラ雪ヲアツメシ事ヲワスルベシヤハ
友子来テ
3430 四ノトキカハル詠ノ中ニシモ春ノ夕ベヤワキテマサラン
かへし
3431 四の時かはるけしきはみなれてもいつをまさるとえこそ定めね
又
3432 ウチムカフ山モカスミテ夕日カゲ匂ヘルノベゾノドケカリケル
かへし
3433 のどけきは夕日かすめるのべよりも山のはしらむ春の明ぼの」(37オ)
益ガ花見ニ行トテ、初桜ヲモチキタリテ
3434 大人ヨリモマヅミンコトノ恐アレバ小枝ナレドモ奉ルナリ
かへし
3435 初桜まづ我ためと手折こし心の花のかぐはしきかな
いといとうかすめるあした

3436 雨もよにかすむ朝は聞なれしかねのひゞきもほのかなりけり
何の花ともしらぬ花のみえしに
3437 白たへのふづくゑのうへに一ひらのにほへる色は何の花ぞも
春尽鐘声中といふ、人のよむと聞て試ニ」（37ウ）
3438 をしむまに春のつきぬる入相の声をしきけばことのはもなし
3439 聞なへにたれもしゞまと成にけり春のつきぬる入相のこゑ
花のとく散たるに
3440 しら雲のあはたの山のさくら花咲とみしまにかつちりにけり
3441 めづる我心の色ぞあせもせぬ桜は雪とふりかはるよに
3442 行てみぬ野山の花も思ひやる心の外のいろかあらめや
3443 くもの糸にかゝるをみれば吹さそふ風のをしめる花も有けり
3444 桜花うつろふ比の松かぜは常きくよりもはげしかりけり」（38オ）
山吹をおくりけるをみて
3445 いはで思ふ心の色を山吹のいかにしりてか花にさくらん」（38ウ）
三月廿五日、例の分題はて、庵の花のさかりなるに　黙軒
3446 ワクラバニトヒキテミツル桜花アヤニクニコソアラシ吹ケレ　敬義〔儀〕
カヘシ
3447 ケフマデト翁ヤカネテアツラヘシアラシフケドモ花ノチラヌハ　勝義
3448 時シモアレケフヲ盛ノ色ミセテ咲ルサ〔ク〕ラゾ心アリケル　益
過シ比、翁ノ言葉ヲ思出テ
3449 イホノ花サカリヲ兼テシラセツルウシノ言葉ゾマサシカリケル
かへし
3450 しらせしはあらまし言のいほの花とひし心ぞまさしかりける
向花恋友
3451 ともにけふみぬ人恋しあすまではあらし吹そふ花のけしきに

3452 ともにみしきのふの色の露けきはけふこぬ人を花もこふなる
遠花誰家」（39オ）
3453 我ものとたれ詠らんさくら咲かた岡かけてつくる家ゐに
3454 山もとの花の木かげのいほぬしはたれとだにこそしらまほしけれ
待花対梢
3455 梢のみ見つゝぞくらすまち付しこぞの桜を面かげにして
3456 春日のうつるかたより庭ざくら咲も初やと梢をぞみる
山家待花
3457 花ならで待こともなき山住の心をしをる春のあさしも
3458 春がすみたち初しより山ざとは物に紛れず花をこそまて」（39ウ）
落花のゝち鶯を聞て
3459 うぐひすのなく声きけばあかずし〔て〕散にし花ぞ更にこひしき
防州岩国家中広瀬何がしが家の松に花咲るをうつして、正儀が歌こふに
3460 此やどに千よをうつしてことはに花さく松をみるぞのどけき
三井三光院入院一軸　雪花紅葉讃
左　花
3461 みよしのゝ吉野の花はしきしまのやまとしまねの光也けり
中　雪」（40オ）
3462 かすが山ふりつむ雪のゆふかくとみゆるや神の光なるらん
右　紅葉
3463 よも山の秋のにしきとみえつるはこゝにたつたのひかり也けり
若菜契遐年
3464 かぎりなきとしをぞつまん春ごとのゝべの若なに契るよはひは
3465 はるかなるのべの若菜にちぎりおかむ今ゆく末のちよもつむべく
海辺桜所々松あるかた
3466 浜松の木間に咲るさくら花よそめはなみのこすかとやみむ」（40ウ）

六帖詠藻　春十

依花惜春

3467 暮て行春のこゝろのつらき哉あだなる花の色もあせぬに

3468 花なちりそ春は行とも思ひしが花のこれゝば春もまたをし

海辺松のまに〳〵花あるかた

3469 みどりそふ春のうみべの松原を今一しほとさくさくら哉

山居子日　近江日野人中野五郎兵衛熊充母七十

3470 しづかなる山のすみかの子日にはちとせをまつのほかなかりけり

初春鶯　伊賀人田山惣兵衛母六十

3471 君がへん千とせはけふを初はるとなくは聞つやその鶯」（1オ）

霞　三神元迪追悼

3472 入しより立もかへらでさがの山よをへだてたる春霞かな

3473 このはるはかすみなたちそさがの山入にし人のあとをだにみん

試筆

3474 今ぞしる老もわかゆといふなるははるたつけふのこゝろなりけり

3475 朝戸あけてまづぞみらるゝものごとにあらたまるべきはつ春の空

地震しけるに

3476 あたゝけきこのはつ春によるなゐはさむきにかへるさとし成べし

景樹が文のはしに

3477 とし越てけふはとたゆむねぶりこそまづをこたりのはじめなりけれ」（1ウ）

かへし

3478 たゆみつとおもふぞやがて行末のみのをこたらぬ初成べき

ちかきわたりに住たまへりし柳原亜相、卒に葬ぜられしよしきゝて

3479 この春は淋しからましおなじのゝわかなつみつる君もなしてふ

智乗　わかなにそへて

3480 君がため野べのわかなをとし〳〵につみてかぞへん春ぞ久しき

3481 はるごとに君がよはひをちよませとのべのわかなをけふはつむ哉」（2オ）

かへし

3482 我ためのわかなと聞ばくひて猶ともに千とせの春もつみてん

3483 春寒きのはらにいでゝわかなつむ朝のそでや霜にぬれなん

六日の夜、直好がきたるに　千鶴

3484 もろともに霞を分てをかざきのゝべのわかなをあすはつみてん

かへし　直好

3485 はる霞たち出て君とつむことはいとめづらしきわかなゝらまし

などいふをきゝて

3486 松かぜの寒くしふかば岡崎のわかなつみさし我宿にこよ

かへし　千鶴

3487 のべにふくかぜさむからばこのやどのかきねの」（2ウ）わかなつまんとぞ思ふ

直好

3488 若菜つむ袖さむからば此庵のまつかげをこそたのみよらまし

3489 松陰のやどとひまさばつみてこし若菜をぞわがみあへにはせん

3490 春の日のうつりやすくもあすはゝやあを馬みべき時節はきぬ

かへし　直好

3491 うつりゆく日かげをみればみづとりの青うまよりもいとゝかりけり

千鶴

3492 天ざかるひなにはなれぬあをうまの時になりぬときゝてこそしれ

直好がこと、きゝすてがたくて

3493 駒よりもいとゝきひまをいかにせばつまづかでわがわざをはたさん」（3オ）

かへし　直好

3494 我も又ひまゆく駒のあとゝめて道のおくにはいらんとぞ思ふ

かへし

3495 道のおくにゆきつきぬともゆきつかぬ心をつねの心とはせよ

かへし　直好

3496 小車のうしのあゆみのおそければつまづきぬべきみちのあやふさ
かへし
3497 うみやまを見ずして越ん馬よりも石かぞへ行うしやまさらん
千鶴がさびしげにみゆれば
3498 こんとしの若菜をしみば言葉のこよひの円ゐ思ひ出まし
かへし　千鶴
3499 こんとしは思ひいでつゝことのはのわかなも」（3ウ）ひとりつみてをらまし
七日のあかつき夢にみしことを、めざめて
3500 撫子のいろ〳〵さける花のうへに露おきたりと夢にみえつる（是ハ古 しばや 是ハ今）
かへし　千鶴
3501 ことの葉の露深ければゆめにさへ咲とやみつるとこなつの花
かへし
3502 床なつの咲とみつるや咲ぬべきわがともがきのことのはの花
3503 ともがきのことばのはなはとこ夏ににほはむ色をかねてこそおもへ
ふる年、良春が久しく御音信もなければ、文奉るとてしたゝむる折から、雪のふりければ」（4オ）
3504 爰にいまみそめし雪も都べはいかゞふるやと思ひこそやれ
かぜのいとはげしければ
3505 身にさむきかぜだになくはふるゆきを花の散かとあやまちぞせん
といひおこせたる比、いといたう事しげくて、かへしもせで春に成たるに、文つかはすとて
3506 春きてぞかへりて寒きふるとしは雪しげからずあたゝかにして
直かたより
3507 初はるのなゐよりしよりかへりぬる寒さは君もしのぎかぬらん
かへし
3508 一年の老そふ身にはいとゞしく春の寒さをしのぎかねつる」（4ウ）

友金〔全〕がはじめてみちとふとて
3509 いかばかりとしはふるともことのはのみちをぞとはん松の下庵
3510 とひきつる松の千とせの後も猶絶せで分よことのはの〔み〕ち
十日ばかり、雪三寸ばかり降たり
3511 ふる年もみざりし雪にしられけり冬にまされる春の寒さは
雪中若菜　前波亭
3512 つむことのかたみの若菜それをさへをしとや雪の降かくすらん
3513 雪つめるけふのわかなをあながちにとめきて千よをいはふるかな
初春梅　橋本亭」（5オ）
3514 のどけしなことばの花もうめがゝもにほひそめたる千よの初春
3515 春さればまづ咲梅の宮人の垣ねはしるしとほきにほひに
滝音知春　磯谷亭
3516 水上の雪げにまさる音羽川はる立くめりたぎつ岩なみ
〔二行空白〕
霞添山気色　羽倉亭
〔二行空白〕
東風解氷　小川亭」（5ウ）
〔二行空白〕
このはるも望になりぬ。としなみのことほぎすとて、人々をまねく。黙軒、いんさきよりたづきなくなりていかでと思ひしに、とし月ふるまゝにもてなされて、いとにぎはゝしくなれるをよろこぼひて、さかづきをさすとて
3517 むかしわが思ひしまゝに言葉のさかゆく君が春をみし哉
かへし　黙軒
3518 むかしわが思ひもかけぬことのはのみちさかえゆく春に逢ぬる
経亮」（6オ）
3519 かねてよりみがき置けることのはのたまのひかりやあらはれにけん
黙軒

3520 みがきえぬみぞはづかしき言のはの玉ならませばあらはれん世に
益
3521 すなほなる道にいざなへ君がごと思ふまゝにはよしならずとも
かへし　黙軒
3522 わが思ふ心に言のそひゆかばなほきみちにはまどはざらまし
雨もよにや、いといたうかすめれば
3523 春立てみえずなれるは老やそふかすみやふかきよもの山々
か［へ］し　益
3524 やま〳〵はわれもわかれず言のごとふかくかすみのたつにぞあらまし」（6ウ）
いたづらにみゆる人々のおほければ
3525 言葉のはな折おくれうそぶきてむなでにみゆる人ぞおほかる
かへし　敬儀
3526 むなでにてわがたゝずむはやへ〳〵の花はをらじと思ふなりけり
昇道
3527 ことのはの色しなければおくるともたゞうそぶきてよそにのみゝん
かへし　経亮
3528 色なしといひてやみなば言のはのはなさくことはあらじとぞ思ふ
さかづきをさすとて
3529 我やどに春くむ酒のみさかなはかきねのをはぎそのゝくゝたち
かへし　敬儀
3530 みさかなのおほかる中に春なればをはぎくゝたちたちまさりぬる
益
3531 われさへも」（7オ）はるをわきつれ此そのゝをはぎくゝたちあぢはひてこそ
われとおなじとしなれば、この春はいかゞあらんと思ひしに、けふきたるをよろこ
ばひて
3532 ともにこそみんと思ひし友もきぬ軒ばのうめもけふさかりなり
かへし　斫水
3533 けふとへば軒ばの花も開みちて友まつゆきとみゆるしら梅
栄安
3534 折よくも梅のさかりに尋きてともに軒ばの花をこそみれ
3535 ゆきだにもまつとしきけば嬉しきに花のさかりのをりにこしかな
かへし　直方
3536 ゆきにだにまつやどならばさかりなる花にはこしと思ふべしやは
かへし　栄安
3537 初はるのけふの円居にあふのみか君がことばの花をさへ［みし］」（7ウ）
まつに日かげのさせるをみて、経亮にさかづきさす［とて］
3538 松のはにゝほふ春日のかげみれば霜にかしけしうさもわすれつ
かへし　経亮
3539 のどかなる春日うつろふ此やどのまつにちとせのかげをこそみれ
3540 うら〳〵とてれる春日に一しほの色もそひぬる庭の玉まつ
かへし　知謙
3541 言のはの玉まつかげにてれる日のかはらぬ色をみるぞ嬉しき
光子
3542 わかゞへるみどりの松にことのはの花咲そひしやどぞのどけき
かへし　豊常
3543 わかゞへるみをも思はでひたすらに言ばのはなをめづる君かな
山野のかすみてさらにめでゝ」（8オ）
3544 霞たつ野山をみれば一とせのくはゝる老もうちわすれぬる
かへし　昇道
3545 くはゝれる老をもよそにへだてゝやむかふ野山にかすみたつらん
豊常
3546 春くればくはゝる老もわかみどりかすめる山をみてやなぐさむ
このみちのさかえゆくを
3547 わがやどのかきつの花のみづえさし咲そふ春にあふがうれしさ

かへし
輝孝
3548 かげたかきかきほの梅の木のもとに猶立そひてにほひうつさん
この人ははじめてまねきたれば
3549 来ませとはすゝめしかども侘人のすむやま里はもてなしもなし
かへし
輝孝」（8ウ）
3550 もてなしもなしとないひそ言のはの花にまされるみあへあらじを
このゝちむなでにみゆる人もなく、かたみにいひかはすこゑ、かしましきまできこゆれば、うづみ火によりてねぶるほど、いとおほかるべし。千鶴よりつかひ来れるみれば
3551 ことのはの花のむしろをしきしのび独病の枕にぞふす
といへるを、たれも〳〵あはれがり、いひあへり。かへしに
3552 ことのはのまどゐにとはぬ君をこそけふのむしろにしきしのびつれ
経亮
3553 あし引のやまひいとよくやしなひて花のまどゐにもれずとはなん
直好
3554 けふこそは君やめりとも末久に花の筵につどへとぞ思ふ」（9オ）
敬儀
3555 皆人にいひて翁ぞなげくなるやまひにふせる君がことのは
さがのにわかなつむ女あり
3556 赤裳引長日ぐらしわかなつむ妹もやあかぬ春のさがのは
3557 みせじとて霞やかくすさがのゝにあかもすそ引わかなつむ子を
3558 あさみどりかすむさがのをあかずとやあかもたな引わかなつむいも
経亮亭に女どものあまた行て、歌よみすときゝて」（9ウ）
3559 女郎花さくさがのゝの秋もまたじ春の梅づの花のつどひに
故宗廷が十三回をとふとて
3560 もろともにみしよは遠き春の花しのびかへせばめのまへにして
景樹が直好につかはす歌に
3561 岡崎の松のはる風吹さませよの花やぎにゐゝる心を
是は、自後世の風にそまりしを、こなたの風を以直しくれよといふ也。同学ならぬ人なれば、正しやらんといふもをこなり。ゐゝるはよき事ともいはれず。返しにくし。このかへしのやうをしめしたる歌
3562 花やぎにゐゝりとしらばさめぬべし松のはる風よしふかずとも」（10オ）
維済、おほやけごとにひさしくこもり居たるをとふとて、海鼠わたをつかはすに
3563 たてまつるこはをはりなるさゝのしま試みねどもこのわたのつぼ
かへし
3564 浅からぬ君がめぐみのこのわたに寒さをしのぐさかなとぞせん
聞えたり。さかなは、いとにはかなり。上より、わたにかけて、すでに寒さしのぐわたの事也。さむさしのぐにまさるものなし。かくあるべき也。意をとほす心もち、如此。
昇道がすみかに毎朝うぐひす鳴ときゝて、我はまだきかねば、何とやらん、我かたにことよと」（10ウ）のたまへといひしに、けさ昇道より、けさもなけば、
3565 山里にまちぞわぶてふ人のためとひてゆかなんそのゝうぐひす
かへし
3566 鶯やきかずがほにてけふもこぬわがやまざとは松の声のみ
かれ、備後府中にあす立に
3567 花のころかならずきませ老らくも命しなずて君をまたまし
む月末三日暁、中宮御産、皇子御誕生ト云々
3568 日のもとのもとの光のそひぬればいやあきらけきみよとなりなん
この月ざかひに、陸奥介景柄が此をかざきに山居すときゝていひやる
3569 君もこの山ずみすとかいざともにのがれこしよのうさをかたらん」（11オ）
3570 しづかにとすむ山ずみをめづらしみ都の人やおほくつどはん
と思ひたまふれば、すこしのどめてこそ、みづからはとひ侍らめ。おきなは、年つみて妻木こりたれば、新山住の御雑事はうけたまはらんとて、けふはずさしてとひ奉るになん

3571 しばしこそ人はつどはめ山住のかひあるをりもなどかなからん

3572 都人えしもとはぬは月のよる花の明ぼのゆきのゆふぐれ

雪ふかきあした、経亮、直好とひきて、とかくいひて、景柄がすみかをとふと云に歌、かいてつく」（11ウ）

3573 いかばかりことばの花のさきぬらんにひ山住の雪の明ぼの

かへし

3574 あやな此新山住もことのは、たゞしらゆきのふるごとにして

直方がいへる

3575 あた、けき時をまつらん君もなほゆきのながめはあかじとぞ思ふ

かへし

3576 春寒き限りとおもへばふるとしのなごりの雪の消ゆくもをし

初春祝道

3577 うぐひすも梅もあまねき天の道あきらけきよのはるはたどらず

老人のわかなつむ

3578 万代の春を摘とも浅みどりおいせぬ友ぞ若菜ならまし

これは岩垣長門介六十賀、直好が師たる」（12オ）を以勧進す。十二首絵之歌。さきに長門介より、古詩集を予におくれり。そのいやの心にて、備後周安がおくれる虎枝のつゐと、今赤穂大石が家のさくらすりたる紙を、直好をもておくる

3579 これはわが八十のさかも越よとて人のおくるをたてまつるつゐ

3580 これはかのあこのいさをのすめるやの桜の花をすれるかみとぞ

景柄より

3581 君すめばとひとはれても過（つゝ）すべき（しなん）こゝに（たゞこの山のあたりはなれず）とのみはおもひあへねど

3582 都人つどひきてしもあさ夕の」（12ウ）こゝろはさすが世にゝざりけり

翁はすこしのどめて、と聞えたまへば

3583 われこそはまづとぶらひて君はまたあた（三）ゝかならん日に（になりなん比ぞ君を）ぞ待べき

またくさ〴〵のもの、たまはりければ

3584 浅からず思ひ入たるかさねばこかさね〴〵の恵をぞ思ふ（しる）

この比はしたしくまいり奉る御かたの、春日祭の上卿にてならにおはしまして、何くさの事、掟（を）おきたまひぬるに紛（ヨメズ）れて怠り侍るつみ、申弁がたくこそ思ひ給ふれ（朱書は我意なり）」（13オ）

あしたに従者つかはしたりしに、景柄がいひおこせたる

3585 とはれてぞおどろかれけるうぐひすの声だにきかずあさいせしやととあるをみて

3586 うら山し老にける身はうぐひすの声きかずとも朝いせましやば

僧天倫はじめてたいめして、この道のこと何くれかたらふほど、くれちかく成たれよに入て雨のかへしのかぜ、いといたうはげしきに

3587 ふることをかたりしあへばいと雨のながき春日もくれにける哉

雨後、のべをみわたして

3588 わがやどのかきねはやがてのべなればあたごおろしぞことにはげしき」（13ウ）

3589 雨はるゝ春のゝはらのうすもえぎ浅みどりなる色のゝどけさ

3590 はる雨のはれゆくあとはうすもえぎ浅みどりなるのべの遠近

遠山をみて、あしでに

3591 なれてみし高ねもそれとわかぬまで霞にけりな春の遠山

雪のあした、経亮が

3592 堀あげしかきねのつちにふりつめば雪もてつくる山かとぞみるとよみし、さることゝおぼえしが、ゝへりて雪の消たるをみて

3593 みゆきもてつくれる山とみしかども消ればもとの堀あげし土」（14オ）

此比はじめて対面せし増上寺僧天倫、あす関東にかへらんとて

3594 えにしあればもとの心のすなほなることばの道にあふぞうれしき

3595 いつかまた君をたづねてきさらぎの花のみやこの春にあはまし

3596 またみんと思ふこゝろのけふはあれどあすをたのまぬ別ぢぞうき

3597 別ぢのけふのうさをし思ひせばきのふはじめてあはざらましを

直好がいひおこせたる

3598 いさゝけき魚にはあれどあぢはひのこちたからぬを奉るなり」(14ウ)

俣野資原がいひおこせたる

3599 此はるは東路さしてたびだてば君にみゝえん時ぞきにける

3600 人やりの身は心にもまかせねど此たび君にあはんとぞ思ふ

かへし

3601 事しげくつかふるいとまもしもあらば立よれあはんしばしなりとも

二月九日夜、とゝも風ふきあれて、ねられざりければ

3602 山かぜの吹もてゆする草の庵は露まどろまでおきあかしつる

寿光よりいひおこせたる

3603 としをへしわかのうらわの松かげに春はみるめをからんとぞ思ふ」(15オ)

3604 ちぎり置しはるに成ぬとまつ陰のちりをぞはらふ日ごと〱に

小川大蔵卿より当月御題来十首巻頭、初春霞直染筆献ずべきよし、則染筆上

3605 浅みどりかすみにもるゝ色もなし春立くらしよもの山々

此内、慈延、花盛開

3606 うちむれてそこ（こゝ）にといへばこ（あ）なたにも花はさかりと友のつげゝる如朱ならでは不聞

是詞、たがへり。自筆なれば写誤にはあるべからず。

蒿蹊、海辺夕

3607 みけむかふあはぢしま［ママ］も雲とぢてみぬめのうらの夕さびしも

3608 いと早もみどりをそへて立そめし霞ぞ松の春の初しほ」(15ウ)

是も同じ折詠しが、次に松間鶯あれば、さきの歌を書。

花　宮御題二首

3609 長閑なる比しも咲てとくちるぞ花のめでたきいはれ成ける

心

3610 かゞみにぞ心はにたるしかはあれど鏡はかげをとゞめやはする

3611 よしあしににごれどすめどかはらぬは人の心のみづの月かげ

3612 水の月又はかゞみにたとふれど誠にゝぬはこゝろなりけり

3613 やどれりし水をはなれててらさずは心の月はみてやゝみなん」(16オ)

3614 いふことはみな心よりいでながら心をいはむことのはぞなき

生田維直がいひおこせたる

3615 めぢゝかき山よりやまのはるのいろを君がいほりにあつめてやみる

かへし

3616 つゝみもてみせまほしきはわがいほの野山の春の夕べあけぼの

梅見に典寿庵をとはんといひけるが、経亮にいひやる

3617 花みんと思ふ心もたはむまでさむく吹ぬるかぜのこゑ哉

よる、雨ふりいでたるをきゝふせりて

3618 ひるならばみどりそふのもみるべきをあやなきよはの春の雨哉」(16ウ)

典寿が庵の梅、此ごろ開なんといひおこせたれば、一人二人いざなひてゆく道のほど、いといたうくるしさによめる

3619 法師のまつらんとだに思はずはくるしきみちを梅みにはこじ

こゝにて贈答あまたあり。及卅首、心にもとめねば忘れぬ。かへりて

3620 法師のすめる山よりわがやどにかへればにごるこゝちこそすれ

この日いきやせまし、いかずやあらましと思ひをるに、松のこゑ、いといとはげしければ

3621 のどけしと思ひの外にさえぬればけふの梅みはあすになしてん

3622 あすも又かくしさえなばやめぬべしそのまによしや梅はちるとも」(17オ)

3623 ちかく死なん身にかへてみる梅もあらじわかきゝんだちいきてみたまへ

3624 ことのはの花の咲てふものならば身をころしても梅をこそみめ

いふことはみなこゝろよりいでながら、といふ歌をふたゝび思ひて

3625 ことわりやさくらは花をさかせども花はさくらをえこそ生しね

3626 人とはゞ雲をさしてやこたへまし有てむなしきおのが心は

定静がいとことしげくて、えなんまうでこぬといふに、今のほど事しげくとも、わが庵の花のころはとへ、残生いくばくならず、春又すくなしとて

3627 ともによにあらんかぎりははる花のさかりほどなきかげに遊ばん

かへし

3628 この春は必ともにみん花のほどなきさかりことしげくとも」（17ウ）
けふはきさらぎ廿四日、けさはじめてうぐひすの鳴たるに
3629 なほさむきよもぎがかげも春ぞとは一声つげつけさの鶯
3630 よもぎふのかげもさすがに春ぞとやけさぞうぐひ〔す〕一声はなく
中西良恭が身〔ま〕かりたりしに、香をつかはすとて
3631 けふはまづたむくる香のうすけぶりそもいつまでか消残るべき
3632 一すぢの香のけぶりにしりつらん二も三もなきみのりとは
かの梅みしのち、日ごとにさむきに、経亮がさはりやせぬと、ゝひ侍りしかへりごとに
3633 その日もしさそはれざらばこのはるのうめのさかりはみてや過なん」（18オ）
わかな
3634 浅みどりふりせぬ春の若菜こそつむべき老の千よの友なれ
柳花をよめる
3635 花さけばうすきもえぎに浅みどりおりみ〔ママ〕ぜみゆる青柳のいと
3636 花やさく色うすもえぎ浅みどりこきまぜたりな青柳のいと
たゞ良、重義がこぞよりおこせたる歌どもの、いと多かれば、得みであるに、かれより
3637 ひろふべき玉やなからんわたつみの翁がめにはもくづのみにて
と申おこせるかへりに
3638 わたつみの翁はいたくかすめれば玉をめ〔ママ〕るめのおそきなりけり
霞、野山を見わたして」（18ウ）
3639 詠れば心はゝるのゝべやまべかすみてそことみえはわかねど
紹子より雨のうるひに初ざくら咲なん、といひおこせたりしに
3640 花もいまさかむと思へどいでたゝん心なければ待わびもせず
惟徳が
3641 山里のかれ〴〵なりしことのはの露のめぐみを朝夕にまつ
といひおこせたりしにかきつく

3642 はじめこそま遠なりつれ言葉の今はしげりて色のそひぬる
3643 かずならぬことのはながら捨かねてかへりみもせず君にみせつる
といひおこせて、おなじ歌あまたみするに」（19オ）
3644 いかばかり捨かねつともかへりみて重ねてみすな同じことのは
蘆庵大人八十の坂を越たまへとて、人の奉りしいたどりの杖を、予が六十を祝ひの歌にそへて給りければ　彦明
3645 君が身はいともて繍るとしなればつゑはなくともありぬべきなり
3646 なゝそぢやゝそぢもこえん老のさか君が詞のつゑにすがりて
人々のよみ給へる歌を、梅花につけてたまはりければ」（19ウ）
3647 梅がえにそゆることばは花よりも人のこゝろぞ香にゝほひける
奉謝
3648 諸君寿予六十繋授篇於梅花一枝見贈、贈春存古意　祝寿発花詞　雲啻比喬調　人如白雪枝
巌彦明拝
弥生三日、いといたうさむかりけるに、弥清がかつらにかへる便、布淑がもとに文つかはすかへりがきに
3649 まち〳〵し春の寒さはさくもゝの三ちとせをふる心ちこそすれ」（20オ）
かへし
3650 さくもゝの折過てだにかぜ寒きことしはいつを春とおもはん
眼のやまひしけるをり、なるとのわかめがりにやりて奉るとて、定静
3651 はるがすみへだてゝさやにみえざればとほくなるとのめをからせつる
かへし
3652 やみて君かすむなるとにからせつるわかめにあへていまぞいえなん
花与春匂
3653 さきにほふ花の光も春にそひ春のひかりも花にこそゝへ
3654 たれかしるさけばかたみに匂ひそふ花と春との深き契は
3655 山ざくらかすむ日かげに咲しより春の光も花にこそゝへ」（20ウ）
雨あたゝかなる朝、からすのとほくなくを

3656 さしもなき声ものどけし朝がらす雨あたゝけくなれる春べは

布淑がもとに人々つどふときゝし。つとめて直好が申遣しける

3657 かげうすきかすみを花と月のうちのかつらの円ゐよや更ぬらん

かへし

3658 かへるさの道とほければまどゐせしかつらには夜をふかさゞりつる

宮より土筆たまは〔り〕たるに

3659 土の筆御てにふれたるかしこさにかきつらぬべきことのはもなし

龍野俣野資原関東下向の序、きたれり

3660 たてまつるすまのうらわのそなれみそみちすがらこそ」（21オ）たづさへにけれ

かへし

3661 長途をたづさへきぬるみそよりもむましや君があつき心は

又

3662 うひにけふ君にみゝえし嬉しさにかへるさをしくおもほゆる哉

かへし

3663 人やりの道にしあらずは別れゆく君をしばしといはまし物を

やよひ五日、小坂宮より初桜たまへるをみて

3664 くる春も光や副しうち日さすみやぢの花はとく咲にけり

つどふ人々、みなよむ名をしるして、ともに御覧ぜさす」（21ウ）

宮より御自筆の夢字、側に蝶の絵あり。賛詩歌

夢 蝶、呉春 同、東洋

3665 将相功名一関塵　凭梧春眠息方匂

当時挙世求為虎　却有漆園化蝶人　六如

3666 花ごとにたはれしてふの夢のまはしらずいくよの春秋かへし

3667 うつゝなき世は夢ながらすぐしなでなにかはてふの人と成けん

又御当座御会、春雨、分韻、御作

3668 雲影起窓前　簾織暗暁天　無声霑草木　和気及坤乾

軽着花将綻　密濺柳帯烟　寥々簷滴響　還快我春眠分得一先」（22オ）

賜尤韻

3669 みどりそふ春の柳の糸あめをいとうれしとやき鳴鶯

3670 春雨のふるやは苔にわかねども軒の玉水音かすかなり

依事実当意を問答して互相聞るは、歌の本源なれば、わがともがらにすゝめて、つねに贈答せしむ。近比、一統一極進達あるを嬉しみ、我が残生今年は可堪哉と思ふに付て、今一入昇進させさせばやの願あれば、古詞をもしらすべく、くる人ごとに題としてあたふ。経亮きて、これを聞て

3671 はるごとに松のみどりの一しほのいろみておいの」（22ウ）千代をのばへよ

かへし

3672 春にそふみどりならでは何をかは年をふるきのまつことにせん

周防がはりまに下りて、海辺の風のあらきに、わがことを思ひいでたりとて

3673 うら風のいたく吹にも思ふ哉老木の松のつゝがなかれと

かへし

3674 つゝがなく松こそたてれうら風をいとひし君がこゝろあつさに

雨の音のすれば、桜の梢ながめらるゝに

3675 春雨の音きく度に窓あけて軒のさくらの木のめをぞみる

宮の御文に、春和の日いらせ給ふべくおほせたまふに、草庵雨もるをつくろひはてゝ、と道覚がり申遣しける文に

3676 いそぎふけ君ます程に雨もらばいかゞはすべきせばきすまひを」（23オ）

かへし

3677 君がやどにわが大王の〔ママ〕はる日もなどかてらさゞるべき

軒のさくらのまだ一花もさかねば

3678 さかぬまに大王まさばおくれぬとことしは花や色うしなはん

かずまへ、山家集

3679 子日とてかずまへられればあづさゆみおしてもとはめけふの円ゐに

よしたゞが子日におして参りけるを思ひいでたる也

3680 冬さけば人も折けり大かたは数まへられぬをけらなれども

豊香が、よみおける秀歌をといふに
3681 色もなき心の花は咲もせじ露の疵なきことのはもがな
3682 疵なしと思ひて拾ふことのはも猶うら虫のくひが有らん」（23ウ）
三月十六日、さがより炭おくるつてに、嵐山の桜とてさかりの花をおこせたるみて
3683 〔老は〕猶さむきあらしの山ざくら花はときをもわすれざりけり
十七日大雨、十八日風おびたゞしく吹に、この花かめにさせれば、いとのどかなるをみて
3684 我為はあたらと思ひし花なれど雨とかぜとのうさはのがれし
この花、廿日に雪のごとちるをみて
3685 雨かぜはのがれし花のちるをみてよのことわりぞ更にしらるゝ
あらし山の花ざかりに、鳴神のある夜よめる
3686 鳴神のひゞきにちりてこの春の花はあらしのうさやかはらん
小坂殿にゆくての花みんと思ひしを、雨もよほの雲かさなりて、色もわかざりければ」（24オ）
3687 老らくのまれのゆくてにみん花をにくゝかくせる雲霞哉
大王のおまへに花あり。めなれ侍らぬと申せば、そはきく桃といふなり、もちかへれとて、たばせたまはる。道すがら、みつゝ、御はかにまうでゝ、この花を奉るとて
3688 みそなはせけふまうでつる大王のてづから給ふきく桃の花
桜の馬場見入たりしいんさきは、一花もさかざりし。けふは一ひらものこらず
3689 雨かぜのほだしをよくとせしほどにうまばの桜一花もなし
かへるさ、かも川より東ざまをみる。雨雲のたえま〳〵に花みえ、又すこしにほひやかに、」（24ウ）はなやかなるは、ちり過たる梢にやあらん。いろのちぐさに、といへるも、かうやうのけしきにや
3690 まづちるもさかぬもあれど此比ぞなべての花の盛なるらん
子日　安倍季康七十賀七首遺巻頭
3691 さかえ行小松が千よの春かけていく子日をか君はかぞへん
花のさかりなるをみて、常顕

3692 ことのはの露にやしなふはなゝればわきて色かのとしにそふらん
かへし
3693 とひてみることばの露のかゝればや色もそふらんよもぎふの花
西川弥六、花盛にきて」（25オ）
3694 春ごとにわかゞへる花になれ〳〵て君はいくよもいませとぞ思ふ
かへし
3695 年へてもわかゞへる花をはるごとにとひきて君もみませとぞ思ふ
春のくるゝを、しみて
3696 なべてよの人はしらじなけふのみの春をゝしめる老のなげきは
3697 入はてゝ霞にゝほふ日のかげもやゝうすくなるはるの別路
3698 きのふまでなほけふありとたのみしがそもかぎりなる春の別ぢ
ちり初たれど、花のまたにほひやかなるに
3699 猶のこる花をみすてゝゆくはるはうしろめたくや思ひおくらん
暁鐘にいたらずは、といふ古句を思ひいでゝ」（25ウ）
3700 まどろまでをしみ明さんあかつきのかね聞までは春夜の空
心のそら
3701 散がたのみねの桜にかぜふけばをしむ心のそらにこそなれ
かぜの心
3702 うつろへる色をみせじと花さそふかぜの心ぞやさしかりける
3703 花ごとにうつろはぬまはさそはねばうしともいはじ風の心を
ゆほびか
3704 ながゝらぬこのよなるまは春の日のゆほびかにてぞへぬべかりける
五十余年むかし、人のもとにかしづくとて逢たる人の、子にめぐりあひて、かたみにさま〴〵」（26オ）うつりかはる身となりし事をきゝて、その人のもとへいひやる
3705 君もさぞ五十年過にしいにしへを思ひかへさばうたゝねの夢
3706 同じよになほながらへていにしへを思ひいづればうつゝともなし
花のことば、西行集ニアリ

3707 見にきつる花のことばを拾ひ置て庭のさくらのかたみにぞせん
3708 色もかもあだなる世とや聞えまし花のことばのもしもありせば
身まかりし子の正勝が植置たる花の、としぐ\咲るをみて　寿光
3709 春ごとに花をしみればいとゞしくうゑしむかしの人ぞ恋しき
3710 なきあとのかたみと人のうゑ置し花はなげきの種と成ぬる
とあるをみて、あはれにおぼえて、書そへてつかはす」(26ウ)
3711 なきかげも嬉しとぞみんながらへてとしぐ\君が花をたむけば
またこん春もなどありしかたじけなさ、あさにけにわするゝよなければ、もゝの花ほころびたらん比は、たび衣たちいでなんと待つけ侍りしに、さはることのいで来ぬれば、いたづらに日をおくりなんと、いとゞそなたのそらを詠めやりて
3712 もゝ鳥の色音をきけばさくら咲みやこのはるを思ひこそやれ
3713 こふれどもみるめなぎさにあさ衣しほたれてみをうらみがちなる
3714 ひばりなく雲ゐのそらをあさにけに君こひしらにながめてぞふる　寿光」(27オ)
これが、へし
3715 うぐひすのつげ初しよりさくら咲都のはるは君をまちつれ
3716 あま衣しほたれたりときくからにおきなが袖も波ぞたゝめる
3717 ながむらん君が雲井を思ひやる心やそらにゆきあひぬらん
柳の陰に、のがひの牛のねたるかたを、ずさがよめるにかなふべくもみえざりければ
3718 のどかなる柳のいとにひかれきてのがひの牛のひるねしつらん
中西良恭百ケ日十首手向巻頭、落花
3719 汝のみやあだなる世にはさくら花まてかしいまぞ我もちりなん
3720 まてしばし我もちりなんさくら花有てうき世はなれのみやしる」(27ウ)
一なびき
3721 明初るみねのかすみの一なびき春のけしきは花ばかりかは
このやよひの御月次、蒿蹊、慈延が歌みよとて、宮より給はせたる
花　蒿蹊
3722 はるごとにわかがへりぬる花みずは何をか老の玉のをにせん　慈延
3723 木々にさく色香もちゞにみる人の言葉の花の春やあらそふ
心　蒿蹊
3724 思ふことこゝらつどへばこゝろとや昔の人の名付初けん　慈延」(28オ)
3725 何か身のぬしとはたのむなには潟あしかる道にさそふ心を
初の花の歌、花をわかがへると申てんや。此題は、花の全体を可詠覚ゆ。この歌は、花下言志など申題によく叶べくや。落句いのちにはせんなど、をいらかにいはまほし。
次の歌、是も、木々にさく花の色香、とぞあるべき。木々、千々、詞のかしましきに、是も全体の花にはあらで、詞の花を以題をいひのがれたる、無念歟。
心の初の歌は、こゝろといふ和訓を自解としたるやうに聞えて、心の本体をいへりともみえず。
次の歌は、全ク心をよめれど、此人は性悪とみゆ。
3726 〔なにはがたあしか〕る道にさそはるゝ心をのみやこゝろとはいふ
〔このゝち〕千蔭、春海にもおほせたびて、両題、又、月、思、といふ〔題をよ〕ませたまひてみよとて、たまへり」(28ウ)
〔花〕　千蔭
3727 〔あだなりとたれか〕いひけん千万のよゝにふりせぬ山ざくら花　春海
3728 〔花にのみ〕くらさぬ春はなき身にもいづれのとしかあくまではみし
心　千蔭
3729 雪をしのぎかぜにまかせておのが〔じゝ〕松も柳も心ありけり　春海
3730 末のよと思ひすてめや心のみいにしへ人になさばなりなん
月　千蔭

3731 詠めきて老となりにしうらみさへわするゝ秋のよはの月哉
　春海
3732 わびゞとの袖をたづねてとふ月はよにすみかぬる心しりきや」（29オ）
　思　千蔭
3733 おもはじとおもへど物を思ふこそこゝろの外のこゝろなりけれ
　春海
3734 よしあしをいにしへいまとたどるにはいはぬ思ひもあるよなりけり
　是等は心をつくしてよまれたり。花、初の歌は、花色春久、春花盛久などの題には尤可然。次の歌は、春花未飽などやうの題に叶べく、何も一字題とはみえず。心の題、初の歌は噂にて甚かろく、次の歌は述懐題之様なり。月、よく〔調たる〕歌なり。是も一字題のやうにはあらず。次は全、寄月述懐也。〔思の歌、面白し。〕此内の歌なるべし。次の歌は、おぼつかなき所あるに〔似たり。凡一字題を〕よくよみ叶へん事は、やすかるまじき事なり。」（29ウ）
　さんきの国象頭山々中に、世中桜といふ木あなり。豊なるとしは花おほく、乏としは花すくなしといへり。その木のかこみ、壱丈九尺五寸有けるよしをしらせたる歌に書きそふ
3735 人ごとにかたりつたへんかゝる木は名だゝる花のみやこにもみず
　道節所望、つばき折枝讃
3736 誰しかもしら玉つばき手折きてこゝにや千よの〔ママ〕花を見すらん
　豊香がいひおこせたる
3737 百敷の南の殿のさくら花君が宿にも今かさくらん
　かへし
3738 いにしへは玉のみはしの種なれど今はよもぎがやぶかげの花」（30オ）
　あ
3739 なはしろのあつくる賤もちる花のせきとめがたき春やをしまん
3740 あをだにもまだつくらぬになはしろの水ひけとてか春雨のふる
　筆の林
3741 明暮に我とる筆の林にはなげきのみこそ花に咲けれ
　勝義があづまへまかりける行かひの記をみするに、くさ〳〵をかしきことおほかる中に、霞るふじのあけぼのゝけしき、いはんかたなくよくかきくだしたるをみて、書そへたりし」（30ウ）
3742 みずもあらずみもせぬふじの面かげをさながらうつすことのはのいろ
　三月
3743 霜がれはあらはなりつる庭面の木くれて春の深くこそなれ
　今、あらしの谷あひすこし水のおつるを、となせのたきといひあへり。画師東洋、そのかたをかいて歌をこふに
3744 いにしへのとなせの春の滝なみをあらしの花にみする谷水
　〈かめ山の山のいはねをとめておつる滝のしら玉〉とよめる所なん、となせの滝なりけるを、舟ゆきゝせんとて、」（31オ）こゞしき岩をのぞきけるより、今のことなれりとぞ。古人のかたり伝たる音羽の滝などもしかり。今、きらゝごえといふ道にある川の、むかし岩おほかりし。是は石を白川石とて賞すれば、みなとりのぞきたるなりとぞ。
　野若菜　故政教が尽七日廿首巻頭
3745 我をこそとふべき君が法のためわかなつむのに袖ぬらしつる
　奥州南山閣八景　春二、夏一、秋二、冬一、雑二
　塩竈浦霞
3746 しほがまの煙もかぎりあるものをうらの名だてにたつかすみかな
3747 常にみるうらの〔煙〕も立こめてかすめば遠しちかのしほがま」（31ウ）
　末松山花
3748 誰中のあだし契の末の山花の波こすまつのはるかぜ
3749 松かげに咲るさくらは末の山したより波のこすかとぞみる
　春祝　宮御春御短冊かけの料五枚之内三は旧詠
3750 うら〳〵とかすめる空になくつるのはるかに千よの声の聞ゆなり
3751 末とほきのべのわかなの浅みどり千とせつむともあかじとぞ思ふ

織田信憑君六十賀　松打杖、鶴のゐ杯奉る十二首巻頭

3752 末とほき君が千とせはかぎりなき春の初ねの松ぞしるらん

としの初に

3753 あら玉の春はいかなる故のあれば老そふ身にもうれしかるらん」（32オ）

宮御々会始　早春松、正十一日

3754 霜雪のふる木の松もあら玉のはる日にあたるけふやうれしき

御会に、我をしへたる人々、はじめてめされければなり

3755 雪とけてふるきにかへる春の色もなべてみどりのまつのことのは

めづらしく月のうつれるに

3756 窓にさす影をゆかしみ詠ればまだ春寒き夕月のそら

七日に雪のふれば

3757 久かたの雲ゐの庭に雪ふらばけさの引駒のいろもわかれじ

雨あたゝかにふりたれば、［さうじ］あげて［みわたすに、］」（32ウ）かきねのゝべのいたくかすめるをみれ

3758 雨ふりて野はかすみけり山かげの雪も氷もいまはのこらじ

布淑がなづなの歌

3759 しらゆきのつむにまかせてみつる哉人もたづねぬ庭のなづなは

のをかしければ、よめる

3760 庭もせに生るなづなの袋にはよのうきかずをいれてよくめり

宮の御かたへわがともがらをはじめてめさるゝに、けふは人おほくまうでぬべしと思ふに、あさ日うら〳〵とかすみわたれり

3761 まうのぼる小坂のとのゝとよむまで世に聞ゆらしけふのことほぎ」（33オ）

宮御会始御当座巻　堅詠草。

子日に松たてまつる

3762 君がへん八百万歳のはつ春の子日の松を引ぞ初つる

3763 此とのゝ高樹の陰にならぶまでみませけふしもうゑし小松を

敬儀が宮へめされたる悦に

3764 むかしみし玉の光のとしをへてけふこそさらに顕れにけれ

かへし

3765 大空の月の光にてらされてことばの露の玉とみゆらむ

この人、むかしわがかたにこざりしほど、玉の歌」（33ウ）よみていとおもしろく、後々はよき作者にならんとて、異名を玉のうたよみとなんよびける。我にしたがひて、ことし十とせになれゝばなり。

勝義は故定鑑がつれ来りて、このをのこ、ものをはたしとぐる心ある人なり。道ををしへたべ、といひし。うづまさにあるほどより、日ごとのやうにかよひて物ならひし。ゆみ、うまはをのがわざなれば、もとよりをこたらず。誠に故人のいひしことにて、いとゝく道にすゝめれば、こたび又めしに奉りし也。よみかく

3766 やきたちのと心をもてつとめこし君が光ぞあらはれにける」（34オ）

かへし

3767 とごゝろの君によりてぞ身におはぬひかりやみえんにぶきかたなも

黙軒にいひかく

3768 世にひろく君がいでゆのいちじるくいやせことばの道のやまひも

この人は但馬京極家浪人。我につきて、廿余年修行せり。このたびのめしにあぐ。

かへし

3769 言葉のやまひいやすはよに君がまれにいでゆのめぐみなるべし」（34ウ）

六帖詠藻　春十一

酉年　小坂殿御宿題
御会始　十一日　早春松　　七月五日　早涼　草花
二月五日　聞鶯　春雨　　同七日　七夕興
三月三日　上巳興　　八月五日　秋夕　秋情
同五日　野遊　暮春　　九月五日　つゆ　ことの葉」（1オ）
四月五日　新樹　恋　　同九日　重陽興
五月五日　郭公　蚊遣火　　十月五日　時雨　絵
同日　端午興　　十一月五日　寒月　雪
六月五日　暑　池　　十二月七日　神楽　祝」（1ウ）

あらたまのとしたちかへるあしたより、ふりこほるしも月、しはすよりもさむく、かぜのこゝちになやましけれど、老きはまりて、よもとおもへりし春にあひぬるうれしさにうちもふさで、やどにゐながら、小松引わかなつむのに心をやりてうち詠るほどに、例もちの朝になりぬ。あかきかゆの気にや、けふはなやましさもをこたりざまなり」（2オ）つどふ人々のいまこんずとて、よもぎのかれはかきはらはせなどす。ことしは、いとうれしきことおほかり。

小坂のみやの子日に、歌人やあるとめされしに、ふたり三たりまうのぼらす。よしたゞがむかしにはたがひて、いとかしこくめぐませたまへり。引人もなくて朽ぬべき杣木の、かたわかぬみやまつの春雨のみかさにながれいで、わかのうらの湊にうかびたらん」（2ウ）こゝちしあるは、ふるはまじりのにひ草の、つゆにはるひのさしうつりてかゞやくこゝちすがし。また、この道もやゝさかえて三代をへしは、信里、信美、能信のみなりしが、こぞの春、友子が子友金、又かねて維済が子維篤、布淑が子弥清、旨苗が子興昌などのこのみちこのみて、かたみにとひこたへなどして聞えけるが、このはるより我かたのつどひにつら」（3オ）なれるをみて

3770 梓弓引つらなりて初はるのまどゐにもれぬけふのうれしさ

維篤へいひかく

3771 春べさく藤井の水のむらさきににほふ詞の花をこそみめ

かへし

3772 あらたへの藤井の水もむらさきにゝほはん春をいつかとぞまつ

弥清に

3773 底ひなき小川のみづのながれても弥清き名を代々にあらはせ」（3ウ）

かへし

3774 をしへたる君が水ぐき跡しあれば小川のながれよゝにならはん

興昌に

3775 とし〴〵にしげき稲塚つかのまもをこたらねばぞおほきいなづか

3776 なりはひもことばのうへも二なきみちをしらばともにさかえん

つねにいなかわたらひする人なり

かへし

3777 なりはひもことばの道も諸共に君がをしへのまゝに守らん

かうのみ、いやつぎ〳〵にさかゆべきゆく末もみゆれば

3778 雪消てふるきにかへる春の色をわかなの上にけふみつる哉」（4オ）

かへし　　黙軒

3779 かぎりなきのべのみどりははる〴〵と君がつむべき若菜也けり

布淑初会　江上春曙

3780 松はなほをぐらくみえて住の江のかすみにゝほふ春の明ぼの

黙軒初会　初春梅

3781 いつしかと思ひの外に咲にけり春のたちえのうめのはつ花

3782 きのふこそ春は立えのうめの花おもひの外にとくさきにけり

早春鶯　滝原初会

3783 のべちかき垣ねをとひて鶯の里なれゆかむ（声カ）ならすなり」（4ウ）

3784 のべちかき垣ねよりまづとひ初て春をつぐなりけさのうぐひす

かめにさせる梅花をみて

3785 うゑてまつ垣ねの梅はまだしきにたがやどよりかたてまつりけん

と知信がいふに

3786 此花はかでのこうじに住なれし香川の主ぞ我におくれる

千蔭がはじめていひおこせたる

ちさとをへだて侍れど、このとし月、御まのあたりかたらひかはし侍りつる心ちせらるゝまゝに、うちつけなるものから、たちかへるはるのほぎごと、きこえ奉る」（5オ）

3787 君もわれも百世をへつゝ花とりにあくやあかずやいざこゝろみむ

ものみなはとか、あなかしこ

むつきふつかの日　　　　橘千蔭

蘆庵の君の御もとに

江上春曙

3788 わかのうらやかすむ入江はうす墨のあしでにゝたる春の明ぼの

3789 住江の春のみるめの一しほやかすむなぎさの明ぼのゝ松

嘉言集〈山ざくらまだのこれりといひつるはみにゆく人をすかすなりけり〉」（5ウ）

3790 梅がはら鳴鶯にすかされて花もやさくと尋ねきにけり

3791 のどけしとのべにしぐれはさえかへる春日よさのみ人なすかせそ

堀百〈水なみのもらでのこるとみえつるはあじろにひをのよるにぞ有ける〉

3792 うち解し池の水なみさえかへり又こそこほれ春浅くして

3793 とくるかとみる程もなくこほりけりまだ春浅き池のみづなみ

故松月十七回　正廿八

3794 在世の人はとし〴〵稀に成てひとりぞしのぶいにしへの友

聞鶯

3795 なれもしかむかしの春やしのぶらん初うぐひすも古きよの声」（6オ）

3796 花やぎし声にうつらで高きよのしらべわすれぬはるの鶯

3797 今めきし声にならはで高きよのしらべをうつす春の鶯

春雨

3798 草も木もふりぬる身にもあたゝけき春のめぐみのあめぞしらるゝ

3799 ふりしより春の寒さもたわすれぬ雨のめぐみは草木のみかは

からすをきゝて

3800 うら〳〵とかすむ春日はおそどりのからすの声もなつかしき哉

盛亮、わかなにそへて

3801 ことのはにもゆるわかなをつみまぜてかすむ春のゝつとにみせつる」（6ウ）

かへし

3802 つみてこしわかなの色も言葉ももえまさりゆく春を（ママ）のをぞみる

勝憑に、教爾神詠かきてつかはせしに

3803 みるからにたのもしき哉とし〴〵に若がへりぬる水ぐきのあと

かへし

3804 とし〴〵に筆のあとだに若がへりふりまさり行かたちかくさん

梅さかりなるに、笛の聞えけるに

3805 とはでやは梅がゝかほるはる風に笛のね聞ゆ春の山里

兼盛集〈としをへておりつくすべきいとなれやたなばたつめをやとひてし哉〉

3806 久にふる松をやとひて春ごとにあだなる花をさかせてし哉」（7オ）

3807 春山のみどりのかげをやとひけりふもとの水田なへはまだ生ず

夫木〈岩上の苔うちはらひいく秋かことばのみねの月をみるらん〉

3808 とし〴〵に茂さまさりていや高きことばのみねも花はにほはす

春河　宮御当座来

3809 おく山の雪げもしるく谷川の岩瀬のなみの音とよむ也

3810 谷川の水のいまだにゝごれるは深山の雪は消もはてぬか

こたび慈延、聞鶯

3811 小草つむかたみはのべにまづ置てつく〴〵ときくうぐひすの声

つみたむることのかたきは、といふ歌をもとゝしてよまれたり。例の」（7ウ）今めかしくむつかしげなる詞もなくて、いとおもしろければ、和し侍るとて

3812 つみさしてつく〴〵きけば鶯もわかなの色もふるきよのはる

緑額梅のわづかに咲たるを、辰子がおくれるに

3813 うゐ置ていつかと待し梅花ことしよりこそ春をしりぬれ
3814 手折べき枝しなければ咲初し花ぶさ斗奉るなり
かへし
3815 心ざしふかき色かもあらはれぬかつ咲梅をおくる一えだ
景柄より
3816 難波づの里の梅がえ手にふれてみるばかりなるにほひならねど
梅が、といふものも同じものなりと思ひて、しらずよみに
3817 難波風おくる梅が、ことのはに心の花の色もみえつゝ」（8オ）
中にし良恭が一周忌に
3818 おどろきしこぞの別も夢のまにめぐり来にけり一年の空
3819 こぞ散し花もさきけりかへりこぬ人の別のかゝらましかば
わかのうらに松あり。つる、あまたあそぶ
3820 松の色たづの声さへわかのうらはみきくたび〳〵のどけかりけり
春野にくさ〴〵のわかなもえたるかた
3821 万代をつむともつきじ春野ゝにおふるわかなもあかぬ心も
朝に庭の面しめりて、雨ふりしけしきをみて
3822 ふるとしもしらでねしよの春の雨を明てみるこそのどけかりけ〔れ〕」（8ウ）
かへし　豊常
3823 よべふりし雨のなごりとみつるかなあしたの庭のことのはのつゆ
順集〈空さむみ結びし氷うち解て今や行らん春田のみぞ〉
3824 かすかなる春田のみぞのほそ水をのぼるさいをや心ゆくらん
宝治百〈かくばかり心のはやるこひの道なづめる駒もえこそやすめね〉
3825 とき駒に猶むちをこそそへてけれ花もやちると心はやりて
千蔭へ返事
ふりぬるのみぞよろしとは、むかしの老人の、」（9オ）ことのなぐさにぞあらまし。いたくおとろへて、これよりはや聞え参らすべきふし〴〵も、しげいとのおもひよらぬにしもあらねど、なやましさにうちまぎれて過侍りしを、なめしともおぼしたらで、初はるのことほぎたまへるなんいとうれしき。御答さへ、をこたりざまにてつみかさねたれど、万はとしとやまひにゆるさせ給ふべし
3826 花とりの色にもねにも思ふごときこえかはしてよをつくさばや
3827 身のゝちも何かゝはらむ月花にあかぬ心はこゝろみずとも」（9ウ）
二月廿八日、雷鳴。月令曰、是月也日夜分雷乃発声始電蟄虫咸動啓戸始出云々
上巳興
3828 千はやぶる神なりけらし土に巣にこもれ〔る〕虫も今はいでよと
野遊暮春
3829 其時のはらへに捨し人かたはけふのひゝなをうらやみぞせむ
3830 さのみはと帰る家路も春霞立どまられてのべにくらしつ」（10オ）
三月朔日、宮おまへの花盛なるをみて
3831 散花にましてをしきは老らくの待えし春のわかれなりけり
御かへし
3832 なべて世の花の心やはやるらんみかきのさくらけふさかりなり
故言を被詠しをかいつく
3833 さきいでし園生の花も色そひぬ君がことばの露にうるひて
3834 ひくなみ　わかのうらや引浪まちてあまの子が春のいそべに貝拾ふみゆ
3835 くちなし色　口なしの色にさけども山吹の名にながれたる玉川のさと」（10ウ）
3836 水の秋みる　紅葉ばのにしきを寄るさゞ浪に水の秋みる池のをばしま
3837 ほたるなみゐ　月影のやゝさしぬればしげりあふ草のはかげに蛍なみゐる
3838 人なぶり　今もかも人なぶりのみする人はつらにくげにもおもほゆるかも
3839 一ながれ　木〔々カ〕の露山のしづくの一ながれ千尋ある海のみなもとやこれ
3840 一夕立　吹かぜにならのはそよぎ露散て一夕立のなごりすゞしき
上巳、隣家前田見行より桃花酒来
3841 もゝといふ名さへたのもし三千とせもくみかはさばやけふのさかづき
かへし
3842 春秋にとめりし君がもゝの酒くみてふりぬる身もわかえなん」（11オ）

織田君を蹴上にて久しくまちて
3843 いつしかと君まつ坂にのぼる日のかげのたかくも成にける哉
朱雀より直に山科にこえ給ふときゝて、日のをかを東に行に、日かげうらゝにて、
こゝかしこに鶯の鳴を聞て
3844 朝立し寒さ忘れて鶯の声をきゝつゝむかふ日の岡
山科にて逢〔奉〕りて、かたみに悦をいふ。ほどなく別奉るに」（11ウ）
3845 はるかなる野山の花をもろともにみつゝゆかましをかくし老ずは
とぞつぶやかる。
三月八日夕、行章より御染筆御句桜花賜之。東漸寺、長楽寺、知恩院花
3846 東山春満花如錦　攀折頒翁一朶雲
行章まで申つかはす
3847 宿ながら花をつくしてみつる哉君がめぐみのつゆのひかりに
行章よりいひおこせたる
3848 こゝかしこもてはやします花の枝を君もみよやと折やられつる
かへし」（12オ）
3849 こゝかしこもてはやされし花を又我にもみよと給ふかしこさ
山中桜　三月御当座巻頭
3850 山ふかみとしをふる木のさくら花さてや散なんみる人なしに
3851 口をしの花の契とおもへどもみ山桜はをる人もなし
給はせたる花の色の千種なる中に、薫香のいとおどろくばかりなるもありて、と
り〴〵もてはやして思へること
3852 大王のめぐみならではよも山の花をばいかでやどながらみん」（12ウ）
山中桜
3853 山かげにふる木のさくら幾とせか咲てちるらんみる人なしに
3854 山かげにあたら桜と思へども折人なくて花やのどけき
3855 みる人もなき山かげに咲ちりてあたら桜のいくとせかへし
庵の花の、いとゝくちるをみて

3856 明くらしいつか〳〵と待付て咲ぬる日よりちるさくらかな
祐為かける梅のゑ、信美がよませたるに
3857 梅の花開ぬる日よりしもゆきにとぢし心も春にこそなれ」（13オ）
早春松　宮御会始
3858 重出 霜ゆきの古木の松もあら玉のはる日にあたるけふやうれしき
む月十一日にわが党はじめてめされければ也。
〔貼紙〕「東洋がゑに小松に鶯のとまれるかた、益がよませけるに
3859 若松にちぎりて千よのはつねをもなかんとやおもふはるの鶯」
文勝が山吹にそへて
3860 初花を手折て君におくれども口なし色の花ぞかひなき
かへし
3861 いはぬ間は思ふ心のしられねば口なし色の花もはづかし
辰子が桜花たづさへて
3862 とひし人の手折てぞみし（本ノマヽ）みそなはしつるうづまさのはな
かへし
3863 ふりし身を哀とやみん明くれにむかしはなれしうづまさの花」（13ウ）
大江山　春、織田君木曾路下向十二題名所巻頭
3864 八重霞立へだつれど歓びの大江の山はこえもなづまず
3865 雪消てかすみわたれり大江山こえん旅ぢもほどやなからん
豊常、光子らが永観堂の花みにまかりしかへさに、おほらかなる枝をりて
3866 よの人のながくみてらの桜花千よます君にけふ奉る
かへし　光子
3867 咲そふを庵にながくみはやさんつぼみ多かる花のえなれば
3868 春の日のながくみ寺の花の色のあかぬ」（14オ）あまりに手折てぞこし
一乗が残花をゝりて
3869 心ある人にみせずは山ざくらあだにちるとや花のなげかん

かへし

3870 手折きて君しみせずは花はゝやちり過に〔ママ〕と我やなげかん

真乗院にて、東洋がゝける駒にのれるあとより、てふの飛を

3871 ふみしだく花にひづめやかほるらん我のる駒をしたふこてふは」（14ウ）

春の末つかた、有明の月をみて

3872 花はちり月は有明になる比ぞはるのあはれはいやまさりけり

去年わが庵の花咲ぬべき比ほひ、義谿が正方にいざなはれ〔て〕、吉野ゝ花みんとていでたちながら、道よりえさらぬことありとて、龍野にかへりしみちすがら、よしのゝ花みざりし恨たび〳〵いひこたへせし、この春もかれより

かへし

3873 よしの路にゆくとて庵のさくら花みずかへりしぞ今に悔しき

3874 春ごとにつきじとぞ思ふかた〴〵の花みざりけるこぞのうらみは

いにしもちのつどひに、かねてみせばやと思ひし桜ばなも、のこらず散たれば

3875 世にしらずおもなきものは山里に契し花のちれるなりけり」（15オ）

かへし　勝義

3876 桜花ちりし思ひも世にしらぬ君がことばの色にのどめつ

かへし　維済

3877 さけばちる花の心をまだしらでけふと契し我ぞをさなき

3878 けふまでをまたで散しは庭ざくら花も老木の心いられか

3879 山ざとのさくらはちりぬことのはの花をかたみにさかせてを見よ

かへし　益

3880 ことのはの色はさくらの花よりもちらでめでたきものにぞ有ける

猶人々の歌おほかり。この花は、いにし十日ぞさかりなりつる。そのをり、思ひし

3881 望まではちりものこらじさくら花けふとへとこそいふべかりしを」（15ウ）

春夕

3882 そことなく花のかゝほり桜色になべてかすめる春の夕暮

こさめふる夕ぐれ、からすのなくを聞て

3883 こさめふる春の夕の山がらすぬれてねに行声ぞ淋しき

寂然集〈ますらをがつま木にあけび折そへてくるればかへる大はらの里〉

3884 すみぞめのくらまの山のこのめづけ何ぞとゝへばあけびなりけり

3885 老ぬればくらまの山のあけびつらこけるからとぞ身はなりにける

3886 きのふとくれけふとあけびのわかめとりよを過すこそはかなかりけれ

宮の真乗院におはしましてめされしに参り」（16オ）たるに、東洋が席画に馬にのりたる人かけるに、あやまちて筆をおとしたるを、何にかせんとて蝶にかけるに

3887 ふみしだく花にひづめやかをるらんわがのる駒をしたふこてふは

呉春がゝける藤に

3888 さくらちる比より藤の花かづら心にかけてけふこそはみれ

賤屋の軒にかはほりのとぶかた

3889 賤がやのま垣の竹のよるかけてとぶかはほりも時えたる哉

三月尽、隣家笛を聞て

3890 行春をゝしとのみこそ聞えけれ笛のしらべは何としらねど」（16ウ）

さが山の花ざかりに、在明の月かけるに

3891 あたら夜をみる人もなし花ざかり月も在明のさがの山かげ

しもと多かる梅花のかたに

3892 若木にてしもとがちなるうめの花千よの色かぞ思ひやらるゝ

馬蹄に花のちりかゝれるかた、人のよませけるが

3893 をしむとてたが過がての駒〔ママ〕のそもちる花にかつうづみつゝ」（17オ）

〔半丁空白〕」（17ウ）

山辺霞　西尾定静中陰悼二十首巻頭

3894 ともにいまわけゆかましをあはの山あはともみせずとく霞ぬ〔る〕

これは、七月こゝぬかばかり、病いとおもきに、筆とりてゝづからたざくにかけるになむ。」（18オ）

六帖詠藻　夏一

蓮を

3895 露はらふ蓮の立葉の朝風にひらくる花もみえてすゞしき

3896 風わたるはすのうきはのさゞ浪にやどりさだめぬつゆのしら玉

照射

3897 幾世しも夏のゝ露の身のほどをおもひわかでやともしさすらん

3898 よるしかをまつのほぐしのかげながらは山のみねの雲ぞ明ゆく

夕立

3899 吹をくる風になびきて夕立のゆくかたしるき野路の夏草

五月郭公」（1オ）

3900 つらからばたが名かたらんいまよりはまたじさ月の山ほとゝぎす

橋蛍

3901 飛ほたるもえこそわたれ河はしのくもでに物やおもひみだるゝ

3902 たれみよとゆきゝ絶たる川はしによるはほたるのもえわたるらん

3903 川なみのよるとしなればかげたえずほたる飛かふ水のうきはし

江五月雨

3904 なには江やみがくれはてぬ芦のはも波にたゆたふさみだれの比

河五月雨

3905 河島にしげりし芦の末はのみみがくれはてぬさみだれの比

3906 木がくれて絶々なりし谷川の岩波たかきさみだれの比」（1ウ）

3907 さみだれにもとの淵せやかはるらんわたりたえたるよどの川舟

蚊遣火

3908 たてそへよ軒ばの

3909 夕さればわらやの軒ばうちけぶりいぶせさそふる賤が蚊遣火

氷室

3910 ひむろ山こぞの氷のそのまゝにのこるやたえぬよのためしなる

3911 すゞしさは夏をよそなるひむろ山日かげもらさぬ杉の下かぜ

卯月のはじめつかた、郭公きかんとて山里に尋ね侍りけれど得きかざりけるよしを

聞て　馬杉翁

3912 しのびねもきかずとかたる人伝につらさぞまさる山ほとゝぎす」（2オ）

かへし

3913 郭公尋ね入つる山にてもなをうき物とうらみてぞこし

野蛍

3914 露しげき野もせの草ば分行ばすがるほたるの乱てぞとぶ

雨の夕つかた、雅胤亭にて　馬杉翁

3915 ほとゝぎす卯月もなかば杉のやの夕の雨に声なをしみそ

かへし

3916 此夕山ほとゝぎすなかばなほなみだの雨のふりやそはまし

これがゝへし　種徳

3917 心あらばみをしる雨にふりいでゝなけや夕の山ほとゝぎす」（2ウ）

山家郭公

3918 のがれすむ山のかひにはほとゝぎすまたで聞つるよひ〳〵の声

橘薫袖

3919 風通ふ端ゐすゞしき衣てに匂ひをしむるのきのたち花

橘知昔

3920 うへ置し花橘のあかぬかにむかしの人の心をぞしる

早苗

3921 とり〳〵にうゝるさなへにおそくとき秋のたのみを今よりやまつ

江蛍

3922 何をかはおもひみだれてあしねはふ入江の水にほたるとびかふ」（3オ）

卯月の初つかたにや、永屋亭にまかりてものがたりするに、郭公の鳴ければ

3923 立さらでねにや鳴らんほとゝぎすことばの花のにほふあたりは

かへし　雅胤

3924 とはれにし君をしたひてほとゝぎす我にもうとき声きかすらし

首夏

3925 いつしかと花ぞめ衣春くれてあをばの山になつはきにけり

簾葵

3926 玉すだれすきかげすゞしさらにけふかくるあふひはいろことにして

3927 さらにけふめとまるこすの葵草おなじみどりのいろもわかれて

3928 かけわたすこすの葵の二葉草ひとつみどりの色にすゞしき」（3ウ）

余花

3929 春よりもあはれぞ深きさくら花一もとにのみのこるいろかは

3930 めづらしなおもひもかけぬ夏山の青葉がおくの花のひともと

菖蒲

3931 けふもなほかくてこそみめをばしまにすゞしくなびく池のあやめは

葵

3932 神まつる卯月のけふのあふひくさいくよをかけしかざし成らん

更衣

3933 ぬぎかふる衣の袖はうすけれどけふよりあつき日をやかさねん

樵路卯花」（4オ）

3934 柴人の分なれてしも消のこる雪とやまがふたにのうのはな

3935 さく比は山路くらして柴人のうの花月のかげたのむらん

池蛍

3936 夕されば芦のはなびきふくかぜにほたるかげそふやどの池水

3937 波こゆる水くさの露にかげみえてほたる飛かふ庭の池水

岡郭公

3938 ほとゝぎすいまきの岡のまつとしもしらでやしのぶ音をもらすらん

3939 つれなさもかぎり有けり岡のべのまつの木たかくなくほとゝぎす

3940 行かへりならしの岡のほとゝぎすまつよはなどかつれなかりけん

池菖蒲」（4ウ）

3941 露散てなびくあやめの朝風にすゞしくかほるいけのさゞなみ

早苗

3942 永き日をうゑもつくさで夕づくよかげさす小田にさなへとる也

3943 とり分て千町にはこぶわかなへやひとつわさ田のさなへなるらん

3944 おり立てううとはすれどわかなへのさはだの面にけふもくらしつ

3945 とり〴〵にうふとはすれどけふもなをくるゝの沢にのこるわかなへ

3946 うへはてゝ秋まつ小田のわかなへにまだきすゞしくむすぶ夕露

3947 わさなへをうゑやおくれし夕月のかげにもうたふ田子のもろ声

3948 けふ過ばふしだちぬとや夕月のかげをたのみにさなへとるらん

3949 けふ過ずうへわたすべき小田なれや夕の月にさなへとる也

3950 けふの日も暮るをかべの夕月夜おぼつかなくやさなへとるらん」（5オ）

卯月廿九日雨しきりにふりて、はるべくもなし

3951 あすよりのさ月もしるくふる雨の雲まもみえずくれ渡る空

朔日もはれずふる

3952 くれのこるう月をかけてふりそめぬこやさみだれの初成らん

五月蟬

3953 きのふよりはれせぬ雲もけふよりはさみだれ初る名にや立らん

3954 五月雨のはれま間遠に鳴せみはおのが羽衣ほしわびぬとか

郭公数声

3955 郭公声のたえまも夏引のてびきのいとのみだれてぞなく」（5ウ）

3956 さみだれははれまもあるをほとゝぎすながなく声のをやみだになき

泉声入夜涼

3957 絶まなく岩もる水の音づれもまさきのかづらよるぞすゞしき

3958 夏ぞとはたれかいはまをもる水のさながら秋にすめるよの声

3959 夏のよの更行まゝにまし水のいはねを伝ふ声のすゞしさ

五月十二日は竹生るとかやいひて、竹のいとよう生たつ日なりとて、清続のもとより

3960 宮のみかきの竹をおくられしにむくふとて
この竹は竹のそのふの竹なれば竹てふ竹の中の竹なれ
筍などのそひたるが、いひしもしるくいとようおひて、やがて若竹になりて」（6オ）みどりいとめづらし
3961 時わかぬみどりもさらにすゞしきは夕日かげそふ窓のくれ竹
むぐらの軒に蛛のすがくるを
3962 所えてなれはすがくや蚊の声もいぶせき軒のくものいとすぢ
いとあつき日、宮殿をおもひいでゝ
3963 夏はたゞみなみおもての軒たかく吹入かぜのさはりなき宿
垣夕顔
3964 草垣のいぶせき宿もとひてみん賤が心の花の夕がほ
瞿麦」（6ウ）
3965 天つ日の色にはさけど草がくれ光すゞしきなでしこの花
3966 敷しまの大和なでしこいかにしてから紅のいろにさくらん
いとあつき夜灯を
3967 月はよしかげをそくともそむけてんむかふも暑きよはの灯
元雅亭にて、夕の月をみて
3968 かげ清みしきしのぶべき秋もなし月のむしろのあかぬすゞしさ
浄観尼の紫竹の庵に住初る比まかりて
3969 所えてすみつぐ庵の友やこの垣ねの小田にかはづなく声
3970 すみなれてみるともあかじ山のみなうつる水田を此庭にして
暁郭公」（7オ）
3971 今はとて待もたゆまば郭公きゝやもらさん暁のこゑ
3972 横雲のわかるゝみねの郭公たがきぬ〴〵のなみだ添らん
風前夏草
3973 ほにいでん秋はありとも夕かぜになびく薄の色のすゞしさ
夜川篝火
3974 大井川幾瀬の波にかげみえてう舟のかゞり数もしられず
3975 くれゆけば波におりはへ衣での田上川にかゞりさす也
庵五月雨
3976 かりにさす草のいほりの軒くちて袖もほしあへぬ五月雨の比
3977 たれすみて詠わぶらんさみだれの雲もかさなる山の下庵」（7ウ）
水上夏月
3978 夏ぞとも誰かいはねのまし水に秋をやどしてすめる月かげ
3979 すゞしきは南の風によるよる〳〵の月かげやどす池のさゞなみ
夏木
3980 四のときあかぬみどりもみな月のてる日をさふる軒の松がえ
短夜月
3981 山のははまだ遥なる中ぞらにかげしらみゆく短夜の月
山蝉
3982 のこる日のかげもすゞしくなくせみの声吹おろすみねのまつ風
樹陰夏風」（8オ）
3983 まだきより秋やかよへるつのくにのいく田のもりの木々の夕風
暁鵜川
3984 明初る波にしらみてかゞり〔火〕の残るもすゞしうぢの川づら
3985 大井川なほよを残す山かげにあかつきしらでう舟さすなり
遠郭公
3986 猶ぞまつ雲の遠なる郭公わがやどにしも又もなくやと
朝郭公
3987 朝戸出の軒ばの空のほとゝぎすおもひもあへぬ初ねをぞきく
夕立風
3988 雲なびくかたのゝましば吹しをり夕立風のみえてすゞしき」（8ウ）
杜夏草
3989 まだきより朝夕露の深ければ秋のけしきのもりの下くさ

新樹
3990 日にそひて緑すゞしく茂り行桜の木立夏もめかれず
泉
3991 岩まより秋ももりくる心地してすゞしくすめる庭のまし水
3992 いつしかとおもひし秋は山かげのいづみの水にいまもすみけり
庭のをぎたかやかにしげりたる、もの思ひそはむ秋をさへ思ひやられて
3993 みちもなくしげりあひぬる荻のはに秋風たゝん折をこそおもへ」（9オ）
なき人にわかれしほどの年を思ふに、あとの月のけふまでもかたみにものがたりし
けるをおもへば、たへてあるべきいのちともおぼえざりし。何にかゝりてけふまで
はながらへけむ
3994 おくれける命もうしや小車のわかれしけふにめぐりあふまで
夕卯花
3995 たそがれの笆は雪のしら山にまがふばかりもさける卯花
夜卯花
3996 うの花の咲るかきねはうば玉のやみのうつゝもさだか也けり
樗」（9ウ）
3997 樗さく宿やとはましあかざりしきのふの藤の色のゆかりに
新樹
3998 さくら花とひこし宿はそことなく青葉にしげる夏の山さと
旅夕立
3999 旅衣袖まきほさんかげもなしすその、原の夕立の雨
野蛍
4000 暮行ばかげあらはれて草深き野原の露にほたる飛かふ
六月祓
4001 けふといへば麻の大ぬさとり〴〵になごしのはらへせぬ人ぞなき」（10オ）
卯月十七日には百首歌よみ侍らんと、馬杉翁、雅胤など申あはせしを、雅胤はさは
る事侍りて翁とともによみはて侍りき。またの日、雅胤とひきて、けふぞよみ侍り

てんといふ。かゝる事久しくをこたりぬれば、きのふの百首などもいとみぐるしけ
れど、さらばとてよまんとす。きのふのことばをだに、いかでいれじとねんじてよ
めど、いかゞあらん
4002 おろかなる心をたねの百草はさらにかぞふる色もかはらじ
扇風秋近
4003 ほどもなくすゞしかるべき秋ぞとはならす扇の風ぞ告ける
4004 待ほどもなくて吹べき秋風をねやのあふぎやまづならすらん」（10ウ）
余花
4005 外はみな散にし後も山かげにはるをのこせる花の一もと
社頭卯花
4006 神のます杜の木のまのうつぎかき花咲ぬらしかゝる白ゆふ
三尾杣山　夏　五十首内
4007 雨はるゝひばらの露のかずみえて月かげすゞしみをのそまやま
4008 茂りあふ木下風のすゞしきに夏をもしらじみをの杣人
五月雨
4009 けふいく日ふるの高はし雲越て往来絶ぬるさみだれの比
氷室」（11オ）
4010 みな月のてる日をさふる松がさきひむろの山のかげぞすゞしき
4011 すゞしさも中々しらじもる袖になれしひむろの山の下風
納涼
4012 世にしらぬ秋こそすめれおく山のし水ながるゝ松の下かげ
4013 とめくれば清水ながるゝ山かげぞ都にしらぬ秋は〔すみける〕
夏祓
4014 とゞめえず今年も半いたづらにけふみな月のはらへをぞする
月前郭公
4015 入かたをしみてやなく有明の月のゆくえの山ほとゝぎす
独聞郭公」（11ウ）

4016 待わびて人はねしよのほとゝぎすひとりはをしき初ねをぞきく
遠聞郭公
4017 よをかさね待かひもなしほとゝぎす雲のいくへのよその一こゑ
梅雨久
4018 ふる雨のはれぬ日かずもあらはれて軒ばの梅の〔色〕ぞゝひ行
4019 ふりしめる梢にたへず落るまで色づく梅の雨ぞをやまぬ
樹陰蟬
4020 風わたる梢の露になくせみの袖におちくる声のすゞしさ
納涼　新玉津島」（12オ）
4021 立なれて秋をもま〔た〕ず日をさふるならの木陰の風のすゞしき
夏月涼
4022 くれゆけばならの木かげ〔も〕わすられつさやけき月の下すゞみして
月夜にとはむと契し人のがりゆくに、はたよきぬみちなれば、まづ重枝の亭をと
〔ふに〕、なしといふ。月さやかにてたちいでんもさ〔す〕がなれば
4023 いづちにかあくがれぬらんよゝしとて月にと〔ひよる〕宿のあるじも
夕立
4024 へだてつる遠のたかねははれていま外山にかゝる夕立のくも
4025 なるかみの音ばかりしてこの里をよそに過行夕立のくも
河夏祓　迎称寺」（12ウ）
4026 よるかけて秋もたつたの川風にみそぎすゞしき波の白ゆふ
閑対泉石
4027 岩くゞる音もしづけき山水に夏の日ぐらしむかふすゞしさ
4028 心さへにごりにしまで山かげの岩もる水にむかふすゞしさ
早苗
4029 うゑわたすみどりはひとつわかなへのわさ田奥てをいかでわくらん
4030 うゑはてしみどりすゞしく夏山の青葉につゞく野田の若なへ
湊夕立
4031 漕よするうらのみなとに風あれて舟人さわぐ夕立の雨
橘薫枕
4032 思ひねの夢のまくらにかほりきてむかしにかへす風の橘」（13オ）
4033 さゝでしもねられぬよはの手枕にむかししのべとかほるたち花
泊水鶏
4034 舟よするいそべの波の音そへてたゝく水鶏を枕にぞきく
4035 月もやゝかげほのかなる夕波のよるのうきねに水鶏鳴也
名所五十首内
辛崎　夏
4036 御祓するしがのからさきよる波に暑さも夏の松の下風
4037 すゞしきは松ふく風の音そへてさゞ浪よするしがのから崎
清滝川
4038 影ひたす月もながれて清たきの川せの波のよるのすゞしさ
夏夜」（13ウ）
4039 はしゐする軒のわか竹うちなびき雨になるよの風のすゞしさ
4040 すゞしさにねよとのかねも聞すてゝはしゐに更るよな〱の空
遠夕立
4041 涼しさをこゝにもさそへ夕立の雲にへだつる遠のやまかせ
4042 雲かゝるよそめもすゞしかつらぎや高まの山の夕立のそら
関郭公
4043 とゞめえぬかげををしとやほとゝぎすあくる関どの月になくらん
笆瞿麦
4044 住すてしもとの笆はあれはてゝ露のみしげきなでしこの花
かの露けきむぐらのやどにて、仏事などいとなみしあとに、はく葵をとりて
4045 夢ならでいつかは人にあふひくさかけてぞしのぶこぞの面かげ」（14オ）
鵜川
4046 夕月の入かたちかき山かげはやみも待あへずう舟さすなり

風前夏くさ
4047 はらはじな庭の夏草しげればぞ露を尋ねて風もとひける
夜郭公
4048 月かげはまだいではてぬ山のはによゝしとつげてなくほとゝぎす
苅（引）菖蒲
4049 あやめぐさながきねざしをけふごとにかはらぬ千よのためしにぞ引
蚊遣火
4050 おもひやるうきふしさぞな竹しげき軒ばをめぐるかひの煙に
夕立風
4051 雨きほふみねの松がえ吹しをり夕立かぜの音のはげしさ」（14ウ）
橘薫袖
4052 むかし思ふ袖の涙の露とめて花たちばなもかにゝほふらん
庭夏草
4053 里はあれてふりにし庭の夏草にむしのねそはん折をこそおもへ
五月雨久
4054 はれまなき軒のいと水くりいでゝいくかへぬらん五月雨の宿
4055 誰やどもきゝふりぬらんつれ〴〵とはれぬさ月の雨の音信
明石景文いんさき在京せしこのかた、したしくかたらひ侍りき。こぞ五月五日に軒
のあやめといふことを、4056 軒にふくけふはあやめをかり初のいづくも草のいほり
なるらん　と」（15オ）よみておもふ所や侍る、異見試たきよし申おこせ侍りしが、
ことし此日身まかりぬときゝて
4057 有しよのさ月のあやめかり初のことばの露に袖ぞかはかぬ
4058 あやめぐさながき別のかたみとや残し置けん露のことのは
夕立　北林
4059 山とをくみしほどもなくむら雲の軒ばにきほふ夕立のそら
瀬鵜川　迎称寺
4060 大井河よるとも波のかゞり火や幾瀬に下すう舟成らん

4061 後世のうきせもしらでをしむらしう舟のかゞりかげしらむ空
周尹のもとの父の身まかりてまたのとしの手向に、夏懐旧といふ事を」（15ウ）
4062 きくに猶涙やもろきほとゝぎすこぞもかはらぬ此ころの声
首夏雲　迎称寺
4063 立馴しかすみもけさは夏山のみどりになびく風の浮雲
古郷蟬
4064 人すまであるゝ軒ばになく蟬やしげきむぐらの露もとむらん
池蛍
4065 風わたる池のさゞ浪よるかけて汀すゞしくほたるとびかふ
名所五十首内　筑摩江沼　夏
4066 つくま江や汀のこすげ波こえてぬま水ふかしさみだれのころ
四月朔日、附鳳主にとはれて」（16オ）
4067 夏の来てとはれしからに別つるきのふの春のうさもわすれじ
かへし、4068 夏衣きてみる袖も別にしきのふの春の花のかぞする　とかありし。
卯月七日にや、榎本亭にまかりて、物がたりしてかへりざまにみれば、こなたかな
たの梢どもしげりわたれるに、夕月のさだかにもあらでもりくるを
4069 みし春の梢茂りて青葉もるう月のかげもかすかなるそら
夏月涼
4070 夏衣うすき袂にかげもりてすゞしき夜の月ぞ更ゆく
庭夏草
4071 萩すゝきさらぬ草ばも生そひて庭は夏のゝ露ぞみだるゝ
沢蛍
4072 風わたる沢べの小ぐさ露ちりてほたるみだるゝかげのすゞしさ」（16ウ）
ある日宮の御かたへまゐりしに、秀辰主、玉川の卯花とて一枝もちて、歌をそふべ
きよしいへば
4073 玉川の波の色あるうの花に里のかきねぞみる心ちする
4074 とはゞやなみやこのうちに名所のかきねをうつす宿のうの花

五月朔日、雷鳴して雨ふりたるに、そのなごり、うちくもりてはれねば

4075 いつしかと雲とぢはてしけさよりのさ月もしるく雨になる空

夏野

4076 暑き日をへだつるかげのなければや夏野は通ふ人のまれなる

常陸介淑長が庭上の草を折て申せし

4077 とのもりもなどをこたりて夏くさの生るまゝなる玉のみぎりぞ」(17オ)

かへし

4078 はらはぬも心あるらし夏ふかき草はの露の玉のみぎりは

夕立

4079 時のまに日かげくもりて夕立の雨きほひくる雲風のそら

更衣

4080 山もけさ霞の衣たちかへて青葉すゞしき夏はきにけり

郭公幽

4081 木のまもるかげにたぐひてほとゝぎすほのかになのる夕月のそら

雨中橘

4082 ふる雨に咲やそふらんうちしめり匂ひもふかきよはのたち花

首夏新樹　廿首内」(17ウ)

4083 けふよりはたちやなれまし衣てのもりの青葉の茂りそふかげ

郭公頻

4084 此比は声もわかれず夏山のしげき梢になくほとゝぎす

採早苗

4085 うちむれて千町のさなへとり〴〵にいそぐとすれどけふも暮ぬる

盧橘驚夢

4086 夢にみしむかしの人の袖のかをうつゝにのこすかぜのたちばな

雨後夏月

4087 雨過る庭の木草の露ごとに宿かる月のかげのすゞしさ

暁鵜川

4088 うかひ舟下しもはてず明るよの川せにしらむかゞり火の影

氷室風

4089 夏ぞとはいかでしるらんひむろ守猶冬ごもる木々の下かぜ」(18オ)

水上蛍飛

4090 しげりあふ木下くらきまし水もみえてすゞしくほたる飛かふ

晩夏納涼

4091 秋ちかきは山がすその夕風にすゞしさならす蟬のはごろも

六月祓

4092 夏もけふみなつきはつるはらへとや夕すゞしきかもの川かぜ

4093 思ふことみなつきはつるはらへ川よのうきせにはかへらざらなん

六月末つかた、友だちのもとにてよふくるまでものがたりしてかへるに、北風いとすゞしく吹。此ころ深更になればかくすゞしきを覚えて

4094 夏深きよはのね覚に吹そめてをり〳〵ならす袖の秋風」(18ウ)

廿八日比にや、いとあつき日

4095 此ころはうつる日かげもをしまれず暮行空の風をこそまて

殿よりまかでんとするに、淑長主、
4096 けふいなば宿のすゞしさもとめてよ我も便のかぜをこそまて　といふに立どまりて

4097 しのげたゞけふの暑さも暮ゆかば秋とほからぬ風もこそふけ

4098 水無月卅日雨風いとはげしきに

雲まよひ村雨なびく風あれて野分おぼゆるけふのすゞしさ

4099 けふはゝや野分たちぬる雲風にみな月はつるなごりをぞ思ふ

4100 夕立の雲吹かへて野分たつ空よりやがて秋はきぬらん

4101 あつき日もみなつきはつる空なれば野分とやいはん夕立の風

そのかみ迎称寺に和歌の会はて、しめやかなる」(19オ)くれつかた、二三人ものがたりするほど、白川のかたにほとゝぎすのかすかに鳴けるを

4102 山ちかくけふこざりせば郭公ほのかなるねもいかできくべき

四月の初つかたなれば、庭の梢どものいときよげに、みどりうすくこきを見わたし

てをかしきに、くれそふまゝ、雨すこしうちそゝぎて、いとあはれなるに、いまは
かへらんといふ人のあれば
4103 暮ぬとも何かかへらん郭公聞にもくべきむら雨のそら
梢にゐてなくにかあらん、くるゝまで声の絶ざりければ
4104 待にねぬよはも有しを郭公めづらしきまで聞くらしつる
4105 いかゞせむいまはとかへる山里の夕をかけてなくほとゝぎす
夏滝」(19ウ)
4106 滝つせのあたりは夏もしら玉のまなくみだるゝ袖のすゞしさ
立花薫袖
4107 橘の花ちる里は夢ならでむかしにかへす袖のうつりが
夕立
4108 夕立のなごりの露に風みえて日かげもすゞし岡のさゝはら
卯花似月
4109 更行どよそにうつらぬ月かげやうのはな咲るかきね成らん
残花何方　迎称寺
4110 山はみな青葉になりぬいづくにか残るさくらの花を尋ねん
夏待恋　同
4111 うちしのび我ぞねになくほとゝぎす待をかごとに更るよの空
軒菖蒲」(20オ)
4112 さらにけふふくとはすれどこけ深き軒はあやめもわかれざりけり
叢中蛍火
4113 露の色のくれゆく庭の草むらにすだくほたるぞかげそかくれぬ
五月雨
4114 ふらぬまもかさなる雲に空とぢて五月の雨ぞはるべくもなき
雲外郭公
4115 ほとゝぎす聞もわかれず天雲のよそに過行夕ぐれの声
滝下蛍
4116 みだれちる玉かとみえて滝つせのあたりをさらずほたる飛かふ
夕立
4117 吹おくる山かぜすゞし雲はまた遠のたかねの夕立のそら
夏海　藤谷殿」(20ウ)
4118 夕されば南のかぜに雲消てみるめすゞしき沖のいさり火
かのありし家にいきてみれば、時のまに草もたかうしげりて、もとみしごともあら
ず、いはんかたなくかなし。かきねのなでしこをみて
4119 日にそひて塵つもりぬる庭の面にひとり露けき床なつの花
かくうちながむるほど、雅胤のとひきて物がたりするに、郭公の鳴ければ、4120　こ
の宿をたづねざりせばほとゝぎすまだよにしらぬ声はきかじを　といへば
4121 我ひとりきかば何せんほとゝぎすよにめづらしき初ねなりとも
葵　五条殿
4122 松のおの山に生たるあふひぐさ是や千とせのかざしなるらん
夏昼」(21オ)
4123 玉ほこのみちゆく人もなつの日のかたぶくほどのかげやまつらん
夏門
4124 すゞしさに夏もしらでや杉の門朝日夕日のかげをへだてゝ
蓬露似玉
4125 玉かとてつゝめば消ぬ蓬葉におく白露はてもふれてみん
夏草蔵水
4126 下くゝる水のみどりもわかぬまで深くぞしげるきしの夏くさ
垣夕顔
4127 咲かゝる笆も露のはへぞなきとはれぬ宿のゆふがほのはな
夕納涼
4128 風わたる松の木のまの夕日かげのこるもすゞし岡のべの宿」(21ウ)
五月二日、民部卿殿のもとよりまゐるべきよしなれば、まゐりたるに、いんさき門
人、六首の詠をよせられし。そのわざすみたれば、当座会を催さるゝよし也。より

て又、六首の題にぞ秋をさぐる

4129 ことのはの露のひかりもよろづよの秋いくめぐり月に添らん

泉声入夜涼　五条殿

4130 すゞしさに夢もむすばでまし水のよふかき声をまくらにぞ聞

菖蒲露　北林

4131 かる袖に、ほひこぼれてあやめぐさ葉末の露のちらまくもおし

郭公数声　五条殿

4132 ほと、ぎすおのがなみだやさみだれの空もとゞろにふりいで、なく」（22オ）

殿に侍りしとき余花似春といふ事を奉る

4133 夏衣ひとへに春の心地してちり残る花のにほふこのもと

照射

4134 ねにたて、なかぬはさぞなますらおがともしに鹿のよるの思ひを

郭公

4135 いつまでとをしむ初ねぞ世にははやふりぬとき、し山ほと、ぎす

澄月亭にて雨中蛍といふ事を

4136 ふりしめる雨にも消ずとぶほたるおのがおもひや晴まなき空

かきつばたを、りて、人にをくらんとて、てづからとほきみちをもてまうで行ける
に

4137 かきつばたしほれやするとみちすがら袖に日かげをへだて、ぞこし」（22ウ）

郭公

4138 ほと、ぎす聞もわかれぬ一声はたがまちつけしなごり成らん

郭公稀

4139 ほと、ぎす有しつらさに立かへりよがれがちなる此ころの声

4140 ほと、ぎす何をうしとかあま衣なれぬる声のま遠成らん

樹陰避暑

4141 けふ幾日立なれぬらん夏衣たもとすゞしき木々の下かげ

砌橘

4142 すみかへば又やしのばむかりにさす庵の砌にうゑしたちばな

4143 住捨し宿の砌の橘や今もむかしのかに、ほふらん

沼蒲

4144 身をしれば哀とぞ思ふかくれぬに生るあやめは引人ぞなき」（23オ）

梅雨

4145 けふも又色づく梅のかずぞ、ふ雨ははれまもみえぬ軒ばに

夏草

4146 わがやどはさしてもとはん人もなししげらばしげれ庭のなつくさ

夏月

4147 風わたる窓のくれ竹うちなびきすゞしさみする夕月のかげ

瞿麦露

4148 すゞしさにはらはでぞみる咲しより朝ゆふ露の床なつの花

首夏

4149 けさは、や木々の青葉に吹風もすゞしくみえて夏のきにけり

4150 夏にけさ色ぞわかる、きのふまで花にまがひしみねの白雲」（23ウ）

衣をかふとて

4151 花のかにそめずはよしやあさ衣かふるたもとを何かおしまむ

ある人のもとにて卯花を

4152 月はまだかげみぬよひの木がくれに光まがはず咲るうのはな

郭公

4153 幾よねぬ我にはつらきほと、ぎすたが手枕の夢さますらん

夏山

4154 若かへですゞしく茂る龍田山秋のにしきの折はありとも

夏野

4155 あつき日をへだつるかげのなければや夏のは通ふ人のまれなる

河五月雨

4156 天河みかさもみえずさみだれにおりたつ雲の中にながれて

4157 あすか川かはる淵せも名のみしてみかさにわかぬさみだれの比」（24オ）

雲間夏月

4158 夏のよの明るほどなき月かげをいとゞはつかの雲まにぞ見る

4159 風わたる雲まの月のむら〳〵にかくれもはてぬかげのすゞしさ

瞿麦露

4160 置わたす花はてる日の色ながら光すゞしきなでしこのつゆ

4161 夕風も吹なはらひそ置そひて光をそふるなでしこの露

苅菖蒲

4162 あやめぐさかるあとみえて沢水のすゞしくかほるなみの夕風

盧橘薫風

4163 村雨のなごりの露にうちしめりすゞしくかほるかぜのたち花

雨中橘

4164 うちしめる匂ひを深み橘の花には雨をいとふともなし」（24ウ）

村上種徳亭にて、樗を

4165 すむやたれ夕日をおほふ樗かげよそめすゞしき岡のべの宿

滝五月雨

4166 天川せき下すかと五月雨の雲よりおつる布引のたき

殿にて春日社法楽に、佐保川を

4167 賤のめが衣かけほすさを川の波にをりはへほたるとぶみゆ（佐保　棹カナタカヒ誤也。）

卯花似月

4168 木のまもる月の光もむら〳〵にいとどみまがふ庭のうのはな

残花少

4169 きのふまでのこるとみしも散そひて青葉の底の花ぞまれなる

4170 をしめ猶ちりゆくまゝに茂りそふ梢の花ぞのこるともなき

ね覚郭公」（25オ）

4171 夢覚るまくらの山のほとゝぎすまたできくよは猶もめづらし

山家夏

4172 時わかず茂るひばらの山ずみはほとゝぎすにや夏をしるらん

草蛍

4173 命とてたのむもあだし露のまに思ひは朽ぬくさのほたるよ

浦蛍

4174 おもひにもほさぬ袖師のうらぞとやよる〳〵波にほたる飛かふ

こぞう月のはじめつかたにや、月のをかしき夜、よひすぐるほど、かの有し家にてものがたりせし折しも、ほとゝぎすの鳴けるを、何とかやかたみに口ずさみし。そのときは、うはのそらにこそ思ひしが、この夕ぐれのこゑに、」（25ウ）有しことゞも面かげ〔に〕うかびて

4175 ともにみし卯月の空のほとゝぎすひとりやしでの山に聞らん

瞿麦露

4176 咲しより朝（アシタ）夕に置そひてさながらつゆの床なつの花

月前郭公

4177 月影にあくがれいでゝ有明の山ほとゝぎす今やなくらん

澗底泉

4178 とめくれば暑さわするゝ山かげに秋もやすめるまし水の声

4179 日をそふる山下水のすゞしさやこの谷かげの光なるらん

麓納涼

4180 夏山の松の梢をひゞきゝてふもとにおつるかぜのすゞしさ

夏川

4181 ほたる飛水の行せの末みえてすゞしくもあるかよるの川なみ

4182 すゞしさはてる日かげろふ山川の岩せ〔を越る〕なみの夕風」（26オ）

樵路卯花

4183 柴人の分なれてしも消残る雪とやまがふたにのうのはな

永屋亭にて閑庭橘といふことを

4184 置あまる露にゝほひやこぼるらん風も音せぬやどの立ばな

暮天郭公

4185 村鳥はかへる夕のほとゝぎすなきていづくにひとりゆくらん

夏草露

4186 花にわく秋はありとも夏草のひとつみどりにむすぶしら露

荒和祓

4187 はらへするかもの川かぜさよ更てすゞしくなびくあさの白ゆふ

4188 何事もかへらぬ浪のみそき川みのうきをさへ哀とぞおもふ

首夏藤」（26ウ）

4189 咲かゝる夏の梢の初はなは春のなごりの花の藤なみ

4190 けさよりの夏をせにとや咲かけしはるはきのふの藤なみの花

庵五月雨

4191 ふりそゝぐ雫たえせぬ雨のうちにさ月もなかばすぎの下いほ

新樹露

4192 朝な〳〵ぬれて色そふわかゝへでみどりをさへや露はそむらん

郭公を待ける夜、あかつきがたに一こゑきゝて

4193 つれなさもかぎりありけりほとゝぎすまだしいまはの暁のこゑ

池菖蒲

4194 けふさへもからでみぎはのあやめぐさすゞしくむすぶ池のあさ露

もの思ふ比、さみだれをきゝあかして

4195 ひとりねの枕にきけば音たえぬ五月の雨の空もよながき」（27オ）

林早夏

4196 霞つるかた山ばやし夏きてはさくらの青葉色ぞまがはぬ

里郭公

4197 里ごとに身をし分ねばほとゝぎすつらき所やなほのこるらん

内田亭にて、夏夜待風といふ事を

4198 夏のよは軒ばの竹のそよとだに音せぬ風をたもとにぞまつ

曙郭公

4199 みじかよをおし明がたのほとゝぎすたが別路のねをやそふらん

杜郭公

4200 あやにくにきかまほしきはほとゝぎすしのぶのもりの木がくれの声

田家早苗

4201 里とほき山べよりまづうへはてゝけふは門田にさなへをぞとる」（27ウ）

樹陰忘友

4202 夏衣き〔ゞ〕の下道露ちりて秋かとたどる袖のゆふかぜ

沼菖蒲

4203 けふといへばにほひをとめてかくれぬに生るあやめも人や引らん

六月祓

4204 いたづらに過る月日とみのうさとかたへはをしき夏はらへしつ

江五月雨

4205 ふりしほる芦の末ばもけふいく日波に入江のさみだれの比

浦五月雨

4206 間遠にもはれぬさ月のあま衣ほさでやくたすさみだれの比

湖五月雨

4207 此ころぞげにみるめなきさみだれの雲にへだつるにほのうみづら

迎称寺にて、早夏といふことを」（28オ）

4208 花もちりかすみもはれて夏山の青葉すゞしき木々の朝風

久待郭公

4209 ほとゝぎすをのがさ月もほどなきをいつまでをしむはつねなるらん

卯花似月

4210 木のまもる月かとみえて茂りあふ青葉がくれにさけるうの花

寝覚郭公

4211 ね覚とて恨つる哉ほとゝぎす鳴こそわたれふかきよのそら

夜川鵜舟

4212 夜川たつなみまのかゞりかげ更て下すう舟ぞまれに成ゆく

新玉津島にて、郭公を　正誠へ懐紙遣

4213 待えてもおぼつかなしやほと、ぎすたそがれ時のよその一声

常悦亭にて、深夜鵜川を

4214 深きよの川とに残るかゞり〔火〕やをくれて下すうぶねなるらん」(28ウ)

物へまかりけるに、菖蒲をかるをみて

4215 けふとてもいたくなかりそ露ながらみぎはすゞしき池のあやめを

川夕立

4216 ながれきてまさる水かさにゆふ立のふらでもすゞし里の中川

4217 雲か、る遠のたかねやにごりゆく此川上の夕立の空

氷室

4218 とことはにさゆるひむろの山守は何にみつぎの時を知らん

五月四日涌蓮道人入来。よひは人々いり来てものかたりして更ぬ。またの日のつとめていひかく

4219 かり初にねての朝けの軒にふくあやめにそへよ露のことのは

かへし　道人

4220 つねにすむ草のいほりのめうつしにあやめもわかずねてのあさけは

仏にあやめを奉るをみて」(29オ)

4221 あやめぐさ世人は軒にふくめれど老は仏の手向とやする

母ぎみにかはり奉りて

4222 み仏にけふ奉るあやめこそながきねがひのしるし也けれ

かへし　道人

4223 とにかくに身はにごり江のあやめぐさもとの誓ひの引にまかせん

遣水をみて

4224 いさ、水木のまのながれかすかにて夏すむ宿はこ、ぞ涼しき

かへし

4225 かすかにてよにすみわびしさ、水もみる人からや夏はすゞしき

いまはかへりなんといふに

4226 かたれなをけふのあやめの草のいほいづくもかりの栖とおもはゞ

かへし

4227 一よねてけふもかたらばあやめぐさかりの宿りに心とまらん

かへし

4228 都には心とめじとかへるともそも又草のいほりならずや」(29ウ)

かたみにいひしたはぶれごとゞもなほおほかれどいまはわすれ侍りけり。

賓興亭にて、郭公を

4229 よにふるはまたでもきかんほと、ぎす里なれぬまの一こゑも哉

4230 散のこる花を尋ねてほと、ぎす青葉がくれの初ねをぞきく

沢蛍

4231 音にたてぬおもひもさぞなたつのすむさはべの水にほたる飛かげ

瞿麦

4232 咲そひてむべとこ夏の花のなもさかり久しき色にみえけり

夏月易明

4233 すゞしやとかげみるほども夏くさの露のまがきにしらむよの月

榎本亭にて、暁郭公を」(30オ)

4234 今はとて待もたゆまば子規き、やもらさんあかつきの声

4235 郭公しばなくかげにならぶともあかずやきかん暁のこゑ

夏

4236 をちかへりなくやさ月の声もなほ聞ふるされぬ山ほと、ぎす哉

4237 夏はたゞ清水ながる、きしかげのこけのむしろにしく物ぞなき

4238 夏深みそこはかとなきむしのねに秋おもほゆる露の草むら

岡部早苗

4239 けふもなほうゑはつくさで夕づく日むかひの岡にさなへとる也

4240 うゑたてしをかべの小田のわかなへに鹿なく秋の面かげぞたつ」(30ウ)

軒橘

4241 すみ捨し人を忍ぶの軒ふりてあれたる宿に、ほふ橘

4242 軒にふくあやめわかれてかほらずはさくともしらじ庭の立花

夕立のふりくるをみて
4243 きほひくる雲のかたへはなほはれて日かげにみゆる夕立の雨
みな月の晦日がた、かもにまう〔で丶〕
4244 さてもなほうきせはおなじみそぎ川又人なみにはらへもやせん
4245 などやかくうきせはもとのみそぎ川いくとしなみの夏祓にも
郭公をきゝて
4246 ほとゝぎすたそかれ時のむら雨にきゝまがひぬる一声のそら
鵜川
4247 大井河いくせもこさで在明の月になるよやうかひ火のかげ」(31オ)
磯郭公
4248 郭公いまひと声ははなれその波のまぎれに遠ざかりぬる
小畑西市佐かたにて、竹亭夏来といふことを
4249 日をそふる軒ばの竹のかげしげみすゞしかるべき夏もきにけり
沢菖蒲
4250 うちなびきかほるさはべのあやめぐさまこもゝわかで引やそへまし
4251 あすは又水かさもぞそふさみだれのさはべのあやめけふぞ引まし
岡郭公
4252 たれとねしなごりかしたふほとゝぎす岡のやかたの明がたの声
4253 ほとゝぎすたれに心をゝかのべの松ほど久に音信もせぬ
松下水
4254 〔梢〕ふく松かぜながら水底のまさごにおつるかげのすゞしさ」(31ウ)
4255 す〔ゞ〕しさはあらしも何か松かげのいはねの水の苔つたふ声
夕蛍
4256 夕づゞのかげみる庭のいけみづに光をそへてほたるとびかふ
4257 くれふかき草のは山におく露の光あらはにほたる飛かふ
人の橘をよめる歌のいとをかしうおぼして
4258 かげとひて袖にぞしめんよそにちることばの露もかほる立はな

聞郭公
4259 きゝてしも猶ぞまたるゝほとゝぎすたゞ一声のさだかならねば
海夕立
4260 ふるとみしあとも波路の末とほくうら伝ひゆく夕立の空
滝下蛍
4261 落たぎつ山かげくらき〔岩〕波によるちる玉やほたる成らん」(32オ)
路夏草　〔廿〕首内
4262 旅人や道まどふらん茂りあひて行かたわかぬのべの夏くさ
夏月易明
4263 影はまだかたぶくほども夏のよのはしゐながらに月ぞ明ゆく
朝氷室
4264 出る日のかげみぬほどはいとゞなほさゆるひむろの山の朝かぜ
暮山蟬
4265 けふの日もかげろふ山の夕露にやどり〔さだめてせみ〕ぞなくなる
嶺夕立
4266 風わたるみねのまつがえ吹しをりゆくかたしるき夕立の空
麓納涼
4267 岩まより清水落くる夏山のふもとのいほの夏や住よき
河夏祓」(32ウ)
4268 みそぎする川かぜすゞしあさのはのながれゆくせに夏もとまらで
いんさきうぢの山里に尋入ことの侍しが、友とする人はみむろとのあなた何とかやいふ里にしぞくありてそこにとゞまりぬ。それよりひとり、山ふかくみちもしらで、まどひゆくに、鳥の声、松のひゞき、いと心ぼそし
4269 分なれぬ山のしたみちあふ人も夏くさしげみ尋ねわびぬる
いまは廿余丁もきぬらんとおもふに、里ちかくなりぬるなるべし、樵歌の声ほのかに聞ゆ。しる人にあひたらん心ちしていとうれし。ちかづきてとふに、いましばしゆきて、木ぶかくしげりたる谷の水おと聞ゆるかたにぞ里はあなると」(33オ)こた

ふ。をしへしにたがはず、心あての庵に行つきぬ。あるじの大徳おこなひのいとま
にて、のどかにうちものかたらひて

4270 おもはずよ青葉がくれの山里にみやこの人のとはん物とは

再吟に及ぶにもだしがたくて

4271 とひよればことばの花の時わかずにほふみ山の木がくれのやど

ほとゝぎすはきゝ給ふつやとふに、よべはおとづれ侍りき、けふもたのもしき空
にこそあめれ。こよひはとゞまりてまちたまひねかし。日もかたぶきぬ。いでその
みちのゆくてにとまりつる人をもこゝにいざなひてん。文たまへ。人していふとも
おはさじ。我いでこんといはるれど、分こしほどを思ふに、いとはるかなるみちを
といへば、」（33ウ）京の人はさもおぼすべかめれど、山ぶしのみには何ばかりのこ
とかはと、せちにこはれて、その人のもとにとて

4272 山ふかく尋ねもすべきほとゝぎす人づてにやはきゝてかへらん

軒ばの山のそはのかけぢ、げにものならず。みるがうちに行過ぬ。この寺はひんが
しにむきて旭耀山といふ額あり。南は庭より西につゞきて分こし山なり。あるじ、
いと情ある人にて、前栽には、さゆり、なでしこ、すゝき、萩、さらぬ草をもみど
ころおほくうゑわたして、しげりあひたるに、まだこぬ秋の面かげも立そひて、い
とをかし。東のみねたかくそびえて、ふもとに水の音かすかにきこゆ。侍者にとへ
ばこれなん櫃川と」（34オ）いふ也。かの木こりのをしへし川なるべし。すべて心も
すみわたる所のさま也

4273 我もよをうぢの山べに家ゐせんつねに心のかくもすむやと

思ふにも、まづおもひいづることぞおほかるや、かくうち詠るほどに、あるじの声
きこゆ。いとはやうも物したまひし哉といふに、いざなはんといひつる人のかへり
ごとには、みちのあないもとめてこれよりとあり。むらさめをり〳〵して、まつか
ひあるべき空のけしきに、都の友をさへおもひいづ

4274 おのがすむ山ほとゝぎす尋ねきぬまだよにつげぬ初ね聞せよ

かの人はいたううちぬれて、まどひきぬ。めづらかなるみちのほどのものがたりな
どするに、鶯をきゝつとて」（34ウ）

4275 咲のこる花もやあらん山深みなほ春ながら鶯のなく

我はきかざりけるもねたくて

4276 わがためは鶯だにもつれなきを山ほとゝぎすいかゞあるべき

などたはぶれごとゞもいふほど、あるじはなにくれと谷の底よりもとめいでゝもて
なさるゝもいとめづらかに興あり。くれもてゆくまゝ、しめやかなる雨に水鶏のお
とづれけるを

4277 柴の戸もまださしあへぬ夕ぐれにたゝく水鶏の心みじかさ

友人

4278 あけくれのとざしさだめぬ此庵になれてくひなのさぞたゝくらん

あるじ

4279 よもすがらねても聞なん柴の戸のあくるもしらずたゝく水鶏を

樵歌の聞えたるを

4280 都人たづねてきぬと聞しよりましばのみちやいそぐ山がつ

愚詠」（35オ）

4281 暮ふかきみちしるべとや遠近にうたひかはしてかへる柴人

友の人

4282 山人のうたひつれたる声だにもとほざかり行夕淋しき

かゝることゞもを口ずさむほどにくれはてぬれど、それかとたどる一声もきこえね
ば、つれ〴〵なるまゝに、所にあひたる題どもいだされたり

山家松　愚詠

4283 かきつめていくよへぬらん山里の軒に木だかき松のことのは

山家水　あるじ

4284 むら雨によしにごるとも明くれにすましてくまん山の井の水

山家橋　友の人

4285 滝つせの流にわたす丸木ばし此山里のありとばかりに

山家路　愚詠

4286 分入も心ぼそしや山里の人めまれなるみちしばの露」（35ウ）

山家煙　友

4287 山ふかみいつかはか、る宿しめておなじましばのけぶりくらべん

山家苔　あるじ

4288 山寺の法のとぼその明くれはしきみになる、苔のかよひぢ

山家夢　愚詠

4289 かりねするみ山のいほのさ、まくらなれぬあらしに夢もむすばず

かくて更行どなほつれなければ

4290 ふりいで、鳴とはなしにほと、ぎすまつよの雨の声の淋しさ

かへし　あるじ

4291 ふりはへて鳴ほどまではあらずとも一声もらせ雨のよのそら

ともの人

4292 谷水のおとも淋しき柴のとにあはれをそふるよはのむら雨

とかくかたるうち、みじかよのゆくりなく山まどのひまみゆるにおどろきて、あるじ」(36オ)

4293 郭公初ねの後のこよひぞとおもふにたがふ明がたの空

ともの人

4294 ほと、ぎす待かひもなきつれなきを思ふまくらに夢もむすばず

愚詠

4295 なほぞうき山ほと、ぎす一声も待あへずあくるみじかよの空

うちわびてしばしまどろむほど、日さしあがりぬ。よべの雨なごりなくはれて、みおろす谷の梢より朝けのけぶりほそくたちていとおもしろし。こ、にも湯づけなどたうべて、いざこのわたりみんとて南に行に、み山べはまだつ、じのさかりなるを、みる人もなければ、いとうちすぎがたし

4296 夏山の青葉がくれに咲つ、じしのびにのこる春の色かも

谷川のながれにつきてわたす岩はしを、かなた」(36ウ)こなたにつたひて行に、こ、かしこ菊生たり。これぞちとせふべき友なめり。秋はかならずなどちぎりても、猶家づとにして、は、君にみせ奉らばやとぞ思ふ。十丁ばかりをへて、はまといふ所にいづ。こ、ぞうぢ川なりける。たきぎ柴などのたえずながる、。いかなるにかと、へば、舩もかよひがたき川上よりながしおとして、下にてまちつけてとるなりとぞ。その浜にも柴ゆふ翁のかたる。めづらかなることたぐひなし。ともなる人のよめる

4297 めなれずようぢの川上早きせの水のまに〱下す山しば

愚詠

4298 瀬を早み舟もかよはぬ山川もうきよをわたる道たすくめり

川ごしの山のたかうさかしきそばづたひに、」(37オ)山人の行かふみゆ。よそめもいとあやふし。ふもとは大なる岩いくへともなく、わざとた、みあげたらんやうにて、四五丈ばかりの滝おちたり。絵にか、まほしきけしきども也

4299 落たぎつ音もきこえず山川の岩せを越るなみのひゞきに

もとの道をなかばかへりて、このたびは東の山ぎはにつきてくるに、木をこる山あり。斧の音、谷にひゞきてかすかなり。いろ〱やすげなきよのわざども、みきくもいとあはれにて

4300 杣木こるしづにとはゞやかくてしもうきはへだてぬ山のおくかと

西はやどりつる庵也。げに名もしるくけざやかにみわたさる

4301 あきらけきのりの光もみえてけさあさ日かゞやく山の古寺」(37ウ)

それより龍がたきといふにいたる。このみちを卅丁ばかり行て、喜撰がすみけるあとありといふに、いとゆかしけれど、日も午にちかく、けふはきはめてかへるべきなれば、おもひとゞまりて、かの庵にてしばしやすらひて立いづるに、あるじなごりつきずとて、山のなかばまで見おくらる、情浅からず。後会をちぎりてわかれぬ。京にきつきても、柴のいほりながら、かの地にはにるべくもあらねば、なほ幽閑の気味しのばしく、ひとりともし火のもとに有つることゞもかい付侍りぬ。

庵は因性寺、友は伴資芳。」(38オ)

〔六帖詠藻　夏二〕

冷泉殿にて慈鎮和尚手向に、郭公未遍といふことを

4302 五月雨もや、ほどちかし郭公里をあまたにふりいで、なけ

晩夏蟬

4303 夏もや、暮ると山に鳴蟬の声吹おろす風のすゞしさ

茅屋にて人々と、もに廿首当座よみ侍りける時　湖上夏月

4304 しがのうらやさゞ浪とほくかげみえてすゞしくやどる夏のよのつき

樹陰夏月

4305 夏山のしげき木のまをもるかげもあかず更ゆく月のみじかよ

里蚊遣火

4306 かひたつるしづがけぶりのいぶせさもよそめにしるき里の夕ぐれ」（1オ）

河辺蛍

4307 絶々にかげもながれて川水のゆくかたしるくほたる飛かふ

夕立過山

4308 おくれきて越るもすゞし夕立の雨は足とく過る山路に

江上納涼

4309 けふの日も入江すゞしくかげみえて秋にさきだつ波のゆふ風

島荒和祓

4310 みな月のはらへすゞしも川島のしらずにたてるあさのゆふしで

北林禅尼手向、梅雨久

4311 たえまなき軒のいと水くりかへし日数かぞふる五月雨の宿

夏草露

4312 花さかむ秋をもまたじ白露の涼しくむすぶ庭の夏草」（1ウ）

迎称寺にて、首夏を

4313 花にみし其梢とも夏山の青葉にかゝる雲ぞすゞしき

冷泉殿にて、河五月雨を

4314 五月雨にみかさ増りて山川の岩せの波の音とよむ也

水上夏月

4315 夏ぞとはたれかいはまのまし水に秋をやどしてすめる月かげ

山五月雨

4316 けふいくか雲のはれまも夏山の木もとくらきさみだれのころ

郭公

4317 待受し恨もはれて在明の月に鳴いづるやまほとゝぎす

夕立

4318 みるがうちに野山の草木吹しをり風によこぎる夕立のあめ」（2オ）

夜川篝

4319 大井川幾せの波にかげみえてう舟のかゞりかずもしられず

鵜川

4320 いかならん此世だにかくやすげなきう舟のたなは長きやみぢは

五月雨

4321 けふいくか軒ばにおつるいと水の絶まもおかぬ五月雨のそら

閑庭橘

4322 しづけしなよもぎが庭の夕露にしめりてにほふ軒のたち花

夏のよ端ゐしてうちまどろみけるに、いたく更ければ

4323 風わたる端ゐすゞしきうたゝねに明るもをしき夏のよのそら

夕立雲

4324 へだてつる遠のたかねははれていまと山にかゝる夕立の雲」（2ウ）

扇風秋近

4325 ほどもなくすゞしかるべき秋をしも扇の風ぞかねてつげゝる

薄暮卯花

4326 とふ里のみちもまどはず卯木がき猶くれ残る花の光に

滝五月雨

4327 音なしの名のみながれてさみだれのみかさにむせぶ滝ついは波

卯月初つかたにや、山しなといふ所に、友だち二人ばかり行とてさそはれたりし。さはることもあれど、せちにいはれて行けるに、山みちにいとおもしろき花の残侍しければ
4328 さそはれてけふ分こずは心ありて風残せる花をしもみじ
青葉の梢すゞしきに、夕月ほのかなるけしきいはんかたなし」（3オ）
4329 ほのかなる初ねもそへよほとゝぎす青葉の梢月うすきそら
ある夜の夢に、母君とゝもに、北の山の木ぶかくしげりたるをみるに、ともしの松のしらむけしきのをかしきを、母のよめとのたまへれば、夢中に
4330 山とほき松の木のまに残る火やよるのともしのなごりなるらん
夏山のいとふかくしげれるをみて
4331 此比はいづくの山もつくば山深くぞ夏のかげはなりぬる
簷橘
4332 うゐしよりいくその人のすみかへてふりけん宿の軒の立ばな」（3ウ）
橘薫袖
4333 立ばなの花ちる里は夢ならでむかしにかへす袖のうつりが
夕立
4334 夕立のなごりの露に風みえて日かげもすゞし岡のさゝはら
ふりつゞきたる雨はれて、夕月のさしたるを
4335 五月雨のなごりの雲もみな月のかげめづらしき夕暮の空」（4オ）
杜夏草
4336 まだきより朝夕露の深ければ秋のけしきのもりの下くさ
新樹の風になびくを
4337 きのふまで花にいとひし心さへ青ばにかはる風のいろかな
水上蛍
4338 けちがたきおのが思ひのふかさをや水のほたるのかげにしるらん
4339 恋せじのみそぎもさぞと飛ほたる水にも消ぬ思ひにやしる
初聞郭公
4340 郭公しひてまたずは人伝にあすこそきかめよはのはつこゑ
4341 尋ね入山のかひにはほとゝぎすまだよにしらぬ初ねをぞ聞」（4ウ）
榎本亭にて、郭公幽といふ事を
4342 ほとゝぎすたそかれ時のむら雨にきゝまがひぬる一声の空
4343 しづかなるね覚ならずは郭公それともきかじよはの一声
樹陰納涼
4344 しばしなほすゝみて越む岡のべやてる日をそふる松の下風
4345 夏ぞなほかげ頼もしき椎が本古葉落ちる風のすゞしさ
草かるわらはのなでしこなどをかり残したるをみて
4346 馬ぐさにあたらしけれやうなゐごのかりのこしたるさゆりなで〔しこ〕
無題
4347 ほとゝぎす鳴ずはたれか我やどの池の藤浪立かへりみん」（5オ）
4348 ふりしよをたれにしのべと橘の花の〔香しめる〕さみだれのやど
4349 物おもふ人をや友とほとゝぎすよ深き空になきわたるらん
4350 むら〳〵に咲うの花は木間よりもりくる月のかげかとぞみる
田家夏
4351 時きぬとさなへとり〴〵いではてゝ田中の里は夏ぞ淋しき
4352 夏くればこぞのいなぐきすきかへし早苗にいそぐ小山田の里
日ぐらしにせみのなくを
4353 夕日さす杜の梢になくせみの声のしぐれははるゝまもなし
ふしまちの月をみて
4354 夕すゞみはしゐながらにふしまちの月まちつればさよ更にけり
夕立をみて」（5ウ）
4355 なる神の響をそへてきほひくる雨すさまじき夕立のそら
石見国人丸神社奉納円海寺周円勧進
初郭公、庭夏草、蚊遣火
4356 としごとにきゝふりぬれどほとゝぎす初声なけば人とよみけり

4357 茂れたゞ花はなくとも明くれにみどりすゞしき庭のなつくさ

4358 かやりびのけぶりにむかふみどりごが声もいぶせきやどの夕ぐれ

雨夜にほとゝぎすをきゝて

4359 月よりも雨をやまちしほとゝぎすふりいでゝなく声のさやけさ

当座五十首のうちに、夜盧橘

4360 ねられぬにうたてむかしを忍べとやまくらにかほるよはのたち花

池見元始亭にて、夕納涼

4361 あつき日も軒ばの山にかげろふの夕すゞしく風ぞおちくる」（6オ）

4362 かへるべき道もわすれぬよる波の清きはまべに夕すゞみして

郭公

4363 ほとゝぎすしのびかねてや村雨の雲まの月にねをもらすらん

4364 神がきの松にねぐらやしめつらん夕かけてなく山ほとゝぎす

夏山にうぐひすの鳴けるを

4365 いでゝこし谷のふるすやたどるらん青葉の底のうぐひすの声」（6ウ）

葵

4366 神山の二葉のあふひとりぐ〳〵にけふもてはやすかもの宮人

雲外郭公

4367 たが為のはつね成らん天雲のよそに過つる山ほとゝぎす

4368 待つけてたれかきくらんほとゝぎすいくへの雲のよそのひとこゑ

浦郭公

4369 郭公たちもかへらぬ一声にさよも更ひのうらみてぞまつ

4370 待えてもたゞ一声をうら波のはるけき沖になく郭公

4371 波のまに一声きゝつうらちかき山ほとゝぎすさだかならねど

4372 うらなれしあまや聞らんほとゝぎす波に紛るゝさよの一声

雲間夏月

4373 夕立のなごりの雲の絶まより木草の露におつる月かげ」（7オ）
（夕立になごりの雲、不可詠）

夏月易明

4374 すゞしやとかげみるほども夏くさの露のまがきにしらむよの月

庭瞿麦

4375 此ころは花なき庭の草がきに咲てまがはぬ大和なでしこ

4376 みすてゝはたれかかへらん咲そひてくるゝまがきのやまとなでしこ

庭夏草

4377 からでみむうゑぬにしげる庭草にいかなる花の秋はさくやと

蛍似玉

4378 よるひかる玉かとみてやうなゐこが袖につゝみしほたるなるらん

武者小路殿にて、杜郭公

4379 さよ中にたれをとふとかつのくにのいく田のもりになくほとゝぎす」（7ウ）

千首歌の中、池杜若

4380 かきつばた移ふかげも紫の色をふかむる庭のいけみづ

4381 水かれてふりぬる池のかきつばた花はむかしもへだてざりけり

遠郭公

4382 待えしも此里ならぬほとゝぎすたれに告つるはつね成らん

郭公幽

4383 郭公まだ里なれぬ一声は聞もわかれぬたそかれの空

照射

4384 風わたる夏のゝ草の露のまのみをわすれてやともしさすらん

洛東にすみ侍りける比、五月の比、周尹の」（8オ）とひける夜、ほとゝぎすの数声
鳴けるに、ほとゝぎすといふことを上にすへて、ともによみ侍りけるに

4385 ほとゝぎすほのめく月にさき立てと山をいづる声のさやけさ

4386 とひきつる人のためとやほとゝぎすわがやどにしもこよひなくらん

4387 十声あまりなきつるかたのしのばれて（ママ）

4388 きく度になごりぞをしきほとゝぎす遠ざかりゆく声をしたひて

4389 すぎがてになくとはすれどこゝにしも宿りさだめぬ山ほとゝぎす

夏月涼

4390 せみのはのうすきたもとにかげもりてすゞしきよはの月ぞ更ゆく
4391 こん秋の面かげみえて夕立のなごり露けき庭の月かげ」（8ウ）

更衣惜春

4392 きのふにもかへまし物を花衣かさねてをしむ春のわかれぢ
4393 夏きぬとぬぎもかへなば花衣春のかたみは何にのこらん

雨後郭公

4394 雨はれてよゝしとむかふ夕月をなれも待てやなくほとゝぎす
4395 み山よりさそひやいでし村雨のはれ行雲になくほとゝぎす

雨後夏月

4396 村雨のなごりの空に風みえてすゞしくはるゝ夕月のかげ
4397 雨はるゝなごりの雲のひまもりてすゞしくにほふ夕月のかげ
4398 夕立のなごりの雲まもるかげもすゞしくみえて月になる空
4399 夏の日のあつさを雨にあらはせてすゞしくみゆる月のかほ哉」（9オ）

池菖蒲

4400 かほるかもますだの池のあやめぐさ露吹はらふ水の朝風

十首題の内、早苗多

4401 千町田にうゑてもあまるさなへこそ年ある秋をかねてみすらめ
4402 くるゝまでうたふ田歌に長き日もうゑはつくさぬさなへをぞしる

旅宿橘

4403 あすは又しのびやせましかりねする草のまくらにかほるたちばな
4404 かりねせしたがかたしきの袖のかを草のまくらにのこす立ばな

海辺夏月

4405 かげ清き波のよる〳〵うらなれてすゞしき月のみるめをぞかる

夏草滋

4406 夏深き草のは山の下しばや子日せしのゝ小まつなるらん」（9ウ）

三秀院翠巌長老一周忌、夏暁

4407 ね覚してこぞも聞つるほとゝぎすそれかあらぬかあかつきの声

4408 夏衣うすきたもとにもるかげもすゞしくしらむしのゝめの月

友だちのとひきて、月雪などよみけるに、郭公を

4409 おもふどちかたらふよひのほとゝぎす心とけてや声もをしまぬ
4410 月かげもすゞしくしらむみじかよをよゝしとねにやなくほとゝぎす
4411 月うすき有明の山のほとゝぎすなごりをしたふ入かたの声
4412 ほとゝぎすねぐら定めようゑてまつ花たち花もかにゝほふよを
4413 郭公とひもやくるとうゑてまつ花たち花にいまぞなくなる」（10オ）

両吟百首の内、五月雨晴　月真院ト

4414 けふよりや雨はれぬらんさ月山あらはれ初て雲ぞわかるゝ
4415 夕日かげさすがに雲のひまもりてさ月の雨のかぎりをぞしる

杜新樹

4416 ほとゝぎす声のあやをもおりそへよみどりすゞしき衣手のもり

武者小路殿にて、夏風

4417 夏の日のあつきさかりはふく風もうすきたもとを猶へだてけり
4418 あつき日は草ばに待てみる風も猶袖までは吹もかよはず

夏河

4419 水無月のてる日にかれてふみわたるさゞれもあつき夏の山川
4420 水がれのいくせをかけててらす日にむかふもあつき夏の川つら」（10ウ）

夏草

4421 〔はら〕はずは心のみちも夏くさの茂るさまにやうづみはつらん
4422 かりはらふあとより茂る夏草に心の道の行衛をぞみる
4423 あらすなる心のみちもさぞなかくうゑぬにしげるのべの夏くさ
4424 声はして野がひのうしの行かたもみえぬ斗にしげる夏くさ

夏虫

4425 夏深き草の下ねに鳴初て秋まつむしや露もとむらん
4426 夏のゝに露をもとめてとぶてふのつばさにみるもあつき日のかげ

夏露

4427 起いづる袖にかゝりてわか竹のみどりすゞしき夏の朝露

夏野

4428 日をさふるかげしなければおのづから野べの行き〔は〕夏ぞまれなる」(11オ)

4429 すみれには一よもねしを夏の、のなつかしげなく照す日のかげ

夏滝

4430 すゞしさをこゝにせき入て音羽川滝の外をや夏はゆくらん

4431 とめくれば秋も立かと夏の日の暑さをながす滝ついは波

夏筵

4432 すゞみとるならの木かげのこけむしろ夏はみどりにしく色ぞなき

4433 にしきともあやとも夏はすがむしろかげしく月のよるのすゞしさ

夏恋

4434 恋々てまれのちぎりもみじかよにかへてもみばや夏の日ながさ

夏祝

4435 しげり行千町のなへにこん秋のたのみゆたけきみ代ぞしらるゝ」(11ウ)

水鶏何方

4436 誰宿の梢なるらん夕月よおぼつかなくもくひなゝく声

4437 茂りゆく梢のくひないづくとも聞もわかれずかげふかき声

4438 岩たゝく水の音なひたえまなみ聞もわかれず水鶏なく声

こぞの此ころをおもふに、わかれ奉りしみかげの、やまひのをこたりざまなりしと
むかひ奉る心ちして

4439 夢かとよおもへばこぞの此比はたのみあるさまにみえし面かげ

蛍

4440 あつむとやよそにみるらん窓とづるむぐらの露にすだくほたるを

4441 朽てしもゆるさがこそあはれなれ何の草ばのなれるほたるぞ

薄暮卯花」(12オ)

4442 夕月もまだかげもらぬ木がくれのみちの光と〔さ〕けるうの花

風前夏草

4443 袖にまだ吹こぬ風も夏くさのなびくみどりにみえてすゞしき

4444 吹なびくみどりは秋の花よりもにほひまされる風の夏くさ

蟬声夏涼

4445 みな月のあつさも今はしばしとや夕のせみの声もをしまぬ

4446 あつき日をくらしわびつゝなくせみもすゞしく成ぬ夏深き声

あやめの歌おほくよみ侍りけるに

4447 年ごとのけふもてはやすあやめぐさいつのさ月をためしにかひく

4448 青によしならの都にはじまりてあやめのかづらいまもかけゝり

尋てあやめを引」(12ウ)

4449 ひとしらぬねざしやあると山かげのみくまのあやめ尋てぞ引

4450 尋つゝ引人あればみがくれのあやめの草もけふをまつらし

曳菖蒲

4451 水まさるよどのゝあやめながきねもいかでひくらんさみだれの比

4452 我もこのよのうきにのみ生ぬれどあやめのみこそ人は引けれ

刈菖蒲

4453 池水のまこもに交るあやめぐさかをとめてこそかるべかりけれ

4454 これも又時過しとやさなへとる山のさはべのあやめかるらん

あやめをふく

4455 五月雨のふるき軒ばのあやめぐさふきかさねてよもらぬ斗に

4456 さらにけふふくとはすれどこけふかき軒はあやめの色もわかれず

雨中あやめ

4457 ふりそゝぐあやめの葉末打なびきしめりてかほる雨の朝風」(13オ)

4458 あすよりはたれかすさめんさみだれにぬれ〳〵からんけふのあやめを

菖蒲露

4459 あやめぐさは末にむすぶ白露はやがてさ月の玉かとぞみる

4460 ほとゝぎすきなくなみだかさ月まつけふのあやめにむすぶ白露

夕あやめ

4461 たづあさる野沢の日かげうつるまでおりたつしづはあやめをやとる
4462 賤のをがあすのためとやおりたちてくるゝの沢にあやめをぞとる
朝あやめ
4463 朝戸出の袖にかゝりて軒にふくあやめの草の露かほる也
水辺あやめ
4464 けふも猶かくてこそみれやり水の清きながれに生るあやめは
4465 あやめくさ草ねあらひて行水にうつるみどりもあかぬすゞしさ」(13ウ)
沢辺あやめ
4466 あやめ引の沢の水は浅けれどたもとぞ深きかにゝほひける
池あやめ
4467 かるあとにさゞ浪越て水靡きいけはあやめのかこそみちぬれ
4468 しげりあふ汀のあやめかるなへにさゞ浪かをる広沢のいけ
古池あやめ
4469 水さびゐてふりぬる池もあやめ草もとのねざしをしる人やひく
江あやめ
4470 わかのうらの入江のあやめいくばくのけふのことばの露かゝるらん
沼あやめ
4471 かくれぬに生るあやめもけふといへばかを尋てや人のひくらん
閨あやめ」(14オ)
4472 夢覚るよはの枕にかをるかやねやの軒ばのあやめ成らん
袖上あやめ
4473 色もなき麻の袖にもかけてけふあやめの草のかをぞしめつる
かくあやめのうたをよむに、旅宿のあやめといふ題を得て、そのかみむさしにて五月五日にあひしことをおもひいで［、］
4474 ちぎりあれや六とせのあとのあやめぐさ又かりふしの枕にぞゆふ
五月六日あやめをみて
4475 何事もけふかきのふのあやめぐさたゞ露のまのすさび也けり

垣夕顔
4476 何となくめとまるものは山がつのかきほにかゝるゆふがほの花」(14ウ)
4477 とはゞやな露のはへなき草がきも花を光のゆふがほの宿
窓前蛍
4478 さても猶あつめぬ窓をよひ〳〵にてらすほたるのかげもはづかし
4479 とぶほたるあつむとはなき窓をしもえぞとぢはてぬよひ〳〵のかげ
4480 八重とづるむぐらの露やもとむらんよる〳〵すだく窓のほたるは
榎本賓興は黄門重豊卿にしたがひて、この道に心ざし深かりける人なり。我洛東にすみ侍りける比よりしたしくかたらひなれ侍し、黄門薨去後は我おもむきをたてゝまなばるれば、いよ〳〵むつまじきなからひにてぞありし。あとの廿九日よりかり初の風の心ちになやまれしが、あした夕にいとおもくなりそひて、いま〳〵となるよしきゝて、足をそらになして、かのがりとぶらひ侍るに、ものはいへどこたへなどもせで、みるがうちにいきたえたり。夢のこゝちして」(15オ)思ひみだれ侍るに、心のしづまるまゝ、かなしきことはんかたなし。明くれなれむつびて、しぞくよりもしたしかりける事をつく〴〵思ひいづるに、さきのよのちぎりにやありけんとさへぞたどらるゝ。かなしきことはしばしおきて、かばかり心ざしの道に深かりし人もまたなければ、いづれのかたにもたづきうしなひたる心ちせられて、両袂をしぼりぬ。我はこぞより心ちそこなひて、久しくはあらじと思ふ身の、かへりて人のあとゝふもかつはかなし。萩をみて
4481 夏はぎの風まつ露はおくれゐておもひもかけぬ花ぞちりける
4482 明くれになれこし人の面かげを今よりみしとおもふかなしさ
月真院にて、六月祓
4483 身はいつをかぎりなるらんとし〴〵に先だつ人の数ぞゝひゆく」(15ウ)
夜川篝
4484 夕かけてみそぎしつればみな月の暑さをさへもはらふ川かぜ
4485 みそぎ川まだきに秋の色みえていぐしのしでになびく川かぜ
4486 みじかよのう舟のかゞりもえつきば何に後世のやみをてらさん

4487 よをかさねう川にともすかゞり火やいとゞ後世のやみをそふらん
4488 こゝにまづ月のかげをやうかひ火の光消ゆく遠の川づら
4489 夕やみをゝのが光とさしはへてう川のかゞり数ぞゝひゆく
空のうすゞみ色になりて、くもらぬかたなくみゆるは、さみだれ初るなるべし。
4490 うちしめりさみだれ初る雲の色はさながら秋の夕ぐれのそら
夕立雲　両吟
4491 なるかみのひゞきもそひて山かぜにはげしくきほふ夕立の雲」（16オ）
4492 けふもまた夕立すらし大ぞらにあやしき雲のみねぞかさなる
4493 時のまに日かげくもりて夕立のあしとき雲に風きほふみゆ
夕納涼
4494 窓ごしに月さし入てわか竹のなびく夕のかぜのすゞしさ
4495 みな月のてる日もさすがかげろふの夕さりくれば風ぞすゞしき
河夏祓
4496 年波もはや中つせのみそぎ川かへらぬ水にうつる日のかげ
4497 塵の身につもれるうさもみな月の清き川べに夏はらへして
羇中郭公
4498 郭公おのがさ月も旅人のやどりせむのは心してなけ
4499 かりねする草のまくらのほとゝぎすさのみなゝきそ夢をだにみん」（16ウ）
納涼
4500 すゞみとる軒の下をぎ末なびきふきたつ風は秋の面かげ
極楽寺、養林寺などまねきける時、遠夕立
4501 この里もよそになゝしそ雲かゝるたかまの山の夕だちの空
4502 時のまに水こそにごれ川上のたかねの雲や夕立のそら
両吟百首の中、連日苗代
4503 種まきつしめうちはへてしづのをが日ごとのわざや小田のなはしろ
夕立すぐる山をみて
4504 夕立のはれゆくみねに入日さしさらにみどりの色ぞすゞしき

卯花
4505 咲にけり杜の木のまにゆふしでゞ神まつるかとみゆるうの花」（17オ）
鵜川蛍
4506 うかひ火の下る川せをゆくほたるいかに契てもえあかすらん
島夏草
4507 柴舟の川島めぐるほどなれや夏くさ分て行とみゆるは
照射
4508 みの後もおもはでしづが夏山にともししつゝやよをつくすらん
4509 ともしする山のしづくに立ぬれて幾よかしかを待あかすらん
月真院にて、待郭公
4510 うちもねば夢にもきかん郭公などかかひなく待ならひけん
4511 待たゆむ夜半しもあらば中々に夢にもきかん山ほとゝぎす
4512 此ごろはまたぬまもなしほとゝぎす鳴べき時のいつとしらねば」（17ウ）
夕立
4513 みるがうちに雨きほひきて夕立の雲にかくるゝみねの松ばら
4514 雲まもる夕日のかげに夕立の雨のあしさへみえてすゞしき
両吟百首　盧橘
4515 うゑ置しやどの軒ばの立ばなにすみけん人のむかしをぞ思ふ
杣五月雨
4516 宮木こるひゞきはたえて杣川の音のみたかきさみだれの比
4517 宮木引声いそぐ也五月雨の雲とぢそふるみおのそま山
4518 杣山のをのゝひゞきもいつよりか絶て日をふるさみだれの比
4519 ひかぬ木もながれいづみの杣川にさ月の雨のみかさをぞしる
川五月雨」（18オ）
4520 みかさそふかたのゝみのゝさみだれに舟も通はぬ天の川づら
郭公驚夢
4521 待たゆむ夢のまくらのほとゝぎすさむれば声の遠ざかりぬる

4522 うつゝにはなほつれなくてほとゝぎす夢をさそふも一声の空

夏月

4523 置かふる夏のゝ草の露のまにやがてかたぶくみじかよの月

かたらひける女の身まかりける夏、有し家にゆきてみれば、かきねのくさいとたかうしげりたるをみて

4524 里はあれてふりゆく庭の夏くさに虫のねそはん秋をこそおもへ

立花薫袖」（18ウ）

4525 むかし思ふ袖のなみだの露とひて花たち花もかにゝほふらし

蚊遣火

4526 おもひやるうきふしさぞな竹しげき軒ばをめぐるかひの煙に

夜郭公

4527 月かげはまだいではてぬ山のはによゝしとつげてなくほとゝぎす

刈菖蒲

4528 あやめ草ながきねざしをけふごとにかはらぬ千よのためしにぞ引

磯郭公

4529 ほとゝぎすいま一声ははなれその波にまぎれて遠ざかりぬる

4530 時きぬと波のよる〳〵そなれぎのねにあらはれてなくほとゝぎす

元始亭にて、夕納涼を」（19オ）

4531 あつき日も軒ばの山にかげろふの夕すゞしく風ぞおちくる

4532 かへるべき道もわすれぬよる波の清きはまべに夕すゞみして

山下政教亭当座、夏祓を

4533 何事もすつるとならば身につもる老もなごしのはらへならなん

人々とひきて歌よみけるに、郭公を

4534 をりにあふはつねもうれしきなくやとゝはれし暮の山ほとゝぎす

土山厚典亭にて、早苗を

4535 石上ふるの山田もわかなへのあさみどりなる色にめづらし

4536 こん秋のいなばの風の面かげもみどりになびく小田のわかなへ」（19ウ）

閑中五月雨　月真院

4537 いと水の音ばかりして淋しきはくる人もなきやどのさみだれ

人々とひきて歌よみ侍りけるに、夏木を

4538 夏はなほかげとぞ頼む椎がもとすゞしき風のたえず落きて

4539 春の花秋のもみぢも何ならずあつさも夏のかげふかきまつ

三神法眼がりとひて、待郭公を

4540 待も我心づからをほとゝぎすつらき物ぞとかこつわりなさ

4541 よをかさねまつもう月のほとゝぎすいかにつれなき初ね成らん

4542 つれなきもえこそうらみねほとゝぎすなが頼めつる夕ならねば

月真院にて」（20オ）

月あかき夜、かねをきゝて

4543 月にこそひるのあつさもわするゝをたれにねよとのかねひゞくらん

六月中の八日などにや、摂津守信郷のもよほしにて、左衛門尉光興、宮奇など伴なひて、伏見のみすといふ所に、蓮池あるに舟をうけて遊し。歌よめといへりしに

4544 かつまたのむかしの蓮も玉だれのみすのを池の花におよばじ

ひるまはうぢ川の南の家にあそびて、夕かけて此やのうらなる大くらの入江に舟にてすゞみせんといふほど、夕立のしければ、はるゝをまちてさしいづるに

4545 雨はるゝ入江の水に舟うけて月まつくれの風のすゞしさ」（20ウ）

郭公幽

4546 静なるね覚ならずは郭公きゝもさだめじ遠の一声

野夕立　月真院

4547 夕立の雨きほふのゝひとつ松たのむかげとやいそぐ旅人

4548 ぬれつゝや猶分ゆかむ宿るべきかげも夏のゝ夕立ちの雨

深夜鵜川

4549 うかひ人心のやみや深きよの川せにのこるかゞり火のかげ

4550 大ゐ川下すうぶねのかゞりびのさよふけぬれやまれに成ゆく

遠村蚊遣

4551 うちけぶる江の村遠く暮そふやあまのとまやにかやり立らん
4552 垣ねなる竹のけぶりの色そへてかやりたく也山もとの里」(21オ)
　む月末つかた、周尹と廿首題わかちてよみけるに、郭公幽
4553 ほのかなる音をつげてこそほとゝぎす我にはうときうさをそへけれ
　夕納涼
4554 夕さればたつるけぶりのいぶせさに門すゞみする賤が家々
　蛍知夜
4555 くるゝよりもゆるほたるや人めなきよるとてゆるす思ひなるらん
4556 くれ行ばほにあらはれて難波江のあしべのほたるかげぞみだるゝ
　里郭公
4557 此里にねぐらをしめよほとゝぎすいづくも旅の空にやはあらぬ
4558 郭公すまふみ山の里とひてことしは早く初ねをぞきく」(21ウ)
　色瞿麦
4559 色々の花の笆の中にしもまづめにつくは大和なでしこ
4560 茂りあひてひとつみどりの草がきにならぶ色なきなでしこの花
　三月十八日人丸法楽十二首内、五月雨久
4561 ふきそへしあやめも朽て板ひさし久し〔く〕はれぬやどのさみだれ
　夕卯花
4562 夕月の杜の木かげのうの花はいとゞ色こそわかれざりけれ
4563 神がきのたそかれ時のよそめには白ゆふかくと見ゆるうの花
　周尹と題をわかちてよみ侍りけるに、郭公
4564 夏山の青葉がくれの郭公花のなごりとしたひてやなく
4565 里はまだとはぬ物ゆゑ足引の山ほとゝぎす尋ねてぞ聞」(22オ)
　簷盧橘
4566 我とわがうゐける世をもしのぶ哉としふる郷の軒の立ばな
4567 軒はあれてみしにもあらぬ古郷も花ぞむかしにゝほふたちばな
　夕納涼

4568 すゞしきは池のさゞ浪よるかけてほたる飛かふ水の夕風
　更衣
4569 いつしかに霞のま袖たちかへて山も青葉のころもきにけり
　卯月はじめつかた、題をわかちて歌よみけるに、夏日」(22ウ)
4570 をしむべき日影ながらも夏くればたへぬ暑さにくるゝをぞまつ
　夏河
4571 有てゆくながれもかれて夏ぞ此みなせの川の名には立ける
　夏庭
4572 月かげももらぬばかりに茂りあふ夏のかきねをたれかとひこん
　夏草
4573 此春の子日わかなに分きつるのべともみえず茂る夏くさ
　夏鐘
4574 夏くればよひあかつきのみじかよに時つくかねの声もひまなし
　卯月六日、人々きあひて、拾遺集のうたをとかくいふに、雨ふりいでゝいとしめやかに更行に、郭公の音信けるに」(23オ)おもひいづる事あり。むかしこよひ貫之主、承香殿にて古歌をえらびけるに、仁寿殿の桜の木にて郭公のなきけるをめづらしがらせ給ひて、貫之〔に〕歌奉らせ給ひし〈ことなつはいかゞ鳴けんほとゝぎすこよひばかりはあらじとぞきく〉とつかうまつりけるよし、かの家の集にみえたるなどいひて、折にあへばたれも〳〵あはれがりてよみける序に
4575 いまもそのをりをわすれずきなけども山ほとゝぎすきく人ぞなき
　かへし　涌蓮
4576 いにしへのはつねもけふの郭公折をわすれずきく人もあり」(23ウ)
　こゝもおなじ比にや夜ふくるまでありて郭公をきゝて
4577 まどろまぬよはの枕のほとゝぎす物おもふ身はまたでこそきけ
　是をきゝて、くるつ日　元迪
4578 物おもふよはの枕をなぐさめて山ほとゝぎす鳴にや有らん
　中村宗廷亭にて人々十首歌よみしに、遠夕立を

4579 吹さそふ山風すゞし雲はまだ遠のたかねの夕立のそら
4580 けふもまた夕立すらし山のはのとほき梢の雲がくれゆく
雨夜に郭公をまちて」(24オ)
4581 雨ふれば猶ぞまたるゝほとゝぎすぬれなば声の色もそふやと
待郭公
4582 時鳥心ゆるしてなのるやとふしてまてども猶ぞつれなき
外山夏月
4583 高砂のをのへをいづとみるがうちにと山はしらむ夏のよの月
4584 と山なる正木のかづらくりかへしみるまも夏の月ぞ明ゆく
さ月五日
4585 ともにけふもてはやさるゝ契にてなどかあやめを駒のすさめぬ
4586 ねたしとや駒のすさめぬあやめぐさ引ならべつゝみつるけふより
ほとけにたてまつるとて」(24ウ)
4587 これもよのうきにはそまぬあやめぐさけふの花とや奉らまし
やり水におふるをかりてかめにさせるをみて
4588 明くれにみどりのあやめかはらねどかめにさせればけふはめづらし
六日にあやめのしほたれたるをみて
4589 きのふだにひかれざりつるかくれぬのあやめはしらじけふのうきふし
盧橘薫
4590 玉すだれ誰しのべとか古郷のむかしへだてずにほふたちばな
水風如秋
4591 水はるゝ南の風による波の入江は秋のおもかげぞたつ
4592 夏ふかき入江をかけて住やどは秋かとたどる水のゆふ風
五日のあやめ」(25オ)
4593 引ならべみつるけふよりねたしとやあやめを駒のすさめざりけん
当亭にて、夏月を
4594 むら消の雪にまがひて松たてる浜べすゞしき真砂地の月

4595 あつさをもわするゝかげのあやにくにたえてみじかき夏のよの月」(25ウ)
宛在楼にのぼりて
4596 此楼の夏のたかみは木間よりみゆる千町のさなへとる比
ある日、山本亭にまかりけるに、中上木真斎にはじめてあひて、道のことなどものがたりするに、あるじかたより題をいだしたるに、郭公をきくといふことを
4597 此やどを折よくとひて時鳥人づてならぬ初ねをぞきく
4598 ねぐらとる花橘もかほるよにかたらひあかせ山ほとゝぎす
待郭公　当亭
4599 聞初しいつのならひにほとゝぎすかくはまたるゝ初ねなるらん
4600 こりずまになほぞ待るゝ時鳥つらき物とも思ひはてなで
4601 郭公我のみきかでいつまでか人わらはれにはつねまたまし」(26オ)
4602 今こんとたのめをかねど郭公待ならひつる在明のそら
4603
亭安居士百ケ日於月真院追悼之会に、郭公を
ほとゝぎすまてことゝはむしでの山こえける人のことづてやなき
4604 なき人のことをつたへばほとゝぎすなみだすゝむる声もうらみじ
野郭公　与道敏両吟三十首内
4605 一声のとを里をのゝほとゝぎす立かへりなけさよはふくとも
4606 むさしのゝ草のゆかりか郭公空なるねをもあはれとぞきく
郭公留客　与同人両吟十首内
4607 郭公ながなく声に山がつのかきねも人のすぎがてにする
4608 しばしとはなかぬ物から郭公はつ声きけば過ぞやられぬ」(26ウ)
杜蟬　同亭
4609 立よれば袖こそぬるれなくせみの泪の露やもりの下かげ
4610 ふく風も秋のけしきのもりとてやしぐれにまがふせみの声々
更衣　当亭
4611 かけなれしなごりばかりにをしむ哉かふるは花の衣ならねど
夏草

4612 人とはぬ垣ねの小草所えてふかくぞ今はしげりあひぬる

更衣

4613 夏のきてかふるとならば花衣そめし心のゝこらずもがな

4614 あさ衣かふるをさへもをしむ哉心をそめし花のなごりに」(27オ)

早苗

4615 やすげなきわざにもなれて賤のめがさなへとり〳〵歌うたふ也

4616 さなへとる比にしなれば里の子が袖もすそもかはく日ぞなき

4617 いとはやもうゑわたしけりきのふまで水せきかけし小田の若なへ

4618 うゑたてなびく門田のわかなへに初秋風のおもかげぞたつ

四月朔日、臨川寺にて、霊源和尚の心経をよまれけるをきゝて、せどうかに〔朱〕

4619 かへてしも猶やをしまん花色衣色もかもむなしとゝける法にあはずは

4620 あだしよの花色衣そめしわが心をのりにいつかかへまし」(27ウ)

卯月二日の夕つかた、良恭、清生きあひてものがたりするに、村雨をり〳〵して、郭公ももよほしがほなるに、かへりなんといふに

4621 しばしなほまち心見よ郭公なかば鳴べき夕ぐれの空

かへし　良恭

4622 ほとゝぎす鳴べき空と聞からにやがてまたるゝ夕暮の声

清生

4623 此やどにしひてぞまたん郭公よそに過べき夕ならねば

よのつねは東南に雲のゆけば、日をふる雨もはれぬるを、いやかさなりてかきくもりければ

4624 はれぬべきけしきをやがて立かへて雲のゆきゝもさみだれの空」(28オ)

山家郭公

4625 のがれ入山ほとゝぎすなれもよをうの花垣ねとひきてや鳴

4626 むかしわが初ね尋しほとゝぎすいまは軒ばの山にこそきけ

卯月六日の夜暁がた郭公をきゝて

4627 ねてやきゝ覚てや聞し夏のよのゆめのさかひの山時鳥

4628 思ひねのよはの夢ぢの覚もあへず山ほとゝぎす鳴て過ぬる

こぞもこよひ聞つる事を思ひいでゝ

4629 きくやどのかはるのみこそかはりけれこよひの空に鳴ほとゝぎす

4630 明ばまづ人にかたらんね覚して山時鳥こよひきゝつと

4631 初声はおぼつかなきをめづらしくさだかに聞し山ほとゝぎす

4632 ほとゝぎすやよひくはゝるとしなれば卯月もおのがさ月とや鳴」(28ウ)

十三日のよ、涌蓮道人のやどりてともにふしけるに、暁がた郭公のおとおどろかしけるに、め覚て

4633 法の師のおどろかさずは郭公きかで夢路になほやまどはむ

かへし

〔一行空白〕

古郷郭公　自亭

4634 人すまぬくにの都の郭公たれに昔のことかたるらん

4635 いにしへをなれも恋れや郭公ふりにし里を過がてに鳴」(29オ)

さ月四日さかりに咲る萩を人のおくりけるに

4636 さらでだにうつる月日のほどなきにまだきみせける秋はぎの花

五日ひねもす雨ふりけるに

4637 あやめふく五月のけふの玉ゆらも絶せぬ軒の雨の音哉

五月〔雨〕久といふことを

4638 くりかへしいくかへぬらんさみだれの絶ずふるやの軒のいと水

4639 あづまやのまやの軒ばも朽ぬべしあまりほどふるさみだれの空

4640 五月雨のはれぬ日数をかぞふれば五月の空も残りすくなし

4641 月も日もいつみしまゝぞ雨雲の八重かさなれる五月雨の空

4642 をやみなきさ月の空のながめ哉ふりいでし日もわするばかりに」(29ウ)

4643 ふるの山雲にへだてゝみづがきの久しくなりぬさみだれの空

夏草

4644 しげるともかりなはらひそ秋までかつ咲はぎも交る庭くさ

4645 露をさへはらはぬ庭に所えて茂りもゆくかむぐらよもぎふ
祇園のわたりまかりける夜、月のきよくすみければ
4646 わか葉さすもりの木のまをもる月の青みわたれるかげのすゞしさ
庭にかにひといふ花の咲たるを
4647 さよ中にひとり起ゐて聞つれば友ねのをしも霜になく也
夕立をみて
4648 雲まもる日かげに雨のあしみえてやがてはれゆく夕立のそら」（30オ）
海郭公
4649 小舟こぐあまや聞らんほとゝぎすそれとも波の遠かたの声
4650 ほとゝぎすこゝぞとまりと灯のあかしのかたに今や鳴らん
4651 舟人はさだかにやきくこぎいでし波ぢのあとになくほとゝぎす
沢蛍
4652 草がくれすめる野沢の水かげも絶々みえてゆくほたる哉
4653 山かげのをのゝ小沢の水くさにすがるほたるのかげのあはれさ
4654 ほたる飛あさ沢水の浅しともみえぬはをのが思ひ也けり　古歌歟
橘
4655 うゑてみし宿のむかしやしのぶ草生る軒ばにゝほふたち花
4656 すみすてしとしふる郷もたち花の花の匂ひはやつれざりけり」（30ウ）
首夏
4657 けふよりはすゞしき風を松かげに立なれぬべき夏はきにけり
更衣
4658 たれもけふ花の衣をぬぎかへて薄きたもとに夏はきにけり
卯花
4659 玉川や清きながれにかげみえて波の色そふきしのうの花
郭公
4660 ほとゝぎすつらき物からもしやとてまちふかしぬる夜々の空
砌橘
4661 うゑしよをたれにしのべと宿はあれてふるき砌に匂ふ立花
早苗」（31オ）
4662 賤のめがさなへとり〳〵おり立てたもとほしあへぬころもきにけり
沼蒲
4663 かをとめてあやめはひかんかくれぬのまこもの草はよししげくとも
梅雨
4664 ふきそへしあやめもくちてさみだれのふるき軒ばはもらぬまもなし
白雨
4665 を絶なく此まゝみばや夕立は所々におつるたきつせ
夏草
4666 いかばかりいぶせからまし夏ふかく茂る草ばのみどりならずは
夏月」（31ウ）
4667 てる月のすゞしくもある哉夏衣うすきたもとはかげもへだてず
瞿麦
4668 紫の草のゆかりはなつかしき色にぞ咲るなでしこの花
ひむろ
4669 いかでわれもるてふ人に身をかへてひむろの山に夏をすごさん
納涼
4670 夕さればうはひもさゝずはしゐしてすゞしき風をたもとにぞまつ
夏祓
4671 かも川にけふはなごしのはらへしてあつさをさへもながし捨つる
難波江　夏」（32オ）
4672 波よする夕風すゞしなには江のあしの葉そよぎほたる乱れて
4673 なには江やもとのあしべも波こえて舟さしまどふさみだれのころ
4674 波はるゝ南の風の吹こして難波入江ぞ夏はすみよき
ある亭に人をまねけるに、女郎花をゝりて花がめにさゝれけり。そのまちこし人のうちにさはる事ありてこざりけるもとへ、またの日、その花をつかはすにかはりて

よむ

4675 女郎花色ゆゑ君がとひくやとまちてをりつる一枝ぞかし

これを又、ある人のき丶てめづらしがりて、その花こひにおこせたるに、4676 をり

はやくみしときくさへなつかしなへだて丶よそにしらぬさかりも　これがか丶へし、

花にそへて、」（32ウ）をり句にてかはりてよむ

4677 をるあとはみなみどりなる夏草のへだてぬ色にしげりあひぬる

これをき丶て、又人のこふに花なきよし、をり句にてかはりてよむ

4678 をりならずみえつるほかはなか垣にへだつる秋のしるくも有哉

貞胤のもとより、わらぶきの軒にあやめふける絵に、歌をこひけるに

4679 軒にふくあやめの草のかりのいほもことしげからですめばのどけし

4680 庵にふくあやめの草のかりのよはことしげからですむべかりけり

鵜川」（33オ）

4681 うかひ人などやかくしも明やすき夜川をおのがよるせとはする

4682 か丶るみの契もかなしうかひ人なれも後せをおもはざらめや

さ月五日、例のごと人々きて歌よみける夕つかた

4683 雨はれてあやめにすがるしら露の玉ちるなへにかほる夕かぜ

4684 身はふりぬあはれあやめのことのはもさ月のいつか色のそふべき

菖蒲

4685 花の袖あさのたもとのへだてなくけふはあやめのかににほふ也

4686 けふこそはま弓の日をりおりたちてくすりのあやめ我もひきてん

蛍

4687 よるせとはなどたのむらん川水に消んほたるの思ひならしを」（33ウ）

4688 夕まぐれ芦のはがくれみえ初てほたる数そふ庭のいけ水

4689 おぼつかな何の草葉ぞ朽てしもきえぬ思ひともゆるほたるは

流池館といひけるは、みかはの末をせきいれたる所なりけり。そこにすみ侍る比、

涌蓮上人とはれけるとき、

4690 山ならですます心をみかは水か丶るすみかはいつもとめけん

とありし。かへし

4691 淋しさは山もかはらぬ宿なれど心の水はすむとしもなし

上人

4692 いさ丶水このまのながれかすかにて夏すむ宿はこ丶ぞすゞしき

かへし

4693 かすかにてよにすみわびしさ丶水もみる人からや夏はすゞしき」（34オ）

鵑　一字百首のうち

4694 人なみにまつとも我をとひはこじたづねてきかん山ほと丶ぎす

4695 たまさかに声をもらしてまたぬよもありげにつらきほと丶ぎす哉

夏草寄

4696 虫のねも今やそはまし夏かけて夕露深き野べの草むら

葵

4697 露ながらか丶る葵もひとつ色のみどりすゞしきこすのすきかげ

4698 松のをの山に生てふあふひ草二葉ながらにいく千よかへし」（34ウ）

郭公

4699 よをかさねまち〳〵てこそほと丶ぎすなくはつ声は聞べかりけれ

4700 まち〳〵て聞初つればほと丶ぎすふりにしこぞの声にかはらぬ

あやめ

4701 すなほなる姿にいかでならはましあやめにか丶る露のことのは

4702 かりてこしそのえさへこそしのばるれあやめの草のなつかしきかに

4703 かりてふく軒のあやめの白露の玉ぬきみだし五月雨ぞふる

4704 あやしくも心のとまるにほひ哉あやめの草のかりのこのよに

4705 うちしめりかほるはふかしあやめぐさ葉末の露のさみだれの空

4706 五月雨の空たき物はやどごとにしめりてかほるあやめ也けり」（35オ）

玉川のうの花とて、人のおくれるを、あやめさせるかめにさしそへて

4707 卯花もちりのこるらしほと丶ぎすけふのあやめのねにはなくやと

盧橘鶯夢

4708 たち花の匂ひはあやなこしかたのまれにみえつる夢覚しけり

五月三十日、さながらふりて、みな月初旬猶はるべくもなければ

4709 名にふりしさ月はさてもいかゞせむはれまだにあれみ無月のあめ

4710 ほとゝぎすかへりし山もいでくめりさ月みな月わかぬながめに

鵜川」（35ウ）

4711 月になる夜川も猶や山かげのやみをたのみてのこるかゞりび

4712 よそめさへう舟のたなはくるしとも世渡るわざにしづや思はぬ

湖蛍

4713 塩やかぬしがのうら波よる〳〵のほたるのみこそもえあかしけれ

4714 夕やみをおのがひかりとしがのうらのみるめなぎさにとぶほたる哉

貴賤夏祓

4715 みのうさやへだても波のゆふは川高きいやしきはらへすゞしも

4716 いやしきもよきもうきせのかはらねばみのほど〳〵のはらへをぞする」（36オ）

滝上蟬

4717 おちたぎついはせの音にあらそひて山下とよみ蟬ぞなくなる

4718 夏は猶おちたぎつせの音ぞゝふあたりのせみの声のひゞきに

夕立　十七日会

4719 旅人のかづくたもとも夕立の雨にかくるゝのべの遠かた

4720 ふきおくる山かぜあらくなりぬ也今ふりくらし夕立の雨

山中照射

4721 鹿のたつあら山中のあらをらがよすがはよるのともし也けり

4722 明がたによやなりぬらんはこね山みる〳〵かげのうすきともしは」（36ウ）

葵

4723 神山のふもとの葵とり〴〵のかざしにさしてかへるみや人

4724 をとめごがみどりの髪にかけそへし葵の草の色のすゞしさ

4725 あふひぐさしらがにかけて神のふる心もさこそわかゞへるらめ

4726 けふといへば心にかゝる葵哉その神わざにしたがはぬみも

泉

4727 山深く尋きぬれば谷かげのいずみの水に秋ぞすみぬる

4728 底にしも吹やかよふとみえつるは松風ながらうつすまし水」（37オ）

夏草露

4729 夕立のなごりの露にうつろひて入日もすゞしのべの夏くさ

4730 夏深く茂る草葉を分ゆけばぬれて涼しき袖の夕露

4731 こん秋をおもひこそやれ夏かけて夕露深き山のかげ草

4732 夏衣日も夕露の草むらをわくれば袖のぬれてすゞしき

さ月八日といふにいまだきかねば、清閑寺わたりはなきなんとて、かれこれ行て、

尋郭公といふ心を

4733 郭公一声鳴て山ふかくたづねしけふのかひもあらせよ

4734 郭公おのがさ月の山にても猶つれなくはいづちたづねん」（37ウ）

物外、玄章、隆道など〳〵ども也。

五月五日、あやめぐさといふことを上におきて、軒のあやめの心をよむに

4735 朝まだき見わたす宿のつまごとにふけるあやめの色ぞすゞしき

4736 やどからぞもてはやさるゝあやめぐさなべて軒ばにふきわたせども

4737 めづらしとたれかみざらんやどごとに匂ひみちぬる軒のあやめを

4738 草深みみどりはおなじ軒ばにもあやめわかれてかにゝほひぬる

4739 さゝがにのくもの糸もてぬきとめよ軒のあやめの露のしら玉

山家暁蛍」（38オ）

4740 山かげの竹のほたるのよを残す光もさびし窓の明がた

4741 明るをもしらずがほなる山まどの草のほたるのかげぞしづけき

4742 灯のかげかとみれば山まどの竹のほたるのよをのこす〔ママ〕

首夏藤

4743 けふよりの夏をせにとや咲そめし春はきのふの藤なみの花

杜首夏

4744 けさよりは夏きにけりとみどりなるわか葉すゞしき衣でのもり

岸卯花
4745 波の色をうばひてなどか玉川のひかりをそへし岸のうのはな
4746 山川の卯花咲るきしねにはくだけぬ波の玉ぞみだるゝ
来客夏稀」（38ウ）
4747 夏のきて庭くさしげくなるまゝにかれこそまされ宿の人めは
4748 八重むぐらいぶせくしげる庵は猶夏の人めぞかれまさりける
逐夜風涼
4749 夏深きね覚にそよと吹そめてよな〳〵通ふ竹の秋風
蚊遣火
4750 夏衣袖にいくよかまちつけて秋をしのばぬ風のすゞしさ
4751 色まがふ軒ばの竹の煙さへいぶせくみゆるやどのかやりび
4752 いぶせさにたえて又こそたてそふれけぶりたゆめばきほふかの声」（39オ）
蓮
4753 ありときくむねの蓮も池水のにごりにしめる身にはひらけず
4754 池水のにごりにしめる身にも猶むねのはちすの花はありてふ
蚊遣火
4755 月になる軒ばのけぶりたてさして心ありける賤がかやり火
4756 たきさしてのこる煙もすゞしきは月になるよの軒のかやりび
4757 猶のこるけぶりもみえてかげ清き月にたきさすよるのかやりび
隔夜郭公
4758 なにをかもうきふしにしてくれ竹のよまぜにとはぬ山時鳥
4759 ひたすらにうしとも人にいはれじとよをへだてゝやなくほとゝぎす」（39ウ）
瞿麦
4760 敷しまの大和なでしこいかなればから紅の色に咲らん　もし古歌にはなきか。可吟味也
早苗
4761 みどりなるひとつ門田のわかなへもいく千町にか引わかるらん
4762 のこりなく植わたしけり夏山のみどりにつゞくのだのわかなへ

照射
4763 ともしする賤がこんよもよる鹿もあはれおぼゆる夕やみのそら
4764 つみうべきわざともしらで夕やみの時にあひぬとともしをやさす」（40オ）
郭公　西尾催会
4765 待つけてたれかきくらん郭公ほのかなりつる夕ぐれの声
4766 ほとゝぎすほの聞初し夕より又もやなくとまたぬよぞなき
野夏草
4767 きのふまですみれつみにしとこしのべのなつかしげなくしげりあひ〔ぬる〕
4768 なれてみしのがひの牛も声にのゝそれと言れてしげる夏草
卯月はじめつかた、維済もとよりわらびを贈り
かへし
4769 時過ぎてもゆるわらびもおろかなる野守のけふのすさみとをしれ
4770 もとよりも春しらぬみは折過しすさみともみずのべのさわ〔らび〕」（40ウ）
くらまより柴をはこぶつてに、予が好めればとて、わらび、うどなどおくり侍るを
みて
4771 おも荷おふくらまのわらび山うどもこつけとならんことをしぞ思〔ふ〕
空うちくらがりて、今夕だちのきほひくるに、よどぐるまをはしらせてゆくをきゝ
て
4772 なる神の声かときけばむなぐるまぬれじと雨にいそぐ也けり」（41オ）
五月雨
4773 松の色もいくかへだてし五月雨のあめにけぶれる住吉の浜
曳菖蒲
4774 あまたとし尋てこゝに〔九〕ふしのくすりのあやめけふぞ引つる
旅宿菖蒲
4775 あやめ草かほる淀野ゝかりねには草の枕のうさも思はず
五月雨
4776 已に出　ふるの山雲にへだててみづかきの久しくはれぬ五月雨の空

4777 松の声をさ月の雨にいつよりかきゝかへぬらんすみよしの里」(41ウ)
4778 かぎりありてはれぬとみえし雨まより又かさなれる五月雨の雲

杜若

4779 藤なみのかげなる池のかきつばた咲あふ花の色もへだてず
4780 かきつばたけふこそをらめあすも猶春をへだてぬ花とみる〔べく〕

瞿麦

4781 敷しまの大和なでしこいかなればから紅の花にさくらん
　同じ歌にはなきか可吟味。」(42オ)

葵

4782 老らくもわかゞへるなる葵草かざして神にみをやいのらん
4783 たれもさぞかざす葵に千よかけて神のめぐみをまつのをのみや

深夜郭公

4784 ほとゝぎす忍ぶ心やゆるぶらん人しづまれる夜はになく也
4785 たへてなほまたずはきかじ時鳥よもはしづまるよはのしのび〔ね〕

郭公遍

4786 郭公ぬしをえらばであづまやもまやもよがれぬ此頃の声

山家水鶏

4787 山深み人こそとはね夜よしとて水鶏はたゝく谷のとの〔月〕
4788 水鶏なく木間に月はかたぶきて人音もせぬ山かげのいほ
　更衣」(42ウ)
4789 花衣なれぬともまだおもはぬにはやぬぎかふる夏はきにけり
4790 花になれし心もかへて夏衣けふより袖に風やまたまし

豊前水野万空、よをのがれてのぼらんといひて、久しくのぼらで、ことし来りければ、めづらしがりて、松斎亭へまねきけるに、まかりける夜、四題をいだしけるに、

郭公を　五月二日

4791 待々しほどは雲ゐの時鳥けふはけちかく声を聞つる
4792 郭公やゝ里なれん初声もまづ此やどをとひてこそなけ

おなじ高田陳好かたにて、会せしに、鵜川」(43オ)

4793 くれはてゝあやなき遠の山川にうつろふせゞのうかひ火のかげ
4794 かゞりさす夏みのう舟かずそひて下すよ川は山かげもなし

夏日越関

4795 関山の杉の下道かげもよし越ばやあつきさかりなりとも
4796 あつき日に関路こえゆくたび人の心なとめそ走井の水

早苗

4797 みしぶつきうゑし沢田のわかなへの茂るにしづがうさや忘れん
4798 けふみれば田草引也おりたちてうゑしさなへのほどもへなくに
4799 ひとつ色に今ぞしげらんけふうゑし水田のさなへまばらなれども

夏月をみて

4800 ひとへだにいとはしかりし夏衣かさねまほしき月のすゞしさ
4801 たきすてしかやりのなごり猶みえて薄き煙にほふ月かげ」(43ウ)

泉声来枕

4802 あかつきの枕にきけばかすかなるいづみの水の声もさやけし
4803 塵にそむ夢をあらひてやり水のまくらにすめる暁の声

早苗

4804 水清き山田に生るわかなへのまだとりわけぬ色ぞすゞしき

照射

4805 めあはすとおもひもあへずあくるよをいねずや賤がともしさすらん
4806 ともしする賤がこんよもよる鹿もあはれおほかる夕やみのそら

葺菖蒲

4807 あやめふくけふとしなればうちひさす宮もわらやもわかれざりけり

翫菖蒲」(44オ)

4808 なべてよにけふもてはやすあやめぐさなどかは駒のすさめざるらん

照射

4809 うかるべきむくいにかへてともしさししかまつわざもやすげなのみ〔や〕

なくほとゝぎす
4810 よる波の音にまかせてうらとほくなく郭公声の聞ゆる
4811 舟とめていづくときけばいそ山の松の梢になく郭公
旅泊水鶏
4812 戸たゝくと聞しやくひなとまり舟あくるいそべは家ゐだになし
4813 ねやのとをたれかたゝくとおどろけばうきねの夢のくひなゝりけり
六月ばかりにかへでのもみぢたるを」(44ウ)人のみせしに
4814 かぎりある秋をもまたぬもみぢばに猶さだめなきよこそしらるれ
〔貼紙〕「4815 老らくもわかみどりなる葵くさかざして神にみをやいのらん
4816 たれもさぞかざす葵に千よかけて神のめぐみをまつのをの〔みや〕」
葵
4817 神祭るけふの葵は大かたに生る野山の草木ともなし
さみだれの比
4818 五月雨のはれまの風はひやかにてさながら秋の露をふくめれ
夏懐旧　中山法眼一周忌　玄同勧進　置字、ラ
4819 らんかんのうつるやり水すゞしとてよりゐし人のかげはいづらは
4820 落日のなごりをだにとしたふまにそこともわかずくるゝ山のは」(45オ)
わがそのに夕がほのおのづから咲たるをみて、長好、4821 おのれひとりひらくる花
の夕がほや君がことばのたねをまきけん
かへし
4822 いかばかりゑみのまゆをかひらかましことのはぐさの花に咲なば
ほとゝぎす　初五
4823 郭公まつとしらでや夏山の梢のしのに声たてゝなく
4824 ほとゝぎす声聞初しをかのべの松の木かげは立ぞやられぬ」(45ウ)
夏のすゑに、むしをきゝて
4825 まだきより秋をならして露しげきよもぎがやどにむしぞ鳴なる
詠旧詞歌
4826 たび衣ぬれ通りけりさみだれの雨まもおかず分る野山に
4827 分いれば衣でやすゞし夏山のかげにかゞよふあきのはつかぜ
4828 水無月のもちにけぬればそのよふる雪やよそめのふじの夕立
4829 水無月のもちにけぬればそのよまたふるをやふじの初雪にせん
4830 ふじのねのゆきは浅しなみな月の望にもきえぬ氷こそあれ
4831 夢にだに聞よはぞなき時鳥やすいもねずに待ちしあかせば」(46オ)
荒和祓
4832 けふよりはうきことなみにはらへして嬉しきせゞによらんとぞ思ふ
4833 身のうさのよどみしもせじ落たぎつ早川のせにみそぎしつれば
草随地深
4834 かたわかずおふる草葉ものべよりはふかくぞ茂る夏の山かげ
4835 天つ日の光をわきててらさねどやぶがくれこそ草は深けれ
四月十七日、雨のなごりのくも立のぼるまに、東山のみどりあざやかにみえければ
4836 夏山のみどりをそへて立のぼるあとあらはなる雨ぐものそら」(46ウ)
杜若
4837 水かれてふるきさはべのかきつばた咲るわたりや八橋のあと
4838 へだてなく茂りあへればかきつばたあやめも色ぞわかるゝ
泉井　備中
4839 土さけててる日にも猶いづみ井の水の心のふかさをぞしる
4840 国もせにつくる田畑に引てしも猶いつみ井の水ぞつきせぬ
雷岳
4841 いかづちの山へひゞきて行水の音もすさまじ夕立のあと
杜若
4842 かきつばた花にたぐひてなつかしきことばの色はみしぞすくなき」(47オ)
千葉野　下総
4843 みし春のかへでかしはのしげりあひてちばのゝ夏のかげぞすゞしき
沼入江　未勘

4844 水かるゝぬまの入江も日をさふるきしの楸のかげぞすゞしき

飛幡浦　伊勢

4845 行かへりとばたのうらのほとゝぎす波の立ゐに声ぞ絶せぬ

4846 しき浪のしば〱なるは時鳥とばたのうらにゆきて聞まし

花笠里

4847 とはでしも名こそかくれね白たへのうの花がさの里の垣ねは

4848 さかりなるうの花がさの里ぞとてさしはへ人の遠よりぞとふ」（47ウ）

六帖詠藻　夏三

詠旧詞歌

4849 ひとへなるすゞしもあつき夏の日につくしのわたはみるもうるさし

4850 風わたるなにはのあしのすだれこそ夏はつくしのわたにまさらめ

氷室

4851 ひむろもる山には夏もしられねば都にはこぶ時や過まし

4852 時わかぬひむろの山は下しばの茂るをみてや夏を知らん

蝦子山　武蔵

4853 夏ふかく茂るかへでの山かげはもみぢの秋もまたですゞしき」（1オ）

はなたちばな　第二句

4854 かにゝほふはなたち花の寺ふりてかたぶく軒にむかしをぞ思ふ

4855 うゑてみる花立ばなはかほるともみの後のよにたれかしのばん

4856 ことのはの花橘とにほひせばみの後にだにしのばれましを

4857 思はずよ花立ばなのかげふりてわがうゑしよをしのぶべしとは

那賀　紀伊

4858 みな月のてる日にかれぬさらし井は箱のなかなる玉にやはあらぬ

長居岡　未勘」（1ウ）

4859 郭公ながゐの里〔に〕すみなれてきかばともしきうさもしらじを

高〔野〕原

4860 ふり〔にけ〕る高野ゝはらの雪の色を又うの花のさかりとぞみる

伏見夏涼

4861 すゞしさに秋きにけりとおどろけばまだみな月の中ぞらのかげ

4862 みな月のあつさはひるま夕露にやどれる月は夏としもなし

那豆岐田　いせ

4863 わかなへを植初しよりなつきだのをち近になく郭公哉

中杜　尾張」（2オ）

4864 行過る人こそなけれみな月のてるひる中のもりの下みち

名越岡　つのくに

4865 岡のなのなごしの松のかげなれてすずみとるまに夏もこゆめり

4866 としもはや半こえゆくつのくにのなごしの岡にみそぎをやせん

宇奈比川　越中

4867 うなひ川とゆきかくゆきゆく水のせゞにうぶねのかゞりさすみゆ

聞子規忘帰

4868 聞そめし郭公さへかへるまで家路わするゝみやまべの里」（2ウ）

4869 山里にすみやはてまし聞なれし郭公さへかへらざりせば

早苗

4870 夏山を移す水田におり立て同じみどりのさな〔へ〕をぞとる

4871 こん秋もまだ遠山のふもと田にさなへやうゑし浅みどりなる

4872 鹿のねもきく心ちしてうゝるより秋をおぼゆる小田の若なへ

4873 永き日をやすむまもなく賤のめがさなへとり〴〵けふもくれぬる

うづき

4874 花散てやどりいぶせく茂ゆく比はむべこそう月なりけれ

4875 郭公今かきなかん山がつのかきねの卯木花咲にけり」（3オ）

4876 神祭るう月きぬらし山かげの杜の木がくれしめはへてみゆ

衣がへ

4877 ぬぎかふる時しきぬれど麻衣とりみる人のなきぞかなしき

卯花山　越中

4878 越路なるうの花山は夏の日も消せぬ雪の色かとぞみる

4879 消のこる雪にはあらじ卯花の山ほとゝぎすをりはへてなく

蚊遣火

4880 たき捨て残るともなきかやりびのけぶりにゝほふ有明のかげ」（3ウ）

4881 宿ごとに立ると見えし程もなくひとつにけぶるさとのかやりび

4882 かやりとてさらにも〔たてじ〕よとゝもに煙たえせぬうらのしほやは

大葉山　紀伊

4883 かすみ立木のめけぶりしほどもなく大葉の山に夏はきにけり

4884 夕されば南の風のたえずふくならの大ばの山ぞすゞしき

青菅山

4885 さみだれはけふかはるらん隼高の青菅山に雲立のぼる

納涼　花月庵　初会三月十四日

4886 たえまなく吹入軒のやま風に夏をよそなる庵やすみよき

4887 山かげやちりなき苔をむしろにて風待袖ぞまだきすゞしき」（4オ）

4888 たえずふくあらしの松のかげしめてながき日くらしすゞみをぞとる

草川　山城

4889 草川のゆくせは茂きは末のみ水にひかれてなびくにぞしる

4890 夏ふかく茂れるまゝにうづもれてゆくせもみえぬ草川の水

布計里　山城

4891 やど毎に秋や待らむ夕風のふけの里人門すゞみして

藤井原

4892 大みかどたてしむかしの〔あと〕ふりて藤井が原にしげるなつくさ」（4ウ）

草蛍似玉

4893 露な〔がら〕なび〔くと見れば〕風わたるのべの草ばのほたる也けり

4894 風をまつ露かあらぬか夏くさの末ばにすがるよるのほたるか

菖蒲

4895 けふごとにひくとはすれどあやめぐさ長きねざしぞよゝに絶せぬ

4896 かぐはしきあやめの草のすなほなるすがたにならふことのはも哉

藪浪里　越中

4897 ふる雨にかやりの煙うちしめりいぶせくみゆるやぶなみの里

松が崎　山城」（5オ）

4898 氷室もる山かげすゞし松が崎ちとせの夏はこゝに過さん

真長浦　近江

4899 さゞ浪のよする汀の松かげのまながのうらにすゞみをぞとる

をの山にあなる音なしのたきみんと、おもふどち、卯月廿日あまり、月しらむ比、京をいでゝ、松がさきのわたり、山ばなといふ所にや〔す〕らふほ〔ど東〕のやまぎはよりく〔も〕立のぼり、あ〔さ〕げの煙こゝかしこにみゆ」（5ウ）

4900 朝げたく山もとみれば立のぼるくも〔ゝ〕煙も色ぞわかれ〔ぬ〕

高〔野〕村を過ゆけば、右にみかげ山あり。山もとに一むら松しげりたる木のまより、社ぞみゆる。皇御神のあまくだり給ふ所ときけば、いとたうとし。小野郷大原みかげ山とぞ旧きものにはみえたる。此みち、川を右になし左にみつゝゆくやまあひなり。石たかくて老ぬる身にはいとくるしきに、さかしきやまひとつこえて、八瀬につく。猶やまぢのはるかにみやらるれば」（6オ）

4901 大原の山路の末のとほければやせゆくほどに身ぞつかれぬる

四五丁をへて右にいる山路あり。ひえのくろ谷にゆく道となん。そのちまたにしばしやすむ。けふはつれなき郭公をこそきくべけれと友のいへば

4902 郭公空にこそなけ音なしのたきみにゆくといひてなかせよ

かのみえつる山路はる〴〵と分のぼる〔にう〕の花さきつゞきたり」（6ウ）

4903 ひむろもるをのゝ山路は雪も猶消〔のこる〕かとみゆるうの〔花〕

木しげき谷風のいとさむく吹のぼれば

4904 雪分ていりけんをりのいかならむ夏さへさむきをのゝ山みち

このみちのいたくさかしきに、馬に柴おふせ、みづからもいたゞきて、賤のめのあまた都にいづるにあふを、こゝかしこによきつゝ、からうじて大原里にいづ。此所より谷ひらけて、かなたこなたの里見わたされて、いとをかしき」（7オ）所なり。かゝればこそむかし人もおほく住けれとおもふに、老たる女の何事にかうきよぞかしとかたりあひてゆくをきけば

4905 よそめこそすみよくみゆれ住なれば又うきことやおほはらの里

そこより勝林寺といふしるしあるかたのみちをゆくに、さきだつ人の郭公はきゝつやといふに、鳴てけりと思ふは嬉しき物ながら

4906 谷川の音にまぎれてねた〔く〕わが」（7ウ）聞もらしつるやまほとゝぎす

なしもとのむか〔し〕の御坊のまへを来〔迎〕院にまうづ。本尊薬師仏。天仁の比、良忍大徳の融通念仏はじめたまふ所とぞ。此寺のまへを東に入事五六丁ばかりのぼりて、すこし右の谷にいるむかひにぞ、たきはおちたる。七丈に四丈ばかりもあらんとおぼゆる巌のなゝめなるをつたひて、東よりにしにおつるたきなり。よのつねのたきは山ひゞくこゑかしましく、滝つぼなどいひて青みたる」（8オ）淵の水まきてみるもおそろしうのみこそあれ、こはさるけしきならで、みるにあかず、きくにやさしければ、酒とうであまたゝびさかづきめぐらし、かたみにおもふことをいひて、時うつるまで侍りて

4907 しらぎぬのたゞひとへもて岩がねをつゝむとみゆるたきにもあるかな

4908 伝ひくるいはほのうへの山水は千〔筋〕みだせる糸かともみゆ

4909 をの山のいはねのたきは白〔雪〕のこぼする〔ご〕とくふるかともみゆ」（8ウ）

厚典

4910 をの〔山のいは〕ほをつたふしら浪や聞わたりぬる音なしのたき

陳好

4911 くりかへしみれどあかぬは音なしのたきついはねの糸にぞありける

宗美

4912 岩がねにみだれてかゝるしらいとゝみゆるはたきの水にぞ有ける

松月

4913 柴人にみちびかれつゝ山ふかき滝のしらいとよりきてぞみる」（9オ）

4914 よるとみえみだるとみえていく千筋ながれて絶ぬたきの白いと

周尹

4915 いかばかりとしをへにけんおとなしにたえず落くるたきのしらいと

今はとてもとのみちにいでゝ、勝林寺に参る。こゝにこそまづ参るべかりけるをとおもへば

4916 滝見つゝかへるたよりにまうできとた〔れも〕ほとけにさかしらな〔せ〕そ

このみちに、呂川、律川とて二筋ながれたり」（9ウ）

4917 あみだ〔ぶと〕うちとなふれば呂律川水のし〔らべも〕こゑあはすなり

この仏を土人、証拠のみだといふとき、て
4918 魚山のたきのあたりのあみだぶはのちのよすくふしるしにやます
こゝにてぞ郭公はさだかに聞たる
4919 耳うとき我ためならしほとゝぎすけぢかく鳴し今のひとこゑ
又にしのゝにいでゝ、寂光院を尋ゆくみちの」(10オ)かたはらに、おぼろの清水と石にかきたる水あり。此名、後拾遺にみえたり。数百年をへたる清水、さだかにそのあとなりや。袖中抄にはえぶみ山の東といだせりとおぼゆれば、うたがひなきにしもあらず
4920 大原やおぼろの清水さだかなるしるしに人をまどはする哉
こゝはくさふといふ
4921 山かげや軒ばもみえず茂りあひて草生の里の名こそかくれね」(10ウ)
寂光院は西の山ぎはにあり。本尊地ぞうぼさち、ふるきものに〔は〕三尊のみだとみえたり。こゝも再興までにあともなくなりたるべし。あかだな清げにしつらひ、しきみ、つゝじなどあり。あないして建礼門院の御像、あはの内侍像ありときけばをがむ。絵巻ありときゝてこひいでゝみる。後白川法皇御幸の所を平家ものがたりの詞をもてかきぬきたり。雅経卿の筆といへれどおぼつかなし。画は後藤長〔乗〕とか」(11オ)ありし。あるじの尼だいとわかくて、いかでかゝる淋しきすまゐにたふらんといと哀にて、所のさまなどゝひきくに、つねはさしも侍らず、かんな月の末、かけひはたえ、あらしの音のみすさまじうなる比は、都の空も恋しうなんとかたるも、よのうきにかへて聞侍るなどいはんよりは、なか〳〵心ふかくおぼえて
4922 かけひだに冬は絶てふやま水にすます心のおくぞゆかしき
そのゝたかふな、ぬきてもてなさるゝもめづらし。」(11ウ)この寺のうしろに女院の御はかとてあり。又南のみちを二町ばかりのぼりて、いせ両宮おはします。そのならびに一宇ありてとざせり。後にきけば、女院の御てう度どもをほりうづめたるあとゝぞ。とかくするほどに、日もいたくかたぶけば、かへさのみちとひていづ。
えぶみ山ときくわたりにて郭公数声なく
4923 神のますえぶみの山のほとゝぎすみそぎやすらんゆふかけてなく
けさみし賤のめもや、かへりける成べし。」(12オ)こゝかしこの里より夕げのけぶりたちのぼり、山路の末はるかにみえて人めたえたるに、うの花のみ川風にうちなびきたる、いはんかたなくものさびし。家づとにとをりてゆくまゝにくれそへば、うちいそぐたそかれに、けさみし老女にあひぬ
4924 わがことや老てつかれし賤のめがおくれてかへるをのゝ山みち
かへりつくらんほどを思ふもいとくるし。こなたくれ過るほど山ばなにいたり、そや過る比、」(12ウ)京にぞいりし。
庭のいといたう茂りける、げにやむつかしげなる、などのむらめくもうるさくて、もとよりうへぬくさははらはせなどするによめる
4925 秋のゝに作りし庭もおのづから花さかぬ草のかくや茂りし
ながあめふりつゞきて、いたくもりけるによめる
4926 しばしこそもるとはしつれ五月雨のふるやは滝とゐながらぞみる
五月十六日、したしき人のむすめの身まかりぬときくに、桐のはの」(13オ)はのおつるをみてよめる
4927 秋をしもまたで散ぬる桐のはにいとゞ常なき世こそしらるれ
つまにわかれてほどなきに、またあねの思ひにこもり侍るに、衣のやつれ侍れば、さるべきやうなどいひつかはす。比しも五月雨ふりつゞきければ
4928 かはくまはあめのはれまも夏衣つまならずともたちきせよ君
かへし　とく
4929 なれきつるつましも今は夏衣たちぬひつとも身にもあはじな」(13ウ)
古方後、六月廿二日、〔三〕回忌になり侍り、夏懐旧といふ事を人々にすゝめて和歌をおくるに、なでしこのゑに、4930 いつみてもかはらぬ色に匂ひつゝとこなつかしき花のうつしゑ　とよみおけるを、我もいつまでかみんとて、もとの家におくる包がみに
4931 ながれてのよゝにつたへよ老楽の身はいつまでかみづぐきのあと
夏懐旧にも

4932 かたみともおもひおかじをなでしこのとこなつかしきことのはの露」（14オ）

郭公語少

4933 宵のまにほのかたらひし郭〔公〕又だになかで明ぬこのよは

4934 たれをとふ道のゆくてぞ郭公かたらひすてし夕ぐれの声

毎夜鵜川

4935 夕月の入さのおそくなるまゝによなく〵更て下すかゞり火

4936 かぞふれば望のよのみやうかひ舟下すかゞりのかげは絶けん

己知許勢山　大和

4937 音をなかばこちこせ山の時鳥まつかひなしと世にないはれそ

依後頼朝臣歌〔詠〕之

4938 旅人の袖しほるらしくきゝなくこせのさ山の夕ぐれの雨」（14ウ）

木闇山

4939 いづくとも聞ぞわかれぬ茂りあふこのくれ山になくほとゝぎす

由良山　丹後

4940 陰とへば松ふく風のすゞしさにわが玉のをもゆらの山かぜ

遊布山　同

4941 うちとけぬこゑもつれなし朝ねがみたれかはゆふの山時鳥

蚊遣火

4942 ゆふがほのすゝけぬ花もみえぬまで煙にくもる軒のかやり火

4943 いぶせさのいづれ増らんあくたびの煙たゆめばきほふかのこゑ」（15オ）

高山　かぐ山別名云々

4944 雲とぢて水の音のみ高山のいはねもみえぬさみだれの比

玉造江

4945 たが袖にかけて引とてしら露の玉つくり江に生るあやめぞ

辛荷島

4946 雲とぢてはてはみるめもいなみづまからにの島の五月雨の空

4947 五月雨やからにの島のあま人のからぬ玉もに袖ぬらすらん」（15ウ）

荒和祓

4948 つみとがをはらへつくせばもとよりも清くすみぬるみづの早川

4949 いざけふはすゞみをかねていつみ川清き川べに夏はらへせん

4950 さらでだにとまらぬ夏を西川の秋くるかたにはらへすてつる

白月山　近江

4951 茂りあふ木下やみもなかりけり白月山の卯花のころ

照射

4952 ながゝらぬよを過すとて賤のをがともしに後のやみをそふらん」（16オ）

4953 外に又よわたるわざや夏山のともしに作るつみもはかなし

勝間田池

4954 海だにもかはるよぞかしさなへとるあたりやもとのかつまたの池

葛飾

4955 五月雨はくむ人もなしかつしかやにごり初たるまゝの井の水

更衣

4956 花にしもなれずは同じあさ衣かふるたもとを何かを〔しまん〕

4957 こけ衣花のたもとのへだてなくかへまくをしむ夏はきにけり」（16ウ）

泉

4958 のがれきてすむべきよとは夏深き山井の清水くみゝてぞしる

4959 松のかげ流れいづみのあたりにはちよとすむべき心ちこそすれ

五月

4960 ますらをは駒くらべせりをとめらもけふのあやめのねをあはせみん

4961 心あるさ月のけふの雨ま哉いざうちむれて薬がりせん

4962 我駒のときをみるべくおもふまにめやはうつらぬけふのあやめ〔も〕

筑摩

4963 五月雨はあやめのは末波こえて岸のうはてにつくま江の水」（17オ）

田家

4964 かきねなるなはしろぐみをつむあこめあぜの水口ふ〔みな〕くづしそ

竹河

4965 若楓かげうつろひて竹河のみどりの色をかさねてぞみる

長田　丹波大掌名所

4966 夏の日をいくかうゑてもつきせぬはみよの長田のさなへなりけり

竹

4967 あさがほの一花みんとたれしかもきりて〔ま〕せゆふちよのわか竹」（17ウ）

田家

4968 いとまなや麦かりいればとり分ん門田のさなへおいもこそすれ

待乳山

4969 我ためのはつねはなかじほとゝぎすたれはまつちの山に入けん

楢小川

4970 風わたる楢の小川の〔夕〕すゞみみそぎもあへず夏ぞながるゝ

椋橋山」（18オ）

4971 くらはしの山ほとゝぎす心あれや月待いでゝ鳴わたるらん

夏のはじめ、かぐらをかにまゐりて

4972 〔陰〕とひしさくらやいづらしげりあひてそこともみえぬをかごえのみち

苦雨初入梅

4973 軒くらく木々の雫のをやまぬはこゝやけふより五月雨の空

4974 けふこそは五月雨初し雨雲のはるゝをいつと待ぞくるしき

古々井杜

4975 〔聞わび〕ぬこゝ井の杜の郭公なけきくはゝる夕ぐれの〔声〕」（18ウ）

月前郭公

4976 心あれや今一声は夕月の入あやになく山ほとゝぎす

4977 ほとゝぎす今一声は山のはのあなたの月におくれてかなく

4978 郭公おなじ心に有明のかたぶくかげををしみてかなく

船木

4979 さして行舟木のもりのほとゝぎす波路はるかに声聞ゆ也

4980 あこがれてよはにやいでし旅人の舟木の山路月にこそ見ゆ

晩立

4981 山陰やめなれぬ滝を岩がねにのこしてはるゝ夕立の雲」（19オ）

4982 吹しをる風のあとより夕立の雨にかくるゝみねのまつばら

4983 此里をよそにな〻しそ雨雲の立ゐに待し夕立の空

あやめぐさ　をり句

4984 あくるよの山のはみればめづらしく雲はれ初る五月雨の空

葦間池

4985 茂りあふあしまの池もあらはれてほたる飛かふかげぞすゞしき

蚊遣火

4986 夏〔は〕猶いとなかるらしかやり火の煙たてそふなだの塩やき

4987 夕風にかやりのけぶり吹しきてよそめすゞしきあしの屋の里」（19ウ）

照射

4988 よる鹿をまつのほぐしはしるべともならじをいかに後世のやみ

4989 明やすきよをや侘らんよる鹿を待かね山にともしするをは

蛍

4990 けちはてぬ思ひの草や朽てしも蛍と成てみをこがすらん

4991 とぶほたる心のやみを光にておのが思ひやもえ増らん

盧橘

4992 常世（トコ）よりつたへきにけるいにしへをおもへばとほくにほふ立花」（20オ）

4993 人ごとにしのぶもあやしたが袖の匂ひにかよふ橘の香ぞ

月前卯花

4994 たじろかぬかげにぞしるき有明の月はかたぶく軒のうのはな

4995 卯花の咲るかきねはさやかなる月になとひそ色もわかれず

是は、山下の廃宅を住かへんとせし比、花さかりなれば、をしみて日をふる比、卯花宴を催してけるによめるになん。

更衣」（20ウ）

4996 何にわが心そめけん花衣なるとはなしにかふるならひを

4997 夏きぬとかふるたもとにならはぬは花にそめつる心なりけり
蚊遣火
4998 くれごとにたつるけぶりを思ふにもいぶせかるべきやどのかやり火
荒和祓
4999 みそぎ川浪数ならぬ人がたははらへすつとも猶やしづまん
5000 みそぎするあさの立枝もなびくまですゞしく吹ぬ水の夕かぜ
5001〔重出〕いたづらにすぐる月日とみのうさとかたへはをしき夏はらひしつ
葵」（21オ）
5002 宮人のかざしなれてもめづらしと思ふやけふの葵ならまし
5003 宮人の心にかけしかみ山のと陰の葵けふや取らん
5004 もろはぐさもろ共にこそあげまきのみどりの髪にちよをかくらめ
納涼
5005 すゞみにときつるかひなく夏衣かさねまほしきならの下風
5006 秋を思ふ心もけふぞ忘草生てふ岸に夕すゞみして
5007 あすは又友さそひこん松かげの清きはまべのあたらすゞしさ
5008 まだしらぬ人に告ばやおく山のしみづがもとぞ秋はすみける
5009 雨はるゝ木かげすゞしきこけむしろ夏はみどりにしく色ぞなき」（21ウ）
夏懐旧　故賓興十七回、三井寺蓮泉坊勧進
5010 うゑしその木立ゆかしみかげとへばこたへがほにもかほるたち花
5011 ほたるすらあつめしよをやしのぶらんふりて久しき窓をとふ也
更衣
5012 夏にけさかへしはうとき心地してきならし衣猶ぞ恋しき
5013 人ごとにうつる心の色見えてうすきにかふる花染の袖
5014 花衣なるゝをいとふことはりもかふるけふこそ思ひしりぬれ
5015 夏きぬとかふる衣のひとへ山かさねて春を又しのべとや
5016 をしとてもいかゞはすべき人ごとにかふるな〔ら〕ひの花ぞめの袖」（22オ）
軒みじかくて、さし入日のほとほりて、たへがたかりければ、すだれ、こもなどにて、ひさしつくらすとて
5017 我もよを秋田にさせるかりいほの久しからじのためしばかりぞ
宗則へ詠草どもつかはすに、文ぞふるいとまなくて、つゝみがみに
5018 庭面の夏くさのごとしげゝればけふはかげかへすことの〔はの〕露
さ月の比、いたく雨もるに、床かふとて
5019 もる音のすくなきかたに床かへて明るよをまつ雨の久しさ
夕立をみて」（22ウ）
5020 雨よりも雲や足とき夕立のはれもあへぬに日かげこそさせ
鵜川
5021 かゞり火のかげはてらさじうかひ人おもへな川のよるのわたりを
5022 在明の月になるよをかゞり火のしらみゆくせのかげにこそしれ
蛍似玉
5023 山かげやとなせにたぎつしら玉とみゆるはよるのほたる也けり
5024 ふくかぜにあしのはなびきちる露の玉かとみえてほたる飛かふ
5025 むかふよりすゞしさまねく玉なれや風にながるゝ水のほたる〔は〕
海郭公」（23オ）
5026 鳴てゆく塩路はるけき時鳥今かきくらん沖つ舟人
5027 きく人も波のまに〳〵時鳥あはれなるをの沖とほくなく
5028 古郷にたれをかおもひおきつ波たかしの海になくほとゝぎす
嵩蹊頼、夕がほの讃　大ひさごかたへになれり
5029 はしたなくみのなりぬとや思ふらんつゝましげなる夕がほの花
佐竹紀伊守親父七十賀、竹契遐年
5030 友なれてさかゆる宿のなもしるく千尋に千よのかげをならべよ
5031 久にませうゑぬにしげる宿の名の竹の子のこの末のよまでも
5032 友なれて千よへん君がよはひとはさかゆるやどの名にぞしらるゝ
文紀よりかきつばた来」（23ウ）
5033 かきつばた春をへだてゝ咲ぬれば夏こそ花の盛なりけれ

夏懐旧　故賓興十七回忌、賓興叔父僧弟子蓮泉坊勧進

5034 重出 うゑしその木立ゆかしみかげとへばこたへがほにもかほる立花

さみだれはれまなき比、道瑞詠草に

5035 かきくらしふるはなみだかさみだれのはれぬ比しも袖のしほる、

とありしに、かきそへし

5036 よにふればたれも心のさみだれにしほる、袖のかはりやはする

かまのざのすみか、水いとあさくて」(24オ)日かげさしいり、暑さたへがたかりければ、ひさしをさゝするに

5037 世中を我も秋田にさす庵の久しきことをたのみやはする

野蛍

5038 夏草の露吹のべの夕風にすがるほたるもみだれてぞとぶ

5039 たび人のゆくさきくらく暮る野に心ありてもとぶほたる哉

野郭公

5040 里ごとに待なるものを郭公なをしもひなのあら野にはなく

5041 郭公ながなく声にさそはれて道も夏のを遠くきにけり」(24ウ)

5042 郭公たれをとふとか人めなき草の原のを鳴てすぐらん

かでの小路の家にうつりすむに、ゆり、なでしこの露にしほれて咲たる、をかしうみゆれば、さきのあるじにいひやる

5043 たれまきし人を恋つゝ姫ゆりのそひてやねぬるなでしこのはな

かへし　さきのあるじ

5044 ひめゆりの露のゆかりにそひふすもあはれとをみよなでしこの花

いと心ゆかずおぼゆれど、いかゞはせん、このはなもほどなく散てあくたとなりぬ。たゞ日かずのみうつりにうつりて、このすまゐもはやみそか過ぬるほどに、このとなりむかひなどに、はかなくなりし人、みたりばかりもあなり。よのはかなさをおもひて」(25オ)

5045 なでしこもさゆりの花もちりにけりはかなき露のみのみのこして

かのさかりなりしをり

5046 なでしこの露のひるねをうらやみてうなだれけりなひめゆりの花

又おもひし

5047 わがやどに似げなきものぞなでしこにそひてふしたるひめゆりの花

かへし　やよ子

5048 なつかしきにほひもたそと思ひやる君がなでしこひめゆりのはな

行路夕立

5049 降くとていそぎしかども夕立の雨のあしには猶おくれけり」(25ウ)

布留

5050 ふるの山宮ゐあればと神やつこいかにわぶらん五月雨の比

春尽啼鳥迴

5051 春くれてなくなる声の聞えぬは鶯さへやかへりはつらん

5052 をしみかねよを鶯やかへるらん春暮しより声のきこえぬ

鶯多過春語

5053 尋ねても残れる花やなつ山のしげみ〳〵にうぐひすのなく

5054 春をしたふ心や同じ夏山になくうぐひすのしげくも有哉

5055 とゞまらぬ春をかたみにかこちてやなくうぐいすのしげき夏山

5056 鶯はおほくなけども春くれて花なき山は声ぞ淋しき」(26オ)

5057 春くれて花なき山はうぐひすのおほくなくねもさびしかりけり

鵲飛山月曙

5058 鵲の飛めぐるまを待もあへず嶺の梢の月ぞ明ゆく

5059 かさゝぎのみねの梢を飛めぐる程にぞしらむ夏夜の月

滝五月雨

5060 山ひゞく音のみそひて五月雨の雲にへだつる滝のいはなみ

5061 しばしだにみかさをみせよさみだれの雲にとぢたる布引のたき

蛍似露」(26ウ)

5062 折々も空にたゞずは夏草にすがれる露とほたるをやみん

5063 風ふけばともにみだれて夏のゝのほたるも露もわかれざりけり

山郭公

5064 よにふりし山ほとゝぎす山いくへ尋て我は初ね聞らむ

5065 心ざし浅くら山の時鳥わが尋れやなのりだにせぬ

うづまさにすむ比、夏になりて、庭くさ高くなれゝば、手づからかりそぐにあたりの人きて、いつならひてといふに、思ひしこと

5066 あしならぬ庭の小草の夏かりもよのうきのこそならひ初つれ」（27オ）

まつむしなどやあらんと思ひて

5067 かる草の下ねに秋をまつむしの床あれぬとや我をうらみん

とおもへばかりさして

5068 こん秋のむしのやどりとかりのこす小草は露も心しておけ

首夏の比、雨後に

5069 こくうすきみどりの林すゞしげに色とりそへてかゝるしらくも

まれ〳〵きこえし都のつとも此比は絶てなければ

5070 雲まよひさみだれ初ぬ今よりは都のつても絶て聞えじ

木軒（ママ）〔もと〕より、5071 五月雨はいくへか雲にうづまさの里は春さへ淋しかりしを

と聞ゆるに」（27ウ）

5072 雨はれぬさ月の雲のうづまさはあらぬよにふる心ちこそすれ

又、5073 さみ〔だ〕れは日をふるまゝに茂りそふみぎりの草の夏かりもせじ　とあるには

5074 雨にそふさ月の草のいぶせさにけぢかき軒はぬれつゝぞ〔かる〕

五月雨のはれまに、房共とひきたるを、とゞむるに、しひてかへる夕申たりし

5075 行人をふりもとゞめぬ五月雨のけふのはれまぞ中々にうき

かへし　　房共

5076 ふりすてぬことのはなくは五月雨のけふの雨まもつらしとやみん

おなじ比、題をさぐるに、夏草露滋といふ心を」（28オ）

5077 夏かけて袖ぞしほるゝこん秋の草ばの露をかねて思へば

5078 秋とてもいかばかりかはおきそはん露にしほるゝ庭の夏くさ

みな月中比、きり〴〵すをきゝて

5079 きり〴〵すなゝきそ我も夏かけて秋をかなしぶ山かげの露

5080 夏ふかき露をかごとに山かげは秋たちぬとや虫のぶらん

うづまさは、四方の林ふかく、露瀼々として、朝暮はたゞ深山幽谷のごとし

5081 うつる日にてらしてみれば夜の露思ひしよりも深き山かげ

5082 てらす日にきらめく露をけさみれば玉もてかざる林也けり

5083 陰ふかき玉のはやしとみゆる哉朝日にみがく露の古寺

いと〔あ〕つき日、そらのなべてくもれるに、南にいづる雲まのみえたるに」（28ウ）

5084 わづかなる雲〔ま〕をも〔り〕て天つ風吹もやく〔ると〕まつぞ久しき

雲ま〔や〕、ひろごりて、風吹おつるに

5085 わづかなる雲まぞひつゝ天つ風待したもとに今（ママ）吹くなり

世の人はなどやかくたゞごとなるとわらはんかし。

雨いたくふるよ、かのもとのすみかのけぶりとなりし比しも、雨さへふりて、こゝかしこにたゝずみあかしけることなど、おもひつゞけて

5086 立ぬれず袖もしほらで此寺にふるはみのりの雨にやはあらぬ

六道能化のみちびきたまへるにこそあらめと、いとたうとし。」（29オ）

夕つかた草かりの声のとほざかる声をきゝて

5087 うづまさのもりにひゞきて草かりのうたふ夕の声幽也

雨をしのぎて、弥子のとひ侍りしに

5088 雲ふかきうづまさでらの雨の日にふりはへとひし君をわすれじ

閑聞郭公

5089 都人かへりしあとのつれ〴〵をなぐさめがほにとふほとゝぎす

5090 独ねのね覚を何〔にか〕こちけんされぱぞさやにきく郭公

夕〔に〕田歌うたふをきゝて」（29ウ）

5091 うづまさのもりにひゞきて聞ゆ也よもの田歌の夕暮の声

又かはづの鳴たちけるを

5092 わかなへをとり〳〵いそぐ小やま田にくる、おそしとかはづなく也
紀伊国高垣忠正がくにへいくとて、5093 立かへり又もきなかん郭公花たち花はかれ
〔ず〕もあらなん　とありしかへしに
5094 郭公よそにもきかんたち花のかげはなるとも声たえずなけ
晩夏納涼　御題」（30オ）
5095 あすよりはいとひやせまし夏衣きつゝなれにしならの下風
5096 しばしこそすゞむとしつれ夏もけふくれ行風は身にぞしみける
5097 すゞみとる夏もくれぬとをぎのはのそよめく音のきのふにもにぬ
みじかよの明もはてぬに、車のきしる音するは、さがより都にかよふなるべし。さもやすげなき世ぞかしと思ひめぐらせば、たがうへも同じことなり
5098 しかぞいまめぐりくるよのさが車うしとても身をはたいかにせん
逆〔流〕といふことを思ひいでゝ又
5099 さかしまにめ〔ぐ〕らしもどせうし車うしやこの〔よ〕のさがにこりぬる」（30ウ）
五六〔日〕雨ふりつゞきて、いとゞ淋しきに
5100 いつはあれどふかき〔木間〕に雲みちて雨ふる比ぞうづまさのもり
うるふみな月五日のあした、にはかにすゞしき風ふきけるに、
5101 いとまだき秋もやたつとみな月のこ末吹しく風のすゞしさ
夏はつる比、かげよはり、たゞ夕日のはなやかにて、木高きまつにさしたるを詠をるに、木こりにかあらん、草かりにかあらん、いとながうたひて、遠ざかる声のほのかなる風のまに〳〵、絶み絶ずみ聞えくる。何のことゝはわかで、いと物がなし」（31オ）
5102 絶々にうたへる声の聞ゆるは聞えぬよりもさびしかりけり
なにはのよしまさが、春はこんとかねていひたりしに、このさとは何のもてなしもなし。かきねのわらびもえむ比、かならずなどいひやりたりしが、音もせで、夏も中ばに、かれより
5103 かならずと契しはるもくれはとりあやめふくべき月もへにけり
かへし
5104 契つる折はしばしとまたれしがわらびもわかずしげる夏くさ」（31ウ）

六帖詠草　夏四

荷田信美は、このみとせ四とせまどをなりしが、みな月のいとあつき日、うづまさにきて、こたびおもひおこしてなどいひしに

5105 分よなほ分ずはみえじ一すぢのことばのみちも茂き夏草

御心ざしの浅からぬ言葉の露をしるべに分いらばなどかみわかでや、など思たまへて　　信美

5106 こと葉の露をしるべに夏くさの茂れるみちもふみ分てみん」（1オ）

浦蛍

5107 もえわたるものから影のすゞしきはほたる乱るよるのうら波

晩夏納涼　重出

5108 あすよりはいとひやせまし夏衣きつゝなれにしならの下風

5109 しばしこそすゞむとくづれ夏もけふくれゆく風は身にぞしみける

見おろすあなたに木がくれて、こゝかしこ人家あり。朝夕のけぶりたつ。そのあたりより雲もをり〳〵のぼるみゆ。さ月の雨まの夕雲の」（1ウ）たつをみて

5110 時過て夕けはたかし白雲のけぶりの色にまがひてやたつ

桐花の咲たるをみて

5111 みどりなる桐の広葉のひまみえてうす紫の花ぞ咲ける

いとながき日のつれ〴〵なるに、おぼえずうちねぶるに、めざましくかほるかにおどろきたれば、桐の花なりけり

5112 みどりなる広葉がくれの花ちりてすゞしくかほる桐の下風

新樹妨月

5113 ほのみゆるかげも青みて茂りあふ（わかばさす）かへでの梢月ぞをぐらき」（2オ）

南のたかむらに郭公のをり〳〵なくをきゝて

5114 うづまさの竹のはやしの郭公よをへてこゝをとぐらにはせよ

五日にもなりぬ。例のごと、この寺よりあやめを贈らるゝをみて、5115 ふる寺のみいけのあやめかりにきて　といひしも、みとせになりにたるを思ひいでゝ

5116 古寺のあやめの露にながきよをかけしやいつのちぎりなりけむ

旧都炎上、三とせになりにたれど、まだ」（2ウ）家のたちもつ〔ゞか〕で、かりやのふりゆくを思ひやりて

5117 あやめぐさかりやも三とせふる郷の都のけふの軒ばをぞ思ふ

宮殿さへいまだ建ず。民間はうべなり

5118 年もへぬさ月のいつかうち日さすみやぢの軒にあやめふくらん

本尊前にぬかづきて

5119 塵のよにありふるほどはことのはの六のちまたをみちびけやきみ

薬師仏にぬかづきて

5120 ことのはにおもひわづらふやまひをもをこたらしませなむやくし〔仏〕」（3オ）

名勝志に五月五日をもて此仏の結縁日とするよしみえたり。

新樹の比、雨ふる日

5121 さく花にそめし心も一さかり青葉にうつる雨のぬれ色

故宰相のきみの、こぞ、たかうなほりにおはさんとありしかど、おほやけごとしげくて過ぬるなん、くちをしき。ことしはかならずいかん、その比、告てよとのたまへりしが、中春、卒に身まかりたまひし。此比たかうなのさかりになりにたるに、ちぎりし」（3ウ）こと思ひいでゝ、今の少将どのゝもとに、故ぎみの霊前料供に奉るに、そへんとせし歌

5122 竹のこのよをへだつともみそなはせことばの色はかれぬ契を

日でりつゞきて田夫のなげくときく比、かはづをきゝて

5123 小田つくるますらをならぬかへるさへ水かれぬれや雨こひてなく

古歌に雨がへるともよめり。

一夜、雨ふりて、又日の末ばかりに、はれたり。かはづの、おなじごと、なくをきゝて

5124 ふりはれし梢のかはづ雨こふはながすむ池の水やまさらぬ」（4オ）

布淑が母の身まかりぬときゝていひやる

5125 秋またでかなしは、その木のもとは露のひるまもあらじとぞ思ふ

かへし　布淑
5126 秋またでかなしはゝそに生かはるなげきの露は雨とこそふれ
五月になん有ける。
あつき日、松のこゑのたえず聞ゆるに
5127 山かぜを松にやどしてきくやどは吹おちぬまもすゞしかりけり」（4ウ）
月のいたくかたぶきたに〔る脱カ〕
5128 月かげのかたぶくみればはしゐして思ひしよりもさよ更にけり
風静廬橘芳　宮御月次
5129 露をさへちらさぬ風も心あれやしめりてふかくにほふ立ばな
5130 木の葉さへゆるがぬ風ににほひたつ花たちばなぞかごとがましき
5131 とへかしなつてやるまでは吹たゝぬ風にもにほふやどの立ばな
5132 立ばなの心づからやかほるらんさそふばかりはふかぬゆふ風
5133 咲やそふさ月の雨まうちしめりさそはぬ風ににほふ立ばな
5134 ちらさじとをしみて風はふかねどもさそふばかりににほふ立花」（5オ）
例の歌うたふ声の聞ゆるに
5135 入相の声よりのちもやまずなほ田うたの声の遠く聞ゆる
いかなるにか聞えぬ日に
5136 ひゞきくる田うたも今は友となりてまれにきこえぬくれぞさびしき
この院、南北に風かよひてすゞしき所なり
5137 松の声遠の川音すゞしさにうづまさ寺は夏ぞすみよき」（5ウ）
名所浦
5138 早苗とる田子のうら波立そひてみえしはくづのをがさ也けり
5139 五月雨のふる江のうらをみわたせば汀の松も沖にこそなれ
いとあつき日、松の梢ひゞきくるあらしに、村雨うちそゝぎたるに
5140 さそひくる松のあらしの声まではふりもつゞかぬ村雨のそら
扇不離手
5141 此比の扇は冬の火桶にて人のてをこそはなれざりけれ

5142 たがてよりおきかはじめん円ゐして風待宵の袖の扇は」（6オ）
5143 庭草の露もかはきて暑きには扇をさへもおく人ぞなき
夏草に交て咲る女郎花をみて
5144 めうつしの花なき比の女郎花なまめく色のほこらしげなる
5145 見る人の秋にあはじと女郎花折めづらしき垣ねにやさく
5146 大かたの秋の花にはまじらじと思ひあがれる女郎花かも
六月中比、大雨うちつゞき、陰雲はれざりければ
5147 土さけて照みな月も名のみしてくもりふたがり日のかげもみず
5148 みな月の名をうづまさの里のみやくもる日おほみ雨のしげゝき
雨後、西南風に、川音の遠近に」（6ウ）聞ゆるに
5149 川音の遠く近くや聞ゆらんかつら大ゐの風のまに〳〵
5150 吹さそふかつら大ゐの川風に川せの音や遠近になる
はしゐのことのほかに更にたる暁の月をみて
5151 待佗しはしゐのほどにふけ過ていづれば明る夏夜月
月明夜、暁におきてよめる
5152 かねの音におきいでゝみれば在明の月のみすめる山の古寺
5153 みる人もなき山かげの宿なれど〔てる〕みつ光月はへだてず」（7オ）
依事実載夏。可入秋。
十七夜の月、東山をいづれば、やがて松にやどれる、いと興あり
5154 遠山のたかねの月をうづまさの松のしづ枝にやどしてぞみる
十九日比にや、木のまにまち付たる月のくもれるを
5155 むらまつの木間の月をあやにくに立へだてたるうき雲のそら
夜に黙軒と月をみる。京に行て」（7ウ）やどりけるつとめて　木軒
5156 むかひゐしわがなきほどのよはの月ひとり心をすましてぞみん
かへし
5157 むねの雲はれねはひとりむかふよも月に心はすまずぞ有ける

風はげしく夕立するを
5158 夕立の風におきふすくれ竹もみえぬばかりに雨けぶりきぬ
ふるほどもやまず、蟬のなけば
5159 露をだにもとめわびつるみな月の雨をうれしみ蟬や鳴らん」（8オ）
水無月つごもりかた、はらへぞと思ひいでゝ
5160 さらでだにとまらぬとしを早川のけふのみそぎにはらへすてつる
5161 をしとしも思はゞ神やうけざらんはらへてすつるけふの月日も
5162 けふごとにはらへてすてしとし月のいかに残りて老となりけん
五月の比、あつかはしさに、いづちにもゆかであるに、庭草のいたく茂れるをみて」（8ウ）
5163 茂りゆくかきねの草に外面なる小田のいなばの程をこそしれ
炎熱たへがたくおぼえけるとき
5164 つもりては悔しかるべき夏日の暑さに秋をまつもはかなし
山田のさなへうゑなへたる雨に、郭公の鳴かたあるに
5165 うゑのこす山田もなきを五月雨に程時すぐとぬれつゝぞなく」（9オ）
月下をほとゝぎすのすぐるかた
5166 照月にゆくかたみする郭公今一こゑは遠にてやなく
かきつばたのゑをもてまうできて、盛澄が夏にて讃をこひけるに
5167 重出歟 咲そめし春をへだてゝかきつばた夏ぞさかりの色はみせける」（9ウ）
めすことありて、座主の宮にまゐりしに、前栽の藤、かきつばたさかりなれば
5168 このとのはときはに春の色みえてふぢかきつばた猶さかりなり
積翠亭といふあり。東より北にめぐりて大なる池にのぞめり。その池のめぐり、松かへでいとおほくて水にうつる。歌こひ給ふに、よみてたてまつる」（10オ）
5169 水青きみいけにたゝむ木々の色をうつすばかりのことのはも哉
四月末つかた、うめづの経亮がりとひしに、なきほどにて、母ぎみにあひてかへりしのち、経亮、
5170 君がけふとひくとしらばはらはましよしすゝだれのしのやなりとも

とあるかへし。略詞
5171 梅づ川清らにすめるやどゝひてしばし心のあかをすゝぎし
東梅津に川に臨て亭あるところにて、夕がたまであそびて、いとすゞしさに」（10ウ）
5172 みなぎしの柳かたよる川かぜを袖にならしてけふはくらしつ
花落枝緑　座主宮御題
5173 きのふみし花はいづれの梢ぞと青葉にたどる朝戸出の庭
月にやなく、雨にやなく、朝にや夕にやなど思ひて、日ごとにまてど、なかぬに、廿一日といふ朝、あまた声きゝて
5174 ほとゝぎすう月といふもはつか余り一日のかずをねにや鳴らん」（11オ）
竹林にうの花のいとおほく咲るをはじめてみて
5175 うづまさにさくうの花は夏までも消残たる雪かとぞみる
ある人のもとより、たび〳〵はじかみを心ざすにいひやる
5176 はぢかみのかど〳〵しくてから世に又くちひゞくめをみすな君」（11ウ）
又郭公のひねもすなく折から、京より文おこせたる人のかへりに
5177 郭公声の袋にいれられればけふのつかひのつてにやらまし
このとりのなくをりしも、はとのかしましくなく。いとにくゝて
5178 こと鳥も声やめてきけ郭公さ月過なばいつかきなかん
又あるあしたに
5179 郭公さやかに鳴てこのしまのもりのかたにぞ今過ぬなり」（12オ）
いと淋しきに時鳥のしげくなくに
5180 山里に住かひあるは時鳥なくねにまがふ鳥もきこえず
春の梅づと名にたてる花のさかりも、ながるゝがごとくうつり、青葉のみどりふかくなりゆく木下、麦のはしりほどめづらかなりしもいつしか色づきわたり、かりもはてぬに、なが雨うちつゞき、いとゞ心のおぼ〳〵しき老のね覚も、おのが時えて、なく鳥の声になぐさめつゝあかしくらすに、からうじてけふは雲ま見え、朝日うつれば、立いでゝこのわたり」（12ウ）見わたす宮地のふるきほどよりぞすこしあらは

なりと思ひしも、この比の雨に梅やしげりつらん、おくまりてみえ、みとしろの水ゆたかに、たえぬめぐみうけつぐ里のをちこち、千町つくれる田面いとたのもしく、今かへずもあり、青みわたれる中に、白鷺のむれゐるは、まだ取分ぬ苗代田なるべし。こゝら行かふ人におどろかぬも」(13オ)ゆたかにみゆ。かなたはおりたちて、けふぞさなへうゝめる。歌うたふ声にぎはしく、むぎほこなぐるからさをにうちそへてきこゆ。里のかたにゆけば、むね〳〵しうたてつゞけたる家ゐの中に、岡のなにがしが川にのぞみてつくれるいでゐの亭こそ、いと興ありけれ。名を柳陰といふもしるく、みなぎしに、いと大なる柳二三株たてり。ここにきてかなたこ」(13ウ)なたみやるに、山水はるかにはれて、にしは松尾、南はいこまにつゞきてみゆるは大和路の山々なるべし。川のをちかたにおりたつは、網引釣たれなどすめり。うちはたすも橋を行かふ人馬の木のまよりみゆるも、から絵めきてをかし。こゝにきて此ころ、くしたるこゝろもなごりなくはれぬ。京の友にも、けさ」(14オ)いひやりたれば、みなきあひて、かたみにおもふこといふも心ゆくわざなれば、ながき日のくるゝもおぼえず、久かたの月さへ波にうつるまでぞありける。かくても猶あかぬ心をかしましきまでいひあへる中に、うめづがはのなつといふことを、上におきてよめるをのみかいつくるは、後にもけふのあそびを」(14ウ)おもひいでなんとなるべし

5181　う　移り行むかしを恋て神がきの橘になくほとゝぎすかも
5182　うべしこそをりはへてなけ神がきの梅も色づく時の鳥とて
5183　め　めもはるにわたす川はし行かひの絶ずみゆるやすゞみとる人　〔維済〕
5184　つ　月うつる川ぞひ小田にかへるさも忘れて猶やさなへ取らん　房共
5185　か　河風の吹のまに〳〵打靡く柳のかげにあそぶすゞしさ　経亮
5186　は　遥なる山はさながら水茎のみどりにうつすがたとぞみる　重愛
5187　の　のどけしな生そめしよりふしごとに千よをこめたる宿の若竹　喜〔之〕」(15オ)
5188　な　夏やとく流れゆくせの水の面を吹くる風の秋にまがひて　宗美
5189　つ　釣の糸のなが〳〵し日もあかなくにせのぼるあゆもみえず暮ぬる　布淑

ある人のもとより郭公のなくときゝて、

5190　ほとゝぎすなく声よりもゆかしきはかたらひなれし君が〔ことのは〕

かへし

5191　時鳥かたらふほどの色もなき我ことのはいかできこえん」(15ウ)

梅雨送日　座主宮

5192　雲とぢて日をふる山の淋しさも思ひやらるゝ五月雨の比

雨のはれぬに

5193　ふりはへてたれかとひこんさみだれはひたすら雲にうづまさの里

時鳥もなかねば

5194　おぼゝしき心はるけん五月雨の時しる鳥のさやにきなかば

雨はやみて、空くもり、風ひやゝけきに

5195　雨はるゝ五月の空は露さむき秋の朝けの心ちこそすれ」(16オ)
5196　さ月山雨をふゝめる松風は夏の袖にもいとはしき哉

夕立て煙雨のふかきに

5197　夕立の雨にけぶりてうづまさの林の竹の色もわかれず

薄のいたくしげるをみて

5198　夏深くしげるにつけてむら薄露に乱ん秋をこそおもへ

依月明端居するに、いたく更て、ねぶたかりければ

5199　更過て今はねぶたくなりぬれどいらまくをしき月のすゞしさ」(16ウ)

山畦早苗

5200　うねごとにまづゝかねおく早苗もて山田はけふや植つくすらん
5201　みわたせば山田のうねもわかぬまで緑のさなへうゑたてつなり

泉声入夜寒

5202　よる〳〵は秋やかよひてすむ水の岩もる声のことにすゞしき
5203　くれゆけばなれぬる庭の泉とも思ひなされず声ひやか也
5204　音きくもよるはひやけきまし水をいかで日ぐらしむすびなれけん
5205　すゞしさに秋かときけば夏もまだ残れるよはのましみづの声
5206　まし水の岩まもりいづる秋の声を夏夜ふかきね覚にぞきく」(17オ)

簷盧橘

5207 古郷はあとだにもなし立花のにほふあたりや軒ばなりけん

5208 うゑしよをしのびやすらん宿はあれてふり行軒にゝほふたち花

夕立してはれたるあとのむらはぎ、玉をしけるごとなるをみて

5209 たれみ［よ］と雨のなごりのはぎの露風にきらめき日にみがくらん

日さかりにきたる人をとゞむとて」（17ウ）

5210 風たえて草もゆるがぬ夏の野ゝあつきさかりはゆきかひもなし

みな月の末つかた、萩の、秋まつけしきなるをみて

5211 いまいくかあらばさくべき秋をまつはぎの心になりみてし哉

5212 老はて、露まつこともなき身には草のうへさへうらやまれぬる

日ごとに露のふかきをみて

5213 あさなゆふなや、秋ちかく成まゝに浅ぢの露ぞ深く成ゆく

水無月のはて

5214 いにしへは大ぬさにこそをしみつれはらへてすつるけふのとし月」（18オ）

みな月の末つかた、有明の月をみて

5215 身にぞしむことしも半みな月の有明の月のかげうすきそ［ら］

梅づは雨ふれば島となりて通路絶、そこの人のこんといひてこぬに

5216 たのめつるうめづの人のけふこぬは昨日の雨に水やまさりし

更衣

5217 老ぬれば又やきざらんと思ふにも猶かへまうき夏衣哉

5218 なれきつるなごりばかりやをしむらん花ぞめならぬ老の袂も」（18ウ）

はたつものに虫おほかりとて、くるれば松どもともしてゆくが、むぎのほにゝほひて、いさりのやうになん見えければ、よめる

5219 松の火の遠目はあまのいさりにてのはたの麦のほなみをぞゆく

物へいくに、瓜をかぞへありく翁をみて

5220 瓜つくる野はたの賤にことゝはんおもふがごとはなるやならずや

草川わたりのほたるをみて

5221 いさり火かほしかといひしことの葉をいまもかはべのほたるにぞみる

今のすまひに、石もてたゝみあげたる」（19オ）いでゐあり。宗直主のときは、いますこし広かり、この夏、むかしのごと、広くすとて

5222 せばくなる土のいでゐをつくりそへてむかしの人の心をぞつぐ

あたらしくつくりそへたるに、雨のふりくれば、くづれもぞするとて、とまふきたる、いとよう舟にゝたれば

5223 松陰の土の出ゐにとまふけばとまれる舟のこゝちこそすれ

五月いつかの日、ものへまかるみちにて

5224 やどごとのけふのあやめに郭公おのが音をさへわきやかぬらん

この日、庭のあやめをさして、けふこん人にとてかきつく」（19ウ）

5225 こん人は永きよ契れこのやどに生て久しきあやめぐさなり

かへし　　のぶよし

5226 このやどに生としきけばあやめぐさながきねざしのたのまるゝ哉

物外

5227 このやどに千とせもませどあやめぐさ永ねざしをかけてこそみれ

さみだれ初る比、つまの塚あるかたをみやりて

5228 あはでふるいもがあたりを詠ればさ月の雨の雲立のぼる

又、山々をみれば

5229 雲迷ひ五月雨初る山々のみどりの色ぞふかくなりゆく

煙雨のうちに村々のみゆるを」（20オ）

5230 よそにみばこゝもかくこそふる雨の煙にこもる里の家々

日でりつゞきたる比、俄に夕立のするを、こゝちよげに賤がうち詠たるをみて

5231 雨こふる賤が野畑のゆふだちにぬれし日比の袖やかはかん

七日のあやめをみて

5232 きのふさへ世にはすさめぬあやめぐさ七日までたが哀とはみん

このやどに、もとよりある菊を、垣ねにうつしうゑて、土かひ、水そゝぎて

5233 かくしつゝ咲比までもあらばみんいかなる菊の花のいろ〳〵

西南より夕立のするに」（20ウ）

5234 梓弓やはたにつゞくかふちゞの山の遠より雨ふりくみゆ

ある夜、おきいでたるに、西南のいといたうあかゝりければ

5235 山崎のをこして雲に移ふはつのくにに人の火をやあやまつ

またの日、つのくに、火おこりて、御霊社、大川すぢやけたりとき、、いにしへつぶら江とうたひしあたりなめり

5236 なほざりのあまのあし火やもえ立てつぶら江わたり灰となしけん

この所に春なれば秋なればといふ古言思ひいで、

5237 〔春〕ならば霞ともみんつぶら江の夏のけぶりとなりにける哉」（21オ）

5238 夏なればかやりの火もやもえつきて煙となれるなはのつぶらえ

5239 いにしへのつぶら江とてや富人の家ゐもよべのあし火とやなる

夕立をみて

5240 みるがうちにみえもわかれずおほ江山とばたをかけて雨ふりくめり

また

5241 けふも又夕立すゞし西山のあたごのたかね雲ぞかゝれる

麦かりあげて、わかなへすゞしき夕、とほくみやりて

5242 麦かりてさなへになれば小山田のあぜゆく人もとほくみえけり

こぞ、わらはやみせしをり、ながらの僧剛純、住吉にいのり奉りし願はたしに、」（21ウ）歌たてまつる。やつがれもよめといへれば、よみてやる。花、郭公、月、雪なり

5243 花　おもほえず神のめぐみに立かへりよに住よしの花をこそみれ

5244 郭公　ながらへていけるかひにはことし又山時鳥初ね聞つる

5245 月　住よしや千とせを松の木間もるかげやのどけき秋夜月

5246 雪　身にしるくつもりの神のめぐみをもながらへてふる雪にこそみめ

夕立に日かげのさしたるをみて

5247 遠かたや夕立雲のひまもりて一すぢみゆる日のみかげ哉

朝がほのしぼめる垣ねの夕がほをみて」（22オ）

5248 別路の朝がほとしもなかりけり人まつ宿の夕顔の花

泉

5249 いつしかとわがまつ秋は山かげの泉のみづにすみけるものを

5250 松陰にながるゝ泉いつみてもむすばぬさきにすゞしかりけり

早苗

5251 水たえぬ谷の小川をせき入て神田のさなへけふぞうゑつる

5252 山のかげうつす水田にとるなへの同じみどりも色ぞわかるゝ

照射

5253 待鹿のよるともなきをともしゝて山の雫にたちぞぬれぬる」（22ウ）

5254 山のはの木のまのほしとみえつるは遠きよそめのともし也けり

夏のはてがた、山里のいたくすゞしきに

5255 みな月のつきもはてぬに秋きぬといふばかりなるけさのすゞしさ

雨はれまなき比

5256 をやみなくさ月の雨のふるでらはたえぬみのりの声もきこえず

5257 かねの音も雲にへだてゝうづまさの夕淋しき五月雨のそら

5258 さみだれの雨まは雲にうづまさの林がくれの庵ぞいぶせき（此歌ども、うづまさの所に有べし）

夏くさの深くなれるをみて

5259 さしてだに人めかれぬるかよひぢを何かは草のうづまさの里」（23オ）（是も）

薬玉を　以五色糸懸臂。名続命縷、一名長命縷。拾芥ニ出。公任集有詠

5260 ・さ月てふさ月にあへる玉のをはながきためしにひかるべらなり

5261 けふといへばたれも千とせをたゞむさにかくるくすりの玉のをぞこれ

5262 ・とし〴〵にかくる薬の玉のをは命をへけるいと、こそなれ

5263 ・あかず思ふ花も色々の糸にぬくさ月の玉は千よかけてみん

5264 ・いのちつぐ薬の玉にぬくいとはさ月のいつかかけてみざらん

5265 九ふしのあやめの草のながきねは人の命をつげるいとなり

5266 ・けふごとにかねて命をつぐ糸はたえせぬ玉のをとぞ成ける」（23ウ）（黒点は人のこふにつかはせるなり）

こぞのわらはやみのゝち、又、はおち、みゝとほくなれゝば

5267 くづれ行かた山岸の五月雨に松も巌もとまりやはする

軒の松に夕月のうつれるに、野田をみやりて

5268 わがやどの軒ばに月のうつるまで垣ねの小田はさなへをぞとる

連日雨ふるに、麦のあかみたるをみて

5269 はれまなき野畑の麦の五月雨にかり時過と賤やわぶらん

相模市　夏」（24オ）

5270 さらしけんさがみの市の布の色にかへてや今も咲る卯花

5271 さがみのや国内（クヌチ）にさらすてつくりを縦につかねてはこぶ市人

祇園神事　直信頼

5272 けふ祭る神は八雲のへだてなき恵をやどのさかえにぞみる

夕がほをみて

5273 夕まぐれおぼつかなきに夕顔の咲か、りしやたがやどのつま

友子は久しく心ちそこなひて、」（24ウ）なぐさみやするとて、川べに家ゐしたるを

とぶらふに、六月晦日なりければ

5274 神もけふみそげと君を宮川の川べにかねてすませたるらめ

5275 あつしさをけふはらへはて、あすよりは心すゞしき秋にあはなん

関郭公

5276 時鳥行もかへるも関山のしげき杉まを過がてになく

5277 関の戸もまだ明やらぬ朝くらを名のりて過る時鳥哉

夏祓

5278 みなかみもあはれとみませ老の波立そふ身にもはらふうきせを」（25オ）

5279 身のうさはよどみしもせじおちたぎつ早川のせにみそぎしつれば

夕立

5280 しが山や夕立すらんみるがうちに、ごりておつる白川の水

5281 かぜ早み大江の山ははれて今あたごにか、る夕立の雲

首夏ながめはれぬに

5282 花もちり春もかへりて山里の卯月の雨の暮ぞ淋しき

いとよくはれたる日、ちかきわたり、ありきけるに、なはしろをみて

5283 種おろすなはしろ小田の水みちてさゞ波よする風の〔すゞ〕しさ」（25ウ）

川五月雨

5284 さみだれに水かさまさればかも川の岸ねながらに神をねぎつる

5285 岩とよみ波うち、りて五月雨の水はなしるきかもの山川

5286 みよしの、大川よどの大水にさ月の雨の限をぞしる

雨後、雲の、ぼるに、山のへた〳〵分れてみゆれば

5287 一重山かさなるみねを晴のぼる雨のなごりの雲にこそしれ

秋成が住初ける庵をとひて

5288 ひやかなる谷水をさへ庵にみてねたく住ぬる夏の山陰」（26オ）

かへし　秋成

5289 ねたきてふかごとながらもうとむやと心ひやせる谷水の音

かへし

5290 にごりなき心をあらふ谷川の末をくみてもいかですま、し

薬師山の庵をとひて、郭公をき、つとき、て

5291 夏山に君としいらば郭公人わくねをも聞まし物を

かれより

5292 九重を鳴て過なり郭公とのへ守りのかひやなからん

卯月郭公

5293 春かけて聞つるとしもある物をけふもう月の山ほと、ぎす」（26ウ）

夏暁月

5294 神垣のすゞしき月の明ゆくをゆふ付〔鳥脱カ〕もをしみてや鳴

5295 端居する麻のたもとをもる月のうすらぐま、にかげぞすゞしき

5296 よひにみしかげよりも猶すゞしきはもりの木間にしらむよの月

五月雨欲晴

5297 あすよりは雨もやはれむさ月山あらはれ初て雲ぞわかる、

夏暁月

5298 明ぬるかうすきたもとにもるかげも身にしむ斗月ぞすゞしき」(27オ)

水無月十日、余斎へ招、題山泉

5299 足曳の山の泉の清ければながれの末も濁らざりけり

5300 うべしこそ清きながれをとめくれば山のとかげの泉也けり

当座、岡をさぐりて

5301 しげりあふこゝろの岡の松の声絶せぬ庵の夏ぞすゞしき

此庭のながれを

5302 此庵の水音きけばにごるわが心さへこそあらはれにけれ

又おなじ水音を

5303 土さけて照日も水の音きけば心のうちぞすゞしかり〔ける〕」(27ウ)

水月如秋　宮御題

5304 更やすき影ばかりこそ夏夜の水面は秋の月のすゞしさ

水無月末つかた、槿の花をみて

5305 けふまでも身の有がほに朝がほの花をはかなといひつゝぞみる

橘薫枕

5306 稀に見し昔を夢となすものは夜はの枕にかほるたち花

5307 手枕に花たちばなのかほる夜はしのぶ昔の夢をだに見ず

杜夏祓

5308 夕風にゆふしでなびく山もとの田中の杜にはらへすらしも」(28オ)

5309 蟬の音も風にながるゝみな月のなごしの杜にはらへをぞせん

麓納涼

5310 日ざかりはこゝに過さむ風かよふふもとの松の陰ぞ涼しき

5311 日をさふるふもとのましば折しきてすゞみもあへず山かぜぞ吹

5312 おりのぼる風もこゝにや行合の坂のふもとぞ夏はすゞしき

卯花似月

5313 かくれがは卯花をしも植てみし月よゝしとて人もこそとへ

5314 月よゝしよゝしとゝへば世中をうつ木花さく垣ねなりけり

5315 わがやどの卯花がきと知ながらよる〳〵月のかげかとぞ思ふ

5316 てる月のよゝしとゝへば卯花の八重垣がくれ住る山ざと

5317 てる月の光にまがふうの花はかつらの種やおひかはりけん

5318 久方の中に生たる里と〔て〕や卯花がきの月にまがへる」(28ウ)

卯月郭公

5319 人わくもう月の空の郭公ねたく初ねはよそにもらして

むかひにたてる楓の、風にすゝしげに、なびくをみて

5320 夕かぜになびくをみればわかゝへで染て散なん折をこそおもへ

夕立

5321 よそにのみふるとみえける夕立をこゝに待えしけふの嬉しさ

田につるたてる画、宮のおほせにて

5322 あしたづも君がみかきの若なへに千よのたのみのゆたかにぞすむ」(29オ)

麦のはしりほをみて、すゞめの立もさらぬを、人にかはりて

5323 はしりほに心やとまる麦ばたを立さりがてにみゆる雀は

夏のよ、月まつに、いたく更たれば

5324 山ちかみいざよふ程に更過て（前に此下あり）いづれはあくる夏夜の月

卯月廿九日、夏鼎がむまのはなむけに

5325 そへてやる心はふるの中つみちみちし絶ずはたちもはなれじ

かへし　夏鼎

5326 しるべせしふるの中道行末もむかしにかへるあとはたどらじ

政子に」(29ウ)

5327 ゆく末にまたあひみんは命ぞとたのむべき身の老ぞかなしき

かへし　政子

5328 たのむぞよ君がへぬべきゆく末のちよもかはらぬ道のをしへを

五月五日、夏鼎が旅宿にまねきけるに

とし比のほいかなひて、きさらぎ初つかたより、御もとさらず、なれつかうまつり、

道のこと、なにくれと老のつかれもいとひ給はで、ねもころに明くれをしへ給はり

ける御こゝろざしのかたじけなさに、いとゞしく、かくてもあらまほしきを、古郷にえさらぬことありて、けふなんわかれ奉るとて

夏鼎

5329 こん春はこんと思へど陰たのむ君があたりは猶ぞ立うき

5330 晴ぬべき空をかぎりの別れぢはふる雨さへぞ嬉しかりける」（30オ）

なほ明くれに、みべきことぞへよといふに

文は、ことをつくさぬことわりなれば、いかでたいめしてしがと思ひ侍りしを、こたび、ほいのことあけくれかたらひて、いは〔ほ脱カ〕ましきことは、いひつくしつとおもへど、なほ心のほどは、えもいひしらずなん。みちは、たゞそのもとにかへれといひしふることをおもへば、すなほなるもとの一すぢを、心詞すがたにわたして、心うるよりほかは、何ごとも、いたづらごとなるべし。時のうつりもてくにしたがひて、すがた詞は、いろ〳〵にかはりゆくよにも、この一すぢは絶まじうおもひさだめて、ならひたるより外の事は、かけてもしり侍らず。こは、たいめごとに申せしかど、あすしらぬ老の、けふの別におなじことすとおぼすらめど、はる〴〵とのぼりたまへるは何の為かはと、後のたいめをまたで、又申出侍るになん。」（30ウ）此ことわりも心得たまへれば、何かますらをの心よはくと、老涙の禁じがたきをおさへて

5331 こん春を待つけて〔みん〕時にこそけふの別の袖はかはかめ

5332 さみだれのをやまは袖やぬれそはんはれ行を待けふの別路

政子がいへる

二月の末つかたより、さつきのけふまで、御あたりちかくなれ奉りて、朝なゆふな、かしこき御をしへをうけ奉り、あさからぬ御めぐみのほどは、さらにいはんかたなし。かくて、月比あらまほしく思ふも、心にまかせ侍らで、けふなん、つきぬなごりにうち出んことのはもなけれど、たゞ心におもふ事を

政子」（31オ）

5333 こん春を契るもとほき別ぢにあやめもわかぬ袖の露けさ

5334 いきうしといひてや又もかへりこんたゝまくをしきけふの別ぢ

これがゝへし

此日比、朝夕なれ〳〵て、あすしらぬ老のけふの別のかなしび、いかならんとかおぼすらん。そはさることにてもらせしことやあるとくりかへし思ふに、たゞつねの心のたひらかなるまゝによみいでゝ、そのことわりを、たれも〳〵きゝわくべく、すがたは、けふのあやめの、すゞしく、なびらかならんやうをのみ、つとめとして、あゆみをはこびて、道にふかく入たち給ふべし。こは、これまでもたび〳〵申つれど、またあふことのか〔たく〕□〔あカ〕めれば、さらに思ひいづるまゝなり」（31ウ）

5335 こんとしを待もつけずはあやめふくさ月〔のい〕つか君にかたらん

5336 いきうしといひてかへらば松かげに又かきつめんことのはの友

扇をやるつゝみがみに

5337 そへてやる夏の扇の風はわが心とをみよめにみえずとも

かへし　夏鼎

5338 あだにやは手にもまかせんかしこくも心をそふる扇とおもへば

この別、人々のうたも、いとおほかり。

雨のはれま、西南をのぞみて

5339 をとめごがさなへうゝとかうちむれて遠の水田のあぜつたふみゆ

又雨しきりにふるに、おもたちて歌うたふも聞〔ゆ〕」（32オ）

5340 晴ゆかばにじたちぬとやさみだれにぬれつゝ田子のさなへとるらん

日のいたくてるに、風のふくに

5341 風ふけばすゞしかりけり天つ日のひかりをさふるものならねども

水無月の朔日の日

5342 みな月の月たち初ぬかくしつゝことしも半今かくれなん

あしたに夕立するを

5343 朝まだきふりくる雨も夏なればなほゆふだちの名にやたつらん」（32ウ）

いとあつき夕をまち〔て〕

5344 あつけきをいのちのまともしらずしてくれ行そらをまつもはかなし

あつき日に、風いたくふけば、かさも得とらで、物にまかるみちにて

5345 うち吹（フケ）ばすゞしかりけり天つ日の光をさふる風ならねども

これがゝへし

経文に光を風の切がごとしといへる文を思ひいでたる也。

水無月の末つかた、秋たつに、日はてりながら、風のすゞしく覚たれば

5346 夏も又くれぬと思ふ老らくの心に秋の風はたちけり」（33オ）

七月朔日になりぬ

5347 思ふこと一日もなきてあら玉のとしの半も又過にけり

5348 みな月のけふ思ひつることばかりかはして年の半過ぬる

〔貼紙〕「水無月の末に

5349 夏かけておどろかすらん虫の声萩の初花秋ちかしとて

幽栖五月雨」

5350 晴せぬはみ空のみかはむぐらしだいぶせくしげる宿のさみだれ

5351 陰ふかき木々のしづくもさみだれの林がくれの庵ぞいぶせき

昨夜、立夏なり。郭公は立夏鳴事、必定のよし、古きものにみえたり

5352 二重 ほとゝぎす夜半に鳴けん初声をいづくのたれか聞初つらん

いにし春のくれより時ならず寒くて、けさ夏来ともおぼえね〔ば〕。」（33ウ）

六帖詠藻　夏五

雨の日、野だの遠かた、少女のぬれ／＼ゆくを

5353 をとめごがさなへうゝとかうちむれて遠の水田のあぜつたふみゆ

5354 晴ゆかばふし立ぬとやさみだれにぬれつゝ田子がさなへとるらん

名取川霖　奥州八景之内

5355 雲はれぬさ月の雨の名取川もとみしせゞやふちの水そこ

こぞ、なにはの人の牡丹七種をもたり。それに七人に歌よます。予に巻頭とて、夕づゝといふ白牡丹をあたふ。たれともいはず、いとなめげなれば、歌はやらず。されど心やりによむ。

5356 此やどの花とや咲る夕づゝのあたりはくるゝいろもみえぬは」（1オ）

深夜五月雨

5357 此夜らはいたく更しを五月雨にまぎれてかねの声や聞えぬ

5358 かゝげても影こそしめれ五月雨の雨夜更ぬるまどのともし火

5359 雨をのみ聞て更ぬるさ月やみおぼつかなしやかねも音せず

元永元六月歌合、顕季判

5360 夏夜のみじかきをさへいまはしといひしことこそあやしかりけれ

5361 いかづちをなるかみといひのちはまたかみとのみこそ歌によみけれ

上下の詞なくは、なにの神ともしらるべからず。上下によりて、なる神とは聞なさるゝなり。

5362 夫木 麦稲をかりほすといふ山がつのはてははつきもひとつうつはか

5363 好忠 夏田 はる／＼とみゆる水田のわかなへの葉波かたよる風ぞすゞしき」（1ウ）

5364 堀百 にひばりの山田つくるとなりはひにいとなくみゆる賤が明くれ

5365 清慎公 ほそぢ かゝる身のはてをつく／＼思ふには心ほそぢとまづなりにけり

5366 瓜 賤のめがかどのほし瓜とりいれよ風夕立て雨こぼれきぬ

5367 かやり さよ更てもえほたれけるかやり火の薄〔き〕煙に月ぞにほへる

5368 散木 とこなつ 卯月より霜月かけて咲ぬれどとこめづらなるとこ夏のはな

5369 正治百とこしへにとこめづらなる床夏は花てふ花の中のはなゝれ
5370 為忠（卯花）卯花のとほめなるべし玉川の岸ねにさらす布とみゆるは
5371 相模（扇）やぶれたる扇の風はいとぬるしはりかへてこそ夏はもたらめ
5372 曽丹（夏草露）朝おきの露ぬるばみてふく風を待心なるころもきにけり」（2オ）
5373 夫木（扇）ほねよりもかへりてほねを折ものはたゝむ扇のをりめ也けり
5374 曽丹（サナヘ）取分てうゑなんもをし我門のみどりすゞしき小田のわさなへ
5375 若なすびもとなすび又老なすびなすびもあまたむかしよみけり
5376 大和うり木瓜白うりあこだかも青にがうりにかほうりもあり
5377 うり生山こまとは田中わかうりも蔵のつかさのふり瓜もあり
5378 （なでしこ）露だにもいたくなおきそこれをおもみまだかた生にみゆるなでしこ
5379 嘉言（タチ花）風こへの花たち花や咲ぬらん吹くる風のあやにかぐはし
5380 水清〔き〕岸の柳のかたなびき吹くる風に夏もわすれつ」（2ウ）
5381 相模（早苗）さなへ引たもとはうきによごるれど心は清き賤がなりはひ

昨夜立夏なり。郭公立夏日鳴事必定のよし、古きものにみえたり

5382 重出（立夏）ほとゝぎす夜半に鳴けん初声をいづくの人か聞初つらん

いにし春の末より時ならずさむく、けさも夏来ともおぼえねば

5383 夏来ても猶朝さむき麻衣老のたもとはかふべくもなし

かくては郭公もいかゞとおもへば

5384 けふよりは花をゝしみし心をや山ほとゝぎすまつにかへなん」（3オ）

空はれて二日といふに、空のくもりければ

5385 玉くしげ二日はるればみよもへず雨もよにこそうちくもりけれ

かはづの声を

5386 雨もよのかはづの声をともすれば郭公かと聞まどひつれ

雨中に卯花をたづさへきて、布淑

5387 （下ニ書ツヾク）雨中にたをれる袖は卯花の雪の雫にぬれしばかりぞ

かへし

5388 をる袖はさぞなわがとる袂さへ花にたまれる雨にぬれつれ

百如比丘のもとへ、ものならひにまかりしに、」（3ウ）野ばたにきうりむぎをかたゝがひにうゑたりし麦の色づきたるをみし

5389 けふみれば野畑の麦も色づきぬきうりも今ぞ成いでぬべき

川音の近きに

5390 雑也かも川の川辺はすこし遠けれど瀬音ぞちかき水増るらし

おほよそごと　かくれ十二

5391 山や水雲霧かすみ木草風ゆきかくれかに上はみのかさ

四月十七日、宮より花をたまひて」（4オ）

5392 ことの葉の露もそひける初花におくれし枝をいかゞみるらん

御かへし

神代には有もやしけんといひしふるごとはかゝるにや、とおもひあはすることも侍らざりし。そもなべての春のおくれたるとしにこそ有けめ。ことしは二月の半より咲初たれば、春のおくれたるにはあらで、」（4ウ）のどけきみよにあへけるにぞあらん、といと〳〵めづらしき余り、かしこさもわすれて、おもへるまゝを例のたゞごとにとひこたへなどして、永日の御笑をすゝめ奉らんとて

5393 夏やとき春やおくれし卯花に咲あはせたる遅桜哉
5394 一とせを待つけてみし初花とおそき桜はいづれまさらん
5395 待々て見初し春の初花におくれぞせまし遅き桜は
5396 後に又咲つぐべくもあらぬまでおくれし花ぞ哀なりける」（5オ）
5397 みる時の心によれる花なればいづれまさるといかゞさだめん
5398 初桜たまひし日より六十余りよにめづらしき花をみし哉
5399 花ざかりほしにいのりしいにしへもかくまで久にみしとやはきく
5400 外のちる後のさくらをみつる哉高きみ山の陰にかくれて
5401 ことにとくことにおくれし花みしも君がみかげによれば也けり
5402 初桜みしは生れし心ちにておくれし花は命とぞ思ふ

蘆庵上」（5ウ）

おまへにて、十種の海苔を一くさごとに、ものゝ名によみて慈延が奉りしを、みせ

させたまへりしかへさに、おくらばやとて
5403 君ならでとくさののりを言葉の色に分てはたれかみすべき
此比、雨しげくて、四条わたりの小やども、岸にたゝみあげたるをみて
5404 賤がすむかはらのこやを岸にあげて昨日の水のあとをみせつる」（6オ）
雨のはれまもなくふるに
5405 あやめふく比のけしきに、たる哉はれますくなき明くれの空
川音のいとたかきに
5406 かも川のかはべは少し遠けれど瀬のとぞたかき水まさるらし
寄郭公述懐
5407 ほとゝぎすなれだに老をいとへばやかたらふ声（も今は）のたえて聞えぬ
5408 老ぬれば耳うとしとて郭公いとひやすらん声も聞えず
5409 時鳥心にのみぞ今はきく耳うとし〔と〕ていとはれぬれば
5410 ふりまさる身をうぢ山の郭公人もすさめぬ音をのみぞなく」（6ウ）
5411 かずならぬ我みやまべの郭公聞人もなきねをのみぞなく
新樹連村暗
5412 やどごとの軒ばの青葉さしそひてやゝかくれゆく遠のむら〳〵
5413 花にみし軒ばの青葉かげそひてやゝかくれゆく里のいへ〳〵
朝ごとに百如和尚のもとにかよふに、ほのかにおもひわくこと侍れば
5414 あし引の山の朝ぎり朝な〳〵分れはみちのほのにみえゆく
さ月四日の夜、ほとゝぎすを聞て」（7オ）
5415 初ねにはあらざらめども郭公耳うときみのきくはめづらし
5416 あすなかばあやめのねにやおとるとてこよひ名乗れるほとゝぎすかも
五月五日に悉曇十八章うけ〔終〕りければ、和尚に聞えける
5417 つたへける法のいの字のことわりもけふのあやめのねにぞしらるゝ
さ月七日のつとめて、織田ぎみむかへ奉るとて、つとめて、あはた山のふもとにまち奉るに、此比ふりつゞきたる雨をふくめる松風いとさむかりければ
5418 ふらぬまもさ月の雨のけを深み露ちる松のかぜのさむけさ」（7ウ）

いたく老て、かばかりのこともいとくるしうおぼえけるに、谷ふかく鶯の鳴をきゝて
5419 鶯もいまはなゝきそ打過てふりぬる声は人もすさめず
日のいとたかうさしのぼれるに
5420 いつしかと君まつ山にいづる日の思ひのほかにたかく成ぬる
ことしもほどなく別奉らんよなど思ひて
5421 まれにけふあはゞ別んほどなさをまつ久しさにいかでかへまし
山水を庭にまかせたるも、かりのやどりながら、心とまりてみえければ
5422 世はなれてすまゝほしきは山水を心にまかす家ゐなりけり」（8オ）
五月五日におもへること
5423 ことのはは何のあやめもわかぬまにさ月のいつか老と成けん
暁照射
5424 かげしらむ賤がともしに長からぬ此よのうさも思ひしらなん
5425 明ぬべくしらむをみてもともしさすよの程なさをしづや侘らん
5426 ながゝらぬこのよのほども思ひしれ賤がともしのかげしらむ空
5427 ながゝらんやみをもおもへ明ぬべき賤がともしのみじかよのかげ
5428 暁に夜は成ぬらしさ月山木のまのともしかげしらみぬる」（8ウ）
小扇撲蛍　宮御題
5429 うなゐらがきそふ扇をうちやめてあがるほたるを悔しとぞみる
5430 夕されば扇とり〴〵行ほたるうちおくれじときほふ里のこ
5431 まだきうついもが扇にあふがれて及ばぬそらにゆくほたる哉
五月晦日がた、猶雨のはれぬに
5432 いつまでかふらんとすらん五月雨の名にたつ空も〔けふ〕くれぬ〔めり〕
益が、さ月の末つかた、杜若にそへて、
5433 （上二書ツグ）花にあかぬ君にしあればかきつばた折過れども奉るなり」（9オ）
かへし
5434 折過し花ともみえずかきつばたこきむらさきの色に咲れば

雨中郭公

5435 郭公ぬれぬ声さへしほるゝは日をふる雨やなれも侘しき

5436 我やどにやどりてをなけほとゝぎすぬれし雨夜の袖くらべせん

5437 夜の雨にぬれて鳴ゆく郭公我やどをだにかさまし物を

〔五月雨〕

5438 郭公声の色そふ五月雨は秋のもみぢのしぐれなりけり

六月六日まであとの月より晴ざりければ、」（9ウ）経亮より

5439 （上ニ書ツグ）梓弓はる夏かけて青柳のいとより〳〵の雨にあきぬる

かへし

5440 いくよりといふべくもなく夏引のいとながびける雨ぞくるしき

政子がのぼりて、

こぞの御わかれよりいかに〳〵と御うへをのみ思ひわたりわたり〔ママ〕しかど

5441 つゝがなくますをみてこそわすれけれ月日へにけるうしろめたさも

かへし

5442 こぞの夏わかれにそへしことのはのあやめわかるゝけふの嬉しさ

こは、あやめにそへてよむべきやう、敷しまに進達したる」（10オ）をいふなり。

祇園の神輿をあらふ日、雨ふるに

5443 八雲のや神のみこしをあらふには天つ水さへふりそゝぎけり

みな月十一日まではるゝ日なければ

5444 水無月の月立初て十日あまり一日もはれぬ雨のいぶせさ

いとながき日、机によりてうちまどろみたるに、むかしの人のみえたるに、かぞふれば、別て十六年になりぬよと思ひて

5445 十とせ余りむかしの人をまどろむと思ひもあへぬ夢にみし哉」（10ウ）

水無月十五日まで折々雨ふるに

5446 いつとてかはれぬ雨けぞふらぬまも日のめをみせぬみな月の空

5447 けふくれぬあすははれんとかぞへきて日かずもなかばみな月の空

夜ふかく目覚たるに、雨の音のとほく聞ゆるに

5448 雨のとぞとほく聞ゆる久かたの天つそらより今ふりくらし

夏雨しげきころ、ね覚するに、思ひがけず、さやけき月の窓にさし入たるをみて

5449 みじか夜ののこりすくなき老らくのね覚をやとふ有明のかげ

又雨しげき比の朝風を

5450 うちしめる雨けの風のはださむみ秋のゝ分の心ちこそすれ」（11オ）

照射欲明

5451 ながゝらんやみ路をおもへ明ぬべき賤がともしは短夜のかげ

5452 暁に夜は成ぬらしさ月山木のまのともしかげのうすらぐ

照射

5453 ながゝらぬこのよはさても有ぬべし思へともしの後のやみぢを

5454 かげしらむ賤がともしに長からぬこのよのうさも思ひしらなん

貴賤更衣

5455 宮人の袖つき衣山がつのうづら衣もけふはかふめり」（11ウ）

初夏比、麦はしげり、大根花ざかりなるを

5456 白たへの大根の花は雪にゝてもゆる草ばとみゆる麦ばた

初夏晩来微雨　玉禅絵

5457 緑そふこさめやくらき木がくれにほのみえ初るまどのともし火

5458 こさめふる外山の雲のうすぐれにまぢかき木々はみどりそふみゆ

深谷夏聞鶯　小坂殿二首

5459 谷ふかき青葉の底にけふぞきくあかで別し春のうぐひす

5460 山深き谷には春やのこるらん青葉の底にうぐひすのなく

雲有帰山情」（12オ）

5461 我のみや旅にうかれん雲だにもかへる山路に思ひたつなり

5462 いつまでかたびにうかれん雲かへる山のすみかもあれやしぬらん

更衣にはださむきに

5463 はだ寒みぬぎかへまくぞをしまるゝ花ぞめならぬ麻の衣も

初夏晩来微雨　澄月

5464 よしやふれ此夕ぐれは時鳥旅だちぬべき雨もよのそら

立夏日鳴こと必定といへるを思へるにや。旅立に雨ふれといへる心しりがたし。雨もよの空は微雨もいまだふらざるにや。おぼつかなし。

蒿蹊」（12ウ）

5465 舟とむる江の波くれて打そゝぐ雨にまたれつ山ほとゝぎす

舟とむるも波くるゝも同意。一つにて晩来は有べし。そゝぐは大方の雨にても云べければ、微雨たしかならず。雨にまつほとゝぎす、必定初夏ともおぼえず。

そゝぐは激の字フルヒス、グノ貌。

川井立斎　二代歌人云々

5466 橋みゆる野川の岸の夏〔木〕立くれ行色も雨をふくみて

初五は此歌に用なくぞみゆる。よく聞ゆるうへには用なき詞にけしきを添ることもあれど、是はいかゞとぞ覚る。雨をふ〔く〕みても雨もよの空のたぐひとこそみゆれ。

余斎

5467 夕つげて水に音なくふる雨は卯花くたすはじめなりけり

卯花をくたすながめの水はなしとよめるは、卯月の」（13オ）月末よりさ月をかけてふる雨とこそみゆれ。初夏にてやうやく咲そむべき比の雨には如何。はじめとことわりたれども、いともとめ過たりや。水の音なきを微雨にせられたるもおぼつかなし。大雨にても降音は聞えずぞあらん。古歌にも波に声なき夜雨をとまる雫にしるなどよめり。

余斎翁に文にてみする歌かいつく。牡丹

5468 中々に限る日数の名ぞつらき春秋かけし花の盛を

木寺の正通院と云は、むかしの友の、法師に成て住を、とぶらひてよみけるうた

5469 心さへあれもやせしとおぼつかな声猶さむき松の下庵

5470 かきつばた色なる波の深ければ池の心にたのまれぞする」（13ウ）

5471 さくら咲其木末ともみえぬ哉青葉がくれにみさへむすびて

5472 花さけば露をも雨と袖かづく萩のしたばにもすそぬらしつ

一夜やどりしに月のあかゝりければ

5473 月みれば捨し庵のしのばるゝむかしながらの古郷の空

松もさくらもかきつばた萩も庭もせの物なれば、たゞいひにいひつ。一夜のねやながら、やがてゐなかぶりとやいふべき。いともきたなげなり。

栗生の中の草とるをみて

5474 あはたのや栗生にまじる夏草もみなるればこそ賤は引けめ

卯月に久しう雨ふるに

5475 まだきよりかくのみふらば名にたてる五月のそらは雨やなからん

馬上聞蟬

5476 駒とめてきけばくつはの音ならず木末にすだくせみのもろ声」（14オ）

五月、小坂殿宿題二未申来、試詠之

積翠池　五廿四、両月分申来

5477 かげうつすかへでかしはのみどりつむ池の名しるき五月の比〔雨脱カ〕

阿弥陀峰

5478 よをすくふあみだがみねにゝほふよりわるゝくまなき日のめぐみ哉（出る日の、又、クマモモラサヌメグミヲゾ思フ）

当座題　物名　かさ　つゐ

5479 よにこえてたかきめぐみをあふぐ哉あみだがみねにいづる日のかげ

六月宿題

5480 都にはまだきかざりしほとゝぎすほのかたらひつゐみのかたをか」（14ウ）

心静身即涼

5481 夏日も心を水にすませればすゞしくなりぬ身もひゆるまで

5482 夏日も心をのどにすませれば身さへすゞしき物にぞ有ける

道成無事中

5483 すなほなる心の道はみな人のかざらぬ常のことのはにみゆ

5484 神つよの正しきみちは一すぢに心をのぶることのはにみゆ

いとあつき日、のべゆく人をみて

5485 みな月のてりはたゝける日ざかりにのべゆく人や哀たび人

此、恵慶よめり。夫木に有。
萩のかぜになびく、ことくさよりもをかしきをみて」（15オ）
5486 秋さかん花ばかりかは夕かぜにすゞしくなびく庭のむらはぎ
知乗、蓮花一茎もてきたれり
5487 折てこしあまのうなゐにゝたる哉清くやさしくさけるはす花
くるつあした、ちるをみて
5488 一重づゝひらけばちれる花びらに常なきはすの心をぞ見る
待霍公
5489 ほとゝぎす鳴べき比は待侘てうちぬるよはもめのみ覚つゝ
5490 霍公まだうひだゝぬ山もあらじなどかほのにも声の聞えぬ」（15ウ）
5491 けふ待て猶きかざらば郭公鳴ん山べをあすは尋ねん
遠山の夕立をうち詠るに、かぜあはたゞしく吹て、うちくらかるに
5492 夕立はいまふりくめり遠かたの雨の足こそみえずなりぬれ
あつさにたへかねて、なにわざもせで
5493 水無月の暑さにたへていたづらに夏の長日をけふもくらしつ
五月山をみて
5494 五月山麓は雨のふらぬまもたかねの雲のはるゝ日ぞなき
雨のふつかふらざりければ
5495 五月雨のはれまにをだをかへせとて二かばかりはふらずや有けん」（16オ）
すゞしげにはれたる夕、あはた山の返照をめづるうちに、かげのうつらざりければ
5496 あはた山たかねの夕日消にけり入相のかねもいまひゞくめり〔重出ノ指摘アリ〕
あはふも草もおなじやうなるを、いとゝくぬきすつるをみて
5497 あはたのやあはふにまじる夏草の同じみどりもめなれてぞ引
又あはたの夕日を
5498 ふもとよりかげ（陰）ろひ行てあはた山みねの夕日のかげ（影）ぞすくなき
卯月朔日によめる
5499 春かけて夏はきぬれどみな人の花の衣はけふぞかへける」（16ウ）

5500 卯月たつけふとしなればとしごとにしらゆふかくるもりの神がき
つらね歌
5501 神まつるう月きぬらし山もとの杜のさかきにしめはへてけり
5502 しめはへていはふみむろのさかきばゝときはかき〔は〕に色もかはらず
5503 かはらずとむかしよりきくさかきばゝいく千よふべき色にか有らん
三日の朝
5504 卯月きて二日へぬれど郭公まだ一声もきかずぞ有ける
経亮より
5505 よしあしのあぢはしらねどかすづけのひらめなりとて人のおくれる
かへし」（17オ）
5506 わみつかれ味なき麦のかれいひもうまくたうべん給ふひらめに
朝にあはたにうす雲のかゝれるをみて
5507 あはた山たかねにかゝるうすぐもは雨とやならん晴やゆくべき
幽居こたふ人もなければ
5508 あたご山々さきかけてしら雲の立へだつれば雨けなるべし
朝に嵐山の雲をみて
5509 あらし山たかねの雲は夏かけて残れる花の色かとぞみる
5510 夏もなほ花に心やのこるらん色まどはせるみねのしら雲
5511 しら雲を花かとみしはみな人のとほきよゝりのまどひ成べし」（17ウ）
よもすがら雨ふる、つとめて
5512 うゑし芋まきし大根もはへぬべし夜すがらふりし雨のうるひに
雲のはれくもるを
5513 とほ山のいく度となくはれて又くもりふたがる雨雲の空
雨ふりくれば
5514 遠山を立へだてしは此雨のふりこんとての雲にぞあるらし
雨はれまなき比、うの花をゝりて、知乗
5515 ふる雨に衣の袖をぬらしつゝ手折てかへるかきの卯花

といへるに
5516 うの花も折あやしとや思ふらんさ月の空に〻たる雨けを」（18オ）
人の好にしたがはゞ、さ月の雨に似たるけしきをといはん。たゞし、けしきとい
ふ詞も雨けといふ詞も、ともにいまはいはず。今の人は何とかいふらん。
連日の雨にて都のつても絶たれば
5517 此比は川橋たえて近ながらみやこは雨の雲のよそなる
此比、経亮が三条の橋をわたりてとひしに
5518 久方の雨のふる日を玉ほこのみち遠みよりとひし嬉しさ
かへし
5519 ふる雨をかごとに君をとひよりて山時鳥聞んとぞ思ふ
かへし」（18ウ）
5520 郭公早もなかなんふる雨にぬれつゝとひし君がみあへに
かへし
5521 みあへにはみきたまへれば郭公なかでも今は何かかこたん
軒のあふちの咲ぬるをみて
5522 ながらへてあふちの花も咲にけりことしの夏のかげは過んか
5523 花の色はおぼつかなきをかぜわたる軒のあふちはかにぞしらる〻
雨はれてみわたすに、あはたの有しよりけにちか〻りければ
5524 雨はれて近く見ゆるは夏山のみどりのふかく成にやあるらん
卯月十五日といふに、病牀はらひて」（19オ）
5525 かぞふれば春夏かけて六十日余り長き月日をいたづらにへつ
5526 ながき日をはるよりふして夏引のあさのをがらのむなしくぞへし
（以下答）是同心なり。初はたゞごと也。後は興の体也。今人の心、後を賞ずる事必定也。
元来、雅言にて心よくとほらざれば、余体をいふもとほりがたし。たゞ言にさへ
とほらぬ心を、いかでか五体にいはれん。仍たゞ言を我はむねとす。何ぞ世人の
譏誉を思はん。譏誉を心とするは歌にあらず。道にあらず。世人これより失道。
朝ごとに、このあたりありくに、草川の水のあせたるをみて」（19ウ）

5527 朝な〳〵かれゆく水や草川のをちこち分るなはしろの比
山もとの雲を
5528 朝げたく煙をこめて夜の雲猶はれのこる山もとのさと
ある日、政教きて、病にふしたる比、こゝかしこの神に願たてき。今はまうでよと
いふに、その神々にまうで〻
5529 我やまひ祈しま〻にいえぬればそのかみ〴〵にけふまうできつ
となんいひやる。
あしたに山々をみわたして
5530 朝まだき遠の山もとみわたせば一筋白く雲ぞ横たふ」（20オ）
道覚尋、先比御室御当座
卯月藤　　慈延
5531 ちらすなよかもの川べの藤浪もかけて祭の花かづらせん
採早苗　　蒿蹊
5532 をとめごがながき日あかずくる〻までとるや山田の露の玉なへ
他人歌論義は無用之事故不致候得共、為道為修行御尋不得止申入候。
（初歌）ちらすなよといふ詞は、かぜか雨か人かにいふ詞なり。
〈わがゆきは七日は過じたつた彦ゆめ此花を風にちらすな〉
〈梅の花ちらす春雨さはにふる旅にや君がいほりせるらん〉
〈ちらすなよしの〻はぐさのかりにても露か〻るべき袖の上かは〉
花にむかひていはゞ、ちるな、又は、なちりそ、又は、ちらであれ等也。」（20ウ）
藤浪もかけてまつりの花かづらせん、の詞、又不叶。人よりいはゞ、花かづらと
せん、といはねば不聞。藤よりいはゞ、花かづらとせさせん、といはねば、詞、
此二ケの難ありて、一向不調歌也。今二様に添削するをみるべし。
5533 卯月たつかもの社の藤の花ちらで祭のをりにあはなん
5534 神祭るけふの使いは（や）折にあふさかりの藤の花かづらせよ（ん）
朱点は心にまかすべし。
（後歌）格別おもへる所もなければ、初の歌ほどの難もあらず。されど、心と詞とたがへ

る所多し。ながき日あかずとる、などは、をとめの心とも思はれず。世わたるわざのいとまなきほどの人なるべし。又、玉なへはなへをほめたる詞、露はなにの」（21オ）用にやあらん。かなのたらで置たるとみえて、無下に無念に聞え、今

添削

5535 賤のめがながき日ぐらしおりたちてとるてひまなくみゆる若なへ

右二首のうたども心よりいでたるやうにみゆれど、心よりいづる歌に、かく齟齬なることはなきもの也。皆詞よりかざり立る故に如此難あり。わが云彼過去現在未来噂下知自他分明ならざる故に調がたし。愚昧の拙者が申事とみやりもせぬ故也。彼五行にわかれ自他に転ずる事、悉曇八転声にひとしく、此国の人語故有する所なり。如悉曇別に教なき故に、つねの人語にあることをしらで、翁がはじめて申事とのみ思へる心より如此あやまつなり。

みわたしの山はたの麦のみのりたるをほぎて」（21ウ）

5536 ゆたかなるとしとはかねてあからみし麦秋よりぞまづしられける

東より故惟清が、子、むまごのぼりつとて万蔵、久太郎とふ。きそぢ所々くづれ、道なきかたをふみ分て、あやふきいのちまたくしてなどいふをきゝて

5537 山くづれ里ながるてふ東路のきその大水きくもおそろし

織田君帰国も此ころむさしがたち給ふらんと思ふに

5538 わが君がゝへりますまで守りませねぎ奉る道の神たち

連日、雨のはれぬによめる

5539 はれまなくかくし降なば名にしおふ五月の空は雨やなからん」（22オ）

さなへ、むぎの時とみゆれば

5540 さなへおいむぎあからみぬいづくにも今や賤のをいとなかるらん

俄にあつしくなりて、西南くらく雲とぢたれば

5541 雲とぢてさらにあつしく成ぬるは今降来べき雨もよひかも

万葉類葉補闕名所二巻校合、経亮へたのみつかはすとて

5542 より〳〵にかうがへたばれふることのかけをおぎぬふ文の二巻

5543 雨けぶりいとしもめぢのかすみつゝふみたがふべき老をたすけよ」（22ウ）

かへし　経亮

5544 ふることのかけをおぎぬふ二巻にうつしもそへてゝにぞとりつる

5545 かばかりのふみよみあはす我ちかういかでなるべき老のたすけに

5546 さみだれのいとより〳〵（に歟）みふる文をよみあはせつゝむかしのばん

経亮より、きのふ、れいのみあるじにゑひしれて、なめしくねがひ侍しに

5547 かきつけてやらんといひし嬉しさにけふとりあへず奉るなり

かへし

5548 人またせかきてやるべき物なれど事しげみにてけふに成にき

かれより

5549 かしの実の一ひらのみか玉くしげ二ひらなれどかきてたまはれ

かへし

5550 玉くしげ二ひらかくとせしほどに早ひとひらは筆まどひしつ」（23オ）

又かれ

5551 我ほりし物をみんとてとしたかき老をせめつるつみゆるしてよ

かへし

5552 筆のあとほりし物見ばかくなんと我にをかたれをかしかりなん

又かれ

5553 みのをはり思ひもかけぬ大水に人ながれしときくぞおそろし

かへし

5554 大みづにながるときけば所をぞえらびて人はすむべかりける

又かれ

5555 日をかさね雨はふれども玉しきの都はかゝるわざはひもなし

かへし

5556 都には水のわざはひなけれどもなゐとほやけとかぜはのがれず

五月朔日なれば、かれ」（23ウ）

5557 初老のはる此比とおもひしが夏も半のけふになりぬる

かへし

5558 百たらず七十六とせなすことも夏の半の心をもしれ
又かれ
5559 けふはまづそらはれにけるくらべ馬みにゆく人のおほくや有らん
かへし
5560 くらべ馬見にゆく人のかへるさはまたやふりいでん此比のあめ
めづらしく雨まに見いだして
5561 五月雨の晴まに遠くみわたせば山のはごとに雲ぞかゝれる
六日、経亮より例のたゞ言申おこせり
5562 佐渡人の千づるがおやのとしほぎの歌よみつればみそなはすなり
かへし」（24オ）
5563 けふぞみる千づるがおやのいそとせをのこりのきくにいはふことのは
かれより
5564 わかさにはいくさのそなへなすときく何ぞのゆゑの有にや有らん
かへし
5565 故なしとそなへざりせばいくさ人人におくれし名をやたてまし
又かれ
5566 北風にもしもゑびすのくるとてもいせの神かぜ吹てやらはん
かへし
5567 御国人ゑびす心にならざらばいましもふかんいせの神かぜ
又かれ、御あたり、まのあたりみ給はん
5568 雨しげみみのれる麦もこぼれつゝさらにはへしときくは誠か」（24ウ）
かへし
5569 かり時に雨しげゝればいつとてもめづらしからず麦の又はへ
又かれ、きのふは
5570 くらべ馬見にゆく人もふる雨についたちよりはすくなかるべし
かへし
5571 かちのゝり日をりのよそひふる雨にぬれしをみんとたれか行べき

又、きのふ
5572 たまひつるめぐらし文は羽ぐらよりこゝにきたりて小野へつたへし
かへし
5573 はぐらにも日数をつまでいつよりもめぐらし文のとくかへりつる
又かれ、此比あふちの御歌にて
5574 七十に六とせの君が行末の千よにあふちのはなにぞ有らし」（25オ）
かへし
5575 さかゆかん道にあふちの花ならばとしたかき身をなげきしもせじ
又かれ、此比、二ひらとくかきて玉ひしに
5576 あらがねの土はふめども嬉しさに足をそらにて持て行つる
かへし
5577 それとなき我みづぐきのあとをみばこひつる人もあさみてをらん
又かれ
5578 かならずもこたへなゝしそおきいでゝ思ふがまゝをいひし歌也
かへし
5579 おもふまゝいふとてこたへせざりせば山彦にしも我やおとらん
これより」（25ウ）
5580 澄月を名におふ人は此月の二日のよにぞかげかくしつる
ものへまかるみちに、えさらぬ所なりければ、むかしをり〳〵とひしわたりをとほりたるに、あらぬさまにかはりはてたるをみて
5581 むかしみしいもがすみかは田となりて野はたはいまの人の家々
すざかのゝ田をみて
5582 こゝかしこつかねし野田のわかなへやけふうゑはてんかぎりならまし
すざかにつきて、織田君をまつほど
5583 こぞの春我おくれしにこりたれどまつもわびしき物にぞ有ける」（26オ）
宮のおまへにて御物がたりの序、あづまの千蔭が奉りし歌みせたまふに、いとおもしろければ、かいつく

かしこきおほせごとによりて、うた奉れりける時に、よみ侍ける長歌、みじかう
た　　橘千蔭
5584 ゆく水の　すみだがはらの　しもつせに　住なる鳥の　み空ゆく　つばさなければ　お
のが名の　都こひつゝ　あらたまの　としをあまたに　すごしきぬ　いでや昔へ　とり
がなく　あづまのはての　ひなにして　其国風を」（26ウ）　こたへりし　ためしあれば
と　むさしの、　あらの、末に　かりつめし　ことの葉草の　いかなれば　天つ雲ゐの
あなたまで　聞えあげゝん　しつたまき　いやしき身をも　すてまさぬ　おほせかしこ
み　逃水の　にげかへるべき　よしなくて　ほりかねのゐの　深くしも　思ひめぐらし
ふつゝゐに　よるとはすれど　おのが身の　老のさかさへ　くはゝれば　わなゝかれぬ
る　水茎の　おぼつかなさも　こつみよる　汀になれて　玉かづく　淵だにしらぬ　す
さみをば　いかゞはせまし　しかはあれど　かゝる御代にし　ながらへて　この一ふし
に　あひにける　わが身の幸を　何にたとへん」（27オ）
5585 かゝるをもあれば有よにすみだ川ながらふるみを何かこちけん
山家卯花　千蔭
5586 うの花は咲にけらしなまれにとふみやこの人の袖とみるまで〔以下、散ラシ書キ〕
山家皆梅花　千蔭
5587 みやこにてかすみと見しは山ざとをつゝめる梅のにほひなりけり
山居子日　千蔭
5588 吾やまのふるすをいづる鶯もけふをはつねとおどろかしけ〔り〕
山家　千蔭
5589 山ざとのおのづからなる花になれもみぢにあきて我世経なまし」（27ウ）
やまざとに住人、雪のふりたるをみる　千蔭
5590 花見むと入にしものをふり積る雪も世にゝぬみ芳野の奥
月の夜山ざとびとをとふ　千蔭
5591 山ざとの月にとひきておほかたの秋のあはれのかぎりをぞ見し
山里に椎ひろふ　千蔭
5592 けさみれば吾ゐるやまのこがらしにおちしひろふ里のあげまき
山ざとにひぐらしの声を聞て　千蔭
5593 そま人のをのゝひゞきはたえてしも猶日ぐらしの声ぞのこれる」（28オ）
閑庭橘　千蔭
5594 たちばなの花ちるころは我やどのこけぢに人のあともみえけり
草堂深鎖白雲閑　千蔭
5595 よのつねの日枝を外山にすむ庵は唯しら雲にとざゝれにけり〔以上、散ラシ書キ〕
経亮、新茶をおこせて
5596 つむころに雨しげゝればいつよりもかのよからずといひおこせたり
かへし
5597 つむ比のあしきはしらずあたらしき木のめにしあればよきかこそすれ」（28ウ）
かれ又
5598 めづらしくむさしの海の品川にくぢらよりきてとりしとぞきく
かへし
5599 よきみづかあしきさとしか品川のせばきうみべによれる大魚
原田正誼が申おこせし
5600 日にそひて君がやまひのいえぬるとかぜの便に聞ぞうれしき
かへし
5601 我やまひをこたるまゝに永日をいたづらにへしことぞ悔しき
又深島
5602 此比は君がやまひもみないえて常の心にかへり給はん
かへし」（29オ）
5603 我やまひ立かへりにし後は猶老の波こそよりまさりけれ
六月二日、めづらしうはれたれば、出居にて月みんとおもふに、山に雲のかゝれば
5604 山のはに夕の雲のかゝらずは二日の月のかげもみましを
しばらくありて、雲まにかげ顕れたるを
5605 みえずとて月よりさきにわがいらば雲まのかげは人にきかまし

智乗がよめる
5606 雲まよりほのかにいづる月かげをみるもすゞしき松の下いほ
かへし
5607 ほのかなる月もよをへばてりまさん光を君もそへよとぞ思ふ
益が吉備の酒をたづさへきたりて、銘保命酒
かへし
5608 限なき命をも〔た〕る君なれば名におふ酒もたのむべしやは」(29ウ)
5609 たのまれぬ命をたもつ薬酒のみて久しきよはひをぞへん
夕つかた出居にすゞむに、昇道が壮厳院のもりを出はなるれば、みえつるとて
5610 松かげのいでゐに出てすゞみますうしのたもとのいちしろくみゆ
かへし
5611 みどりなる松にまじりてせばぬのゝ色なき袖も遠くみゆらめ
白色を色なしとよめり。古今に有。
あはたのふもと、木しげきかげに、ともし火のほのめくを
5612 山もとのまだうすぐれの木間よりほのかにみゆる窓のともし火」(30オ)
本間忠度にわかるゝに
5613 思ふことい はで別るかなしき〔は〕あふうれしさにまさりこそすれ
と申おこせたるに、おくれてかへし遣しける
5614 とし〴〵にまさることばの色をみてわかれしうさも今ぞなぐさむ
麦のほに風のわたるをみて
5615 一方に吹もさだめぬ麦畑の風の姿をほ波にぞみる
燭影写水
5616 水底にすゞむとみえてすゞしきは端居をうつす池のともし火
5617 わたどのゝともしの火かげまたゝきて夕かぜながらうつすやり水」(30ウ)
雨中早苗の間に、あぜのあるかた、　小坂殿
5618 雨はれぬ野田の若なへほどもなくあぜもみえずぞ茂るべらなる
橘　同当座
5619 けふこそは軒端にうゑしたち花の遠きむかしのかにゝ〔ほ〕ひつる
行路時鳥
5620 夏山の青葉ゆかしみわかいれは又なつかしくほとゝぎすなく
5621 夏山にみちまどはずは郭公聞べきけふもきかずぞあらまし
嶺新樹
5622 みよしのゝ青根がみねの夏木立名にあらはれて茂る比哉」(31オ)
円深が山に入たるに、文の便に
5623 あし引の山ほとゝぎす今よりは待ひもなくぞきくべかりける
蓮満池　小坂殿御題
5624 池水もうき葉立葉にかくろへてみちさかりなる花蓮哉
初着単衣支体軽
5625 老もけさみをもやかふと（かへつやと）うす衣ひとへにかろき夏はきにけり
月入斜窓暁寺鐘」(31ウ)
5626 いづれをかあはれといはん青葉もる月とかねとの窓の明がた
5627 窓にうつるあしのしげみに月は入てなにはの寺のかねぞ明ゆく
5628 あしのはに月かたぶきてなには寺かりねの窓にかねひゞくなり
5629 波のうへに月かたぶきてあしの屋のかりねの窓にかねひゞくなり
5630 かねの音も青葉の底に聞ゆ也月しらむよの窓の明がた
5631 窓みれば月かたぶきぬをしみこしこのよの鐘も暁の声
更衣のあした
5632 老らくはまだ朝寒み夏きてもひとへ衣にかふべくもなし
5633 花はちりぬ霞ははれぬ何をかはきのふの春のかたみともみん
5634 旅人の心をとむるせきもりやあしがら山になくほとゝぎす
関路蜀魂
5635 小夜中にたれをとふとか時鳥名のりて過る朝くらの関
5636 相坂やとざゝぬ関もたび人の心をとむる山ほとゝぎす
かきねのはたに、人かたつくりて、かへるをのこの、かへりみしつゝ、」(32オ)ゆ

くをみて
5637 山畑にそほづゝくりてかへるをばうしろやすくぞ思ふべらなる
小雨のふりもとけず、はれもせぬに、かはづのなくをきゝて
5638 人めなきかきねのゝ田に鳴かはづ声さへしめる夕ぐれの雨
後竹風夜涼　小坂殿二題五月
5639 夏深きよはには秋もかよふかと葉かぜ涼しきいさゝむら竹
〔貼紙〕「前山家五月雨
5640 ふらぬまも木しげき軒端雲とぢていぶせき谷のさみだれの空」（32オ）
小坂宮より牡丹賜たるに
5641 たまはれる君が恵のふかみ草なべての花の色かならめや
卯花繞簷
5642 卯花に咲かこはれてすむ庵は軒ばの月をみぬよはぞなき
5643 うの花の軒をめぐりて咲しより雪にこもれる心ちこそすれ
5644 とはれじとよもの人めをうの花の猶へだてゝよ軒みえぬまで
山野の夏に入たるをみて
5645 足引の山のみどりは色そひて野畑の麦はあからみにけり」（33オ）

六帖詠草　夏六終

遠村早苗
5646 里遠み賤が若(わか)なへはこぶまを田くろにざれて遊ぶうなひ〔こ〕
5647 雨はれて雲立のぼる山もとの里わのをだにさなへとるみゆ
垣ねのはたのうつたへにあかくなれるをみて
5648 きのふかもあからむとみし畑つ麦けふは青葉の色ものこらず
5649 くろ髪のしらがになるもめの前に色づく麦のうへにこそみれ
卯花にそへて　知謙
5650 ミモトヨリウツシ植タル卯花ノ咲ヌルカラニ奉ルナリ」（1オ）
かへし
5651 おふしけん心もしるくわがやどの卯花よりも咲まさりけり
としぐ〵かぎりと思ふに、又いつかのめぐり来にけるあした、あやめをみて
5652 ながらへてけふもみぎりのあやめ草あやしき物はいのち也けり
瞿麦副牆
5653 わらはべの花をるとてかふみあけしついがきぞひにさけるなでしこ
5654 咲にけりとのゝみつぼのあやひがき垣ねのまゝにうゑしなでしこ
5655 ふく風にあたらしとてか岩がきにうなだれて咲なでしこの花
短夜に、たびぐ〵ね覚てよめる」（1ウ）
5656 郭公鳴一声に明る夜も老〔は〕いくたび〔ね〕覚しつらん
雨いたくふりて、あはた山みえぬ□〔虫損〕
5657 あはた山あはともみえずさみだれにおもたつ雲のちへにへだてゝ
避暑　二題小坂殿
5658 水音のすゝしき山の松のかげあつきさかりは爰に過さん
5659 暑きは〔ママ〕こゝにぞすまん水清くかぜのすゞしき松の下かげ
5660 たれもみな夏はきてすめ山水の流すゞしきまつの下〔かげ〕
5661 こゝにこそ夏は過さめくし（苔青）水ながるゝ山の松〔かげ〕

5662 あつき（ママ）はしみづながる丶山かげの夏にしらぬすみか（ママ）〔をぞとふ〕」（２オ）

郭公久友

5663 いくつ夏かたらひなれて霍公友なき老の友と成らん
5664 郭公とへど丶はねど床夏に心の友となりて久しき（あかぬ心の友とこそなれ）

雨まに月をみて

5665 五月雨のいくよをつみて岩くらの山のはいづる月をみすらん

夏の月は、いは〔くら〕山より出て、よしみ〔ね〕あたりに入けり。」（２ウ）五月十六日夜〔と〕、も〔に〕雨かきく〔ら〕しふれば、月も思はでねぬ。十七日朝、経亮、賢秀、〔盛〕澄きて、〔よ〕ふべの近火をとぶらふに、しらざりければ、経亮、

5666 トヒヨレドオモヒモカケヌアタリニテ主ノ翁ハシラズゾ有ケル　ト云ニ
5667 近ながらしらでぞねぬる雨ふればあつながれせむ夜とも思はで

夕幽思　与避暑二題、小坂殿六月々次

5668 消ゆくを思へばのこる日の影にみるもむなしきそらのうすぐも
5669 いづくにかかねのひゞきも浮雲も消てのこらぬゆふぐれのそら
5670 詠つ丶おもへば消し夕雲のゆくへは（ゾや）袖の露とおきけり（オクラン　リヌル）
5671 みるがうちに消にし雲のゆく末や夕の袖の（ハタグレノツユトナリテゾ袖ニ）露とおくらん」（３オ）
5672 ゆくへなく消るをみれば立（いで）かはる千よも日一の（あはれ）〔夕〕ぐれのくも
5673 つく〴〵と詠る袖のゆふ露や消にし雲のな〔ご〕り成らん

葺菖蒲

5674 よをいとふすみかもけふは見えぬ哉なべてあやめの草の庵に
5675 たがやどもけふとしいへばかりてふく軒のあやめのかこそみちぬれ

遠かたの山田に水せき入ぬとみえて、日かげうつり、さぎの飛かふもおもしろければ、のどかにみんとおもへど、いとまなくてむなしく過ければよめる

5676 ことしげみけふ〔もみ〕づ田〔の夕〕日かげうつりやす〔く〕ぞくれ過にける」（３ウ）

いとあつければ、〔例〕のごと、ねやへも得い〔ら〕でよめる

5677 暮ゆけど猶あつき日は端居してつきなき〔よ〕るも風をこそまて

ある夕ぐれ、山ざきあたりはくれてみゆるに、このあたりは猶あか丶りければ

5678 よそにみばこ丶もかくこそをちかたの山もとよりぞくれ初にける

ちかきあたりの松の木だちのいとおもしろきに

5679 遠よりはみえずかもあらんかねの音の聞ゆる山のうすぐれの松

雨もよにくもれると思ふに、松の木のまのきらめく星にやと思ひて

5680 はる丶夜のほしかとみれば松のはにすがる〔ほ〕たるの光也けり」（４オ）

六月にも成ぬ此比、雨ふらで農人のこふに、けさはいといたうくもりたれば

5681 八雲たつ神まつるべき月とてやあめのめぐみを先くだすらん

此月くれなば、ことしも半過なんと思ひて

5682 此月のいまくれはてば老らくの身にしむ秋の風やふかまし

又思ひかへせば

5683 秋風の吹たつまでもながらへばあすしらぬ老のさちにぞあらまし」（４ウ）

橘

5684 いにしへをしのぶる宿のつまにうゑてあけくれひとりむかふ立ばな

泉為夏友

5685 暮れゆけばわかれまをしき山かげにながれいづみぞ夏の友なる
5686 あつき日も清水のもとに立よれば別し友にあふ心ちする

5687 あつき日はしばしあたりを立さればなづさはまくのほしきましみづ」（５オ）

夏眺望　二題小坂殿。此二題七月々次也。不審

5688 みそなはす夏川ぎしのむら芦をかりそくよほろみきたまはせよ
5689 夏かりのきのふのあしのあとみえて野川すゞしき水のゆく末
5690 詠やる汀の柳かたよりにすゞしくなびく遠の川かぜ
5691 みえざりし遠の丶川のみえ行は夏かりすらし岸のむらあし
5692 山かげの青みな月の江の水に釣する小舟すゞしげにみゆ

夏祝

5693 けふごとにはらへていのるわが君が千とせのかずぞ限しられぬ

月夜に、利子が今こんといひてこざりければ」（５ウ）

5694 夕月の空だのめせし人まちて思ひの外にさよ更にけり

かへし　　　利子

5695 ツネモナキヨノ浮雲ノヘダテシヲ空ダノメスト君ヤ思ハン

5696 夏ノヨノオモイ思ヒノ外ニ更ヌレバトハデヤミヌル夕月ノカゲ

月あかき夜、よめる

5697 月清く風のすゞしき夏夜は更てもぬべき心ちこそせね

香川景樹

かくばかりあつけき日も君がやどりはと思ひやり侍りて

5698 タテオケルカベノヲゴトモナルバカリ松ノアラシヤフキトホスラン」（6オ）

かへし

かぜふく日はいとすゞしけれど、事しげくてをだにふれず

5699 かべにのみたておくことをもどかしと松のあらしや吹しらぶらん

とほく夕だつをみて

5700 天雲のよそめもすゞし雨の足風に横ぎる夕だちの空

風になびく柳のすゞしげなるをみくらして

5701 風になびく柳をみつゝ夏の日の長きもしらずけふはくれぬる

夕立のなごりすゞしきに野山をみて」（6ウ）

5702 夏深き雨のなごりの夕より秋のけしきのうす霧の山

備前大守宗政卿筆、五月雨にあぜこす水を田草とるをとこのかへりみたるかた

5703 五月雨にあぜ越ぬなりたが田にも今は水口とめよといはまし

卯花留客

5704 分入しみ雪の色にかよへばやかへりがてなるをのゝ卯花

5705 卯花のまがきや人をとゞむらん外にうつらぬ夕月のかげ

対泉述懐」（7オ）

5706 塵のよに流れ出なばにごりなんすまばや山の泉くみつゝ

5707 よとともにわきて出れどにごりなきしみづにならふ心とも哉

卯花似月

5708 夕やみの空にしられぬ月かげは卯花さける垣ねなりけり

5709 卯花のさけるあたりは心せよ月よゝしとて人もとひけり

5710 さかりぞと思ふものからともすれば月かとたどる庭のうの花」（7ウ）

卯月ついたち、日蝕せり。いにしへはこの蝕をさま〲にいひけることありげなれど、天のみちあきらかになれる世となりて、いまはいぶかる人もなくなりぬと思ふにつきて

5711 天つ日に月の重ることわりもあきらけきよの光にぞしる

5712 天つ日の下をめぐりて行月のまれにかさなるけふとこそきけ

たゞ、暦に九分と出たれど、日光をおもふに七分斗かゝれるなるべし。

更衣

5713 老ぬれば猶あさゝむみ夏きても立かへまうきうす衣かな

小坂宮の、春の末つかた、おはしまさんと聞えしに、けふぞおはしましける」（8オ）

5714 などかわれきのふの春をゝしみけん夏とゝもにぞ君がきませる

花もけふまではいかゞあらんなど思ひしかど、猶にほひやかに盛にて、とく咲しより、をり〱ちるは、かへりて見所ある心ちす

5715 君まちて夏ぞさかりにゝほひけるしげき蓬がやぶかげの花

今小路民部卿行章がいへる

5716 色色かへぬ軒ばの松の千よかけてきまさんことをもよほせや君

かへし

5717 千よかけてわがまつかげに大王のきまさむことを聞えあげてよ」（8ウ）

知足庵道覚

5718 うつろはでけふをさかりにさく花も君が心の誠をやしる

かへし

［一行空白］

小島頼母相尹

5719 夏までもちらでや君をまちぬらん雲ゐの種のかどのさくらは

5720 いにしへはおなじ雲ゐの花なれば蓬がゝげに君やまちけん

この相尹は古重家が養子、故周尹が子なり。二人とも四十年前共〔ママ〕ともにちかきわたりにすみて、たいめせぬ日もなく、わきてしたしくかたりあひ」（9オ）ける人のなごりなれば、この人のなりいでんことをつねにねぎ侍るに、重家なくなりしのち、宮につかへ奉りけるに、こたび又めしあげられて、ちかくめしつかはれ、家もさかえぬることを悦びて

5721 いつしかとみつる小島のたのもしく木高くしげく成にけるかな

けふと契けるに、此比、雨かぜうちつゞきて、露ばかりものこらざりければ

5722 みせばやと思ひし花は散りはて、青葉がくれの一ひらもなし

今はあくたと成ぬれど、庭をもはらはで

5723 契つるけふをもまたでちるごとにをしみし花のあとをだにみよ」（9ウ）

けふも雨ふり、神さへなりければ

5724 世中にみせんといひし花は散て思ひもかけぬ雨かぜのそら

5725 雨ふりて神さへなりぬこゝはけふえしもとひこじ花ちらずとも

けふはいくばくもこじとおもへば

5726 かぞふればすくなかりけり契つることをかへじとゝひくべき人

をしみし花のあとをだにといひしかへし、黙軒

5727 限有て散ゆくごとにをしみこし心のはなはなほぞみえける、といふに

5728 散つもる花ふみ分てとへばこそ待し心もあらはれにけれ

みせばやと思ひしといへるかへし　敬儀」（10オ）

5729 みせばやと思ふ心の花しあれば庭の桜はちりぬともよし

かへし

5730 ちりぬともよしと思はゞことの葉の花見てあそべ夏の長日を

世中よみせんといひしかへし　益

5731 雨かぜにさくらはちれどかほりくる言葉の花に心をぞやる

かへし

5732 雨かぜに花はちりけり夕かけて心をうつせ盃のかげ

又、同じ人、5733 うつるともさのみなわびそ九重の花さへけふは散ぬとぞきく　といへる。

一宮にはかにかくれ給へりときこゆれば成べし」（10ウ）

5734 雲のうへの花ちると聞けふの雨やなべての人の涙成らん

山本有香とひきて、5735 諸人の円ゐをみればあやしくも花のうたげにぬるゝ袖かな

こは故世龍が有ましかばと思ひいだせる成べしと、いとあはれにて

5736 誰袖も花のうたげにぬらせるはよの雨風をうしと也けり

雨風かはる〴〵して、さくらの木ずえともみえざりければ

5737 風に散雨にあらひて庭桜みしは一夜の夢とこそなれ」（11オ）

散しきたるをみて、とかく人のいふをきゝて

5738 散はてゝあくたと成もはらはねば又言のはの花とさきけり

初夏の比、三四人、くらま、きぶねわたりの花みし歌とて、あまたみせしに、おもしろくおぼえければ、巻のおくにかき付たりし

5739 尋入し心ぞ深き都にはのこらぬはるのさくら山ぶき

5740 春をへてわが老馬の足たゆみおくれし花をみぬぞくやしき

千鶴が国へかへるに、餞したりける夜の更がたに、郭公の一声おとづれたりければ

5741 とほくゆく人の別をとゞむとや雲ゐはるかに鳴ほとゝぎす」（11ウ）

かへし

5742 君が思ふ心や空にかよひけん我をとゞめてなくほとゝぎす

宵のほど、千づるを待ほど、月あかゝりければ、いでゐにをるに、くいなのなくを

5743 月みよとたゝくくいなに夜も猶柴のとぼそはさゝれざりけり

秋隔一日

5744 あつけさにけふのこゝろは秋までとあすは夏をや又をしまゝし

此題、初冬にもいはるれば、

5745 秋くれて一日はたちぬ今日はゝやいづこばかりにいかんとすらん」（12オ）

雨もよの空とうちみるほど

5746 しげりゆく軒のこのはのをり〳〵にうごくは雨のふりやいでつる

加藤久兵衛方晴、初てきて

5747 ときはなる松の下庵したひきて老せぬ色をみるぞ嬉しき

かへし

5748 色かへぬ松の下庵時わかずとひきてかたれことのはの友

卯月十五日、水尾より火おこりて、あたごにやけのぼりて、やしろもやけうせぬとき、て」(12ウ)

5749 かぐつちの社をやきし水尾こそむべ火の為のあたごなりけれ

えびら、散木

5750 卯月たつこやのえびらに時きぬとひらくるまゆのすぢあらはなる

5751 こきちらすえびらの桑にうづもれていもがこふこのかずもしられず

かきねの山畑、大根の花ざかりは雪のつもれるごとなりし。此ごろ、や、散ゆくをみて

5752 した消の雪かとみえて朝な〳〵大根の花のいろぞうすらぐ

義谿、正方、龍野にかへる便に、よしの、花見んといでたちけるに、正方おほやけごとにつきて俄にかへれば、義ためも姫路までともに行けるに、又やからの病のことにつきて、正方に」(13オ)わかれてなにはにかへる。かた〴〵のうらみをよみたる詠草のおくに書付ける

5753 このたびのうさはいつしかわするべきよしの、うらみかへるなには路

かきねのいぶせくしげるを

5754 こさめふり野山はきりて草がきのさもむつかしく茂る比哉

時ならずいと寒きゆふべ、博篤が旅の衣のうすければ、わがとし〴〵寒さしのぐ衣をうちかけたれば、博篤、5755 わたつみの翁のきぬをうちきればたもとに波の玉ぞみだる、

かへ[し]」(13ウ)

5756 わたつみの翁にあえよみるのごとわらけしきぬに寒さしのぎて

雨ふる日、池にかはづの二つみつなくを聞て

5757 おなじねのかたみにかはる蛙哉いかなることを思ひてかなく

篤志聞て

5758 庵しめて聞しる人のあればこそ水のかはづも音をかへてなけ

をり〳〵声のやむをき、て

5759 おもふこといひつくしぬるをり〳〵やしばしかはづの声をやむらん

又なけば

5760 をやむかときけばねをなく池水のかはづや深き思ひ成らん」(14オ)

田中万治保範、初而対面せしに

5761 音にのみ聞こし松の木高さをけふみることぞ嬉しかりける

かへし

5762 しげりあふわかの松かげとひきつ、千とせもなれよことのはの友

卯月末つかた、いといたう寒かりければ

5763 卯花を雪かとみしは老らくの猶はだ寒きそらめなりけり

月のすゞしき夕、黙軒がきたるに

5764 月うつる水のかはづもねに鳴をいかでか人のよそにきくべき」(14ウ)

かへし、黙軒、5765 夕月のうつりもあへずすゞしみて水のかはづやうたひ初らん

また

5766 鳴かはづかたみに声のかはれるは我らがことやとひこたへす[る]

智乗が別に

5767 をこたりもけふはうせけりうしなれしあまのうなゐが遠き別に

扇に

5768 みちすがら暑さしのげとそへてやる扇のかぜを我としらなん

澄月法師三回　夏懐旧

5769 をとつとしかりにかくれしほうしごのつきせぬ種を早なへにぞ思ふ」(15オ)

博篤が別に

5770 君は老我はかよはき身にしあれば又あふことはかたき別路

5771 なぞもかくなみだはおつるあひみてはわかる、ものとかねて聞しが

5772 かげたかくしげりてふかき老まつのなさけをいつのよにかわすれん

かへし

5773 よはくともよくやしなはゞ老らくにまさりてふるのみちは分てん
5774 君が道なりたつまでにうりふやまやまずつかれずおりのぼりてよ
5775 あふ口よりさしさだまれるわかれぢも今はとなればかなしとぞ思ふ
　智乗が別に」（15ウ）
5776 此あきはとくのぼらんとおもへども猶悲しきはけふの別路
5777 明くれにをしへし君がことのはを忘ずながら猶ぞまもらん
　博篤がたてるくるつあしたより二三日さながらふりくらしたるに、文やる序に
5778 此度は折あしみにもさはりなく分かへりきや雨のふるさと
　あふちのちれるをみて
5779 むらさきのゆかりとみつる藤もちりあふちもちりて夏ぞふけゆく
　智乗がなにはよりいひおこせたる
5780 住なれし都のかたをあとにみてわが故郷にかへるかなしさ」（16オ）
　かへし
5781 すみなれし都の空をかへりみし心のうちぞ思ひやらるゝ
　五月雨の晴まに
5782 ふらぬまはそよめく風にうき立ていや重れる五月雨の雲
　春の比まで二とせ三とせ音もせぬ人のもとより、のぼる人にことづけて、5783 青柳のいとながき日をいかにぞとゝひよる人にこと伝の文　といひおこせたれど、事しげくてその人にもあはず。その文のかへしごと」（16ウ）もせで、春もすぎ、夏になりて、かへしつかはすに
5784 青柳のめづらしとみし春くれていとはしきまでしげる此比
　卯花のさかりなるに
5785 かくれ家はなうゐそ卯木花さけば月夜よしとて人もこそとへ
　文丸が詠草に、いときなきの身まかり、そのはゝもみまかりしかなしびどもをみて
5786 むかしへやわれもさることありしかば人のうへにもなみだおちけり
　五月の比、円源が詠つかはす序
5787 いかばかり袖しほるらん雲晴ぬよ川の嶺の五月雨の比」（17オ）

　下野の君平が久しくわがゝたにゐて、たゝんとしける日、雨ふるに
5788 雨の日に門でをなせそとほく行たびの道にはふりもすらめど
　君平
5789 憶親常恨後帰期、告別今朝惜別離、顧望皇城涙盈掌、此心惟有沢翁知
　かへし」（17ウ）
5790 君が為きその山みち雲分て又いぬらんかきその山みち
　与〔興〕田吉従乞対面歌　酒井修理大夫内与〔興〕田十左衛門
　蘆庵のうしをはじめてとひまつりて
5791 とふ人をとがむる君と聞つゝも君ならずして誰にとはまし
　かへし
5792 今よりは人をいなまじとはれてぞ同じ心の君にあひつれ
　近日出立、詠置詠遣五枚。右同道、萩原由次郎員衡、至今日両度乞対面歌
　蘆庵うしを再びとひ」（18オ）とひ侍りて
5793 石上ふるの中道きはみ有いほりしぬびてまたやとひきぬ
5794 とはれても何とこたへん石上ふるきみちしる翁ならねば
5795 玉くしげ二度とへる御心のふかきにめでゝあひみつる哉
　けふの長日もこのよし萩にさへられて、わが分つべきことばの道はまたこそおくれたりけれ
5796 かゝればぞ人にあはじといなめどもいなみてのみも過がたのよや
　五月雨のいとよくはれたるくるつあした」（18ウ）山々より雲のゝぼるをみて
5797 はるゝかとみしは一日の雨まにて又雲のぼる五月雨の空
　なでしこのさかりなるみて
5798 花の色はから紅にゝほへどもみなしき嶌のやまとなでしこ
　雲の足とく風はげしかりければ
5799 五月雨の雲を重る山かぜは秋のゝ分のこゝちこそすれ
　しらうり
5800 しげき葉をかき分てこそしら瓜のつらなる数もみゆべかりけれ

5801 おりたちてつらをたづねばしらうりのはかげになれる数もかくれじ」（19オ）
雨もやみぬれば、夕月の比ぞかしとうち詠るに、そこともみえず雲のはれざりければ
5802 いとゞしくおぼつかなきは夕月のはれぬさ月の雨雲の空
わかざくらの葉先のあかき、かへでのはにまがへるみて
5803 此比は葉先いろづくわかざくらわかゝへでともわかずぞ有ける
月さやかなる暮に
5804 夕月を柳にかけてみる暮は風ふかねどもすゞしかりけり」（19ウ）
あしたに伴僧の野ゆくに、いたくかゝげて、はぎあらはなるをみて
5805 法師のすそはなちゆく夏のゝの朝の露ぞ思ひやらるゝ
なでしこの花のうなだれたりとみえけるは、草ばにてふのねたりけるなり
5806 なでしこの花かとみしは夕ぐれの草ばにねたるてふにぞ有ける
旨苗が門人、柏木源右衛門久嘉来りて
5807 かぎりなき君がよはひぞいちしるき南の山を常にのぞみて
かへし」（20オ）
5808 君もけふこゝに南の山まつの久しき色にあえねとぞ思ふ
同苗菊蔵信守がよめる、5809 をかざきに千よふる松のうごきなく栄久しき言のはの
みち　かへし
5810 すなほなる人のあつまる松かげに言ばの道の栄をぞしる
風声を聞て
5811 夏の木のさやぐをきけば袖にまた吹こぬ風もすゞしかりけり
辰子が榊の花みせけるに」（20ウ）
5812 老てこそけふ見初つれ霜やたびおけどかれせぬ真榊の花
五月の雨はれて、山々より雲ののぼるを、何の心もなくて久しううち詠めて
5813 雨やみて雲はれのぼる山々を心もなくもながめつるかな
宮御題、夏暁、夏夕
5814 おきつればねやの暑さもなつくさの露しらみゆくしのゝめの空

5815 あつきよもすゞしくなれる暁はいざとき老の身にぞしらるゝ
5816 あつきよもねぶきにまけてぬる人はしらじすゞしき夏の暁
5817 わすれては秋かと思ふ庭草の露ひやゝかにしらむよの空
5818 夏草の露みえ初てあつきもかぎり（ママ）しらるゝ暁のそら」（21オ）
5819 松かげの塵うちはらへけふの日も夕かぜ立ぬ夕す〔ゞ〕みせん
5820 土さけてゝる日のうさも忘ぐさ生てふ岸の松の夕かぜ
例よりも雨しげかりし五月のつごもりに、雨こぼすがごとふりけるに
5821 名にふりし五月もけふを限とやをしみて雨のかきくらすらん
みな月ついたち、西山より雲のゝぼるをみて
5822 はれのぼる雲かあらぬか山もとの里の朝けにたてる煙か」（21ウ）
松のしげ枝
5823 はるゝ夜のほしとぞ思ふ軒ばなる〔松〕のしげえにみゆるほたる〔は〕
5824 夏の日はてりはたゝけどかさなれる松のしげ枝のかげはすゞしき
5825 わがやどは松のしげえのかげなればてる日もゝらずあつけくもなし
みな月五日といふに、鶯の庵のあたりさらでなくに
5826 よもぎふの春にしられぬ宿なればみな月にこそうぐひすもなけ
5827 鶯よさのみな鳴そなれとても老ぬる声はたれか〔すさ〕めん
かへし、黙軒、5828 老てこそ人もめづなれふりぬとは思はざらなんうぐひすのこゑ
良春
5829 夏の日の暑さもしらぬやどなれば春の心ちと鶯やなく」（22オ）
義方
〔一行空白〕
すゞみすとてうちながめてよめ〔る〕
5830 夕づく日入ぬるまゝにをち近の山のすがたのかはりゆくかな
宮の御の御あそびを聞て
5831 しげりあふ木々にひゞきて糸竹のしらべすゞしきもりの夕かげ
よしのや義助願、茄子十ばかりかけるに

5832 なりはひにをこたらぬみは思ふことなすびおほかる物にぞ有ける

良春六月十二日、故郷かど出す。道のほど、あつかり」(22ウ) なんといへば

5833 ことのはの露のめぐみを思ふにはかへるたびぢもすゞしかりなん

かへし

5834 言葉のてる日をそふる物ならば君がたびぢのかげとなりなん

かくて別て、夕つかた西南をみれば、夕立するに

5835 良春が行ぬるかたをながむれば夕立すなりぬれぬらんかも

うへの使

5836 けふまつる神もうれしとおぼすらめとし〳〵むかふうへのつかひは

ともし

5837 みな月の暑きさかりは草のはのゆるぐ斗の風もともしき

5838 花故に春はいとひしかぜなれど夏としなればともしかりけり」(23オ)

典寿がいひおこせたる

5839 君がすむ南に向る芦の庵は夏にしあれどすゞしかるらん

かへし

5840 わがやども南のかぜの松をふく声の絶まは〔猶〕ぞあつけき

5841 秋たちてすゞしくならば山庵にとひきて鹿のなく声をきけ　かへし

5842 夏くれてすゞしくならばとひてまし秋はぎしのぎをじかなく比

5843 いつよりも花のさかりの久しきはとひこん人をまてばなるべし　かへし

5844 いつよりも花のさかりの久しきをとはざりしこそくやしかりけれ

5845 こちたくは遅くともとへうつ〔ろ〕へる花をみるこそ」(23ウ) 情なりけれ

5846 心にはとはんとおもへど土さけててる日をあつみいでぞかねつる

典寿は仏事為修行禁足して常に徒然院にこもれり。日本の人を度するは歌最上なる事を聞とりて、常にくはしく言葉のみちならふにはあらで、たゞ放髪一部をくりかへしみてよみならへり。折々かゝることをいひてみす。直すべき所も直さず。作者の心得べきほどのかへしゝて、常によ〔ませ〕てみちびく。一向初心みちびくは我もそれほどに〔成て〕常にかくいへり。おのづから道に入なり。」(24オ)

東北の火あるに、ずさどもおこして火などかゝげさすに

5847 わが庵のあたりかとてやとはれましこゝには遠きほやけなれども

かぜ絶て、くもりふたがりたるに

5848 雨雲にかげをへだて、むせる日はてりみつよりも暑くぞ有ける

はれたる夕みやりて

5849 山のはにうつる夕日の空遠く飛行鳥は雁かとぞおもふ

すゞしき夕、笛を聞て

5850 かぜわたる竹のそのふの笛ならしよに涼しげに声の聞ゆる」(24ウ)

すくも・夕立　蚊遣

5851 夕立の雨にやぬれしすくもたくかびの煙のうちしめりぬる

5852 すくもたくなにはのうらのかやりびの煙いぶせきあまのいへ〳〵

卯花

5853 しげりゆく楓かしはのこぐれよりしろくみゆるやさける卯花

しらゝ

5854 夕月のしらゝにさけるこぐれにはさく卯花の色もわかれず

瑠り草　順集

5855 すゞしさを招く玉かとみえつるは瑠り草におく露にぞ有ける」(25オ)

心よはく　みつね集

5856 あつき日もいのちのうちと知ながら心よはくも秋をまつ哉

かたへすゞしき

5857 暑き日もかたぶく松にかぐろひてかたへす〔ゞ〕しき木々の下みち

名取川霖雨　南山閣八景之内、夏一

5858 はれまなき五月の雨のなとり川もとみしせゞやふちの水底

村雨のそらに郭公の鳴かた

5859 やよしばしかさやどりせよほとゝぎす一むら雨にふりいづる声

けぶたき

5860 かやりびのたくもくゆりて夕まぐれけぶたくみゆるあまのいへ〳〵」(25ウ)

みぞ

5861 早苗とる比やきぬらんゆくすがらみれば田みぞの水のにごれば

新樹　四月、宮御宿題二首内。今一、恋

5862 あかざりし昨日の春のさくら花夏のみどりも色ことに見ゆ

蝙蝠

5863 鳥めけど賤やあたりをはなれぬぞむべかはほりのしるし也ける

郭公

5864 五月雨の雨まに来ゐてほと〻ぎす雲よりうへの松になくなり」(26オ)

蚊遣火

5865 もしほやくうらのあま人けぶたさも夏はわすれてかやりたつらん

5866 やくしほのからしや夏はかやり火のけぶりたてそふこりずまのあま

越後高田雁島村惟清がきて四五日ありてかへるに又もえこじといふ別にのぞみて

5867 いのちあらば秋こん雁を聞たびに鳴てわかれしけふやしのばん

かへし、5868 とことはに君をこひなん我とみよこしぢのかりの鳴てわたらば」(26ウ)

忙　四月、宮御当座題

5869 よをうみのめかりしほ焼までがたのいづれいとなきうら〳〵のあま

5870 あげまきはまくさとりかへ我はけふ麦かりはて〻なへ分初ん

端午興

5871 おもしろきけふのあやめの手あわせにまゆみのひをりをりなわすれそ」(27オ)

正誼が古郷へいくに、5872 たひらかに君おはしませほどもなく又とひよりてつかへまつらん

かへし

5873 平らかに我も有へんほどもなくとひこんきみを待ことにして

契沖あざりの文をうつせし。たま〳〵ありけるをみせけるに、そをかへすとて　吉従、5874 くさ〴〵に〻ほへる花はことのはのふりせぬ宿をとひてこそみれ　かへし

5875 ことのはの夏もかれぬるやどなれば残れる春の花ぞともしき

五月五日、今日菖蒲出題数多、兼近日智乗餞別とす」(27ウ)

新菖蒲

5876 軒にふくけふのあやめのかにめで〻心のどまるかりの宿哉

5877 のきごとにふけるあやめの一つかに匂ひみちぬるけふのいへ〳〵

五日に、布淑が、5878 あやめくさねながらいのる君がためやまひをはらふくすりがりせむ

といへるかへし

5879 まづしげることのはをそげわが病やらはんけふの薬がりせば

夏塵

5880 行わびぬ賤が麦うつ夕かぜにちり吹たつる里の中道」(28オ)

夏朝天

5881 このねぬる夜の暑さのなごりなき夏の朝明の空の色哉

わかさの吉従がかへりざまに

5882 しをりせしふるの中みち尋ねつ〻又もとひこん君が此いほ

かへし

5883 わかれても又きますやと老らくの命しなずて待心みん

久しく病にふしたる五月末つかたに、従者のてづからつくりたる朝がほの咲たる」(28ウ)をみするに

5884 朝がほのまだき咲たる花みれば秋にもあへる心ちこそすれ

ふるとしより左臂いたみて、よる昼やすむまなく、くるしければ

5885 老ぬれば病もあまたやみぬれど此度ばかりくるしきはなし

5886 老ぬれば弓をもとらぬ左手のやといふばかりいたむあやしさ

西尾定静が久しくやめりしつひに身まかりて、けふは西山にはうぶりすときゝて」(29オ)

5887 よと〻もに月日もほしも行方の西をしみればかなしかりけり

宮御所六月御題二首

暑

5888 詠やる野草しなへて天つ日のてりはたゝけるかげの暑けさ

池

5889 時わかずみどりをつみてそめいろの山をうつせるとのゝ池水」(29ウ)

水無月はつかばかりにや有けむ、やまひにふしたる床下より、きり〴〵すの出たるがあはれにみゆるを

5890 水無月にわが床いづる蛬いのちしあらばこん秋もとへ」(30オ)

おなじ月の末つかた、いとあつかりし日の夕つけてかぜ吹たつをり、かしらもたげみいだしてよめる

5891 いつしかとわがまつ桜う〔ご〕かしてそよや夕風吹立ぬなり」(30ウ)

六帖詠藻　秋一

月の歌十首よみ侍りける中に、河月似水

5892 初せ川はやみ早瀬もこほるかとみな底かけてすめる月かげ

深山暁月

5893 名もしらぬ木のまに月のかげ落て山かすかなる有明の空

月前擣衣

5894 さやかなる月をや袖の霜とみてうちしきるらししづがさ衣

秋野

5895 いづれをかあはれと思はむいろ〳〵の花のゝ露にすだくむし〔のね〕」(1オ)

立秋風

5896 きのふまでまたれしをぎの音信もけさはおどろく秋のはつかぜ

田家秋

5897 かりつみし軒にむれきていなすゞめ立もはなれず人になれぬる

九月十三夜月のうたあまたよみ侍る中に

5898 さはるやといとひし雲も夕風にたな引初てにほふ月かげ

5899 夕まぐれかつ〴〵軒にのこる蚊のかずみるばかり月ぞさやけき

5900 さやかなる月は長月十日あまりみ代のひかりも空にしられて

5901 てる月の光を花とさきあへぬまがきのきくもみがくしら露

5902 立ならぶ木のまくもらで照月に玉松がえのひかりをぞそふ」(1ウ)

5903 秋ごとにさやけき月のなとり川ながれてよゝのかげもくもらじ

5904 心あれや月のゆくゑのうき雲もさはらぬかたにはらふあきかぜ

5905 雲はれて更ゆく空にみるほしの光もまれにすめるよの月

5906 をり〳〵はかゝるもよしやうき雲のへだてもはてぬ空の月かげ

5907 うつしてはみぬ山川の月かげも心にすめるやどのやり水

5908 かげ寒く移れる月をしら露のこほるとみてやよはるむしのね

5909 思ふにもはてなきものは長月にそふらんよゝの露のことのは

5910 さはるべき雲なき空は秋風も吹をさまりて月ぞ静けき
5911 ときはなる松てふむしも秋さむき月の霜よの声ぞかれゆく
5912 いたづらにねてあかさめやからすてふ鳥さへ月にうかれてぞなく
5913 かげさむき月の霜にもたえぬまでことしの秋はみぞふりにける
5914 こん年のこよひもあらば月かげに又ぞかぞへん露のこと〔の〕は
5915 秋の月あはれをかけよ身はふりて光りもそはぬ露のこと〔の〕は」（2オ）

虫

5916 庭くさの露さむからしきり〳〵すよな〳〵ねやに声のちかづく
5917 八千くさの花のゝ露のいろ〳〵にみだれて虫のねをぞ鳴なる

海月　○滝口

5918 まつらがた山なきにしに行月をはるかにひたす沖つしらなみ

野月

5919 山とほくさしいづるよりひろきのゝ露にかげしく月のくまなさ
5920 ぬれぬとも分てをみばや白露の玉しくのべの月のさやけさ

秋風

5921 とくさ吹声いかならんしなのなるそのはら山のよはの秋風

垣葛」（2ウ）

5922 色かはるくずのうら風身にしみてかきほ淋しき秋のやま里

秋田雨

5923 吹そよぐ風しづまりて小山田のいなばにおもる雨の淋しさ

野蘭

5924 来てみればうす紫の藤ばかまこきかにいかでのべをにほはす
5925 秋のゝにたれきてみよと藤ばかまむらさきふかき色にさくらん

行路萩

5926 露にだにうつるはをしき秋はぎを分ゆく袖に花ややつさん
5927 にしきゝて帰るとやみん古郷の野べのまはぎの花ずりの袖

閏月　重家七回忌当

5928 よひにみし軒のあれまをもりかへて更るよしるきねやの月〔か〕げ」（3オ）
5929 まどろまぬねやのあれまをもる月にみしよの秋のかげしたふらし

翫月

5930 かげきよき野山の秋にあこがれてそこともいはず月をこそみれ
5931 秋の月さてもやかげのさやけきと木下つゆに移してぞみる

保道といふ人の会にや。

平田亭にまかりて物がたりするにやゝくれそひて月さやかなれば

5932 みるまゝに庭の木かげはくれそひて軒ばの空ぞ月になりゆく

秋田露」（3ウ）

5933 たへてもる袖いかならん小山田のいなばに深き秋の夕露
5934 立こめし野田の秋ぎりはれ初ていなばの露の色ぞ明ゆく

閨虫

5935 あはれにも鳴よるねやのきり〴〵すおなじよさむの草の庵を
5936 きり〴〵すたのむかげとて鳴よるもおなじよもぎがねやのさむしろ
5937 秋深きよさむのねやの蛬かたしく袖の露になくらし

野外萩

5938 うちなびき小萩咲野はむらさきの色なる風の吹かとぞみる
5939 秋はぎのこきむらさきのひとつ色に野は八千くさの花もわかれず
5940 咲しよりわがしめゆひし心ちして分ぬ日もなきのべの秋はぎ」（4オ）
5941 我やどに分てはうゑし草がきをへだつばかりののべの秋はぎ

戸外槿

5942 山がつのかきほの竹のよをこめて草のとぼそにさける朝がほ
5943 花ざかりしばしなりとや柴の戸のあくるもまたでさける朝がほ

夕擣衣

5944 うちしきる声はへだてずから衣ひも夕ぐれのきりのまがきに
5945 みるがうちに夕をいそぐ山もとのきぬたの音ぞ霧にのこれる

依月客来

5946 いまよりは月をやまたんよな〳〵の闇にはうとき秋の友人」（4ウ）

山月入簾

5947 山のまだ出もはなれぬ月かげをすごしにうつすまつのむらだち

かたらひ侍ける女の身まかりてのち、其家にすみかはりたる人のしたしく侍りければ、月あかきよ、友にさそはれて行しに、よふくるまで人はみな思ふ事なげにあそべど、我はたゞ有しよの思ひいでられて

5948 いくむかしへにける宿にあらねどもあらぬよにこそ月もすみけれ

河月

5949 よしの川玉ちるせゞの岩波にくだけてやどる秋のよのつき

西山にまかりたりしに、何とかいひける山川の」（5オ）かなたに、かすかなるいほりのありし、たれとふとしもみえず、かきねなどはいとをかしうしつらひて、菊なども咲みだれたり、すまゝほしげなれば

5950 うらやまし竹のあみどのあけくれもよをかり初にすみなせるやど

月催懐旧　為久卿十七回忌

5951 むかひみる心もすみて秋のよの月にむかしの面かげぞたつ

初秋夕風　景文亭十首歌

5952 今よりの秋の夕のあはれをやまづつげ初るをぎのうは風

5953 まつに吹声こそかはれ夕月日さすやをかべの秋のはつ風

野外萩露」（5ウ）

5954 吹かぜのあとよりやがて萩がはの夕露をもるみやぎのゝはら

5955 分ゆかんことだにおしき萩の露吹なちらしそのべの秋風

霧中初雁

5956 そことなくきりわたれども秋風に天飛かりの声ぞ落くる

5957 幾つらぞつばさもみえぬ夕ぎりにきむかふかりの声ぞみだるゝ

海辺秋月

5958 秋の月かけしく波の海ばらに横たふくまや天のはしだて

5959 詠やる心のはても波とほく月すみわたる秋のうなばら

擣衣驚夢

5960 霜にうつきぬたの声の秋さむみとけてねぬよの夢ぞおどろく

軒紅葉

5961 暮やすき秋の日かげものこるかと夕いそがぬ軒のもみぢば

垣葛」（6オ）

5962 露分てとひこぬたれをうらむらんあるゝかきほのくずの秋風

江鶉　榎本、石田入来、私亭当座

5963 打よする入江の波の秋風にうづらの床やあれまさるらん

野草欲枯

5964 分なれし花の面かげしたふまに霜がれいそぐのべの秋くさ

蔦

5965 宿ちかくうゑしかきほの蔦かづらくる秋ごとのもみぢをぞまつ

杜紅葉

5966 みどりなる松の木間のむらもみぢそめ分けりな衣でのもり

岸紅葉」（6ウ）

5967 滝川の玉ちるきしのいはがねにぬれていろこき秋のもみぢば

月出山

5968 いつしかとまつほどよりも程なきは松をはなるゝ山のはの月

初秋衣

5969 秋きぬといふよりやがて夏衣吹あへぬ風を袂にぞしる

苔露

5970 草も木もおくよりかはる秋の露をいかにたへける苔のみどりぞ

紅葉如錦

5971 くらべみばいづれまさらんからにしき立田の山の木々のもみぢば」（7オ）

ねやちかき萩に雨のそゝぎけるを

5972 聞なれしをぎのうはばの風絶て音づれかはるよはのむらさめ

露を

5973 霧ふかきまがきのをざゝうちなびき末ばにおもる秋の夕露

ある人の七夕七首よみ侍りけるをみて、二星にかはりてこれがゝへしがましくよみ侍ける

月　河　草　鳥　衣　別　祝

5974 はるかなるちぎりをおもへめぐりあふ雲ゐの月の秋の一よに

5975 へだてこしうき年月も天河けふは嬉しきせにかはりぬる

5976 七種の秋の一よを待えてもむすぶほどなき露の手まくら

5977 山鳥のはつをのかゞみみるほどもなくて明行ほし合の空」（7ウ）

5978 いくめぐり年の一よはかさぬれど契ぞうすきあまのはごろも

5979 立かへりあふせほどなきわたりにも袖やはぬれぬあまのかは波

5980 淵せなき契りとをしれ中絶ぬなも流れたる天のかはなみ

ある人の三回忌にあたれりけるを思ひいでゝ、草花などつかはす序に

5981 露のまもわするとはなき面かげもさらにやけふはおもひいづらん

かへし

5982 あさからずとはるゝけふのことのはに露置そふる花のいろ〳〵

げにわすれぬるもとはれて、さらにあはれそふならひ、さこそと覚えし。

月のいとあかきよ、夜ふくるまで」（8オ）ひとり詠めて、むかしまかりかよひしかきねも心にうかびて

5983 くまもなくさし入月にすみすてしあさぢが宿の秋をこそおもへ

5984 すみわびぬよのうき秋のよはの月むなしき空に我をいざなへ

緇素見月

5985 秋幾夜とひきてともにむろのとの明るもしらず月をめでけん

月前草花

5986 風に散露さへみえて白妙の尾花が袖の月のさやけさ

里擣衣

5987 聞わびぬよさむの里の秋風にしづはた衣うちあかすこゑ」（8ウ）

槿

5988 秋風のさそふもまたで散露にしばしのどけき朝がほの花

紅葉増雨

5989 露霜のそむるがうへも初しぐれふりいでゝそふ木々の紅

浦月

5990 久かたの天のはしだてきりはれて月すみわたるよさのうら波

5991 こぐ舟のかずもさだかにみくまのゝうら波遠くすめる月かげ

深夜虫

5992 風の音も更ゆくよはの庭草に露さむしとやむしのわぶらん

早秋」（9オ）

5993 身にしみて哀ぞ深きふくもまた声ほのかなる秋のはつ風

5994 今よりの露けささぞなたへて住むぐらの宿に秋はきにけり

稲妻

5995 雲かゝる遠山どりのをのへより門田の面にかよふいなづま

七夕

5996 淵せなき契をたのめ天川年の渡はよしとほくとも

5997 たなばたのつまむかへ舟よそふらしやゝくれかゝる天川なみ

笆菊

5998 しめゆひし秋をふるさでにほふ也あるゝ笆の白ぎくの花

隣槿」（9ウ）

5999 心あれや日かげへだてゝ中がきのそなたは残るあさがほの花

6000 おきいでゝむかへばうゑぬ中がきのこなたにかゝる露の朝がほ

竹林月

6001 晴くもる影もさやけしくれ竹のおきふしみする月のした風

6002 秋のよの竹の林の風たえてかげもさだまる月のしづけさ

野萩

6003 むさしのゝ草はみながらむらさきの色にぞみする秋はぎの花

路薄

6004 秋ふかき露にみだるゝ花薄みちのゆきゝの袖しほるまで
暁露」(10オ)
6005 吹払ふ風も音せであかつきの露しづかなる庭のをぎはら
6006 秋の田のほの〴〵みえて置あまるいなばにおもきあかつきの露
夕鹿
6007 夕付日さすやをかべの秋風にほのかにたぐふさをしかの声
初雁
6008 朝戸出の衣でさむき秋風にさそはれきなくはつかりの声
6009 秋のよのさやけき月に渡る也花にわかれし春のかりがね
長月つごもりがたのことにや、馬杉翁、重枝などゝもにもみぢみにまかれりけるこ
とのありし、もみぢの比は松のみどりもことさらにみえ侍れば、翁」(10ウ)
6010 露霜のそめぬ松さへもみぢばの千入に交る色ぞえならぬ
かへしにはあらで、思ひよりし
6011 かげたかき松やいく度もみぢばの千入の色をよそにみるらん
6012 露霜のをかべのもみぢ色ぞこきことしも秋や限りなるらん
かへし　重枝
6013 さだめなき世にしすまへばもみぢばの色のかぎりも哀とぞみる
かへし　翁
6014 老がみをよそにかぎりの秋ならばもみぢの色もなげかざらまし
重枝歌をいまおもふにいとあはれなり、されどとしたかき人のかたはらは心すべ
きにや侍らん。
夕日はなやかにさしたるに、しぐるかときけば」(11オ)松のあらしになん有ける
6015 山かぜの松にしぐるゝ声はしてぬれぬ木のはぞ袖にふりくる
もみぢのいとゞ色こくみゆるを
6016 千入をも猶あかずとや夕日かげてりそふ山の木々のもみぢば
ふくるまで秋のよををしみて
6017 あかずやゝ更ゆくかねの声ごとに近づくもをし秋のわかれぢ

6018 鳴よはるむしさへこよひゆく秋をしみかねたる声かとぞ聞
名所五十首　真野入江　秋
6019 まのゝうらやなびくを花の波かけて月も入江に秋風ぞ吹」(11ウ)
6020 まのゝうらやお花吹こす秋風に入江のうづらねをぞなくなる
嵯峨野
6021 月はいまをぐらの山にかげ落てさがのゝむしの声ぞ残れる
6022 とはゞやな秋のさがのゝ女郎花よかれぬ露にうつりもやせん
大井郷
6023 吹おろすあらしの山のもみぢばに大井の郷はにしきをぞしく
小倉山
6024 分わびぬ夕ぎり深く立こめて道もをぐらの秋の山かげ
外よりも猶色ふかし露霜や分てをぐらの山のもみぢば
三上山」(12オ)
6025 6026 海ごしの三上の山の秋風にさゞ浪かけててらす月かげ
鹿交草花　五条殿
6027 吹なびく千種の花の秋風に立どをみするさをしかの声
秋野　新玉津島
6028 秋のゝは千種の花の露になく虫もさま〴〵声みだる也
6029 野べは秋秋はのべにぞあくがるゝ虫の声々花の色々
初秋月　常悦亭
6030 秋風はまだ吹たゝぬ木のまよりもりくる月のかげぞ身にしむ
嶺月照松
6031 雲払ふ嵐もみえて山のはの松の梢にすめる月かげ」(12ウ)
月　新玉つしまにて
6032 光そふ玉つしま江の秋の月いくよをかけて照まさるらん
嶺月
6033 さやけさを木のまにみせて山のはの松にいざよふ秋のよの月

湖月
6034 浪とほくかげをひたしてすむ月の氷をわたるしがのうら風
関月
6035 秋をへてみるめになれし関守も心やとむるすまの月かげ
浜菊
6036 秋風の吹上のはまによる浪の色かとみればにほふ白ぎく
6037 住吉のはまべにゝほふ白菊は千年を松にちぎりてやさく」（13オ）
ある人の母の身まかりて、一周忌に秋の懐旧といふ事をよませ侍るに
6038 めぐりあふけふのたもとのいかならん別し秋の露もひぬまに
野亭聞虫
6039 かりねする野守がいほの露しげみ枕にむしの声ぞみだるゝ
秋旅
6040 秋とゝもにけふ立初し旅衣なれ行袖や露にやつれん
黄葉
6041 一入はそめける秋の露になど色もまさらぬ柞なるらん
暮秋」（13ウ）
6042 露さむき浅茅がはらのむしのねもかれ〴〵になる秋のくれがた
初秋薄
6043 おく露はゝやほにいでゝしの薄しのにみだるゝ秋のはつ風
擣衣幽
6044 きけばなをうちはたゆまで吹よはる風のきぬたの声かすか也
擣衣為愁
6045 よそにきく袖にも露は深くさの里のきぬたの秋さむき声
6046 千たびうつきぬたの声も身ひとつの秋の思ひにたぐへてぞ聞
閑居秋夕
6047 しづかにと住なすいほもなべてうき秋にはたへぬ夕ぐれの空
田家鹿」（14オ）
6048 山田守いなばの露のおきゐつゝきけばをじかのなかぬよもなし
秋夕露
6049 哀しる人のたもとのいかならん我だにしほる秋のゆふつゆ
深夜虫
6050 もの思ふまくらにきけばきり〴〵すいとゞあはれも深きよの声
秋雑
6051 よな〳〵の月にはうときかげをしも雨にしたしむ秋のともし火
野分　迎称寺
6052 きのふみし千種の花はいろもなくあるゝ野分の朝戸出の庭
萩半綻」（14ウ）
6053 おく露も心を分て紫のむらごにそむるのべの秋はぎ
6054 秋はぎのさけるさかざるほどなれや錦とみゆるみやぎのゝはら
ある人のおやの身まかりてのゝち、子むまごなんどうちつゞき、家とみさかへて田畠などおほくもたりけるを、わかちて僧坊につけ侍りて、いかならんよにもこのたむけたえまじうなんとあつらへて、この秋五十回の法事いとなみ侍りて、秋懐旧といふことをよませ侍けるに
6055 遠きよをしのぶあまりにわかちおく秋の手向はたえじとぞ思ふ
菊映月」（15オ）
6056 移ふも色わく月のよをかさね光まがはぬしらぎくのはな
野鹿
6057 なれのみのうきになゝしそ露けきは秋のさがのゝさをしかのこゑ
七夕船
6058 渡守はやこぎいでよふる雨の水かさほどよき天川ぶね
6059 漕いでゝさぞなうらみもはるゝよの浪ぢやいそぐ天川舟
七夕鳥
6060 かさゝぎの羽をならぶる契をやこよひかすらんほし合の空
閏七月七夕　迎称寺

6061 文月のまれにかさなるこよひしもうしやへだつる天のはごろも
月前鹿」（15ウ）
6062 雲払ふあらしの末に聞ゆ也と山のしかの月になく声
虫
6063 秋の、にさま〳〵かはるむしのねをいづれ哀と分ぞかねつる
6064 秋のきてかぞふばかりの夕露にはやなくむしの声ぞ乱る
薄未出穂
6065 夕露にはやほにいでよしのすゝきしのびはつべき秋のいろかは
6066 秋はまだ浅沢をの、しのすゝきいつほにいでゝなびくをもみん
ある人のもとにて、すゞりまはすほどに、探題よむ事をしてたはぶれしに、初秋月
6067 ほのかなる木のまのかげもたゞならずまたれし月の秋になる空
野萩」（16オ）
6068 分ゆけばたをらぬ袖も紫の色に移ふのべの秋はぎ
雲間月
6069 心あれやへだつる雲もたえ〴〵に月かげもらす秋風のそら
6070 へだてゝも絶まおほかるむら雲は中々月の光りをぞそふ
閑庭虫
6071 夕々よもぎが庭のかげしめてはらはぬ露にすだくむしのね
浦月
6072 松風に浪のうき霧吹はれてよわたる月もすみよしのうら
したしかりしものを久しうとぶらはで、月あかきよ、そのわたりをすぐるに、おもひいでゝとひけるに、その家はあらぬ人のすみかはりしかば、その辺」（16ウ）にて、いかなりつるぞと尋るに、さいつ比、つまもなくなりて、ひとりすみ侍りしが、かくてはとて、ゆかりあるかたに行しといふに、こぞの初秋の比にや、とぶらひしに、いたくかなしくせしむすめの身まかりて、中陰のほどにて、なげきにしづみしが、ほどなくその身も、すぎにしことのあはれにはかなくて
6073 おくれつる歎や終に露のみの消はてぬべきしるべなりけん

野外萩
6074 春日野をけさ分ゆけばたが袖もわかむらさきの萩が花ずり」（17オ）
鹿声幽
6075 吹さそふあらしやみねによはるらんかすかに成ぬさをしかの声
6076 いづくともしらぬみ山の鹿のねをほのかにさそふよはの秋風
初秋露
6077 深きよのね覚のまくら露におく夢のたゞちに秋や来ぬらん
草花色々
6078 家づとに分てはをらん花もなし色をつくせるのべの八ちくさ
姉のあま君の身まかり給ひて三回忌にあたる秋、手向和歌六首よみて霊前に奉る、
毎首有冠字
6079 なき人のめでし花ぞとむかふよりたもとしほるゝ露の朝がほ」（17ウ）
6080 〔むし〕のねもさぞしげからし草の原ふり行露の秋のゆふぐれ
6081 秋ごとにあふ心ちしてなき人のくるてふくれをまつもはかなし
6082 みほとけの光をそへようへもなき花の台に今はすむとも
6083 たむくるも夢かあらぬとたどるまに三年ふりぬる露のことのは
6084 ふかきよのね覚の枕とふ月にくまなく忍ぶこしかたの夢
八月十四日、よひのほどうちくもりたるに、春日の社のまへにて御楽ありけるに、月いとようはれたれば
6085 笛のねをこよひの月の嵐にてうちふくからに雲ぞはれ行
十五日、紫竹の庵をとひて、くれ比帰庵す、雲重月不見
6086 よにおほふ名をやねたみてうき雲のこよひの月のかげかくすらん
夜更て晴明なれば」（18オ）
6087 よひの雨のなごりの雲も中空に影すみわたる秋夜の月
秋
6088 ことのはの露の光も万代の秋いくめぐり月にそふらん
6089 秋ごとにまさきのかづらくりかへし長夜あかすむかふ月かげ

6090 ゆふされば秋の山かぜ身にしみて鳥羽田のいなば露ぞみだるゝ
6091 淋しきは吹しくよりもさよ風の絶てこぼるゝ露の下をぎ
暁初雁
6092 有明の月におくれてくる雁の翅もさやにしらむよのそら
朝露
6093 吹わたるあさけの風も心せよ日かげぞみがく露のしらたま
井月」(18ウ)
6094 くむ袖にくだけもはてず月かげのあとよりうかぶ玉の井の水
舟月
6095 てる月のかつらのさをはなのみしてながれにまかすよるの川舟
新玉つしまにて、社頭月といふ事を
6096 爰に又ひかりを分てすむ月も幾よになりぬ玉つしま姫
殿にて春日社御法楽に、草花色々と云事を
6097 咲交る色の千種にめうつりて花のはゆかんかたもしられず
初秋夕
6098 散初る一はの桐の木間よりあきをことわるゆふ月のかげ
松間紅葉
6099 露しもにつれなき松も木がくれのもみぢの色や染てみすらん
古寺紅葉」(19オ)
6100 もみぢばの常なき色をたが為にそめてやみする露の古寺
竹間紅葉
6101 吹なびく竹の林の朝かぜにいろもこぼるゝつゆのもみぢば
暮秋風
6102 いざゝらば吹ほしてゆけゆく秋の露にしほれしそでのゆふ風
甲斐守義方がこのかみの年忌に、秋懐旧といふ事を
6103 月もさぞわすれぬ袖の露とひてみしよの秋のかげしたふらん
紅葉
6104 露深き山路の木々の下もみぢ時雨もまたで色やそふらん
6105 尋入山路の露の深さをもまだき色づくもみぢにぞみる
河霧」(19ウ)
6106 大井川幾せもわかず立こめて秋ぎり深きさがの山かげ
九月尽暁
6107 今はとて立かへる秋もまどふまで猶きりこめよ暁のそら
重陽に、周尹入来、老人を賀せらるゝ序に
6108 老らくの千とせを菊の露うけてあかずめぐらすけふのさかづき
きくはまだしかりければ
6109 けふといへばさかぬ菊にもかけてまづ千歳を祝ふ露のことのは
さやかなる月更て、空のけしき物すごうすみわたりたるに、なかば過ぬるみをかこちて
6110 あはれ又ことしの秋も長月のなごりをしまんかげぞすくなき
三神法橋の父の七回忌に、秋懐旧といふ事を
6111 したひこしかげは七年てる月もなみだくもらでみる秋やなき」(20オ)
右兵衛督殿まゐりたまひてうかゞはるゝ序に、此間連夜月明なれば、明夜も定而可為清明、累年十三夜はくもる事まれなりなど申給ふに、思ひし事
6112 此国の光をもみよ長月のとし〴〵かげのさやかなるそら
殿にて春日社御法楽に、蒙　猿沢池といふ事を
6113 秋山を下てる木々の紅にねぐらいそがぬ色どりの声
6114 そめ〳〵てかつちる露のもみぢばゝたがためおれるにしき成らん
6115 秋風に水のうき霧うちなびき柳ちりしくさるさはの〔池〕
6116 さしのぼるみかさの月を猿沢の池のかゞみにうつしてぞみる」(20ウ)
野女郎花
6117 露けきは秋のさがのゝをみなへしなどさはひとりおもひみだるゝ
路女郎花
6118 分すぐる露にしほれて女郎花たをらぬ袖も人やとがめむ

閑居月

6119 すまでやはあとみぬ庭の露とひて月もやどれるよもぎふのかげ

栽菊

6120 けふよりは庭に千とせをしめゆひてうふる笆の秋のしら菊

菊露

6121 さく花の光をそふるしらぎくの露はあだなる色としもなし

初紅葉

6122 朝まだきむかふ梢の初入やいつのしぐれのそめはじめけむ」(21オ)

紅葉移水

6123 江にさらすにしきもかくや山あひの水のみどりにうつる紅葉ば

常悦岡ざきにすみはじめける秋、人々歌よみ侍りけるに、月契秋、苔径露といふことを

6124 山かげや月もしづけきやどゝめてすむべきよゝの秋契るらし

6125 むす苔の色こそわかね置露にくる秋しるき庭のかよひ路

野霧

6126 いづくにか草のまくらをかるもかくゐなのゝきりに迷ふ旅人

山菊

6127 みぞあかぬ山路のきくの花ざかりかくてや千よの〔秋もへにけ〕ん

滝紅葉」(21ウ)

6128 そめてけりしぐれぬひまも滝つせのあたり露けき木々のもみぢば

月前木

6129 波はるゝ汀のまつのかげのみぞ月のくまなるしがの〔からさき〕

朝紅葉

6130 朝な〳〵色まさりゆくもみぢばによのまの霜の深さをぞしる

崎萩

6131 露深き野島がさきの浜風に波もかけそふ秋はぎのはな

池月

6132 水はれて庭の玉もゝみるばかり月すみわたるさる沢のいけ

立秋暁

6133 秋きぬとゆふ付鳥の声よりぞたもとの露は置はじめける

女郎花靡風」(22オ)

6134 さしもなどなびき初けん女郎花ふきも定めぬ風の心に

里紅葉

6135 めかれずよかきねのかへでつたもみぢ里をもわかぬ遠近の秋

垣紅葉

6136 へだてなき露も分てやをかのべの垣ね色こき秋のもみぢば

ものへまかりけるに、世はなれたるすみかに蔦のもみぢたるをみて

6137 ことしげきうきよを軒のつたかづらかゝる栖の秋ぞゆかしき

暮秋雲

6138 とりとめぬ風のしぐれのうき雲やくれ行秋のすがた成〔らん〕

雁

6139 草も木も色かはり行秋風にあへずや雁の鳴てきつらん」(22ウ)

堤霧

6140 川ぞひのつゝみをこめてたつ霧に限りもみえぬ秋の夕浪

6141 立こめし堤の柳ほのみえて朝ぎりなびくあきの川〔かぜ〕

庭上月

6142 あともみぬ庭の浅茅の露とひて宿りかれせぬよな〳〵の月

女郎花露

6143 たが秋におもひみだれて女郎花なまめく色の露けかるらん

ある人の母の身まかりての又のとし、月前雁といふ事を

6144 かきつらねむかしの秋を忍ぶよの月に鳴ねを雁やそふらん

朝鹿

6145 明わたる秋の山かぜ吹なへにきりよりもるゝさをしかの声」(23オ)

山霧

6146 かげうすき入日はみねにさしながらきりよりくるゝ秋の山かげ

夜帰雁

6147 さく花に別し春の恨さへはれ行月の秋のかりがね

谷月

6148 かげ深き谷の小ぐさの露にしもやどり残さぬ中空の月

杜月

6149 幾たびか風を光にもりかはる杜の木のまの月のさやけさ

橋月

6150 深きよの霜かとみえてかさゝぎのわたせるはしにすめる月かげ

島月

6151 あはぢがたかたぶく月のかげみちて島もかくれぬ西の海づら」(23ウ)

岡月

6152 深きよの霜かとみれば水ぐきのをかのやかたにすめる月かげ

湊月

6153 更ゆけばいで入舟もみづぐきの岡のみなとの月しづかなり

磯月

6154 波とほく引しほみえて梓弓いそべのまつにかゝる月かげ

惜月

6155 へだてつる雲はのこらじ秋のよの更るをかこつ月のさやけさ

九月十三夜、くれまへよりくもりて雨をもよほすに、こよひの月はいかゞとおもふに、ほどなく雲まみえわたり、月さしいづ。とし〳〵のこよひのそら、つれ〳〵とおもひわくるに、しのばしきことおほくて袖もしほれぬ。こよひは易命が、こぞよりのぼりてありし山の僧即扁〔ママ〕二七夜の」(24オ)逮夜にあたれりとておがむをみるも

あはれにて、念仏する序におもひつゞけりし

6156 詠ればみざりし人の面かげも心にうかぶ秋のよの月

6157 むら雲の絶まもりいづる秋の月あはれしばしのよにもすみぬる

6158 あすしらぬ我身ながらもけふはまづ人の別を聞がゝなしき

6159 みつきゝつなすわざおもふことのはもみな夢のよぞ心とゞむな

6160 たづぬればはじめもはてもしらぬよのいつの契に生れあひけん

これもまた三十あまりにておはりけ〔るとぞ。いまだ〕老たる母をもたりけるときけば、法師ながらもおもひおくことのなきにはあらじかしと、なみだぞこぼるゝ。

かく手向するほどに、空もまたくもりぬ。」(24ウ)更なば晴もやすると、端居してまつほど、いとつれ〳〵なれば、十日あまりみかのよの月といふことを頭に置て思ひつゞけ侍りしうち

6161 十日余りひとよふたよはさやかにてみよやあやにくにくもる月かげ

6162 をり〳〵にはるればやどる夜の露おきゐてみばや〔よもぎふの月〕

6163 風たえて雲まもみえずへだつとも名やはかくるゝ長月の空

6164 天雲の八重かさなりて中空に見ぬ月かげの更行はをし

6165 まち〳〵てやゝ晴初る雲まよりはつかにみるもなにおへるかげ

6166 りんだうのたはゝにおける白露の光をそへて月ぞやどれる

6167 みるがうちに又うき雲の立そひてはらひもはてぬ月の下風

6168 かくはとて月にそむけし灯のかげはづかしく又くもりぬる

6169 後の月さぞ待つらんもろ人の心もしらぬ空のうきぐも

6170 よを深み置そふ露のたま〳〵にやどるとみればくもる月かげ

6171 のこりなくはれ行雲に風みえて名におふ月ぞ終にかくれぬ

6172 月はいまくまなく晴て心にもかゝらぬほどの風のうきぐも」(25オ)

6173 霧もはれ雲も残らで中空にすむかげ清き月の秋風

亥刻すぐるほどぞかくははれたる。かくわきもなきことゞもをひとりごとにつぶやくに、はゝの今はねなむとのたまふに筆をさしおくとて

6174 ゆく末の秋いくめぐり此くにのひかりをめでん長月の空

野亭聞虫

6175 鳴虫の声をつくして秋一よ野守がいほに聞あかしつる

駒迎

6176 さやかなるかげにのりてやもち月の駒むかふらん雲のうへ人

露を

6177 風はまだそよともつげぬ秋の色をさやかにみする露の下をぎ

6178 けさは丶や風をもまたでをざ丶はらしのにみだる丶秋のしら露」(25ウ)

田露

6179 秋きぬとほにあらはれて小山田のいなばの露ぞ深く成ぬる

夕虫

6180 露の色はくれゆくのべにふりいで丶ひとりさやけきすゞむしの声

田月

6181 吹なびくいなばの雲の末みえて田面さやけき月の下かぜ

滝月

6182 おちたぎつ岩うつ波のしら玉にやどかる月のかげぞくだくる

栗田へまゐるとき、秋のゆくへもゆかしくて、のべよりゆきしに、秋の花どもこ丶かしこに残りて、す丶き藤ばかまなどは、なほさかりとみえたるに、夕かけて置わたす露のさむきをわぶとか、虫の声かごとがまし」(26オ)

6183 花はまだ移ひのこる秋くさにうらがれいそぐむしの声哉

6184 きてみずは悔しからまし藤ばかまうつろふのべぞかはまさりける

九月尽夕

6185 けふのみとゆふ日もさむき浅茅原後みむ秋の面かげもなし

七夕雲

6186 たなばたの天つひれかとゆふまぐれ吹なびかせる風のうき雲

七夕霧

6187 たどるべきあふせならぬを天川波のうき霧などへだつらん

七夕船

6188 天川とほきわたりもちかづきぬ八十の舟津の舟よそひ〔せ〕よ

七夕衣

6189 うとしとはほしもうらみじかぎりなき秋を重ねん天のは衣」(26ウ)

七夕橋

6190 たなばたのたえぬ契りにかさゞぎのわたせるはしもいくよへぬらん

6191 恋わたる二のほしの中川にいくよか丶けしかさ丶ぎのはし

七夕煙

6192 月影のにほふもすゞしほし合の空だきもの丶うすきけぶりに

6193 秋風にたな引雲やたなばたのはる丶おもひの煙なる〔らん〕

七夕山

6194 たなばたのつもるおもひをかさねあげばふじもふもとのちりひぢの山

七夕

6195 一よとは何かかこたん秋いくよちぎりたがはぬほし合のそら

七夕月

6196 待つけてさぞな心もはれぬらん天つほし合の夕月のかげ

七夕風

6197 秋風にいほはた衣吹かへしうらめづらしきほし合のそら」(27オ)

七夕河

6198 こよひこそ天のかはらの岩枕とはに波こす袖もひぬらめ

七夕舟

6199 けふをせに恋こそわたれ暮ぬまにはやこぎいでよ天の川舟

七夕鳥

6200 暁の八声の鳥も心せよとしに一よのほし合のあき

七夕獣

6201 かげ更ぬひつじのあゆみそれよりもちかづくほしの別路やうき
（ほしにかげをいふ事いかゞ侍らん）

七夕契

6202 ほし合のつきぬちぎりや秋の露いくよをかけてむすび置けん

檜紅葉」(27ウ)

6203 たれとへとねにや鳴らんもずのゐる檜の立枝の秋ふかきいろ
（第二ノ句色ニ不叶）

秋鳥

6204 霧深き秋のはやしの夕がらすねぐらにまどふ声の淋しさ

旅泊月

6205 さやかなる月にあかしのとまり舟こよひは波のうきねわすれて

山路秋過

6206 つれもなく過ゆく秋かもみぢばは心ありても残る山路を

雨の日、朝がほのいと久しうのこれるを

6207 雨ふればなべての花は移ふを中々のこるけさの朝がほ

翫月

6208 とし毎の秋はいかなるよはの月むかへばあかぬかげの添らん

秋岡

6209 おしねもる袖いかならんかり鳴て夕霜さむき岡のべの秋」（28オ）

野萩

6210 咲しより千種は花の色もなしわかむらさきののべの秋はぎ

崎月

6211 波はるゝすざきの松の一もとに中々月のみるめをぞそふ

野月

6212 おく露も色わくばかり百くさの花のをてらす月のさやけさ

径葛

6213 心なき風のゆきゝにちる露をうらみなかけそのぢのまくずは

苔露

6214 むすぶともみえぬ苔路の夕露をかたぶく秋の日かげにぞしる

6215 深みどりそれともわかぬ秋の色をみどりの苔の露やみすらん

6216 色わきておくしら露やむす苔のみどりのうへの秋をみすらん」（28ウ）

荻風

6217 秋来ぬと聞よりやがて身にぞしむまだほにいでぬ荻の上風

6218 むすぶべき露のまもなく秋風の宿りをしむる庭のおぎ原

河霧

6219 さし下すいは瀬の小舟心せよ夕ぎりふかしうぢの川づ〔ら〕

暮秋露

6220 風にちるなごりも淋しゆく秋の花ものこらぬのべの夕つゆ

崎月

6221 から崎やよるさゞ浪の音更てこほりをたゝむ月のさよ風

なにはに住給ふる姉の尼君の、夏のころより心ちそこなひて、煩ひたまふに、ひとたびはをこたりざまなりし。京のは、君もいたくとしたけ」（29オ）たまへれば、ひたぶるに付そひ奉る事も得せで、をこたりざまなるをたのみにて、京にかへり侍りけるに、ふん月十日あまり、にはかにおもくならせたまひたるよしをつぐるに、おどろきて、難波にまかり侍るに、いたくよはりたまひて、日ごとにたのみなくて、十六日のあかつきになん、身まかりたまひぬる。かなしさたとへんにものなし。はらからおほかる中にも、いはけなかりしむかしより、我をはぐゝみたまひしこと、かぞいろにもことならず、たのみなきわがみなれば、そのむくいをだに得せで、かく見おくり奉るかなしびをさへそへて、ひたぶるになきまろべどかひなし。いまはとて、遊福寺といふにおくりたて」（29ウ）まつり、又はゝぎみの御歎も心にかゝれば、中陰は京にてなんつとめ侍りぬ。四十九日の日かずに、みだの名号の一字をくばりて、これを上にいたゞきて、尊霊に手向侍る（ヨカラネド四十九首トモニカクベシ〔頭書〕）

6222 夏もすぎぬさりともとなどたのみけんよはあだしのゝ露の秋風

6223 むせかへるなみだばかりのさきだちてのべのおくりは行空もなし

6224 朝がほは日かげ待まもある物を何にたとへん人のよの中

6225 身はかくてあるにもあらぬ行末をなきかげいかに思ひ置けん

6226 立かへる別なりせばとほくともまたまし物をしでの山みち

6227 ふりいでしそのよの雨のなごりぞとおもへばいとゞ袖ぞ露けき

6228 つれ〴〵と詠る秋の月更てみしかげしたふよな〳〵のそら

6229 なき玉の行へをぞ思ふ秋風にのこるほたるのかげをみるにも

6230 村雲の絶まにもるゝ秋の月むかひしかげのやがて絶ぬる

6231 あすしらぬみはあだしのゝ秋の露風待ほどや消おくるらん」（30オ）

6232 水伝ふいそべのあしのかりのよをおもへば袖のかはくまもなし
6233 たのめなほ教あまたにとく法もたゞ一言のみだのちかひを
6234 二とせのやまひにたへてあるほどを猶さりともとたのみしもうき
6235 つもりこし言のは草も今はたゞなみだの露の下にくちぬる
6236 なき恋るなみだながらの手向草ことのはごとに露ぞみだるゝ
6237 紫の草のゆかりの中にしも分しめぐみの露ぞわすれぬ
6238 あみだぶの声をほにあげて彼岸にいそぐ御舟はけふやつくらん
6239 みしま江の波にうかべる月のみぞかはらぬこぞの秋の面かげ

　こぞ心ちれいならずときゝて、いそぎくだり侍りしが、ほどなくをこたらせたまひて、のぼり侍るときは、我も心ちのいとさはやぎて、みし月を思ひいで侍るになん。

6240 立かへる波路のあとにみしよだにたもとはぬれしなには江の秋
6241 ふき分るかたより消てたれもよにはては〔残ら〕ぬ雲風の空
6242 つもりゆく日かずにいとゞ別路の遠ざかりぬる歎にぞ添」（30ウ）
6243 ながれそふなみだしなくはかたみともみてを忍ばん水ぐきのあと
6244 虫のねのよはるにつけて露さむき草の原のはいかゞとぞ思ふ
6245 秋風にたれをかまねく花薄別し人はたちもかへらず
6246 みなと舟いで入さまやいきしにの二のうみのすがた成らん
6247 たれとても残らぬよぞとおもはずは何になぐさむ別ならまし
6248 二なき法の光にてらされて六のみちにはまよはざらなん
6249 つかへてもつきせず深きめぐみをば露むくふべきことのはぞなき
6250 涙にぞくもるもわかぬなべてよの秋に秋そふもち月のかげ

　これは八月十五日になんあたりはべる故也。

6251 むかふよりなみだぞおつる月は又めぐりきにけるいざよひのかげ
6252 秋はぎの下ばの色のうつり行日かずもしらぬ袖の露けさ
6253 みし夢のなごり露けきたまくらに吹もたゆまぬ萩の上風
6254 種しあれば生ざらめやはみだ頼むことのはぐさの色はなくとも」（31オ）

6255 深くさの露をうづらの床とても我この秋の袖にまさらじ
6256 つきせめやわかれをしたふ此秋の心にあまる露のことのは
6257 馴々し人の別ぞわすられぬあるもむなしきよとはしる〱
6258 むかひつる面かげばかりみにそへてあとはかもなき人のゆく末
6259 あとしたふことのは草ぞうき秋のなみだの露の置どころなる
6260 水の泡の消をあらそふ世中に残るもはてはあはれとぞみる
6261 手向るもなみだ露けし千よませと泛しものを秋のしらぎく
6262 深きよの夢のたゞぢの秋風にね覚のまくら露ぞみだるゝ
6263 月草のうつりやすくもつもりぬるなきかげしたふ秋の日かずは
6264 難波江のふかきめぐみは生かはるあしのよゝにもいかでむくはん
6265 むまれゆくみだのみくにのうへもなき花の台ぞすみかならまし
6266 あみだぶを猶こそたのめ無人のなごりすくなく残る日かずに」（31ウ）
6267 身をつくし頼むしるしのなからめやほり江の深き法のちかひは
6268 たつきりもたな引雲もいとはでやわしの高ねの月はすむらん
6269 ふしてねがひ起て唱ふるあみだぶのちかひのいかでむなしかるべき
6270 つきもせぬおもひをせめてあみだぶと唱ふるみなのつてにつげつる

河月

6271 早きせもこほるとみえて照月の清たき川の名にしおふかげ

旅泊鹿

6272 舟よするいそべの波の音よりもうきねことゝふさをしかの声
6273 舟よするいそ山かげの鹿のねをぬるよも波の枕にぞ聞
6274 さをしかのうきねなそへそ聞なれてやゝ夢もみ〔ん〕波の枕に」（32オ）

古寺月

6275 かねの音もあらしにすみて初せ山ひばらの月のかげぞ更ぬる

紅葉映日

6276 露しもの千入もまたで夕日かげてりそふみねの木々のもみぢば
6277 朝日さす軒ばのもみぢ色ぞこきよのまの露を下ぞめにして

周尹勧進に、秋たつ空
6278 此夕秋たつそらの風の色もたな引雲にみえて淋しき
秋のしぐれ
6279 秋山の木々の千入の初しぐれけふよりさぞな色を添らん
6280 秋の色はまだ浅しとやしがらきのと山のみねのけふしぐるらん
6281 露しものそむるや浅き立田山まだきしぐる丶みねの秋風
鹿声幽
6282 いづくともしらぬみ山の鹿のねをほのかにさそ〔ふよは〕の秋風
6283 さそひこしみねのあらしやよはるらんほのかになりぬさをしかの声」(32ウ)
石田忠豊、榎本賓興入来て、歌よみけるに、江鶉を
6284 うちよする入江の波の秋風にうづらの床やあれまさるらん
周尹勧進、聞擣衣　秋懐旧を
6285 聞袖も露ぞみだる丶こしかたをたれかしのぶの衣うつらん
6286 こしかたを忍ぶたもとはなべてよの秋の外なる露や置らん
なが月十九日のよ、伊賀守元雅がり行て、いたく更てかへるに、天たかくすみ、ほしまれに月光清ければ、むぐらのかどにた丶ずみて
6287 長月のかげこそことにすみわたれあさぢが露も秋深き宿
6288 むしのねも有明の月も浅ぢふの宿こそことにすみ増りけれ
6289 露深み人こそとはねむぐら生てあ〔れ〕たる宿ぞ月はすみける」(33オ)
6290 むぐら生て人こそみえね月かげはあれたる宿ぞ〔すみ〕増りける
月前鹿
6291 雲払ふあらしの末に聞ゆ也と山のしかの月になく声
古寺残月
6292 初せ山をのへのかねは声つきてひばらに残る有明の月
貴賤翫月
6293 秋こよひ月みぬ宿やなかるらん高きいやしきわかぬ光に
八月廿日、華光寺殿正忌に、月前幽情といふことを
6294 小倉山すみこしよ丶の月かげにとはゞやしのぶ秋のむかしを
松間月
6295 木のまもる月ぞさやけき山かぜの松にし〔ぐる丶音ばかりして〕
七夕河」(33ウ)
6296 などやかくあふせまれなる中ぞらにわたし初けん天の川はし
羽倉摂津守信郷の母のおも〔ひに〕こもり侍しに、申遣しき
6297 大かたの秋のあはれも身ひとつになしてやしほる此比の袖
かへし、6298 みひとつの秋ならなくに思ひやれ露にしほる丶藤の衣で　とありし、さぞと思ひやられてあはれなりし。
長月の末つかた、ある人のもとよりはぎをうつしう丶とて
6299 うつしうゑてまちどほなれどこん年の萩のさかりもほどやなからん
擣衣幽
6300 すむ人の有とばかりに衣うつ声かすかなるあさぢふのやど」(34オ)
浅茅露　廿首
6301 置初しは末の露のほどもなく色かはりゆくのべのあさぢふ
雲外雁
6302 天つかりつばさもみえず夕暮の雲のいづこを鳴てすぐらん
見月
6303 老てこそかげもかこためみればよのうきをなぐさむ秋のよの月
曙山霧
6304 しらみゆくみねよりはれて秋霧の深きふもとやよをのこすらん
里擣衣
6305 夕されば秋の山かぜさむからしとばたの里に衣うつなり
菊久盛
6306 こ丶も又山路をうつすみぎりとやさかり久しき秋のしらぎく
紅葉
6307 露しぐれ心や分てうすくこくむら〱初る秋のもみぢば」(34ウ)

友だちのおやの身まかりて、廿五回忌に、秋水といふことを

6308 くみてしるさぞなわかれし秋の袖けふしもぬらす水ぐきのあと

八月十六日、湖水の月みんとて、馬杉老人、池見元珍などゝもにまかりて、舟にて逍遊し侍りしとき、不知夜月

6309 山のははまだいではてぬ月もはやにほの海てるいざよひのかげ

舟中月

6310 てる月に心うかれて行めぐりあかぬよ舟のなさけをぞくむ

月似氷

6311 浪とほく雲吹はらふ秋風ににほてる月のかげぞこほれる

月前鐘

6312 かげうすき月のよ舟に聞ゆ也そなたやみゐの暁のかね」(35オ)

暁月

6313 波のうへにのこるもうすき有明の月かげさむしにほの海づら

野亭当座廿首のうち、暮秋

6314 ゆく秋をしみかねてや長月の末のゝむしの声よはるらん

同五首のうちに、秋夕雨　江上月　近初雁を

6315 荻のはを吹しくかぜの音かへてしづかにそゝぐ夕ぐれのあめ

6316 いづるよりさやかにみえて山もとの江の波とほくすめる月影

6317 霧ふかき軒ばをわたる初雁のつばさはみえで声ぞまぢかき

草花露

6318 なべておく色ともみえず秋のゝの千くさにかはる花のうへの露

夕月

6319 暮はてぬ雲まにうすきかげだにも秋はことなる夕月のそら

月照衣」(35ウ)

6320 おく霜の色もわかれず白たへの袖によふかき月ぞうつろふ

廿日月

6321 ふくるよの哀もそひてかげうすきはつかの月のかげぞ身にしむ

月夜思都

6322 いでゝこし都のいほはあれはてゝひとりや月のすみかはるらん

迎称寺にて、人々あつまりて、嶺月照松といふことを

6323 さしのぼる松の梢をふくかぜもさやかにすめるみねの月かげ

閑居月

6324 みるまゝに心もいとゞすむ月のかげしづかなるあさぢふのやど

七夕雲

6325 たなばたの妻まつよひの秋風に心やはるゝうき雲のそら

雨夜思萩

6326 きのふだに移ふとみし秋はぎのこよひの雨にいかに散らん」(36オ)

袖露

6327 かゝればや草木も色のかはるらん袖にたえせぬ秋のしら露

殿にて鹿交草花といふ事を

6328 咲交る花野につまやまどふらん千種を分てをじかなく也

姉の君の身まかりたまひし秋、磯田英鎮のもとより

6329 おきふしに袖やぬれそふなきあとをとふことのはのみちしばのつゆ

6330 したふらんその面かげや身にそひてなほ有明のつきぬなごりに

6331 なゝの日はさらになげきをさぞなつむつらなる枝のかたへかれしに

とありしかへし三首

6332 おくれゐてしたふたもとを思ひやれ立もかへらぬみちし〔ば〕の露

6333 もろともにみしよを忍ぶ月かげものこりはてぬ明がたのそら」(36ウ)

6334 つらなりし枝のかた〴〵かれしよりなげきの露ぞ置所なき

おなじ此玄章のもとより

6335 聞になを袖こそぬるれ別にしなげきのもとのことのはの露

かへし

6336 とへばかくよそにもかゝる袖の露身はことわりの夕とぞしる

6337 かり初にたちよる袖もしほるなるなげきのもとの露をしらなん

同じ人のもとより菊をおくり侍りけるが、又の日いたうしほれたるをみて
6338 千とせもと思ふかひなき人のよをしほれし菊の花にこそみれ
野亭にて、人々と、もに五首当座よみ侍りけるに、初秋虫
6339 秋きぬとたれかはつげて露もまた浅ぢが庭にむしの鳴らん
早涼到
6340 いつしかと衣です〻し立初てまだほどもなき秋のゆふ風」(37オ)
同じく廿首当座に、早秋露
6341 秋の色をさやかにみせてけさよりは庭の草ばにむすぶ白露
荻風
6342 わきてなど淋しかるらんをぎのはに吹もなべての秋風の声
野虫
6343 百くさの花野の露になく虫の声もみだる〻のべの秋風
外山鹿
6344 外山なる正木のかづらくる〻よはつま恋しかの声ぞたえせぬ
初雁
6345 なくかりのつばさやいかにしほるらんとほくこし路の秋ぎりの空
山月
6346 雲きりもふもとにしづむ秋風にさそはれいづる山のはの月
海辺月
6347 雲きりもなみの千里にすむ月の光をみがく秋のしほ風」(37ウ)
擣衣
6348 たが袖もよさむへだてぬ秋風にいそぐきぬたの音ぞひまなき
迎称寺にて、故郷秋夕といふことを
6349 淋しさはいづくも同じ夕ともおもひなされぬ秋の古郷
蔵山集ニ此歌を入阿歌として入たり
野亭にて、五首の当座に、江早秋
6350 住の江や浪にも秋の声そへてけさふきかはるきしの松風
萩移袖
6351 分すぐるのべのまはぎの花ざかり色なき袖に移ふはをし
尋虫声
6352 とひよれば浅茅がもとに音をたえて人頼めなるのべの松むし
ふん月七日の夜の明がたに、雨のふりけるを」(38オ)
6353 ふる雨にほしの別もよどむまで天の川せの水まさらなん
雁
6354 春かすみ立わかれにしほどもなく雁鳴わたる秋ぎりのそら
澄月亭にて、山家月、暁月といふことを
6355 よそながらおもひしよりも淋しきはみ山のいほにすめる月かげ
6356 ねやのとをおし明がたの月かげに秋の哀のかぎりをぞみる
暮秋の歌あまたよみける中に、荻風
6357 聞そめし比よりも猶をぎのはに秋くれはつる風の淋しさ
虫
6358 ゆく秋の露さむからしきり〴〵すよな〳〵ゆかに声のちかづく
茅屋にて、人々と、もに十首当座よみ侍りけるとき」(38ウ)
翫紅葉
6359 紅のあくよもしらず朝な〔夕な〕心の色を木々に染ぬる
紅葉浅
〔一行空白〕
紅葉深
6360 残りなく染つくしけりおく露もなべてもみぢの色になるまで
遠村深
6361 たが里も露やへだてぬ遠かたの垣ねのもみぢ色ぞ〻ひ行
月前深
6362 よひのまのしぐれにぬれし紅葉ばを月の光にてらしてぞみる
朝紅葉
6363 おきいで〻みればよのまの霜もけさ深きもみぢの色にしらる〻

夕紅葉

6364 入相の声よりのちももみぢばの色こそのこれ秋の古寺」（39オ）

山皆紅葉

6365 そめつくす山はもみぢに埋れて松もひばらも色ぞ残らぬ

谷紅葉

6366 山高みみおろす谷の霧はれて紅深くそむるもみぢば

庭紅葉

6367 いつのまに色をそふらんくるとあくとめかれずむかふ庭のもみぢば」（39ウ）

六帖詠草　秋二

明石景文が旅亭にて、十首歌よみ侍りけるに

月前松

6368 霧払ふあらしも絶てをかのべの月にしづけき松の一むら

秋雑

6369 かげおそき月まつほどのよひ〳〵はむかふも淋し秋のともしび

秋雨

6370 風をこそ淋しときゝしをぎのはによぶかくそゝぐ秋のむらさめ

民部卿殿にて、萩露滋と云事を

6371 吹はらふ風をもまたで枝たはに咲そふはぎの露ぞこぼるゝ

同じく、霧　冠字　た

6372 立わたる夕ぎり深し大ゐ川いくせの波の音ばかりして」（1オ）

紅葉

6373 もみぢばにあやなくおきそ露霜の染るも色の限りこそあれ

山里にて月をみて

6374 淋しさにたへてはよもとおもへども月すむ比の秋の山里

朝萩

6375 今朝はまだ人もかよはで置露のかぎりをみするのべの秋はぎ

九月廿日、民部卿殿にて、京極殿手向けに、初雁といふ事を

6376 古郷をいつたち初て旅のかりけさは都の空になくらむ

迎称寺にて、九月十三夜といふことを

6377 さやけさもかくてやむかし長月の月はこよひと定め初けん

月前霧」（1ウ）

6378 さしのぼるをのへははれて山もとの霧よりうへの月ぞさやけき

海上暁月

6379 しらみ行うみづらとほく霧はれて波まにのこる在明の月

暮秋雨

6380 行秋を空にもをしとゆふぐれの雲のま袖やうちしぐるらん

北林禅尼手向に、雁初来　紅葉浅を

6381 たが里もよさむへだてぬ秋風に衣かりがね鳴て来にけり

6382 深からぬと山の木々のうすもみぢ時雨はまだき霧やそむらん

茅屋にて、五首当座をよみしに、暮天雁

6383 声はして夕暮深き秋ぎりにつばさもみえぬかりの一つら

山路菊

6384 千歳ふるためしをきくの露分てぬるとも秋の山路尋ねん」（2オ）

蔦紅葉

6385 つゆ霜や所もわかでをぐら山いはねにかゝるつたのもみぢば

秋朝

6386 露のいろもほの〴〵みえて秋風にやゝはれわたる野田の秋ぎり

紅葉遍

6387 染つくすもみぢに松もうづもれて山はみどりの色ぞのこらぬ

月下鹿

6388 更わたるかげををしとや鳴しかの声もさやかにすめるよの月

擣衣聞暁

6389 から衣あかつきかけてうつ声を我もねぬよのまくらにぞ聞

雁

6390 鳴て来ぬさぞないまより秋はぎの下ばいろづくはつかりの声」（2ウ）

重　姉の尼君の三回忌に、みだの名号をかしらにおきて奉る和歌六首

6391 なき人のめでし花ぞと向ふよりたもとしほるゝ露の朝がほ

6392 むしのねもさぞしげからし草のはらふり行秋の露の夕暮

6393 秋ごとにあふ心ちしてなき人のくるてふ暮をまつもはかなし

6394 みほとけの光をそへようへもなき花のうてなにいまはすむとも

6395 たむくるも夢かあらぬとたどるまに三年ふりぬる露のことの〔は〕

6396 深きよのね覚の枕とふ月にくまなくしのぶこしかたのゆめ

長月廿六日、此日北山茸がりの御もよほしあり。けさとくまゐるべきよしなれば、暁ふかく目覚ぬるに、よべよりの雨なほはれず。かゝればよもおはしまさじ、のどかにこそまゐらめとおもひなりぬ。ねられぬまゝ、世中のことゞもなにくれとおもひつゞ」（3オ）くるに、つかへをもせで、つれ〴〵とこもりありしほどは、むぐらにつたふ雨をきゝ、あるはあかつき月にあくがれて、しばしは心もすみゆく心ちせしをりの、なにとなくしたはるれど、我あらましのかたにおもひとることもかたければ、かくかゝづらひわたるも、玉だすきにおもひみだれて、にごらじよなどいひしこともおもひいでゝ

6397 くみ分る人しなければおのづから心の水もすみがたのよや

とぞうめかるゝに、ねやの戸のひましらむにおきいでゝみれば、雨やみぬれど、空はなほうすゞみ色にて、雲まもみえず。ほどなき庭の木くさにおきわたしたる雨のなごりの露、いとこちたし。ぐみといふ木の花にや、さと」（3ウ）かほりくる香の菊にやとおもへど、これはまだしかりける

6398 しだれふる霜かとみえし朝ぼらけぐみの花こそ咲まさりけれ

これはふるくよみたりともきこえず。されどかくおもふをいかゞはせん

山路菊

6399 香にめでゝぬるゝたもともいとはれず分る山路の露の白ぎく

河紅葉

6400 山川のきしねのもみぢかげみえてにしきをたゝむ波の秋風

山家秋

6401 松杉の色もわかれず立ちこめて霧にくれ行山かげのいほ

暮秋

6402 小倉山あらしにたぐふ鹿のねもかすかに成ぬ秋のくれがた」（4オ）

おもふことある比、ものにまかりけるに、松にかゝれるつたのもみぢたるをみて

6403 つたもみぢかゝれる松は心にもあらでや秋の色にそむらん

籠居し侍りける秋の末つかた、あるよの夢に、馬杉老人をともなひて月みにとていづるに、雨ふりいづ。一里ばかり野を行てひとつの庵あり。その庵ぬしもとよりし

る人とおぼえしが、人はなくて柴の戸をさしよせたり。いまのほどにあるじもかへりおはさめとうち入てみるに、はぎすゝきしげううへたるに、雨のなごりの〔露〕いとふかきに、月はかゞみをかけたらんやうにさやけかりしさま、いまも思ひいづ。老人の発句」（4ウ）せよとこはるれば

6404 宵のあめは中々月のひかり〔哉〕

と口ずさびたるに、老母のめ覚たまひぬるに、夢は覚侍りし、とてもかくてもうつゝなき世なれば、ぬるまだにかゝるをかしき夢をみめとこそ覚ゆれ。

姉君の三回忌に、残菊匂といふことを

6405 白菊の匂は霜にうつろはで露のさかりの秋もふるさず

6406 ちよませとよそへし秋の花のかは霜にふりせで残るしら菊

このあま君にわかれ侍りし秋、池見元珍のもとより萩を送られし、6407 露ながら手折ずとても秋はぎの花のさかりはかくとしらなん

朦中をとぶらふにはいがゞ侍らん、されど」（5オ）たゞならんやはとて

6408 もろともにみしよおぼえて秋はぎの花にもかゝる袖のしらつゆ

武者小路殿にて、紅葉処々

6409 のべにゆき山に尋ねてけふいくか心をそむる秋のもみぢば

周尹がもとの父の十三回忌に、鹿声幽といふ事を

6410 吹さそふあらしやみねによはるらんかすかに成ぬさをしかの声

海辺にて月をみて

6411 いづるより秋霧はれて海原のしほのやほへをてらす月かげ

月真院にて、里鶉を

6412 深くさやのとなる里の秋とへば霧の笆にうづら〔なく〕也」（5ウ）

石田、榎本などいふ人々入きて、歌よみけるに、夜虫を

6413 庭くさの露やよ寒のきり〴〵す更行ねやに声のちかづく

暮秋

6414 ゆく秋をおしみかねてや長月の末の、むしの声よはるらん

谷鹿

6415 夕霧にみちやまどへる小倉山つまとふしかのたに深き声

6416 谷ふかきおちばふみ分なくしかのみ山にかへる声のさびしさ

千首歌のうちに、駒迎を

6417 相坂の木のまをいでゝ雲のうへになれもやいそぐ望月の駒

6418 いづるよりかげをならべてあふさかの山路をおくるもち月の駒」（6オ）

平田亭にて、秋田露を

6419 秋深き山田もるおの袖にこそいなばの露のほどはしらるれ

6420 風よりも身にしむ色は小山田の稲葉におもる秋の夕露

6421 山田もる袖いかならん秋さむきいなばの露も色になる比

千首歌の内、秋夜夢

6422 をぎの音は枕になれてみし夢をまたおどろかす初雁の声

6423 百くさの花の、露をおもひねの夢をもくだくよはの秋風

榎本亭にて、月前松といふことを

〔二行空白〕」（6ウ）

七夕七首のうち、月

6424 雲まよりもるかとみればほしあひの空にふけ行夕月の〔か〕げ

河

6425 此比の雨のみかさの天河つまむかへ舟心してこげ

衣

6426 一年を中にへだてゝかさぬるもうすきちぎりよ天のは衣

鳥

6427 まれにあふさよも更ぬとたなばたの鳥よりさきにねをや〔鳴らん〕

草

6428 たなばたにまづ咲はぎや手向ましまだ七種のかずもそろはず

祝

6429 けふごとのほしの手向は秋いくよかけてもつきじ露のことのは

野草欲枯」（7オ）

6430 むしのねもまだきかれぬる初しもにいかでかたへんのべの秋くさ

露のちるをみて

6431 秋風にちらばちらなんのべの露むすびかへたる色もさやけし

雲間初雁

6432 雲に消雲まにみえてくる雁の声はまぎれぬ秋風の空
6433 吹なびく雲の絶まにみしかりのやがて紛るゝ秋かぜの空
6434 吹なびく風の雲まにみるかりのはるけき声もさやかにぞきく

いせ新名所、大沼里（橋歟）　秋

6435 秋いくよめぐみおほぬの橋柱くちぬや神のちかひなるらん
6436 旅人の袖もかず〳〵あらはれて大ぬのはしにはるゝ朝ぎり

無題」（7ウ）

6437 小山田のいなばそよぎて吹風にまだき告つる初雁の声
6438 契けん心ぞ深き天川よどむともなき中のあふせを
6439 年にこそ一よ也けれ天地とともにつきせぬほし合の［そら］
6440 はるかにも思ひしかりは白雲にはねうちかはしけさぞきにける
6441 きり〴〵すなれもうきよを秋のよの明るもしらずねにや鳴らん
6442 何を思ふ心のやみの深ければ明るもしらずむしの鳴らん
6443 なほざりのたが玉づさぞうすゞみの夕のかりのつらもみだれて
6444 行かへりこゝもかしこもうきよとやおもひみだれてかりの鳴らん

紅葉浅

6445 来てみればまだ秋浅き口なしの一入ぞめの衣でのもり
6446 千入をも何かは松の下もみぢ色わき初し露の一しほ

夜露」（8オ）

6447 風の音は置そふまゝに埋れてやどりをしむる露のをぎはら
6448 風たえて更ゆく夜半の荻のはに音せぬ露の深さをぞしる
6449 吹風もしづまる庭のをざゝ原はらはぬ露の深さをぞしる

径薄

6450 くれそひてゆきゝもみえぬ秋のゝにを花が袖の色ぞのこれる

七夕衣

6451 ま遠なる中の契もいく秋か重ねきぬらんあまのはごろも
6452 限なき秋をかけてもたなばたの中の衣は猶やうらみん

七夕月

6453 めぐりあはん秋をや契るたなばたの空ゆく月の末をかぞへて

七夕扇」（8ウ）

6454 秋きても猶あつきよのほし合におかぬ扇の風やかさまし

七夕獣

6455 秋一よおもひのひまを行駒のかげをやほしの又かこつらん

七夕鳥

6456 ねをぞなくかげのたれをの長くともをしまれぬべきほしのあふよに

七夕祝

6457 年ごとの秋の一よもつもりてはいく万代のほし合のそら

七夕橋

6458 かげたえぬほしの契も久かたの天のうきはしいくよへぬらん
6459 かけてまつ年のわたりは遠けれどよゝに絶せぬ天の川はし
6460 一年のとほきわたりも神代よりかけて絶せぬ天の川はし」（9オ）

千首中に、枕露

6461 雁鳴てをぎふく風にうたゝねのわが手枕も露ぞみだるゝ
6462 をぎの声きけばぬるよもかたしきの枕露けき窓の下ふし

潭空亭にて、海月

6463 わたつうみのあまならずともさやかなる秋のみるめは月にからまし

秋岡

6464 露しものをかべの小田のかりのよをたれもをじかのねにぞたてまし」（9ウ）

無題

6465 夕まぐれ小鹿なくてふ山里は秋こそことにとふべかりけ［れ］

6466 なく鹿の声よりも猶淋しきはきりに暮行秋の山かげ

6467 もる山の下葉のこらずおく露に光を分て月ぞやどれる

6468 手折とも人なとがめそ女郎花はなも露のまの秋のさかりを

6469 世の風にそむきても猶花すゝき草のたもとぞ露けかりけ〔る〕□

6470 今よりはうゑてこそみめ花すゝき我もほにいづる秋も有やと

原露

6471 をざゝ原むすべばはらふ風のまも夕日にみがく露のしら玉

夜初雁

6472 有明の月待かねて夕やみのあやなき空にわたる雁がね

庭苅萱

6473 人とはぬ庭にみだるゝかるかやはさながら風にまかせてぞみる」（10オ）

苅萱乱風

6474 吹迷ふ風にみだれてかるかやの露もかた〳〵置やわぶらん

原薄

6475 秋くればみどりもみえず白たへのをばなになびくゐなのさゝはら

蘭薫風

6476 野べごとにほころびにけりふぢばかまけふきてみればにほふ秋風

原虫

6477 夕されば野原しのはらおく露にみだれて虫のねをぞなくなる

径露

6478 ほさでみん袖に分こしいろ〳〵の花すり衣露のかたみに

6479 たが袖のなごりなるらんふみ分る朝露ふかき道のさゝ原

6480 さゝ分てたがかへるさのなごりぞと朝の原の露にとはゞや」（10ウ）

古郷露

6481 とはれねばいとゞ深くさあれはてゝ露にやつるゝ秋の古郷

庵露

6482 かり初にむすびし草のいほふりていぶせく成ぬ秋の夕露

6483 とまをあらみおく露深き秋田のかりほにいかでもり明すらん

草露

6484 吹風のあとをもみせず置かへて草ばに深き秋の夕つゆ

6485 妻こふる鹿のなみだやかゝるらん萩の下ばの露ぞ色づく

6486 小鹿鳴萩の下ばのうつろふはなみだの露や色かはるらん

袖露

6487 身のうさは時をもわかぬ袖の上に秋をことわるゆふぐれの露

6488 物思ふわがみひとつの秋なれやちゞにくだくる袖のゆふつゆ

6489 ことわりのうきみのあきよ心なきをばなが袖もしほる夕露」（11オ）

庭荻

6490 軒ちかくうゑずはきかじ音信も心からうきかぜの下をぎ

6491 軒の松は音せぬほどの秋風にかごとがましくそよぐをぎ原

6492 軒端なる松にはきかぬ秋風もほにあらはれてそよぐをぎはら

6493 松はなほ音せぬほどの秋風もかごとがましき軒のおぎはら

初秋夜

6494 よな〳〵に木のまやそはんけふはまた一はのあきのみか月のかげ

6495 よひのまはなほ端ゐして更るよの袖におぼゆる秋のはつ風

立秋朝

6496 夏衣きのふにもにぬすゞしさはこの朝かげに秋やたつらん

6497 いつしかと秋やきぬらんおきいづる衣すゞし朝戸出の庭

石見国人丸神社奉納、円海寺周円勧進」（11ウ）

初秋露　山家鹿　海辺月

6498 大かたののべの草木のうへにだに露置そむる秋はきにけり

6499 軒ちかき山のした柴ふみしだき立としられてをじかなく也

6500 いづるよりうみづらはれて秋のよの月にみがける沖つしら浪

文靖院殿（普擣縁長居士）三回忌に、懐旧の心をよみ侍けるに

6501 したひこし三とせの秋もうたゝねの夢のまくらのをぎのうは風

6502 袖にのみかけても何としたふらんことばの露にのこるひかりを
6503 かぞふれば秋も三とせをふるづかのこけのみだれて物ぞかなしき
6504 月の色風の音なひ虫の声いづれむかしの秋にやはあらぬ
野分するあした
6505 露よりも心ぞさきにくだけゝる千種の花のけさのゝ分に
遣水にはぎの咲みだれたるが、かつちりてながるゝを」（12オ）
6506 をしむぞよかつちるはぎの水かゞみうつり安かる秋の日数を
近聞雁
6507 秋風や吹さそふらん峰とほくきむかふかりの声ぞまぢかき
6508 更ゆけば天とぶかりも静なるまくらに落る声ぞまぢかき
山鹿
6509 さをしかのつれなきつまをさしもなどおもひしのぶの山ふかき声
6510 妻こふるおもひやしるべみちもなきみ山のおくのさをしかの声
八月十五夜、月さやかなるに
6511 秋こよひさやけき月に男山神のみゆきもひかりそふらし
6512 石清水神のみゆきもさやかなる月の光にうかぶおもかげ
6513 雲霧も折よくはれて名にしおふ光かくれぬ秋の中ぞら
沼月」（12ウ）
6514 入かたをしほの山のきりはれてさゝのゝぬまに月ぞのこれる
6515 雲霧も（みそらゆく雲もこよひは　さはるべき雲もこよひは）あらしにはれてかくれぬの水くまあらはにやどる月かげ
汀月
6516 打よせて汀に消る白玉はあとよりうかぶ波の上の月
都月
6517 秋の月いづさ入さの山とほき都の空はかげものどけし
6518 てる月の光を花のみやこ人さらにいづこの秋をとはまし
6519 さやけさもよゝにかはらぬかげなれや竹の都の秋のよの月
月夜鶴をきゝて
6520 さやかなるかげをつばさの霜とみて沢べのたづや月に鳴らん」（13オ）
関霧
6521 相坂や関戸も見えず立こめて秋ぎり深き杉の下道
6522 越なづむ駒の立がみ露ふして秋ぎり深きあしがらのせき
岡鹿
6523 つま恋にならしの岡のさねかづらくるよもなしと鹿やなくらん
6524 岡のべのを花吹こす秋風にほのかにしかの声たぐふ也
6525 つれもなき妻こひかねてをかのべのまつよ更ぬと鹿や鳴らん
尾張国松枝子春別業にはじめてまかりて、月契多秋といふ心を
6526 光そふことばの露にあらずとも月にかぞへん万代のあき」（13ウ）
渡月
6527 こよひたれよどのわたりに舟かけてみづのゝ里を月にとふらん
6528 こよひたれ月にうかれていづみ川遠きわたりに舟よばふらん
6529 小舟さすさほの川ぎり末はれてわたせさやかにすめるよの月
武者小路殿にて、海辺秋月
6530 さしのぼる光に八重のきりはれて塩せさやかにすめるよの月
6531 雲きりも波路はるかにすむ月の光をそふる秋のしほ風」（14オ）
五十首当座のうち、山家月
6532 よはなれてみをおく山にすむ月は塵のほかなるひかりとぞみる
浦辺月
6533 もしほやく煙をたえてうら人もさやけき月のみるめをぞかる
6534 うら風にもしほの煙吹しきてさはりもなみの月をこそみれ
沢辺月
6535 たつしぎの羽音もさやにはるゝよの野沢の月の影ぞみにしむ
杜月
6536 てる月のもりの木陰はむら〳〵に消のこりたる雪の面かげ
月照滝水

6537 落たぎつ岩せの波のしら玉にくだけてやどる秋のよの月」（14ウ）

庵虫

6538 住わびし草のいほりを中々にたのむかげとやむしは鳴らん

6539 所えてむしや鳴らん露深きよもぎむぐらのかげのいほりに

原露

6540 花さかぬをざゝがはらの秋の色にうつらぬ露の光をぞみる

6541 朝まだきしのに乱れておく露のさかりをみするをのゝさゝはら

七夕七首手向けるとき

6542 かきつらねかすことのはにたなばたのめぐみの露のかゝれとぞ思ふ」（15オ）

月真院にて、里鶉を

6543 深くさやのとなる里の秋とへばきりのまがきにうづらなく也

6544 たれすみていまもきくらんうづらなく古きまがきのふかくさの里

路薄

6545 里の子がゆきゝは絶てくるゝののをばなの袖の色ぞのこれる

6546 ゆく人をまねくとみしはたそがれの野風になびくを花也けり」（15ウ）

尾張にまかりけるに、あかつき京をいでたつ、此ころの雨やう〳〵はれ初るけしきなれば

6547 へだてつるたかねの雲まみえ初て心もはるゝ雨のあけがた

湖水をみて

6548 にほのうみやさゞ浪遠く雨はれて雲立のぼる沖つしま山

兼平の塚をみて

6549 あらそひしあとはいくよを古づかの松のみひとりかげの木だかき

草津の駅にて、むかし東行のとき、こゝにていたく雨のふりける事を思ひいでゝ

6550 さらにけふ思ひいづるもうしやこの草津の里のよるのかりねを

行さきおほく、くるゝ野にすゝきのなびくをみて

6551 行暮て猶里遠き秋野にまねくを花ぞ人だのめなる

からうじてやどりをもとめて」（16オ）

6552 行くれてもとめわびにし草の庵は露も玉しく宿かとぞみる

鈴鹿山をこゆるに、虫のしげく鳴を

6553 朝たちて越ゆく駒のすゞか山名におふむしもねをぞ添なる

ことわざに筆すて山と名付たる山をみて

6554 うつしゑも及ばぬ木立岩がねのこりしくみねや筆すての山

行かたもみえず、霧わたりたる夕、やどるべき里はなほとほく、たどりわびたるに、やう〳〵月さしあかりたり

6555 霧分てわがのる駒のたつかみに月こそやどれ露やをくらん

またいとゝくやどをいづるに、袖に霜のおきたるを

6556 よをこめて朝たつ袖の月かげにまがへてむすぶ秋の初しも」（16ウ）

秋雨

6557 霧深き門田のくれの淋しきはいなばの雲の雨になる空

6558 ふかくなる門田の秋の夕ぎりやいなばの雲の雨をみすらん

秋水

6559 色かはる汀の草のかげみえて野沢の水の秋ぞさびしき

6560 人かげもみえぬ野沢の夕ぐれに尾花ちりうく水の秋風

6561 風わたる波のうきぎり末はれて夕日淋しき秋の川水

6562 風の色も身にしみけりな尾花ちる野沢の水の秋の夕ぐれ

6563 露しげきこすげみだれて秋の江のうすぎりなびく水の夕風

九月十三夜、良辰なれば、馬杉老人、信里、賓興などまねき侍れど、さはる事のありて、こよひはひとり見るべきになりぬ。やゝくれゆくに塵ばかりの雲もなく、ほのめき初る光もたゞならねば、いたづらに」（17オ）みんもさすがにて、例のおろかなる心を、つたなきことのはにまかせてかい付ぬ

6564 あとの月くもりし空のうらみをもこよひのかげにはらしてぞみん

6565 このくにの光をよもにみよとてやちりもくもらぬ長月のそら

6566 年ごとのこよひの月はさやかにてなどくもるらん秋の中空

6567 白がねを庭にしきける心ちして光あひぬる真砂地の月

6568 望にこそ二よもたらぬ長月の月の光はよもにみちぬる
6569 払ふべき雲しなければ秋風の吹をもまたぬ月のしづけさ
6570 此国の光とみずや長月の空にも雲の波だゝぬよを
6571 風絶て露しづかなる庭草によを長月のかげぞやどれる
6572 心ありて雲はさはらぬ長月の光をこよひひとりかもみん
6573 雲もなくさやけきよはの月かげをとはれぬのみぞうらみ成ける
6574 もろともにみはいかならんひとりさへうさもなぐさむ秋のよの月
6575 秋こよひちぎらずとてもさやかなる月はみるやととふ友も哉
6576 さはるとてとひこぬ友もことのはの露をやみがくよはの月かげ」(17ウ)

両吟百首　夜鶴鳴皐

6577 すめるよの空に聞えて淋しきは沢べのたづの月になく声

五十首当座の中、残菊匂

6578 冬になをにほへまがきの秋の菊花こそ霜にうつろひぬとも

萩露

6579 秋はぎの花にむすべる白露は錦につゝむ玉かとぞみる

池見元始亭にて、廿首当座のうちに、初秋露

6580 秋たつと聞より袖に置物を露は草ばとなどおもひけん」(18オ)
6581 置初る草木のうへをみればわが袖にもかゝる秋の夕つゆ

野外鹿

6582 色かはる野べのくずはの秋風につま恋しかの声うらむ也
6583 妻恋る鹿のね淋し萩もやゝうつろふ比のゝべの秋風

月

6584 よはなれて人のかよはぬみ山にもさぞなすむらん秋のよの月
6585 待をしむよひ暁のかげよりものどかにむかふ中ぞらの月」(18ウ)

古郷露

6586 秋風のあとをもみせず置かへてあさ夕つゆの深くさの里
6587 庭の面はよもぎ葎に道絶て露をあらそふ秋のふる郷

夕荻

6588 秋風に末葉なびきて夕月の光ほのめく軒の下をぎ
6589 打そよぐ秋風さむく成にけり夕日かげろふ山の下をぎ
6590 秋の日のかげよはりゆくをぎのはに吹夕風の色ぞみにしむ

初秋のうた

6591 きり〴〵すなく夕かげの山かぜによはり初ぬる日ぐらしの声
6592 吹たちぬよしちらずとも桐のはのいつまでたへん秋風の空」(19オ)

水郷月

6593 てる月の光を清み難波めがすくもたく火の色もわかれず
6594 すみなれてたれかみるらん久かたの中なる里の秋のよの月

山家月

6595 出るより軒ばの山のきりはれて露けき木々にやどる月かげ
6596 よをいとふ柴のとぼそも秋ごとの月にはさすが友ぞ恋しき

月夜に伏見をすぎ侍りけるに、笛のきこえければ

6597 秋こよひよゝしとたれか笛竹のふしみの月にねをやたつらん」(19ウ)

秋山田

6598 里とほき山田のいなば色づきてもる庵さむし霜や置らん

深夜虫

6599 起ゐつゝきけばかすかに成にけり霜夜更ゆく秋のむしのね

羽倉摂津守もとにて、野月露涼と云事を

6600 分すぐる袖には霜と置かへて身にしむ野べの露の月影

深山暁月

6601 しらみ行かげしづか也かねの音もきこえぬ山の在明の月

原月　千首

6602 あくるよを分ゆく道のかぎりにて月にうかるゝむさしのゝ原
6603 此夕やどはありとも分ゆかむ月かげ清きいなのさゝはら」(20オ)

村月

6604 よひにみしあまのいさりびかげ消て江のむら遠くすめるよの月
6605 たれしかもよゝしと月にふく笛の声すみ渡る遠の一むら

閏月

6606 更ぬとてうちぬる後もまばらなるねやのあれまの月をこそみれ

八月十日あまり、連夜月あかゝりければ

6607 夕々ひかりをそへて照月にちかづく秋の中ばをぞしる

十三日夜

6608 さやけさをくらべてぞみんこん月のこよひの空もなにしおふかげ
6609 十日あまりみよの光は長月もは月のかげもかはらざりけり」（20ウ）

暮秋紅葉　千首

6610 そめ〳〵しなごりをや思ふ秋もけふ紅深き木々のわかれに
6611 今はとやくれて行らんもみぢばの千入を秋のかぎりにはして

水辺菊

6612 大沢の池の底にも咲そひてさかりあらそふ岸のしらぎく
6613 まなくちる玉とみだれて滝つせのいはねに咲るしらぎくの花

百首歌の中に、野女郎花

6614 我ならで人めなきのゝをみなへしをらでもあだの名にやたゝまし

月真院にて、早秋扇

6615 けさはまだ吹もたえねどてになれし扇の風ぞ秋をつげゝる
6616 きのふまでたのみにける扇をもわすれお〔ママ〕べきけさの秋風」（21オ）

月前行客　信郷亭当

6617 やどるべき里をもとはで旅人の月に分入さよの中山
6618 やどもなきいなのさゝ原露分て月にうかるゝ秋のたび人

深夜秋月

6619 更行ば人は音せで秋のよの月にすみぬる軒のまつかぜ
6620 よもはみな人しづまりてすむ月の空に聞ゆる遠の川おと
6621 入かたの高ねの松の声すみて更ゆく月に秋風ぞふく

嶺月照松

6622 さしのぼる松の梢の秋風もさやかにみするみねの月かげ
6623 山たかきみねの松ばら下はれて木立あらはにいづる月かげ」（21ウ）

仲秋無月の年、はづき十五夜十五首のうたといふことを上にすゑてよみ侍るに

6624 払ふべき風さへ絶てうき雲の千里におほふ望月の空
6625 つらしともえぞかこたれぬ秋こよひくもるも月の心ならねば
6626 きのふけふはれせぬ雲や花ならぬ月のさかりもうしと成らん
6627 敷たへの枕もとらでよはの月はれもやすると更るをぞまつ
6628 うきながら待よも更ぬ秋の月よひの雲まのかげやみゆると
6629 心なくへだつる雲よなべてよにさしも待こしもち月のかげ
6630 やすらはでたれかはぬべき秋の月よしくもるとも名にたかきよを
6631 しきしまややまとの外も名にみてる月にや雲をさぞいとふらん
6632 うらみしよ雲はさはらぬよはとても月を心にまかせてやみる
6633 こゝにうき月はなか〳〵雲の上のことばの露の光そふらし
6634 しら雲もあやなへだてそけふの月かげこそみえねなやはかくるゝ
6635 雪花のをりにも過てまたれつる月のさかりもくもるよの空」（22オ）
6636 のべやらんこよひとも哉秋の月かげみぬ空の雲にかこちて
6637 うつりゆく影はさすがにほのみえし月に立そふ雲ぞはれせぬ
6638 たま〳〵にひろひやするとわかのうらの波のもくづを月によせつる

伴嵩蹊の父の遠忌に、東山の寺にて、月前思往事、山寺月明といふ事を

6639 なきかげをしたふなみだのさしぐみにこよひの月もやつしてやみる
6640 幾めぐりなき面かげをしたふらんかはらぬ秋の月にむかひて
6641 かねの音も更行空にすめるよの月かげ淋し秋の山でら
6642 静なる寺井の月のかげ清み心をさへもすましてぞみる」（22ウ）

やり水にはぎの花のながれくるをみて、三位殿のもとに申遣し侍る

6643 ながれくるはぎの下水せきとめてうへぬ宿にも花をこそみれ

かへし

6644 可除 さくはぎの花もあるじをしたひてや流るゝ水に散てゆくらん

野女郎花

6645 人ごとのさがのゝ風のをみなへしなびきながらも露ぞこぼるゝ

6646 吹迷ふ野風になびく女郎花いづかたにとか心よすらん

薄　月真院

6647 重出可除 里のこるゆきゝは絶てくるゝのゝ尾花が袖の色ぞ淋しき

6648 ゆく人をまねくとみしは夕ぐれの野風になびく尾花也けり」（23オ）

さだ過たる女の野べゆくをみて

6649 露霜の秋の末のゝをみなへしうつろふいろのあはれなる哉

女にかはりて　涌蓮

6650 をみなへしうつろふ色を君ならで露のあはれもたれかかくべき

月真院にて、擣衣

6651 浪の音もさむき夕のしほ風に衣うつなりすまのうら人

6652 夕されば秋のしほ風身にしめてあまのとまやに衣うつなり

6653 よをかさね秋風さむし衣うつきぬたの声も空にきこえて

6654 遠つまをまつよかさねて長月の在明の月に衣うつなり」（23ウ）

友だちかたらひて、大井にて月をみ侍りけるに

6655 すみわたる水の秋風さよ更て月かげさむくむかふ川つら

6656 川音は高ねの松にひゞきあひてあらしの山に月ぞかたぶく

月真院にて、紅葉遍

6657 染はてゝ心を分んかたもなしよものゝ山の秋のもみぢば

6658 野も山もひとつちしほの秋の色にたが心をかそめものこさん

朝草花　海辺月　羇中蛍　三題

6659 朝まだき立秋ぎりのうすものにつゝむにしきや花のいろ／＼

海辺月

6660 かげきよきいづくはあれどすまあかし名だゝるうらの波の月かげ

古瓦亭にて、道敏とゝもに歌よみ侍りけるに」（24オ）

擣寒衣

6661 むしのねもうらがれいそぐ秋風にさそふきぬたの声ぞ身にしむ

6662 から衣うつ声たかし秋さむき霜よの月の空にきこえて

野径鶉

6663 旅人の袖いかならん尾花ちる野風をさむみうづらなく也

松枝子春上京してとぶらはれしに、いんさき下向彼国逗留のときの事などかたりいでゝ、月雪花の題をいだし侍るに、月を得て

6664 めぐりあふ契もうれしもろともにみしは三とせの秋の月かげ

両吟百首　晩秋鹿

6665 長月の在明の月のよをへつゝかすかに成ぬさをしかの声

6666 山路にや今は入らん長月の末ののしかの声かすか也」（24ウ）

秋田　二首

6667 雁も今鳴て来ぬらしわが門のわさ田のいなば色付にけり

6668 みどりなる千町のいなばむら／＼にまづ色づくやわさ田成らん

古郷萩

6669 すみなれてみし秋よりもさくはぎの花の色そふ露の古郷

6670 古郷のかきねはあれて年々に花ぞ咲そふ庭のむらはぎ

残月

6671 身にぞしむことしの秋も長月の在明の月のしらみゆくかげ

6672 をしむぞよ夜を長月もかぎりあればやゝしらみ行在明のかげ

秋夕

6673 荻の音むしの声にはかこてどもそれやはつらき秋の夕暮

6674 などやかく深きあはれのこもるらんたゞうす霧の秋の夕ぐれ」（25オ）

七夕に、道敏とゝもに七夕夜深といふことをよみ侍ける

6675 たなばたの心をぞくむ天川河せも西にうつるよのそら

は月十日比、庭のはぎのやゝさかりなれば

6676 色そふをよるもみよとや秋はぎの月のさかりをかけて咲らん」（25ウ）

夏より久しく日でりつゞきて、このわたりすべて井の水もかれ侍れば、おのがじゝしたしきかたにこひもとめて、日をおくりける比

6677 あまのくむもしほにはあらぬ井の水もかれてぞからきよをしらせける

おなじころはぎのさかりなるに、月のさやかなるゆふべ

6678 まち〳〵て萩さく比の月にだにかへても雨をおもふ秋哉」(26オ)

端月十日あまり、月あかきよはしゐして

6679 やめるみのいまいくめぐりよにすみても中の秋の月をみるべき

連夜月明なれば

6680 遠からぬ秋のも中もさやかなる月にぞしるきよひ〳〵のかげ

望はくれ比よりくもりて、なぐさむことなきまゝ

6681 くれぬまに雲吹はらへ秋風の清き夕の月のかげみむ

6682 なぞもかくこよひとなれば年々にさはる夕の月のうき雲

6683 雲はよし心なくとも名にたてる月よをなどか風のよくらん

6684 よにめづるかげをねたしとうき雲のこよひの月を立へだつらし

6685 うしとてや雲の立まひかくすらん年にまれなる月のさかりを」(26ウ)

6686 秋の月そらごとならぬさやけさも名はとけがたくかゝるうき雲

6687 雲にそふ心詞のいろ〳〵を空にや月のみそなはすらん

6688 雲まもる月をもみばやこんとしのこよひあらしもしらぬわがみを

6689 風をまち雲をいとふとせしほどにやゝよひ過る望月の空

6690 名にたてるかげをかくしてうき雲のかゝるよぞとや月のみすらん

6691 更ゆかばかげもやもるとうき雲にむかひてぞまつもち月の空

6692 よとゝもにかくくもるべきかげぞとてねよとのかねや月に聞ゆる

6693 庭くさの露もかげみぬうき雲に風待むしや月恋てなく

6694 かぞふればも中の秋のけふごとにくもりがちなるとし〴〵の月

矢部春良、正子など、湖水の月みんとてまかれりしを思ひて

6695 うちくもりにほてる月は名のみしてさぞなみるめも波のうら〳〵」(27オ)

6696 月にしもうらみなかけそみるめなきこよひのかげは雲のうき波

6697 さゞなみやにほのうら〳〵はれなばと心に月をてらしてやみる

むかし月あかきよ、いまくまのほとりにて、かれこれ更るまで月みける事を思ひいでゝ

6698 いつの秋ぞ田中のいほにすだきつゝみしよの月の友ぞすくなき

さがの道人を思ひて

6699 名にたてる月のくもるもよのさがのいほに心をすましてやみる

金谷清生の川原の家にて、月前草

6700 秋さむみ置そふ霜にうつろひて尾花が袖の月ぞよふかき

伊賀守元雅亭にて、聞虫」(27ウ)

6701 いろ〳〵の花のゝ露になくむしをいづれあはれとわきぞかねつる

6702 おなじのゝ露にみだれてなく虫もちくさにかはる声のいろかな

6703 色々のねになくむしや秋のゝのちくさにかはるおもひ成らん

6704 露やうきおもひや茂き夕されば草ねのむしのみだれてぞなく

遠擣衣　与不逢恋　二題

6705 くれかゝる山もと遠き霧のうちにすむ里あれや衣うつ声

6706 つちの音も遠ちの里のから衣たれ深きよの月にうつらん

湖上雁　与野秋夕　二題

6707 小舟こぐ声にたぐひてしがのうらのさゞ浪遠くかりはきりけり

五十首当座に、初秋

6708 年もはや半過ぬとおもふより秋たつ空の色やみにしむ」(28オ)

6709 草葉には夏もみしかとけふよりの秋をことわる袖のうへの露

荻風

6710 淋しきは露ふく暮の色よりもよふかきねやのをぎのうは風

6711 ちる露を袖にのこして過にけりよはの枕のをぎの上風

九月廿二日、暮秋荻風

6712 軒ばなるをぎのはそよぐ風の音も身にしむ秋のかぎりとぞきく

6713 をぎのはに聞そめし比の声よりも秋くれはつるかぜの淋しさ

暮秋虫声
6714 浅ぢふや秋も末のゝ露しもにのこるともなきむしの声哉
6715 ゆく秋の露さむからじきり〴〵〔す〕よな〳〵床に声のちかづく
暮秋聞雁」（28ウ）
6716 から衣かりぞなくなるあすよりは秋もあらしのさむき夕に
6717 更にまた哀をぞそふ秋もけふくれゆく空のはつかりの声
暮秋朝霧
6718 ゆく秋は夕ばかりをへだてにて此朝ぎりのはれまくもをし
夜月
6719 さのみはと詠すてゝもさやかなる月の夜比はねられやはする
6720 風絶て露にしほるゝくれ竹のよふかき月のかげのしづけさ
橋月
6721 天川よわたる月の秋風にと絶みえゆく雲のうきはし
6722 よを深みゆきゝは絶て秋風に月すみわたる水のうきはし
谷月
6723 谷ふかみ月まつ山の高ければ望のかげさへ更てこそみれ」（29オ）
暮秋虫
6724 かぎりあれば秋も末のゝ露霜に松てふむしのねさへかれゆく
湊月
6725 あこがれて夜半にやいでし湊舟からろの音の月に聞ゆる
潟月
6726 秋こよひ名だゝる月のあかしがたかたぶくかげをたれかをしまぬ
6727 波とほくかたぶくまゝに引しほのひがたの月ぞ霜とさえゆく
磯月
6728 うちむれてこよひの空をまつしまやをじまの磯の月をこそみれ
6729 よる〳〵にかげしく月のそなれまつなれてもあかぬ月の此ごろ
水辺月」（29ウ）
6730 すみわたる水の秋風さよ更て月かげさむくむかふ川づら
6731 川音も空にきこえて久かたの月のかつらのかげぞ更ぬる
里月
6732 里の犬の声のみ月の空にみて人はかげみぬうぢの山かげ
6733 月ならで秋の心を何にかは又なぐさめんさらしなの里
庵月
6734 木のまよりみ初し月のいつのまに秋の半も杉の下庵
6735 よとゝもに月のもれとて秋の田のかりほの庵はまばらにやふく
谷月
6736 月はいま中ぞらながらかげしげみやどりかねたる谷川の水
河月」（30オ）
6737 影とほくみづの行せの一筋に月をひたせるよどの川なみ
崎月
6738 重而出 波はるゝすざきの松の一本になか〳〵月のみるめをぞそふ
ことにあひ侍る秋のつくるよををしみて
6739 夢なれやみのうき秋もとゞまらで一よにのこる長月のそら
6740 明ゆかば露のなごりもなよ竹のよのまばかりと秋は成ぬる
三神法眼もとにて
〔一行空白〕
月真院にて、湖月を
6741 うちなびく尾花の波の色そひて月かげ清きまのゝうら風
6742 しがのうらさゞ波とほくこほるかと水うみはれててらす月かげ」（30ウ）
海辺月
6743 かげ清みうら渡りするたづがねもしづけき月の秋のうなばら
遠村霧　月真院
6744 衣うつ声はのこりて夕ぎりにやゝかくれ行山もとのさと
6745 鳥のねに里あるかたと詠ればまだよこもれる霧の八重がき

賓興一周忌に、月真院にて、追善之志をいとなみけるとき、対月
6746 秋月むかしをかけて詠れば袖の露とふかげぞよふかき
月真院にて、月出山
6747 さしのぼる光にきえし秋ぎりをふもとにみする山のはの月
6748 松しげきみねのうすぎり秋風になびくもみえていづる月かげ」（31オ）
伴蒿蹊の祖父五十回忌に、秋懐旧と云事をよませしに
6749 とほき世の秋をかけてもしのぶ哉同じことばの露のゆかりに
翠巌長老の三回忌、虫怨を
6750 帰りこぬ秋を恨てまくずばのかれゆく霜に虫もなくらし
此題は虫思なりけるよしをきゝて、かさねてつかはす
6751 草のはらふりし三とせの秋露思ひもけたで虫やなくらん」（31ウ）
古瓦亭に人々あつまりて歌よみ侍りけるに、月を
6752 いかでかと思ひし物をもろ共に又この秋の月をこそみれ
6753 百よしも千よしもみんと思ふどち円ゐながらに月ぞ更ぬる
三神亭当座　萩
6754 風のまに折よくとひて秋はぎの露もさかりの花をこそみれ
6755 八千くさの花はありとも秋はぎの錦に何かたちもまさらん
6756 心ありて月のさかりにさくはぎをよるの錦とたれかなさまし
6757 秋はぎは移ひやすき花なればよるもみよとぞ月はてるらし
6758 あまたとしふるえのはぎの花なれどわかむらさきの色にこそさけ
永屋重枝が十三回忌に、擣寒衣といふ心を」（32オ）
6759 よそに聞たもとの露もこほりけりよはのきぬたの秋さむき声
6760 秋さむき霜夜のきぬたきけばなどわが手枕は露けかるらん
月真院にて、草庵月を
6761 しばしとてみを置露の草のいほにいく秋月のかげやどすらん
6762 やどるより露をも玉にしきかへて草のいほりや月もすみよき
ある人の、高雄の紅葉をすれる紙にその心ばへの歌よみてとこひしに
6763 名にもいま高雄のもみぢよゝになどことばの露のかゝらざりけん
6764 たかを山のもみぢの名にも聞えぬはむかしはかくもそめずや有けん
池見松斎三回忌、十五首題暮秋を、元始の」（32ウ）勧進せしに
6765 行めぐりはかなく暮て此秋も名のみ残れる長月のかげ
朝に菜のあつものをみて
6766 雪ま分春のにつみし色もあれどあかぬは秋の朝菜也けり
六月廿七日、立秋の夕、をぎを聞て
6767 ほにいでゝ秋立にけりきのふ迄聞しにもにぬをぎの上風
夜更るまで月をみて、故人を思ひいでゝ
6768 秋月みしよの友をかぞふれば老となるまであるはすくなし
山下政教亭七夕七首中、月　鳥」（33オ）
6769 一年のおぼつかなさをかたりあはゞほしの夕の月や入らん
6770 月やしる神代の秋も久かたの天つほし合のいくめぐりとは
6771 たなばたのあなにくしとや思ふらんやもめからすは声なたむけそ
6772 たなばたの手向も千世のはつ秋に天とぶたづよ声そへてなけ
故郷虫
6773 古郷はむぐらよもぎにうづもれて虫のねのみぞあらは也ける
この秋のはぎは、ふん月末つかたより咲初て、八月朔日ごろや、さかりなるに、月
真院もさなんと思ひて
6774 折すぎばくやしかるべし秋はぎの花の〔盛〕をいざ行てみん」（33ウ）
ふりたる寺の人音はせで、〔木が〕くれたる山水のかすかに聞えたる、たとしへな
くしづけし。道敏もきあひてものがたりす。この庭のはぎ思ひしもしるくさかり也。
白き萩なむ歌におぼえぬといふに、この人はよめりといふ。むべも白藤などもよめ
ばよむまじきにはあらねど、我はおぼえぬを、彼ひとの博覧うらやまし。つばき、
かきつばたやうのさま〴〵なるあれど、やまとうたには、いにしへよりよみきたれ
る色のみよむをれいとせり。たゞし古へはじめてよみたらん人は、何をれいにかせ
しなど、かたみに思ふことゞもいひて

6775 えならずよ葉にをく露もまがふまで咲そふはぎの枝おもげなる
道敏」(34オ)
6776 よそめにはをりたがへたる卯花の咲かとやみん庭のあきはぎ
玄仲
6777 山かげはまだき霜をもむすぶかとみぎりに白くさける秋はぎ
なくなりし賓興、重枝が事などかたりいでゝ
道敏
6778 友がきのへだてぬ中は秋はぎのもとみしよをもかたりかはして
玄仲
6779 かたりあふ契もうれし秋はぎのもとみし友はあらずなるよに
八月初つかた、一人二人友なひて、かもにまうでゝ、やすらひてかへるさに、虫の音のしげゝればかはらにいでたるに、秋の草咲みだれたれど、それともわかぬばかりにくれ〔けれ〕ど、それかこれかなどいひて手折て」(34ウ)
6780 とくきてもをらまし物を花の色のわかぬ〔ば〕かりにのべはくれぬる
やにかへりて
6781 心あてに手折きぬれば名もしらぬ花こそ交れのべの秋草
いかなる花ぞと、ものしれる人に尋ねはべれば、知風草とて、風のおほかるとしは此花のふしおほしといへり
6782 おく露もすゞしくみえてこの花のむべ風草の名にもおひけり
また、かはらまつばといへるを
6783 十かへりにさくはまれなり秋草のかはらまつばの花をこそみめ
元始より
6784 秋はぎの色こきのべに行人の花ずり衣たれにみせけん
これは、萩見にまかりしかへさ、立よるべく」(35オ)いひしかど、くれ過侍れば、尋ね侍らざりし時の事也、かへし
6785 やさしきもきる人からぞ秋はぎの花ずり衣たれにみせまし
ちゝこ草といふを
涌蓮道人
6786 名をきけばかゝる小草のうへまでもちゝ子につたふ道は有けり
愚詠
6787 はゝこをばあはれとなどかおもひけんちゝこ草さへおひたちにけり
道人
6788 ちゝこ草いかでかゝくはそだちけん朝夕露をちをもにかせし
知風草を
6789 生ふしのこゝらの年に試て風しる草とたれか名付し
愚
かへし
6790 ふしおほく生なる年は此草にふくべき風をたれしらすらん」(35ウ)
槿を花がめにさしてみるに、いといさぎよく、花といはゞ、かうこそはさかめ、うたてあるさまにて、久しからむよりはなどおもふうちに、しほるゝをみて
6791 まてしばし哀といはむことのはの露よりさきに花ぞしほるゝ
ふしまちの月をみて
6792 ねよといふかねに中々おきいでゝむかへばいでぬふしまちの月
端月十五日、三神法眼亡母一周忌にいひやる
6793 さやかなる月もなみだにかきくれて有しよまでのかげかとや思ふ
ある人のきて、萩のいとゝくちり過ぬるはいかゞといふに、すゞめのゐがらしてなどいへば」(36オ)
6794 ふみしだく花をしみそむらすゞめ宿からぞとふ庭の萩はら
かへし
6795 花しあらば人もやとふとむらすゞめふみしだくをぞ萩にいとひし
沢女郎花　月真院
6796 女郎花露のさかりを沢水にうつしておのがかげたのむらし
6797 ともにいざかげを移して女郎花さけるの沢の水かゞみみむ
七月十三日の夕、玉まつりするに、みだの名号を例のごとおきて、思ひしこと
6798 なき人をしのぶることの葉草には秋にしられぬ露ぞ置ける
6799 むかふより涙せきあへずくもりけり無人まつるやどの月かげ
6800 あけくれの心にたえぬ面かげを更にむかへてまつるけふ哉」(36ウ)

6801 みだほとけみをばたのまずわが祭る玉のゆくへのやすかれとこそ
6802 たむくるも哀いつまで我も又なからん後はたれかしのばん
6803 不老死のみいのちしらでかりのよになき面かげを何したひけん

人のとひて、題を探に、荻風告秋といふことを

6804 吹ぬ也としの中ばもうたゝねの夢の枕のをぎの上風
6805 春立て老もそひぬとかこつまに秋をぞつぐる庭の荻原

八月末七日、玄章と北山にあそぶに、ゆく〳〵しぐるれば

6806 分いらば紅葉をもみん風さむみまだき時雨る北の山かげ

一木千入にそめたるをみて」（37オ）

6807 露霜の深さしられて山かげにそむるもみぢの色もめづらし

ちりたるをひろひて、庸のもとにおくる、このつゝみがみに

6808 ふかくなる秋のけしきも行てみぬ君がためにと拾てぞこし

この人は夏より心ちそこなひてあれば也。

仲秋、人々に廿首和歌すゝめしに、初秋月

6809 散初る桐の木のまをもるかげも一葉の秋のみか月の空
6810 秋になる夕の雲まほのめきて心づくしはみか月のかげ

松間月

6811 まだきおく霜かとみえて軒ばなる松のは白く月ぞ移ふ
6812 へだつれどかげしげからで松原の木間ほどよき月をこそみれ」（37ウ）

山家月

6813 とひくればさすがしばしはよばなれてすむ心ちする山かげの月
6814 淋しさにたへじと思ふ心をもすまし初ぬる山かげのつき

沢辺月

6815 いづるよりうききりはれて山本の沢水清くすめる月かげ
6816 立鴫の羽音のみしてすむ月のかげ物すごき秋の沢水

月前秋風

6817 山のはの松をはなれて雲きりもさはらぬ月に秋風ぞ吹
6818 すむ月にさはらぬほどのうき雲も猶残さじと秋風ぞ吹

月前草露

6819 てる月のかぜをやどして秋草の花にもまさる露のしら玉
6820 花もあれど草ばの露のしら玉をみがきそへたる秋のよの月」（38オ）

暮秋暁月

6821 長月の在明のかげはもとゆひの霜ふりまさる身にぞしみける
6822 たれか此よを長月とたのまゝしことしの秋も有明のかげ
6823 めぐりこん秋もたのまぬ老がみに又長月も有明のそら

よのはかなきことを思ひけるをり、いなづまをみて

6824 よそにのみみるもはかなしいなづまの光のまなるみをばわすれて

野分たつあした、御墓所を思ひて

6825 野分たつ草の原野を思ふにはなみだの露ぞ袖にくだくる

入日のなごりある空に、とほく雁のむれてゆく

6826 くる雁の面かげなれや夕烏一つらむれて越る山のは

すゞむしのなくを」（38ウ）

6827 夕ぐれになりもてゆけば露深き庭の草ねにす〔ゞむしぞ〕なく

萩の咲そめたるを

6828 うつろはゞたれかはとはん我が宿の萩には露も心しておけ

ある法中（ママ）の詠草に、〈うきふししげき世中をのがれてみばや窓のくれ竹〉とか有しに、事そえてつかはし侍し

6829 いかにさはうきふししげき世中をのがれしいほの窓のくれ竹

三神亭当座　暁更荻風

6830 あかつきのね覚のをぎの風の音にみつらん夢もおもひ絶にき
6831 暁のをぎふく風にちる露は我かたしきの袖にこそおけ」（39オ）

重陽詠九首

菊映月

6832 けふにあふ花のひかりをそへよとや笆のきくにゝほふ月かげ

菊帯露

6833 打しめる匂ひぞふかき夕ぐれのきりの笆の露のしら菊

菊似霜

6834 秋さむき霜やむすぶとみるまでに咲まがひたる庭の白菊

山路菊

6835 あかず猶分る山路の露のまにちよもへぬべき秋のしら菊

河辺菊

6836 千世をせく淵かとぞみるさく菊のかげぞながれぬ谷川〔の〕水」（39ウ）

寄菊契

6837 うつるなよ千よもとちぎる菊の花心に秋の霜はおくとも

寄菊恨

6838 波こす〔と〕風の便にきくの露かはかぬ袖をいつかうらみん

寄菊旅

6839 古郷の笆の花も咲ぬべし草の枕にゝほふしらぎく

寄菊祝

6840 仙人のよはひのぶてふきくの花かざして千よの秋をこそへめ

十三夜詠

6841 みぞあかぬふたよの月も此国の光はまさる心地のみして」（40オ）

月前星

6842 秋こよひやどれるほしもてる月にしるしばかりの光をぞみ〔る〕

月前時雨

6843 よも山はそめつくしてや長月の月のかつらのうちしぐるらん

月前荻

6844 更行ば庭のをぎはら風絶てかげさだまれる月のしづけさ

月前鹿

6845 ねにぞなくさやけき月のこよひだにかげみぬ妻を鹿やこふら〔ん〕

花洛月

6846 里わかぬ月の光も玉しきの都のそらやてりまさるらん

古寺月」（40ウ）

6847 人すまであれ行寺の軒ばもる月のひかりや〔法のともし火〕

寄月忍恋

6848 みそらゆく月にもしのぶなみだ哉やどらば袖を人やとがむと

寄月変恋

6849 我中の波こす袖の月みてもたのめし人の面かげぞたつ

寄月別恋

6850 別るともめぐりあふよをみか月のおぼろげならず〔契だにおけ〕

寄月述懐

6851 秋をへて老となるまでみし月に光もそはぬ露のことのは

寄月旅泊

6852 夢路をなおもひかけそと波まくら敷つのうらの月やさやけき」（41オ）

寄月祝

6853 幾よともたれかかぞへん久かたの月と秋とのつきぬ契は

菊の歌の内

6854 折にあひてけさ咲花のけざやかに日かげさしそふ庭の白ぎく

6855 長月のよさむの月の移ひて霜にぞまがふませの白菊

6856 明くれにくめばわかゆときくのかげうつる川べに家ゐこそせめ

6857 幾千よをつむともつきじ長月のけふもてはやす秋のしらぎく

6858 わかゆてふなをなたのみそけふごとの菊をつみてぞ身は老にける

月歌の中

土佐国冨永安則下るに、別を」（41ウ）をしむあまり再会をちぎりて

6859 めぐりこむ秋待ほども久かたの空ゆく月の折なたがへそ

武蔵に侍る傍柳軒の七十賀、玄章亭にていとなみけるに、行路萩といふ事を

6860 ゆけどなほわかむらさきに咲はぎのかぎりもみえぬむさしのゝ秋

6861 袖のいろも深くやならん行末のはるけきのべの萩が花ずり

野月

6862 山とほくさしいづるより広きの、露にかけしく月のくまなさ

萩のしたばも、といふ句を」（42オ）

6863 我宿の萩の下ばも移ひぬ露いかならんみやぎの、秋

神無月のはじめつかた、慈照寺のもみぢさかりなりとて、人々にいざなはれてみに

まうで侍りけるに、紅葉移水といふことを

6864 にしき、てたれた、ずむとみしかげはふりにし池にうつるもみぢば

又、遠村紅葉を

6865 けさよりもそめて色こき山もとの垣ねのもみぢあすはとはまし

霜園紅葉多二入

古郷紅葉

6866 古郷はその、山がきつたかへでそめものこさぬ霜の一比

6867 いく秋かあだにそむらん人すまでふり〔に〕し里の露のもみ〔ぢ〕ば」（42ウ）

6868 紅葉々はみし秋よりもそめそへて露〔にやつ〕れぬ古郷の庭

紅葉移水

6869 秋の池の岸ねの木立数そひてみゆるは水をそむるもみぢば

古郷秋蘭

6870 蛬鳴よるかべもあれはて、頼むかげなき秋のふるさと

6871 さかりだに人もきてみぬ藤袴霜にやつるゝ秋のふるさと

秋徐暮

6872 今よりは千入もまたじもみぢばの色そふまゝに秋ぞくれゆく

6873 日にそひて近づく秋の別路もよな〳〵おそき月にこそしれ」（43オ）

周尹と廿首題をわかちてよみ侍けるに

野外萩

6874 はぎすゝき吹しくをの、秋風にたちどもみえて鹿ぞなくなる

萩露

6875 紫の色にうつりて秋はぎの花の光をそふるつゆ哉

6876 いづれをか哀とはみむ白露の玉もてかざる秋はぎの〔花〕

山家月

6877 すむ月もうきよの外の秋なれや軒ばの山のひばらもるかげ

暁鹿

6878 さほしかのつま恋かねし暁の涙や秋の野べはそむらん

夕紅葉

6879 かねの音はくれぬとつぐる山かげに〔夕日〕の色を残すもみぢば」（43ウ）

6880 夕日影入ての後ぞ山もとのもみぢの色はそふ心ちすれ

三月十八日、人丸法楽十三首之内、荻驚夢

6881 秋のよの夢のまくらに音信て覚ればたゆむをぎのうは風

周尹と題をわかちてよみ侍りけるに

山嵐

千五百番〈か、ればや野山も色のかはるらんみにしみ初る秋の初風〉此詠にかはる所なし。

6882 みどりこそかはらざりけれときは山松のあらしの秋深き声

野外鹿

6883 さをしかのつまとふのべの花すゝきいつしかおのが手枕にせん」（44オ）

初秋の比人々とひきて残暑といふ事をよみ侍しに

6884 夏よりも猶たへまうきあつさ哉すゞしかるべき秋ぞとおもへば

谷月

6885 中空の月をやどして谷水の山かげめぐるゆふべをぞみる

6886 秋の月いづさ入さのみねちかみ谷の光は中ぞらのかげ

七夕月

6887 あひみまくほしの夕の月よゝしよゝしとさぞな待わたるらん

七夕河

6888 淵せなき契を中の思ひ出にかけてや頼む天の川なみ

6889 天河かは音ふけぬたなばたのか〔さぬる〕袖に波やかくらん」（44ウ）

七夕扇

6890 たなばたの手ならすよひの扇より吹や初らん秋のはつ風

槿を見て

6891 立かくすきりのまがきをてらす日のかげまばゆげにみゆる朝がほ
6892 けさのまにまづぞたむけんほし合の夕はまたぬ朝がほの花

夕薄　私亭

6893 暮ゆけどなほのみえて白妙のをばなにのべの色ぞ残れる
6894 山のはの入日をまねくかひもなくをばなが袖の色ぞくれゆく
6895 まねけどもかひなくくれて秋の日はをばなが袖にかげものこらず

八月十五日、月次会のあとに、人々十首題をよみ侍りけるに、月多秋友といふことを

6896 月のみぞ面がはりせぬ秋をへてなれこし友は老となる世〔に〕（45オ）
6897 月かげはなれて久しき友なれやあかであまたの秋をへにけり

当座の会　七夕後朝

6898 一年をへだつるよりもたなばたの帰る朝の袖やひがたき
6899 たなばたは天の川波立かへりもとのうきせに袖ぬらすらし

乞巧奠

6900 かげうすき庭のともし火かゝげばや更ぬとほしのかこちもぞする
6901 さゝがにのいともたのもしねがふわが心をほしのかげやひくらん

重陽に、松月とぶらはれける序に

6902 幾めぐりくみて老ぬるみにも猶あかずぞむかふきくの盃
6903 わかゆてふ菊の盃てにしあればちよは心にまかせてぞさす
6904 老らくもわかゆときくの盃はちよをてにとる心ちこそすれ
6905 これも又千よとはさゝじかぎりなき秋にめぐらん菊の盃
6906 幾千よをかけし契ぞ長月のけふの詞の露の白ぎく」（45ウ）

十三夜晴明也。こぞ彼有し家にて、森河、竹内とゝもに十三首よみけることを思ひいでゝ、同題をとうでゝ

6907 此国にめで初しよりさやけさもいく百年の長月のかげ
6908 かぞふるはほしばかりかは秋といへどかくさやかなる月もまれ也
6909 もみぢせぬ月のかつらもうき雲の時雨しあとぞてり増り〔ける〕

6910 よを深み風をさまりてをぎのはの露にやどれる月のしづけさ
6911 すめるよの月に聞えて淋しきは妻こふしかの秋深き声
6912 わすれめや野山もさこそすむらめど馴し都の秋のよの月
6913 更わたる野寺のかねの声すみてかはらの松に月ぞかたぶく
6914 あふことのなみだに月はくもれどもさやけきかげといひつゝぞみる
6915 秋かけてたのめしをりに思ひきや波こす袖の月をみんとは」（46オ）
6916 めぐりあはん契もしらぬ別路のなみだなそへそしのゝめの月
6917 秋をへて色なき露のことのはをかけこしことも月にはづかし
6918 とてもねぬ波の枕をかゝるよの月にあかさば何かうらみん
6919 かぎりなき秋にすむべき長月のかげこそみよのためしなるらめ

八月廿二日、風あらましく吹ぬ。此秋はぎのさかり雨ふりつゞきたるに、此野分にいとゞいづくも散のこらざりけり。せばしき庭〔に〕うつしうゑたるは、この夏ねもやかるゝとかりたる後におひいでたれば、このゝ分にもさはらで、咲初たるさかりに、涌蓮道人のとひきて

6920 このやどの萩のさかりをきてみれば野分過〔ママ〕しあとゝしもなし

かへし

6921 この萩の野分過してさくことはかゝることばの花をみんため」（46ウ）

苔路露　月真院

6922 ときはなるこけぢに露のむすばずは秋くる色を何にわかまし
6923 人とはぬ庭のこけ路にしく玉は秋くるよひの露にぞ有ける

八月二日、馬杉老翁九十三身まかりければ、五日は月次の会なれど、もよほし侍らざりけるに、周尹はしらでとはれしに、かたみにいたみの心ばへをよみしに

秋霧

6924 鳥辺山ふもとをこむる夕ぎりに煙の色もわかずくれぬる

秋雲

6925 秋の日の残るもうすき空のくも消ゆく色をみるもはかなし」（47オ）

長月初つかた、木島をとほりけるに

6926 木島のもりの下水引かけてうゑし田面は色付にけり

浦月　馬杉老翁月忌追悼三十首之内

6927 みしよにもかへらぬ秋をさしもなどさやかにうつすうら波の月

是は、此翁と、もに湖水月をみ侍りけるを思ひいで侍れば也。

暮秋送客　月真院

6928 あさ立てけふわかれなば行秋のむしのねのみやのべに残らん

めの童の、古郷の花とてもてきたりてかめにさせりけるを、人のみて、いづくの菊ぞといへりければ

6929 この花はちとせの秋にあふみなるかたゞのうらの波のしら菊」（47ウ）

暁虫

6930 初しものおき迷ふ月の在明に秋さむしとやむしのわぶらん

6931 秋さむみね覚てきけば庭草の露におきゐて虫もなく也

栽菊

6932 千とせふる花のかひなく老ぬれど猶うゑそへてめづるしらぎく

6933 さく花の色かにあかで此秋も又うゑそふる庭のしらぎく

6934 露のまもうゑてそめてん行末の秋はかけてもしらぎくのはな

山月

6935 よゝしとや月もいづらん雲はみなはらひはてたる山の秋風

6936 雲きりもへだてぬ嶺に待つけてかひある山の月をこそみれ」（48オ）

山紅葉　山下亭

6937 たなばたの手にもおとらじたつたひめおりかさねたる山のにしきは

6938 やまかげは木々の雫のたえまなみ時雨もまたでもみぢ初ぬる

月前荻　与道敏両吟三十首内

6939 風よりも身にしむ色は月かげのほのめき初るのきのしたをぎ

6940 しづけしな更行まゝに風絶てかげもみだれぬ月の下をぎ

海辺鹿

6941 おのがつまみるめなしとやうら波のよるはすがらに鹿のなくらん

6942 こぎいでしいそ山かげのしかのねを猶追風のたよりにぞきく

6943 あはぢしまちかく成らし波のうへに鹿の声こそほのきこゆなれ

名所擣衣

〔一行空白〕」（48ウ）

六帖詠草　秋三

水辺秋望　与道敏両吟十首内
6944 夕日さす川べの薄ほの〴〵となびくにしるし水の秋かぜ
6945 くれぬとや秋の江とほく飛さぎのつばさになびく水のうき霧
藤ばかまを
6946 しら露にほころぶのべの藤ばかまなど紫の色にそむらん
夜鹿
6947 妻恋る心のやみも深きよの山路にしかのまどひてや鳴
6948 秋もやゝ更行よはに聞ゆ也つま恋しかの山深き声
隣槿
6949 中がきのこなたにかゝる朝がほをらでみせばや花のあるじに
6950 咲ぬやと宿の中がきかひまめばうちそむきたる朝がほの花」（1オ）
湖月
6951 行舟もこほりのうへのこのはかとみづうみはれててらす月かげ
6952 さゞ浪の音にたてゝも月は猶こほりにまがふしがのうみづら
6953 一もとの松をくまなるさやけさも又たぐひなきしがの月かげ
笆蘭
6954 花の色は露のまがきの藤袴にほひのみこそやつれざりけれ
6955 蘭たれきてみよと古郷のかきねの露にほころびぬらむ
初雁
6956 秋きてもとこよに思ふ人のよをかりと鳴てやおどろかすらん
6957 おぎの音はやゝ聞なれし夕まぐれさらにみにしむはつかりの声」（1ウ）
海辺月　金子亭
6958 ともにいざよ舟こぎいでしうら波のあかしの秋の月にあそばん
6959 てる月の光さやけみよるさへや玉ひろふらんわかのうら人
野外七夕
6960 たなばたのなみだにかさばむさしのゝ秋の草ばの露ものこらじ
苔径露
6961 山かげやあとみぬ苔のかよひぢも秋きにけりとむすぶ白露
雲端雁　自亭
6962 いかに猶袖しほれとかゆふまぐれしぐるゝ雲にかりのなくらん
6963 旅の空物や悲しき夕ぐれの雲のはたてにかりぞなくなる
海辺擣衣」（2オ）
6964 あま人の波かけ衣うつほどやめかりしほやくいとま成らん
6965 風の音もやゝはださむきあしのやのなだのあま人衣うつ也
6966 秋風のたよりにきけばあまのすむ里も遠の衣うつ〔也〕
ね覚虫
6967 夢さむる枕の下に鳴よりて同じよさむをむしもわぶ也
6968 秋さむみよな〳〵よはる虫のねをね覚馴ぬる枕にぞ聞
堤霧
6969 朝まだき堤の柳末ばかりほのかにみせてたてる川霧
6970 ふる池のつゝみの柳ちるなへにうき霧なびく水の秋風
里黄葉
6971 世ばなれてたが住里ぞ秋ごとにかきねのもみぢ色ことにみゆ
6972 からにしき織かけてけり賤が住里のかきねも秋はへだてず」（2ウ）
閑居早秋　月真院
6973 時わかず淋しき宿はちり初る一葉の音に秋をこそしれ
6974 我ためにくる秋なれや八重むぐらしげれるやどの分て露けき
6975 よとゝもに人にとはれぬ草の戸もさしながらこそ秋はきにけれ
七夕別
6976 別れゆく袖さむかりしたなばたの雲の衣のけさの秋風
6977 限りなき秋をかけてもたなばたの別の袖の露はかはかじ
九月尽

6978 鳴むしもをしみかねてやよはるらんとまらぬ秋の夕ぐれの声
6979 くれぬとてかはらぬ空の雲の色もかつしぐれゆく秋の別路」（３オ）

遊子行月

6980 とてもねぬ草の枕とたび人の月にや分るさよの中山
6981 さやかなる月にうかれて旅人のよぶかきのべの露や分らん

閑庭薄　馬杉亭安居士一周忌十二首内

6982 秋風にまねく尾花の袖ならで人かげ〔も〕みぬ宿の夕ぐれ
6983 露深き庭のまがきにむれ立てまねくは秋のお花也けり

岡月　平田別業之会に

6984 をじかなく岡べのわさ田色付てや、秋寒き露の月かげ
6985 とはでやは松ふく風の声すみて月かげきよき岡のべの宿

月　月真院当」（３ウ）

6986 くもるよも望にはあれど秋ごとに光くまなき長月の空
6987 こよひさぞもろこし人も日のもとの光とめてん長月の空

七夕鳥

6988 明ぬべきよを、しみつ、はこ鳥のふたつのほしもねにやなくらん

七夕山

6989 一とせを中にへだて、たなばたのまれにこよひや相坂の山

七夕月

6990 こよひさぞ月も光をかさ、ぎの行あひの橋の霜とさゆらん
6991 たなばたの秋に必めぐりあふ月の夕をまちやわぶらん
6992 ちぎりけんそのかみよ、りいくめぐりてらしきぬらんほし合の空

扇

6993 手向ばや二のほしのあひおもふ中にはいまじ秋の扇も」（４オ）

七夕河

6994 まれにあふ契なわびそ天川ながれて早くめぐる一とせ

七夕鳥

6995 たなばたの別て後は天とぶやかりの使をちぎりにはせん

七夕草

6996 いかばかり露けかるらんたなばたのかへるあしたの朝がほの花

七夕祝

6997 天地のかぎりなきよをためしにて契絶せぬほし合の秋

重陽に

菊初開」（４ウ）

6998 折にあひてけさ咲菊や山路よりうつしてうゑし千世の初花

菊盛久

6999 もてはやす色かも久し秋の菊ことしの花のさかりのみかは

菊帯霜

7000 花ざかりまだしきほどのしら菊に置て色そふ秋のはつしも

籬菊

7001 かくてのみあかずむかはゞ千よふとも露のまがきの白菊の花

河辺菊

7002 菊の露落つもればやくむ袖も花のかふかき谷川の水

月前菊

7003 月清み空にはまれになるほしの光あまたに咲る白ぎく」（５オ）

水辺月　三井別業臨泉亭当座

7004 幾千よぞすみて久しき此やどの月と水との秋のちぎりは
7005 万代も絶じみかはの水上の清きながれにすめる月かげ

早秋風　馬杉亭安居士一周忌之序　詠十二首

7006 をぎの葉のそよとばかりに吹風も身にしみわたる秋はきにけり
7007 をざ、原一よのほどに吹かへてけさはすゞしき秋のはつかぜ
7008 すゞしきは秋もや立と詠ればそよとこたふるをぎのうは風

野外露

7009 こぞの秋別しのべをきてみれば草のはごとに露ぞみだる、

7010 置露は浅しともみず浅ぢふのをの丶しのはらしのにみだれて」（5ウ）

閑庭薄

7011 有しよの秋をやまねく花薄人めはかれし庭の夕風

虫声滋

7012 古郷はこぞよりも猶虫のねのしげくなりぬる庭の草むら

7013 いろ〳〵の思ひをおのがねにたて丶千種の露に虫やなくらん

寝覚雁

7014 夢のよをかりと鳴てや秋のよのね覚の袖の露をそふらん

7015 むかし思ふね覚の袖におく露はうきよをかりの涙なるべし

深夜月

7016 西へ行月をあはれとしたふまにわがよも今はのこりすくなし

7017 秋のよの竹のはやしにかたぶきてかつみる月のかげぞみにしむ」（6オ）

古寺霧

7018 入相の声はのこりてみるがうちに霧にかくる丶みねの古寺

7019 古寺の軒ばにちかき松杉の木立もわかず［ママ］

7020 秋きりは朝のかねにはれ初てかつあらはる丶みねの古寺

聞擣衣

7021 こしかたの秋やしのぶのすり衣思ひみだれてよはにうつらし

7022 聞わびぬ月の光も白たへの霜よの衣うちしきる声

7023 かすかなるきぬたの音にいかで我かたしく袖の露くだくらん

川紅葉

7024 川波の立はかへらでこしかたの秋をうつせるきしのもみぢば」（6ウ）

暮秋雨

7025 かへりこぬ秋の別ををしむ我袖よりぞまづ時雨そめつる

7026 くれて行秋をしたへば［ママ］むなしきいしに声のみぞする

薄暮煙

7027 消しよをしのびかへせばけふも又夕の煙のべにたつみゆ

7028 立のぼるけぶりの色もわかぬまでくる丶夕の里の一村

幽径苺

7029 立かへりむかしの人のあと丶へば苺にむもる丶露のふる道

7030 松かげの露の古づかとめくれば苺にむもる丶道の一すぢ

7031 分いればさながらこけにうづもれてひとつみどりの松の下みち」（7オ）

三神法眼のがりまかりたりしに、ことしうゑたりける菊の、さま〴〵なる色に咲いでたるをみて

7032 さく菊のいろ〳〵ごとにみん千よも此秋よりやかぞへそむらん

あるじかへし

7033 さくきくのにほひをそへしことのはの花も千とせの秋にかぞへん

九月十七日、月真院にまかりたりしに、宗慎居士内海長左衛門庸の一周忌になりぬといふに、月日のはやくめぐりくることをさへおどろき、こしかたの秋の別もさらにおもひいで丶、たれ〳〵も袖をしぼりぬ。秋懐旧といふ事を人々にもす丶め、みづからもよみて、ゆかり」（7ウ）ある人のもとへおくるとて

7034 いとはやもけふの円ゐにめぐりきぬ袖にふりにし秋のしぐれは

7035 たがうへも風まつ草の露のよに別し秋をけふはしのびつ

九月十七日、けふは庸が身まかりける日ぞかし。まだわか丶りし人の、才学ありて、このみちのこ丶ろざしも深かりける人ぞかしなどおもひいで丶、なみだぐまる丶ほどぞや。もうちすぐるに、矢部直もとよりとて文もてきたれり。ひらきみれば恵静尼此夕死云々。うちおどろかれてなみだとゞめがたし

7036 遠ざかるこぞのあはれはふりて又たもとにか丶るけふのゆふ露」（8オ）

朝にかりをき丶て

7037 秋さむき朝けの空になくかりはつばさの霜を日かげにやほす

虫声滋　月真院

7038 庭草に露置そへてむしのねもしげく成ぬる秋の古郷

7039 秋の丶の千種の露になくむしの声のあやめも聞ぞわかれぬ

長月初つかた、さがへまかりけるとて、いろ〳〵の花にそへて

松月

7040 色がなき花もさがのゝ露ながらぬれ〳〵をりし袖とだにみよ

かへし

7041 ぬれ〳〵て君たをらずは露深きさがのゝの花を宿にみましや」（8ウ）

萩露　池見元始亭

7042 秋はぎに置しら露も宿からやにしきにつゝむ玉とみゆらん

7043 ことぐさにおくは光りもなかりけり花まちつけしはぎのしら露

行路薄

7044 袖の露かげそへんとやみちのべにまねきてたてる尾花成らん

7045 秋のゝはまねくお花にはかられていく夏となく立どまりぬる

7046 みちのべのお花吹こす秋風に我袖かけて露にみだるゝ

7047 みちもせにしげきお花を分ゆけば我袖にしも露ぞみだるゝ

早秋　当座百首内

7048 きのふこそぬぎはかへしか夏衣ころもへずして秋もきにけり

七夕」（9オ）

7049 たなばたのいほはた衣いく秋を重ねきにける契成らん

いなづま

7050 遠山のみねにかさなるしら雲をしばしみせけるよひのいなづま

笆蘭

7051 ふぢばかまほころぶとても古郷の秋の笆をたれかきてみん

隣槿

7052 中がきを越てさければ槿の花の主と我はなりぬる

葛風

7053 たれもこの秋ふく風はわびしきをあらはれてのみうらむまくづば

野萩

7054 いかにしてせはしきやどにうつすべきいほりてみばやのべの秋はぎ」（9ウ）

路薄

7055 旅人のたえぬゆきゝとみえつるはくるゝ野原のを花也けり

暁露

7056 分ゆけば袖もすそもそぼちけり暁おきの露のさゝはら

駒迎

7057 さやかなるかげにのりてや望月の駒むかふらんくものうへ人

7058 相坂の山路の月のかげ清み越もまどはじきりはらの駒

樵客帰月　三本木

7059 かげ清き月にうたひて山人の薪かろげにおひくだるみゆ

人々さそひて、菊だにといふ所に」（10オ）菊おほかりときゝて、みにまかりける。

きゝしにもまさりて、いとおもしろかりければ

7060 咲にほふきくにかへさも思はねば山路ながらや千よをへぬべき

友なりける人の、わらはに酒をもたせてすゝめければ

7061 くむ酒や菊の下露のまに老もわかへし心ちこそすれ

高登が、心地そこなひて此わたりに出ぬする、その家をすぐれば、かくいひいる

7062 山人の老せぬ友と菊の花をりてぞ贈るちとせへよとて

家にかへりつくに、かれより」（10ウ）

7063 菊の花老せぬ友とをりてけふ贈るめぐみに千とせをぞへん

沼月

7064 秋のつきゆくかたのなき沼水にやどしてみれどかげぞかたぶく

7065 さやかなるかげやどすらし沼水のにごりすむとも月はおもはで

月さやかなる夜、いたくふけてひとりをるに、琴のねかすかに聞えたる、いとをかしうおぼえて

7066 たがやどぞ秋のよふけてひくことにしらべあはする松むしの声

をぎの音、枕にちかし

7067 よをさむみさらでも夢は［かた］しきの枕にたえぬをぎの上かぜ

7068 ［吹］となき風にもそよぐをぎの音をね覚淋しきまくらにぞ聞」（11オ）

露底槿花

7069 露ふかきよもぎがかげの朝がほのしほれてのこる色もはかなし
7070 はかなしやかげとたのみしよもぎふの露にしほるゝ朝がほのはな
萩変色
7071 けさみればこき紫の色あせて露にしらめる秋はぎのはな
7072 花ざかり露をもそめしむらさきの色としもなく萩ぞうつろふ
7073 むらさきのにほひはいづらしら露の色にうつろふあきはぎの花
峰鹿
7074 つま恋るみねの秋ぎりはれまなき思ひをしかのねにやたつらん
7075 月の入高ねの松の下はれて立どもさやに鹿ぞなくなる
明月」（11ウ）
7076 さやかなる月にねをなく夜がらすはねぐらとるべき山かげやなき
7077 雲消てくまなくてらす月かげにふくるをゝしむ秋のよの空
重陽に菊初開といふことを
7078 重出 折にあひてけさ咲きくや山路よりうつしてうゑしちよの初花
菊盛久
7079 重出 もてはやす色かも久し秋のきくことしの花のさかりのみかは
菊帯霜
7080 重出 花ざかりまだしきほどはしら菊に置て色そふ秋のかへしも
笆菊
7081 色にかにあかず思はゞちよふとも露のまがきのしら菊の花
河菊
［一行空白］」（12オ）
山路菊
7082 をのゝえの朽なばちたびすげかへてみばや山路の秋のしらぎく
月前菊
7083 重出 月清み空にはまれになるほしのひかりあまたにみするしらぎく
野島崎　秋　名所百首ノ中
7084 月もやゝうつろひにけり小萩ちる野島がさきの秋のうらなみ
7085 たび衣ひもゆふ露や深からじ野島がさきの秋のうら風
露
7086 かぜのまをおのが光と秋草の葉末にみがく露のしら玉」（12ウ）
7087 かりのよを思ふなみだかかべに生るいつまで草にむすぶ白露
7088 終の身のすみかときけばあだしのゝ草ばの露も［たゞ］ならぬ哉
7089 光ある玉かとみればあだものゝ露としらせて秋かぜぞふく
尋虫　月真院
7090 人めなきかたにぞ虫はなき初ん分ばやのべの露ふかくとも
7091 尋つゝけふもきのふののべの露分のこすかたに虫はなくやと
夜鹿
7092 つれもなきつまをうらみてくずかづらくるゝ夜ごとにしかやなくらん
7093 つま恋る鹿のおもひもよるや猶まさきのかづらくりかへしなく
7094 はつしものおきゐてきけばなくしかの更行まゝに遠ざかりぬ［る］
7095 つま恋のおもひくまなき秋のよの月にをじかの音をや鳴らん」（13オ）
野鶉
7096 鶉なく声うらがなしたび衣やゝはだ寒きのべの夕かぜ
7097 尾花ちる風のゆきゝに秋野ゝ床あれぬとやうづら鳴らん
霧
7098 山姫やにしきおるらん秋ぎりのとばりを八重に立重ねつる
7099 柴人の山路をかへる声はしてそこともわかぬ袖の秋ぎり
古郷萩
古歌ニアル歟〈故郷の庭の秋はぎいく秋か咲てちるらんみる人なしに〉
7100 古郷のもとあらの萩は露けきをなど分つらんたもとぬらしに」（13ウ）
九月十八日、月さやかなる夜、松本寛之が豊後のくにゝくだるに、別をしみて、
7101 わすれじな雲ゐはるかにへだつともともにむかひしよはの月かげ
といへりけるかへし

7102 わすれずは心にてらせ空の月何かへだてん雲ゐなりとも

九月十七日、月真院にて、庸がみまかりて三とせになりぬる事などいひて、あはれがりて、思往事といふ事をよみける序に

7103 秋の霧消て三とせをふりぬれどけふのたもとは猶しほれけり

石川丈三、後の人成寂、六興と云事を」(14オ)せし余興に、人々十三夜にて十三首和歌をよみしに、祝

7104 ゆく末も猶かげそへて長月の月にかぞへん露のことのは

月前葛

〔一行空白〕

月前虫

7105 きり〳〵す鳴よるねやも秋さむき月の霜よの声のさやけ〔さ〕

あはれこの秋のなかばも過にけりと、きのふいひて、けふも又夕になりぬ。かくのみひたうつりにうつりて、ひまのかげしばらくも」(14ウ)とゞまらぬに、たれもちとせの松ならぬ世ぞかし、いでや、思ふどち、をばすてならぬ月みんはいかにといふに、いとわかきにはあらぬこれかれうなづく。いづくならんな、とほきはいとわづらはしかりなん、いかで、このはひわたるあたりにと聞ゆるに、さるもとめにもるまじきやどりあり。いざなひてんといへば、いと興あることゝて、くゞつやうのものに、くふもの、酒などいれてもたせて、うちつれていでゆく。かも川のつゝみの家ゐ」(15オ)なりけり。あるじはいなかわたらへして、家のいとひろければ、めこはほかにうつりけるほどになん。東のやま〳〵くまなくみわたされ、前のながれきよくすめり。このごろのものむつかしさも、げになぐさむ心ちして、くるゝをまつに、かたへは酒あたゝめなどすめれど、何よけんともいふ人のなきを、いとさう〴〵しとおもふもあるべし。いかできゝつきけん、わかき人々おほく入きてけり。いとさはがしき」(15ウ)ばかりなれど、時はえがたきを、同じこゝろにきあひたる、いとうれし。とかくするほど、ひえの山に雲かゝれり。これをみて雨にやならんといふに付ても、おもふにたがふよをかこち、はらふべき風をまつこゝろ詞、いとさま〴〵也。くれもてゆくまゝ、いやかさなりて、雨しめやかにふりいづ。かゝれば、人をそゝのかしける翁もかしらかきて

7106 我みよにふるもかくこそ月をのみ」(16オ)思ひしぐれの雨になるそら

とぞうめかるゝ。はるべうもみえず。いとつれ〳〵なれば、こゝかしこにつどひゐて、心やりに題をわかちて、山のべ、うみ、川、すむところ、とり、けだもの、調度、人事によせて、おの〳〵月みる心ざしをのぶ。このみちにすゝめいれん事をねがへば、きのふけふよりまなぶともがらをものぞかず。なにはのよしとてとむるにもあらねど、ふすゐのかるもかきあつめみるに、もゝたらず、いそぢにもみちぬ。たゞにやみなんもさすがにて」(16ウ)もし後のけふにあはゞ、おもひいでんなぐさめ草にもとて、やりもすてなで、猶此ことをしるすは、よものくにたひらの都やすらにながしといひて、みかへりにあたる秋になん有ける。

山月

7107 暮るより槙のはしらに立そひてまちぞいでつる遠山の月

7108 立いでゝいづるを待しかひもあれや雲もかゝ〔らぬ〕山のはの月

月前杵

7109 てる月の光さやけみ山かげのうすきはゝその色もかくれず

7110 そめなすはうすきはゝそも一入の色まされとやてらす月かげ」(17オ)

むかし、ことにあたりて、河東にすみ侍りけるに、伴資芳もはからざる事にて、ちかきわたりに住ける、宿をとひて、よふくるまで月をみて

7111 こん秋はいかなる里の月をみむ定なきよの秋をおもへば

すけよしがゝへし

7112 いく秋もかゝるちぎりを忘るなよいかなる里の月はみるとも

山家初雁

7113 なれもよの秋にたへずやのがれすむみ山の庵をかりのとふらん

7114 あはれ又かりぞ鳴なるのがれこしわが山ずみもいく秋かへし

あるひとのもみぢにそへて

7115 秋を浅みまだそめあへぬもみぢばも君がことばの露そへてみよ」(17ウ)

とありしかへし

7116 そめあへぬ色ともいはじことのはのにしきをみする露の一しほ

月多秋友

7117 月ぞ猶面がはりせぬ秋をへてなれみし友も老となるよに

7118 月かげはなれて久しき友なれやあかであまたの秋をへにけり

七夕後朝

7119 けさは又あまの羽衣たちかへりうらみやすらん〔うすき〕契を

7120 たなばたは天川なみ立かへりもとのうきせに袖ぬらすらし

重出 九月十七日、庸が身まかりて三とせになりしをおもひでゝ、人々歌よみけるに」(18オ)

7121 重出 秋の露消て三とせをふりぬれど円ゐの袖は猶ぞしほるゝ

月前祝

7122 いくよともかぎらぬ月はみな人のあかぬ心にまかせてやすむ

秋の末、涌蓮上人とゝもに、ものにまかりけるに、さだ過たる女の、いろめけるをみて

7123 露しもの秋の末のゝ女郎花うつろふ色のあはれなるかな

かへし

7124 女郎花うつろふ色も君ならで露のあはれもたれかゝけまし」(18ウ)

入かたの月のすみわ〔た〕りたるをゝしみて

7125 行めぐりつねなる月をゝしむ哉おもへば我ぞあすしらぬみに

閑夜擣衣

7126 いかに猶淋しからまし友ときく夜はのさ衣うちもたゆまば

7127 里遠ききぬたならでは音信もきこえぬ宿のよはの淋しさ

露如珠

7128 古郷のあれたる庭にしく玉はむぐらよもぎの秋のしら露

7129 夕日かげみがきそへてもみする哉浅ぢがはらの露のしら玉

庸が身まかりて三とせにあたる秋」(19オ)月真院に人々あつまりて、むかしをおもひいでゝ、思往事といふ事を

7130 重出 秋の露消てみとせをふりぬれど円ゐの袖は猶しほれけり

7131 時雨にも露にもあらでふりしよをしのぶる秋の袖ぞかはかぬ

旅秋夕

7132 都にておもひしよりもさびしきはひなのあらのゝ秋のゆふぐれ

7133 やどからんいそべもみえず霧こめて音のみすごき秋のうらなみ

閑夜擣衣

7134 よを深みひとりしきけば色みえぬ砧の音も身〔に〕ぞし〔み〕ける」(19ウ)

7135 よもはみな人しづまりて遠かたの砧の音もさだかにぞきく

7136 衣うつ人もしらじな更るまでひとりきく秋の夜声の深き哀は

月の詞

月こそいとおかしき物なれ。雪花もめでたけれど、そは常にやはみる。常なるものは、めなれて、さしもおぼえぬならひなるを、これはなほあかずこそあめれ。雨などふりてかげみぬよも、やみにむかへておもふには、くらぶべくもなしや。ましてさやかにすみわたりたる、この世のものともおぼえず。月は、木のまにみそむる」(20オ)かげの心づくしなるに、やゝひかりそひゆくそら、いとたのも〔し〕。さかりの比はさらにいふべきことかは。よひ〳〵にまたれていづるも心ふかげ也。かたぶくかげ、有明のしらみてのこれる、すべて身にしみてこそおぼゆれ。

槿未開

7137 朝がほのさくを待まの久しさははかなかるべき花としもなし

7138 いつしかと待まやさかりさかばとくうつろひぬべき朝がほの花

7139 さかばとくうつろひぬべき朝がほは待まや花のさかりならまし」(20ウ)

7140 槿の咲を待まの久しきにかへてもみばや花の一時

草花初開

7141 うゑてまつちくさの色のはつ花を先み初るは庭の秋はぎ

7142 今よりや日毎にさかむ百草の初花みするのべのあきはぎ

十五夜月

7143 ことさらにさやけき月のひかり哉むべなにたてる秋の中空

7144 むべしこそよになもみてれことさらにさやけき秋の中空の月

岡月

7145 深夜の霜にまがひてみづぐきの岡のやかたの月ぞさやけき

7146 秋ごとにすま丶ほしきはさしいづる月にむかひの岡のべのやど」（21オ）

湖月

7147 ゆきかひのみえぬのみこそすはの海の月の氷のしるしなるらめ

7148 ふかき夜の湖さむくてる月の氷をくだくなみの秋風

旅宿月

7149 おきゐつ丶みてを明さんとてもねぬ草の枕の露のつきかげ

7150 かりねするす丶きのほやの軒白き月のひかりに夢もむすばず（ばこそ中々月の色はそへけれ）

紅葉盛

7151 とへかしなそめつくしては花よりももろきもみぢの露のさかりを

7152 そめはて丶今ぞさかりの秋の山うす［きも］こきもきゞの色々」（21ウ）

萩

7153 秋風に鹿のね聞ゆたかまどののべのまはぎの花やちるらん

山端月

7154 いで丶今中空たかく澄ゆかんかげぞのどけき山のはの月

7155 山かぜにはれのくみねのうきぎりもさやかにみえていづる月かげ

月前木

7156 遠かたに一もと見ゆる松のみぞこよひの月のくまには有ける

7157 深みどり色にはわかぬ松杉の木立あらはにすめる月かげ

七夕扇

7158 手向ばや契たがはであふほしは扇ゆ丶しといとひしもせじ

7159 扇をやまづ手向まし秋きても猶あつきよのほし合の空」（22オ）

7160 みな人のこよひのほしに手向なる扇の風や雲はらふらん

草花未遍

7161 野べはいさむら〳〵咲てむらはぎのさかりまだしき庭の秋哉

7162 おなじのに咲るさかざる秋はぎは露や心を分ておきけん

田家秋夕

7163 淋しさももらすはしらじ小鹿なく山田のいほの秋のゆふぐれ

7164 雁鳴て夕ぎりなびく山かげの小田もる庵の秋ぞ淋しき

初紅葉

7165 西こそとわけずはさがの山かげにそむるもしらじ秋のもみぢば

7166 なべてまだ青葉の山もおく露にわきてぬるでやもみぢ初けん」（22ウ）

橋辺雁

7167 中絶しくめぢの橋をかけつぐとみゆるばかりのわたり也けり

7168 雲路よりわたすとみゆるかけはしは高ねを越るかりの一つら

7169 いつの秋はしの柱にかき付てちぎりたがはずわたる雁がね

月下虫

7170 秋こよひおもひくまなき月かげに声の限を虫もなくらし

7171 かげやどす草ばの露もこぼるかと夜寒の月に虫やわぶらん

萩

7172 かぞふれば秋さく花もあまたあれど猶紫に丶ほふはつはぎ

7173 桜咲春のまどゐも秋はぎの花のむしろにしかじとぞおもふ

禅林寺の萩見にまかりたりしに」（23オ）たとしへなく静にて、〈てる日のひかりみる時なくて〉といひしふるごともおもひいでられて

7174 山深み露にうもれて秋はぎの花のさかりもみる人ぞなき

七月廿六日、涌蓮上人一周忌に、人々双林寺にあつまりて歌よみけるに、擣衣寒といふことを

7175 よそにのみたれかはきかむ里わかぬ秋のよ寒の衣うつ声

7176 秋さむき霜夜の衣うつたへに聞ばたもとの露ぞくだくる

紅葉映水」（23ウ）

7177 あゐよりもこき谷水に紅の山のにしきをうつしてぞみる

7178 水清みうきてながれぬもみぢばや岸ねの木々の秋ふかきかげ

7179 ちらねどもうつろふ木々のもみぢばに水の秋こそふかくみえけれ

くれつかた、ふえの音のいとをかしう聞えけるを

7180 小はぎ散風の便にさそへばやふく笛竹の声の色なる

秋来擣衣

7181 たが里も夜寒へだてぬ秋風に心あはせて衣うつ也

7182 秋風のさむくなりぬと賤のめがときあらひ衣今やうつらん

何事をなすともなくて、ことしも長月のけふになりぬ。とし〴〵にかけて、色なきことばの」（24オ）露は、むかふ菊にもおもなけれど、またこん秋にあはんもいとたのまれぬみなれば、おもひよるふしを、かり初にかい付てみばやとてなん

7183 人ごとにけふもてはやす菊なれば我もことばの露かけてみむ

7184 長月のけふのためとや昨日よりつくろひたてし菊のきせわた

7185 きのふまでまだしき花のうつろふとみゆるやけさの菊のきせわた

7186 むら菊の心づからにさく花の色をうばへるけさのわたぎぬ

7187 万代のかめにちとせの菊さして末なが月の花にむかはむ

7188 あすしらぬけふはちとせをかけてまづ薬ときくの花をこそつめ

7189 あさ露のけやすきみをもことのはにちとせをかけていはふ白ぎく」（24ウ）

7190 中々に老てはつまじけふの菊わかゆてふ名をくたしもぞする

7191 かれはてん後をおもへば色もかも露のまがきの白菊の花

7192 庭もせに山路のきくを移しうゑて千とせをやどのものとなさばや

7193 色々の色をつくしてからにしきおりはへたりとみゆるむらぎく

7194 咲にほふ笆はこがね白がねを露の玉もてかざるむらぎく

7195 咲きくの花の白がねこがね色に匂へば人のめにやかくらん

7196 夕ぐれの庭におりはへさく菊のえもいはぬ色に花ぞにほへる

7197 あかずしてくれぬるけふの白菊の花をもてなす夕月のかげ

7198 かをとめてをらば折てん月白きかきねの菊は色まがふとも

7199 木がくれの垣ねに咲るしらぎくは月の色にもまがはざりけり

7200 みる人のちとせをふれば八千種にまさり草とや菊をいふらん

7201 咲しよりよもぎがかげもとはるれば菊をや花のあるじとはいふ」（25オ）

7202 秋かけて雪もやふるとみぎりなる色もたはに咲るしらぎく

7203 いつのよに生はじめけんみづがきの久しくにほふ秋のしらぎく

7204 いつの秋たが種まきておく山のいはねに咲るしらぎくの花

7205 菊のさく秋の山路をとめくればちよもいくべき心ちこそすれ

7206 末とほきちとせはしらずけふはまづ山路の菊に心こそゆけ

7207 九重のくも井の庭も八重菊の花はへだてぬ色にさくらし

7208 けふいくか野山の菊を分つらん花のかふかしたびのころもで

7209 たび衣袖のやつれも何ならず野山の菊のかをししむれば

7210 露しげき草の枕の菊のかにかりねの床もおきうかりけり

7211 紫の雲かとみえて古寺の軒ばの山のきくぞうつろふ

7212 うら山しはこやの山の仙人はとはにぞ菊の花をめづらん

7213 花さかぬときはの山の山人はつまでや菊のちよをへぬらん」（25ウ）

7214 天照す神路の山のしら菊はいとゞひかりやそひてみゆらん

7215 若がへりさかゆくやとてをとこ山菊の下水てにむすびつる

7216 むらさきの千入の色の位山白くみえつる花としもなく

7217 しら菊の花ぞあやしき紫のちしほにそめん色をおもへば

7218 とがまもてとくかりはらへ山かげのしげみがくれの菊も見るべく

7219 紫の一もと菊にむさしのゝちくさの花はいろやなからむ

7220 なにしおはゞうつろふ色も久にみん紫の野ゝ秋のしら菊

7221 立どまりをりぞ煩ふ夕しものふるのゝ道に咲るしらぎく

7222 まぐさにはあたらしけれやのべの菊心ありてもかりのこしつる

7223 秋の野ゝおばなに交るしら菊を袖につゝめる玉かとぞみる

7224 春たてば先咲むめの花よりも秋の末のにゝほふ白ぎく

7225 色になるおくてのいなばかほる也山田のくろの菊のおひかぜ

7226 かさゝぎのはしうちわたすみなぎはにほしかとみえて咲るしらぎく」（26オ）

7227 水底のいさごに交るこがねかと岸ねの菊のかげをこそみれ

7228 ちとせみん花とやなれもきくの咲秋のさはべにあそぶしらつ〔る〕

7229 よる波はをれどつきせず大沢の池の汀にゝほふしらぎく

7230 ながれてのよにもつきせじ秋をへて淵と成ぬるきくの下露

7231 たれもみな心をとめて関川のきしねにゝほふ菊をこそみれ

7232 むら千鳥ちよとなくねをとめくればさほのかはらの菊さかり也

7233 うちつけに花とみなせば川ぎしの波さへ菊のかにゝほふ也

7234 おちたぎつとなせに咲るしらぎくをくだけぬ波の玉かとぞみる

7235 むしろ田のいつぬき川の秋の菊ちとせをかけて波やおるらん

7236 咲にほふきしねのきくの大ゐ川よるしら波も色わかぬまで

7237 よしの川桜の名にはなかるれどきく咲比もあかぬ山みづ

7238 つみてふるよはひもさぞな高しまの里のかきねの雪のしらぎく」（26ウ）

7239 やみの夜のほしにや色のまがふらんくろとの浜の秋のしらぎく

7240 花の名にきくのたかはまけふみても天つほしとぞ猶まがひける

7241 すみよしや菊さく比の秋の浜はるのうみべはさもあらばあれ

7242 すみよしの松ふく風もかほる也きしねの菊の花やさくらん

7243 秋のよのふけひのはまのしらぎくをおくはつしもの色かとぞみる

7244 島のなのたみのありともさく菊の花のしづくにぬれんとぞ思ふ

7245 立よりて波やをるらんみちのくの笆がしまの秋のしらぎく

7246 やそしまにさくもあらめどもとつ色の波のしらぎく猶みはやさん

7247 玉くしげ二見のうらの白菊の移ふ色はそれかあらぬか

7248 波よするいそのうらわのうら伝ひきく咲みちにゆく心かな　万葉モク也。木工キクトツヾケルハ誤。今暫随誤。

（〔万二〕菊ナシ、〔サル〕ヲモク〔ヲキ〕クトヨミテ、〔万〕ニ菊ヲヨメ〔リト〕云リ〔頭書〕）

7249 ひをへてもいろぞかはらぬいせのうみのあじろのはまの波のしら菊

7250 まだき散花かとみえて秋風にまさご吹上のはまのしらぎく」（27オ）

7251 露のまとおもはゞ何のかひのくにつるの郡のきくのちとせも

7252 千とせふるつるのこほりにすまねどもわかゆときくの花をこそつめ

7253 紫にうつろふき菊は藤袴色こそまがへかやはかよへる

7254 露しぐれもりの木かげの白菊もはてはもみぢの色にいでぬる

7255 うつろへる菊をむらさき紅にみるもことばの露のいろ〳〵

7256 菊の花ちるもしぼむもけふぞみるあとあらはなる露の古こと

7257 もゝ草はかれゆく霜に白菊の色そめかへて猶にほひけり

7258 神無月移ふ菊に月さえて琴のねかほる宿の木がらし

7259 さく花におくれてそめし木のはさへ散しく庭にのこるきくかな

7260 春雨にうゑつる菊の咲て又霜に移ふ色をこそみれ

7261 もゝ草の花の中にも白菊のちよの色かのたぐひあらめや

7262 色もかもたぐひあらめや秋の菊これよりのちの花はさくとも」（27ウ）

7263 ふりはてし霜の翁のことのはをよそにや菊のもどかしとみん

九月十三日、蓮（ママ）上人のはかにまうでけるに、日のくれにければ、雅因亭にやどりて、

包教と十三首題を詠ず

十三夜月

7264 よとゝもにみばや長月十日あまりみがける玉とてり増るかげ　包教

月前時雨

7265 ふり過る時雨にいとど長月の月のかつらもてりまさりけり

月前山

7266 名にたかきあらしに雲の吹はれて山のかひある月をこそみれ　包教」（28オ）

月前川

7267 大井川かは霧はれてすめるよの月をやどせるせゞのしら浪

月前菊

7268 かげ清みまれなるほしも大沢の汀にみする月のしらぎく　包教

月前紅葉

7269 山もとのうすきはゝそのもみぢばもこよひの月にてらしてぞみる

月前鹿

7270 雲払ふあらしのつての鹿のねをすみゆく月の空にこそきけ　包教

月前虫

7271 風たえて露静なる月かげにまがきのむしの声ぞみだるゝ

月前灯

7272 さやかなる月にけたれて窓の内の光もしらむ秋のともしび　包教

月前鐘

7273 うちもねず猶みよとてや更るよのかねのひゞきも月にすむらん　包教

月前旅

7274 更ぬとて草のまくらはかりしかど露まどろまでむかふ月かげ」（28ウ）

月前恋

7275 かげ清く月のすむよはさりともとたのめぬ人も立ぞまたるゝ　包教

月前祝

7276 亀のをの山のふもとに万代もすむべき庵の月をこそみめ

けふくれつかたは、空くらがりて、雨やふりこんなど思ひしかど、くれすぐるほど、くもまみえて、まへのながれに月ほの〴〵とうつりたるを、よすがらみばやといひつゝをるに、又かきくもりて、はるべくもみえねば、後の月のくもれるを、わぶといふもじを上におきて

7277 のも山もさすがほのかにみる月のはれなばさぞとかこつよの空

7278 塵つもるかゞみとみえて雲かゝる月のみかほぞかげおぼろなる

7279 のがれきてすまばやと思ふ山里も猶よのさがと月ぞくもれる」（29オ）

7280 月のためそむけしよひの灯のかげはづかしく曇りそふ空

7281 清たきの音のみすみて雲のみをにながるゝ月のかげはうつらず

7282 野べとほくともす狐火ものすごくかげくもるよの月ぞ更ゆく

7283 雲払ふあらしの山の名にしおはゞこよひの月のかひもあらせよ

7284 もりもこず雲まもみえず大井川井せきの水に月はならはで

7285 れいよりも心しづかに月みんと尋し山のかひもなきかな

7286 累年の月の契をかぞふればなにおふかげをみしはすくなし

7287 をじかなく小倉の山はいづくともわかずへだつる月のうきぐも

7288 われもしか月みぬ山路分こしは何のかひよとねにやなかまし

7289 ふりいづる雨に今はとおもひねの夢にもみえよはるゝよの月」（29ウ）

虫

7290 いつしかとおもひしものを初尾花ほにいでゝむしのねをぞ鳴なる

7291 ときはなる松てふむしも露寒き秋にはあへず声ぞかれゆく

八月十七日、月見にまかりけるに、雨ぐもおほひて、かひなく更わたる空をみれば

7292 うすらぎしかたはほのかに、ほへども猶かげみせぬ月のうきくも

雨もふりいでぬ、今は、などいへど、もしはるゝ事もやといふもありて、いたく更にけり」（30オ）

7293 ともし火のかげさへしめる夜の雨にあやなく月を待更しつる

7294 雨ぐものはれもやすると思ふどちかげみぬ月にさよ更にけり

苔径露

7295 深みどり色にはわかぬ山かげのこけぢの秋を露にこそみれ

7296 朝夕の露のおかずは色かへぬこけ路は秋のくるもしられじ

七夕、玉まつる夕

7297 なき玉をむかふるならし此夕よもに聞ゆる法の声々

水に月のやどれるを

7298 池波にやどれる月はさわげども空ゆく月はのどかにぞすむ」（30ウ）

7299 池水にかげをうつせば玉くしげふたつながらにあかぬ月哉

7300 庭の池にかげをやどして大ぞらの月をもやどのものとこそみれ

萩のさかり過る比、日ぐらし、雨ふりたるくれつかた

7301 うつろふもみるべき花のそれとなく雨にくれ行庭の秋はぎ

人のこふに、をしみて

7302 散ぬべき秋はぎながら一枝もをらば錦をたつ心ちせむ

禁中萩

7303 咲ぬればよもぎが陰もまばゆきをさぞむらさきの庭の秋はぎ」（31オ）

やまひしける年の、秋はぎのちりかたに、人々のとひきて、歌よみけるをみて

7304 うつろふもいまはをしまず［とり］〴〵に光くはゝる露のことのは

とり〳〵かへし侍り、しげゝればもらしつ。暁がたむしをきゝて
7305 いつまでかかくてもきかん鳴よはる霜夜のむしの暁の声

十五夜月
7306 秋風に雲吹はれてよにおほふなもさはりなくみてるよの月
7307 よもになもみちぬる秋のこよひとは光にしるきもち月の空

雲間稲妻」（31ウ）
7308 淋しきはむらさめ過る雲まより稲づま通ふ秋の小山田
7309 遠山の高ねの雲まみせもはてずほのめきさして消るいなづま

月前松虫
7310 月をこそ見にこしのべに松むしのまちつけがほに声たてゝなく
7311 こぬ人を月のよすがらまつむしの声もの淋し秋のふる郷

月前鈴虫
7312 〔をと〕めごが袖ふる山の神がきのよさむの月にすゞむしぞなく
7313 月になるをかのさゝはらそよ更になくすゞむしの声もさやけし

里紅葉
7314 名にたてるふしみの里はもみぢばのにしきをしかぬ宿やなからん」（32オ）

落葉
7315 山里はしぐれの雨の絶まにも風のおちばの音ぞをやまぬ
7316 〔と〕へかしの心のみちもうづもれておちばにこもる冬の山里
7317 山里は松もをざゝも色ぞなき風の吹しく木々のもみぢば

紅葉秋深
7318 そめてけりうすきもこきも秋ふかき色のかぎりをみするもみぢば
7319 露しもの秋のかぎりと草〔も〕木も紅深き色にいづらん

旅秋夕
7320 旅人の袖のしほれをそふものはとほきうらぢの秋の夕霧
7321 都にておもひしよりもしほ風のさむきうら路の秋の夕ぐれ
7322 けふも又くるゝうら路のあしのはにうすきりなびく秋の夕浪
7323 かへりみる都はいくへへだつらんけふもくれ行秋のゆふぎり
7324 きりのまにあまのいさり火ほのみえてくるゝはまぢの秋のさびしさ
7325 あしのはにうすぎりなびきしほ風のさむきはまぢの秋の夕ぐれ」（32ウ）
7326 宿からん里はそこともしら波のよするうらぢの秋の夕ぐれ
7327 やどからんいそやもみえずきりこめて声物すごき秋の夕なみ
7328 いづくにかやどりからましあしのはにうすぎりなびき日はくれにけり
7329 うら風に夕ぎりなびく秋の袖しほれざらめやたびならずとも

菊花暁芳　一字抄
7330 よを残す笆の月のうす霧にしめりてにほふ庭の白ぎく
7331 月をこそ秋のなごりとをしむよの暁露にゝほふしらぎく

松間紅葉　同
7332 夕日さすをかべの松の木がくれは一しほふかくみゆるもみぢば
7333 色にいでぬ松のみさをのつれなさも染し木のまのもみぢにぞみる」（33オ）

寄月釈教
7334 あきらけきみのりの月のかげもみじ心の雲のはれぬかぎりは
7335 〔長夜〕のやみぢを何にてらさましみのりの月のかげなかりせば

風前苅萱
7336 吹迷ふ野風にみれば心とは露もみだれぬのべのかるかや
7337 夕露もむすびぞあへぬかるかやのつかのまもなく風にみだれて

雨中紅葉
7338 雨はればもろ〳〵やちらんぬれ〳〵て色の限をそむるもみぢば」（33ウ）
7339 日かげにもてりそふらめど紅のふかきは木々の雨のぬれ色

菊
7340 うちよする波の花さへにほふ也きく咲比の秋のはまかぜ
7341 松かぜもかにこそにほへ住よしのはまべの菊の花やさくらん

月前遠情
7342 いかばかりかげすみぬらんむかしみしきさの小川の秋のよの月

7343 をばすての山人さぞなこゝにだになぐさめがたき秋のよの月

雨後野花」(34オ)

7344 よべの雨のけさもはれずはかばかりの花ものこらじのべの秋くさ

万葉にはよんべ、ようべなどよめり。よべといふは、いまだみずと人いへり。源氏にはよべといへれば、いさゝかのがるべくや。

萩　八月廿五日、人々まねきて、萩あそびせし折

7345 重出 桜咲春の円ゐも秋はぎの花のむしろにしかじとぞ思ふ

7346 かぞふれば秋さく花もあまたあれど猶むらさきにゝほふ初萩

橋辺雁

7347 中絶しくめぢのはしをかけつぐとみゆるはかりのわたり也けり

7348 いつの秋橋の柱にかき付て契たがはずわたるかりがね」(34ウ)

虫

7349 秋寒きのべのちくさになくむしの声の色さへうらがれにけり

7350 つれもなきよを秋草のねにたてゝ露さむしとや虫のわぶらん

七夕月

7351 待えてやほしは嬉しき夕月夜おぼつかながる契ならねど

7352 ほどもなくまためぐりきぬ秋にあふほしの夕の月うすき空

七夕山

7353 こよひこそ二のほしのいもせ山へだてぬ中のちぎりなるらめ

7354 こよひこそ中をへだてぬいもとせの山のかひあるほしあひの空

七夕河」(35オ)

7355 波こゆる契ならねば天川あふせまれなる中もうらみじ

七夕草

7356 秋にあひて花のひもとく七種は空なるほしの契をやしる

7357 こよひあふほしにならひて秋草も花の下ひもときや初らん

7358 こよひあふほしの手向と夕霧に花もひもとく庭の秋はぎ

七夕鳥

7359 ねに鳴てほしやかこたん暁のとりかへされぬもとのちぎりを

七夕祝

7360 たなばたのはたおる糸の長きよにたえぬ契をむすびこむらし

荻風告秋」(35ウ)

7361 けさのあさけ秋きぬ也とふく風にそよとこたふる庭のをぎはら

草花初開

7362 百くさの色も思はずむらさきの一花咲る庭の秋はぎ

7363 咲そはん秋のちくさの色もあれど庭にみ初るはぎの初花

十五夜、月明らかなるを

7364 雲霧はみなはれつきて中空にひとりすみぬる月のゝどけさ

7365 秋こよひなにあらはれてすむ月の光にきゆるうす雲の空

7366 いさり火もひかりにきえてつのくにの名にはたがはずすめるよの月

7367 いつしかと待こし秋も中空の名にあらはれてみてる月かげ」(36オ)

露

7368 野も山もおきて千種にそめなせば露こそ秋のもとつ色なれ

7369 とりたてゝおのが色しもなければや野べをちくさに露のそむらん

紅葉

7370 露しもをたてぬきにして山姫のおれるにしきにしく色ぞなき

7371 露しもの千しほのうへの一しほは夕日にそむる木々のもみぢば

月　上田元長父七十賀勧進

7372 久方の月ぞふりせぬ友かゞみなれみん老の数はしるらん

7373 万代もふりせぬ秋の月かげをあかぬ心にまかせてぞみん

住吉　菊」(36ウ)

7374 松かぜもかにこそにほへ住吉のはまべの菊の花や咲らん

7375 うちよする波の花さへにほふ也きく咲比の秋のはま風

菊花晩芳

7376 重出 よをのこす邑の月のうすぎりにしめりて匂ふ庭の白菊

7377 月をこそ秋のなごりとをしむよの暁露にゝほふしらぎく

湖月

7378 てる月の氷をくだく秋風に山かげすごきすはの水うみ

秋の夜、萩をきゝて」(37オ)

7379 わぎもこがわがきぬつゞる窓ちかく鳴よる秋のきり〴〵す哉

またあるとき

7380 古郷のかべのあれまのきり〴〵［す］もる月影も寒しとやなく

虫声幽

7381 秋やくるかきねの野べの夕風にほのかに虫の声たぐふ也

7382 あはれ也あるかなきかに鳴かれてよもぎがゝげに残るむしのね

庵月　涌蓮上人三回忌

7383 もろともにみしよまでやはかゝりけるあれゆく庵の露の月かげ」(37ウ)

7384 すみすてしさがのゝ庵の秋ふりて軒ばあらはに月ぞもりける

河霧

7385 さやかなる声は残りて山川のゆくをもみえずたてる夕ぎり

7386 大井川河ぎり深く立こめてあらしの山のかげもうつらず

白菊

7387 春秋の花のにしきの中にしも猶白菊にしく色ぞなき

7388 たゝへみん色こそなけれ秋ふかき色にゝほふ露のしらぎく

虫声幽

7389 尋ればそこはかとなく秋くさの下ねにむしの鳴よはりぬる」(38オ)

7390 秋のむし尋ねて聞し折よりもあはれぞふかき霜がれの声

ながつきのこゝぬか、きくのはなをよめるといふもじを、初をはりにおきて

7391 何の花もみなやつれゆく露しもにをりはへ匂ふ菊ぞあやしき

7392 かほりくる風をしるべに分いれば深き山路の秋の白菊

7393 つもりつゝ千世の淵とや成なましけふ咲にほふ菊の雫の

7394 きのふまでまだしかりしも咲そひてけふとぞみゆる菊のさかりは」(38ウ)

7395 後もみん久にのこれと菊のはなわがしめゆひしけふをわするな

7396 此やどにせき入て千よもくみなれん菊咲秋の谷のながれを

7397 木がくれて花はさけども山ふかく人あくがらすきくのにほひよ

7398 ぬれぬともほさじたもとの菊露かゝればこそはかもうつりけめ

7399 かぎりなき秋に咲べき花なるを千とせときくはあかずぞ有ける

七夕に、〈はぎのはなおばなくずばなでしこの花をみなへし又ふぢばかま朝がほのはな〉といふ古歌をおもひいでゝ、やがてこれを題にて人々にもよませ、みづからもよむとて」(39オ)

7400 たなばたのかざしにをさせむらさきの色なつかしき秋はぎの花

7401 いつしかとおもひし秋のはつを花ほにいでゝほしの枕にやかる

7402 こよひとや花のひもとく葛かづらくる秋ごとの契りかはらで

7403 塵つもるたなばたつめの床夏はうちはらふにも袖や露けき

7404 久方の天のかはらのをみなへし人のさがのゝうさはしらじな

7405 秋ごとにきてもとまらぬたなばたのかたみにゝほふ藤ばかまかも

7406 たなばたの秋まちえても露のまの契をいはゞ朝がほの花

これよみはてゝ、猶人々あまたくるに、草あれば木もなどかあらざらんとて」(39ウ)七木をかきいでゝ、人々によませ、みづからも

梶

7407 おもふことかぢの七葉にかき付て二のほしにけふは手向ん

桐

7408 めづらしな軒ばのきりの散初てかつあらはるゝほし合の空

桃

7409 さゝがにのいともたのもしおもふことなるてふもゝをほしに手向て

梨」(40オ)

7410 たなばたにいざねぎかけて今よりはうきことなしのみともなりなん

合歓

7411 恋々てあふうれしさにねぶの木のねぶたしとしもほしはおもはじ

楸

7412 いく秋ぞ天のかはらの浜楸久しきよゝり朽ぬ契は

楓

7413 わかれ行ほしの涙にそめぬべしまだ色づかぬ秋のかへでも」（40ウ）

六帖詠藻 秋四

萩の一はな咲たるをみて

7414 まち〳〵てけさ咲はぎのはつ花やうつろふ色のはじめならまし

玉まつりすとて、塵などはらふとき

7415 けふごとになき玉をしもむかへずは何かはらはんよもぎふの露

九月尽

7416 うなばらの入日のかげにをしむ哉秋なき波の秋のわかれぢ

十五夜月」（1オ）

7417 秋こよひきずなき玉とみてるなのちりもさはらでてれる月かげ

7418 人ごとに待し一よのそらぞとも月はしらでやひかりそふらん

旅亭秋暮

7419 袖の露ほしてだにゆけさゝ枕おきふしなれし秋のわかれぢ

7420 われのみやひとりむ〔すカ〕ばん草枕あひやどりせし秋もくれなば

谷鹿

7421 妻こふときくの雫にぬれ〳〵てしかやなくらん谷ふかき声

7422 あはれとや妻も聞らん深夜のみ谷のしかの山どよむ声」（1ウ）

荻

7423 宿ちかくうゑずはきかじ我ためにくる秋しるきをぎの上風

7424 おしなべてふく音信も荻のはにきくは淋しき秋のよのかぜ

十五夜月〔重出ノ指摘アリ〕

7425 人ごとに待し一よの空ぞとも月はしらでやひかりそふらん

7426 秋こよひ疵なき玉とみてる名の塵もさはらですめる月かげ

在明の月をみて

7427 更〔は〕てしわがよを雲のよそにみばわづかにのこる在明のかげ」（2オ）

池辺紅葉　慈照寺会

7428 みさびゐて池こそあらねいにしへの秋をうつせるきしのもみぢば

紅葉

7429 このあさけ散もそめずはもみぢばの色の限をいかでしらまし

7430 もみぢばのちりもそめずは染つくす色の限を何にしらまし

7431 紅葉ばは千しほもまたでみはやさんそめつくしては散もこそすれ

物外尼の庵をとひけるに、つたのもみぢたるを

7432 つたのはふ庵をとへばことのはに心をそめし人ぞすみける」（2ウ）

待七夕

7433 いつしかと思ひし秋は待つけつ今いくかあらばほし合のそら

7434 たなばたの雲の衣のうらもなくかさねんよはをいつかとやまつ

7435 一とせの日かずを何になぐさめて二のほしの秋をまちけん

虫

7436 わびしらに鳴声きけばうき秋の思ひはむしもかはらざりけり

7437 むさしのや紫ならぬ秋むしの声もみながら哀とぞきく

霧

7438 くれぬるかあまのいさり火ほの〴〵と霧にゝほへる秋の海づら

7439 うら風や吹わたるらん秋ぎりのと絶みえ行天のはしだて」（3オ）

立秋風

7440 いつしかと待こしかどもこのあさけ（猶案ずべし）はつ秋風におどろかれぬる

霧

7441 山もとの林の梢見え初てやゝはれわたる秋の朝ぎり

まだしき比、色ふかきもみぢを、人のおくりけるに

7442 浅からぬ心の色も山ふかくたづねてをれるもみぢにぞ見る」（3ウ）

秋花遂夜開

7443 あさ露のおきてみよとやぬば玉のよのま〳〵に咲る秋草

7444 ねぬるよの人まに咲て朝な〳〵みぬ色そふる秋くさの花

松下擣衣

7445 岡のべの松の秋風さむからじ衣うつ也木がくれのやど」（4オ）

7446 夕かけて衣うつ也うら風や寒くなるをのまつかげの〔いほ〕

七夕

7447 久かたの天川なみ立ゐつゝ待こし秋のけふはきにけり

この日、蓮のちれるをみて

7448 さけばちる蓮の花びらみるまなき類ひもありとほしに手向ん

麓鹿

7449 秋山のふもとをめぐる夕ぎりにつまどはしてしかや鳴らん

7450 つま恋もほにあらはれてふもと田によるよ〳〵なるゝさをじかの声

潟月」（4ウ）

7451 かげきよきしほひのなごりあくまでにみばやこよひの月のさやけさ

7452 あかしがた月をうかべて引しほのなごりも清しかひやひろはん

蕭寺月

7453 いらかくちとばりやぶれてみ仏のみかげあらはに月ぞさし入

7454 寺ふりてよもぎむぐらのかげふかきあかゐにやどる月のさびしさ

はぎあそびといふことをおきて

7455 花ざかりをり過さじとこの秋もむれてとひこしけふの嬉しさ

7456 菊はまだ匂ひもそめず酒くみて秋の心をはぎに〔わすれむ〕」（5オ）

7457 あすよりはちらばちらなん萩のはな思ふ人どもけふしみつれば

7458 袖たれてうゐしかひある萩なれや花咲ごとに人のとひきて

7459 日もたかしまだきなふしそ秋はぎのおもておこしのけふにやはあらぬ

山月　酉秋三十首巻頭

7460 山かぜに吹はらひぬる秋霧をふもとにみせていづる月かげ

7461 高ねにはまだみぬ月を山あひの霧にゝほへるかげにこそしれ

漢霽月明

7462 雲はれて光さやけき月のよは更ゆくかげを又かこちぬる

7463 天河はれのく雲のうき波にうつろふ月のかげもさやけし」（5ウ）

閑居月

7464 〔所せ〕き露にやどりてよもぎふのやどこそ月はてりまさりけれ
7465 風ならで露もはらはぬ庭草にやどかる月のかげのしづけさ

九月十三夜

7466 めで初しみよの光もあきらけき空にしらるゝ長月のかげ
7467 秋こよひめで初しよりいくめぐりかはらぬみよの長月のかげ

九月尽

7468 もとゆひにふりそふしもをかたみにて又この秋もけふにくれぬる
7469 うちしぐれ月なきよはにゆく秋を何にしたひてをしむ別路」（6オ）
7470 春よりもまさり〔て〕をしき別〔とは〕しぐるゝ秋の袖にこそしれ
7471 〔春よりも〕秋の別やをしからんくれ行まゝに袖のしぐるゝ、

閑山秋月

7472 松かぜの声をともにて月ひとりいくよかすめる秋の山かげ
7473 音たかき木々のしづくに立ぬれてみる山かげの月の淋しさ
7474 柴人はかへりつくして月ひとりすめるみ山の秋のさびしさ

閑夜月

7475 月更ておきそふ露にをぎのはのかつ〴〵なびくかげのしづけさ」（6ウ）

山家月

7476 松杉の木のまをもりて山まどにかつ〴〵月のかげぞさしいる
7477 いづるより入までかげをへだてねばみねの庵ぞ月はのどけき

月前無常

7478 夜もすがらおきゐてみばや人のよは風をまつまの露の月かげ
7479 ゆきめぐりかはらぬかげはあだしよのものともみえぬ秋のよの月

沢辺鴫　五首題内

7480 淋しきは汀をよそにたつしぎのかげ遠ざかるのべの沢水
7481 きりわたる山沢水をたつしぎの行かたたどる秋のゆふぐれ」（7オ）

仲秋、あきのくに竹原惟清古郷にかへるとて来りて、都の秋わすれがたかるべきことなどいへりしに　涌蓮

7482 月の秋を忘れざりせばさく花の都の春をまたもとはなん

といふをきゝて

7483 さく花はまつほど遠ししばし猶ありて都のきゞのしらゆき

これがかへしとて　惟清

7484 花にまち雪にとゞむる友しあれば月の都にいとゞ立うき

苅萱」（7ウ）

7485 秋かぜは心もおかず夕霧のやどかるかやを吹みだしぬる
7486 くれゆかば露もやどりをかるかやにさのみな吹そのべの秋風
7487 朝露はおきかはれどもさよかぜにふせるまゝなるのべのかるかや

対月懐古　旁（ママ）柳軒一周忌四月四日

7488 めぐりあふ夕の月はうすけれどくまなくてらすいにしへの秋
7489 月のみぞかはらぬ秋の友かゞみむかひし人はあらずなるよに

翫菊延齢　伊沢祥貞老母八十賀廿首勧進

7490 移しうゑてよはひのぶてふ秋のきくめづる心やたねとなりけん

紅葉」（8オ）

7491 秋ぎりはつゝむとすれどたつた山木々のにしきの色ぞかくれぬ
7492 色ふかくそむる一木によも山のなべての秋をおもひこそやれ
7493 露のたて霜のぬきとも見えぬかなおりかさねたる山のにしきは
7494 きてみれば色なき袖も紅にゝほへる山の秋のもみぢば
7495 日をふればその色となき露しものこき紅にそむるもみぢば
7496 日をふればその色ならぬ露しもゝこき紅に木々をそめけり
7497 秋風にあらしなたちそおりはへて千重のにしきとみゆるもみぢば

九月尽

7498 袖ぬらす秋はかぎりと聞つれどあはれはつきぬけふの別路
7499 誰故かしほりなれにし袖の（ママ）ほしてだにゆけ秋のわかれぢ」（8ウ）

初秋の比、方俊よりあふみのなすびとて、

7500 世中をまだ秋はてず秋なすびすてかねしみをあはれとはみよ

といひおこせたるかへし
7501 今よりの秋にあふみのはたなすびなりさかゆべき君にやはあらぬ
擣衣稀
7502 よもはみなしづまるよはをつげがほにきぬたの音のまれに聞ゆ〔る〕
7503 いとまなき塩やき衣うらみつゝうてばや声のま遠なる〔らん〕
7504 此比のきぬたの音のまれなるは賤や夜寒にうちおくれ〔けん〕
よもの秋くさの、花のさかりなるを
7505 もゝ草の花の、中に家ゐしてすむ心ちする宿の秋哉」（9オ）
夜鹿
7506 つまやうき秋やかなしき長きよをたえずをじかの鳴あかす声
秋雲　馬杉七回忌
7507 くれやすき秋の日かげをつく〔づくカ〕とみそらの雲の色にこそしれ
萩のさかりに、雨のふりければ
7508 さかりなる秋はぎしのぎ雨ふればこき紫の雫おつ也」（9ウ）
秋来擣衣
7509 秋風のさむく吹ぬる夕より一よもおちず衣うつなり
7510 たが里もよさむへだてぬ秋風に心あはせて衣うつなり
虫声幽
7511 秋やくるかきねのゝべの夕風にほのかにむしの声たぐふ也
7512 あはれ也あるかなきかに鳴かれてよもぎがゝげにのこるむしのね
松下擣衣
7513 夕日さす岡の松かげ秋さむきやどもあらはに衣うつ也
擣寒衣　明甫七回忌」（10オ）
7514 よそにきくたもとの露もこほりけりよはの砧の秋寒き声
擣衣稀〔重出ノ指摘アリ〕
7515 よもはみなしづまるよはをつげがほにきぬたの音のまれに聞ゆる
7516 いとまなきしほやき衣うらみつゝうてばや声もま遠なるらん

7517 まれ〳〵にきぬたの音の聞ゆるは夜寒にたれかうちおくれけん
名所萩
7518 咲しよりをばなが袖もむらさきのむらごにみゆるまのゝうらはぎ
7519 むさしのゝはぎのさかりをみわたせばみなむらさきのひとつ色な〔る〕
島月」（10ウ）
7520 老の波立かさねつゝこの秋も猶いきしまの月をこそみれ
是は、八月十六日、年なみの月みとて、人々のあつまりけるとき、予は島月をとりて、維済に申侍りし也。
7521 いそ山もたゆたひみゆるあら波にのどかにすめる家しまの月
7522 いくとせかひとりすむらん沖中のはなれこじまの秋のよの月
7523 波にしくかげより名にや立ぬらんにしきのしまの秋のよの月
7524 てる月のひかりを清みよるさへやをじまのあまの玉もかるらん
7525 よる波にかげをひたして入かたのちかのしまべの月ぞさびしき
7526 入月をじまの松のへだつれど波にはかげぞかくれざりける
7527 秋風のかこのしま霧吹なへに岩まにさわぐ波の月かげ
7528 てる月のあかしのとなみをさまりてよ舟こぎいづるかこの島人」（11オ）
7529 たび人の心をのみやつくし路のかたの大しま月さゆるよは
7530 もしほびのひかりは消て神しまのもみぢの色をそふる月かげ
7531 秋のよもやゝたけしまによる波のかげ物すごく月ぞかたぶく
7532 時わかず塩くむあまの袖しまに宿かる月もあはれとや思ふ
7533 うらしまのはこならず共明ゆかばくやしかるべき秋のよの月
7534 松島の梢を月のいづるより波に消ゆくあまのいさり火
7535 ちかのうらや余りまばゆくてる月をまがきの島にへだてゝぞみる
7536 槙のしまよるさへ布をさらすかとみゆるは月のてらすなりけり
7537 波にしくゑしまの月のかげながら都のつとにうつしてし哉
7538 住なれてことぞともなくながむらん淋しきあまの家しまの月
此島月は、有所存而古来景物有無に」（11ウ）かゝはらず、よめり。

湊月
7539 梓弓いるさの月にまとがたのみなとのすどり立さわぐみゆ
7540 たそかれによせし小舟もいでぬ也あすの波ぢを月にこぐらし
7541 月清きかげのみなとに入しほのいりてねまくもみえぬよは哉
月前霧
7542 はれのこるくまを尋ねて木がくれの霧にゝほへる秋夜月
7543 てる月のあたりははれて山もとの霧にゝほへるかげのさやけさ
荻
7544 さわぎたつ秋風よりもをぎのはにこぼるゝ露の音ぞ淋しき」(12オ)
7545 ことくさはふくともみえぬ秋風にかごとがましくそよぐをぎはら
7546 風をのみなどわびしとは聞つらん村雨すぐる庭のをぎはら
月前旅
7547 都にてたれかはこよひ草枕露けき月をおもひおこさん
月前眺望
7548 秋の月かげしくうみのしま〳〵はかゞみにうかぶちりかとぞみる
7549 わたの原雲ゐにまがふ白なみもみわくばかりにすめる〔よの月〕
霧」(12ウ)
7550 くれわたる霧にゝほひてあまのこぐあし火のみこそほのにみえけれ
7551 あさ日さすかたよりはれて山もとの木しげきかげにのこる秋ぎり
庵もる月の清き夜ふくるまで詠て
7552 あばらなる庵ならずはよな〳〵の月とゝもにはいかですむべ〔き〕
7553 とへかしないづくも秋はすむらめどよもぎがやどの露の月かげ
涌蓮法師のかけるはぎのゑに
7554 日にそわん庭のちくさの花の色もかつ咲はぎのかたえにぞみる
海辺秋風
7555 立わたるうらわのきりのひまみえてあしのはなびく秋のしほ〔風〕」(13オ)
霧
7556 旅人の朝立すらし霧のうちにいばゆる駒の声の聞ゆる
7557 木がくれは早きり立ぬ秋山のみねの日かげは入もはてぬに
よふかく目覚て、いねられねば、月はいかにと、南なるとをはなちてみれば、中空にかゞやき、庭の露きら〳〵とみえて、よもは物音もせず、山ざとなどの〔やう〕なり
7558 露ふかきそともの月のよゝしともしらでねしこそ悔しかりけれ
7559 よを深くおきいでゝみれば庵のとの月こそひかりすみわたりけれ
はるかに烏のなくに、よや明ぬらんとおもへど、猶夜深かりけり」(13ウ)
7560 烏だにとぐらうかるゝ月のよをいたづらにやはねてあかすべき
三台塩、林歌、夜半楽などひくに、つねはよからぬねにおもふ筝の、すみぬるやうにおぼえて、くりかへしひかる風一とほりおちきて、軒の松をふくとおもふに、庭のむらはぎのなびきふしたるほど、物もおぼえずをかしかりし
霧
7561 沖つ風吹くるかたのあらはれて秋ぎりなびくうらの松原」(14オ)
七夕に
7562 夕月はまだきな入そたなばたのあふよ更ぬとかこちもぞする
7563 一とせのおぼつかなさも夕月をみてやわするゝほし合の空
7564 秋こよひあふむをほしに手向〔ば〕やふたよといはじふたよといふかに
7565 たなばたの空のま袖につゝむとも猶やあまらんけふのうれしさ
7566 あはぬまのなみだの色も紅の衣かさねてこよひぬれしも
7567 天河あせぬる代しもなければやとしのわたりのたゞ一よなる
7568 あはぬまの二のほしの思ひぐさこよひばかりや露にしほれぬ
7569 たなばたのつもる思ひをかさねあげばふじもふもとの塵ひぢの山
7570 天地のあらんかぎりは絶ざらんほしのいもせの中ぞひさしき
よふかく目覚たるに、在明の月のさやかなりければ
7571 このまもる月かげ清し袖にうつる松ばの数もかぞふばかりに
7572 ふかきよの霜かあらぬと松のはにうつろふ月のかげのさむけ〔さ〕」(14ウ)

七月十七日、堤の家にあそびてみるに、ひがしの山に大もじのかたちに火をともせり。としごとに、きぞの夕なりしを、ことの外の雨風にて、けふになりけるなるべし。もじのかたちこと所にともすよりも、いきほひことなりなど、とり〴〵いふほどに、かたへより消ゆく。諸行無常のことわりにもれぬも、いとあはれにみるに、みねほのめきて、月さしいづ

7573 ともす火は消てあやなきたかねより光をかへて月ぞいでくる

くれに、夕がほを、りてみるに、なでしこの花のかたちに、たるはやとおもひて

7574 なでしこもなつかしけれど山がつのあれしかきねの夕がほの花」(15オ)

苅萱

7575 吹迷ふ秋の、風にかるかやのおのれみだれて名をやたつらん

7576 秋風にふき乱されておく露もしどろにみゆるのべのかるかや

7577 秋風の吹迷はすはかるかやのをればふすともかくはみだれじ

7578 吹まよふ風しづまりぬおく露をわがかるかやのつかねをにして

秋月入簾

7579 月清みこすのうちとのへだてなくふたへに松のかげぞうつろふ

萩に露のおきわたしたるを

7580 にしきもてつゝめる玉とみるまでに花にみがける秋はぎの露

雨のふるに、はぎの散うきてながるゝを

7581 せきいれぬやり水みせてふる雨に庭のまはぎの花ぞながるゝ」(15ウ)

このやどをかへんとおもふ比、はぎのさかりなるをみて

7582 こんとしも猶ながらへばいづくにかうつしてめでん庭の秋はぎ

一室のきたりて、これをきゝて

7583 宿かへて又こんとしももろともにみばやみぎりの秋はぎの花

かへし

7584 とひきませかならず萩はうつし植んわがすむやどはいづくなり〔とも〕

雨のふるを

7585 さらでだにたはゝになびく秋はぎにしめ〴〵とふる夕ぐれの〔雨〕

かへし　一室

7586 しめ〴〵とけふはかたりつ秋はぎのもとみしことをおもひかはして

秋風

7587 小舟さす袖さむからじあしのはに夕ぎりなびく秋のしほ風」(16オ)

7588 をぎのはに吹ほどよりも身にしむは老のね覚の秋のさよ風

落梧新月

7589 散そめし桐の一はのあとみえて秋をことわるみか月のかげ

八月十三日、堤の家にあつまりて月をみるに、はれわたりて清くすめれば

7590 望とてもさはりがちなるよにしあれば先がけはるゝ月にあそばん

雨はげしくふりて、萩のちるを

7591 重出 さかりなる秋はぎしのぎふる雨にこき紫のしづくおつなり

萩の宴せしに、秋萩を」(16ウ)

7592 朝まだきしら〔みて〕みゆる秋はぎは露もや深き花やうつろふ

苅萱

7593 秋風の吹をもまたでおく露にあへずみだるゝのべのかるかや

古郷萩

7594 咲てしもみる人なしと古郷のふるえのまはぎ色やうつろ〔ふ〕

萩のやゝさくべくみゆれば

7595 あさな〳〵ちりうちはらひ咲はぎの花まつ比に秋はなりぬる

身のいたくよはうなりける秋はぎのかた枝のこれるをみて

7596 萩のはな久しくのこれこん秋をまち見るべくもあらぬわがみぞ

秋夕」(17オ)

7597 まはぎちりをばなしほれてふく風のやゝはだ寒き秋の夕暮

7598 いつもきく物ともなしや霧わたる秋のゝ寺の入相のこゑ

重陽

7599 幾よをかかけて咲らん長月の九日ごとにゝほふしらぎく

夕

7600 くれふかき色にゝほへる花もあれど花はしらぎく露の夕ばえ

交薄

7601 秋風にまねくを花のかほれるは咲交る菊の花をみよとか
7602 秋の、のを花に交る白ぎくは袖につゝめる玉かとぞみる
7603 ゆく末のみよ長月のけふごとに咲べききくぞ限しられぬ

七夕に

7604 いくちよとたれかゝぞへんかぎりなき秋に咲べき白菊の花

紅葉

7605 ことのはの露色そへよたなばたにかけし願も秋をへにけり」（17ウ）
7606 そめはてぬ程にをみばや紅葉の千入をまたば散も〔こそすれ〕
7607 たつた姫いかにいそげば山ごとにちへのにしきを織かさぬ〔らん〕

烏丸の亭を別なんとする秋、よふく〔る〕まで月をみて

7608 詠ればみざ〔ら〕ん後の面かげも心にうかぶやどの月かげ
7609 いつもすむものとや思ふ空はれて風のみにしむ秋夜の月
7610 すみはてぬ我よの後に身を分てみるともあかじ秋夜月

秋来水辺

7611 夕なみのすゞしかりつる川べよりまつこそけさの秋は立けれ」（18オ）
7612 〔み〕そぎせし川べのあしのよのほどにふきかはりぬるけさの秋風

客依月来

7613 里わかぬ月のたよりといひながらうとかる人のよはにとはめや
7614 常うとき人もとひけりさやかなる月にはねぬぞまつべかりける

鹿声留客

7615 暮ぬとていそぐ旅路も聞つれば立どまらるゝさをしかの声
7616 さらでだに家路わするゝまはぎはら鹿のねをさへ又ぞそへつる

このした露は

7617 夕ぐれの木のした露はふかくともさゝ分るあさののべにまざ〔らじ〕
7618 てる月の光ぞ〔清〕きおく山の木のした露は雨とふれども」（18ウ）

薄

7619 百草の花の盛をみせ（よとてや）がほにほいでゝまねくのべのをすゝき
7620 行人をまねきかねてや夕露に尾花の袖のうちしほるらん

対菊惜秋

7621 冬のきて猶にほふともしらぎくの時なる秋の色はのこらじ
7622 咲初し秋のなごりをしらぎくの花もをしとや移ひぬらん

虫〔重出ノ指摘アリ〕

7623 侘しらに鳴声きけばうき秋の思ひはむしもかはらざりけり
7624 むらさきの色にはあらぬ秋虫の声もみながらあはれなりけり」（19オ）

かるかや

7625 たが秋のおもひを名にはかるかやのつかねもあへずうち乱るらん
7626 うちはへてたがかるかやぞ此比は秋のゝごとにちりみだれぬる
匡房卿歌に〈をのやまや野風にしたくかるかやのしどろにのみもみだれちる哉〉
7627 秋風のほにあれはれていづくにもみだれてみゆるのべのかるかや

七夕七草

萩　けふはじめて一花咲たり

7628 まれにみるほしの手向とむらさきの中にや咲るけふの一はな
7629 うゑおきてわがまつ庭の萩なれどみまくほし合にまづぞ手向る」（19ウ）

薄

7630 たなばたの妻まつくれと思へばやまねくを花も袖とみゆらん
7631 あひみまくほしの夕のはつを花ほにいでゝさぞなしげきことのは

葛

7632 一とせのうらみもあらじ葛花のひもとく秋にあへるたなばた
7633 秋かぜにひもとく花のくずかづらくるよおそしとほしや待らん

瞿麦

7634 たなばたのいづくなでしこまれにあふ契は我にあゆなとや思ふ
安田の詞、順集ニアリ
7635 しめゆへと我に心やかしつらん二つのほしのなでしこの花

これは、人の子を久しく我かたにおきて、明くれいさめなどせしを、よく聞ときて、

ざえかし」（20オ）こかりければ、このあしたより、博士のもとにつかはして、もの
ならはしけるを、ふと思ひいでたるなり

女郎花

7636 七くさの中にも分て彦ほしのまづめでつべき女郎花哉
7637 花のなもねたしとや思ふ女郎花たなばたつめにこよひ手向ば

蘭

7638 たちぬへるたなばたつめにひこぼしのけふきてみする藤ばかまかも
7639 たなばたやくもの糸もて藤ばかまほころぶけふの花にかくらん

槿

7640 ゐみのまゆひらけてこよひあふほしにしぼむ朝がほいかで手向ん
7641 手向なばゆゝしとやみんこよひ逢てわかれんほしのあすの朝がほ」（20ウ）

玉ま〔つ〕りに

7642 みそなはゞきませなき玉この秋も猶ながらへてむかへまつるを

すみかのたび〳〵かはりて、けふにあふを思ひて

7643 なき玉のあやしとやみんけふごとにむかふる宿のあまたかはれば

またの日、何くれとそのゝものをにへにして

7644 おりたちてつくりなしたるはたつものけふのみあへにわがたてまつる

またの日、誦経などして

7645 なき玉のあやなとや思ふむかへてもさとりえぬみの法のたむけは

虫

7646 秋さればのべにみだれてさく花のちくさにむしの声きこゆ也
7647 あきさむみわがきぬつゞる〔窓〕にきていそがしたつるきり〳〵す哉」（21オ）

雑誤載于茲
おもかげは〔初五〕

7648 おもかげは猶身にそひぬあかず思ふ心のかぎり置てこしかど

是は源氏に〈おもかげは身をもはなれず〉とうたにゝたればのぞくべし。

7649 おもかげはかひなかりけりうき人のわがみにそはん心ならねば

ふぢばかま　初五

7650 藤ばかまさけるひとのゝ花はみなおなじ匂ひにかほる秋風
7651 藤ばかまきてみるたびに古郷のかきねやつれて秋更にけり

いとあつきよひのほど、きり〳〵すを聞て」（21ウ）

7652 き〔り〕〴〵すつゞりさせとはなどやなくうすき衣も猶あつきよに

あしたの空の、いとすゞしげなるをみて

7653 朝まだきむらちる雲にうつる日のひかりもすゞし秋風の空

長好がこの身まかりしに、いたみの歌をみせ侍りしおくに

7654 なでしこのかれにしやどはおく露をたもとの外のものとしもみじ

涌蓮上人の七回忌に

7655 七年のむかしの秋をつく〴〵としのべばけふの別なりけり

海辺擣衣」（22オ）

7656 衣うつ音もま遠に聞ゆなり海人のあまたもみえぬあ〔たりは〕

ふぢばかま

7657 藤ばかまあやなく咲ぞにほふとてきてみる人もあらぬかきねに
7658 藤ばかまうすむらさきに咲ぬれどこきかにゝほふのべの秋風

月前遠情

7659 こよひたれ枕もとらでみわが崎さのゝわたりを月に行らん
7660 みぬさかひしらぬくにゝも行ものは月すむよはの心也けり
7661 更わたるとよらの寺のいかならん都の月もにしになるかげ
7662 か〔もめ〕ゐるしらゝのはまもみるばかりさやけき月にゆく心哉
7663 〔詠つゝ〕おもへばえぞの千島迄こよひの月にゆく心哉」（22ウ）
7664 月〔み〕つゝおもへば遠きさかひ〔なく〕野にも山にも行心哉
7665 詠つゝおもへばちかのしほがまのけぶりも月に面かげぞたつ
7666 詠れば遠き松しまきさがたの月も心のうちにこそすめ

はぎの盛に、山口紀之のきて見る、かれより

7667 庭もせにしきしくかとみえつるは咲みだれたる秋はぎのはな

かへし

7668 君がきて錦とみしは秋はぎの露に哀の色やうつりし
浜月
7669 よる波にゆらる、浜のまさごさへかぞふばかりにすめるよ〔の月〕」(23オ)
八月十三日、山下政教亭春会の詠草をみしに、身まかりし方俊の歌に、惜帰雁と云
事を、7670 見るになほなごりぞをしき春の雁遠よるまゝにかすみそふ空
といふをみて、あはれにおぼえて、そのかたはらに書付侍し
7671 かへりくる秋しもあるを春の雁なごりをしみし人はいづらは
はつかりがねぞ
7672 きのふかもうゑし山田は色付てはつかりがねぞ空に鳴なる
7673 折しもあれ秋さり衣うつたへにはつかりがねぞ鳴てきにける」(23ウ)
八月十七日、夜更て、つゝみの家にて月をみて
7674 浪ばかりよるとみえけんいにしへの秋しもかくやすめるよの月
かねの音の、さやかに聞えたるに
7675 〔声〕たかく空にぞひゞく晴るよの月の霜にもかねやさゆらん
山里を思ひやりて、維済が、7676 すみなれてながめわびたる山里は月はうきよと思
ひこさまし
といへりければ
7677 山里に心すみなば何かさはうきよの月を又したふべき
千鳥のなくを
7678 更るよの川音すみて秋さむき月のしらすに千鳥なく〔也〕」(24オ)
はぎのさかりに紀之のとひきて、7679 庭もせにしきしくかとみえつるは咲みだれ
たる秋はぎの花
かへし
7680 君がきてにしきとみしは秋はぎの露に衣の色やうつりし
はぎのさかりに　喜之
7681 ことのはの露のめぐみのそふやどははぎのにしきの色ぞ増れる
かへし
7682 〔さ〕けばこそきてみる人のことのはのにしきもはぎの花にそひけれ
道賢
7683 たれもみなきてこそめづれ庭の面ににしき織しく秋はぎのはな」(24ウ)
かへし
7684 秋はぎの花はあやなしみる人のことばのにしき色しまされば
人
7685 朝な夕な君がみはやすことのはの露にやはぎの色をそふらん
かへし
7686 秋はぎにかくとはすれどことのはの露は色にもうつらざりけり
又、人
7687 折袖の色やうつりしことさらに濃紫のはぎの一枝
かへし
7688 あきはぎをめづる心の色やそふうすむらさきのふかくみえしは」(25オ)
道賢もとより
7689 藤ばかま咲もあまらば我袖に匂ひを風の吹つたへなん
7690 藤ばかま色そふ露のめぐみもてわがやどにしもさかせてし哉
とあるをり、いといたうことしげくて、たゞをりにをりてやるとて、むすび付ける
7691 ことのはの露しかゝれば藤ばかまやつれにたれと手折てぞやる
野草花　人のがり行て
7692 ほにいづるのべのすゝきにまねかれてことばの花のちくさをぞみし
7693 家づとにいづれを分てたをらまし秋のゝ草の花の色々」(25ウ)
翫女郎花露
7694 をみなへしかざしの玉のみだるやと心おかるゝ露の秋風
7695 さゝがにのいともてつなげ女郎花あさおく露の玉とみたれば
田家
7696 いつしかとかりしほちかく色付ぬもるもしばしぞ小山田のいほ
7697 霧わたりいなほうちたれもる庵のいとゞ淋しき小山田の雨

黄道博士　与予萩詩
7698 愛此庭階罷掃除　廛居故得学村居
秋来天竺花開編　一半光輝錦段如」（26オ）
かへし
7699 わが庭のはぎは散ともはらはじよ君がことばの玉をしければ
7700 やはらぐる光は君にならふともさのみはいかゞ塵にうもれん
このはかせ、塵はらふ事をいみて、つねに塵中にすめれば也。
秋懐旧　北脇□閒斎玄忠一周忌、八月廿三日、此題にて歌十五首勧進遣ス
7701 夢のまは昔ながらにみし秋をうつゝにかへすをぎのうは風
谷川のもみぢの、散かたかけるを人のよませしに
7702 もみぢばを風と水とにまかせおきて見る人ぞなき山かげの秋」（26ウ）
野花移庭
7703 なつかしと思ふ花なく庭もせに移してみつるのべの秋くさ
7704 庭もせに千種の花をうつしうゑて花の野守と身をぞなしつる
詠旧詞歌
7705 露さむき草のうへ白くかげみちてみかきがはらに月ぞかたぶく」（27オ）
烏丸の亭をすみかへんとするあした、昇義のとひきて、さかづきをとりて
7706 秋ふかき庭のをすゝきほにいで、まねくを人の哀とも見よ
かへし
7707 まねくこそうへあはれなれ花すゝき又もとふべき宿りならねば
維済
7708 すまでしも別ぞをしき此宿を又もとはじとおもふこゝろに
7709 此やどのあるじはよそにうつろひて色こきつたぞ軒に残れる
かへし
7710 よそにけふうつりゆけども心にはなほこそかゝれつたのもみぢば
むさしに侍りにける傍［ママ］柳軒の、とし比」（27ウ）のぼらんとはいへど、えのぼらぬに、
おもひがけず、はしだてみにとてのぼり来りければ、むかしいまのものがたり、かたみに身の老ぬることなどいひて
7711 はしだてのまつほど久になりぬればけふあはんとはおもひかけきや
名だかき所なれば、ともにともいはまほしけれど、例よりも心ちのわづらはしければ、えいはで、かへさにかならずなど契りて
7712 聞わたる天のはしだてかゝりきとかたらんをりをけふよりぞまつ
歌よむ人なりけれとかへしも有けれど、わすれにけり。
はしもみぢ
7713 はしもみぢ立枝色こくそめてけり秋の日うすき遠の山もと」（28オ）
7714 はしもみぢすゝきはゝそにまじればや分て立枝の色こかるらん
晩風動簾
7715 くる人も思ひがけぬをうたてわが心うごかすこすの夕風
蘭
7716 紫のゆかりの色のふぢばかまむべなつかしきかにゝほひけり
7717 秋のきてほころび初し蘭いく野かひとつかにゝほふらん
詠旧詞歌
7718 一年に二たびゆかぬ久方の天の河路ぞ波たつなゆめ
7719 山のはに月かたぶきて大井川河音清しよや更ぬらん」（28ウ）
7720 花はなほそのよの秋のさがのゝにはぎ遊せし友ぞのこらぬ
7721 いざやこらはぎあそびせんあそばずは花も月日も移ひぬべし
7722 ひなぐもりうすひの坂路ゆく〳〵も立はなれぬいもが面かげ
7723 くれゆかば雨やふりこんひなぐもりうすびの坂ぢ駒すゝめてん
7724 さらでだにみじかき秋のひなぐもりうすびの坂やくれてたどらん
鹿鳴秋萩
7725 花見つゝつまを恋れやまはぎさくのべのをじかの声の色な［る］
7726 さをしかのむね分にちるあき萩をつれなきつまにかこちてやなく
7727 なくしかの声のうちにも散はぎの花のゝしかのなどやつれなき」（29オ）
鹿

7728 秋更てみきくにもの丶かなしきはまはぎちるの丶さをしかの声
7729 むねわけにちらんはをしき秋はぎもねをなくしかにかへてこそきけ
虫
7730 月さゆるかべのあれまのきり〴〵すうちともわかぬ霜よとぞ鳴
7731 里ちかくよりきてなくはきり〴〵すわがもとゆひのしもやさむけき
いため山
7732 いため山いたらぬかげのもみぢばも吹まよふ風にちらしてぞみる
いなばのわたり」(29ウ)
7733 霧こめてあぶくま川はくれにけりいづこいなばのわたり成らん
露ふかし　初五
7734 露ふかし明てぞ分んをざゝ原ふしうかりけるかりねなれども
7735 露ふかしのべのをざゝのうへよりもふりゆく秋の老のたもとは
はつかりがねに
7736 重出 きのふにもうゑし山田は色付てはつかりがねぞ雲に鳴なる
7737 秋さむみ賤が衣をうつたへにはつかりがねぞ鳴てきにける
又
7738 をりしもあれあきさり衣うつたへに〔ママ〕
いみづ川
7739 いみづ川かは風さむく影更てふたかみ山に月ぞかたぶく」(30オ)
いるの丶里
7740 月はいま入の丶里の秋風に衣うつなる声のさやけさ
7741 しづのめやよさむの衣うちわびてねやに入の丶里ぞ更行
長谷川喜之が無絃琴のかたかけるをよませしに
7742 ひかぬ音を聞しる人もあるやとてわがまつことぞ久しかりける
詠旧詩歌
7743 風清く月さやかなる秋のよはやすいもねずに詠あかしつ
7744 更ぬとも夜越にこえん雲はれて名にあふ月のさやの中山

7745 霧はれて月かげ清し有馬山よごえにこえんやどはありとも
7746 露にそむはつもみぢば丶あさけれど哀はふかき故郷の松」(30ウ)
7747 秋さむみまだきに霜や〔ふるさとの〕はつもみぢばも色こかりけり
7748 すみなれて誰詠らん飛鳥のあすかの里の秋の夕ぐれ
7749 露すがるはぎがえよりもたをやめのも引のすがた花やねたまん
石倉村
7750 花みゆと人にはいひてたをやめのも引のすがたあからめもせず
いや彦山
7751 万代をつみてぞすまんうごきなきいはくら村の秋のたぢから
7752 いや彦の山彦たかくどよむ也麓の鹿のつま恋の声
橋
7753 すみわたる月にぞ思ふ中ぞらに絶てくやしきくめの岩はし」(31オ)
7754 すみわたる月ものいはゞとひてましながらの橋はたえていくよと
豊岡郷　備中
7755 豊岡の民はさとわの秋の田のみよのさかえをみるやたのしき
稲村岡　丹後
7756 かりつめるいなむらをかの岡谷にゆたけきみよの秋をみせけり
7757 名もしるし年ある秋を秋ごとにみせてかりつむいなむらのをか
端山里
7758 里人の心をいかゞつくば山しげきは山の木間もる月
7759 つくば山は山の里に衣うつつちの音こそしげく聞ゆれ」(31ウ)
女郎花
7760 女郎花よそながらみん老らくのをらばにげなき名にもこそたて
7761 うしやわがをらんとすれば女郎花よそになびかすのべの秋風
7762 人ごとのさがのならずは女郎花なまめく色をよそにみましや
萩山
7763 名にしおはゞ花のさかりにとはましをこのは散ゆく秋はぎの山

夜更憶牛女
7764 月入てよのふけゆけばたなばたの心のやみもさぞなとぞ思ふ
7765 身にしみていかゞかなしき河風のやゝ更わたるほし合の空」（32オ）
はがちの浜　志摩
7766 こぎいづるあまのを舟が風にちる秋のはがちのうらの夕浪
露
7767 色なしといひなおとしそ草も木も千くさに染る秋のしら露
7768 そめ〳〵しもみぢをおのが色がほにうつりてみする秋のしら露
露
7769 夏かけてみし物ぞともおぼえぬは秋きておける草のうへの露
7770 袖のうへにいつよりなれて大方の野山の露もよそにやはみぬ
7771 消ぬべき夕をかけて思ふにも身にしむ色は秋のしら露」（32ウ）
しがらみ　六帖題
7772 久かたの中なる川のしがらみもながるゝ月のかげはとゞめず
暁風告秋
7773 あやにくに身にしむ老のね覚をやたづねてつぐる秋の初風
7774 耳うとき老のね覚の枕にも声さやかなる秋のはつかぜ
渡山
7775 いつしかと思ひこがれし大舟のわたりの山のもみぢをぞみる
露ふかし　初五〔重出ノ指摘アリ〕
7776 露ふかし明てわくともかはかじを秋のよとての野べのさゝ原
7777 露ふかしのべのをざゝのうへよりもふり行秋の老のたもとは」（33オ）
7778 露ふかし雨のなごりの野べよりもはらはぬ庭のむぐらよもぎふ
襲津彦　人名也、勅撰外葉名所出之
7779 かつらきのまゆみさへこそそつ彦のますらたけをの名に生にけれ
7780 晴くもりまなくしぐれぬかつらきのそつ彦まゆみもみぢしぬべし
曽登浜　陸奥
7781 都にて聞しよりげにかなしきは秋たつ比のそとのはま風
7782 きゝてしも身にしむそとのはま風にやつれし袖をふかせてぞゆく
菟餓野　摂津」（33ウ）
7783 我もしかつまなき思ひなくさまはつげのひゞかじねにも鳴てん
7784 夢覚る旅ねのうさを誰にかはつげのゝしかのつま恋の声
長ゐ岡　未勘
7785 しら露の玉ぬきとめぬをがさはらながゐの岡はなのみ也けり
さがにまかりしに、さた過たる女の色めけるをみて
7786 露しもの秋の末のゝをみなへしうつろふ色のあはれなる哉
かへし　涌蓮
7787 女郎花うつろふ色を君ならで露のあはれをたれかかくべき
同人の、きくをゑがけるをみて」（34オ）
7788 いく千よぞ秋なき時もさくきくのかれせぬ筆の花のにほひは
高野　大和
7789 秋風によや寒からじ鹿のねの更て高のゝかたに聞ゆる
ひとりをり
7790 秋風も我をのみふく心ちしてひとりある夜はふせどねられず
7791 ひとりある我は草ばの露なれやなが〳〵し夜をおきあかしつ〔る〕
しぎ
7792 暮わたるの沢をよそにたつしぎの羽音消ゆく秋ぎりの空
7793 うき秋の思ひを我もかぞへなばしぎののぼりはかきもつきせじ」（34ウ）
那豆岐田　いせ
7794 なづきだのわさ田ほにいづる比よりぞ妻こふしかも鳴はじめける
村雲里　丹後
7795 色になるいなばをみれば村雲のさとわの小田の秋ぞ更行
宗像山　筑前
7796 むなかたの山よりにしにすむ月や心づくしのかぎり成らん

秋風催興

7797 秋風のふくをや待しさそわれてくるかりがねもまねく尾花も」(35オ)

7798 秋風に吹かへされて小山田のほなみをよそにすぐる村鳥

鵜原　未勘

7799 ながきよの秋の思ひはなれのみやみのうのはらの虫の声々

対月思故人　北脇会三回忌

7800 詠ればなきかげ恋しよはの月さのみむかしの秋なてらしそ

7801 〔詠〕つゝ思ふもかなししらみゆく野原の月にのこることのは　行路暁月よめるとし、身まかれり

7802 詠ればものいひかはす心ちしてなきかげうかぶ秋夜の月

薄」(35ウ)

7803 まねけども帰らぬ秋を恨てや尾花が袖の露にしほるゝ

7804 やちくさの花のさかりもほにいでゝまねくお花の袖よりぞしる

うづら

7805 かりにきて過もやられずうづら鳴野べのむかしのいもが垣ねを

7806 たび人の袖や露けき分るのゝ秋風さむみうづらなく也

七夕、申刻過るほどより雨ふりいづ

7807 ふる雨に天川水そひぬべしとくこぎわたせ妻むかへ舟

7808 彦ぼしのわたりて後にまさらなん天のかはらの雨のみかさは

7809 一とせをふるほどよりもたなばたのこよひの雨に袖ぬらすらし」(36オ)

7810 人のよの心ならひに夕ぐれの雨をぞかこつほし合の空

7811 ふるとても何かさはらむ夕立の雲よりうへのほし合の空

亥刻ばかりに雨はれければ

7812 雨はれぬたなばたつめのまちつらんはやこぎよせよ天川舟

子刻ばかりに又ふりいづ

7813 たなばたのあふよの更てふる雨はかねて別をしむなみだ〔か〕

しがらみ　六帖題〔重出ノ指摘アリ〕

7814 久方の中なる川のしがらみも流るゝ月のかげはとゞめず

仮寝岡　未勘国」(36ウ)

7815 露のまも夢やはむすぶ草枕かりねの岡の松の秋風

7816 きけばわがなみだもろしくさ枕かりねの岡のさをしかの声

貝沼池　同

7817 何ぞよにすむかひぬまの池水の心もゆかでながらふる身は

7818 にごりなき月の光をやどさずは何かよにすむかひぬまの池

庭くさの花ざかりなるを

7819 のべはさぞせわしき庭の秋くさも咲べき花は咲つくしけり

いたくさびしきくれ

7820 きりのはに村雨ふりてきり〴〵すなく夕ぐれぞ秋はかなしき」(37オ)

秋のゝにことをゐがけるを、今はむかしの人

7821 さま〴〵の秋のゝ虫の中にしもことに聞ゆる松むしのこゑ

たて

7822 秋もやゝ紅ふかき水たてにうつる月日のほどもみえつゝ

宇良古山　信濃

7823 秋色をたれそめ分てから衣うらこの山のなにはたつらん

7824 松陰に染るもみぢはから衣うらこの山の名におひにけり

上野　紀伊」(37ウ)

7825 こぎいづるゆらのみなとの追風にうへのゝ鹿の声たぐふ也

7826 鳴鹿の声吹送る秋風にうへのゝ露もなみだとぞちる

上野　山城

7827 みわたせばはぎも薄も大原のうへのゝ秋をたれかとひこぬ

7828 大原のうへのゝ薄ほにいでゝまねくや秋のさかり成らん

落葉契千秋

7829 もみぢばのちらずは何に契おく千とせの秋のかずをかぞへん

7830 ちればこそ又そめかへて行末の千よもみるべき秋のもみぢば

つばくらめ

7831 故郷にかへるなごりやおもふらんつばめ飛かふ秋の夕暮」(38オ)

終夜見月

7832 しらむまでながめあかせど秋のよの月にあきぬと思ふよぞなき

巨椋　山城　江森

7833 おほくらの入江の波ぞ立さわぐむれておりゐるかりのは風に

7834 おほくらの入江の水もみえぬまでもみぢ散しくもりの木がらし

7835 おほくらの入江の舟はうぢ山のもみぢのうへをこぐかとぞ思ふ

起居里　未勘」(38ウ)

7836 白露の起ゐの里のよはの月かげをやどさぬ袖やなからん

7837 夜をさむみおきゐの里の賤のめやあかつきかけて衣うつらん

阿騎野　大和

7838 行くれぬこよひも又や露ふかき秋の大野に草枕せん

7839 かりねする草の枕を思ひやれ秋の大の丶露のさかりに

赤坂　山城

7840 秋の月むかしのあかさかはらめやかすむは老のなみだなるべし

おほみ山　近江

7841 露しぐれいかにおほみの山なれば下草かけてそめものこさぬ」(39オ)

浅茅原　大和

7842 いつのまにふかく成らん秋はまだ浅ぢがはらにむすぶ夕露

7843 いにしへをしのぶ涙か浅ぢはらはごとにむすぶ秋の夕露

こたかゞり

7844 はし鷹のを花おしなみ秋風の露吹野べをかりにみましや

7845 あだしよとおもはゞたれもうづらふす花のをのみやかりにみるべき

7846 小鷹すゑかりにくべしや秋の丶は心のとまる花の色々

7847 けふも又かりにといひてをみなへしなまめくのべにたはれ暮し〔つ〕

まゆみ」(39ウ)

7848 秋の色に心ひけとやまだきよりいはがきまゆみもみぢしぬら〔ん〕

7849 おきふしにしぐれやすらんおしなべていそじのまゆみもみぢ(ママ)てけり

大坂　大和

7850 ちるもみぢ見つゝけふわが大坂をこゆとせしまに日はくれにけり

7851 紅葉ちる秋の哀も大坂をこえて見にけん二かみのやま

藤井原　大和

7852 分わびぬ藤井がはらの大みかどふりていくよの秋のしら露

叢露似玉

7853 手にとればはかなく消てみがきなす玉にはあらぬ秋くさの露

7854 古郷のあれたるやどにしく玉はむぐらよもぎが秋のしら露」(40オ)

7855 草のはに玉やおけるとみえつるは日にみがゝれし秋の夕露

山井湊　和泉

7856 山井のみなとこぎいで丶行舟のかげさへみえず霧にへだて丶

八島　近江

7857 川霧の絶ま〳〵にみえぬればうへも八島の名にぞ立ける

苅萱

7858 日をへつゝ賤がゝるかやつかのまに吹みだしぬる野べのあきかぜ

7859 おきあまる露をおもみやみだるらん風の絶まの丶べのかるかや

7860 ひまもなく露ふく風のかるかやにやどかる月のかげぞ乱るゝ」(40ウ)

聞浜　豊前

7861 にほはずは色にはわかじ白たへの花咲きくのはまのまさご地

薄

7862 花すゝき風になびくをみるよりも露にしほるゝ色ぞさびし〔き〕

琴浦　未勘

7863 松にふくしらべもかはる秋風に心ひかるゝことのうらなみ

7864 波の音もことに聞えてことうらの秋のしらべにかよふ松風

二見山　相模」(41オ)

7865 箱根のや二見の山のもみぢばの明くれ色の〔まさ〕る比比

秋になりて、風はださむきに
7866 わぎもこにわかれしこぞの秋風の身にしむ比に成にける哉
安濃　伊勢
7867 しほ風のあの、みなと田吹なへにほなみかたよりなびく秋霧
7868 霧ふかみそこともみえずむら千鳥ねをなくかたやあの、川づら
朝明山　同
7869 霧晴るあさけの山の秋風に昨日にまさるもみぢをぞみる
有明浦　越後」（41ウ）
7870 波遠くかたぶくま、にしらむよの月かげをしき有明の〔うら〕
7871 こぎいづるあまの小舟か月白き有明のうらにうかぶ〔一葉は〕
衣崎　信濃
7872 吹迷ふ衣がさきの秋風に立もつゞかぬ浪のうき霧
7873 あま人やはださむからし吹かへす衣がさきの波の秋風
芦海　相模
7874 秋風にひまなくそよぐ芦海のあまのとまやはふしうかりけり
7875 箱根山たかくのぼりてうちみればよにめづらしきあしのうみづら
安都知山　若狭
7876 心あてのあづちの山のたかねにぞ弓はり月はさし〔て〕いりける」（42オ）
阿須波原　長門
7877 行てみむあずはの原のはぎの花思ひやりつ、けふ〔はくれぬる〕
7878 こよひふく野分の風にたへてよもあずはの原の花はのこらじ
木瓶宮
7879 薄原すがれる露や玉だれのこがめのみやの万代のあと
7880 みけむかふこがめの宮のあとふりて玉しく露に秋風ぞふく
味鎌
7881 照月にあこがれぬらしあぢかまの塩つをさしてよ舟こぐみゆ
7882 あぢかまのかげの湊の入しほに入し小舟は今〔ぞいづなる〕

阿古屋松　出羽」（42ウ）
7883 秋のよの月になとひそみちのくのあこやの松はかげも、〔らさず〕
7884 久かたの月の光もさはるてふあこやの松はいかに〔木高き〕
月多遠情〔重出ノ指摘アリ〕
7885 詠ればとほき松しまさかたの月も心のうちにこそすめ
7886 詠つ、おもへばつがろえぞがすむ千しまの月もうかぶ面かげ
御幣島　摂津
7887 白妙のを花や川のみなかみに秋の手向るみてぐらのしま
三香野橋　遠江
7888 秋はまたみかの、橋にさす月のはやもさやかにすみわたる哉
7889 あはれなる老の身かの、はし柱たつ月ごとにふり〔まさりつ、〕」（43オ）
美智島　山城　不審
7890 秋のうみ心づくしのたびぞとやまだきならはすみちしまの霧
7891 春ならば心をよせんみちしまの花なき秋の海ぞ淋しき
そのはら
7892 とくさ吹よはの秋風身にしめてそのはら山の月をみる〔哉〕
かきねの菊は
7893 うゑて待垣ねの菊は今いくかかぞへて花の匂ひそめまし
7894 此やどにちとせをしめて移し植し垣ねの菊は花咲にけり
鹿の立どの」（43ウ）
7895 秋風に木陰の霧も吹はれて鹿の立どの月にかくれぬ
7896 野べになく鹿の立どのみゆるまではぎおしなみ秋風ぞ吹
はたおる虫の
7897 女郎花たがかり衣いそげばかはたおる虫のよるかけてなく
7898 からにしき二むら山はむべしこそはたおる虫の声しきりけれ
みねの葛葉の
7899 きかせばや妻とふしかの立ならすみねのくずはのうらこがるね〔を〕

7900 うらみてもかひなく更て秋の山うつりもゆくかみねのくずはの

高角山」（44オ）

7901 更ぬるか風身にしみて波の音も高角山に月のかたぶく

7902 山こゆる声かと聞ば吹おろす声も高つの松の秋風

7903 神さびし高角山にかたぶきて木間すくなき月をこそみれ

暁露に

7904 秋さむくよのなりゆけばすゞむしの暁露にふりはへて〔鳴〕

7905 つまこふるをじかの声のしほるゝは暁露にぬれつゝや鳴

高山　かぐ山　別名

7906 あさ霧ぞふもとになびく高山のみねのま榊嵐吹らし

玉造江」（44ウ）

7907 波分ていでくる月ぞあしのはに玉つくり江の露をみせける

をぎ

7908 こと草もふきはすらめど荻ぞまづしらせ初つる秋のはつ風

7909 おきあまるうは葉の露やこぼるらんよふかき窓のをぎの友ずり

7910 音するは風かとゝへばわがやどの軒ばのをぎぞそよとこたふる

7911 風よりも猶身にしむはをぎのはにほのかにゝほふみか月のかげ

玉出岸

7912 木間もる月はさながらみがきなす玉出岸の松の秋風」（45オ）

島原

7913 こぎ出るもろこし舟を島原のを花の袖はまねくとぞみる

一夜川

7914 秋をまつ二のほしの一よ川いくよかたえぬ逢せ成らん

7915 一夜川一よのほかも秋はたゞ澄てやどれる水の月かげ

日野山

7916 岡のやにやどからましを秋の日の山に入ては早くくれぬ〔る〕

屛風浦

7917 秋ぎりの立る屛風のうらみればうすゞみのゑにまがふ釣〔舟〕」（45ウ）

秋風ふかば

7918 色もいまかぎりとみゆるもみぢばに秋風ふかばちりはのこらじ

7919 はださむく秋風ふかばのべよりもね覚の袖の露や乱れ〔ん〕

葛飾

7920 しづが植しかつしかわせはいつしかと思ひしまゝ田色付にけり

女郎花」（46オ）

7921 色深き罪とやならむ女郎花みる人ごとにそむる心も

7922 色にそむつみうべき身も女郎花みれば忘れてなづさはまほ〔し〕

高瀬山

7923 吹払ふ風や高せのみねまでは立ものぼらぬ山の秋ぎ〔り〕

白良浜

7924 てる月のしらゝにみゆる烏貝拾んとすれば浜の松〔かげ〕

7925 いせのうみやしらゝの浜の月かげにひろひぞまどふ波の〔白貝〕

茂杜」（46ウ）

7926 み山なる茂杜の下もみぢ木々の雫やまだき初らむ

槿

7927 あさがほの花をはかなと思ひしや千歳の後の松をみぬほど

7928 人のよぞたとへくるしき朝がほも日かげをまたでしほみやはする

玉川　近江

7929 鶉なく野路の秋はぎ散過て光かくるゝ玉川のみづ

7930 すむ人の心もくみてしられけり萩さく秋の玉川のさと

7931 おほかたのながれとや思ふ秋はぎをこぼるゝ露の玉川の水」（47オ）

須田渡

7932 おくれたる友待つけて霧深きすだの渡の舟よばひせん

珠洲海

7933 すゞの海の沖こぎさかる越舟のちりとみるまでみゆる月かげ

7934 雲つより舟さしいで、秋のよの長浜の月にすゞめぐりせん

鳥羽　山城

7935 衣うつとばたの里の月更て都のかたにかりぞ聞ゆる

7936 山とほき都の南月はれてとばたの面にかりぞおつなる」(47ウ)

夕月夜

7937 夜もすがらみてしもあかぬ月かげのまだよひのまにかくるゝはを〔し〕

7938 なごりなく入ぬとみれば夕月の庭のしげみにかげかくしぬる

秋のなぬかの

7939 こん年の秋のなぬかの夕べまでかくやしほらん袖のあさ露

7940 まち〳〵し秋のなぬかの夕ぐれも昨日のそらと明ゆくぞうき

神田郷

7941 とこしへに守る神田の里なればいづれの秋かとしえざるべき

7942 ちはやぶる神田のいねのいなばかりはかりしられぬ豊としの〔秋〕」(48オ)

路明残月在

7943 夜をこめて我より先にあさ立し人の往きもみゆる月かげ

7944 たどらめやゆくかた遠くまづみえてかたぶく月にむかふたびぢ〔は〕

7945 ゆく末はいそがぬたびも夜をこめておもひたゝるゝ月のさやけ〔さ〕

苔

7946 山ふかくすめどすまねどよをいとふ苔の衣はとはに露けし

7947 霧わたるこけ路しめりてひやゝかにくる秋しるき山の木がくれ

田家

7948 小草引水せき入て賤のをが待し〔門〕田に秋はきにけり

7949 いなすゞめいたくなおひそかり入し賤がたのみのおほき家々」(48ウ)

竹田

7950 秋夜の伏見の夢も覚〔るま〕で竹田の里にうつ衣かな

神南備山　丹波　大掌会名所

7951 ちはやぶる神なび山の榊ばをいかにせむとかうちしぐるらん

7952 よはにふるゆきかあらぬかかみなびの月にうつろふみねのまさがき

長田村　同

7953 ゆく末のながたのいなほかりつみてゆたかなるよのほどをこそしれ

戸絶橋」(49オ)

7954 波にしくかげのと絶となりにけりよわたる月を橋にへだて、

老の後、秋風のはださむき夕

7955 いつまでか草木のうへに聞つらん我みをしをる秋風の声

加茂

7956 秋風によるの川音ひゞきあひて身にしむかものもりの神がき

月向白波沈

7957 山のはをなどかこちけむ西のうみやさはりなみにも月はいりけり

7958 かくるべき月をゝしとや立さへていれじとすまふ沖つしらな〔み〕

故道賢、蘭をこひけるに」(49ウ)つかはしける

7959 ことのはの露しかゝれば藤ばかまうつりにたれどねこしてぞやる

かへし　道賢

7960 色かある心の花をねにこめて冬よりめぐむはぎふぢばかま」(50オ)

はぎもそへけるなるべし、只何となく心にもと〔めず〕、うちわすれけるも、今
はなき人とおもへば、おもひ出けるなるべし。」(50ウ)

六帖詠草　秋五

栗栖野
7961 ちる露をよそにのみ見ていたづらにけふもくるすのゝべの秋〔風〕
7962 草のいとたれくるすのにうちはへて秋おく露を玉にぬくらん

紅葉
7963 此比の山は赤地のからにしきおりはへみゆるまつのむらだち
7964 そめ〳〵て今は限と成にけりもみぢの色も秋の日かずも

井手
7965 泉川かは風さむみ衣うつ井手のわたりも秋更にけり

長尾村」（1オ）
7966 八束ほのながをのむらの秋をさめたのみおほかるみよぞたのしき

大島峰
7967 立めぐるふもとの霧はうみにゝて大しまみねの名こそかくれね
7968 海ならぬ大しまみねのあさあらし波の音にはなどまがふらん

西風飄一葉
7969 あへず散桐の一葉のことわりも身にしる老の秋のはつ風
7970 けさぞみる桐の一葉に大かたも散ばのこらぬ秋のはつ風

九月尽」（1ウ）
7971 行秋をしたふ心の名なりけりけふにつきぬる長月の空
7972 山かぜに木葉みだれて入相のかねとゝもにぞ秋はつきぬる
7973 長月の日かずはつきぬ入相のかねより後の秋をゝしまん

待乳山
7974 入かたの月みるのみやこぬ人をまつちの山のかひにはあるらん

奥井」（2オ）
7975 遠妻をたれまつとてかおぎの井のよさむの月に衣うつらん

衣浦
7976 秋さむき衣のうらにたつ波をいくへか風のたゝみよすらん
7977 てらしみん月なきよは、有ときく衣のうらの玉もかひなし

床蛬
7978 下さゆるすのこのとこのきり〴〵すのべにかはらぬふしどゝや鳴
7979 露深き床は草葉とたのみてやよる〳〵こゝに鳴きり〴〵す

独惜月」（2ウ）
7980 諸共に詠めてし哉秋月わがことひとりたれをしむらん
7981 友はみなかへりつくしぬ山端にかたぶく月をたれとをしまん

槙島
7982 月寒きうぢの川風さよ更てまきの島人衣うつなり
7983 すがもかる槙島舟うぢ川のも中の霧にこぎまどふらし

故政子が、名だゝる所々のくさ〴〵をあつめたるに、歌こひけるに、小倉山紅葉
7984 ゆふづくよをぐらの山路くれぬとて袖にこきいれしもみぢばやこれ

みやぎのゝはぎ」（3オ）
7985 光なき詞の露をみやぎのゝ名だゝるはぎの花にかけめや

遠山暁月　辰秋着到
7986 待どほくむかひし山のかひもなくいづれはしらむしのゝめの月
7987 入かたのとほしとみつる山のはにかゝりもはてず月ぞ明ゆく

秋日
7988 明るよりうつりやすかる日のかげにかへばや老の秋のよながさ
7989 鷺のとぶ江の水遠くうつろひて秋日うすくのこる山もと
7990 けふもまたうす霧なびきかげろひてうつりやすかる秋の日の空」（3ウ）

秋香
7991 松ひばらその色ならぬ梢にもうつれば淋し秋日のかげ
7992 種々の中にも分て藤袴菊こそ秋の香はつくしけれ

霜園紅葉多
7993 紅にあらぬ草木ぞなかりける園生の秋の霜ふかきころ

7994 ふる里はその、山がきつたかへでそめものこさぬ霜の一ころ

織女契久

7995 たなばたのたえぬあふせにいく度かすめるをやみし天川水

7996 いく秋ぞ限りもしらぬ天地と共に絶せぬほしのちぎりは」（4オ）

晩秋鹿

7997 ゆく秋を、じかのつの、つかのまに今は限の山ふかき声

7998 あすよりはきかじと思へばうかりける秋もをじかの夕ぐれの声

7999 妻ごひの秋も今はともみぢばのうらこがるねにしかや鳴らん

月　藤井亭

8000 いづるより光をそへてさか月に月のかつらのかげぞうかべる

8001 秋の月むかしよりげにおぼゆるは宿のひかりのそへば成べし

8002 ふかきよの松のはしろくおく霜はいでくる月のうつる也けり

林幽不逢人　可入雑」（4ウ）

8003 ふみ分る我よりさきのあともなし松ばにうづむ木々の下みち

8004 ゆけどなほ人は音せでしげりあふ林のおくにましら鳴なり

8005 人はいつ通ひしま、ぞしげりあふ木下みちの苔ぞ露けき

やまのつき　折句

8006 やがてこのまがきのそとはの山にて露けき暮に菊ぞにほへる

古寺月」（5オ）

8007 西をねがふ心もしるく秋月入まで照す山のふるでら

8008 法の声松のひゞきも秋のよの月にすみぬる山の古寺

野

8009 かすがのは子日わかなの春もあれど若紫の小萩さく比

吹井

8010 霧深きよさのはしだて見る斗月に吹ゐの浦の秋風

桜川

8011 身にぞしむにほはぬ秋のさくら川波の花さく水の夕風」（5ウ）

霧

8012 まづはる、岡べは沖の島に、てさながら海とみゆる朝ぎり

8013 山のはは入日のなごり猶みえて麓の里ぞ霧にくれ行

七夕

8014 影にほふ天の川との夕月やたなばたつめの妻むかへ舟

8015 夢ならでこよひやほしのかさぬらんかへしなれたる天の羽衣

前栽　朗詠入秋

8016 なきあとの為とはうゑぬ梅なれど咲まではよも待つ〔け〕てみし

8017 ことくさのうつろふ後も花みんと菊なでしこをうゑそませつる」（6オ）

秋川　恵静十三回於花月庵

8018 かへりこぬよをししのべば川なみの秋なき色も身ぞ（ママ）しみける

駒迎

8019 柳ちる行せをみれば暮初てうす霧なびく秋の川みづ

8020 むかへ来てかなた此方にいばゆるは今や雲ゐに引分の駒

8021 きりはらの駒は所の名のみにて月毛の色ぞくもらざりける

8022 くつはむしまづ声すなり夕ぎりの立の、駒を今や引らん

露」（6ウ）

8023 百草の花といふとも秋の露おかずはか、る光をもみじ

8024 はぐ、みてうるふをみればおく露や秋のこぐさのちおもなるらん

いみじう霧わたる夕

8025 月待てなぐさむべくもおもほえずきりふたがれる秋の夕暮

8026 雲霧のはれもやすると待ほどに雨になりぬる秋の夕暮

砂明連浦月

8027 白妙のまさご地とほくてらされて月にかゞ（ママ）かく秋のうら〳〵

8028 うら〳〵のまさごの月にたどる哉天河原に我やきたると

8029 久かたの天河原もかばかりやまさご地清きうら〳〵の月

8030 行末や天河原のまさご地につゞきてて（ママ）しかうら〳〵の月」（7オ）

辰のとしの秋、は月十九日のつとめて、いたくさむく、此比まで聞しむしの声のか
れければ
8031 としさむきほどもしられて秋もまた半にむしの声のきこえぬ
8032 まつむしのまだきかれぬる声にまづとしの寒さぞあらはれにける
ひとりつく〴〵と詠るくれの、ものおもはしく淋しきまゝ、秋の」（7ウ）夕ぐれと
おきて
8033 遠山田よそに思ひしひたの音も風に聞ゆる秋の夕暮
8034 立こめてそこともわかぬかねの音の霧よりもるゝ秋の夕暮
8035 山もとの賤が衣もうちわびて詠やすらん秋の夕暮
8036 雲ゐとぶかりの涙も詠れば袖にぞおつる秋のゆふぐれ
8037 なく鹿はこふるつまだにあるものを老て友なき秋の夕暮
8038 むしのねを哀ときけば吹風の声もかなしき秋の夕暮
山ざとにしばし行てあらんとおもふに、今もさはることある比なれば
8039 やどかへてすまばやと思ふ山ざとも猶うしときく秋の夕ぐれ
8040 野べとほくたびゆく人の袖のうへも思ひやらるゝ秋の夕暮
8041 おどろかすたのもをよそにたつとりもみえず成ぬる秋の夕暮」（8オ）
8042 ゆく舟のかたほにうつる日のかげもみる〳〵うすき秋の夕暮
8043 遠かたの川べに見えし白さぎもねぐらにかへる秋の夕暮
8044 霧わたる庭のちぐさとみるがうちに露置余る秋の夕暮
霜園紅葉多
8045 花さかぬわがへの園もへだてぬはもみぢの秋の霜の一比
8046 秋くればわきへのそのもからにしきおりはへけりとよそめにやみむ
款冬瀬
8047 秋風の山吹せゞに声落て空なるかりぞ波に聞ゆる
霧」（8ウ）
8048 水上の霧をさしゆく舟人は天川門に入かとや思ふ
8049 いかばかり深きあはれのこもるらん霧にくれ行秋の山ざと

紅葉
8050 まづ染る谷の小柴をしをりにて猶山ふかき紅葉をぞとふ
8051 秋ふかく置そふ露も朝な〳〵そむるもみぢの色にこそしれ
駒迎
8052 さやかなるかげにのりてや望月の駒迎らん雲のうへ人
8053 むかふとて関こえくれば望月のこまよりもるゝかげぞさやけき
霧」（9オ）
8054 もしほやくけぶりや添て江の村は立秋ぎりの深くみゆらん
8055 夕ぎりはもの思ふ人の何なれやたつより袖のぬれまさるらん
初秋、晩立の後、いさゝか暑をわすれたるに
8056 あらましき雨のなごりの夕よりはじめて秋の風は吹ける
しら雲のたな引たる暮
8057 きのふまであやしき峰とみし雲もたな引初て秋風ぞ吹
風のいたく身にしみておぼゆるくれ
8058 いつしかとまたれしもの、悲しきは身にしむ老の秋のはつ風
8059 何せんにわがまちつらん独ねの老の身にしむ秋のはつ風」（9ウ）
あさがほをみて
8060 よはなれて人こそとはね柴のとを明ればむかふ朝がほの花
8061 花といはゞかくこそさかめ朝がほのさかりはよしやしばし也と〔も〕
秋の夕に
8062 草のはら消てふりなん露をさへかけてぞ思ふ秋の夕暮
遠くとりのわたるを
8063 遠方の雲まをわたる村鳥に今こんかりの面かげぞたつ
露を
8064 とりたてていへば色なき露ながらあやしく花の光をぞそふ」（10オ）
8065 取わきておのが色なき露なればちくさの花の光とやなる
霧

8066 たきそふる松の光のともしきはいかに山路の霧やをぐらき
8067 乗駒のたつかみふしておく露に夜立の霧の深さをぞしる
女郎花
8068 人ごとのさが野にたてる女郎花あだなる秋の風になびくな
8069 草まくら爰にむすばん女郎花ひとりふしみの野べの夕暮
薄」(10ウ)
8070 女郎花よそになびくをねたしとやしひてもまねく尾花成らん
8071 とはれじの宿になうゑそ花すゝきほにいづる秋は人まねきけり
九月尽
8072 月だにも残らぬ秋の別ぢはむしのねのみぞなごり也ける
8073 長月の名にたつ秋もつきぬるをゝしむ心のなど残るらん
七夕
8074 人のよにかけてはいはじながれてもかぎりしられぬ天の川なみ
8075 さゞれよりなれる巌を天川としのわたりにいく度かみし
秋晩」(11オ)
8076 物思はぬ人しもかくや詠むべきうきみに限る秋の夕暮
8077 わがためにくる秋ならぬ秋ぞとも思ひなされぬ夕暮のそら
8078 とほ山は入日のなごりなほみえて野は霧わたる秋の夕暮
涌蓮上人画、おくて田もる庵有
8079 もる人の衣でいかにかり残す山田のおしね霜むすぶなり
月にかりのたつ所
8080 月清き入江の芦の秋風につばさみだれてかりのたつみゆ
かきねのゝべの秋のくれ
8081 淋しさは住家からのならひかと立いづるのべも秋の夕ぐれ」(11ウ)
雪にふしたる竹のはやし
8082 降そひて竹のはやしも埋れぬつくらぬ雪の山とみるまで
うすゞみにかける菊
8083 うすゞみにゑがける菊は夕ぐれのきりの笆の花かとぞ〔みる〕
湖上雁
8084 を舟こぐ声にたぐひてしがのうらのさゞ浪遠く雁はきにけり
九月初つかた、北山のほとりにあそびて、きく、をばな、りうたう、女郎花など、いとおほくたをりきて、かめにさせりけるが、秋の花はやうおとろへ行をみるもあはれにて
8085 手折こし花は日にげに移へど秋のゝなごりめかれずぞみる」(12オ)
九月廿日あまり、直信より
8086 色もなき松のを山のもみぢばに君がことばの露そへてみよ
かへし
8087 心さへ紅葉の色に移ひてことばの露の光だになし
又
8088 露しもゝ西こそ秋とまつのをの谷の梢を分てそめけれ
中西良恭がつまのもとへ、母の中陰をとふとて
8089 この秋の袖は露にや朽ぬらん散しはゝそのかげしたふと〔て〕
八月十日、吉田於神光院、谷万六にわかるとて」(12ウ)
8090 うとかりし此年月のをこたりも〔さらに〕ぞかこつけふの別路
8091 あひに相て又いつの秋ともにみんかくさやかなるよはの月かげ
八月十五夜
8092 待々し秋のも中の空晴て名もくもりなき月をこそみれ
8093 石清水流にやどるかげ清み神も心やすめるよの月
立秋
8094 吹もまたほのめくほどのをぎのはに心をしをる秋のはつ風
8095 誰とても身にしまさらん野も山も色かはるべき秋のはつ風
8096 くる秋をまづしる老の袂にやならびてのべの露はおくらん」(13オ)
雁
8097 ひゞきくる賤がさ衣うつたへにかりがねさむき秋の夕風

8098 鳴わたる声は雲ゐに聞ゆれどかりのなみ〔だは〕袖に落けり

湊月

8099 さしてこし湊を月にあこがれて又こぎいづるよはの舟人
8100 よと丶もにうかれし舟やなか〳〵にみなとによるの月の明がた
8101 舟よする湊のすどり立さわぐ数もさやかにみゆる月かげ

稲妻

8102 山とほくくるるたかねの雲まより賤が門田にかよふいなづま
8103 遠近のみえさす野田のいなづまはくら〔き〕をそふる光也けり」（13ウ）
8104 このさともあすはふりこん夕立を〔たのみに〕ぞまつよひのいなづま

原鹿

8105 鳴しかの独やたえて古郷のみかきがはらにつまを恋らん
8106 をざ丶はらひとよもかれず鳴鹿の涙や朝の露とおくらん

駒迎

8107 立待の月に丶ほひて花薄ほさかのみむま引のぼるみゆ
8108 引のぼる木のまの駒の声はしてみえぬはきりの立のなるべし

江紅葉

8109 大くらの入江の舟はうぢ山のもみぢのうへを行かとぞみる〔重出ノ指摘アリ〕
8110 山かげや藍よりもこき江の水に色そめまぜてうつるもみぢば」（14オ）
8111 をしめ猶秋の光のながれ江に半ちりゆく峰のもみぢば
8112 秋山のふもとの入江きりはれてうつるもみぢのかずもかくれず
8113 秋の日の入ぬる後も山もとの江の水そめてうつるもみぢば

籬萩

8114 妹とわがうゑつる庭はのとなりて霧のまがきにのこるはぎはら
8115 色をこそしめゆはましを秋はぎの霧のまがきに花ぞ移ふ

夜虫

8116 鳴よりて夜寒なつげそきり〳〵すわがきぬつゞる妹もあらなくに
8117 さよ更ぬたのめし人も今はこしさのみな丶きそまつむしの声

8118 〔思〕ひかね誰いもがりとゆく駒をよはにす丶むるくつはむしそ〔も〕」（14ウ）

渡月

8119 川波につなぐ小舟はたゆたひてよるのわたりの月ぞ更ゆく
8120 旅人のゆき丶は絶て月ひとりすみだがはらのよぞ更にける

径葛

8121 うらみあへずしをれも行か秋風のさむく吹たつのべのまくずは
8122 まくずはは更行秋やうらむらん人めもみえぬ山のかげみち

乙巳中秋清光思往昔、如斯事六十余年之内不過三四度、深更迄賞之不堪感

8123 ながらへて猶よにしばしすむとてもこよひばかりの月やみざらん

秋川　恵静十三回当座」（15オ）

月をまちつけて

8124 かへりこぬよをししのべば川波の秋なき迄も身にぞしみける〔重出ノ指摘アリ〕
8125 かげおそき山かげなればと思ふまに月こそいづれよや更ぬらん

花月庵にての事なりし。

らうたき猫、子をえて

8126 白くろの二毛さやけきからねこは木間もる月の心ちこそすれ

やがて木間と名づけていつくしみけるが、是もいくほどなく、あやまちて井におちける、かなしさせんすべなかりし。

あさがほをみて

8127 こん秋もなほよにあらば朝がほの花をはかなと又こそはみめ」（15ウ）

荻破夢　盛澄母中陰手向

8128 末とほくみえつる花のやちくさを夢になしたりをぎのうはかぜ
8129 をぎのはの露をまくらに置かへて夢はのこさぬよはの秋風

愚息より、さがのもみぢとて一枝こしけるを、旨苗の来りあひて、8130 みちとほみ
こぎてもくべき紅葉ばを君にみせんと枝ながらこそ

かへし

8131 わが為にこの一枝をおくりこし心の色は君ぞみせける

僧正の、8132 山ふかみ尋ねもすべきもみぢばを折よくとひてこゝにてぞみる
かへし
8133 とはれずはひとりみるべきもみぢばにともにむかひしけふのうれしさ
愚息、仙洞のもみぢとて落葉を」（16オ）みす、歌そへよと、をちにこはるゝ、かたあ
るよしきゝて
8134 よにしらぬほらのもみぢも吹さそふあらしの風のつてにこそみれ
わがおくれる種とて、誓興あさがほをゝりてこしに
8135 すみぞめの袖にをられて朝がほの花の心の色やそふらん
もとのかきねよりは、色ことに咲けり。
緑荷より、菊を折て、8136 秋ごとに色もかはらぬ一えだは君がめぐみし露のしらぎ
く
かへし
8137 宿からは花の色かもまさりけるむかしおくりし花としもなし」（16ウ）
浪月
8138 時わかず名にたつ波の花なれど光をそふは秋のよの月
8139 うら遠くうき霧はれて照月にこがねの浪をたゝむ秋風
旨苗来りて、萩によせていはひの心、婚姻の祝ひおくる歌、かはりて
8140 年をへて絶ぬ契の色とみよわかむらさきの糸萩のはな」（17オ）
三日月
8141 身にぞしむ軒の木間にほのめきてみ初る秋のみかづきのかげ
8142 おきわたす木草の露にみか月のきらめくかげも秋しるき空
臥待月
8143 月やすむくもりやすると笛竹のふし待ほどもねがたかりけれ
8144 月をおそみうき臥まちの夢のまに雨雲払ふ風だにもふけ
羈中秋夕
8145 旅の空しらぬ野守のかねの音も霧にこもれる秋の夕暮
老後見月　かでの小路うつりたる秋、人々をまねきて、十首歌之内」（17ウ）
8146 この秋も猶ながらへてこしかたにかはらぬよはの月をこそみれ
8147 むかしみし月やあらぬとかこつ哉老の泪にくもるよのかげ
山月聞鐘
8148 さしのぼる月に聞えて山寺のかねのひゞきぞ空にすみぬる
8149 雲はらふあらしにかねの声すみてかたぶく山の月ぞさやけき
月夜旅客
8150 草まくらかりねの床は露ふかし月ぞ分んさよのなかやま
8151 天ざかるひなぢのうさもわするゝは分る野山の月のよな〳〵
悲秋々多老　千里集」（18オ）
8152 月をのみ何かこちけん虫の声をぎふく風も老はそへけり
8153 もとゆひにふりそふ霜となるものは秋をかなしぶこゝろ也けり
籬山
8154 霧立て人めもみえぬゆふぐれのまがきのやまに松むしぞなく
8155 もみぢする山はまがきの名のみして立あき霧もへだてざりけり
寒雁声静客愁至　千里集
8156 秋さむき雁の鳴ねに夢覚てさらにはるけきたびねをぞ思ふ
8157 あき風のさむきみそらになく雁の泪ぞたびの袖におちける
8158 風さむきあしべのかりの声きけばおぼえずたびの袖ぞ露けき
樹葉霜紅白」（18ウ）
8159 おのが色もはてはもみぢに染られておくともみえぬ秋の朝しも
8160 木々のはを染つる霜も此比はみな紅の色にこそなれ
径虫
8161 露分て我かとゝへばねをたえて分こしあとに松むしのなく
8162 袖にちる露をゝしみて分るのゝあとにやむしの声しきるらん
8163 くれて今たが行駒のくつはむし露けきのべにふりはへてなく
軒愁多待夜長来
8164 ね覚つゝあらぬ思ひのかずそふは秋のよながくなればなりけり

8165 まだしらぬ愁はながきよを待ていく度となくね覚をぞとふ
千里集ニ此題入冬部。」(19オ)
九月十三夜、晴明なるに、よふくるまで月をみて
8166 此くにの光もしるく長月のくもれるよこそすくなかりけれ
是をきゝて、はりまのかみ光興和あり、愚息にこれをつかはす
8167 更ておく草木の露のきらめきて身にしむものは長月のかげ
時雨て目覚たるに、月さやかなる暁
8168 もりかはる月をみよとやさよしぐれふるき軒ばに音づれて行」(19ウ)
（雑に入べし）よその霊芝　歌試詠之
8169 よの人のはかりしられぬなのみつをあやしき菌や生てみすらん
九月末つかた、宗包よりかきつばたをおくれり、その花、時なる花のごと咲たり
8170 み折にさかりへだてぬかきつばた春や時なる秋や時なる
もみぢ見にまかれるに、こくうすき山々のけしきをみて
8171 うすくこき木々のもみぢやみな人のそめしこゝろの色をみすらん」(20オ)
もみぢみんとて、望がく〔岳カ〕亭へまかりて夕に思ひし
8172 立こむる霧ふかくして市のうちも山へおぼゆる庭の紅葉〔ゝ〕
いとひろらかなる庭なり。
応挙がゐに、谷川の橋上月をみる人あり。そろひに人家あり。かり飛きたるかたかけるに
8173 よを秋にくるかりきけどすむ月や我をとゞむる谷の川はし」(20ウ)
あしでにかきてやる、誓興所持。
姑棄山々上に、月みる人あり
8174 なにせむにとひてみつらんいにし〔ママ〕もなぐさめかねしをばすての月
是は、真田豆州家臣自閑斎所画、此所之真図、々々有感情、知足庵所持
8175 みる人の心づからやなぐさまぬをばすて山の月をとひきて
8176 いまみるも猶なぐさまぬよはの月さぞをばすてのそのかみの〔月〕
8177 月みつゝおもへばかなしをばすてのなにおひ初しそのかみの秋」(21オ)

月照波心一顆珠
8178 よるひかる玉やよせくとうちみれば我をあざむく波の月かげ
8179 はるゝ夜の風にみがきて照月のしら玉よせぬうら波ぞなき
8180 あたひなき玉とは秋のうら風にたつしら波をてらす月かげ
土岐自休所望、玉蟾画菊一枝讃
8181 露のまもみればわかゆときくの花折得しときはいくよをかへん
牽牛花のさかりに、喜昌とひきて、この花実にならむとき、かならずたべといひしが、いくほどなくて身まかりしに、おもひいでゝ」(21ウ)
8182 あさがほはかなけれども人世のあすをもまたぬみにはまされ〔り〕
草花得時
8183 くる秋の光をみせて月草のはかなき花もをり得がほなる
夜擣衣
8184 よひのまに聞しきぬたがおどろかす夢のまくらのさよふかき〔声〕
8185 とほつまをまつよ更ぬとうらぶれてうつやきぬたの声のかなし〔き〕
暁鴨
8186 羽音のみさやに聞えてしぎのたつさはべもみえぬ明くれの〔空〕
8187 秋さむき水田の月のうす霧に羽かくしぎの遠ざかる声」(22オ)
うづまさにて、ひとり詠めて
8188 うしとてもいかゞはすべき心もて入にし山の秋の夕ぐれ
8189 うづまさの深きはやしをひゞきくる風のとすごき秋の夕暮
8190 山風はやゝをさまりてたつきりに林もみえぬ秋の夕暮
8191 人とはぬ庭のをばなのほにいでゝたれをかまねく秋の夕暮
8192 かげよはき林の入日入はてゝうす霧わたる秋の夕暮
8193 ひゞきくる林のあらし吹おちてむら萩なびく秋の夕暮」(22ウ)
8194 遠近の入相の声はつきはてゝ月ぞほのめく秋の夕暮
雨はれたるに、かぜなども絶て、いとしづかなるほど
8195 けふの雨にはぎもを花もうなだれてうれへがほなる秋の夕暮

8196 松かぜはふけどふかねど身にぞしむ山のとかげの秋の夕暮
8197 よそにわがきゝしはものかきり〳〵すなく山かげの秋の夕暮
8198 ふるでらの軒の梢の月かげもやゝほのめける秋の夕ぐれ
8199 軒はあれて庭はのとなる古寺のふりていくよの秋の夕暮
8200 まはぎちりを花みだれてふく風のやゝはださむき秋の夕暮
8201 入相の声のほのかにひゞくよりむしのねきほふ秋の夕ぐれ」(23オ)
うづまさにて、初秋の比、露のいとふかきをみて
8202 おそく消はやくむすびて山かげは露のひるまぞすくなかり〔ける〕
8203 秋もまだ浅ぢおしなみおく露にかねてぞ思ふ山かげのし〔も〕
すゝきのほにいでし比、維済は家づくりすとて、久しくこざりける便ありて、いひやる
8204 山ざとのかきねの尾花まねけども世にさかりなる人はまねかず
八月十五夜、宗美、誓興などゝひきて、夜ふくるまで月見る
8205 こぞの秋おもひかけきや古寺の露けき月をこよひみんとは
夜ふくるまで、前の林中に月さし入て、いとあらはなれば
8206 ひるならば弓槻が下はくらからむ木がくれもなきよはの月哉」(23ウ)
十七八日の比にや、定静がもとより、十五夜のさやかなるに、このわたりをおもひてよめりしよし
8207 さやかな〔る〕こよひの月もかたぶきていとゞ都のにしぞ恋しき
とありし、かへし
8208 おもへ君月もわがよもかたぶきてすむ山かげの秋の哀を
又
8209 すみなれし袖もこよひはいかならんふりにし寺の露の月かげ
とありしには
8210 月や〔ど〕る林は露にうづまさの木草も袖もわかれざりしか
この人、今は、東山のほとりになんすみける。
むら雲のたえまに、さやかなる月をみるに、ほどなくかげかくれたるに
8211 のどかにも思ひける哉すみはてぬ雲まの月のほどもな〔きよ〕を」(24オ)
その、かきを、京なる人におくるに
8212 色付しそのふのかきをみてもしれ夜寒になれる秋の山里
庭のもみぢの、いとこく染たるをみて
8213 ほどもなく散なんものを山かげのもみぢのにしきたれかきてみぬ
8214 散てこばくやしと思はん人のためけふのさかりをゝしむもみぢば
なが月廿九日といふに秋はくれぬ、もみぢは中そめのこせり
8215 水鳥の立のいそぎにたわすれて秋やもみぢをそめさしにけん
8216 そめさしてくれ行秋や神無月しぐれにゆづる木々のもみぢば
8217 そめのこすけふのもみぢをいかでみん秋より後に色まさるとも」(24ウ)
故松斎追悼　月　廿五首巻頭
8218 ともに見し人もやどりもなきあとにひとりぞすめる秋夜の月
こぞ、かでの小路の家にて、ともに月見侍しそのやども、けぶりとなりて、あとかたもなければ、よめるになん。
もみぢの歌をきゝて、寿欽もとより
8219 みせばやと思ふもみぢの色ならばなど一枝はおくらざりけむ
かへし
8220 ひと枝に山のけしきのそひもせば折てぞみせん庭のもみぢば
又雨のはれ行あした」(25オ)
8221 このねぬる雨のなごりの朝ぎりに木々のにしきをつゝみてぞみる
萩のほかよりもとくうつろへるに
8222 みる人もなき山かげの秋はぎは夜のにしきと風ぞたちける
衣うつ音の、れいよりもさむく聞えければ
8223 衣うつ音はこぞにもかはらじを分てみにしむ秋の山里
風ふきあれて、いとさむき夕
8224 うちしぐれ木のはみだれて悲しきは冬ちかくなる秋の山里
近初雁」(25ウ)

8225 嶺越て門田におつるかりがねのは風にそよぐ軒の荻原
8226 軒はあれて人住げにもみえねばやわがいほちかくかりのおちくる
名所岡
8227 波よするなぎさの岡の花すゝきなき名をたて、秋風ぞふく
老のゝち、朝がほをみて
8228 きぬ〴〵にしばしとめてし朝がほの花はそのよの色にさかずや
又
8229 人のよのさかりをみせて朝な〳〵さけどうつろふ朝がほの花」(26オ)
崎月
8230 いづくにか思ひくらべん秋月清見がさきの波にしくかげ
8231 あふみの海いそのさき〴〵こぎめぐりみれども月にあくよはぞなき
岸紅葉
8232 うべしこそ明くれ霧のたつた川きしねのもみぢとくそめてけり
8233 そめつくす露しもならず谷川もきしのもみぢの光をぞそふ
径月」(26ウ)
8234 たび人のゆくへもみえて一すぢのちさやかなるよはの月かげ
8235 あれにけりいまいく秋かみづのみちのこるともなき露の月かげ
8236 夜をふかみかたぶく月にみがゝれてさやかにみゆる露のふるみち
野草花
8237 咲みだる花野は分むかたぞなきめづる心も八千種にして
8238 女郎花立まじりつゝおくれじと野ごとに花のにしきをぞおる
夕月さやかなるに
8239 夕ぐれのものわびしさもわするゝは月すむ比の秋の古寺
嶺月照松
8240 よにしらぬ秋の光やみねの月松かげながらうつす谷川
8241 みねの月まつばの露もみがゝれて秋こそ谷の光な［り］けれ」(27オ)
8242 千とせふる露にやどしてみねの月まつこそ谷の光なりけれ

8243 遠山のたかねの月に軒近き松のすがたをてらしてぞみる
8244 音羽山たかねの月に広沢の汀の松をてらしてぞみる
8245 みねの月みたにの松をてらさずは何にか千よの秋をかぞへん
8246 雲はるゝ音羽の山の月かげにあらしの松をてらしてぞみる
8247 かゞみ山高ねの月にてらされてさやかにみゆるしがのうらまつ
8248 千よのかげよるもくもらず辛崎の松のかゞみの山のはの月
月明なる夜
8249 たへて猶すみけん人の心さへ月にしらるゝ秋の山ざと」(27ウ)
七夕月
8250 こよひこそ心のやみもはれぬらめ星の夕の月清き空
8251 たなばたに心をかして詠れば猶をしまるゝ夕月のかげ
ふん月七日の夕つかた、座主宮より、この題をたまはりて、今奉るべきよしなれば、ともかうも思ひめぐらさで、筆さしぬらして、かいて奉る。あとにて、この初の歌の下をすゑて上をつけて、こよひたむけ奉らばやと思ひて
8252 くもるわが心のやみをてらさなんほしの夕の月清き空
8253 こゝにさへをしと思ふをいかならんほしの――
8254 天雲のよその我さへうれしきを――」(28オ)
8255 かぎりあればあくともかくて明なゝん――
8256 この秋も命のうちにめぐりきぬ――
8257 手向るはこれもやかぎり老のよの――
8258 ことのはに露の光をかけそへよ――
宮のおまへに、ばせをばをあまた植られけるに、歌めしたるに
8259 しづかなる秋のみむろのむらさめに玉の声きく窓のばせをば
詩歌をたしみ［マヽ］たまへる宮になん有ける
8260 みる文にうつるみどりもすゞしきを秋風ふくむまどのばせをば
秋花帯露開　これも同じかたに奉る
8261 しら露を玉にぬきかけ花すゝきますほの糸をくりぞ出つる

8262 露けしと何かいとひし秋草の花はぬれてぞほころびにける」（28ウ）

芭蕉を又

8263 みる文のおくゆかしくも巻のこすみどりの紙に、たるばせをば

文月の末つかた、分て雲深し

8264 明たてば庭の梢をつたひきてわがすむ庵に雲ぞ入くる

8265 しら雲のふかき所のなゝりけり都のにしのうづまさの里

宗則がもとより

8266 まはぎ咲垣ねの虫も鳴らめどなぐさめかねんと秋の山里

かへし

8267 何にかはなぐさめかねんものごとに我をもてなす秋の山里

松風、明月、林間雲、持て君におくりがたし。」（29オ）

七月廿四日、地蔵尊前にありて、思ひしこと

8268 ことのはによしまどひある身なりともこんよの六の道はみちびけ

8269 ほどもなくまよはん道をてらせとてこよひかゝぐる法のともしび

8270 うつせみのよのことのはにまどはずは六のちまたも一すぢのみち

是は、一乗円頓の心にてよめるなり。

8271 一すぢのみちしるべせよ言葉は此世ながらの六のちまたを

8272 ねぎごとをあだにくたすなうもれ木の身の名におふを契にはして

是は、埋木地蔵尊といへばなり。

月半出　以下二首は宮に奉る

8273 山をいでゝまだ半なる月なれどかげはふもとのゝべにみちぬる

池月久明」（29ウ）

仲秋停午、月をみて

8274 かぎりなき空のみどりにすむ池のすみていくよの水の月かげ

8275 よひにみし庭の木草のかげ消て月のみすめる秋の中空

南の林中に、あまたうなひごども、かしましくくるをみて

8276 栗もゑみ柿も色づきうなひらがほこらしげなる時もきにけり

8277 山里は竹のはやしにゐむくりのをかしと思ふふしぞおほかる

ある人のもとより

8278 よはなれし君がすみかの夕ぐれは思ひいでゝも淋しかりけり

かへし

8279 みるよりもあはれぞふかき思ひいでゝ心にこめし秋の夕ぐれ」（30オ）

夕つかた、定静とひしに

8280 おもへ君くるゝもまたできり〳〵す鳴山かげの露のふかさを

かへし　定静

8281 此やどのちくさにおける夕露のかゝる哀をとひきてぞしる

みやのみもとに、かすがのゝむしをうつされけるに、歌奉れのよし仰ごとあれば

8282 かすがのゝむしも時えつ石上ふりししらべにかへる御代とて

8283 いにしへのしらべに君がかへすより都のむしもかすがのゝ声

ある人のもとより」（30ウ）

8284 照増［さ］る月の夜比はいとゞしく心すむらん秋の山里

かへし

8285 くらき我心を月のてらさねばすむかひもなし秋の山里

うづまさのにしに、かたびらの辻といふあり、そこをよまんとてよめる

8286 ひとへなる布かたびらの辻なれば秋くる風ぞ分て身にしむ

月みんと思ふ夕、軒の五葉のいといたうしげりかさなりて、うるさかりければ

8287 こよひみん月の為にと軒ちかき松のしげみの枝を折つる

たゞごとゝやいはん、松にまひして

8288 今よりは葉ごとの露にやどるべき月にちとせの秋をかぞへよ」（31オ）

これをきゝて　もりずみ

8289 月の為君がはらひし枝なれば千とせもすめと松も思はん

信美のとひこし夕、にはかに風あれ、しぐれもあへず、夕日のはなやかにさしたるに　信美

8290 しぐれつる梢の雲のはれもあへず夕日うつろふ秋の山寺

かへし

8291 思へ君けふは夕日もはれぬるを時雨てくる、秋のふる寺

法輪にまうで、かへさ、わたし舟まつほど

8292 わたし舟しばしとまつのかげにゐて波よる岸のもみぢをぞみる」（31ウ）

此比、林中鳥のねなくて、聞ねば

8293 うなゐらがをざゝ分くる音せぬはひろひやつきしその、おちぐり

橋月

8294 照月にかゝりやするとあやぶめばと絶みえゆく雲のうきはし

8295 山里はかけても人のかげはみず月更わたるまへのたなはし

邦義がもとより、くるみをおくりて、8296 足引の山にすむてふ山がらのこをめぐり
くるみぞかろげなる
と申こし侍りけるは、長月のはじめつかたにや、これより

8297 足引の山から冬のくるみちは秋さむくなる嵐にをみよ」（32オ）

とて、くりをなんつゝみてやる。

籬菊露芳

8298 さく花をまがきのきりはへだつれどこぼれてにほふ露の白菊

8299 風ふかぬみよのまがきの菊なれや露もちとせのかにゝほふらん

日本紀に、蕃屛とかきてまがきとよませたり、欽明紀に見ゆ。此歌は座主の宮に奉る重陽の歌なり。

夕月さやかなるくれ

8300 松陰の秋ぎりふかくなるまゝに木末の月の光をぞゝふ

重陽にきくをみて

8301 露ばかりつめばわかゆと菊なれど色かをゝしみおきてこそみれ」（32ウ）

国土さだまれるすがたなし。此ごろ南のはやしみながらきりて、いとひろになれるをみて

8302 きのふまでしげき林とみしかどもけふはかきねののべとこそなれ

8303 くりの木もたきゞと成ぬうなゐらがゑめりし顔も今よりはみじ

雑に入べし

さぬきに西行上人のすみ給へる庵あり。そこに松をうゑて、かの上人〈久にへてわが後世をとへよまづあとしのぶべき人もなき身ぞ〉とよみたまへりし松の、今はいといたうたかく茂りさかへたりとて、政子の」（33オ）もとより、すこし枝をおこせたり。このまつ、もとより聞しことなれど、みるはめづらしくて

8304 久にへて久にきゝつる久のまつ久につたへて久にかたらん

さぬきにては、そを久のまつとなんいひけるとぞ。

8305 よそにわが聞しはものかきり〴〵すなく山かげの秋の夕暮

定静

といひしをきゝて

8306 とはざらばいかでかしらんきり〴〵すなく山かげの秋の哀を

8307 袖にまづなみだぞおつるきり〴〵すなく山かげの宿をとひきて

松の木間より月のさやかにうつるをみて」（33ウ）

8308 さしのぼる松のこまかにみゆる哉はごとの露に月をやどして

紅葉送秋

8309 別ゆく秋のためにはをしまでやにしきたつたの山の木がらし

やつがれ、このはるより座主宮のおほせによりて、たび〳〵歌をたてまつる。はじめはほめなどせし人の、いまはとかうあしざまにいひなすときゝて、奉れる歌をかへし給はるべきよし、ある人のもとへいひつかはす。秋の末なり

8310 ちらさじなことのはさへにあらずなるわがもとゆひの霜もはづかし

8311 きみゝずやきのふはそめし露しもにけふは朽ゆく木々のおちばを」（34オ）

かのとかくいひし歌は、そのまゝにて御前にのこされにけり。

さが山のもみぢ、みにまかりて

8312 立ならぶ松をあやにてもみぢばのあか地のにしきいくむらの山

8313 もみぢばの千入のうへの一しほをそふるは松のみどりなりけり

しかのね、ほのかに聞えける夕

8314 さをしかの声しきかずは山ちかくすむかひよとは何を思はん

七夕衣

8315 かさねても夢とや思ふたなばたのかへしなれたる天のは衣」（34ウ）

8316 うらみめやま遠なりとも久かたの天のは衣くちぬ契は
秋の末つかた、邦義よりくるみをおくれるつゝがみに
8317 足引の山にすむてふ山がらのこをめぐりくるみぞかろげなる
これより庭のおちぐりをつゝみて、それに
8318 前に出 足引の山から冬のくるみちは秋さむくなるあらしにをみよ
かれよりかへし
8319 山里のふけゆく秋をおくりこしあらしの庭のこのみにぞしる」（35オ）
十三夜月　道瑞古稀此日祝誕也、送賀廿首巻頭
8320 此国のながきにあえし長月の久しきかげをたれとかはみん
九月十二日、於阿弥陀堂まだら神祭礼あり、うちしぐれたる雲の絶まより、さし出たる月いとをかし
8321 しぐれ行こよひの月のまだらがみおもしろしとやみそなはすらん
初秋月　澄月
8322 月もはやいとすぢばかりみえ初て秋くる空にかげぞほのめく」（35ウ）
こは、いなかより所望ありて、こひにつかはすに、卅首ばかり来れり、あるが中に、をかしけれ〔ば〕かいつく。
ある人のもとより
8323 月かげのさすにまかせて思ひやるはちをか寺の秋はいかにと
かへし
8324 秋さむきはちをかでらは月ひとりさすにまかせて人かげもなし
しぐるゝ空に、かりのなくを
8325 降もあへずはれぬるものを天つかり時雨にぬれてなどわたりけ〔ん〕」（36オ）
又日も、ひねもすしぐるゝに
8326 風早み雲の行かひ定めなくしぐれてわたる此比のそら
中秋の比、雨後の月のさやかなるに
8327 はるゝよも木のまにのこるうす雲を月にみせたるうづまさのもり
夏の末、秋たちてほどもなきつとめて、桐よりおつるしづく、雨しだりのごとし

8328 〔う〕けためし桐の広ばのよるの露をおつる朝のしづくにぞ〔しる〕」（36ウ）
おなじ比、夕に
8329 はしゐする袖のにはかにすゞしきは此夕風に秋やたつらん
残暑を
8330 此比の秋はいづくにかくれゐてのこるあつさにまじらざるらむ
田夫の、鳥おふいとまなしといひたるを、たすくとて
8331 小鳥おふなるこのなはにてをかけて竹のは山の夕日をぞみる」（37オ）
星夕燈花
8332 影あかく庭のともし火かゝげてよ更ぬとぼしのかこちもぞ〔す〕る
8333 ともし火のかげ更にけりあすも又手向むほしの契ならぬに
おなじ夕、いつも同じねぎごとすとて
8334 たなばたは耳なれけらしあまたとし同じことのみいのりきぬれば
8335 明らかに二のほしのてらさなんあすまたぬよの人のねがひを
秋花催興
8336 秋のゝの花のにしきはうす霧の立きてぞ猶色」（37ウ）まさりける
8337 女郎花手玉もゆらにうちなびき花のにしきをのごとにぞおる
月あかきよ、ふくるまで詠て
8338 まつ人はなき山里も影あかく月のすむよはねられざりけり
8339 都人まつとはなしに月すめばまづ思ひいづる秋のよな〱
8340 都にぞすみはすらめど照月にことにみゆるは秋の山里
8341 さやけきをみればめかれず秋の月くもれるほどにいざ〔いり〕てねん」（38オ）
いとすゞしき夕
8342 夏衣たもとになれぬにし風のすゞしく吹て秋はきにけり
初秋夢中詠
8343 三日月のかげもくもりぬあつきよのよひゐを何になぐさめてねん
露のいとふかきをみて
8344 我だにもすまずなりなん秋かけておもひやらるゝ露の古寺」（38ウ）

六帖詠藻　秋六

秋のはじめつかた、いとあつき夕、むしのなくを

8345 なほのこる暑さは夏にかはらぬをいかでかむしの秋をしるらん

夜々待月に、陰雲はれがたく、初夜うちすぐる比、はじめて影のもりくるに

8346 わが恋る人を待えし心地して月のみかほにむかふうれしさ

野花を

8347 みどりなる草の糸もてをみなへし花のにしきをおらぬのぞなき

8348 秋の〔ゝの花の〕にしきをきてみれば立かへるべきみちもしられず」（1オ）

文紀が悲露といふ心はいかゞよみてんととふに

8349 むすぶよりけやすき草の露の上をおもへば袖ぞまづしほれける

8350 消ぬべきよもぎがもとを思ふより袖にもかゝる秋の夕露

日でりつゞきたるに、雨をこふとて

8351 露かはく秋田のいなば民くさのなびきて雨をまたぬ日もなし

江山夜月明

8352 出るより入江にうつる山のはの松さへ月のひかりをぞゝふ

8353 すめる江の底よりいづとみし月は秋風ながらうつる也けり」（1ウ）

8354 かつそめし山の梢もくもりなくうつす入江の秋夜の月

8355 山まつの秋風ながらうつす江の水すさまじくすめるよの月

8356 山かげもくまなくてらす江の月に残りかねたる水のうき霧

8357 いこま山高ねを月の出るよりなには入江は氷をぞしく

月明寺辺

8358 ふる寺は心すめばやかたわかぬ月の光もことにみゆらむ

夜よしとてとひこし人のかへりしつとめて、これより

8359 ともにみしなごりをゝしみ秋月更てもひとり猶むかひつる

かへし　宗美」（2オ）

8360 更ぬれば君やいるとていでつるを月に心の浅しとなみそ

落梧新月　五十首題内

8361 散そめし桐の一葉のひまみせて秋をことわる三日月の影

8362 一葉ちる桐の木間の月かげや心づくしのはつ秋の空

8363 散もまた一葉の桐の木間もるかげはつかなる三日月の空

月不撰所

8364 いなしきのいやしき宿も照月は玉のうてなに何かゝはらん」（2ウ）

8365 山陰に都の月のてらさずはいかでみとせの秋をしもへん

田家待月

8366 ほどもなく月はいでなん賤がもるかきねの小田のほのにみえゆく

8367 もるうさは思はで賤がまつ月の遅きをかこつ小田のかりいほ

8368 さゝのいほよな〳〵月を待わびぬ我もる小田は山かげにして

8369 秋田もるすごがすのこをかりそめに尾花折しき月をこそまて

8370 庵ちかきいなばの雲にゝほふやと待夜ふけ行小田の月かげ

8371 秋田もるうさは忘つさゝの庵よな〳〵おそき月をまつとて

8372 山田もるさゝのいほりにまつ月の遅きや賤が秋のうきふし」（3オ）

野宿見月

8373 さはるべきくまなきのべに宿かりて心のかぎり月をこそみれ

海人見月

8374 もしほくむ手間うちやめてあま人もまづさやかなる月をこそ〔み〕れ

8375 もしほやく煙もたてずまつがうらの心あるあまや月をめづらん

月夜逢友

8376 てる月に我もうかれてうとかりし友にさへこそめぐりあひぬれ」（3ウ）

終夜翫月

8377 くるゝより影しらむまでむかひつゝみれどもあかぬ秋夜月

毎秋馴月

8378 いつの秋も思ひくまなき我身とはなれみし月ぞ空にしるらん

月明寺辺

8379 重出 古寺は心すめばやかたわかぬ月の光もことにみゆらん

月影漏屋

8380 秋をへてもりそふ庵にたへて住我をや月も友とみるらん」（4オ）

月前白菊

8381 月清み葉ごとの露に移ひてみな白菊の花とみえつゝ

霧間暁月

8382 秋霧に、ほへるかげのうすらぐはしらみやすらん有明月

遠山暁月

8383 まちどほにむかひし山のかひもなくいづれかしらむしの、めの月

関路暁月

8384 せき越ばかへりみずともへだてなん都の空に残る月かげ」（4ウ）

海辺暁月

8385 わたつうみのはてなき浪も秋夜の限をみせてしらむ月かげ

暁月入窓

8386 有明の月さすかたに窓をあけてね覚うからぬ友となしつる

狂雲妬佳月　宮御題八月日次

8387 月清し風なたゆみそかゝる夜はかならず雲のねたしとぞたつ

8388 てる月をそふるは雲のさがなるをあらしまでやは吹たゆむべき

又、秋風さへやふきもはらはぬ
とく吹はらへ秋のさよかぜ
さがぞかし吹なたゆみそよはの秋かぜ」（5オ）

暁天残月

8389 あかつきのかねひゞく也残るとも今いく程か有明のかげ

本尊の霊前に侍りて、よみて奉りし

8390 色もなき心の花に、ほひせばよし埋木の身は朽ぬとも

早秋のこゝろを

8391 日ざかりはいづくに秋のかくれゐて夕の風にあらはれぬらむ

8392 此比の秋はいづくにかくれゐてのこる暑さをすごしやるらん」（5ウ）

残暑の比、房共がいひし

8393 猶のこる暑さはせみのいのちかも秋風ふけば声のかなしき

かへし

8394 露かはく梢のせみのねをなくは命にかへて秋やまつらん

十五夜翫月　宮御題巻頭

8395 めぐりあふ秋の中ばの空の月てりみつ光いつにくらべん

8396 ながらへてめぐりあふよの悦もみてるこよひの月につくさん

8397 からやまといづくの人かめでざらん年に稀なる月の一よを

8398 たなばたに何かかはらんまれにあひて一夜の月をめづるこゝろは」（6オ）

8399 よにみてる名をあらはしてひかりそふ月の一よはぬる里もなし

8400 よの常のもちをも、ちの光にも秋の一よのつきやまさらん

8401 さやかなる秋の一よのそらの月常にかくてる物とやは思ふ

8402 月ごとの有明のかげを残し置て一夜の月につくしてやてる

8403 よにみてる名をばつゝしみ秋のよの月は光をゝしまでやてる

十五日には京の人あまた月見にと契しまへの日、雨おびたゞしうふりて、はるべうも」（6ウ）みえざりければ

8404 けふの雨はれずは雲にうづまさのあすの月にや人をまたまし

かへし　維済

8405 雨雲のけふうづまさもあすのよははれてさやけき月にとはまし

狂雲妬佳月

8406 しひてふく風をうしとや思ふらん月をかくさでなびく浮雲

8407 風絶て雲の心にまかせなばまれにも月のかげはもらさじ

8408 ことのはに清きをよごす人もみよ月をかくせるうき雲やよき」（7オ）

8409 てる月のあたりに迷ふうき雲は風まもあらばさへんとや思ふ

8410 月にふく風なたゆみそや、もせば光かくさん雲のけしき〔ぞ〕

8411 みそらゆく月をさへんと思ふこそうきたる雲の心なりけれ

仲秋いかならんと思ふに、いとよくはれて、心にかゝる雲もなかりければ

8412 人をまつ心や秋の風となりてこよひの月の空払ふらん

かへし　定静

8413 いさぎ［よき］心ことばのは風にはいかでのこらん月のむらくも

あまた人のとひきけるに」(7ウ)

8414 木がくれてすむとしもなき月かげをみちてもとへる都人哉

かへし　重愛

8415 みちてとふ君がいほりもすむ月も木がくれはてぬ光とぞみる

房共

8416 秋のよの月は山ざとしかはあれど君しずまずはむれてとはめや

喜之にいひかく

8417 大かたの露とや思ふ山ひめの君まつ陰にしけるしら玉

かへし　喜之

8418 山ひめに君がしかせしことのはの玉をば露といかでみるべき

又、邦義に

8419 萩はやゝうつろひぬれど一とせの月はこよひぞさかり也ける

かへし

8420 もち月のかげをやどして置露に又さかりなることのはのはぎ」(8オ)

8421 山かげにすめるかひにはしづかなる月を心にまかせてぞみる

かへし　維徳

8422 しづかなる心にみずは山里にすむ月かげもかひやなからむ

又ひとりごとに

8423 此比の月みるまではをり〳〵の人めもさすが絶ぬ山里

ながらへてめぐりあふなど聞えしかへしに　義篤

8424 てりみてる月にもつきじかぎりなきも中の秋を契る円ゐは

定静」(8ウ)

8425 都人かへらん後は山寺の月に心やいとゞすむらん

かへし

8426 都人かへらばひとりすむ月に又いにしへの秋やしのばん

布淑は、人々の歌あつめなどして、夕つかたまで見えけるに、夜にいりてあらざりけり。机のもとに、たちおほふ心の雲はれがたう侍れば、月のむしろにまじらはでなど書て、8427 ともにこそ月をもめでめ身ひとつの涙にくもるこよひならずは

とあるは、母の忌日にやとぞ聞えし。詠草にかいつく

8428 てりみてる月のまどゐに君がかげみぬをぞたえぬことにいひつる」(9オ)

五とせ、六とせにもやなりぬらんかし。久徳が菊の絵にうたこひけるに、うけひきながら、事のしげきにとかくまぎれてうちすぎたるに、今は何事もはたしてむと思ひなりにたれば、とうでゝかいつく

8429 あまたとしよそにねこじて置しかど露うつろはぬ宿のしら菊

又、たがともおぼえぬ応挙が筆して山菊をかきたるゑに」(9ウ)

8430 ぬしやたれとへどしら菊久にへて花もやうゑしよを忘るらむ

喜之、これをつたき［ママ］ゝて、そのはじめをかたる。乙未のとしなり。ことし庚戌の秋までありて、さらにそのよをきけば、いかで千とせをとぞいはるゝ。

阿蘇惟典、加階にのぼりてとひきたるに、あひて別しのち物がたりなどつきせず。花月五十首一巻、三十六首一巻、また唐詩春江花月夜、長篇句題卅六首内六首八順」(10オ)乞管見。いづれも不残心底書付遣す。詩句のおくに書付、毎言感吟、山陰忘冷気不覚及深更

8431 時はいま秋夜ながら春の江の花と月とをみる心ちする

をかしく思ふ歌、こゝにとゞむ、巳入月

8432 玉とみし庭の浅ぢの露消てのこるかげなき山のはの月

山居春曙

8433 山のはは霞のうへに明そめてふもとの雲ぞ花になりゆく

山家月」(10ウ)

8434 いまはとて思ひいりにし山里にいつより秋の月はすむらん

浦辺月

8435 すみの江のきしの松風神さびてつもりの浦にすめる月かげ
旅泊月
8436 いづくともしらぬ塩路のうきねには月こそ袖の波はかけ〔ゝれ〕
宗美息、従関東帰京、島雪とやらんいふ人自画、予がたぬき歌所望也。たぬきたちてをどるかたなり。予が歌にたがへり
8437 これはこのとよとしほぎてはらつゞみうちよろこべるをどりたぬ也」(11オ)
この秋もはかなくたちて、長月の九日にもなりぬ。くる人もなければ、いたづらにやはくらさんとて、この文字をかみに置、けふのしら菊といふことを下にすゑてよめるうた九首
8438 な　なぞへなき花にも有哉露のみに千とせをかくるけふの白菊
8439 か　数しらずかけしことばの露ばかり色にもにほへけふの白菊」(11ウ)
8440 つ　つみつればいまやわかゆとまつほどに老の数そふけふの白菊
8441 き　きしかたの色かは浅し老波立そふ秋のけふのしらぎく
8442 の　のがれてもみとせの秋の山里にいつまでかみんけふの白菊
8443 こ　心みにのごはゞ花の面さへふすべき老のけふのしらぎく
8444 こ　木がらしもまたでけぬべき露の身もみればのどけきけふのしら菊
8445 ぬ　ぬれてほす露も千とせはへにけるをいくよかにほふけふの白菊」(12オ)
8446 か　かにゝほふ風をしるべに山ふかく尋ねてもみんけふの白菊
このもじを下におきてはいまだよまねば、こゝろ見に
8447 咲はなのひかりばかりはあらずとも露いろそはんことのはもがな　な
8448 雨にぬれ日にてらされてけふの菊久にへてこそ花は咲しか　か
8449 秋をへて老となるまで色もなきことばの露を菊にかけつゝ　つ」(12ウ)
8450 わかゞへるものとはなしにけふの菊みれば有べし命やはうき　き
8451 身にし〔み〕てあはれとぞ思ふけふなれど菊なき宿にゝほひくるかの　の
8452 秋ふかみ菊はさくともたれかこん春も淋しき山かげのこゝ(爰)　こ
8453 ことしげきうきよときくの花みつゝみをのどかにと思ふ人はこ(来)　こ
8454 菊なら〔ばけふは〕花にも咲まし我ことのはもみぢだにせぬ　ぬ

8455 おろかなることばの露は咲菊の花にかけてもひかりなきみか　か
なほあかねば、心やりに」(13オ)
8456 つむごとにわかゆとも身を思はねどあかぬはけふの〔白菊の花〕
8457 この秋やかぎりと思へばいとゞしくもてはやさるゝ白ぎくの花
8458 ながらへてふりゆく袖におく露や老の光のしらぎくのはな
8459 〔けふに〕あふ露の此身もいつまでの契かけししらぎくのはな
8460 〔露ふかみ〕人もとひこぬ我宿は菊にむかひて日をくらしつる
8461 ながらふる命を露のひかりにてかくることばも花にはづかし」(13ウ)
萩はうつろひはて、をばなはうなだれ、よもの梢はやう〳〵色づきわたりて、うちしぐれたるさま、いはんかたなく物がなし
8462 しぐれつゝふかくなりゆく山里の秋のけしきぞあはれ也〔けり〕
8463 をり〳〵に木々の雫の音するはふるともみえぬ時雨なるらし
春もかゝる事ありしかど、秋は猶さびし、みるがうちに霧わたりて、くれゆく空、〔又な〕く哀也
8464 うちしめりしぐるゝ空をかことにてうすぎりわたる秋の〔夕ぐれ〕」(14オ)
牛祭のまへの日は、東南の御堂にて、僧達よりて行べし。誦経あり。みだ経にやあらん。けどほからねば、ほのきこゆ。くるゝほど、たゝずみてきく。松風すごく吹て、かごとばかりうちしぐれたるに、この御堂のうしろは、いとひろき草はらにて、今すむ寺の庭につゞけり。そこにふりいづるとはなくて、かすかに声あはせたるやうにすゞむしのなくを〔聞て〕
8465 すゞむしの鳴からしたる声すなり法の会さむき秋のふるてら
周尹より、月の題わかつとて、いひやりたりし
8466 もろともにいく久ならしめぐりあはん月の円ゐの折なすぐしそ」(14ウ)
九月中ばにぞ、かへしはきたる
8467 いくほどもあらじと思ふ月かげをともにみざりしことぞくやしき
十三夜に、ことのほか晴明なれば
8468 このくにの光とあふぐ長月の名をみがきてもすめる月哉

紅葉浅深

8469 けふぞみんまだしきもみぢそめはてば色こき〔木々は〕ちりもこそすれ
8470 うすくこきもみぢの色に露しもの深さ浅〔さも〕みゆる山々
8471 染はてば散そめぬべしうすくこきほどやもみぢのさかりならまし」(15オ)
8472 うすくこき色をかたみにもてなして今ぞさかりとみゆるもみぢば

廿六日のあした、さゞんくはといふ木の花、はじめて咲り。これはよめるためしもきかねば、かくして

8473 あさゝむくはつ霜ふりて白たへの花もや咲とみゆるときは木」(15ウ)

長月末つかた、時雨ふりくらしたるに

8474 たつた姫秋の別のなみだもや時雨となりて木々をそむらん

卅日の朝、時雨やふるとおもへば、木々の雫なるをみて

8475 うづまさや深き林の夜の霜を朝日におつる雫にぞしる

卅日に、上州高崎隆久といふ人きて、歌をこふに」(16オ)

8476 なが月のけふしも人のとひこずはひとりやくるゝ秋をゝしまん

さがのみち尋しに、しれるほどしるしてつかはせしに、かの人

8477 ことのはのみちはさらなり名所をちゞにみちびく翁たのしき

とよめり。名所も何かまどはん君がをしへにとあれば聞ゆるをと思ひて、たれによりてか」(16ウ)まなびつるととひし。冷泉家御門人にて、此たび御盃をもいたゞき、御前にて歌よめと仰ごとありつときゝて、よくぞよみたまへる、及がたし、などぞいひし。けふは、これに、ひまのこまむなしくすぐ。

紅葉霜

8478 おのが色もはてはもみぢにそめられてうす紅にゝほふ朝しも
8479 秋のしもさのみなおきそもみぢばのちしほの後はいかゞそむべき」(17オ)

牛女悦秋来

8480 思ふことなるてふけふの悦にたへずやほしの爪まろびせむ
8481 けふにあふこのほしの〔ママ〕ゑみの眉開をみする七種の花

又爪によせて

8482 たなばたに手向る爪のこまにしき紐ときかはしまろびあはなん

夕霧をみて

8483 うづまさの竹のはやしをつたひきて軒ばにかゝるのべの秋ぎり

仲秋十日より三日ばかり、夜々月明なり、京の人は、このほどにとへど」(17ウ)思へどこず、あり〳〵て、くもれる夜もやくらんかし、二日ばかりの、例のたゞ言に

8484 くずかづらくる人なしにけふも又夕日かくるゝ山かげの庭
8485 入相のかねにきほひて鳴なるは月まつ虫の声にやはあらぬ
8486 真萩咲薄ほに出て此秋の月もさかりにはや成にけり
8487 都人まつとはなしに月すめばまづ思ひ出る秋の山里
8488 都にてとひこし人は山里の月みるたびに思ひいでぬる
8489 月清く風ひやゝけき山陰の秋を哀ととふ友もがな」(18オ)
8490 〔同じ心歌アリ〕もろともにみしよの友をかぞふれば残すくなき秋夜の月
8491 てる月は我山ずみの友かゞみかたみにむかふかげしなければ
8492 うすゞみにかけるもじすらおいのめにみゆばかりなる秋夜の月
8493 うちむかふすゞりの海の月かげのさもせはしかる世にもすむ哉
8494 道とほみこよひの月にとはずとも都の人も思ひおこさん
8495 月かげの清くすむ夜は山里の秋をうしとも思はざりけり
8496 さだめなき世にながらへて住かへば又やしのばん山かげの月
8497 あるは消ある〔は〕へだてゝ白雲のをちにぞすめる月の友人
8498 夜ゝしとて人待べくもあらなくに独ぞみつる山かげの月」(18ウ)
8499 しづかなる月をしみずは山里にすむかひよとか何を思はん
8500 よのうさはわすれずながら秋月みればなぐさむ物に〔ざりける〕
8501 更ぬとてね〔ら〕れん物かくもる夜も起ゐて待し月にやはあらぬ
8502 くもるにもおきゐて更し月夜のさやけきかげにいやはねらるゝ
8503 心さへ身さへうつりていにしへにかはりはてたる月をみる哉
8504 よひにみしかきねのくまも中空にみちてすみぬる秋夜月
8505 中ぞらにてりみつ月の清夜はよもの木草に霜ぞおきける

8506 今は身の住はてぬべき山里の月にむかしをなどしのぶらん
8507 鳥のねもけうとき秋の山里に独ぞみつる夜半の月かげ
8508 ふくろふのけうとき声もすむ月のよゝしと我をとふかとぞ聞」（19オ）
8509 ふくろふの声の外なる音づれや月にすみぬる軒の松風
8510 てりみてる桂の宮にきてみれば月は雲ゐのものとしもなし
8511 思ひやる心の駒のくつはむし野山の月に我やいざなふ
8512 秋夜〔ママ〕月毛の駒のくつはむし更ゆく空にこゑしきる也
8513 てる月のかたぶくまゝに西川の川せの音も空にこそすめ
8514 風ならで月すむ空に聞ゆるや更行よはの遠の川音
8515 枕とる人もあらじをてる月にたれにねよとのかねひゞくらん
8516 月もよの外とてとはぬ物ならば何にかたへん秋の山里
8517 萩〔ママ〕はぎは玉とみゆれど花ならぬことばの露は月もてらさず」（19ウ）

十二日夜、宗美、経亮にとはれて、ともに月みる。何くれとかたみにいひしかど、わすれにけり。ねの声の、とほくさえたるに

8518 まだよひと思ひの外に聞ゆるは月のしもにもかねひゞくらし

十三日のあさ、宗順とひきていひし歌、四首

8519 松かぜに心すませてさやけさもうきよの外の月やみるらん

かへし

8520 世はなれて塵にそむとも思はねど月に心のすむまではなし」（20オ）

又人

8521 かげやどす月やいかにと露ならぬ心をはぎのうへにこそおけ

かへし

8522 月やどるつゆの秋はぎ昼みれば夜のにしきに猶おとりけり

又人

8523 みがきなす君がことばの露の玉に光あらそふよな〳〵の月

かへし

8524 よな〳〵の月もはづかし身はふりて光もそはぬことのはの露

又人

8525 しげく散ことばの露とよな〳〵の月の光といづれ増れ〔る〕」（20ウ）

かへし

8526 ことのはにいかでくらべんかげふかき林のきゞの露の月かげ

此比しげちかに、

8527 うづまさも雲の塵ゐぬよべの月都のかげはさ〔ぞ〕なとぞ思ふ

と、いひつかはしたりしかへし

8528 世はなれて塵なき里の月かげは都よりげにさやけかるべし

十三日の夕つかた、むら雨ふり雲や、かさなるに、あまた人来れり。重愛、布淑、盛澄、紀之、友一」（21オ）など、はれもやするとはしゐしてまつ。むら雨のまに影にほふばかりにて、月のみかほさだかならねば

8529 さやかなる夜比はとはで都人むれつゝくれば月ぞくもれる

かへし、布淑のいひたる

8530 さやかなる夜しもとひこぬをこたりを思ひしれとや月のくもれる

更ぬとてみなかへるをみおくれば、さすがにむらくもがくれの月かげほの〔か〕なる、いとあはれなり」（21ウ）

8531 くもるよの月にとひこし都人かへるさにだにはれよとぞ思〔ふ〕

暁荻点露　座主宮七月題

8532 風よりも身にしむものは荻葉の暁おぎの露しらむ色

いにしへ夏みな月廿日比よりあつくなりて、七月はさながら八月になりても、いとたへがたきあつさなれば、たれも〳〵扇はなたず、夜も」（22オ）かたきことをり〳〵なり。やうか比にやあらん、雨ふり風すゞしくなりて、はじめて秋きにけりと思ふによめる

8533 秋きてもあつき限はしらざりし哀をつぐるけふの夕風
8534 雨過てあつさ忘れしゆふべより初て秋の哀をぞしる

雨の日、よし之がとひきて

8535 あさ露のひるまも雨に〔ママ〕にほひふりせぬ庭のあきは〔ぎ〕」（22ウ）

かへし

8536 秋はぎの露よりけなるぬれ色を君にみせんと雨はふる〔らし〕

こふろぎといふむしのいとはなやぎたる声の、すゞむしに聞なさるれば

8537 ふりいづる声はさながらすゞむしをうらやましとやこふろぎのなく

八月十九日といふに、空くもりわたりたるに、庭の萩のさかりなるをみて

8538 風たつな雨もなふりそ山姫のはぎのにしきとさらすけふなり」(23オ)

廿日の夕つかた、風吹あれて、たかき木の枝をれ、かはらなどちりて、いとすさまじきくれ

8539 瓦さへ木葉と散てふるてらの野分の風に又やあれなん

入簾残夕影

8540 しらむよのかげうすらぎし玉だれのすごしの月ををしみてぞみる

野分はげしかりし後、いかゞなど、とひごとせしもとへ

8541 よのつねのあらしをもゝちあはせても」(23ウ)山のゝ分の音にまさらじ

邦義がとひしに、おひてやる

8542 雪よりもあはれぞふかき花もなき野分のあとをとひし心は

なが月の九日になれど、きくもみざりければ

8543 ことそぎしすみかはよそにきくのはな思ひいづるやけふのことぶき

8544 けふなれど名をのみきくの色もかも心にこめてすぐす秋哉

8545 菊しあらばしめりて香にぞにほはまし時雨しあとの庭の草むら

友子がずさの身まかりしやまひの中に、友子がもとをとひけるよし聞て」(24オ)れいのものおそれして、8546 なき人の残る思ひやさよふけてをぎふく風につれてきにけん　といへるに、かのなき人になりて、かへし

8547 をぎのはの音せぬほどの風にしもたぐひてゆかん我ないとひそ

雨ふりくらしたる夕、京よりきたる人の、よふけてかへるみちのほどを思ひやるに、月夜にもこし人なれど

8548 月にだにはるけき道を都人雨夜のやみのかへさをぞ思ふ

野分のやうにあらましく吹たる風の」(24ウ)音やみたるを詠て

8549 見るがうちに秋風たかく成にけり松はなびかで空のみぞとふ

五六日、雨ふりくらしたる比

8550 此ごろは都のつても絶はてゝたゞふる雨の音のみぞきく

8551 いつはあれど山の庵の淋しきは秋更がたの雨の夕暮

なが月十三日、人々きて、かずのうたよむに、たゞならんやはとて、ながつきのとをかあまり三日と上におきてよめるうた、十三首（おき字もさのみはと、そのうち）」(25オ)

8552 なすわざもまづうちおきてくれ行ばみるべき月のいそぎをぞす〔る〕

8553 かはづこそ雨をよびけれうちくもるこよひも月をみせじとや思ふ

8554 月は今まつの木間にみえ初ぬ日の入はてば光そはまし

8555 きしかたをかぞへてみればなが月のくもれる〔夜こそす〕くなかりけれ

8556 のがれきて世にすみ侘しやどなれど月は心のまゝにこそみれ

8557 ともむれてまとゐするよの月かげは殊に光のそふかとぞ思ふ

8558 折しもあれ都の人のとひきつる二夜の月のくもるべしやは

8559 かくながらはれずはこよひ此国の光をさへや月にかくさん

8560 あすの空はよしはれずとも都人とひしこよひは月さやけかれ

8561 まつにふく秋風絶て雨雲のかさなる空に月をこそまて

8562 林間のむしのねばかりさやかにて雲ゐの月ぞかげおぼろな〔る〕」(25ウ)

8563 みがきなす玉かと昨日みし月の古きかゞみとくもれるぞう〔き〕

8564 かぎりある人のよぞかし待々しこよひの月のくもらずも哉

祝の心を

8565 此国の光と成て秋ごとにくもりなきよをみする月かげ

天心月の明なるをみて

8566 中空に月すみぬればくらかりし林のかげもあらはにぞてる

入かたの、清くすみたるに

8567 都人みせまほしきは古寺の有明の月のしらみ行かげ」(26オ)

栄庵持参、主水絵、月より雁のおつるかた

8568 久方の月にかけしはくだりくるかりのつばさの橋にやはあらぬ

8569 かげ清みおりくるつばさみわたせば月にかけたる橋にぞ有け〔る〕
8570 天つかりつらをみだしておりくるはつばさにうつる月をみよと〔か〕

鹿

8571 妻こふる秋のをじかのかなしきはみ山にかへる暁のこゑ
8572 つまこひてしかなく声にいかで我老の涙のもろくおつらん」（26ウ）

わらはやみのゝち、くちわづらはしくて、月もえまたで入とて

8573 夕露のおきゐんことのくるしさに月のいづるもまたで入ぬる

いますむゝかひの山もとの松ばらに、霧のたてるをみて

8574 秋霧はたれに見よとかまつばらの梢ばかりをたちのこすらん

そのきりもたちのぼりて、はては山もみえずなりたれば

8575 秋霧はたが為とてかあはた山あはともみせず立かくすらん

夕に雲のたな引たるをみて、むかしもよめりしおなじ心を

8576 秋たてばみな吹かぜにたな引てあやしきみねとみる空もなし」（27オ）

秋のはじめつかた、あはは〔ママ〕たをみて

8577 あはた山ふもとのあはふ色づきてうす霧なびき秋風ぞ吹

ある日、元長は権をさぐり、物外は無常の題をさぐりたるに、松がねに咲朝がほを
みて

8578 同じねにさく朝がほの花をみば松も常なきよをぞしらまし

あきのあめのあした

8579 秋の雨のあさけすゞしみゝわたせば夏の暑さも夢かとぞ思ふ

うめづの経亮より、鮎を心ざしに贈りけるに

8580 たにはぢの一村雲も夕だちに梅づの川におつるあゆこれ」（27ウ）

かへし

8581 遠つ川せにふす鮎も心ざし深きえにこそ我はえてけれ

くれつかた、月くもりてふしたる夜、雨の音をきゝて

8582 雨やいまふりいでぬらん深夜の軒にしたゝる音聞ゆ也

日ごとにみれど、あさがほのあかねば

8583 朝な〱みれどあかぬは朝がほのさかりほどなき花にさけばか

人のきて、けふは二百十日なりといふをきゝて

8584 春たちてふたもゝとをかへぬれども風のさはりもなきぞうれしき

六斎念仏とてありくを

8585 つゝみうちなもとゝなへて町くだり玉まつるよに行かへりぬる」（28オ）

玉まつる夕、思ふことありて

8586 我しなばわがちゝはゝのなき玉をむかへおくりてたれかまつらん
8587 我しなばわがなき玉はこん秋ののべのをばなやまねきてあらん

いますむ東の山に、大の字のすがたに火ともす事、いまのならはしなり、十六日の
夕、大雨なれば、十七日にともすこともあなり、京の人は、めなれたれど

8588 大の字のすがたにもゆる山の火を遠かた人はあやしとやみん

舟をかには、舟のかたに火ともせり

8589 なき玉をおくるみのりの舟なればにしのかたにぞ人むかひ〔ける〕

野分だちて、雨をり〱ふるに」（28ウ）

8590 いかばかり雨はふるとも吹風のさわがしきには猶まさりなん

猶しきりて風ふき雨ふるに

8591 あはた山たかねをこれとみし雲は風に波よる雨にぞ有ける

野火のけぶりの、中天にをれたるをみて

8592 秋風やたかく吹らん立のぼるけぶりの空に横をれてみつ

野のきりたるを

8593 みわたせば霧をもれたる色もなし垣ねのゝべの秋の夕暮

松陰にしかのたてるかたを、人のよまするに

8594 よとゝもにしか立ゐるはおのがつま松かげにとやたのめ置けん」（29オ）

いとあつき日、宮より、是してしのげとて団をたまへりしに

8595 身に余るめぐみの風に今よりはのこるあつさもうちわすれなん

またの日

8596 うちわすれ露おくまこそなかりけれめぐみのかぜの身にしあまれば

又御作をたまへりしに
8597 みな人のいとへる老を哀みし君がみことになみだ落けり
8598 けふぞしる袖になれたるうきなみだ嬉しきふしもおつる物と〔は〕
月あかき夜、山野をみて
8599 我やどの松の外なるくまもなし垣ねの、べの秋のよの月」(29ウ)
かへさの月、うしろでにて口惜からんとのたまひしに、とくなか空になりて、経亮
8600 うしろでにならんといひし月かげを行てにみつ、かへるとをしれ
かへし、十日ばかりの空なれば
8601 みちとほみ行ての空に見し月は思ひの外に更しなるべし
今日の雨にて、明夜は必明月ならんとおもへば、経亮
8602 みな人の心かねてや名にしおふ月まつよひに雨はふりけん
かへし
8603 〔み〕な人のあすの月まつけふの雨はれずは思ふかひやなからん
十五日、喜之より」(30オ)
8604 きのふまで心がゝりの雨はれてけさよりくれの月をこそまて
かへし
8605 雨もはれさはりもなくてもろともに月みんと思ふけふぞたのしき
暮かゝるほど、雲はれ、月もやゝさしのぼる折から、房共にはかにさはることありて、得まうでこぬなどありて
8606 うき雲もかげをゝかさぬ岡崎の月のまとゐを思ひこそやれ
かへし
8607 君が影みぬぞくやしきうき雲もさはらぬけふの月の円居に
経亮も必といひしが、俄にえ〔こで〕、かれより
8608 かならずとちかひしことのたがへるはつかふる身ぞとつみゆるしてよ」(30ウ)
かへし
8609 思はずよきのふかこちし雨は晴て月の契のさわるべしとは
月みんとて、したしきかぎり十五六人ばかり、むれきて酒のみ、かつよみかはすうた、み、かしましきほどなり。れいのわづらはしさに、みなもらしつ。雨はふらねど、雲かさなりて、まれ〳〵に月のまにもかへりて興あり
8610 吹はらふ風のあとよりうき雲のおほへば月をみる程もなし
風ふくに、八幡の神幸よと思ふに、雨にもさはらでみゆきありしを思ひいで、
8611 雨にさへさはらぬ神のみゆきには風もみさきの雲払ふらし」(31オ)
十六日夕かた、雲のいやかさなるをみて
8612 暮もあへず雲ぞかさなる山のはにいざよふ月を待べくもなく
夕つかた、有隣をとひ侍るに、あらざりければ
8613 問きつる隣の里も淋しさにたへずやいでし秋の夕ぐれ
霧　同よし
8614 さしのぼる山の日かげに九重の都のそらもはるゝ〔朝ぎり〕
8615 みわたせばとばたをかけていまくまの、べの秋ぎりたな引にけり
8616 口なしの色もやそはん神が〔き〕の朝清めするそでの秋ぎり
8617 宮つこが口なしぞめの衣さへきりに染たる色か〔とぞみる〕
8618 くれふかく立そふきりに神がきのおまへのと〔もしかげぞにほへる〕」(31ウ)
8619 ぬさまつる袖やしほれん陰ふかきもりの朝ぎり〔はれもあへぬに〕
霧
8620 霧立て秋のけしきをそふものは垣ねの、べの夕あ〔けぼの〕
二日月をみて
8621 西とほくはれたる庵にすめばこそ二日の月のかげをしもみれ
三日月をみて
8622 暮ぬやとうち詠ればうす雲にゝほひ初たるみか月のかげ
かきねの、をみて
8623 秋はたのみどりの中にまじれるやおく〔て〕の小田のかりしほの色」(32オ)
もみぢ初たるをみて
8624 まづ一木初るもみぢやよも山の秋にさきだつ梢なるらん
朝に、きりのたてるをみて

8625 へだつるはうき物ながら遠近のけぢめわかるゝ松の秋ぎり

野はだに、夕日のさすをみて

8626 かげよはる夕日にみれば山はだのみどりも秋はあはれ〔なり〕けり

あはたに、色ことなる一木あるを

8627 みどりなる松にまじれるうす〔も〕えぎこやもみぢする梢なるらん

夕に、雲たな引、かりのとぶをみて」（32ウ）

8628 空の海やたな引雲をす崎にて沖こぐ舟とみゆるかりがね

物外が菊をゝりて

8629 露ながらをりし山路の菊なれば今より千よの秋もへなゝん

かへし

8630 たをりこし山路の菊におく露をみるべき〔ち〕よのかずにとらまし

よひとよ風ふき、雨ふりあかしたるつとめて、友年より

8631 山ちかき宿には猶もはげしさのおもひやらるゝ雨かぜの音

かへし

8632 山ちかきのべの庵は殊更にはげし〔かりつる夜〕の雨風」（33オ）

友子より

8633 よとゝもに思ひこそやれのべちかき家ゐはいかに風やふきけん

かへし

8634 よとゝもに庵の軒ばの松にふく野分をのみぞ聞あかしつる

又かれより

8635 雨ふりて風すさまじき秋（ママ）よの明るまつまぞ久しかりける

是がゝへし

8636 雨風は老てきくだにすごきよをいかにわぶらんいもがひとりね

このまへのよの風雨によめる

8637 月はいり風吹たちてふる雨の音すさまじきよのけしき哉

重陽に菊をみて、こしかた思〔ひい〕でゝ」（33ウ）

8638 いにしへのことゝしいへばけふの菊みざりし秋もしのばしき哉

8639 けふのきくみざりし秋〔も四年〕余りおもひかへせば長月の空

経亮、かもの鮎にそへて

8640 さすくしのいさゝむら竹いさゝけしあゆ〔にはあれ〕どかもの川あゆ

かへし

8641 千はやぶるかもの川鮎さす竹のよにめづらしきかもの川つと

玉まつらんとするまへの日、ある人の蓮花をおくりたるに、いひやらんとせし歌

8642 たまへりし蓮の花のうれしくも玉まつりするけふにあひ〔ぬる〕」（34オ）

とて、これよりいもをなん〔や〕るとて

8643 いたづらにはのみしげりて花さかぬむねのはちすにゝたるはたいも

女どもの、まだ深くもあらぬもみぢをかざしつれて、垣ねのゝべゆくをみて

8644 わぎもこがかざしにさせば色ぞこきまだはつしほの露のもみぢも

雨はれて、蝶のとぶをみて

8645 雨はるゝ花のゝてふのおのがどちむれて遊ぶはいかゞたのしき

薄

8646 夕月のほのめくのべを見わたせば尾花なびきて秋風ぞ吹

8647 神がきのむかしの秋をしのすゝきしのに〔乱〕て露や置らん」（34ウ）

夕つかた、霧をみて

8648 夕まぐれ山もとかけて霧わたる野はうなばらの心ちこそ〔す〕れ

月あかき夕

8649 月清く遠山みゆる夕にはたな引雲もけしきをぞゝふ

邦義より

たてまつらんとて、卯木をほり侍れば、あらぬ小草どもの、ねごめにひかれたるをみれば、いんさきもしかあり。かゝりと思へば、そのまゝまいらす

8650 引つればすみれつきくさ蘭しをにも君がそのよりぞこし」（35オ）

いとおほらなる柚の、黄ばみて、秋しらぬみどりの葉がくれにみえたる、清らなるくさびらの、霜の色見せたる、とり〳〵めでたくおぼえて

8651 かづきせぬあまの山つと是も又みるめにあかぬ秋の山つと

これは物外也、かへし

8652 アマノ名ハ海モ山ベモカハラネドミルメカヒナキ木ノミクサビラ
三井三女、なめしきことかさなれる折しも、九月十日なれば、例のたゞ言に

8653 あら玉の春立しより長月のけふまでとはぬ人はたれぞも」（35ウ）
夕に月をみて

8654 詠つる野は秋ぎりにへだゝりて軒ばの松に月ぞきらめく

露

8655 物思ふ人の袂のいかならん草木もしのにむすぶ夕露

8656 心なき草木さへこそしほれけれうべことわりの袖の夕つゆ

8657 松杉のいつこもりてか置つらん茂き木かげの草の上の露

霧

此二首重出

8658 口なしの色もやそはん神がきの朝清めする袖の秋ぎり

8659 暮深く立そふ霧に神がきのおまへのともしかげぞにほへる」（36オ）

蜘蛛

8660 女郎花くものいともて藤ばかまほころぶ花をぬふかとぞみる

くものいにてふのか丶れるみて

8661 飛てふのか丶ればこそはさゝがにのいとはしきよと思ひしりぬれ

鹿

8662 よと丶もにつれなきつまをまつ山のかひなき音のみしかや鳴らん

8663 霧深き夕の山のしかのねはつまの立どをまどひてやなく
いひよこす人ありて、我をへだてられける人のもとより

8664 雨露のめぐみにうとくへだゝりてつひにもみぢぬ木々の下枝
かへし」（36ウ）

8665 さればこそしぐれも露ももる山の下ばのなどかもみぢせざらん
あしでにかけるに

8666 空たかく月すめるよのまつ風は心の塵をはらへとぞふく
かきねの丶を詠るうちに、くれそひて、松の木のまに月をみ初て

8667 詠つる野はうすぎりにへだゝりて軒ばの松に月ぞほのめく

8668 わがやどの松の外なるくまもなし垣ねの丶べの秋のよの月
昆陽池を

8669 霧わたる夕にみればうすゞみのあしでにかけるこやの池水」（37オ）

柞

8670 しぐれても薄きは丶そをしら露の一入そめと思ひける哉

8671 立まじる秋の林の紅にうすきは丶そをもてはやす哉

8672 立まじるは丶その色ぞめにはつくみな紅の秋の山々
たぬき讃　備中倉敷岡又五郎頼

8673 いなづかのほのみか月にともよぶとをだのたぬきやはらつゞみうつ」（37ウ）

六帖詠草　秋七

老のゝち、世中わづらはしくて、山里にある比、夜ふくるまで月をみるに、涙おつともおぼえぬに、袖もしほるばかりなれば

8674 いにしへもひとり詠し月なれどかくやは袖の露けかりける

朝がほをみて

8675 人のよのさかりをみせて朝な〳〵さけどうつろふ朝がほの花

穭田を

8676 かれる田におふるひつぢは我なれやほにいづることもなくてかれぬる

8677 あはれてふ言をひつぢの秋ほにて霜をもまたずかるゝ小山田」（1オ）

古涌蓮法師の自画讃　同雁

8678 かり〳〵と鳴わたれども秋夜の月にはとまるわが心かな

これに言そへよと斫水がこふに、めなれし草のあとに、その折も思ひ出られ、老涙、禁じがたくて

8679 照月に心とめしもかり〳〵とみる〳〵我もねこそなかるれ

綾瀬

8680 ゆく水のと川の舟もゆたにこげ綾瀬わたりもみぢ〔ち〕る比

8681 かぜわたる水のみどりのあやのせにもみぢのにしき重ねてぞみる」（1ウ）

桂潟

8682 あま人はをるともみえず桂がたかたぶく月のかげのみぞすむ

8683 久かたの中にもおひぬ桂がた塩干の月にかひや拾はん

いとくろき猫をみて、戯に

8684 月かげのてりみつよはゝぬば玉のくろねこのみぞくまとみえける

檀岡

8685 引つれていざ円ゐせんものゝふのまゆみの岡べもみぢしぬべし」（2オ）

8686 もみぢする真弓のをかのみやばしらくちていくよの秋をへぬらん

秋夜

8687 いたづらにねてやあかさんみよとてぞ秋のよすがら月はてるらん

8688 むしのねも更行まゝにさえわたる月の夜比はいこそねられね

月

8689 むぐら生てあれたるやどぞ殊更に月の光はすみまさりける

8690 月かげのてらさぬ〔里〕はなけれども所からすむ心ちこそすれ

初雁」（2ウ）

8691 きのふかも植し山田は色付て初かりがねぞ空になくなる

8692 いつよりもさむき秋とは初かりのまだきにきぬる声にこそしれ

庭紅葉

8693 むぐら生てあれたる庭ぞ露しものもみぢの色はこさまさりける

8694 よの程に時雨やそめしけさみれば昨日に増る庭のもみぢば

月のかたぶきたるをみて

8695 山とほくかたぶく月を我やどの松のしづえにやどしてぞみる

8696 てる月を山の〔はにげ〕いれずとも明ゆくかげはいかでとゞめん

此上は六帖にあるべし。」（3オ）

月

8697 秋さむみ雪かもふるとみるまでにあれたる庭をてらす月かげ

七月十六日、山々にともせる火を

8698 とし〳〵になき玉おくる夕ぐれのよも山の火もけふまではみつ

秋浅向泉　宮御題

8699 むかふより残る暑さもわするゝは泉にのみや秋はきぬらん」（3ウ）

文月末つかた、猶あつかりければ

8700 朝夕のけしきば〔か〕りは秋めきてあつさは夏にかはらざりけり

おなじ比、雲のあし早く、かぜ吹べきけしきなる夕

8701 いまふかば民のうれへとなりぬべししなとの御神風やめてたべ

夜に入て、雨になりたるに

8702 わがいのる心や空にかよひけんいとひしかぜの雨になりぬる

七夕七首歌あ〔ま〕たみるほどに、日くれにければ、例のごと、七首もよまで」
（4オ）手向とて
8703 七くさにねがはゞほしやみまがはんたゞ一言の葉にもしらなん
8704 けふよりはいもせのほしのあはぬまを秋の七日とおもはましかば
田家
8705 なが待し雨ふりぬとやいなしきのふせやに賤がつかれやすむる
8706 もるしづがいなほ色づく今よりやいぶせき庵のうさもわするゝ
宮題秋浅向泉　慈延、蒿蹊がよめらんさま、きかまほしく、道覚にあつらへて、取
よせみる
蒿蹊
8707 夏衣馴ぬるまゝに秋もまた」（4ウ）浅沢みづに袖をぬらしつ
慈延
8708 夏なしときのふ思ひし松かげのしみづは秋もわすれてぞくむ
かねておもひしほどの詠なり。此題は残暑の心なり。蒿が歌は、すこしく残暑の
心あれど、歌の首尾したて、慈におとれり。慈は蒿よりもたくみなれど、大意を
損せり。其わきをこゝろみにいはん。忘れてぞくむは、くむまじき秋くむ心あり。
是題の意を損ぜる所なり。残暑の心詞なき故、此難あり。蒿が歌は、秋もまた浅
といふうちに、すこしく残暑の意を帯たり。されど、題泉なり。」（5オ）泉と沢
とは、ことものなり。おなじ水とて、井とも川ともいはんや。ことに、浅沢とい
ふ名所の名もあり。〔是〕又、題をわすれたり。二うたともに、夏よりなれし
まゝに、水になづさふ心はありて、秋なづさふよしをいはず。今更試詠
8709 夏衣なれし暑さにかわらねば秋もいづみになほむかひつゝ
8710 夏なしとおもひなれにしましみづは残る暑さに秋さへぞくむ
このかきねあたりに、粟からをおびたゞしくつかねたる。この比のあめにいたく色
づきて、あしのかれたるやうにみゆれば」（5ウ）
8711 山しろのあはたにかれるあはからはなにわのあしの冬がれの色
月のくもれる夜、よひすぐる比までありて
8712 くもる夜は月みるとしはなけれどもいらまくをしみ端るをぞする

望は、ひるよりおびたゞしく雨ふりて、くれつかた雨はやみたれど、なごりの空は
るべくもみえねど、さすにうちもねられず。まつほどに、軒の松の梢に、ほのめき
いでゝ、夜半には、いとよくはれたるに
8713 はるゝ夜をまつの梢に今ぞみる秋も半の中ぞらの月」（6オ）
たちまちの月みんとて、友子が川辺の家にひとりふたりいざなひて、夕つかたまか
りしに、をりをりくもりて、いかゞあらんなど思ふに、つひに村雨ふりいでゝ、山
もきりたるに
8714 月をのみ思ひしかどもむら雨のけしきもあかぬ夕暮の山
月いづる比はかきくもりて、いまはいづくばかりに月いでぬらんとおもひて、さう
じ明たれ〔ば〕、雲まよりみえて、川水にうつろひたる、いとをかしとみもあへず。
また雲にかくれたるに」（6ウ）
8715 はれゆくを猶たちまてとかつみえし雲まの月の又やかくろふ
はじめのうたをきゝて　友年
8716 月のみと思ひし君がことのはに雲まに月の匂ひ初らめ
なをおほかれど、わすれつ。
十五日、人々きあひて、かしましきまでいひさわぐをきゝて、いひちらすことのは、
風を吹あげて、こよひの月のくもらはゞやと思ひし後、そのよのうたとて、勝
義書あつめたるをみれば、元広、同意のうたあり、
8717 みな人のことのは風を吹た
てゝ月を」（7オ）へだつる雲はらはなん
とよめり。折にふれて、同情同歌をよめること、いかでかこれをさりあへん。すへ
つかたより、かゝるあまたあり。同歌あれば、必人にゆづる。こたびもしかり。は
てに、のぶよしが、やつがれによみかけたる歌あり
8718 さやかには君ぞめなれんあはた山ほのにみよとやうすき月かげ
そこにかい付し
8719 老は猶さやかにもみずあはた山あはたつ雲にうすき月かげ」（7ウ）
信美が上田秋成ともなひきて、はじめて逢たるに、経亮もきあひたるに、箏、和琴
など、かき合せたるを聞て　秋成

8720 軒ちかき松の二木の声あひて秋のしらべはきくべかりけり
かへし
8721 山かげの二木の松の秋の声人にきかるゝ時もまちけり
のぶよし
8722 かきならすことのしらべのおのづから松ふくかぜにひゞきあひつゝ」（8オ）
かへし
8723 琴のねの松にかよふはやまかぜの秋のしらべにふけばなるらし
またの日、秋成より
8724 あはで経しことぞ悔しき古ことを君がしのぶの草の名だてに
すこし心得ずおぼえながら、しらずよみに
8725 古ことをしのぶの草は名のみして心のねなきやどはしげらず
おなじ人のもとに、鹿のあとあるに、もみぢのちりたるかけるに
8726 この秋も更てかへらぬあとみれば我さへねにぞ鳴ぬべらなる」（8ウ）
8727 さればこそうらこがるねに聞えつれもみぢかつちる秋の山陰
十三日のよ、勝義、有隣、勝〔重〕などきあひて月みるに、また光子、利子もきたりければ、十三首をわかちて、十三夜月、例のことなれどかいつく。十三夜月
8728 十日あまりみよの光はゆく末の秋もくもらじ長月のかげ
8729 此くにゝめで初しより秋ごとにくもらぬみよの長月のかげ
月前川
8730 ながれてのよにもかくこそ秋月すみて久しき白川の水
8731 にしごりやかたぶく月にはしゐしてきけばさやけきかもの川音
月前灯」（9オ）
8732 そむくべきくまものこらぬあばらやは月にけちぬる秋の灯
8733 東やのまやのあまりの月清みそむけかねたるよはの灯
くる一日、経亮、得こざりしことなどいひて
8734 かきくもりのこりおほかる望のよのおもひもはるゝけふの月かげ
かへし
8735 望のよのうさはわすれじ月ながらかたぶくかげを又かこちつる
は月廿五日、蓮華王院宮の題
名所月」（9ウ）
8736 月よゝしよゝしと越る旅人はくらぶの山の名をやたどらん
この題はあまたよまるべしとて、つぎ〴〵おもひつるまゝかいつく
8737 久方の中に生たる里人はぬるよもあらじ光そふ秋
8738 秋月さてもやかげのさやけきとをぐらの山を尋ね〔て〕ぞみる
8739 うら風に吹しくみれば塩がまの煙も月の光とぞなる
8740 すまあかしうらの見わたし霧晴て更ゆくまゝに月ぞさやけき
8741 影やどす玉つしま江の秋月名にみがゝれてくもるよぞなき
8742 てる月のあかしになれしあま人はま近きすまの秋もたづねし
8743 よもすがらみてをあかさん宿もなきさのゝ渡の秋夜の月
8744 よる波にみがく玉江は秋夜の月をやどせる名にこそ有けれ」（10オ）
8745 かげみれば清瀧川のひゞきにも月の光をそふかとぞ思ふ
8746 秋夜のさやけき月を松かげに宮ゐやしめし住吉の神
8747 あしのはにかくれてすめるこやの池の月をゆかしみとひきてぞみる
8748 ぬば玉のくろかみ山は秋のよの月みぬ程の名にこそ有けれ
8749 さらしなやさらぬかげにもなぐさまぬ身はことわりのをばすての月
8750 旅のうさなぐさめかねてをばすての夜寒の月を又みつる哉
8751 はるゝ夜の木陰に残るいざり火も光をそふる松しまの月
8752 秋ごとにあらたまりけり石上ふりて久しき月のひかりも
8753 さしのぼるひばらの月をこもりくのはつせの川にうつしてぞみる
8754 橋姫のまつよの袖の霜の色にかこちやすらんうぢの月かげ」（10ウ）
8755 秋月かたぶくまゝににしごりのゝべの草ばは霜ぞむすべる
8756 あま風にあはたつ雲は吹晴てふもとのゝべの月ぞくまなき
8757 てる月のひかり也けり男山よにふらせたる神のみゆきは
8758 音羽山さしいづる月を広沢の広き水面にうつしてぞみる

8759 いにしへもかくやすみけんみよしのゝきさの小川の秋のよの月
8760 てる月の光をちらすよしの川花にもこえし秋の岩波
8761 都人今かをしまんたには路の大江の山に月のかたぶく
8762 雲はるゝ都のにしのあらし山さやかにみえて月ぞかたぶく
8763 よとゝもにかげなゝがれそよど川のよどみにやどる秋よの月
8764 波のうへも月になるをの松のみぞしらすのかげの隈とみえけ〔る〕
8765 海かけて月になるをの松をのみくまとみるさへさやけかりけり」(11オ)
8766 松をふくよさのうら風声すみて月更わたる天のはしだて
8767 秋風のよさむの里のあさ衣うつ声さへぞ月にすみぬる
8768 たれ住て詠侘らん深草の野となる里の露の月かげ
8769 あふみのみ八十の湊もてる月のひとつ光のうちにこそみれ
8770 あこがるゝ心のはてもなかりけりまつらが沖のよはの月かげ
8771 まつらがた山なきうみもたのまれずさはり波にも月はいりけり
8772 あかざりし春のうみべも忘草かり鳴秋のすみよしの月
8773 旅人の心をとめてもるものはふはの関やの秋のよの月
8774 こざふかばふかせてをみよみちのくのえぞもこよひの月はかくさじ
8775 むかしよりかくはすみけんみよしのゝきさの小川の秋夜の月」(11ウ)

〔白紙〕」(12オ)

宮の題　菊有新花

8776 園にまだめなれぬ菊のにほへるやこの秋よりの千よのはつ花
8777 けふよりや千とせをさらにあら玉の初花にほふそのゝむら菊

東の山際に念仏三昧の、いとしづかなる寺あり、夜々、鹿のけぢかくなくときゝて、かれ是いざなひて」(12ウ)暮比より行て、念仏して下まつに、夜ふくるまで聞えねば、かたみにおもふことといひしをわすれじとてかいつく

8778 此寺はひがしの山のかげなればもちの月さへいでがてにする

かへし　布淑

8779 望夜の月もまたるゝ山かげはさをしかさへや声をいそがぬ

かへし　重愛

8780 つまごひになくねをたえて山寺のみのりをのみや鹿も聞らし

予詠同情任例除我詠

こよひのあらましを聞ながら、けふをすぐまじき」(13オ)ことありて、おきなのもとよりかへりしかど、かゝるつどひにもれんが、いとくちをしうて、くれゆくのべをいそぎて、おひてきたりけれど、道のいと遠ければ、いまは更ぬとて、人々かへらんとするをりに、きつきて　勝義

8781 行かへりきつるかひよときくべきをひと声をだにしかはなかなん

かへし　重愛

8782 行かへるかひよとしかはなかずとも山べさやけき月をやはみぬ

よさむの虫の月にさえて聞えければ　蘆庵

8783 山近み鹿なくてふ寺にきて虫のねのみや聞てかへらん」(13ウ)

かへし　勝義

8784 更ぬともかへらできかんさをしかのなかでやむべきよのけしきかは

かへし　布よし

8785 声きかばかへりやすとてさをしかのなかでやすらふこよひ成らん

勝義主に　卜泉

8786 はるかなる道ゆきかへりことのはのふかきを分る君が心か

かへし　かつよし

8787 いくそたびゆきかへるとも限なきことばの道のおくはしられじ

今はとてかへるみちにて　重愛」(14オ)

8788 あはた山ふもとをめぐる秋ぎりは中々月のにほひとぞなる

かへし

8789 ことのはの露の光に秋山の月のよぎりのにほひをぞゝふ

紀之より菊一もと、ねこじて

8790 うつしうゑしき〔ゝや〕うがはらの秋のきく君にみせんとおくる一もと

かへし

8791 東路のき〔ゝや〕うがはらの秋の菊けふめずらしく宿にこそみれ
8792 君がやど我やにさかん秋のきくともにちとせをかけてこそみめ
わがよはひにあやかるべきよしなればなり。」(14ウ)
8793 羽倉信寿が亡父廿五回に秋野といふ題にて歌勧進せしに
とほき野をかへりみすればさく花のちぐさにしのぶこしかたの秋
8794 いにし十三夜、々ふけて、よしのぶとひきて
照月の便ならでもとふべきをいかでこよひの秋を過さん
かへし
8795 あすならばこよひの月もとにみし更てとひしぞ情也ける」(15オ)
誰家紅葉
8796 たれ住て心そむらんあさゆふにてりそふ庵の軒のもみぢば
きりのいとふかき朝、うづまさを思ひやりて
8797 岡崎の垣ねもみえず霧たちぬけさいかならんうづまさのもり
あはた山のもみぢたるに、夕日のさすをみて
8798 夕日さしあ〔る〕はかげろふ山もとの木々のもみぢをひとめにぞみる
誓興法師、修学寺のもみぢすりたるに」(15ウ)修学寺の楓のもみぢすりたるに、言
そへよてふ人にやる歌
8799 色かへて又まち付よ露霜のふるきみゆきの跡ものこれり
誰家紅葉といふことを　蒿蹊
8800 たれ住て一木ながらも千しほまで染しもみぢの色をみるらん
一木は不可賞ものとおもへるにや。
池上なにがし、累年菊をもてあそぶ、秋菊盈枝、何くれのだいに歌をこふに、つか
はし侍り
8801 枝も葉も花にかくれて色々にもどろく玉とみゆるむら菊」(16オ)
8802 池上の力士舞とやよそ〔に〕みん咲ひろごれる白菊のはな
秋の夕つかた、雲のさま〴〵なるかたちをみて
8803 波となり小舟となりてゆふぐれの雲のすがたぞはては消ゆく

8804 天かけるたづの馬かとみえつるは風に足とき雲にぞ有ける
夕月のほのめくを
8805 入し日のなごりのうすく成まゝに光そひゆく中空の月」(16ウ)
七夕に〔重出ノ指摘アリ〕
8806 七種にねがはゞほしやみまがはんたゞ一言のはにもかなへよ
8807 けふよりはいもせのほしのあはぬまを秋の一よと思はましかは
久しくふらで雨ふるに、はたには人もみえねば〔重出ノ指摘アリ〕
8808 なが待し雨ふりぬとやいなしきのふせやに賤がつかれやすむる
8809 庵ながらいろは色づく秋の雨にたのみをかけてみるや楽しき
秋夕
8810 いづれをかあはれといはん詠やる雲と水との秋の夕暮
8811 さぎのとぶ遠山めぐる江の水に薄ぎりなびく秋の夕暮
8812 霧のうちに萩も薄もうなだれて露けくみゆる秋の夕暮
8813 尾花のみほのかにみえて霧渡る山田のくろの秋の夕ぐれ」(17オ)
七夕に信美とひきて、かぢの一は書たる絵に、歌こふに
8814 この秋はちりくるかぢに七かへり我ことのはを書て手向ん
8815 軒ばなるかぢのは散ぬ久方の天の川かぜ今か吹らん
8816 秋にあふかぢの一はの散初て思ひやらるゝ天の川か〔ぜ〕
8817 ほし祭る夕の庭にかぢ散て人の手向をすゝめがほなる
8818 風わたる軒ばのかぢの散初て夕月すゝしほし合の空
8819 たなばたをわたせる後に舟人のかくせるかぢやこゝに散らん
8820 めぐみあれな露の手向もちるかぢもかぎりと思ふ老の秋かぜ」(17ウ)
秋のはつる日、大愚法師庵をとひ侍し庭の木の、もみぢ初たるをみて
8821 霜よりも心おくらし山姫の染さしてゆく秋のわかれぢ
このもみぢは東にさせる枝なれば
8822 東よりそめしもみぢの色みれば西を秋ともえこそ定めね
あるじの長月によせて、我をことほぎければ

8823 秋はけふかぎりと思へどことのはをみれば千とせをふる心ちする

秋田

8824 我もよを秋田のそほづ露しもにおのれのみやはたちつかるべき

8825 風さむみ夕ぎりなびきかり鳴ておしね色づく小山田の秋」(18オ)

8826 ある寺にまかりて

古寺のこぼるゝかべのあれまより女郎花てふ花ぞみえたる

立田の山川を人のみたるかた

8827 よも山の秋を移してからにしきたつたは水の色ものこらず

8828 水とほく山かすかなるくま〳〵もうつるもみぢの色にみえつゝ

8829 そめつくす山と水との秋の色をうつしていかゞ人にかたらん

心性寺にまうでたるに、松風の雨に聞えたるに

8830 雨かとてみればふもとの花薄なびくにしるしみねの松風

8831 しめおきし我をやまつの秋かぜになびきてたてる山のをすゝき」(18ウ)

萩のはを吹かへすかぜの、しろうみゆるに

8832 谷風の吹しのぼれば折かへりしらみてみゆる庭のはぎ原

8833 あし引の山おろし吹て古寺の庭のまはぎぞ盛過ゆく

常にみゆる遠かたの田より、さぎのたつを

8834 ゆくりなくさぎぞむれたつ小山田の朝ぎりかくれ人かよふらし

心性寺にまうづるみちの田ども、年ありとみへて、いとにぎはし

8835 みつぐりの中てのいねもかりあげつ霜のおくてもかくみのらなん

読経の声に聞ゆるは松風なりけり

8836 松かぜのど経の声に聞えし〔は〕つく〳〵ぼうしなけば也けり」(19オ)

重陽に、敬儀が菊にそへて

8837 我たのむ君をぞけふはいはひつる千とせの秋の菊をためしに

かへし

8838 我をいはふことばの露を命にて千とせの秋の菊をしもみん

重陽に菊のなかりければ

8839 長月の九日といへど時しらぬ宿には菊もさかずぞ有ける

萩の枝のまに〳〵、遠村のみゆるに

8840 秋はぎの枝のまに〳〵みおろせば花にこもれる遠の一むら」(19ウ)

白川のながれに、いろ〳〵の花のうつりたるに

8841 色ごとに心ぞうつるもゝくさの花のかげゆくしら川のみづ

かぐらをかにて

8842 かぐらをか松の秋かぜ身にして〔みカ〕すゞむしのねも神さび〔に〕けり

8843 秋風になびくを花はかぐら岡きねが起ふす袖かともみゆ

秋風のいたく身にしみて覚る夕

8844 あつさゆゑいつかと待し秋風の身にしめば又夏ぞ恋しき

ものにまかりて月夜更て、やにかへるに

8845 住てわが思ひしよりもよそながらみるぞ淋しきよるの山ざと」(20オ)

十三夜、曇れり、仲秋は、いとさやけかりけるをおもへば

8846 名にたかき二夜ながらに月かげのさやけきとしぞすくなかりける

8847 雲とぢて雨もやまぬにはしゐつゝ月を待こそをさなかりけれ

わがともがら、こよひの月みるとて、となりの里にあつまりて、日のうちより歌よみすときゝて、近ければみやるに、ともし火かすかに人かげもほのみゆ

8848 月はればそむけはつべき灯を雨にしたしむ心〔を〕ぞ思ふ」(20ウ)

8849 人ごとにこよひの空の秋かぜを心にねぎて月やまつらん

8850 かぜをまち雲をかこちてさか月の光をのみやもて遊ぶらん

よのふけてみれば、火の消たるに

8851 さきにみし庵のともし火消ぬ也つどへる人や今あかすらん

8852 あすぞみん雨にさはれる長月のかげを恋けん心ことのは

この里は、まだ人声のするに

8853 雨ふりて月もみえねどこよひとやねぬけはひするやどぞおほかる

木のはのいとこく染たるをみて

8854 ことのはをそめんきのえのとくなれど口なれぬ身はいふかひ〔もな〕し

年〔ごと〕八月十五日、八幡神事なるを」(21オ) ことしは九月十五日なれるに
8855 男山神のみゆきもすべらきの御代長月のけふにのばへつ
月あかき夜
8856 みればわが心すむとはなけれども月の夜比はねられざりけり
杉がきにおける露の、朝日にきらめくを
8857 朝づくひてらしてみがく白玉は杉のはにおく露にざりける
8858 日のかげに玉かとみゆるしら露はおのが光と思ふ〔ら〕んやぞ
信美勧進　秋懐旧
8859 いにしへの秋をつら〳〵忍ぶれば天とぶかり〔も音〕をぞ添なる」(21ウ)
日のとく過るに
8860 たかくなる老の坂ぢのけはしきに秋のひまゆく駒のあしとさ
経亮、とひていふ
8861 のべ近く家ゐし君は朝夕につまこふ鹿の声を〔きくらし〕
かへし
8862 耳うとみしかもきかねば山ちかくすむかひよとは何を思はん
心性寺にまうづるに、白川山をみて
8863 秋山のうす霧こもりむら〳〵に染るもみぢの色分てみゆ
寺をいでゝ、野路をかへるに」(22オ)
8864 立いでゝかへりみすれば秋山のみてらはきりにとくかくれけり
敬儀が白菊をおくるに、色の清ければ
8865 いさ清き君が心の花をまだしらぬ世人はきくといひけり
心性寺にて、虫を聞て
8866 寺ふりて法の声すむ松風にすゞむしさへぞをり〔はへて〕なく」(22ウ)
苔露
8867 みどりなる苔にしおけばあだものゝ露もときはの色とみへつゝ
8868 秋の色にうつらぬ苔としらねばやよかれず露の置あかすらん
関紅葉
8869 明ていまゆるす関戸のもみぢばを猶かへりみていづるたび人
8870 旅人のゆきゝは絶てすむ月によるの関戸のもみぢをぞみる」(23オ)
見月
8871 風清く露きらめける月のよは更てもえこそねられざりけれ
8872 身のうさも慰むべきをなぞもかく月をしみればもの思ふらん
雨後に月のおそきをまつとて
8873 雨はれしこよひの月をまちてみんあすの夕もたのまれぬみぞ
あしたに月のゝこれるを
8874 誰しかもをしみとめけん朝ずくひにほへるそらに残月かげ
維徳がこふに、遺画讃」(23ウ)
8875 にしに日の入をかまちし平山のしげみを月のいまさしのぼる
ふん月朔日になれるに
8876 思ふこと一つもなさであら玉のとしの半も又過にけり
8877 みな月のけふしもいひしことのみぞわが思ふ事にかはらざりける
夜々、月あかく、虫の音たかくなるに
8878 虫の音もよな〳〵たかく成にけり光そひゆく月にならひて
玉まつりの夕、月に我かげのみえけるに
8879 月はしるやなき玉まつる夕ぐれのかげと成ぬる老の心を
大愚法師とひて、これをきゝて」(24オ)
8880 けふまつる玉よりも猶秋をへて月さへ老のひかりそふらし
盃酒をすゝめける、夜更てかへりて、つとめてかれより
8881 更ぬとてかへりし跡にとゞめ置し心は月のかげにみえきや
よみおけるうたをこはるれば、十首斗かいてつかはすに
月夜とひ給へりし情浅くやは、ましてとゞめられけん御心もいとうれしく
8882 わかれても月にわすれぬ面かげやのこせし君がこゝろなりけん
かの乞給へるを、しひていなみ侍らば、かへりてかたはらいたくやおぼすらんとて、
かいて奉る、いとあやしけれど、いかゞはせんは　蘆庵」(24ウ)

よしたつが身まかりける比、黙軒をとふとて
8883 秋風に散ぬるみれば草のはにのこれる露もあやふかりけり
ふん月廿日比、庭の萩も、やゝ咲そひ侍り、人すまぬ隣の萩も、かきごしに見るべうかまへたりといはるゝに、いとゆかしうて、ゆかんと思ふに、雨ふりいでぬ。きのふの大雨に、みちもいとあしげなれば、思ひとゞまりて、えまからぬよし、文かきたるをり、経亮きて、その文もてまからんといふにつぐ。」（25オ）いんさき、かた便に、けふはまゐるべきよしのたまひけるに、いとうれしくまかりて、そのこたへもせめとて、うちすぎ侍にけり。けふしも雨になりて、老の足もと、たど〳〵しかるべうえまからぬを、なめしとなおぼしそ
8884 萩のはな咲そふ比と聞しかばけふの雨には移りしもせじ
と思ひのどめてなん、かのこたへをだに一筆と思ふ折、経亮きあひて、雨に咲そはむ萩のけしき、いとゆかしうこそあめれ、そのつかひ、凡たばらんといふにまかせて奉るなり。
かれより」（25ウ）8885 ふる雨にうつろひぬれど萩がはなさてもみせなでちりなんはをし
とて、人参らせばやと思ひし折しも、経亮主に御文たまひたる。みちのぬかりには、いかゞにやと思ひたまふれど、いとすこやかなる老の足もとに、さのみもたど〳〵しかるまじうと、このぬしもいはるゝに、しひておどろかし参らするになん。
かれ是まらう人のきて、さわがしき折なり。雨もはるべうみゆれば、いまみあはせてまからんといひやりたり。うちくもりて、しめ〳〵とふりいで、あるは、はれなどするを、うちながめつゝあるに、かねの音の聞ゆる時、過にける成べし」（26オ）
8886 ふりやそふはれもやすると秋の雨をためらふほどに日もくれぬべし
今はよしぬれぬともと思ひをるに、経亮、例の心とくて、おはせぬからかへりつとて、きたるに、しばしをあれ、いままからんずとて、湯づけなどすゝめて、ともに立いづ。思ひしもしるく、この岡崎もたみたる道は、いといたうあしかりけり。とかくたすけられて、庵にいたる、しつらひよりはじめて、とはずは悔しかるべき花のけしきなり。庭のはぎはさらなり、かの垣ごしにみゆる花も、さながら此庵にむかへり」（26ウ）
8887 萩の花ちらばをしけんことのはにめでゝぞ分し道のぬかりを
隣地の岸のはぎを
8888 君がためうゑける花となりにけり移りゆくよの庭の秋はぎ
この萩の、あなたすこしとほく家ゐあり。その垣ほより、女のかほあまたみゆ。思ひがけずみゆれば、たれも〳〵そなたざまのみみらるゝに、よめる
8889 たをやめの花のゑまひのみえしよりさかりの萩は移ひにけり」（27オ）
つとめて、経亮より
8890 きぞのよのはげしかりける雨風にみし萩原の花はちりなん
かへし
8891 雨風のきのふかゝらばえもとはじ折よかりける萩遊び哉
8892 雨風のはげしきまではちりもせじさかりまだしくみえしはぎはら
山寺にまうづる道にて月草のさかり」（27ウ）なるをみて
8893 秋日はうつろひやすし月草の露のさかりの色にほこるな
日ぐらしをきゝて
8894 山陰の松の林の秋風に鳴ひぐらしの声ぞいとなき
よし田のはらにて
8895 色々にやゝ咲そはんよし田山ふもとのはらの秋くさの花
8896 もとしげきよし田の山のむしの声又ぞとひこん花みがてらに
野田のほそみちゆく
8897 文月のくれもはてぬにわせはかふき中ての花もやゝさかりすぐ」（28オ）
白川の里におなじ寺をたづぬる、尼とうちつれてゆくに
8898 法のゑをみちびく我も白川のみづわくますは名にやながれん
寺にきつゝきてみるに、去年のごと、萩も薄もさければ、そのまゝに思ひとくこともあらぬをなげきて
8899 さらに又萩も薄も咲ぬれど秋の心はかはらざりけり
小鳥のあまた松にむれくるを

8900 垣ねなる粟生のなるこ風吹ば軒ばの松にすゞめむれくる」（28ウ）
世龍が身まかりける比、黙軒へ申つかはせしかへし
8901 草の葉の露よりけなる身はおきて先ちれるをぞ哀とはみし
あかつきにおぎ
8902 山とほく夜霧残りてしらむの、むしのねたかき秋の明ぼの
千世もたる人は、ものにもあらざらめど、をとつ夕より、垣ねの小田の露寒く、ほにあらはれし金風に、老たる樹凋、黄ばめる葉、たへがたかめる心ならひに」（29オ）身をつみて
8903 いかならんやそぢのしもの翁草またふたとせの秋風のくれ
八朔の日
8904 文月くれ月たちかはるけふをしもいつのよゝりかことほぎはせし
澄月より返事
けふをほきける世のならひに、音信きくぞ嬉しき。さてもおとつ夕より、しきりに露さむく、金風のちから、ことさらにおぼえ給ふて、いかならんなど、露のあはれも」（29ウ）かゝれるならし。こゝんの供いとなむ比より、心ちそこなひ、やう〳〵けふなん、起あがり侍りて
8905 むべも吹秋のあらしぞたへがたき老樹は葉さへしぼむのみかは
かくはいへど、かつをこたりぬれば、よその垣ねも思ひやられて
8906 折からの野分も分てふく宿のさかりうらやむ露のはぎはら
御文給はりけるほどは、ながき白髪を」（30オ）はらひ、さらばと筆とり侍りけるほど、けふのことゝて、人あまたになり、やう〳〵今なんむくひ侍る。八十の霜のおくれたりや。
此かへりごとは、いかにいへるにか、けふをほきて文やれるにはあらず。又老木の金風にたへがたきは、我すでにいひやれる詞也。我をはぎにたとへたれど、さかりの身にもあらず。ほむるも、いつはりなくほむべくや、我ならば
8907 千とせふる雪にも松はたへぬべしおもへば八十のしもおきなぐさ」（30ウ）
とぞいはまし。是は、争をもとめていふにはあらず、すべてかへしと思へるうたのかへしにならぬことのあるは、かく外をもとむる故也。心よりよむべしといふことを、我ともがらに、つたへんとてかきおくなり。はぎは
8908 あらかりし野分のかぜやよきつらんうつろふ色もみえぬはぎはら
などにや、凡詞と心と相応することは、ありがたきものなり。されど、事実にたがへば偽なり。偽をいはんよりは、もだしてありなん。
旅泊鹿」（31オ）
8909 秋さむきいそ山おろし海ふけば波のうきねにをじかをぞきく
8910 波まくらねぬよの床に聞ゆるはいづくの山の鹿の声ぞも
松の葉ごしの月の、ほのにみゆるに
8911 八重しげる葉ごしの月をかつみせて心有ける松のあき風
朝に日ぐらしの鳴声のいといそがはしげなり
8912 朝まだき鳴日ぐらしはけふも又とまらぬかげをゝしめとや思ふ
ふくろふのなくをきゝて
8913 松にふくあらしは絶てふくろふの声物すごくさよ更にけり」（31ウ）
又のよもなくに
8914 ふくろふのなくなる松に木がくれてこよひの月もかたぶきにけり
月出山
8915 山端をかつ出初し月かげの都のよもにはやみちにけり
8916 さしのぼる月にぞみゆる高砂のをのへの松ははるかなれども
8917 待ほどの久しかりしにくらべてはいづるぞ早き山のはの月
当所の神事、九月十六日なり。所のならひとて十五日の夜、神輿かなたこなたいでます」（32オ）
8918 深夜の神のみゆきとみ空ゆく月も光をゝしまでやてる
あれまより月のさし入をみて
8919 深夜のねやの荒まをもる月ぞ老のね覚の友となりぬる
秋夜
8920 月清く秋風寒し今よりはいかでか老のいをやすくねん

8921 秋さむみ床のへさらず虫鳴てね覚がちにぞ夜は成にける

雨の、ちあはたのもみぢをみて

8922 雨晴るくもまの夕日さしそひて一きは増る山のもみぢ〔ば〕」（32ウ）

山月　十五夜、雨月夜也

8923 遠山の松のすがたもあらはれて半さしいづる山のはの月

紫蘭馥

8924 紫のゆかりの色はうすけれど匂はふかき藤ばかま哉

8925 ふぢばかま匂ひみちたる秋の、は皆紫の草かとぞ〔思〕ふ

画題　地多万民家

8926 いやとしにたれもみつきの余るらんかり残せるは我田のみかは」（33オ）

益がいひおこせたる、きのふのくれのかへるさに

8927 君があたりかへりみすれば暮はて、山のは〔たか〕く月さしのぼる

かへし

8928 かへりみしほどにかあらん月かげのみやこのかたにさし初しぐれ

十府浦月　奥州八景内

8929 月にしくとふのすがごもいつよりかさやけきうらの名とは成けん」（33ウ）

或詠草　柞紅葉

8930 露しぐれいたくなかけ（そめ）そ柞はらうすきもおのが（は木々の色の）かぎり也（を）けり

此歌ノ、オノガノ詞、不叶。いたくなかけそとは、露しぐれに下知したる詞なれば、下の、おのは、露しぐれをさせばなり。上下によりて転変することかくのごとし。

秋田　源大府集

8931 八束穂のかぶきわたりて賤をがたのみゆたかにみゆる秋哉

雁　赤人集

8932 月すめば雲間はるかにとぶかりのよめにもさやに数ぞみえける

幽夕　斎宮女御集

8933 露しげき蓬が原を詠つ、消なん後の夕をぞ思ふ」（34オ）

雀　景行紀

8934 いながらにすだく雀は葉がくれて稀に残れるほをやあらそふ

散木

8935 人世のいそぢがほしの一夜ぞときけば久しき契なりけり

霧　初学抄

8936 ことの葉にいさ、なみとは秋霧をいふときけども聞もならはず

万

8937 いなびかりいなつたひともいひこしをいなづまは此異な、りけり

秋　堀百

8938 はとふくは鷹をとるにもぬす人の友をよぶにもするわざぞかし

露　山家

8939 はら〳〵とおつる涙に、たりけり朝風わたるかしは木の露

荻驚夢　堀百

8940 老ぬれば秋の初夜のはつかなる荻の音にも夢ぞ覚ぬる

鹿　貫之

8941 秋はぎに〔うらび〕れをればむべしこそ今日初しかもねをたてつ也

いんぷ門院たゆふ

8942 女郎花たはれてみゆる秋の、ははらみ初けりしの、をす、み」（34ウ）

七夕　万七

8943 たなばたのおくる朝の初嵐さぞきぬ〴〵の身にしみぬらん

秋田　六帖

8944 としありとみゆるわさ田のほだち哉色づきわたりまだきかぶきて

散木

8945 薄墨の夕の空に事けちしほぐとぞみゆる雁の玉づさ

月　忠みね

8946 たれぞ此月にはねんといひ〳〵てほれたる声に歌うたふらん

女郎花　散木

8947 女郎花みなへし折てもていなん人のみんのもねたくし思へば
暁月　山家
8948 さやかなる暁月にうかれ鳥つげずはかゝるかげを〔みまし〕や
萩露　後中つかさ
8949 日くるればうちぬる萩をよもすがら露のおきゐてうらむべらなり
秋田　万
8950 我せこがおりたちぬれて作れりしわさほのだち行て早みん」（35オ）
万
8951 君ならでたれにかあへん妹とわが二人作りし小田のわざはひ
萩露　同
8952 たなばたのかざしの玉か秋はぎのうれわらはばの露とおくらん
秋田　公重
8953 にひばりのかみたのわせを生したてことしの初ほ奉りてん
同　経信
8954 秋ふかく成にける哉せき入し門田のおくて霜結ぶ也
秋夕　四天王寺障子
8955 何となく悲しき色は山遠き秋の夕の雨もよのくも
嵐　相模
8956 照月に雲かゝるよはこひ侘ぬ花のかたきといひし嵐も
露　実方
8957 八千草の秋〔の、〕分の風のまを命とたのむ露もはかなし」（35ウ）
苅草（カルカヤ）　万
8958 かるかやはな〔べ〕て草の名こと草の有と思ふはあやまりぞかし
寄川恋　中務
8959 ながれてとたのみがたきを川とみて渡ぬ中ぞ悔しかりける」（36オ）

六帖詠草　秋八

夏くれて、かへらぬ空を、しとのみおもへば、あやにくにとく過て、けふは七日にもなりぬ。例のしたしき人々までことしげくて、二星の手向をよまず、くれつかた
8960 あはぬまのうきせにたへて天河けふのわたりはあるよなりけり
布淑がことしの手向には魚によせてよめるが、をかしうおぼえたれば、その石ふしを
8961 天川浅せにすまふ石ふしのふしもあへぬにあかぬこのよは
住にはあらで水にすまひする心にはあれど、いかゞあらん。
鮒を」（1オ）
8962 引網のめにこそみえね国もせにあふなをとれるけふのたなばた
鮎を
8963 とりがたきあゆとる〳〵と明しよをかさばやけふのほしのいもせに
夕を
8964 なべてよのあはれと人やおもふらんふりまさるみの秋の夕暮
風を
8965 ほにいで、吹もあへぬに老らくの心にぞしむ秋のはつかぜ
夕に笛のねの聞えくるに
8966 秋かぜに露ちりたりと吹笛のねのうち付に袖ぞぬれける」（1ウ）
夏より日でりつゞきて、はたつもの、みなかるゝをわびて夕やみに水そゝぐをみて
8967 あくた火のかげをたのみに夕やみも水をぞそゝぐ秋の山はた
おのがどちつどひて、いかゞせましなどいふをきけば、むねつぶる
8968 土さけて照日にぬれし民のそでかはくばかりの雨もふらなん
雲まより三か月のほのみゆるを
8969 むら雲をつなげる糸とみるばかりほそくかゝれる三か月のかげ」（2オ）
あしたに垣ねの、べをみれば
8970 きりなびくあさけの田づらみわたせばかなたこなたに鷺ぞむれゐる

鳴子の音にさわぎて、松にすゞめのむれくるを
8971 鳴子引かきねのあはふむれだちて軒ばの松にすゞめ波よる
夕にむら雨のふるに
8972 霧わたる秋の夕のむら雨はふるほどよりも袖ぞぬれける
有明の月をみて日にけにおとろふる身をおもひて」(2ウ)
8973 みるがうちに光うすらぐ有明の月こそ老の身をしらせけれ
暁観念
8974 をしと思ふ心のあともなかりけり暁月のかげしらむ空
8975 おのづから暁おきの露をみて空しき月の心をぞしる
牧笛帰野
8976 暮ぬるか草かり笛のとほざかる声のみ秋の、べに残りて
8977 草かりのかりはてつとやふく笛に心をやりてかへるのべに(ママ)
十九日、月のおそければ、ふしていまと聞て」(3オ)
8978 老ぬればまづふしまちて月かげのいまはといふにおきてこそみれ
東の木しげくて、まだ月はみえね、にしのかたより、あかうなりゆくもをかし
8979 山のはの月出にけりわか松の梢のかげの、べにうつれる
誠やこのもちに
8980 一とせの月のさかりは秋のそら秋はも中にしくかげぞなき
厚生が山に行て、かへさに、柿のはの、いとようそめたるを、つとにせしに」(3ウ)
8981 君をしたふ〔ママ〕
かへし
8982 分きつる山づとみてもことのはにそめし心のほどはしりにき
ある人のもとへあり明の光うすらぐといふ歌をつかはしけるかへしに
8983 有明のことのはかぜにおどろけばわがよさへこそいたくふけぬれ
(有明の光うすらぐことのはを(に)き、てわがよのふけに(ぞ)おどろく(かれぬる)〔訂正前〕)
更におどろくの句、うきて語をなさず。仍、如加筆、添削遣す。但、人の老衰を聞て身をおどろくのみは、さきの人にこたふる心浅し。おどろくを人の老衰」(4オ)を聞ておどろけば、我もいたく老たりといはゞ、自他ともにかなひて、かへしと成べし。かへしても、かへしに成がたしといふは、かやうなるもの、其自他相応は、朱書の添削のごとし。
十三夜月
8984 けふといへばくもらぬ空の月かげに秋つしまねの光をぞしる
8985 此国にみはやす月と聞つきて唐人も今はめづらし
此夕、布淑、敬儀、酒肴たづさへきて見月。経亮、勝義、勝重来あひて有。出十三題、巻頭」(4ウ)
宮御題、同　巻頭
8986 今宵はと唐人もあふぎみん豊秋つすの長月のかげ
夕出月　千保
8987 雲霧はよそになびきて夕まぐれさし出るより月ぞさやけき
停夕月　蒿蹊
8988 めづらしと向ふ心はよひながら月はも中に早なりにけり
暁天月　真応
8989 万里金波徹五更　病蛾瘦桂有残情
談光已尽吟遊興　還伴暁鐘減虫声」(5オ)
苔上月　慈莚
8990 霜とみるまさごの月を同じ庭のこけやみどりの色にそむらん
庭上月　寛常
8991 いつのまに霜は結ぶと思ふまで庭白たへに月ぞうつろふ
松間月　永昌
8992 一むらの松の木間にほの〴〵ともるかげをしく更るよの月
竹間月　銀
8993 修竹園中秋月明　枝間篩玉影偏清
況逢檻外涼風到　鑑謝堪聞金在声
月前雁　永亨」(5ウ)

8994 うき雲はおのがは風にはらひつゝさやけき月にわたる雁がね
月前鹿　道覚
8995 ほど〻ほく聞もさやけし長月の月をみ山のさをしかの声
月下薄　行章
8996 かげ清き月の末の〻花薄たれきてみよとうちまねくらん
月下菊　志岸
8997 月満東籬夜欲央　菊含霜露冷秋光
薫風吹送広寒殿　兎定応夢亦香〔ママ〕
月契千秋　御
8998 素魄二分輪未盈　光輝万里逼人情
〔今〕宵詩酒風流興　歳歳同歓不掩情」（6オ）
備中倉敷、岡武敏ちかきあたり、三ツ子岩といふあたりの砂石、火に入れば、ほたるの光あらはる〻を、蛍石といふとておくりて
8999 火にたきてみよこと〴〵にもえ出るよるのほたるの玉がしはぞこれ
かへし
9000 かぎりありて秋のほたるの消てしものこるおもひやいしとなるらん」（6ウ）
此秋もくる〻に、しぐる〻空を詠て
9001 袖にのみふりぬとつげてことのはは猶そめのこすむら時雨哉
さよ中にしぐる〻をき〻て
9002 この秋もはかなくくれぬさよしぐれさはことのはをそめてだにゆけ
雨夜虫
9003 雨はれぬ軒の玉水つぶ〴〵とさ〻めくよはのきり〴〵す哉
9004 雨そ〻ぐ蓬がね〔ママ〕やなく虫の声さへしめる夜はの淋しさ
名所擣衣
9005 たれまつと夜ごとにふけて衣うつきぬたの音のたか安の里」（7オ）
虫
9006 秋虫のさせるふしなき声をしもあはれとぞきく衣つゞるまど

もみぢの散たるを
9007 ことのはに心をそむと思ふまによものもみぢは散はてにけり
いせの本居おきなが、人にやたておくるとて
9008 花もみぢふところ紙の一筆はすゞりも墨もとりあへずして
とよめるをき〻て、いぶかしさによめる」（7ウ）
9009 あな侘しふところ紙も筆もあれどすゞりも筆もとりあへずして
9010 墨をしもとりあへずか〻ん一筆はなに〻つけてかあとをみすべき
9011 いそのかみふるく聞えし水ぐき〔ママ〕あとみえぬ筆の名にこそあるらめ
余斎翁をとふに、雨ふり出ければ
9012 ことさらにとへるみちより雨ふればかさやどりとや人の思はん
9013 雨ふりぬかさをやからんことさらにとへるをけふのぬれぎぬにして
くるつあした、かさをかへしつかはせしに付て、かれより
9014 むらしぐれふる野の〻べのかさの山かさぞ〔ママ〕君をとゞむべきものを
山田かりのこしたるに、鹿ふたつゐたるかた」（8オ）
9015 かりのこす小田の田主のこ〻ろをやつま待しかの嬉しみてなく
寄月述懐
9016 照月を思ひいで〻ぞなぐさむるやみにふる身の秋のこ〻ろは
残月掛岑
9017 山とほき松にか〻りて残夜をしばしとてらす嶺の月かげ
9018 木のまさへはるかにみえて明がたの月のか〻れるみねの松ばら
湖月」（8ウ）
9019 衣うつかたしのうらの月かげに白ぎぬた〻む波の秋風
9020 か〻み山たかねの月のうつるより塵もくもらぬにほのうみづら
二日月をみて
9021 秋たちて二日の月の影もみつまだ薄暮のきりのまよひに
みるがうちにけしきかはり、入がたのかげ、猶あはれ也
9022 二日月二筋なびく雲まよりいとすぢばかりみゆるかげ哉

朝に軒の松かぜをきゝて
9023 はるかにも思ひやる哉すみよしのおまえの浜の松の秋かぜ
かぜすゞしとて人のよろこべるに
9024 みな人のまち悦べる秋風のなどしも老の身にはしむらん」（9オ）
夕の雲のいろ〳〵なるをみて
9025 山のはの入日のかげをいろ〳〵にうつしてみする空のうき雲
いろ〳〵にみえし色もすがたものこらぬを
9026 うき雲のさま〴〵なりし色もみなはてはむなしき空に消ぬる
人世を思ひて
9027 人のよもかぜに消ゆく空の雲有とやいはんなしとやいはん
9028 はて終に消るをみれば空のくも有もむなしき人のよの中
9029 人のよにたる物かなきえぬまもかねてむなしき空のうき雲
十日あまりの月、清風のすゞしき夕、詠をるに」（9ウ）黙軒、布淑、直吉きたるに
9030 山里のうれしきものはよゝしとてとはるゝ月のむしろ也けり
かへし　布淑
9031 山かげの月の席をとひぞよる塵のけがしき物もなければ
黙軒
9032 山里に君すめばこそ秋夜の月のむしろもじき〳〵にとへ
直吉
9033 此庵に君がすまずは山里の月のあはれもしらで過まし
山ざきわたりより、西山をつたひて、夕立を」（10オ）詠をるに、かぜあはたゞしく吹て、うちくらかるに
9034 夕立は今ふりくめり遠かたのあめのあしこそみえず成ぬれ
粟のほにいでたるをみて
9035 きのふまで草かと思ひし山はだの粟生ほにいでゝ秋風ぞ吹
七夕鵲
9036 くれぬまに心あはせてかさゝぎのよりばのはしはよくとゝのへよ

比翼
9037 まれにあふほしにかさばやとことはにつばさならぶるとりのちぎりを」（10ウ）
あふむ
9038 あふむをやほしに手向んあはぬまをとしに一夜といはゞいふがに
雁
9039 たなばたはかりをかごとにいひなしてこん春までは君なかへしそ
鶉
9040 たなばたの契初けんふるきよの秋をうづらのねにや鳴らん
鴫
9041 たなばたのつま恋しぎのはがきにもあはぬ思ひのかずやまさらん
鶴」（11オ）
9042 此夕ねをなくつるはおのがへん千よを一よのほしにかすとか
夕月に雲のかゝれるをみて
9043 月かげのはれもやすると秋風をまつにやどして待ぞ久しき
月は出たれど、猶うす雲にへだゝりたるを
9044 あひみずは悔しからましうす雲にへだてゝうとき月のみかほも
雲はれつきて、いと清くすめるに
9045 人しれぬ心のちりも払ふめり月すめる夜のまつかぜの声
ちかき松林寺に笛の聞えければ
9046 月清き夕の軒のまつかぜに吹あはせたる笛竹の声」（11ウ）
幽栖秋来　宮七月二題、一題筆写人心、雑四ニアリ
9047 此夕秋きにけらし庭もせに露の玉しくよもぎふのやど
9048 くる秋はめにこそみえね〔ママ〕
山のはに雲のたな引をみて　智乗
9049 夕ぐれに遠山のはをみわたせばたな引わたる空のうき雲
かへし
9050 たな引て入日をうつすうき雲もはてはむなしき色にぞ有ける

秋立て二月もめぐりきぬれど、久しく雨ふらで、あつさもしぞきかねたれど、くれごとに月さやかにて、すこしすゞしければ、」（12オ）れいの月のまどゐはこのもちにこそとて、人々をまねきて

9051 庭もせにさきける花の色々をくはゝる秋の月にこそみめ

とていだしたれば、これがゝへし、いとおほかり。あまりこちたければ、こゝにとゞめず。

雨もよの雲たちまよひたる夕

9052 めづらしやいとひなれにし雨雲の月にまたる秋〔ママ〕も有けり

といふを聞て　経亮

9053 月を待こよひはよきよ雨たべといのりしかひによしやふるとも」（12ウ）

けふを期しけるを

9054 もろともに名だかき影を待かねてこのもちのよの月をみる哉

かへし

9055 はれぬべきは月のかげのしられねばまづこのもちの空を契りし

経亮

9056 かねてより君が心にかけつれば葉月の望の空もはれなん

かへし

9057 名にたてる望のよはれば又もとへ今宵の空に限る月かは

かへし　経亮

9058 言葉をよすがになしてこん月のもちのよさりも又とひてまし」（13オ）

かへし

9059 こん月ははれもはれずもとひきませことのはぐさをなぐさにぞせん

布淑がいとおそかりければ

9060 久方のかつらの人のこざりせば月の円ゐは淋しからまし

かへし　布淑

9061 かつらよりあくがれきつるかひもあらじ月の円ゐの数にいらずは」（13ウ）

秋田

9062 てり増る秋田の月に雨たべと言あげしつゝ賤つゞみうつ

日ぐらし

9063 さてもなほかぎりあるよをかこつらしくはゝるあきの日ぐらしのこゑ

秋夕霧

9064 詠れば秋の思ひも遠山のきりにかくるゝ夕ぐれの空」（14オ）

川霧

9065 山川のせのとのみしてあまそぎもそことしられぬけさの秋ぎり

9066 さすさをもまどひやすらん立こめし霧の中ゆくうぢの柴舟

いづくにも雨をこふめれど、連日ふらぬ比、けふあたりもはれば、月見に宮の御おはしまさんのよし、ほの聞ゆれば、れいの松かげの塵かきはらひ、かきねの草のあまりにしげきは、かりそぎなどす。黙軒もきぬれば、ともにしはてゝ、そらをうちみるの外なし。」（14ウ）あたご山に雲のかゝれるをみて

黙軒

9067 あたご山日ごとに雲はかゝれども雨なければやふりげにもみえぬ

かへし

9068 ふらぬこそ賤男が為のあたご山雨あればこそ雲はかゝらめ

けさより北こち吹て、雲は晴なんずと思ふに

かへし　黙軒

9069 はれもせずふりもいでなで雨もよの心やましき雲風の空

かへし

9070 雨もよとみせてたゞよふ空の雲月みん比は晴もこそせめ

と、なぐさむめれば

かへし　黙軒

9071 夕月のかげにはれなば大君の夜に入てこそおはしますらめ」（15オ）

かへし　黙軒

9072 月みんとます君なればぬば玉のよは更ぬともまたんとぞ思ふ

かへし

9073 月と君待付しのちに雨ふらばいかに侘しきこよひなら〔ま〕し

かへし　黙軒

9074 みな人の待こふる雨も大君と月のためにはふらずもあらなん
かくいふうち、いとくろうなりにたり
9075 月の為あたごの雲のひろごりてよもの山べもみえずなりぬる
雨はら〳〵とこぼれかゝるに　蘆庵
9076 雨は今ふり出にけり君［を］まつけふはあたごの雲にぞ有ける」(15ウ)
かへし　黙軒
9077 さればこそ雨になりけれ常よりも山かぜひゞきいたく吹しか
このをり、道覚よりとて文もてきたれり。けふは、おはしまさずといふをみて
9078 雨ふりて君きまさねど君まして雨ふりいでんよりは増れり
かへし　黙軒
9079 ふらぬまに君しきまさば秋の月晴もやすらん雨もよの空
かへし
9080 君まさば雨しも晴んものなれどいかゞとぞ思ふ今のよの雲」(16オ)
古寺残月
9081 長夜もかぎり有けり古寺のかはらの松にしらむ月かげ
十五夜月
9082 世にみてる名をはづかしみ望夜の月は光をゝしまでやてる
月
9083 みちかけを咲ちるさがにくらべても猶花よりは月ぞのどけき
酒
9084 よのうさもわするゝ酒にゑひしれてみの愁そふ人も有けり
右五題　小坂殿へ詠進。」(16ウ)
社頭月
9085 住吉の松の木間の月かげは神も光をそふかとぞみる
9086 松たかき木かげの宮ゐ神さびてかたぶく月に秋かぜぞふく
十五日に　豊常
9087 こと更には月のもちの晴ぬれば老の心やのどけかるらん

といふに、かへし
9088 色そはんことのは月の望のよのかげまつほどぞ老はたのしき
豊常
9089 雨晴し月をめでゝやなぐさまん夜寒きいとふ老らくのみも
かへし」(17オ)
9090 秋こよひ風寒からば老らくもわたぎぬきてぞ月をめでまし
南の山野をみて　詮
9091 よな〳〵の月のためにやつくりけん南おもての君がいほりは
かへし
9092 わがことや月をめでけんかりて住南おもての庵のあるじも
望日の夕、さはる事ありとて、朝のほどきてよめる
益
9093 つかへする身はまゝならで此庵の月をみざらんことぞ悔しき
あすのよは我もさはりあれば
9094 こよひあすよしやみずとも立待も居待にもとへ庵の月かげ」(17ウ)
村雲の月みるほど、笛の聞えけるに、いとようはれたるに、音のたゆれば
9095 すみのぼる光を清みふく笛もまづうちやめて月やみるらん
十六日に、宮のおはしましたるに、塵ばかりの雲もなく、はれたれば
9096 はるゝ夜に君が光をさしそへてうへなき秋の月をみる哉
閏望の歌合、点してつかはすつゝみがみに
9097 色々の言葉の花は月にみつなほ秋ごとに光そはなん
と、かいたるに、人々かへしあり　直吉
9098 ことの葉をこん秋までにみがき置て玉とも君にみられてし哉」(18オ)
益
9099 かくしつゝ月してらさば秋ごとに光ぞゝはんことのはの露
定静
9100 秋をへて君がみかげによる故に月ぞことばの花をみせつる

9101 月かげをことばの露にみがけるは君がひかりのそへば成べし　経亮

9102 ことの葉の花にみえしは秋をへてゝらせる月の光なりけり　黙軒

9103 久かたの月みし夜はのこと葉に光そふべき秋をこそまて」（18ウ）　元長

9104 かぎりなき君がめぐみに秋をへて咲こそゝはめことのはの花　勝義

9105 いくあきもかはらでゝらせことのはの花も月故色はそひぬれ　維徳

夕日かげさすやをか崎の松のもとに、いざよひの月みそなはんとて、蘆庵翁のもとにおはしましける墩よりのぞませたまへば、西山にはゆふひしづみて、余光そらにたな引、南のふもとは霧こめて、あやめもわかず。遠の里に立のぼる夕げの煙は、しほやく浦かとおぼしやらせたまふ。ほどなく東より月さしいでぬ。こよひとり分て空晴、一点の雲もなく、たゞ一木の松のみくまとなれるもあはれに興有て」（19オ）なのめならずおぼし召、みきなどきこしめして、あるじへも下したまはり、いと興ぜさせたまふつゐでに、よみ侍ける

9106 夕ぎりは山のはにのみやすらひてみ空の月のかげぞくまなき

かゝる清光は、よもたゞにはあらじと、老師に申おくり侍りける

9107 常よりもわきて光のさやけきはこよひの月にまひ〔ママ〕せし君

かへし

9108 おどろきて月のことにやてらしけんむぐらのかげの君が光に

直方が雨ふる日、貴舟菊を手折きて

9109 かねてより秋をまたんと植置しきぶねの菊はけふ咲にけり

9110 老らくの君にみせんとふる雨〔に〕しひてぞ菊の花を折つる」（19ウ）

かへし

9111 雨にけふしひてをらずは山ふかききぶねの菊を露ながらみじ

布淑が、つらの家に、したしきかぎり月見にまかりけるときのうたども、書なへみするおくに

9112 いかばかり淋しとか思ふ都人かへりし跡のよはの月かげ

とかけるをみて、むかしの思ひいでられて、かきそへたりし

9113 都人かへりし後に月ひとりすみしやいつのうづまさの秋

九日に布淑がなすび、かきなど、たづさへきて

9114 何ごともなす日なければ世中におろかなる身のかぎりとぞ思ふ

かへし」（20オ）

9115 くりかへしてらし〳〵て秋をさめなす日はにしにうへもみえけり

くるつあしたみればかきなりけり。老はしづかなるべきものなり。廿余人も入きて、いとさわがしきをり〳〵は、かう紛らはさるゝなん、くちをしきわざなり。おくれて云やる

9116 袖のうちにもたらんうたを人のためかきなす人は愚ならめや

袖中六帖を、この人にかゝせたればなり

9117 しき〔しま〕のやまとがきさへたわすれてたには栗かと思ひける哉

月夜、敬儀がひとりゐて」（20ウ）

9118 こよひたれ翁とゝもに山里の松の木かげに月をみるらん

とよめりし。我も友なしにみければ、詠草のおくに

9119 友（トモ）もなきはしゐを寒火桶のみいだきてぞみし老のよの月

9120 ひとりゐて月をあはれとみし人の心を我はあはれとぞみる

暮秋月　御題

9121 をしと思ふ袂の露にのこりけり有明のかげのかすかなる秋

（後）山中秋興

9122 はるかなるしかのねさそふこがらしにもみぢかつちる秋の山かげ

（前）水郷春望」（21オ）

9123 河ぞひの里の梢ぞ遠近を分るかすみのみをつくしなる

十三夜にひとり月をみて

9124 とへかしと契し後の月ならば独おきゐて詠ましやは
秋比、斫水が、うまごをうしなひて、なげきけるに、又うまごのうまれけるをよめる
9125 よをうみのあまのうけなはうき中に又悦のくるもあやしき
この歌かきてつかはしたりし
9126 人の世も何かはかはるおけばちりちればかつおく秋くさのつゆ」(21ウ)
初霜のあしたとひて　剛純
9127 はつしものおきいでゝみれば寒けさに老木のうへを思ひこそやれ
かへし
9128 おきいづる衣で寒み老らくはいとゞかしけしけさの初しも
たび〳〵しぐるゝに
9129 冬近く成にけらしな秋かぜのうち吹たびにしぐれきにけり
夜ふかく時雨をきゝて
9130 あかねさす昼もきゝしがぬば玉の夜のしぐれは猶ぞかなしき
重愛が身まかりしに　日騰」(22オ)
9131 うすきよりこきまで染しもみぢばのちりし別はさぞなかなしき
かへし
9132 ちりゆくはみなをしけれど色ふかくそめしはことにあはれなりけり
長月十三日、夜かけてたび〳〵しぐれしにくるつあした、西山に雪みえたるに
9133 秋かけてしぐれ初けりこん冬のまだき寒さもまづしられける
日騰が、なにはよりのぼりたるに、よべのしぐれの物がたりするに
9134 あまたゝびしぐれし秋の川舟にのりの衣をいかゞしぼりし
経亮より、高雄山のもみぢ、まだしきよしいひて」(22ウ)
9135 此比のしぐれにもまだ染やらで青葉交のうすもみぢ哉
かへし
9136 もみぢ見にゆかんと人のもしいはゞ高雄の山はまだしとこたへん
真如堂あたりはいかゞとて
9137 人伝にもみぢせしとはきけれどもいかにやあらんかぐらをかやま
かへし
9138 近ながら老のあゆみのくるしさにもみぢそむやと尋ねてもみず
岸菊
9139 おち滝つたきのしぐれにそめられてまだき移ふ岸の白菊
9140 さく菊にいどむけしきのみゆる哉岸ねつゞきの波の白玉
秋のくれになれるをなげき」(23オ)　日騰
9141 くるとあくと近づく秋の別ぞとながむるごとにたゞならぬ哉
かへし
9142 よのつねのをしさにましてをしむらしよはひたけにし秋のなごりは
いんさき、宮おはしましたる比、昇道より
9143 老らくのいやとしのはにみし月もこよひばかりの空はあらじな
かへし
9144 いにしへにまれなるよはひへしことはことしの月をみんとなるべし
長月廿四日の朝、にし山に雪のみゆるを
9145 老らくのあたごのたかね雪白しくれあへぬ秋に冬やたつらん」(23ウ)
此比、しぐれがちなるに、わかき人々の、北へにもみぢみんとて行たりし、そなたざまをみれば、雲まよひしぐるゝに
9146 北山の八入のもみぢ見に行し人はしぐれにぬれぬらんかも
秋海棠野菊讃
9147 秋をしる庭の一花二花に色のちくさのゝべもおもはず
初秋いとあつき夕
9148 吹払ふ秋かぜも哉雨雲の立かさなりてあつき夕ぐれ」(24オ)
日でりつゞきたるに、雨こふ声の聞れば
9149 てりつゞく秋日いたみ水かれて山田の賤は雨をこふなる
あはふの颪にみだるゝを
9150 かぜさわぐあはのほ波をうちみればあはのなるとの心ちこそすれ

時雨る丶月を　直信所望讃
9151 かぜ早み時雨ながらにゆく月の空さだめなき村雲のかげ
雲間野花
9152 山たかみ見おろすのべの雲間よりむら〳〵にほふ秋くさの花
9153 雲霧のひまあらはして色もなきかぜこそのべの花をみせけれ」（24ウ）
松間紅葉
9154 うすけれど松にはあらぬ秋の色を木間に見せて染るもみぢば
9155 おしなべて染るもみぢも一入にみするは松の木のまなりけり
野外胡雁
9156 草枕ゆふかぜ寒き秋の丶に衣かりがね鳴わたるなり
9157 いつしかと春は思ひしす丶きの丶ほにいで丶雁の今ぞ鳴なる
9158 うちなびく野原の浅ぢ色付〔ママ〕秋かぜさむみかりぞ鳴なる
9159 限なきあはれをこめてむさしの丶夕ぎりがくれ雁ぞ鳴なる
於日光宮おほせ栄川画」（25オ）
9160 小草さく秋野をみれば露ならぬ心もうつる花のいろ〳〵
遠思秋萩
9161 誰分て袖ぬらすらむふる郷のみかきがはらの秋はぎの露
9162 かつ咲る萩みるなへにみやぎの丶秋のにしきぞ面かげにたつ
蘭中雨
9163 かほる香ぞ俄にふかき藤ばかまむらさめそ丶ぐ花の追風
9164 ぬれて猶かはこけれども藤袴色もやあせんけふの村雨
此題、もし蘭省の雨の心か。省字そいでは何とかよまん。それにしひて叶へんとせば、かほるかぞふかきみかきのふぢばかま歟。」（25ウ）但、歌はそこなはるべし。又、荒廃に丶たり。
三か月の夕、一点の雲なく清きに
9165 みか月のほどなきかげも山とほくはれたるそらにみればの〔ど〕けし
夕月の雲にまがへるを
9166 くれぬまはむらちる空の白雲にまがひてみゆる夕月の色
夜々、虫の声の数そふを
9167 月清く風のす丶しき夕々鳴たつむしの数ぞ丶ひゆく
敬儀より便に
9168 朝夕に入たつ野べの秋風に君いたつくな心ゆるして
9169 此比はいかに吹らんみな月のあつさわすれし松の下風」（26オ）
かへし
9170 まだきより秋かぜ寒き〔老〕らくは又もやましと衣がへ〔しつ〕
初秋の比
9171 おもへ君夏も暑をたわすれし松のあらしの秋になる声
9172 秋かぜに心ゆるさで老らくはまだきに夏の衣がへしつ
9173 日ざかりの暑さは夏にかはらねどあした夕はあきのおもかげ
夕風立て柳のなびく、いとす丶しきを、みをりて
9174 秋かぜに外面の柳いく度か竹のあみどをなびきこすらん
七夕になりぬ、こよひの手向も、あまた丶びなるを思ひて」（26ウ）
9175 ふりぬともそらにくたすなたなばたにかけし願の一つ棚はし
ことしは地儀にやよせんとて、思ひ出るま丶を
山
9176 よ丶かけてた丶ぬ契はたなばたのいとかの山のはつあきのそら
岡
9177 たなばたの枕の塵をかさね上てふじの山とはなるにや有らん
9178 我庵に近きよし田のかぐらをかのぼりてぞみるほし合のそら
9179 ほし祭る雲ゐにけふやひゞくらんつるのをかべの松かぜのこゑ
9180 くはなのや神戸の岡になるも丶を二のほしにたむけて〔し〕哉
是は風土記の説による。
野
9181 ねぎかくる二のほしも一すじのふるの丶みちの末てらさなん

9182 たなばたのいほつ旗野にいく秋か花のにしきをおりかさぬらん
9183 たなばたのけふのみあへといはせの丶秋はぎしのぎ初とがりせん」(27オ)
里
9184 あふことのときはの里の名〔を〕きかばともにすま丶くほしや思はん
9185 わかれゆく二のほしの袖の露を野口の里におもひこそやれ
河
9186 たなばたの袖ふる川のみづかきの久しくなりぬけふの手向も
9187 こよひあふほしの光もにし川にかたぶくまでも更ぬなる哉
橋
9188 こよひのみ渡やすらんたなばたの絶ぬなみだの水底のはし
9189 紅のあかもすそ引たなばたやつま待わたる大はしの〔うへ〕に
浜
9190 たまさかにあひねのはまのかきがらのかたしやほしのけさの別は
9191 けふごとに二のほしのならび浜ならべんかげもいく秋のそら」(27ウ)
松虫をこにいれておくりけるが、いとよく鳴侍るとて、人々興じけれど、翁が耳には、ふつと聞えざりければ
まさよし
9192 まつこともなき老が身はまつむしの声聞ほどの耳も〔もたらず〕
かへし
9193 きかざらば人にきかせてかずをとれ君がちとせをまつむしの声
方広殿のやけたる比、円深詠草に
9194 煙とぞきえうせぬらし末のよは大み仏を〔みる〕機なければ
とありしに、かきそへたりし
9195 末のよにかなふとおぼすみほとけはいかばかりなるすがたならまし
又
9196 みほとけのやくるけぶりをそらにみれば身も消ぬべき心ちこそすれ」(28オ)
ありし所に
9197 なげくなよやけしほとけはびるさなの毛のすゑごとにいまもおはせり
のこりしあつさに、はしゐしてみいだすに、野火のけぶりのかなたになびくを
9198 一かたに吹もさだめぬ秋かぜを野火のけぶりの行方にぞみる
又、いとあつき夕
9199 しばしぞとおもへばたへてあられけり残る暑さも老のよはひも
方広殿のやけたる後のてらをみて
9200 たきゞつき煙たえてぞ大てらの有しいらかはみるべかりける
原田正誼より、9201 言葉の露かけそへてとくやさかん」(28ウ)君がいほりの秋はぎの花
と申こしたりしに
9202 人もみぬよもぎがかげの秋はぎは昼しも夜のにしきなりけり
深島博篤が
9203 この秋はとくも尋て影清き君がいほりの月を詠ん
とあるに
9204 この秋はとくきてみませ山里に猶ながらへてまつの月かげ
むしの、かしましく鳴に
9205 つねうとき老の耳をもへだてぬは垣ねの丶べのむしの声々
晩望菊花
9206 咲そふをみる人なしにけふも又夕日かげろふ庭のしら菊
9207 草垣の露にうつろふ夕づゞのかげかとみればにほふしら菊」(29オ)
9208 露しものさむき夕に咲そひて秋をふるさぬ庭の白菊
9209 はかなくてけふもくれ行夕露に咲そふ菊の花も有けり
9210 のどかにぞ菊は咲ける秋の日のほどなきかげを丶しむ夕に
9211 たそかれの丶べの草むらうちみればにほふもしるく菊ぞ咲ける
9212 松むしも声うらがる丶夕しもの時えて咲ける山かげの菊
薄
9213 たれしかもまねくとみ〔し〕は山もとの田ぐろに立る尾花也けり
厚生が歌みする序、こぞ七月望に、茅屋につどひて歌よめるを、この望の雨に思ひ

いづとて、いひおこせたるに書そへたりし
9214 こぞに、ぬこよひの月のうき雲に都の空もいかゞとぞ思ふ」（29ウ）
とありしに
9215 かきたれて雨はふらねど都にもそのよの月はかげくもりにき
又、かれ
9216 いにし秋の月をこひつゝこよひ又雨にも人のことゝひやせし
かへし
9217 くもる夜はたれかとひこんこぞの月思ひいでける人もあらめと
又、かれ
9218 月につけ雨につけてもさびしき都〔ママ〕にとほきすまゐ也けり
かへし
9219 月夜にも雨よもさぞな天ざかるひなの住ひは淋しからまし
八月になりてみいだすに梢のけしきすこしかはれるに
9220 この秋もやゝ入たてど露ばかりわがことのはは色もみえぬ〔よ〕」（30オ）
余斎翁より
かふちのくにゝてよめる
9221 いこま山かげまだみねにわかれぬをなにはのうみは月になりけり
かへし
9222 いこま山々かげながら月になるなには入江をみる心ちする
9223 ゆかねどもみる心ちすることのはにいとゞあはまくほしき君哉
夜々、月光のまさるをみて
9224 入山のよひ〳〵とほくなるがうへに光さへそふ夕月の空
かへし　益」（30ウ）
9225 よひ〳〵にかくてりそはゞ此庵につどはん望ぞおもひやらるゝ
光子
9226 みぞあかぬよな〳〵かげのてりそひて望にちかづく夕月の空
ちりばかりの雲もなくて、にし山とほくみわたさるゝにあかで

9227 てる月の入かたみれば大はらやをしほの山のみねの松ばら
れんぎやうを
9228 雲はれんきやうらくとて月の為吹いでん風を待夕哉
9229 柳ならで風にみだれんきやうると市にいでしも尋つる〔哉〕」（31オ）
いつのとしにや、はづき十五夜十五首（ジフヲ誤而、ジウトセリ。可除）のうたと字を上におきて、無月の望によめり
し。けふは晴にて、よみてくる人々、かへしせさせんとて
9230 遥にぞ春はおもひし此秋の半の月もめぐりきにけり
かへし　敬儀
9231 メグリコシケフヨリヲチノチヨノ月マタモハルカニキミトマチミン
かへし　昇道
9232 つく〴〵とおもひかへせばとし〴〵の月の円ゐも面かげぞたつ
9233 月カゲノ昔ヲカケテスミヌレバフリシマドヰヤ面カゲニタツ
かへし　益
9234 昨日まで心にかけしむら雲もさはらじと思ふけふの月かげ
9235 村雲〔モイ〕カデキソハンサハラジト君ガイヒケン言ノハカゼニ」（31ウ）
かへし　維徳
9236 敷しまや大和にはあらぬから人もめでゝやこよひ月にあかさん
9237 メデツランミヌ唐土モ此クニモ雲ニヘダテヌ月ノサカリハ
かへし　元長
9238 うきこともなぐさむ秋の月なればたれかはこよひいたづら〔に〕ねん
9239 イタヅラニネテヤアカサンモロ共ウ〔ママ〕キヲ忘レテ月ミザリ〔セバ〕
9240 心なき雲さへ月にはるゝよぞたれも詞の露そへてみよ
かへし　直方
9241 色ソヘテミントハスレドテル月ノカゲニケタル、露ノコトノハ
熊充
9242 サヤカナル月ノヒカリハヒルナレヤコトバノ露ノオクカタゾナキ
9243 宿をわく光なりせばよもぎふのかげには秋の月もてらさじ

かへし　光子
9244 スム月ノカゲニテラシテ置露モ玉カトゾミ〔ル〕庭の蓬生」（32オ）
9245 白たへの袖にうつれる月かげはまだきに霜のおくかとぞみん
かへし　豊常
9246 衣手ノ霜カトミシモコトワリヤ夜サムニナレル望月ノカゲ
9247 うらみあれや老てははる、よはの月うちみる程もたへぬ寒さは
かへし　盛澄
9248 嬉シトヤ月モ思ハン老ラクノサムサニタヘシケフノ円ゐハ
9249 こ、にだにさやけきこよひ玉しきの月の光を思ひこそやれ
かへし　剛純
9250 イヅクニモイカデ及ンヨバナレテ心ヲスマス山里ノ月
9251 しろたへの雪もやふるとみるまでに広き野原をてらす月〔かげ〕
かへし　勝重
9252 山端〔二〕入ナバ消シ心チセン広ノ、雪トミユル月〔カ〕ゲ」（32ウ）
9253 雪かとて分ゆくあとのみえぬにぞさやけき月の光とはしれ
かへし　利子
9254 月カゲト君ヲシヘズハ雪トミテ分ヤマドハンノベノホソ道
9255 野べ山べうみべ川辺にいくむれかむれてこよひの月をみるらん
かへし　知周
9256 中空ニ澄ノボリタル月カゲヲヒナモ都モアフギテゾミン
9257 うらどほき月のけしきも山里のむぐらのかげに思ひこそやれ
かへし　黙軒
9258 ナガメツ、クマナキ君ガ心ニハマツラガ沖ノ月モスムラン
9259 たれかれとこよひの月にこぬ人のことのはぐさの色ぞゆかしき
かへし」（33オ）
〔一行空白〕
かうとり〳〵のかへしをみるに、あたふべきうたのなほたらねば、また上に、たゞごとうたによみたまへといふもじを、一もじづ、おきてよむ
9260 たれもけふことばの色のそひぬべき月をな雲のよそにのみ見そ
かへし　勝義
9261 此宿ノ月ニミガキ愚(ママ)ナルコトバノ露ヲ玉トナサバヤ
9262 立雲に風しみゆればけふの日のくれゆく比は月やはれなん
かへし　維済
9263 暮行〔テ〕空モハレナバ此アキハタグヒスクナキ月ヲ〔コソ〕ミメ」（33ウ）
9264 言葉の色そへてみよ秋ごとの月の円ゐも〔三度〕へにけり
かへし　知乗
9265 コトノハノ色コソ、ハネ秋ゴトノ月ノマドヰハ三度ヘヌレド
9266 とし〳〵にみるかげなれど雲はれてさやけき月はすくなかりけり
かへし　弁子
9267 トヒテワガアフゾ嬉シキサヤケサモ年ニマレナル月ノマドヰヲ
9268 うけれども雲ははれまも有ぬべし待かひなしや月にこぬ人
かへし　直吉
9269 クモヨリモコヨヒサハリテ影ハル、月ニトヒコヌミヲカコツラシ
9270 玉だすきかけておもへばこぬ人もことばの露は月にかぞへん
かへし　剛純
9271 かげみつ、恨やそはん山ざ(ママ)ザトノ月ノムシロニモレシコヨヒハ」（34オ）
9272 錦にもあやにもこよひまさりけりさやけき秋の月のむしろは
かへし　延年
9273 君ガシク月ノムシロハムベシコソ錦モアヤモ及バザリケレ
9274 夜もすがら酒くみかはし有明の月しらむまで円ゐしてみよ
かへし　卜泉
9275 円ヰシテクミカハシヌル盃ノカクカサネテハ夜モシラミナン
9276 み空飛鳥のつばさもみゆばかりさやかにすめる秋夜の月
かへし　黙軒

9277 トブトリノツバサノミカハスム月ニケモノ、ケサヘカゾヘラレケリ
9278 たづがねのはるかに聞ゆすめるよのさはべの月や霜とみゆらん
かへし　知周
9279 心スム君ガキ、シヤワカノウラノコヨヒノ月ノシ〔ラツル〕ノ声
9280 松陰のいでゐは風は寒けれど月をさ〔やけみ〕たへつゝぞ〔みる〕」（34ウ）
かへし　勝義
9281 老ダニモ寒サシノギテミルトイヘバ我ハイデヰノ月ニアカサン
9282 へだつともみえぬばかりのうきゞりは月の光に早はれにけり
かへし　直吉
9283 クレヌマニウキ、リハレヌ人ヲ君ヘダテヌ月ヲトモニコソミメ
けふ、さはりありて、こぬ人のもとへ、便につけてやらんとて」（35オ）
〔白紙〕」（35ウ）

〔六帖詠藻　秋九〕

布淑がり
9284 久かたのかつらの人のとはぬこそこよひの月の隈には有けれ
カヘシ
9285 久方ノカツラニコソハ友ヲナミ心ニミタヌ月ヲミテケレ
美季、やまひしてこぬ秋也
9286 契おきしけふはこずともよしすゑの名だゝる月はともにこそみめ
かへし
9287 名ニタカキ後ノ月ミニハレナ、ンケフ君ガリニユカヌウラミモ
政教、兄の身まかりける秋なり
9288 さやかなるこよひの月もはれまなき涙の雨にやつしてやみん
円深、山におこなひに入ける秋也
9289 しら雲の八重たつみねに法師の心の月をすましてやみん」（1オ）
旨苗、望にいなかへたちけるなり
9290 契おきし月のけふしもたび衣たつのにゆかん心をぞ思ふ
カヘシ
9291 過しヨノ円ゐオモヘバタビ衣思ヒタツノモ行ナヤミツレ
経亮、はゞかる事ある秋也
9292 雲ならで又さはりあるよにすめばさやけき月もともにこそみね
十六日　かへし
9293 モチノヨノ月ヲバトモニミヌコトハワガミニクマノアレバ也ケリ
9294 コトノハノ光ニケフハモロトモニ望ノ月カゲミシ心チスル
9295 定静、国にいきたる秋也
まどゐせしけふになるとの月を見ば思ひやいでん年なみの秋
カヘシ
9296 ウラ波ノアハトハルカニ秋ゴトノ月ノマドヰヲオモヒ出ツル」（1ウ）

暮つかた、かつらよりとて、はたつものにそへて
布淑
9297 テリミタン月ヲコヨヒト思ヒナス人ノ心ニイソグ、レカナ
かへし
9298 思ふことなすひなければめぐりくる月みるごとにおどろかれつゝ
名もしるくいざよふほど、経亮きて
9299 望のみかいざよひかけてめづらしくことしの秋は月ぞさやけき
かへし
9300 このあきの月のさかりに立待もゐ待のかげもならへとぞ思ふ
かへし　経亮
9301 言葉の光もそひてふし待も廿日の月もさやけかりなん」（2オ）
さらば、弓張にこそならめ、上弦は、あた〔ま脱カ〕ゝびよめど、下弦よめる事は、いとまれ
なり
9302 入かたははるかなれども中ぞらにしらむぞをしき弓張の月
かへし　経亮
9303 あし引の山のはとほく行月の在明かけてみつゝあそばん
かへし　経亮
9304 あくるまでみつゝあそばゞいへのいもやあなうの秋の月ぞと思はん
かへし
9305 あなうともいもは思はじ月みつゝ君がみもとをはなれざりせば
かへし」（2ウ）
9306 わがもとはかごとのみして君が思ふ月の面わはことにぞ有らし
かへし　経亮
9307 何かたに行てみるとも久かたの月のおもわの外はあらじな
松かげに月のさしけるをみて
9308 君がいふ月のおもわはみざれどもさやけきかげに遊ぶたのしさ
かへし

9309 月よりも光ますみのかゞみかとみえんおもわはみまほしぞ思ふ
垣根のむしを聞て　経亮
9310 このやどのかきねの、べにいざよひの月待虫の声たてゝ鳴
かへし」（3オ）
9311 いざよひにかならずとへと契つる君まつ虫の声にぞ有らん
つとめて、かれよりようべのいや、申こしたる序に
9312 きぞのよのなごりをぞ思ふ有〔明〕の月の光をみるに付ても
かへし
9313 夜もすがら氷とみえし有明の月のなごりにけさもさむけ〔し〕
経亮へ遣す文のおくに
八月ノ仲ノ八日ナリケリ」（3ウ）
9314 さかえゆく八のみたまの神まつり〔以下、欠〕
カヘシ
9315 トブトリノ八月十マリノヤウカノ日八ノミ玉ノ神マツリ也
是ハ、カヘシノ意ナシ。
9316 イツヨリカ八ノミタマノカミマツリ八月ノケフト定メソメ〔ケン〕
トアラバ、カヘシニナルベシ。
居待月
9317 いもとわがならびゐ待のいにしへを思ひいづれば月も出けり
臥待月
9318 重出 老ぬればまづふし待て月かげのいまはといふに起てこそみれ
是は、こぞよみしと思ふに、書おとせるにや。不思更に載之。」（4オ）
夜半になゐのよるに
9319 若人はうまいしてけりさよ中になゐのよりくも夢しらずして
9320 ま萩ちる野崎がさきによる波を硯のうみのあやにこそみ〔れ〕
かうけだかく勝れたるいしに、いやしくおとれる詞をそへんことは、おもひ絶に
たれど、いと〱にぶくて、いのちながきは、いさゝか身の契なきにしもあらね

ば、ひたぶるにも」（4ウ）いなみがたくてなん

名

是ハ香川〔ママ〕が硯の銘乞につかはす

9321 雑二出 かげしたふ涙ならではいつかみん有し衣の玉の光を

五百弟子品　万願寺所望師年忌

教明が望夜、月みしとて

9322 さやかなることよひの月のかげよりも先したはるゝ君がおもかげ

かへし

9323 我かげは残りすくなくかたぶきて入かたちかき山のはの月」（5オ）

古郷にかへるとて　　博篤

9324 君かやに心残してたび衣たつ野にかへる日とは成ぬる

かへし

9325 ふる郷の立野にかへるたび衣重ねてをゆけ秋寒き比

おなじ時　　正誼

9326 千よかけてさかゆく君がことのはの露のめぐみにあはんとぞ思ふ

かへし

9327 わか松のゆく末とほくことのはのさかえん色をながらへてみん

折々歌の御しめし給はりけるもとへ」（5ウ）木実を奉りて　　篤志

9328 露霜のめぐみをうけて是も又色づく程の木のみ也けり

かへし

9329 露しもに色づく木実みてぞ思ふやしなひたてし主の心も

老後見月

9330 老らくのさていつまでか詠べきわがよのかぎり月はてるとも

9331 わがさかりみしよのかげもかはらねど老てぞ月は哀なりける

9332 老らくのみざらん後の秋かけておもへばいとゞをしき月かな

ものへまかる道のうらがれたる野はらに虫のなくを

9333 秋寒くなり行まゝにひるまのみ声ふり立るのべのすゞむし」（6オ）

二もとの神社のまつりとてつゞみうつを聞て

9334 神祭るきねがつゞみにうちそへておまへの松に秋風ぞ吹

萩のかつ〳〵のこれるに、入日のさまを

9335 夕日こそさしてみせけれ木がくれてうつろひのこる秋はぎのはな

柳の木間より月のみゆるはおもしろく覚して

9336 柳にもかゞみをかくることやあるとみれば木のまの月にぞ有け〔る〕

重陽になりぬ。長月の九日といへることを上におきてよめりしことを、思ひいでゝ

又」（6ウ）

9337 名にたてる所々にさく菊をけふはことばの露にかぞへん

9338 神のます神ぢの山にさく菊は千とせの秋をいく度かへん

9339 露さむき朝のはらのきくの花にほひくる香の身にぞしむらん

9340 紀のうみや吹上の菊も種しあれば植てぞみつる山かげの庭

サル事アレバ也。

9341 のゝみやのふるきいがきにゝほふ菊あはれいくよの秋をへぬらん

9342 駒なべていざみにゆかん大沢の岸ねにゝほふけふのしら菊

9343 こゝにいまおもへば行てみるばかりきく咲秋のすみよしのうら

9344 ぬば玉のくろとは浜の名のみして猶白菊の花ぞにほはん」（7オ）

9345 香にゝほふ菊の高はまとめゆかば波もやきくの花にまがはん

なほ名所のあまたあれば

9346 ことのはの露はつくれど花の名にきく所こそかぎりしられね

十三日は暮まへより雨ふりいづ、美季にいひしこと、おもひいでゝ

9347 契置し人まつべくもなかりけり雨に成ぬるなが月の空

仲秋、清光なれば、こよひ、かくゝもれり。あまたとしをおもふに、二夜清光なる事、いとまれなる世のさまもしかりなど思ひて」（7ウ）

9348 名をとぐる二夜の月のまれなるに人のうへをもてらしてぞみる

と、うめきてねたるに、夜ふかく、め覚て

9349 もしやとておきてもみずは雨はるゝこよひの月をあすぞ聞まし

直方が園に咲ぬとて

9350 あさぢふもなべてはかれて秋ふかき露にをけらは花さきにけり

かへし

9351 露しもの比しも咲るをけらこそ千よふる菊の花の友なれ

をけらは和名乎家良、万には宇家良、朮也、露の置にはかゝりがたし。

十三日、夕つかた、雨ふりいでたるに、むかし包教」（8オ）をぐして月みし夜の事、思ひいで、

9352 長月の雨にやどりしいにしへのさがのゝ秋にゝたる夜半哉

経亮詠にそへ遣す

9353 菊もみぢ山はとのちの月までのくさ〴〵の歌かへしまゐらす

此地の神は祇園同体のよし、きゝて

9354 岡崎のけふの祭はわがたのむ八雲の神ときくぞたふとき

9355 つきせめや三十もじ余り一もじは神のさだめし大和ことのは

9356 三十もじにあまりてかへる一もじに年の月日のかずもしられつ

9357 とことはにめぐる月日もことのはもつきせぬためしかぞへてもしれ」（8ウ）

9358 つきしなくいふことなれば同じくはすぐなる道にかなへとぞ思ふ

9359 すなほなる道を分んと思ひせばおぼつかなかることのはをそげ

夜々、月のおそきに

9360 なぐさめし老のうれへぞまさりけるよな〳〵おそく出る月かげ

長月も、はつかになれば

9361 影もやゝはつかになりぬ此比のよな〳〵月のおそきのみかは

織田君、手づから拾ひたまへりとて、栗、松茸たまへり、物名に

9362 くりかへしみまくぞほしき君が住殿のみぎりの秋の西木は（栗（クリ）、西ニハアラズ）」（9オ）

9363 けふおろす枝葉の露はあすそひんきのふほしたる木から先たけ

歌ハ人ニミセあはすべき事也。荒涼ニよみしを昌喜ニミセけるニ、くりの木のうへハ、西ニハあらずと申こしたりしニ、おどろきてみれば、西ト云字なりけり。かゝる人をぞ友と云べかりけれ。

まさよしがり申こしたる

或僧の庵室へ庭にはなち給へとて、鈴虫おくりける其こに結ひ付ける

まさよし

9364 我もさは音にこそたてね鈴虫もよにふるごとをうしと鳴らん

かへし　心月

9365 千々の秋かけてふらなん鈴むしの音に老らくのうきも忘れて

おなじ人のもとより萩のさかりをつぐとて

9366 きてみずは秋のにしきの名やたゝん萩のさかりの折な過しそ

かへし（庵は天王寺のあたり也）　まさよし」（9ウ）

9367 くだらのにさく糸はぎのからにしき立ながらにも行てこそみめ

かくはいへど、あしのけに出わづらひて

9368 なには人所がらなるあしのけははぎのさはりとなるぞ侘しき

かの僧は智恩院方丈に随身せし人、歌は澄月弟子とか承候。

まさよしがうたのをかしければ、かいつく。かけてふらなんといへるわたり、澄月の弟子にては、なほぞ有。経ヲ、フルト振ニカケテハ云リ。所ニヨリテ、ヘルトイハネ、不聞所アルナリ。此所シカリ。コ、ニテハ、ヘナ、ントイハネ、意不達。

経亮が、いひおこせたる、9369 いかにして老はいますぞ我さへはけさの寒さは身にしみ〔に〕けり」（10オ）

かへし

9370 老てしも事しげゝればとる筆の手のうらさむみわびつゝぞを〔る〕

又、かれ、9371 此比のしぐれの雨にあはた山みねのもみぢはそめはじめけん

9372 明くれにむかふあはたは此比のしぐれの雨にもみぢそめたり

又、かれ、9373 いまも又みそなはすなり月のきくまだきもみぢにとしほぎのうた

かへし

9374 月の菊まだきもみぢにとしほぎの御うたはしばしとゞめおく也

又、かれより、9375 今五日六日あらばあらし山みねの」（10ウ）もみぢはそめつくしなん

かへし

9376 今六日あらばあはたのもみぢばもあらしの秋の色におとらじ

難波の宗林庵日騰、久しう便なく、さきに心ちこそなひけるよしきけば、おぼつかなくて、をり〳〵文おこせたる人のがりとひつかはしたりしに、文月の比より、おどろ〳〵しく煩ひて、あやふかりしかど、九月九日より、や、をこたりて、いまは大かたつねのやうになれゝば、ほどなくのぼらんときゝて

9377 やみふしてあしかりしかど此比はよしときくこそ嬉しかりけれ」(11オ)

宗弼法師のもとより柿をおくりて

9378 水をくみこのみをとりて山人につかへしもみな道のためかも（三 いにしへも　古事ブリハテ二ハ山人ナクテモ　ぞかし　二 に）

9379 世にふれば道もこそきけ山柿のこのみもあだにすてん物かは（うゐてみんかくてのみやは　はみよくよしならずとも　上二句、下三句ハナレ候）

さとわには、いまだかくばかりはとおもほえければ

9380 ややふかき山路のほどを君が庵の軒のもみぢにくらべて〔をしれ〕（此ころの　べ　秋）

人またせたれば、二首にてかへしつ

9381 あし引の山路の秋も浅からぬ君がこゝろの色にこそみれ

9382 かきのみももみぢのいろもむぐらのみしげきやどにはめづらしき哉　名」(11ウ)

この人は人にしたがひてならへる人なれど、あながちにこのみちにすゝむ心あるに、思ふさまに修行なりがたしとて、我にも添削をこふ。二度三たびいなみけれど、ひたぶるにいへる心ざしのふかきにめで、をり〳〵はかくもあらん歟などいふ、このうたも、いかにぞやと思ふ所を、前後取かへなどすべし。

擣衣をきゝて心やりによめる

9383 衣うつ声には色のなけれども物思ふ人の身にぞしみける

9384 秋かぜのしき〳〵ふけば賤のめがてもすまにこそ衣うちけれ

9385 高砂のをのへのあらし松ふけばふもとの里に衣をぞうつ」(12オ)

9386 旅人の身にやしむらん秋かぜのさむきゆふべにころもうつ声

9387 衣うつ声はをちこち聞ゆれどかたぶく月の夜ぞ静なる

9388 かげさむき月のかつらの里人や外よりもとく衣うつらん

9389 ふかくさやのどなる里にたれ住ていまもうづらの衣うつらん

9390 こぬ人をまつよやふけし衣うつきぬたの声の高やすの里（重出）

9391 谷ふかみすむ里あれや衣うつつちのひゞきのみねに聞ゆる

9392 衣うつ庵はとなりもなかりけりしのに聞しや山びこの声

9393 なには人あし火たくやも秋かぜの夜寒にたへず衣うつ〔也〕」(12ウ)

9394 あまの住庵近からしとまり舟よるの渚にころもうつなり

9395 遠つ人待やわぶらんよもすがら起ゐの里に衣うつなり

9396 衣うつ声高砂に聞ゆるはをのへの里のあたり成らん

9397 うきねする波の枕に聞ゆるはちかきいそやに衣うつらし

9398 よる波の音にわかれて聞ゆなりあまのいそやにころもうつ声

9399 衣うつ声はのこりてをぐら山ふもとの里ぞきりにかくるゝ」(13オ)

時雨しあとの、よものけしきみんとて、庭にいでたるに、色々のきくの露をおひて、さとうちかをるをかへりみたるに、めもはなちがたくおもしろかりければよめる

9400 わがやどのよもぎにまじる白菊をいとおほよそに思ひける哉

9401 ことさらに生したてねど秋の菊時をたがへず咲にける哉

9402 色々に咲みだるれど一つかにゝほへる菊ぞあはれなりける

9403 いづれをかあはれといはん色ごとにおのがひかりをみするむら菊」(13ウ)

9404 何事も人におくれし我宿は秋のくれにぞ菊もさきける

9405 色みえぬ我ことのはよなべてよにおくれし菊も花は咲けり

9406 八重むぐらしげみがくれにさく菊のふかき色かはたれか知べき

知周

9407 日のめぐる南にむきて咲菊の花のかこそは庭にみちぬれ

かへし

9408 花のかのみちぬる庭にことのはの色をもそへしやどのむらぎく

南山の秋をのぞみて

9409 かのみゆるいらかの軒のうすもみぢことしもこぞの色にそめぬる

9410 この秋もさぞ霧ふかくうづまさの林がくれももみぢ初らし

9411 露じものあした夕のかねの音やそむるもみぢの色をつくらん

9412 此比はいづくの山もから錦立田姫こそいとなかるらめ」(14オ)
9413 秋たてば千へに八千重にから錦おりはへみする遠近の山
9414 都人一つ心をよも山のもみぢに分ておもひいるらし
9415 夕日さすをのへの松の下紅葉そめずはしらじ遠きよそめに

秋の雨のふりくらしたる夕

9416 しめ〳〵とふる秋さめに秋山の秋の草木はそめものこらじ

雨はれて霧のふかくたてるに

9417 むらしぐれはるればたてる秋ぎりにかさねて木々の色や染らん
9418 そめそへんもみぢをぞ思ふ霧のうちのあはたの山は色もわかねど
9419 日をふれど露色そはぬ柞こそわがことの葉のたぐひ成らめ」(14ウ)
9420 いひしらす深きあはれはくちなしの色もまさらでちれるもみぢば
9421 秋ふかくならではそめずさほ山のはゝその色はうすきながらに

うすきもこきもとし〳〵同じ色なるを思ひて

9422 万代をかけておもへば秋ごとのもみぢの色ぞときはなりける

大般若経可収箱の底に歌乞るゝに、色不異空々不異色のこゝろを

9423 はてしらぬ野山の秋の八千種もおのが色なき露ぞ染け〔る〕」(15オ)

長月の末つかた、いと寒かりければ、風がくれなどすとて

9424 秋かけてひえのねおろし寒ければ冬がまへする山もとの庵
9425 吹おろすあらしをさむみまだきより冬がまへする秋の山里

かへし　益

9426 行カヒニ我サヘ寒シ秋カケテヒエノ高ネヲオロスアラシハ
9427 マダキヨリ冬ガマヘスル山里ノ寒カルハテゾ思ヒヤラルヽ

典寿かたへたよりに

9428 石のうへ木かげのおまし寒からじ秋くれがたのよもの山かぜ」(15ウ)

秋のくるゝをゝしみて

9429 いつのとしも紅葉染ぬときゝもあへず秋の暮るぞほどなかり〔ける〕
9430 長月も一日二日と成ぬれば秋の日かげぞいとゞみぢかき
9431 をしと思ふ心は春もかはらねど秋の別は猶ぞかなしき
9432 秋きぬと歎しよりも悲しきはくれ行けふの別なりけり
9433 草も木もかれ行秋の別ぢは春よりもなほかなしかりけり
9434 三十日にもたらで暮ゆく長月を心ながくもをしみける哉
9435 恋しくはみてしのぶべき秋の色ものこりかねたるけふの木がらし
9436 うらがれの草根によはる虫のねぞくれゆく秋のかたみ也け〔る〕」(16オ)
9437 暮て行秋のかたみは消のこる霜の翁の身にこそ有けれ
9438 行秋もよるは越じとやどらなん霧の笆の山もとのいほ
9439 行秋は立もとまらず葎生てあれたる宿は淋しけれども
9440 秋もけふつきぬとひゞくかねの音は春聞しにもましてかなしき
9441 そめもはてず薄きながらに散初て秋の限をみするもみぢ〔ば〕
9442 秋の色にうつらぬ松も長月の暮行けふの山かぜの声」(16ウ)

松下紅葉

9443 みどりのみ木ふかき山の松かげもかくれぬ色にそむるもみぢば

松間紅葉

9444 そめしよりしげき木のまもあらはれて松のすがたをみするもみぢば

常顕へ経亮よりつかはせる文に、やつがれにつたへよとて

9445 世中のうきにまぎれて白雲のあはたのもみぢみぬぞくやしき

やみふしたる比なれば、その文にかいつく

9446 さむかぜのしはぶきやみに翁ぐさふしてもみぢもみぬぞ悔しき」(17オ)

秋月添光といふ題、知乗にあたへて、よむべきやうをゝしふとて

9447 天のはらとはにめぐりてゝる月の秋しもなどか光そふらん
9448 秋きぬと思ひなしにやてる月の光のことにそひてみゆらん

遠擣衣

9449 よをふかみ吹としもなき秋風に遠き砧の音の聞ゆる

霧隔女郎花

9450 女郎花色のさかりをねたしとや立かくすらんのべの秋〔霧〕

9451 秋のかぜ霧ふきはらへ女郎花はなのすがたを今一めみ［ん］」（17ウ）

葛花　小坂殿

9452 秋葛の花の下ひも解にけりたなばたつめや心いられん

いんげん豆

9453 此豆はそのかみいかゞいひつらん今聞なるはうゐし人の名

9454 咲なばといひていにけんまめ人のこともたがはぬけふの玉づさ

秋花色々

9455 むしのねもひとつならぬは秋の、の千ぐさの花の色やめづらん

9456 秋くさの花をしみれば色々に露も心をうつしてぞおく

9457 草のうへの露は心をわかねども秋の、花はおのがいろ〳〵」（18オ）

心ちそこなひて、ふしたる比、堪道、巻首より鹿の二立ならびたるかた書るに、讃をこふよし、いひおこせたり。病すとて、かへしぬ。そのゐを思ひて

9458 とことはにしか立ならび思ふどち有せばよをもうしと思はじ

山路暁月

9459 よをこめて山ぢこえきぬ有明の月をともしのまつとたのみて

林葉初紅

9460 中々に木かげさやけし有明のかたぶく月に分る山ぢは

9461 まづ染る林がくれのもみぢばになべての木々の秋もみえけり

9462 今よりの野山もかくぞ秋の色のはやしの梢色付にける」（18ウ）

虫為夜友

9463 秋寒きまくらによるのきり〴〵すねられぬ老の友とこそなれ

9464 なく虫の声なかりせばひとりたゞ秋の夜寒をわびつゝやねむ

秋眺望

9465 をみなへし秋まちつらし久かたの天のかはらにきりたちわたる

9466 風になびく天のかはらのをみなへし花さく秋になりにけるかも

9467 さぎのゐる野川の夕日かげろひてうすぎりなびく水の秋かぜ」（19オ）

秋祝

9468 いと早も豊としつくるはしりほにたのみおほかるあきをしるかな

七夕月

9469 いくめぐりてらしきぬらんたなばたの一よは人の五十とせの月

七夕風

9470 殊さらに吹かよはねど絶もせじ二のほしの心あひの風」（19ウ）

七夕花

9471 大和のもからのも星に手向ばや二のほしのなでしこの花

七夕鳥

9472 たなばたはねにゆく鳥のゆく末のくるゝをみても嬉しからまし

七夕灯

9473 しらむやといく度ほしの詠らん暁やみの庭のともし火

七夕琴

9474 たなばたはうけや引らん風おちてわがゝすことを吹ならしけれ

七夕糸」（20オ）

9475 うちみだれ結ぼゝれたる棚ばたの心の糸やこよひとくらん

夕がけてくるごとに、風たえてあつかりけれ

9476 かぜふかぬよごとに君がとひくるは我に心のあつきなるべし

夕月の比、直吉がきて

9477 契あればあつき病もをこたりて又この庵の月をみるかな

折しも月にかゝれる雲のはれたれば

9478 とくいえし君がやまひは宵のまの月を晴のくうき雲のごと」（20ウ）

雲のむら〳〵なる中を、もる月の折々さやけかりければ

9479 大空の水まさ雲をもる月は淵にしづめる玉かとぞみる

七月二日、経亮がきて、夕がほの実のなれるをみて

9480 いつのまに実をむすびけん此比はまだ花とみしかきの夕がほ

といふに

9481 かりそめの色になめでそ草も木も実の為にさく花にやはあらぬ

又かれ
9482 あはた山夕日のかげはさしながら夕かぜかよふ宿はすゞしき
とい ふに」(21オ)
9483 きのふこそ秋は立しかけふは早すゞしくなりぬのこる日かげも
あたご山に日は入たれど、なほかげのほかにみゆれば
9484 夕づく日入ぬる山のたかければ猶ことみねは影ぞのこれる
初秋、いとあつきに
9485 秋のたつ昨日の風は身にしみてけふは暑さに又かへりぬる
夕に飛鳥をみて
9486 とぶとりの行かたとほくみおくればきりにかくるゝ秋の夕暮
またの夕」(21ウ)
9487 山とほくたな引雲にうつる日もやゝうすくなる秋の夕ぐれ
又
9488 日の影ものこらぬ空の薄雲の風に消ゆく秋のゆふぐれ
さがの山川を思ひやりて
9489 ものごとに身にしむ色よ山は青く江の水青き秋の夕ぐれ
又
9490 夕々かぜの涼しく成まゝにかきねのむしの声ぞゝひゆく
9491 日のかげのうすらぐ雲を詠つゝ入相のかねの声をきくかな
又雨もよの夕
9492 雨もよの夕の雲にそひてたつ野火の煙のいろもわかれず
日のとくゝるゝに」(22オ)
9493 雨に日の入さの早く成まゝに我なすことはおくれたりけり
夕やみに、いなづまをみて
9494 夕やみのあやなき小田をもるしづがこゝろな〔ぐさ〕やかよふいなづま
きり〳〵すを
9495 いかにうき秋夜なればきり〳〵すこはだえもせず鳴あかすらん

9496 たれとてもかなしき秋をきり〳〵すおのれのみとや声たゝて鳴
稽をよめる
9497 おろかおひおろかにはよに生たれどとくかれぬるはかしこかりけり
良為が身まかりしに
9498 おしなべてかれぬるみればおろかおひかしこきいねもかはらざりけり」(22ウ)
鹿　萁と二首、小坂殿に奉る
9499 遠ざかるまゝに袖こそぬれまされ無人おく〔る〕のべのほかげは
9500 霧わたる夕の山のしかのねや秋のあはれのかぎりならまし
いと〳〵寒ければ、風がくれつくりて詠ぜるに、月清しとて人々のきぬるに、いざ
なはれて
9501 今よりは友をぞまたむとはれてぞ夜寒の月いで、みてけり
かへし　直吉
9502 肌寒きかぜはな吹そ老楽の」(23オ)いでゐに出て月みつるまは
かへし
9503 我を思ふきみが心のあつければ月の夜風の寒けくもなし
直吉
9504 草深き垣ねのむしの有かさへみるばかりなる秋のよの月
豊常
9505 中空の月の光にあはた山よしみねかけてひとめにぞみる
かへし
9506 東山ふもとの庵の秋月よしみねかけて入までもみよ
9507 はるゝ夜はまだきに霜もふりぬやと月にさえぬる鐘の声哉」(23ウ)
直吉
9508 あはた山ふもとをめぐる霧のうみにあはぢのしまのおもかげぞたつ
野は霧わたれど、月はさやけかりければ
9509 野原のみうす霧立て更るよの月の光はさえまさりけり
夜もやう〳〵更るに　直吉

9510 をしけれど月の光をこの庵にのこしてゆかん夜の更ぬまに
かへし
9511 君ゆかば猶まつかげに独ゐてをしみ残せし月をこそみめ
豊常
9512 こよひこそ立かへりなめ望まではいくよかとはん夕月のかげ」(24オ)
十三日夜、殊清光、経亮、直吉、豊常、良春、光子入来、於松下見月、過二更
9513 夜よしとてとはれざりせばよもぎふの淋しき月をみてや更まし
9514 わがやどの松に月をしへだてずはこほりの中にすむ心ちせん
人々のも、いとおほかり、わづらはしくてとゞめず。
十五日のあした、くもれるに
9515 道しあらば天にのぼりてけふの月はごし道はれとうたへ申さん」(24ウ)
かへし
〔一行空白〕
9516 うたふとも翁がことはむら雲にいひやけたれんまひしなければ
かへし
〔一行空白〕
9517 まひなしにうたへあぐとも村雲のさへなで月のすむよとも哉
〔二行空白〕
又、あきのつきといふ事をおきて
9518 あつめきて秋にやてらす月々のよひ暁にかけし光を」(25オ)
かへし
〔一行空白〕
9519 木々の葉のきばみきばまぬ色々も分てぞみゆる秋夜の月
〔一行空白〕
9520 後にみん人もあかんをけふの月光をしまずてりつくす哉
〔一行空白〕
9521 月ひとりあめに懸りてあらがねの土もとほれとてる光哉」(25ウ)
〔一行空白〕
9522 きし方も秋はかならずすむ月にかはらぬ天の誠をぞしる
かへし
〔一行空白〕
くれもてくまゝ、雲たちそへば、心やまし
9523 はれぬべきけしきもみえぬ雨雲に月まつ暮ぞ心くるしき
〔一行空白〕
いよゝくもる
9524 世中はかくこそ有けれうちむれて待よとなれば月のくもれる」(26オ)
〔一行空白〕
けふ、維済詠七八首きたれり、おほやけごとによりて、こもりて久しくある秋なり
9525 いかになほてり増るらんことのはの露の玉しく宿の月かげ
とあるに、書そへたりし
9526 所せくおくよもぎふの露にさへやどりかねたる月をみし哉
とて、十六日につかはしたりしのこりのうたども、人々ひとつ〱、みなかへしせ
られしをも、かの久しくこもりて、けふの円ゐ思ひいでたるあはれに思ひやられて、
歌もてきたれる文の」(26ウ)便りに酒をおくれりしに、十七日に、そのいや申こす
とて
9527 浅からぬ君が情のうれしさに心ゆきてぞ月はながめし
9528 露ばかり月にわけつる竹のはに心ゆきぬときくぞ嬉しき
宮より、みよとてたまはせたる
鹿　慈延
9529 山住のね覚の友とたのみてもはや幾秋のさをしかの声
是は第三句、おちつかず。なりぬるもとあらば、四句へのうつりもしかるべし。
蒿蹊」(27オ)
9530 暁はのべより山に入月のゆくへをとめてしかもなくらし
是、新古今〈明ぬとてのべより山に入鹿のあと吹おくるをぎの上風〉とよめれば、

その、べより山に入鹿は、月のゆくへしたひて鳴つらんとよめるなるべし。さらば、9531 入月の行へをとめて暁はのべより山に鹿も鳴らし　とあるべし。のべより山に入月、いと心得がたし。木を引、石をまろばしゆくやうにこそみゆれ。

虫　　慈延

9532 萩尾花あらそふ野べの色に又なくもいづれを秋のむしの［ね］」（27ウ）

いろに又なくものわたり、いといひかねて聞ゆ。9533 萩を花あらそふのべになく虫もいづれを秋の声の色々　とぞいはまし。

蒿蹊

9534 あはれともかしがましともきく人の心はしらず虫しきるらし

かばかりの歌ならんには、をいらかに虫やなくらんとぞあらまし。しきるといひたりとて、きゝまさるべうもおぼえ［ず］ 菅万下〈秋カゼニ吹過テクル女郎花メニハミエネドカゼノシキレル〉菅万にや、風のしきれるといひしも、古今〈女郎花吹過テクル秋カゼハメニハミエネドカコソシルケレ〉古今には直してのせたり。此詞ばかり、やうありげに取いでたる、いと興ざめなり。」（28オ）

景樹より女郎花にそへて

9535 老らくの身につきなしと女郎花すてばすてなん一めみてのち

かへし

9536 老ぬればたをらぬのみぞ女郎花何かはよそにおもひすつべき

野分たつ朝　　良春

9537 よもすがら野分の風のつよければいねぞかぬらん老らくの身は

かへし

9538 中々に朝いをぞせし老らくの夢をとほさぬ夜のゝ分に」（28ウ）

9539 あさまだきおきいでゝみれば雲とひて野分の風の音ぞはげしき

かへし

9540 雲なびく風のけしきにくだくらん秋のゝ花ぞ思ひやらるゝ

9541 わきてふく野分の風に夢覚ぬ心やすけき旅ねなれども

かへし

9542 山里のあれま多かる旅ねには露まどろまじ夜のゝ分に

いながらの空に、みだれちるを

9543 賤がやの軒のわらぶき吹たてゝ野分の風に空にこそちれ

庭に吹よせたるをみて」（29オ）

9544 吹たつる松葉柿の葉かしかへておらぬ錦を風にこそしけ

雨夜の虫のさやかにもあらぬをよめる

9545 月くらき雨夜の窓のきり〴〵すおのがつゞりもさしやわぶらん

鹿をよめる

9546 松かぜはたえずふけども高砂のをのへの鹿はまれにこそきけ

毎朝臨菊

9547 かくながら千とせおきてもみてし哉朝な〳〵の露のしらぎく

9548 朝な〳〵咲そふ庭の菊花あすはいかなる色かそはまし」（29ウ）

有明月におしねもる庵のなる子を、風の吹しきたるかた

9549 有明にもるおくてだの露もさぞしもとなるこのかぜすごきかげ

夜々、月明にて、人のくるに

9550 さやけさも詠る友もかはらねどよな〳〵あかぬ月のかげ哉

9551 わがやどは東の山をいづるより入まで月のかげをこそみれ

菊閑中友

9552 菊ならで人はかけせぬ宿なれば花も我をや友とみるらむ

9553 さしむかふ友しなければ菊をのみみてこそくらせよもぎふの秋」（30オ）

十三夜月

9554 名に高き望にはくもるとしもあれどすめるはみよの長月のかげ

待秋夜月

9555 夕さればいつもまたるゝ月なれど秋の光はことにぞ有ける

9556 秋日のをしからぬにはあらねども暮をぞまつ月をゆかしみ

9557 月をのみゝまくほしさに秋の日のくるゝ待まも久しとぞ思ふ

9558 暮ゆかばみてなぐさまん秋夜の誰が月をわがたのみなりける」（30ウ）

月あかき夜、むしを聞て

9559 影清みひとりし月を詠れば草ねの虫ぞ友となりぬる
9560 夜や寒き月をやめづるよもぎふの露のおきゐて虫ぞ鳴なる
秋風の、いとさむきに
9561 松かぜのさむく成ゆく山里は秋より冬のこゝちこそすれ
周虔きて
9562 山里に風吹あるゝ夜もすがら野づらの庵を思ひこそやれ」（31オ）
いと寒き夕山々にむら雲のたてるをみて
9563 遠近のみねにたゞよふ村雲は時雨やいそぐ秋かぜの山
法禅、経亮が、をはりにいくとて、立ける日の、いとう寒かりければ
9564 たび人のうひ立しけるけふしもあれいとはだ寒く秋の成ぬる
山々に雲のさまよふをみて
9565 遠近の嶺にたゞよふむら雲や時雨もよほす秋かぜの山
我里の塩がまは、ちひさき石もてつくるなり。焼てのゝちは、こぼちぬる石、はだへあたゝむるに、いとよかめ」（31ウ）れば、翁のみもとに、おくりたてまつるとて、
かきつけゝる
9566 秋かぜのはだ寒からん折をりは石をやきつゝあたゝめよ君
9567 朝な夕な老のはだへをあたゝめて此石のごとかたくありませ
かへし
9568 今よりは夜はだ寒しやき石のあつき情に身をあたゝめん
興子、久しく歌をこさで、仲秋の詠に
9569 ほのかにもみえぬこよひの月かげを雨にかこたぬ人やなからん
9570 雨雲のはれまやあるといくたびか月なき空をうちながめつゝ
と申こしたりし［に］」（32オ）かきそへたりし
9571 めづらしき詞の露のにほへるぞ月なき秋のひかりなりける
女郎花翫露
9572 女郎花かざしにすとかさゝがにのいともてぬける露のしらたま
9573 女郎花はなのにしきをおるのべは手玉もゆらにみゆるしら露

千鶴きて、はじめてあへるにいへり
9574 めぐりあふ道ぞうれしきことのはのおやこのちぎり神のめぐみに
返し　千鶴
9575 いのりつる神のめぐみにめづらしくめぐり逢ぬることのはのみち
9576 いのりつる君がことぶき長月のかげと仰てみるぞ嬉しき」（32ウ）
かへし
9577 君が名のちづるのよはひ長月のつきずちぎらんことのはの道
は月廿三日、良春が、へるに
9578 ちよをへん松を友なる老らくは猶しもいとへ木がらしのかぜ
かへし
9579 木がらしの冬をしのがば一しほの色そはん春の松かげをとへ
秋のはてがた、月をみて
9580 この秋も更にける哉長月の有明のかげのうすく成まで
きり〴〵すを聞て
9581 霜のふる夜は寒からしきり〴〵すわが床ちかくよりきてをなけ」（33オ）
かべのもとになく声の、いとさむげなれば
9582 今すこしよりこ夜寒のきり〴〵すつゞりのふすまともにきてねむ
良医中西入来、物語の序、何に出たるともおぼえぬ歌に
9583 北山の松たけがりにゆく人はかものかはらのほたでをぞつむ
といへるあり。ほたでは、茸の毒を消すものなりやとゝふに、しかり、松たけのあたりたるには、たでをもみて、汁をのますれば、たちまちいゆなりといふに
9584 松たけもほたでも時をたがへぬはくひあはすべき人のためこそ」（33ウ）
くれの秋、いたくしぐるゝに
9585 空さへや秋の別をゝしむらんくれゆく空のことにしぐるゝ
9586 雲迷ひしぐるゝ空にゆく秋はゆくへを人にみえじとや思ふ
9587 けふのみのなごりをゝしと時雨さへふりやとゞむる秋の別路

秋のくれつかた、もみぢのかつちるをみて
9588 冬さらばかたみと見べき秋のはも久にあらましや風たゝずとも
海人歌月
9589 こぎいづる舟路さやけみうかれつゝ月にやあまのうたうたふらん」（34オ）
山のとうげの、いと淋しきに
9590 山深み人は音せで色どりのさへづるなへにもみぢ散つゝ
9591 もみぢばのこのまたちくき色どりのさへづる声をきく人もなし
又、松風に心すむやうなりしかば
9592 何となくこゝろのすみて聞ゆるはちよふるまつの秋かぜのこゑ
思深夜月
9593 詠わびねし雨もよの月かげは晴もやすらん松かぜの吹
9594 宵にみし松の木のまの月かげは更て下枝に今ぞかゝらん
秋草の、うらがれゆくをみて」（34ウ）
9595 はるは生秋はかれぬる草のういによのことわりもみなしられけり
月
9596 こゝながらむかへばちりのよはなれて月の都にすむ心ちする
9597 天地をてらし尽して〔以下、欠〕
維済が、ひさしうこもり侍る時、いひおこせたる
9598 明くれにやどの物とや詠らんその山里のよものもみぢば
かへし
9599 ふくかぜにまかせてちれば我物とみるかひもなみ山のもみぢば
又、かれ
9600 そめつくすよものもみぢもこのあきは人伝にのみさかりをぞきく」（35オ）
かへし
9601 もみぢばを人伝にのみきゝたらば心にそめて心にをみよ
又、かれ
9602 春は花秋はもみぢをながめずは何に心のゆく身とかしる

かへし
9603 心ゆく道のなどかはなかるべき花もみぢをばしひてみずとも
あしでに
9604 あきかぜにいなば波より雁鳴て木末いろづく木のしまのもり
暁知早涼
9605 宵のまの暑さはいづく涼しさにめざめし秋のあかつきの床
9606 俄にも涼しきそでに先ぞおく老のね覚の暁のつゆ」（35ウ）
秋夜待月
9607 秋のつゆおきゐてきけばなく虫も月待わぶる声かとぞ思ふ
9608 人はみなしづまる夜はにつれ〴〵と月まちをればさよ更にけり
民部卿行章が、呉春が画竹間残月とて讃をこふ。絵のさま残月にあらねば、かへし遣す。その画をよめる
9609 露にふすをざゝにおつる夕月のかげをしみればさよ更にけり
ふし松
9610 ひら山のみねのふし松心あれやゐまちの月を立ながらみつ」（36オ）
かぜの心
9611 いつも吹かぜの心のいかなれば秋しも声のかなしかるらん
こもり声
9612 袖にこそ涙はおつれなく鳩のこもり声きく秋の夕ぐれ
水中月讃　西川頼
9613 よとゝもに天のとわたる月かげをたゆたふ波にうつしてぞみる
田家幽思
9614 もりなれし秋たの庵の袖の露消なん後はたれかかゝらん
秋夜
9615 あし引の山鳥のをのながき夜に鹿おふ声のたえず聞ゆる」（36ウ）
秋かぜの山
9616 〔影よは〕き夕日も嶺に入はてゝうすぎりなびく秋かぜの山

9617 さそひつるもみぢの色ぞかくれゆく秋かぜの山秋ぎりの川

友づれ

9618 我はたゞひとりや越ん秋山の鹿のむら友友づれもなく

一なびき

9619 鷺の飛ふもとのきりの一なびき吹かたみゆる遠の川かぜ

しかの名の名におふ草

9620 此夕声聞ゆなりなくしかの名におふ草のはなや咲らん」（37オ）

9621 鹿の名の名におふ草はいづくにも咲はすらめどみやぎのゝ秋

夜深くいづる月を待更て

9622 木のまよりきらめく月をみる時ぞ待深しよのうさは忘るれ

初秋のつとめて

9623 置あまる露こぼれつゝ吹となき風ひやゝけき秋の朝戸出

秋風　宮御題　二題

9624 そよと吹草木のうへの秋風のあやしく老の身をしをりけり

9625 草〔木には〕まだ吹たゝぬ秋かぜもまつこそ老の心にはしめ

9626 草木にもまだ吹たゝで身にしむは老の心の秋のはつ風

9627 荻はまだ吹もあへぬに老らくの心をしをる秋のはつかぜ」（37ウ）

稲妻

9628 夕やみをてらしもはてず空に入光ぞをしきよひのいなづま

9629 いなづまのてらしさしたる小山田を又もやみるとひかりをぞまつ

豊常が子の、みまかりしに

9630 うつくしときゝつる君がなでしこの露をみぬまにかれし悔しさ

熊充より、さらし夏衣おくりて

9631 夏ごろもきみわかゞへりましませと初秋にこそ奉りつれ

9632 行としのたちもかへれと初秋に夏の衣を奉るなり」（38オ）

かへし

9633 いく秋ものこるあつさに夏衣きつゝすゝまん我松のかげ

夕つかた、景樹きて、出居にて月みるに、入かたになりて、をぐらかりければ

9634 山遠くかたぶくまゝに夕月のいとゞをぐらきよもぎふのかげ

入はてゝ

9635 更はてし我よはおきて山のはに入ぬる月をゝしみける哉

夕つかた、月はいづくならんと思ふに、みえねば

9636 のこるひの光に消てくれぬまはそこともみえぬ夕〔月〕の空

四日の夜にや、野火のけぶりの、月をへだつるに」（38ウ）

9637 月はまだ三か月ばかりかげほそし野火の煙よ立なへだてそ

朝より人々の七首をみるほど、いとなくて、けふもくれなんとす、我は何をか手向

ましとおもふ折から、日ぐらしの、花やかに鳴をきゝて

9638 待わぶる星の思ひをねにたてゝ鳴しきるらしけふの日ぐらし

9639 としごとにまつぞ久しきたなばたのあふはこてふの夢の一よを

9640 ふり出て手向やすらんほし合の夕すゞしきすゞ虫の声

9641 たなばたのあふよのてまにかはるとてはたおる虫はあるよ也けり」（39オ）

9642 いもがりと急ぐかほしのゝる駒のくつわむしこそ高く聞ゆれ

9643 千よとしも何かかぎらん秋ごとのほしに手向る松虫の声

9644 たなばたのたえぬ契にかけ初ていく秋かへしさゝがにのいと

直好、利子来て、出居にて月をみる

9645 塵ほどの雲もかゝらぬ月のよは露ばかりなることのはもなし

かねの聞ゆるに

9646 久かたの月清きよはかねの音むしのねさへぞすむ心ちする」（39ウ）

月の入をゝしみて

9647 めぐりこんこよひの月にたなばたはちぎらん物を老ぞかなしき

博篤より

9648 君をとふ秋はきにけりきのふかもやまほとゝぎす鳴わかれしか

かへしにまねして

9649 郭公鳴て別し程もなく契りしつぎの秋はきにけり

一乗が父の身まかりぬとき、て、故郷にいそぎゆくに
9650 うつ蟬のよにます程はうとくへてなき跡をとふ君やかなしき」(40オ)
この便りに惟宗師へ文つかはすに、夏よりやまひしけるをとひて
9651 よろこびをくはへにとこそ思ひしかうきを重ねし君がこの度
加賀にたびゐする人になん。
へし
9652 をしげなく誰へしをりて此やどにみする秋の、八千種の花
雨中萩
9653 八ちぐさの花をみながらへしをりてみせばやのにもゆかぬ老人
9654 こさめふる庭の秋萩ひねもすにわかむらさきのしづくおつ也
9655 ぬれぬともけふ行てみん雨はれぬ秋の、萩やさかり過なん」(40ウ)
石面苔
9656 一かどもあらぬみたにのつぶら石あな面などやこけのかくせる
蛬　庵虫
9657 わが庵は秋風さむしきり〴〵すおのがつゞりの衣かさなむ」(41オ)
夜な〳〵秋のいりたつけしきなるに
9658 おく露もねを鳴むしも月影もゆふべ〳〵にまさる秋哉
月のさやかなる夜
9659 ひとりまたみつ、ふけなんよ、しとて月にとはれん庵ならねば
月のいるまでありて
9660 夕月は入ぬるものをいつまでかあかぬ心に残る面かげ
月夜よめる
9661 淋しとも思はでやすむ隣なき野守が庵は月を友にて」(41ウ)
夕に垣ねみちを過ける人の、とほくなれるをみて
9662 我やどの垣ねの、べをとほざかる人かげ淋し秋の夕暮
雨の夕
9663 ふるとなき雨のしめりにうなだれし草木も淋し秋の夕暮
さむき夕
9664 草の露おきやそふらし鳴しきるむしのねさむき秋の夕暮
義豁もとより、いひおこせたる
9665 此ごろはいかにふくらむ春の日は花にいとひしのきのまつかぜ」(42オ)
かへし
9666 としをへて花にいとひしかぜはいま秋と成てぞ老をせたむる
いせ人、探幽が画きく、をばなを、れるかた
9667 誰ためにたが折来つる花なればす、きも菊も色の常なる
祐為が、とひきていへる
9668 老が身の秋をかたるも哀とはともにみるよの月やしるらん
かへし」(42ウ)
9669 言葉の露色そはで老となる身を哀とや月はみるらん
ふる詞を月によせてよむとて、雨後月
9670 いかでかと思ひし秋の長あめのはれて初夜の月をこそみれ
9671 秋の雨は晴て初夜の月ながらなごりの雲の猶ぞ立まふ
松間月
9672 入がたの松のはとづる夕霜とみゆるは月のうつるなりけり
月〔ママ〕
在明月」(43オ)
9673 かげもりてね覚いざなふ有明の月におきいづる秋のよな〳〵
9674 すきまふく秋かぜながらさし入てね覚いざなふ月ぞ寒けき
なほはれねば
9675 雨やみて月まつよひとなりしかどなごりの雲ぞはるべくもなき
この秋、五日より雨ふらぬは、雲みちて十五日まではれず、めづらしきとし也。
祐為が歌、寄月逢恋
9676 たのめつ、めぐりあふよの月草のうつりやすかる心をぞ思ふ
このうた、異歌二首を一首にあはせたるやうなり。」(43ウ)月をいふとて、草に

なりたるもあやし。うつりやすらん人の心はと申たりし。

又

9677 をかのやのあきかぜさむみ雁のなくふしみの沢田色かはるらし

これはよき歌にや、第にのみはしなるべくや。

雲の空にみちたる夜、月を思ひて

9678 月のもる雲まもすこしあらばこそ心なぐさに風もまたまし

水居望月　宮御題　月字為韻云々　廿一日来

9679 ちぎりあれやみづゆく岸にいへゐしてやどしなれたるよな〳〵の月

9680 いくめぐりすみてみるらん庵ちかく水ゆく秋のながしまの月」(44オ)

秋山

9681 たなばたのおるてふ機は五百重山つゝめる秋のにしきなりけり

秋水

9682 こゝろさへうつりける哉八千くさの花のかげゆく秋の川みづ」(44ウ)

山月初昇　八月五日御当座題

9683 山の端の松の下枝の見え初て梢にうつる月の程なさ

備前妙林寺日照頼、三代前国守画讃頼、ゑにあはせて讃をす

9684 うちしぐれ庭の村草うらがれてもみぢかつちる秋のくれがた

さて

9685 こけれどもさて久ならじあだもの、露の染たる木々のもみぢば

入江昌喜、このよとせ、いつとせ、病しけれど、をり〳〵怠しが、庚申七月より腹写し、」(45オ)腫などありて、八月十二日、身まかりぬと男より申おこせたりしに、香を遣すとて、いにしは月とをかあまりに、身まかりたまひぬときゝながら、誠ともおもひなされず。このとし比のやまひも、たび〳〵怠りたまへるにおもひたゆみて、われもやまひがちなるにまぎれつゝ、久しうとひたてまつらで、いとあつしう成たまへるもしらで、ながきわかれと成ぬること、かなしさ、くやしさ、」(45ウ)とりあつめて、せんすべなさに、みやにまうのぼりて、事の序、聞えあげ奉しかば、いといたうをしませおはしましき。さはれ人の命は、かぎりある世ぞかし。何事をもなさで、むなしく名をうづむもおほかなるを、かの絶しをつぎしいさをは、よゝにぞのこらんなど、いとかたじけなく、御涙ぐませたまへれば、ましてわがたもとはなちがたければ、まかでぬ。すむ所は、へだゝりてうとく過れど、」(46オ)みちのかたには、はらからのごと、かたみにおもひかはし侍るを、今よりは、ひとりとならんかなしびをさへとりそへて、つれ〴〵なるまゝ、やまひの牀に、のたまへりしことをきゝて、かへしを奉るとて、霊前に香に具して

9686 極楽をめでたき国とゆく友のなどかわれをもさそはざりけん

9687 おくれずぞ今行ぬべきわれをきみさそひがてらに立かへりてよ」(46ウ)

9688 心ざす香のにほひにたぐへつゝおもふことをぞ聞えやりつる

暮秋聞雁　九月宮御当座

9689 旅にして秋もくれぬと鳴わたる雁のなみだやうちしぐるらん

暮秋虫

9690 行秋は何をかゝたみ花は散ぬ露はしもよの虫の声のみ

九月八日の夜の夢に、いとたかきさくらの花のさかりなる、えもいはずおもしろかりければ

9691 雨もよの雲にうつしてみる花のたかき姿をいつかわすれん」(47オ)

これをきゝて敬儀が

9692 世の人はおもひもかけずたかきそのこゝろの花やゆめにみえけん

ながら月こゝぬかにきくをみて

9693 露のまもちとせふるてふけふごとのきく見つゝぞ我は久にへにける〔ママ〕

はりまの資原が、あづまより申おこせたる

9694 日にそひて暑さはいたくますらをの翁ぞよをばたひらかにへん

かへし

9695 あつさ過さむさになれどかはらねば又こんとしをまつとしらなん」(47ウ)

是より

9696 たびの空ことなく君につかへつゝ君がみおやの心やすめよ

重陽に草かりかへるをみて

9697 けふなれど野草かりつみおひつれてかへる賤のめいとまなげなる

雨の日、美季が菊をりて来れるに

9698 けふの雨にぬれ〳〵折し菊のかの深き心をみてぞ知ぬる

かへし　美季

9699 君がゝけしことばの露にくらべては手折し菊のかこそ浅けれ

十二日夜、ふして思ふに、あとの月のけふなめり。」(48オ)なにはのまさよしが身まかりぬること、いたみつゝふしたるに、いとあつしく、心ちもれいならねば、くすりなどのみてねぬ。つとめて、少しさめたれど、猶つらおもくて、ふしておもふに、さそひがてら立かへりごといひしを、思ひでゝ

9700 われを君さそふ心は有ながら立かへらぬぞかなしかりける

けふ、円深あさてたちて、あづまへいくとてきたるに、こゝにあるほども、横川にのみありて、逢ことはまれらなれど、とほく別んは、さすがをしまれて

9701 こゝにてもあさなけにみぬ君なれどとほく別んことはかなしき」(48ウ)

をかざきのまつりに、神幸をがみたてまつりて

9702 すさのをの神のみゆきに開きませ人はまどへるふるの中道

月

9703 声たてゝみ空の月にうかれどり翅なきみをあくがらせつる

我かたはらにあれとて、めのわらはのきけりけるに、墨すらせ、かみもたせなどするに、さかしうみゆ、重陽に、白がねの露ばかりなるを、きくにおきてとらすとて

9704 長月のけふさく菊の露なれば千とせをかけておかんとぞ思ふ」(49オ)

廿日の月の、中空になるをみて

9705 呉竹のはつかの月の中ぞらにうつるをみれば夜こそ更ぬれ

しぐるともなきにおちばのぬれたるをみて

9706 夕しぐれさしてふるともおもはぬに庭のおち葉の色ぞぬれたる

廿四日の暁がた、弓張月

9707 さしている山のはとほきかひもなしいづれはしらむ山はりの月

かげの、いとおぼつかなきをば

9708 秋さむき霜かあらぬとみるばかり有明の月ぞかげかすかなる」(49ウ)

川音を聞て

9709 きのふかもすゞみにきつる川づらのすごく成ぬる秋の水音

草かりの、かへるをみて

9710 草かりのかりのこのよのなりはひにけふもくらしてかへるのべ哉

初霧

9711 初ぎりの立初しより草も木も色ことになる秋の山々

歌は一義を一すぢによむなんよきといふに、その一筋とはいかなるにかとふに

9712 あし引の山のはいづる月かげをまつとせしまにさよ更にけり」(50オ)

是前後の詞あるも、詠ずる所月待ほどに、よの更たりといふ、君の一筋をたてんとて、のためなり。

9713 こゝにまつ月のおそきは足引の山のあなたにたれかとゞむる

是は二筋になれり。

9714 かげおそき月をまち付て詠むともふけなば西にまたやかくれん

是は三義になれり。

9715 このよをば月雪花にうかれなん我みのゝちはとまれかくまれ

是は四義五義にわたれり。

すべて義おほくなりゆくまゝに、心いやしく体ひきくなるものなり。是は自然之理也。宮、商、角、徴、羽声も」(50ウ)

「宮御方　九月十三日　画題牛祭かた

9716 月清みさやにみましをまたらがみまつりしきぞのこよひなりせば

きぬたうつかた

9717 月白きかつらの方に聞ゆなりよさむの秋のころもうつ声」〔別紙〕

〔六帖詠藻　秋十〕

歌はたゞ一意を卅一字にのべたるよしは、ふるの中道の或問にくはしくあらはせり。こ義あまたになれば、その義をことはらざれば聞えず。〔こ〕とわれば、くだ〳〵しくなりていやし。いやしくても、聞ゆれば歌なれ〔ば〕、人のこのむ所にしたがふべし。たゞし、此所をこのめるうた、〔みづからは〕聞ゆと思へばこそ公界へもいだせど、多くはきこえがたきものなり。いかなるが一意を卅一字にのべたる、いかなるがあまたの意を一首にのべたると、初心の人おほくまどへり。例のよくもあらぬ歌によみて、そのこゝろばへを再さとす。

9718 足引の山のはいづる月かげを待とせしまにさよ更にけり

これ、よの更たりといふ一意一意を、卅一字にのぶ。夜の更たりといふ事、もの思ひてよの更る、あるべし。人を待てよの更る事あるべし。」(1オ) 宮づかへしてよの更ること、あるべし。くさ〴〵よの更ることあるべけれど、是は、月を待てよの更たれば、月をまつは、よの更たる注なり。

9719 こゝに待月のおそきはあし引の山のあなたにたれかとゞむる

是は二義にわかれたり。月を待つ一意也。此月おそきによりて、出時刻過ておそき人にとゞめられたるかと云一意也。こゝにまつ月の遅きはたれかとゞむると落着す。是は二義なれど元来月を待侘たる意より、第二義は生じたれば初の歌にはおとれども一意をはなれぬ二義なれば、さのみ可嫌にあらずか。

9720 山のはの月まつ秋のさびしさに花おそかりし春をこそ思へ

是は、二義にわかれたり。まへの歌は、二義といへども始終月まつ意」(1ウ)〔の〕外へいでず。此後の二義は、誠に二にわかれたり。月のおそきと花の遅きと対してあはせたるもの故、ことわりは聞ゆれど、いづれをむねと思へり〔と〕もみえぬがわろきなり。又、

9721 月を待秋のよひゐはさやかなるむしのねをのみまづぞ聞つる

又、

9722 秋のよべさへ[ママ]いたく更けりあすはなほおそくやいでん山のはの月

又、

9723 月おそき山のはみてもまづぞおもふこのよつきなん後のやみぢを

などいへば、みな月をまつ意よりいでたれば、おなじ一義一ずぢの歌となれり。この三首は第二首めの歌にかはる事なし。是をもすてば歌いでくべからず。

9724 影遅き月を待付て詠むとも更なば西に又やかくれん

是は、月のおそきよりおこりて、未来の待付てみんことを思ひみても、終にかくれん未来を思へる、義、三義にわかれり。」(2オ)

9725 四義 山のはの月をかごとに待人のかげだにみえばねなんとぞ思ふ

9726 人をこひ月花雪にうかれぬる身のはてやなにあだしのゝ露

是は、五義、六義にわたれり。

是はみなわがよめる歌なれば、わろし。わろきなりに、ことわりは聞ゆべし。さて一意を一筋にいひ、又二すぢになりても、一意よりいひくだしていへば、おろかに聞ゆれど、静にて品たかし。二義にわかれ、三義にわかれ、四、五、六と、義のわかれたる歌をみるべし。さかしう聞ゆれど、さわがしくて品くだれり。是、天然、自然、天下の通理[ママ]也。楽の五声にてもしるべし。宮、商、角、微、羽の五声、宮の音に順而、以下の四声を定む。宮は、ゆるく静にして大なり。角、微、羽は、したひにせまりて、さはがしくして少也。静なるは品たかくして、」(2ウ) さわがしきはくだれるにあらずや。つる、雀の声にても、しづかなるとさわがしきとは、品ことなり。今の世、二義より以下、三義、四義、心あまたを一首にいひとぢむるをすぐれたる事としてとりあ〔つめいふ〕に、義あまたなれば、聞えがたきによりて、てにはをはぶき、あるはもじを余し、よその聞も誠〔に〕感なげにみゆれど、みづからはよくよみおほせたりと思へり。よく調たるうへにてくらべみるに、一義一すぢの歌は品たかく、義あまたくさりつゞけたる歌は品くだれり。そのくだれる所を修行して労せんよりも、品たかき一義一筋の所を修行して労せんにしかず。」(3オ)

東に春海といへる歌人あり。古真淵が門人なり。伊勢に大平とて、本居宣長が門人あり。大平がもとへ、春海が、歌よむべき心おきてを真淵にきけりとて、かける文あり。故ありて、これをみる。大かたは、わが心おきて、大同小異なり。其分は

と、めず。大にたがへることあり。此たがひめに、心つかず。大同に混じて一つにならん事をおそるれば、そのたがひをこゝにのす。

古のてぶりをわするべからず。さて歌は、めづらかにあたらしき心をこそよまゝほしけれ。さらずは、いかでかわがうたならんとぞいはれ侍る云々。

是は、詠歌大概に、心はあたらしきをさきとす。人のいまだ不詠心を求て是を詠ぜよとあるにたがへる事。たがはずは、定家のをしへにしたがふべし。何ぞ口を開に及ん。此語、邪路の始也。人の心をたねとして万の言葉となれるといふは、正道なり。人の未詠心を求て詠ぜんとする意、邪路にあらずや。是より歌の道、今の如く下れり。その下れるをのがれんとしてその教を守る」（3ウ）は、何事ぞや。又

さて、あたらしくめづらしきふしをこそよむべけれ。

また云、

歌は、わが心をのぶるものなれば、一つわがすがたをよむべきなり。

右三所に出たる、同意なり。皆我意に大にたがへり。歌は、古の中道にいへるごとく、人毎に、朝に暮に、見聞覚知、喜努〔ママ〕哀楽、万境に対して思へる古今の情をのぶるを云。毛の末ばかりも、外にもとめず。胸襟よりいづるものなり。前念滅すれば当益生じ、当益めつすれば後念生ず。幼より老にいたるまで、人世如此。其当益々々を詠。是古物にあらず。念々新也。是は是、自然に新也。是をすてゝ、別にあたらしくめづらしくせんと求るの意、則邪也。世間定理、珍敷事もなければ、鷺を黒し、雁を白と云事をめづらしと思へる心より、あらぬものになる也。又わが姿をよまんとするも、邪見也。わがすがた、人にゝたりとも、嫌ふべきにあらず。わが思へる所をのべて聞ゆれば、歌の道は足れり。わがおもへることを、つねに聞ゆるやうにいはゞ、それをよそにみて、」（4オ）〔た〕がすがたなりといふとも、みづからすがたをもとめて詠る事、あるべからず。自然〔に生〕じたる山の松に、おのづからのすがたあり。それをしらずとて、枝をねぢゆがめたらんを、しぜんのすがたとはいふべからず。毛のすゑばかりもゝとむる所あれば、自然を損ず。

この文は千蔭より来れば、千かげかたへは、わがをしへのうたに、

9727 一ふしと思ふやゝがてすなほなる心のゆかむ初ならまし

と、ある人のいひやれりければ、かれが心にをしふる心おきてを小冊にしてのぼせたりとて、みするを見る。」（4ウ）

宮御方より、呉春画、月下みをつくしたてるかたに

9728 みをぐしのかげのみくまとてる月は秋のもなかのしるし也けり

ことばのみね　夫木

9729 常にわが心の霧のはれせねばことばのみねの月をだにみず」（5オ）

〔半丁白紙〕」（5ウ）

るり草　順

9730 瑠理草に置たる露をなく虫のなみだの色と思ひけるかな

もどきがほ　夫木

9731 かぎりやはあらぬ千とせと松色をもどきがほにもちるもみぢ哉

正誼よりいひおこせたる、

9732 契おきし月のみやこをとひもせで思ひもかけぬ旅に日ぞへし

9733 君もこず月もくもりてこの秋の望の円ゐは淋しかりつる

南山閣八景　秋に

宮城野萩」（6オ）

9734 みやぎのゝ萩咲ぬらし秋風にほのかに鹿の声の聞ゆる

十府浦月

9735 月にしくとふの菅こもいつよりかさやけきうらの名とはなりけん

つくり花

9736 タテナガカラマ〔ママ〕ガキノ菊ノツクリバナ心ヅカラノ色トヤハミル

9737 たてながらつくられもせしつくり花たはまぬ菊のみさを有せば

9738 たましきの庭につくれるつくり花花はうれしと思ふらめやも

円尾義罄がり、紀跡墨帖つかはしたりしに、

9739 手すさびによごれし筆もきの川のきよきながれにあらひてぞみん

といひおこせしに」（6ウ）

9740 紀の川の清き水くきもろともにならひて遠きよにもながさん

夏の文なりければ、
9741 冬よりも夏はやすけき君なれどたより聞まばいかゞとぞ思ふ
かへし、九月中比なれば
9742 すゞしさに夏はまたれし松かぜもやゝいとはるゝ此比のあき
資原より
9743 むさしのはくもりてのみぞわたりぬれ都の月はいかゞ有しや
かへし
9744 都べの月は更てぞほのにみしさともさぬきもくもるとぞきく
栄庵がなつくりして住初たるに
9745 住初るやどの千とせは久かたのあまてる月や空にしるらん
信美がよませたる満月のうた」（7オ）
9746 夕月もあかぬ物からよもすがらてらす望には猶しかずけり」（7ウ）
文月十日のゆふなりつかた、よめる
9747 浪上をこぎくとおもへば磯際に近くなるらしまつの音高し
これは、やまひいとあつしうなりたるのち、ゆかをばしづかたにかへんとて、褥にゐながら、人にたすけられうつろふが、舟にのれる心ちすとて、例の松にあき風の聞ゆるまゝ、よめるになん。かくてくるつあした、身まかりたりけり。」（8オ）
〔白紙〕」（8ウ）

六帖詠藻　冬一

橋上霜
9748 さえわたる月の光もひとつ色におく霜深きよはの川はし
橋下氷
9749 柴人のかげみし水もいつとなくこほりにとづるたにのいはばし
眺望
9750 冬くれば軒ばのもみぢ散はてゝむかふとやまのまつもめづらし
霰
9751 時雨つる音にもこえてはげしきはあられにさはぐ岡のさゝはら
早梅」（1オ）
9752 冬ごもりおもひもかけずにほふ也雪にめなれし軒の梅がゝ
9753 軒ちかくうゑも置ずは冬ごもりかつ咲梅も雪かとやみん
湖雪
9754 さゞなみやむかふかゞみのかげもみずふゞきにくもるうみごしの山
9755 うちむかふかゞみの山のかげもみずふゞきにくもるにほのうみづら
9756 冴あれしなごりも波の雲消て八十のみなとの雪の朝なぎ
9757 吹おろす山かぜ絶てさゞ浪やひらのみなとに雪ぞふりしく
9758 よを深みたちいでゝみればさゞ浪や八十のみなとにつもるしらゆき
9759 浪の音も遠ざかるかとしがのうらの松かぜたえてつもるしらゆき
9760 しがのうらや汀の氷とぢそひてさゞ浪とほくつもるしらゆき
9761 ふりつもる光にゝほのうみはれてうら山とほくむかふしら雪」（1ウ）
年欲暮
9762 一年ののこる日かずもたのまれずはかなく暮し心ならひに
9763 けふの日も又くれそひて行年のわかれをいそぐ此比のそら
9764 ほどもなく春にや越ん年波の立もかへらぬ末のまつ山
浜千鳥

9765 むれてたつ芦べの千鳥はま風に吹かへさるゝ声のさむけさ

9766 波よする浜べの千鳥よもすがらおのが立ゐも風のまに〳〵

9767 夕しほのみつのはまべを立千鳥干かたもなしとねをや鳴らん

9768 よせかへる波の立ゐも浜松のねにあらはれて千鳥鳴也

十一月十日比、中将殿より雉をたまひたれば、」（2オ）元雅の朝臣をまねきたるに、光興の朝〔臣〕きあひて盃一順する比ほひ、あぶりものにして鳥の羽をつけていだし侍りける

9769 君がため雪うちはらひかり衣きのふのゝべのえものとをみよ

これが、〔へ〕しとて、またの日のつとめて、元雅の主より

9770 あさからぬめぐみをぞ思ふ分て猶雪のうちなるのべのえものに

とかありし。光興主より」（2ウ）から歌、後にわすれてとゞめず。

とあるも聞すぐしがたきに、おくりものさへあれば、かりばをうつすことの葉は雪まぜにちる鳥の毛花もみる心ちし侍るに、かたへのこをひらけば、此ごろ母のもとめたまへる魚なり。こゝながらえしもいとうれしう、このかしこまりをだにと、つたなきいらへに彼末のもじをけがし侍りて

9771 氷とぢ雪のふるえのもふし鮒おくるに深き心をぞみる

庭落葉

9772 うすくこきもみぢ吹まく山風におりたちて庭の錦をやみん」（3オ）

庭残菊

9773 冬がれのまがきの菊の朝な〳〵のこる色かぞ霜にすくなき

落葉

9774 散ぬともはらはでをみん露霜の心をおきてそめしもみぢば

川時雨

9775 大ゐ川下にいかだの夕しぐれさをもとりあへずはれくもりぬる

寒流帯月

9776 とぢあへぬ滝つながれの早きせに宿るもこほる冬のよの月

十月江南天気能」（3ウ）

9777 神無月日かげのどかにむかふ江の南は冬の空としもなし

雪

9778 ふりつもるけさの光に月花もおもひけたれてむかふ白雪

寒芦

9779 霜にくち氷にとぢて吹かぜの音ものこらぬ芦の冬がれ

井氷

9780 冬さむみ氷にとぢて結びよる人かげもみぬ山の井の水

寒芦

9781 氷るよの汀の波は音絶て芦のかれはにさわぐうら風

千鳥驚筏」（4オ）

9782 瀬を早み下す筏におどろきてうきねのかもの立さわぐ声

谷落葉

9783 冬来ては爪木こるをも迷ふらし木のはに埋む谷のかけ道

河歳暮

9784 川水はとゞこほるまも有物をよどむせもなく年ぞながるゝ

遠村雪

9785 うづもれぬ煙ぞしるべ尋ねみん雪の末のゝ里の一むら

9786 まつはれてみしは友まつほどなれやふゞきにくもる山もとの里

9787 ふりうづむ里の梢もかつみえて雪ふきはらふ軒の山かぜ」（4ウ）

薄暮雪

9788 降つみてくれ行空はうすゞみにゑがける雪の遠近の山

9789 野も山も夕をしらぬ雪の色にひとりくれゆく入相のこゑ

9790 かねのおとはまだきにつきておのづから暮行雪の色ぞしづけき

9791 入相の声はうつまで詠やるの山の雪の色ぞくれゆく

初冬暁

9792 霜さゆる鐘のひゞきにおどろけばね覚の色に冬はきにけり

野時雨

9793 石上ふるの、をざゝさても猶かはらぬ色をなどしぐるらん
落葉混雨
9794 神無月木のはみだれて古郷はわきてしぐれの音もきこえず」（5オ）
池寒芦
9795 枯ふしていまは青葉も水鳥のうきねかくれぬ池のむら芦
江寒芦
9796 しげかりし難波入江のめもはるに冬がれわたる芦のむら立
9797 夕しほの入江のあしに風さえて汀のたづも声さわぐ也
湊寒芦
9798 湊舟いで入さをにさはるまで波にをれふす芦の冬がれ
十七日、涌蓮道人とひきて、夜ふくるまでものがたりす。いたく寒ければねなんとて
9799 うちおほふよるの衾のうすければいかに旅ねの侘しからまし
かへし」（5ウ）
9800 いかによしよるの衾はうすくとも苔の衣のひとへにはにじ
これより
9801 六塵のよのあかつける衾には苔の衣ぞなほまさるべき
かへし
9802 すがたこそうきよをいとへこけ衣心のあかは何かかはらん
あられをり〳〵ふりければ
9803 あられふりいたま風あれさむきよにいかでか人をわがとゞめけん
かへし
9804 さむしろのすきまのかぜもいとはずよ樹下石上の人を思へば
暁千鳥
9805 おく霜のしらすの月の有明につま恋かねて千鳥鳴らし
池氷」（6オ）
9806 吹しをる松の落葉も池水のこほりにさゆる山かぜの声

9807 とぢはつる池は氷のますかゞみ汀のまつのかげもうつして
歳暮雪
9808 つもりそふかゞみの雪のうへにこそくれ行としのあとはみえけれ
故雅胤亭にこれかれあつまりて、としのくれをしみ侍りけるとき、海辺歳暮といふ事を
9809 かへりこん春ぞまぢかき一とせの日かずもけふにみつのうらなみ
9810 いとゞしくあまのしわざやいとまなきなだのしほやも年ぞ暮行
水上雪
9811 残りなくこほるとみえて此朝け雪ふりつもる庭のいけ水」（6ウ）
年暮近
9812 一年をけふまであだにくれ竹のいまいくよとてをしむはかなさ
9813 をしむとも終にはかなく暮ぬらん残りすくなき年の日かずは
9814 日にそひてちかづく年のなごりとやかねてもをしきゆふぐれの空
鷹狩
9815 朝かりのとだちにあはずはしたかのをぶさのすゞの音いさむ也
9816 かりくらし今はとがへる道のべの鳥立に鷹を又あはせつる
寒芦
9817 いけ水のこほりのうへに吹しをるあしのかれはのかぜのさむけさ
埋火」（7オ）
9818 さしそへしすみもいく度霜の色にさゆるよしるきねやの埋火
9819 さえ〳〵てねられぬよはの手すさびにかきおこしつゝむかふ埋火
冬鐘
9820 今もなほ声高さごに聞ゆ也ふりし霜よの暁のかね
9821 初せやましらみ初たる雪の色におくれて告るあかつきのかね
冬暁霜
9822 よをのこす月のかげかとみるがうちにまがはぬ霜の色ぞ明ゆく
依雪待人

9823 ふりつがば道もぞ絶るけさの雪友まつほどのはれまにをとへ」（7ウ）
9824 めづらしとうちみるなへにはつ雪のふらばといひし人をこそまて
9825 初雪のふらばと人のちぎらずはかへりて我ぞけさはとはまし

待雪

9826 山里はふりぬときゝし白雪の今いくかあらば我宿にみん

笆のきくのいたくかれたるをみ侍りて

9827 おく霜にのこるとみつるほどもなく終にかれぬる庭のしらぎく

連日雪のふるを

9828 はれやらぬ日かずへにけり思ひいでゝとひこん人の道やたえなむ

薄暮雪

9829 ふるまゝにくれ行やどの庭の雪とふべき人もおもひ絶ぬる」（8オ）
9830 村鳥のおのがねぐらもしら雪にふりかくされて声さわぐらし

深夜雪

9831 下折の声せざりせば呉竹のよぶかき雪をいかでしらまし
9832 しらでぬる人にみせばやねやのとによぶかくつもる雪のけしきを

初冬朝　廿首内

9833 うちしぐれ山かぜさむしから衣けさや冬たつ初なるらん
9834 冬きぬとけさは日かげもはれくもり山かぜあれて時雨ふる也

夕落葉

9835 廿首内 此夕ふみ分がたく成にけりけさはまばらにみえし落葉も
9836 吹あるゝ夕のかぜにちりそひてけさの落葉の色もわかれず」（8ウ）
9837 木のはちる音ぞさびしき入相のこゑ吹をくる風のまに〱

寒草霜

9838 枯のこる尾花がいろもわかぬまで霜置わたすのべのさむけさ

河千鳥

9839 川波のよるの汀やさむからし立ゐひまなく千鳥なく也

池水鳥

9840 行かへりおのがすみかとをしかもの明くれなるゝ宿のいけ水
9841 かへりすむ水のさゞ浪よるかけて羽音しづまる池のをしかも

冬月冴

9842 山たかみ落たきつせの音たえて水におつる月のさむけさ

篠上霰」（9オ）

9843 ぬきとめぬをのゝさゝはら風さわぎあられみだるゝ音のさむけさ

向炉火

9844 きえぬまにすみさしそへんうづみびのあたりの円ゐさよ更にけり
9845 おきあかす外面は霜の深きよも寒さわすれて向ふうづみ火

歳暮近　是迄廿首内

9846 ほどもなく春にやこえん年波の立もかへらぬ末のまつ山
9847 日にそひてちかづくとしの別とやかねてもおしき夕ぐれの空

いつのとしにや、しはすの中ばすぐるころ、心ちれいならぬやうにおぼえてつれ〴〵とこもりたるに、故雅胤が重枝などいひける比にや、」（9ウ）くれ過るほどとぶらひきて、ものむつかしさもまぎるゝやうにおぼえ侍れば

9848 とはれず[ママ]はひとりぞこよひ我かげを友とやみましともし火のもと

といひしに、重枝

9849 まなぶらんよはをとひきていたづらにかげぞ更ぬるまどのともし火

といへれば、また

9850 とふにこそ心もてらせくらきわが身にはかひなきまどのともし火

かへし

9851 もろともにかゝげはげまむともし火の更ゆくかげの我をまたねば

かへし

9852 更ぬべきわがよとかつはしりながらそむけがちなる窓のともし火」（10オ）

今はかへりなんといへば

9853 ことさらに分こしよはの霜に又かへらん道の寒さをぞ思ふ
9854 ふみ分てたれかいとはん浅からぬ心もみゆる冬のよの霜

かへし
9855 おもひやる人の心の深ければかへさの道の霜もいとはず
9856 袖の霜もいかでいとはむかへるさのさむさをいとふ心深さに
こよひはこよなくさむし、とゞまりねかしといへど、なほ家ぢもよほすけしきなれば、盃をいだして
9857 しひてゆくみちの寒さをしのげとてゑひをすゝむる心をもしれ
かへし」（10ウ）
9858 くむさけの人の心しあつければ寒さもゑひにわすれてぞゆく
ともにうちいづるまゝのたはぶれごとなれど、かやうの事は、その折のおもひいで［ら］れて捨がたきまゝ、かき付侍るになん。
初雪ふりぬと人のいひければ
9859 都にもまつほどあらじ北山はけふ初雪のふりぬとぞきく
いとさむきゆふつかた
9860 山のはの冬日早々入はてゝ夕しもいそぐ風のさむけさ
初冬
9861 このねぬる朝けのあらし吹あれて衣でさむく冬はきにけり」（11オ）
落葉霜
9862 うすくこきもみぢ散しく庭の面に又色そふるけさのはつしも
9863 散つもるもみぢの色もみえぬまでおく霜深き朝戸出の庭
9864 朝な〳〵おく霜深くなるまゝに木のはの色ぞ霜に朽ゆく
9865 ちりてしも色やそふとてはらはねば霜に朽ゆく庭のもみぢば
野寒草
9866 百草もひとつかれはと成にけりいづらはめでしのべの秋はぎ
寒閨月
9867 さえとほる霜より後の夢もみずよ床の月のまくらとふかげ
樵路霜」（11ウ）
9868 柴人もまだふみ分ぬみ山路の落葉にむすぶ霜ぞ氷れる
9869 薪こる山路にくれておく霜を袖におぼえぬかへるさぞなき
寒松
9870 木々はみなはらひ尽して松の葉に残るあらしの音のさむけさ
9871 霜雪にたへてのこれる松ひとりみ山の冬のさむさをやしる
9872 いくとせかをかべの松の深みどり霜より後の色をみすらん
冬月
9873 露にみし影もとゞめず草がれの霜にこほれる冬のよの月
9874 空にみつ霜や光をそへぬらん冬こそ月はてり増りけれ
9875 久かたの天の川瀬やこほるらんよわたる月のかげのさむけき
9876 かさねても猶袖さむし小夜衣［以下欠］」（12オ）
落葉混雨〔重出ノ指摘アリ〕
9877 吹さそふ風のまに〳〵時雨つゝ雨もおち葉も音ぞわかれぬ
9878 もみぢばもふりにこそふれ山高み時雨をさそふ木がらしの風
9879 重出 神無月木のはみだれて古郷は分てしぐれのをともきこえず
ものにまかりけるに、俄にうちしぐれければ、もみぢのかげに立かくれ侍れど、もみぢもいたくちり侍りければ
9880 立ぬれてをしむとしらばふきさそふ風のしぐれよ心してふれ
9881 立どまりみばやもみぢも雨とふる木下かげも袖のぬるとも
これをきゝて、資芳
9882 折しもあれことばの色も一しほにそめてや過るむら時雨かも
とよめれば、重枝」（12ウ）
9883 むらしぐれふるかひあれやいとはやも人のことばの色にいでぬる
うちゝるけしきの猶あかねば
9884 はては又しぐれも色にいでにけりもみぢをさそふ木がらしの風
河氷
9885 朝まだきわたせいづことしら浪の音もと絶てこほる山川
9886 よのほどに岩こす波やこほるらんけさ音絶る山川の水

9887 岩なみもよどむとみえて此朝けこほりわたれる谷川の水

寒草

9888 むさしのゝ草はみながらおくしもにひとつかれはの色ぞ淋しき

9889 花にみし面かげもなく霜がれて人もすさめぬもりの冬くさ

篠霜」（13オ）

9890 よをさむみ起いでゝみれば色かへぬさゝのは白くむすぶはつしも

名所五十首内　嵐山　冬　御仰

9891 名にたかき山のあらしにさそはれてみねのもみぢぞ雲にしぐるゝ

田上川

9892 衣手のたな上山のあじろ守さゆるよいかにあかしわぶらん

樵路霜

9893 朝まだき薪こるをや入ぬらん山路の霜にあとぞのこれる

9894 けふも又山路にくれて柴人のかへさやさむき袖の夕しも」（13ウ）

鷹狩

9895 はし鷹のしらふは雪にまがへどもをぶさのすゞの声ぞおちくる

名所五十首内　比良山　冬

9896 吹おろす山かぜあれてさゞなみやひらのみなとにあられふる也

枯野

9897 さむけしな霜の花のみ咲そひて草はかれのゝ冬の明ぼの

井氷

9898 くめばけさ袖にくだけて山井のまだ冬浅き水のうすらひ

時雨

9899 けふも又時雨る空にいく度かはれくもるらん冬の日のかげ」（14オ）

9900 ふりすさぶあとよりきほふ山かぜにいく度けふもうちしぐるらん

寒声

9901 にほ鳥のうきねあらはに霜がれて汀のあしぞ波にしほるゝ

千鳥

9902 冬のよの空さへ氷る月かげに又立かへり千どりなく也

残雁

9903 山里の門田の霜の明ぼのに落くるかりの声のさむけさ

歳暮雪

9904 かきくらしふりくる雪をなごりにてくれ行としはあともとゞめず

9905 春になほのこれことしの雪の山かひなく暮しなごりともみん」（14ウ）

冬たちける日

9906 けふはゝや袖ぞしぐるゝをしと思ふ秋のなごりの露もひぬまに

9907 をしみてもとまらぬ秋のかたみぞとけふや砌の木々のもみぢば

9908 けさはゝや秋のなごりの露の色も霜と冴ゆく冬はきにけり

十一月十日、節会ありて内に御まゐりあり、御供にてひそかにをがみ奉る。悠紀節会は酉刻過にはて、主基節会はじまりて国司奉物あり。もみぢにかもはぎにうづらを付たり。風俗あり。こよひ庭上月明也。風俗参庭上はかせ如悠紀。不審。有序破急。退出南門。音声次第に遠ざかる体、優美無限。此ごろ夜いたく更たり

9909 入方の月すめるよの雲のうへになごりおほかるいと竹の声

十一日、豊明節也。こよひ亥刻すぐるころ、」（15オ）殿よりまかでゝかへる。さらにしのびて庭上拝〔見〕の志ありといへども、昨夜不臥労病身にたへず。明方におもひやりて

9910 よもすがら月かげ清き雲のうへの豊のあかりぞ空にしらるゝ

しも月中比、さえくれたる比、人のがりまかりてかへるさまに北山をみれば、雪いとしろうふれり

9911 山とほき都の空もさえくれぬあすもや宿にみねのしら雪

冬田

9912 朽残る色もさむけし朝な〳〵おく霜深き野田のいなくき

9913 守捨し冬田は霜の色さえて風になるこの音ぞのこれる

湖氷

9914 松に吹うら風さえてこほるよの波は音なきしがのからさき」（15ウ）

9915 風さむみ汀こぎいづる釣舟のあとよりこほるまのゝうらなみ

歳暮

9916 をしみこし日かずもつきて入相の声に暮行一とせのそら

暁雪

9917 鳥がねにおきいでゝみれば明るよの庭白たへにふれる初ゆき

深雪

9918 音絶ぬ林の竹の下折によぶかきゆきのほどぞしらるゝ

名所五十首内　高島山　冬

9919 杣木引あとこそみえね高しまやみをの山みち雪ふかくして

9920 時わかぬ松のひゞきも高島や雪げにさゆるみをの山かぜ

朽木山　同」(16オ)

9921 紅葉ばの色は残らずちりはてゝ朽木の杣にさゆる山かぜ

歳暮

9922 ゆくとしのなごり淋しくうちしめり雨さへふりて更るよのそら

歳暮述懐

9923 けふのみとくるればさらにをしむ哉みにはうかりし年のなごりも

市歳暮

9924 あたひなき年のなごりを何にかはかへてをしまぬみわの市人

9925 何事をうるまの市女いたづらにとしもくれぬと立さはぐらん

雪中灯

9926 かゝげても窓深きよの雪の色にさながらしらむともし火のかげ

9927 しづけしな暁までしらむよの雪にけたるゝともし火のかげ」(16ウ)

篠霰

9928 をざゝ原風の吹しく玉あられたまればかてにくだけてぞちる

屋上霰

9929 朽まさる賤がわらやの軒ばにぞしばしあられの玉はのこれる

川水鳥

9930 よをさむみ汀にさわぐ水鳥の床の山川こほりとづらし

浦雪

9931 日をふれば煙もたえて塩がまのうらわぞゆきに面がはりぬる

田霜

9932 冬来ぬとほにいでゝおく朝しもに小田のひつぢぞいとゞかれ行

篠霜

9933 冴あれしよのまのあられとぢまぜてをざゝがうへにこほる朝しも」(17オ)

岡寒草

9934 霜がれぬ色にならひて岡のべにのこるもさむきまつの下くさ

嶺雪

9935 里はなほけふもしぐれて山とほき高ねばかりにふれるしらゆき

雪

9936 いやしきにつぎてふらなんしら雪はゆたかなるよの光とぞ聞

初雪

9937 しらみゆく光もわかずほの〴〵と在明の月にふれるはつゆき

それのとし霜月十八日、ならにゆく事ありて、暁京をいでたつ。月さやかに霜ふかくて、身にしむ明ぼの也。ふしみのわたりよりや、しらみゆく空のけしき、いとをかし

9938 ね覚してたれをしむらんくれ竹のふしみの里にのこるよの月

9939 なごりあれや朝たつ袖の霜のうへにやどれる月のかげしらむ空」(17ウ)

おほくらのつゝみといふをゆくに、左も右もひろきいけにて、かりかもなどおほくあさるみゆ。白きつるの芦べにおりゐるも、都にはめなれねばめづらし。そこを行すぐれば、かぎりもなくおほかる芦のかれたるに、朝日のうつろふを

9940 めもはるにかれたつあしの霜とけてうつる朝日のかげもさむけし

新田、久世、寺田、長池をゆく。新田と久世との間、左のかたに車づかといふあり。大なるつか也。長池までのみち、なべて松おほく、をかしきみち也。

9941 いにしへはいかにゆきゝのしげからんならの大路はあふ人もなし

十六といふむらあり。名はいとわかうて、ふりたる松のみぞおほき。こゝをすぎて玉水にはつく。玉川はいづくととふに、やがてこのみちの行手の小川なりとこたふ。

山吹の名所ぞかしと思へば

9942 山吹の名にながれたる玉川はこほりにとぢて行水もなし」(18オ)

ひらをといふ村をすぎ、こまのわたりをゆく。こゝをこまとしもいふは、いにしへ高麗人の住ければ、かゝる里の名をおひけるとぞ。となりかくなりといひし古ごとをおもひいづるに、いとさま〴〵になりぬるみのほどもおもひよそへられて

9943 うりつくるこまの里にも住てしがみのなるさまのしらまほしさに

いづみ川をわたりて木津(コ)につく。かせやま、みかのはらは、これよりは道もへだゝりたりといへり。はゝそのもりはいたく遠からぬよしをきけど、いそぐことなれば得尋ねでくちをし。木づより車みちといふを行。左のかたにたかき山みゆ。みちくる人にとへば、これなんかすが山とぞいふ。ならさかのかたは道とほしとてこのみちにきぬる。これもくちをし。ならさかといふは、」(18ウ)このいまゆくひがしのかたのをか也。このならさかをゆかば、みかさ山いとよくみてんといふ

9944 よそにみてすぐるもくやしみかさ山さしてもくべき名所ぞかし

申刻ばかりに御寺につく。仰ごとゞもをつたへ、御なやみのやうをうかゞふに、おなじさまにおはします。かなたこなたのくすし入こみて、御寺もいと広からねば下やにおるゝに、そやすぐる比、御寺をいづ。月さやかにさしいづる山は、みしみかさ山也。御寺高ければ、こゝかしこいとようみわたさる。七代の帝の都なれば、そのかみはにぎはしかるべき事をさへおもひつゞけて

9945 さしのぼるみかさの月にいにしへのならの都をてらしてぞみる

9946 はるかなるもろこしかけておもふにもみかさの山ぞ月に名だかき

廿日のあかつきにたちかへる。この御寺のにしのかた」(19オ)を西北にゆく。左の田中に松一むらみゆ。内裏のあとたり。うたひめといふむらをすぐ

9947 たれこゝにすめるあとゝて歌姫のやさしき名をも猶残すらん

これより左も右も谷のみちをかたさがりにゆく。大和国のたかきをおぼゆ。はせといふをすぎ、細野といふにしばしいかふほど、月やう〳〵しらみて、やみのわたりといふをわたり、もとの玉水につく。おとつひの宿りにてあさがれひくひ、おくりの者どももこれよりかへす。

浜雪

9948 さむけしな真砂もともに吹上のはま風あれて雪になるそら

9949 よもすがら波たちあれて沖つ風吹上のはまにつもるしらゆき

社頭雪」(19ウ)

9950 ふりつもる光に木々の下はれてあらはにみゆる雪の玉がき

冬たつ朝時雨をきゝて

9951 冬もきぬことしもさてやはつしぐれあだにふりぬるみにぞおどろく

初冬

9952 更にこの朝戸出さむし初しものをかのやかたに冬やきぬらん

杣寒月

9953 さむけしな杣山あらし吹あれてひはらの月のはれくもる空

松雪

9954 霜雪に色こそかへね木のまもる月かげさむし槙のそま山

9955 すみよしのまつのむらだちみえ初て雪吹はらふ沖のしほ風

9956 しばしこそはらふとみしか山かぜもうづみはてぬる松のしら雪

落葉随風

9957 山かげや高ねのもみぢ吹おろす嵐の末をかきねにぞみる」(20オ)

庭寒草

9958 聞なれし秋のなごりの風の音もかれはにかはる庭のをぎ原

朝落葉

9959 吹あれしよはのあらしのあとみえて落葉かたよる朝戸出の庭

原寒草

9960 露にみし秋のゝ原の初尾花いつしか霜の下にくちぬる

網代寒

9961 あじろ木にいざよふ波の音絶て氷にしらむかゞり火のかげ

池上落葉
9962 よる波のあやおりそへて山かぜにもみぢちりうく庭のいけ水
疎屋霰
9963 ふしわびぬさゝのしのやのよを寒みあられたばしる音のさやけさ
9964 音はせでふりぬるかやが軒ばにはしばしあられのなごりをぞみる」（20ウ）
風のいたく吹あるゝ夕
9965 よるかけて雪やさそはむ山かぜのさらにはげしき夕暮の声
9966 時わかぬ松のあらしもさらに此夕霜いそぐ声のさむけさ
茅屋に人々とひきて歌よみけるに、山寒月といふことを
9967 足引の山の木のはを吹たてゝ嵐にくもる月のさむけさ
9968 山のはの梢さはらでいづるよりおちばの霜にさゆる月かげ
寒松
9969 夕霜のをかべのまつのふかみどりいつともわかぬ色も寒けし
9970 色かへぬ名にこそたてれ霜払ふ声もさむけきみねの松風
山里にまかりたりけるに、夕つかた木のはのかぜにみだるゝを
9971 村鳥はかへる夕の山かぜにかたもさだめずちる木のは哉」（21オ）
谷氷
9972 けさも猶こほりやそへんさむき日のかげさへうとき谷川の水
古郷雪
9973 ふりつもる雪の光にくまもなくあれたる宿のみえて淋しき
河雪
9974 うづもれぬ川せの波の末かけて雪にみわたすよどの明がた
冬夜夢
9975 幾たびかみつくとすれどさえ〳〵て霜よおぼゆる夢のみじかさ
年内早梅
9976 色かそふ春はありともとしのうちにかつ咲そめし梅の一もと
雪の朝、茅屋にひとりながめて
9977 いとはねどあとつけつべき人もなしむぐらのやどのけさのしら雪
庭雪」（21ウ）
9978 ふみ分てとひこば深き心をもけさぞみるべき庭のしら雪
冬山暁
9979 かねの音も霜にひゞきて有明の月かげさむしみねの古寺
庭雪深
9980 おもひやれ分こしあともうづもれて日かずつもれる庭の白雪
寄霜述懐
9981 行末をおもひおくこそはかなけれみは朝霜の消やすきよに
寄雪述懐
9982 あつめねば光なきみのふりぬるをあはれとやみんまどの白雪
9983 ふりつもるまどの白ゆき光あれどあつめぬ人のみをばてらさず
榎本賓興かたにて千鳥を
9984 吹通ふよるの波かぜ音さえてちかきかはらにちどり鳴也
9985 波の音はむすぼゝれ行川かぜに千どりの声ぞ高く聞ゆる」（22オ）
冬
9986 冬深くなり行まゝに朝な〳〵とぢかさねたる庭のいけ水
9987 よを深みつばさの霜をはらひかねうきねのをしのねにや鳴らん
9988 をの山や雪げの雲に立迷ふけぶりもさむしみねのすみがま
谷落葉
9989 外山にはまだふりそめぬしらゆきをかさなる遠のみねにこそみれ
9990 谷水はおちばの下にうづもれて松にぞのこる山かぜの声
落葉随風
9991 此比（山かぜに）はよそのもみぢをさそひきて庭にめなれぬにしきをぞしく」（22ウ）
落葉風
9992 秋の色の残る梢やなかるらんおちばにのみもさわぐやま風
落葉

9993 霜にのみあへずちりゆくもみぢばのけさまで風にいかでたへけん
9994 山かぜに木のは吹しく木がくれの宿はしぐれのはるゝまもなし
伊賀守元雅亭にて暁千鳥を
9995 川波の氷にむせぶ暁ぞちどりの声はたかく聞ゆる
9996 月かげも氷のうへにしらむよのさむき入江にちどり鳴也
向炉火
9997 炭の色はよぶかき霜にうづみ火のかすかに残るかげも寒けし
9998 かきおこす人しもなくはうづみ〔火〕のうづもれながら消やはてなん
日向守秀辰もとにて炭竈煙を
9999 すみがまにたえぬ煙のそれよりもよわたるわざや賤はいぶせき」(23オ)
水郷雪
10000 更行ば川音絶てみなせ川こほりのうへにつもるしら雪
10001 ふりつもる光にはれて久かたの中なる里ぞ雪にくもらぬ
社頭雪
10002 ふりにける宮ゐもさらに玉しきの光をみするけさの白雪
閑居雪
10003 跡つけてとはるべしとも思はぬをいかに友まつけさのしら雪
杉雪
10004 とへかしのしるしもあやなうづもれて雪の日かずの杉たてる門
元雅もとにて夕落葉を
10005 吹たてし落葉に霜や結ぶらん音よはり行庭の夕風
同じかたにて歳暮を」(23ウ)
10006 あすもありとおもふ心のをこたりに又一年もけふとくれぬる
10007 行かへりつねにとまらぬとしの矢のとくもくれぬとなどをしむらん
篠霜
10008 うちなびくをざゝの霜やこほるらん吹もはらはぬけさの山風
10009 いそのかみふるのさゝはらいくとせかかはらぬ色を霜にみすらん

鷹狩
10010 あすもこんかたのゝましばし折せよあかずくれぬるけふのみかりは
10011 立かへりあすこそ分め分のこすかたのゝましば霜結ぶ也
夕鷹狩
10012 くれぬ也いま一よりもいく度かかりばのましば霜むすぶまで
歳暮梅
10013 梅のはなまだきに咲てをしむべき年の日かずを春になしつる
網代雪」(24オ)
10014 冴あれし川づらはれてあじろ木にむら〳〵つもるよはの白雪
10015 波のうへもふるかひあれやあじろ木に雪吹かくるうぢの川かぜ
としのくるゝをゝしみて
10016 此月の三十日ありせば行年をあすもありとや猶たのまゝし
10017 をしめなほけふしくれなば四十余りみとせの空に又もあはめや
10018 春をまつ身にもあらねばなごりのみ猶したはるゝ年のくれがた
十月八日、諸社奉幣の上卿として陣の儀はて、神祇官代え御参向ありけるに、いたく雨のふりければ、思ひし事
10019 天てらす日つぎをつぐる神わざのけふしもなどか雨のふるらん
10020 まづつげてけふふる雨かあめが下めぐみにうるふみよのはじめを」(24ウ)
九日もふりくらして夜中うちすぐる比すこしをやみたるほど、殿をまかで侍りけるに、木がらしはげしく吹あれて木のはのみだるゝに、山のはちかく月のかたぶくをみて
10021 よひの雨は雪げにかはる雲まよりほのめく月のかげもさむけし
雪かきくらしふるつとめて　□□枝
10022 冬がれの木のまよりふる白雪はちるをゝしまぬ花とこそみれ
10023 さしむかふ日かげを春のあらしにて梢に消る花のしら雪
小春とか、いとあたゝかなる朝
10024 霜おかぬ朝けは冬ものどかにてむかふ日かげぞ春にかすめる

霜のあした

10025 日かげさすかたへは消て軒たかきやかげにのこるしものさむけさ」（25オ）

迎称寺にて風前時雨といふことを

10026 はるゝかとみるほどもなくさそひきて風にしぐるゝうき雲の空

落葉霜

10027 うすくこきもみぢ散しく庭の面に又色そふるけさの初しも

時雨過

10028 幾たびかふりもさだめず行雲のそなたの里や今時雨らん

河網代

10029 月さゆるあじろの波のよるかけてもる袖さぞなうぢの川かぜ

山路雪

10030 ふみ分てかよひし人のあともみず雪にうづめるをのゝ山みち

浦水鳥

10031 さえ侘てぬるよかたゞのうら風に汀やこほる水とりの声」（25ウ）

夜落葉

10032 あけばなほのこれる色もあらし吹よはのもみぢの窓をうつ声

暁時雨

10033 在明のかげをのこして山とほく時雨過行あかつきの空

雪の朝にはかならずとへといひし人の身まかりて、そのとしの霜月、雪のふる日おもひいでゝ、

10034 契りしはあらぬよにふるけさの雪苔の下にも思ひ消らん

10035 思ひいでゝ消かへるともしらせばやまつとかいひし雪「の」ふるごと

早梅

10036 冬ごもる梅の色かぞたぐひなき春みん花はあまたあれども

水路氷

10037 行舟のこほりをくだくあとみえて一すぢ残るまのゝうら波」（26オ）

滝水

10038 行なやむ岩まもみえぬ滝川の何をよすがに氷初らん

氷始結

10039 霜にふす汀の草のは末よりかつ氷ぬる庭のいけ水

樵路霜

10040 薪こる山路をさむみかへるさに霜ふみ分ぬ夕ぐれやなき

石間氷

10041 けさはゝやせゞのいはまのこゝかしこ氷をみする冬の山川

浦千鳥

10042 おもひねの夢もみぬめのうらなれや妻こふ千鳥波にたつ声

苔径霜

10043 ふみ分て人も通はぬ山かげのこけ路の霜は朝日をやまつ

遠炭竈」（26ウ）

10044 とほくとも迷はでゆかむすみがまのけぶりをゝのゝ道しるべにて

篠霜

10045 草はみなかるゝをかべのさゝのはにしみつく霜の色の寒けさ

歳暮をおしみて

10046 いたづらにことしもくれぬ入相のかねてはなどかをしまざりけん

神無月の初つかた、西にむかへる殿にて、貞楨、義方などゝもに物がたりするに、さとうちしぐれたるあとより月さやかにさしたるを、義かたの歌よめといへるに

10047 しぐれつる雲はなごりも中空の月かげやどす軒の玉水

冬暁

10048 吹さそふあらしのかねの音さえて木のはしぐるゝ窓の明がた」（27オ）

河水鳥

10049 山かげはこほりとづらしなつみ川かは風さむみかもぞ鳴なる

島雪

10050 ふる雪にうづもれてこそうらとほき沖の小島はあらはれにけれ

池寒芦　人丸影供歟

10051 にほ鳥の床もあらはにかれあしの淋しくたてるこやの池水
このみちに心ざしは有ながら、ざへなき身をかこちて
10052 なには江や霜にをれふす芦のはのみがくれながら朽やはてまし
初冬
10053 おりはへし秋のにしきを冬きぬとけさや龍田の山の木がらし
松雪
10054 山かぜは吹なはらひそ松のはもうづまぬほどにふれるしら雪」(27ウ)
杣寒月
10055 みをの山ひばらの霜やこほるらんはらへどやどる月のさよ風
桜ざくろなどやうのくれなゐにまだきばみたる葉のちりしきたるに、しろうきよら
なるかげのむれてあさる。みなれたる鳥なれど、折につけてをかし
10056 朝な〳〵つもる木のはの庭つ鳥あさりなれても分やわぶらん
いんさき人々と、もに廿首の当座せしに
山時雨
10057 はるゝかとみるほどもなくしぐれきていこまの山に雲ぞかゝれる
野寒草
10058 おく霜にかれふすのべのをみなへしたが手枕の秋のなごりぞ
うらの千鳥
10059 みつしほにひかたや波の友千鳥もとのうらわに立かへりなく」(28オ)
暁水鳥
10060 霜払ふは風に波もこほるらし暁ふかきいけの水鳥
河朝氷
10061 此朝けせゞの荒波音絶てこほりわたれる冬の山川
冬月冴
10062 霜みつるよはのあらしの冴々てかげすさまじき中空の月
屋上霰
10063 さえ〳〵て夢もむすばぬねやのうへにあられたばしる音の淋しさ

庭初雪
10064 めづらしとみるほどもなく消ぬべしまだ浅ぢふの庭のはつ雪
夕炭竈
10065 夕まぐれすみやく煙立さらで雪げの雲の色をそへぬる
歳暮松
10066 色かへぬ名にこそたてれ松にしもくれ行としのかずはそふらん」(28ウ)
歳暮のちかきをしみて
10067 かぞふればことしも今は十日あまり一日二日もあだにやはおもふ
たゞごとうたとやいふべき、無下につたなく。
10068 いつとなくうつる日かげもくれて行としのなごりはいとゞほどなき
10069 まてといふにとまるならひのとしならば誰かは春のいそぎをもせん
10070 くる春をむかふるわざのしげきにも紛れずをしむとしの別路
としのくれに春日社にて御楽のありけるを
10071 神もさぞなごりや思ふ年ふかき霜にさえゆく糸竹の声
夜歳暮
10072 月かげも残りははてず行としのなごり淋しき有明のそら
閨時雨
10073 さよしぐれ板やの軒ばふり過ぬ又たが夢かおどろかすらん」(29オ)
水上雪
10074 残りなくこほるとみえてこのあさけ雪さへつもる庭のいけ水
ひえの山をみるに雪いとしろうふれるに、易命がすむらんさま心にうかびて
10075 思ひやる心の道はたえせじをうづみなはてそ山のしら雪
よべの夢に泉下の人もあまたみ侍りておきいづるに、軒の霜をみて
10076 朝まだき日かげ待まの霜よりもわがみよにふるほどぞはかなき
吉田に御参向のとき、かしこはこきうすきもみぢのいまをさかりなる木のまを、四
位五位六位などのむれゆくさま、いとおかし
10077 色々の袖にけたれてよし田山木々のにしきははえなかりけり」(29ウ)

かも川のほとりよりひがし山をかへりみれば、はれのぼる雲まよりもみぢのはなや
かにみえたるを
10078 雨はるゝと山の空の絶まよりむら〳〵みゆる木々の紅
山時雨
10079 初せ山ひばらは色もかはらじをかひなく何とうちしぐるらん
嶺時雨
10080 うちむかふ北の山かぜさえ〳〵てけふもしぐるゝみねのうき雲
山家冬
10081 人をまつ心のみちも絶にけり日をふる雪の山かげのいほ
杜雪
10082 春秋に老曾のもりの名もふりぬいくらの年の雪つもるらん」（30オ）
野雪
10083 此比のあらちの山のいかならん矢田野もふかくつもるしら雪
関雪
10084 雪ふればとざゝぬ関も名のみして行来絶ぬる相坂の山
浜雪
10085 よる波の色もわかれずはる〴〵と広田のはまにつもるしら雪
10086 冴あるゝ波のよる〳〵ふりそひてむべ名におへる雪の高浜
御供にて庭上にあるに、桜のはのちりしきけるにかきつけて、故左京少進のもとへ
10087 これもまた心をそめよなれ〳〵し桜のもみぢよそにやはみん
山雪をみて
10088 さえ〳〵しよはのしぐれの名残ぞとむかふと山のけさのしら雪
はつ雪のふりけるあした」（30ウ）
10089 きのふまでよそに思ひし大ひえの高ねの雪を庭にこそみれ
檜雪
10090 冴暮しひばらの雲はけさはれて雪にぞうづむをはつせの山
洛東にすみ侍りける比、としのくるゝをおしみて

10091 すむとしも人にしられぬ宿なれどよそに過さで年ぞくれ行
10092 春をまついそぎもしらぬ宿なればのどかにをしむとしの別路
こぞの春のころより心ちそこなひて、すべてのもの、香をしらず。針灸薬をこたらねど、そのしるしなし。このなつのころ、しばしがほどをり〳〵かすかに鼻通ずることありしかど、またもとのさまなり。されば橘にむかしをしのぶことをわすれ、まがきの菊は」（31オ）いとゞ霜の色にまがへり。けさ、いかなるにか、ほとけをおがみ奉るに、見まへの花のかほりたる、いとめづらかなれば
10093 けさまでものこらざりせば菊のはなことしのかをばしらずぞあらまし
かゝれどこの夏のことを思ふに、久しくかゝるべしともおもはず、こんとしは花を〔みんことも〕いとおぼつかなければ
10094 のこれなほ又こん秋もしらぎくの花はかはらぬ色かなりとも
久しく病にふしけるとしのくれに
10095 さらぬだにをしむならひをたれこめてつもる日かずに年ぞ暮行
雪のふりたる朝、山里にて
10096 花ならで花なるものは朝日かげにほへる山の木々の白雪」（31ウ）
殿に侍りける比、時雨晴陰といふ心を
10097 吹まよふ風をしぐれの心にてかたもさだめずはれくもる空
10098 いく里かはれくもるらん吹おくる風のしぐれの行末のそら
都雪
10099 月花の名にふりぬれど玉しきの都は雪の明がたのそら
落葉混雨
10100 吹きそふあらしの風にしぐれきて雨も落葉も音ぞわかれぬ
寒松
10101 幾とせかをかべの松の深みどり霜より後の色をみすらん
氷始結
10102 霜にふす汀の草の末ばよりこほりそめぬる庭のいけみづ」（32オ）
枯野曙

10103 末とほきかれの、霜の色にしてしらみぞわたるあけぼの、そら

汀寒芦

10104 難波がた入江の波はこほりゐてあしの水ばにさゆる高風

石間氷

10105 けさは、やせゞのいはまのこゝかしこ氷をみする冬の山川

浦千鳥

10106 おもひねの夢もみぬめのうらなれや妻こふ千どり波にたつ声

遠炭竈

10107 とほくともまどはでゆかんすみがまの煙を遠の、道しるべにて

篠霜

10108 重出 草はみなかる、をかべのさゝのはにしみつく霜の色ぞ寒けき

ね覚霰

10109 ふるとみしねやのあられは夢なれやさむる枕に音ものこらず」（32ウ）

千首歌の中に檜雪を

10110 あなし風雪吹かけてまきもくのひはらもあへず色かはりゆく

歳暮　榎本亭

10111 重出 なすこともなくてくれけりことしだにあだにはへじと思ひしものを

落葉風

10112 散しけば又ことかたに吹たて、もみぢにそへる山かぜの声

遠山見雪（重出ノ指摘アリ）

10113 外山にはまだふりそめぬ白雪を重る遠の嶺のこそみれ

積雪

10114 よひのまははらふと聞し風の音も絶てつもれる雪の呉竹

夕落葉」（33オ）

10115 吹さそふもみぢの色はくれはて、軒ばに残る木がらしの声

山寒月

10116 かげたかき山の木のはを吹たて、あらしにくもる月の寒けさ

軒早梅（重出ノ指摘アリ）

10117 冬こもりおもひもかけずにほふ也ゆきにめなれし軒の梅がゝ」（33ウ）

〔白紙〕」（34オ）

ねられぬまゝ、つく〴〵と思ふに、はゝのいたくおとろへたまへりしを、こんとし東路の御供におもむくべき心ぐるしさいはんかたなし

10118 かへり来てみんもはるけきたび衣うしろめたくや思ひたゝまし

かぎりある命なりとも、かへりこんまではのばへ」（34ウ）たまへと、神ほとけにねんずるほかなし。年のくれに周尹入来ものがたりの序に、洛東に幽居をきのふと思ふに、こゝらのとしをへぬる事などいひて

10119 かぞふれば夢なりけりなことのはのともになれぬる七年の空

かへし

10120 ことのはのともにいのちのあればこそかたりもいでし七年の跡

初夜すぐる比までものがたりして、うちつれていで、路より別れて、殿にてとしのなごりをしみて

10121 今さらにをしむもはかなをしみきて一よに残る一とせの空

うす雪のふりけるを」（35オ）

10122 つもれなほ消てあとなく行年のなごりともみんよはのしら雪

よのいたく更行を

10123 灯をかゝげつくしてをしむよもかすかになりぬ一年のかげ

10124 はづかしなあだにくらして四十あまりみとせの春を又やむかへん」（35ウ）

六帖詠藻　冬二

雪のふるに人をまつあした

10125 ふる雪にとへとていはでまちみばや人の心の深さあさゝも

殿よりまかでいづるみちのぬかりもこほりたるに、ひえの山をみれば、雪いとしろうふれり。易命がすみかをおもひて

10126 足引の山路の雪のいかならん都にふるもしみこほるそら

歳暮梅

10127 ゆく年のくれぬかぎりは梅花咲とも春のいろかをばみじ

月真院にて磯雪を

10128 沖つ風雪吹こしてあらいその波の花こそちりまがひけれ

滝氷」（1オ）

10129 おちたぎつよどまぬ水もこほるらし音よはり行せゞの岩波

10130 よをへつゝ氷添らし朝な〳〵むすぼゝれぬる滝のしら糸

木工権頭のもとにて遠山雪を

10131 冴くれし昨日の雲のあとなれや明ゆく遠のゆきの山のは

10132 冴くれしあとゝもみえず遠山の雪に別るよこ雲のそら

杜時雨

10133 吹さそふ風になびきて行雲のうき田のもりやいましぐるらん

10134 冬さむきけしきのもりの木がらしに木のはみだれてしぐれふる空

庭くさのいたくかれたるをみて

10135 霜とくる日かげに秋の色みえてかれは露けき庭のをぎはら」（1ウ）

10136 さむけしな置そふ霜の朝な〳〵青葉すくなき庭の冬くさ

湊寒芦

10137 浪の音は氷にとぢて湊江の芦のかれはにさはぐうら風

10138 かれふして風もさはらず湊江のを舟はあしのほなみをやゆく

里時雨

10139 染のこす木のはもあらじ山陰の里をばかれずなど時雨らん

10140 たへて住人のたもとのいかならんまなくしぐれの古郷の空

古今の詞を冬の歌によむとて

10141 かきくらしふりくる雪にさくら花ちりぬる風のなごりをぞみる

10142 面かげのとしにふりせぬ身なりせば雪のつもるも何かうらみん

三位殿庭に石たて水ながしなどしけるそのとし、雪のふりけるあした」（2オ）

10143 ふりつみて岩ね木かげに行水を一すぢみする庭のしら雪

芝山殿にて野鷹狩

10144 分すてゝかへるかたのを立鳥につかれの鷹も又いさむ也

10145 みかり人いまや入のゝ霜がれにみだれてみゆる袖のいろ〳〵

田氷

10146 さえわたる風にまかせて引すてし山田の水はこほりゐにけり

谷雪

10147 吹おろす梢の雪の山風にふりつむよりも深き谷かげ

10148 日かげみぬ谷のしら雪けぬがうへにふかくやけふも猶つもるらん

無題」（2ウ）

10149 露分し秋はいろ〳〵のむしのねもかれのゝ霜にのこるともなし

雪中歳暮

10150 ふりつみて人は通はぬ雪のうちにくれ行としぞあともとゞめぬ

10151 なごりおもふ雪にもあとの残らぬをなど行としのみにつもるらん

山家冬

10152 賤のをがつま木の道も絶しより淋しさまさる冬の山里

10153 いまよりはたれかはとはんつま木こる道さへ絶し雪の山里

池水始氷

10154 池水のあさきかたよりとぢ初てまだ深からぬ冬をみせけり

10155 さゆれどもまだ冬浅き池水は汀のみこそ氷そめけれ

川に木のはながるゝを

10156 山風の吹のまに〳〵さそはれて木の葉流る谷川の水」（3オ）

名所雪　円海寺周円勧進

10157 玉くしげ明ゆく波の色そへてふたなのうらにつもるしら雪

五十首当座よみ侍りけるに　竹霜

10158 おきいでゝむかへばさらにさえしよのなごりもしるき竹の朝しも

10159 うちなびくさ枝の霜に呉竹のよはのあらしのなごりをぞみる

石見守定辰亭にて残菊を

10160 おく霜に色そめかへし白菊を冬にさかりの花かとぞみる

雪のかきくらしふる日、中西良恭とひきたれるに

10161 ふみ分てとはずはしらじ白雪の浅くはみえぬ人のこゝろも

かへし

10162 しらゆきのふりにしあとを尋ねてもまどふ心の道しるべせよ」（3ウ）

池水鳥

10163 すみなれし宿の池水氷るよはいづくにをしのうきねしむらん

10164 くだけちる氷とみえて水鳥のは風にさはぐいけの月かげ

10165 水鳥のおりゐるいけの月かげをつばさにくだく氷とぞみる

10166 池水のこほりてみゆる月のよはをしもうきねや定めかぬらん

雪

10167 冬ごもりいづれを梅のふるごとも霜の朝での庭にこそみれ

10168 冬深くふりつむ雪のいやとしにゆたかなるよの光をぞみる

夕つかた水鳥のおりゐるを

10169 よるかけてうきねしむらし水鳥のは風にさわぐ池のさゞ浪」（4オ）

深山冬月

10170 さむけしな雪げにくもるおく山のひはらの月のかげうすき空

摂津守信郷亭にて松間雪

10171 ふるまゝに音よはり行山かぜやはらひもあへぬ松のしらゆき

雪

10172 よひのまのしぐれあられは音絶てよぶかき窓の雪ぞしづけき

10173 ふみ分てとへばなれこし月花の友もつどへるやどのしらゆき

柴霰

10174 吹おろす風のあられもおひそへて山路寒げにかへる柴人」（4ウ）

初冬

10175 おきいづる衣でさむく風あれてはだれしもふる冬もきにけり

落葉

10176 冬きてはしばしとまらで木がらしの絶まにもちるよものもみぢば

残菊

10177 おくしもに色こそかくれみし秋のにほひふりせぬませのしら菊

時雨

10178 けふも又都の北の山のはにいくたびくものうちしぐるらん

関時雨　千首

10179 あふ坂や行もかへるも旅人のしぐれにとまる杉の下かげ

10180 ふり過る関のわらやのむらしぐれとまるは軒のしづく也けり

谷雪」（5オ）

10181 ほかよりも猶雪ふかし谷かげ〔は〕けぬがうへにやふりつもるらん

10182 ふらぬまもあらしはげしき谷かげはふゞきの雪の晴るまもなし

ある人の寿筵にて竹雪を

10183 みどり猶ふりせぬ宿のくれ竹にいくよの雪のつもるをもみん

仏名

10184 となふなる仏のみなやつきぬらんよゐのゝふしにわたかづく也

浦千鳥

10185 夕されば沖つしほ風吹あれてさむきうらわにちどり鳴也

年内早梅

10186 咲そはむ春はありともとしふかき雪よりかほる梅のはつ花

10187 窓さむき年のうちよりかほりきて春をへだてぬ宿の梅がえ」（5ウ）

月真院にて暁千鳥
10188 在明の月のゆくゑの沖つすにしば鳴千鳥声のさやけき
深雪　是も
10189 うちなびきふりそふま丶に呉竹のまがきは雪の山とこそなれ
10190 けぬがうへに猶ふりつもる山里は雪の下にや春をまつらん
いたくあられのふる日、女どものおほく行に
10191 わぎもこがあかもすそ引道とてや風もあられの玉をしくらん
武者小路殿にて依雪待人
10192 むぐら生てあれたるやどもふりかくす雪をひかりに人をこそまて
10193 まつはれて友待ほどにとひもこばふりつぐ雪は庭にいとはじ」（6オ）
月真院にて閨時〔雨〕
10194 夢さそふねやのまくらのさよしぐれなごりを軒のしづくにぞきく
10195 夢をのみさそひしねやのむらしぐれいかにをくれてね覚とふらん
落葉　与渡舟二題十月
10196 こきうすきもみぢこきまぜ山かげの庭はいくへのにしきをかしく
夕時雨　与忍涙恋　二首
10197 冬の日のほどなき空にいく度かけふもしぐれてくる〔る〕山かげ
10198 入相の声吹さそふ山かぜにしぐれてくる丶冬の日のかげ
雪の朝人をまちて
10199 ふみ分てとはずはしらじ庭の雪あとをもつけず待し心も」（6ウ）
故賓興のある人の夢にいりてよみ侍りけるとおぼえし歌、10200 まだよひにかたぶく
月のかげ消てにしの雲まをめぐり行らん　とぞ。これをきゝてみな人あはれがりき。
三神法眼は分てしたしければ、このもじを三十一にきりて花、郭公、月、雪、無常
などの題をくばりて、歌よませしに、雪にあたりて冠字もを得たり
10201 もろともに分こし道のあと丶めてさらにぞしたふ雪のふるごと
いとさむき暁、月をみて
10202 神無月しぐれ〳〵て雪もよの雲まにさゆる有明のかげ

初冬時雨
10203 さらにけさあらしの声を先だて丶冬きにけりと時雨初つる
月真院にて庭〔霜〕を」（7オ）
10204 まさごぢはおくともわかで冬がれの草葉にさむきけさの朝しも
両吟百首　初冬
10205 雲迷ひ木のはしぐれてけさのあさけ冬たつ風の色ぞ淋しき
10206 きのふこそ立かへてける夏ごろも比もへずして冬はきにけり
雪朝遠樹
10207 近からばとはましものを此あさけ雪も友まつ山もとのさと
都鄙歳暮
10208 天ざかるひなにもとしはと丶まらで都のことやけふをしむらん
月真院にて暁千鳥〔重出ノ指摘アリ〕
10209 在明の月のゆくゑの沖つせにしば鳴千鳥声のさやけさ」（7ウ）
江寒芦
10210 風の音のよはるもさむし深きよの入江のあしは霜にしほれて
10211 難波江や一よもかれずおく霜に青葉もなみのあしのむらだち
雪中待人　両吟
10212 待ほども深くぞつもるけさの雪とへかし人のあと絶ぬまに
深夜埋火
10213 いたづらにわがよ更ぬる埋火の消ぬおもひのあるかひもなし
10214 よを深みかすか〔に〕なりぬいかで又おこしつぐべきねやのうづみ火」（8オ）
神無月の初つかた、谷口貞以が周防のくにへくだり侍りけるに
10215 折しもあれ冬たつ空の旅衣重ねてしのげ八重のしほかぜ
寄霜無常　永屋元暉勧進
10216 日かげさすかたより消る朝しものおくれもはてぬ人のよの中
10217 水鳥のつばた〔ママ〕に払ふ夕しものあすをもまたぬよにこそ有けれ
しはす初つかた涌蓮上人とさがのを過けるに、梅のさけりけるをりて、涌〔蓮〕

10218 あさまだきみちのゆくてのむめの花たをれば袖にしもぞかゝれる
かへし
10219 よをいとふ苔のたもとにをる梅は花さへあさのしもかとぞみる」（8ウ）
五十首当座よみ侍りけるに朝時雨
10220 朝づく日さすがにかげはもりながらしぐれてわたる山のはのくも　月真院
10221 冬の日の朝のまさへいく度かしぐれの空のはれくもるらん
閑居雪
10222 もとよりもあとみぬ庭は雪つもるけさとて人をまつよしもなし
杉雪
10223 けふいくかふる川のべの雪の中にたてる梢や二もとの杉
檜雪〔重出ノ指摘アリ〕
10224 あなし風雪ふきかけてまきもくのひばらもあへず色かはり行
十二月十九日故日向守秀辰三回忌にあたり侍りけるに」（9オ）
10225 しら雪も消てみとせを古塚のふり行あとゝしたふこしかた
池氷
10226 朝な〳〵池はこほりのますかゞみ汀のまつのかげもうつらず
10227 いづこにかうきねかふらん水鳥のみなれしいけはこほりゐにけり
しはす廿一日涌蓮清生入来、廿首当座のうち　炉火
10228 年深き雪のうちにもうづみ火のあたりはまだき春ぞきにける
10229 ね覚してわがよのふけをかこつ哉光もうすく残るうづみ火
江雪
10230 ふりつもる入江の芦の末ふしてみるめはれたる雪の朝なぎ
寒松」（9ウ）
10231 霜払ふ山かぜさむし軒のまつはかへぬ色も冬やしるらん
しはす廿日、立春のよ
10232 かげさむきしはすの空も春きぬとはつかにかすむ山のはの月
又の日のつとめて、山の雪をみて
10233 けふよりは残るとやいはむ春のたつ年のをのへにつもるしら雪
山家冬　月真院
10234 まだきより軒に薪もこりつみて雪にこもれる冬の山ざと
今西安近が公のことによりて、みとせばかり京にありてしたしくかたらひけるが、しはす廿九日にたちてあづまにかへりけるに、別をしむ序、只公程をみて春をみずと」（10オ）いふ古ごとを思ひいで、
10235 年のうちに春さへきぬる都をばかへりもゆくか東路の空
ある人のつまの身まかりけるに、雪をよめるうたのこり侍りけるをみてあはれがりて、ありしよのしる人のもとへ、歌雪無常といふ事をよめとすゝめ侍りしに
10236 ありふるもはては残らぬ人のよを消ゆく雪のうへにこそみれ
人々とひきて歌よみ侍りけるに、雪といふ題をえて
10237 浅からぬ心ありともいかでみん雪ふみ分て人のとはずは」（10ウ）
10238 跡もなくふりかくされてよもぎふの宿ともみえぬ庭の白雪
又の日も深雪を得て
10239 晴まなく日をふりつみて松杉もさながら春の雪の下くさ
10240 とふとてもふりもそはずは我宿の雪にはいかで人をとゞめん
月真院にて故賓興居士の一回忌追慕の志をいとなみけるとき、千鳥
10241 浦なれてとしへしわかの友ちどりむなしきあとにねをのみぞなく
10242 わかのうらになれし千鳥のあとゝへば今も声きく心ちこそすれ
里初冬
10243 時わかぬときはの里もけさよりのしぐれに冬の初をやしる」（11オ）
旅宿時雨　月真院
10244 あはれにもことゝひなるゝしぐれ哉よな〳〵かはる草のまくらを
10245 かたしきの草の枕のむらしぐれ露にのみやは袖ぬらしける
冬夜難曙　同
10246 幾度か時雨あられにね覚ても猶明がたき冬のよの空
10247 まちつけし霜よのかねの後も猶しらみかねたるねやのとの月

山家時雨

10248 時雨くる音もわかれず山里は松のあらしの絶ぬひゞきに

浦千鳥」(11ウ)

10249 あと、めてかはらぬわかのうらちどりあらぬねにしもなどなかるらん

賓興亭にて、しぐれ〳〵てといふことを

10250 風まぜにしぐれ〳〵て明くらしさむさをいそぐ冬の山ざと

社頭雪

10251 ともしびのかげもしらみて深き［よ］の雪しづかなるもりの神がき

10252 みづがきやふりて久しき榊ばになほゆふしでてつもるしらゆき

神無月初つかた慈照寺にあそびて、月をみて

10253 落葉して月の色のみ白がねのうてなさびたる夜の木がらし

は、君の三回忌、人々まねきけるに、霰を

10254 夢さそふ夜はのあられのなごりなほ袖になみだの玉ぞくだくる」(12オ)

朝時雨

10255 山かぜに雲の行かひ定なくみねの朝日のかげぞしぐるゝ

夜落葉

10256 梢吹音よはりゆく山かぜによはのおちばのほどをこそしれ

松雪　私亭にて

10257 たゞひとへ松ばにつもるしらゆきはつぎてふれとも思はざりけり

10258 ふりそふを何かはまたむみどりなる松ばの雪のゆふぐれの色

10259 下をれの音さへはてはうづもれてそれともみえぬ松のしらゆき

周尹と廿首をわかちて

時雨雲」(12ウ)

10260 此比はしぐれしぐれぬ里やなきかたも定めず雲ぞ行かふ

時雨過

10261 山かぜのはげしきほどはふりもこで時雨の雲ぞよそに過ゆく

寒草繆残

10262 日にそひて霜がれわたるをかのべにかつ〴〵残る松のかげ草

月真院にて杜時雨を

10263 冬のきてまなくしぐるゝ衣でのもりの落葉はかはきしもせじ

10264 かきくもりいましぐるらし風あれて木葉みだるゝ山もとのもり

としのくれに

10265 ゆくとしをかくはをしめど春たゝば又もやあだにあかしくらさん

10266 くれぬ也いそぢのとしもうば玉の夢の一よをなごりにはして」(13オ)

澗寒草

10267 人にこそしられざりけれ谷かげの小草も霜にあへずかれぬる

雪与年深

10268 ふりそふをなどかまちけんしらゆきのふかくしなれば年ぞくれゆく

竹霜

10269 うちなびくさ枝の霜の氷ればやはらひかぬらん竹の朝風

松雪

10270 まつはれて雪も友をぞまつのはの色わくほどに人のとへかし

10271 深きよの風しづまりて庭の面の松のはしろく雪ぞつもれる

周尹と題をわかちてよみ侍りけるに、」(13ウ)

水鳥

10272 うきねせしおのが夜床やこほるらんけさすみ初る池の水鳥

10273 水鳥のはらひもあへずおく霜を隙なきよはの羽音にぞしる

時雨雲

10274 はれくもるしぐれは風を心にて雲のゆきゝも定なきそら

月真院にて、故賓興の三回忌をとひしに、落葉深と云ことを

10275 木のもとにちりつもりぬることのはや朽せぬよゝのかたみなるらん

10276 古つかのこけのみどりもみえぬまで深くぞつもる木々の紅葉ば

涌蓮道人のこのみにて後の歌を手向。

やどにはなきもみぢのちりくれば」(14オ)

10277 をしむらんよそのかきねのもみぢばをさそふあらしの庭にこそみれ
10278 もみぢばを風のたよりにさそひきておらぬにしきを庭にこそしけ

庭落葉を

10279 とへかしなこけのむしろもおりかへて庭は木のはのにしきをぞしく
10280 吹たてし木々の梢は音絶て庭のおちばにあらしをぞきく

当亭にて、常盤木雪を

10281 冬枯の梢にふるはとく消て雪をときはのひはら杉はら
10282 雪つもるときはの山の松のはの冬もかはらぬみどりとはみず

潟千鳥

10283 さよ深み塩やみつらんなには潟かたも定めず千どりなく也
10284 塩みてばいづくのうらもかたをなみかなたこなたにちどりなく也
10285 冬夜の月かげ更て引しほの遠つひかたにちどりなく也」(14ウ)
10286 梓弓いそべを遠く引しほのひがたにむれて千鳥なく也
10287 立［さわ］ぐ千鳥の声にかたもなくよるみつしほを空にこそしれ

残菊のいたくうつろへるをみて

10288 おくしもに移ひはてし菊みれば久しかれともみをばおもはず

寒草

10289 みし秋の風のやどりもかれはて、霜に朽ゆく庭のをぎ原
10290 かれはて、霜の色のみ白菊のかきねは秋のおもかげもなし
10291 冬に猶のこりし菊もはて〳〵はひとつかれの、霜のしたくさ

野霰

10292 法師のかへる野寺の夕風にあられ玉ちるすみぞめのそで」(15オ)

初雪のふりぬるあした

10293 身につもる老はわすれて年々にめづらしとみる庭のはつゆき

雪散風といふことを

10294 花ならばいとはん風のつてにこそまだみぬ雪もさそひきにけれ
10295 冬のよの月もかすみて山かぜに散かふ雪は花のおもかげ

無題

10296 花［よ］りも花なるゆきの光哉春咲木々はかぎりこそあれ

しはす廿日かた雪のふりける日、御はかにまうで、かへらまうくおぼえて

10297 身は老ぬいまいくとせかふるつかの雪かき分て君をとはまし」(15ウ)
10298 まれにとふ我も消なばたれかはと思ふもかなし雪の古つか

鷹狩　自亭

10299 けふも又くれなばこゝにとまり山なほかりゆかむ鳥立尋ねて
10300 ふりかゝる雪にきほひてとる鳥の毛花もさむきみかりの、原

深夜千鳥　与道敏両吟三十首之内

10301 よを深み川せの水やこほるらん千鳥の声のふけてさやけき
10302 よを深みこほる川べになく千鳥おのがねのみぞたかく聞ゆる

冬月　自亭

10303 さむけしな木のは吹まく山かぜにおり〳〵くもる窓の月かげ
10304 あしのはの霜がれしより月かげもあらはにすめるこやのいけ水

落葉埋菊　与道敏両吟十首内」(16オ)

10305 敷まゝにかきねの花はうづもれて木のはぞ菊のかにゝほひぬる

水鳥

10306 水鳥のつばさの霜を払ふまにうきねの床やかつこほるらん

潟千鳥（重出ノ指摘アリ）

10307 塩みてばいづくのうらもかたをなみかなたこなたにちどり鳴也
10308 立さはぐ千鳥の声になにはがたよるみつしほを空にこそしれ

薄諸持翁
安永二年春、八十満を賀して、廿首和歌を人々にすゝめて、巻軸早梅をよみ侍ける

10309 冬ごもりかつ咲むめも春かけて久しかるべきかにゝほひぬる

中西亭当座　河水」(16ウ)

10310 岩瀬行音はあらしに聞かへて氷わたれるやま川の水
10311 紅葉ばも下にながれて山川やまだ冬浅き水のうすらひ
10312 さむけしな氷とぢそふ谷川の水のながれの絶々の声

埋火

10313 ひとりたゞかきおこしつゝ埋火にむかひてしたふこしかたの夢
10314 うづみ火にさしそふすみもいく度かそともの霜の色にさゆらん

仏名

10315 更ぬるか仏の御名をとなふなるよひの野臥の声の寒けさ
10316 そこばくのつみも残らじみよにます仏のみなはとなへつくしつ

行路時雨　自亭」（17オ）

10317 神無月しぐるゝ比はあし引の山分衣かはくまぞなき
10318 ゆく方に又めぐりきぬいまこそはしぐれて過し風のうきぐも

朝雪

10319 山かげのねぐらをいづる朝鳥のはぶきにこぼす木々のしら雪

暁雪

10320 ふりつみし光に明て横雲の色もわかるゝ雪の遠やま

歳暮

10321 わがさかりをしみしことは何ならず老の数そふとしの別路
10322 春秋は花よ月よとうつりきて雪の日数にとしぞ暮ぬる

渡時雨」（17ウ）

10323 旅人の舟待岸の夕時雨ふるき渡りに袖ぬらすらし
10324 吹なびく風のしぐれを追てにてはるゝもまたず渡す川舟

豊明節会

10325 乙女ごがひれふる豊のあかりとや雲ゐの月はてり増るらん
10326 乙女子がひれふる袖の霜の色を猶かさぬらん雲のうへの月

淵水鳥

10327 浅からぬ契しぐれて一つがひさわがぬ淵にあそぶをしかも
10328 散うかぶもみぢも色を添てけりみどりの淵のをしの毛衣

杣寒月

10329 よはに吹あらしの音もたかしまの月かげさむしみをの杣山
10330 深きよの霜にしほれし杣山のひはらの月のかげの寒けさ」（18オ）

残雁

10331 さむけしな芦のかれ葉におく霜のこほる入江におつるかりがね
10332 おくれきて秋やこふらん天つかりおちぼをうづむ小山田の霜
10333 かきくらしみぞるゝ空になくかりの声さへさむき冬の夕ぐれ
10334 小山田の霜こほるまでおくれきておりゐるかりやあさりわぶらん

寒草霜　山下亭政教病気快体会

10335 うつろはぬ花かとみえて朝な〳〵霜おきそふるのべの冬くさ
10336 秋をゝきて時なる花とみゆるまでかれのゝ草にむすぶ朝しも

鷹狩

10337 くれぬとてましばをりしきくむ酒にやどるもさむきみかりのゝ月
10338 とる鳥の毛花もそれとわかぬまで雪ふりかゝるみかりのゝ原」（18ウ）

雪ふる日なき御かげをしたひて

10339 とし〳〵の雪ふるたびにふる塚のふりゆくあとを思ひこそやれ

小塩山

10340 小塩山みねの松かぜさえくれてよはにぞかゝる雪のしらゆふ
10341 つぎてふれ消なば神もをしほ山こまつがうへのけさの白雪

霜

10342 朝日さす軒ばゞかりはかつ消て猶霜ふかし山かげの庭
10343 よをさむみねての朝けに詠ればはつ霜白し水ぐきの岡
10344 ふりそひてのこる色なきくろ髪にみしやいづれの秋のはつ霜

鷹がり

10345 くれにけり雪うちはらひかり衣すそのゝとだちみえぬばかりに」（19オ）

清滝川

10346 秋の月影みし水のことさらに清たき川やまづこほるらん
10347 岩がねを玉につゝむとみえつるは滝〔ママ〕たき川のこほり也けり

古寺初雪

10348 ふく風にちりくるゆきは初せ山ふりにし春の花のおもかげ
10349 にしになる月のかげかとみるばかりとよらの寺にふれるしらゆき

としのはてに

10350 立かさね又とし波はこゆるぎのいそぢもあとに遠ざかりつゝ
10351 春をまつやどにもあらずあかなくにくれ行としよしばしとゞまれ」（19ウ）

霜〔重出ノ指摘アリ〕

10352 夜を寒みねての朝けに詠れば初しも白し水ぐきの岡
10353 ふりそひてのこる色なきくろかみにみしやいづれの河のはつしも

寒夜水鳥

10354 水鳥のいかでかぬらんとぢかふる氷の夜床霜のふすまに
10355 うきねするかたやなからんこほる夜のあしべにさわぐ池のをしかも

歳暮

10356 とし毎にあだにはへじと思ひこしそのかひもなくけふとくれぬる
10357 何せんに春をまちけん終にかくつもれは老の年のくれがた

霰」（20オ）

10358 霜氷る庭の玉ざゝさら〳〵に山かぜさえてあられふる也
10359 風さやぐをざゝがうへの玉あられたまればかてにくだけてぞちる
10360 人すまであれし都も冬くれば風ぞあられの玉をしきける
10361 おもひやれ夢もくだけてあられふりかしまの崎のよるの旅ねを

雪　月真院歳暮

10362 つもれ猶ことばの林かげそひてとしもふる木の松の白雪
10363 うづもれぬ道のひかりは白雪のふりてものこるあとにこそしれ

渡時雨

10364 川岸の木のはみだれてさしわたす小舟とゝもにゆくしぐれ哉
10365 川岸の木のはみだれて夕しぐれはげしきまではぬれぬ舟人
10366 行かへりけふもいくたび渡守しぐれの雨に袖ぬらすらん」（20ウ）
10367 ぬれ〳〵て時雨を過すかげもなきさのゝ渡をいそぐ旅人

霜〔重出ノ指摘アリ〕

10368 朝日さす軒ばばかりはかつ消ておくしも深き山かげの庭
10369 冬がれの庭の浅茅生霜とけてあさ日にけぶる色もさむけし

朝雪

10370 ふりつみし光にあけて横ぐもの色もわかる、雪のとほ山

としのはてに

10371 重而出 くれぬ也いそぢのとしもぬば玉の夢の一よをなごりにはして

こぞよりこゝちそこなひけるに、おこたらでことしもくれければ

10372 ありとてもいつまでかくてやめるみをおどろかしてや年の行らむ
10373 かぎりありてくれ行としにしられけりをこたるまじきみの病とは」（21オ）

衾

10374 いたま風いたくな吹そかさねても麻のふすまの下さゆる夜に
10375 かさねてもなごやかならぬあさ衾何かは老のいをやすくねん

氷

10376 あしのはは冬がれ急ぐ比しもぞよをへてあつくこほる池水
10377 冬はまだ深くもあらねど池水のこほるに年の寒さをぞしる
10378 ふかくなる冬の日数も朝な〳〵（池水のかゞみとみゆる）とぢそふ池のこほりにぞしる
10379 わきてこのとし寒けれやこほるらんまた冬あらき山井の水

時雨」（21ウ）

10380 吹さそふ風の木のはのなかりせば何にしぐれの音をつかまし
10381 定めなき空ともいはじけふよりの冬をつげてぞ時雨初つる

雪中夜長

10382 かねの音もふりうづむかと雪の色にしらみても猶明やらぬ空
10383 ふりそひて猶よぞ深きしらむかと窓をあけしやよひのまのゆき

年内立春

10384 くれのこるとしのをかけていとはやもながき春日ぞめぐりきにける」（22オ）

母君にわかれ奉りしはきのふとおもふに、ことしもはかなくくれければ

10385 別路にたちはかへらであすよりはみとせのあとゝいはんかなしさ

あしをおほくつみかさねたるをみて、いといたうまづしかりしことを思ひいでゝ

10386 たらちねのあらましかばと思ふにはたからをみてもねぞなかれける

浜千鳥

10387 すみよしの浜風こしてなく千鳥松のうへにぞちよと聞ゆる

冬月

10388 松風は雨と聞えて冬がれの梢の空の月ぞさやけき

10389 よをさむみ霜やおくらん庭面のまさごに月のかげぞ移［ふ］」（22ウ）

水路氷

10390 かつ氷りかつぞくだくる行かひのしげき舟路はとぢもかさねず

10391 此朝けあとなき波もあとみせて氷をわくるしがのうら舟

五節

10392 折かへし立まふよゝも久かたの天つをとめぞとこをとめなる

10393 かへるらん雲路たづねんつても哉今はとみゆる天つをとめご

歳暮思

10394 冬の日のいとゞとくこそ暮にけれおくりむかふる年のいそぎに」（23オ）

海辺歳暮

10395 なにはがたあしの一よのふしのまにこのとし波や越んとすらん

古寺歳暮

10396 をしみこし日数もけふにはつせ寺入相のかねに年ぞくれぬる

10397 入相の声にくれけりあすか寺あすとだになきとしの日かずは

路歳暮

10398 しげかりしゆきゝも絶てゆくとしの大路さびしくさよ更にけり

河歳暮

10399 早くせもくれゆくとしの川ならばしがらみわたしせかまし物を」（23ウ）

歳暮雪

10400 雪にだにあともとゞめずゆく年のなどかは老の身につもるらん

10401 さらに又くれぬる年のあとみえてかゞみのゆきの色ぞそひぬる

歳暮

10402 山ふかく松きるしづはいとなみを心に入てとしもをしまじ

10403 花をめで月にうかれし春秋のつもり〳〵て雪とふりぬる

雪　月真院

10404 くろかみのふりてかはらん色ぞともしらでめでこしとし〳〵の雪」（24オ）

10405 けふごとの円ゐもとしをふる寺の雪にのこらんあともはづかし

神無月のはじめつかた、物外尼をとぶらひけるに、きのふ菊をおほくうゑられける

よしにて、さかりにゝほへり

10406 うつろはぬ花をぞみつるわがためとうゑし心のふかき色かに

何事も善悪の報はまぬがれぬよしをきけば

10407 秋ごとにあるじぞつまん人のためうゑけるやどの菊のちとせは

かへし　物外尼

10408 けふこゝにかけしことばの露になほ秋はすぐともにほへしらぎく

又かれより」（24ウ）

10409 さけばこそとはれもしつれ露ふかきよもぎがおくのしら菊の花

このかへし

10410 山かげや菊さく庵をとはずして秋はくれぬとなど思ひけん

連日鷹狩

10411 をとつ日もきのふものべにかりくれぬあすは山路のとだちたづねん

10412 きのふけふかりくらしても猶のこる鳥立はあすぞ分つくさまし

浜畔寒芦

10413 しげかりし難波の芦も冬さびてかれはのみこそみつの浜づら

10414 さむけしな氷のうへに乱芦のほ波吹しくまのゝはま風」（25オ）

冬夜長

10415 よひのまのしぐれあられはきのふかとたどる斗の冬のよ長さ

10416 しらむやとあくれば窓の月雪に冬のよ長きほどぞしらるゝ

うるふしはすの廿九日といふにとしのくるゝをしみて

10417 くはゝれる日かずはいはでみそかにもたらぬしはすとをしむとし哉

10418 をしとおもふこよひなあけそあけゆかば今一とせの老ぞゝはまし

夜ひとよをしみて

10419 まどろまで春を待とやよそにみん更るもをしむとしの一よを」（25ウ）

懐旧　尼崎

10420 うづもれぬことのはのみやしらゆきのふりにし人のかゞみなるらん

10421 今もその名はうづもれぬことのはにいよ〳〵しのぶゆきのふるごと

雪の竹のゑに

10422 なよ竹のをるべくもなくなびきつゝよにふるみちをゆきにみすらし

千鳥

10423 うらちどり遠よる波に声たてゝ月も入しほのかげしたふらし

10424 沖つかぜ吹くるなへによる波の声におくれず千鳥なく也」（26オ）

萩をゝりて、ねに土おほひなどして

10425 命あらば又ぞみぎりのまはぎ原しばし下ねに冬ごもりせよ

いよのくに周円身まかりての又のとし十月十五日、渡辺なにがしが勧進せしに、仏徳を望月にたとへしことをおもふに、名を周円とつきて、けふしも終をとれることの、いとたふとくたのもしく覚えて

10426 したふぞよわかれし年も一めぐりまどかにすめる望月のかげ

としのくれに一室をとひて」（26ウ）

10427 くれのこるけふしとはずはもろともにことしのかげを又やみざらん

としをゝしむよ

10428 けふごとにみのをこたりをおどろけどあだにことしも又くらしつる

寒芦

10429 さよ風の吹しく音のまじれるは芦のかれはやくちまさるらん〔重出ノ指摘アリ〕

10430 おきいでゝむかふもさむし軒ばなる松のはしろくむすぶ朝しも〔重出ノ指摘アリ〕

10431 めもはるにしげりあへりしなには江のおもかげいづる芦の冬がれ

10432 さゝのはにしみこほればや山かぜの吹もはらはぬけさの朝しも

炭竈

10433 冬さむくなり行まゝに時をえてもてはやさるゝ炭がまの山」（27オ）

10434 たえまなき煙にしるし山人ややくとやくらんみねのすみがま

10435 冬の日のかげほどなしといかばかりすみやかるらんをのゝ山人

落葉纔樹

10436 一かたに吹もさそはぬ山風を林のよもの落葉にぞみる

10437 かさゝぎのは山のあらし吹迷ひ松をめぐりてちるもみぢ哉

初雪

10438 めになれてふりし草木もめづらしくみするやけさの庭のはつ雪

初雪のふるあした」（27ウ）

10439 めづらしとうち見るたびに初雪のふりそふみをぞしらせがほなる

寒草蔵水

10440 霜がれのあしのひまなくをれふしてこやの池水冬ごもりせり

10441 飛さぎのおりゐざりせば草がれのひとつのべとやみえんさは水

としのくれに琴ひきて

10442 おもふことのねにあらはればくれてゆくとしをゝしとやよそに聞らん

10443 引ことの声のうちにもゆく年は〔以下欠〕

雪」（28オ）

10444 おきつ風雪ふきかくとみるがうちにはれてつもりの松ぞしづけき

10445 霜がれのあしのよな〳〵吹あれしあらしはけさの雪に絶ぬる

川雪

10446 一すぢにゆくせをみせてうづまぬも中々雪のあやの川水

10447 山かげはこほりやすらんなつみ川かはよとかけてつもるしらゆき

10448 みてぞしるけさのしぐれは川上の雪つみそへて下す柴ぶね

向炉火　五題内

10449 うとからぬ友もかくやはむかふべきあたりをさらずなるゝうづみ火

10450 さらに又すみさしそへんうづみ火もそともの霜の色に冴ぬる

霜」（28ウ）

10451 おきいで、むかふもさむし軒ばなる松のはしろくむすぶ朝しも

10452 さ、のはにしみこほればや山かぜの吹もはらはぬけさの朝しも

寒芦

10453 さよ風の吹しく音のよはれるはあしのかれはや霜にふすらん

炭竈

10454 ことさらにけぶりてみゆる松山やすみやくをの、あたり成らん

10455 つま木こるをの、山べをやくすみのよすがとしづや家ゐしむらん

鷹狩

10456 数しらずあはせても猶たつ鳥のは音にはやるたかのたぶるひ」（29オ）

寒夜重衾

10457 かさぬれどあさて小衾下さえて霜夜おぼゆるあさて小衾

10458 かさねても竹のすがきのよをふかみ猶下さゆるあさの小衾

10459 よにおほふみよのめぐみのあつぶすま重ねてやすくぬるもかしこし

炭竈

10460 ことさらにけぶりてみゆる松山やすみやくをの、あたり成らん〔重出ノ指摘アリ〕

10461 よはなれてすむとはなしにすみをのみやくとてくらすをの、山里

10462 やくすみのよすがの山とつま木こるをの、里人いつよりかすむ

鷹狩」（29ウ）

10463 数しらずあはせても猶たつ鳥のはおとにはやるたかのたぶるひ〔重出ノ指摘アリ〕

10464 朝かりに霜ふみしだき御鷹人みだれ入の、冬がれの比

寒草

10465 みどりなるひとつ草ばとみしのべの霜のかれの、色ぞわかれぬ

10466 山陰のかれの、を花吹風に夕霜まねく色ぞさびしき

10467 のこりなくかれふしにけりつのくにのこやしげかりし芦のむら立

初雪

10468 おちつもる庭のもみぢの色をしもうづまぬほどにふれる初雪

つとめて山家にに〔ママ〕まかれるに

10469 朝づく日きらめく庭のまさご地によのまの霜のほどをこそしれ」（30オ）

雪朝望　明甫　永屋只豊三回忌歌留

10470 ふるきよをかけてぞ思ふさゞなみやむかしながらの雪の明ぼの

松間雪　おなじ人の七回忌

10471 おち葉せし梢はさしもつもらねば松こそ雪のひかり也けれ

としのくれに身をなげきて

10472 ゆくとしのつもりて老となりぬるをなごりもなしとなどしたふらん

霜

10473 朝けたくわらやの軒の煙にも猶消がてに霜ぞのこれる

10474 朝な〳〵置そふ霜にくれ竹のよをへて寒きほどぞしらる、」（30ウ）

山路落葉

10475 山陰は木々のおちばにうづもれて雪より先にみちぞ絶ぬる

10476 柴人はいかで分らむ落葉しておもがはりする冬の山路

谷落葉

10477 山々の木々のこのはを吹よせてあらしに埋む冬の谷かげ

10478 谷ふかき朽葉がうへのもみぢ葉にけさの嵐のあとをこそみれ

10479 いつとなくおちてつもれる谷かげももみぢに冬の色をわきけり

霜鶴立洲

10480 おくしもの白すのたづの声せずはおのがつばさの色はわかれじ

10481 夕かけて霜やおくらん波よするすさきのたづの打はぶきなく」（31オ）

氷

10482 旅人の駒うちわたし朝川の氷をくだく音のさむけさ

10483 よのほどの霜もあられも池水の氷のうへにとぢそへてけり

10484 冬さむき池は鏡とこほれどもみなれし松のかげはうつらず

あられみだれて　句題

10485 風さむみあられ乱れてくれ竹のよぶかきねやの夢ぞくだくる

10486 覚にける夢ぞみつがぬしぐれせし荻のかれはにあられみだれて

雪　甲斐さかをりの神社奉納　塩津頼五首ノ中

10487 夏もなほ消せぬ雪のことさらにふかきや冬のかひのしら山

としのくれに

10488 のこる日のくれそふまゝにゆく年をゝしむ心ぞいやまさりなる」（31ウ）

冬懐旧　平田直信勧進、境指□〔吸カ〕善□〔衛カ〕等方三十三回忌

10489 霜ときえ雪とふりこしいにしへのなごりや袖のこほりならまし

炉火

10490 しばしとてむかひしけさのうづみ火のあたりながらに日をくらしつる

10491 うづみ火のあたりは冬の寒さをもよものあらしの音にのみこそ

山下政教家にすむころ雪のいたくふるあした

10492 ゆきつもるけさしもとはゞ山下のふるやいづれと人のまどはん

かへし　喜之

10493 ふるやぞときかばまどはん雪に猶ひかりをこへし君がすみかは

長谷川喜之のとぶらひしに」（32オ）

10494 ふりはへし心深さにくらべてはとひこしけさのゆきは物かは

かへし　喜之

10495 あはれてふ君にあらずはふりはへて雪分きつるかひやなからん

松の木末の雪のをかしきに、風にさそはれてちるを

10496 ありふればこれもうきよとさそひこし雪をや風のまたはらふらん

水辺歳暮

10497 行水のかへらぬとしの名残には波のしわのみ身にぞよりける

10498 くれゆかばことしのかげもみづかゞみ又老波をいかに重ねん

時雨留行容〔ママ〕

10499 幾たびかたびゆく人をとゞむらん時雨のあめはふりもつゞかで」（32ウ）

10500 たび人のぬれじとやどるほどもなくしぐれは過ぬ野路の松陰

しぐれ〳〵て

10501 野も山も時雨〳〵て朝なゆふなさむく成行此比の空

10502 けふも又しぐれ〳〵てくれ行ば雪げにかはる山かぜの空

年内立春

10503 としのうちの日かずをかけて春のきる霞の衣はや立にけり

10504 くれのこる日数も今はをしまれずこぞといふべき春しきぬれば

10505 さらでだにとまらぬとしをいそがせてのこる日かずに春はきにけり

人のなくなりしをいたむ比、しぐれを

10506 さだめなきよになれてしもむらしぐれふりせぬものはあはれ也けり」（33オ）

神無月のはじめつかた、残るもみぢたづぬとて

10507 散ぬとも風がくれにはもしやとて尋ぞきつる山のもみぢば

かいつばたの、こほりにまとはれて咲たるを

10508 かれのこる青葉に霜をへだてゝもさむげにみゆるかきつばた哉

はつゆきのいたくつもりたるあした

10509 日を重ねふりつもりぬる心地していやめづらしきけさのはつゆき

10510 花もかくなべてやはさく草も木もひとつひかりにつもるしらゆき

しはす二日、雪いたくふるつとめて、」（33ウ）袖うちはらふ音して、やがて人の入くるほど

10511 我門に袖うち払ふ音するはたれか分こしけさのしらゆき

霜

10512 冬草のかれふにむすぶ色よりも葉かへぬ松の霜ぞさむけき

10513 吹さやぐ風もはらはでしらむよのをざゝの霜やしみこほるらん

雪いといたうふるに、物外尼とひきて

10514 とても君とひはまさじと山里の雪ふみ分て都にぞこし」（34オ）

かへし

10515 山里に心のゆだてつもるをもしらでや遠く分てきつらん

10516 君をもしわがとひゆかばふりつもるみゆきをいかでけふともにみん

ゆきもや、消ぬとてとひし庵を〔ママ〕、又ふるゆきに思ひいで、

10517 消ぬとて此比とひし山里の

雪の朝竹田の庵室を思ひやりて

10518 うちわたしおもひこそやれ降つもる竹田が原の雪の明ぼの

かへし　義蓮

10519 ひとりみし竹田が原の白雪を思ひおこせし人も有けり」（34ウ）

としのくれ

しはす廿九日といふに

10520 此月のみそかありせばあすも猶をしみぞせまし年のうちとて

旅宿待春

10521 つもりそふこしぢの雪の中宿にけぬべき春をまつぞ久しき

10522 わがことや（かりも）久しきたびの中ぞらにかへらん春をまちやわぶらん

すみがま

10523 としさむき氷をみてや山人のやき増るらんみねのすみがま

10524 むかしより冬としなればけぶりたつるをの、山人いくよへぬらん」（35オ）

10525 年さむく成行まゝに薪こりすみやかるらんをの、山人〔重出ノ指摘アリ〕

詠旧詞歌

10526 かれ残る草のうへ白くおくしもにいまいくほどのみどりをかみん

山下亭にある比、初雪をみて

10527 さえあれし嵐はたえて深きよの草のうへ白く雪ふりにけり

雪のあした

10528 としつみて身は老ゆけどはつゆきをめづらしと思ふことぞふりせぬ

10529 あとたえてとひこぬ人のまたるゝは雪ふるさとの朝也けり」（35ウ）

詠旧詞歌

10530 ゆくとしをいま二日ばかりをしむにもかぎりとならばけふにかはらじ

10531 夕こりのしもおきぬとは月かげをおもげにやどす尾花にぞしる

10532 夕こりのしもおきわたす板はしにあとみぬよはの月ぞ更ゆく

10533 あられふり木葉しぐるゝ冬夜はやすいもねずに聞あかしつゝ

10534 霜のうへにあられみだれてあられぢのしらあやしける庭かとぞみる

10535 かさねても猶こそさゆれ霜のうへにあられふるよのねやのふすまは

10536 霜のうへにあられたばしりいやましにさむきよすがらひとりかもねん

10537 すみのえや松吹しをる汐風に夕浪千鳥こゑもわかれず」（36オ）

炉火

10538 消ぬまに炭さしそへんうづみ火のあたりもさむくさよ更にけり

10539 うづみ火のもとの心の消行やわがよ更ぬるしるしなるらん

10540 さむけしな炭つぐべくもみえぬまでかすかになれるよはのうづみ火

10541 かきおこす人しなければかくてのみ身はうづみ火の消やはつべき

10542 うづみ火のもとみし友をかぞふれば消のこれるぞすくなかりける

10543 さよ更てかすかになれる埋火をみれば寒さぞいや増りける

はつゆき　初五

10544 初雪のまだきふりぬる北山のあなたの里はいかにつもらん」（36ウ）

深山葉残

10545 山かぜの絶ず尋る秋のはをひはらがくれに残してぞみる

10546 山ふかき杉の木がくれ尋きて猶散残るもみぢをぞみる

岩間関　越後二候

10547 ふりつもる雪にとざしてこしぢなる岩まの関はもる人もなし

10548 雪氷けさよりとくる音するはいはまの関を春や越らん

いつしかの森　尼崎

10549 森のなのいつしかき〔ゞの〕雪消て鶯なかん春にあはまし

遠松山　未勘国」（37オ）

10550 雪ふれば木々の緑の色かへてま〔近く〕みゆる遠松の山

沼入〔江〕　同

10551 さえしまのぬまの入江をけさみればのこるかたなく氷ゐにけり

除夜

10552 ぬば玉のこよひ斗のとしなれば枕もとらでをしみあかさん
10553 ともし火もことしのかげとかゝげつゝをしむよさへぞいたく更ぬる
10554 ふけにけるわがよをそへておもはずはとしをのみこそおしみあかさめ

萩山」（37ウ）

10555 けふみれば雪ふりにけりはぎの山きのふの秋の色は〔い〕づらは

形見山　石見又紀伊ニ候

10556 山の名のかた身につもるしらゆきをうちはらひつゝかへる柴人

炉火

10557 かきおこしほたきりくべようづみ火のあたりもさむき冬の山里
10558 うづみ〔火〕のあたりならずはさえとほる霜よを何にたへて明さん
10559 かきおこす人しなければうづみ火のうづもれてのみ身は消ぬべし

かも　六帖題

10560 うくかもの波のかけはしみわたせばしづめる我も心こそゆけ
10561 瑠璃（ルリ）のうへにたがぬぐくつとみづ遠くたゞ一つがひうかぶかも鳥」（38オ）
10562 夏箕川河よどよりやこほるらん早〔せに〕むれてかもぞなくなる

柴のかきねの雪いとふかき所をゆれん法師のかきしに

10563 山深みふりつむ雪のあともみずたが冬ごもるかきね成らん

男神　ひたち

10564 をのかみのたかねのしぐれはるゝかとみればくもれるめのかみのやま
10565 めのかみのたかね〔をか〕けてをの神の山のしぐれの雲ぞたな引

炉辺惜年

10566 うづみ火は炭さしそへんけふのみの年の光は何につがまし」（38ウ）
10567 さす炭も春にあけてやつぎなまし年〔は〕今はのよはのうづみ火
10568 ゆく年ははいがちになる埋火ののこる光ぞをしむ〔ま〕もなき
10569 かきおこしおもひかへせばうづみ火の消しにゝたる一とせのあと

水結氷

10570 冬さむみ今はこほらぬ水もなしたぎつひゞきや山風のこゑ
10571 さえあれしよるの嵐のあとみえてなみのすがたに氷る池水

那須野　下野

10572 あられふ〔る〕風ぞはげしき下野のなすのしの原しのに乱れて

村雲山　丹後」（39オ）

10573 吹まよふあらしにつれていく度かうちしぐるらんむら雲の山

笹

10574 ふみしだく音も寒けしかり人のいるのゝをざゝ霜こほるらし

妻の身まかりし比、久しく音づれぬに、なにはの喜昌より

10575 かき絶てとりのあとだにみえざるはふみをし〔とし〕も思ふなるべし、是は勅撰名所外集を乞けるになん。かへし

10576 ふ〔みをしと思ひも〕あへず消にしをなげきてぞふる宿のしらゆき」（39ウ）
10577 消にしときくだ□〔にカ〕袖はぬるめるをあといかならんやどのしらゆき

かへし

10578 あともなく消にしゆきのいかなれば日をふるまゝに袖のぬるらん

世に空也上人のをしへとかいひて、有髪の人の、すみの衣をきて、こんぐうち、ひさごをたゝき、無常迅速をとなふ。年のくれに、町くだりうたひありくをきゝて

10579 さらでだにとまらぬ年をいとゞしくいそがしたつるかねの声哉」（40オ）

夕雪

10580 かねの音におくれてくるゝ遠山のたかねのゆきの色ぞしづけき
10581 入相のかねより後もさやかにてくるゝ色みぬ庭のしらゆき

霰松原　摂津

10582 けふも又雪にはならで住吉のあられ松ばら風ぞはげしき
10583 沖つかぜあられ松ばら吹しけばいそべの千鳥みだれてぞなく

阿騎野　大和

10584 葉をしげみ玉をやつゝむふるほどはみだれもやらぬあられ松ばら

真神原　大和

10585 かれてたつ薄おしなみみゆきふる秋の大野は冬さびにけり」（40ウ）

10586 日はくれぬ雪はふりきぬ大口のまかみがはらをいかで過まし
矢釣山　大和
10587 やつり山をぐらくなるとみるが内に川をもわかず雪はふりきぬ
小松崎　摂津
10588 むら千鳥八千よとなくはつのくにの小松が崎のわたり成らん
波洗氷不定
10589 いかによせいかにあらへば山川の岸ねのこほり波にくだくる」（41オ）
10590 うすごほりとぢみとぢずみ山川の波のひまなくあらふかたきし
寒草霜
10591 かゝればやとくかれぬらんのべよりもおくしも深き山のかげ草
10592 風わたる山のかげのゝむら薄霜置ながらなびくさむけさ
越松原　佐渡
10593 まだきより雪吹こしの松原のあらしにとよむ音の寒けさ
雪林　未勘
10594 飛さぎのつばさもけふはうづもれぬ雪の林の色にけたれて
10595 ふりつもる雪のはやしやいにしへの鶴にまがひしあとをみすらん
枝池　未勘」（41ウ）
10596 さしおほふ岸ねの松の枝の池風ふくごとに波ぞこえける
10597 ふりにける島ねの松の枝の池や波にもつもる雪とみゆらん
御幣島　摂津
10598 けさみれば雪ふりつみて白たへのみてぐらしまの名をぞうづまぬ
耳我峰　大和
10599 けふぞみる聞てふりにしみよしのゝみゝがの峰につもるしらゆき
10600 きゝわたるみゝがは今もふりしよのあとをうづまぬみねの白雪
高山　かぐ山別名
10601 いくとせの雪つもりてか高山のみねのまさかき陰ふりぬらん」（42オ）
嶌根湯　未勘
10602 冬さむみこほらぬ水もなきをりぞしまねのみゆはわきまさりけり
榁原
10603 あたご山しきみが原にふる雪はむべこそ花とみえまがひけれ
日方浦
10604 うらのなのひかたとなれやこゝもとに鳴し千どりの声遠ざかる
平松
10605 こゝかしこすみやくわざも大原やしづはらあるはひら松の山」（42ウ）
10606 ひら松の松の煙の冬くれば立そひてみゆすみがまの里
冬夜難曙
10607 むらしぐれいく度きかば冬のよのつれなきねやのひましらむべき
10608 しらみしは夜深き雪と又ねして覚ぬる後も明がたき空
うすき氷に
10609 とぢそへて下にながすな谷川のうすき氷ににほふもみぢば
10610 けさはまだひとへに薄き氷にもかねてぞ思ふをしのうきねを
しづはら」（43オ）
10611 冬寒きまつのあらしの声ならで人は音せぬしづはらの里
10612 〔か〕りつみし柴のかれはにふりみだるあられの音もしづはらの里
しも月
10613 深夜のしもにうてたるさゝのはのおもげに月のかげぞやどれる
10614 しも冴てふえの音たかし雲の上の豊の明やこよひなるらん
10615 さえわたる月の名しるくかさゝぎのわたせるはしの霜ぞよぶかき
10616 あまをとめ立まふ袖の月かげもよぶかき霜にてりそひてみゆ
10617 かさゝぎの橋のうへ白くおくしもによわたる月のかげぞかゝやく
鷹狩」（43ウ）
10618 あかなくにかへさ忘れてかりくれしかたのゝ月に夜さへ更ぬる
10619 みかりのやさむきあらしにちるゆきは空とる鳥の毛花成らん
木落見他山

10620 冬くれば我すむ山は落葉してよそのたかねを軒ばにぞみる

10621 紅葉ばを何かをしみし散てこそめなれぬ遠のみねはみせけれ

牟婁郡

10622 日のめぐる南のはてにきのくにやむろのこほりは冬ものどけし

浦初島

10623 ふりつみし沖つ波まの白雪を月にみがけるうらのはつしま」(44オ)

10624 ふりつもる雪の朝の名なりけりきのふもみつるうらの初しま

内野　大和

10625 霜雪もふりていくよぞうちの、に朝かりしけんいにしへのあと

10626 ふりにける雪のうちをけさみればまだふみ分しあとだにもなし

冬懐旧　故良寂三回忌贈十五首

10627 けふまではみしかげなれば物すごきしはすの月もなつかしき哉

落葉朽水

10628 散てしもてる日にかれぬ水底のもみぢもはては色ぞ朽ゆく

10629 なごりなく色ぞ朽ぬる水底に秋をのこすとみえし落葉も」(44ウ)

楢小川

10630 きのふこそみそぐとせしが風さゆるならの小川はこほりゐにけり

10631 みそぎせしならの小川はこほれども行とし波は立もとまらず

伏見

10632 ふりおもる雪になびきてくれ竹のふしみの里はみちも絶ぬる

としのくれに雪ふるに、いたく老ぬることを思ひて

10633 ふり行も今はなげかじしらゆきの消なばとしの身につもらめや

除夜雪」(45オ)

10634 行としのあとみぬよはの雪のみやはかなくつみて春にのこらん

10635 さても猶とまらぬとしはあともみじあやなふりそ夜半の白ゆき

寒草少

10636 かつ残るみどりもはかな冬草（くさ）のおのが、れ葉に霜をへだて、

10637 霜をへてかれふすあしの中々にのこる一葉の色もさむけし

雪中待人

10638 ちぎらずはとはまし物を人をのみまつとてくれし宿のしらゆき

10639 分かねてきますやおそきけさの雪ふらばといひしを人はわすれじ」(45ウ)

都鄙歳暮

10640 行歳のしばしひな路にとゞまらば我も都をあくがれなまし

10641 ことしげき都はものにまぎるめりとしの別はひなぞ淋しき

10642 いづくをかさしてしたはんくれて行都もひなもとしはとまらじ

歳中立春

10643 あら玉のとしのをかけていつしかと長き春日ぞめぐりきにける

10644 いつよりもとくくる春かあら玉の年のをだ巻きもはてぬに

10645 かぞふれば年の日かずもつきなくに花待つべき春はきにけり」(46オ)

10646 かすみあへずなほ雪深き年の中はくるてふ春の色もわかれず

古柄小野

10647 分きつるちくさの花のあともなしふるからをの、雪の中道

10648 秋もはやふるからをの、女郎花いたゞく霜に色ぞ朽ゆく

仏名

10649 身のつみも仏の御名もつきぬめりよゐの、ぶしの明がたの声

10650 となふればつくれるつみもみほとけのみなから消ときくぞ嬉しき

舟木

10651 いづくにかつまどはしてこがるらん舟木のはまに千鳥しばなく」(46ウ)

まつのしも　折句

10652 まちどほみつとにおきつ、のをぞみる白くおけるはもしや雪かと

都鄙歳暮(重出ノ指摘アリ)

10653 行年のしばしひなぢにとゞまるは我も都をあくがれなまし

10654 ことしげき都は物にまぎるめりとしの別はひなぞさびしき

10655 いづくをかさしてしたはんくれて行都もひなもとしはとまらじ

落葉深　追悼

10656 このもとに散つもりぬることのはや朽せぬよ、のかたみならまし
10657 古つかの苔のみどりもみえぬまで深くぞつもる木々のもみぢば」(47オ)

千鳥

10658 浦々の塩のみちひを心にて立ゐ定めず千どり鳴也
10659 舟よするうらのみなとをたつちどりいづくの磯の塩干をかとふ
10660 有明の月の入江の沖つすに友まどはして千鳥鳴なり
10661 さよちどりいづくのうらもみつしほによるべなしとや行かへりなく

三室

10662 霜氷りあられたばしり山寒きみむろの榊冬さびにけり
10663 冬くれば風にみだれて神垣のみむろの山に錦おりしく

佐野渡

10664 塩たかく吹雪にくもるみわが崎さの、わたりはけふや絶らん」(47ウ)
10665 みつしほのかたしわかねばみわが崎さの、わたりも千鳥しばなく

寄触無常

10666 常なしやわが若ざかりあた、かに思ひしきぬのはださむき身は
10667 つくしわたならす我こそつねならね夏はひとへもあつかりしみの

妓女

10668 打かへすをとめの袖にまねかれて天つ空より雪さへやふる
10669 をとめごが立まふ袖にはらはれて消ばや此身雪となりても

紅葉残秋

10670 そめ〳〵て秋の、こせるもみぢとや冬たつ風もよきて吹らん
10671 山分て尋ねもこずは吹かぜののこせる秋の色をみましや」(48オ)

除夜

10672 春のくる暁まではことしぞとをしむよさへにいたく更ぬる
10673 かぎりあるわがよのふけばよそにして明なば春とをしむ年哉

水鳥

10674 冬寒みこほらぬ水もなかりけりいづくに鴛のうきねしむらん」(48ウ)

六帖詠草　冬二

佐野渡　紀州也　大和上野といふ、大に誤れり〔重出ノ指摘アリ〕

10675 塩たかく吹雪はげしきみわが崎さのゝ渡りはけふや絶らん
10676 みつしほのかたしわかねはみわが崎さのゝわたりも千鳥しばなく

除夜

10677 一とせのかぎりとをしむこよひ哉すぐるはおなじ月日なれとも
10678 くれはてゝ年のさかひとなれるよの更るぞをしき限也ける
10679 更にけるわがよいつまで行かへりつきせぬ年の暮をゝしまん

紅葉残秋」（1オ）

10680 そめ〳〵て秋の残せるもみぢとや冬たつ風もよきて吹けん〔重出ノ指摘アリ〕
10681 山分て尋ねもこずは吹かぜの残せる秋のきゞをみましや〔重出ノ指摘アリ〕
10682 冬やとき秋やおくれてたつた山今こそ木々はそめつくしけれ

炉火

10683 うづみ火のあたりもさむく成にけり炭さしそへん消もこそすれ
10684 冬さむくなり初しよりうづみ火のあたりをさらで日をくらしつる

寒芦

10685 をれ臥て入江はれたる冬がれにしげりしあしのほどをこそしれ
10686 おく霜は一よふたよとみるがうちに残色なき芦の冬がれ
10687 吹ごとにかしましかりし村あしの風もさはらずかれふしにけり」（1ウ）
10688 かれのこる一葉二はのなかりせばしげりし芦のあともしられじ

千鳥

10689 よる浪にむれたつ千鳥うらみても猶こりずまの汀にぞなく
10690 沖つすへ塩みちくらしこのうらに又立かへりちどりなくなり

霰

10691 吹さそふ嵐やよはの玉あられ音まばらなる庭のさゝはら
10692 有明の月をまつとや冬がれの庭にあられの玉をしくらん

落葉

10693 吹おろす磯山かぜを追手にて出る千船や木々のもみぢば」（2オ）
10694 さもこそはあらしの風のさそふらめ時雨にだにもちるもみぢ哉
10695 山寺の入相のかねのひゞきにもあへす散行軒のもみぢば

橋

10696 おく霜もよわたる月の為とてか玉とみがけるみねのかけはし

炭がま

10697 炭がまに絶ぬけぶりのそれよりもよわたるわざや賤（ママ）はいぶせき

十月ばかり常顕菊をもてきたるに

10698 花の色は深からねども手折つる心の程をくらべてなみそ」（2ウ）

かへし

10699 朝さむき霜をはらひて手折こし菊ぞ心の色はみせける

屋上霰

10700 こけむせる板屋の軒はあらましきあられの音もかすかにぞきく
10701 ふり過る板やの軒の朽めにそしはしあられの玉はのこれる

歳暮

10702 あだにへし身の歎だにそはざらば年をのみこそけふはをしまめ
10703 行としやあやしと思はんいたづらに過きてをしむけふの心を
10704 又くれぬ立かはりこんと〔し〕をだにあだにはへしと思ひしものを」（3オ）
10705 何をしてことしもけふ〔にく〕れはどりあやしきまでに身のみふりつゝ

紅葉残秋

10706 冬やとき秋やおくれて立田山今こそ木々をそめつくしけれ〔重出ノ指摘アリ〕
10707 菊もやゝ時雨に色のうつるまで秋を忘れずそむるもみぢば

山歳暮

10708 時わかぬ山のおくにはゆくとしを松きるをのゝ音にこそしれ
10709 こゝまでは松きる賤もかよひこでみ山はとしのくれもしられず
10710 谷水のことしの声は氷とぢ山まつ風のなごりのみこそ」（3ウ）　是は擬拾愚

磯千鳥

10711 こゆるぎのいそぎてたてどむら〔千〕鳥波のあとにぞ声は聞ゆる

10712 沖つかぜ吹しくいその波のまをあさりあらそふむら千鳥かな

10713 荒磯の波の立ゐのひまをなみあさりかねてや千鳥なくらん

しはす廿九日夜、としをしみに、房共がこんといへりけるに、ゆきかきくらしふるに、更るまで待にこざりければ、

10714 雪わけばあとをしをりにとしやゆくとをしみてこよひとはぬなるべし

雪によりて思ふことを

10715 あともなくゆきかくれぬるとしなれどつもれば老ぞみにあらはなる

10716 ふりそひて〔く〕れゆくごとにあら玉のとしやかしらのゆきにみゆらん

10717 今はゝや友まち付て雪つもるかしらのかみぞくろきすぢなき」（4オ）

10718 そことなくくれ行としのあとなれやかゞみの雪のつもりそふかげ

10719 つもれなほかゞみのゆきの残らずは何をかとしのあとはかにせん

10720 雪ふりて大路さびしく更るよにあとはかもなく年は行めり

10721 ふりつもるゆきにはあともなかりけり空に消てやとしはいぬらん

10722 ふりつみし道ゆき人のあとばかりのこりてとしはとまらざりけり

10723 ふかきよの雪を分つるもろ人のあとこそとしの行へなるらめ

十月初比布淑のきて侍に、あすなん東へたつといふに、人やりのみちときゝて

10724 ぬさをだにとりあへぬけふの別にはしばしといはんことのはもなし

光阿らくやき火桶にそへて

10725 さゝぐるも心はづかしあらかねの土をあつめてやきしうつはは」（4ウ）

かへし

10726 此ほかに冬は何かはあらかねの土のひおけぞ老の友なる

卜泉頼、宝舟讃

10727 この舟はたからつむ舟暮夢よ〳〵をこが心の波なたらしそ

歳暮松

10728 木がらしの声高砂の松ひとり残りてとしをゝしみやはする

10729 久にふる松もよはひの限あらば暮ゆくとしをゝしまざらめや

10730 霜ゆきにふりせぬ松の色のみぞ暮行としもしらずがほなる

10731 ふりにける松と我とやいたづらにのこりて暮るとしをゝしまん

10732 なれたにもあはれと思へ松ならで暮行としをたれとをしまん」（5オ）

朝しぐれたるをみて

10733 いづる日のかげをもみせず朝まだきしぐれてわたる山のはの雲

うちしぐれてね覚たる暁月のさやかなるを

10734 もりかはる月をみよとやむらしぐれふるやの水を音信にけん

一年冬至夜偏長

10735 くれ竹のよながき冬のこざりせばくるゝもしらじ一年の空

10736 老ぬれば冬ぞわびしき年のうちにいつかかくやはあかしかねつる

10737 年のうちにいつかかくやはおきふしてあかしかねつる冬のよながさ」（5ウ）

冬の不二かける一かたは雪ふりて雲はれ行、かたつかたは雲きほひふゞきする

10738 ふりはるゝ雲を追てにかきくらし又ふゞきくるふじのねおろし

是はみのゝくに北方山田伊八所持。

うづまさにあるに冬になりて嵐はげしく木のはるに京なる人にいひやる

10739 きかせばやよもの木のはのあらそひて散行比の山かぜのこゑ

月さやかなる夜しぐれたるに」（6オ）

10740 風寒み月はさやかにてりながらしぐれてわたる夜の山かげ

おちばはくとて

10741 まれにとふ人は道にやまどふとてうづまさ寺のおちばをぞはく

宗順のとひて何くれと道のことなどかたりてかへりざまこのかへしす

10742 玉はゝきてにとる君が光にてふみ迷ひこし道もわかれき

風はげしく吹て雲を東南に吹やるをみて

10743 此里はあらしにはれてゆく雲の都のかたや今時雨らん

いんさきはずさ弐三人侍りけるが、いと」（6ウ）ひろくあれたる寺の秋になりて、いと物さびしく、今また冬のはじめなれば、こゝかしこよりふきとほすあらしの声

たえまなく、夜が何となき物おとひし〳〵として物すごき所なれば、みなえさらぬ序つくり出、わりなきかごとまふけ、とざまかうざまにいにはてゝ、今は姪の老女ひとりのこれり。水くみ木のはをあつめて、けふのけぶりをたつがわびしなどはよのつねのことなりかし。あつめたる木の葉もけふのたきゞには、猶あまりたるをみて、あすのたきゞの嵐をぞまつ、といひし山ずみはいとにぎはしきけぶり」(7オ)にこそ有けめ、などほゝゑまれて、京なる人のもとにいひやる

10744 おもひやれあらしをまたぬ落葉さへけふのたきゝにあまるすみかを

落葉はくに、まなくちりくれば、

10745 はきよするあとより散て山陰の庭は落葉の絶るまもなし

しぐるゝ音するにみあげたれば夕日さしたるに

10746 しぐれつる雲はのこらで夕日さすまやの軒ばにしづくおつ也

10747 吹おくる山かぜ早みふる里の都の空は今ぞしぐるゝ」(7ウ)

山里の閑寂たとしへなきにたゞさわぎたつは雲かぜのけしきなり

10748 雲迷ひ木葉しぐれて山かせのあれ行比ぞ冬は侘しき

10749 雲風のはげしきまではふりもこぬ時雨になどか袖しぼるらん

朝日のいとあたゝかなるにむかひて

10750 山里のよはのさむさも朝な〳〵むかふひかりにうちわすれつゝ

寒苦鳥の心をさへおもひやらる。

10751 日にゆるぶ老のねぶりは霜とくる軒の雫ぞおどろかしつる

夜々の霜はうすきゆきのごとし。」(8オ)林に朝日させばとくる雫、夕立のなごりの露にことならず。まへなる里はこほらぬ夜もこの境内の水はこほれり。わらふすまかげふすまいたらぬくまなくしたゝめけれど、うしみつすぐる比よりは、いづくよりともなく寒気はだへをさす。けふはあたご山に雪いとしろうふれり

10752 我為のあたごのたかね雪さむしいかにしのぎてこのよあかさむ

喜昌もとより、うづまさはいとさむかなるを、今はいづくにかすみたまへる、京の家は」(8ウ)たちたりやなどゝぶらひこし侍しに

10753 さしはへて行かたもなしよしや身ははちをか寺の霜と消なん

又ひとりごとに

10754 霜ゆきの深からずともいく久に消のこるべき我よはひかは

雪はれて月中天にかゝやく夜、万木玉をみがけるがごとし

10755 月のうちのかつらのかげにつゝくやとてりあふ雪のうづまさのもり

よしまさより、老てさる寒かなる所にすみ給へるはいとあはれなる事とて、山も」(9オ)こゝにといふばかり炭をいとおびたゝしうおくりて

10756 明くれに思ひやれども思ひには君がさむさをふせぐともなし

とある情に、むかし夜のものまでおくれりけんなからかひをさへおもひいでゝ、けふのなみだもおさへがたし

10757 はちをかの寺の板戸もさゝでねん君か思ひのあつき夜床は

このすみをおこしてよもにおきてぬればまどろむ夜もおほかりし

10758 なみださへとゞこほらでぞ流れける思ひおこすもあつき情に」(9ウ)

ね覚てさま〴〵のことゞも思ひつゞくるに

10759 うつゝなきよをうづまさにのがれても猶ながきよの夢ぞみはてぬ

都炎上のゝち、しきりに元のやまひおこりて、したしき人もおほくうせぬ。またぬす人あまたありて、わづらはせなど、すべてうきことのみ聞ゆ。我は山里にからきいのちひとつのがれたれど、よろづ有しこともあらず、いとものわびしくてあかしくらすに、里人の春もちかくなりぬといふに、うちおどろきて」(10オ)

10760 さま〴〵のうきにてくれし年をさへねたくや老の数にかぞへん

例のをざゝかりそぐとて

10761 山里のかきねのをざゝかり初によをのがるとてとしもくれぬる

10762 おりたちてをざゝかりそぐやいかまのとくこそけふにとしはくれけれ

としのくれに人のとひごとするに

10763 けふまでは寒さにたへて霜ゆきのうづまさ寺にわびつゝぞふる

尾張松枝子春より春さへさむしといひけるをきゝつきて、10764 さむきかぜふせぎし」(10ウ)宿に引かへてあれしすみかはさぞうかるらん　とあるに

10765 山寺はふせぐかひなみ塵の身を寒きあらしにまかせてぞすむ

夜千鳥
10766 近くなる千鳥の声にぬは玉のよるみつしほを空にこそしれ
10767 鳴ちどり声のかすかになりぬるは夜半にや汐の遠く引らん
神無月初つかた残のもみぢをしみ侍る夕月のうちしぐれたるに
10768 夕月のかげなしぐれそもみぢばの残る梢もさだかならぬに」（11オ）
時雨はめなれし雲のけしきのにはかにはげしくなりたるに
10769 あられにやふりかはるらんむらしぐれみしにもあらぬ雲風の空
とほかといふ朝風いやましにはげしきに
10770 吹まよふ嵐にゆきやみだるゝとみればちりかふ尾花なりけり
10771 雪ふればさむさにわぶる山住をおどろかしてもちるを花哉
10772 あし引の山さむけれやちりみたる風のを花も雪とみゆらん
またの日もおなじごと尾花のみだるゝよとうちみれば、こたびは誠の雪にて」（11
ゥ）なん有ける
10773 白雪のけふふりくべき西かげを尾花やきのふちりてみせけん
をり〳〵ははれてひねもすふれば夕は木草につもれり
10774 山里は雪ふりそめぬふる郷の都もけふはさえまさるらし
月前時雨
10775 照月にさはらでふるは久かたのかつらの露やかぜにしぐるゝ
10776 ふりにけるねやの月かげむらしぐれ幾度ばかりもりかはるらん
10777 月やどるかやゝが軒の玉水に音せで過し時雨をぞしる」（12オ）
霜ふかきあした
10778 みし秋のちくさを何に思ひけむ霜を花なる野への冬がれ
海辺松雪　宮に奉る
10779 ふりぬるかいくよつもりのうらさびて枝葉がしげし松のしら雪
10780 冬はたがあさく契の末のまつ波こえけりとみゆるしらゆき
10781 かきくらしふりしくあとも波のうへに雪をわたせるはしだての松
いとさむきあかつき

10782 老らくのあたごのあらしふきくれば身をきりくだく心ちこそすれ
といひしをきゝて、邦義、
10783 にぎたへ」（12ウ）にうづもれいませ老らくのあたご
のあらしさむくふきこば
かへし
10784 うづもれんきぬわたたはれ老らくのあたごも山とみてにげつべく
てる月にさはらでふるは、とよみしを、なにはのよしまさ聞て
10785 久かたの月のかつらや折つらんこぼるゝ露の玉のことのは
と聞えし。これよりまた」（13オ）
10786 かつらより露やしぐるとわがみしはけふちりくべきことのはの玉
又かれより
10787 とふ人もあらしはげしき冬の日を猶うづまさに雪やふるらん
かへし
10788 名もしるゝ落葉の後も霜ゆきのたゞひたすらにうつまさの里
旧とし春のたつに
10789 ふるとしの日かずをこめて春たてば花をかねてぞ雪もちりける」（13ウ）
都鄙歳暮
10790 都にもとまらぬ年はいなしきのふせやといへど夜半にこそゆけ
10791 都にもとまらぬ年をゝしみ余り何かはおもふひなのはてまで
宮へは後の歌を奉る。」（14オ）
としの暮に布淑とひきて
10792 いつはあれど物に紛れぬ山里のとしの暮こそうらやましけれ
かへし
10793 とひきつる君に紛れて山里のとしのをしさはしばし忘れぬ
ゆきかひもまれになりて、いまこゝすぎし人ばかりはるかに遠くなりて、日もくれ
かゝるによめる」（14ウ）
10794 かへりこぬさがのゝ原のたび人はとしとゝもにもゆくかとぞ思ふ
いとさむき夜ふけて狐のなくを

10795 月くらくあられみだれて古寺のさむきかきねにきつねなく也

寒風吹あれて竹林のさわぐをみて

10796 あらし吹そのゝむら竹おきふしにさわぐ小枝のやすけなのよや」（15オ）

池寒芦

10797 池もせにをれふしてけりつのくにのこや名にたてる芦の冬がれ

10798 水もなくこほりにたてるかれあしの冬のすがたのいふに淋しき

遠炭竈

10799 はるゝ日ははるかにみえて煙たつあたりやをのゝすみがまの山

10800 そなたのみ雪げの雲のはれせぬや煙をたたぬすみがまの山

野寒草」（15ウ）

10801 朽のこる尾花のしもやこほるらんまねきかねたるのべの夕かぜ

寒草霜

10802 女郎花かざしの玉とみし露や終にかしらの霜とおくらん

寒藂残菊

10803 花ざかりみし秋よりも霜がれの叢がくれにほふしら菊

10804 むらくさはかれゆく霜を待付て又ひとさかりにほふ白菊

藂の字、順くさむらとよめり。其外草のしげみ、浅茅、蓬、草ノ原、たゞ草とのみもよめり。

雪のふりたる夕

10805 ふりつもる雪はうすゆき松竹もわかるゝほとの夕くれの色」（16オ）

10806 としつもるかしらの色にまがへばや老ては雪のあはれ成らん

神無月三日月をみて

10807 うづまさや竹のほ末にほのめきて又三か月のかげぞにほへる

10808 けふぞみるめぐるほどなく古寺に冬も三とせの三か月のかげ

嵩渓西山のかへるさとてとひし紅葉をおくるに

10809 家づとに折けん山のもみぢばをみち行ぶりに〔分る〕一枝」（16ウ）

又これより文つかはす序

10810 家づとのもみぢすくなき枝をみばたれにかをるといもやうらみん

ちかきわたりもみぢみんと思ふに、あるはさわり、あるはしぐれなどして今はちりがたにもなりなんとて、宗美ともなひていでゆく。をり〳〵うちしぐれたれど、しひて西ざまにゆく〳〵

10811 神無月しぐれの空のあとゝひてぬれにし木々のもみぢをぞみん

天龍寺の大門にいたる比、雨おびたゞしく」（17オ）ふりて、弘源寺にやすらふ。軒にこきもみぢあり

10812 神無月しぐれの雨のかさやどりしばしと軒のもみぢをぞみる

すこし雨をやみぬれば、大がさかりてさしつれて、三秀院の庭のもみぢをみる。こなたはいまさかりなり。あらし山はのこりなくちりぬ

10813 尋つるけふのもみぢを一入にそめてやみする雨のぬれ色

木のまより大井川みゆ。そめぬみどりのふちも色はへてめづらし

10814 もみぢする木のまにみればときはなるみどりの」（17ウ）ふちの色もめかれず

故涌蓮法師、広空、雅因などをとひけるむかしのことなど思ひ出られて

10815 もみちばのかげをしとへばむらしぐれふりしそのよの面かげぞたつ

10816 めのまへに今もむかしとふりゆかんもみぢのかげはたゞまくもうし

雨もはれ日もくれなんとすれば、かへらんとするに、山風いとはげしくてもみぢ散りみだれたり

10817 風まぜの雨にぬれしはうきながらぬれずはけふのもみぢヲもみじ

10818 かへるさの山かぜはげしあすまたはけふのもみぢはちりものこらじ

十日のよいたく寒かりければ、十一日に火炉」（18オ）をひらき、四方垂帳、ひねもす風さえあれてくれつかたしぐれたり

10819 夜かけて雪にやならん夕あらし松吹しをり時雨きにけり

はれぬと思へば月くもりて、あられふる音かしまし。さむきこといひもしらず、いとたへがたくおぼえければ

10820 身はいつの夕のあられみぞれにかまじりて消ん露のふるでら

よとゝもあらしはげしく吹て、」（18ウ）あしたは霜にやあらぬと思ふばかり

10821 夜あらしのはげしかりつるほどよりはみ初るけさの雪のあさぢふ

日ましにさむくなれば

10822 朝ごとにならす硯のすみやかにてのうらさむき冬はきにけり

蒿渓より、こゝもとのおどろくばかりさむかりしことなどいひおこせて

10823 心せよ朝のあらし夜のしも雪もとぢめん松のとぼそは

この二三の句のおもしろさよ。かの人のかばかり進達せしことよと嬉しく」(19オ)思ふに、下の句のあながちにことをぐせんとせしは無念にて、上の二句もすこしおとりざまに聞なさるゝ。これはたゞ下を冬ふかくなる山のすまゐはなどぞあらまし。初五をおもひやれとして、さかへしてんやと思へど、余り同じことのやうなれば。

とかくしてさむさをしのがむとすれど、さえとほる夜のしも千重のふすまもかひあるまじきに、ましてあらきぬ(麻布)のなごやかならぬ老のひとりね、たゞ」(19ウ)おぼしやらるべし。中々早くのよならましかば、あはれといはむ人もあらましを、など思ふも、猶うづみ火のもとの心の消のこるにやとほゝゑまれていまはよしや

10824 いとひかねさは消ねとて露の身をまかせてぞふる霜雪の空

10825 いつのしもいつのゆきにか露の身の消ぬと風のつとにきかれむ

布淑がもとより便りに

10826 都だに霜さむくなる比比のおきふしさぞなうづまさの里

かへし、此山ずみもなればまさらで、ことしは寒さもことにおぼゆれは

10827 おくしもはこぞもことしもかはらじをさえとほるみやふりまさるらん」(20オ)

古修敬が瓦坂の屋をとひしに

10828 なき人のやどをしとへばかれふしてうれへがほなる庭の冬草

雪のあしたの気色いはんかたなくをかしきにたゞ思ふまゝをかいつく

10829 みち遠みまつとはなしに都人まづおもひいづるけさのしらゆき

10830 冬がれし庭の木草に花さくとみゆるはゆきのつもる也けり

10831 冬がれにめなれし庭のときは木も雪しつもれはめづらしき哉

10832 みち絶てけさ降ゆきのうづまさを都の人もおもひいづらし」(20ウ)

10833 ふりおもるしづかのゆきにおどろきてたつ朝鳥のゆくへをぞみる

10834 かきくらし降白雪にむら松のしづかの雪ぞ絶るまもなき

10835 ふりしよにたが詠けるあとならんうづまさ寺のけさのしら雪

10836 黄ばみたるかれふのすゝきうちなびき雪白たへにつもる明ぼの

残菊の雪おもげにいたゞけるをみて

10837 紅にゝほふかうべのしらゆきをのこれる菊のまがきにぞみる

竹の雪つもりてをれかへりたるをみて

10838 ふるほどはつもらざりけり白雪のおもれば竹のをれかへりつゝ」(21オ)

10839 ふりにける身にもをしへよをれかへりおのれと払ふ竹のしら雪

小松の雪のいとおもげにみゆるを

10840 雪にけさたへずぞみゆる枝よはき小松がうへは心してふれ

誠やけさかきくらしふ〔り〕くるに雪の音の聞えたるに

10841 しづかなる庵ならずはしらゆきのふりくる音はしらずぞあらまし

長春、信言などのまだいとわかうて、けさの雪はみずなりぬることなどおもひて、」(21ウ)袖もたゞならず

10842 ふりし身のいかでみつらんけさの雪まつべき人はとく消しよに

いやしきにふりくるに

10843 ふみ分てとひこん人もおもほえずつもらばつもれけさのしらゆき

をり〳〵軒のしづくの音するに

10844 日ざかりになりもやすらんかきくらしふる白ゆきの下に消るは

くれゆくまゝ雫の音はやみて山かぜいとあらましく吹たり

10845 雪とくる雫の音の聞えぬは夕かぜさむみつらゝとやなる

たそがれにはこゝかしこに雪のこりて」(22オ)すゝきのむら〳〵かれてたてるさま、ゑかく人にみせまほし

10846 しら雪の残れる庭はむらなし地かれしすゝきをまきゑにはして

けふおもひがけず西尾定静がとひこし心にめでゝ

10847 ふりしよもあとぞまれなる山里の雪分いりし心ふかさは

10848 いかにして分いりつらん住人もおもひ消ぬる雪の山里
かへし
10849 うづもれぬことばの花のかをとめて分こそきつれ雪の山里
10850 こゝにしも君まさざらばとはめやも雪にうづめる冬の山里
雪の日友子がもとより」（22ウ）
10851 かきくらしふりぬる雪にみち絶て淋しささぞな冬の山里
かへし
10852 淋しさもあとこそなけれみち絶て人めもくさもうづまさの雪」（23オ）
雪朝会友　宮御題
10853 分きつる心深さもとはれずはいかでかしらんけさのしら雪
10854 分きつる心ぞふかきけさの雪よも山路はと待よはりしを
10855 思はずもみちにあひみてもろともにとひこしけさの雪の山里
10856 おくれじととひしを君が心とくあと付初し雪の山里
10857 君が分しあとなりけりな此ゆきをけさとふみちのゆきにみえしは
このさきだちてきぬる人のかへし
10858 君もこのやどゝひまさばもろともに分ましものをけさのしらゆき」（23ウ）
とはれし人になりてよめる
10859 けさのゆき山ぢはよもと思ひしをうれしくともに分きつるかな
朝にかねの音す。もし安養寺などにやとて、まうでゆくみちには
10860 みほとけのみとやひらくとかねの音をしたひて分る霜の古寺
安養寺にもあらざりけり。梅づに長福といふ寺あり。そこに法会などのあるにや。
朝夕にさえのみさゆれば、埋火のもとにましまりゐて
10861 老が身はよひ暁のしも雪に消のこる日をかぞへてぞふる」（24オ）
此比、都人のとひきて、などやかうのみ淋しうくしおはすらん。ちかき比新造内裡なりみちて、有しよりも、げに玉をかざり金をちりばめり。あすなんかり宮より遷幸あるべしとぞ。うへの古きよのさまをしのばせおはしますに、何がしの入道何の大なごんなどやうのよの古事このめる時にあひたる人は、いつのよの例、いつのみゆきなどとり〴〵聞えあげ、さてなにごともひたぶるにふるきよのさまなる御よそひはかへりてめづらかなることにこそ。使の下つかさのもたるつみうどうつ枝まで、いづくのくまよりかとうでたるとぞきく。上中下物ぐるをしきまで、たゞこの古事古実などいひのゝしれり。武衛よりも殊にあがめ奉れば、よのおきてにさはるまじきほどの事はうけひき奉りて、うへのみこゝろに」（24ウ）まかせ奉るとぞきこえし。さればこのおほみゆきをがみ奉らんとて、都こぞりて待奉るのみならず、国々よりものぼりつどふ人、いく千万おくといふかずをしらず。いざともにをがみ奉らんといふに、いなとよ、さばかり人のたち込たらんに、老かゞまりてよろぼひわたらん。後年もしみしる人もおはさば、いまにながらへけり。ながう老さらぼひても猶ものはゆかしかりけんなどいはれたらんは、いかにはづかしからざらん。きんだちはとくおはせよ。我は思ひやりてあらんとて
10862 宮人の花をふらせてふるきよのあとをあらはすみゆきならまし
10863 大みゆき大みよそひはいにしへに立かへりぬるみよとみゆらし」（25オ）
むかしをのゝ卯花を有しかきねにうつして、今はなき人の明くれ生したてしが、いといたうさかえし。そのねを分て、邦義がりつかはしたりし。それもいとおほう成ぬ。有しゆかりにみよとておこせたるをこころに、ゆきかきくらしふるに、
10864 うつしみるけふしもふるはうの花の咲べき色を雪やみすらん
10865 あすしらぬみをうづまさのすまゐにも猶うの花の咲やとぞまつ
10866 雪ふかきをのゝうつ木ようづまさもうづむばかりの花にさかなん
10867 おもひきやいもが生せしうの花をけふうづまさにうゑん物とは」（25ウ）
冬野みんとてちかきわたりに出てみるに、ことくさはそれともわかずかれふして尾花のみ猶たかやかにうちなびきたる、あはれにて
10868 風わたるかれのゝを花むれ立て夕しもまねく袖ぞさむけき
よるかけて雪ふりくる音いとさやかなり。ふけて音の聞えぬに
10869 さゝのはにふりしく音の聞えぬはふかくやなりし夜はのしらゆき
医博士鈴木龍は糸竹の交にて、とし比したしくかたりあひぬる中なりけるを、この」（26オ）夏ごろいさゝか心えぬ事のあれば、いきていひたらさばやと思ふ折から、

いとおもく煩ふときけど、つねにかよはき人にもあらねば、ほどなくをこたらんを
りにこそと思ひてうち過ぬるほど、にはかによはくなりて終に身まかりぬ。としは
ことしいそぢとかきゝし。万の事たど〴〵しからず。呂律の事などいとよう心得た
る人にて、かばかりなるもたづねんにはいとかたかるべう。をしみつゝ、せんすべ
なくて月日をふるに、こよひ雪いとふかうふりてさむければとくふしぬ。あかつき
がたの夢に、この博士とひくと思へり。身まかりぬと聞しがそらごとなりけり。お
もく煩ふにいかでかいませし」（26ウ）といへば、対面せではこゝろのむすぼゝれと
くべきやうも侍らず。心ひとつをしるべにてといふ、いとくるしげなり。かの
〔人〕心得ず思ひしこといひとくとぞ思ひし。雪のしづりの音に目覚たるに、灯か
すかにあらしはげしく吹おつ。涙玉をみだすがごとし。

10870 思ひつゝうちぬるとしもなき人のさだかにみえし夢ぞあやしき
10871 有しよのうらみも消てしらゆきのふりにし人ぞさらに恋しき
10872 覚てのちことかよはさん道をだにとはましものを夢としりせば

在世にあしたの雪は消やすし。夜の雪にはとひて糸竹のあそびせんといひしこと思
ひいでゝ、

10873 雪夜はかならずこんとたのめしを消にし人やおもひいでけん」（27オ）
10874 はかなしやあつめし雪はさながらにあへず消ぬる人世中

しはす十四日の朝、雪いとふかし。もしくる人もやとて、炉火すみなどさしそふる
うちに思ひし

10875 とはればの心がまへも山ふかき雪かき分て（ママ）たれとぞ思ふ

宗美とひて歌の心ばへなど物がたりす。日たくるほど友子来れり。門に雪のあとの
残れるをみて」（27ウ）

10876 我のみと思ひしものをいとはやも雪ふみ分てたれかきにけん

かへし

10877 都よりとふは君のみあさまだき雪分こしはこのさとの人

雪のあした

10878 道たえてふりにし宿の淋しさも又あらたむるけさの白雪

草霜

10879 かれまさる草葉の霜をあはれとはわがもとゆひの色にこそみれ
10880 ふりまさる我身はおきておく霜にかれゆく草のうへをこそ思へ」（28オ）

いにし十五日重愛の歌よみにくきよし申侍し。たゞ言によむべきよし申せし。その
たゞ言歌なんよみいでがたきよしかたるに、よみておくらんとちぎりし。十七日に
や思ひいでしまゝ、としのくれなればいざいくつばかりかとて

10881 かぞふればことしも今は十日あまり二日ばかりぞくれのこりける

何わざもおなじことなれど、筆のあとの分てつたなきとし比いとはづかしけれど、
人のこへば、我をあざむきてかきてもとらす物から、心にはあせいづばかりくるし。
今だに」（28ウ）ならはばやの心づくに、いはけなきをりたは業にのみ心いれておや
のいさめきかざりける身のはてこそとかなしくなりて

10882 とる筆になみだぞかゝるたらちねのおやのいさめを思ひかへせば
10883 思ひしる身のおこたりを今だにもゆるさせたまへかぞいろの君
10884 かきけたんみのてならひのをさなさはすゞりの海に塩たれぬべし
10885 めのまへにかきけちぬべきみをしらでてならひけりと人やわらはん
10886 みる〳〵も波にけつべきながあとをなほのこしけるはま千鳥〔かな〕
10887 老まさる身はいかゞせん今だにもまなばずは猶つたなかるべし」（29オ）
10888 六十余り八といふとしのてならひはかいなたるかるものにぞ有ける
10889 六十あまり八といふとしのくれよりぞわがてならひは又はじめつる

こんとしは老の数そふべく思ひて

10890 六十余り八といふとしに一とせを又やそへまし春のきたらば

ことのほかあたゝかなるに雨すこしふりてはれがたいたくかすみて松の林もおぼろ
なれば

10891 冬ながらあたゝかけれやなが雨のはるゝまに〳〵かすみたな引」（29ウ）
10892 冬ながら雨かすむ日の夕暮はさながら春のこゝちこそすれ

のこれる日のいやすくなくなれば

10893 くれ残る日かずすくなくなるまゝにとしのをしさはいやまさりけり

10894 何事をなすともなきに六十あまり八といふとしはなどつもりけん

このみちもたゞ末のよのすがたに心よする人のおほければ

10895 やすからん大路はゆかでいはねふみさかしき山にまどふよの人」(30オ)

10896 いはねふみからたち分てゆく人はやすき大路を過がてにする

10897 いかばかりいひたらず共ことのはの花をおもはゞみはなかるべし

10898 ことのはのしげみこちたみ分かねてまどはゞかへれもときつるみち

10899 いにしへにかへらんことはみな人のもとの心の道の一すぢ

10900 すなほなる心詞ぞゆく末にのこらんみちのすがたなりける

10901 ことのはは人の心の声なればおもひをのぶる外なかりけり

いといたうあたゝかなれば

10902 としのうちもかくあたゝけき冬なればこん春はとく花もさかまし」(30ウ)

鳥のなくを

10903 鳥すらも思ふ思ひのあればこそかたみにねをば鳴かはしけれ

歌のさまのあらずなるよをなげきて

10904 人しれず思ふ思ひの鳥ならば天かげりてもねにぞなかまし

風ふきて木草のさはぐに

10905 思ふことといはでやまめや心なき草木も風に声たてつ也

是は天人同一不得已所発の声を云也。」(31オ)

竹の風になびくをみてよのことわりも思ひしられて

10906 ふる雪になびかざりせばくれ竹のかよはき枝はとくをれぬべし

誠やくれそふとしをゝしみて

10907 〔重出〕暮のこる日かずすくなく成まゝにとしのをしさはいやまさりけり

朝につま戸軒などを見るに、寒雪のたちこえたるあとをみて

10908 うづまさやこりたる雪のうちになどけふまでわが身」(31ウ) 消のこりけん

10909 うづまさやこりたる雪のあと見てもたき火をだにといふ人のなき〔重出ノ指摘アリ〕

10910 こゝにきて人の心のうづまさやまさなきことをつくしてぞみる

10911 老はてゝけやすき身ともおもはずはいかでかたへんくもふかきやど

10912 霜ゆきに消てみんとや人のおもふ三とせの冬もいざくれぬめり」(32オ)

みづからはみなかへりすみぬときゝて

10913 我のみやかへりてすまぬ水鳥のみなれし人は家ゐさだめつ

盛澄かきたりにこれをつけて重愛におくれり。

人のなめげなる事のありしにふようなるものとおもへればこそかうかろむらめと思ふに、いとゞ」(32ウ) ながらへまうくて

10914 山路ゆく人のしもとてふむなるは消なで久にふればなりけり

よべの雪はいとふかくもあらで、あしたにこゝかしこむら〳〵のこれる、いとおもしろかりければ、

10915 わが身もし草のはだれの雪ならばのこるも人の哀とやみん

おもふことあるころ雪を見て

10916 足引の山がくれなる白雪のかひなきよにもふりてける哉」(33オ)

としのはてに

10917 あけくらしをしみ〳〵て一年のたゞ一日にもなりにけるかな

つもごり〔ママ〕夕がたより雪ふれり。夜ふかくおきてみて

10918 あともなく消ゆくとしの名ごりぞとむかふも淋しよはのしらゆき

遠村雪

10919 よそにのみめなれし里もめづらしとみゆるはけさの雪のあさと出

亥の神無月卅日がた、にはかにあつしくなりて人事をおぼえず。」(33ウ) くすしなどよりても何のやまひともわかず、よゝいとよなやみあかして、朔日のあさすこしさめたり。かゆなども得くはで、その日もなやみくらして二日といふに、またことの外さむくわなゝかれて、ねつのいといたう身をこがすばかりになりて、わらはやみなへりとしられぬ。京の人々あまたきあつまりてさはぐ。いとこと〳〵しければ、京に行てんと思ひて京にすむ人ところをたづねたてて、七日に京へいくとて、松かぜのはげしきをきゝて、命あらば」(34オ) かへりてきかむ松のこゑ朝夕になれて聞しほどはさも思はざりしが、今はとおもひはなるればいと哀なり。いとひろき庭にはぎすゝきのかれたちてさむきかぜになびきたるを見る。みし秋の花のけしき思ひ

いで、

10920 たちかへりみんやみしやもしらぬ身は庭の木草もたゞならぬ哉

道のほどもおぼつかなしとて、維済ぞ、ひきたれる心ざしいはんかたなし。このたびはよもながらへじ、是ぞかぎりなめりと思ひつゝ、野山のけしきを見いだすもいとくるしければ、」（34ウ）めふたぎてすぐるほど湯をのませんとてすゝむるに、みれば山内の里の東なり。農夫のわらつみあげてそのうへにおほひをするは、霜をよくとにやと思ふに、わがいまさら京にいでゝやまひをしのがんとおもふも同じ心よと思ひて

10921 賤のをが実もなきわらをつみ重ね猶しも雪のおほひをぞする

京は四条高くらの西わたりとぞおぼえし。此ほどいと〳〵おもくなりてしぬべく思ひしことたび〳〵なり。その家さはりありて、」（35オ）又までの小路にしきあたりにうつる比ほひ、すべて夢のやうにてたしかならず。折にふれことにのぞみてよめるうたども今はおほえず。おろ〳〵おぼえたるをかいつくべし

山雪

10922 冬夜のやまゐのとこに夕つげの鳥のなくねを待ぞ久しき」（35ウ）

10923 をのへより麓をかけて吹払ふあらしと松の雪にこそみれ

10924 雪ふればめづらしき哉なれてみしこすのと山も面がはりして

10925 冬山の雪にけたれば春秋の花もゝみぢも色なからん

氷

10926 むすぶ湯の雫さへこそこほりけれけさや寒さの限成らん

10927 山川のゐせきの水や氷るらん更行まゝに声のともしき

10928 もる音のうときをきけばうめづ川井ときの水やこほりゆくらん」（36オ）

炭竈

10929 明くらしたつるけぶりにしられけり世にすみがまの賤がいとなみ

水鳥　日よし

10930 鴨鳥のおのが名におふ川水に住ていくよをなれしうきねぞ

10931 淵はやゝ氷とづらし山川の早せにすだく水鳥のこゑ

雪

10932 降つがむ後も思はずいはがねの松葉の雪のうすぐれの空

10933 雪ふれば松もさかきもおしなべてゆふかけたりとみゆる神がき

10934 宮つこも心ありけり広まへに雪ふりしけば朝清めせぬ」（36ウ）

十月廿日こそ病にふしたる日ぞと思ひいで、

10935 けふしはやこぞのえやみの時きぬと思ひいづるもうづまさの里

経亮より

10936 こぞのけふを思ひいづれば天原なるかみよりもかしこかりけり

10937 天原なる神よりもおそろしき病もいえて君はちよへん

しも月九日のあしたあたごあたりの山々かのこまだらに雪のふり初たるを

10938 ありふれば雪も又みついたづらに年のみつむと何思ひけん」（37オ）

山科宝積院取次水谷左門頼

古木の松に雪つもりてはの所々みえたるに

10939 かゝればぞ千よをふる木の松のはのみどりの色の雪にきほへる

連日みぞれふるに

10940 み山べの雪いかならんきのふけふ都のゝべもみぞれこそふれ

雪になりて、なべて白くふりつみたるに、はなやぎたる女の行を見て

10941 むらさきの袖ふりはへて白たへの野原のゆきにゆくはたがつま

みぞれはれてあはたに雪のつもれるを

10942 此のべのけふのみぞれはれ初るあはたの山の雪にぞ有ける」（37ウ）

山々に雪のつもれるを

10943 雪ふればひとへと見しも百重山かさなる嶺のえだもかくれず

雪ふる日、山科の旭祖よりいひおこせし

10944 此ころの雪にぞいとゞおもひやる君すむやどの朝な夕なを

かへし

10945 此比の野山の雪を詠ればことのは草もうづもれにけり

雪の日友子がとひきて
10946 ふみ分しうづまさ寺の雪の日を思ひいでつゝけふもきにけり
かへし」（38オ）
10947 うづまさにあとある雪をあやしみしふることをさへ思ひいでぬる
霜ふり月はじめ小沢うしのもとへ参りけるに、ことし七十にならせたまふときゝて
よみて奉る
10948 松の色としの寒きにあらはれてさかゆる春といく春もみん
かへし
10949 いたづらにとしのみふりて宿の松いたゞく雪の色もはづかし
しはす三日に経亮より
10950 野も山も雪になりゆく寒けさのあらしの風はいかゞしのぎし
かへし」（38ウ）
10951 此比は我も野山の雪のこと衾の下にかくれてぞふる
興子が詠草に
10952 おく山に朽はてん木もやくすみと成ての丶ちぞ里にいでぬる
とあるをみてをかしさに事そへし
10953 やく炭と成て都に出ぬれば歎のはてはよろこびぞかし
梅をほりて北山のみゆるに
10954 雲迷ひ外はくらまの高ねのみ朝日さしはへ雪ぞかゞやく
又あしたに南西をみて
10955 野はあをく山もとはきりみねはれてつもれる雪に朝日こそさせ」（39オ）
紙さうじさし湯づけなどたうべて又あけたれば
10956 山はきり野は朝日さし九重の都の家ゐへだてなくみゆ
寒芦満江
10957 なには江はをれふす芦にうづもれて波もかれはの色にこそたて
いとあたゝけきとしの暮に、日騰より
10958 冬ふかき都の山のいかならんなにはの浦も雪ぞふりける

かへし
10959 都だに雨がちなるを冬深きなにはわたりの雪ぞあやしき」（39ウ）
しはすの月のかたぶく比千鳥を聞て
10960 にしごりや田中の杜に月は入てかはらの千鳥声ぞさやけき
七十のとしのくれに
10961 まれなりと聞もけふのみあすよりやあやしき年と人にいはれん
是を聞て勝義
10962 あやしとは何かおもはん君すへは万代ませといのる心に
年のうちに春たつあした鶯のうちとけて鳴を聞て」（40オ）
10963 梅も咲鶯も鳴年の中に春たつことのいちじるき哉
雪白浜　但馬
10964 ふる雪のしらはま風による浪は色わきがたき物にぞ有ける
10965 冬くれば塩風さえて降つもる雪のしら浜名をもうづます
雪の下の山橘を　　呉春絵　若林頼
10966 白たへの雪にきほひてあし引の山橘の色ぞまされる
落葉」（40ウ）
10967 村鳥の立かとみれば朝風にもりの木葉のちれるなりけり
10968 風たえて霜夜更たるねやのとにおつるもみぢのちるぞ悲しき
冬月
10969 よひのまの竹葉のしもにとぢませしあられをよはの月にこそみれ
10970 松陰によりてぞみつる冬かれて余りくまなき秋の月かげ
初冬　将軍地蔵奉納
10971 秋を猶こふるかのべの花すゝき冬たつけさの風にまねくは
10972 色々の木葉乱れて山かぜの声あらましき冬はきにけり」（41オ）
神無月のはじめ、なにはのよしまさとふ
10973 我くにのことのはとしもおもほえず神無月てふ月の名やなぞ
こたふ

10974 ときは木にしばしうつりて大かたは葉守おはする神無月かも

又とふ

10975 その色とみえぬしぐれのいかにして木葉をあけにそめはじめけん

こたふ

10976 時雨にもきりにもぬれてもみづるは木のはのもたる色とやはみぬ

おなじ比あとの月尽日、庚申に秋成が、

10977 まくらをもとらぬならひのこよひしも秋のわかれはかねてをしまん

といへる」（41ウ）よしをきゝて元広にあつらへて

10978 ゆく秋やうとしと君を思ふらんねぬよがてらにわかれせしまゝ

といひつかはしたりしに、又かれより能信につけて

10979 もみぢばにふかく心は染にしをたがつれなさの秋の別ぞ

と申おこせたり。すこしいぶかしけれど思ひやりに

10980 秋のとくいにしは此年めづらしき冬のもみぢを君にみよとか

又元広のつてにおくりつかはす。

これもおなじ徹関が白川のみそのゝ」（42オ）もみぢみせんといひたるに、これかれさそひてみありきけるが、心も詞も及はずおもしろかりけり。かへりなんとする比、そのとのにある人の歌を乞けるに、

むかしより名にながれたる滝のいとみまほしかりけれど、いまもみだりに立よるべき所ならねば、むなしくてとしへにけるに、さるよしありてみかきあたりみめぐりて、かへりがてにおぼえければ

10981 きゝしにもみるはまさりておち滝つたきのあたりぞ立もやられぬ」（42ウ）

定静

10982 しら川やおちくる滝のいとまなきみをも家ぢもわすれてぞみる

勝重

10983 みぬ人にいかゞかたらん白川のみそのゝけしき木々のもみぢば

紀之

10984 たかねよりおちくる滝のしら糸のいかでか木々の錦おるらん

物外

10985 いざと君さそはざりせばしら川のいはねにそむる木々のもみぢも」（43オ）

十月紅葉

10986 神無月時雨や待しもみぢばのことしは冬ぞさかりなりける

10987 秋露にぬれずはいかで神無月しぐるよもかくもみぢせましや

10988 神無月もみづる木々は時雨にやあつらへ付て秋のいにけん

10989 みせばやなかへりし秋に神無月しぐれ〳〵て染るもみぢも

10990 この秋はみざりし木々のから錦冬立てこそおりつくしけれ

10991 神無月もみづる木々をそめもあへずかへりし秋やくやしと思はん

此題はいとめづらし。やゝもせば残紅葉にやならんと念じてからうじてかひねりいだせるを人はいとやすげによめり

蒿蹊

10992 木がらしのいたらぬ里もあるよとはみそのにのこるもみぢにぞ思ふ」（43ウ）

よの字はいかゞあらん。うすもの石つゝめらんやうにいとおもくこそみゆれ。

慈莚

10993 色ぞゝふ秋より後の時雨をもあだになさじと残るもみぢば

是はよく調ひて聞ゆ。されど二首ともに残葉なり。卯月の遅桜を残花によめるがごとし。」（44オ）

六帖詠草　冬四

霜ふかき比、秋成せうそこに

10994 今よりや冬にこもらん山はみな散したよりきゞのもみぢば

10995 なべてよの冬にこもれるやどならばのどけき春の日かげまたまし

これかへし　元広につけて

10996 冬ごもります程をこそとふべきに我も寒さにいでもたゝれず

後のには

10997 うつみ〔ママ〕のあたりのどけみ春またで君がことばの花ぞにほはん

朝霜　是は勝軍地蔵の

10998 しらみゆくかきねのゝべを見渡せば雪もやふるとまがふ朝しも

10999 朝かぜははらひもやらで吹くたびにいとゞしみつゝさゝのはの霜

冬のはじめつかた、なにはのまさよしより、」（1オ）神無月この名とひにおこせたるかへし、上にかけり。それつかはす序、これより、とふうた

11000 うまれしをはぐゝむ衣も春のたつ月をもなどかむ月とはいふ

こたふ　まさよし、以下以朱記ハまさよし

11001 春ノタツソノコトブキヲ人ゴトニシトスル故ニム月トヤイフ〔まさよし〕

木々ノハモハラミテ春ハ一トセヲ〔まさよし〕

11002 三千とせになるてふ木実一つをもゝとはたれかいひはじめけん

こたふ

11003 二ツあるちぶさをちゝといふからにこのみひとつもゝとよぶらん〔まさよし〕

11004 夏きえぬ氷室の氷ふしの雪いつれかかへによにはのこらん

11005 天河橋もを舟も有てふをなど彦ぼしのかちわたりする

こたふ

11006 彦ぼしは深さくらべのかちわたり人もこはたに馬はかりきや〔まさよし〕」（1ウ）

11007 物のねの耳に入をも長月の花をもなどか聞といふらん

こたふ

11008 心なき垣にも耳はありてふをもしる花のきくなあやめそ〔まさよし〕

11009 タキモノ、ケブリニヲシレサレバコソ花モニヲヒヲキクト云ラン〔まさよし〕

11010 我はまだめをふれぬをもゆく川のながれもなどか水といふらん

こたふ

11011 世中のめしひし人の夢よりやみぬをもみつといひはじめけん〔まさよし〕

〔カ〕シコキトヒニハヒカヽル、ツタナキ詞クレ竹ノ、ヲカシキフシナクテ、長夜ノネホレ言ト、ミユルシタマフベシ〔まさよし〕

北におろしやといふくにあなり。このくにの人、そこにたゞよひて、あまたとしをへて、そのくに人におくられてかへりて、かたりけるをつたへきけるをきけば、いとさむきくにゝて、五穀生ず。つねにけものゝ肉を食、冬は火をたきて、そのけぶりのうちに住。されど、やゝもすれば、耳鼻手あしの指、氷て朽くさりおちある。身さへ、」（2オ）しみ氷るよしをききて

11012 たぶさくち耳鼻しみておろしやはおそろしやてふ名にこそ有らめ

11013 おろしやの寒さをきけば此国の冬とおもふやそのくにの夏

11014 夏しらぬあたりをこそはうらやまめ冬もなべての冬ならばこそ

天竺は、これとかへさまにして、さむさをしらぬよしつたへきく

11015 てをひでゝしばしとたのむ泉さへやがて湯となる暑さとぞきく

11016 かみちゞみはだへきばむも天つ日の暑にたへぬ故とこそきけ

11017 さかぼとけ法を広めし国なれどよきみくにゝはあらぬ成べし

から、やまとのくにこそ、よきくにゝぞ有べかりける」（2ウ）

11018 みな人のすむべき国や（は）からやまと暑さ寒さもひとしとぞきく

11019 かたみにはおとりまさりはあるらめど国はからくに日のもとの国

いとさむき日、歌論義はてゝ、盃をすゝめ侍しに、常顕

11020 かへるさは風のさむさもしらじかしあつきめぐみをかさねきつれば

かへし

11021 かへるさは風のさむさもしらじてふ情ときけば我ものどけし

元広

11022 風さむき軒ばの松の音さへもけふはのどかに聞なされつる
かへし
11023 春秋にとめるみはさぞ松さむきかぜのひゞきものどにきくらん」（3オ）
雪夕残雁　座主宮御題
11024 〔天〕路にや友にやまどふくる雁のふゞきにむせぶ夕ぐれの声
11025 都さへ雪に成までおくれこし夕のかりの声のさむけさ
11026 ふるさとを別がたみやおくれけん夕のゆきにわたるかりがね
11027 旅の空雪うちはぶき鳴かりの古郷しのぶゆふぐれの声」（3ウ）
南禅寺真乗院西堂雪岡、東へ下ルニ、対面をこはるゝに、初て逢て、別るゝに
ことのは風はたかく聞ながら、ちかきわたりも老はあゆみのたゆくてえなんまうで
ぬに、にはかに東に下り給ふとて、とはれ奉りしは、いとになう嬉〔ママ〕しき物から、更
に別のうさをこそ、へ侍りけれ
11028 きのふまで声のみ聞し水鳥のをしとぞ思ふけふの別路
11029 たび衣たちかさねてよ日にそひてふかくなり行霜雪の比
いとさむくなりて、のべ行人のともしきをみて
11030 吹おろす雪の山かぜ寒ければ冬野はかよふ人ぞまれなる」（4オ）
初雪のあした、興子がもとより
11031 みる程もなき庭さへぞ哀なるさぞな野山のけさの初雪
かへし
11032 みせばやなふりぬる我もめづらしとむかふ野山の雪の初花
澄月もとより
11033 いにしへにかへる心の花もけさ雪のふるえにさかせてやみる
これはやつがりが古風をこのめるをおもへり。かへし
11034 いにしへをしのぶの草もうづもれて雪の古葉ぞいとゞ色なき」（4ウ）
11035 ふりしよをなどしのびけんあたらしくむかふの山のけさのはつ雪
又
11036 とふことはかたみに老のあとをのみをしむにゝたる初雪の庭

これがかへしは
11037 とひとはれあとみぬ雪を中に置てうときまでこそ共にふりぬれ
11038 とひとはれめでこしかたのあとをのみかぞへてぞふるけさの初雪
このまへつ日、あたゝかにて雨ふりしに、勝義が
11039 雪にとくふりかはらなん冬雨はあを人草のうれへとぞきく
11040 民くさのうれへ〔といふに〕となれる冬の雨を雪にかふべきことのは哉」（5オ）
布淑が、おなじ心ざまのうたよめりとてみせ、また雪になれる心をよめりし。二日
三日ばかりして、又雨ふるに
11041 冬深き雨はこんとし民くさの袖の露とやふりかはらまし
雪夕残雁　嵩渓
11042 こしぢよりふりくる雪にさそはれ□〔てカ〕わたるかりかも夕ぐれの声
第四句は、かりかもわたるとぞいはまし。さらば、夕につゞけんに、いたくもて
はなれても聞えずやあらん。落句うきて聞ゆ。うくとは、ふかきよの声、あかつ
きの声とおきても、歌の一意かはらぬは、夕の字うくとはいふなり。」（5ウ）
大愚
11043 ふりくらす夕はつらもみだるとや雪にまぎれてきつるかりがね
この心は、ふりくらす雪の夕にくるかりのつらみだるとやねにはなくらん、の心
なるべけれが〔ママ〕、みだるとや雪に紛れてきつるといひては、さは聞えず。このまゝ
にては聞えず。とやをめりと直さば聞ゆべし。
是は、我かしこきかほをつくりて人をのみそしると、我心しらぬ人は思ふべかれ
ど、道のいたりがたき、かくなんやすからぬこと、後ノ世にしらさんため、かき
おくなり。」（6オ）
梅告春を　宮御題
11044 梅花にほはざりせばあしがきのまぢかき春を何にしらまし
11045 山住の春ちかしともしらぬみをおどろかしつる梅のはつはな
11046 梅だにも春ちかしとて咲なるを色がなきみはいつをまたまし
11047 時わかず咲ぬる梅とおどろけば春のちかきをつぐるなりけり

11048 春近くなるをもしらぬ山住をおどろかしける梅の初花」(6ウ)
今のすみかの軒に二木の松あり。さむき風、吹たつに
11049 うづまさのよものあらしにくらぶれば音かすかなる岡崎の松
義篤、にわかにあづまにくだるべきに、ことそへよと申おこせたりしに
11050 あづまよりいまこん春を待とほみとしをこめつゝむかへにかゆく
11051 いでゝ君かへりておやにつかふるも直き心のみちは一すぢ
としの暮に
11052 こゝに又二年くれぬつねにみる野山を老の思ひ出にして
いといたうあたゝかにて、霞わたれるをみて」(7オ)
11053 花もいま咲出ぬべきけしきにて年のくれともみえぬ山里
大愚法師より、味そ三色をおくりて
11054 長閑さにけふよりあすの春がすみいろみ初つやみねの松原
かへし
11055 うすがすみ色み初けりあすよりはたゞ春のみやたゝんとすらん
よのことわざにまかせて、蕎麦をつかはしければ、同人
11056 折しもあれ心ざゝれしこれこそはけふ行としのあるじともせめ
11057 行としはいとゞ心やとめざらんそば〱しがるあるじまふけに
澄月法師にいひやる」(7ウ)
11058 我はやゝいゆきなやめる老の坂君はやすげに猶のぼるかな
かへし
11059 ふもとこそ猶やすからめ老の坂君とわがよの高さくらべは
是をあしかりけりとて、又の日
11060 みねふもとはやとし暮ぬ老のさかとにもかくにも春にこえなん
此月の宮の題梅告春を　大愚
11061 年のゆく雪まの梅や一花の春はこゝにとほのめかすらん
題字ならぬ雪は、用なきもの、さしいでたる心ちす。それ、雪によりてこそ、難はいでたれ。雪まの梅は、色まがふならひ、さだまれる事也。まして一花ならんには、離婁が明たりとも、さだかにはみゆべからず。さる故、下句に春はこゝにと、梅の名乗よしを詮としたれども、このほめく〔の脱カ〕にほひならん、」(8オ)可然匂ひといはざれば、色也。色はほのめくとも、雪にけたれてしらるべからず。又紅梅ならば可然、紅梅とも断ねば、白梅なり。雪ノ梅色はまがへども、香にあらはるゝといふこと、古今通情也。それをかへて歌ならんとするが故に、如此歌になれり。
蒿渓
11062 よろこびの色をみそのにゑみ初る梅やま近き春をつぐらん
是は上ほどの難はあらざれど、無下にいはけなき歌也。下句にかく題をいひはてゝ、上に何をかいはんとおもへる。よりて用なきよろこびの色いでたり。佳色あり。万春、友などあらん折は、悦の色も詮あるべし。」(8ウ)
浅雪
11063 山陰のましば松葉のうへにのみふるかとみゆるけさのしら雪
11064 たゞひとへ埋もはてずけさの雪ちれるもみぢの色にうつりて
積雪
11065 けぬがうへに猶ふりそひて高砂の松ともみえずつもる白雪
11066 くれ竹の一よのほどにふりそひて笆は雪の山とこそなれ
氷始結
11067 夢だにも涼しかりつる山陰の清水よりこそ氷そめけれ
11068 よをさむみ氷やすらん滝糸のむすぼゝれゆく春聞ゆなり」(9オ)
雪　心性寺
11069 雪に身はうづもれながら伝へこしみのりの跡ぞよゝに残れる
11070 立のぼる煙ぞしるべ色わかぬ野山の雪の白川のさと
11071 ふかくなる深谷の雪ぞしられける松のしづりの山ひゞく声
鴨
11072 吹かくる風のもみぢは水鳥の青葉のかものうは着也けり
11073 鴨がねに寒き水面をみわたせはおのが青羽も霜ふりにけり

11074 むれてゐるかもをもをしとみつる哉風のもみぢのちりのまがひに

月をみて」（9ウ）

11075 かぜさむみしぐれだちたるうき雲にきほひてにほふ夕月のかげ

園城がはじめてきたるに、歌のほいをかたらふに、さうじのすきま風のいと寒きを

11076 旅にしてひなのあら野に吹よりもやどのすきまの風ぞさむけき

雪中鹿の讃

11077 つま恋にまどひて出しあとぞとやみ山の雪にたてるさをしか

心性寺へまうづるみちにて

11078 法の道尋るごとに百くさの花の色こそたとく成けれ

経亮の母の一めぐりに菊をつかはす。」（10オ）無非中道の理を思へば、これも

11079 なき玉の光りやそふと露ながら折て手向る一枝ぞ是

11080 思ひいづる袖いかならん時雨つゝはゝそ散ぬるこぞの此ころ

かへしはわすれにけり。

朴介かへるに歌をこへど、いと思はずて

11081 折しもあれ冬立かへるたび衣か〔さ〕ねてしのげ霜寒き比

寒芦

11082 しげかりしあともあらはになには江の汀はれたる芦の冬がれ

11083 しばしこそ霜にしほれし湊江のあしは氷の下にくちぬれ

11084 よを重ね霜にをれふす湊江のあしは氷にとぢはてにけり」（10ウ）

世龍が歌に

11085 水鶏もぞ思ひもあへずあけぬれば月さし入ぬ柴のとぼそに

といへるにかいつく

11086 柴戸をよはにあけめやたゝきつるくひなは月の使なりけり

又初雪のあした、世龍より

11087 山里にふりぬる人もめづらしと詠やすらんけさの初雪

かいつく

11088 めづらしと雪をみるにも一とせの又ふりそひし身をぞおどろく

初雪のあした、澄月がりやる

11089 めづらしとうちみるなへにふることをしのぶや老のけさの初雪」（11オ）

11090 いかならんなべてゆかしきことのはもまつけ〔ママ〕人のけさの初雪

11091 ふりのこるよをこそめでめもろともに行かくれなんあさを思へば

かへし　澄月

11092 しのぶやといひおくれしは薄雪もけさみ初るぞこぞのふること

11093 とはずして日をふり果し老よりもわかさうらやむけさの初ゆき

11094 ふり消んあとを今かの山里もゆきゝするまぞひにはありける

十日ばかりへて、此こと、京にて、かなたこなた人いふときゝて、これより

11095 きえぬみのゆきを心のことのはは今ぞ都のよもにちるてふ

これがゝへし、誓興につけて　澄月

11096 よしや名のたつも塵のよ花ならぬことのはは風にまかせはてゝは」（11ウ）

11097 さむけさにとぢたる窓のそなたのみ霜ふり月を詠てぞ思ふ

いんさき、備前より来れるとて薯蕷をおこして　大愚

11098 やよしばしまてといひしが野も山も今はのこらずもみぢ散かも

かへしに

11099 もみぢ〔ち脱カ〕り雪さへふりぬあすはまたとしもくれぬとをしむべら也

座主宮より、題たびたり　年中早梅

11100 くれてゆく年の心やいそぐらん春もまだきに梅にほふ也

11101 年はまだ三十日あまりものこれる春〔ママ〕てふばかり咲る梅哉

11102 春近し今は年をなをしみそといふばかりなる梅のはつ花」（12オ）

このうたかきて持まうでたれば、今たいめ給らんとて、いとおほらかに炭おこして

出されたれど、寒かりければ

11103 夏さへも涼しかりつる山かげのみむろはいたくさえまさりけれ

またの日、大愚のもとへつかはしたりしに

11104 山かげの寒きみむろに雪つもるひえのふもとや思ひやりけん

といへるは、これたかのみこのむかしを思へるにやと思ひて、又これより

11105 雪さむきひえのふもとを思ひやりふかきは君が心からこそ

澄月と贈言せしをきゝて、貫之、かねすけがむかし思ひいづとて」（12ウ）

11106 ひとへふる雪にも老の友かゞみつらきことをやいひかはしけん

このかへし

11107 もろともに消をあらそふうす雪のよにふるほどを哀とをみよ

澄月より梅をおくりて、南窓のけしきも冬の深さはおなじ之の折しもえたるをまゐらせし

11108 冬ごもる老の心もこと葉のひらくかざしにみよやこの花

我庵よりは北窓の寒さにたへて咲るは、主にあえたる花にこそ侍りけれ

11109 霜雪にしぼめる老の心にもみればほゝゑむうめのはつ花

澄月につかはしける初雪のあしたによめるを、」（13オ）こゝにかいつく

11110 いとまだきおきてぞみつる日のかげのさゝばけぬべきけさの初雪

11111 冬草のかれはゞかりにかつふりてはだらにみゆるけさの初雪

11112 めづらしとみしいにしへは何ならずふり残るみのけさの初雪

11113 めにちかき里のやの軒山々のみねにのみみるけさの初雪

11114 待もあへずとく消ぬべき老が身は猶めづらしきけさの初雪

11115 消ぬべき身のながらへてみることも契有けるけさの初雪

11116 いかばかり我友人のことのはのはなさかすらんけさの初雪

11117 つのくにのなにはにはまだふらじかし都もうすきけさの初雪

かくいふうちに消てけり。

閏しも月廿八日、ついであり、澄月にいひやれり」（13ウ）

11118 かさなれる霜ふり月もふり〳〵て二日ばかりぞ消残りける

かへし　　澄月

11119 かさなれるかひぞ何ぞもかしらなる霜ふり月も消やあらそふ

これはいとわろし。

11120 いたゞきの色のみそへてかさなれる霜ふり月はいまか消なん

卒爾の詠は、たれもかうあるものなり、これあしとて、あなづるべからず。年をへてよめれど、このみちは、かうやうにかたきものになん。つねにさおもひつゝ、よみ損ずる事おほし。まして、我えたりと思はゞ、ひがごとのみならんかし。

大愚がりいひやる」（14オ）

いといたう老にたれど、心はまだをさなくて、折句をもれいのたゞごともてかへし参らせて、いとなんくやしき。さて過んもなめしければ、つゞかぬは、つたなきにゆるしたびてんとて

11121 八重かくむ松ねいはねものこさじといくらほりてかもとめいでたり　名

雪の比、なにはのよしまさがりいひつかはしける

11122 みるごとにみせまほしきはきた山のたかね〳〵の此比の雪

雪の日、勝義より」（14ウ）

11123 思へどもえぞとぶらはぬしら雪のよにふるわざのしげき此比

かへし

11124 とはぬをも浅しとはみずことしげくよにふる比の雪の明くれ

同じ比、勝重

11125 ふりつもる雪にあけゆく山里のけしきをさぞと思ひこそやれ

かへし

11126 ふりつもる雪の朝の山里はうづまぬかねの声のみぞせし

澄月より、ことなるけしきもおはさぬぞ、いとめでたき

11127 老の数つもれるほかは跡もなしことしの雪やこぞの古あと

11128 こぞをけさ思ひいづれど身の老はわすれてむかふ庭の白雪」（15オ）

11129 みるがごとみやこの四方を君がけさわがものがほの庭の白雪

かへし、よべよりの寒たへがたきを、よくしのぎたまひて、人をさへとひたまへる、いとうれしうなん

11130 これも又つもれば老のふるごとにめでしと思へどけさのしらゆき

11131 身につもる老をわすれてみる雪の消ゆくにこそおどろかれぬれ

11132 ことたえぬやどにみてるは山かけて都のゆきの光なりけり

猶あかねば
11133 いれぬとて月にかこちし西山はゆきのあしたぞみるべかりける
初冬」（15ウ）
11134 秋を猶こふるかのべの花薄冬たつけさの風にまねくは
11135 色々の木葉みだれて山かぜの声あらましき冬はきにけり
鴨〔重出ノ指摘アリ〕
11136 鴨がねにさむき水面を詠ればおのが青羽も霜ふりにけり
11137 むれてうく鴨をもをしとみつる哉風のもみぢの散のまがひに
江寒芦
11138 しばしこそ霜にしほるとみなと江の芦は氷の下にとぢつる〔重出ノ指摘アリ〕
11139 しげかりしあともあらはに難波江の汀はれたる芦の冬がれ
朝霜〔重出ノ指摘アリ〕
11140 朝風のはらひもやらで吹度にいとゞしみ付さゝのはの霜」（16オ）
11141 しらみゆく垣ねのゝべを見渡せば雪〔か〕もふるとまがふ朝霜
雪の朝
11142 めにちかくみゆる垣ほもうづもれてちへにへだつる雪の山里
かへしおける人の、雪ふかき朝とひて、心をとるに
11143 こりずまに又たをれとや梅がえの花とあざむくけさのしらゆき
たき火にあたれなどいふよし、きゝて
11144 老らくのなげきをたれかつませけんよらんたき火もともしきまでに
里雪　夏鼎亭　大愚、美季等五題」（16ウ）
11145 この里の道たえぬまと向くればあとより雪ぞふりうづみける
11146 朝まだきたれをとひけるあとならんゆきに残れる里の中道
11147 たれをとふくつのあとぞとみもあへず雪ふりうづむ里の中道
11148 分つべき程にぞとはんふりつがば道こそたえめ雪の山里
11149 分つべきはれまにをとへふりつがば道やたえなん雪の山ざと
11150 晴まなく日をふる雪にくれ竹のふしみの里は道やたえなん
11151 朝げたく煙たゝずは白たへの野山のゆきに里もわかれじ
落葉驚夢
11152 夢さそふ落葉にぞ思ふ思ひねにミシアキ山モカクぞちるらん
11153 みし夢のもみぢに猶やうかれましおちばの音のおどろか〔さ脱カ〕ずは」（17オ）
朝に杉のしもをみて
11154 秋もはやすぎのは白き霜の色をおき出てみれば身にぞしみける
風のあらましく吹に
11155 松に吹風もあらしに成にけり北まどふたげ冬ごもりせん
やまひしたる朝、初雪をみて
11156 あし引のやまひしをれば初雪のめづらしきさへみにぞしみける
くるつ朝、雪ふかくふりたるに
11157 草も木もあたゝかげなる雪なれどふりのこさざる身には寒けし
11158 ふりまさる身をあたゝむる雪ならば猶いかばかりもてはやさまし
11159 しらがゆもわたも身をこそあたゝむれにたるみゆきのなどか寒けき」（17ウ）
澄月より
山陰においかゞまりて、したをれぬべき寒さにもおもひやる南窓のあたりは、さぞおしひらき給ふらん
11160 いかにふ〔る〕庭のけしきぞゆめのまにこぞのあとみるけさのしらゆき
かうさむきにも、たひらかにおはすなん、いとめでたき。やつがり、いにし朔日の夜より、心ちそこなひて、」（18オ）ひたぶるにうちふし侍れば、けさも御かへしにこそなり侍りけれ
11161 ふり〳〵て消をあらそふ我のみぞ去年にかはれるけさのしらゆき
遠山みえてちかき林に、雪のいとふかうつもれるかた
11162 あし引の山の高ねのいかならんま近き杜は雪の下くさ
十日ばかりにや、また雪のふりたる朝、澄月がりいひやる
11163 とはれしもきのふの夢のあとのゆき猶ふるものとみるもはかなし」（18ウ）
かへし、いやさむきも、ひと日の御こゝちたひらぎにけるは、さすが花木のねざし

なるをや

11164 とひみしも昨日は薄き夢のまに消にしゆきのあさや嬉しき

又雪のあした、かれより、ふれ〳〵こゆきかきや木またにと、たはれしむかしは、誠のちごにや、老はて、うなゐのごととりつき、立ゐの苦しさもわすられてなん、いでくるま、のくりごと歌、はかなしとや見給ふらんかし」（19オ）

11165 跡はたがゆく先とだにしら雪の老のさかりをけさはめでつゝ
11166 よしつもれ老が限も大方にみぎりの雪のとし深きころ
11167 老の数としよりさきにつもりけり冬至りてのあとのしらゆき
11168 雪や花花やゆきともしらゆきのにほはぬ風にまかせてぞちる
11169 ふりはれし跡の垣ねにけさの雪は思ひはなは（をもか、本のマヽ）をつもりあげきや
11170 山陰をおもひおこすや我心行てみなみの窓のもとより
11171 つもるらん軒ばの松の一木にも千へのみゆきに余ることのは
11172 かきつむる色はみせなんことのはをまつのすがたにつもるしら雪」（19ウ）
11173 ふる雪も八重となゝへの庭の面にけぬべきあとのけち〔ママ〕をぞしる

是がゝへし

11174 あとはさぞよゝにのこらんしらゆきの花のさかりをみすることのは
11175 年高くいやふりそはん老らくも雪も限はあらじとぞ思ふ
11176 かぞふべきとしより先につもりそふ雪こそ老をおどろかしけれ
11177 雪を花花を雪とはみる人の心々にまかせたるいろ」（20オ）
11178 塵ばかりふりつむ日かずつもりつゝはれし垣ねは雪のしら山
11179 いまの雪明て南の窓よりもさぞ深からし北の山かげ
11180 めづらしとわがみる松のしら雪はみなふることのはにこそ有けれ
11181 朝日さす松のみ雪はとく消てたれにみすべき一はだになし
11182 ほでうちてめでしこゆきの面かげはかき木のまたにふりてのこれり

雨のよ、更て寒かりければ

11183 あかつきはゆきにやならん雨夜の更行まゝに寒さまされり
11184 更るよの水のしづくの絶ゆくは雨もや雪にふりかはるらん

是をいはゞ、冬雨なり。契沖云、冬雨といふ題」（20ウ）あるべきにあらず、といはれたれど、誠にかゝることあれば、此題、除くべきにもあらず。

誠や、雪のあしたに、かきねのうへをみて人のもとへ

11185 みせばやなかたさがりなる山はだのけぢめわかれてつもるしら雪

人のうたに、冬至といふことをみて

11186 秋くれてとくきにけるを霜月に冬至とはなどかいふらん

しはすばかりに雪のあした、澄月がりやる。とはにしのばしきむかしの人はみな消うせぬ。そのよのことをたれかしらんと、また霜に」（21オ）催されて

11187 今までも消にしあらば雪の日にとひかはさましことのはのとも
11188 二もとのすぎしむかしはしら雪のふりてみゆるも後おひの松
11189 君も我もともに消なんあとはたがことばの花か雪に咲べき
11190 とひかはすあともはづかし窓の雪あつめ〳〵ぬけぢめわかれて

かへし

むかしも今も、なきがおほくの世にあらんかぎりは、とふをうれしとこそ

11191 おもへども此比あらぬいたつきにつく〴〵むねをおさへてぞふる
11192 雪のごと又けぬべくはおもほえで老のたかきにこぼれもぞする
11193 二もとのすぎなば君やのこるらん我はふる河のべのしらゆき
11194 あとはたが言葉の道にふる雪もしばしけぬまの花とこそみれ」（21ウ）
11195 とひかはすまどのみゆきの花ざかりあとのけぢめはさもあらばあれ

おもひなきむねのあたり、しく〳〵いたみしは十日あまりになん。此比つよきは、さむさのさかりなるゆゑにや。さもあれ、年のこなたに、消んとも思ひたらず。

11196 こん春も今はのまどのしら雪は年のこなたに消かゝりぬる

たゞ〳〵八十くまなればとみれども、きえぬけさの雪にも

友子より、わづらふよしいひて

11197 雪分てとひしむかしをしのぶ哉やみて寒さをいとふみなれば

かへし

11198 とはれつるその比よりもふりぬれば我もしのばしいにしへのゆき」（22オ）

雪ふかき朝、元長が鱒を心ざすに
11199 松の江のすゞきはしらずふりつもる雪のうをにはしく物ぞなき
澄月をとぶらふとて
十日ばかりさきより、御むねやましくおはすよし、ちかながら、しらざりけること
よ。くすし何か〔の〕事くはしくうけたまはらまほしくて、人して、たづね参らす
る也
11200 春まで何かけぬべき花のかげにとし〴〵みつる八十くまの雪」（22ウ）
いと思ふかうとひたまへる哉。きのふの夕つかたより、ことなふやはらぎ侍りぬ
11201 此まゝに消ずは又もあひなましみとせぞふべき八十くまの雪
しはすの初、又雪ふるに、澄月がりやる
寒さたへがたきにいよゝ御いたみをこたり給へりや。いといぶかしきに又雪いとふ
かうこそふりてけれ
11202 消かゝる君がことの葉ちか山のをがみや聞てふりつがしめし」（23オ）
11203 にし風のよはにしき〳〵吹ぬるはけさみよとての雪のつかひか
11204 君はしるや此冬ばかりしらゆきのかくしげくふるあとぞおぼえぬ
かへし
さむさゝかりに成にしを、御心もさかんにおはしけるなん、うれしき。けふも又雪
寒うふりくる故にや、ふる文の名だゝる筆あまたもちよせて、誠いつはりをしる人
つどひ、やう〳〵馬のかひふく比かへりしかば、昼げ終りて、例のねぶり覚て、御
かへしをあんじ侍るは、やまひよりも猶をこたりのいたりなる哉」（23ウ）
11205 山ちかきをがみよりげに君がとふ心ふかさぞ雪には有ける
11206 我ねがふにしの風ふく白雪は消をあらそふほども寒けき
11207 おもほえず今年ばかりのしらゆきは君よりも猶高くつみても
暁おきの寒さに
11208 寒漸盛雪花翩翻　夜朝明灯光幽闇
無正体、此句をつくりて
11209 ふる雪に終の薪もやすらはゞ八十すみ坂ぞおも荷なるべき　山陰坊

梅の初花に付て、澄月
きのふは忝、清話、鬱散いたして」（24オ）
11210 ふりにふる雪の中なる一えだも木ごとの花とみつゝわかへよ
有し御なやみのなごりもなく、うれしさ思ひのほかに久しうちかたらひ侍りけれ。
けふ人に紛れては、こたへおくり侍りぬ
11211 我よりも年をふる木の梅花たをれる老にあはでわかえん
雪ふかき山里のかた
11212 よそながら思ひしよりもしづけきは雪ふりうづむ夜の山里
しはすに梅のさけるをみて」（24ウ）
11213 待つけん春はしらねど梅がえの花さくまではながらえてみつ
入江よしまさより
11214 なにはめがあし火たくやのむつがたり都は雪のふりぬとぞきく
11215 ふる雪の花の都の恋しさにふみ見まほしく思ふ此比
かへし
11216 はだ寒き都のゆきを難波女があし火たくやにいかでふらさん
11217 花ならぬ雪のふるあとあらはれん都のつてとまちてふみゝば」（25オ）
雨のあしたにし山をみるに、雪いとしろうふれり
11218 ぬば玉のようべの雨もにしきたの山は雪とぞふりかはりける
としの暮によめる
11219 はづかしなすことなくてなゝかへりめぐる卯どしも又くれにけり
11220 何ごとをなすともならでなゝかへりめぐる卯どしも又くれにけり
11221 なゝかへりあなう〳〵と過しきぬ身はひとたびの思ひ出もなく
11222 起ふしもくるしき老のあなうとしくれなばくれね今はをしまじ
女院かくれさせたまひて泉涌寺にをさめ」（25ウ）奉るは、十二月廿九日也。御墓に
よどしも、とのゐすときゝて
11223 いづみわく寺のみはかにとのゐするとねりが袖やしみ氷るらん
炭のゐに、喜之が歌こふに

11224 うづもる、思ひをつげん友すみはさしそひてこそ有べかりけれ

11225 あかねさす昼はみじかしひにつがんすみぞみ冬のながきよのとも

また の月、喜之より文のついで

11226 あふぐべしのべがたきゑの心をもやすくいはる、ことのはのみち」(26オ)

かへし

11227 ぬば玉のすみゑにそへしことのはのあやなき歌と人やとがめん

いんさき、大愚法師が歳暮に

11228 小車のうしてふとしも人のよにつながれぬ身はやすく暮ぬる

とよめりとき、、此うしのとし成ければ、

11229 を車の我からうしの歳たかき身はつながれてあへぐ心は

津千鳥

11230 よる波のしきつの千鳥むれたてと猶こりずまにおりゐてぞなく

11231 思ふことおほつの波に袖ぬれて聞し千鳥が声のかはらぬ」(26ウ)

教長集

11232 朝た、ばかじきはきよせふりそはんこし路の雪にやどる旅人

11233 久安百 雪散風 かぜ添てほどろ〳〵にふる雪はさかぬにちれる花かとぞ思ふ

11234 俊頼 山里の竹のせのこのよそ寒きとふのつかなみかさねてもなほ

11235 仙源抄 雪 舞人のかざしにさせるわた花に同じ色つく雪ぞちりかふ

11236 末廿五 夜雪 宵のまの雪にをれ木の松たきて冬の夜深寒さしのがん

11237 拾愚 夜雪 明るまでをり松たきて雪の夜にむつがたりせし友ぞ恋しき

11238 隆房 山雪 遠山のかぶろなりつるいたゞきにわたきてけりとみゆる白雪」(27オ)

11239 〔為忠〕百 落葉 散つもるよもの木葉をかきためて明るあしたの薪にぞせん

11240 散つもるもみぢ色〔ママ〕もかくろへぬ雪よりけなるけさの朝しも

11241 窓中梅〔朱〕ねたしとて花をば雪のかこふともいかゞはすべき匂ふ梅が、

湊寒芦

11242 湊江にさはれるあしもかれふせばやがてを舟にこぎしかれつ、

11243 みなと江の汀のあしのかれしよりこぎ入舟のかずもかくれず

船中雪

11244 何すとて雪をはこぶとみし舟は柴のうはてにつもる也けり

11245 はれゆけば岸ねの林山里の雪をみす〳〵下す川ふね」(27ウ)

枯草原晨霜　白生〔生白〕楼六景之中

11246 しの、めは月か花かと冬草のかれふの原の霜ぞまかへる

狩場欲暮

11247 あかず今二度みよりかりゆかば鳥立もみえずのべはくれなん

11248 しげみよりうす霧立ぬたがはなしかりばの、べは今かくれなん

関屋雪

11249 年つもる関やはいたく荒たれど雪のもりてぞ猶のこりける

11250 あともなきふはの関やにたび人を猶とゞめてもふれる雪哉」(28オ)

11251 ふりにける関やの軒をもる月のうつらぬかげは雪にぞ有ける」(28ウ)

〔六帖詠藻　冬五〕

仏名夜蘭

11252 更ぬるか雪さへふりて法師にかづくるわたの色も寒けし

11253 更ぬるかかたぶく月にみ仏のみなの声こそ高く聞ゆれ

11254 此夜かくいたく更らしとなへつる仏のみなものこりすくなし

雪夜山水のかたに　宮御所望

11255 白たへにやまも小川もみえながらおぼつかなきは関夜の雪

冬至によめる

11256 春のけの土にきざすといふ日より更にはげしき木がらしのかぜ」(1オ)

暁がた、しぐれをしきて

11257 あはれよにふるほどもなき暁の老のね覚をとふしぐれ哉

厚生が二度きて

11258 霜さゆる冬はきつれどまつのははみし色にしもかはらざりけり

かへし

11259 霜になほかはらでふる〔ママ〕ことの葉の色そふ春をまつにや有らん

良春がもとより、九月末つかたより初冬のはじめまで、一日に十よりあまりなゐふりて、」(1ウ)やすきそらなきよし申おこせたりしに

11260 都べの土もひとつのくにつゞきなどかき分てさやはなゐふる

かへし

11261 あまたゝびなゐふるひるも都べにつゞきし国と聞ぞ嬉しき　良春

同じ国なれば、厚生がりともさなんと思ひてとひごとに

11262 君がすむひゞきのなだのいかならんこのあたりはなゐふりてけり

かへし

11263 御心をたひらぎいませなゐふりしひゞきのなだも今はしづけし　厚生

はつ雪のいとふかくふりたるあした

11264 いとゞしくふる木の松の枝たれて雪にをぐらきやどの明ぼの

もみぢもまだのこれるにふかくふりたる、めづらしければ、澄月がりやせんとて」(2オ)

11265 君はしるやもみぢにふれる初雪のうづむばかりのあとぞおぼえぬ

と思ひたるに、人あまたきてまぎれぬ。またの日もいとことしげくて過ぬ。三日へたるあした

11266 なごりなく雪は消けりつもりたることのはばかりけさものこりて

となんいひつかはしける。

かへし

11267 もみぢばものこる梢のはつゆきはふりにし身にもおぼしざりけり

11268 はつ雪は消ものこらぬ朝風に花とよりくる君がことのは」(2ウ)

霜月中比よりやまひして、ながきよをおきゐてあかしかねて

11269 よの常の百夜をやちよかきねきて冬の夜としも成にやあるらん

11270 いにしへの岩戸の関の明る夜をまつまもかくや久しかりけん

心やりによめる

11271 此比のさむさを時と朝なゆふなたきまさるらんをの、炭がま

11272 朝まだき都にいづる炭やきは夜はにや越しをの、山みち

しはぶきやみにて露ねられ侍らぬに、あたりの人はよくねたるに、ふりにし人を思ひいで、」(3オ)

11273 いもをまたうつゝにみめやぬば玉の夢路はゆるせよはのせきもり

しはぶきを、せきといへればなり。又しはぶきといふことを〔重出ノ指摘アリ〕

11274 山かげのましば吹しくさむかぜの音きくよは、ねられざりけり

しらうをといふ魚を人のおくれるに、いやしげなるひをばよめるを、しら魚のはやされぬことゝ思ひて

11275 ひをはいまより〳〵歌に聞ゆるをなどしら魚のしられざるらん

順集には、いとひをとよめり。

穭を和名におろかおひといふを」(3ウ)

11276 霜にふすかり田の面のおろか生ほりいでぬ身もたぐひ有けり

しはすばかり、余斎許へ
寒さいやましにこそなり侍にけれ。いよ〳〵たひらかにおはすや。あとの月中比より寒かぜに吹しかれて、いまだにおきもあがらで、みづからはえまうでねば、人してとひ奉るとて

11277 す（ス）きま風み（ミ）にしむ老の末（ス）の山（コ）こす月なみもし（シ）はすとぞなる

とて炭をなんやりける。かれは折句に心つかで、御たがひに山ざとの寒けさをすきまのかぜにわづらはせ」（4オ）たまふとや。をこたり給ふよし、御つかひに承りぬ。いと嬉しきこと、猶よくいたはりたまへ。こゝにもおぢ宇婆かたみになやみがちになん。さてはみ心つかせし賜物、夜中の友にうちくべて侍らん。いといたうかたじけなき。ありその石花がひ、故さとのなつかしきをり也。なにも〳〵いとかたじけなくなりぬ。あなかしこ

11278 なべてよの冬にこもれる宿ならばのどけき春の日かげまたまし

又こたへまでに

11279 かきたれし老のしはすのとしなみは末の山をもこすとこそ見れ

此人の文はつや〳〵しからで、をかしければ書おく。石花といへるは、蠣をのしのかはりにつかはしたるなり。

くるつあした、同じ人のもとより、老婆、文もてきたれり。」（4ウ）
きのふたまはせし御歌。炭少しと聞えさせしを、（老はたゞくりごとのみを、いとのみだり心にはたえねど）れひのあはたゞしきさがに見あやまてる、いと恥ある事也。けふまたきこえばうたておぼすらんとて、此れう紙、比ごろの手すさび也。見せ参らす。御心とゞまらば又も奉らん。名はふとしもつけたる也（大徳寺寸松院什物、貫之料紙懐紙、名、青雲紙色紙、七枚来〔頭書〕）

11280 瀬はふちといく度かはるうきみかなむかしをのみもしのぶなみだに

御ゐやまでに宇婆参らす。としもいまははしになりぬ。なごりの事いとよくいたはり給ひねとこそ。あなかしこ」（5オ）
このおうな、酒をこのめれば、進むるうちに、文かきてやる。文はわすれたり

11281 瀬にかはるいのちのうちのうきしづみむべたがうへもしのぶこしかた

景隆が、予がやまひをとひて、小鯛三おくりて、歌のやうなること申しこしたるに
山下の幽居めづらかなたまものことさらにこそ

11282 年をへてやせかしげたる柴人もこたびみつ〳〵こえぬべらなり　中山々樵　名」（5ウ）

梅のつぼめせんけしきみゆるに

11283 何となくめでたきものは春花のきざしのみゆる冬木也けり

維徳自画に、此歌かきつかはす。
柴がきの梅のさけるをみて

11284 おのれのみ冬ごもりせで霜がれのかきしばがくれにほふ梅がゝ

雪のあした、布淑きて

11285 さえとほる四十余りの身をつみて猶おいらくの雪をこそとへ

かへし

11286 君もいま我あとふみて七十のゆきつむとしの寒さをもしれ」（6オ）

業陳より、としのくれに

11287 老そはん君をおもへばひたすらにくれゆくとしのしたはれぞする

かへし

11288 春までにほへる花にそひぬべき老もかくれし心ちこそすれ

としのくれに

11289 老らくのやまひのうちにくれゆくぞとしのをしさのかぎり也ける

11290 ゆくとしをゝしむ比しもあやにくにたへてみじかき冬の日のかげ

かへし

11291 いくつねて春ぞとまちし年の日もつもればをしき老とこそなれ」（6ウ）

我病にふしたる比、病したる女の、をこたりぬとてとふに

11292 おなじ比やまひしつれど年わかきいもはとくこそをこたりにけれ

寒灯のまたゝくに

11293 影さむき窓のともし火かゝげつゝたが葉にさやぐ霰をぞ聞

11294 わがやどはすきまをおほみふくかぜにそむけかねたるよはの灯

松風のよふかくよはるに

11295 山かぜや雪吹かくる深夜の軒ばの松のこゑよはりゆく

としのくれに、直方より

11296 淋しさにたへずと聞し山里のとしのくれこそうらやましけれ」（7オ）

かへし

11297 山にても猶よをえしものがれねばことのしげさもかはらざりけり

うめをおくりて

11298 年のうちに咲ぬと人のおくりたる梅の初花わかちてぞやる

かへし

11299 君がえし梅を分ける心こそ色かの外の色か也けれ

歳暮　慈延

11300 わすれてはたのまれぬよをたのむ哉ことしもやすく暮しならひに

蒿蹊」（7ウ）

二首ともにをかし。

11301 いたづらにことしもくれぬむかしよりかくいひ〳〵て老と成しか

寝覚時雨　小坂殿〔重出ノ指摘アリ〕

11302 あはれよにふるほどもなきあかつきの老のね覚をとふしぐれ哉

野の寒草をみて

11303 もえ出てきのふめづるとみし色もけふはかれのゝ霜の下くさ

雨の日、山の雪をみて

11304 山はゆき里には雨といかにしてさむさをさへやふりかへぬらん」（8オ）

寒月

11305 ゐ明してめでける物をかつみなも身さへひえぬる冬夜の月

11306 思ふらん月の心もあるものをさむさにたへて我やいかなん

11307 冬がれのを花のしもはみえねどもやどれる月の光にぞしる

湖氷

11308 比良の根の雪吹おろすかぜさえてやゝこほりゆく志がの大わだ

11309 此あさけかゞみの山のかげもみずさゞ浪遠くこほるうみづら

11310 旅人のかよふばかりに成にけり氷そふらしすはのみづうみ

11311 小舟さすさをのしづくもこほるまで松かぜさゆる志がのから崎」（8ウ）

神無月のはじめつかた、いたく寒きに

11312 秋かけて雪のふりにし年なれば冬もとくこそ寒く成ぬれ

益が母のおもひにこもりけるをとふとて

11313 とけてねぬなみだのつらゝかたしきの袖のこほりを思ひこそやれ

かへし

11314 うちとけてねぬにつけても霜むすぶ草のはら野を思ひこそやれ

なき人の十七回になりぬときゝて　光子

11315 冬ごとにむなしき空や詠らん霜と消にしあとをしたひて

かへし」（9オ）

11316 あとゝへば袖のなみだぞこほりける消てむなしき霜のふるづか

おなじ比、利子がいひおこせたる

11317 思ひいてゝ袖しほるらし十とせ余り七とせめぐるけふの別を

11318 そめつくすもみぢの色をみるにしもなみだの雨や袖にしぐれん

かへし

11319 神無月ふりし別をしのぶれはかげにゐながら袖ぞしぐるゝ

つかの石に苔の生たるをみて

11320 わかれしはきのふけふかとしたふまにこけむす岩におどろかれぬる」（9ウ）

歳暮

11321 うきものゝをしきは行てかへりこぬ老の数そふとしの別ぢ

11322 をしみこし年の日かずも暮そひて近まさりするけふの別ぢ

霜　小坂殿二首

11323 日にけぶるわらやの軒のくちめにぞ猶消がてにのこる朝しも

思

11324 下にのみくゆる思ひのくるしさを何につけてか人にみえまし

いたく寒きあした　益

11325 老らくの身はいかにしてしのぐらん我だにたへぬけふの寒けさ」（10オ）

かへし

11326 うづみ火にうちかこまれてしのげども猶こそさゆれ老らくのみは

雪のあした、定静がとひごとに

11327 山ちかき君が庵のいかならん都もゆきのふりとふりぬる

11328 年高くつもりし身にはふる雪の寒さをいとゞたへやかぬらん

かへし

〔空白〕」（10ウ）

御当座　雪朝早起　東韻

11329 松竹の枝ずりの音にともしけちまだきに吹くる雪の山櫳(マト)

御宮題に　雪朝待友

11330 けさはまだふみ分つべき山里の雪も友待ほどにとはなん

炉辺閑談

11331 思ふどちあたりはなれてうづみ火のかくろへごともかたり相ぬる

雪夜松風を聞て

11332 夜を深み吹もたゆまぬ松かぜのよはるは雪のつもりそふかも

あしたの雪に、日かげのかゞやける」（11オ）をみて

11333 富人のにしきを着たるけしき哉つもれる雪をてらす朝日は

あれまより、雪のふり入たるをみて

11334 けさみれば夜の寒さを又ぞ思ふねやのあれよりふり入しゆき

又ある夜、雪の音をきゝて

11335 あはれとふ人としあらずは中々にひとりぞ夜のゆきはきかまし

ある人の雪の日、鱈を送れるに

11336 わたつみはかひなくふるとみし雪の魚となりてぞはやされにける」（11ウ）

霜月十六日朝、勝義より

11337 風さむみ雪ぞ散くる月かげはくもりもはてぬとよのあかりに

かへし

11338 いかばかり寒かりつらん月かげに雪うちゝれるとよのあかりは

寒きよ、ね覚て埋火にむかひて

11339 暁のねやのうづみ火なかりせば老の寒さを何にしのがん

にしかぜに雪ふりてみるがうちに、若松の色かはるをみて

11340 にしかぜに雪横ぎりて若松の半白くぞはやなりにける

関路雪

11341 旅人もけふはなこそとふる雪のちりかひくもるせきぢなるらん」（12オ）

布淑が雪のうたあまたみせしに、おもしろく覚えしかば、巻のおくにかきたりし

11342 秋にそふかづらの色と思ひしはゆきをみぬまの光なりけり

ゆきさんき朝、直吉とひて

11343 わがみすらたへぬ寒さをしらゆきのふりぬる君はいかゞあるらん

かへし

11344 うづみ〔火〕のあたりながらもしらゆきのふりにけるみはきえぬばかりぞ」（12ウ）

年のくれに　常顕

11345 ことさらにさえわたり冬(ママ)なれば老の身はなほいとへとぞ思ふ

かへし

11346 ふりぬとていとはるべきを霜雪の寒さしのげといふがうれしさ

又

11347 ながらへて猶いく度もこえなゝんなやむことなき老のさかみち

かへし」（13オ）

11348 ながらへてこえんとおもへどとしぐ〳〵にくるしくなりぬ老のさか道

老送年

11349 老そひぬよもこの春は夏はとて秋すぎ年も又暮ぬめり

11350 七そぢの後のよとせに五とせを数へそへんと思ひやはせし

11351 ふりそひぬよも此春はと思ひしを猶ながらへてとしもくれけり

埋火待暁

11352 埋火は霜となれどもあかつきをまつのとぼそぞしらみかねたる

11353 炭そへて明日待まもかすかにて寒さにたへぬねやのうづみ火」(13ウ)
山館冬閑
11354 雪深み此里人のゆきかひもたえて淋しき冬の山かげ
山館冬暁
11355 吹しをる松葉のしもゝあかぼしの光にしらむ軒の山かぜ
11356 水音ぞあらしにかはる暁はかきねの谷やこほりとづらん
冬たつ朝
11357 けさよりは冬もきにけりいたづらになすこともなくあかしくらして
11358 あなさむといふより外のことの葉もなくてみ冬を又やくらさん
かへし
11359 ことノハヽヨシヤナク共雪年ノミ冬モムカヘ給ヘトゾ思フ　良春」(14オ)
寒き朝、すゞめのかしましうなくに
11360 むれきてや朝餌あらそふ霜朝の寒き垣ねに雀しばなく
夕つかた、遠山に雲のかゝれるをみて
11361 いくかへりけふもしぐれて紅の入日のみねにかゝるうき雲
古郷落葉
11362 苔の上にもみぢみだれて古郷の庭は青地のにしきをぞしく
惟徳がゝへるに
11363 春は又とひて盛の花をみん老木にしのげ霜雪の空」(14ウ)
かへし
11364 霜雪のふる木も冬をしのぎなん今一はるの花もみるべく
いと寒きあした、経亮とひごとしたるに
11365 翁ぐさ霜にふしながら朝日かげさせばかしらをまづもたげつる
神無月の比、勝義みのゝくにゝあなる滝のわたりの石もてつくると、人のいへりければ、奉るなん
11366 唐人のいのちながしといひ置きしすゞりにあえて老をやしなへ
かへし

11367 山水も老をやしなふ田跡の石見つゝ久しきよゝをかぞへん」(15オ)
また
11368 たどの山たどる〳〵もとしごえは老を養ふしるしと思はん
香川景柄より
11369 寒き日に病ると聞ぞ安からぬさらでもいたく老にけるみの
かへし
11370 ことさらにとはれけるこそうれしけれやむともよそにきかるべきみの
冬至のどかなるに
11371 のどかなる冬の日かげにあらがねの土にきざせる春をこそしれ
11372 花さかん春のきざせるけふとてや」(15ウ)冬の日かげものどけかるらん
林葉不残
11373 冬のきて風のはやしと成しより秋の色はゝ露ものこらで
11374 きのふみしにしきはけふの朽葉にて冬の林ぞさびしかりける
いたくさむき宵、雨のふりける
11375 よも山は雪とふりもやかはるらんこよひの雨のいたく寒きは
夜更て、みぞれになれゝば
11376 さればこそ雪に成けれ殊さらにさゆと思ひしよひのまの雨
あしたに、あをふしがき木のまたなどにのみ雪のみえければ」(16オ)
11377 あさまだき垣や木のまたにのこらずはふるともしらじよはのしら雪
このみちのことにつきて、黙軒がはりまにくだるに
11378 ほどもなくかへりみやこと思へども立わかれなんことぞわびしき
11379 此度のつとゝは何をかたらましことばの友にあはん日ごとに
かへし
11380 程もなくかへる別にあらざらば此たびいかにかなしからまし
11381 すなほなる心詞をみかしほのはりまぢゆかんつとにせよ君」(16ウ)
あたゝかなる夕、雨ふるに
11382 雨けぶる夕のゝべをみわたせばかすめる春の心ちこそすれ

道のことにつきて、黙軒が滝野へゆきて、久しく便の聞えぬに
11383 はつか余りたつのゝ便けふもなしよくてやあらんあしくてやあらん
カヘシ
11384 ミナ人ノコトノハカゼノハゲシサニアリヤナシヤノ言モセザリキ
11385 み代までも光かくれし玉つくりくだく心はいかゞいとなき
カヘシ
11386 君が手ノ玉ノカズニハアラネドモ光ミユヤトミガキツルカナ
11387 つかるともおぼになゝしそ此度は千とせのゝちの道の山口
カヘシ
11388 此度ニ道ノ山口分ソメテトホクサカユクキザシヲゾミシ
しはぶきを
11389 木がらしのゝは吹しほり翁ぐさおきふしなやむ比にも有哉
カヘシ
11390 シヲレジナ幾冬モヘシ翁グサアラシノ風ノミハフキヌトモ　良春」(17オ)
つがろ人祐興（マサ）、はじめて対面
11391 旅衣はる〴〵ぞきし敷しまの道に名だかき宿をたづねて
初はきつるなりしを、乞るゝにまかせて、ぞきしとす。
かへし
11392 つがろよりはるけき道をのぼりきてとはれけるこそうれしかりけれ
詮より鯛を心ざして
11393 たひらけく君ましませと名にしおふこのいをゝこそ奉るなれ」(17ウ)
かへし
11394 給はるもたひらけくますしるしぞといたゞきまつるはたのひろもの
初雪のあした、こし方を思ひいでゝ
11395 初雪のめづらしきにもふり増る身にはめでこしあとをのみこそ
都のかたに、はちたゝきのかねのはるかに聞ゆるに
11396 雪にけさ聞ゆるかねは消るまも待あへぬよを人につぐとか

寒夜いたく更て、炉火をみて
11397 うづみ火の炭さへもよの更ぬれは翁が髪の色にこそなれ
経亮が文に、たらひの水もけふはこほれる」(18オ)とかけるをみるに、小坂どのに
火ありと里人のゝしるをきゝて、やがてかへしに
11398 心せよたらひの水もこほる日にあつなれすとて人とよむめり
余斎翁へ炭をおくれりけるつとめて、かれより、例の切炭たまへる御志のいとかた
じけなくてぞ、11399 うづみ火のすみつぎがたき都にもおもひをおこす友は有けり
かへし
11400 思ひやるかひもなけれど埋火のすみつぎて猶久にませとぞ
梅のちりたるをつゝみて」(18ウ)
11401 梅もかく咲て散けりこん春も程なかるべし待つけよ君
カヘシ
11402 老ガタメ花ノ兄ナル君ニカエテ春マタマクモ思ヒトハナレ
勝義があづまに下るに
11403 ふじのねの雪のさかりを此度のことばの花のつとにこそみめ
かへし
11404 言のはの花さかぬ身はふじのねの雪をみるともかひやなからん
11405 言のははいひも尽さじ雪ながらふじのたかねをつゝむ袖もが　勝義
人々にゆづり参らすとて、類葉補闕
十あまりむまきといふことを上におきて
闕　言詞　名所　神祇
11406 類葉のむねなるべきをいかでよにいざよふ月のかけはじめけん
かへし、11407 類葉ノカケタル月ノミツルヨニメグリアフコソウレシカリケレ　敬儀
11408 いちぢるきあざりがいひし万葉のことわりのまゝのする此文
かへし、11409 万ハノコトハリノマゝカクウヘニサキツヲシヘヲミルモ嬉シナ　直方
11410 えむことはよしかたくとも万葉の言のことわりしらざらめやは
かへし、11411 ナラノハノ昔ヲゾ思フ万葉ノコトワリヲシル君ニヒカレテ　剛純」(19オ)

11412 ふして思ひおきてぞあふぐいにしへの心ことばの道のまことを
かへし、11413 君ガゴト此フル文ヲオキフシニナベテアフガン世トモナラナン　益
11414 星うつり物と詞はかはれども心はもとのこゝろなりけり
かへし、11415 スナホナル心ニイデン言葉ハイニシヘイマノタガヒアラメヤ　維済
11416 けふよりは悔しと思はじ絶たるをつぎし名所神もみゆれば
かへし、11417 絶タルヲツギシ名所神々も今ヨリシルク人ヤアフガン　光子
11418 つく〲と思へば絶じ古文をつぎしいさをの限なき哉
かへし、11419 呉竹ノヨ、ハフルトモ補ヘルコノ古文ハタエジトゾ思フ　豊常
11420 時にこそあはざらめども此文のよにあらはれん折も有べし
かへし、11421 今ノ時ニヨシアハズトモ此文ハ程モナクコソ世ニアラハレメ　勝重
11422 折を得てよにあらはれば人ごとにもてはやすべき文ぞ此文
かへし、11423 十アマリ六マキノ文ノ時マタデヨニアラハレン事ゾシラル、　栄安」(19ウ)
11424 あつめしは入江よしまさましきに筆のあとさへたゞよしぞかし
かへし、11425 アツメ置テ世々ニツタヘバ万ハヲタゞヨシトコソ人モシルラメ　直吉
11426 ます〳〵にうつし〳〵て世に広くあらはれぬべきことはかりせよ
かへし、11427 マキ〳〵ヲミルニ付テモ此文ノヨニアラハレン時ゾマタル、　経亮
11428 輪転之後生(ママ)れん人はみなことばの道のかへるをぞみん
かへし、11429 オノヅカラ後ニ生ル、人ハゲニコトバノ花ノ時ニアヒナン　盛亮
11430 むかつをのたかきすがたのあらはれば谷の小草は色やなからん
かへし、11431 人々モアフギミルベシムカツヲノタカキコトバノ世ニアラハレバ　知乗
11432 まき〳〵をおとさでつてよ久かたの天のたなはしふみわたるまで
かへし、11433 ツタヘテン天ノ下ニハナベテコノ文ミヌト云人モナキマデ　元長
11434 きのふより遠にうせしはいかゞせんけふより後を久につたへよ
かへし、11435 今ヨリハ久ニツタヘンナラノハノ散ウセシ事ノヨシヤアリトモ　定静」(20オ)

戊午冬十二月望　蘆庵」(20ウ)

〔白紙〕」(21オ)

此一日二日の寒如何。たひらけくわたりおはしゝにや。けふなどはとひまゐらせんとこそ思ひ候ひしが、けさのけしきのめづらしさ、中々なるあとはいとはしくやおぼされんとて、ことさらにあさき心のあとつけば深きみぎりの雪ややつさん。常はうと〳〵しかりしが、雪としいへば、澄月老人と贈答し給けるよしをきゝ、おきしはいかに

11436 くらべこしかしらの雪の友かゞみけさはひとりのかげや淋しき

かゝるをりは誰しもふりしことのみ思ひ出され候てなん。猶遠からずとひ参らせてなん。あなかしこ。此一品たい〳〵く候へども、文のしるしにのみなん、御めにふれ候ば、たれにも〳〵給はせ候へかし。しはす十六日」(21ウ)

此比の寒さのいと〳〵たへがたきを、たひらかに安けくしのぎたまへるなんめで度こそ。やつがれはいにしやまひのなごりにや、さいつ比より朝な〳〵腹いたういたみ、たゞふしにふして、例のまうづべきわたりにも得まからねば、いづちも〳〵得とひ侍らで、過つるをかへりてけさしもおはさましかば、ふすまかづきながらいかでなめげにみえたてまつらん。立はしりてよもぎのかれ葉をだにかきはらひ侍らんを

11437 ことさらにふみもてとひし雪にこそふかき心のあとはみえけれ

こぞまでもとひとはれしあとを聞おきたまひて、とひたまへるなんいと嬉しき

11438 影消しことしは雪を友かゞみひとりむかひてしのぶ古事

おぼしやりたまへかし。くだものをさへ給つる、いとなん」(22オ)かたじけなき。きのふもいたく寒に、うて、御かへりさへけふになり侍にたり。あなかしこ　十七日

故澄月法師霊前へ　白檀一包

11439 こぞまでもかたみにとひし古ことを雪の下にも思ひいづらめ
11440 山かげに一木残りてふる松のふゞきにむせぶ声ぞかなしき

剛純が行法みてるよしを聞て

11441 日をへつゝみてるも嬉しさはりなき此よばかりの願のみかは」(22ウ)
カヘシ、11442 サハリ多キ中ヲシノギテ後世ノ為トテ法ノ道イソグ身ゾ

布淑が消息の序に

11443 とし毎のまどゐを思へばあはた山ゆきみまほしきけふにもある哉
かへし
11444 ともにみぬことをぞいひし白川の望の円ゐの月のよのゆき
是正より
11445 山ちかき都はさぞなあたゝけき南の国もみ雪ふる比
かへし
11446 都さへよそに詠る山里の冬のさむさを思ひやらなん
国のかみ是正がもとへいり給へりと聞て
11447 家のなの猶しもよゝに高垣の松のさかえを思ひこそやれ」（23オ）
雪の日　えん女
11448 君はさぞつもるをまつの下いほに間なくも消る雪やをしまん
11449 のべちかき君があたりを思ふぞよ雪げのかぜのけふは寒さに
かへし
11450 とく消る日かげさへうし松のゆきまつは千とせをふる心ちして
11451 君にこそみせまほしけれ老らくも寒さ忘れし雪のゝ山を
盛子よりは、11452 君はさぞ野山の雪をみても猶ことばの花の色をそふらん
11453 四方山もかくれぬ君はいほよりはゆきのひかりもわきてみゆらん」（23ウ）
かへし
11454 ふりつもるけさの光にうづもれてわがことのは〔は〕雪のしたくさ
11455 ふせにける身にはあたらし君にこそ野山の雪はみすべかりけれ
落葉埋橋
11456 川水にさらし残せるにしきかとみゆるやつもる橋のもみぢば
11457 吹おろす風のかけたる川ばしはちりくる山の木葉也けり
寒草蔵水
11458 しをれふす芦のかれはにうづもれてすむともみえぬこやの池水
11459 飛さぎのおりゐざりせば沢水のありとも知らじのべのかれ草」（24オ）
雪埋古橋
11460 みるまゝにせたの長はしうづもれぬいぶきおろしに雪ふゞきゝて
11461 石上ふるの高はし雪たかし老てはいかゞふみわたるべき
炭竈雪
11462 みどりなる松はみゆきに埋れて煙まがはぬすみがまの山
池水氷満
11463 昨日までとぢ残したる池水のみ中も今朝は氷はてけり
11464 池はみな氷にとぢぬむべしこそけさ水鳥の床かれにけれ」（24ウ）
たゞまさが文のおくに、11465 ながらへてともにことしもくるゝまでかはらぬ文の便りうれしき
かへし
11466 もろともにかはらぬ便聞つれば猶あはまくのほしき君哉
円深より、としのくれのたよりにおくれる、11467 ことのはの色さへにこそかはりけれ雪のみ山のたにの下くさ　とありしかへし
11468 たへてすめ雪のみ山のふることを思はゞひえの山寒くとも
11469 あさな夕なあはれとぞみる庭が辺を君がやどりの松にたとへて　とあるに
11470 君をわがまつをみるごとかしのみのひとりや法の道もとむらん」（25オ）
残菊薫袖
11471 おくしもにうつろふべしとをればわが袖にも菊のかこそしみぬれ
11472 花の色は霜に移ふ比しもぞ我袖かけてにほふしらぎく
山路時雨
11473 松しげき山路をゆけば山かぜにふらぬまもなきしぐれをぞ聞
11474 槙ひばらしげき山ぢは袖におつる雫に空のしぐれをぞしる
水鳥
11475 広沢の水中あしべにむれ〳〵ておのが友どち遊ぶをしかも
11476 夜もすがらはぶきさわぎし水鳥の朝日にむれてあそぶしづけさ」（25ウ）
雪上浅深
11477 吹ためし垣ねをみればしら雪の深さ浅さはかぜのまに〳〵

11478 枝すりもや落つもるらん外よりも松の木陰の雪の深きは

寒芦処々

11479 おく霜はわかじを芦のこゝかしこいかなるえにか冬がれぬらん

11480 波にふし氷にたちて村芦のこゝもかしこも霜がれにけり

山家冬夜

11481 山里は竹のすのこの下さえてふしぞかねぬる冬のよな〳〵」（26オ）

11482 冬夜のたけのかけひは音たえて松の嵐の声のみぞする

11483 冬夜の更てたきそふほたの火のあたるも寒き山かげの庵

時雨

11484 いく度か雲かゝるらん神無月まなくしぐれのふるの杉むら

11485 山かぜにはるゝあとより時雨きて庭はおちばのかはくまもなし

11486 冬きては時雨る雲と日のかげのまだら衾を山もきてけれ

11487 夕日さしあるはしぐれて紅のむらごにみゆる冬の山々

11488 神無月まだしかりつるもみぢばもけふのしぐれにそめやはつらん」（26ウ）

寒松

11489 落葉して異木はのこる声もなし寒き嵐は松にのみこそ

11490 寒けさをいかにたへてかちとせふる松ばの霜の明がたの色

11491 冬されば夜がれぬ霜にたへてふるみどりも寒きをかのべの松

11492 朝な〳〵松のはしのぎふる霜はさてももみぢぬ色としらぬか

11493 冬きても葉がへぬのみぞかぜ霜にかしげし松の色のさむけさ

鳥翅払雪

11494 花と見し冬の林の雪散らず鳥のはぶきや春の山かぜ

11495 あかざりし花のはやしの山かぜを鳥のはぶきの雪にみる哉

11496 水面より梢にうつるをしがものはぶきに雪を又ちらすかな

11497 ねぐらとるはぶきに鳥のこさすは雪にやをれん軒の松がえ」（27オ）

あかつき嵐のいと寒かりければ

11498 あかつきの老のね覚のはだ寒きあらしのかぜに冬はきにけり

あかつきにかごとばかりしぐれたるに

11499 暁の老のねぶりはかすかなるしぐれの音にさまされにけり

のどかなる日に北のしぐるゝをみて

11500 神無月こはるの空をみわた〔せ〕ばけふもくらまのかたはしぐるゝ」（27ウ）

〔空白〕

11501 もみぢゝり雪もふりなばとし暮て又一しほの老やつまゝし

11502 あすも猶雨しはれずはもみぢばのたへずぞちらんかぜ吹（ママ）とも

夜更ていといたう雷とよみけるに」（28オ）

11503 水無月に大水あるもあやしまじ神無月にも神ぞなりける

冬月

11504 夜を寒み霜やふるらんてる月のさやけき影のうすぐもりぬる

真乗院鈞がきにそへて、11505 天つ日のめぐみかしこみ山がきの生れしさがも改りけり　かへし

11506 山がきのしぶ〳〵きこと改てむべあまつ日のめぐみかしこし」（28ウ）

谷残菊

11507 谷かげは木々にや霜をおほふらん冬もうつらでのこる白菊

いと寒き風ふく日、千鶴、11508 健に在と君は老らくの寒さいかにといとふ朝風　かへし

11509 ともすれば吹たふすべき寒かぜにたてる老木の心しらなん

又、11510 病ある身をば思はで老らくの君に寒さをいとはれぞする　かへし

11511 我はゝや八十にちかく老はてぬわかくてやめる身をばやしなへ」（29オ）

直方が菊にそへて

11512 長月の秋におくれし菊ながら露なぐさまばうれしからまし

11513 やすくます君がたよりをきくの花きかまほしさにをりてこそやれ

折から人おほくきこみたれば、かへしとはなくて

11514 けふまでも霜にかれせぬ菊みればふりのこる身も友はありけり

となんいひやりし。

残菊列雪

11515 年さむみ移ふきくを秋の色にをり〳〵かへす庭の白雪」(29ウ)

正誼がいひおこせたる

11516 身にさゆる冬のあらしに山がつのあしの庵はよきて吹なん

かへし

11517 霜がれにたふれずたてるあしの庵は君ふせぐとて風やよきけん

又かれ、11518 春またでとはんとぞ思ふ過し秋あかで別し君がいほりを

かへし

11519 老ぬれば春はまどほし年のうちに今一たびはあふよしもがな

錫孝がいひおこせたる

11520 都べはなべて錦と成ぬらんさぞないませる君があたりも」(30オ)

かへし

11521 庵のよもは錦ときけど足たゆみたちいで、みぬ老ぞくやしき

博篤がやまひする身をいたはれといひつかはせしに、かれより

11522 みるごとに袖ぞぬれけるなを思ふ君が情の露の玉づさ

かへし

11523 つゝがなく有へてこそはやちぐさのしげき道をも分つくすらめ

冬朝

11524 日影さす垣ねの小田の霜どけに朝餌あらそふむらすゞめ哉

11525 朝げたく煙も寒しいづる日のかげさしくもり雪ふゞきゝて」(30ウ)

11526 出る日のかげ遅けれや朝げたくけぶりもさむし山もとの里

11527 朝日かげまづさす西の山もとの里は冬さへあたゝけくみゆ

冬夜

11528 はだ寒みいく度となくね覚して夜長に冬ぞ老は侘しき

11529 さえとほるかねのひゞきにねやのとの霜になる夜のけしきをぞ思ふ

禁庭の花とて、白菊を宮様よりたまはせたるに

11530 久方の天つ雲ゐの花なれ〔ば欠カ〕みやまおろしにけふこそはみれ

風に雪のちりくといふをきゝて」(31オ)

11531 やま風に雪のちりくといふめればつもるをみるも程やなからん

朝に氷の初たるをみて

11532 けさよりは水もこほれり老のなみ立ゐぞいとゞくるしからまし

たまはせたる菊を千鶴にわかちやるに、かれ

11533 くだりつる雲ゐの庭のしらぎくをめぐむも君が光なりけり

かへし

11534 心あるみ山おろしに及なき翁もみつれ雲のうへのはな

この花もちかへれるずさ、景光がよめる、11535 及なき雲のうへなるしら菊を天が
下とてゝにぞふれつる。

これがゝへし、千鶴、11536 仙のやどにすめれば雲のうへの花も手にはふれけん」
(31ウ)

さぬき寿光〔へこ〕の分つかはすに

11537 雲のうへの花みんことのかたければおしてぞおくるかれはすらめど

義謐が向炉火といふ題に、11538 むかふわが心もいつかうづみ火の灰となるべきこと
をこそ思へ　とあるに書そへたりし

11539 炭のごとつぎもてゆかばいかでさは君がおもひを灰となすべき

経亮が文に、11540 さむかぜをとひもまつらず此比のしはぶきやみの程をいとへば

11541 さむ風をほどよくしのげ此比のしはぶきやみはおもりもぞする

又、11542 いましばしやしなひてよとの給し翁がことをまもりてぞをる」(32オ)

11543 なよたけのよそぢ過なば心せよわかきさかりは遠ざかるべし

又磯谷が舌瘡を、11544 磯谷もしたの病のいえかねしいかに守らば心よからん

かへし

11545 わかのうらの玉も拾はん磯谷のしたの病ぞうしろめたけれ

霜月こゝぬかに喜之が身まかりし。十四日につかはす。

霜のごときえたまへりときゝしをりは平ごゝろもうせて夢かとたどられしを、日を
ふるまゝうつゝなりけりと思ひ、さだめらるゝぞかなしき。過したいめに、」(32ウ)

いとよはうなやみたまへりしかど、もとよりつよきかたおはせば、いんさきもとし
に二度死出の山みてかへりにしと聞えたまへれば、さりともこの冬の寒さをだにし
のがれば春はすがく〵しうもなりおはせめと思ひしぞ、はかなきあいなだのみなり
ける
11546 こん春の花〔は〕ともにと思ひしをゆきをもまたできえにける哉
11547 二度はみてかへりにししでの山こたびはいきてなど音もせぬ」(33オ)
霜月十七日、布淑、11548 うとかるをいぶかりやせむかつらより月かはるまで君をと
はねば　かへし
11549 君にわがあふひすくなみあら玉の月のきえゆくことをこそ思へ
この初旬より痁おこりてなやましければ
11550 仙も疒をいたゞかば雲にのるともおちぬべらなり
直吉が三井に行ける夕、雨いたくふれる又のあした
11551 冬の日は道ゆくほどにとくたけてうちかたらはゞ暮やしつらん」(33ウ)
11552 さらでだにあしき山路を夕やみの雨にぬれつつかへりまじきや
11553 此朝げいかゞおはする病る身のつかれやしぬるさはりやはせぬ
かれよりかへし
11554 ゆきつきてまだむつがたりせぬうちに雨さへふりて日は暮にけり
11555 みのかさはかりてきしかど風早みよこぎる雨にぬれて帰りし
11556 うしろやすく覚え玉はば此朝け思ひしほどはつかれしもせず
11557 雨かぜの草木は袖をさゝへしが身のやまひにはさはらざりつる
北村〔ママ〕が身まかりて三とせになりにけるに、兄の歌一つとこふに」(34オ)
11558 あと、へば三とせの霜のふるきよを今もみるごとうかぶ面かげ
雪
11559 雪はたゞ入日の後にふりやみて消をいそがぬ夕ぐれのいろ
早梅
11560 年のうちに春のきざしの有としもしらじな梅のにほひ初ずは
11561 としのうちに春のきざしは異木にもあらんを梅ぞさきてみせける」(34ウ)

山宴歌
11562 花みれど盃とれど無人をおもひいでなばたのしくもあらじ
毎歳十二月十五日、満会催宴。今年延年、喜之、元迪死亡、両人中陰。維済故障。
仍止宴也。
初雪の朝、経亮より、11563 わがやどはふるほどもなき初雪もつもりやすらん山かげ
のいほ
かへし
11564 里にふるほどもかはらじこゝはまだ山〔深〕からぬ庵のはつ雪」(35オ)
又かれ、11565 朝戸出にあはたの山の冬がれのながめやまさんふれるしらゆき
かへし
11566 あはた山あはとみるまにかづきしてふるかひもなきけさのはつゆき
紹子がよめる、11567 いとふかく霜のおきしとみるがうちにとくぞ消ゆくけさの初雪
かへし
11568 初雪のとく消ぬれどふりしみの寒さは深き霜にまされり」(35ウ)

六帖詠藻　冬六

氷にもみぢとぢませたるかた
11569 あさな〳〵もみぢとぢそへ川波のよるのこほりのけぢめをぞみる
初雪の朝、故喜之がとひしを思ひいで〔ゝ〕
11570 消かへり思ひぞいづるふるきよの面かげうかぶけさのはつ雪
経亮より、此比の初雪よりもまさりて
11571 いさゝかの雪うをなれどあぢをよく思ひし故に奉る也
かへし
11572 此比のはつゆきよりもうずしほをはる〴〵こしのたらはめづらし」(1オ)
初雪の夕、豊常とひきて、11573 はつゆきのめづらしきにもとし〴〵にふりつむ老の
うへをこそおもへ　といふに
11574 ふりまさる老をあはれにことのはに雪の寒もうち忘れぬる
この人かへりていやしきにふるに、むかし、かうやうの折をすくさずかたらひし
人々を思ひいでゝ
11575 しらゆきのふりにし友をかぞふれば我ばかりこそ消のこりけれ
常之、酒たづさへきて
11576 君がいとふあとも思〔はず〕たづねきぬひとりみるべ」(1ウ)き雪にしあらねば
11577 よしあしもしらぬなにはのみきなれどけふとふつとに奉るなり
11578 ふるゝ身は雪のあしたもたれこめてあとはいとはず友をこそまて
11579 うれしくもおくりける哉つのくにのなにはの酒はよしとこそきけ
会津中沢要人といふものきて、日本紀よみはてたれば、竟宴の歌をこふよしなり。
いなみてかへしつ。くるつ日、又きて、11580 名にめでゝ露のいほりの門にたつあさ
な夕なにうかぶことのは　とかきて又こふ。名を常逢とかけり。芦の字を露とおも
へるにや。かほどの歌よみつかはせることも、せんなきことゝおもひて、かゝる歌
を直吉手して、その人のかたにやる
11581 言葉のあしはいほりの門なれば露もちらさじい〔く〕かたつとも」(2オ)

雪朝畑
11582 山里のながめいかにと思ひやる君がいほりのゆきの明ぼの
と申こしたるに
11583 ふりて身のやめればけさもたれこめてちかき野山の雪をだにみず
山家夜霜　小坂殿御当座
11584 軒近き槙のみしたりおくしもにしらみて寒き夜の山かげ
浄聖院の、けさなん、故郷へたつとて、立ながら別れしに
11585 こん春を契てけさはかみつけのつく田の人にわかれぬる哉」(2ウ)
11586 〔こん春〕を契はおけど老はてゝ病しあれば末ぞしられぬ
直方より、11587 年たかき君いざこそと思ひやる老はてぬみもたへぬ寒さに　とて、
たらをおくりたるに
11588 年つもる老のさむさもわすれなんたまはる魚のゆきにめでつゝ
年のくれに、敬儀がきたるに、さき立し人のうへなどいひて、盃をさすとて
11589 まづかれし草葉をぞ思ふふりのこるわが松かげにとしをゝしみて
敬儀
かへし
11590 とし暮てよはことしげき此比も常にかはらぬ松の下庵」(3オ)
かへし
11591 深みどりかはらぬ松も白雪のふりて消ゆく年やをしまん
としの暮に、余斎老人へ例のごと、炭おくるとて
11592 すみつぎて久にませとてとし〴〵に同じものをぞ奉りつる
かへし、11593 あるかぎりすみかたづねておくらるゝあつきおもひを何につゝまん
又かれ、11594 何をかも年をやさしと思ひしは老がためなるをしへなりけり
かへし
11595 いたづらにけふまでへつる老がためをしへたりともさていかにせん」(3ウ)
千鶴が、わがゝたにすみ初とて
11596 ことのはのしげれるやどにうつりきて花のこのめのはるをこそまて
11597 わけいりて猶たづねてんことのはの庭のをしへのみちのすぢ〔一脱カ〕

11598 ことのはのをしへはおのが一すぢの心のみちをわくるばかりぞ
11599 草つゝみやまひあらせずいかにせば君こそわけめふるのなかみち
くるつあした、かれ
11600 長閑なる都は冬もあさ霧をはらふ野山の風だにもなし
11601 冬さへもかゝる野山のあさぎりのたちゐにあかぬけしきをぞみる
11602 あさぎりのかゝる野山もあら玉の春はかすみの光とやみん
11603 春秋にかはるけしきも冬ふかき霧にこもれる野山とをしれ」（4オ）
智乗がよめる、11604 都べにあまたのとしはへたれどもそれといふべきことのはもなし　とあるに書そへたりし
11605 もゝたらず八十にちかき我もしか心にかなふことのはぞなき
雨ふりて、いとのどかなるに
11606 うちかすみまだきに春といふばかり雨のどかなるとしのくれ哉
寒中暖気なれば、こんとし、あしきよしいへば
11607 こん年の人のうれいとならざらば雨にくれゆく冬はなげかじ
とつぶやくをきゝて、千鶴がいへる、11608 よの人をあはれぶ君が老そはるとしをぞ我は又なげきつる　うちかすとい へるには
11609 うちかすむ雨とゝもにや久かたの」（4ウ）空よりとしのふりてゆくらむ
又かれ、11610 うみ山をへだてゝ遠き故さとのとしもけふとやくれて行らむ
11611 関すゑばいづこにすゑん天ざかるひなも都もとしぞ暮ゆく
貫之主の真跡を木にのぼせたるを、宗弼法師して、千蔭にこひたる、きたれりとて、除夜にもてきたれるいやに
11612 ふる文をとしこさせじとこよひきみたづさへきますことぞうれしき
かへし、11613 世人の立さわぐめるとし波のひまもとめしもみちのためなり
かへし
11614 みちの為おもふ心の深ければふかきさかひに分ぞいりなん
11615 分いらば君のみならでよの人のまどふこゝろのみちしるべせよ」（5オ）
かへし、11616 しるべせんことはしらねどことのはを分つゝいらん深きさかひに

かの一まきをみて、直好、11617 とし波のよるぞ嬉しき都べにけふきの川の水茎のあと
かへし
11618 水茎のあとをしみればとし波を千へにへだてしものとしもなし
宗弼、11619 きの川の水にうつさばおのがじゝむかふ心のちりもみえなん　このうたの、ことにおもしろければ
11620 うかぶべき心のちりもいさぎよききの川水にうつしならはむ
宗弼、11621 水ぐきにうつせるわざもあればこそむかしのあとをかくとゞめけれ」（5ウ）又、11622 かくしつゝかたるまに〳〵まなびなばすぐる月日もさのみをしまじ
かへし
11623 くれて行としのをしさもわするべくなほかたりてよ大和ことのは
けふとなりて、雨はれかたなるに、あす春たゝんとするに
11624 あすありと思ふ心のをこたりをけふと成ては身にしられける
除夜、としをゝしみて、いときなきむかし、春待て、いもねざりしを思ひいで、
11625 春待といもねざりつる我もわれ夜も同じよをゝしむとし哉
11626 かゝげつゝをしみ明さむ一とせの光ともしきともし火のかげ
11627 をかざきにをしむことしのなごりとてあはたの粟のもちひをぞやく
暁鐘を聞て」（6オ）
11628 声のうちにをしむことしはつきはてゝはるにやならむあかつきのかね
川辺山家深雪のかたに　正次之頼
11629 いまよりは川音をのみ友として雪の下にぞ春をまたまし
竹のまろね　冬夜
11630 よをさむみめのみ覚つゝ霜さやぐ竹の丸ねぞふしうかりける
さわたる雲
11631 一なびきさわたる雲やかぜ早みとほ山めぐるしぐれなるらん
しみ　こほり　夫木　竹霜

11632 吹しをる朝あらしにもはらはぬは竹葉のしもしみこほるらん」（6ウ）
11633 今よりは賤やわぶらむたきゞこる山下みちは早しみにけり
あさま
11634 月のためあさまにすめる庵なれば冬は嵐をよくかたぞなき
かはける声　落葉
11635 夜はに散このはの音はかはけるをいかでかたしく袖のぬるらん
11636 荻の葉（マヽ）朝のしもや消ぬらんかはける声の風にみだるゝ
雪かく　雪
11637 猶ふらばたふれやするとかたぶけるねやの雪かく冬の山里
11638 とはれねば門のゆきをもかゝぬまに軒にひとしくつもりぬる哉」（7オ）
うゑ木
11639 冬くればうゑ木の木のはちりはてゝよそのたかねを宿にこそみれ
くちなし色
11640 白たへの雪のふるべきしるしにはくちなし色になびくうす雲
11641 そらよりは雪ふるべしといはねどもくちなし色の雲にしらるゝ
初冬　宮御題に
11642 冬きぬとしぐれ初たる程よりもふり行老の袖はぬれけり」（7ウ）
落葉
11643 いにし秋みるべき契わがあれやちりてもかぜのつたのもみぢば
冬夜長
11644 おほらかにおぼへるねやの埋火は消はてゝしもひまぞしらまぬ
宮御方十月五日画題、松なびきて、風はげしく、うす紅葉の、これるかた
11645 吹しをる松かぜ早しそめ残す秋のこのはもさてやちりなん
この秋、二夜ともに月くもり、すべてくもりがちなりしに、冬になりて、いとさや」（8オ）けかりければ
11646 冬さむみ人もながめぬ比しもぞ隈なく月はてり増りける
よも山のもみぢも、いまは散なんとおもふ比、宮へまうのぼるとて、みちすがらみるに、山々にしきはれるごと、みえければ
11647 秋風のたち残してやみせつらんにしきをはれる冬の山々
山々のふもとに、ゆふ日のさすとみる、ほどなくくれければ、11648 山々のふもとをめぐる夕ぎりにしばしにほへる冬の日のかげ」（8ウ）
枯野曙　宮御題
11649 一年の詠を夢になすものはかれのゝ原の明ぼのゝ色
夕網代
11650 川上の山のかげより暮初てあじろのきりにほふかゞりび
11651 山かげのあじろ（ト）やまだき暮ぬらんかゞり火にほふうぢの川ぎり
11652 山かげはまだきに暮てたつきりにやゝかくれゆくうぢのあじろ木
初雪のふりたるに
11653 初ゆきのめづらしきにもふることを思ふは老のつもるなるべし」（9オ）
しめじを心ざすとて、敬儀、11654 得しまゝにたてまつるなり君をわが思ふ心のたけとみなすな
11655 すなほなる心たかさはえしまゝをおくられにけるたけにこそしれ
夜、ふかくうちしぐれたるに
11656 夜をふかみしぐれにけらしやまかげのかやゝ軒にしづくおつなり
あだ雲　夫木
11657 今はよにふるかひなしと思へばや時雨しあとは消るあだ雲
みづなみ
11658 みるがうちに池の水なみこほりけり山下かぜの吹のまに〳〵」（9ウ）
法禅法師、冬至梅をおくりけるに
11659 此冬も猶ながらへて年のうちにはるのきざせる梅をこそみれ
少しあたゝかなれば、夕に入日をゝしみて
11660 風なぎし夕は冬も窓あけて西に入日をゝしみつるかな
冬興　宮十二月々次二首
11661 月ゆきに心うかれてさす舟は天の川にもゆくかとぞ思ふ

11662 ともにいざゆきの山ぢのかへるは舟にてぞみんもたひたづさへ
11663 夜もすがら舟さしくだし月ゆきの光わかる、さかひをもみん
冬花
11664 あらがねのつちにきざせる春のきを冬よりみするうめのはつ花」（10オ）
11665 つちのうちにきざせる春を冬木より咲てみするは梅の花のみ
水鳥　同十一月御当座
11666 松かげのみどりをつめる池水にうかべる鴨もあをばなりけり
なが月末つかた、正誼より、11667 はつしぐれふるに付てもみやこべの山のにしきを
思ひこそやれ　といひおこせたる、十一月初かたに返し
11668 時雨しもきのふとふりてけふは、や染しもみぢもあくたとぞちる」（10ウ）
霧ふかきあした
11669 朝霧の深したてば山里もわたのと中のこゝちこそすれ
かぜなくて、吹とよめる。金葉〈庭の花もとの梢に吹かへせちらすのみやはこゝろ
なるべき〉
11670 もろくちるもみぢをさそふつてごとに松をつらしとかこちてぞふく
経房歌合、〈うづもれて梢にかはるみやまぢも又あと絶るゆきくれの空〉
11671 ふみ分しかきねの、べのたび人のかげだにみえず行くれのそら
11672 詠やるこゝちは今や絶ぬらんかぜのふゞきのゆきくれのそら
神無月十日ばかり、いせの久老が、はりまのよこはまむらといふ所にあなりときゝ
て、正誼、博篤」（11オ）ともにまかりて、知人となりて、博篤よみかく
11673 いせのうみ清きなぎさにひらふてふ玉の光をけふこそはみれ
といへりけれど、こたへもせず。やのあるじに
11674 霜ゆきに猶色きほふ松のはのかげをたづねて立よりにけり
あるじかへ〔し〕
11675 とはるべき身にしあらねば風流雄の立よる松のかげあはざらん
くるつあした、博篤、久老に随而、曽ねに行。ひとりかへらんとて、
11676 つれてこし友にわかれてこの朝けひとりかへるぞ侘しかりける　といへども、こた
へずと聞て
11677 はりまなるしかまのかちに色うせぬいせの朝けの山のもみぢば」（11ウ）
雪尺ばかりふりて、人々とひく。こぞは、経亮きたりて、歌よみしこと思ひいで、
11678 橋もとの本の契し絶せずはけふのゆきにもあとをみてまし
雪かくとて
11679 ふるきよを思ひいづれば軒のゆきかくまでふかきあともすくなし
敬儀がいへる、11680 けさはさぞ思ひいで、やしのぶらん八十にちかき雪のふること
11681 ふることを思ひいで、もかゝりけるみゆきのあとはすくなかりけり
11682 百たらず八十にちかくふりぬれどか、るみゆきのあとぞまれなる
直方がいへる、11683 月花とならべていへどこのゆきのあかぬ詠にたぐひやはある
かへし
11684 月花にならべて人のいひけるはゆきみぬときのこゝろなるべし」（12オ）
一日ふつかふりたる雪の外はきえぬ。むかひのわらやの南に、むかへる軒のは、の
こりなく、きのふ消たるに、けさはましろなるをみて
11685 軒のゆききのふ消ずはよの程に又ふりけりといかでしらまし
南山閣八景冬一　阿不隈雪
11686 あぶ隈に君をやどしてたれか思ふわたりたえたるけさのしらゆき
11687 君をわがやらじと思ふ心こそあぶくま川の雪とふりけれ
あじろさす　能宣
11688 あじろさしかへるますらをかへりみていくかあらばと日をやまつらん
11689 氷魚とるとあじろさしてぞ谷川におもひもよらぬもみぢをぞみる」（12ウ）
雪朝里　宮御題
11690 あさあらし松吹払ふすゑみえて軒の雪かく山もとのさと
梅のにほへるに
11691 梅がゝのにほはざりせば雪のうちに近づく春を何にしらまし
故喜之が乞て、いんさき、ゆきの歌十首つかはせし
11692 外山にはまだふりそめぬ――

11693 花ならで哀なるものは――

11694 先はれてみしはともまつ――

11695 君がこしあとなりけりな――

11696 春秋に老そのもりの――

11697 冬枯の木のよりふる[ママ]――

11698 一すぢのゆくせをみせて――

11699 沖つかぜゆき吹かくと――

11700 ふるゆきにうづもれてこそ――

11701 ふりつくせ何かはまたん――」（13オ）

山家の雪のこゝろを

11702 まれ〳〵に聞し都のたよりさへおもひ絶ぬるけふのしらゆき

雪ふかき朝

11703 ふりおもる松はあらしにまかせおきて軒のゆきかく山もとの里

正誼より、11704 わが友に先ぞ告つるふく風のさはりもなくて君がましぬと

11705 ふく風にたへてふる木を思ひやれ又一とせの霜ゆきのそら

冬ぞ淋しさ

11706 秋くれて冬ぞ淋しさわすれけるみ雪ちりぼひ梅かほる比」（13ウ）

夜更て松かぜのよはれるに

11707 吹かくる雪やはげしき山かぜにむせぶ松ばの声のよはれる

11708 さしとほるあらしに松の声せぬは夜深く雪やふりつもるらん

明て戸をひらくに、雪いとしろうふれるをみて

11709 さればこそ雪ふりにけれ軒のまつよはのあらしに音よはりしは

博篤より

11710 うづみ火のもとによりそひ寒[ママ]さしのげる君をしぞ思ふ

11711 大かたの人のやみつる病だにうけずて過し我ぞうれしき

11712 草つゝみ病なくしてことし君過しときくぞうれしかりけ［る］

11713 衾きて火にはよれども霜ゆきのさむきは老のつもる成べし

友子より、11714 としたかき君がよはひにあらそひて雪も日かずをふりつもるらし」（14オ）

11715 あらそひて雪の日かずはつもるとも八十尺[サカ]まではあらじとぞ思ふ

けふもかきくらしふる。見るがうちに、七寸八寸ばかりになりぬ。文づくゑによりて、あたりに火桶などおけど、さむさたへがたし。すみすれば水こほり、筆とればこゞへておつ。むかしもかゝる事は有しかど、かうはさむからざりしなどおもひつゞけて

11716 むかしへもかくやは雪にたへざりしふりぬる身こそ悔しかりけれ

11717 のがれ入すみかならずは世人のまたれぞせまし雪の山里

11718 都人みせまほしきは雪のうへに月きらめける夜の山里

ふるきよを思ひいで、

11719 しらゆきに消にし友をかぞふれば身はあらぬよにふる心ちする」（14ウ）

博篤より、11720 思ひやる朝な夕なに大はらやをしほの山の雪のけしきを　かへし

11721 みせまほしあはた山ざきをし[ママ]山北山かけし雪のけしきを

十時賜がやどかへける庭に梅うゑたるに、歌こふにつかはす

11722 冬ごもりうつせし梅にしられけりなにはのはるのやどのさかりは

閑居歳暮　御題

11723 人とはぬやどにはとしのくれざらばよもぎのかれふかきもはらはじ

11724 よもぎふのかげにはとまれ春をまつやどならばこそとしもいそがめ

しはす十九日は、故木村日向守秀辰が三十三廻にあたれりとて、娘清養院より、くだものおくれり。」（15オ）この人は、いとさとき人にて、道に心ざしふかく、そちの宮のいまのごとさかえ給へるも、このさかし人、ことはかりよく、ことわりたゞしかりつる故とぞ聞えし。むかしになくかたらひて、一日もみざりしことなかりしを、身まかりしより、したへどかひなく、わがなすわざのいとなきにまぎれて、わするとはなけれど

11725 とはでへしわがをこたりもみそぢ余りみとせときくにおどろかれぬる

11726 とひとはれみぬ日なかりしいにしへをしのびかへせばうたゝねの夢

11727 この人の身まかりしとし、名所七夕よめり。そのうた
なにはがたあしの一よのほし合にあまもまどほの衣かすらし
宮御の、みよとて給せたる雪中艱苦かける」(15ウ)一帖、魂をうしなひ、身おの、くばかり、よくかけり。その中に、かじきそりなどのかたちあり。古歌にはきけど、めなれぬうつはなり。

表

裏

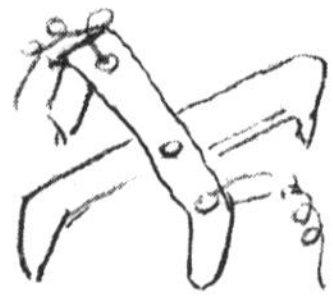

そりげたと云もあり

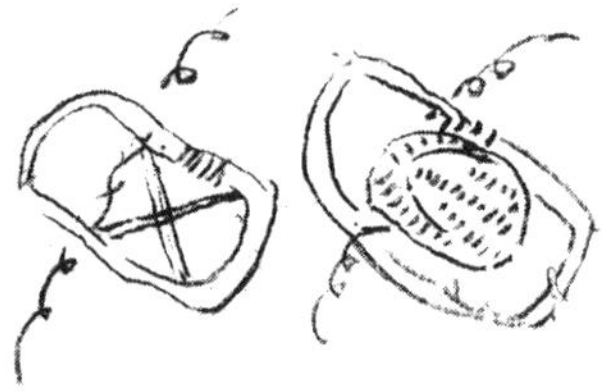

山かんじき、柳にてつくる」(16オ)

橇（ソリ）

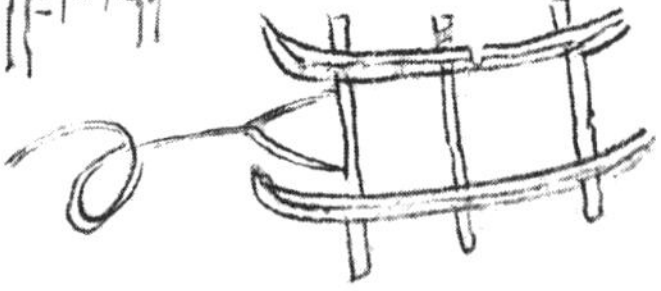

雪がこひ

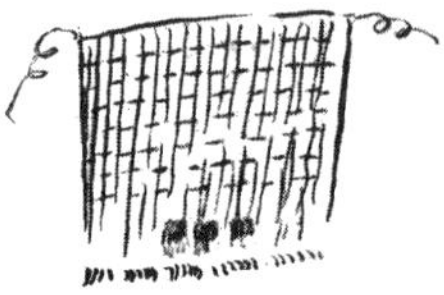

がまはゞき

爪籠草鞋（ツマゴワラヂ）

此外、ゆき沓、あしのほ笠等あり。雪をかく具は、さつてといふ物あり。木をすきのさまにつくりて、縄にてえを結ひ付てつかふ也」(16ウ)

庇笠といふもあり。

灯心草にてつくる。馬のつらとも云。うしろは、ぬひあはせたる物なり

むかしの歌に、そりかじきなどは、き、及びたれど、かうやう之具とは、いまだきかず。折にふれ、事実によらば、そりかじきの外もなどかよまざらん。よまんには、そのすがた、しらでは荒涼ならんとて、大かたをかきおく也。

節分の夜、としのかずをかぞへて

11728 ゆく末にむかしみしごと七十はさかひはるけき跡にこそなれ」(17オ)

11729 とし〴〵にや、ちかよりて八十坂もたゞ一さかのへだてとぞなる

とし〴〵余斎翁に丹波のすみおくれるに、ことしは、ゆきふかしとて、おそくもてまうできたれば、例よりもいたくおくれにたれど、猶さむきにことよせて

11730 つきなしとおもひはなつなともによにあらん程はと奉るすみ

信美に言づて、、とし〴〵おくり物たまへるかへしもせで、わびにて侍り。今よりは、なおくりそと、〔きこえ〕しま、いひやれるなり。

景樹が梅をおくるとて、11731 しろたへにけさふる雪のあざむきてふゝむ梅をもをら〔ママ〕つるかな　かへし

11732 ふゝめれば今咲ぬべき梅ぞとてをらせし雪も心ある哉」(17ウ)

とよみて、いづら〔そ〕の梅はと、ふに、もてこざりければ

11733 梅がえを今尋るにみえざるは折ても雪やふりかくしけん

慈延が鷹司どのにて、11734 いづるより早このとの、こすのうちにゆるされて入山のはの月　とよみて自讃すとき、て

11735 へだてなくてらせる月もすのうちにゆるされて入よとぞなりぬる

余斎よりかへし、11736 つきなくも聞えはなつはかくてよにすみうきほどをおぼししるやと　となん。すこし心得にくし

景樹より梅をおくりて、11737 折てだにわするばかりの梅がえをあわれ尋る鶯の声

かへし
11738 ことしげみ折てわすれし梅がえをさらに〔給〕ぞうれ〔し脱カ〕かりける」（18オ）
かれ又、11739 人心のどかならざる年中に立ける春のをしくも有哉
11740 年の中の春を、しともおもほえずまだきに老のかずしつもれる
直方につかはせし春秋の花月のうたを、としのはてに、みせ〔ママ〕におこせしに、11741 市の中のさわぎもしらぬ君はなほ心しづかに春をまつらん　といひしかへし
11742 市の外もとしの暮まで月花の歌をしみればしづけくもなし
としの暮に、心にまかせぬ事など、布淑かたりしに、道をたてんと思ふ人の、よに心ひかるゝは、いとわろき事也。我かたにありあふものもて、ともかうもしはてしやまひやしなへと言たるに、11743 年のうちの春しる松におほはれてかげの木草ものどによをへん」（18ウ）
かへし
11744 のどかなる春をむかへて霜雪のふる木の松のとしにあえなん
入相のかねを聞て
11745 入相のかねてをしみし年なれど今はとつぐる声のかなしさ
雪のふじを
11746 春秋にみしはものかはふりつもるゆきの盛のふじのおほ山
雪ふる日敬儀が、11747 けさはさぞ思ひいでつゝしのぶらし八十にちかき雪のふること　11748 あはたやまあはれとさこそながむらめふりつもりたる雪の明ぼの　かへし
11749 ふることを思ひいでつゝ詠れば深くつもれるゆきも消けり」（19オ）
11750 とことはにあはれとみつるあはた〔ママ〕雪のふる日はことにぞ有ける
曽丹集〈くゆりつゝ世にすみがまのけぶたきを吹つゝもやせ冬の山かぜ〉
11751 なまやけの炭のかしらのもえもせずくゆりてけぶきよの中のうさ
月くらきよ、雪ふるに、うさぎのすだきたるかたかけるに、むかしのうづまさわたりおもひいでゝ
11752 雪しろく月くらきよの古寺の庭のうさぎもむかしみしごと」（19ウ）

六帖詠藻　恋一

不見恋
11753 我ながらあやしやいつの契とてみぬおもかげの身には添らん
11754 いさやまたみるめも波の沖つ舟うきたる恋になどこがるらん
忍絶恋
11755 しのびこし我中川は絶ぬるをなどかなみだの下むせぶらん
11756 人めのみしのぶのあまのたくなはの絶しつらさをいかでうらみん
月前恋
11757 よしや人おなじ雲ゐはながむとも袖にはかけじ露のつきかげ
契恋」（1オ）
11758 わかれてはうしろめたきをさりともとたのむばかりもちぎりおかなん
寄雲恋
11759 朝な〳〵立わかるともくもかへるくれをたがへぬちぎりとも哉
11760 かへりこん夕わするな峰の雲けさこそつらく立わかるとも
11761 みるもうしなびきもあへずことかたに吹かはりゆく風のうきぐも
寄貝恋
11762 ほしあへぬ袖のうらなみたちかへりいかでひろはん恋わすれがひ
11763 なにはめがかるもに交るうつせがひみのなきのちもあらはれやせむ
11764 あだ波の立もかへらでうつせがひうつし心もくだけはてゝき
寄柏恋」（1ウ）
11765 露ばかりたのめぬ中にいとはやもうき名はよそにもりのかしは木
11766 わが中は古葉ちり行もとがしはもとのちぎりの色ものこらず
11767 柏木のもとのちぎりに立かへりいづるは守の神となるべき
寄巌恋
11768 うちいでゝいつかはみえんあふこともかたきいはほの中のおもひを
こぬ人たのむ

11769 待受てこぬ人たのむねやのとはあけて水鶏のねにぞなかるゝ

寄煙恋

11770 いかにせん思ひの煙末つひにあらはれてうき名にもたちなば
11771 あふこともなだのしほやの夕煙くゆる思ひをいつかかたらん」（2オ）

寄山恋

11772 山鳥のよるは別る契さへかげみぬ中はうらやまれぬる
11773 いづかたにうつりはつらん山鳥のはつをのかゞみかげだにもみず

寄紅葉恋

11774 あだ人の心のいろにくらべてはもろくもみえぬ露のもみぢば
11775 たのまじよことよくいふも秋のはのうつろふとての色にやはあらぬ

寄草恋

11776 わすれぐさおふとしきけばあまの住うらみまほしきすみよしの里

祈遇恋」（2ウ）

11777 たのみこしるしをみわの神杉にかはらぬ色を猶やいのらん

忍恋

11778 心さへ身にそはぬかと思ふまでつゝむなみだの袖をもりぬる

不逢恋

11779 末終によりもあはずは玉のをのたえぬ命をさぞなかこたん

寄江恋

11780 秋にあへず木柴ふりしく江にしあれば袖こす波も色にいでぬる
11781 いつまでか人の心の浅き江におもひただよふ波のうき草

寄沼恋

11782 とはぬまのうきになれたる草なればかつみながらも猶ぞ露けき」（3オ）
11783 水草生る沼のいはがきいはずして深き心をいかでしられん

旅恋

11784 おもひやれなれはまさらでたび衣へだてのみ行中のうらみを
11785 わすらるゝ身には都もたびの空はるけき中と何したふらん
11786 あはぬよは都も同じ露けさを旅ねにのみも何かこつらん
11787 草枕かりねの袖の露けさをたゞ大かたのなさけにもとへ

寄弓恋

11788 我かたによりもよらずもしらま弓心引みんつかのまも哉

寄手向恋

11789 うき度に泪をぬさと手向山恋ぢは神にまかせいでゝも」（3ウ）

寄忍草恋

11790 あやにくにかれ行人をさしもなど忍ぶの草の茂りそふらん

寄蓬恋

11791 分入し心のみちもいつよりか絶てあとなき庭のよもぎふ
11792 しらせばや露分入しよもぎふのもとの契にかゝる命を
11793 あはれとて露分入しよもぎふのもとの心を頼てぞまつ

不逢恋

11794 さきのよにいかにむすべる契とてかくとけがたき中の下ひも

後朝恋

11795 暮またむ命もしらず朝露の何に悔しくおきわかれけん」（4オ）

偽恋

11796 偽のあるよとだにもまだしらでことよきまゝにたのみしもうき

名所五十首内　常盤山恋　恋

11797 かはらじのときはの山のことのはも心のあきにあへずちりぬる

床山

11798 独ねのよはの枕に聞わびぬちりもはらはぬ床のやまかぜ
11799 おもはずよあひみしよはの床山散つもるまでへだつべしとは

切恋

11800 あすといふ命もしらず恋わびぬとはゝいまはの夕ぐれの空」（4ウ）
11801 とへかしな後のよとしもちぎらねば是やかぎりの夕暮の空

互忍恋

11802 たがかたのみだれかまさる袖のつゆしのぶはおなじ中の思ひも
11803 ちらさじとしのぶあまりに人もさぞおくかたやなき露の玉づさ
絶久恋
11804 かれはてし人の心の浅ぢはらいく秋風に露みだるらん
11805 中絶しみをうぢ川のはし柱いく年波に朽のこるらん
寄雨恋
11806 夕ぐれの雨ともならでいつまでかかくふるさるゝみをばなげかん
寄衣恋」（5オ）
11807 うすからん心もしらで夏衣うらなく人をたのみける哉
寄虫恋
11808 恋侘てねをなくはてはうつせみのむなしきからも哀とはみじ
11809 いとはれて絶ぬる中はさゝがにの又かきつがん頼だになし
忍恋
11810 せきあへぬ袖のなみだも心せよわれのみいとふうきなゝらぬを
11811 ものおもふけはひやみえん色かはるなみだは袖によしつゝむとも
名所五十首内　打出浜　恋
11812 うらみてもみるめなきにははまの名のうちいでゝこそ悔しかりけれ
伏見里」（5ウ）
11813 里はあれてひとりふしみの夢ぢさへ絶ねとや吹ねやの秋風
篠原
11814 我中は繁き人めをしのはらやうきふしごとに得しもうらみず
深草里
11815 かれ〳〵にとひこし秋のしのばれてねぬよの露の深くさの里
隔物語恋
11816 それもうしへだつるこすのうちつけにえもかこたれぬ人のことよさ
11817 思ふてふそのことのはもたのまれず心みえなるこすのへだてに
秋恋

11818 月やしるたのめし人もとひこねば一よも千よの秋の思ひを
11819 色かはる心もしらず秋かけてなどたのみけんことのはの露」（6オ）
遠恋
11820 うみ山のへだてを中のかごとにて通ひし文の道も絶ぬる
寄月恋
11821 みるもうし待にいくよかつれなさのかたみにのこるあり明の月
冬恨恋
11822 春をまつ中とはなしにことのはもかれのゝまくず恨わびぬる
寄山恋
11823 契りおく後せの山の後にこそふかき心のまことをもみめ
寄鐘恋
11824 きくもうしよそに成ゆくうき中に待ならひつる入相のかね」（6ウ）
寄千鳥恋
11825 まち更て月もさしでのいそちどりみしよにゝたる声もうらめし
寄雁恋
11826 うき中は秋ぎりかくれ鳴雁の声のみ聞てみるよしもなし
寄煙恋
11827 こりずまにたくやもしほの煙にもたらぬ思ひのほどはしらなん
寄星恋
11828 よひのまにいでゝ入ぬる夕つゞのかげもとゞめぬ中の別路
寄舟恋
11829 うき中はあしかる舟のさはりおほみこがれわびぬといふひまもなし
寄笆恋
11830 たのみこし心はあれてうき中の古きまがきといつなりにけん
寄巌恋
11831 とけがたき思ひは何をたねとてかいはほの中に生はじめなん」（7オ）
寄玉恋

11832 あぢきなやあふにかへなん玉のをのたゆべくもなくくだく思ひは

寄桐恋

11833 あだ人の心のあきにあへずちるなみだはきりの落葉にもしれ

秋恨恋

11834 色かはる人の心のはてはみをうらみにしをるくずの秋かぜ

永屋雅胤亭にて　寄月恋

11835 ともにみし月もむかしのかげならで泪にくもるよな〳〵のそら

寄宿木恋

11836 なほたのむ心もはかなやどり木のねざしかはれる中の契を

寄筆恋

11837 それとなくかきかすめたる筆のあとも心とめても人やみざらん」（7ウ）

寄帯恋

11838 悔しくもはなだの帯のたえぬべき中ともしらでむすび初つる

寄木恋

11839 いさやまたあふともしらでながれ木のなのみながれて朽なんはうし

11840 あだ人の心このはとうつろはゞ何をうきみのまつことにせん

寄笠恋

11841 さしながら朽やはつべきほす人もなみだの雨にぬるゝ袖かさ

寄櫨恋

11842 わが袖はきりの立枝の櫨もみぢつゝめどよそに色やみゆらん

寄衾恋

11843 みせばやなひとりふすまの下さえてねぬよかさなる袖の氷を

寄綱恋

11844 おもひのみまさきのつなのよりあはん契をいつとまつぞくるしき」（8オ）

寄湊恋

11845 つゝめなほ袖のみなとによる波の立かへるべきうき名ならぬを

惜別恋

11846 うらみあれや鳥は空ねとかこちてもつれなくしらむ衣々の空

寄禁中恋

11847 よるひるもわかぬ思ひはみかきもる衛士のたぐひをたぐひともなし

寄車恋

11848 小車のわれやかへりてつらからんむくいはめぐる後のよもうし

祈空恋

11849 それもなほうきみのとがと恋せじのみそぎをさへやうけず成けん

11850 つれなくは絶ねといのる玉のをゝむすぶの神の心さへうき

片思」（8ウ）

11851 あはれとも人は思はぬかたしがひかひなく何とみをくだくらん

ね覚恋

11852 みし夢の面かげしたふねやのうちにさし入月ぞなみだとふなる

　これは澄月がよめる、ね覚の恋の心にてよみ侍る也。澄月、

11853 なみだぞふね

覚の枕そばだてゝみえしは夢か有明のかげ

寄浜恋

11854 八百日ゆく浜のまさごも何ならし人をうらみのかずにくらべば

寄滝恋

11855 恋すてふ名をなゝがしそおもひせくなみだのたきはよし早くとも

はとのなくをきゝて

11856 夕まぐれつまよぶはとよつれもなき人のあたりに声たてゝなけ

寄寺恋

11857 いく夕きゝなれにけるいつはりのあすかの寺のかねごともうし

忍絶恋」（9オ）

11858 重出 忍びこし我中川は絶ぬるをなどか涙の下むとふらむ

寄筵恋

11859 塵よりもうらみぞつもるよな〳〵に払ふかひなき床のさむしろ

寄杉恋

11860 ふる川やかはらぬ色もたのまれず人の心のふたもとのすぎ

寄鶉恋

11861 たのみこし契はかれて深くさの里をうづらのねにのみぞなく

寄鏡恋

11862 よそにだにうつらざりせば山鳥のはつをのかゞみかげへだつとも

寄沼恋

11863 うき中はあさゝは沼の水なれやたのめしことのゆくかたもなき

寄田恋

11864 おりたちてまどふもあやしあはれとも人はみづたの深きこひぢに」（9ウ）

旅恋

11865 夢にだにつれなからずは草まくらむすぶ旅ねもなぐさみてまし

久恋

11866 人よしれ此年月のつれなさにたへし命もかぎりあるよを

寄暁恋

11867 鳥のねに別をいそぐうさよりも待よむなしき暁のそら

11868 あふとみし夢をさそひて独ねのまくらにもうき暁のかね

春恨恋

11869 うつりゆく人に恨のなほぞ添花はことしもおなじ色かに

尋恋

11870 をしへなん心ぞつらきとひきてもあらぬしるしの杉たてる門

通書恋

11871 つらくともかけてもあだにちらすなよしのぶはおなじ中の玉づさ

寄電恋

11872 たのまじなかげみるとてもいなづまのやどりもはてぬ露のちぎりは」（10オ）

寄日恋

11873 めぐりあふ契もあらば天つ日のかげとなるみをあはれとやみん

寄夕恋

11874 此くれのうきにならはであすか寺あすもやまたん入相のこゑ

寄杣木恋

11875 今さらに何と心のひかるらんみをのそま木の朽しちぎりを

11876 わすらるゝみをの杣木のいつまでかつれなき人に心ひくらん

恋

11877 もの思ふけはひやもれんわが袖にたえぬなみだはよしつゝむとも

11878 しのぶるをかごとになして絶ぬるもうき中川のみづの心よ

11879 待わびてぬるよもあらばおのづからとはれしよはを音にだにみん

11880 つらくはとなれゆく中になぐさめてうちいでぬまに年ぞへにける

11881 いはじたゞしらせて後につらからばなるゝを人のいとひもぞする

11882 試におもひ絶ぬといひかへてつれなき人のけはひもやみん」（10ウ）

11883 しらせての ゝちのつらさもしらぬみになれ行中を頼むはかなさ

重枝亭にて　寄車恋

11884 めぐりあはむ契もしらず小車のうしや恋路にみをくだくべき

五条殿　寄篝恋

11885 なみだにも消ぬおもひを人とはゞかはせのかゞりさしてこたへん

矢部亭にて　寄田恋

11886 あふことはいさやいつとも白鳥のとばたの露のみだれてぞ思ふ

寄糸恋

11887 うき中はよりあふこともかた糸のおもひみだれて年ぞへにける」（11オ）

寄忍草恋

11888 みせばやな冬がれもせで我中の人めしのぶの露のみだれを

寄岸恋

11889 つゝめども袖がなみこすかたぎしの松のうきねのあらはれやせん

寄衣恋

11890 よをかさねなれぬるもうき契哉はてはへだつる中のさごろも

11891 うらみわびねぬよかさねてさよ衣むかしにかへす夢をだにみず

寄雨恋
11892 露ばかり袖にもかけじふるさるゝはては夕のあめとなるとも
11893 ぬれつゝも思はゞとはん夕ぐれの雨をかごとにいひなすもうし
寄鳥恋
11894 たのめ置し人も梢の夕がらすしづまるからにねぞなかれける
11895 立さるも中々うしやよそにのみ夕のとりのかげもとゞめず」(11ウ)
寄斧恋
11896 なげきのみなほしげれとや山人のとるてふをのゝ音信もせぬ
寄雁恋
11897 こぬ人をまつ夜更行手枕になみだ落そふはつかりの声
人をはつかにみて
11898 かゝるわがおもひもあやしさだかにはみしにもあらぬこすのすきかげ
恨身恋
11899 わすらるゝ身をかこつにもかはかぬやおきふしなれし袖のしら露
11900 つらけれど人にはかけずわすらるゝみをうら波にぬるゝたもとぞ
絶恋
11901 色かへぬまさきのかづらくりかへしたのめしこともはては絶ぬる
11902 絶ていまおもふもうしやよひ〳〵の人めはなかのかごとなりしを
桂によする恋
11903 てる月のかつらは人の何なれやかげみるからに袖の露けき」(12オ)
寄社恋
11904 はては又よそになびきぬゆふかづらちゞの社をかけし契も
初逢恋
11905 うつゝとも思ひぞわかぬ夢にさへうかりし人にとけてあふよは
病にふして月ごろになり侍りけるに、年のうちに春立けるにおどろきて人のもとへ
いひやりける
11906 思ひきやあはぬよをさへうらみしに年をへだてゝひとりねんとは

廿首当座よみ侍りけるに　初祈恋
11907 貴船川波のしらゆふかけ初て神のめぐみにあふせをぞまつ
忍経年恋
11908 いまさらにみだれはそめし袖の露いく年月かしのぶもぢずり」(12ウ)
馴不逢恋
11909 あま衣なれゆく中をま遠なる契にかへてあふよしも哉
契変約恋
11910 さりともと待受しよのうさよりもたのめてとはぬ夕ぐれの空
待夜深恋　已上
11911 よひのまはかたみにしのぶ人めゆゑ更行空を待もわりなし
偽恋
11912 ことよきは誠すくなき心とも思ひかへさでたのみしもうき
廿首当座よみ侍りけるに　不逢恋
11913 あふこともかたしく袖のうきなみだ終にかはかで朽やはつべき
互契逢恋
11914 かはらじなかたみにかはす袖の露よゝもとむすぶ中の契は」(13オ)
兼惜別恋
11915 わりなしやうきはあふよもみをさらでまだきにをしむ衣々の空
立名恋
11916 立名にもおもひ絶なで下くゆる恋の煙ぞけつかたもなき
心中恨恋　已上
11917 つらくともことにいでゝはいはじたゞ恨はつべき契ならぬを
夕恋
11918 夕々とはぬかごとも絶ゆくややゝわすらるゝ初なるらん
過門恋
11919 けふもまたこしかひなくて杉の門つらさかはらぬ人のいらへに
思昔恋

11920 今さらにしのぶもはかなつれなくてむかしも絶し中のちぎりを

廿首当座よみ侍りけるに」（13ウ）

寄鏡恋

11921 かはらじといふもたのまじますかゞみむかへばうつる人の心を

寄匣恋

11922 明ぬとてなどいそぎけん玉くしげ二たびとだにあはぬ契を

寄玉恋

11923 人めせく袖のなみだの玉々もあふよはなくておもひみだるゝ

寄筵恋

11924 おもひやれよはの秋風身にしめて塵もはらはぬ床のさむしろ

寄舟恋

11925 契しはあともとゞめぬ波のうへにみをうら舟のこがれ侘ぬる

寄車恋　已上

11926 しるや人あはぬなげきをこりつみてうしの車の行なやむとは

廿首当座よみ侍りけるに」（14オ）

初見恋

11927 夕づくよほのかに人をみてしより心も空におもひ初てき

久祈恋

11928 うけひかぬ人のつらさにいくとせかかゝるかひなきもりのしめ縄

契待恋

11929 よひ〳〵に待しよりなほ契り置て更行かねの声聞はうし

逢増恋

11930 つらしともかこつかたなく打とけてあひみし後ぞ恋はそひぬる

惜別恋

11931 かぎりあればおき出てしもしばしとてかたみにしぼるきぬ〳〵の袖

廿首当座よみけるに　寄月恋

11932 在明の月をかけてもちぎらぬをなど我中のうすく成らん

寄原恋」（14ウ）

11933 あはぬまはおもひみだれて面かげの立もはなれぬまのゝかやはら

寄杉恋

11934 恋わびぬいつかは人をみわの山あだに月日のすぎ行もうし

寄鳥恋

11935 たが方にこよひちぎりてとぶ鳥のうはの空なるかげやみすらん

寄夢恋

11936 うたゝねの夢はたえてもみつかずやはかなき中を何にたとへん

廿首歌のうちに　忍かつ恋

11937 いくとせかいはで忍ぶのすり衣かけてもしらじ下のみだれを

祈逢恋

11938 ながゝれと猶やたのまんみしめ縄とけてあふよの末の契も

後朝恋

11939 あかなくに起別つる面かげの又ねの床に立もはなれず

経年恋」（15オ）

11940 つれなくも絶ぬ命よ年月のつらさつもりて老となるみに

あかつきにおきわかるゝに、在明の月のなほのこれるを

11941 いまはとて起わかれ行ねやの戸になほ有明の月もうらめし

廿首当座よみ侍るうちに　寄月恋

11942 あふことのなみだにくもる秋の月それもみしよのかげはとゞめず

寄山恋

11943 あひみては色もかはらぬ山のなのときはを人の心ともがな

寄野恋

11944 みせばやな夢もむすばぬこも枕よどのゝ床の露のみだれを

寄鳥恋

11945 秋風は吹もはらはで散つもる床もうづらのねをのみぞ鳴」（15ウ）

寄鐘恋

11946 かならずとたのめし物をこよひさへひとりねよとのかねきくもうし

寄虫恋　已上

11947 はかなしやあだなる花にぬるてふの夢うつゝともわかぬ契は

廿首の当座よみ侍りけるうちに

寄灯恋

11948 さりともとかゝげ尽して待よはもむなしく明るねやの灯

惜別恋

11949 わかれてはかたみにつゝむ人めをもわすれてしほるきぬ〴〵の袖

忍別恋

11950 つゝましき人めしなくはしばしとて引もとむべききぬ〴〵の袖

廿首当座よみ侍りけるに

初恋を」(16オ)

11951 深からむ恋の山路の露けきもけふよりかゝるたもとにぞしる

忍恋

11952 つゝむわが心もしらぬうきなみだ袖より外にもれやしなまし

不逢恋

11953 あはじともいひはなたぬは池水の底のつらさをくみてしれとか

逢恋

11954 あふことのあらばとこめしうらみさへともにとけゆくよはの下ひも

別恋

11955 あかつきの別をしばし惜むまになみだをそふる鳥の声々

顕恋

11956 つらさにもおもひ絶なで世に広くしらるゝまではなどしたひけん

恨恋　已上

11957 しのびかねもらし初つることのはも思ふばかりはえしもうらみず」(16ウ)

廿首当座のうちに　寄月恋

11958 待いづる有明の月のかげもうしこぬよの数も空にしられて

寄松恋

11959 塩風に色もかはらぬそなれ松なれしかひなき人のつれなさ

寄鶴恋

11960 よる〳〵は袖のみぬれてあふこともなぎさにたてる波の白つる

寄筵恋

11961 独ねの床のさむしろいつまでかみし面かげをしきしのぶべき

寄夢恋　已上

11962 恋々てみるかひもなし思ひねの夢にもつらき人の面かげ

五首当座よみ侍りけるに　寄木恋

11963 うき中はねがたくてのみ年もへぬ岩に生てふ松ならねども

迎称寺にて　冬増恋といふことを」(17オ)

11964 ひとりねにきけば思ひも冬は猶ますだの池のをしのもろ声

これも同じかたにてや　従門帰恋

11965 おもはずよさしもたのめし松のかどあけぬよながらかへるべしとは

恋天象

11966 つれなさはいつをはてとも白雪のうはの空なる詠のみして

隔遠路恋

11967 行通ふ心のみちをわするなよゝしうみ山はへだてわかむとも

旅泊恋

11968 あふこともかたしく袖のうき枕みせばやよるの袖のしほれを

茅屋にて人々あつまりて　秋顕恋を

11969 秋ぎりにかへるとすれど我もしかなくねやもれて名には立らん」(17ウ)

春忍恋

11970 つゝむわが思ひや花にさくつゝじ霞がくれの色ぞこがるゝ

後朝恋

11971 暮またむ命もけさは白露のくやしや何におき別けむ

冷泉殿にて　絶久恋を

11972 かれはてし人の心の浅ぢはらいく秋かぜに露みだるらん

祈逢恋

11973 長かれとなほやいのらんみしめなはかけしかひある中の契を

変約恋

11974 悔しくも人の心のあだ波にかけてたのみし末のまつ山

中納言殿にて　後朝恋を

11975 けさだにもおもひみだるゝ袖の露いかにたへてか起別けん

忍涙恋」（18オ）

恨絶恋

11976 あはでみの朽ははつともせぐ袖のなみだの色は人にしられじ

不言恋

11977 たえねとて恨やはせじから衣あふよへだつる中のつらさも

寄風恋

11978 あやなくもいつまでとてか忍ぶらんいはでやむべき思ひならぬを

後朝恋

11979 今ぞしる音のみ聞て吹かぜのめにみぬ人をこふる物とは

11980 鳥がねは別をつげしなごりぞと又ねのとこに聞もうらめし

少将殿にて当座に　忍涙恋

11981 おさふるもわが心なるうきなみだ袖より外になどあまるらん

11982 つゝみこし涙の色にいでしより袂にさへももらしかねつる」（18ウ）

六帖詠藻　恋二

明石景文旅亭十首当座のうち

寄雨恋

11983 思はずよぬれつゝとひしよひ〳〵の雨もかごとにならん物とは

寄衣恋

11984 うすくなる心もしらで夏衣うらなく人をなどたのみけむ

寄虫恋

［一行空白］

被厭恋

11985 人ぞうきしらでやいとふいとふとて思ひ絶べき思ひならぬを

忍逢恋

11986 うき中は人めしのぶのすり衣かさぬる袖も露ぞみだるゝ

中将殿にて　失返事恋」（1オ）

11987 ちらさじとしのぶあまりにみもわかでおきまがへける露の玉づさ

借人名恋

11988 むすばれてかへるつらさにおもひ侘我ならぬなをかりの玉づさ

寝覚恋

11989 小夜ふかくね覚ざりせば夢にだにみてを明さん人の面かげ

恨恋

11990 絶なばとつゝむにあまる恨とはいひいでぬさきのなみだにもしれ

故中納言殿にて　疑行末恋

11991 たのまじよ人の心のあだ波はかけてもしらぬ末のまつ山

是も同じ所にて　顕悔恋

11992 あらはれし後も尚みん道をだにかねてもなどか契らざりけむ」（1ウ）

顕恋

11993 人まだにゆるさぬ物をわが袖のなみだのなどかよにはもれけん

茅屋にて人々とゝもに悲離恋といふことを
11994 忘るなよかけはなるとも山井の浅からざりし中の契りを
寄野恋
11995 いはずともしれかし春ののべの草色にみえつゝもゆる思ひを
寄月恋
11996 あはれしれなみだに月はくもるともみしよかはらぬかげにすむらん
民部卿殿にて　寄糸恋を
11997 よりあはむ契もいさやしら糸のたえぬばかりを頼むはかなさ
寄夕恋
11998 恋しさはよがれずとひしこし方を思ひつらぬる夕ぐれの空」（2オ）
寄海恋
11999 わたつうみのあまのかるてふみるめなきみをうら舟のこがれてぞふる
寄松恋
12000 あふ事をまつぞはかなきとしふとも人のつれなき色はかはらじ
不逢恋
12001 しらせばや袖のみぬれてあふこともなみだの川にしづむ思ひを
契小人恋
12002 いはけなき心にだにもわするなよ生さき遠く契ることのは
寄柱恋　当座五首内
12003 あふことをまつのはしらのいたづらに名はたちながら朽はてやせん
五首の内　故郷恋
12004 露けさも猶幾とせか古郷にたへてつれなき人をまつらん
纔見恋」（2ウ）
12005 わすれずよ波路へだてゝこぐ舟のほのかに人をみくまのゝうら
希逢恋
12006 うち払ふまくらの塵をみてもしれこぬよあまたにつもる恨は
恨身恋

12007 わすらるゝわがみのうさになしはてゝ人にはかけじ袖のうらなみ
月真院にて　寄忘草恋
12008 言のはのあらずなるよりわすれぐさしげる心のいろもかくれず
寄萍恋
12009 などやかく深くはおもふうき草のねざしとむべき契ならぬを
12010 年ふれどねもみぬ中はうき草のうきておもひの絶るまもなし
冷泉殿にて中院殿手向に　逢増恋
12011 あひみては猶ぞぬれそふ恋衣あかぬ人かをしたふなみだに」（3オ）
悔恋
12012 悔しくもうらみつる哉なごりなく絶てのうさも思ひかへさで
迎称寺にて　通書恋を
12013 つらくとも人めをしのぶ玉づさにくだく心のほどはしらなん
寄扇恋
12014 手になれし扇の風もつたへてよふるさるゝみの秋のこゝろを
夏忍恋
12015 うちしのび我ぞねになく郭公まつをかごとに更るよのそら
恨偽恋」（3ウ）
12016 うらみばやうきいつはりも大よどの待よつれなき人のかごとは
不逢恋（以下七首、重出ノ指摘アリ）
12017 しらずはや袖のみぬれてあふこともなみだの川に沈むうきみを
契小人恋　重出
12018 いはけなき心にだにしわするなよ生さき遠くちぎることのは
五首当座よみ侍りけるに　寄柱恋
12019 あふことをまつの柱のいたづらに名は立ながら朽やはてなん
古郷恋
12020 露けさも猶幾とせか古郷にたへてつれなき人を待らん
纔見恋

12021 わすれずよ波路へだて、こぐ舟のほのかに人をみくまの、うら

希逢恋」（4オ）

12022 うち払ふまくらの塵をみてもしれこぬよあまたにつもる恨は

恨身恋

12023 わすらる、我みのうさになしはて、人にはかけじ袖のうら浪

〔以上七首、重出ノ指摘アリ〕

千首歌のうちに　寄軒恋

12024 人はいま軒ばにすがくさ、がにのいとたのみなき中のあきかぜ

12025 わすれゆく人をしのぶの軒ふりてなみだの雨も人めやはもる

寄岸恋

12026 わすれぐさ生てふものをすみよしのきしもやすると待ぞはかなき

12027 しひてなほまつもはかなしすみよしの岸なる草を人はつむよに

伴蒿渓がりまかりて　恋動物を」（4ウ）

12028 恋わびぬ夢にも人をみづどりのうきねのなみだ氷る夜床は

寄硯恋

12029 動なき人の心は石すゞりたゞすみ筆のよをつくしつ、

12030 とる筆もさしをかれつ、みる石のかたき契をまづかこちつる

伊勢新名所　三津湊を

12031 人をいつみつのみなとによる波のよる〳〵袖になどさわぐらん

寄岸恋

12032 かくぞともいつかは人にいはしろの岸ねの松のとけぬ思ひを

千首の中　寄筆恋

12033 くみてしれいふにも余るおもひをばいかでつくさん水くきのあと」（5オ）

12034 浅はかにおもひなすなよ人めもるわが中川の水くきのあと

12035 わすれゆく人の心をとる筆にあはれとみえんすみつぎも哉

寄槇恋

12036 しぐるとも色にないでそおく山にたつてふまきのしげき人めぞ

12037 袖の色は露のひまなくおく山にたつをだまきを類ひともみよ

寄紐恋

12038 あふことのむすぼ、れ行我中にゆふかひもなくもとくる下ひも

12039 下ひものしるしもいかでたのま、し人の心のとけぬかぎりは」（5ウ）

寄籬恋

12040 しめゆひて何かたのみしあだ人の心の花は露のまがきを

12041 あれはて、露所せきひとりねのよ床は草の笆ともみよ

12042 ねやのうちは古きまがきと成にけりあれ行ま、に露ふかくして

寄窓恋

12043 逢ことをまつとせしまに身はふりて窓うつ雨に袖ぞしほる、

12044 きくもうし夢にあらではあふことも今はあらしの窓をうつ声

無題

12045 色かはる心の秋にあへずなくかりのなみだは袖に落つ、

12046 たのまれぬ心の花よ折てみばおちそしぬべき露はありとも

12047 たのみこし人の心のあさ露にぬれての、ちの袖ぞかはかぬ」（6オ）

12048 紅の色に（色にだに）いでずは袖の（しゐて）下の露をば露と秋にかこたん

千首に　寄龍恋

12049 我中はむら雲がくれすむたつの有とはきけどみるよしもなし

寄砂恋

12050 幾千たびかぞへかふともわが恋に浜のまさごの数はまさらじ

寄都恋

12051 我中はふるの都とふるされて終には人のすまず成ぬる

12052 人を猶思ふ心の長岡や古き都とふるさる、身に

寄社恋

12053 わが中は〔ママ〕古社とをつ神代といつなりにけん

12054 いづくにか又いのりみん神だにもつらき社の数ぞおほかる」（6ウ）

寄庭恋

12055 わぎもこがあかもすそ引立いでし庭の小草は手もふれてみん
12056 わすれずよそれより絶し通ひ路の春の砌にのこるおもかげ
12057 忘れじのことのはもみな霜がれてあとなき庭とあれ行ぞうき
寄庵恋
12058 よゝかけて何かたのみしさゝのいほかりそめなりし中の契を
12059 わが中は小田のかりほのかりびさし久しかるべき契ともなし
寄戸恋
12060 しられじとつゝめばいとゞおく露のしのゝあみどの明くれの袖
12061 明くれにみかはしながらへだて有人めやしのゝあみどなるらん
寄垣恋
12062 をざゝがきよをもへだてずみし物を茂りも行か中のうきふし」（7オ）
12063 へだて行心ならずはあしがきの一よふたよはよしさはるとも
12064 をざゝがき一よのふしをかぎりにてへだてはてぬる中のとし月
寄屋恋
12065 ふしなれてみしよの夢を八重ぶきのあしのしのやにしのぶはかなさ
12066 賤がすむあしのしのやのふしなれてみしよをのみやいまはしのばむ
12067 わが為は難波につくるあしのやのさぞやへぶきのひまやなからん
寄床恋
12068 あふことのなみだかたしく床の海ははらはぬ先に袖やくちなん
12069 よとゝもに見るめなければ独ねの床はなみだの海とこそなれ
寄閨恋
12070 よを深み置そふ露をはらひつゝいつよりなれしねやのあき風
12071 さらになど身にはしむらんひとりねもなれていくよのねやの秋風」（7ウ）
榎本亭にて　有明の月をといふことを
12072 待受て有明の月をみるたびによふかくいでし面かげぞたつ
寄風恋
12073 聞しらぬけはひもうしや下をぎの末こす風にほのめかせても

12074 人しれず思ふかたより吹風は秋ならねども身にぞしみける
寄電恋
12075 やみにのみまどはむよりはいなづまの光のまにもあひみてし哉
極楽寺にて秋恋といふことを
12076 たのまじよかげみるとてもいなづまのやどりもはてぬ露の契は
五十首当座のうちに　寄琴恋
12077 みせばやなみだれて咲る秋のゝの花のちぐさに思ふこゝろを
池見元始亭にて廿首当座のとき
忍待恋
12078 たのめてもよりあふことは玉琴の中のほそをの絶やはつべき」（8オ）
寄杵恋
12079 しのぶれば人もしづめて待よはに宿もる犬の声きくもうし
寄川恋
12080 そめもあへず散ゆくみれば我中やうすきはゝその露のことのは
12081 ちりやすき心の色を思ふにはゝその色もよそにやはみる
12082 なみだ川袖のしがらみかくぞとも人まにいつかもらし初べき
待恋」（8ウ）
12083 此くれのうさにならはであすか寺あすもやまたん入相のこゑ
寄杣恋
12084 つゝみこしうき名はよもに高しまやみをの杣木の朽もはてなで
12085 ことのはもいまは朽木の杣くだしいかなるかたにこゝろひくらん
12086 杣くだすまさきのつなの絶ず猶ひきてやみまし人の心を
12087 恋に名をくだしやはてんわすらるゝみをの杣木のこりもはてなで
寄鹿恋
12088 哀ともきかるばかりの中ならば我もをじかのねにぞなかまし
12089 しられじなねにしたてねばあふことの夏ののしかの深きうらみも
寄鴨恋

12090 あふことはなづみの川の川よどにすむてふかものねにぞなかる、
12091 いひよらん便も波にうくかものうきたる恋によをやつくさむ」（9オ）
12092 ひとりねの床の山かぜさゆるよはうきねのかももねをぞ添ぬる
12093 待更てひとりやねなん水鳥のかものはがひの霜払ふよを

千首中歟　寄里恋

12094 とひくればやどもる犬の心なくとがむる声もうぢの山ざと

寄隣恋

12095 かけし我おもひをつげよ住宿もならぶ軒ばのくもの糸すぢ

寄矢恋

12096 もの、ふのねらふ矢すぢのことかたにかけはなるべきやと、やはみし
12097 いかゞせん〔ママ〕やの、一すぢにつれなく人のいひもはなたば

寄水鶏恋

12098 待々ていまはくひなのねにぞなく人も梢の月更るまで
12099 さしもなどとひこざるらんたのめねどくひなはた、くねやのとびらを」（9ウ）

寄蝶恋

12100 なごりなき人の心の花にぬるこてふの夢のちぎりさへうき
12101 みる〳〵もうつる心の花を猶たのむこてふの夢もはかなし

寄鶯恋

12102 あはぬまのつれなきよりもうぐひすのふるすにいとゞねぞなかれける

失媒恋

12103 かぢをたえ便りなぎさのあま小舟こがれ侘ぬといかでしらせん
12104 つれなさを伝へわびてやたのみこし人さへ今はおもひ絶らん

寄橋恋　月真院

12105 人しれず恋しわたれば八橋のくもでに思ふことぞたえせぬ

あるよのゆめにかたらひける女のもとより文もてきたれり。みれば、久しうおと」（10オ）づれざりける事よ、などあり。うちおどろかれてめざめぬれば、、やう身まかりける人になん有ける。

12106 みる文にわがをこたりをおどろけばあかでわかれしいにしへのゆめ

寄虫恋

12107 あこがるゝむねのおもひやよひ〳〵にほたるともえて人にみゆらん
12108 夕々たのみける哉さゝがにのいとかくたえん中のちぎりを」（10ウ）

寄潟恋　月真院

12109 かりそめのみるめもいまは遠ひがたかたしや波のよるのちぎりは

隔海路恋　武者小路殿

12110 へだて来てからくもしほの八塩路の遠にやつらき人を忍ばん
12111 心だにかよはゞ何かうら波の八重のしほ路の遠にすむとも

おなじ所にて　忍待恋

12112 しのぶれば更行空をまつよはに月を、しむとねぬ人もうし
12113 更ていま月も入ぬるねやのとは何をかごとにあけてまたまし
12114 通ひ路の人めたえねどまつよひによ、しと月をみる人もうし

又　夢逢恋

12115 つれもなきうつ、にかへすさよ衣かさぬとみしやおもひねの夢」（11オ）
12116 つれなさを更にぞかこつあひみしも心づからの夢のちぎりに

又　通書恋を

12117 人めにももしやか、ると時のまも置ぞわづらふ露の玉づさ
12118 しらるなよ文みる道のたえもせば何をか中の契ならまし
12119 これをだに猶かきかはせ水ぐきのかよふのみこそ中のちぎりを
12120 あふことはよどみがちなる水ぐきのかよふばかりをみのちぎりにて
12121 水ぐきのはかなきあともとゞむなよなからんあとも名をばながさじ
12122 さても猶あふとはなしに水ぐきのはかなきあとに名をやながさん
12123 かきやらばあはとけちてよ水ぐきのあとよりよにもなこそながるれ

題の序おもひいづるま、書之。かなたこなたにての歌なるべし」（11ウ）

又、披書恨恋

12124 みればなほうらみをそへてはま千どりつれなきあとにねこそなかるれ

不逢恋　□成恋二

12125 年へてもあふとはなしにかたいとのたえぬばかりぞみのちぎりなる

12126 あふことはさてもかたゞのうらなるを何あだ波の立さはぐらん

恨絶恋

12127 うらむるをわがあやまちになしてかく絶なんとてやつれなかりけん

寄款冬恋

12128 ひとへにもなどたのみけん山吹のいつかへだつる人の心を

月真院にて　寄橋恋

12129 恋わたるしるしも波のはし柱おもひながらに朽はてねとや

12130 末終に絶もやすらん石ばしの柱よをもとほさぬ中のちぎりは」（12オ）

12131 絶ぬべき人の心のうきはしにかけて悔しきよゝのかねごと

12132 有しよのまゝのつぎはしつぎて又あふとはなしに中や絶なん

飛鳥井殿息持明院殿勧進之

後朝隠恋

12133 けさこそはおきわかれしも朝がほの露のまがきになどかへるらん

12134 行ゑなくならんもしらでしら露のおきて悔しきけさの別路

卜恋

12135 あふことのかたきをつぐる石神の正しきうらはとふかひもなし

12136 あふことのかたぬくしかのうらへにも我こそ先はねになかれけれ

12137 末終にあはじといへば梓弓八十のちまたのうらとふもうし

憑媒恋

12138 つれもなき人も哀ときくばかり猶ことそへていひなびけてよ」（12ウ）

12139 行かへるかひもなぎさのあま小舟底のみるめをいつかをしへん

武者小路殿にて　祈恋

12140 あふせをやさらにいのらん恋せじのみそぎはうけぬかものみづがき

12141 いのらばやしでとりしでゝ榊ばのつれなき色もうつるばかりに

忍逢恋

12142 しのぶれば更てあふよのほどなきにいそぐ別をそへてかなしき

12143 関守のうちぬるひまにあふよはもたびかさならば又やへだてん

被忘恋

12144 わすらるゝみづのゝ沢にかるこもの今さら何とみだれては思ふ

武者小路殿ニ而三題内　春夜恋

12145 あふことのなみだにかすむ月をしも春のならひと人やみるらん

12146 わびつゝもいまはねなましむめの花待人のかにゝほはざりせば」（13オ）

12147 たのめても人はかれ行ねやの戸によな〳〵通ふかぜのむめがゝ

被忘恋

12148 わすらるゝみをいまさらになげく哉あふにかふべき命なりしを

12149 さすが又おもひいづやと心みにいはねば猶やわすれ行らん

遂日増恋

12150 いとふらん心もさぞなますかゞみむかふる日ごとの恋のやつれに

12151 人恋るなみだも秋のしぐれにてきのふか浅き袖の紅

12152 けふよりもきのふは浅きなみだ川袖のみかさや日に増るらん

寄蜻蛉恋

12153 さりともとたのむもはかなかげろふのあるかなきかの中のちぎりを」（13ウ）

武者小路殿にて　寄暮春恋

12154 ゆく春のなごりをのみやをしまゝし人の心の花ものこらば

12155 あだ人の心の花の春くれてよをうぐひすのねこそなかるれ

12156 行春よ我をもさそへあだ人の心の花もちりはのこらず

十首題のうち　寄風恋

12157 きくもうし中のちぎりの末のまつ波こす風のたより斗は

寄渡恋

12158 我中のよどせをわたせわたし舟なみだの淵の深さくらべん

12159 ながれてはよどむせもなくあふことのやすのわたりときくよしも哉

寄鳥恋

12160 夕さればそなたの空にとぶ鳥の翅もはては消てかなしき」（14オ）

月真院にて遠恋を

12161 ふみかよふみちやはあらぬうみ山を中のかごとにへだつるもうし

忍涙恋　与夕時雨二首

12162 つゝむともかひやなからんうき涙おそふる袖の色にいでなば

12163 紅にそめてこそきめ恋衣さらばなみだの色やまがふと

寄絵恋

12164 かつみても誠すくなきうつしゑはなぐさむべくもあらぬ面かげ

12165 おもひあまりゑにかきとめてみても猶にるべくもなき人の面かげ

後朝恋

12166 くれ待ておもひ定めんけさはまだ夢うつゝともわかぬ契を

12167 たれにけさ尋とはまし夢うつゝ思ひ定めぬ心まどひを」（14ウ）

12168 暮をだにたのめをらずはおきてこし露の命は何にかゝらん

極楽寺養林寺などまねきけるとき　忍恋

12169 いへばえにいはきる水のいはにふれあへずくだくる袖のしらたま

12170 うちいでん折もあらばと待恋し人におもひをしのぶあやなさ

12171 かくぞとはえもいはしろのむすびまつとけぬ思ひに朽やはつべき

12172 ふる雨にぬるともかくは色にいでし袖のなみだを何につゝまん

月真院にて　寄杜恋

12173 袖の露いろにないでそしられじとつゝむなげきのもりもこそすれ

寄風恋

12174 音信もなか〳〵つらしよそにのみすぎ行かぜの便ばかりは

寄雲恋　両吟」（15オ）

12175 天雲のよそになびくとみてしよりうきて物思ふ身とぞなりぬる

寄葛恋

12176 うらむべきよすがも絶ぬくずかづらくるよしもなき中の秋かぜ

寄煙恋

12177 いかゞせん煙とならん後も猶くゆるおもひのよるものこらば

12178 よそにだにあはれとやみんくゆるわがむねの思ひのけぶりなりせば

12179 くゆるともしられやせまし立のぼるけぶりにたぐふ思ひなりせば

平田元雅亭ニ而、馬杉、榎本、森河など、ともに歌よみけるに　被忘恋

12180 あひみてもわすられぬべきみをしらでつれなき人をなどしたひけん

千首歌の中　寄碇恋」（15ウ）

12181 あふこともなみまにおろすいかりなはくるしやひとり恋にしづまむ

12182 あふこともなだの小舟のいかりなはくるしき恋にみはしづみぬる

12183 大舟にたのむいかりのつなよはみたえもやせむと思ふくるしさ

寄讖恋

12184 いさやまたあふせも波のみをつくし恋るしるしはたつ名のみして

12185 色かはる袖はなみだのみをつくしつらきを恋るしるしとをみよ

五十首当座よみ侍りけるに　寄枕恋

12186 かたしきのまくらのちりをはらひつゝねしよの夢は又やみざらん

12187 夢にだに今はみるよもかたしきのまくらかはしていつしかもねん

寄草恋」（16オ）

12188 うき中はかれのゝまくづくりかへしうらみかくべきことのはもなし

寄里恋

12189 忘れぐさおふとしきけばあまのすむうらみまほしき住よしの里

別恋

12190 きぬ〴〵のとりとめがたしねをぞなくなごりをしげもみえぬ別に

寄川恋

12191 年をへし袖のなみだや川とみてわたらぬ中の淵と成らん

寄山恋

12192 駒なづむ岩木の山やつれもなき人の心のすがたなるらん

寄市恋

12193 市人にとはゞやよにもさはがれしうきなにかへてあふよありやと」（16ウ）

寄鳥恋

12194 更行をいとひしかねの声よりもかぎりしらるゝ鳥がねぞうき

寄雲恋

12195 うき雲のうきて思ひのある身ともいかでか人の空にしるべき

冬増恋

12196 ひとりねに聞はおもひも冬ぞ猶ますだの池のをしの諸声

惜別恋

12197 限りあれば起出てしもしばしとてかたみにしぼるきぬ〴〵の袖

思

12198 つれなさをかこつなみだの水にしも消ぬぞむねの思ひ也ける

恋天象」(17オ)

12199 つれなさはいつをはてともしら雲のうはの空なるながめのみして

月真院にて　寄塩木恋

12200 うらみてもあまのこりつむもしほ木のこりずぞ人を思ひこがるゝ

12201 人をのみうらの塩木のこがれてもならぬ思ひにこりもはてぬよ

難忘恋

12202 夢ならでいつしかもみん夕がほの露わすられぬ人の面かげ

12203 ともにみし春はむかしとかすむよの月にたちそふ面かげもうし

寄雨恋」(17ウ)

12204 ふるさるゝ我みをしらではれなばと待もはかなし夕ぐれのあめ

12205 ふらぬよもとはれぬ中となりぬるを涙の雨よおやみだにせよ

忍久恋

12206 しのびかねもらし初ともしられじな此年月につもるおもひは

12207 うちいでゝいつかはみえんさゞれよりなれるいはほの中のおもひを

中西良恭亭にて　寄鳥恋を

12208 なき恋るねにあらはれて村鳥の立にしわがなたれにかこたん

12209 庭つとりかけのたれおのながきよを鳴てやひとり又あかさまし

12210 うき名のみいはれの池にゐる鳥のうきたる恋によをやつくさん

土山厚典亭にて　忍恋を」(18オ)

12211 しのぶれば露たのめつることのはをわすれずやともとふひまぞなき

12212 しられじな人めしげみのくずかづら下にくるしき思ひありとも

12213 下くゆるおもひ有ともしられじな人めしのぶのうらのもしほび

金屋亭　同題

12214 ひとめのみしのぶの池のみくり縄くるしや下におもひみだれて

12215 いへばえにいはもとたぎり行水のむせかへるともしらせてし哉

頓阿法師四百回忌手向に、寄弓恋といふ事を、周尹のすゝめしに

12216 思ふことちしまのえぞがたつかゆみおきふしなれていつかしらせん

12217 たが方に引たがふらん梓弓さもふしなれしよるのちぎりを」(18ウ)

月真院にて、寄滝恋を

12218 わきかへる思ひありとも我袖のなみだは滝のおとにたてめや

寄野恋を

12219 恋をのみすがのあらのにかる草の露のみだれもたれにかこたん

12220 つれなさぞかぎりしられぬむさしのゝ草ばもわけば分尽してん

寄鶯恋を

12221 あだにちる心の花を鶯のねにたてゝしもいかでとゞめむ

同題　詩仙堂禅尼勧進

12222 わすらるゝみはうぐひすよあだ人の心の花も鳴しとめねば

しのびたる中らひにいとつらくみえければ

12223 いとはるゝ我身をしらでつらからぬ人めをのみもかこちける哉」(19オ)

寄簷恋

12224 かず〳〵にたのめて年を古郷の軒の板まのあはで朽めや

12225 明くれにかけて思ふもかひぞなき人は軒ばのさゝがにのいと

寄浅芽恋

12226 ことのはもかれなんとてや浅ぢはら色かはりゆく中の秋風

12227 霜おかぬ人の心の浅ぢふも秋にはあへず色かはりけり
12228 たのめこしもとの契の浅ぢはら秋をもまたで色ぞうつろふ」（19ウ）

増恋

12229 いひ初てうきせに増るなみだ川猶せきあまる袖のしがらみ

月前恋

12230 ともにみし月もむかしのかげならで涙にくもるよな〳〵のそら

寄朽木恋

12231 しらせばやかれて朽木の中にしもたえぬ思ひの猶くゆるとも
12232 あふこともかたへ朽ゆくみ山木のいのちとたのむ露のことのは

恋衣

12233 あはぬ夜はよしかさぬともからあゐの八入の衣いろしあせずは

寄篝恋

12234 あこがるゝむねの思ひやあふことのなみだの川のかゞり成らん
12235 ながれてもあふせありせばかゞり火のかげとなるみをあはれとやみん」（20オ）

寄苔恋

12236 敷たへの枕は苔にうづめども朽ぬ思ひのはていかにせん
12237 あふことをたのめぬ中に松の木のこけのみだれて思ふはかなさ

寄水鶏恋　月真院

12238 よゝしとてとはぬぞつらきたのめねど水鶏はたゝくねやの戸の月
12239 待々て我もくひなのねにぞなく人も梢の月しらむ空

寄江恋

12240 あせはてん契もしらでゆく末のふかき江をのみなどたのみけむ
12241 いつしかもしられ初ましつのくにのほり江のふかく思ふこゝろを

寄田恋」（20ウ）

12242 うき中はおどろかすともを山田のひたすらにこそわすれ行らめ

寄筌篝恋　月真院

12243 たのみしもうしやあだなる花がたみめならぶ色にうつる心を
12244 かくばかりあふごかたみにくむ水のかひなく何とよにはもれけむ

寄糸恋　山本法眼亭

12245 恨るも心ぼそしやかた糸の絶なんとする中のちぎりは
12246 くりかへし猶うらみばやしげ糸のしげさまされる中のうきふし
12247 かけつがでやみぬべしやは賤のめがおるはた糸のよし絶ぬとも
12248 たのめてもよりあふことはかた糸のむすぼゝれゆく中のくるしさ

寄水恋

12249 むすび置し契をさへや忘水かげだにみえず人のなりゆく
12250 あふことのとゞこほりぬる川水は深さあさゝもいかでみゆべき」（21オ）

寄玉恋

12251 我袖のなみだの玉を見てもしれしげき人めにくだく心は
12252 頼こし人の心のあらしにはたもとぞ露の玉はみだるゝ

周尹と廿首をわかちてよみ侍りけるに　忍待恋

12253 いまはとて待夜ぞいたく更にけるよひの人めをよくとせしまに

祈逢恋

12254 よりあふも神のめぐみのみしめなはかけてを契れよゝに絶じと
12255 おり立ていのらざりせば貴舟川あふせはあらじ袖はぬるとも

寄雲恋

12256 はかなしや所定めぬしら雲のうきたる人をこふる心は
12257 人めにもかゝらざりせば天雲のよそには君をへだてざらまし」（21ウ）

寄草恋

12258 露ばかりあはれはかけよねなし草たれもかりつるよにすまふみぞ

寄筵恋

12259 独ねの床はなみだのみなむしろみなれしかげをしきしのびつゝ

忍待恋

12260 関守のうちぬるひまはなけれどももしやと下にまたぬよもなし

寄潟恋

12261 もれやせむつゝめど袖にみつしほの干潟もみえずかゝるなみだは
寄思草恋
12262 下もえに人はたれをか思ひ草露けき床はよがれのみして
被忘恋」(22オ)
12263 とはぬをもおどろかさずは人や猶心のまゝにわすれ行らん
隔遠路恋
12264 すゝか川やそ瀬へだてゝ我中のいとゞ雲ゐになりもゆく哉
12265 ちかくてもあはぬつらさにならはずは雲ゐへだてゝいかですまゝし
12266 身にかへていつかあひみん駒なづむ山路もやすく通ふ心を
12267 身はかくてはるかに人を思ひやる道の空にやよをつくさまし
寄鶏恋　月真院
12268 待々てうき暁の鳥がねをたが別路に人はきくらん
12269 いつまでかかけのたれをの長きよを思ひみだれてねにはなかまし
思不言恋」(22ウ)
12270 いひ初てつれなからばとさりげなくつゝむ思ひぞいとゞくるしき
12271 夕さればもゆるほたるもわがことや声にはたてずみをこがすらん
歎無名恋
12272 なげかじよあふせもあらばいもせ川よしうき波は立さはぐとも
12273 まだきよりたつ名に人のことよせていとゞつれなくなりゆくぞうき
寄月恋　私亭
12274 今こんといひて別し面かげの幾あり明の月にそふらん
12275 はれまなき雨夜の空に行月のかげだにみせぬ我中ぞうき
〔顕恋
12276 つゝみこし心や浅きなみだ川あふせまだきにあだ波ぞたつ
12277 しられじとしのびしものをいつのまにうきなたつまで色に出けん」
七夕月　私亭
12278 あひみまくほしの夕の月よゝしよゝしとさぞな待わたるらん

七夕河
12279 淵となき契を中のおもひでにかけてや頼む天の川なみ」(23オ)
寄梨恋
12280 いひよらんよすがもなしの花をだにおりてやみせん袖の露けき
寄風恋
12281 なつかしきかにゝほふよりうちつけに身にしみ初る袖のおひ風
12282 荻のうへに聞よりもなほみにしむは人の心の秋のはつ風
寄枕恋
12283 しらじ人我のみ恋をすが枕ねもみぬ床の露のみだれは
寄煙恋
12284 よそにだになびかざりせばもしほ火の煙にむねのかくはむせばじ
寄木恋
12285 いとふなよ色なる露のことのはも老木の楓たぐひやはなき」(23ウ)
12286 しられじなあはでふる木のいたづらにいましも朽ぬ思ひありとは
寄石恋
12287 あふことのかたき恋ぢは千はやぶる神やちびきの石もすへけん
12288 しるや人たえぬおもひは石の火のうち出てさしもいはぬばかりぞ
寄布恋　月真院
12289 年へてもむねあひがたき恋ゆへや身は細布のやつれはつべき
12290 恋わびぬいつかは人をみちのくのけふのさぬのゝさぬるよもなく
さぬの詞六帖ニアリ。
石
12291 あふことのかたきみにこそしられけれ石となりけん人の思ひも
12292 さりげなくもてはなれても石の火のたえぬ思ひはありとだにしれ」(24オ)
寄紅葉恋　月真院
12293 大かたの秋の色とや人はみんもみぢにまがふ袖のちしほも
12294 染てこそあらはれにけれ我袖よ秋のこのはの色にならふな

聞声恋　与道敏両吟三十首内

12295 へだつるはうき物ごしの声をしも又もやきくと立ぞやすらふ

12296 その人ときけばはかなき声をさへみにしむばかり思ふわりなさ

増恋

12297 思ひのみますだのいけのうきぬなは絶てつれなき人を恋とて

被忘恋

12298 ひたすらにわすれにけるを神かけていひしはよもとなどたのみけん」（24ウ）

12299 わすれぐさしげさままさりて色なるも中々にうき人のことのは

恋不知程　与道敏両吟十首内

12300 およびなき思ひをえしも山がつのあやしきみをも恋にわすれて

12301 ふじのねも何か及んおよびなき人を思ひの心たかさは

寄橋恋

12302 我中はおもひながらの橋柱立名をゝしみ絶やはつべき

12303 はかなくも心にかけてしたふ哉我おもひねの夢のうきはし

寄鳥恋

12304 たのめても人はこじまによる浪のよるとしなればまつもはかなし

12305 立よりていつか手折むみちのくの笆がしまのなでしこの花」（25オ）

寄車恋

12306 いかに身はうしの車のかた〴〵に別て又もめぐりあはずは

12307 小車のうしとはいへど人を猶おもひの家はいでがてにする

12308 小車のうしやつらしとかこつ哉人を思ひの家出をもせで

12309 小車のうしやいつまでつれもなき人を思ひの家にすまゝし

旧恋

12310 我をのみふるしはつれどいそのかみめづらしげなき人のつれなさ

寄舟恋

12311 あふことはさてもなぎさをこぐ舟のこがれ〳〵てよをやつくさん

12312 あふこともなみだの海のすて小舟うきたる恋にみをやくたさん」（25ウ）

負恋

12313 つれなくはまだし今はの心にもまけて恋しき夕ぐれの空

12314 あだ波はかけじと思ふを恋しさにねたくもまけて袖ぬらしつる

悔恋

12315 あだ波はさもこそあらめ末のまつかけて契し我ぞくやしき

12316 無名のみたつたの川の波たかみわたらでやまんことのくやしき

寄関恋

12317 しばしこそとゞめらるともなはしろのみづはいかでかを山田の関

12318 あふことをとゞめらるかなわが中のしげき人めやてまの関守

12319 なぞもかくまだ越やらぬ逢坂の関の清水に袖のぬるらん

12320 つらくのみいひやらはれて川口の関のあらがきへだてはてぬる」（26オ）

隠恋

12321 契りありて尋あふともうしやかくかくれはつべき心なりせば

12322 霧がくれまどひぬる哉紫の草のゆかりもまだしらぬまに

久恋

12323 つれなさのおなじ人をもこふる哉我くろかみの色かはるまで

12324 つらくともよもさのみはととばかりのあひなだのみにとしもへにけり

寄扇

12325 人の手になれずは我もわすらるゝ秋の扇のうさもしらじを

隔恋

12326 物ごしのいくへも何かうらむべき心に人のへだてざりせば」（26ウ）

12327 いかにせん神のいがきはこえつとも人の心のつらきへだてを

松嶌

12328 松しまやをじまのあまもしら浪のよるさへかくや袖しぼるべき

寄露恋

12329 恋わびてとはにかはかぬ袖の露かゝりけりともいふひまぞなき

寄木恋

12330 あはでのみ茂るなげきの松ならば後のちとせもまたましものを
12331 しられじな露はときはに深けれど色にはいでず茂るなげきは
12332 つれなくてあはぬなげきはゆく末のちとせを松のたのみだになし
12333 ちとせふる松ならばこそあはでのみしげるなげきも末をたのまめ
12334 おく露の深さもしらじしのぶ山しげきなげきの色にいでねば」(27オ)

祈不逢恋

12335 祈りこし神もつらしなつれなさの有しよりけにまさりのみゆく
12336 さりともとたのみしかみもかこつまでいのるにまさる人のつれなさ

寄玉恋

12337 我おもふ人はなみまの玉なれやひろはんとすれば袖のひちぬる
12338 ともすればしのぶ心のをくよはみみだるゝ玉とちるなみだ哉
12339 〔いつは〕れることばのつゆの玉のえはひかりありともいかゞたのまん
12340 一めみしいもがかざしのしら玉のしらじなよそにかへるこゝろも
12341 くだくわが心はしるやたえまなき人めをつゝむ袖のしらたま

寄杉恋

12342 とし月の杉の古葉をみよや人つれなき色もかぎりこそあれ
12343 たのめつるこよひも杉のもとつはのもとの契や色かはるべき」(27ウ)

佐野舟橋　恋　名所百首中

12344 はて終に絶んとや思ふかみつけのさのゝ舟橋かけはなれなば
12345 悔しくもさのゝ舟橋かけはなれわたらぬ中に名をやくたさん

寄橋恋

12346 わすれじの契は朽て橋ばしらうきなのみこそ立わたりけれ
12347 風わたる雲のうきはしみるがうちにかけはなれ行我中ぞうき
12348 風わたる雲のうきはしかけつがで中ぞらながら絶んとやおもふ

寄庭恋

12349 面かげの残るもうしやよもぎふの露分いでし有明の庭
12350 小鷹するかりにだにとへわすられて鶉ふすまで庭はあれにき」(28オ)

暁別恋

12351 ゆふ付のとりとめがたき別哉しらむは月にかこちよせても
12352 別路もほの〳〵みえておく露の消て物思ふしのゝめの空

逢恋　月真院

12353 かつみれど猶しも夢の心ちしてうつゝとはなき新まくらかな
12354 暁の別をかねて思はずはとけてあふよのうきはあらじを

怨恋

12355 葛のはの露もらすべきひまもなし人めしげきが中の恨は
12356 秋風の吹そめしより葛のはのうらみがちなる中となりぬる」(28ウ)

聞声忍恋

12357 しられじな恋しきことの音に通ふ思ひは松の風にしあらねば
12358 我うへを又重ねてもとふやとて立きくほどに人やあやめん

寄灯恋

12359 かゝげなで人にみせばやともしびのかすかなるまで待更しかげ
12360 かゝげてもさだかならぬやあふことのなみだにくもるともし火のかげ

寄浦恋

12361 はて〳〵はわが身をうらのしほけぶりなびかぬ人をしひて恋つゝ
12362 こりずまにおもひこがれしはて〳〵はわがみをうらのあまのすて舟」(29オ)

披書恨恋

12363 さりともとなど待つらんみるたびにつらさくはゝる水ぐきのあと
12364 みざりせばかくもうらみじ秋になる風のくずばの露の玉づさ

後朝切恋

12365 くれなばと契おきつる朝つゆのひるまを何にたへてまたまし
12366 契おきし夕もまたで消やせんあかで別しけさのあさじも

歎無名恋

12367 せき余る袖の涙の滝つせもあふせなきなばいかですゝがん
12368 すゝぐともなきなのかくて流るればわたりもはてじ中川の水」(29ウ)

寄筵恋　十七日会

12369 たのめ置てまつよとなればいなむしろしきしのべとや人のつれなき

12370 山かげの苔のむしろにあらねども床はなみだの露をこそしけ

12371 あふことのなみだの露をかたしきて朽のみ伏ゐ床のさむしろ

寄床恋　十七日会

12372 いつまでか我しきたへのとことはにつれなき人を待あかさまし

12373 夢にだにあひみんこともかたしきの床のうらみてぬるよなければ

後朝恋

12374 わかれても猶みをさらぬうつりがに又ねの床もおきぞやられぬ

12375 暮またん命ならぬをあさ霧のおきわかれきて今ぞくやしき」（30オ）

不憑恋　十七日

12376 たび〳〵のうき偽にならはずはたのみぞせまし人のことよさ

12377 いつはりはかくれしもせじひたすらにたのまで人の心をぞみん

12378 今さらにおもふといふもたのまれず有しつらさや誠ならまし

契待恋

12379 などかゝくおぼつかなくはまたるらんたのめしけふのくれにやはあらぬ

12380 かならずとたのめしけふのくれなれどとはれぬほどはいかゞとぞおもふ

寄垣恋」（30ウ）

12381 我中はま遠になりぬをざゝがき一よ二よのへだてのみか〔は〕

12382 かきほなすよの人ごとのしげくともかよふ心はいかでへだてん

寒雁添恋

12383 かき絶て日をふるゆきになく雁の玉づさならぬ音信はう〔し〕

12384 さえとほる霜よのかりの声に猶かさねぬ袖のこほりをぞそふ

恨恋

12385 しられじな人めしげみのくずのはの下にはたえぬうらみありとも

12386 もしほくむたもともかくはしほらめやうらみなれたるひとりねの袖」（31オ）

寄獣恋

12387 あふことのなみだかたしく袖をみよふすゐの床の露は物かは

変恋

12388 今はたゞ袖こす波をかたみにてたのめし末のまつこともなし

12389 あふことを松のときはにたのまずは下のもみぢもかくはかこたじ

12390 あせにけりみしにもあらず月草の花色衣ころもへずして

12391 思はずよゝもといひしことのはのみる〳〵色のかはるべしとは

旅恋」（31ウ）

12392 おもひやれあまたゝびねのよるの袖重ねしをりもかはきやはせし

寄浅芽

12393 うつりゆく人まつ宿のあさぢふにうたて吹たつ秋のはつかぜ

12394 こぬ人をまつとせしまにおく露も色ごとになる庭の浅ぢふ

寄江

12395 深からぬ心とかつはしりながらいかなるえにか恋しかるらん

12396 さりともと待し月日もながれ江のあはとや消んあふよしをなみ

12397 〔ママ〕なみに思はゞゆく末の深きえにともたのむべしやは

寄月」（32オ）

12398 あふことのなみだにかげのくもらずは有しながらの月をだにみん

12399 月も猶をり〳〵雲はかゝりけり思ひくまなき人のつれなさ

逢不遇

12400 おもはずよ有しよりげにつれなくてあひみぬさきを恋ん物とは

12401 よりあふとみれば絶ぬるしづはたの糸のみだれて物をこそおもへ

12402 さりげなくつれなき人にあひみしはいつのちぎりのなごり成けん

寄硯

12403 わが中は猶あふことやかたからんすゞりの石のよをつくすとも

12404 つれなさをおもひかへせば筆とりてむかふすゞりもはづかしのみや

12405 おもひあまりかく玉づさもすゞり石のみづとやいはん人のつれなさ」（32ウ）

寄葎恋

12406 秋にあふよもぎがねやのきり〴〵すいつのよにかはともに聞べき
12407 あはれとてとひよるねやのきり〴〵す人の秋をばいかでしるらん
12408 うき人にいかできかせんきり〴〵す鳴よるねやの秋さむき声

逢不遇

12409 おもはずよ有しよりげにつれなくてあひみぬさきを恋ん物とは〔重出ノ指摘アリ〕
12410 さりげなくもてはなれぬるつらさ哉みしは夢かとたどるばかりに
12411 よりあふとみれば絶ぬるしづかたの糸のみだれて物をこそおもへ〔重出ノ指摘アリ〕

寄苔」（33オ）

12412 かくぞとは露もいはねにむす苔の古き思ひを人はしらじな
12413 つれもなき人をいつまで松がえのこけのみだれて物思はまし

臨期変約

12414 聞もうし今とひくやと待くれの音信かへてさはるたよりは
12415 思はず〔ママ〕露のひるまもかならずといひし夕のかはるべしとは

曳菖蒲

12416 あまたとし尋ねてこゝに九ふしのくすりのあやめけふぞ引つる

旅宿菖蒲

12417 あやめぐさかほるよどのゝかけねには草のまくらのうさも思はず」（33ウ）

寄縄恋

12418 うちはへてくるとはなしにうけなはのうきたる恋にみをやしづめん
12419 よりあはで此世つきなば栲縄の長き恨や人にのこらん

初恋

12420 紅のはつ花衣ふかくわがおもひ初つる色をみせばや
12421 人にけふかくる思ひもはし鷹のはつかり衣いつかなれまし

祈難逢

12422 いのりこし神のみしめは朽ゆけどとくべくもなき人のつれなさ
12423 うけひかぬ神の心もうしやかくつれなからずはいのりしもせじ

寄椎

12424 つゝみあまるおもひは袖におちしひのもろきなみだをみてもしらなん
12425 落椎のこのみをのみやくたすべきつらき詞のいろはかはらで

旅恋」（34オ）

12426 夢にだにまだみぬ人を草枕かりねの床に恋つゝぞぬる

夢逢恋

12427 あふとみるゆめのたゞちも絶はてば何に残れる契ならまし

片恋

12428 つれなきはこゝろみるやと思ふまにわがかた恋のとしもへにけり
12429 末終にあふよもあらじかたしがひかたみにたがふ中の思ひは

寄坂恋

12430 わがおもひなるとしきかば瓜生坂日に八千たびもおりのぼ〔りなん〕
12431 としふれどえぞ越やらぬ相坂の坂路ながらによをやつくさむ」（34ウ）

恨恋

12432 いはじたゞことわりとしもきかれずはいとゞ恨の数ぞゝはまし
12433 ことわりと聞もなされぬ物ゆゑに恨しさへぞ今はくやしき

よふかくこしを　古今同題

12434 しのぶればよふかくこしをたが方に更てやとふといもがうらむる
12435 こりずとふ心もうしやさよふかくこしをもつらくかへされしみの

寄菫恋

12436 なつかしき色にや妹がめづるとて袖にうつれとつむすみれ哉

思

12437 かくぞとは何につけてか下くゆるむねの思ひを人にしらせん
12438 夏むしの身をたきすてばきえかへり思ひにかくはむねをこがさじ」（35オ）

あふよはこよひ　句

12439 待つけし君はかへさじたまさかにあふよはこよひ明はてぬ〔とも〕
12440 いはでたゞ後のちぎりを心みんあふよはこよひつもる恨も

聞恋

12441 よそながら思ひつくばの山かぜの声を聞にも身にぞしみける
12442 なぞやかくへだつる人のきぬの音を聞て思ひのつまとなすら〔ん〕

おもかげは

12443 おもかげは身をはなれねどつれもなく成行なかぞ遠ざかりぬ〔る〕
12444 おもかげは身にそふかひもなかりけり心の通ふちぎりならね〔は〕

寄裳

12445 あさ露にものすそぬらしいもがつむのべのわかなにならまし物を」（35ウ）

寄注連

12446 あはぬよはいづれまさらんかりいほのとまもる雨とおつるなみだと
12447 今よりはなかへりましそ通路にしりくべ縄を引はへぬなり

ことづてもなし　句

12448 ことづてもなしとはえこそいひやらねくる人ごとにしのぶわが中
12449 しのぶれば便はあれどことづてもなしとはいもがうらみしもせじ

詠旧詞歌

12450 恋かねてことのなぐさに世中をうしといふをぞ口なれにける
12451 誠とやきゝなされましつれなくはこひしといふはことのなぐさを」（36オ）
12452 底ひなきわが思ひにはたくなはの千尋のうみもいかで及ばん
12453 たくなはの千尋も何か長からん人を思ひのつなにくらべば
12454 思ひ川あふせもあらば水泡なすもろき命も何かなげかん
12455 ぬれぎぬを我になかけそ久かたの雨まもおかずよそにかよひて
12456 ちかくてもあひみぬ中に天ざかるひなの長路をへだてゝぞ思ふ
12457 かみつけのさのゝくゝたち月たちてまつらんいもをいつゆきてみん
12458 君またばことしもゆかんかみつけのさのゝくゝたちをり過ぬまに
〔貼紙〕「12459 いかさまにことはかりせばつれなくてたえと絶にし人にとはれん
12460 ふゝめりし花のちるまでとはれねばみを鶯のねにぞなかるゝ」（36ウ）

恋わびぬ

12461 こひ侘ぬたのむる末もこしかたのうき偽にならんと思へば
12462 こひわびぬあふとはなしに玉だすきかけてたのむる人のことよさ

思

12463 煙ともならば中々下にのみもゆるおもひのうさはしらじを

いはみのうみ

12464 つのさはふいはみの海のふかみるのふかくはおもへどみるよしもなし

寄網恋　千首

12465 月日のみつもりのあまのうらにおくあみの一めもみてややみなん」（37オ）
12466 うらみばやあまの引てふあみのめの数もしられぬ人のつらさを

寄筏恋　同

12467 思ふせにいつかよらましあふことのなげきをくみて下すいかだは
12468 おちたぎつ岩せを下すいかだしのあからめもせず君をこそ思へ

寄煙恋

12469 あふことのなき名をたてゝよそにのみなびく煙はみるもうらめし
12470 うらめしなたつなを中のかごとにてよそに心のなびく煙は

斎杣

12471 わが中は神の斎の杣なれやよそのくれのみおもひやらるゝ

いな滝」（37ウ）

12472 よとゝもに恋れど人はいなだきの中なるよどもみえぬつれなさ

貫川　三河

12473 我せこをおやはさくとも貫川の流てよゝに絶じとぞ思ふ
12474 ぬき川のせゞのしら玉かぞふともおつるなみだにいかでまさらん

雄湊　和泉

12475 とにかくにむすぼゝれたるあまのをのみなとけていつあはんとすらん

入立山　出所枕草子

12476 ゆく末に我まどはすなまだしらぬ恋路にけふぞ入立の山」（38オ）

爾閉浦　遠江

12477 あひてしもわすらるゝ身は遠つあふみにへのうらみてこともかよはず
12478 遠つあふみしづはの崎は近けれどうしやへだつるにへのうら波
〔貼紙下〕「丹生　未勘国但東国中
12479 おもふともこふともしらじまがねふくにふのまそほの色にいでねば」
〔貼紙〕「しがらみ　六帖題
12480 思ひ川かはるやどだにえぞとはぬ人めを中のしがらみにして」
鳥羽淡海　常陸
12481 風ふけばなみやはたゝぬにひばりのとばのあふみを君はしのばん
斗具島　志摩
12482 あはぬまのながめかしはのとくのしまいく度もえておちはしぬらん
金山　陸奥」（38ウ）
12483 君よりやなほねがたきとかな山に生る草木を引こゝろみん
屍島　備前
12484 なきためしなみだの海のかばねしま恋しなん身はよそにしもみず
忘川
12485 わすれ川忘られはてし身にしあればこんよのせをばたれがわたさん
12486 いかにして人のうきせを忘川ながるゝ水のうたかたのまも
加太浦
12487 あふことのかたのうら波高ければかへるさごとに袖ぞしほるゝ
さうの衣　六帖題
12488 すみ衣えぞゝめはてぬ世中を今〔ママ〕とまでは思ひたてども」（39オ）
はこどり
12489 あふよはの明ればねにぞなかれけるみむろの山のはこ鳥のごと
夕やみ
12490 夕やみは道もわかねどさしてこしいもが門こそたどらざりけれ
くちかたむ
12491 ゆく末をかけて思はゞみちしばの露の契を人にかたるな

12492 いつはりに聞なさるとも武隈の松をもみきと人にかたるな
恋わびぬ　初五
12493 恋わびぬたのむる末もこしかたのうき偽にならんとおもへば
長門浦　島　さぬきとなん」（39ウ）
12494 わが中はをけのうみをのながとしまよりくる波の絶じとぞ思〔ふ〕
になき思ひ　六帖題
12495 身をこがすたぐひなるべきふじのねも人を思ひの煙とやきく
12496 雲の色風の音をも人をのみ思ひの外に見聞をやする
鵜原　未勘
12497 しらせばやよをうのはらに家ゐして人をしのぶの露にぬれぬと
ふたりをり
12498 まどろまじ日比のうさを夢にみばふたりぬるよのかひやなからん」（40オ）
しがらみ
12499 思ひ川かはるやどだにえぞいはぬ人めを中のしがらみにして〔重出ノ指摘アリ〕
忘川〔重出ノ指摘アリ〕
12500 わすれ河わすられはてし身にしあればこんよのせをばたれとわたらん
12501 いかにして人のうきせをわすれ川ながるゝ水のうたかたのまも
加太浦〔重出〕
12502 とひきてもあふことかたのうらみわびさしてぞかへるあまのつり舟
12503 あふことのかたのうら波高ければかへるさごとに袖ぞしほるゝ
になきおもひ」（40ウ）
12504 みをこがすたぐひなるべきふじのねも人を思ひのけぶりとやきく〔重出ノ指摘アリ〕
12505 又もよにたぐひありせばたとへてもおもひのほどを人にしらせむ
12506 雲の色風のけしきもつれもなき人を思ひの外にやいぬる〔重出ノ指摘アリ〕
みるめ
12507 うきなのみ湊こぎいでゝ我はなほみるめなぎさによをふるぞう〔き〕
12508 波たかきうらのみるめはかたくともいのちにかへてからばかりてん

12509 波分てふかき海にも入ぬべし命にかふるみるめありせば

ことの葉

12510 露ばかりあはれをかけよあふことのなげきの色はみえんことのは」(41オ)

ふたりをり

12511 むかひゐてみれどもあかぬ君をわがよそにへだてゝ恋ざらめ〔やも〕

12512 かつみてもかつ恋しきを何にかはたへてけふまでながらへにけん

我せこ

12513 わがせこが衣やつれぬなくばかりおりてきすべきしら糸も哉

12514 心づくいろにそめてんわがせこがはつ鷹がりの衣きにけり

恨山　信濃

12515 入たちて何かは人をうらみ山へだつる中はかひもあらじを

12516 いとゞしくへだても行かつれもなき人を恨の山のかひには」(41ウ)

宇良能山　未勘

12517 つくかたもあらぬ思ひははた薄うらのゝ山をたぐひともみよ

12518 はたすゝきうらのゝやまずおもへどもかひこそなけれへだてゆく中

はたつもり

12519 あはぬまのはたつもりなばこのめよりおつる涙は雨にまさらん

かたこひ

12520 我恋はありそによするかたしがひおもひくだけどあふよしもなし

12521 さきのよのむくいもかなしかくばかり我もや人につれなかりけん

12522 あはれとは思はずとても恋しなば君もつれなきなにぞたゝまし

あや」(42オ)

12523 おりたちてきるとはなしに雲鳥のあやふき恋にみをやゝつさん

かひ

12524 われがひのみはなきものとおもへばやくだく思ひも哀とはみぬ

12525 よとゝもに恋しき波のうつせ貝くだけて思ふことぞたえせぬ

宇麻具多　上総

12526 君とわが契はかれしうまくたのねろのさゝはら色かはるとも

12527 うまくたのねろのをざゝのよとゝもに恋てしぬとも色にいでめや

ないがしろ

12528 恋しなばとまれかくまれある我をなきになしてもいひなおとしそ

12529 もえ増る思ひはいかゞ我をこそさしもなげゝにいひはけつとも」(42ウ)

面影山　長門

12530 別れにし面かげ山の月のみぞつれなき人のかたみ也ける

12531 あふことのつきなきよはも面かげのやまずわが身に立そふもうし

大磯　相模

12532 明くらし絶ぬなみだは大磯によせくる波のかずも及ばじ

人にしらるゝ

12533 わがおもひつゝめばつゝむけはひより中々人にしられ初ぬる

12534 しられじと人めかしこくつゝみしや思ひの色の下ぞめのほど

12535 むら鳥の立なよりこそ絶にけれはねならべんといひし契も」(43オ)

こひ

12536 おく山のしげきが下にはふくずのくるよもなきにあらはれにけり

家とうじを思ふ

12537 つゝみこし心の水やあさ田川かくれしこひぞあらはれにける

とゞまらず

12538 かへるべきをり過ぬればわぎもこが今か〳〵と待やわぶらむ

12539 まくらかるよひ暁のおきふしぞ家なるいもはいとゞ恋しき

12540 とまらぬもしひてうらみずなごりなくたえもやせんの心よはさに

12541 とひきてもとまらぬよはゝかなしきを今はとかれとをりをこそ思へ」(43ウ)

山菅橋　下野

12542 よそにのみかけはなれ行人をなど恋わたるらん山すげのはし

矢釣山

12543 ものゝふのはづにとりそふやつり山入よりまどふ恋のみち哉

ふせり

12544 いたづらに独しぬればながきよのふたりとなればなどやみじかき

真長浦　近江

12545 わが恋る人をいつはたみをが崎まながのうらのまつぞ久しき」（44オ）

松之浦　さぬき

12546 たのめしもさはりやするとまつがうらの波のしら玉くだけてぞ思ふ

小難海　筑前

12547 いつまでか心づくしの遠にみんこがたのうみにかづくしら玉

12548 君を思ふ心のいろは紫のこがたのうみの浅からめやは

古之多池　未勘

12549 かへるさは猶こそ袖のひぢ増れあはでこしだの池のさゞ浪」（44ウ）

〔六帖詠藻　恋三〕

江林　美濃

12550 深からぬわがえ林になぞもかくあはぬなげきの茂りのみゆく

12551 人やしるえばやしにふすしゝだにもとめわびぬるみのなげきをば

二見山　相模

12552 はこねぢを明て別し朝より二見の山の松ぞ久しき

箱ねのや　国府　摂津

12553 茂りあふあしのしのびにつのくにのこふとも人にしらせてし哉

古布湊　伊賀」（1オ）

12554 君を猶こふの湊に舟よせんよしうき波と立さわぐとも

国府　播磨

12555 からき我おもひはやまじみかしほのはりまのこふることしたえずは

12556 みかしほのはりまのこふとしらねばやからくも人のつれなかるらん

粉浜　摂津

12557 住吉のこはまのしゞみこまかにはいひもとかれぬ人のつれなさ

12558 まつ人のこはまによするかたし貝みせばやあはでくだく思ひを

安武郡　長門」（1ウ）

12559 我恋はあむの郡の杣坂の朽はゆくともたれがすさめん

12560 たのめつゝまてば月日も長門なるあむの郡にすまん行末

木闇山

12561 たのめつるこのくれ山のまつかひもありなばいかに嬉しからまし

恋川

12562 恋川に身はしづむとも水の泡のうきたる名をばよにはながさじ

12563 年をへてつれなき人を恋川の絶せぬ水やなみだなるらん

阿胡根浦　紀伊

12564 底深きあこねのうらのあこや玉かづきていつか我玉にせん

安可見山　未勘国」（2オ）
12565 茂りあふ小草かりそぎあかみ山みつゝまてども君はきまさず
有田川　紀伊
12566 ながれてもあふせ有田の川ならば思ひにしづむ身をばなげかじ
夢崎川
12567 うつゝには猶ぞつれなき恋々てわたるとみしや夢さきの川
耳語橋　備後
12568 年をへてわが恋わたる思ひをばいつかは人にさゝやきのはし
佐太浦　出雲
12569 よるを待ほどぞ久しきあふことをけふとさだめしさだのうらなみ
三国山　摂津」（2ウ）
12570 末つひに人をみくにの山ならばつかひへだてて住もいとはじ
12571 わすらるゝみくにの山のむさゝびの鳥を待ごと待かひもなし
海松布関　摂津
12572 とゞめあへぬ泪さへこそかかりける人をみるめの関となりけれ
〔貼紙〕「美古毛理乃神　大」和　吉野　水分神（ミクマリ）　古訓
12573 露かけぬたもともあるをうしやわが袖はなみだのみこもりの神
12574 人をかく水のうれへをみこもりの神にいのりてもろ恋にせん
美勢岐浦　山城　不審可吟味
12575 うきなみだおさふる袖やよとゝもにたえぬみせきのうらと成らん
12576 流るべきみせきのうらと成にけりなみだの海のよそのみるめは」（3オ）
水底橋　近江
12577 みえばこそかくともいはめ恋わたる袖はなみだの水底の橋
あはぬなげきや
12578 つれなきを思ひこがるときゝつなりあはぬ歎や君もくるしき
磐手社
12579 人しれぬ袖の涙や思ふことといはでのもりの露とおくらむ

12580 いかにして人にしらせんかくぞともいはでのもりのしげきなげ〔きを〕
不知哉川
12581 塵つもる床の山よりながれいづるそのなはいさやわがなみだ川」（3ウ）
火焼島　未勘
12582 人恋るむねはひたきの島なれやあふことなみの中にこがるゝ
12583 あふこ〔と〕のなみだの海の中にある火たき島とぞ身はこがれぬる
広橋　未勘
12584 行なやむ駒はとゞめて広はしをかちよりわがくいも恋かねて
12585 いもがりといそぐ心やのる駒のほだしとなりてなづむ広はし
人妻里
12586 我ならぬ名のりをしてや月よゝしよゝしと言はん人づまの里」（4オ）
白鳥関
12587 天かけるつばさもがなや白鳥の関とめらるゝ中もとぶべく
12588 たのめ置しよひの人まも白鳥の関こえぬまは猶ぞあやうき
寄日恋
12589 人を思ふ心はつねにくもりびのめにみぬかげの身にそふもうし
12590 てらすとも心のやみのはれせめや恋しき人にあふ日なりせば
橋
12591 かけ初し我かつらぎの岩はしは中空にても絶じとぞ思ふ
杉野」（4ウ）
12592 かりにだに人はとひこで杉のゝにつまこふ雉のねにはなけども
もろよせの浜
12593 みのうきにそふるつらさをよそにみば波と風とのもろよせのはま
夕月夜　六帖題
12594 わが恋はまつのはごしの夕月夜おぼつかなくてやみぬべき哉
まちくらすまの
12595 あはでふるとし月よりも契おきて待くらすまの久しきやなぞ

12596 夏の日に待（ママ）まくらすまの久しさをあふよの空にかへてま〔しかば〕
いとふ〔には〕ゆる」（5オ）
12597 〔か〕くばかりいとふにはゆる恋なれば思ふといひて心みよき〔み〕
12598 人はいさしらでつらさやまさるらんいとふにはゆるわが思ひとも
なきて別し
12599 うきながらいつかは聞むほと、ぎす鳴て別しきぬ〳〵のこゑ
12600 くたかけのなきて別し面かげのいく有明の月ぞ添らん
竹河
12601 ふしもみぬ露の契に竹川のながれてよ、に身をやしづめん
空閨残燭夜」（5ウ）
12602 待よはのむなしきねやのともし火をかげとなる身にいつまでかみん
12603 はて〳〵は待夜むなしき灯に消をあらそふ身とぞなりぬる
12604 消やらでさやはいつまでのこるべきうきひとりねのよはのともし火
ね覚の恋ぞ　句
12605 なに、そふね覚の恋ぞあふとみし夢はわすれぬ心づからを
12606 ゆふ煙よそになびくとみし夢のね覚の恋ぞくゆりまされる
戸絶橋
12607 橋の名のと絶はすともかけつがでやむべきものかこ、ろか〔よはゞ〕」（6オ）
待恋
12608 とひこぬをならひになしてよひ〳〵にさはるかごとも今はきこえず
12609 夜をかさねとはねばしばし灯のかげとなるまでまちよはるみも
ちかくてあはず
12610 海山をへだつるよりも近ながら心かよはぬ中ぞはるけき
12611 袖のかもうつるばかりに近けれどへだつる中は八重のくもがき
君意軽偕老
12612 もろ共にかはらで老となるまではおもはでしもや人のあだなる
12613 末またでかはりやすべきもろともに老となりなんよともたのめぬ」（6ウ）

朽木橋
12614 あひみしは絶なんはしを朽木ともしらでぞよ、をかけて契りし
ふた夜へだてたる
12615 くればとくとひもこな、ん玉くしげ二よへだて、猶やまたる、
12616 時のまもおぼつかなきをもしや君こよひとはずはみよやへだてん
玉かづら
12617 秋の田のはつほのかづらかつみてもあかざるいもを我絶めやも
12618 かき絶てくるよもなきを玉かづらおもかげさらず恋しき〔やなぞ〕
12619 うちはへてとひくるをりは玉かづら絶ん物ともおもはざりしを」（7オ）
朴津　和名以奈津
12620 たのめ置てあふよとなればつの国のいなつに立るまづかひもなし
寄名所恋
12621 ふみ通ふ程はたのめてけふも猶恋わたれとやいなむやの橋
12622 としをへて恋をするがのあなたなるいつといはなん命あるまに
12623 契ても心ぼそしやいとのしまよりあふことのたえ〳〵の中
12624 うつ、にはあふせもあらじはりまなる夢さき川をたのみわたらん
飽等浜」（7ウ）
12625 うらやまず人をあくらの浜ならば恋わすれ貝ひろひかねめや
12626 うらやましやすくやひろふ人をとくあくらの浜の恋忘貝
寄名所恋
12627 とひもこぬ人をいつまでよそにのみきくのはまなるまつごとにせん
12628 きかせばやたのめし秋のゆふま山をじかもたへぬ妻恋の声
また
12629 人心あだの大の、秋風にかやがしたばのみだれてぞ思ふ
12630 まれにきてこよひかへるの山ならばいつはた我をとはんとすらん
12631 たのめてもあふごかたゞにおくあみのひとめしなくはうらみざらめや」（8オ）
葛によす

12632 葛かづらくるよのまれにあらばこそうらみてもみめ中の秋風
12633 うらみばや秋の葛はのかれはてば風の便りもあらじ我中
誰識相念心
12634 もれてもしよそにいふともろともに思ふばかりはいかでしるべき
12635 もろともに思ふが中はちはやぶる神ならずしてたれかしるべき
名所によす
12636 たのめつゝいつかは人をまつ山のかはらぬかげをくれごとにみむ」（8ウ）
心よはく　みつね集
12637 うしつらしまだし今はとおもへども心よはくぞ人のこひしき
寄蝶恋
12638 色ごとにうつるこてふのとぶをみて花ならぬ身をかこちてぞふる
高遠集〈とふ人のなきおく山のやま彦はいらふるかたにしられざりける〉
12639 こふといへばこふといらふる山彦をつれなき人にきかせてし哉
12640 つれなしとみながらもなほいひぞよるいらふる声のきかまほしさに
ひしげ　赤染集〈むねひしげなげく歎も有ふればあく心ちするものとしらなん〉」（9オ）
12641 わが袖は竹のかけひのひしげつゝつゝむなみだのよにもりにけり
はやる
12642 いもがりとはやる心はとぶ鳥にそへてやれども身こそ及ばね
入夜恋佳妓
12643 暮るまでみし舞姫の面かげのめにさへぎりて夜もねられず
12644 舞姫の袖に入にしわが玉のなどか残りていねがてにする
恋　宮御題、与新樹二首
12645 引かへす道をもしらで恋の山ふかくはなどかまどひ入けん
12646 あひもみずこともかはさでかくばかり恋るはいつのよのちぎりぞも」（9ウ）
阿波手
12647 つれなくてあはでのもりは終によに我ことのはのちりやみだれん
名をゝしむ　折句
12648 などやわがをり〳〵とひてをさなくもしられぬ中とむかひなれけん
名所によす
12649 おもひやれよそのはれまもみるめなきよどこの浦の五月雨の空
12650 けぶりたちもゆとはみえじあさま山やまぬ思ひに身はこがるとも
また
12651 恋をのみすまのうらはにやく塩のからき思ひに身をこがしぬる
12652 あひみぬはたゞ一よ川とし月をわたるばかりに恋しきやなぞ」（10オ）
後朝
12653 くれなばとたのめざりせばけさのまの命の露は何にかゝらん
12654 あかなくに起別こしあさ露のひるますごさで消やはつべき
わすれたる人に
12655 わするゝもよしやうらみじつれなきをしひてしたひしむくひと思はん
12656 ひたすらにわするとならばうき人の面かげをだにとゞめざらなむ
12657 わするゝかさらばわすれもはてずしてなになか〳〵にのこる面かげ
初恋
12658 まだしらぬ思ひこそつけこれやみのこがれゆくべきはじめならまし
12659 人しれずけふこそ生し恋ぐさのあやしや露のかゝるみだれは」（10ウ）
寄草恋
12660 しげるともかるとも何か忍草たえぬ下ねを人のしるべき
12661 あはでよにふる江のあしのみがくれて人をうきねになかぬ日ぞなき
会不逢恋
12662 さゝまくら一よのふしをかり初の夢になせとやさらにつれなき
12663 流てはわがみこす波立かへりあふせをたどる中川の水
12664 はかなくてねぬにみえける夢路故ながきうつゝのやみにまどはん
旅恋
12665 草枕ね覚の袖のぬれそふはたのめし松に波やこゆらん」（11オ）
12666 別きてあまたゝびねをとふものはかさねし袖にやどる月かげ

名所によす
12667 いふことをこたへぬ君や耳なしのやまずこふれどそのかひもなき
12668 人めのみ大みやちかきみゝと川わたらぬ中も名にやながれん
初恋
12669 けふよりや人をこひぢにまどふらんあやしく袖のぬれてかはかぬ
12670 こひぢにやまどひ初らん何となくものおもはしく袖のぬるゝは
12671 いかなれやけふこそ生し恋草の露のみだれて思ふ心は
忍恋
12672 よのうきにおつるなみだといひなして思ひの色は猶ぞつゝまん」(11ウ)
12673 人はなほあやめやせましよのうきにおつるなみだといひはなす共
12674 我ながらしのぶもあやしいはずして人にしられん思ひならぬを
12675 いひ初て後つらからばとばかりにいく度人にもらしかぬらん
旅恋
12676 わぎもこが夢にもみえよたびねするあらいそなみにやどる月かげ
会不逢
12677 一度の逢に命をかへませば二度つらきうさはしらじを
12678 夢ならば又みてましの頼なく有しよりげに人のつれなき
寄月
12679 あふことのなみだにかすむ月かげも春のならひと人やみるらん」(12オ)
ながき夜わぶる比よひに人のきて立ながらかへりしに
12680 更なばと思ふたのみも有ぬべし中々人のよひにとはずは
寄筐
12681 我中はかたみにくめる水なれやたのめしことの露もとまらぬ
12682 たのまめやあだし心の花がたみめならぶ色の数ならぬみは
寄檜
12683 つけねどもやくるひばらをあふことのなげきのはてとよそにだにみよ
12684 つれなさに我もまけじとむねをやくひばらと成て身をこがしつる

寄泛」(12ウ)
12685 うちはへてうけもひかねばつりなはのくるしき恋によをやつくさむ
12686 よそにだにあはれとはみよゝるべきなき身はつりなはのうけひかずとも
不言恋
12687 うちいでゝつれなくはともおもはずは此とし月をしのぶべしやは
12688 恋わびて今はとまではむかへどもいひいでがたみけふも過つる
白地恋
12689 けふみそめけふいひよらば月草の花心とやいもがおもはん
12690 行ずりの袖のかばかり身にしみておもふはいつの契なるらん
12691 立よるも同じ一木の花のかげあだし契と思ひなすなよ
寄挿頭」(13オ)
12692 何にわが心そめけむ末終に人のかざしとなれるさくらを
12693 心こそまづうつりけれ我せこがかざしのもみぢ散は初ねど
寄井恋
12694 山井の心はかねてくみながらふかくたのみしみづからぞうき
12695 かならずとさしてたのみし暮なれど盃の井のかげもうつらず
負恋
12696 つれなくはしたはじとこそ思ひしがあらそひかねて人ぞ恋しき
12697 つれなさのかぎりをみんとしたひつゝすまふ命ぞまけてしぬべき
12698 今しいと思ふにまけてとひもこぬ人をこよひも待更しつる
12699 たのめつゝあだにまたせてあくるよを我にかちぬと人や思はん」(13ウ)
寄庵恋
12700 かりにてもわが思ふ人を人めなき山のいほりにまちみてし哉
12701 人とはぬ我身をよそになしてみば秋はてがたの小田のかりいほ
寄下草恋
12702 秋にあふときはの松の下くさはうへのみどりもいかでたのまん
12703 あふことのまれにもなみの下くさは水がくれながら朽はてぬべし

久恋
12704 恋々て心につもるとし月を涙はしりて色にいでぬる
12705 さても猶つれなき色を久にへてまつばにかゝる露もはかなし」（14オ）
会地関
12706 はるけしな年のみ越てゆく末のいつあふぢともしらぬ関路は
12707 心だにかよはゞそれになぐさめんあふぢの関はよしかたくとも
寄露恋
12708 みよや人秋の草葉とわが袖といづれか露のおきやまされる
12709 草のはにおくはひるまもあるものを我袖くたす露や何なる
寄沼
12710 つれなさのながしの沼のあやめぐさねもみぬこひに袖やくたさむ
12711 わぎもこがゑまひにゝたるかほよ花かほやかぬまにさくをだにみん」（14ウ）
寄薦恋
12712 あふことの今はよどのゝこもまくらかりにのみとも契らざりしを
12713 人はいつとふのすがごもあふことのなゝふもみふの露に朽なむ
寄風恋
12714 人心いまはあらしの風おもてむかひがたくもなるつらさ哉
12715 いつしかと何まちつらん人心あきはてがたの風のたよりを
12716 身にさむく吹よりも猶かなしきは心のあきのあらしなりけり
寄川恋
12717 あふことはとゞこほるとも谷川の下にながれて絶じとぞ思ふ
12718 わが中はかはるをぞまつあすか川なみだの淵も人のうきせも」（15オ）
寄池恋
12719 おもへどもあだにいはれの池なればふかき心をえしももらさず
12720 くみてしれ人めつゝみにせかれつゝ心の池のいひいでずとも
別　小舎丸勧進智証太師年忌、冠字け
12721 けさは消夕はむすぶ白露のひるまばかりの別さへうし

老のゝちうづまさにあるに秋の比心づきにおぼえける人のとひしにわらびをゝりて
12722 山かげのかきねのわらび折過てたれを思ひに今もゆらん」（15ウ）
かへし
12723 常もなきおもひなるべし山かげの秋のしばふに生るわらびは
又かへし
12724 とことはにもゆとは見えし折過し身のみなげきのかげのわらびは
もみぢの色こきにつけて
12725 わが袖のなみだの色にあらそふは秋のもみぢも君やこふらん
寄貝恋
12726 つゝめども思ひますほのかひもなく色に出てや人にしられん
12727 色々におもひくだけどかたしがひかたしやあはん末のちぎりは
12728 ことのはは色なるものゝうつせ貝むなしき恋に身をやつくさん
寄髪恋」（16オ）
12729 玉かづらつらきながらも絶ざらばながき心もしられなましを
12730 よゝかけてむすびしものを玉かづら今は絶とやかげもみえこぬ
寄篝恋
12731 よとゝもに人をう舟のかゞり火も涙川にもえあかしけり
12732 おぼつかな何にかゝりてかゞり火の人のう川にもえわたるらん
寄鵜恋
12733 人心うのゐる岩による波のまなくかけてもなどか恋しき
12734 いつまでか人の心はなれうのあふことなみにひとりしほれむ」（16ウ）
ある人のもとより
12735 君がすむ都のにしの恋しきに我をともなへ入がたの月
返し
12736 入月の君をさそはゞ足引の山のあなたに待まし物を
又、人
12737 入月に心をそへて思ふとも都のにしの人はしらじな

かへし

12738 君はたゞ月につけてぞ思ひしをなど面かげの常にはなれぬ

ある人いとつれなきにいひやる

12739 いかばかりうれしからましつれなさのけふをむかしとかたりあはさば

とあるをきゝて」(17オ)

12740 うらやましいとつれなきもさりとも〔ママ〕ゆく末とほくたのむよはひは

寄鵲恋

12741 かさゝぎの飛ゆくみればあふことのこよひも夏の月ぞ明ゆく

12742 茂りあふ梢をめぐるかさゝぎも猶思ふえやもとめかぬらん

ほしによす

12743 いく夜をか待更すらん山とほくかくるゝほしにこぬよかぞへて

12744 夕つゞはとく入はてゝこぬ夜はのあらはにみゆるほしのかず〳〵

12745 めぐりあはでよをやつくさんあだしみは南のほしのよそひならぬに」(17ウ)

無水〔ママ〕月廿五日ねたる夜の夢中ニ詠

12746 かりそめにみしははつ草露のまにわが下もえのなどしげるらん

寄弓恋　太秦太子奉納

12747 つれなくはもしうき名にやたづかゆみ引みゆるべき心をぞみる

12748 そりたかきあらきのま弓おしかへしおきふしいつかてにならしみん

忍待恋

12749 しのぶればおそきも人のことわりと思ふに過て更るよは哉

12750 しのぶるをかごとになしてとはぬよもあるやと更て待ぞくるしき」(18オ)

片恋

12751 かたこひは苦しき物としりぬとも猶うき人は我を思はじ

忍恋

12752 しのぶとも世にあることのかくれなくもれなん折のうきをこそ思へ

恨

12753 かづきするあまにはあらねどよとゝもにうらみて袖のかはくまもなし

12754 葛のはのうらみぞたへぬあだ人の心に秋の風立しより

12755 恨ばや心にこめて過しなば人のつらきを又ぞかさねん

12756 いはじたゞことわりとしも思はずは人にうらみをまたやかさねん」(18ウ)

ふる物がたりに女の水となりてながれたるかたをみて

12757 思ふ人水とながれて消うせば我は魚とやなりてたはれん

又心づきなる人を思ふに

12758 思ふ人水となるともきかなくになどひたすらに袖のぬるらん

老の後をとこ女のしたしきさまなるゑをみて

12759 をらばやの心も露と消うせぬ花のおもはん身を思ふには

老の後人の名たてけるに

12760 ぬれ衣は猶かけそへよそれにだにふりそふ老の涙かくさむ」(19オ)

ちぎりしことあやまてる人に

12761 道のため色に染つることのはをなど誠しくいひちらしけん

ぬれ衣のおのづからかはきければ

12762 さをしかのいつかひよとは鳴ぬれどかぎりありけり老のぬれ衣

このぬれぎぬきせたるいとにくきわざかな、いでたゞしあきらめんとて、ことわり
いひとき侍りければ、大に悲しみまどひて、おのがみをくひたるしれ人なん有けり。
そをつみせんとする我もをさなく思ふに、ゆるせば、十余人も悦のまゆひらくよし
をきゝて、さらばもとのごとくゆるしてんといふをきゝて

経亮

12763 よの人をめぐむ心の浅からぬ思ひにかはく老のぬれぎぬ」(19ウ)

かへし

12764 よの人にめぐみの露のかゝりせばよしぬれぎぬは立かさぬとも

絶間池

12765 池の名の絶ま久しくなりぬるはみづやさながらかれんとすらん

12766 しげかりし水くさもかれぬあふことのしばし絶まの池とみしまに

不忘山

12767 いさやまたあぶくま川もしらぬ身になどまどふらん忘れずの山

12768 としふれどあぶくま川もわたらねばわが忘れずの山もかひなし

見始崎」（20オ）

12769 けふこそは見初が崎の萩花あだなる色にうつるなよ君

12770 秋はぎのあだなる色としりながらみそめがさき契（ママ）さへうし

片恋

12771 人をいつみの、白糸くるしきは我心のみかたよりにして

12772 あふよしもあらじ思ひのかたし貝かひなくなどか身をくだくらん

寄橋恋

12773 しなのなるきそ路の橋も何ならずあやふき中にかくる思ひは

12774 わが中にかけても何かいははしの中空にては絶しものゆゑ

木によす」（20ウ）

12775 冬木の中の思ひの有としもしらじことばの色にみえねば

12776 もえてしもいかでしられん数ならぬ我み山木の中の思ひは

雲によす

12777 みる〳〵もうすらぐ雲の中空にむなしくならん契をぞ思ふ

12778 吹となき風にもなびくあだ雲や人の心のすがたなるらん

垣によす

12779 思ふことやぶの柴がきかきこめていく年月を隔きぬらん

12780 あし垣はやへのくみがきならねどもへだて、うときよその年月

寄屋恋

12781 八重むぐらはひたるこやもいもとねば玉のうてなに猶やまさらん

12782 枕づくつまやの風のさむけきにこよひもねてや待あかさまし」（21オ）

寄衣恋

12783 から衣すそのあはずてねたる夜は身に秋風のさむくこそふけ

12784 秋風のさむくし吹ばふる衣うちすて人ぞさらに恋しき

12785 あはぬよのかさなるま、にから衣うらみまほしきをりぞおほかる

杣木によす

12786 此ま、にくちかもはてん引さしてうちおかれぬるみほの杣木は

12787 言にいづ出みの杣木年をへてたえずこがる、中の思ひを

風によす

12788 さむくなる世の秋よりも人心あらしの風ぞ身にはしみける

12789 なれ〳〵てみしことのはのちりこぬは吹もやかはる心あひのかぜ」（21ウ）

宿木によす

12790 さのみ人つらくないひそ宿木も契あれこそねざし初らめ（万ニカクイヘリ）

12791 露ばかりあはれはかけよやどり木のねざしとむべきこのよならぬに

12792 あだしよをおもへばたれもやどり木のねもみぬ中にかれやはつべき

杉野

12793 しるらめやよそに杉の、杉かげにおふる草ばの露のみだれは

12794 契おきし年も杉の、つま恋にさおとるきしのほろ、とぞなく

聞法の席に心づきなる人をみて

12795 ふかくわが尋る法の道のべの花に心のなどうつるらん」（22オ）

挿頭山　豊前

12796 咲そめば我にかざしの山ざくらよそめにみんと思ひやはせし

12797 いつか、くわがもふ人をみちの口かざしの山の山ざくらばな

長岡

12798 はてしらぬ人のつらさの長岡やまつも千とせの限あるよに

12799 もろともに田づらのおちぼ拾ひつ、いつかはすまん長岡の里

千束橋

12800 立わたるはしとはならで橋の名の千束の文に名をやくたさん

12801 やる文も今は千束の橋ばしら立名のみして朽やはてなん」（22ウ）

萩原里

12802 とひくれば玉まく葛のうるさとて我をいとへる萩原の里

12803 花もちりぬ何をかごとに今よりはとひかもゆかんはぎはらの里

蓮浦

12804 つみ深み蓮のうらにはしづむともそこのみるめはからんとぞおもふ

12805 この世にてみるめからずは蓮のうらに身はうかぶとも何にかはせん

家島

12806 さてもわが恋しき浪はなかねどもみまくぞほしきいもが家じま

12807 時のまもわすれぬいもがいへつしましほけなたちそよそにてもみん」（23オ）

穴憂里　丹後

12808 あひ思ふ中の人めの名なりけりあなうの里に妹なすまゐそ

12809 （わぎもこは）しのびづましらでやすめる名もしるくあなうの里の人め多みを

12810 人心あなうの里の名をかへてあらばやさてはつれなからじと

12811 人ごとのしげしやしげしたにはちのあなうの里にいもとしすめば

12812 人ごとのあなうの里はすみかへよ我しのびづまよにもしらせじ

古詞を

12813 〔山〕家　かくばかりつれなき人の恋しきは何のいはれとしるよしも哉

12814 〔匡〕衡　（玉によす）よし消ねいのちのたまの有数に人も思はぬ露の身なれば

12815 延喜式　（祈）おもへどもかくつれなきはあふことをいなふの神に人やいのりし

12816 〔夫〕木卅六　（被忘恋）人をわが思ふ心にほだされてわすらる、をもしらずぞ有ける」（23ウ）

12817 〔夫木〕　恋じにしたが玉しひの取つきて我にや物を思はせつらん

12818 〔高〕明　つく〴〵とひとりし物を思ふにはとはずがたりぞ常にせらる、

12819 弁乳母　梓弓ともねしてこそかたらはめつれなく人はいひはなつとも

12820 〔献〕円法師　つれもなき人を湊にあこがれてとあさの舟によりぞかねつる

12821 行家　まけはせで命や絶んつれなさにすまひてこふる力あはせば

12822 山家　妹をしたふ心はいまも児めきて翁さびすと人やわらはん

12823 引よせてをらんとすれどなよ竹の遠よるいものねたくも有哉

12824 為忠百首　うくつらきいもが、くせる文とりてせめてはいかで脇をか、せん

12825 保女　むかしより我しめしの、わかす、きかりにも人にむすばれなせそ」（24オ）

12826 宗良　まどふべきこひぢともまだわかたづのたづ〴〵しとやおり立てなく

12827 頼政　露をだにおもげになびくわかす、き結びやせまし人しらぬまに

12828 行宗　わすらる、みの、白糸かたよりに思ひみだると人はしらじな

12829 曽丹　妹もなきねやのかさ戸につく〴〵とむかしの夏を日ながさ〔ママ〕

12830 順　思はれぬわれから竹のよと、もに身のうきふしをかこちてぞふる

12831 小大君　わかれては又立かへりみんこともかたしの道の露と消てよ

12832 散木　かきのぼり松にすがりてみつる哉よそげに過るいもがうしろで

12833 実方　天にますかさまの神にねぎかけて露のまだにもあはんとぞ思ふ

12834 みつね　あふことのかたかけ舟に乗つればうちこす波に袖ぬらしつ、」（24ウ）

十津川

12835 よしさらばよしの、おくの十つ川ながれてとだにたのめおけ君

12836 早くより名だかく聞しみよしの、十つの川をいつかわたらん

絶恋

12837 ねぬなはのくるよの稀にみえしこそかく絶はてんきざしなりつれ

12838 終にかく絶ぬるまでをみつる哉あふにかふべき命なりしを

12839 中絶てとしもへにけりへだて、はかた時のまも恋しかりしか

12840 今は世に有やなしやもきかぬまで絶と絶ぬるみの契哉

12841 絶ぬべきうさをみんとやつれもなくあふにはかへぬ命也けん」（25オ）

寄傀儡恋

12842 一夜かる野上の露の契だになげの情はかくてふものを

12843 うかれめに我身をなしてたゞ一夜結び捨しもうき契哉

閨恋

12844 折てみんよそにのみやはきくの花よし〴〵袖は露にぬるとも

12845 たぐひなき色かをき、てとしもへぬいつかは行てみよしの、花

寄絵恋

12846 思ひ余りみてだに恋やなぐさむとゑにかきとむる妹が面影

12847 うつつともいもがゑまひにおよばめや筆のにほひは限こそあれ」（25ウ）

後朝恋

12848 むかしたれ別そめけんきぬ〴〵のならひ悲しきしのゝめの空

12849 露の身の夕をかけてちぎらずは此朝床に消うせぬべし

切恋

12850 こゝろみに哀ともいへかぎりぞと思ふ命もしばしのぶやと

12851 消ぬべき露のいのちよまてしばしあふにかへんと思ひこしみぞ

12852 契あらばあふにかふべき露のみのけふや消らん人のつらさは

近恋

12853 みかはせどあひも思はでまぢかきは遠きうさにも猶まさりけり」（26オ）

12854 つれもなきいもがみ袖のゆきふれにのこる人かを心とも哉

12855 いもが袖吹こす風にちるゆきのきゝてぞ思ふかをる人かに

12856 いもが袖こすかぜもかほるかの身にしみてわが恋こそまされ

寄秋恋

12857 うき人の心にのみやくる秋の色もみえぬにかはることのは

12858 時わかぬ人の心の秋かぜは夏も身にしむ物にぞ有ける

寄月恋

12859 あひみればやみにも月よ月よにもあはねばやみにふる心地する

12860 あふことのかくつきなくはめぐりあはんこんよも猶やゝみにまどはん

寄思草恋」（26ウ）

12861 人心あき立しより時わかぬ思の草の花はさきけり

12862 わが中はかれぬる物を思ひくさ有しよりけになど茂るらん

聞恋

12863 逢坂の関のこなたの音羽山音のみきくはかひなかりけり

12864 心こそ空に成ぬれ吹かぜの音のみ聞てめにしみえねば

尋恋

12865 よそながらとふべかりけりうき人のたづぬときかば猶やかくれん

12866 いづくにかかくれたるらんむらさきの草のゆかりは尋ねつくしつ」（27オ）

南海の画図をみる比、八丈島のこなた二くろせ川ありて、百里わたり廿丁ばかりあなる急流とかけり。恋の心によめる

12867 人をいつみなみのうみのくろせ川名をのみよそに聞わたりつゝ

寄川

12868 人はよし流れてとだにいはずともやましろ川のやまじとぞ思ふ

12869 などやかくまだきうき名のたかみがはわたらぬさきに身をやしづめん

火によす

12870 とことはにありとはみせぬ石の火をうちいでゝいつか人にしらせん

12871 こがれ侘もえほたれたる芥火の消もはてぬぞ身のたぐひなる」（27ウ）

心によす

12872 しられじと心をさめし人めさへ今はいとはぬまでぞ恋し［き］

12873 思ひやる心にまかす身なりせば日には千度や君がりゆかん

12874 つれなきをなどかくしもと思ふ我心にも似ぬ人の恋しさ

12875 雲ゐなる人をはるかに思ふには我心さへ空にこそなれ

雲によす

12876 さみだれにみだれ初にし雨雲のはれずも物を思ふころ哉

恋の杜

12877 あはでふるむねのなげきのよに生て恋のもりとは成にや有らん」（28オ）

纔見恋

12878 ほのみえし軒のいよすのすきかげの心にかゝるたそかれのやど

12879 ゆく舟のほのかに人を見しま江の芦の下ねのみだれてぞおもふ

恋催意

12880 恋故は心ぞちゞにくだかるゝとせばかくせばあひも見るやと

12881 むかしにもあらず成ぬるつれなさをいかに思はゞ忘しもせん

心のそら

12882 みか月のほのめく影の入しより心の空になりしよひ［かな］

ふたみちゝ　家持集

12883 誓言にかはる契のみかはなる二道ぢゆく人のつれなさ」（28ウ）

引ほし　赤染集

12884 わたつみのにきめ引ほすあま人にあつらひてしかぬるゝ袂を
12885 引ほせどなみだの雨のはれまなきわがたもとこそかはか〔ざりけれ〕

なまじひ

12886 消かへりものをぞ思ふなまじひにとはれしもとのよもぎふの露

のらかぜ

12887 霜をふくのら風よりもつれなさのむかひがたくもなれる君哉

すぎくれ

12888 かならずとたのめしごとにすぎくれば朽てや終にひかれざる覧」（29オ）

堀百〈人しれぬ恋のすみかをたづぬれば我ふす床のうへにぞ有ける〉

12889 尋れば恋のすみかはよそならで人をわすれぬ我み也けり
12890 ひとりねの恋のすみかのわびしさをいつあふよにかゝたり明さん」（29ウ）

六帖詠草　雑一

母君の満八十に、廿首題を人々にすゝめて、巻軸、寄鶴祝を

12891 幾ちよとかぞへもつきずたらちねのよはひになるゝ友つるの声」（1オ）

寄松祝　五十賀、馬杉翁勧

12892 年波の千重にこすとも梓弓いそべの松の色はかはらじ」（1ウ）

述懐

12893 身のうさにいとふ心ぞあはれなる又めぐりこんこのよならぬを

懐旧

12894 すなほなる神代をしたふことのはに人の心のみちも絶せず

松色緑久　玄昌勧進

12895 深みどり幾よをこめし色ならんかげさかえゆく神がきのまつ
12896 かぞへても六十へにけり神がきにいくよをこめし松のみどりぞ

忠臣待朝

12897 庭つ鳥かけのたれをのたれこよひつかふる道に明るまつらん
12898 つかふとてさかしま衣ゆふひものとけていをぬるよはやなからん」（2オ）

旅宿雨

12899 朝戸出を思ふもうしや草まくらかりねするよの雨になる空
12900 分なれし露はものかはかりねして雨きくよはのかたしきの袖
12901 古郷に立かへりぬる心ちして雨にやどかるたびの中みち
12902 立いでん朝の空を思ふにもかりねのやどの雨ぞいぶせき

古寺水

12903 山寺のかけひの水やおのづからたえぬみのりの声を添らん
12904 古寺のあか井の水ににごりなき心をさへやなほすゝぐらん
12905 すむ人の心もくみてしらるゝは水底清き三井のふるでら
12906 法の声かけひの水の音づれに心やすめるやまの古でら
12907 すみなれて聞人さぞな山寺のかけひの水のいざ清き声」（2ウ）

12908 法の声はいつより絶て谷水の音のみすめる山のふるでら
12909 法の声岩もる水にひゞきあひて心すみぬる山の古寺
12910 寺井をもくみはならさでよのちりににごる心のあさましのみや
12911 よのちりにゝごる心をあさしとはあか井の清水くむ人やしる
12912 にごるともすまさばたれかすまざらん寺井の水のもとの心は

善行院十七回忌に墓にまうでゝ

12913 むかへどもことのはもなしおもひいづることをあまたの露の古つか
12914 やどしつる光はもとの空の月消にし露に何したふらん

浄観尼の紫竹の庵にて

12915 此庵のかきねの道のゆきかひもまれに成ぬる夕さびしも」（3オ）

寄山述懐

12916 よをとほくのがれ入とも身をさらぬうきには山のかひやなからん
12917 いとふとも身にそふうさはのがれえじよしやよしのもよの中の山

寄日述懐

12918 いたづらにおくりむかへて天つ日のかげはづかしくみこそふりぬれ
12919 老てだにあだに過じとあさな〳〵思ふ日かげもくれやすきそら

名所山

12920 時しらぬ雪にけたれてふじのねは花ももみぢも色やなからん
12921 花もみぢなだかき山もあまたあれど雪をときはにむかふふじのね」（3ウ）

池

12922 いつまでかいく田のいけのうきぬなはうきにまどひてよをやつくさん
12923 誰もみなにごりやすきを清ずみのいけの心のふかさをぞしる

往事如夢　尼崎通斎七回忌

12924 友なれてみしよや夢路さらに今おもひかへせばうつゝともなし
12925 はかなしや夢にまさらぬこしかたをうつゝになしてしたふ心も

夜述懐

12926 雪ほたるあつめざりける怠（ヲコタリ）をわがよの更ておもふおろかさ
12927 あつめねばほたるばかりの光なき我よの更ぞさらに悔しき」（4オ）

古寺路

12928 松杉の木のまに軒はみえながら山路はるけきみねの古寺

羇中夕

12929 すみ染の袖よりほかの人かげもみえぬ野寺の道の一すぢ
12930 行つかれくるればかへる心ちして主もしらぬやどりをぞとふ
12931 やどるべき里のしるべとめくればうらぢはるけき海人のいさり火

寄布述懐

12932 もとよりもなつかしげなき麻布のやつれはてたるみをい［かゞ］せん」（4ウ）

庭合歓

12933 これも又色はにほへど夢のよを砌のねぶの花にやはあらぬ
12934 夢のよをしらせがほにも此寺のみぎりのねぶの花に咲らん
12935 もろともにみんとちぎりし人はこで庭のかうかの花ぞ散行

対松争齢　木村正養祖父七十賀

12936 春ごとにわかゞへる身はみどりそふ松のちとせをよそにやはみる
12937 みどりそふ松ぞ千年の友かゞみともにわかへしかげくらべみよ

夜ふかくめ覚たるとはなくて、ほのかにかねのきこゆるに、あけぬるにやあらんと思ひつゝ、なほまどろむに、後の事をおもひて

12938 はかなしやいつまでとてかむすぶらんかねよりのちの暁のゆめ」（5オ）

山家夢

12939 のがれても住はつまじき心とやうきよにかよふ夢のみゆらん

雨中待友

12940 ふりやまばあはれともみじぬれつゝもとへかし雨のつれ〳〵のやと

寄舟雑

12941 難波がたあし分小舟行かへりよわたるわざに袖ぬらすらし
12942 朽ねたゞあしまによせし捨舟の漕いでぬべき身にもあらずは

遊子越関

12943 旅人の関越がてにみゆる哉月ものこれるあふさかの山」（5ウ）

名所沢

12944 稲葉吹小田の秋風みにしみて伏見の沢を鴫ぞたつなる

名所岡

12945 わたつうみのなぎさの岡のはる風にまつのうへこす花のしらなみ

12946 花の春もみぢの秋ぞ分てなをしげきゆきゝの岡越のみち

山家

12947 よのうさを思ひかへせば淋しさもたへてすまるゝ山の下いほ

田家竹

12948 かりあぐる田面の末の夕かぜになびくみどりや里のむら竹

12949 庵さす山田にかこふ竹がきのよをかり初のすみかとぞみる」（6オ）

山家

12950 よとゝもにあらしはげしき笹のはのみ山の庵は夢も結ばず

名所橋

12951 芦まよりみえしはいつのはし柱あともながらの名のみ残りて

祇園

12952 水無月の祭みるとや暑き日も神のそのふにしげき諸人

田家鳥

12953 人めなき門田にあさる白さぎもねぐらにかへる暮の淋しさ

12954 賤のをがかりつむ軒の稲雀なれもやをのが秋をしるらん」（6ウ）

寝覚懐旧

12955 いつしかと暁深くね覚してつら〳〵したふこしかたのゆめ

12956 残るよをさしもをしまで暁のね覚の床にしたふこしかた

寄雨祝

12957 かゝるよにふるぞ嬉しきをり〳〵の雨の恵も里わかずして

寄松祝

12958 契りおかば千とせの松も万代のよにまれらなるかげをみすらん

山家水

12959 よのうきめみずは心もすむやとてくみ初ぬらし山井の水

12960 かくてこそすむかひあれや山水を心にまかす谷かげのいほ」（7オ）

寄鐘雑

12961 身はかくて終につきなんけふの日もはかなく暮し入相のこゑ

寄苔雑

12962 まれに来てとふも露けき山ずみの苔の衣を思ひこそやれ

涌蓮道人の、道敏、榎本などへはをり〳〵とふよしをきゝて申遣し侍る

12963 をり〳〵に我ともがきはとふ人の何とへだつる心なるらん

かへし

12964 山がつはとひぞかねぬる九重に有てふ宿はそこときけども

ともに身をかへたる心ちなんし侍るめる」（7ウ）

多

12965 あつめおくあとにぞ思ふ行末のよゝにもそはん大和ことのは

12966 かりはてぬ賤が門田の秋おさめ年あるいねのかぎりしらずも

古郷木

12967 うゑ置てすまずなりにし宿の松そもあらずこそかげふりにけれ

別

12968 分ゆかむ野山の露にしほるともけさの別の袖にまさらじ

尼崎通斎勧進百五十回遠忌

12969 呉竹のねざしかはらでとほきよもかゝれる露のめぐみをや思ふ

12970 手向草たえぬ恵もよゝをへてもとのねざしや猶しのぶらん」（8オ）

古寺灯

12971 暁をまつの戸ぼそにしらむ也高のゝ山のともしひのかげ

12972 あくるよのかげかすか也初せ山ひはらがおくのともしひのかげ

ものへまかるみちに、古き塔婆のたふれふしたるをみて、いづれの世の人ぞ、性と名とをしらずといひし人もとゞまらぬよのはかなさなどいひて

12973 ことのはもよしやあやなし草の原露のしるしをみるにつけても

かへし　重枝

12974 何事も朝の露とおもふぞよことのはのみにかぎるべしやは」（8ウ）

山家水

12975 すむ人の心もしるし山のいほかけひの水の清きながれに

独述懐

12976 分迷ふ身ぞおろかなる人はみな心をのぶることのはのみち

12977 そむくべきうきにたへても年をへぬよを今更に何とうらみん

寄世述懐

12978 遠きよを忍ぶもあやし何の道もふるきにかへる時を忘れて

寄情述懐

12979 身のほどを思ひもわかで何とわが心にたえぬ願ひ成らん

母のかざりおろし給けるとき、五戒をよみ」（9オ）侍りける　殺生戒

12980 あまならぬ人も心をおくあみのめにみぬつみの深さをぞしる

不偸盗戒

12981 ふる雨に色づく梅のかげゆかばぬるとも袖はかざゝざらなん

不妄語戒

12982 ことのはのおほかるよりやおのづから誠すくなきつみもうくらん

不飲酒戒

12983 くまじたゞすゝむる人のためさへもうきむくいある情とぞきく

不邪婬戒

12984 我やどのつまだにあるをあやめぐさよそにはかけじ露の契も」（9ウ）

窓残灯

12985 あはれ也よもぎが窓の明がたにたがよを残すともし火のかげ

寄松祝　池見氏七十賀

12986 ことのはに老のよはひをのばへつゝ小松の千よのさかえをもみよ

12987 これも又かぞへ添てよ行末の千とせをいはふ松のことのは

山館灯

12988 あはれにものこれるかげぞかすかなる山下いほのまどのともし火

祝言

12989 ことの葉のしげるにつけてしられけり豊あし原の国のさかえは

12990 敷しまや大和ことのはみちすぐにいやさかえ行みよはしるしも

名所鶴

12991 なれもさぞ尽せぬわかのうらなれて千年やちぎるつるのもろ声」（10オ）

羇旅

12992 都いでゝいくへ分けん山鳥のをのへへだつるあとのしら雲

門杉

12993 年をへししるしもみえて古郷のあれゆくかどの杉の木だかさ

窓竹

12994 すなほなるすがたを得ばやまどの竹よしことのはの色はなくとも

谷槙

12995 谷深みおりゐる雲を半にて木だかくしげるまきの一もと

松頭千年瑞　長家卿七百回忌

12996 行末の千年もかねてことのはのさかえにしるき宿のまつがえ」（10ウ）

寄雲述懐

12997 立かへりおもへばあとも中ぞらの雲にこゝろのすがたをぞみる（なりける）

暁

12998 起いでゝつかふるみちにかぞへつる八声の鳥をまくらにぞきく

とし比あひなれける人の身まかりけるに

12999 うつせみのむなしきからをみる〳〵も猶よにありと思ふはかなさ

まだいとわかければ、病のをこたることもやと、頼むかたもありしを、いまはいかゞはすべき。かぎりあれば、のべのおくりのもうけなどするに、心まどひ、めもきりふたがりて、何かの事もおぼえず、なきがらながら、あるほどはなほなきやうにもおもはねば、いまはといへど、別がたきを、我思ふほどは、人はいかゞは」

（11オ）あるべき。よもいたう更ぬと、いひそゝのかす僧どもの誦経する声をきくも、すべてあらぬよに行たゝん心ちして、我にもあらず。さはいへど、はたとゞむべき道にもあらねば、いまひとめよのなごりにとうちみるに、かうやうの人は、けはひかはりぬる物とかきゝしを、有し面かげ露たがはず、ひたひがみのうちかけられたる。いつのよにか又みんと、なみだせきあへず

13000 黒かみのみだれてかゝる面かげをながきかたみとみるぞ悲しき

をさなきものゝありしが、これも心ちわづらひて、いかゞはせましと思ふに、したしき人のらうたうして、くすし何くれと心のいたらぬかたなく、たすけられしに、をこたりて、ひたぶるになれつきつゝ、なき人をしひてもしたはず。心ちよげにうちゑみ」（11ウ）たるまみの、いとようにかよひたるをみるにも、まづなみだぞこぼるゝ

13001 あらき風君ふせがずはいかでかは消のこるべきなでしこの露

かへし

13002 うゐかへてみしなでしこの花なればあらき風にはあてじとぞ思ふ

威王院といふ人の在京のほどは、したしくかたりあひ侍るに、伊勢のくにゝかへりすみ侍らんとて、わかれをしみけるに

13003 月花の折にふれてもおもひいでよ馴し都のはる秋の空

寄衣雑　榎本へ遣」（12オ）

13004 いのちだにあらばふたみのうらの波立わかれゆくうさをかたらん

13005 あまもみよ我もよわたるうき波にしほなれ衣色はかはらず

13006 いとひてもなほよにかくてすみ染の衣はいつかみにならすべき

寄水述懐

13007 ながれいづる水の水上尋ねてぞにごらぬもとの心をもしる

寄帯雑

13008 めぐりあふちぎりをいかに待つらんむすび捨つる井手の下おび

13009 ひたち帯のかごとなかけそみのうさもよゝの契のめぐるむくいを

隣家鶏　二十首内

13010 中がきをへだつともなし庭つとり枕にちかきあかつきの声

嶺上松風

13011 山かぜはふもとの里に絶るまも松のひゞきぞみねに残れる」（12ウ）

羇中関

13012 都思ふ夢路はゆるせすまのうらや関吹こゆるよはの秋風

山家暁雨

13013 山深みかさなる雲に窓とぢて明るもおそき雨の淋しさ

田家鳥

13014 人とはぬ田中の庵の夕暮に友よぶはとの声の淋しさ

海眺望

13015 行船のとまりやいづこ夕塩のかぎりもみえぬ沖つしら浪

往事如夢

13016 うつゝとて忍ぶもはかな過つればともにあとなき夢のよの中

十四日、身まかりし兄の卅三回忌にあたりけるに」（13オ）

13017 三十あまりみしよは我もいはけなき別にさへもかなしかりしを

馬杉老人のたび〳〵とぶらはれけれど、あらぬほどにてなごりおほかるに、きのふも訊向ありとて、中に文あり。用の事などありて、おくに、

13018 けふも又我とふことをたれつげて早くもやどをいでゝゆくらん　とあれば、やがてこれより

13019 さりともとまつにたび〳〵あひみぬはなきを時とや人のとふらん

海路暁　廿首当の内

13020 漕いづる舟路のあとに聞ゆ也いそ山もとの暁のかね

羇中嵐」（13ウ）

13021 草枕なれし都の夢もみん心してふけよはの山かぜ

山家鳥

13022 山深みその名もしらぬ鳥のねを友とまたるゝ庵の淋しさ

古寺鐘

13023 ながきよのねぶりもさませ嵐ふくたかのゝてらの暁のかね

松経年　已上

13024 いく千よぞへにけん年もしら波にかげもふるさぬわかのうら松

古寺残月

13025 初せ山をのへのかねは声つきてひはらにのこる有明のかげ

海辺雲　廿首当座中

13026 波とほき沖つしま山ほのみえて明たつ雲の色ぞわかるゝ

田家興

13027 もりすてし冬田の庵はあれはてゝたゞ月のみぞすみわたりける」（14オ）

古寺鐘

13028 吹送る声もたかのゝ山かぜにゆめをのこさぬ暁のかね

名所市

13029 何をかはうるまの清水かげ絶ずたつの市女の声さわぐらん

山家水　已上

13030 にごりなきもとの心をしる人やいほしめてくむ山の井のみづ

山家　民部卿殿にて華光寺殿手向八月廿日

13031 爰も猶人ぞとひける世中にしられぬ山のかくれがもがな

ことのはのみちは、ことわざしげきよにすみて、心におもふことをいひいづるならひながら、塵をはなれたるものぞかしと、おもふことの」（14ウ）侍りて

夕のかねをきゝて

13032 世の塵にうづもれながら埋れぬ大和ことばの道ぞ正しき

13033 なほざりに聞もはかなしかくてみの夕をいそぐ入相のかね

名所鶴　廿首中

13034 千とせとも何かかぎらんかめのおのいはねの松にあそぶまなづる

旅行友

13035 むつまじきひとりふたりを友なひて道行つるゝ旅はうからず

寄道祝　已上

13036 絶せめや天つ神代のむかしより正しく残ることのはの道

ことの序ありて、はやくすみけるわたりをすぎ侍るに、むかしみし人はいづくにかゆきけん。しらぬ」（15オ）人のみすみかはりたる家ゐどもをみて

13037 すむ人ぞあらたまりけるむかしみし里はそのよの家ゐながらに

13038 あすか川淵せにかはる人のよも浮しづみぬるわがみにぞしる

暁山　廿首当座中

13039 雲深きみねの秋ぎり立重ね小倉の山やよをのこすらん

夜雨

13040 風よりも淋しかりけり深きよのをぎのうは葉のむら雨の声

山家嵐

13041 音信もなか〳〵淋し山里の柴の戸たゝくみねの松風

古郷草

13042 すみすてし年もあまたに古郷の軒のしのぶや生かはるらん」（15ウ）

旅宿

13043 かりねする草の枕の露けさをいつ故郷の人にかたらむ

神祇　已上

13044 守ります神も心や安国のみちさかえ行大和ことのは

加茂にまうでける道にて、ひえの山をみるに、雲深くて、山の半ばよりうへはみえず。易命がすむらんさまを思ひやりて

13045 ひえの山八重にかさなる白雲のはれぬ心に詠わびぬる

13046 心にもかゝらざりせば大かたにみてこそすぎめみねの白雲

遠鐘幽

13047 幾里に暁つげて吹よはるあらしのかねの声かすかなる

隠士出山

13048 山住もいでゝ」（16オ）

新撰六帖をみるに、花かつみ、知家〈都人きてやはとはん花かつみあさかの沼のほどゝをくして〉とあるに、ふとおもひし

13049 近からば浅かの沼の花かつみ朝な〳〵にかつみなれまし

関路鶏　廿首内

13050 相坂やとざゝぬ関も明がたの鳥より後ぞ人はこえける

古渡舟

13051 幾度か舟よばふらん旅人の行かひしげきよどのわたりに

羇中橋

13052 古郷にかけてもしらじしら玉の緒絶のはしをけふわたるとは」(16ウ)

古郷松

13053 古郷は松の落葉にうづもれて軒のあれまもみえず成ぬる

古寺水

13054 くみしらばたれかにごらん山寺のあか井の水のもとの心を

暁釈教　巳上

13055 ながきよの眠もともに覚よとや高のゝてらのかねひゞくらん

ある人の六十賀に、竹不改色といふことを

13056 くるとあくとみどりかはらぬくれ竹にちぎるよはひはちよもかぎらじ

ある人の手向に、暁といふ事を

13057 夢覚るあらしのかねのひゞきにもあかつき露や袖にをくらん

ある人の賀の勧進に、おの字をかしらにおきて、竹といふ事を」(17オ)

13058 折(ヒを也)ふしはうつりゆけどもくれ竹のよゝにみどりの色ぞかはらぬ

塩屋煙　五首当座中

13059 あまのすむ里のしるべやこれならんけぶりたえせぬうらのしほがま

なにはにまかりけるに、あまのを舟の行かふをみて

13060 難波江や芦苅を舟行かへりうきふししげきよをわたるらし

羇旅　廿首当座の中

13061 たびの空雲井はるけき古郷もこよひの月のかげはへだてじ

山家水

13062 谷川の岩もる水の音信に心をすます山かげのいほ

浦鶴

13063 うら風にたづぞ鳴なる難波がたあしべをさして波やよすらん」(17ウ)

述懐

13064 つくば山しげきめぐみのかげにゐてことばの露のかゝるつたなさ

社頭松　巳上

13065 かきつめて幾よつもりの神がきに生そふ松のつきぬことのは

中川忠瑗はこのみとせばかり、こなたしたしくかたりあひ侍るに、過つる比身まかりぬ。ありしよにしたしかりし友をまねき、追慕の志をいとなみ侍りける序に、題をさぐりて、懐旧涙といふ事を

13066 かたりいでゝしたふなみだの種とみよ円ゐの袖の露のことのは

谷下橋　五首の中

13067 谷ふかみ人も通はで朽にけりかけていくよの波のうきはし」(18オ)

山家灯　茅屋にて

13068 山ふかみたがよをこゝに残すらんかげしづかなる窓のともし火

古渡雨

13069 あめにけふぬれつゝぞ行たび衣きゝてふりにしさのゝわたりを

名所述懐

13070 おもひ入心のおくやあさか山たゞ分まよふことのはのみち

羇中河

13071 音にのみ聞わたりつる衣川きてこそたびの袖ぬらしけれ

田家　冷泉殿当

13072 たへてわが淋しさゝぞな日くるれば人もかよはぬ小田のかりいほ

13073 たてならぶとなりもみえぬ小山田の賤がいほりぞよそめ淋しき」(18ウ)

山家苔　同

13074 年をへしほどもしられてむす苔のみぎりに深き山の下いほ

山家嵐

13075 住つかぬ山下いほのゆふあらし心のちりもいつかはらはん

山家雨

13076 淋しさにたへて年ふる山ずみも更におぼゆるゆふぐれの雨

江上舟

13077 けふの日も入江の波の遠方に猶たゞよふやあまのつり舟

嶺上松

13078 生初しそのかみ山のみねの松かはらぬ色やいく千よのかげ

滝水

13079 しら雲のたな引山のたかねより落くるたきや天の川みづ」(19オ)

山家

13080 岩がねのこりしく山の下庵もうきよのさがにかへてこそすめ

短夢

13081 みもわかで絶にける哉ぬるとしも思はぬよひの夢のうきはし

山家水　景文亭十首の中

13082 庵ちかき山下水のながれをもさぞな心にまかせてやすむ

草庵雨　同

13083 ことしげくよにふる人にきかせばや草のいほりの雨のしづけさ

つねにすむ所の軒にたかき松ありて、風の音信をかし

13084 此宿の軒ばの松にことゝふやいづくの山のあらしなるらん

あひなれける女にはなれけるころ、」(19ウ)雅胤のもとより、13085 なれにしをおも

ひかへさばなき床にさぞ有しよの恋しかるらん　とあれば、申つかはし、

13086 なれ〳〵しむかしにかへす夢覚てむなしき床にのこる面かげ

鐘声雲外残

13087 吹おくるあらしやみねによはるらん雲にへだゝる入相のこゑ

山家夢

13088 都人とひくとみしは夢路にて柴の戸ぼそにのこる山風

名所浦　廿首当座中

13089 立かへりいかにかたらんふじのねの雪をうつせる田子のうら波

山家朝

13090 朝まだき立いでゝみれば我（わが）いほの軒ばの山に雲ぞわかるゝ」(20オ)

海路友

13091 此くれもおなじとまりにこぎよせよことかたらはん波のともふね

社頭松

13092 住吉の神のうゑける種なれやよゝにつきせぬまつのことのは

晩鐘　迎称寺

13093 初せ山夕ゐるみねはくれはてゝあらしに残るいりあひのこゑ

中川忠瑗一周忌に、石田若狭守忠豊はゆかりある人にて、追慕の志をいとなみて、

往事夢といふ事をよませ侍りしに

13094 わすれえぬ面かげのみやねぬにみしむかしの夢のなごり成らん」(20ウ)

古郷道

13095 たれとひてむかしのあとを残すらんあれ行里の道の一すぢ

関路雲　五首当座中

13096 今も猶夕ゐる雲に戸ざしゝてゆきゝへだつるあふさかの関

澗戸鳥帰

13097 雲とづる谷のとぼそになく鳥やおのがねぐらを尋ねわぶらん

朝　民部卿殿にて

13098 さしのぼる光にしるし朝つく日山のあなたもくもりなきそら

洛東にすみ侍りける比、ある人のきたりて、あしをみつとこひけるに、くまもなく

もとめ侍りけれど、露侍らざりけるけしきを見て、ほかにてもかりてんとていで

ぬ。」(21オ)いとほ意なければ、これより

13099 悔しくも難波のみつのあしをなみことうらかけてからせつる哉

寄路述懐

13100 すぐならぬ我心とやまどふらん教たゞしきことのはのみち

名所野

13101 かりねせしたがなごりとか手枕のゝべの草ばにのこるあさ露

岡椎

13102 いつしかもみを岡のべの椎が本心にしめしかげぞふりぬる

羇中磯

13103 かりねせしのべの露にも越るぎのいそべの波のよるのたもとは

河水流清」（21ウ）

13104 山川のひとつみなもと清ければちゞのながれの末もにごらず

老後懐旧

13105 こしかたは老てぞいとゞしのばしきそのよかたらふ友しなければ

名所山

13106 聞しにもみるはまさりてことのはも中空たかくむかふふじのね

川玉藻

13107 山川のみどりは同じ水底におふる玉ものいろぞわかるゝ

閑居懐旧

13108 まぎるべき人めはかれていにしへを忍ぶ草おふる宿の淋しさ

山家路

13109 うき世には心かよはぬ山住も妻木の道は猶もとむらし」（22オ）

寄星述懐

13110 たのむべき光なき身に幾めぐり雲井のほしの移りゆくらん

出雲

13111 むかしにもかへるしるべや八雲たついづもの神のことのはのみち

田家鳥

13112 さなへとる賤にもなれて朝な夕なおなじ門田にあさる白さぎ

暁山

13113 夢さそふあらしのかねにこよひたれたかねの月のかげをしむらん

夜釈教

13114 明らけき御法の月の光にも心のやみぞはるゝよもなき

旅行友

13115 けふも又おなじかたにと行つれてかたる旅ぢの友ぞしたしき」（22ウ）

旅宿夢

13116 分くれてつかれやすむる旅ねにも猶野山こそゆめにみえけれ

芦間鶴

13117 よせかへる波かとぞ思ふあしのはにみえみみえずみあさる白つる

廿六日に身まかりける兄の廿五回忌に、仏前にむかひて

13118 かぞふれば廿とせあまりいつしかにあとゝふけふもめぐり来にけり

旅泊月

13119 さやかなる月にあかしのとまり舟こよひは波のうきねわすれて

羇旅

13120 うらの波みねのまつ風音かへていくよたびねの夢さますらん

榎本賓興のもとにて、句題、うらこぐ舟の、と」（23オ）いふことを

13121 かりねする芦やの里に聞ゆ也うらこぐ舟の遠ざかる声

又古郷人の、といふ句を

13122 露けさを思ひやいづる草まくら古郷人の夢にみえしは

13123 たへて住古郷人の心さへ花にしらるゝみよしのゝはる

夜述懐

13124 雪ほたるあつめざりけるをこたりを我よの更て思ふおろかさ

13125 あつめねばほたるばかりの光なき我よの更ぞさらにくやしき

羇中橋

13126 くれかゝるみねのかけはし雲ふかしいざやどかりてあすぞわたらん

13127 うちわたしおもへばとほき古郷のたよりはいつのまゝのつぎはし

山館雲」（23ウ）

13128 明くれもわれとはさゝぬ戸ざし哉立ゐるみねの雲にまかせて

13129 山深く住ともよそにみえぬまで猶立かくせのきの白雲

述懐

13130 にごらじよかけひをつたふ山水のさもかすかなるよにはすむとも

御かへし

13131 すむはよしかすかなるよに山水のにごらぬをたゞ心とも哉
これはよに名だかき人の御歌なれば、やうぞあらんかしとおもへど、おろかなる耳には、初五第二、よにすむはかすかなりとも、落句、心とはせよ、などやうにぞあらまほしと思ふは、必定ひがごとにてぞ侍らん。おそろしながらかき置て、ものしれらむ人にもとひ侍らんとてなん。」（24オ）

遊子越関
13132 古郷をいつ立初て旅人のけふしもこゆるしら川のせき

田家雨
13133 あしがらや夕ゐる雲をめにかけて関路くれぬといそぐ旅人
13134 いかならんとなり絶たる小山田の庵もるよるの雨のさびしさ

武内松月亭にて、山家雲といふ事を
13135 年をへてすむともたれかしら雲のたえずたな引みねのいほりは
13136 山里は柴のとぼその明くれも立ゐる雲にまかせてぞすむ

往事如夢
13137 たのむべきうつゝもなしや過しよをおもへば夢の心ちのみして
13138 こしかたを思ひかへせばうれしきもうきものこらぬ夢のよの中

名所松」（24ウ）
13139 神もさぞうゑてみしよやわすれぐさ生てふきしの松の木高さ
13140 ほどもなく冬はいなばのみねの松色そふ春やいまかへりこん

社頭松
13141 ことのはのさかえはかねて住よしのみかきの松の色にみすらし

羇中磯
13142 波風のあらきいそやのかりねにはおもひもかけず古郷のゆめ
13143 古郷にかへるとみればあら磯の波のまくらの夢ぞくだくる
13144 みる夢もあらしはげしき磯山の岩こす波のよるの旅ねは

松有歓声
13145 けふよりの千歳をよばふことのはに声うちそふる宿のまつかぜ

松歴年
13146 さかえ行やどの千年やかげたかき軒ばのまつの色にみすらん」（25オ）
13147 立なれんかげものどけし此やどに千歳をしむる松の木高さ

深夜懐旧
13148 まどろまば夢にもみべきこしかたをはかなくしのぶさよの手枕

寄松祝
13149 散うせぬ松のことのはかきつめてともに千歳のかげにあそばん
13150 うごきなき御代はいはねの松のはをつきぬ千歳のかずにとらばや
13151 をさまれるよの風みえてことのはのかげさかゆ也わかのうらまつ

諏訪部長方老母七十賀に、寄松祝といふことを
13152 契をく老の千年のはつしほや八十のはるのみどりそふ松

石田若狭守忠豊勧進、同題を
13153 十かへりの花さく松にかぞへみん老の千とせの行末のはる」（25ウ）

名所松
13154 ともし火のあかしのうらに入舟やこゝぞとまりとさしてきつらん

平田伊賀守かたにていはふことある日、寄松祝
13155 十かへりの花さくやどの春ぞとやまづしげりゆく松のことのは

武内松月亭にて、海眺望といふことを
13156 追風にみぎはこぎいでしうら舟のはるけき沖の空に入ぬる

山家苔
13157 世に通ふ心の道も絶ぬべしこけにあとなき山かげの庭
13158 山かげやあらしの庭のこけむしろ心の塵も何かつもらん
13159 むすこけのみどりぞ清き山かげの塵なき庭を払ふあらしに
13160 軒におふる松のみどりもわかぬまでこけむしにけり山かげのいほ」（26オ）

寄苔祝
13161 松しげき木かげのこけの深みどり友にや千よの色をみすらん
山下大舎人伴政身まかりて三回忌に、そのゆかりある人よりすゝめて、秋夕露とい

ふ事を
13162 おもふにもたもとをしぼる夕ぐれの露いかならん古つかの秋
13163 おもふべきみの夕ぐれはまづ置て消しをしたふ露の秋風
羽倉摂津守の父の賀に、寄松祝といふことを
13164 霜雪にはがへぬ松のみどりこそ千よをふる木のしるしなるらめ
寄水雑
13165 雨はるゝあとよりすみて山川のにごるも水の心とはみず
寄瀬述懐」（26ウ）
13166 月日のみあだに流れてあすか川みのうきせこそかはらざりけれ
路芝
13167 ひとつ色に茂る野もせの芝生にもさすがに分し道はのこれり
田家
13168 立ならぶとなりもみえぬ小山田の賤がいほりぞよそめ淋しき
河東にすみ侍りけるとき、さがの花みにまかれるほどに、松枝尚守の、をはりのくにへまかるとてとひこしを、むくふとていひやる
足引のやまひしながらふみ分給ふめるよもぎが露も、げにあさからぬ御心ざしになん、旅よそひの何くれと事しげからんに、わりなくてこそものし給ふらめ。さしもしらで、つれ〴〵なるに、にし山の花のさかりも過ぬなりといふ。あらしのつてのきゝすてがたくて、そなたさまにまかれりし」（27オ）ほどにて、対面せざりしもいはんかたなうくやしきに、又こんとしの春ならではなどおもひつゞくれば、いとゞ
13169 あはでわが悔しかりつるならはしにとひし心もおもひこそやれ
つねには八重むぐらにとぢられて、たちいでなどもせぬを、あやにくに、その日しも家にあらざりけることよ、それもよのさがには侍るめれど、なほあかずくちをし
13170 旅路ゆく別をしらでちる花のなごりをのみもなどしたひけん
おもひしよりもちかきは、行末の月日なれば、ほどなく対面して、此ほどの事をかたらふをりにもなり侍らめとわかるれば、千里をへだつる心ちするにおもひなすとぞとなど、」（27ウ）あることのはの露ばかりむくいんとてなん
13171 とほくとも聞えかはさむわかのうらのへだては波の友づるの声
詠草どもかへしつかはすとて、つゝみがみに
13172 をこたらで常にみがゝばをのづからかくれぬ玉のひかりをぞみん
13173 しばしなる別を何かうら波のへだてもはてじわかのとも人
廿首当座よみ侍りけるに、山家松風
13174 よのうさにかへてぞきかん軒ばなる松のあらしの声はそへども
旅宿夢
13175 都思ふ夢もみつかず草まくらむすび定めぬ旅の宿りは
薄暮遠望
13176 うな原や波に入日のかげみえてくまなくうかぶ沖の遠しま
寄神祝言」（28オ）
13177 敷しまや大和ことのはよゝをへてたえぬも神のめぐみなるべし
旅泊夢
13178 なみの音にうちおどろけばみし夢もともにあとなきうきね也けり
廿首当座の中に
［一行空白］
五首当座の中、夜琴声
13179 月かげも更ゆくよはのことのねに心ひかるゝよもぎふのやど
逝者不レ重廻、存者難レ久留
13180 かへりこぬ別のみかは山かぜにちりのこる花もあはれいつまで
有二大覚一而後知二此有一レ大夢也」（28ウ）
13181 うたゝねの夢ともしらでみしほどはうつゝありとも思はざりしを
森河対馬守がつまのみまかりける手向に、あかつきといふ事を、周尹がよませしに
13182 夢覚るあらしのかねのひゞきにも暁露や袖にをくらん
武内より来、文麗絵、梅にすゞめのとぶかたあるに
13183 梅さけばうぐひすならぬ鳥だにも花のあたりをつねにとぶめり
涌蓮道人絵に、きくを、中西にて

13184 幾千よぞ秋なき時も咲きくのかれせぬ筆の花のにほひは
あしでに」（29オ）
13185 山かげや江の水すごくすむ月にたれあこがれて夜舟こぐらん
又舟二ほかけたるに、道人にかはりて
13186 雲払ふいそ山かぜを追てにて月の入江をいづるとも舟
みね重畳してかすみたる花を
13187 みねいくへかすみの遠の山桜よしの、春ぞまがふ色なき
いせ新名所、岩波里、秋
13188 岩波の里の名たかく聞ゆ也月すみわたる秋の川風
13189 てる月の氷をくだく秋風に河をとたかし岩なみの里
岐阜安乗院、十月八日身まかりけるとて、とし比詠草の序に、文はかよひけれど、いまだ対面もせざりし」（29ウ）いんさき、東行のとき、道まで出られけれど、それもさはりて対面せざりし事よなど、おもひいで、
13190 おもかげものこらでいとゞはかなきはまだみぬ人の別也けり
月真院当座に、渡舟
13191 川波のよるのわたりの岸かげにつなぐ小舟ぞ独たゆたふ
13192 けふも又かなたこなたに行かへりいくその人をわたす川ぶね
名所河
13193 これや此空にありてふ同じ名にながれて高き天のかはなみ
羇中野」（30オ）
13194 むさしのや暮れば露の宿とひて幾よかなれし草のかりふし
あづまにまかれりけるに
13195 やどりしてあすの旅路を詠れば白雲かゝるみねのかけはし
持明院殿勧進、鶴を
13196 のどかなる春のみそらに鳴たづのはるかに千よの声聞ゆ也」（30ウ）

六帖詠藻　雑二

千首歌のうちに、岸忘草
13197 忘草誰につめとか住よしの岸ねの波のうちあらふらん
13198 わすれ草いざつみてまし住吉のきしかたのよはしのぶかひなし
13199 住よしの岸ならねども年つめば生なるものぞ物わすれぐさ
独懐旧
13200 恋しさをかたりてだにもなぐさめむみのいにしへをしる友も哉
13201 かたりあはむそのよの友は先達てたゞみひとつにしのぶうたかた
述懐
13202 うきしづむみのうき数は難波江の波のしわにもあらはれぬべし
羇中橋
13203 東路をかけておもへばかへるさにいつかわたらんせたの長はし」（1オ）
何がしの孝子のまづしくて、おやにつかふる事の心にもまかせぬよし、なげきたるをなぐさめていひつかはしける
おや老、家まづしきは、みをなぞらへにもおぼせ、一とせもよはひのまさりぬれば、うきかずのおとるべうも侍らず、何くれとおもひわづらひしかど、ふかくしいらんには、そもなほみちの山ぐちにてこそ侍るめれ
13204 家とみてあかぬことなくつかふともむくいん物かおやのめぐみぞ
13205 とめるにもまづしきにしもよらでたゞつかふる道の奥をたづねよ」（1ウ）
海辺松
13206 かきそへていく年波か重ぬらんこゝにつもりのまつのことのは
13207 よる波の色はのこりて暮る日に一むらけぶるうらの松ばら
13208 よさのうみや神代をかけて思ふにもみどりふりせぬはしだての松
名所関
13209 いつまでかあれぬる名をもとゞめけん不破の関やはあとだにもなし
13210 いにしへをおもひかへせば清見がた面かげうかぶ波のせきもり

市商客

13211 明くれにたつの市人こと、はんみの愚さを何にかへまし

於矢部亭　神祇　霞添春色二題懐紙、新玉津島神主周尹興行

13212 此神の光をみせてことのはの花に、ぎほふ玉がきのはる」（2オ）

山家朝

13213 山陰やよのまの落葉かきためて宿のあさげのたきゞにぞたく

13214 あけてしも人にとはれぬ柴の戸はさしながらこそけふもくらさめ

山家夕

13215 すむことよ、そに詠し白雲の夕ゐるみねを軒ばにはして

13216 柴の戸もわれとはさゝでみねの庵夕ゐる雲にまかせてぞすむ

山家夜

13217 かねの音もきこえぬ山のすみかには更ゆくよはを月にこそしれ

13218 きゝわびぬ軒ばの山に月は入て更るよすごき松風の声

山眺望」（2ウ）

13219 吹わたる雲のかけはしと絶してあらしをみするかづらきの山

13220 とぶさぎのつばさもさやに雨はれて江の水青くうかぶとほ山

野眺望

13221 うちなびく草ばにみえて遠ざかる野がひの牛の行衛をぞしる

13222 あげまきがうし引つれてかへるの、行がた遠く草がくれぬる

草庵懐旧

13223 ふることを何としのぶの草の庵よをいとひこしすみかならずや

寄風述懐

13224 花にいとひ月にまたれてをり〳〵のうきよの風になびく心よ

13225 ふるきよの風に心はそめしかど露たぐふべきことのはもなし

寄煙述懐

13226 明らけき心の月はかげもみず我とへだつるむねのけぶりに

13227 よそにみばもどきやせましおろかなる我からむせぶむねの煙を」（3オ）

妓女対鏡

13228 たをやめの心をさへやうつすらんむかふかゞみの花の面かげ

13229 花もなほにほひなしとやたをやめのむかふかゞみのかげたのむらん

13230 たをやめのおもひあがりやますかゞみわがこゝろさへうつるすがたに

よみおける歌をとこひけるに、かきつくべきも侍らざりければ、老となるまで、わかのうらなれ侍るもいたづらごとにおぼえ侍りて

13231 あだによるわが年波のもくづにはかきあらはさん玉もまじらず

とかきてつかはし侍り。あきのくにの人となん。

榎本賓興の、よし野をへて、参河国故園にゆくに、別をしみて

13232 別路をとゞめかねては旅衣もろともにこそたゝまほしけれ」（3ウ）

かへし

13233 いかばかり嬉しからまし花ざかりともに分ゆくたび路なりせば

伊予国桑村郡円海寺周円、冷泉殿の門人也。百首歌合持参、褒貶つくべきよしなり。固辞すといへども、せちにこはれて、僻案書付遣おくに

かく歌をさたすることは、それによりて、よしあしさだまりぬれば、道の人のおもしとするわざになん。これはさにはあらで、わが思ひよるふしをみんとなるべければ、固辞せんもかへりてはそのうつはがましくやとて、管見の及ぶ所をかい付侍るも、かたはらいたくこそ侍りけれ。もとより未達の褒貶、ともによしなしごとになん。たゞおもふまゝをつゝみ侍らぬ心をみえまゐらするになん、みはてたまはゞ、丙丁童子にあたへ給はるべし」（4オ）

13234 よしあしをいかでかわかん我だにもまだ難波づの浅き心に

尾張のくにゝて、京にのぼるに、わかれをしみ侍りけるに　長方

13235 まれにあひてかたりなれにし嬉しさを別て後のおもひ出にせん

かへし

13236 まれにあひてわかるゝ袖の露けきやおきふしなれしなごり成らん

念阿

13237 たび衣立わかれなば秋ぎりのはれぬ思ひに袖やしぼらん

かへし

13238 ことのはの露をよすがに尋きて心としほるわかれ路の袖

一阿

13239 友なれてうれしかりつるほどよりもあかぬわかれのうさぞまされる」（4ウ）

かへし

13240 あはずはとおもひかへせばうかりけるけさの別もかつは嬉しき（うきもの、又うれしきもわかれならずや／うきも又うれしかりけるけさの別路）

専阿

13241 霧分てゆく末とほくへだつともしたふ心は立もおくれじ

かへし

13242 霧分て行とは我もみゆらめどとまる心は立もはなれじ

あるじ　子春のもとへ

13243 何せんにきてもなれけんたび衣たちわかるべきうさも思はで

武者小路殿にて、江雨鷺飛

13244 波遠く暮る入江に飛さぎのつばさかすみて雨になりぬる

13245 雨はれていよ〳〵青き江の水に飛ゆくさぎの色ぞさやけき

13246 とぶさぎぞみえもまがはぬ雨はれて江の水あをくつゞくとほ山」（5オ）

五十首当座の中に、海旅

13247 かへるさを思ふも遠し分きつる八重のしほ路のあとの白波

暁述懐

13248 夢さそふかねのひゞきにおどろけばわがよも今はのこりすくなし

13249 つきもせぬ我あらましよ長きよの夢も覚べき暁のかね

周尹勧進に、和歌松の杜といふ神社に納るよしにて、こふに

13250 此神のめでけん千よのかげそひてむべ名におへるわかまつのもり

述懐

13251 すぐならぬ心にしげるよもぎふやことばの道を猶へだつらん

13252 心だにすなほなりせばおくふかきことばの道もかくはまどはじ」（5ウ）

矢部春良の、宅を移しけるを、はじめてとひ侍りけるに、軒に一木の松のありければ

13253 住初る宿のしるしのひとつ松かげ類ひなきさかえをぞみん

寄水無常

13254 山川の岩まによどむ水のあはの消ずは有ともたのむべきみか

13255 かへりくるものとはなしに行水のたえぬ流もかつはかなき

古寺嵐

13256 吹おろす山のあらしに聞ゆ也をのへの寺の法の声々

山松

13257 亀のをの山のいはねの松にこそ万代しるきかげはみえけれ」（6オ）

ある人の七十賀に、鶴有遐齢と云事を

13258 此やどのみぎりの松にすむつるのかひこのちよを思ひこそやれ

13259 つるのこの行末とほきよはひをも此やどにとや契そむらん

ある人の寿莚にまかりて、敦公遍

13260 かくながら猶里なれてほとゝぎすふりせぬ声をつねにきかせよ

芝山殿所望にて、寄道祝といふ事を

13261 すなほなるすがたぞやがて此国のをしへとなれることのはの道」（6ウ）

窓灯

13262 かゝげても吹入かぜにまたゝきてかげさだまらぬ窓のともし火

迎称寺にて、松歴年といふ事を

13263 ことのはの色をもそへて春ごとにさかゆる宿の松ぞ久しき

同題を、いはふ事ある人のもとにて　芝山殿

13264 立なれんかげものどけし此やどに千とせをしむる松の木高さ

13265 さかえ行宿の千とせやかげ高き軒ばの松の色にみすらん

ある人にかはり奉りて　八景のうち、吉浦漁舟

いそ山もみぢ人家少しあり。漁舟おほくこぎよる

13266 あま小舟よるのみるめもよしのうらや浪にかずそふいさり火のかげ」（7オ）

寄道祝

13267 神代よりよゝにつたへてさかえゆく大和ことばの道ぞ正しき
迎称寺にて、田家を
13268 うきふしはさても山田のさゝのいほよをのがれこし栖ならねば
寄市雑
13269 何のみちもしかまの市女みをかへばうることかたきよをやしらまし
13270 おもひ入し道にかへじといにしへもいやしきなをやかるの市人」(7ウ)
のこしをかじと思ふ反古とりしたゝむる序、古重枝の手してかきけるうたあり。そ
の歌
13271 立そふもなほはかなしや此やどのあるじはいつの夢の面かげ
13272 おもふことおほかる宿にけふは又猶しのばるゝ人の面かげ
13273 あとゝへなうへ残したるなでしこのおひゆく花を手向にはして
これはむかしかたらひける人の身まかりける中陰のほどにて、なほをさなきものも
のこり侍る比なるべし。この筆のあとをみて、さらに涙もとゞめがたし
名所杜　千首
13274 あとゝへといひしながらになでしこの露ものこらぬ人のよの中
寄雪述懐
13275 春秋に老そのもりはなのみしてさくらもみぢの色ぞふりせぬ
13276 花もみぢいく春秋かめでゝみし人もなぎさのもりぞふりぬる」(8オ)
13277 白雪のふりにしよにも愚さの我にひとしきあとやなからん
雨夜老人
ある人の寿筵に
13278 涙さへふりやそふらん雨のよにむかしを忍ぶ老のたもとは
〔一行空白〕
橋雨　与炭竈二題
13279 旅人のかづくたもとに雨みえし雲たちわたるきそのかけはし
松年久　十首題の内
13280 一人の春のみどりもいく千よを古木の松の百枝さすかげ」(8ウ)

三位殿にて、河藻を
13281 汀には青葉のこらぬ冬川に霜がれしらぬ底のなびきも
13282 山川の早せの底のなびきもはいつの浪まにねざしそめけん
鳥におはれけるすゞめのひなをこに入置ける、おやをこふとかなくを
13283 むらすゞめなく度ごとにこのうちのひなもなつかしき声あはす也
寄風述懐
13284 いとへどもうきよのちりをはらひえぬ心のかぜや吹たゆむらん
13285 吹たゆむ心の風やおのづからことのはぐさの色にみゆらん
古寺鐘
13286 西になる月かげすみてかづらきやとよらのかねぞ空に聞ゆる
13287 有明の月かたぶきてかづらきやとよらのかねの声ぞ明ゆく」(9オ)
母君とわかれゐて、すみ所もいまださだまらざりける比、雨の夕ぐれに鳥の声を
きゝて
13288 聞人の袖もしほれとふる雨にかへる夕のむら鳥の声
13289 くれ深き空にやひとりまどふらんつらにおくれて鳥のねぞする
又の日のつとめて、きけば院の新殿の安鎮とかや、よとゝも音楽の聞えけるを
13290 ちかくなりとほく聞えてふえ竹の夜声ぞ人をあくがらしける」(9ウ)
石たゞみ水せきいれなどせしを、周尹、光昌などみに来れる序に
13291 よにすむもほそき流のやり水に浅き心のほどやみゆらん　周尹
13292 いさぎよき池の心の玉がしはたえぬ流にみがきそふらし　光昌
13293 つきしなき流を庭にせき入ていくよかすまんやどの遺水
暁眠易覚　月真院
13294 暁の八声の鳥のいくたびか老のねぶりをおどろかすらん
人にかはりて、寄松祝　西本願、婚礼
13295 このとのゝさかえをまつのかげしめてふりせぬ色にちぎる万代」(10オ)

月真院にて、山
13296 白雲も中ばにかゝるふじのねやいくよつもれるちりひぢの山
13297 天地の神やかためてうごきなき山のすがたのよゝにかはらぬ
窓竹
13298 かきつめてたれにかみせんまどの竹露の色なくつもるくちばを
13299 ことの葉のみちをまなびの窓の竹すぐなるふしをいかでもとめん
13300 すぐなれとおもへば古きことのはをさながらうつす窓のくれ竹
13301 ことのはを学びのまどのくれ竹も猶露〔ママ〕古きよの風はうつさず
13302 くれ竹のよのうきふしもことのはをまなびの窓にわすれてぞみる
河東にすみ侍りける比、軒にむくの木のあなるとひとのいひければ
13303 うつしうゑてよにふる道も学ばゞや心むなしき窓のくれ竹」（10ウ）
13304 みのならんことこそしらねむくの木のさもむくつけきよにしすまへば
いとはしぢかければ、ものうる声のさま〳〵聞ゆるに、あしいとやすしといふに
13305 うらやましかたしときゝしあしをしも安くうるてふ人もありけり
さゝをうるに
13306 たがつけしよのことはりを聞とりてさゝ〳〵とのみ人のいふらん
となりに人のわらふもきこゆ
13307 何事をわらふと我はしらねどもなく声よりは聞よかりけり
月真院にて、名所湖
13308 めづらしなはこね路ふかく分入て山ふところにむかふ水うみ
13309 朝なゆふなむかへどあかぬにほの海をたれみるめなきうらといふらん」（11オ）
病おもくわづらひける時に
13310 をしからぬ命ながらもたらちねのあるよはかくてあるよしも哉
〔貼紙〕「たれかとゞむるは月のおそき注となれり。又
13311 月を待秋のよひゐはさやかなるむしのねをのみまづぞ聞つる
13312 こよひさへいたく更けりあすは猶おそくぞいでん山のはの月
13313 月おそき山のはみてもまづぞ思ふ此よつきなん後のやみぢを
是みな月のおそきより義わかれたれば、二義とみゆれど、みな一義一すぢの歌となれり。これをもきらはゞ歌いでくべからず」
〔貼紙〕「ともみえず心のまどはしきがあしき也。主意は、春を思ふが主意となる。月に対して春を思ふ。ケ様之歌贈答などにはさりあへがたき事あり。待月などいふ題詠などには殊外わろし」」（11ウ）
母君に念仏をすゝめ奉りけるに、露をこたらず申させ給ふをみて
13314 たらちめのなむあみだぶといふ声は嬉しきものゝかなしかりけり
いたく老たまへるをみ奉りて
13315 年たかき我たらちめをいかにしてうきよにやすくおはしまさせん
寄松祝
13316 うゑしよりやどのさかえも一しほの松にぞみゆるゆく末のはる
13317 時わかぬ宿のさかへもことしよりいま一しほの松にこそみめ
13318 庭のまつことしを千よの初しほにさかゆる宿の春をみすらし」（12オ）
矢部正子、みやづかへすとて、あづまにくだり侍りけるに、朝夕心うべき事をとこひ侍りけるに、申遣し侍りし。道もと二なし。常の心たひらかなれば、ことばおのづからやすらか也。おそるべし、つゝしむべし
13319 すなほなるもとの心をしをりにてことばの道のおくはたづねよ
亭にまねきて、むまのはなむけし侍りけるに、としをへて、明くれたゞわがやどにすめらん人のやうになれぬれば、なみだぞこぼるゝ
13320 ゆく末をちぎりおけどもやめる身は心ぼそしやけふの別路
13321 みは老ぬけふわかれなばあふさかの関のこなたによをやつくさん」（12ウ）
たちいづるあけがた、かれより
13322 いまはとて別るゝけふはかねてわがおもひしよりもかなしかりけり
武者小路殿にて、山家灯を
13323 夢覚めてむかへば残るともしびのかげものすごきよるの山まど
13324 淋しきはとなり絶たる山かげの窓かすかなるよはのともし火
13325 かゝげても我かげならぬかげもなし山下いほのよるのともし火

山家人稀

13326 めづらしや麓のましばかき分てわがすむ庵をたれかとひくる

13327 山深く柴かる賤が音信を人めとたのむ庵のさびしさ

13328 かきね行賤がましばのつてならで人音もせぬ庵のさびしさ

13329 ましば分たれをとふらん我ならで又すむ人もみえぬ山ぢを」(13オ)

述懐

13330 はて終にあらし此身のなぞもかく心にたえぬ願なるらん

思往事

13331 こぞよりもをとつとしこそしのばるれ有ふるまゝにうきやそふらん

13332 過つればゆめにまさらぬこしかたをうつゝになしてしのぶはかなさ

摂津守信郷勧進、稲荷十二景

三峰翠黛

13333 朝戸あけてみつの高ねのほの〴〵とかすみにゝほふ春の山まゆ

禊川桜花」(13ウ)

13334 禊川ちりのけがれもあらじかし波の色そふはなのしらゆふ

13335 はらひ川きしねのさくら風立ぬちりに交る神やをしまん

不洞流泉

13336 夏冬もかれずながれて山かげにいつよりすめるいづみなるらん

13337 やま深きこけのしたゞり落つもりながれいづみは夏もかれせず

13338 みな月の土さへさくる夏の日もかれにながれときくもすゞしき

平原誘松

13339 子日する小まつがはらの朝みどりはるかにかすむ千よのゆく末

13340 千はやぶる神の子日の小まつばら春のかすみぞたな引ける」(14オ)

孤巒返景

13341 こと山はみなうすゞみの夕まで日かげをのこすみねのまつばら

13342 こと山はきりにくれ行秋の日をさやかにのこすみねのまつばら

坂道繍雨

13343 杉のかげかさやどりせんいなり坂のぼればくだる雨のあしとさ

剱巌蒼苔」(14ウ)

13344 ふりにける岩はさながらつるぎたちさやはいつよりこけのむしけん

13345 天くだる神のみましか道絶てあやしき岩のこけのむしろは

杉間青楓

13346 夕風の杉の木間の若かへでなびくみどりの色ぞすゞしき

粟〔ママ〕谷荒湍

13347 おちたぎる玉かあらぬかくりもいまゝみてをかしき秋の谷川

三角明月

13348 いなり山のぼりてみればひえだいごうしの尾かけててらす月かげ

13349 いづるより高ねあらはにみつくりの中空清く月ぞ澄ゆく」(15オ)

新池水禽

13350 ますかみや此山かげを水鳥のすだくみいけとなしてめづらん

童山白雪

13351 きのふみしわらわの山もよのほどに面がはりしてつもるしらゆき

13352 ふりにけるわらわの山は白雪のたが面かげをうつす成らん」(15ウ)

あるよの夢に、はやう身まかりける姉のがりまかりけるに、家のまへに川あり。川のほとりに薪きるわざするものあり。これはなぞとあねにたづね侍れば、あこがいんさきめでつるまつのかれ侍れば、かくものするならんといふに付て、そのまつをおもひいづれば、木だちの面かげにうかびて、ほろ〳〵なみだのこぼるゝ心ちして

13353 ときは木の名だゝる松もかれにけりつねなきみをば何とたのまん

とよみしとおもへば、さめぬ。

月真院にて、渡舟

13354 川波のよるのわたりの岸かげにつなぐ小舟ぞひとりたゆたふ

13355 けふも又かなたこなたに行かへりいくその人をわたす川舟」(16オ)

両吟百首に、田家暮雨

13356 ふりしめるかきねの田づら打けぶり雨にくれゆくいほのさびしさ

林下幽閑
13357 ねぐらとる鳥より後の音づれやくるゝ林の松かぜの声
13358 なもしらぬ鳥の一こゑ音信てくるゝ林のかげぞさびしき
賓興身まかりてほどなく、信里も身まかりける比
13359 かくしつゝあればあるにはにたれどもたゞかげろふの人のよの中
13360 終にゆく道に露のまおくるとて人をあはれといふもはかなし
晩夏の比にや、夢にさかりなるさくらをみて
13361 散ぬべきものともみえずさくら花春日のどかにゝほふさかりは」(16ウ)
小川法橋の久しくほかに有けるが、をとゝしばかりにや、もとの小川の亭にかへり
すめるを、又等持院のわたりにすみかへんとせらるゝよしきゝて、申遣し侍る
13362 いづくにかすみうかるらんながれてもたえじ小川のもとのやどりを
池見松斎勧進六十賀、松契多年
13363 わかゞへる六十を千よのはつしほにみどりの松の春をかぞへよ
平田元雅亭に松をうゑて、祝の心をと望侍るに
13364 此やどの春しるまつのはつしほにさかえん千よの色ぞこもれる
森河周尹勧進、窓竹
13365 ふくとなき風にそよぎてくれ竹のよふかき窓のさらにしづけき」(17オ)
五十首当座よみ侍りけるに、野旅を
13366 天ざかるひなのあらのゝさゝ枕ひとよもやすく夢をやはみる
13367 あさぢふのをのゝしのはらふしなれてさすがにむすぶ夢もはかなし
山家夢
13368 のがれても住はつまじき心とやうきよにかよふ夢路なるらん
かたらひ侍りける女のなくなりてのゝち、ありし家にやどり侍りけるに
13369 塵つみてむなしき床にのこりけりいくよかなれしいもがこまくら
松経年　二重
13370 いくちよぞへにける数もしら波にかげを古さぬ和かのうらまつ」(17ウ)
武者小路故三品実岳卿薨ぜられしとき、つかにまうで、

13371 したふぞよは月なかばの秋のみね光かくれし月のゆくへを
忌日八月十二日、戒名、秋峰真空院殿。
夢
13372 いかにねて又もみつがんかへりこぬむかしにかよふ夢のふるみち
懐旧
13373 何とかくおもひもわかでしのぶらんこしかたとても同じうきよを
鶴
13374 わかのうらや月の光もみつしほに汀のたづの声もをしまず
寄鶴祝」(18オ)
13375 千とせをも此やどにとや思ふらんなれて久しき庭の友づる
山家嵐
13376 ひゞきくる松のあらしを待とりて軒ばにさわぐ山のしたしば
13377 きゝわびぬよをのがれてもうさはなを山のあらしの夢さそふ声
軒忍草
13378 すみすてしたれを忍ぶの草なればあれ行軒にしげりそふらん
三神法眼のもとにて、山家水
13379 山水の清きながれをとめくればよをいとひこし人ぞすみける
13380 庵しめてまづすみゝてん山井のにごりやすかる心なりとも
磯巌」(18ウ)
13381 あらいそにたてるいはほやいつのよの波のよせけるさゞれ成らん
13382 ふく風にまなくよせきてあらいそのいはほにたえぬ波のしら玉
峰苔
13383 ふりにけるきしのいはねのこけ衣かけてもしらず生そめしよは
13384 こけ衣いくよきしねによる波のあらへど色のみどり成らん
廿首当座の中、旅宿
13385 あらし吹すゞのしのやのかり枕ふしうかるべきよのけしき哉
山家夕

13386 ねぐらとる鳥より後の音信や夕しもいそぐ軒の山かぜ
13387 淋しきは軒ばの松にのこる日もかつくれゆく山かげのくれ
松経年」(19オ)
13388 すみの江やいく年波にふりぬらんきしねにしげる松の木高さ
寄松祝　七十賀　光昌勧進
13389 行末をときはの松にちぎりおかば猶まれらなるよはひをぞへん
両吟百首、山路旅行
13390 みねの雲いくへか袖に分きても重る山の末ぞはるけき
武者小路公陰朝臣、身まかり給ひぬるをいたみて
13391 ちよまでかれぬるものを若松のさかえをのみもいのりける哉
こぞより心ちそこなひてわづらひ給へれど、いとわかければ、をこたり給へる」(19ウ)事もやと思ひのほかに、この正月二日なん、身まかり給ひぬ。としは廿五にぞなり給へる。われもをとつとしより得病侍るに、なほよにありて人をとふ事よなど思ひて
13392 あすしらぬみのながらへてけふはまづ人をあはれといふもはかなし
山下政教亭当座に、野亭を
13393 とはゞやな春の子日の、べの庵まつとかいひし小萩さく秋
漁　月真院
13394 あ引しつ釣うちたれてうら〳〵に世わたるあまのわざぞいとなき
13395 あ引するあまのよび声近づきぬいざこのうらにうちいで、みん
祝言」(20オ)
13396 ゆく末もなほさかゆかん塵ひぢのつもりてたかきやまとことのは
13397 おろかにも千よ万代といのる哉こ、はとこよのやまとしまねを
社頭夕嵐
13398 正木ちるあらしの外の声もなし夕ぐれ深きもりの神がき
13399 山かげや梢のあらし吹あれて夕さびしきもりの神がき　重出
三神法眼亭にて、山家水
13400 山水のきよきながれをとめくればよをいとひこし人ぞすみける
13401 庵しめてまづ住み〔み〕てん山井のにごりやすかる心なりとも
三神法眼亭にて、旅宿を
13402 行つかれ草のまくらのかりねには露も玉しく床かとぞみる」(20ウ)
13403 波の音を松のひゞきに聞かへてぬれども旅は夢ぞ結ばぬ
月真院にて、寄舟述懐
13404 何事もあとなき波の沖つ舟いかにこのよをうみわたる身ぞ
13405 何とかく一葉の舟のかろきみをうきよの風にまかせかぬらん
江葦
13406 ともすればうきにぞまどふ難波江のみじかき芦のよをばわすれて
13407 あともなくかれぬとみつるあしのはのつのぐみわたるなには江のはる
あしかびといふ文のおくに
13408 つのくにの難波の事もあしかびのはつかなるえにおふとこそきけ
持明院殿勧進、鶴といふ事を
13409 のどかなる春のみそらになくたづのはるかに千世の声聞ゆ也
古瓦亭をとひ侍るに、仁和寺の瓦を」(21オ)みせ侍りて、これによて亭の名とせしよし物がたりして、歌をす、め侍るに
13410 巌をも宿にみるべし霜雪のふるきかはらは石となりにき
こしかたをしたひて
13411 何をみのうきになしては歎きけんおやのいませしいにしへの世に
月真院にて、寄枕述懐
13412 おどろかぬ心もはかな人のよはたゞ仮寐の夢のまくらを
13413 夏の日のひるねになる、こ枕もわがをこたりをいかにもどかん
松月のいよのくに、まかれりけるに人やりならずとも、おもひたちけん旅路は惜むとて、とまるべきにもあらねば、いかゞはせん。」(21ウ)いつの比かへりきなんとしもきこえねば、いとゞはるかにこそおもひなされ侍れ
13414 病るみのまたむまたじはしらねどもかへらんほどを契だにおけ

古郷とこそいへ、おもふらん人は京に置てなどきけば
13415 思ひ置人にまかせて我はたゞとくかへりことい はでこそまて
ある人のいよのくにへゆくに
13416 そへてやるおもひのかずぞ増るべきいよのゆげたも限りこそあれ
是も人のあがたへゆくに、かへる比をいつともいはねば
13417 たつ月のいつともちぎれかぞへつゝかへりこん日をまつ人のため
又遠きくにゝゆきて、いつまたあふべしともしらぬ別に」（22オ）
13418 行てとくかへるたびぢもはるかなるひなの別はをしくやはあらぬ
去年たつのきみ江のもとより、いにしへのあさからぬなからひなどいひて、13419 い
まも又野中の清水くみてしれへだてゝもわがもとの心を　とぞ聞えし。そのをりか
へしもおもひより侍るやうにおぼえしかど、ことのしげきにまぎれて、うちすぎぬ
るに、摂津守のものがたりにきけば、此ほど京になどきゝてうちおどろきて、この
人につけて聞えし
13420 あさからぬ心はかねてくみながらふるのゝしみづ年もへだてつ」（22ウ）
ねごろ何寺僧正七十賀、道敏勧進せしに、寄竹祝を
13421 呉竹のむなしき心なればこそ色もかはらで千世はへぬらめ
備後誠之の父の七十賀に
13422 かぎりなきよはひもへなんとものうらやよりくる波を千よのかずにて
13423 ゆく末のとものうらはによる波の数かぎりなきよはひをもへよ
岡篠　月真院
13424 秋風の絶まもなびくさのゝをかたれ越くらんしげきをざゝを
13425 岡のべの松のあらしを待とりて又一とほりさわぐさゝはら」（23オ）
重出　名所松
13426 神もさぞうへてみしよや忘草生てふきしの松の木高さ
社頭松
13427 ことのはのさかえやみするすみよしのみかきの松の春の一しほ
山家路
13428 たれ往て行来や絶ぬ山かげのかきねにのこる苔のかよひぢ
東へまかりけるに、賓興のもとより、13429 旅の宿なれぬかりねの枕にはさぞ古郷を
思ひいづらん　とありし。あさま山のふもとにやどりしに、此文きたれば、とりあ
へずかへしつかはす
13430 古郷を思ひいづやと思ひいでば残るはゝその木かげをも［とへ］」（23ウ）
常道詠草のおくに、13431 和かのうらの玉のひかりにいくとせかあふかひもなし波の
もくずは　とかきてこし。次に書付遣し侍りし
13432 愚なるあまはそれとも和かの浦のもに交れる玉やかくさむ
故賓興の歌をこぞの夏よりえりてあつむるに、ことしのなが月十八日といふに撰は
てたるも、なごりなき心ちして、あはれにおぼえ侍りて
13433 これも又かぎり有けりなき人のなごりとひろふ露のことのは
は、君の三回忌に人々をまねきて、歌よみけるに、夜懐旧を」（24オ）
13434 灯をかゝげつくしてしのぶればたゞめのまへのこしかたのゆめ
かねのさうしに歌かきてと、人のいへりけれど、いとつたなければいなみけれど、
しひていへりければ、日比へてかきてつかはしけるに
13435 それとなきあとをやさしみはま千鳥おり立かねて日比へにけり
をはりよりかへるに、ほり江といふ所にて
13436 ほり江てふ名にはたてれど此里はなにはわたりの面かげもなし
おりつといふ所にて、やどごとにはたおる音の聞えしに
13437 賤のめがあさはた立て宿ごとにおりつの里のなにもたがはず」（24ウ）
月前扁舟
13438 ちり浮ぶ一はとみえて山かげの入江の月に出るつりぶね
13439 浪とほくうかぶ一はの舟のみぞかげしく秋の月のくまなる
山家
13440 月花のをりはさすがになれしよの友しのばしき山のかくれ家
13441 よをいとふ心や浅き淋しさをなぐさめかぬる山の下いほ
鶴　八十賀屛風に、つる二あるよし、天龍寺真乗院勧進、かの人の父富田左京八十

13442 此宿のみぎりになれてすむつるのこの子のちよのよはひをもみよ
あきのくに竹原、頼又十郎惟清もとより、
此道の事をとし比とひき、侍し馬杉翁のいたく老ぬとて、いなみはべれば、今はた
れをかはなど思ひて、」（25オ）はゞかりの関のはゞかりながら、
13443 すて小舟あはれをかけよ君ならで誰にかよらんわかのうら波
と聞えし、かへし、
このみちはたゞ古きよの風をしるべといはん外には、さらにつたへんことのはもお
ぼえ侍らねど、おなじ心の友舟さしはなちがたくて
13444 わたつうみの翁ばかりはあらずともしるべやせまし和かのうら舟
周尹と題をわかちてよみけるに、
山家夕
13445 かきねなる落葉ふみ分山人もかへりしあとぞ庵は淋しき
澗草
13446 光なきみ谷もさすが天地のめぐみへだてず生るかげ草」（25ウ）
易命が家出せしに
13447 親をすて、家出せし子のゆく末をうしろめたくはなど思ふらん
13448 おのが子におくれけるこそをさなけれ家出もすべきよの中のうさ
これを聞て、涌蓮法師
13449 迷ふその心のもともおやをすていへでせし子の類ひならずや
暁述懐
13450 ね覚してむかへばうすき灯に残りすくなき我よをぞ思ふ
13451 いつまでかかくて聞べき長よの夢をもさませ暁のかね
海旅」（26オ）
13452 浪風のかしこきうみのみちとてや心づくしのたびといふらん
13453 いく夕しらぬうらわに舟とめてあくれば分る八重のしら浪
三月十七日、社頭榊
13454 広まへにねこじてう、るまさかきのさかえん世々は神のまに〳〵

周尹と題をわかちてよみ侍りけるに、神祇
13455 祈りこしかひもあらせよいはみのや高角やまにあとたれし神
山家夕
13456 鐘の音も聞えぬ山の栖には夕を雲のかへるにぞしる
やよひ末三日、万無寺南二町ばかりに、おそざくらのあるをみお［きて］、」（26ウ）
此ころぞさかりならんとてゆくに、造営の寺あり。寺僧に尋ねきくに、こゝはむか
し十蓮、安楽といふ法師の六時礼讃を修行せし寺に侍り。そのかみ松むし、すゞむ
しといへる宮女のたうたみて尼になれるを、ときのみかどきこしめして、つみをか
の二人の法師におほせて、首をはねられてけり。そのゝちも寺はありけんを、六十
年ばかり前にたえたるを、このたび再建すといふ
13457 人わたす法のみ舟のうへにしもよの波風はのがれざりけり
13458 その人はいづらすゞむし松虫のやさしき名のみよゝに残して」（27オ）
玄章のもとより、いせのつとゝて、かたしがいどもをものにいれて、つゝみがみに、
13459 ひろひとるかひやなからん玉くしげ二見のうらの塩のひがたに　とぞありし。此返
事せしかど、それはわすれ侍り。あとにてみるに、何とやらん心得ずおもへば
13460 玉くしげ二見の口のあはざればいふかひなしと思ふなるべし
出羽のくに人の主の事につきて、なにはに久しくまかりけるに、心ちそこなひて、
身まかりぬときゝて、よそながらいとかなしければ、その人のしたしきもとへ、か
く
13461 無人のさこそいまはの心にもおもひいではの恋しかりけめ」（27ウ）
又古里を思ひて
13462 此度はかへらぬ死出の門出とも古郷人はしらで待らし
松樹似煙
13463 人里のありともみえぬ山かげのけぶるや松のみどり成らん
13464 山もとの里あるかたと思えばやけぶりてみゆる松のむら立
寄木述懐
13465 杣人もひかぬみ山のまがり木のうきふしながらくちやはてなん

かれこれはかなくなりける人のうへをきゝて
13466 人のよをきくに付ても露のみの何にかゝりてきえおくれけん
はやくよりかよはきみの久しく病にさへをかされながら、猶ありふるもあやしうなん」（28オ）おもひよることの千々の一つもなさぬに、月日のいとゝく過るにおどろきて
13467 まてといふにひまゆく駒はとゞまらずいさゝはつひのたびよそひせん
ある山寺に、たかうなほりにまかりて、人々とゝもに歌よみ侍りけるに、寄竹述懐といふことを
13468 あすしらぬみのうきふしはまづ置て竹のこのよを思ふはかなさ
故賓興三回、月真院にてとひ侍りけるに、古寺鐘を
13469 みし夢もとしのみとせをふる寺のみのりのかねにおどろかれぬる
13470 けふの日もはかなくくれて山寺の法のむしろにかねひゞく也
隣にむくつけき法師のよくなることをしらべけるに、道敏きあひて、」（28ウ）
13471 聞てだにかげぞゆかしき朝がほのかきねへだつるつまごとの声　といひしかへし
13472 とひよらばみおとりやせむつまごとの声はゆかしきやどの朝がほ
名所松　私亭
13473 よる波の声たかさごに聞ゆるはをのへの松にうら風や吹
河　月真院
13474 河のなの梅づかつらとかはれどもひとつ大井のながれとぞきく
13475 水鳥のかもの川波立かへりみれどもあかず清きながれは
名所鶴　私亭
13476 てる月のあかしのうらのみつしほにゐじまをかけてたづわたるみゆ
13477 大淀の松の木かげにあさりしてかへらぬ波とみゆるしらつる」（29オ）
月真院にて、橋といふ題を
13478 川岸のかなたこなたに絶たるをつぎてわたせる橋もかしこし
当亭にて、橋雨を
13479 しばしこそぬれじと人のいそぎけれ行き絶ぬる雨の川はし
13480 柴人のぬれじといそぐ袖かけて雨にかくるゝみねのかけはし
13481 くれかけてぬれ〳〵わたる旅人のたもとも雨にかすむ川はし
13482 うちわたす駒のあをともわかぬまで雨きほひきぬせたの長はし
雲
13483 色々にみえしすがたもはて〳〵は消てのこらぬ空のうきぐも
馬杉老翁のみまかりぬときゝて
13484 かれぬるかことばの道にとしをへてもてはやされし杉の古木は」（29ウ）
13485 いくとせの歌のむしろに待えしもいつの円ゐか限りなりけん
うづまさにまうでけるに、松風ふきて心すむゆふべ
13486 古寺のこけぢは塵もなき物を何をか払ふ庭の松風
ふりたる石の灯籠あり。是は河勝が奉りしといふ文字もありげなれど、いたく苔おひてさだかならず
13487 むす苔にきざめるもじはうづめどもむかしのまゝにたてる石哉
庸が身まかりぬときゝて
13488 年もまた若木の松をあだしのゝ煙になさんことのかなしさ
こぞより心ちそこなへりしが、をこたりざまにのみきこえしを、このふん月の比より、いとおもくなりぬとぞ。この人はこのくにの」（30オ）史にくらからず、歌もをかしうよみけり。いとをしなどいふもさら也。四十にはまだふたとせばかりやたらざりけん。
八月十八日、三神亭月次の会ありけるに、庸がみまかりけることをつげければ、詠草のおくに書そへられける歌
13489 身はいつの露とか消んとし〳〵になきは数そふことのはの友　道人
13490 たれもみな終に消なん露のみのしばしのこるもあはれ世中　元迪
13491 末の露消残るみもけふは先もとの雫をあはれとぞみる　松月
13492 先だつものこるもおなじ露のみをいづれ哀と分ていはまし　清生
13493 和かの浦の松のちよもと契つるそのことのはもあだしのゝ露　政教」（30ウ）
これをみるに、げにとおぼえて、袖もはなちがたければ、このおくに書そへ侍りし

13494 あだし世のことばの露の契もて花のうてなのしるべせよ君
13495 しら露の消をあらそふよにしあればおくるゝ人も哀とぞみる
13496 もろともにあはれよはひも末の露もとの雫をいつまでかみん
13497 おくるゝもたゞ露のまのあだし世にとく消ぬるは猶ぞはかなき
13498 わかのうらの松にけふしもあだしのゝ露かくべしと思ひやはせし

又道人のもとへ

13499 もろともに人をあはれといひ〳〵てみのはて〳〵も近づきにけり

出羽の人の歌をこひけるに

13500 いではなる秋田のいねの八束ほの長くさかえん国はこのくに

暁鶏」（31オ）

13501 霧のまに里の梢はかつみえて暁しるき鳥の声々

庸がみまかりぬるをいたみて、方俊が、13502 しげりあふ庭のよもぎがうへよりもなき人こふる袖ぞ露けき　とあるうたをみせしに、かきそへ侍りける

13503 しげりあふ庭のむぐらを心にて我も露けき此ころの袖

備後正誠がをとうとの身まかりけるをいたみて、13504 たれもみなさらぬ別のあるよともみの歎には思ひなされず　とありし詠草に書そへ侍りし

13505 つらなれる枝のかた〴〵かれてよに残るなげきを思ひこそやれ」（31ウ）

うえ石の家に奇石あり。大さ尺にたらで、色青黒、かたちふじにゝて、上に三峰あり。左右の尾のうしろよりみねにあらはれて、一すぢ白きすぢあるは望にけぬればといひし雪にまがひ、下にひとむら白きふありて、横ざまにたな引たるは、すそのにかゝれる雲かとみえ、吹なびく風のすがたも心にうかびて、するがにはいつかきにけんとさへぞあやしまる。世にふじにかよひたりとてもてあそぶ石もおほかれど、これにくらべば、なほふもとの塵にもあらざめり。そも〳〵此山は、神仙のつどひてあそぶなれば、あるじの翁の人をたすくる道をもて、よはひのながく久しからんしるしに、神のさづけ給へるにや。されば天をと女の袖になづともつきすまじ」（32オ）ければ、やがて羽衣石ともいひてん。虎とみえ、羊とけしけるは、むかしがたりにぞきゝし。まのあたり、かゝる石のよにはまれらなれば、かたりつぎ聞及び、たかきも賤もめでまどひて、これにそふることのはとり〴〵なり。やつがれも、此翁の鍼術にとし比のやまひもをこたりにたれば、いさゝか卑詞をもて是をしるし、かく一首をそふ

13506 みねのゆきふもとの雲の名にたちてあやしくふじにゝたる石哉
13507 東路のふじをみし人みぬ人にみせばやおなじ石のすがたを

光雲院の御忌日に、人々あひけるに、三部経の文をとりて」（32ウ）

我迷超世願　涌蓮

13508 一声もゝらすとならば世に超てたてし誓のかひやなからん

水想観

13509 かりそめに波をしづめてみるかげにやがて心の水もすみぬる

一向専念無量寿仏　良恭

13510 かのくにのほとけの御名をとなへめやこゝをくるしと思はざりせば

観音観　玄冲

13511 名をきくも無量の罪の消といふぼさちのすがたみるぞ嬉しき

常作天楽　松月

13512 いと竹はかぎりもあるを天つ風法の声とやとことはにふく

雨曼陀羅華　玄章

13513 天つ空風もふかぬにかのくには常にたへなる花ぞふりける」（33オ）

寿の字をかき給ひけるさかづきを、道人にまいらすとて思ひしこと

13514 なき人のかける寿の字のさかづきをみればさしぐむ我なみだ哉

かへし　道人

13515 なき人のかげだにみえぬ盃ととれば寿の字もはかなかりけり

五十満を賀して、酒などあたゝかにすゝめてんと人のいひけるを、いと嬉しくは思給へながら、としのつもりにや、立いでん事もいとさむくおぼえければ

13516 くむ酒のゑひは露のまかくながら千よもいけだのすみみまくほし

さる翁心には、いつなりにけんとおもへど、いかゞはせむ。」（33ウ）

○コノ心文末ニアリ。

寄日祝

13517 あきらけきよをしてらさば久方の天つ日かげのいつかくもらん

13518 もとつ日の光を猶もあふぐ哉御末くもらぬよゝのめぐみに

13519 天原行めぐりつゝとこしへにくもりなきよをてらす日のかげ

13520 天つ日のかげもくもらじ行かへりあきらけきよをめぐるかぎりは

13521 幾めぐりつきぬ契ぞ久かたの天てらす日とくもりなきよと

寄社祝

13522 天地の神し守ればみづがきの久しかるべき御代はしるしも

13523 内外なく守れば御代も安国のさかえをみするいせの神垣

橋雨

13524 里のこがいそぐゆきゝもふるまゝに絶て淋しき雨の川はし

島鶴」（34オ）

13525 音にきくもよぎ〔ママ〕がしまや是ならん千とせふるてふたづぞむれゐる

13526 なれ〳〵ていくよかへぬる波まよりみゆる小島のつるの毛ごろも

13527 はまびさし久しくなれてなみまよりみゆる小じまにすめるあしたづ

寄社祝

13528 ねぎごとをうかのみ玉の神垣は松も千とせをやすらにぞへん

○かくいへりけるを聞つきけるにや、かなたこなたよりすみをいとおほくたうびけるをよろこぼひて

13529 うづみ火のうづもれしみもつぎてよに猶すみゝよといはふ嬉しさ

又あるかたに、十首和歌をなんそへける、そのうたかへしをつく」（34ウ）

早春鶯　厚典

13530 春もけふ立枝の梅にうつりきて百よろこびをつぐるうぐひす

これがかへし

13531 もろともにもゝ悦のはつ春のはつね嬉しきやどのうぐひす

この人もことし五十になんなりにける

花春友　方俊

13532 長閑なる春の光に咲にほふ花をぞちよの友となれみん

このかへし

13533 ゆく末のちとせの春に色そはんわか木の花を友とこそみめ

郭公遍　元迪

13534 遠近もわかず聞らし今は世にこだかくなのる山ほとゝぎす

〔そは〕あはれとおぼす〔心づ〕からにや侍らん。これに

13535 いくとせかかはらぬねをも里ごとに鳴てふりぬる山ほとゝぎす

五月雨　涌蓮

13536 橘のにほふあたりのさみだれはふるにかひある物とこそきけ」（35オ）

〔老ず〕はけふに、といひしも思ひいでられて

13537 ことの葉の花たち花もさみだれのひさにふればぞにほひきぬらん

立秋露　清生

13538 けふよりは露おき初てやちぐさの花も咲べき秋はきにけり

〔年月〕にみ〔がき〕たまへりし〔光も〕あらはれぬる心ちし侍りて

13539 ゆく末になれみん秋のやち草のはつ花なれやけさのしら露

月契萩　元始

13540 幾よゝの契をかけて久かたの月の光の秋にすむらん

かへし

13541 みてもなほあかぬ心は千とせともかぎらぬ秋の月にちぎらん

浜千鳥　良恭

13542 行末のよはひをとへば住吉のはまべの千鳥ちよとこたふる

〔相〕生のやうに覚え侍れど、〔いま〕一とせやをくれ給へりけん

13543 浜千鳥ちよとなくねを住吉のまつふく風にたぐへてをきけ」（35ウ）

庭雪深　宗廷

13544 木々はみな花ともみえてふるまゝに庭にいくへかつもる白雪

これには

13545 花ならで花なる木々ぞしらゆきのふりぬるやどのひかりなりける

13546 竹久緑　政教
冬深く霜はおけども葉がへせで千よの色ある庭のくれ竹
この人はまだいとわかくて、心詞もなだらかにて、行末いとたのもしげなれど、この竹葉をいといたうこのみて、さながらまとはれてのみよを過しけり。をのこは上戸もこそ興ある事にすれど、過ぬれば病をこることもまたすくなからず。思ふに、我はたび〳〵の病にたへて、けふにあひけることもゆづらまほしくて
13547 わかみどり千よへん竹よ霜ゆきにたへし古葉の色にあえなん
寄松祝　光昌
13548 万代の契をかけてよる波もあかぬかげなる和かのうらまつ
これは、我よはひにこえける人なれば、〔むか〕しをかけて思ふにも〔言〕葉の契朽せねば、猶万代も」（36オ）
13549 いざともにかげふりぬともわかのうらの松にぞ老の波はよせなん
窓竹　私亭
13550 霜雪にひかりもそはぬことのはのたぐひとやみんまどのくれ竹
13551 散とて（あたらしと）はかきあつむれば窓の竹さながら霜のふるはなりけり
寄錦述懐　月真院
13552 いろ〳〵のうさはかさなるにしきにておもひたてども立がたのよや
13553 あだしよをちへのにしきとをしみつゝたちかへりみぬみぞおろかなる
述懐　私亭」（36ウ）
13554 世にふるはとてもかくても露のみの終の心のみだれずも哉
13555 消やすきみをも思はでことのはに心をおくもあだしのゝ露
餞別欲夜　月真院
13556 わかるべき人をまだきに東路のむまや〳〵と待くらしつる
寄糸述懐　同
13557 有へてぞ世のうきふしはしげ糸のながゝれとみをなど思ひけん
13558 ふしいとのかなたこなたにまとはれて思ひとかれぬ世中のうさ
旅宿　与道敏両吟三十首内
13559 くれ行ばあひやどりしてしらくものかゝるみねにも旅ねをぞする
13560 露ばかり夢もむすばん草枕夕のあらし心してふけ」（37オ）
山家松
13561 軒におふる松こそいたく老にけれ我山ずみやとしをへぬらん
山家苔
13562 よをいとふ袖にならひて山住の庭のこけ路ぞとはに露けき
寄水懐旧　巳上
13563 しのぶれば袖もせきあへずなみだ川ながるゝ水のかへりこぬよを
暁鶏　自亭
13564 告そむるなれよりさきにね覚ずはかこちやせましくだかけの声
13565 をのがねにね覚初しはむかしにて今はまたるゝ夕つげの声
13566 ね覚すと何かこちけん夕つげの鳥のねまたぬ暁もなし
13567 明ぬとておどろかされし鳥がねを今はね覚の友とこそきけ」（37ウ）
山家嵐
13568 遠くなり近く聞えて山里の松のあらしの絶るまもなし
13569 聞なれぬほどこそ雨にまがひつれ嶺のあらしのあかつきの声
山家雲
13570 山深み人はかよはでしら雲のゆきゝも庭のカキネにぞみる
暁鶏」（38オ）
13571 東より鳴はじむらしくだかけの声に鳴ゆくしのゝめの空
岡田定鑑所望、竹に雨のよこぎれるかたかける画に　探雪筆
13572 めにみえぬ風のすがたもうつしゑにきく心ちする雨のくれ竹
いかなるをりにか
13573 誠ある人こそなけれ久方の天の道のみひとりたがはで
貞胤の百首の詠草のおくに、13574 かりあげん玉もゝ波のこぐ舟の道しるべせよわか
のうら人　とありしにかきそへ侍りける
13575 百くさの玉もかり舟何とかはさらにをしへんわかのうら波」（38ウ）

大津ゑに、をうなの藤のえをかざしけるに、枝はをるともといひけることをおもひいで、、たはぶれに

13576 まつはれば誠すくなき遍昭のことばの色もみえん藤がえ

木村良朝父七十賀和歌序

備後のくにの医師木村氏は、いにしへ今の文にとほりさとりて、あまねくよをすくふの心ざし深く、そのわざよもに流行はれ、その名都に聞ゆ。孝子正養のぬしは、予がしたしき友なり。ある日きたりて、ことし大人の古希にあたれるよしをものがたりす。かくれたるうつくしみの」(39オ)あらはる、か、不老の神術のなす所か。かくあまたとしをへても、いきちから猶さかりなる人も及ばず。しかのみならず、かきのもとの風をしたひ、山のべのかすみに立まじり、詞の花、春のはやしよりもしげく、筆のながれ、秋の水よりもいさぎよしとなん、きく人はみ、をよろこばしめ、心にうらやまざるはなし。されば、搢紳家より、対松争齢といふ古き歌をおくり給ふるにつきて、おなじ心ばへを人々にもすゝめ、みづからもよみて、いさゝ川のいさゝかこたびの」(39ウ)悦をのべはべるに、このことのよしをしるしそへよとあるも、親を賀する心ざしの深きあまりにそのことのはをもちらさじとなるべし。かく孝ある子をもたまへるも、うしの幸にやはあらぬと、とり〳〵の悦にたへて、硯の水の浅き心をもはぢず。明和のこよみ巻かへして、六のとしにあたる正月初つかた、良辰に筆をとりて、かの歌のはしにかい付侍になん」(40オ)

ある人の六十の賀に杖の歌をこひけるに

13577 くれ竹の世にやすらけくや千とせのさかも越よとおくる此杖

13578 ちよのさかやちよのさかもつきて猶やすく越よとおくる此杖

名所駅

13579 てる月のあかしの浜路(ハマヂ)さよ更て駅づたひのすゞ聞ゆ也

13580 旅人やいそぐむまやのすゞか山よ深く越る声聞ゆ也

旅行

13581 ゆけど猶道のなが浜いつくぞやむまや〳〵もあまたゝびへぬ

名所村　月真院

13582 宿ごとの軒ばにかりてつむいねの長田の村の秋ぞにぎはふ

寄扇述懐」(40ウ)

13583 秋にあふ扇もおのが時はあるを時しらぬみのさてや朽なん

寄金述懐

13584 幾ちゞの金なりともつきぬべしはかりなきみのうさにかへなば

寄簾述懐

13585 うつゝなきよはうきふしのしのすだれ何にかゝりてとまる心ぞ

寄夢懐旧

13586 こしかたはねぬにみえける夢なれやおもひかへせどうつゝともなし

13587 はかなしと何かいひけんこしかたにかへるは夢のたゞちならずや

13588 思ひねの夢にもみえよこしかたの立かへるべきうつゝならねば

13589 みしよにはたちもかへらず思ひねの心なるべき夢のたゞちも

寄国祝」(41オ)

13590 年にそふこがね白金玉がきの内つみくにぞとみさかえける

13591 いやましにさかひはびこる秋つすのすがたのくにのなこそしるけれ

雨の日、月真院にまうでゝ

13592 岩そゝぐ水の音のみまさりつゝ山かげすごき雨のふる寺

めぐりの竹の風になびくも、雨の音に聞なされて

13593 呉竹のはやしの雨に風そひてふるほどよりも音そはげしき

此序、雨中の緑竹といふ心を

13594 末よはみ軒ばになびくわか竹のみどりにそゝぐ雨のすゞしさ

13595 くれ竹のみどりを雨にあらへばやぬれて一しほの色のそふらん

金谷清生、この秋九月二日、むさしのくにゝくだるに、むまの餞するに、いつばかりに」(41ウ)かへりなんやといへば、こん秋はかへりなんといふに、

秋風ふかばといふを、せめて心のやるかたにはすれど

13596 露の身に待やつげまし別路のゝべのくずはのかへりこん秋

また一言をそへよといふに、みちはたゞそのもとにかへれといふ古言を思ひいでゝ

13597 おく深きことばのみちもすなほなるもとの心のほかにやはある
梅に鶯のある絵、文麗が筆」(42オ)
13598 咲しよりよそにうつらぬうぐひすは色の常なる花やめづらん
辛崎〔唐カ〕常陸介のとうでたる古硯のうら、四方四隅に筋をあまた付たりけるに、そふべき歌をといふに
13599 一筋に千よをこめてもあかなくに八重がきつくは石の硯か
13600 つゝしめる心を八重にかきこめし石の硯のよはひいくよぞ
13601 見る石はたれかあたへし神がきに八重がきこめてよゝにつたへよ
13602 見る石は神やあたへし神がきに八重がきつくる心しれとて
13603 千早ふる神やあたへし見る石に八重がきつくる心しれとて」(42ウ)
松影写水　八月廿一日、金屋清生東行餞別、巻軸
13604 松の影うつろふ水のさゞ浪に千とせの数をかぞへてぞみん
13605 遥なるをのへの松も谷水のみどりにうつる色ぞへだてぬ
松月のけふなんいよにくだるといへるに、かへりこん日をちぎりだにおけといひしも、みとせになりにたれど
13606 けふといへばさらになごりぞをしまし〔ママ〕かねておもひし別ながらに
かへし
13607 をしといふことばの色を古郷にかへるたもとのにしきにはせむ
九月十五日に此人はたちし、廿一日の夜の夢に更にわかれをゝしむよし」(43オ)をみて、かたみにうたよみ侍りしかど、おぼえず。行てとくかへるみちだにはるけきを、などやうのうたのいとあはれに覚えてめ覚たるに、はるけき海上ぞかしなど思ひいでゝねられねば、おきいでたるに、有明の月いと心ぼそうすみわたりて、何となくなみだのこぼるれば
13608 こゝながらぬさ奉るわが友の舟守りたべすみよしの神
東福寺霊源院六十賀、寄松祝
13609 なべてよにおほふみのりの庭の松よにたぐひなき齢をもへよ
寄市雑
13610 市中も何か心のさわぐべきうることなきをうることにせば」(43ウ)
13611 うることを何かあらそふ世中はたれもとまらぬ市のかりやに
嵯峨野
13612 こゝも世のさがの也けりゆくまゝにうきふしげき道のさゝはら
13613 春秋にみやこのにしの野べなれば分もまどはぬさがの古みち
吉野川
13614 老の波立かさねずはよしの川はやくのみをもかくはしのばじ
13615 よのうさもよしやなげかじよしの川岩きる水のうたかたのまを
ある人のあさいするに、たつのきみ江が、13616 いぎたなくあさいする人ものもうすわれ春のあけぼのをしからなくや　とよみて、これなん」(44オ)せどうかなりといへるときゝて、これがかへしせどうかにて、その人にかはりて
13617 かへりきてまたねに人をみれどあかぬゆめ露のまのはるのあけぼのにかへつべしやは
対松争齢といふ心を
13618 万代のさかゆく人は千とせふる松のよはひもふもとにぞみん
暁猿叫峡」(44ウ)
13619 足引の山のかひなくしらむよの月をゝしとやましらなくらん
13620 有明の月かげくらき山あひの杉の梢にさるさけぶ也
水野貞胤、豊前に下り侍るに、13621 玉しゐも消ばかりなる別路になみだの玉のなどや数そふ　とありしかへしに
別れどうれしくもあるかといひしにはかはりて、またいつかはとおもへば、とし比なづさはりぬるも、今はたくやしう袖もはなちがたくなん
13622 別路のなみだとなりてくだけつゝたぐへやるべき玉しひもなし
又はるけき海山をへだてゝ、いかに心ぼそかるべきなどいひて、13623 立わかれみるめしなくはたれにかはまたとひよらんわかのうらなみ　とありしかへしに」(45オ)またたれにかはとおもほすもさることなれど、このみちは万のことのはをわきまふるよりも、ひとつ心をさとるにしかずときゝ、おひ侍れば
13624 すなほなる心のほかにたれをかもわかのうらぢのしるべとはせむ

また思ふに
13625 波ならずよせし心ぞわかのうらの玉もひろはんしるべなるべき
路　月真院
13626 行かひのたえぬ都もはるは猶みちせばきまでみえてにぎはふ
13627 花の袖にしきのたもとめもあやに都のはるぞみちもさりあへぬ
笆竹」（45ウ）
13628 うきふしよしげらばしげれくれ竹のよにふるほどは露のまがきを
13629 よしやよは笆の竹のへだつとも身のうきふしをえやはのがるゝ
谷松年久
13630 杣人もしらぬみ谷にかげふりし松やちとせをやすくへぬらん
13631 ひとしらぬみ谷がくれに幾とせをふる木の松の色ぞのどけき
雲浮野水
13632 空の色も同じ野沢にかげおちてみさびをくゝる雲の白波
13633 水清み底より立とみゆる哉野沢にうつるそらのしらくも
13634 遠山のみねに夕ゐるしら雲を野沢の水にうつしてぞみる
河
13635 ながれて〔は〕さらしな川と思はずはよのうきせをばいかでわたらん
13636 よしやよはよしの、川のみの早みみのうきせさへよどまざりけり」（46オ）
安永三年の春、当麻中将姫千年相当のよしにて、ある僧の勧進に、仏法僧の三題を
涌蓮上人、道敏などわかちてよみけるに、僧を得て
13637 花の袖をみの衣にそめかへし心の色ぞよゝに朽せぬ
山
13638 外よりもとくふり初てしらゆきの久しく消ぬみこし路の山
13639 分いりて木こるきこりも心せよのうき時のかくれがの山
鶴契千年　三神会始
13640 君がすむやどはよもぎが島なれやむれきてたづの千よゝばふなる
五十賀」（46ウ）
13641 梓弓いそべの松の万代はかねてふりせぬ色にしるしも
流池館にすみ侍りける比、伴資芳が入道して、蒿渓といひて尋ねけるにおどろきて
13642 おもはずもかはるすがたをみつる哉そむかば我ぞゝむくべきよに
入道かへし
13643 中々にかはるすがたぞはづかしきそむきても猶そむかれぬよに
光明寺響十、こぞより我門にいりて修行ありしに、心詞だみて聞えけるをいたくい
さめ侍りしに、ことし三月朔日よりの日歌のやすらかに聞えて、」（47オ）卅日にあ
たる題、寄花祝といふを、13644 ことしより花咲初しやへざくら春をかさねてこのや
どにみん　とありしに、書そへ侍りし
13645 咲にほふ詞の花のやへざくら春をかさねてそふ色もみん
浪洗石苔
13646 よせかへり波はあらへどときはなる岩ほにならふこけの色哉
13647 岩がねのぬれて色そふこけ衣あらふとみゆる浪やそむらん
窓灯欲尽
13648 はかなしや更にひかりのそふたびにかすかになりぬまどのともし火
無常」（47ウ）
13649 何ごともありてなきよは幻とおもふのみこそ誠なるらめ
13650 月花のをり〳〵なれてみし友をことしは雪の下にこそとへ
13651 あすしらぬわがみはおきて露のごと消にし人をとふ夕べ哉」（48オ）

六帖詠藻　雑三

高登関東下向のとし、冷泉殿門人義正、々、々、々、々、数輩、数十首和歌、師之褒詞をもそへて、猶予が存所もあらば加筆すべきよし也。又高登をもかの家にすゝめ、やつがれに案をみせて、歌はいだせといふときゝて、高登のもとへ遣す文。

義正加筆の和歌一覧畢。さらに一言をくはふべからずといへども、ひそかに思ふことなきにあらねば、いさゝか愚意をくはへて、奥書のうちよみかたのこと仰て信ぜらるべく候。是みな明匠の要語也。」（1オ）

そもく\やつがれすゞしきいづみのあたりをやらはれしより、ひとりさまよひありきて、紀川のながれをさかのぼり、山のべのかすみをたどり、かきのもとの古き風をしたふあまり、千はやぶる神代のさまをさへうかゞふに、師なくて歌をよめるたぐひすくなからず。むべしこそ、ひとつ心をたねとしてとはいひけれとおもひなりぬ。しかはあれど、よろづのことの葉となれるならひなるがゆへに、詞のさたは、なだゝる人のわきまへ」（1ウ）おける文いとおほかり。それが中にも、ひとつ家のことぐさをしひておふしたてず、位たかき人の詞とて用るにもあらず。品くだれる人さたとて、すつるにもあらず。たゞいちじるくことわりのたゞしかるべきにしたがふ。（已下江戸へ不下）『その説のまちく\なること、いとおかしくも侍る哉。子たれども父の説を用ざるあり（俊成卿、定家卿、勘注、蜜勘、俤案等に出）。君と臣と身をあはせざる上手あり（後鳥羽院、定家卿。遠所御抄に出）。はらから説を同じうせざるあり（顕昭、清輔、袖中、奥義、色葉、袋草紙）。これまたくしたしみによりて、道をあやまたじと也。』」（2オ）これよりこのかた志をおなじうする人にあらざれば、此みちをさたしわきまふることなし。それをいかにといふに、一わが門に入人は、師のつたへあり。それを学ぶ人の詞、もし我しる所にたがひたるをとがむるに、むべなりとおもへば、師にうたがひをおこす。師をうたがへば、道をあやまつ。ことわりなしとおもへば、あざけりをうく。自他のため、何のやくかあらん。又諸説の一定ならざることは、よし正難に我又加筆」（2ウ）するにてもしらるべし。かくおもひとりて、まなびし窓のうちには、ほたるばかりのひかりもなく、つもれるとしのしるしのみ、かしらのゆきとふりゆく翁のおぼつかなくながら、さたしける歌、たまく\義正同意のよし、身のさちもすくなきにあらず、いそぎすゝめにしたがひ、かのながれをくまるべく候。たゞし案を見、愚意をくはふることは、ゆめく\おもひよらざること也。そのことわり、上にいふがごとし。うたをみせあはせ、異見をきくなどは、ひとつ家の風になびく人どち、または」（3オ）やつがれやうのさだまれるをしへをうけぬゐせうたよみのことにこそ侍れ。ことによし正詠、いかでか詞をそふることのあらん。数首感吟時をうつし候。明師にあひ修練已達の詠なれば、誠に金玉の声をもあざむくばかりにおぼえ候。二三首はまげて申うくべく候也。

蘆庵」（3ウ）

舟

13652 うぢばしも及ぬうみのやしほ路をわたす小舟はたれかつくりし

13653 わたつうみをとくゆきかひしあしがらの小舟の名こそよゝにくちせね

13654 かしこしなあとなき波のうみつらも風をしるべに行かへる舟

関

13655 何にわが心とゞめて常もなきうきよの関を越がてにする

13656 あれにける名のみとゞめて東路の不破の関やはあとかたもなし」（4オ）

川

13657 みをたえずふりていくよぞすゞか川八十せの波のさやかなるこゑ

13658 立かへりきけどもあかず山川の岩うつなみの玉くだくこゑ

祝言

13659 すなほなる心の根より生そめてよゝにさかゆることのはの道

13660 正しかるみよは此みよたれも皆五のつねのみちにまどはで

江上霞　七月廿六日、蓮上人一周忌

13661 きのふこそかすみ初しか春の江の汀も遠く立へだてつる

13662 よる波の音こそ春のみをつくし霞入江のしるしなるらめ」（4ウ）

三月廿六日、物外禅尼の草庵をとひて花見侍りし時、探題、草庵雨を

13663 雨にけふ草のいほりをとひきてぞふることしのぶ友にあひぬる

13664 ことしげくよにふるうさも草の庵の雨になぐさむけふのしづけさ

13665 なべてよにふるはかはらぬ雨ながら草のいほりにきけばしづけし
13666 ありふるもかりそめのよと草の庵に心やすます雨のつれ〴〵

旅泊夢

13667 まれにみしまくらの夢の古郷をうきねにかへす波風の声
13668 いかにねてみえける夢ぞかぢ枕（直すべし）うきねにたえぬ波かぜの声」（5オ）

鷺

13669 江の山のみどりにいとゞしらさぎのゆくへたどらぬ水の遠かた
13670 あづさ弓やばせのさきよ心せよおのがは色ぞ物にまがはぬ

みな月五日の夜の夢に、冬がれの比いとさむきに、あらし山にすむに、高登とひきて、などやこゝにはすむといふに、かくいひつとみし歌

13671 冬がれのあらしの山はさむけれど春みん花にかへてこそすめ」（5ウ）

思往事　未九月廿一日、父卅三回、母七回忌合祭、当座題、八首ノ内、野外霞、遠山花、杜郭公、荻驚夢、河辺月、庭雪深、鐘声幽、――

13672 くるとあくとしたふ心にのこらずは何をむかしのあとかたにせむ
13673 とし月の遠きもちかき別ぢもしのぶなみだの色はかはらず

獣　同廿二日、当座雑十首之内、雲、雨、山、川、草、木、鳥、獣、旅、夢

13674 むかし思ふ心のこまにあらそひてけふのひまゆくかげもとまらず
13675 ひまの駒かげもとまらでこしかたのいやはかなにも遠ざかりぬる
13676 ふることをおもひかへせばながきよもえやはふすゐの床ぞ露けき

夢

13677 うつゝにはおもひ絶ぬるむかしにもかへるはゆめのたゞちなりけり
13678 はかなしと何かいひけんかへりこぬむかしをみつるうたゝねのゆめ」（6オ）

旅宿

13679 古郷もおなじよもぎがねやながら草の枕は猶ぞ露けき

おもふことありて

13680 なほくともあはれとは見じ麻の中のよもぎはおのが心ならねば

鳩

13681 雨をよぶおのがは色もうすゞみの夕のはとの声の淋しさ
13682 いにしへのたが家ばとぞ物すごき竹のはやしのおく深き声

暁」（6ウ）

13683 聞すてゝぬるぞはかなき長きよの夢も覚べき暁のかね
13684 水の音も松のあらしも月かげも暁がたぞすみまさりける
13685 鳥のねもかねのひゞきも長夜の夢さませとやおどろかすらん
13686 横ぐものわかるゝみねにあかぼしの光きらめく暁のそら
13687 山のはの松の木のまにきらめきてあかつきしるくいづるあかぼし
13688 よひにみしほしはうつりてあかぼしの独きらめく暁のそら
13689 ゆふ付の声におきいでゝ詠れば山のはとほくしらみ初ぬる

杉

13690 此もりは神ましけりなおく深く茂れる杉にしめはへてみゆ
13691 山たかみ梢は雲にうづもれてかげ物すごくしげる杉むら」（7オ）

はゝぎみの七めぐりに、隆女のもと〔より〕

13692 むかひゐてむつがたりせしふることをおもへば夢の心ちこそすれ

かへし

13693 こしかたの夢にもがもな夢ならば覚るうつゝもあらましものを

わかさの守宗直が、しら川のほとりに、はかせおほくいざなひてすゞみせしをりのうた、からうたをかくに、やつがりが名をもかきなべてん、さるうたひとつとあれど、おなじ円ゐのつらにて」（7ウ）だに、むざえのもの、まじれらんは、いとかたはらいたきを、ましておくれてはいかでとおもへりしかど、よしあ〔る〕翁のせちにいへれば、すげなうもえいらへで、日比ふるに、かれより、
13694 しら川のしろきをのちとすておかでうかべてみせよ滝のことのは　とく〳〵などあり。そはゑしのにのかずをつくして、いろえ出んやうのことのはにあらばこそ、白きをのちとものべやらめ、これはいさゝかも」（8オ）

13695 おもひよるふしなきまゝにしら川の滝のいとこそ日比へにけれ

かのこへるには

13696 しら川の清くきこえし浪かずにあらぬもくづとかきおくれつる

山本如哲八十賀に遣

人はいのちながくて、氏ぞくのおほかるをみるにまされる悦びあるべからず。山本大人のことし八十にみちたまへるに、こ、むまご、いやつぎにさかえて、いとにぎはゝしく賀せらるゝときゝて、やつがりもしたしきなからひなれば、悦にたへず、一首の」（8ウ）卑詞にゆく末の遐算をいのりて

蘆庵

13697 はるかなる千とせの坂もこえなゝん八十のけふを山もとにして

土岐元信のもとへはじめてまかりて、窓竹を

13698 此やどはとはにみどりのくれ竹のかげいさぎよき窓の明くれ

13699 のどけしな花ももみぢもよそにのみみどりの竹の窓ふかき色

寄江述懐　千首

13700 なすこともなくて月日はながれ江の芦の古ねの朽やはてなん

13701 波ならぬもくづも我もおなじ江にかきあらはさんこともはづかし」（9オ）

関　十七日会

13702 何とかく心とむらんいとふべきうきよの道はせき守もなし

13703 とゞめおく名をのみきゝてあふさかもすゞかも関のあとぞのこらぬ

鶴　住吉奉納

13704 朝日さす沖の小島の松かげにつばさまがはであさるしらつる

13705 雨はるゝたみのゝしまにゐるたづは夕日におのがつばさをやほす

住吉千首　寄露述懐」（9ウ）

13706 いかでかは色のちくさにわかるべき花にもさかぬことのはの露

13707 おきあまる草ばをみればことわりのわがみの秋の袖のうへの露

同　寄橋述懐

13708 おもふこと末もとほらじ橋の名のとだえしほどに朽もはてなば

13709 末かけてたのむもはかなよの中のうきはむかしのまゝのつぎはし

13710 おもふこと今は朽木のはし柱たてしちかひの末もとほらで

同　寄沼述懐

13711 草がくれ人のみぬまをたづねずはにごる心の底もしられじ

13712 のがれなば何かあしまの沼水のすみわびにきとよをもかこたじ」（10オ）

同　寄江述懐

13713 なすこともなくて月日はながれ江のあしの古ねの朽やはつべき

13714 波ならぬもくづを我もおなじ江にかきあらはさんこともはづかし

住吉　野

13715 まどひ初し心ぞしるべいにしへに立かへらばや野中ふるみち

13716 春秋の色とりかへてめかれぬは笆のゝべのゆふべ明ぼの

夢」（10ウ）

13717 覚ぬべきものとしりせば夢のまのうきにはたれもまどはざらまし

13718 みぬさかひしらぬ里にも行通ふ夢のたゞちぞあやしかりける

湖

13719 よにふるはからき物ぞとしほならぬあふみの海のあまもしるらし

13720 山姫やふかくをさめてかくすらん箱ねのうみの波のしら玉

名所滝

13721 みよしのやおちたぎつせのしらあわをとはに散うく花かとぞみる

13722 水上はいくその岩かたゝむらん雲よりひゞく布引のたき

名所湊」（11オ）

13723 百舟のあさびらきしていでぬればあとの湊に波立さわぐ

13724 追風をまほにうけつゝ入舟にみつの湊の波立さわぐ

13725 沖つかぜみつの湊の松ふけばまほ引つれて舟ぞ入くる

名所海

13726 春秋のかすみも霧もすみよしのおまへの海のみるめをぞそふ

13727 あま小舟今こぎいでよ風たえてなごの海づら浪静か也

海路」（11ウ）

13728 住よしの松のあらしを追てにていづる舟路の末はさはらじ

13729 舟人は何をしをりに海つぢのあとなき波を行かへるらん

河
13730 夕しほや今さしくらん湊川ながれ行せの水のよどめる
13731 山川の水の心し清ければ底のさゞれもかくれざりけり
仙洞齢久
13732 さゞれよりなれる岩ほをいくそたびみどりのほらにすめる仙人
13733 あしたづもむれきてなるゝほらの中にすむ仙人はいくよへぬらん」（12オ）
述懐
13734 色もなきことのはぐさに愚なる心のねこそかくれざりけれ
13735 すなほなる心なりせばかくばかりことばの道にまどひしもせじ
松戸暁嵐
13736 ながきよの夢もさむやとまつのとにあかつきごとのあらしをぞきく
13737 松のとの明がたしるく吹あれて声すさまじき軒の山かぜ
暮望行客」（12ウ）
13738 旅人のゆくさきおほくくれぬとや道いそぐらんのべの遠がた
13739 そことなくうすぎりなびきくるゝのにたびゆく人の道いそぐみゆ
山家晩望
13740 柴人のかへる山路をはる〳〵と見おくる庵のくれぞ淋しき
13741 みね高み夕日は軒にさしながらうすぎりなびきくるゝ山もと
無常
13742 さとりえておどろかぬにはあらぬみのよの常なさにならひしもうき
13743 きのふみし人はけふなき世中にあすのわがみをいかでたのまん」（13オ）
樵歌
13744 なほざりにうたふ木こりが一ふしもあはれはふかき夕ぐれの声
巌苔
13745 しら浪やよりてそむらんあらいその岩ねの苔のぬれて色こき
13746 にしきにもまさるしとねや岩がねの塵なきこけのむしろならまし
13747 古川やかはらぬ色のためしにはきしねの苔のみどりならまし

老のゝち文みるに、いと物うくおぼえければ」（13ウ）
13748 更ぬとてかゝげそへずはのこる夜の猶くらからん窓の灯
やになきほど臥雲道人のとひきて、あすはなばりにたつといひおきて、
13749 一片閑
雲去又来　と句をのこされける。又の日つとめて、そのやどりをとふとて
13750 とひぞゆくありかさだめぬ白雲はたつときけどもなほゐるやとて
鶴
13751 なくたづのこを思ふにもおのがみのはぐゝまれにしよをやしのばん
ねこのよる妻こふを」（14オ）とほく聞て、いとあはれにおぼえければ
13752 からねこの声うらがなし敷しまのやまとにはあらぬ妻やこふらん
13753 あかずしてわかれしつまを我くにのやまとや恋るからねこの声
13754 からねこのからしと身をやかこつらん妻こふ声のよはにかなしき
13755 なきこふるつまのつらさは敷しまの大和にやあらぬからねこの声
13756 おのがつまさのみなこひそ敷しまの大和にはあらじからねこの声
13757 敷しまのやまとうたにはからねこの妻をこふてふ声ぞきこえぬ
別」（14ウ）
13758 わかれなんけさよりかねてゆく末にかへりこん日をまつぞ久しき
13759 あすしらぬみをながゝれといのる哉ゆく末遠き人の別に
松
13760 きけば我心もすみぬ住よしのおまへの浜の松かぜの声
13761 春秋の花ももみぢも一さかり花のときはにしく色ぞなき
田家
13762 袖ひちてうゑし門田のことさらにとしある秋といはふ家々
13763 山田もる庵のあはれもあけくらしすまではよそにしらん物かは」（15オ）
人の子をいさめて
13764 生るより千よふる松も天地のめぐみをもれて栄やはする
谷水音幽
13765 ひゞきくる松のあらしにうづもれて絶まがちなる谷の水音

13766 柴人はかへりつくしてくれ行ばや、あらはるゝ谷の水音

岸樹〔ママ〕蔵橋

13767 柴人の梢をふみて分入とみゆるあたりやきそのかけはし

13768 よそめにはかくともみえじ茂りあふ岸ねのきゞのかげのしばはし」(15ウ)

澗底松久

13769 玉松のかげふりにけりそま人もしらぬを谷の光にはして

13770 谷かげにおひずは松のうつされておのが千年もよそにこそへめ

別

13771 ともにみしいはれのゝべの萩分ておもふ人にや立わかれまし

13772 あさなけにみなれし人を吹風の便にのみや聞わたるべき

塩津なにがし、家名相続いかゞあらんなどいぶかしみおもひける事のありけるに、」(16オ)いさゝかもさはらでもとのごとくなりける。よろこび申つかはすに、とし比先師為村卿の真跡懇望のよしきゝしかば、手本二折つかはすとて

13773 風をいたみ波立くれどはま千どりあとはむかしにかはらざりけり

維済が子の母の身まかりしのち、とかくおもひあつかひしが、やまひしてなくなりけるに申遣し侍る

13774 露しぐれしのぎ〱しなでしこの霜にかれぬときくは誠か」(16ウ)

かへし　維済

13775 おもひやれ露にもあてぬなでしこの霜に消にしあとのなげきを

山

13776 はてもなく立かさなりて青海の波のすがたにつゞく山々

13777 雲かゝる山やおもはんいたづらにとしのみつもるちりひぢのみを

13778 しら雲のたな引わたる山々もふもとのちりとみゆるふじのね

範古の絵、川のほとりになからちりたる柳あり。柳のもとに無絃の琴をおきて、岩によりてながれをみる人あり。そのさま」(17オ)水声をきくに、たり

13779 ことのねを何かはそへん柳ちり秋風さむき水のしらべに

13780 ことのいとをよる波のをにすげかへて秋ゆく水のしらべをぞきく

此絵によりて、物外勧進十首題くめる事あり。それには柳を春にいだす

暁

13781 いつとなきかねのひゞきもあかぼしの光にしるき暁の空

13782 有明のかげさやかにて何となく心ぞすめるあかつきのそら」(17ウ)

古郷木　五社

13783 うゑてみし木立わすれぬ宿の松そもあらずこそかげふりにけれ

閑中待暮

13784 何にかは紛れてまたん友なれし鳥もねぐらにかへりこぬまを

13785 人とはぬやどぞ淋しきくれゆかば月かげをだに友とみましを

あきのくに竹原惟清、此比都にきたりとて、道のことなど何くれととひけるとき、

惟清

13786 ことのはのしをりとかねてたのまずはまどはぬ道にけふあはめやも

これがゝへし」(18オ)

13787 心もて君がまどはぬことのはの道のしをりはたれならめやも

たじまのくに湯本西村茂之、道の事などたづねけるに

13788 たじまのや湯もとの人にあらざらばわがこしをれを尋しもせじ

孤夢易驚

13789 をぎの声松ふく風にいく度か秋のよふかき夢さますらん

13790 をぎのはのそよともすれば老らくの枕の夢ぞおどろかれぬる

13791 をぎの音はきゝなれぬれどみる夢をさそはで過る秋風ぞなき

13792 老らくの夢はもろしや露ばかりむすべばさそふよはの秋風

13793 老らくの夢はあらしの何なれやうちふくごとにおろどかるらん」(18ウ)

ねこのこをかなたこなたへつかはして、たゞひとつのこりたるが、友こふにやあらん、いたくなきてねにけるを

13794 かた〱にひきわかれつゝねこのこのむれてあそべる夢やみるらん

名所林

13795 しげりあひて月をへだつる木立より雲の林のなにやおふらん

雀のしげくなくを

13796 友なれておなじ木かげはとひながらねぐらあらそふむらすゞめ哉

夢中詠

13797 雨はるゝ軒ばの松の木のまより遠き山田にさなへとるみゆ」(19オ)

無常

13798 さゞれいしのいはほとなるもとゞまらでうつりゆくよのすがたならずや

13799 久にふる松もちとせの限りあれば何かつねなるあはれよの中

夢

13800 まどろむと思ひもあへぬ夢のまにあやしや遠きむかしをぞみし

13801 何事もうつゝなきよのことわりをかねてやみするうたゝねの夢

13802 しのばしきむかしをみめやぬば玉の夢てふものゝよになかりせば

13803 はかなしと何かいひけんこしかたに立かへるものは夢のたゞぢを

いんさき雅因、嵐山の桜をもて香合をつくりけり。涌蓮道人の炉にすみさしそふとて、火に入たりければ、室内煙みちたる事あやしと、あるじのいへりければ、涌蓮」(19ウ)

13804 もしほやくいせをのあまのしわざとて二見のうらにけぶり立けり

とぞいへりける。

述懐

13805 おろかなる心のねより生初しことのは草は花もにほはず

13806 もくづのみかきあつめつゝ和かの浦の玉もひろはで年ぞへにける

遠村眺望

13807 夕日さす里の垣ねにうなひごが野飼のこうし引かへるみゆ

13808 門田なるいねかりほしてもみぢせし垣ねむらごにみゆる山里

13809 吹はらふ山かぜみえて山里の軒ばの松のゆきぞこぼるゝ」(20オ)

郷外寄書

13810 やる文のみち遠くともかりのくる比にはけふのいらへをぞみん

13811 里遠し便もあらばことなしとたゞ一筆の此いらへせよ

名所村

13812 花の時は花もてまつる神わざに有馬のむらの名こそしるけれ

述懐

13813 もくづのみかきあつめつゝわかのうらの玉もひろはで身ぞ老にける

13814 たむくるも色なき松のふるはのみつもりの神もはづかしのみや」(20ウ)

寄玉述懐

13815 みがくとも玉ならぬ身は草のはの露の光もみえじとぞ思ふ

13816 みがきなばたれか光のみえざらん心のたまは石ならめやも

寄笛述懐

13817 のがるともよそにきかめやふえ竹のあないきづかしあだしよのうさ

13818 笛竹のよのうきふしはのがれても身をはなれずときくぞ侘しき

雨後草深

13819 しほれしはふかくなるべきめぐみとは雨はるゝのゝ草ばにぞしる

13820 はれわたる風になびきて此比の雨にしほれし草ぞしげれる

山家」(21オ)

13821 時わかぬときはの山に住人は松をともにて千とせをぞへん

13822 よのうさも聞えぬ庵の松風は心の塵をはらへとやふく

拝趨積年

13823 はづかしなすこともなくとしをへてつかふるまゝにつもるよはひは

13824 つかふとていそぎなれにしさか衣いくとせばかりかさねきぬらん

祝

13825 いかばかりさかえか行んうごきなきみよは常よの山とことのは

13826 八束穂のみづほの国の名もしるくいつもとしある秋をさめ哉

13827 うごきなきよゝをかさねていかばかりしげりか行ん大和ことのは」(21ウ)

眺望

13828 夕づくひむかひの岡の松陰に柴かる賤のいとまなげなる

13829 くれぬとて道急げばやみるがうちに遠ざかり行のべのたび人

寄笛述懐

13830 うきふしのしげきこのよは笛竹のいきつくほどもわすれやはする

磯榁

13831 契あれやきゝてふりにしとものうらのいそのむろの木けふこそはみれ

13832 とものうらのいそのむろの木けふぞみるきゝてふりにしいそのむろの木

13833 ともにみぬとものいそべのむろの木はよをうら波に袖ぬらしけり」（22オ）

狩猟

13834 かり衣すそのゝをじか心せよますらたけをのゆずゑみゆ也

13835 石をかむいかりゐよりもますらをがともやたばさみむかふはげしさ

13836 ますらをもすきまあらすな山ひゞくせこのかり声近づきぬ也

山家

13837 庵しめて心をだにもすまさずは入ぬる山のかひやなからん

13838 よをとほく身はのがれきぬ山井の浅き心をいかですまさん

13839 今よりは柴こる賤がおとづれも絶はてぬべし雪の山さと

13840 世間は市のうちにものがれなん心すまずは山もかひなし

水野万空の古郷にかへるに、扇を」（22ウ）おくるとて

13841 舟路には風を心にまかせよとおくる扇ぞてにならさなん

ゆく末を契るにも、かたみに袖のはなちがたければ

13842 もろともに老にける哉ますらをのわかれにかくや袖しほるべき

披書知昔

13843 かしこしなふるきむかしのよのさまも今めのまへにみづぐきのあと

七月十四日
武家よりまち〳〵のもの、ね停止せられける夜、月の清光なるに、帥のみやの御笛の空にすみて聞えければ

13844 しづかなるこよひの月にふく笛や竹のそのふのあたりなるらん

寄車雑」（23オ）

13845 おぼつかな何にひかれて小車のうしと思ふよにめぐりきぬらん

舟過芦洲

13846 むらあしのさわぐほなみの一すぢにこぎいでし舟のゆく方をぞみる

殿上の人々のこんといひけるを、とかくいなびて

13847 とてもわれ天つそらにもゆかなくに何か雲ゐの人にとはれむ

関

13848 のがるべき道やはかたき世中にとまる心や関となるらん

13849 我こえてかへりみすれば白雲にやがてとざせるあしがらの関

山」（23ウ）

13850 けぬがうへにいくとし〳〵かふりつみて雪の名高きこしのしら山

13851 此比はふりかくされてあかはだの山は名のみや雪にのこらん

ゆふつけ鳥は

13852 かへりみる里の梢もしらむよにゆふつけ鳥は猶ぞねをなく

13853 関山のゆふつけ鳥はねをなけど猶かげくらき杉の下みち

城外のみゆきのたえにたるを、この比よにとよみのゝしるをきけば、いとおもひの外なることになん有ける

13854 めづらしきみゆきといへばすみ染のころもうきよとなるぞかなしき

いまはいづちあたりおはしますらん」（24オ）など人のいふをきゝて

13855 とほざかる松の火かげのいかならんかへらぬ君がよはのみゆきに

海路

13856 舟出していくか分けんうなばらのかぎりもみえぬ八重の白浪

13857 海つ路のにわしよければきのふまで波たかゝりしうさも忘れつ

13858 我もさぞ一葉とみえて友舟の遠き波まにうかぶあやふさ

舟過芦洲

13859 茂あふす崎のあしの一すぢになびくや舟のすぐる成らん

13860 あまを舟こぎやいづらん朝風の吹もたえぬになびくあしはら」（24ウ）

海路

13861 あともなき浪のうへながら心あてにゆけばまどはぬ舟路なりけり

13862 何ごともあとなき浪をゆく舟やよにふるみちのすがた成らん

舟過芦間
13863 難波江やしげき芦間もさしなれてみる〔ママ〕くるしほにいづるうらぶね
13864 しげかりし汀のあしまこぎ過てさはりも波にうかぶうらぶね
樵客情
13865 おのがどちうたひつれたる一ふしに心をやりてかへるしば人
13866 かげにきてやすむ春こそしば人のおのがうさをも花に忘れめ」(25オ)
遐齢如松　春に入
13867 一入の色そふ〔ママ〕
〔一行空白〕
懐旧
13868 思ひでのある人いかにさらぬみも過こしかたはあやに恋しき
13869 うきにつけうれしきにつけたらちねのおやのいませしよぞしのばしき
わかさの守宗直が山庄のよもの山々をわかちてよませしに、あたご山」(25ウ)
13870 くらべてはひえの為うきたかねとてあたご山とはいふにや有らん
13871 うちわたし都のいぬゐ遠けれどたかねまがはぬあたご山哉
ひんがし山
13872 月も日もいでくる山のふもとには中々かげぞおそくさしける
松
13873 松しげき木かげもはるゝ（かげもくまなくてらす）夕日にぞ東の山はみるべかりける
13874 神がきの松の言葉かきつめてあふぐめぐみのむなしからめや
別
13875 あすしらぬ身を長かれといのる哉ゆく末とほき人の別に
13876 あすしらぬ老こそいとゞかなしけれゆく末遠き人の別は」(26オ)
姉の三十三回にあたれるに
13877 なきかげをしのばん人はさきだちてあとゝふ身こそいたく老ぬれ
戒をうけしとき
13878 かも川のせにふすあゆの魚とりしむかしを悔るけふにも有哉

かへし　道敏
13879 つりの糸の何に心のひかれけんいけるをはなつ人もあるよに
但馬敬義がもとよりみるをおくりて
13880 君ならでたれにかよせん波さわぐいそ立ならしかりしみるめを」(26ウ)
とはいへりけれど、山下政教にもおくりぬとききゝて
13881 方わかずよすなる浪のみるはわがみぎはのみともいかでたのまん
方俊が身まかりし中陰、三十首手向に、風を
13882 とりとめぬ風をいで入いきのをの絶ずは有ともたのむべき身か
むかしをこふる　句
13883 かへりこぬむかしをこふる心こそ過る月日にいやまさりけれ
老人懐旧
13884 しのぶとてかたるをきけばそれも猶わが此比のむかし也けり」(27オ)
ひなのわかれに　句
13885 かへりこん都ならではいつかひんひなのわかれにぬれし衣で
13886 分いづる都のゝべの朝露はひなの別におつるなみだか
みはてぬ夢の　句
13887 むかしおもふ老のまくらの山かぜやみはてぬ夢のゆくへならまし
13888 こしかたをみはてぬ夢のしのばれてね覚さびしき暁の床
朝眺望
13889 朝日さす川べの松にゐるさぎ〔はあ〕さりになれし友やまつらん
13890 いづくにかかりねしつらん旅人の朝露分るいなのさゝ原」(27ウ)
13891 朝づく日うつらふうみは紅のにしきあらふとみゆるしら浪
橋
13892 すみわたる月におもへば中空に絶て悔しきくめの岩はし
13893 よをわたるみちにかけては丸木橋あやふしとても誰か通はぬ
紫洋大人は、ひかりをつゝむとてあやしう塵にまとはれてのみおはしける博士なり
けり。やつがりにから歌おくるとて、13894 愛此庭階罷掃除　といふ句のありしにた

はぶれて
13895 やはらぐる光は君にならふともさのみはいかで塵にうもれん」（28オ）
かさの浅茅原といふ所を　かぐら歌にあり。大和 かさぬひの邑辺云々
13896 とるかさの浅茅がはらの夕づく日かたぶくまゝにいそぐたび人
13897 旅人のぬれじと雨にとるかさの浅ぢがはらぞ露おもりゆく
冠字、ら、懐旧
13898 落日のなごりをだにとしたふまにそこともみえずくるゝ山のは
詠旧詞歌
13899 うしといひて猶よにふれば明くれのことのなぐさと人やきかまし
13900 はて〳〵は手にだにとらぬ梓弓末中ためてなにならひけん」（28ウ）
苔
13901 あま衣きつゝなづてふたびごとにいはほの苔はおひやそふらん
13902 昔見し松はふりゆく木隠に生そふ苔ぞわかみどりなる
13903 さゞれよりなれるはしらずふりにけるいはほはふかき苔にこそしれ
竹
13904 うゑてみる笆の竹のすなほなる姿にならふことのはも哉
13905 心だにすなほなりせばくれ竹のよのうきふしは何かしげらん
いかなるをりにか
13906 花をめで月にうかれていつのはるいつの秋をか身にかぎらまし」（29オ）
老のゝち、北山のほとりにいざなはれて、あそびありきける。かゞみいしといふを
みて
13907 みつわぐむかげもはづかしかゞみいしなどわかざかりみにこざりけん
堺町の亭を鳥丸にうつる日
13908 かりそめのやどのなごりをゝしむ哉思ひの家をいでんとはせで
丑正六、例のごと初会ありてまかりしに、道賢がいぬことを思ひて
13909 言にこそいむとていはね数たらぬ円ゐの袖をたれか思はぬ」（29ウ）
鈴木重遠が四十になれるよしをきゝて
13910 何のみちも末とほるべきしるべにとまどはぬ年やことしきむかふ
野行幸
13911 今もその名にのこりぬるかげろふのをのゝみゆきのむかしをぞ思ふ
詠旧詞歌
13912 ふく風もまたでけぬべき露のみを千とせのごとく思ひなれぬる
13913 天ざかるひなの長路をゆき〳〵てかへりこん日をいつとかまた」（30オ）
野
13914 ふもとなる川音清しはつせ山更行そらにたかく聞えて
13915 春秋の花はちくさに咲ばかりのべのあはれはゆふべ明ぼの
13916 春きぬとわかなとめこしのべははやを花乱て秋風ぞ吹
おもふこと　初五　是は七首宛
13917 思ふことなりもやすると山しろのこまの瓜生の露にぬれつゝ
13918 思ふことちゞのひとつもまだならぬこのみのなげき人はしらじな
13919 思ふこと水のまに〳〵とくゆかばよし老波は立かさぬとも
13920 思ふことよどみがちにて身は老ぬながるゝ月日しばしとゞまれ」（30ウ）
13921 思ふこと我とひとしき人しあらばかたみにうさもなぐさめてまし
13922 思ふことなりもならずもありのみをなしとはいはじ人のきかくに
13923 思ふことならばなりなんすゞか山ふりてかひあるよにしすまへば
行路尋人
13924 春雨のみち行ぶりにとひよればかさやどりとや人の思はん
13925 石上ふる（ママ）ふるの中みち分るとてさらにむかしの友をこそとへ
松
13926 生そめてまだ二葉なる苗なれど千世まつ（ママ）木とみればたのもし」（31オ）
述懐
13927 みのうさはおもひしらぬにあらねどもそむかれなくにわびつゝぞふる
13928 そむくともいまいくほどゝよのうさにたへてあまたのとしもへにけり
13929 老ぬとてそむかざりせば身のうさのこれよりまさるよをやへなまし

名所滝　千首

13930 山ひゞくなちのたきつせ聞しにもみるは増れるなちのたきつせ

13931 ぬしなしとたれかいひけんおりたちてきてみる人の布引のたき

名所湊　同」（31ウ）

13932 更ゆけばいでいる舟もみづぐきの岡のみなとの浪しづかなり

庵井川　近江

13933 絶せめや万代かねてすむしづがいほの井川の水のながれは

13934 かた〴〵に引や分らん田中なるいほの井川の水ぞあせゆく

いらごの崎　三河

13935 しまとのみなどおもひけん三河にもいらごの崎は有てふ物を

13936 いづこぞやいらごの崎の忘がひ拾てたびのうさを忘れん

家田松　いせ」（32オ）

13937 とひなれし家田の松をめにかけて駒うちわたすあの、板ばし

13938 たがすめる家田の松ぞ梢のみかつあらはる、遠の朝霧

いなばの里

13939 たのめてもいなばの里の月をみば都の花のをりや忘れん

13940 けふわかれいなばの里はあれぬとも待つ、をらんかへりくるまで

いそしのみね

13941 いくそたび時雨ふるらん百づたふいそしのま弓紅葉してけり

13942 いつかはと思ひしはるにあふみなるいそしのみねの花咲にけり

いたじき山」（32ウ）

13943 よをいとふすみかは苔をしとねにて山の名にきく板じきもなし

家しま

13944 いにしへはたがいへしまとゝひよればたゞなのりそを波ぞよせける

あかつきは　初五

13945 あかつきはなどうき時と思ひけん心すみぬるかねの声々

13946 あかつきはにしにうつりてしらみゆくみそらのほしのかずぞすくなき

13947 あかつきはうきね覚にもしらる、をなどおどろかすかねの声々

13948 あかつきはね覚にしれど老らくの耳にはかねやう（ママ）と聞ゆる

嶺椿　千首」（33オ）

13949 八千とせを八をのつばきつら〳〵とおもへば遠きみよの行末

名所杣　千首

13950 みや木引声ばかりしてあしがらのそま山ふかく雲ぞか、れる

13951 そま木引声きこゆなりしがらきのまきのすそ川氷とくらし

ひなの別

13952 分いづる都の、べのあさ露はひなの別におつるなみだか

13953 かへりこん都ならではいつかひんひなの別にぬる、衣で

いかるがの里

13954 み仏の道を広めしいかるがのさとみ、のみこやこ、にましけん」（33ウ）

13955 いかるがの里に有とはきけどまたつるの林のかたみをもみず

いしづ

13956 よる浪のあらふ石づの松かげの清きなぎさにいざ円ゐせん

13957 こしかたにかへる波こそときはなる石づの松のとしはしるらん

いかごさき

13958 いかごさきいかでか田ごのうら波をひたちの海に思ひよせけん

13959 拾はゞやいかごの崎の忘貝かひなくものを何かおもはん

伊勢野

13960 神風のいせの、草のなびくにもみよかしみよの民の心は」（34オ）

13961 千はやぶる神のめぐみもか、らんいせの、草の言葉の露

斎杣

13962 神のもるいつきの杣木引人のなくて朽なん我ぞはかなき

祝山

13963 みな人やいはひの山の山彦の絶ずこたふる万代の声

石倉村

13964 うごきなき石くら村にすむ民や君が八千代とつみてたのしぶ

いや彦山」（34ウ）

13965 あとたれて幾よへぬらんむかしだに神さびにけるいやひこの山

伊那滝

13966 よのうさをわぶるなみだやいなたきのたぎついはせの玉とみだるゝ

雷山

13967 ちひさこのすがるが名こそいかづちの山の名よりもよにひゞきけめ

いさには岡

13968 いさ庭のをかべにゆきて神のますいよのたかねをみてかへりこん

13969 いさ庭の岡べにたちて詠ればいよのたかねに雲ぞ行かふ

橋」（35オ）

13970 柴人のよわたる道にあやふさもわすれてやゆくみねのかけはし

13971 よをわたる道にかけては丸木ばしあやふしとても誰かかよはぬ

千代松原　筑前

13972 ゆけど猶千代の松原はる〴〵とかぎりもみえぬことのはの道

13973 一木だに千代のまつばらかぎりなくさかえん末を思ひこそやれ

千江浦　遠江

13974 みればわがこゝろもよりぬわたつみのかざしの花の千えのうら波

13975 風ふけば時をもわかずうちはへて咲ちる花の千えのうらなみ」（35ウ）

鞆岡　山城

13976 ものゝふのゆみにとりそふともをかのをざゝの露に我ぬれにけり

13977 梓弓いでの舎人がともをかのをざゝの篠は矢にやはぐらん

豊河　三河

13978 ながれてのよゝにもさぞなとしごとに軒の数そふ豊河の里

13979 すめるよの数はいくらとくみてしもしられぬ物は豊河の水

雄湊　和泉

13980 うはべには波のさわげどをの湊深き心のそこひしらずも

布引山」（36オ）

13981 山風のまどほなればや布引のたかねは雲の絶るまもなし

13982 みるがうちに高ねしらみてわかれ行雲はさながら布引の山

秩父山　武蔵

13983 子を思ふ道にまどひて今ぞしるちゝぶの山のふかき恵みは

13984 わがこふるちゝぶは山のなのみしてよをへだてたる面かげはみず

入立山　出所枕草紙

13985 はやくよりことばのみちに入立の山のかひなく分迷ぬる

詠旧詞歌」（36ウ）

13986 沖つかぜ松吹しをりあら浪のよするいそやに枕をぞかる

13987 つてにだに聞もならはぬあら浪の立ゐに付て都恋しも

13988 引汐のなるとの海のあら浪のよるとはすれど遠ざかりつゝ

13989 けふの日も夕浪ちどりねに鳴て立もかへらぬ昔をぞ思ふ

13990 露ふかき秋のゝみくさかりふきて月とゝもにもやどる庵哉

13991 行くれぬいさゝは露とおきゐつゝみくさかりふきあひやどりせん

13992 川上のゆついはむらに生しより苔やつねなる色をみすらん

13993 常ならぬよをしらせてか川上のゆついはむらもこけのむすらん

13994 ふゝめりし花ならぬみはまち〳〵てひらけん春にあふよしもなし

13995 てる月は花にもがもや手折もてやみにふるみの愁わすれん

13996 ときはなる花にもがもや色もかもあたらさくらといふ人のため」（37オ）

13997 花みると人にはいひてたをやめのも引のすがたあからめもせず

13998 いとはやも玉もかりさせ夕しほのみつのあま女の袖ぬれぬなり

13999 玉もかるみつのあまめの宿とひてなにはわたりにたびねをぞせん

林崎　いせ

14000 つゞみだけおろす嵐の吹迷ひ林の崎にまふこのはかな

速見浦　里　豊後

14001 おきてこしいもをはやみのうら波のかへるさならばいかにいそがん

14002 父は、のよにますほどの名なりけりはやみの里のゆかしかりしは

蓮浦

14003 人ごとにありとは聞ど花さかぬむねの蓮のうらめしのみや」（37ウ）

14004 おのづから清きはちすのうら風はみのりをとける声かとぞきく

橋本寺　摂津

14005 けふも又いくその人かわたすらん橋もと寺のかねひゞく也

14006 つみふかき身とて仏のわたさずは橋もと寺の名をやくたさん

丹生　未勘国　但東国中

14007 東路のにふはいづくぞ大和にもこしにも同じ名こそ聞ゆれ

西宮　摂津

14008 みな人の終にゆくべき西のみやこなたにむけと神やますらん

14009 おはするは仏も神もにしのみやかしこきかたとおぼしさだめし」（38オ）

14010 みな人のゆくかたぞとて千はやぶる神さへにしの宮にますらん

波加知の浜　志摩

14011 いらご崎はかちのはまのへだてなくかたみにかよふあまのつり舟

鳥羽淡海　常陸

14012 にひばりのとばのあふみに立波の立ゐにたびのうさぞわすれぬ

斗具島　志摩

14013 みるもうし旅の月日のながゝしは都へとくの島とおもふに

とほる里　未勘国」（38ウ）

14014 思ふこと終にとほるの里ならば島ねなりとも行てすまゝし

14015 もろ人のとほるの里にます神はたがねぎごとかまづはきくらん

登岐泊　長門

14016 秋のよも何かながとの海ならんこぎかへるときの泊りなりせば

14017 舟とめていかなるときのとまりにかうきねをうしと思はざらまし

鞆結里　近江

14018 こぎくれぬいさゝは舟をともゆひの里にやどりてうきね忘［れん］

14019 いづくにかあすは別んくれぬとてこぎよる舟のともゆひの里

霞谷　陸奥」（39オ）

14020 おもひ入道に心やあさか山霞のたにゝ分まよふ身は

金山　同

14021 金山のかたきいはほとたのむなよをとめの袖はなでずやはあらぬ

蝦手山　武蔵

14022 旅にしてまつぞ久しき古郷にかへでの山のもみぢせん比

かしのふ　大和　檮生

14023 色かへぬかしのふみればくにすらがよくす作りしむかしをぞ思ふ

14024 奉るうまさけよりもくずすらがひとへ心のしのぶ大君」（39ウ）

およみはし　未勘国

14025 いづくとはかけてもしらずおよみはしよみおく歌はきゝわたれども

14026 うちわたす駒の足音をおよみはしよみつくせとや遠く聞ゆ［る］

かしこ淵　同

14027 ふかくとも底の心のかぎりあらばかしこぶちとは名付しもせじ

14028 あなかしこ淵にないりそしづむ身もよにはうきせの有てふものを

小浜　同

14029 まさご地のかぎりもしらずひろひきぬかひを浜べのなぐさめにして」（40オ）

小総　市　駅　相模

14030 あき人に身をもかへてんことのはをふさに我うる市にありせば

14031 古郷に飛がごとくもかへりなん鳥のをふさの駅路なら［ば］

わをかけ山　同

14032 よにめぐる道ぞさかしき小車のわをかけ山もやすくこえきぬ

14033 かへの木の色もかはらず久にませわをかけ山をわがこえくまで

粉浜　摂津

14034 すみのえのこはまのしゞみこまやかにいふともつきじ中のうらみは」（40ウ）

屍島　備前

14035 数ならぬ身はよる浪にさらすともかばねの島の名にも残らじ
形見山　石見又紀伊
14036 こえて又ふたゝびとこぬ人よりやかたみの山のなにはおふらん
貝沼池
14037 何ぞよにすむかひぬまの池水の心もゆかでながらふるみは
14038 にごりなき月のひかりをやどさずは何かよにすむかひぬまの池」（41オ）
莿藻浦
14039 うら風にうかぶ木のはとみゆるまでかるものあまの舟ぞ数そふ
14040 夕なぎにあまやかるものうら伝ひ小舟さしつれこぎいでぬなり
加太浦
14041 波たかきよわたるわざはかだのうらのあまの小舟をみてもし〔らなん〕。
川崎
14042 夕々むかひの松にみなれしをなどかはさぎのけふはむれこぬ
14043 川さきの汀にしげるあしのねのよのうきにのみはひわたりつゝ
さうの衣　六帖題」（41ウ）
14044 すみ衣えぞ染はてぬ世中を今はとまでは思ひたてども
14045 今はとてうきよをよそにへだてなばわがみをかくす衣かせ山
はこどり
14046 一声はふたがみ山の明がたになくはこ鳥ぞきゝもさだめぬ
14047 よをこめてたび立ぬれどはこ鳥を二声きけばはや明にけり
夕やみ
14048 旅人や宿もとむらん夕やみの遠かたのべに松のかげ〔みゆ〕
をのころじま　あはぢ
14049 二神の此島よりや大八洲豊秋つすをうみはじめけん
14050 二神のうめる日本の国中のをのころじまはあやにかしこし」（42オ）
別島　出羽
14051 ゆく人に心はそひていではなるわかれの島に身はとまれども

14052 わするなよおもひいではの別島わかれがたみに契るゆく〔末〕
若宮八幡　山城
14053 男山神のみなさへわかみやのみがきのまつのなどふりぬ〔らん〕
14054 男山さかゆくひかりあらはしてめぐみふりせぬわかみやの神
竈山　美濃云々　紀伊歟
14055 さかえ行民のかまどの山まつやたえぬ煙の色をみす〔ら〕ん
14056 煙ともならずは絶じみのゝくにかまどの山とつめるなげきは」（42ウ）
かげろふ
14057 あるものとみれば消ぬるかげろふにやがて我みの行へをぞ思ふ
14058 ありてなきよのさがみせて梓弓はる日となればかげろふぞたつ
青つゞら
14059 〔分〕初る夏のゝ原の青つゞら末までたえずくるよし〔も哉〕
14060 われこそは分のこすとも青つゞらとめて末はのかぎりをもみよ
この歌は、天明元五月十七日はじめて六帖題をさぐりける時の詠なり。
長門のうら
14061 神さびてたてる長門のうら松やまつこともなきみのたぐひなる」（43オ）
ふるさと　六帖題
14062 もろともに住こし人もなきやどのあれにしさまをたれにみせまし
14063 古郷はさながらあらず成にけりむかしの人のかげしみえねば
14064 野となりて有し家ゐのあともなしいづこむかしのかきね成らん
しきみ」（43ウ）
14065 きのふまでよそにながめし山寺のみねのしきみをけふはつみつ〔る〕
14066 くれぬめりしきみつみさしかへらばやわがすむ寺は山ぢはるけし
多芸野　みの
14067 ながれてのよゝにもたえず聞えよとたきのゝうへに宮ゐし〔めけん〕
14068 みやゐせしむかしのあとをみのゝくにたきのゝ滝の絶ぬ〔ながれに〕
14069 これも又名のみながれて聞えけれたきのゝうへの古きみやゐ〔は〕

高城山　大和

14070 はるゝかとみればたな引みよしのゝたかきの山のみねの白雲

滝浦　大和」（44オ）

14071 九重のみやこにちかくながれぬぞ〔よし〕のゝ滝のうらみなりける

14072 早くよりみまくぞほしきよしの川滝のうらわの清きながれは

たいま

14073 しるべせむ人かげもみず日はくれぬいづこなるらんたいまぢのか〔た〕

14074 をとめらにとひてこえずはたいまちの木しげき山にまど〔ひ〕こそせめ

くれなゐ

14075 〔いつ〕くさにみゆる中にも取分てまづぞめにつく紅の色

14076 終に行かたぞと西を思へばや夕日の色の身にはしむらん

やしろ」（44ウ）

14077 千はやぶる神ましけりな山陰の木間にみゆるあけの玉がき

14078 松杉の木ぶかきもりに引しめのしめていくよの神のおましぞ

ひとりをり

14079 くれぬなり又やこよひもながきよをあかしやせましひとり〔ねの床〕

対鏡知身老

14080 むかしみしかしらの雪はあさかゞみむかふ日ごとにふりまさりつゝ

やまとの宇陀の法正寺へまうでける時、手向奉る。」（45オ）

おほぢのきみの身まかりたまひし比は、かぞのきみは二つばかりにやおはしけん。九つときこえしときより、家名たえてかなたこなたのくにゝさすらへたまへる程に、年月をかさねてまうでたまへりしこともなかりけむかし。ましてその末の子に生れ侍れば、このくにとは聞ながら、いかなる所、何といふ御寺にやと、とし比なつかしみ思ひ奉りししるしにや、こぞさだかにをしふる人の侍りて、いと嬉しくおもひたまふるに、こんとしはもゝとせにあたりたまへり。その比まうでなんとはおもへど、いとかよはきみの病さへおほく、よはひもはたかたぶきて、その期を」（45ウ）まちつけ奉らんことのおぼつかなければ、この春まうで侍るになん。もとよりまづしければ、仏事供養などやうのことも、かたのごともえせで、たゞしたひ奉る心ざしをおろかなる詞につゞけて手向奉る。とし比のおこたりをゆるしおはしまして、わが露ばかりの心ざしをうけさせたまへかしと、御つかのまへにぬかづきてねぎ申になん

名

14081 もゝとせの苔の古塚たづねきてむかへば袖に露ぞみだるゝ」（46オ）

14082 いにしへの小沢の水のかげもなくかれ行末をあはれとをみよ

14083 我だにもなからん後のふるつかをおもへばけふにましてかなしき

末ながく香花の手向の絶まじき事など、寺僧にたのみてまかでぬ。

対馬根　万十二　未勘国　心やりに

14084 君がゆくかたはつしまねかんのねにたな引雲をみんがゝなし〔さ〕

14085 つしまねを雲なへだてそわがせこがこえていまさんそのすがたみん

浪声混雨

14086 よる浪の音にかくれてとまやがたもらずは雨のふるもしられじ」（46ウ）

14087 松風にまがひしがのうら波をこよひは雨にたぐひてぞきく

14088 沖つ風雨をさそひてうら波のよるの声こそわかれざりけれ

室積　周防

14089 行々てわが故郷のむろづみやかまどゝきかば嬉しからまし

14090 むろづみやかまども同じすはうなる波ぢにあると聞ぞをかしき

撫子山　陸奥

14091 夢にしもまどひやすかるみちのくのなでしこ山にたびねをなせそ

室浦　はりま」（47オ）

14092 むろのうらのせとのはし舟はやければあとにや成しさきのなきしま

14093 みかしほのはりまぢ行てむろのうらのせとのさきこそみまくほしけれ

宗像山　筑前

14094 ゆくかくかむなかた山のにしの海の沖なかにほのみゆる小舟は

笹

14095 ことのはの道のさゝ原そよ更にふりにしまゝのあとをこそみれ

14096 うなひごが草かりはて、かへるらし外面のをざゝ分る音する
たび」（47ウ）
14097 有はてぬよはたびなるを草まくらかりねを［のみは］何かこつらん
14098 やどもなきの原しのはら分くれぬ又やこよひもくさ枕せん
宇幾美浦　未勘
14099 ながらへてうきみの浦のかひやなに波のしわのみ立かさねつゝ
14100 あけくれにうきみの浦の波たかみひろふかひなきよにもすむかな
長居浦　万詞に出。備後
14101 舟とめてふかぬ追てをまつほどに長ゐのうらに月なみぞたつ
14102 うらのなの長ゐをすればうきことのしきなみよするよにこそ有け［れ］」（48オ）
殖槻　大和
14103 こゝにしもたれかはよゝにうゑつきや田中のもりのしげりそふかげ
14104 我も又千よへん松をうゑつきや田中のもりのかげをそへてん
宇奈比川　越中
14105 よしや身はしづみはつともうなひ川ながれてのよのうきせあらすな」（48ウ）
重出　かるものうら
14106 うら風にうかぶ木のはとみゆるまでかるものあまの舟ぞかずそふ
14107 夕なぎにあまやかるものうらづたひ小舟さしつれこぎいでぬなり
重出　加太浦
14108 波たかきよわたるわざはかだのうらのあまの小舟をみてもしらなん
川崎
14109 川崎のすさきにたてる芦のねのはひわたりつゝうきよを［ぞふる］
14110 夕々むかひの松にみなれし［を］などかはさぎの［けふ］はむれこぬ」（49オ）
長屋浦　備後〔重出ノ指摘アリ〕
14111 舟とめてふかぬ追てを待ほどに長ゐのうらに月なみぞたつ
14112 ［うら］の名のなかゐをすればうきことのしき波よするよにこそ有けれ
ことのは
14113 おろかなる心のみゆることのはは吹とも風にいかでたぐへん
14114 はしたなくいひなちらしそことのはに心の色のみえも社すれ
河傍関
14115 よとゝもに井関の水も川ぞひの関とゝもにぞもりあかし［つる］」（49ウ）
可也山
14116 旅人の枕かるよは心して吹だにたゆめかやのやま風
たで
14117 身をつみておもへばたれもやほたでのからきよわたるうさはかはらじ
みるものきくものにつけて、なみだもろき宿に、ぐしてあらんよりはとおもひて、
たびねし初しよ
14118 よのうさも紛れやすると山ぶしをならはす袖は猶ぞひがたき」（50オ）
ある人の、涌蓮上人の竹の雨をゑがけを〔ママ〕、それかあらぬかと尋ね侍りしに
14119 うちみればそのよおぼえて風まぜにふりくる竹の雨とこそきけ
星　雨森故良寂、戒名明光院鏡誉照月慈円比丘、寅二月五日尽七日中陰追悼廿首巻頭
14120 おもひかね詠る空の夕つゞも光とゞめぬよの中のうさ
14121 のぼりけん玉はいづこの空にますそのほしとだにみるよしも哉
夢」（50ウ）
14122 ながきよのねぶりや覚ぬ夢をのみは［かなきも］のと思ふ心は
14123 こしかたをかつみしよはの山風にいざとき老の夢ぞ覚ぬる
14124 夢をのみ何かはかなと思ふらん見しも聞しもうつゝなき世に
壊旧
14125 なか〳〵にしのぶむかしの夢ならばまれにみるよもあらまし物を
ちり
14126 八のかぜ六のちまたを吹度に人の心の塵ぞ立まふ
14127 よのうさよつもらばつもれはて〳〵は蓬がもとの塵ひぢの身に
あや」（51オ）
14128 とし月を重ね〳〵てくれはどりあやしきまでに身［は老］にけり

旋頭歌

14129 あま雲のよそになるやとのがれいれども身にそへるうさには山もかひなかりけり
14130 のがれても猶うきときはいかゞせんともおもはずは今までよにはありへましやは
14131 道とほしよしの、さくらまださかぬまにとく行てことしは花のちるまでもみん

朝いすといさめける人のかへりごとに、人にかはりて

14132 かへりきて又ねに人をみれどあかぬ夢露のまの春の明ぼのにかへつべしやは」(51ウ)

いさめける人のうた、春のあけぼのをしからなくやとぞありし。

うまや

14133 ふりはへてよる山越にすゞかぢのうまや〳〵と誰かまつらん
14134 行つれてうまやは人にわかるべきまだ末遠き旅の中道
14135 やどらばやうまや〳〵と我またん人しもよにはなしがらの里

牛尾山　山城

14136 世中はうしのを山の柴車くだりやすかるみにこそ有けれ
14137 小車のうしのを山にのがれなば猶よのうさやめぐりきなまし

つと」(52オ)

14138 みかしほのはりまぢゆかむかへるさはかきは〔まぐりを〕浜〔づとに〕せよ
14139 たづねても詞の花しにほはずは何をよしの、山づとにせむ
14140 富人にまづぞかたらんやくしほのからきしわざを浜づとにして
14141 何をかも花のみやこのつとにせんことばの露の光なき身は

くぬぎ

14142 老ゆけど猶ことのはのわかくぬぎわかくはそはんふしもまたまし
14143 なかりそとたれかいさめしさほ川のきしねのくぬぎ茂りあひぬる

からす

14144 思ふことかくてや終に山がらす我かしらのみ白くなれゝば
14145 あなにくといとひしこともむかしにてやも〔め〕がらすとゝもにこそなけ」(52ウ)

井上　大和

14146 井上をたゞにはゆかで人めなきよき道しつるむかし恋しも

野路　近江

14147 旅人や朝立くらんすががさのみえかくれする野路の松ばら

浮寝原　近江

14148 旅といへばうきねが原の露しげみ波ぢならでも袖ぞかはかぬ

大和田浜　摂津

14149 西の海のうら〳〵いでし舟はみなこゝにぞとまる大わだの浜
14150 海山のたからをのせて百舟も千舟もよする大わだのはま」(53オ)

大磯　相模

14151 うちよする波のもくづは大磯におりたちみれど玉もまじらず
14152 あけくらし絶ぬなみだは大いそによせくる波のかずも及ばじ

大橋　河内

14153 水底にたつもやふすとさにぬりの大橋うつすかたあすか川
14154 紅のあかもすそ引さにぬりの大はしのうへゆくはたがつま

青菅山　大和

14155 かり初に分いらましやくも深き青すげ山に道まどひしつ
14156 さみだれはけふかはるらんみゝ高の青〔す〕げ山に雲立のぼる」(53ウ)

赤坂　山城

14157 夕まぐれ分まどひぬる赤坂は月よに越し人や名付し
14158 秋の月むかしのあかさかはらめやかすむは老のなみだ成べし

於保之山　近〔ママ〕

14159 いざゝらば我もいりなんなげきこる人もおほしの山とこそきけ
14160 露しぐれいかにおほしの山なれば下くさかけてそめものこさぬ

大芋川　丹波

14161 君が代はいく度ばかり大いもの川せの水のすまんとすらん」(54オ)
14162 君が代は大いも川の河水のたえぬ流の千度すむまで

居醒里　未勘

14163 くみそふる酒だにあれなうちもねずゐざめの里のうさを忘れん

14164 故郷を思ひあかしにあるべきをゐざめの里は東路ときく
於能古呂島
14165 うごきなき日本のくにの初ぞと見るもかしこしおのころのしま
14166 ふたかみのおりたちうみしくにつちもおのころじまを初とぞきく
置勿　未勘　但、あすか過おきなにいたり云々。大和歟」（54ウ）
14167 けふの日もあだにくらすなあすか過おきなにいたる人のほどなさ
起居里　未勘
14168 ものおもへば月なき比もよもすがら独おきゐの里にこそすめ
こほり
14169 天下ゆたかなる世に住民はいづくもやすの郡とや思ふ
14170 かひのくにつるの郡は有ながら千とせ住てふ人ぞきこえぬ
久仁湊　未勘、古歌詠千鳥
14171 百舟もきむかふくにのみなと江を千鳥は立ていづこにかゆく
14172 ゆたかなるくにの湊をゆきかへりちよにやちよと千鳥鳴也」（55オ）
使子山（クチナシ）　大和
14173 おもふこといふかひあらん身なりせば口なし山にのがれましやは
14174 よのうさの我とひとしき人もあらば口なし山にのがれしもせじ
そま
14175 我なげきもし引人もあるやとて分ぞ入ぬるみをのそま山
14176 山人の引ひくらん〔ママ〕わざとしもみえぬ杣木をこりもはてぬよ
14177 我のみやなげきこりつむ杣人のまさきの綱もくるしげにみゆ
老のゝち、ひとりずみにてあるを、あはれがりてことゝひける人のとほくゆくに
14178 みのうさをかたりてだにもなぐさめし君にさへこそ又わかれけれ」（55ウ）
羇中橋
14179 谷川のいはねにかけし綱ばしのわたりくるしきたびぢをぞゆく
14180 わたりきてかへりみすればそことなく雲の夕ゐるみねのかけはし
むかし寺田に竹島可然といふ有。身まかりて、十三回といふに、伴蒿渓のもとへ歌勧進する人有し。よしたしかりし人にすゝむとやつがれにもすゝめらるゝに
14181 遠ざかるあとゝふごとに有しよをしのぶる友もまれに成ぬる
花山遍昭僧正のはかにまうでけるに」（56オ）
14182 ときは木の陰にかくれて花山の跡ともみえぬ苔の古づか」（56ウ）

六帖詠藻　雑四

涌蓮画、田に水こすところ
14183 なほふらばもとの水口せきとめよ雨に波こす野田のほそみち
波につばめのとぶ所
14184 やどるべきかげも波ぢのつばくらめいかでか遠く立かへるらん
天のはら
14185 よのうさは天つ空よりふらなくにかこちがほにもなど詠らん
14186 そめいろの山には時のなければやみそらの色の常〔ママ〕かはらぬ
間手　摂津」（1オ）
14187 行末をまてともいはじ時のまも塩の満干のさだめなきよは
真神原　大和
14188 くれそひてうしろめたしや大口のま神が原を分るたび人
松坂　いせ
14189 名にしおはゞ夕日をかへせまねき坂さがしき山路分んこのため
的形　同
14190 梓弓引しほみえてまとがたのみなとに入し舟ぞ遠よる
14191 いせのうみのあかぬみるめは梓弓いるまとかたのあたりならまし」（1ウ）
松谷
14192 はて終にたきそへんみをおそしとやたがまつ谷のけぶりなるらん
14193 松谷のけぶりは消てふくるよにむなしくのこる山かぜのこゑ
かざし
14194 花といへばちらぬ花なしときはなる松をぞ我は折てかざゝむ
14195 手をとればよはひものぶる心ちする我かざしには梅よりも君
ゆみ
14196 おもはじとおもひかへせど梓弓なれぬるかたに引心かな
14197 手にならす梓の弓のふせ竹のよゝにはなれぬちぎりとも哉
14198 ものゝふの手ならすわざを忘れめや弓はふくろにをさまれるよも」（2オ）
うま
14199 やせ馬のおもにゝこづけそへて猶むちをおふするよにこそ有けれ
14200 あだにみのふりにける哉うまだにもしるべをぞせしゆきの山みち
14201 うらやめる心づからにはに馬を足とき馬とみてやかへけん
14202 我もしるかしらのかみのくろうまもきにかはるよの道のさがしさ
重出　間手　摂津
14203 ゆく末をまてともいはじ時のまも塩のみちひの定めなきよは
重出　真神原
14204 くれそひてうしろめたくや大口のまかみがはらを分るたび人」（2ウ）
八坂里　山城
14205 君がよは千よをやさかの里とてやつくりかさぬる民の家々
14206 都まで民の家ゐを立そへて今はやさかの里もわかれず
山菅橋　下野
14207 ねづよしと聞わたれども老ぬればふむもあやうき山菅の橋
山井湊　和泉
14208 我心くみてもおもへ山井の湊を舟のこぎいでしほど
遥見行客」（3オ）
14209 のこる日のかげをたのみて旅人や猶行過る遠の一むら
14210 旅人の行さきおほくくれぬとや道いそぐらんのべの遠かた
祝
14211 行末の万代かねて神垣にまきおく松のたねくちめやも
14212 絶せめや此くにぶりのすなほなる心をたねのことのはの道
むらさき
14213 紅もなつかしけれどとりわきて心にそむはむらさきの色
14214 としふれど心にしみて紫のねそめしよはぞ忘れかねつる
ほゝかしは

14215 土さけて照日もほゝのかしは木のかげのをぐさは露ぞ置ける」（3ウ）

松崎　山城

14216 うなゐごがをりもてゆくはほゝかしはをがさにせむの心なりけり

松之浦　さぬき

14217 もしほやくあまはなけれど立わたるけぶりぞ絶ぬ松が崎には

古志能比森　武蔵

14218 このもとにつもることのはつてやらん便をいつとまつがうら風
14219 分いれば我たもとさへ露ふかし誰子しのびの杜の下みち
14220 こしのびのもりときくにも行てとくちゝぶ山こそみまくほしけれ

小池　紀伊」（4オ）

14221 水たまる小池の魚も大海のくぢらのごとや身を思ふらむ
14222 みな月のひなみかさなり照そへば小池の水ぞいとゞあせゆく

弓

14223 ことのはのあらきのまゆみ本末もいつか心のよるにまかせむ
14224 はるかなる柳のはをもいる弓に心ひきけんほどぞしらるゝ
14225 ことのはのむなしき弓をいかでかく心ひくまでおもひよりけん
14226 もゝの弓よもぎの矢もて人しらぬ心のくまのおにやらひせん
14227 ものゝふの手ならす弓のもと末のさもよりやすき老のとしかな

藤戸　備前」（4ウ）

14228 追風をまつにかゝりて日をふれば藤戸の波の音せぬもうし
14229 雨風のはれまはまつにつれなくて藤戸の波の花のみぞ咲

二村山　丹波

14230 花もみぢ誰うゑなべて春秋のにしきをたゝぬ二村の山
14231 一声はあやもわかれぬ郭公誰二村の山といふらむ　夏に入べ〔し〕

榎島　相模

14232 ゆきかひにみちびく汐やえのしまにますなる神のちかひ成らん
14233 さしてこし汐路さはらであがふるも神のめぐみのふかきえのしま」（5オ）

手須佐比池　山城

14234 うなゐごがたのきのさはをはこびつゝほりてたゝへしてすさびの池
14235 いにしへの誰てすさびを池の名にのこして今も水やかれせぬ

みなと

14236 みをたえぬ泪の川のみなとには舟も及ばぬ浪やたつらん
14237 さよ中にかぢ音すなり玉がきのみつの湊に舟きよすらし

くさのかう

14238 千種のかうつしあはせしたきものは思ひの外の袖にしみぬる」（5ウ）

やま川

14239 五月雨は舟も及ばずみえしかど冬は落葉によどむ山川
14240 さゞれ石のうへもかくれぬ山川のそこひもしらず水しまされば

まき

14241 陰ふかみふるともわかぬむら雨を槙のはつたふ雫にぞしる
14242 山ふかみめなれし松はかげもみずけうとき槙の木立のみして

勾池　大和

14243 月影もすまで幾よぞ島のみや勾池は水だにもなし」（6オ）
14244 水かれて名のみ残れる島のみや勾池はいくよへぬらん

松原里　未勘

14245 松原の里に生たつみどり子はいづれも千よの種とこそみれ
14246 一入のみどりをみてや春をしる色の常なる松ばらの里

気色浜

14247 思ふには霞も霧もかはらじをかはるけしきや浜の春秋
14248 うきみるのよりくるみればあしのやの夏のけしきのはまの夕風

深沢　未勘」（6ウ）

14249 心しておりたゝましを深さはのまこ〔ママ〕をかるとうきにまどひぬ
14250 生初しもとのねざしや深さはの汀のまこも茂りあひぬる

とほくをのゝ音の聞ゆるに

14251 いづくにか殿つくるらんたくみらがてをの、音の遠く聞ゆる

阿蘇大宮司惟典が加階にのぼりける序、たび〳〵とぶらひける。えさらぬ事にて、にはかにくだるに、わかれをしみて

14252 わが命つねにもあらぬか位山のぼらんごとに君をみんため

かへし　惟典

14253 位山のぼらんたびにあひみなば猶いく千歳君になれまし」（7オ）

国府　摂津

14254 古き世の名のみのこれるつのくにのこふはいづれのあたり成らん

古布湊　伊賀

14255 みる夢も波のよる〳〵古郷をこふの湊にあまたゝびねぬ

琴弾松　日向

14256 吹風にしらぶときゝし琴ひきの松は波にも声かよふなり

14257 吹風の絶まを中のほそをにてやがてしらぶる琴引の松」（7ウ）

小松原　三河

14258 いつみてもこまつがはらは行末のはるけきみよのためし成べし

14259 小松原千よのはるかにみゆめるは誰子日せしあとにか有らん

小松崎　摂津

14260 生そへるこ松が崎による波はつきせぬみよの千よの数かも

衣浦　三河

14261 ありときく衣のうらの玉やこの波のしら玉てにもとられず

14262 都にてなれしよりけに身にしむは旅の衣のうらの秋風」（8オ）

遐齢如松

14263 千とせへん人はときはの松なれや老せぬかげをとへばのどけし

14264 松をのみ千とせの色とみしかども老せぬ人もあれば有けり

葦河　相模

14265 かりのみはよししづむともあしかはのにごれる名をばよにはながさじ

14266 すまばわがむすびてのまんあし川にあしもすゝがじ水しにごらば

芦海　相模

14267 はこね山たかくのぼりてうちみればよにめづらしきあしのうみつら

味真野　越前

14268 あぢきなくあぢまのゝべにやどりして家なるいもを恋つゝぞぬる」（8ウ）

越松原　佐渡

14269 はる〴〵とこしの松原まつ人もなき古郷の何か恋しき

阿胡根浦　紀伊

14270 きのうみのあまのめざしにみちとひてあこねのうらのかひやひろはん

阿波羅気島　いせ

14271 波風のいつかはあれてあはらけの七島としも数わかれけん

14272 神崎のむかひにみゆる七島もみなあはらけのひとつなぞかし

檳榔島（アヂマサノシマ）　周防　古事記　仁徳御製

14273 いかなりし木立成らん舟よせていさみてゆかんあぢまさのしま

14274 波よする岩ね木立のめづらしくあやしくみゆるあぢまさのしま」（9オ）

阿可見山　未勘国

14275 とがまもてかりそぐがごとあかみ山下くさなびきあらし吹なり

安倍市　駿河

14276 命あらば老かゞまりてよにそへんあべの市路にむかしみしいも

有田川　紀伊

14277 よにすめばたれもうきせの有田川我ばかりやはしづみはつべき

阿斗村里　大和

14278 朝立てかへりみすれば霧のうちに鳥のね遠しあとの村里

14279 何となくかきね木立のゆかしきはたが住すてしあとのむら里」（9ウ）

由良山　丹波

14280 風ふけば玉松がえのゆらの山こやよばふてふ万代のこゑ

遊布山　同

14281 さほひめや乱し髪をゆふの山明てもはれぬ雲のとばりは

耳語橋　備後

14282 思ふどちよわたるうさやなぐさむとまづさしよりてさゝやきのはし

盃井　上総

14283 くみてわが思ひしよりもさしてゆく盃井ぞはるけかりける

14284 けふぞみる盃井の水かゞみさしてきにける旅のやつれを」(10オ)

左南つらの岡　さつま

14285 賤のめが粟まきけらしさなつらのをかべのはたにすゞめむれ行

14286 いく度かまきてかるらんさなつらのをかべのあはふ今もかはらぬ

佐太浦　出雲

14287 さだのうらの此さだ過ば老の波立ゐの猶や久しからまし

堺川　越後

14288 明るよのさかひの川による波の色わき初てなびくうき霧

14289 水ましてわたり絶たる堺川岩波たかき音にこそしれ」(10ウ)

狭峰　島　山　サヌキ

14290 さみの山をはぎが露を分行ば消にし人のむかしをぞ思ふ

14291 いにしへも小舟くだけてさみの島にむなしくなりし人ぞ聞ゆる

佐加登宮　常陸

14292 ひたちなるさかとの宮ゐふりにけりとくたてかへて神祭せん

14293 かりみやにいくよかましてさかとのゝもとつやしろのふりまさるらん

佐気(キ)都島　さつま

14294 うちよするいはねの花や咲つしまめなれし波のけさは立そふ

14295 ことゝはん舟こぎむかふさきつしまかのむれゐるはたづか波かと」(11オ)

豊島　摂津

14296 つのくにのてしまは島と聞ゆれど広き郡の名にこそ有けれ

14297 玉さか（所名）にあふとしいはゞつのくにのてしまにだにも行てすみてん

夷神　摂津

14298 おしなべて恵広田の神名はゑびすもすくふ心なるべし

14299 よをすくふめぐみによもの夷まであがふる神と名をやおふせし

海松布関　摂津

14300 波遠くみるめの関となるものはかすみと霧のへだて也けり

三香野橋　遠江」(11ウ)

14301 あはれなる老のみかのゝ橋柱たつ月ごとに朽まさるべし

御牧浦　未勘

14302 明ぬるかいそべの松のこまみえてみまきのうらぞやゝしらみゆく

水底橋　近江

14303 川かみもあはれをかけよ老の波こえて朽ゆく水底の橋

泉杣　山城　泉川同所　為他国は非

14304 いつかよに泉の杣木引人のあるよをまたば朽ぞはてまし

14305 かしこきも道あるみよにひかれつゝ今はいづみの杣とこそきけ

14306 こま山の山彦高くとよむなり泉の杣木今か引らむ」(12オ)

曽の原

14307 しなのなるその原山に行くれぬふせやと聞し里はいづくぞ

松

14308 いつはとはわかぬ緑も夕づく日さすやをかべの松のむら立

14309 めづらしき色ともなきをあかず思ふ松やいかなるみどり成らん

14310 春秋の花ももみぢも一さかり松ぞ久しき色はみせける

滝水

14311 岩がねにたれ白ぎぬをかけたるとみえしは滝のおつるなりけり

14312 みるよりもまされる滝の水音やあたりの□□〔松のカ〕」(12ウ)ひゞき成らん

軒玉水

14313 雨晴る軒の玉水まれ〳〵になりもてゆくかふりしよの友

14314 みのうさはかぞへ余りてふる雨のかぎりしらるゝ軒の玉水

うら

14315 もしほやくうら淋しくもみゆる哉煙てくるゝあまのいへ〳〵

14316 人なみに立まじはれど玉々もひろはぬわかのうらめしのみや

田籠浦

14317 東路は名だかきふじのめうつしも類ひやはあるたごのうら波

14318 海かけてふじのねおろし吹あれぬ沖にないでそたごのうら舟」(13オ)

玉出岸

14319 いつよりか玉出の岸にあとたれてにごれる末のよをてらすかみ

たづも鳴なる

14320 すみよしと汀のたづも鳴なるを恨みてのみやよを過すべき

14321 おのがどちへぬべき千世はこゝにとやたづも鳴なる松がうら島

時のうつるを歎て

14322 なすわざはまだ朝まだきいつのまに日かげうつりて午の貝ふく

伊津貫川」(13ウ)

14323 いつよりかいつぬき川の清せに千年をかねてあそぶむらづる

14324 すむつるの心もくみてしられけりいつぬき川の清きあたりに

不知哉川

14325 いさや川いさやいつまでうたかたの浮たる世には消のこるとも

島原　肥前

14326 こぎ出しもろこし舟をとゞむるは追ての風やかはる島ばら

島根湯

14327 よをうしとさのみな侘そわきいづる島ねの湯にも魚はすみけり

清水寺　豊前」(14オ)

14328 しみづ寺てらおこなひのかねの声も心づからやすみて聞ゆる

清水宮

14329 いさぎよき清水のみやにみそぎしてにごる心のちりをすゝがん

白月山

14330 かくるべきくまこそなけれ明らけきみよにあふみのしら月の山

島門

14331 も、敷の大みや人のゆき、せし島門は草にみちとぢてけり

14332 いづくともしらぬしまとやしまのみやしまのみかど、いひしあとかも」(14ウ)

引島　備後

14333 今しかもあみのうけ縄引しまのあまのよび声遠く聞ゆる

14334 からきよも常ならねばぞみつしほの引しまにしもあまの住ける

日方浦

14335 夕汐のひがたのうらにおりゐるは貝をや拾ふあまのをとめご

勝間田池　大和

14336 池水はかれていくよぞかつまたの名をだに今は知人もなし

人妻里　未勘」(15オ)

14337 牛ながら門引入るを車にまつよしらるゝ人づまの里

14338 わづらはし更てなとひそ人づまの里は一よのやどもかさなくに

田籠浦〔重出ノ指摘アリ〕

14339 東路は名だかきふじのめうつしも類ひやはある田子のうらなみ

14340 海かけてふじのねおろし吹あれぬ沖にないでそたごのうら船

たづも鳴なる〔重出ノ指摘アリ〕

14341 すみよしと汀のたづも鳴なるを恨みてのみやよをつくすべき

14342 おのがどちへぬべきちよはこゝにとやたづも鳴なる松がうらしま

玉出岸　住吉歟〔重出ノ指摘アリ〕」(15ウ)

14343 いつよりか玉出のきしにあとたれてにごれる末のよをてらすかみ

高瀬山

14344 よとゝもに岩こす波ときこえしは高瀬の山の松風のこゑ

14345 松を吹声もたかせの山かぜにみねこす雲は波かぞみる

茂杜

14346 世のうさに生る歎は大隅の茂りのもりもいかで及ん

四泥崎

14347 とことはに風やはらへをしでの崎波のしらゆふかけぬ日もなし

14348 しでの崎たがおり立てはらへすとみえてぞたえぬ浪のしらゆふ」（16オ）

谷のこゝろや

14349 山彦はわがよぶ声のひゞきにて谷の心や常にむなしき

14350 花も咲ぬもみぢもそめぬむなしとは思へど谷の心や有らん

みよのほとけに

14351 何をかはみよのほとけに手向ましもとつ心の花にさかずは

14352 けがれたる衣のうらの玉をいつみそなはさましみよの仏に

帰山」（16ウ）

14353 深くともゆきはまどはじわが恋るよにもかへるの山路なりせば

14354 いつはたと思ひこしかど古郷にけふぞかへるの山はこゆべき

とほき別を

14355 あひみんも遠き別を思ふには常にうとくぞあるべかりける

14356 近ながらなれざりしこそくやしけれ遠き別をけふとしらずて

橋

14357 雲のゐる岩ねにかけし橋よりも人のよわたる道ぞあやふき

須戔烏　出雲」（17オ）

14358 分まどふ八雲の道のしるべせよいのるも久しすそのをの神

14359 こゝながら心はこえてすそのをの神をぞいのる道のや重がき

杉野

14360 なくきゞすまて今しばしかり人の杉の、はらにかへりもぞする

菅山

14361 入てしもうききよときけばすがの山すが〳〵しくもえこそのがれね

14362 心せよすがの山かぜすがのねのなが〳〵しよをひとりぬるみぞ

甕泊　備中」（17ウ）

14363 浪あらきもたひの泊日をふれば舟こぞりてもゑひにける哉

14364 みつぎものはこびつくしてかへるさやもたひにとまりうたふ舟人

餅宮　近江

14365 ねぎごとを餅宮ときゝつればゆふとりしで、まづぞぬかづく

14366 人ごとにもちゐの宮と祭るともかずならぬみはつきなくやみん

唐郷　美濃

14367 としもへぬもろこし里の大和人よにすみつかぬ心ちのみして

百重原　未勘

14368 おもふことも、へが原の旅ねには露所せきかたしきの袖」（18オ）

14369 やたのなるも、へがはらにかりねしてひとへにしのぶ古郷のそら

諸寄浜

14370 風なかばひろひにゆかんしら玉も小貝もさぞなもろよせのはま

発心門

14371 世をいとふ心をおこす門はあれど入ぬる人ぞすくなかりける

14372 身も老ぬいつか思ひの家をいで、心をおこす門にいらまし

磯

14373 よせかへりゆらるゝ磯のさゞ（ママ）石もいはほとならば波やくだけん」（18ウ）

14374 よる浪のあらふいそべにおり立て清きみどりのあさなつみてん

庵崎

14375 まつち山たれこえくとか庵さきのまつかげはらふみほのうら風

14376 くれゆかばわがいほさきのすみだ川すみつきがほに岩まくらせむ

さうのかぜ

14377 陰しめてきけば茂れる松のはにふかぬまもなき風の音かな

14378 ふけばもえふけばかれぬる春秋の風こそ草の命なりけれ

筑摩

14379 よのうさに心つくまのみくり縄ながゝれとしもみをはいのらず」（19オ）

残生随白鷗

14380 老波をかもめゐる江によせしよりみなれし友はうとく成にき

14381 しづかなる江をとめよればおのづからかもめぞ老の友となりぬる

田家

14382 よをいとふ人のすみかにまぎるゝは小田守庵のよそめなりけり
鷺立斜陽裏
14383 浪のうへはやゝかげうすくのこる日に江の山遠くさぎわたるみゆ
14384 あさりせし入江をよそにたつさぎは夕日のかげにねぐらをや思ふ」（19ウ）
鳥啼人不見
14385 けふも又人めぞみえぬ山の庵けどほき鳥の声ばかりして
14386 聞しらぬみ山の鳥のねのみして人すむとしもみえぬいほ哉
竹田
14387 聞わびぬ都にいづるよど車よきぬ竹田の里のかりふし
竹河
14388 竹河やかはらぬ水の深みどり幾よをへぬるながれ成らん
遠嶂収残雨
14389 ふりさしてはれ行をちの山のはに残れる雲やいつのむらさめ」（20オ）
14390 夕日さすたかねの雲に山とほくはれにし雨のゆくへをぞみる
神南備山　丹波大掌会名所
14391 神なびの山のまさがき折かざしいく度みよをいのりきぬらん
加茂
14392 すべらぎも頼むみおやの神なればなべてぞあふぐ大和もろ人
竹
14393 風わたるそのふの竹のよもすがらふしうかりける友さりの声
天明十四月、山に慈悲心となく鳥あり。木がくれて」（20ウ）みえずなんと人のいふ
をきゝて
14394 み仏の心を声になく鳥のすがたは人にみえずともよし
暁
14395 鳥鐘はあやなゝつげそよなく〳〵のね覚にしるき暁の空
14396 うつりゆくほしにぞしるきまちてみん月なきよはの暁の空
羇中渡
14397 かへるさの旅路なりせば舟人のいそぐわたりもうれしからまし
14398 ふる郷のいや遠ざかるわたりには舟まちえてものりぞわづらふ
長尾村　大掌名所」（21オ）
14399 ゆく末のながをのむらにすむ民は千よをも何か久しと思はん
長村山　同
14400 おもはずも身のながらへて長むらの山のかひあるよにぞあひぬる
14401 ゆたかなるよにあふみなる長むらの山のまさかきいざかざしてん
横尾道府〔符カ〕が、つみたゞさるべしと、いせのくにゝ、武士どものとりかこみて行しと
きゝて
14402 行人はかへりこん日をまつものをたのみがたしやけふの別路
涌蓮上人絵に」（21ウ）
14403 山かげや江の水すごくすむ月にたれあこがれてよ舟こぐらん
鼓山
14404 音にきくつゞみの山はうちはへて万代よばふひゞき也けり
14405 万代の声ばかりこそひゞきけれつゞみの山はこけふかくして
14406 苔ふかきつゞみの山の松の声ゆたかになれるよをやつぐらん
牟婁郡
14407 きのくにのむろのこほりをつくしてもいでゆのあとはしる人もなし
真間」（22オ）
14408 恋わたるむかしはあともなきものをいかでそのよのまゝのつぎはし
14409 むかしみしまゝの入江をこぐ舟のからろの音をきけばともしも
伏見
14410 呉竹のふしみの夢も覚ぬめりまくらにひゞくうぢの川音
暁〔重出ノ指摘アリ〕
14411 鳥鐘はあやなゝつげそよなく〳〵の老のね覚にしるき暁
14412 まちてみん月なきよはもうつりゆくほしにぞしるきあかつきの空
羇中渡〔重出ノ指摘アリ〕」（22ウ）

14413 かへるさの旅路なりせば舟人のいそぐわたりもうれしからまし
14414 ふるさとのとほざかり行わたりには舟まちえてものりぞ煩ふ

興井

14415 わかるべき都しまべを思ふとて夜すがらたれかおきの井の里

朽木橋

14416 かけつがむ心のみちも老ぬれば朽木の橋とともに絶ぬる

不染信女の月忌に　山下政教女

14417 ながらへて君をとはんと思ひきやけふをたのまぬ老のいのちの」（23オ）
14418 むつまじきいもせの契みるたびに嬉しかりしぞ今はかなしき
14419 あらき風ふせがんかげのかれぬとや消ものこらぬなでしこの露
14420 みち広きちかひとぞきくみだほとけわがたのみおく人まどはすな
14421 たのもしなにごりにそまぬ名もしるくはすの台にすまんとおもへば
14422 ふしてこひおきてしのべどなき人の為には何をなむあみだ仏

我よりとしわかき人のかしらおろしたるをみて〔重出ノ指摘アリ〕

14423 思はずもかはるすがたをみつる哉そむかば我ぞそむくべきよに

かへし〔重出ノ指摘アリ〕

14424 中々にかはるすがたぞはづかしきそむきても猶そむかれぬよに」（23ウ）

朴津

14425 住吉のえなつに立て我舟の遠よる沖をたれ詠らん
14426 住吉のえなつの松の末なびき吹たびにけりむこのうら風

夜鶴鳴皐

14427 子を思ふ涙やゆづる沢水の深き夜声に袖のぬるゝは
14428 鳴つるやさはべに立る夜のこゑきく人ごとに袖のぬるゝは
14429 子を思ふ思ひもさぞな深夜のさはべのつるの声の哀さ」（24オ）

槇島

14430 まきのしまさらせる布は汀より立ゆくさきに色ぞわかるゝ
14431 すがもかる槇の島船うぢ川のと中のきりにこぎまどふらし

故政子が名だゝる所々のくさ〳〵をあつめたるに、歌こひたるに、

高砂松

14432 めづらしと我こそみつれ高砂の松はふりぬと人はいへども

末松山の松

14433 これやたがうきことのはの末の松まつとも見えず色のかはれる」（24ウ）

三保松

14434 うちいでゝはるかにみほの松のはも風の便りに波ぞよせける

なだかのうらのなのりそ

14435 とはゞやな何の名だかのうらなればなのりそと人のいふらん

いせのはまおぎ

14436 照月もたびねやすらんうら風に波のをりしくいせのはまおぎ

たけくまの松

14437 武隈の松はかれぬときくものを誰うゑつぎて名をのこすらん」（25オ）

款冬瀬

14438 秋風の山ふくせゞに声おちて空なるかりぞ波に聞ゆる
14439 秋風の山吹のせもゆく春の花の所のなにながれけり

阿美浦

14440 よを渡るうさにやもれぬあみのうらのめかり塩やくわざはかはれど
14441 おのがじゝめかりしほやきよをわたるうさにやもれぬあみのうら人

檍原

14442 おもへ人神だにも猶はらへせしあわぎが原のいにしの〔ママ〕跡
14443 はらへせし初ときけば立ばなのあわぎが原のなみならぬ哉」（25ウ）

遠村煙織

14444 折たくもさぞ山しばのほそくたつ煙に里のすまひをぞ思ふ
14445 よそめさへ心ぼそくや夕けぶりたえ〴〵たつる山もとの里

城晴雲霧多

14446 秋ふりてあれにししがの古郷をみせじと霧の立やへだつる

14447 山かげのくにの都の雲きりはいくその秋を立へだつらん
14448 雲霧の色もわかれず立わたるくにの都の秋や淋しき

鐘声何方」（26オ）

14449 いづくぞとたどる枕のかねの音は猶覚はてぬ夢ぢにやきく
14450 霧わたるのべに山べにひゞけどもそことはわかぬ入あひのかね
14451 分まどふたびぢのくれに聞ゆるもそことしられぬ入相のかね

阿古木浦

14452 もしほ焼あまはあこぎのうらなれてからきよわたるうさや思はぬ
14453 立かへりあこぎがうらにつるたひのたびのみるめをいつかかたらん

化大野

14454 人のよはあだの大のゝ露のまを何かはかなくおもひみだるゝ」（26ウ）

有栖川

14455 あとふりしいつきの宮の松ばかりありすの川にかげぞすみぬる
14456 みゆきせしむかしもかくや有す川清きながれぞ今も絶せぬ

林幽不逢人

14457 ふみ分る我よりさきのあともなし朽葉にうづむ木々の下みち
14458 ゆけど猶人は音せで茂りあふ林のおくにましらなくなり
14459 人はいつかよひしまゝぞ茂りあふ木下道の苔ぞ露けき

葦間池

14460 うきふしのしげりのみゆく津国のあしまの池のすみがたのよや

寄竹述懐」（27オ）

14461 心だにむなしかりせばくれ竹のよのうきふしはよし茂くとも

古寺鐘

14462 けふの日もはかなく暮て山寺の法のむしろにかねひゞくなり
14463 みしゆめもとしのみとせを古寺のみのりのかねにおどろかれぬる

吹井

14464 おなじ名をかけてはいはじ紀のうみの吹飯にみきや天のはしだて

寄国祝

14465 芦原やこの国ぶりのことのはにさかゆるみよの声ぞ聞ゆる
14466 千五百秋みづほといへる名もしるくいつも年ある国ぞたのしき」（27ウ）

莫問胸中事

14467 よそ人はあやなくとひそ我だにもえもいひしらぬむねの思ひを
14468 かぎりなき胸の思ひは中々にこたへもつきじとひなきはめそ

寄色無常

14469 世人の心そむなと常もなき色をやみする花ももみぢも
14470 花にそめもみぢにうつる世人の心の色も常ならずして
14471 常もなきよをしらせたる月草にうつす心の色もはかなし

倉無浜」（28オ）

14472 君がへん千世はつむべきくらなしの浜のまさごも限こそあれ
14473 名もしるし国は豊国豊としのみつぎをさめんくらなしのはま

寄味無常

14474 いなみのやいまはぬるめる水なれどうましとのめばうまからぬかは
14475 常もなきよをやわぶらん春くさを馬くひ山の霜がれの比

宮樹影相連

14476 生そひていく春秋をふる宮の木下みちは雨ももらさず
14477 日のかげももらぬ斗に茂り相てとしふる宮の道ぞをぐらき
14478 ふるみやは軒のしのぶにうづもれて茂れる木々の色もわかれず」（28ウ）

寄弓述懐

14479 よるとしやいかにかこたん梓弓心ひかるゝ此よなりせば
14480 ますらをがたならす弓のおきふしもくるしきまでに身こそ老ぬれ

僧　朗詠題

14481 こけ衣うらなる玉に心をやかけていとはぬのぶし山ぶし
14482 身にそはぬ皮の衣になれめやも心こはくもよをいとはずは

文詞

14483 身の後はしみとやならんむかし文みるとはなしにくたしはてつる
14484 くだく我心はみえよことのはをなぐるに玉の声はなくとも」(29オ)
14485 たとへこしあやも錦もぬひものも詞の玉の声やのこれる
14486 ときおけるみのりの文はあまたあれどみてさとりぬる人ぞすくなき

懐旧　宿かへけるはじめて題

14487 住かへばこゝをも又やしのばましけふはなれぬる宿ぞ恋しき
14488 住すてしやどの梢を見るごとに妹とうゑつるむかしをぞ思ふ

朝日里

14489 世を恵む神は光をわかねども朝日の里やまづてらすらん

寄国祝

14490 天地の神のかためし大日本豊秋つすの国ぞ久しき」(29ウ)
14491 ことの葉は治れるよの風みえて豊あし原の国ぞさかゆる

莫問胸中事

14492 かずしらぬむねの思ひをとがむなよ答もつきじとひも極めじ

寄色無常

14493 心をし染ずは何か花もみぢ常なき色をゝしみしもせむ
14494 あだなりと花やかへりておもふらん常なき色に染し心を
14495 はかなしや花ももみぢも常ならぬ色とみる〳〵そむるこゝろは
14496 花にそみもみぢにうつる世人の心の色も常ならずして
14497 世人の心そむなと常もなき色をやみする花ももみぢも
14498 常もなきよをしらせたる月草にうつす心の色もはかなし
14499 あだしよをみするさくらの花になほそむる心の色もはかなし」(30オ)

澗戸雲鎖

14500 入しよりとざゝぬ谷のすみか哉くるればかへる雲にまかせて

白　朗詠題

14501 花の色月の光とめできつるとしぞかしらの雪とつもれる
14502 むれてとぶさぎのつばさも薄ずみの夕の雪の色にけたれて

14503 ぬば玉のやみもけたれし雪の色をかさねてみがく有明の月
14504 波よするしらの浜の白貝をしら玉かとて月にひろひつ
14505 雪にのる月毛の駒のたつかみのあやしき色はつらゝ也けり」(30ウ)
14506 ふり埋む雪にまがへる月のよにいかで折けん白ぎくの花

王昭君

14507 面影を移しかへずはさすらふるわがうきめにはたれか逢べき
14508 日をへつゝおとろへもてく面かげやうつしかへけるすがたならまし

老人

14509 いたづらに老ぬるだにもある物を人わらはれによにはまじらじ
14510 何せむになすことなくて老しみのよの人なみに立まじらはん

橋

14511 かづらきの嵐にたえて是も又わたしははてぬ雲のうきはし」(31オ)
14512 常もなき風にまかせて吹ば絶たゆめばかへる雲のうきはし
14513 吹たゝばかゝらましやは山風の絶まにわたせ雲のうきはし

晴

14514 大空も野山も雲のはれつきてみとみるかたぞ皆みどりなる
14515 山とほく晴る夕日にてらされて越行鳥の数もかくれず

道士

14516 山としも市ともしらず行もくも道にまかする人のすみかは
14517 にごりなき心のみちに入人はかへりて塵のよにも住らし
14518 なべてよの思ひをけたば誰とてか心を灰になさゞらめやは」(31ウ)
14519 よはなれてうへなき道に入人は雲や心のゆきゝならまし
14520 いづくにか薬尋ねて行つらんみゆるたかねは雲ふかくして
14521 岩のうへにきざみの(ママ)こる松のはは千よふる人の夕げとやなる

懐旧

14522 かきつめし古ことのはのなかりせば何をしをりにむかししのばむ
14523 立かへるならひとならばうかるべき身のいにしへを何しのぶらん

14524 住江の松かぜのみやわがこふるむかしの声を猶のこすらん

法皇

14525 みな人のさてぞのりえしすべらぎを何かむなしき舟としもいふ

行路　朗詠

14526 後のよも猶やすらにとしるべして民をいざなふ法のすべらぎ」（32オ）

14527 山辺ゆき野ゆき里ゆきゆけどなほ行末遠きみちのくのたび

14528 行末のかぎりとむかふとほ山のたかねも又やあとのしらくも

佐竹紀伊守勧進、老父七十賀、竹遐年友

14529 友なれてさかゆる家の名もしるく千尋に千よのかげをならべよ

橋

14530 さよ更て誰わたるらん月清く水音のすめる遠の川橋」（32ウ）

涌上人画、竹の風になびくを、滅後讃之

14531 吹しをる竹の姿をうつしゑにかぜの声さへきく心ちする

むかしをろ〳〵おぼえけることを人々つたふるに、今はにつかはしからぬことなどのあるに

14532 山住の心をかへてあらぬ名を今さらかるの市にたつ哉

むかしみし人の身まかりけるに

14533 はて終に誰もあらじとおもへども行としきけば先ぞかなしき

松」（33オ）

14534 代々たえずつもりにしげるうら松のふりせぬ色やことのはの種

無常

14535 人のよは風のうき雲水のあはけやすき命たれかつねなる

14536 天地もかぎりあるよに住ながら何か常なきみをかこつらん

14537 聞たびにおどろかるゝはたがうへも常なきよとは猶やおもはぬ

慶賀

14538 うべしこそ時をもわかずさかえけれこゝはとこよの大和ことのは

14539 万代も何か久しき天地とともにますべき君が為には

14540 我のみや嬉しとは思ふ身に余るめぐみの露はよゝにかゝらん」（33ウ）

14541 日をさふる愁の空のはれつきあきらけきよにあふが嬉しさ

加茂

14542 たれとてかねぎかけざらんすべらぎもたのむみおやの神とこそきけ

14543 かげふかきかものみたらし神さびて心もすめる夜の水おと

天界

14544 今だにも心を法にそめかへよ天羽衣色あせぬなり

14545 雲のうへのよにすぐれたるたのしびに猶法のえやとほくへだてん

文詞

14546 とく法の深き心もことのはにあらはれてこそ世にのこりけめ」（34オ）

病僧日台におくらんとせし歌

14547 八千かへりよゝにを分よことのはの道のちぎりもけふばかりかは

14548 かぎりなみわたしもあへぬ人故にやめる心をあはれとぞ思ふ

此心維摩経に有。病、人をまたでむなしくなりぬときゝて

14549 世中はあはれはかなといひ〳〵ていく度人のあとをとふらん

はゝ君の十七年にあたる月、あはのくにの法水といふ人のとぶらひおこせたる心ざしのめでたくおぼえて、歌は何とかありし、かへし

14550 浅からぬことばの露にみがゝれてはすのうてなの光そふべし

14551 ふりしよをわすれずとひしうれしさぞ袖のしぐれのはれまなりける」（34ウ）

14552 はゝそはらちりてふりにしそのたもとの露はいまもかはかず〔ママ〕

旅泊

14553 まどろむと思ひもはてぬ浪のまのうきねにみえし古郷の夢

14554 あすはまたいづくのうらの波まくらかはるうきねも夢はむすばじ

覇中湊

14555 つくし路のみなと〳〵によるの舟そもいく度かこぎかはるらん

14556 あけばまたこぎわかるべきみなと舟友とぞ頼む波のよる〳〵

短夢

14557 うた、ねのほどなき夢にみつる哉むそぢあまりのいにしへのよを
14558 ぬるとなき老のねぶりにみし夢は何事としも思ひわかれず
変宅後毎度可参申上末、病中終」(35オ) 不来二月六日に身まかりし、又の夜の夢に
来つとみえければ
14559 有しよに思ひやおきしなしと聞夜はしも人の夢にとひつる
丙午春、敬寿布引滝一覧、土産滝つぼの石とて方一寸ばかり黒石、所々有白点
14560 布引のたきのくろ石さらされてこゝかしこより白くこそなれ
腹赤をよめる
14561 これにます魚の歌とてすべらぎのみはらあかずとのりごとやせし
ちかどなりにすむ人あり。いんさきより」(35ウ) わづらふけしきなれば、人もてと
はせなどす。この比いたくあつしくて身まかりぬときゝて
14562 ありとてもことかたらはぬ中なれどなしと聞こそかなしかりけれ
伊沢老母九十賀に
14563 かぎりなく久にましませ人ごとにあかぬを君がよはひにはして
日台身まかりぬときゝて〔重出ノ指摘アリ〕
14564 世中は哀はかなといひ〳〵て幾度人のあとをとふらん
寄帯雑
14565 思ふこととくとはすれどひたち帯のめぐりやすくもうつるとし月
14566 行めぐりあふよもあれな下の帯のむすぼゝれたるみちの古あと」(36オ)
14567 今こそはむすぼゝるとも下帯の行めぐりつゝとくるよもがな
14568 人言はかしまの帯のうらおもてみわかぬばかりむすぼゝれつゝ
寄市雑
14569 しづかにてやすきをしらば市人のさわぐ心もかへざらめやは
14570 いたづらに月日ばかりはたつの市やうることもなく身こそ老ぬれ
菩薩
14571 残なく人をわたすと舟人の猶此きしをこぎやはなれぬ
14572 人をみなすくはんあみのうけなはゝくるしき海に猶ぞたゞよふ

寅綱がり懐紙やらんと思ふに、この人は」(36ウ) 山家にすめれば、山家のうた俄に
よむ
14573 もとよりの山里人ぞはづかしきよを今さらにいとふべしやは
布留
14574 そのかみのとくさのたからをさめつるふるのやしろはいくよへぬらん
寄風述懐
14575 山陰のきよくすゞしきまつ風にうきよの塵をいつかはらはん
14576 なみならぬ身をやよくらんきしかたのよゝにこえたるわかのうら風
祝島
14577 なくたづはさだかにそことしられねどみよを祝のしまべ成べし」(37オ)
14578 君が代をいはひの島による波もむかしにかへる声きこゆ也
風翻白浪花千片　春に入
14579 ちれば又沖より咲るわたつうみの波の花には風をこそまて
14580 沖つ風吹たつなべによる波は散をゝしまぬ花にぞ有ける
14581 よきよとも思はぬものはわたつみの波の花ふく沖つしほ風
武州永代橋新造渡始之者、濃州岩村松平能登守下百姓又七　百八十八歳、妻百八十、
子十七人、嫡子百三十歳、孫卅二人、曽孫五十七人、鶴孫卅人」(37ウ)
大樹より御盃給。夫婦へ百石づゝ給之。能登守へ一万石加増云々
14582 ながくよをわたらん人のためしにはまづ此はしぞひかるべらなる
水田の家に霊芝生、瑞草たるをきゝて、和歌をすゝめけるに
14583 よのひとのはかりしられぬ家のみづをあやしき茸や生てさとせし
ある日、誓興庵をとぶらひけるに、もてなしとみえて清水をくみておかれけり。心
ざしはいだしけれど、桶くちてしたゝる音ひまなかりければよめる」(38オ)
14584 桶朽てしたゝる庭の水音にかけぬかけひを庵にこそきけ
非暖非寒漫々風
14585 常世より吹かもくらん寒からず又あつくしもおもほえぬ風
14586 とはにふけさむくあつくもなき風はいとはしからず何にふれても

羇中渡

14587 暮にけりすみだがはらの渡守ありやなしやもみえぬばかりに

羇中汀

14588 うちよする汀のなみもかへるさにきかばかくしも袖はしぼらじ

14589 けふも又くるゝ汀による浪の音のみ聞て浜ぢをぞ行」（38ウ）

長作独遊人

14590 とこしへにそらゆく雲も風ぞそふ独うかるゝ我やなになり

14591 あひ思ふ友のむなしくなりしよりひとりうかれてとしをへにけり

猶愛雲容多在山

14592 くれゆけど猶立さらで白雲のかへるをみねにめでつゝぞをる

さがの山川のかたかけるに

14593 花もみぢ何かはそへん人めなくしづかなるこそさがの山川

是は応挙画、敬寿所望。」（39オ）

夢中歓楽又紛然

14594 何によのうきをまぎれん夢のうちにうれしとみしもさだかならねば

蓮華王院宮より、ちひさきたつのかたちしたる、かれたるをみよとてたまはせたりしに

14595 のぼるべきみさをゝたつの身なりせば哀と人のからをだにみん

是はよしの、おくとか、あまたゝび雲をこひけれど、終にのぼりあへで、竹の末にのぼりて、そらむきて、そながらむなしくなれるからなり。一尺ばかりにて、頭尾はゑにかける龍のかたちしたり。足はいまだおひず、」（39ウ）めづらしきものなり。尾中やはらかにて、わたを入たるがごとし。未得時して蟄尾歟、おぼつかなし。いかさま常例の蛇にはあらず。此序をが玉の木とて給はせたり。むかし辛〔唐カ〕崎常陸介がおくれると同じものなり。桐の実のごとし。実はおちて、そのからののこれる也。天照太神高千穂のたけにまかせたまへる樹の、そはく〔ママ〕くちて、年へて又生たる樹なりとぞ。ある神道の人の山ふかく入てとりもてもうできたるとぞ。さる正跡のむかしよりたゞしかりけんを、顕昭、定家のしらざりけん。聖代によりて今あらはれたる歟。是はなほおぼつかなし。」（40オ）

幻世去来夢

14596 有てなき幻世をたとふればたゞうたゝねの夢にぞ有ける

14597 はかなさはいづれまさらむよひのまにみえける夢とまぼろしの世と

悠々一別已三年

14598 一度のうき別よりみとせまであはぬ月日に歎をぞそふ

14599 一度の別にかけて思ひきやとしのみとせをへだつべしとは

何朝々暮々閑

14600 ことしげきよにしすまへば明くれにいかでかひとりしづけかるべき」（40ウ）

14601 うらやましことしげきよをよそにみて明くれひとりしづかなる身は

14602 ふたゝびもこぬよにひとり明くらし何をなしてかしづ心なき

うづまさにすむ比

14603 今はよをうづまさ人になりはてゝ都は雲のよそにのみこそ

久道がもとより雨ふるに

〔三行空白〕」（41オ）

名所沢

14604 泡と身の消なばきえよながれては猶うきよにかあひざはの水

14605 浮くさのしげりあへればすみよしの浅沢水のあさしともみず

名所路

14606 むかしにはかへらじ物を石上ふるのゝ道のさすがたえぬよ

14607 茂りあふふるのゝ草の中みちもともとこし人は分もまどはず

是はうづまさにすむ比、京より両三輩きて、当座歌よみしによめり。

岡辰信が京へかへるに」（41ウ）

14608 わかれては明くれ西に立雲をわが隠家のあたりとをみよ

14609 君ゆかばのこりてひとりうづまさの林がくれによをやつくさむ

かへし　辰信

14610 にしにたつ雲をばこゝと詠なば都ながらに住うからまし

又ひとり言に
14611 我は猶この島かげにのこりゐて老の波をや立かさねまし
木島はうづまさ地名。
是は夏に入べし ほぞんを埋木の地蔵といへり。庭に大なる菩提樹あり。その中よりあらはれ給ふとぞ」(42オ)いふなる。そのぼだい樹に花さけり。おほくの山ばちむらがりきて、ひねもす花にむつるゝ声、経よむにゝたり
14612 ぼだい樹の花に鳴よる山ばちはいまも般若をよむかとぞきく
道覚きて、このぼさちのみずしに、錠さしかためたるをみて、14613 さしこめて人にしられぬ埋木の身をあらはしてよをすくはなん　かへし
14614 あらはれし光をまたやつゝむらんみずしをもとのぼだい樹にして
又道覚より便に、14615 うらやまし人めまれなる宿なればよのうきことやきこえざるらん　かへし」(42ウ)
14616 人めこそまれには有けれこゝも猶なれゆくまゝにうづまさの里
また秋のむしまつ歌をきゝて、かれより、14617 かりのこす草ばに秋をまつといふ虫のねをこそきかまほしけれ　かへし
14618 なかん比おもひもいでばとひこなんかならず君をまつむしのこゑ
南の林中に夕陽のうつる、いとをかし
14619 けふもまた林のかげに入日さしむらはぎなびき夕風ぞ吹
日ごとに、くふもの花などうゑて、たゞこゝを住所にさだめて〔重出ノ指摘アリ〕
14620 今はよをうづまさ人になりはてゝなれし都はよそにのみこそ」(43オ)
又松たかき嵐にね覚して
14621 おもひきやなれし都をよそにして今はた寺の住居せんとは
こゝを秦寺ともいふをきけばなり。
又ちかきわたりに安養寺といふあり。くれごとにそこのかねまづ聞ゆ
14622 猶のこる老をやすくもやしなはゞそのかたざまに行て住てん
雲はたゞこのかきねより立のぼるをみて
14623 よそにのみ思ひなれにし白雲を今はかきねのものとこそみれ

又ある朝、よもに立めぐりて、ちかき林もかすかなるに
14624 立のぼるよものとなりの白雲をみればみそらにすむ心ちする」(43ウ)
桂宮はうづまさにあり。そこに清水あり。いさらゐと名づく。是をくみて茶をにる、いとよし
14625 くみてしれ清くすみぬる月のうちのかつらの宮のいさらゐのみづ
庭はさがのにつゞきて、さかひともみえぬかきひとへなり。寺はいとひろきに、人ずくななればにや、ぬす人のをり〳〵うかふ音すめれば、こゝかしこのかうし、つまどやうのかけがねつよくさしかためたればにや、入もえでいぬめり
14626 ありそべのいはほこゞしみこえわびてよる〳〵かへる沖つしら浪
春に可入 ある日、宗順のきて多武山桜のおし花を」(44オ)おくるとて
14627 浅からぬめぐみの露に色もなき我ことのはも花にさかなん
かへし。心よりいで、心にさとる道ときけば
14628 明夕に君がことばの露そはゞさかりもまたで花はさきなん
秋に可入 あさとくおきてみるに、うすぎりがくれのもみぢいはんかたなし
14629 このねぬる雨のなごりの朝ぎりにもみぢのにしきつゝみてぞみる
ほぞんにたてまつるとて
14630 花さかぬ身ぞたぐひなきうもれ木のみかげもよには出けるものを
ぼだい樹の実をひろひて、」(44ウ)弥子のもとにおくるに
14631 うゑつれば終にほとけになるときくぼだいのこのみあだになすなよ
かへし
14632 うへもなきほとけの種ときくからにこのみながらにたのもしき哉
重愛、定静、盛澄などきて、入相の声におどろきてかへるに、うちしぐれなどしてあはれなる夕也。火ともしてつく〴〵とながめつゝ、よものあらしをきくほど、初夜のかねきこゆれば
14633 夕暮に別し人は都にぞ今かいるらんよひも過にき
慈延といふ人の重愛につけて聞えし、」(45オ)14634 うきよをば都のにしの秋ぎりにへだてはてゝやすまんとすらん

是がかへし。重愛にゆづり聞えぬ。みづから思ふにも
14635 よをとほくおもひへだつにあらねどもみのうづまさにわびつゝぞをる
とかいはれし。
淞翁とはれし後に、14636 朝夕にみのりの声をきくになほ清き心やすみまさるらむ
ときこえしに、
みのりの声はきゝながらすまぬ心のいとはづかしう侍れど」（45ウ）
14637 すゐのよになりゆく法のかねの音は人の心もすまさゞりけり
又、14638 すみまさる君が心にかへてけふちりのうき世に又ぞゝみぬる　とありしに
は
14639 ちりのよと見つゝすみなば山井の浅き心に猶やまさらん
定静がとひこしに、犬のなきければ
14640 尋くる人めまれなるすみかとはひるなく犬の声にてもしれ
宗則とひきて、別るゝをみおくるに
14641 又こそと言にはいへど老ぬれば是やかぎりと思ふ別路」（46オ）
京にすむべき所をたてし。そこにまねかんといふ人のある。志はあさからねど、立
かへり心になりて思ふには、又うきこともおほかれば、雲霧をしのぎ、霜雪ををか
して、こゝにあらんよりもわびしからましなど思ひつゞけて
14642 世中のさかしきみちはうづまさの雲霧よりも分わびぬべし
庭草をかるに、いとちひさき松のあまた生まじれゝば、よくとて
14643 あすしらぬけふの我身のてすさみに千よ松の木をあだになさめや
住吉」（46ウ）
14644 ふりぬとも今一しほは此神のめぐみにそへよすみよしの松
14645 住よしの老木の松にふく風はふるき声をやよにのこすらん
寄雨祝
14646 おもへ人時をたがへぬ久かたのあめのめぐみは草木のみかは
14647 天つ神なはしろ水の水がれをみそなはせばぞ雨はふるらん
山かすかに、水しづかなる川べに、さぎのおほくあさるかたあるに
14648 おそるべき人かげもみぬ山川の所をえたる鷺やたのしき
村橋立作の所望にや。」（47オ）
座主宮いらせたまひ、又花の題給はりて、歌奉しことを悦び、極臈顕［ママ］主より、
14649 ことのはのよにあらはれて波ならぬ浪もよせけりわかのうら松　と聞えし、かへし
14650 朽のこるかひもなぎさの松によせて悔とや思ふわかのうら波
又息、院蔵人常顕より、14651 年をへて君がみがきし玉ぼこの道の光はいまぞみえけ
る　と有し、かへし
14652 玉ほこの道の光にてらされてみがゝぬ露もあらはれやせん」（47ウ）
又邦義が、14653 底清くすめる泉を尋てや雲ゐの月もやどりきぬらん　とありし、か
へし
14654 かげ清き月しやどればかくれぬのにごれる水もすむかとやみる
酒銘、老松、ある人にかはり奉りて
14655 老松にわがよはひもやあえぬらんむかへば千よをふる心ちする
ほしの井
14656 甘き露いつよりこゝにおちつめばくめどくまゝくほしの井の水」（48オ）
西尾定静が五十の賀にまかりしに、盃あまたゝびめぐりて、猶あかずや有けん、十
七日の月も中ぞらになるまで、人々のくみかはすをみて
14657 五十より千とせをかけてめぐるにはいついるべくもみえぬ盃
公強身まかりぬときゝて、とし比したしかりし中なりければ、わきていとかなし
14658 やみつゝもとしをへぬればさりともとたのみしことぞはかなかりける
今は都とほくすめば、有しこと朝夕とひもせで、いとうとくてわかれければ」（48
ウ）
14659 とりかへすものにもがなとうとくのみ過こしかたぞこひしかりけ［る］
暁ねぶるともおぼえぬに、戸をあくる音するにうちおどろきて、さすやとおもへど
さゝねば
14660 さゝぬにぞ夢とはしりぬはち岡の寺の板戸をあくる音して
名所岡

14661 行かへりあそべ遊びの岡のべの松もちとせのかぎりこそあれ
子春がもとより、14662 立かへりはやも都に宿しめよ世をうづまさの住かなりせば」(49オ)ありしに
14663 立かへりいかで都にやどしめんよをうづまさもたづきなきみの

山家木

14664 花とさきもみぢとそめて山里にうつる月日は木々ぞみせける
14665 しげれなほ軒ばの松よましばたく煙をおのが色にまがへて

寄鶴祝

14666 くもりなきみよのちとせの行末を天とぶつるの声にこそしれ
14667 波風ものどかなるよの住吉にあそぶあしたづ心あるらし

古寺懐旧　僧正遍昭九百年忌、宮御題

14668 ふりせぬは君がことばの花の山いませし寺はあらずなれども
14669 しのぶそのむかしのあとは田となりてその名をのこす寺もふりにき」(49ウ)

僧正ハ寛平二年二月十九日遷化。此題ハ八月ニ出サセタマヘリ。忘レタマヘルニヤ。花山元慶寺ハ、応仁兵火ニ焼亡ストイヘリ。九百年星霜ヲヘタレバ、ソレマデモ度々廃セルナルベシ。今小寺アリ。元慶ト名ヅク。今ノ住僧恵宅、志アリテ一堂建立セリトゾ。依之予歌挨拶ノ心ナキ由、俗人シキリニ云リ。和歌ノ趣ヲシラズ、挨拶セバ遍昭懐旧ウトシ。又実ヲ以、昔ノ如クハアラネドナドイハヾ、却而当住ノ恥ナルベシ。又如元トイハヾヘツラヘルナリ。スベテ今人情エ尺ヲムネトシテ、ワガタツル心ハ不見。

熊野

14670 みくま野はなちの山かぜ波の声心すみぬる宮ゐなりけり
14671 みくまのゝ浜の南のうみよりもふかきや神のめぐみならまし
14672 みくまのは南の山のかぎりにてうみべにちかき宮ゐなりけり」(50オ)

政子が家をいはひて　春に出

14673 いくよともかぎりぞしらぬすみよしの松をためしの君がよはひは
と聞えし、かへし
14674 すみよしの松をためしにながらへて君がちとせの春をかぞへん
となん。なにはのまさよしが、氏族の事にかゝづらひて、なにわざもえせでうちすぐることゝて
14675 よしあしのなにはのことに身をつくし老をしるしとなすがはかなき
と聞えたれど、文などあらはして、ことしげき中にも、道のことなど露わすれざりければ
14676 よしあしに身をつくしてもたじろがぬ心のしるしみゆることのは
うづまさの東にかめがふちといふ小川」(50ウ)あり。菅家御集に此名あり。こゝならんもしらず
14677 万代にすめどすまねどかめがふちその名はたえじ世にかはるとも
ちがうへ川といふあり。木島西一丁ばかり
14678 うぶ水にわくともつきじ五百がうへちがうへ川の水のながれは
土俗、和泉式部のつかといふあり。
木島の北一丁ばかり、大樹のつばきあり
14679 みがきけん君がことばの玉つばきうべこそよゝにかげさかえけれ
又南四五丁に、あまづかといふあり」(51オ)
14680 うみなりしそのよにあへるあまぞとや今も田中にのこす古づか

独述懐

14681 おろかなる身をなげくこそなべてよの人にかはれるうさには有けれ

門杉

14682 とへかしのしるしの杉はたれまちてこぼるゝ門に猶たてるらん
14683 たがやどのしるしなりけん朽そひてたじろぐ門の杉の一本
14684 むかしみしいもがゝどゝてけふとへば杉ばかりこそふりのこりけれ
14685 人とはぬ門のしるしや冬さむき杉の梢にむせぶ山かぜ

閑居懐旧」(51ウ)

14686 ひとりいますみてぞ忍ぶ春ごとの花にむれこし道のべの庵
14687 あともなくあれゆくやどはよもぎふのもとみし友を恋つゝぞふる

信郷もとより
14688 心ありてとはぬとをしれ塵のよに名をうづまさの君がかくれ家
かへし
14689 とはゞとへよに有わびてすめる山なのあらばこそうづまさの里
いんさき、蝦夷のもたることいふ笛なりとてみする人あり。木の皮をまきて笛のかたしたり。こさは、かの土俗気をはくとこそきけ。かゝる器の有とはきかず。されどまさしくあれば」（52オ）
14690 みちのくのえぞの笛とてさかしらにこさとはたれか名付初けん
14691 あきらけき世にはあやなとえぞも今ふきすさみつゝこさやみすらん
ことしげきよのうさもわすれて、のどかにすめるなん、うらやまし、といひおこせたる人のもとへ
14692 すみてみよ身にそふうさは山里も猶よの中にかはらざりけり
またあるをり
14693 山里のものわびしさも月花のあかぬ詠にわすれてぞ住
といふをきゝて、維徳がいひおこせし
14694 月花の詠にあける山里に猶うきことのあるやいかなる
かへし
14695 花はあらし月には軒の雲ふかき山はうきよにまさるわびしさ」（52ウ）
筆写人心　宮奉る二首内
14696 うづもるゝわがみづぐきの手すさびにゆかぬ心のあとやみゆらん
14697 ながれなばあわとけなゝんおろかなる心をうつす水ぐきのあと
14698 巳八月同題出之 みづぐきはやがて心のかげなるをはかなきあとゝ何思ひけむ
14699 うちみだれあるはまめなる世人の心々をみづぐきのあと
14700 おろかさも人なみならぬみづぐきの心みえなるあとは残さじ
酒銘
杉の下みち　ある御かたにかはりて
くむたびに、したしき友(ママ)あふ心ちのすめれば
14701 あひ思ふ友にあふてふ関山はおぼえずしらず杉の下みち」（53オ）
呉程普告人曰、与周公交若飲醇醪不覚自酔。周公ハ周瑜也。
寄松祝　岡辰信新宅
14702 すみ初る宿りも岡のこまつばら外に求めぬ千よをこそへめ
あるをり
14703 人めきて名をうづまさといひをれど世に有わびてすめるかくれ家
東南にたかきまつあり。こと木にすぐれて、いとめでたし。中つえより下つかた、しらかしのいとしげく茂りて、いといぶせかりけるを、けふ枝をはらひそぎければ、松の姿」（53ウ）いとよくみゆるに、いとゞめもかれず、なすべきわざも忘れて、みる〳〵思ふに、詩などには十八公と、文字によりいづることもありげに覚ゆれば
14704 はたとせに二とせたらぬきみみれば我もわかえし心ちこそすれ
〔七行分空白〕」（54オ）
毛詩句、或取一章二章、或取一句二句、或取大意譬喩、或以古歌私合之。
関々雎鳩在河之洲、窈窕淑女、君子好逑。興〔也〕。三章〔共二〕
14705 みづどりのつがひみるごとうま人になづさはまくのをとめごも哉
〈君ならでたれにかみせん梅花色をもかをもしる人ぞしる〉
孝徳紀、野中川原史〔満〕奉ル歌ニ、〈ヤマカハニヲシフタツヰデタグヒヨクタグヘルイモヲタレカヰニケン〉。其一〈モトゴトニ花ハサケドモナニトカモウツクシイモガマダサ〔キテ〕コズ〉。是ハ、ソガノミヤツヒメ死ヲ太子ノ慨タマフニ、時ノ史満ガ詠テ奉ル歌也
是は叶へりともおぼえず。されど思よるふしもなければ、まづ句をふさぐとてかいつけおくなり
14706 うま人のいもせをよそにみなれてや声をかはすに遊ぶをしどり
14707 よびかはすみさごをきけばむかひたつのいもせの山のかひもあるかな
葛之覃、施于中谷、維葉萋々、黄鳥于飛、集」（54ウ）于灌木、其鳴喈々。二章凡同意。
共賦
14708 はふ葛もしげく成けりかりていざおりたちきせんせこが衣に
言告師氏、言告言帰、薄汚我私、薄澣我衣、害澣害否、帰寧父母。賦

14709 かぞいろの心やすめに我きぬをあらひてゆかんあかつきもなく
采々巻耳、不盈頃筐、嗟我懐人、寘彼周行。賦也
14710 人をわがおもひの草のまじれゝばつめるわかなもうちおかれつゝ
陟彼崔嵬、我馬虺隤、我姑酌彼金罍、維以不永懐。同
14711 つめど猶たまりがたみのわかな哉人を思ひのくさは茂きを」(55オ)
陟彼高岡、我馬玄黄、我姑酌彼兕觥、維以不永傷。同
14712 黒かみはきのふの夢とふりかはるかしらのゆきやつもるよのうさ
14713 いはがねのこゞしき山を行なやみ酒くみかはしけふもくらしつ
第四章凡同意
南有樛木、葛藟纍之、楽只君子、福履綏之。三章凡同意。共興
14714 まがり木にさがれるくずの末はまでめぐみの露のかゝるたのしさ
14715 まがり木にはふくずかづらくりかへしみれどもあかずさかりなるよは」(55ウ)
螽斯羽、詵々兮、宜爾子孫、振々兮。三章一意。共比
々々羽、薨々兮、宜々々々、縄々兮。
々々羽、揖々兮、宜々々々、蟄々兮。
14716 たのもしないなつきこまつ子むまごのおほかるがごとさかえ行やと
桃之夭々、灼々其華、之子于帰、宜其室家。三章一意。共興
14717 さかりぞと折えしからに花の名のもゝ悦びのやどゝ成ぬる
粛々兎罝、椓之丁々、赳赳武夫、公侯干城。三章同意。共興
14718 うさぎとるますらたけをは弓なれやおきふし君がまもりとぞなる」(56オ)
采々芣苢、薄言采之、采々芣苢、薄言有之。賦
々々々々、々々掇(ヒロフ)々、々々々々、々々捋之。同
々々々々、々々袺々、々々々々、々々襭之。同
14719 わぎもこがともよびかはしつまとりてとるやたのしきのべのおほばこ
南有喬木、不可休(ママ)、漢有游女、不可求思、漢之広矣、不可泳思、江(ママ)永矣、不可方思。
興ニシテ比
翹々錯薪、言刈其楚、之子于帰、言秣其馬、漢之広矣、不可泳思、江之永矣、不可方思。同
々々々々、々々々蔞、之子于帰、々々駒、々々々々、々々々々、々々々々、々々々々。」(56ウ)
14720 行ていざ君を千里の外にみんわがのるこまにまぐさ取かへ
14721 みちとほし君がゝへらばしばしまてうまに草かひ水とりかはん
遵彼汝墳、伐其条枚、未見君子、惄如調飢。賦
々々々々、々々々肄、既々々々、不我遐棄。同
魴魚赬尾、王室如燬、雖則如燬、父母孔邇。比
14722 汀なるやなぎかりそぎながむれどわがまつ君はいまだかへらず
14723 ちゝ母のちかゝらざらばやくしほのからきこのよを何にたへまし
麟之趾、振々公子、于嗟麟兮。興
々々定(ヒタヒ)、々々々姓、々々々々。同
々々角、々々々族、々々々々。同。三章一意」(57オ)
14724 なにかせむ君にめぐみのなかりせば牛尾馬のひづめありとも
維鵲有巣、維鳩居之、之子于帰、百両御之。興
々々々々、々々方々、々々々々、々々将々。同
々々々々、々々盈々、々々々々、々々成々。同
14725 かさゝぎの古巣をおのが家ばとの我となさぬもかしこかりけり
于以采蘩、于沼于沚、于以用之、公侯之事。賦
々々々々、々澗之、々々々々、々々々宮。同
14726 君がやのかひこかふとやいけみづにぬれ〳〵いもが白よもぎとる
後章、被之僮々。未詠之。」(57ウ)
喓々草虫、趯々阜虫、未見君子、憂心忡々、亦既見止、亦既覯止、亦我心則降。賦
陟彼南山、言采其蕨、未見君子、憂心惙々、亦既見止、亦既覯止、我心則説。同
陟々々々、々々々薇、々々々々、我心傷悲、々々々々、々々々々、々々々夷。同
14727 あかずして別しのべの草むしもいなごもとへど君はかへらず」(58オ)
于以采蘋、南澗之浜、于以采藻、于彼行潦。賦

14728
于以盛之、維筐及筥、于以湘之、維錡及釜。同
于以奠之、宗室牖下、誰其尸之、有斉季女。同
をとめごがうきくさ玉もとりはやしにつゝもりつゝいはひまつれり」（58ウ）

六帖詠藻　雑五

蔽芾甘棠、勿翦勿伐、召伯所茇。賦
々々々、々々々敗、々々々憩。同
々〔ママ〕、〔ママ〕拝、〔ママ〕説。同
14729
我たのむ君がやどりし陰なればきることなしの名にや立けん
厭浥行露、豈不夙夜、謂行多露。賦
誰謂雀無角、何以穿我屋、誰謂女無家、何以速我獄、雖速我獄、室家不足。興
誰謂鼠無牙、何以穿我墉、誰謂女無家、何以速我訟、雖速我訟、亦不女従。同」（1オ）
14730
万十一〈たれぞこの我やどきよぶたらちねのはゝにいはざれものおもふ我を〉
とへとしもいはましものを桜麻のをふの下くさ露けからずは
是題首章、男子往来、女子待之。わがくにのならはしなり。如此章は初五、とはんとも、といふべし。
次章未詠、以古歌注大意。
金葉〈音にきくたかしのはまのあだなみはかけじや袖のぬれもこそすれ〉
古今〈みるめなき我身をうしとしらねばやかれなであまのあしたゆくくる〉
同〈思ふともこふともあはん物なれやゆふてもたゆくとくる下ひも〉
此歌転意合之。
羔羊之皮、素糸五紽、退食自公、」（1ウ）委蛇委蛇。賦。三章一意
々々々革、々々五緎、委蛇々々、自公退食。同
々々々縫、々々五総、々々々々、退色自公。同
14731
身のほどをしれるひつじの皮衣かざるしら糸色もなくして
殷其靁、在南山之陽、何斯違斯、莫敢或遑、振々君子、帰哉々々。三章一意。興
古今貫之〈あふことは雲ゐはるかになるかみの音にきゝつゝこひわたる哉〉（家集、やわたらん）
摽有梅、其実七兮、求我庶子、迨其吉兮。」（2オ）
々々々、頃筐塈之、求我庶子、迨其謂之。三章興賦

14732 時くれば梅も落けり我をさへほしといふ人やあらんとすらん
嘒彼小星、三五在東、肅々宵征、夙夜在公、寔命不同。興
々々々々、維参与昴、々々々々、抱衾与裯、々々々猶。同。二章一意。

14733 暮ゆけばにしにひがしにみるほしの同じからぬぞ身のたぐひなる
東に位するもあれば、西に位するもあるべし。心をもて詞によらず。」(2ウ)
江有汜、之子帰、不我以、不我以、其後也悔。三章一意。
々々渚、々々々、々々々与、々々々与、々々々処。
々々沱、々々々、々々々過、々々々過、々嘯也歌。三章共賦

14734 たき川のわれても末にあふ水のゆたかにすめるみよぞかしこき
野有死麕、白茅包之、有女懐春、吉士誘之。興
林有樸樕、野有死鹿、白茅鈍束、有女如玉。同
舒而脱々兮、無感我帨兮、無使尨也吠。賦」(3オ)

14735 足たゆくとふともあはじ小夜中にわがやど守る犬なゝかせそ
何彼襛矣、唐棣之華、曷不肅雝、王姫車。
何彼々々、華如桃李、平王之孫、斉侯子。
其釣維何、維糸伊緡、斉侯之子、平王孫。三章共興

14736 もゝすもゝおとりまさらぬ君々が花のさかりの光をぞみる
彼茁者葭、壱発(ヒツ)五豝、于嗟乎騶虞。賦
々々々蓬、々々々豵、々々々々々。同

14737 何にかはなにはのあしのめもはるにしげき恵の及ばざるべき」(3ウ)
邶
汎彼栢舟、亦汎其流、耿々不寐、如有隠憂、微我無酒、以敖以遊。比也
我心匪鑑、不可以茹、亦有兄弟、不可以拠、薄言往愬、逢彼之怒。賦也
我心匪石、不可転也、我心匪席、不可巻也、威儀棣々、不可選也。同
憂心悄々、慍于群小、覯閔既多、受侮不少、静言思之、寤辟有標。同」(4オ)
日居月諸、胡迭而微、心之憂矣、如匪澣衣、静言思之、不能奮飛。比也
後撰〈心からうきたる舟にのりそめてひとひも波にぬれぬ日ぞなき〉壱章之意

14738 わが心石ならませばまろばしてすてましものをのにもやまにも　第三章ノ意
緑兮衣、緑衣黄裏、心之憂矣、曷維其已。比
々々々、々々々裳、々々々々、々々々亡。同
緑兮糸兮、女所治兮、我思古人、俾無訧兮。同
絺兮綌兮、凄其以風、我思古人、実獲我心。同
右取上二章之意、転詞詠之。」(4ウ)

14739 わが袖はあやなみだのあけごろも紫をこそ人はめづなれ
燕々于飛、差池其羽、之子于帰、遠送于野、瞻望弗及、泣涕如雨。興也
燕々于飛、頡之頏之、之子于帰、遠于将之、瞻望弗及、佇立以泣。同
燕々于飛、下上其音、之子于帰、遠送于南、瞻望弗及、実労我心。同。三章大意同
仲氏任只、其心塞淵、終温且恵、淑慎其身、先君之思、以勗寡人。賦也」(5オ)三章大意

14740 めぢとほくみおくる人は雲に消てかけるつばめぞのべに残れる
［一行空白］
門杉

14741 人すまぬ宿のしるしの杉なれやこぼるゝ門に茂る一もと
修羅

14742 人ごとにあらそふみちをかへりみよこのよも修羅のちまたやはなき

14743 たなうらに月日をかくすいきほひも法の光をえやはへだつる

14744 舟人のおろすいかりを心にて波の底には住にやあるらむ」(5ウ)
日居月諸、照臨下土、乃如之人兮、逝不古処、胡能有定、寧不我顧。
々々々々、下土是冒、々々々々、々々相好、々々々々、々々々報。
々々々々、出自東方、々々々々、徳音無良、々々々々、俾也可忘。
々々々々、東方自出、父兮母兮、畜我不卒、胡能有定、報我不述。四章共賦

14745 あきらけき月日のかげはかはらねどやみにまどへる我はてらさず
万四〈てれる日をやみになしてなくなみだ衣ぬらしつほす人なしに〉
〈白鳥のとば山まつのまちつゝぞわが恋わたるこのとしごろを〉」(6オ)

終風且暴、顧我則笑、謔浪笑敖、中心是悼。
々々且霾、恵然肯来、莫往莫来、悠々我思。
々々且曀、不日有曀、寤言不寝、願言則嚔。
曀々其陰、虺々其靁、寤言不寐、願言則懐。四章共比
後撰雑三、とさ〈身にさむくあらぬ物から侘しきは人の心のあらし也けり〉
同雑四、いせ〈人心あらしの風のさむければ木のめもみえず枝ぞしをるゝ〉
撃鼓其鏜、踊躍用兵、土国城漕、我独南行。
従孫子仲、平陳与宋、不我以帰、憂心有忡。」(6ウ)
爰居爰処、爰喪其馬、于以求之、于林之下。
死生契闊、与子成説、執子之手、与子偕老。
于嗟闊兮、不我活兮、于嗟洵兮、不我信兮。五章共賦
14746 とも〴〵と契しものを世をうみの波のさわぎに我やしになん
万四〈天地の神もことわりなくばこそ我思ふ君にあはずしにせめ〉
凱風自南、吹彼棘心、々々夭々、母子劬労。比
々々々々、々々々薪、母氏聖善、我無令人。興
爰有寒泉、在浚之下、有子七人、母氏労苦。同
睍睆黄鳥、載好其音、有子七人、莫慰母心。同
14747 あまたある子故くるしむたらちめをなぐさむべくもなきぞかなしき」(7オ)
雄雉于飛、泄々其羽、我之懐矣、自詒伊阻。興也
雄雉于飛、下上其音、展矣君子、実労我心。同
瞻彼日月、悠々我思、道之云遠、曷云能来。賦也
百爾君子、不知徳行、不忮不求、何用不臧。同
〔貼紙〕「万十六〈わが命をしくもあらずさにづらふ君によりてぞながくほりする〉
第二、万十三〈大舟のおもひたのめる君によりつくすこゝろはをしけくもなし〉
第三、同十四〈あぢのすむすさの入江のこもりぬのあないきづかしみずひさにして〉
14748 大きみのみことかしこみ君がいでし月日はけふぞめぐりきにける
14749 あをねろにたな引雲のいざよひに物をぞ思ふこのとし比を」

匏有苦葉、済有深渉、深則厲、浅則掲。」(7ウ)
習々谷風、以陰以雨、黽勉同心、不宜有怒、采葑采菲、無以下体、徳音莫違、及爾同死。比也
行道遅々、中心有違、不遠伊邇、薄送我畿、誰謂荼苦、其甘如斉、宴爾新昏、如兄如弟。賦而比也
涇以渭濁、湜々其沚、宴爾新昏、不我屑以、」(8オ)毋逝我梁、毋発我笱、我躬不閲、遑恤我後。
就其深矣、方之舟之、就其浅矣、泳之游之、何有何亡、黽勉求之、凡民有喪、匍匐救之。興也
不能我慉、反以我為讐、既阻我徳、賈用不售、昔育恐育鞠、及爾顛覆、既生既育、比子于毒。賦
我有旨蓄、亦以御冬、宴爾新昏、以我御窮、有洸有潰、既詒我肄、不念昔、伊余来塈。興也」(8ウ)
14750 山ざくら咲初てこそしら雲の花に及ばぬいろはみえけれ
14751 夏たてばあふぎをのみもめづる哉冬の火桶はちりにうづみて
式微々々、胡不帰微君之故、胡為乎中露。賦
々々々々、々々々々躬、々々々泥中。同
14752 かへれきみきみが為としおもはずはみちの空なる露にぬれめや
旄丘之葛兮、何誕之節兮、叔兮伯兮、何多日也。興
何其処也、必有与也、何其久也、必有以也。賦
狐裘蒙戎、匪車不東、叔兮伯兮、靡所与同。同
瑣兮尾兮、流離之、叔兮伯兮、褎如充耳。同」(9オ)
14753 今ならば雨のもるべき木のもとを人わらはれにたのみける哉
簡兮々々、方将万舞、日之方中、在前上処。賦
碩人俁々、公庭万舞、有力如虎、執轡如組。同
左手執籥、右手秉翟、赫如渥赭、公言賜爵。同
山有榛、湿有苓、云誰之思、西方美人、彼美人兮、西方之人兮。興

14754 三章 春の日の、どけき庭にまひ人の打ふる袖ぞほこらしげなる

14755 四章 我思ふ人のすむなるかたなれば西のそらこそこひしかりけれ」（9ウ）

毖彼泉水、亦流于淇、有懐于衛、靡日不思、孌彼諸姫、聊与之謀。興

出宿于泲、飲餞于禰、女子有行、遠父母兄弟、問我諸姑、遂及伯姉。賦

出宿于干、飲餞于言、載脂載牽、還車言邁、遄臻于衛、不瑕有害。同

我思肥泉、茲之永歎、思須与漕、我心悠々、駕言出遊、以写我憂。同」（10オ）

14756 うかるべき後せをだにも思はずは水のまに〳〵ゆかん古郷

万七〈飛鳥川せゞに玉もは生たれどしがらみあればなびきあはなくに〉

出自北門、憂心殷々、終窶且貧、莫知我艱、已焉、天実為之、謂之何哉。比

王事適我、政事一埤益我、我入自外、室人交徧讁我、已焉哉、天実為之、謂之何哉。賦

王事敦我、政事一埤遺我、々入自外、室人交徧摧我、已焉哉、天実為之、謂之何哉。同

14757 天地の神もたすけようちも外もおき所なくつもるみのうさ」（10ウ）

北風其涼、雨雪其雱、恵而好我、携手同行、其虚其邪、既亟只且。比

北風其喈、雨雪其霏、恵而好我、携手同帰、其虚其邪、既亟只且。同

莫赤匪狐、莫黒匪烏、恵而好我、携手同車、其虚其邪、既亟只且。同

14758 北風に雪ふゞきゝぬ日のめぐる南にいざや君ともなはむ

14759 うぐひすの声するかたにとくいかんこゝにしみるはきつねふくろふ

静女其妹、俟我於城隅、愛而不見、搔首踟躕。賦」（11オ）

静女其孌、貽我彤管、々々有煒、説懌女美。同

自牧帰荑、洵美且異、匪女之為美、々人之貽。同

14760 我思ふ人のてふれし桜花よにふりにたる色かならめや

新台有泚、河水瀰々、燕婉之求、籧篨不鮮。賦

々々々洒、々々浼々、々々々、々々々殄。同

魚網之設、鴻則離之、々々々々、得此戚施。興

14761 行水のきよきかはべのた高どのによに、ぬ竹のむしろをぞしく

14762 かの見ゆるかはべのさいをとるあみにかゝるくゞゐやくいのやちたび」（11ウ）

二子乗舟、汎々其景、願言思子、中心養々。賦

々々々々、々々々逝々、々々々々、不瑕有害。同

14763 面かげに今もうかびて行舟のゆきけん君はかへりまじきや

鄘

汎彼栢舟、在彼中河、髧彼両髦、実維我儀、之死矢靡他、母也天只、不諒人只。興

汎彼栢舟、在彼河側、髧彼両髦、実維我特、之死矢靡慝、母也天只、不諒人只。同

14764 うきながら朽なむと思ふ捨舟のよるべもとむる母もつらしな」（12オ）

14765 たらちねのめぐみは神にかはらねど思ふ心をしられぬぞうき

牆有茨、不可掃也、中冓之言、不可道也、所可道也、言之醜也。興

々々々、不可襄也、々々々々、々々詳也、所可詳也、々々長也。同

々々々、不可束也、々々々々、々々読也、所可読也、々々辱也。同

14766 言にいでていへばさがなし秋風のすがたはかやのみだれにもしれ

万十一〈言にいでゝいへばゆゝしみ山川のたぎつ心をせきぞかねつる〉」（12ウ）

君子偕老、副笄六珈、委々佗々、如山如河、象服是宜、子不淑、云如之何。賦

玼兮玼兮、其之翟也、鬒髪如雲、不屑髢也、玉之瑱也、象之揥也、揚且之皙也、胡然而天也、胡然而帝也。同

瑳兮々々、其之展也、蒙彼縐絺、是紲袢也、子清揚、揚且之顔也、展如之人兮、邦之媛也。同

是章、万あかぬことなく美なれども、たゞ姜がみだりがはしきふるまひをのみにくめり。

古今〈まてといふにちらでしとまるものならば何をさくらに思ひまさまし〉

さくらにおもひます花はなけれども、ちることばかりをにくめり。」（13オ）

爰采唐矣、沬之郷矣、云誰之思、美孟姜矣、期我乎桑中、要我乎上宮、送我乎淇之上矣。賦

爰采麦矣、沬之北矣、云誰之思、美孟弋矣、期我乎桑中、要我乎上宮、送我乎淇之上矣。同

爰采葑矣、沬之東矣、云誰之思、美孟庸矣、期我乎桑中、要我乎上宮、送我乎淇之
上矣。同

14767 とる麦のほにいづなゆめ思ふとてむかへおくるも人やあやめん
鶉之奔々、鵲之彊々、人之無良、我以為兄。興」（13ウ）
鵲之彊々、鶉之奔々、々々々々、々々々君。同

14768 我たのむ人こそうけれとりすらもおのがたぐひをことにやはする
定之方中、作于楚宮、揆之以日、作于楚室、樹之榛栗、椅桐梓漆、爰伐琴瑟。賦
升彼虚矣、以望楚矣、望楚与堂、景山与京、降観于桑、卜云其吉、終焉允臧。同
霊雨既零、命彼倌人、星言夙駕、説于桑田、匪直也人、秉心塞淵、騋牝三千。同」
（14オ）

万十九〈大君は神にしませば水鳥のすだくみぬまを都となしつ〉
蝃蝀在東、莫之敢指、女子有行、遠父母兄弟。比
朝隮于西、崇朝其雨、女子有行、遠父母兄弟。同
乃如之人也、懐昏姻也、大無信也、不如命也。賦

14769 誠なき人のたぐひや中そらにたえてあとみぬにしのかけはし
相鼠有皮、人而無儀、人而無儀、不死何為。興
々々々歯、々々々止、々々々止、々々々俟。同
々々々体、々々々礼、々々々礼、胡不遄死。同」（14ウ）

14770 あなねづみあなはしたなとおもへども我かき越る人にまされり
子々于旄、在浚之郊、素糸紕之、良馬四之、彼妹者子、何以界之。賦
子々于旟、在浚之都、素糸組之、良馬五之、彼妹者子、何以予之。同
子子于旌、在浚之城、素糸祝之、良馬六之、彼妹者子、何以告之。同

14771 何にかはことのはそへんさく花のあかぬことなき国のさかえを
載馳載駆、帰唁衛侯、駆馬悠々、言至於漕、」（15オ）大夫跋渉、我心則憂。賦
既不我嘉、不能旋反、視爾不臧、我思不遠、既不我嘉、不能旋済、視爾不臧、我思
不閟。同
陟彼阿丘、言采其蝱、女子善懐、亦各有行、許人尤之、衆穉且狂。同
我行其野、芃々其麦、控于大邦、誰因誰極、大夫君子、無我有尤、百爾所思、不如
我所之。同

万四〈千鳥なくさほの川とのさゞれ波やむ時もなしわがこふらくは〉
衛」（15ウ）
瞻彼淇奥、緑竹猗々、有匪君子、如切如磋、如琢如磨、瑟兮僩兮、赫兮喧兮、有匪
君子、終不可諼兮。興
々々々々、々々青々、々々々々、充耳琇瑩、会弁如星、瑟兮僩兮、赫兮喧兮、有匪
君子、終不可諼兮。同
々々々々、々々如簀、々々々々、如金如錫、如圭如璧、寛兮綽兮、猗重較兮、善戯
謔兮、不為虐兮。同

14772 さかえ行みどりの竹の夏冬もかくれしかげはよゝにわすれじ
考槃在澗、碩人之寛、独寝寤言、永矢弗諼。賦
考槃在阿、碩人之薖、独寝寤歌、永矢弗過。同」（16オ）
考槃在陸、碩人之軸、独寝寤宿、永矢弗告。同

14773 谷水も松のひゞきもことのねもすめるたのしびいつかわすれん
碩人其頎、衣錦褧衣、斉侯之子、衛侯妻、東宮之妹、邢侯之姨、譚公維私。賦
手如柔荑、膚如凝脂、領如蝤蠐、歯如瓠犀、螓首蛾眉、巧笑倩兮、美目盼兮。同
碩人敖々、説于農郊、四牡有驕、朱幩鑣々、翟茀以朝、大夫夙退、無使君労。同」
（16ウ）
河水洋々、北流活々、施罛濊々、鱣鮪発々、葭菼揚々、庶姜孽々、庶士有朅。同

14774 品たかく世にならびなきたをやめのすがたをめでぬ人はあらじな
14775 春花のにほふがごときたをやめになれなん君がたぐひうれしな
14776 みよしのゝ大河水の人さはにさかゆるみるぞあやにたうとき
氓之蚩々、抱布貿糸、匪来貿糸、来即我謀、送子渉淇、至于頓丘、匪我愆期、子無
良媒、将子無怒、秋以為期。賦
乗彼垝垣、以望復関、不見復関、泣涕漣々、既」（17オ）見復関、載笑載言、爾卜爾
筮、体無咎言、以爾車来、以我賄遷。賦

桑之未落、其葉沃若、于嗟鳩兮、無食桑葚、于嗟女兮、無与士耽、士之耽兮、猶可説也、女之耽兮、不可説也。比而興也
桑之落、其黄而隕、自我徂爾、三歳食貧、淇水湯々、漸車帷裳、女也不爽、士弍其行、士也罔極、二三其徳。比也
三歳為婦、靡室労矣、夙興夜寝、靡有朝矣、」(17ウ)言既遂矣、至于暴矣、兄弟不知、咥其笑矣、静言思之、躬自悼矣。賦
及爾偕老、々使我怨、淇則有岸、隰則有泮、総角之宴、言笑宴々、信誓旦々、不思其反、反是不思、亦已焉哉。賦ニシテ興

14777 よりきつゝ我に心をひく糸のあはんと思はゞ秋をまてきみ

14778 人をとくあくた川ともしらずしてわたりし袖ぞぬれてかはかぬ

籊々竹竿、以釣于淇、豈不爾思、遠莫致之。賦
泉源在左、淇水在右、女子有行、遠父母兄弟。同
淇水在右、泉源在左、巧笑之瑳、佩玉之儺。同」(18オ)
淇水滺々、檜楫松舟、駕言出遊、以写我憂。同
万三〈一よには二たびあはぬち、母をおきてやながくわがわかれなん〉防人歌也。父母を思ふ心は一なり。

14779 古郷にいつかも行てつりのをのむすぼゝれたるうさをとかまし

万七〈此川に舟も行べし有といへどわたるせごとに守る人あり〉泉水に可入歟。
芄蘭之支、童子佩觿、雖則佩觿、能不我知、容兮遂兮、垂帯悸兮。興
芄々々葉、々々々韘、々々々韘、々々々甲、々々々々、々々々々。同
万六〈たぶてにもなげこしつべき天川へだてればこそあまたすべなき〉
誰謂河広、一葦杭之、誰謂宋遠、跂予望之。賦
々々々々、曽不容刀、々々々々、不崇朝。同」(18ウ)
伯兮朅兮、邦之桀兮、伯也執殳、為王前駆。賦
自伯之東、首如飛蓬、豈無膏沐、誰適為容。同
其雨々々、杲々出日、願言思伯、甘心首疾。比
焉得諼草、言樹之背、願言思伯、使我心痗。賦
万九〈君なくば何身かざらんくしげなる玉のをぐしもとらんと思はじ〉

有狐綏々、在彼淇梁、心憂矣、之子無裳。比
有狐綏々、在彼淇厲、心憂矣、之子無帯。比
々々々々、々々々側、々々々、々々々服。同

14780 身ひとつにあらぬ思ひをよをさむみつがはぬをしの声にこそしれ

投我以木瓜、報之以瓊琚、匪報也、永以為好也。比」(19オ)
投我以木桃、報之以瓊瑶、匪報也、永以為好也。比
投我以木李、報之以瓊玖、匪報也、永以為好也。
古哥〈君を思ふ心を人にこゆるぎのいその玉もやいまはからまし〉

14781 君はたゞ袖ばかりをやくたすらんあふには身をもかふとこそきけ

〔一行空白〕

王　―ハ謂周東都洛王城畿内方六百里之地。
彼黍離々、彼稷之苗、行邁靡々、中心揺々、知我者、謂我心憂、不知我者、謂我何求、悠々蒼天、此何人哉。賦而興也
彼黍々々、々々々穂、々々々々、々々如酔、」(19ウ)知我者、謂我心憂、不知我者、謂我何求、悠々蒼天、此何人哉。賦而興也
彼黍々々、々々々実、々々々々、々々如噎、知我者、謂我心憂、不知我者、謂我何求、悠々蒼天、此何人哉。賦而興也

14782 みがゝれし玉のみやゐをけふとへばそらのみどりにつゞく麦はた

〔貼紙〕「万一〈過近江荒都時人丸長歌
上略　さゞ浪の大津のみやにあめのしたしろしめしけんすべらぎの神のみことの大みやはこゝときけども大殿はこゝといへどもはるくさのしげり生たる霞たつ春日のきれる百しきの大みや所みればかなしも　反歌　さゝなみのしがのからさきさきくあれど大みや人の舟まちかねつ〉
万二十〈大君のつきてめずらしたかまどの野べみるごとにねのみしなかゆ〉」
君子于役、不知其期、曷至哉、鶏棲于塒、日之夕矣、羊牛下来、君子于役、如之何弗思。賦
君子于役、不日不月、曷其有佸、鶏棲于桀、」(20オ)日之夕矣、牛羊下括、君子于

役、苟無飢渇。同

万十三〈久かたの都をおきてくさまくらたびゆく君をいつとかまたん〉

君子陽々、左執簧、右招我由房、其楽只且。賦

々々陶々、々々翿、々々々敖、々々々。同

14783 見きくさへたのしかりけり笛の音も立まふ袖もこころゆく人

揚之水、不流束薪、彼其之子、不与我戍申、懐哉々々、曷月予還帰哉。興

揚之水、不流束楚、彼其之子、不与我戍甫、々々々々、々々々々々。同」（20ウ）

揚々々、々々々蒲、々々々々、々々々々許、々々々々、々々々々々。同

14784 末まではさそひもはてずゆく水のよどむかたよりしづむふししば

万十二〈みゆきふるこしの大山ゆき過ていづれの日にかわが里をみん〉

中谷有蓷、暵其乾矣、有女仳離、嘅其嘆矣、嘅其嘆矣、遇人之艱難矣。興

々々々々、々々脩矣、々々々々、条其歗矣、条其歗矣、遇人之不淑矣。同

々々々々、々々湿矣、々々々々、啜其泣矣、啜其泣矣、何嗟及矣。同

14785 たのみこしみくさもかれててらす日に猶かはかぬは民の袖のみ

14786 山沢のうきさへさけててらす日にはすのはひねもたのむかたなし」（21オ）

〔一行空白〕

有兎爰々、雉離于羅、我生之初、尚無為、我生之後、逢此百罹、尚寐無吪。比也

々々々々、々罹于罦、々々々々、々々造、々々々々、々々々憂、々々々覚。同

々々々々、々離于罿、々々々々、々々庸、々々々々、々々百凶、々々々聡。同

14787 いにしへはうさぎをとりしあみのめにかゝれるきじのほろゝとぞなく

14788 何ごともむかしにかはるよのうさをいをねてきかぬわが身ともがな」（21ウ）

緜々葛藟、在河之滸、終遠兄弟、謂他人父、謂他人父、亦莫我顧。興

緜々々々、々々之涘、々々々々、々々々母、々々々母、々々々有。同

緜々々々、々々々漘、々々々々、々々々兄、々々々昆、々々々聞。同

14789 つらなれる枝をわかれておち梅のみをあはれともいふ人のなき

彼采葛兮、一日不見如三月兮。賦

彼采蕭兮、一日不見如三秋々。同

彼采艾兮、一日不見如三歳々。同」（22オ）

万四〈たゞひとよへだてしからにあら玉の月かへぬるとおもほゆるかも〉

万十四〈あひみては千とせやいぬるいなほかもあれやしかおもふ君まちがてに〉

万十一〈あひみてはいく久しさもあらなくにとし月のごとおもほゆるかも〉

大車檻々、毳衣如菼、豈不爾思、畏子不敢。賦

大々哼々、々々々璊、々々々々、々々々奔。同

穀則異室、死則同穴、謂予不信、有如皦日。同

万〈このよには人ことしげしこんよにはあはんわがせこけふならずとも〉

丘中有麻、彼留子嗟、彼留子嗟、将其来施々。

丘々々麦、々々々国、々々々国、々々々食。」（22ウ）

丘々々李、々々之子、々々之子、貽我佩玖。

14790 まつほどのすぎておそきはさくら麻のしげみにたれか君をとゞむ〔る〕

鄭　西都邑名　　此次落丁。

緇衣之宜兮、敝予又改為兮、適子之館兮、還予授子之粲兮。賦

14791 つるばみの衣やれなばきせかへんかへらばきみにみけさゝげてん

遵大路兮、摻執子之袪兮、無我悪兮、不寁故〔也〕。賦

遵大路兮、摻執子之手兮、無我魗兮、不寁好也。　此二章可入女曰上羔裘下。

14792 しづかにぞみち行つれんあづさ弓もともてふれし君にやはあらぬ」（23オ）

父母之言、亦可畏。　此上落丁。

将仲子兮、無踰我牆、無折我樹桑、豈敢愛之、畏我諸兄、仲可懐、諸兄之言、亦可畏也。

将仲子兮、無踰我園、無折我樹檀、豈敢愛之、畏人之多言、仲可懐也、人之多言、亦可畏也。

14793 わがその、木々をなをりそ家人の君をいとはんことぞかしこき

叔于田、巷無居人、豈無居人、不如叔也、洵美且仁。賦」（23ウ）

叔于狩、巷無飲酒、豈無飲酒、不如叔也、洵美且好。同

々々野、々々服馬、々々服馬、々々々々、々々々武。同

14794 たつとりも野にぞふしける世には又ならふ人なき君がひかりに
叔于田、乗々馬、執輿如組、両驂如舞、叔在藪、火烈具挙、檀裼暴虎、献于公所、将叔無狃、戒其傷女。賦
叔于田、乗々黄、両服上襄、両驂雁行、叔在藪、火烈具揚、叔善射忌、又良御忌、抑磬控忌、抑縦送忌。同
叔于田、乗々鴇、両服斉首、両驂如手、叔在藪、火烈具」（24オ）阜、叔馬慢忌、叔発罕忌、抑釈棚忌、鬯弓忌。同

14795 とらをうつてもたゆけなくいる弓のたぐひモヨニハタレヲ引マシ
清人在彭、駟介旁々、二予重英、河上乎翱々。賦
々々々消、々々麃々、々々々喬、河上乎逍遥。同
々々々軸、々々陶々、左旋右抽、中軍作好。同

14796 いくさ人いはむかはべにあそびつゝ日をふるほどにはたも朽ぬる
恙裘如濡、洵直且侯、彼其之子、舎命不渝。賦
々々豹飾，孔武有力、彼其之子、邦之司直。同」（24ウ）
々々晏兮、三英粲兮、々々々々、邦之彦兮。同

万六〈千万（ソコバク）の軍なれどもことあげせずとりてきぬべきたけをとぞおもふ〉
女曰鶏鳴、士曰昧旦、子興視夜、明星有爛、将翺将翔、弋凫与雁。賦
弋言加之、与子宜之、宜言飲酒、与子偕老、琴瑟在御、莫不静好。同
知子之来之、雑佩以贈之、知子之順之、雑佩以問之、知子之好之、雑佩以報之。同

14797 鳥なきぬあけくれならし君おきてこよひの空のけしきみよ君
14798 とくおきて君いよとてぞとひかけるかもをやさやにみするあかほし」（25オ）
14799 かもを得ば酒くみかはし琴ひきてあがもふ君とともに老なん
14800 かしこしと君がしたしぶ人あらばかざりの玉もときておくらん
有女同車、顔如舜華、将翺々々、佩王瓊琚、彼美孟姜、洵美且都。賦
有女同行、顔如舜華、将翺々々、佩玉将々、彼美孟姜、徳音不忘。

14801 朝がほの花のものいふ心ちしてみやびしいもがこゑぞわすれぬ
山有扶蘇、隰有荷華、不見子都、乃見狂且。興
山有橋松、隰有游龍、不見子充、乃見狡童。同」（25ウ）

14802 山沢におふる木草はことなるをこのたはれを、何にみつらん
蘀兮々々、風其吹女、叔兮伯兮、倡予和女。興
々々々々、々々漂女、々々々々、々々要女。同

14803 かれてたつかた山岸のひとつ松ふかばたふれんかぜのまに〳〵
万八〈神無月時雨にあへるもみぢばのふかばちりなんかぜのまに〳〵〉
彼狡童兮、不与我言兮、維予之故、使我不能粲兮。賦
彼狡童兮、不与我食兮、維予之故、使我不能息兮。同」（26オ）

万〈たはれをと我はきけるをやどかさず我をかへせりをそのたはれを〉
子恵思我、褰裳渉溱、子不思我、豈無他人、狂童之狂也且。賦
子恵思我、褰裳渉洧、子不思我、豈無他士、狂童之狂也且。

14804 我を君あはれといはゞみよしのゝとこなへはしる川もわたらん
万四〈世中ノヲトメニシアラバワガワタルアナシノ川ヲワタリカネメヤ〉
子之丰兮、俟我乎巷兮、悔予不送兮。賦
子之昌兮、俟我乎堂兮、悔予不将兮。同」（26ウ）
衣錦褧衣、裳錦褧裳、叔兮伯兮、駕予与行。同
々々々裳、衣錦褧衣、々々々々、々々々帰。同

14805 たのめつゝこなたかなたに待しきみとはで過ぬる我ぞくやしき
14806 おりたちて待としりきやうすものにつゝむにしきの色はかくれし
14807 うすものにつゝむにしきの色みても下にむかへをまつとしらなん
東門之墠、茹藘在阪、其室則邇、其人甚遠。賦
東門之栗、有践家室、豈不爾思、子不我即。同

14808 近ながら思はぬ人の中がきはとほき千里のへだてなりけり
古今〈もろこしも夢にみしかば近かりき思はぬ中ぞはるけかりける〉
古今〈人しれぬおもひやなそとあしがきのまぢかけれどもあふよしのなき〉
風雨凄々、鶏鳴喈々、既見君子、云胡不夷。賦
々々瀟々、々々膠々、々々々々、々々々瘳。同

々々如晦、々々不已、々々々、々々喜。同

14809 雨風ははげしけれども君みればのどけき花の春のよのごと」(27オ)
青々子衿、悠々我心、縦我不往、子寧嗣音。賦
々々々佩、々々々思、々々々々、々々々々来。同
挑兮達兮、在城闕兮、一日不見、如三月兮。同

14810 人めおほみ我とはずともとへよ君咲ちる花をかごとにはして

14811 あはぬまの一日もふればあら玉のとしのみとせをへだつるがごと
揚之水、不流束楚、終鮮兄弟、誰予与女、無信人之言、人実迋女。興
揚々々、々々々薪、終々々々、々々二人、無信人之言、人実不信。同」(27ウ)

14812 人ごとをたのむなわがせゆくへなくよどめる水はちりもながさず
出其東門、有女如雲、雖則如雲、匪我思存、縞衣綦巾、聊楽我員。賦
出其闉闍、有女如荼、雖則如荼、匪我思且、縞衣茹藘、聊可与娯。同

万十一〈うちひさすみやちの人はみちゆけど我思ふ君はたゞひとりのみ〉
野有蔓草、零露薄兮、有美一人、清揚婉兮、邂逅相遇、適我願兮。賦而興」(28オ)
野有蔓草、零露瀼々、有美一人、婉如清揚、邂逅相遇、与子偕臧。賦而興

14813 千種さく秋のゝ露の玉さかにあひにあひぬるはなの一とき
溱与洧、方渙々兮、士与女、方秉蕑兮、女曰観、士曰既且、且往観乎、洧之外、洵許且楽、維士与女、伊其相謔、贈之以勺薬。賦而興
溱与洧、瀏其清矣、士与女、殷其盈矣、女曰観乎、士曰既且、且往観乎、洧之外、洵許且楽、維士与女、伊其将謔、贈之以勺薬。賦而興」(28ウ)

14814 君とわがいもせの山の中川の絶じとちぎるけふのうれしさ
催馬楽

斉
鶏既鳴矣、朝既盈矣、匪鶏則鳴、蒼蠅之声。賦
東方明矣、朝既昌矣、匪東方明、月出之光。同
虫飛薨々、甘与子同夢、会且帰矣、無庶予子憎。同

14815 鳥なきぬめさましたまへ我故に君朝いすと人にいはさじ
子之還兮、遭我乎、猺之間兮、並駆従両肩兮、揖我謂我儇兮。賦」(29オ)
子之茂兮、遭我乎、猺之道兮、並駆従両牡兮、揖我謂我好兮。同
々々昌々、々々々、々々陽々、々々々々狼々、々々々々臧兮。賦

14816 山あひにあひてかたみにおふしかのうれしく友におとらざりける
〔一行空白〕
俟我於著乎而、充耳以素乎而、尚之以瓊華乎而。賦
俟我於庭乎而、充耳以青乎而、尚之以瓊瑩乎而。同
俟我於堂乎而、充耳以黄乎而、尚之以瓊英乎而。同

14817 我をまつ君がかざしの玉ゆらもかげはなるべき契ならめや」(29ウ)
東方之日兮、彼妹者子、在我室兮、在我室兮、履我即兮。興
東方之月兮、彼妹者子、在我闥兮、在我闥々、履我発兮。同

14818 行かへりわがあとふみていで入も道をたがへぬいもとせの中
東方未明、顚倒衣裳、顚之倒之、自公召之。賦
々々々晞、々々裳衣、例之顚之、々々令之。同
折柳樊圃、狂夫瞿々、不能晨夜、不夙則莫。比

14819 時ならず君しもめせばさよ中にあけの衣をさかしまにきつ」(30オ)
南山崔々、雄狐綏々、魯道有蕩、斉子由帰、既曰帰止、曷又懐止。比
葛履五両、冠緌双止、魯道有蕩、斉子庸止、既曰庸止、曷又従止。比
芸麻如之何、衡従其畝、取妻如之何、必告父母、既曰告、曷又鞠止。興
析薪如之何、匪斧不克、取妻如之何、匪媒不得、既曰得止、曷又極止。興」(30ウ)

14820 日のめぐる南の山のたかければ道のぬかりぞかはかざりける

14821 つくる人なきにはうねもたて横のくさふとなりてあるゝ麻はた
無田甫田、維莠驕々、無思遠人、労心忉々。比
々々々々、々々桀々、々々々々、々々怛々。比
婉兮孌兮、総角非兮、未幾見兮、突而弁兮。比

14822 田草とる賤も千町の遠つ人思ふおもひの茂きをやしる
盧令々、其人美且仁。賦
盧重環、其人美且鬈。同

々々鋂、其人美且偲。同

14823 かり人もかはるゝ犬もうつくしくをゝしくみえてよにぞこえたる」（31オ）

敝笱在梁、其魚魴鰥、斉子帰止、其従如雲。比

々々々々、々々々鱮、々々々々、々々々雨。同

々々々々、々々唯々、々々々々、々々々水。同

14824 よそにみるあまぞあやしきおくあみにえしもとゞめずあそぶ大うを

載駆薄々、簟茀朱鞹、魯道有蕩、斉子発夕。賦

四驪済々、垂轡濔々、魯道有蕩、斉子豈弟。同

汶水湯々、行人彭々、魯道有蕩、斉子翶翔。同

々々滔々、々々儦々、魯道有蕩、斉子遊敖。同

14825 ゆきかへり心にまかす小車をみちの人めもうらやみやせん」（31ウ）

猗嗟昌兮、頎而長兮、抑若揚兮、美目揚兮、巧趨蹌兮、射則臧兮。賦

猗嗟名兮、美目清兮、儀既成兮、終日射侯、不出正兮、展我甥兮。同

猗嗟孌兮、清揚婉兮、舞則選兮、射則貫兮、四矢反兮、以禦乱兮。同

14826 名もしるく立まふすがたいる弓はあはれ疵なき玉とみえつゝ

魏

糾々葛屨、可以履霜、摻々女手、可以縫裳、要之」（32オ）襋之、好人服之。興

好人提々、宛然左辟、佩其象揥、維是褊心、是以為刺。賦

14827 我らのみいそがしたてゝよき人のみそぬふわざをよそげにぞみる

彼汾沮洳、言采其莫、彼其之子、美無度、美無度、殊異乎公路。興

彼汾一方、言采其桑、彼其之子、美如英、美如英、殊異乎公行。同

彼汾一曲、言采其藚、彼其之子、美如玉、美如玉、殊異乎公族。同」（32ウ）

14828 うつくしきにしきのもすそかゝげつゝ汀のこせりつむはたが子ぞ

園有桃、其実之殽、心之憂矣、我歌且謡、不知我者、謂我士也驕、彼人是哉、子曰何、其心之憂矣、其誰知之、蓋亦勿思。興

園有棘、其実之食、心之憂矣、聊以行国、不知我者、謂我士也罔極、彼人是、子曰何、其心憂、其誰知之、其蓋亦勿思。同

14829 うたふともゝのうれへの身ひとつになれる我ともよそにしらじな

陟彼岵兮、瞻望父兮、父曰嗟予子、行役夙夜無已、上慎旃哉、猶来無止。賦

陟彼屺兮、瞻望母兮、母曰嗟予季、行役夙夜」（33オ）無寝、上慎旃哉、猶来無棄。賦

陟彼岡兮、瞻望兮々、兮曰嗟予弟、行役夙夜必偕、上慎旃哉、猶来無死。同

14830 ちゝ母のたびなる我を思ふらんまつらんさまの面かげにみゆ

万二十〈ちはやぶる神のみさかにぬさまつりいはふ命はおもちゝがため〉

十畝之間兮、桑者閑々兮、行与子還兮。共賦

々々々外兮、々々泄々兮、々々逝々。

14831 故郷にいざもろともにかへりつゝそのゝ草かるわざやまさらん

坎々伐檀兮、寘之河之干兮、河水清且漣猗、不稼不穡、胡取禾三百廛兮、不狩不獵、胡瞻爾庭有県貆兮、彼君子兮、不素餐兮。賦」（33ウ）

坎々伐輻兮、寘之河之側兮、河水清且直猗、不稼不穡、胡取禾三百億兮、不狩不獵、胡瞻爾庭有県特兮、彼君子兮、不素食兮。二三共賦

々々々輪々、々々々々漘々、々々々々淪々、々々々々、々々々々囷々、々々々々、々々々々々鶉々、々々々々、々々飧々。

14832 分こしはやまとことのはよをうみの舟路はいかゞさしてわたらん

14833 うゑもせずかりもをさめぬわがやどにいかではあはのさはにあるべき　唐賦和雅

碩鼠々々、無食我黍、三歳貫女、莫我肯顧、逝将去女、適彼楽土、々々々々、爰得我所。

々々々々、々々々麦、々々々々、々々々徳、々々々々、々々々国、々々々々、々々々直。

々々々々、々々々苗、々々々々、々々々労、々々々々、々々々邦、々々々々、誰之永号。三共比

14834 大ねずみわがむぎはむながうさをゆたけき国に行てわすれん」（34オ）

唐

蟋蟀在堂、歳聿其莫、今我不楽、日月其除、無已大康、職思其居、好楽無荒、良士

瞿々。
々々々々、々々々逝、々々々々、々々々邁、々々々々、々々々外、々々々々、々々
蹶々。
々々々々、役車其休、々々々々、々々々慆、々々々々、々々々憂、々々々々、々々
休々。三共賦

14835 わがゆかに鳴よるきけばきり〳〵すくれ行としをつぐるなるべし
14836 君も我もなりはひにのみ月日へぬいまあそばずはとしもくれなん
14837 遊ぶともほどな過しそうま人はかへりみがちに有とこそきけ
山有樞、隰有楡、子有衣裳、弗曳弗婁、子有車馬、弗馳弗駆、宛其死矣、他人是愉。
々々拷、々々杻、々々廷内、々洒々埽、々々鐘鞁、々鼓々考、々々々々、々々々
保。々々漆、々々栗、々々酒食、何不日鼓瑟、且以楽、且以永日、宛其死矣、〔他
人入室〕。三共興

14838 いける日にあそびたのしめ君しなば君がみことはひとぞひかまし
揚之水、白石鑿々、素衣朱襮、従子于沃、既見君子、云何不楽。」（34ウ）
々々々、々々皓々、々々々繡、々々々鵠、々々々々、云々其憂。
々々々、々々粼々、我聞有命、不敢以告人。三章共比

14839 ながるべきいはねこゞしみ行なやむ山下みづやつひに絶なん
椒聊之実、蕃衍盈升、彼其之子、碩大無朋、椒聊且、遠条且。興而比
々々々々、々々々匊、々々々々、々々且篤、々々々、々々々。興而比

14840 枝たかく茂りさかえてたぐひなくなれるこのみをたれとかはみん」（35オ）
綢繆束薪、三星在天、今夕何夕、見此良人、子兮々々、如此良人何。興
々々々芻、々々々隅、々々々々、々々邂逅、々々々々、々々邂逅々。同
々々々楚、々々々戸、々々々々、々々粲者、々々々々、々粲者々。同」（35ウ）

六帖詠藻　雑六

有杕之杜、其葉湑々、独行踽々、豈無他人、不如我同父、嗟行之人、胡不比焉、人
無兄弟、胡不佽焉。興
有々々々、々菁々、々々睘々、々々々々、々々々々、姓々々々、々々々々、々々
々々、々々々々。同

14841 たのむべき人もなぎさによる波のくだけてひとり物をこそ思へ
〈さゞれ波うきてながるゝうつせ川よるべきいそのなきがさびしさ〉
羔裘豹袪、自我人居々、豈無他人、維子之故。賦
々々々褎、々々々究々、々々々々、々々々好。同」（1オ）
肅々鴇羽、集于苞栩、王事靡盬、不能蓺稷黍、父母何怙、悠々蒼天、曷其有所。比
々々々翼、々々々棘、々々々々、々々々々々、々々々食、々々々々、々々々極。
比（万十四、防人の歌に同意あるべし〔頭書〕）
々々々行、々々々々桑、々々々々、々々々稲粱、々々々嘗、々々々々、々々常。
比（〔詩〕にては賦、歌は直言〔頭書〕）

14842 大きみのみことかしこみ家さかりわがちゝはゝをたれやしなはん
六帖〈大ぞらに我よぶ声もきこえぬに物思ふことになぞといはるゝ〉」（1ウ）
豈曰無衣七兮、不如子之衣、安且吉兮。賦
々々々々六々　々々々々々　々々燠兮。同

14843 なにごとも七のかずの人なみになさんなさじは君がまに〳〵
有杕之杜、生于道左、彼君子兮、噬肯適我、中心好之、曷飲食之。比
（寒山詩初心菩薩此意アリ〔頭書〕）
々々々々、々々々周、々々々々、々々来遊、々々々々、々々々々。比

14844 いかにせんおもにおふべきおほごともまたならしばのしもとがちにて歌にて諷〔頭書〕」（2オ）
双六歌
朱書一首は、拾遺集第十九雑恋歌也。異本順家集以右古歌配四行、」（2ウ）以自詠
造作双六盤面。其形、如斯。但右歌有小異。今依拾遺改之。習古人跡、更以愚詠綴

之。和歌、都而十五首。」（3オ）

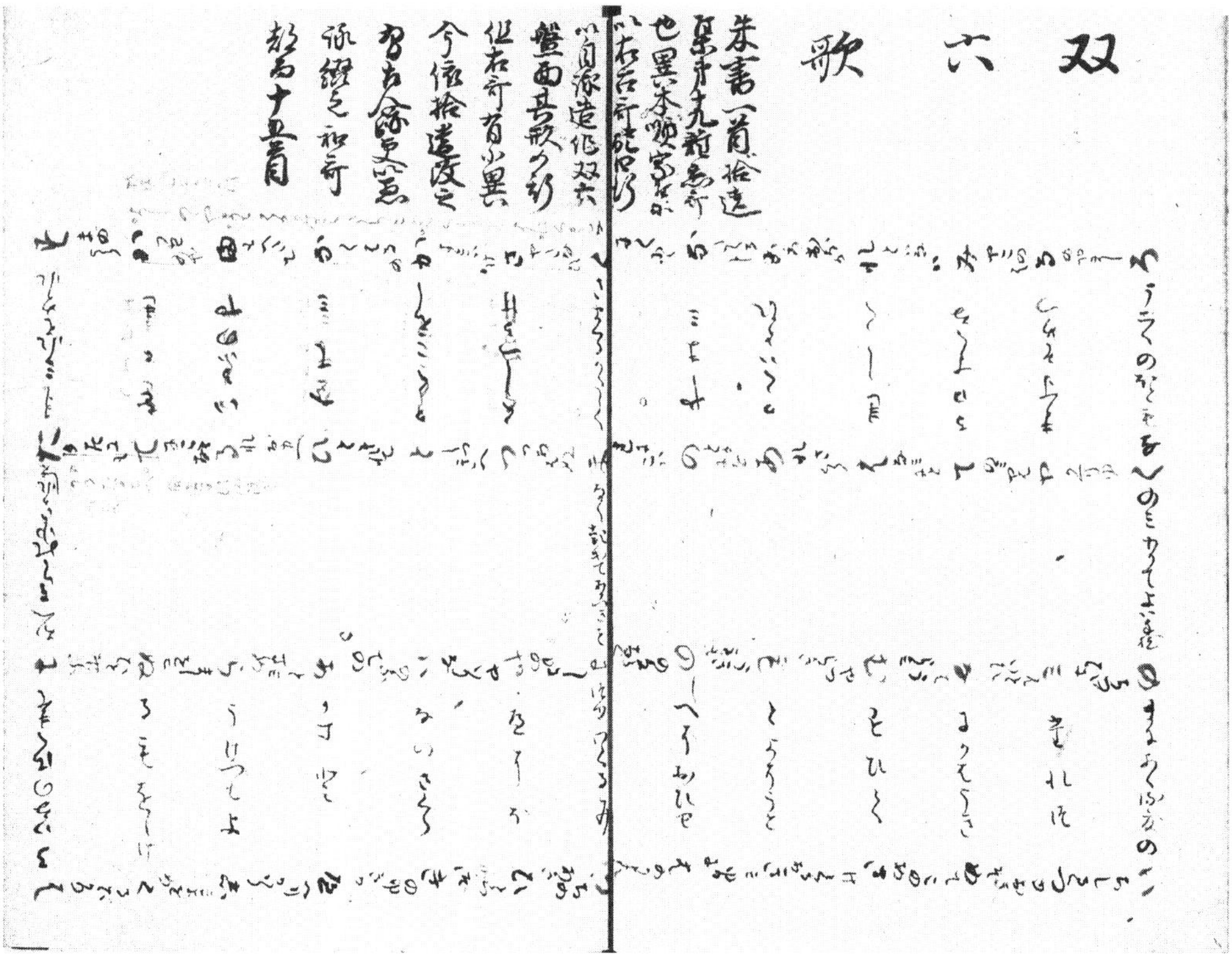

依難見分、更載之

14845 すまのうらはつせの山もへだてなくはるのかすみはけさやたな引
14846 くに〳〵に名だゝる所おほかれど花はみやこのはるのやましろ
14847 ろうこくのほどもなくのみもりて夜は手枕のまに明る夏のひ
14848 いちしるく霜おき初てこの朝けくる秋みゆる庭のかよひぢ
14849 ちゞの秋ひとつの月の行かへりかはらじみよをめぐるひかりは
14850 はる花の咲までにほへ木々の雪かれし枝にもみればめかれず」（3ウ）
14851 鷹だにもてにこそなるれ思へ人それてとし月へつゝあはぬま
14852 まれにこばのどかにをあれさくら花みにとてのみやはやかへり行
14853 のちつひにみんといひなばうらみんやつらきもうきも物ならなくに
14854 にしに日のやゝ入なばの筆のあとみずあらましをこぬ人おもふに
14855 草枕かたしくまなくおき出て暁ごとにつゆわくるみち
14856 手をればるい〳〵の山日へてみなとかくこえしかつくしつるけさ」（4オ）
14857 野山みなあかくはとひこはれしぐれてる日すくなみやまず染つる
14858 みだれつゝなにかはうきめむすびぐさもとよにうときのべに生せば
14859 八重にほひ花のさくらぎあかずとへ朧月もよしぬるもをしけく

異本順集所載双六歌

〈すぐろくのいちば（拾遺、たてる）にかへるひとつむま（拾遺にはひとつま、つの字、うを生ず。馬のかな、うま也。人妻（にかけたり））のあはでやみなんものにやはらぬ（ハ、あを生ず。詞意同拾遺。）〉」（4ウ）

馬とは石なり。清少納言枕草紙、つれ〴〵なるもの、馬おりぬすぐ六云々

としへてうたみする人の、たび〳〵あらぬことを心得たがひたるに、かい付つかはす

14860 みち遠しさのみさゞれにつまづかば千里をいつか分んとすらん」（5オ）

葛生蒙楚、蘞蔓于野、予美亡此、誰与独処。興
々々棘、々々于域、々々々、々々々息。同
角枕粲兮、錦衾爛兮、予美々々、々々々旦。賦
夏之日、冬夜、百歳之後、帰于其居。同
冬之夜、夏日、々々々、々々々室。同

（万十一〈敷たへの枕せし人ことゝへやその枕には苔生にけり〉（頭書））

14861 のべにはふ葛もうばらにかゝれるをたれとゝもにかあかしくらさん

14862 つの、まくらあやのふすまはいまもあれど君なき床にひとりねましや

14863 つかふりてかべおひんよやかへりきて哀ときみが我をとはまし

采苓々々、首陽之巓、人之為言、苟亦無信、舍旃々々、苟亦無然、人之為言、胡得焉。比」（5ウ）

采苦々々、首陽下、人之為言、苟亦無与、舍旃々々、苟亦無然、人之為言、胡得焉。比

采葑々々、首陽東、人之為言、苟亦無従、舍旃々々、苟亦無然、人之為言、胡得焉。比

14864 はつわらびをりなつかしき人ことをたのむなわがせ誠なきよぞ

秦

有車鄰々、有馬白顚、未見君子、寺人令。賦

阪有漆、隰有栗、既見君子、並坐鼓瑟、今」（6オ）者不楽、逝者其耋。興

阪有桑、隰有楊、既見君子、並坐鼓簧、今者不楽、逝者其亡。

14865 時過ば身こそ老なめあひがたき君にあふときたのしめや人

駟驖孔阜、六轡在手、公之媚子、従公于狩。賦

奉時辰牡、辰牡孔碩、公曰左之、舍抜則獲。同

遊于北園、四馬既閑、輶車鸞鑣、載検歇驕。同

14866 馬車あふさきるさに行めぐりてにまかせたる君があさかり

14867 我君がみ言のまゝにはなつ矢のはなつごとにもうるえものかな」（6ウ）

小戎俴收、五楘梁輈、遊環脅駆、陰靷鋈続、文茵暢轂、駕我騏馵、言念君子、温其如玉、在其板屋、乱心曲。賦

四牡孔阜、六轡在手、騏駵是中、騧驪是驂、龍盾之合、鋈以觼軜、言念君子、温其在邑、方何為期、胡然我念之。同

俴駟孔群、厹矛鋈錞、蒙伐有苑、虎韔鏤膺、交韔二弓、竹閉緄縢、言念君子、載寝載興、厭々良人、秩々徳音。同」（7オ）

14868 わすれめやたけくやさしきわがせこが軍だちせし朝の面かげ

14869 大君のみことかしこみいくさすとひなの里もやわがせはあらん

蒹葭蒼々、白露為霜、所謂伊人、在水一方、遡洄従之、道阻且長、遡遊従之、宛在水中央。賦

々々凄々、々々未晞、々々々々、々々之湄、々々々々、々々々躋、々々従之、々々々坻。同

々々采々、々々々已、々々々々、々々之涘、々々々々、々々々右、々々々々、々々々沚。同

万十三〈泉川わたるせ深み我せこがたびゆく衣ぬれぬらんかも〉

14870 とめゆけどあふごなぎさのあしのはも霜にかれゆく水のをちかた

万十五〈うるはしとわがもふいもを山川を中にへだてゝやすけくもなし〉

終南何有、有条有梅、君子至止、錦衣狐裘、顔如渥丹、其君也哉。興」（7ウ）

々々々々、々紀有堂、々々々々、黻衣繡裳、玉佩将々、寿考不忘。

14871 春山に花さくがごとあやにしきつゝいませし君がおもかげ

日本紀第一〈あか玉のひかりはありと人はいへど君がよそひしたうとく有けり〉

交々黄鳥、止于棘、誰従穆公、子車奄息、維此奄息、百夫之特、臨其穴、惴々其慄、彼蒼者天、殲我良人、如可贖兮、人百其身。興

々々々々、々々桑、々々々々、々々仲行、々々仲行、々々々防、々々々々、々々々々、々々々天、々々々々、々々々々、々々々々々。同」（8オ）

々々々々、々々楚、々々々々、々々鍼虎、々々鍼虎、々々々禦、々々々々、々々々々、々々々々、々々々々、々々々々々。同

14872 身にかへてをしむにとまる物ならば花はあらしにまかせざらまし

鴥彼晨風、鬱彼北林、未見君子、憂心欽々、如何々々、忘我実多。

山有苞櫟、隰有六駁、未見君子、憂心靡楽、如何々々、忘我実多。

々々々棣、々々樹檖、々々々々、々々如酔、々々々々、々々々々。三章共興

14873 夏深き山沢もかくしげらめや人の心のわれわすれぐさ

豈曰無衣、与子同袍、王于興師、修我戈矛、与子同仇。

々々々々、々々々沢、々々々々、々々予戟、々々偕作。
々々々々、々々々裳、々々々々、々々甲兵、々々々々。三章共賦」（8ウ）

14874 君のあだはいまし我らがあだなれば我弓たてもいざともにせん
我送舅氏、曰至渭陽、何以贈之、路車乗黄。賦
々々々々、悠々我思、々々々々、瓊瑰玉佩。同
伊物〈あかねどもいはにぞこふる色みえぬこゝろをみせんよしのなければ〉
於我乎、夏屋渠、今也毎食無余、于嗟乎、不承権輿。賦
々々々、毎食四簋、々々々不飽、々々々、々々々々。同」（9オ）

14875 うすくなる君がめぐみにもとよりの身の愚さぞ更にしらるゝ
拾遺〈いにしへはをそれりしかどわびぬればとねりがきぬも今はきつらし〉
陳　注其地広平無名山大川々々
子之湯兮、宛丘之上兮、洵有情兮、而無望兮。
坎其撃鼓、宛丘之下、無冬無夏、値其鷺羽。
坎其撃缶、宛丘之道、々々々々、々々々翿。三章共賦

14876 つゞみうつ声こそたぐへ夏冬もわかずあそびの岡の松風　遊岡　大和　夫木二十一」（9ウ）
東門之枌、宛丘之栩、子仲之子、婆々其下。
穀旦于差、南方之原、不績其麻、市也婆々。
穀旦于逝、越以鬷邁、視爾如荍、貽我握椒。三章共賦

14877 麻もうまず田をもつくらで思ふどちをかべ野原に遊ぶたのしさ
衡門之下、可以棲遅、泌之洋々、可以楽飢。
豈其食魚、必河之魴、豈其取妻、必齊之姜。
々々々々、々々々鯉、々々々々、々宋々子。三章共賦

14878 よばなれて物にきそはぬわが門のいさゝ小川に心をぞやる」（10オ）
東門之池、可以漚麻、彼美淑姫、可与晤歌。
々々々々、々々々紵、々々々々、々々々語。
々々々々、々々々菅、々々々々、々々々言。三章共賦

14879 契つるひがしのいけのいひしにもたがはであへるけふの嬉しさ
東門之楊、其葉牂々、昏以為期、明星煌々。
々々々々、々々肺々、々々々々、々々晢々。二章共賦

14880 たのまじよ夕ぐれをこそ契つれあかほしいづる比までもこぬ
墓門有棘、斧以斯之、夫也不良、国人知之、知而不已、誰昔然矣。」（10ウ）
々々々梅、有鴞萃止、々々々々、歌以訊之、訊予不顧、顛倒思予。注或曰訊予予疑当依前章作而字　二章共興

14881 あしといへどきかずがほして風ふけばとふしかくふしみだれてや思ふ
防有鵲巣、卭有旨苕、誰侜予美、心焉忉々。
中唐有甓、卭有旨鷊、々々々々、々々惕々。二章共興
古今〈露ならぬ心を花におき初て風ふくごとにもの思ひぞつく〉
月出皎兮、佼人僚兮、舒窈糾兮、労心悄兮。
々々皓々、々々懰々、々懮受々、々々慅々。」（11オ）
々々照々、々々燎々、々夭紹々、々々惨々。三章共興

14882 みぬよはゝやみにぞまどふ久かたの月にたぐひし人の面かげ
万十〈秋夜の月かも君は雲がくれしばしもみねばこゝだこひしき〉
胡為乎株林、従夏南、匪適株林、従夏南。
駕我乗馬、説于株野、乗我乗駒、朝食于株。二章共賦

14883 あそぶとて野べに林にくることはこゝにくらして君をみんため
彼沢之陂、有蒲与荷、有美一人、傷加之何、寤寐無為、涕泗滂沱。
彼沢之陂、有蒲蘭、有美一人、碩大且」（11ウ）巻、寤寐無為、中心悁々。
彼沢之陂、有蒲菡萏、有美一人、碩大且儼、寤寐無為、輾轉伏枕。三章共興

14884 かくれぬに生るはちすのかぐはしく清光もしる人ぞなき
檜　注祝融之墟為鄭桓公所滅　蘨氏以為檜詩皆為鄭佐如邶鄘之於衛也
羔裘逍遥、狐裘以朝、豈不爾思、労心忉々。
々々翺翔、々々在堂、々々々々、我心憂傷。
々々如膏、日出有曜、々々々々、中々是悼。三章共賦」（12オ）
庶見素冠兮、棘人欒々兮、労心慱々兮。
々々々衣々、我心傷悲兮、聊与子同帰兮。

々々々韡々、々々藴結兮、々々々如一兮。三章共賦
14885 藤衣きる人あらばよをなげく袖のなみだの色をくらべん
隰有萇楚、猗儺其枝、夭之沃々、楽子之無知。
隰有萇楚、猗儺其華、夭之沃々、楽子之無家。
々々々々、々々々実、々々々々、々々々室　三章共賦」（12ウ）
14886 うらやましみつぎますべき家もなく心もなくてしげる草木は
匪風発兮、匪車偈兮、顧瞻周道、中心怛兮。賦
々々飄兮、々々嘌々、々々々々、々々弔々。同
誰能亨魚、漑之釜鬵、誰将西帰、懐之好音。興
14887 むな車とゞろくたびにかへりみてあとしのばる、たかきよのみち
曹
蜉蝣之羽、衣裳楚々、心憂矣、於我帰処。
々々々翼、采々衣服、々々々、々々々息。三共比
々々堀閲　麻衣如雪、々々々、々々々説。」（13オ）
彼候人兮、何戈与祋、彼其之子、三百赤芾。興
維鵜在梁、不濡其翼、彼其之子、不称其服。同
々々々々、々々々味、々々々々、々遂々媾。同
薈兮蔚兮、南山朝隮、婉兮孌兮、季女斯飢。比
14888 藤かづらまがれる人はさかえつゝ直きはかれてすぎがたのよや」（13ウ）
鳲鳩在桑、其子七兮、淑人君子、其儀一兮、其儀一兮、心如結兮。
々々々々　々々在梅　々々々々　々帯伊糸、其帯伊糸、其弁伊騏。
々々々々　々々在棘　々々々々　々儀不忒　其儀不忒、正是四国。
々々々々、々々在榛、々々々々、正是国人、正是国人、胡不万年。四章共興」（14オ）
14889 もゝに千にわくとはすれどうま人の心ひとつぞつねにたがはぬ
万六〈なかとなる沖つかりしまおくまへて我おもふ君は千とせにもかも〉
冽彼下泉、浸彼苞稂、愾我寤嘆、念彼周京。
々々々々、々々々蕭、々々々々、々々々々。

々々々々、々々々蓍、々々々々、々々々師。
芃々黍苗、陰雨膏之、四国有王、郇伯労之。四章共比而興
14890 心ゆくこともなきねにみし夢の覚てぞしたふふるきよの道」（14ウ）
豳
七月流火、九月授衣、一之日觱発、二之日栗烈、無衣無褐、何以卒歳、三之日于耜、
四之日挙趾、同我婦子、饁彼南畝、田畯至喜。賦
七月流火、九月授衣、春日載陽、有鳴倉庚、女執懿筐、遵彼微行、爰求柔桑、春日
遅々、采蘩祁々、女心傷悲、殆及公子同帰。同
七月流火、八月萑葦、蠶月条桑、取彼」（15オ）斧斨、以伐遠楊、猗彼女桑、七月鳴
鵙、八月載績、載玄載黄、我朱孔陽、為公子裳。賦
四月秀葽、五月鳴蜩、八月其穫、十月隕蘀、一之日于貉、取彼狐狸、為公子裘、二
之日其同、載纘武功、言私其豵、献豜于公。同
14891 夏くれてすゞしくなりぬ神無月衣かふべきそのいそぎせむ
14892 こかふよりいと引まゆの日をそへしおりたち君がみそにぬふまで
14893 春の田におくるかれいひはこぞの秋をさめし民のいねにやはあらぬ
14894 霜さむしいざきつねかりわが君が冬をしのがん皮ごろもせん
14895 つきせめや氷のためしうすからぬきみがめぐみの年にそふよは」（15ウ）
五月斯螽動股、六月莎鶏振羽、七月在野、八月在宇、九月在戸、十月蟋蟀、入我牀
下、穹窒熏鼠、塞向墐戸、嗟我婦子、曰為改歳、入此室処。賦
六月食鬱及薁、七月亨葵及菽、八月剥棗、十月穫稲、為此春酒、以介眉寿、七月食
瓜、八月断壺、九月叔苴、采荼薪樗、食我農夫。
九月築場圃、十月納禾稼、黍稷重穋、禾麻」（16オ）菽麦、嗟我農夫、我稼既同、上
入執宮功、昼爾于茅、宵爾索綯、亟其乗屋、其始播百穀。同
二之日鑿氷冲々、三之日納于凌陰、四之日其蚤献羔祭韭、九月粛霜、十月滌場、朋
酒斯饗、曰殺羔羊、躋彼公堂、称彼兕觥、万寿無疆。同
14896 きり〴〵すわがゆかのへに鳴よりぬ北まどふさげとしもくれなん
14897 酒にかむ稲のたらずはこん春の老のよはひをなに、たすけん

14898 宮つくるゐたちをたれかかなしまんむぎあはひえもゆたかなるみよ
万十〈秋田かるかり庵つくり我をれば衣でさむし露置にけり〉」(16ウ)

鴟鴞々々、既取我子、無毀我室、恩斯勤斯、鬻子之閔斯。比
迨天之未陰雨、徹彼桑土綢繆牖戸、今女下民、或敢侮予。同
予手拮据、予所将荼、予所蓄租、予口卒瘏、曰予未有室家。同
予羽譙々、予尾翛々、予室翹々、風雨所漂揺、予維音嘵々。同」(17オ)
我往東山、慆々不帰、我来自東、零雨其濛、我東曰帰、我心西悲、制彼裳衣、勿士行枚、蜎々者蠋、烝在桑野、敦彼独宿、亦在車下。賦
我徂東山、慆々不帰、我来自東、零雨其濛、果臝之実、亦施于宇、伊威在室、蠨蛸在戸、町畽鹿場、熠燿宵行、不可畏也、伊可懐也。同
我徂東山、慆々不帰、我来自東、零雨其濛、」(17ウ)鸛鳴于垤、婦嘆于室、洒掃穹窒、我征聿至、有敦瓜苦、烝在栗薪、自我不見、于今三年。同
四　我々々々、々々々々、々々々々、々々々々、倉庚于飛、熠燿其羽、之子于帰、皇駁其馬、親結其縭、九十其儀、其新孔嘉、其旧如之何。同

14899 我かへるたびのながめにぬれ〳〵てうかりし心いつかわすれん

14900 からすうりなれる軒端のあれまくをみればねにこそまづなかれけれ

14901 みとせへしやどりはむしのすみかにて庭はをじかのふしどゝぞなる

既破我斧、又欠我斨、周公東征、四国是皇、哀我人斯、亦孔之将。」(18オ)
既破我斧、又欠我錡、周公東征、四国是吪、哀我人斯、亦孔之嘉。
既々々々、々々々銶、々々々々、々々々遒、哀々々々、々々々休。三章共賦

14902 我たちはをれよくだけよ四方つくにをさめさだむる君がみいくさ

14903 君といへば身をもをしまずつるぎはのかけくだくるを何かいとはん

伐柯如何、匪斧不克、取妻如何、匪媒不得。
伐柯々々、其則不遠、我遘之子、籩豆有践。共比

14904 あたらしく斧のえずけは石上古をのゝえにならひてをきれ」(18ウ)

14905 家刀自を定むとならばみつくりの中人たてゝ聞えつがなん
右二首を以意を具す。

九罭之魚、鱒魴、我覯之子、衮衣繡裳。興
鴻飛遵渚、公帰無所、於女信処。同
々々々陸、々々不復、々々々宿。同
是以有衮衣兮、無以我公帰兮、無使我心悲兮。賦

14906 いづくにか君ゆかざらんしかはあれどこゝにをいませ我をゝしへて

狼跋其胡、載疐其尾、公孫碩膚、赤舄几几。」(19オ)
狼疐其尾、載跋其胡、公孫碩膚、徳音不瑕。

14907 天がしたすべをさむるも君ひとり行もかへるもさぞないとなき

小雅　雅正也正楽之歌也其篇有大小之殊而先儒説又各有正変之別以今考之正小雅燕饗之楽也正大雅会朝之楽受釐陳戒之辞也故或歓欣和悦以尽群下之情或恭敬斉荘以発先王之徳詞気不同音節亦異。」(19ウ)

呦々鹿鳴、食野之苹、我有嘉賓、鼓瑟吹笙、吹笙鼓簧、承筐是将、人之好我、示我周行。興
々々々々、々々々蒿、々々々々、徳音孔昭、視民不恌、君子是則是傚、我有旨酒、嘉賓式燕以敖。同
々々々々、々々芩、々々々々、鼓瑟鼓琴、鼓瑟鼓琴、和楽且湛、我有旨酒、以燕楽嘉賓之心。同

14908 よき人を待えしけふの歓にわがむま酒をまづぞすゝむる

14909 ことひきて君が心をなぐさめん正しき道をわれにつたへよ

四牡騑々、周道倭遅、豈不懐帰、王事靡盬、我心傷悲。賦」(20オ)
四牡騑々、嘽々駱馬、豈不懐帰、王事靡盬、不遑啓処。賦
翩々者鵻、載飛載下、集于苞栩、王事々々、々々将父。興
々々々々、々々々止、々々々杞、々々々々、々々々母。同
駕彼四駱、載驟駸々、豈不懐帰、是用作歌、将母来諗。賦

14910 君のため人をもとむとはるかなるたび路ゆくらん心をぞ思ふ

14911 つとよはに君につかふとちゝ母をやしなふひまもなきぞ悲しき

14912 君が為身をやわすれし汝が家を思はぬひまもあらざめとも

万十九〈ますらをは名をしたつべし後世にきゝつぐ人もかたりつぐかに〉
皇々者華、于彼原隰、駪々征夫、毎懐靡及。興
我馬維駒、六轡如濡、載馳載驅、周爰咨諏。賦
々々々騏、々々々糸、々々々々、々々々謀。同」（20ウ）
々々々駱、々々沃若、々々々々、々々々度。同
々々々駰、々々既均、々々々々、々々々詢。同

14913 とくはせて君が心のゆくばかり心づかひをする人やたれ
万三〈もののふのさかしき人は大きみのいひのまに〳〵きくといふものぞ〉
同六〈ますらをのゆくといふみちぞおほそかにおもひてゆくなますらをのとも〉
常棣之華、鄂不韡々、凡今之人、莫如兄弟。興
死喪之威、兄弟孔懐、原隰裒矣、兄弟求矣。賦
脊令有原、兄弟急難、毎有良朋、况也永歎。興
兄弟鬩于牆、外禦其務、毎有良朋、烝也無戎。賦
喪乱既平、既安且寧、雖有兄弟、不如友生。同
儐爾籩豆、飲酒之飫、兄弟既具、和楽且孺。同
妻子好合、如鼓瑟琴、兄弟既翕、和楽且湛。賦」（21オ）
宜爾室家、楽爾妻帑、是究是図、亶其然乎。同

14914 かすがのゝはらからこそは世中のうき田のもりのなげきをもとへ

14915 うち〳〵はせめ（促微）はたる（日本紀）ともよそ人にわがせの君をあなつら（軽）せめや
伐木丁々、鳥鳴嚶々、出自幽谷、遷于喬木、嚶其鳴矣、求其友声、相彼鳥、猶求友声、矧伊人矣、不求友生、神之聴之、終和且平。興
伐木許々、釃酒有藇、既有肥羜、以速諸父、寧適不来、微我弗顧、於粲酒埽、陳饋八簋、既有肥牡、以」（21ウ）速諸舅、寧適不来、微我有咎。同
伐木于阪、釃酒有衍、籩豆有践、兄弟無遠、民失徳、乾餱以愆、有酒湑我、無酒酤我、坎々鼓我、蹲々舞我、迨我暇矣、飲此湑矣。同
小注云湑我湑之也此八字倒下ノ句法可見古文妙。

14916 鶯も友もとむなりいかでかはしたしき人の家をわすれん
万十四〈かみつけのさのゝくゝたちをりはやし我はまたんゑことしこずとも〉
万四〈君の為したみし酒をやすのゝにひとりやのまん友なしにして〉
天保定爾、亦孔之固、俾爾単厚、何福不除、俾爾多益、以莫不庶。賦
天保定爾、俾爾戩穀、罄無不宜、受天百禄、降爾遐福、維日不足。同」（22オ）
天保定爾、以莫不興、如山如阜、如岡如陵、如川之方至、以莫不増。同
吉蠲為饎、是用孝享、禴祠烝嘗、于公先王、君曰卜爾、万寿無疆。同
神之弔矣、詒爾多福、民之質矣、日用飲食、群黎百姓、徧為爾徳。同
如月之恒、如日之升、如南山之寿、不騫不崩、如松柏之茂、無不爾或承。同

14917 天つかみ神君（ママ）にさづくる幸おほみあまりて民もたゝぬことなし
古今〈万代を松にぞ君をいはひつる千とせのかげにすまんと思へば〉」（22ウ）
采薇々々、薇亦作止、曰帰々々、歳亦莫止、靡室靡家、玁狁之故、不遑啓居、玁狁之故。興
采々々々、々々柔々、々々々々、心亦憂止、憂心烈々、載飢載渇、我戍未定、靡使帰聘。同
采々々々、々々剛々、々々々々、歳亦陽止、王事靡盬、不遑啓居、憂心孔疚、我行不来。同
彼爾維何、維常之華、彼路斯何、君子之車、戎車既駕、四牡業々、豈敢定居、一月三捷。同」（23オ）
駕彼四牡、々々騤々、君子所依、小人所腓、四牡翼々、象弭魚服、豈不日戒、玁狁孔棘。賦
昔我往矣、楊柳依々、今我来思、雨雪霏々、行道遅々、載渇載饑、我心傷悲、莫知我哀。同

14918 まつろはぬ（不順）ゑみし（蝦夷）ゝなくは東ぢのみちのおくにもとしくらさめや

14919 象のゆはづとゞのやなぐひとゝのひしすべらみくさ（皇軍）のかたざらめやは
我出我車、于彼牧矣、自天子所、謂我来矣、召彼僕夫、謂之載矣、王事多難、維其棘矣。賦」（23ウ）
我々々々、々々郊矣、設此旐矣、建彼旄矣、彼旟旐斯、胡不旆々、憂心悄々、僕夫

况瘁。　同
王命南仲、往城于方、出車彭々、旂旐央々、天子命我、城彼朔方、赫々南仲、玁狁于襄。　同
昔我往矣、黍稷方華、今我来思、雨雪載塗、王事多難、不遑啓居、豈不懐帰、畏此簡書。　同
喓々草虫、趯々阜螽、未見君子、憂心忡々、既見君子、我心則降、赫々南仲、薄伐西戎。　同
春日遅々、卉木萋々、倉庚喈々、采蘩祁々、」（24オ）執訊獲醜、薄言還帰、赫々南仲、玁狁于夷。　同

14920 うまやをさ（長人）馬とくいだせ大きみのみことかしこしをこたるなゆめ（勿漫努力）
14921 風におごく（動）をかべのはたのやすけなみいくさの君（良将）の心をぞ思ふ
14922 大君のみことのまゝにさかしきに城つくりはてぬあだはらふめり
14923 西に又かへす軍に雨雪のぬかりとなれるみちのくるしさ
14924 あだうちて春日にかへるせなみれば我心さへうらゝにぞなる

有杕之杜、有睆其実、王事靡盬、継嗣我日、日月陽止、女心傷止、征夫遑止。

々々々々、其葉萋々、々々々々、我心傷悲、卉木萋止、々々悲止、々々帰止。

陟彼北山、言采其杞、々々々々、憂我父母、」（24ウ）檀車幝々、四牡痯々、征夫不遠。

匪載匪来、憂心孔疚、期逝不至、而多為恤、卜筮偕止、会言近止、征夫邇止。　四章共賦

14925 人もいふうらにもよくありいくさ人（士卒）かへる家ぢや近づきぬらん

南陔、白華、華黍
注云笙詩也有声無詞云々」（25オ）
魚麗于罶、鱨鯊、君子有酒、旨且多。
々々々々、魴鱧、々々々々、多々旨。
々々々々、鰋鯉、々々々々、旨且有。　三章共賦
物其多矣、維其嘉矣。
物其旨矣、維其偕矣。
々々有矣、々々時矣。　三章共賦

14926 ゆかにみつよき酒肴たが為ぞ人の為よき君がためなり

由庚　此亦笙詩
南有嘉魚、烝然罩々、君子有酒、嘉賓式燕以楽。」（25ウ）
々々々々、々々汕々、々々々々、々々々々衎。
々有樛木、甘瓠累之、々々々々、々々々々綏之。
翩々者鵻、烝然来思、々々々々、々々々々又思。　四共興
崇丘
南山有台、北山有莱、楽只君子、邦家之基、楽只君子、万寿無期。
南山有桑、北山有楊、楽只君子、邦家光、」（26オ）楽只君子、万寿無疆。
南山有杞、北山有李、楽只君子、民之父母、楽只君子、徳音不已。
々々々栲、々々々杻、々々々々、遐不眉寿、々々々々、々々是茂。
々々々枸、々々々楰、々々々々、遐不黄耇、々々々々、保艾爾後。　五章共興

万四〈春草は後はかれやすしいはほなすときはにいませかしこき我君〉
14927 いにしへのしづはた帯のむすびたれたれといふとも君にはまさじ
14928 うま人はくにのひかりと天地の神ぞまもりて久にまさせん

由儀
蓼彼蕭斯、零露湑兮、既見君子、我心写兮、燕笑語兮、是以有誉処兮。」（26ウ）
々々々々、零々瀼々、々々々々、為龍為光、其徳不爽、寿考不忘。
々々々々、々々泥々、々々々々、孔燕豈弟、宜兄宜弟、令徳寿豈。
々々々々、々々濃濃、々々々々、鞗革沖沖、和鸞雝雝、万福攸同。　共興

14929 心さへまづぞうつろふ露しげみゑみ（笑）さかえ（栄）たる月草のはな
14930 うま人のをさむるよものくにに民のもれぬ恵みにあふぞ楽しき

湛々露斯、匪陽不晞、厭々夜飲、不酔無帰。

々々々々、在彼豊草、々々々々、在宗載考。

々々々々、々々杞棘、顕允君子、莫不令徳。」（27オ）

其桐其椅、其実離々、豈弟君子、莫不令儀。四共興

14931 うま人（君子）のうたげ（宴）はさよも更ぬれどゑまひふるまひ露もみだれぬ
いとしづかなる夕、このあたりみんとて、まづ安養寺にまうづ。本尊は薬師仏とき
けば、ぬかづくとて、

14932 さらばうき身をやすくこそやしなはめむしのやまひをゝこたらしませ
このかねの、いつもあはれと聞ゆることゝおもひて、鐘楼によりてみる。元禄とし
るせり。いかばかり古きにもあらねど、声の凡ならぬは、工の心おきてもいとゆか
し。」（27ウ）

14933 このかねを聞そめしより明くらし世をうづまさにみとせをそへし
明くれ、みちに心をすゝむれど、心のつたなきはその詮もなきことなど思ひて、

14934 明くれにねにはなけどもおろかなる身はあはれともきく人ぞなき
中ざとゝいふ所は、さながらたかむらの中にて、人すみげにもみえぬほそみちをゆ
けば、此里あり。

14935 うづまさの竹のはやしの中里はよにかくるべきすみかなりけり
その南、大石むらあり。翁のよろぼひありく身のたぐひも、いと哀にて、

14936 老てよに住えがたくもみゆる哉引人もなき大石の里
東に市川といふ里あり。名にはいへど、川もみえねば、」（28オ）

14937 里の名にながれてたえぬ市川の早くのよこそしらまほしけれ
彤弓弨兮、受言蔵之、我有嘉賓、中心貺之、鐘皷既設、一朝饗之。
々々々々、々々載々、々々々々、々々喜々、々々々々、々々右々。
々々々々、々々櫜々、々々々々、々々好々、々々々々、々々醻々。三章共賦

14938 本末もあかき心（キヨ・赤心）をみそなひてたまはる弓のいろもかしこし」（28ウ）
菁々者莪、在彼中阿、既見君子、楽且有儀。興
々々々々、々々々沚、々々々々、我心則喜。同
々々々々、々々々陵、々々々々、錫我百朋。同
汎々楊舟、載沈載浮、々々々々、我心則休。比
万十二〈梓弓末中ためてゆかざりし君にはあひぬなげきはやめん〉

六月棲々、戎車既飭、四牡騤々、載是常服、玁狁孔熾、我是用急、王于出征、以匡
王国。
比物四驪、閑之維則、維此六月、既成我服、我服既成、于三十里、王于出征、以佐
天子。」（29オ）
四牡脩広、其大有顒、薄伐玁狁、以奏膚公、有厳有翼、共武之服、共武之服、以定
王国。
玁狁匪茹、整居焦穫、侵鎬及方、至于涇陽、織文鳥章、白旆央々、元戎十乗、以先
啓行。
戎車既安、如軽如軒、四牡既佶、々々且閑、薄伐玁狁、至于大原、文武吉甫、万邦
為憲。
吉甫燕喜、既多受祉、来帰自鎬、我行永久、飲御諸友、炰鼈膾鯉、候誰在、張仲孝
友。共賦

14939 とくいだすすべらみくさは常のゝり正しければぞはたもみだれぬ

14940 国とほくあだをしぞけし〔ママ〕」（29ウ）
薄言采芑、于彼新田、于此菑畝、方叔涖止、其車三千、師干之試、方叔率止、乗其
四騏、四騏翼々、路車有奭、簟第魚服、鉤膺鞗革。興
々々々々、々々々々、々々中郷、々々々々、々々々々、旂旐央々、々々々々、約軝
錯衡、八鸞瑲々、服其命服、朱芾斯皇、有瑲葱珩。同
鴥彼飛隼、其飛戾天、亦集爰止、方叔涖止、其車三千、師干之試、方叔率止、鉦人
伐鼓、陳師鞠旅、顕允方叔、伐鼓淵々、振々闐々。同」（30オ）
蠢爾蛮荊、大邦為讎、方叔元老、克壮其猶、方叔率止、執訊獲醜、戎車嘽々、々々
焞々、如霆如雷、顕允方叔、征伐玁狁、蛮荊来威。賦

14941 雲のごとなびけるはたにをのゝき（振怖）てまうくる（昇来）あだやいのちをしけん
我車既攻、我馬既同、四牡龐々、駕言徂東。

田車既好、四牡孔阜、東有甫草、駕言行狩。

之子于苗、選徒囂々、建旐設旄、搏獣于敖。

駕彼四牡、々々奕々、赤芾金舄、会同有繹。」（30ウ）

決拾既佽、弓矢既調、射夫既同、助我挙柴。
四黄既駕、両驂不猗、不失其馳、舍矢如破。
蕭々馬鳴、悠々旆旌、徒御不驚、大庖不盈。
之子于征、有聞無声、允矣君子、展大成。　八章共賦
万一〈玉きはるうちの大野に馬なべてあさふますらんそのくさぶけの〉
万四〈足引の山にも野にもみかり人とも（得物矢）やたばさみみだれたるみゆ〉
14942 と、のひし君がみかりは武士のはなつやすじの露もたがはぬ
14943 出る日の東のみやこふるきよのひかりをみするけふのたうとさ
六帖〈さがの山みゆき絶にしせり川ののべの古みちあとはありけり〉
吉日維戊、既伯既禱、田車既好、四牡孔阜、升彼大阜、従其群醜。
吉日庚午、既差我馬、獣之所同、麀」（31オ）鹿麌、漆沮之従、天子之所。
瞻彼中原、其祈孔有、儦々俟々、或群或友、悉率左右、以燕天子。
既張我弓、既挾我矢、発彼小豝、殪此大兕、以御賓客、且以酌醴。　四章共賦
鴻雁于飛、粛々其羽、之子于征、劬労于野、爰及矜人、哀此鰥寡。　興」（31ウ）
万三〈ますらをの弓ふりおこしいづる矢をのちみん人はかたりつぐがね〉
鴻雁于飛、集于中沢、之子于垣、百堵皆作、雖則劬労、其究安宅。　同
鴻雁于飛、哀鳴嗷々、維此哲人、謂我劬労、維彼愚人、謂我宣驕。　比
14944 別ゐしおやこはらからかへりきて君がめぐみをあふぐ家々
夜如何其、夜未央、庭燎之光、君子至止、鸞声将々。
夜如何其、夜未艾、庭燎晣々、君子至止、鸞」（32オ）声噦々。
夜如何其、夜郷晨、庭燎有煇、君子至止、言観其旂。　三章共賦
14945 うま人をまつのかゞり火かげ更て夜しづかなる玉しきの庭
14946 かゞり火のけぶりわかれてしらむよにうま人まうくはたなびくみゆ
沔彼流水、朝宗于海、鴥彼飛隼、載飛載止、嗟我兄弟、邦人諸友、莫肯念乱、誰無
父母。
沔彼流水、其流湯々、鴥彼飛隼、載飛載揚、念彼不蹟、載起載行、心憂矣、不可弭
忘。」（32ウ）

鴥彼飛隼、率彼中陵、民之訛言、寧莫之懲、我友敬矣、讒言其興。　三章共興
14947 人ごとにおもへこのよのみだれなば我父母にいかでつかへん
14948 うるはしきわが友がきによをみだるよこしま言はへだてられなん
鶴鳴于九皐、声聞于野、魚潜在淵、或在于渚、楽彼之園、爰有樹檀、其下維蘀、他
山之石、可以為錯。
鶴鳴于九皐、声聞于天、魚在于渚、或潜在淵、楽彼之園、爰有樹檀、其下維穀、他
山之石、」（33オ）可以攻玉。　二章共比
14949 諷たづがねは野べに雲ゐに聞ゆれどおのがさはべをよそにやはすむ
14950 かたわかずかくれあらはれ淵にいり渚にうかびあそぶうろくづ
14951 このその、ま弓のかげにこと山の石のまろびていかでおちけん
祈父
祈父、予王之爪牙、胡転予于恤、靡所止居。
々々、々々々士、々々々々、々々底止。
々々、亶不聡、胡転予于恤、有母之尸饔。　三章共賦
14952 我はしもちかき守りを遠つ人うつ人かずにたれかいれけん」（33ウ）
皎々白駒、食我場苗、縶之維之、以永今朝、所謂伊人、於焉逍遥。
皎々白駒、食我場藿、縶之維之、以永今夕、所謂伊人、於焉嘉客。
皎々白駒、賁然来思、爾公爾侯、逸予無期、慎爾優游、勉爾遁思。
皎々白駒、在彼空谷、生芻一束、其人如玉、母金玉爾音、而有遐心。　四章共賦」（34
オ）
古今〈久方の天のかはらのわたし守君わたりなばかぢかくしてよ〉
〈ささのくまひのくま（万二八サヒノクマ）川に駒とめて（馬トメテ）しばし水かへ（馬ニ水カヘ）かげをだにみん〉
黄鳥々々、無集于穀、無啄我粟、此邦之人、不我肯穀、言旋言帰、復我邦族。
々々々々、無集于桑、無啄我粱、此邦之人、不可与明、言旋言帰、復我諸兄。
々々々々、無集于栩、無啄我黍、此邦之人、不可与処、言旋言帰、復我諸父。　三章
共比」（34ウ）
六帖四〈秋はぎに玉まく葛のうるさく〵我をなこひそあひも思はず〉

我行其野、蔽芾其樗、昏姻之故、言就爾居、爾不我畜、復我邦家。

我行其野、言采其蓫、婚姻之故、言就爾宿、爾不我畜、言帰思復。

我行其野、言采其葍、不思旧姻、求我新特、成不以富、亦祇以異。　三章共賦

14953 紫のゆかりの故もたのまれず人の心のいろことにして」（35オ）

秩々斯干、幽々南山、如竹苞矣、如松茂矣、兄及弟矣、式相好矣、無相猶矣。　九共賦
似続妣祖、築室百堵、西南其戸、爰居爰処、爰笑爰語。

約之閣々、椓之橐々、風雨攸除、鳥鼠攸去、君子攸芋。

如跂斯翼、如矢斯棘、如鳥斯革、如翬斯」（35ウ）飛、君子攸躋。

殖々其庭、有覚其楹、噲々其正、噦々其冥、君子攸寧。

下莞上簟、乃安斯寝、乃寝乃興、乃占我夢、吉夢維何、維熊維羆、維虺維蛇。

大人占之、維熊維羆、男子之祥、維虺維蛇、女子之祥。

乃生男子、載寝之牀、載衣之裳、載弄之璋、其泣喤々、朱芾斯皇、室家君王。

乃生女子、載寝之地、載衣之裼、載弄之瓦」（36オ）、無非無儀、唯酒食是議、無父母詒罹。

14954 良家うま人のちゝはゝ親属やからむつまじくとゝのへばこそ家はさかゆれ

誰謂爾無羊、三百維群、誰謂爾無牛、九十其犉、爾羊来思、其角濈々、爾牛来思、其耳湿々。　四共賦
或降于阿、或飲于池、或寝或訛、爾牧来思、何蓑何笠、或負其餱、三十維物、爾」（36ウ）牲則具。
爾牧来思、以薪以蒸、以雌以雄、爾羊来思、矜々兢々、不騫不崩、麾之以肱、畢来既升。
牧人乃夢、衆維魚矣、旐維旟矣、大人占之、衆維魚矣、実維豊年、旐維旟矣、室家湊々。

14955 馬羊おほきのみかはものごとにあかぬことなく栄ゆくやと」（37オ）

六帖詠藻　雑七

節彼南山、維石巌々、赫々師尹、民具爾瞻、憂心如惔、不敢戯談、国既卒斬、何用不監　興
節彼南山、有実其猗、赫々師尹、不平謂何、天方薦瘥、喪乱弘多、民言無嘉、憯莫懲嗟　同
尹氏大師、維周之氐、秉国之均、四方是維、是天子毘、俾民不迷、不弔昊天、不宜空我師　賦
弗躬弗親、庶民弗信、弗問弗仕、勿罔君子、式夷以已、無小人殆、瑣々姻亜、則無膴仕　同
昊天不傭、降此鞠訩、昊天不恵、降此大戾、君子如届、俾民心闋、君子」（1オ）如夷、悪怒是違　賦
不弔昊天、乱靡有定、式月斯生、俾民不寧、憂心如酲、誰秉国成、不自為政、卒労百姓　賦
駕彼四牡、々々項領、我瞻四方、蹙々靡所騁　同
方茂爾悪、相爾矛矣、既夷既懌、如相醻矣　同
昊天不平、我王不寧、不懲其心、覆怨其正　同
家父作誦、以究王訩、式訛爾心、以畜万邦　同

14956 すべらきや山と今しもたのむらんひきくくだれる人のこゝろを
万廿〈つるぎたちいよゝとぐべしいにしへゆさやけくおひてきにしその名ぞ〉
万十六〈世中のしげきかりほにすみ〳〵ていたらん里のたづきしらずも〉」（1ウ）

正月繁霜、我心憂傷、民之訛言、亦孔之将、念我独兮、憂心京々、哀我小心、癙憂以痒　賦
父母生我、胡俾我瘉、不自我先、不自我後、好言自口、莠言自口、憂心愈々、是以有侮　同
憂心惸々、念我無禄、民之無辜、并其臣僕、哀我人斯、于何従禄、瞻烏爰止、于誰之屋　同

瞻彼中林、候薪候蒸、民今方殆、視天夢々、既克有定、靡人弗勝、有皇上帝、伊誰
云憎　興」（2オ）
謂山蓋卑、為岡為陵、民之訛言、寧莫之懲、召彼故老、訊之占夢、具曰予聖、誰知
烏之雌雄　賦
謂天蓋高、不敢不局、謂地蓋厚、不敢不蹐、維号斯言、有倫有脊、哀今之人、胡為
虺蜴　同
瞻彼阪田、有菀其特、天之扤我、如不我克、彼求我則、如不我得、執我仇仇、亦不
我力　興
心之憂矣、如或結之、今茲之正、胡為厲矣、燎之方揚、寧或滅之、赫々宗周、褒姒
滅之　賦
終其永懐、又窘陰雨、其車既載、乃棄爾輔、載輸爾載、将伯助予　比」（2ウ）
無棄爾輔、員于爾輻、屢顧爾僕、不輸爾載、終踰絶険、曾是不意　同
魚在于沼、亦匪克楽、潜雖伏矣、亦孔之炤、憂心慘々、念国之為虐　同
彼有旨酒、又有嘉殽、洽比其隣、昏姻孔云、念我独兮、憂心慇々　賦
佌々彼有屋、蔌々方有穀、民今之無禄、天夭是椓、哿矣富人、哀此惸独　同

14957 めをわかずなくねもわかずからすばのくろき心やいまのよの人」（3オ）

14958 天地にわがみひとつのおき所あらぬまでにもせばくなるよか
万十六　傍佞人歌〈なら山のこのてかしはのふたおもてとにもかくにもねぢけ人之母〉
十月之交、朔日辛卯、日有食之、亦孔之醜、彼月而微、此日而微、今此下民、亦孔
之哀　八共賦
日月告凶、不用其行、四国無政、不用其良、彼月而食、則維其常、此日而食、于何
不臧
爗々震電、不寧不令、百川沸騰、山冢崒崩、高岸為谷、深谷為陵、哀今之人、胡憯
莫懲
皇父郷士、番維司徒、家伯冢宰、仲允膳夫、」（3ウ）棸子内史、蹶維趣馬、楀維師
氏、豔妻煽方処
抑此皇父、豈曰不時、胡為我作、不即我謀、徹我牆屋、田卒汚萊、曰予不戕、礼則
然矣
皇父孔聖、作都于向、擇三有事、亶侯多蔵、不慭遺一老、俾守我王、擇有車馬、以
居徂向
黽勉従事、不敢告労、無罪無辜、讒口囂々、下民之孽、匪降自天、噂沓背憎、職競
由人
悠々我里、亦孔之痗、四方有羨、我独居憂、民莫不逸、我独不敢休、天命不徹、我
不敢傚、我友自逸」（4オ）

14959 天地のさとし（怪）をみても大みくにあやふくなれるみよをしれ君
浩々昊天、不駿其徳、降喪饑饉、斬伐四国、旻天疾威、弗慮弗図、舎彼有罪、既伏
其辜、若此無罪、倫胥以鋪　七共賦
周宗既滅、靡所止戾、正大夫離居、莫知我勩、三事大夫、莫肯夙夜、邦君諸侯、莫
肯朝夕、庶曰式臧、覆出為悪
如何昊天、辟言不信、如彼行邁、則靡所臻、凡百君子、」（4ウ）各敬爾身、胡不相
畏、不畏于天
戎成不退、饑成不遂、曾我暬御、憯々日瘁、凡百君子、莫肯用訊、聴言則答、譖言
則退
哀哉不能言、匪舌是出、維躬是瘁、哿矣能言、巧言如流、俾躬処休
維曰于仕、孔棘且殆、云不可使、得罪于天子、亦云可使、怨及朋友
謂爾遷于王都、曰予未有室家、鼠思泣血、無不言疾、昔爾出居、誰従作爾室」（5
オ）

14960 わざはひの身にや及ぶとあかれ（退）ちる人は君をや思はざるらん

14961 あらけ（散）ゆく人をとゞめん我君もしや正しき道にかへると
古今〈よをすて、山にいる人山にても猶うき時はいつちへかゆく〉
小旻
旻天疾威、敷于下土、謀猶回遹、何日斯沮、謀臧不従、不臧覆用、我視謀猶、亦孔
之卭　六共賦
潝潝々訿々、亦孔之哀、謀之其臧、則具是違、謀之不臧、則具是依、我視謀猶、伊

于胡底」（5ウ）
我亀既厭、不我告猶、謀夫孔多、是用不集、発言盈庭、誰敢執其咎、如匪行邁謀、
是用不得于道
哀哉為謀猶、匪先民是程、匪大猶是経、維邇言是聴、維邇言是争、如彼築室于道謀、
是用不潰于成
国雖靡止、或聖或否、民雖靡膴、或哲或粛或艾、如彼流泉、無淪胥以敗
不敢暴虎、不敢馮河、人知其一、莫知其他、戦々兢々、如臨深淵、如履薄氷
14962 よしと思ふかたにはゆかでつのくにのあしかる道をもとむるぞうき
14963 一ふしのなどかなからんくれ竹のしげく生ぬる人の中には」（6オ）
14964 空よりやたみのうれへをくたすらん君がみくにを君は乱さじ
宛彼鳴鳩、翰飛戻天、我心憂傷、念昔先人、明発不寝、有懐二人　興
人之斉聖、飲酒温克、彼昏不知、壱酔日富、各敬爾儀、天命不又　賦
中原有菽、庶民采之、螟蛉有子、蜾蠃負之、教誨爾子、式穀似之　興
題彼脊令、載飛載鳴、我日斯邁、而月斯征、夙興夜寐、無忝爾所生　同
交々桑扈、率場啄粟、哀塡寡、宜岸宜獄、握粟出卜、自何能穀　同
温々恭人、如集于木、惴々小心、如臨于谷、戦々兢々、如履薄氷　賦
万廿〈うつりゆく時みるごとに心いたくむかしの人しおもほゆるかも〉
14965 父母をおもへわがせこかりこものみだるべしやはおほみき（酒）のため」（6ウ）
14966 いましたち（卿等）をしへよ庭（庭訓）のすがる（蜾蠃）だにこをやしなひて我にかすてへ（ト云リノ略）
弁彼鸒斯、帰飛提々、民莫不穀、我独于罹、何辜于天、我罪伊何、心憂矣、云如之
何
踧々周道、鞠為茂草、我心憂傷、惄焉如擣、仮寐永嘆、維憂用老、心之憂矣、疢如
疾首
維桑与梓、必恭敬止、靡瞻匪父、靡依匪母、不属于毛、不離于裏、天之生我、々辰
安在
菀彼柳斯、鳴蜩嘒々、有漼者淵、萑葦淠々、譬彼舟」（7オ）流、不知所届、心之憂
矣、不遑仮寐
鹿斯之奔、維足伎々、雉之朝雊、尚求其雌、譬彼壊木、疾用無枝、心之憂矣、寧莫
之知
相彼投兎、尚或先之、行有死人、尚或墐之、君子秉心、維其忍之、心之憂矣、涕既
隕之　已上六章共興
君子信讒、如或醻之、君子不恵、不舒究之、伐木掎矣、折薪杝矣、舎彼有罪、予之
佗矣　賦而興
莫高匪山、莫浚匪泉、君子無易由言、耳属于垣、無遊我梁、無発我笱、我躬不閲、
遑恤我後　賦」（7ウ）
14967 ひえどりはむれてあそべど我ひとり心のしもぞとくるよもなき
14968 かる人もわけゆく人もたえはて丶むかしのみちはよもぎ高かや
14969 おぼつかないづらわがとき天地の時なきものをなにおふしけん
14970 ゆく水につながぬ舟の心ちしてうかれなかれんはてぞしられぬ
悠々昊天、曰父母且、無罪無辜、乱如此憮、昊天已威、予慎無罪、昊天泰憮、予慎
無辜
乱之初生、譖始既涵、乱之又生、君子信讒、君子如怒、乱庶遄沮、君子如祉、乱庶
遄已
君子屢盟、乱是用長、君子信盗、乱是用暴、」（8オ）盗言孔甘、乱是用餤、匪其止
共、維王之邛　三章共賦
奕々寝廟、君子作之、秩々大猷、聖人莫之、他人有心、予忖度之、躍々毚兎、遇犬
獲之　興而比
荏染柔木、君子樹之、往来行言、心焉数之、蛇々碩言、出自口矣、巧言如簧、顔之
厚矣　興
彼何人斯、居河之麋、無拳無勇、職為乱階、既微且尰、爾勇伊何、為猶将多、爾居
徒幾何　賦
14971 偽を誠と君が聞しこそみだるべきよのはじめなりけれ」（8ウ）
〔貼紙〕「新古今〈つくしにも紫生るのべはあれどなきなかなしふ人ぞきこえぬ〉
拾遺〈こはた川こはたがいひしことのはぞなきなす丶がん滝つせもなし〉

万十一〈まの、いけの小すげをかさにぬはずして人のとを名を立べき物か〉
六五〈大ぞらにわかなのたねもまかなくにいづくのなきなこゝに生けん〉」
彼何人斯、其心孔艱、胡逝我梁、不入我門、伊誰云従、維暴之云　八共賦
二人従行、誰為此禍、胡逝我梁、不入唁我、始者不如今、云不我可
彼何人斯、胡逝我陳、我聞其声、不見其身、不愧于人、不畏于天
彼何人斯、其為飄風、胡不自北、胡不自南、胡逝」（9オ）我梁、祇攪我心
爾之安行、亦不遑舍、爾亟行、遑脂爾車、壱者之来、云何其盱
爾還而入、我心易也、還而不入、否難知也、壱者之来、俾我祇也
伯氏吹壎、仲氏吹篪、及爾如貫、諒不我知、出此三物、以詛爾斯
為鬼為蜮、則不可得、有靦面目、視人罔極、作此好歌、以極反側」（9ウ）
拾遺〈雲ゐにてあひかたらはぬ月だにもわかやど過てゆくときはなし〉
古今〈水のおもに生るさ月のうき草のうきことあれやねをたえて〔ママ〕〉
萋兮斐兮、成是貝錦、彼譖人者、亦已大甚　比
哆兮侈兮、成是南箕、彼譖人者、誰適与謀　比
緝々翩々、謀欲譖人、慎爾言也、謂爾不信　賦
捷々幡々、謀欲譖言、豈不爾受、既其女遷　同
驕人好々、労人草々、蒼天々々、視彼驕人、矜此労人　同
彼譖人者、誰適与謀、取彼譖人、投畀豺虎、豺虎」（10オ）不食、投畀有北、々々不
受、投畀有昊　賦
楊園之道、猗于畒丘、寺人孟子、作為此詩、凡百君子、敬而聴之　興
三四　新千〈しら波もよせくるかたにかへるなり人をなにはのあしと思ふな〉
古今〈わがみからうき世中となげきつゝ人の為さへかなしかるらん〉
同〈しりにけんきゝてもいとへ世中は波のさわぎに風ぞしくめる〉」（10ウ）
習々谷風、維風及雨、将恐将懼、維予与女、将安将楽、女転棄予　興
習々谷風、維及頽、将恐将懼、寘予于懐、将安将楽、棄予如遺　同
習々谷風、維山崔嵬、無草不死、無木不萎、忘我大徳、思我小怨　比
朱注不詳。里諺若サワルレハ陰ヲ忘ルト云詞アリ。此詩ノ大意ニ合スル歟

14972
あつき日はたのみなれにしかげをしもわすれて過ぬ杜の木がらし」（11オ）
蓼々者莪、匪莪伊蒿、哀々父母、生我劬労　比
々々々々、々々伊蔚、々々々々、々々労瘁　同
缾之罄矣、維罍之恥、鮮民之生、不如死之久矣、無父何怙、無母何恃、出則銜恤、
入則靡至　同
父兮生我、母兮鞠我、拊我畜我、長我育我、顧我復我、出入腹我、欲報之徳、昊天
罔極　賦
南山烈々、飄風発々、民莫不穀、我独何害　興
南山律々、々々弗々、々々々々、々々不卒　同」（11ウ）
万廿〈父母がかしらかきなでさきくあれといひしことばぞわすれかねぬる〉
たれとてかおやにつかへぬ天地の神もやひとりわれをすてけん

14973
有饛簋飧、有捄棘匕、周道如砥、其直如矢、君子所履、小人所視、睠言顧之、潸焉
出涕　興
小東大東、杼柚其空、糾々葛屨、可履霜、佻々公子、行彼周行、既往既来、使我心
疚　賦
有冽氿泉、無浸穫薪、契々寤歎、哀我憚人、」（12オ）薪是穫薪、尚可載也、哀我憚
人、亦可息也　興
東人之子、職労不来、西人子、粲々衣服、舟人之子、熊羆是裘、私人之子、百僚是
試　賦
或以其酒、不其漿、鞙々佩、璲不以其長、維天有漢、監亦有光、跂彼織女、終日七
襄　同
雖則七襄、不成報章、睆彼牽牛、不以服箱、東有啓明、西有長庚、有捄天畢、載施
之行　同
維南有箕、不可以簸揚、維北有斗、不可以挹酒漿、維南有箕、載翕其舌、維北有斗、
西柄之掲　同」（12ウ）
万五〈富人の家の子どものきるみなみくたしすつらんきぬわたらいも〉
〈あらたへの布衣をだにきてがてにかくやなげかんせんすべをなみ〉

四月維夏、六月徂暑、先祖匪人、胡寧忍予　興
秋日凄々、百卉具腓、乱離瘼矣、奚其適帰
冬日烈々、飄風発々、民莫不穀、我独何害
山有嘉卉、侯栗侯梅、廃為残賊、莫知其尤
相彼泉水、載清載濁、我日構禍、曷云能穀
滔々江漢、南国之紀、尽瘁以仕、寧莫我有　以上、興」（13オ）
匪鶉匪鳶、翰飛戻天、匪鱣匪鮪、潜逃于淵　賦
山有蕨薇、隰有杞桋、君子作歌、維以告哀　興

古今〈まめなれど何ぞはよけくかるかやのみだれてあれどあしけくもなし〉
万五〈世中をうしとやさしとおもへども飛たちかねつとりにしあらねば〉
14974 鳥ならばあめにとはまし魚ならばふちにかくれん世中のうさ

北山

陟彼北山、言采其杞、偕々士子、朝夕従事、王事靡盬、憂我父母
溥天之下、莫非王土、率土之浜、莫非王臣、大夫不均、我従事独賢」（13ウ）
四牡彭々、王事傍々、嘉我未老、鮮我方将、旅力方剛、経営四方
或燕々居息、或尽瘁事国、或息偃在床、或不已于行
或不知叫号、或惨々劬労、或栖遅偃仰、或王事鞅掌
或湛楽飲酒、或惨々畏咎、或出入風議、或靡事不為　六共賦

万廿〈大君のみことかしこみいそにふりこのはらわたる父母をおきて〉」（14オ）
14975 天ざかるひなにある我をちゝ母のおぼつかなくやおぼしいづらん
14976 大君のみことのまゝにまうちぎみ（大夫）ひとつ心にいかでなさまし
14977 老せぬをさかし人（賢人）にてよもつくにおろかながらにをさめにぞゆく

無将大車、祇自塵兮、無思百憂、祇自底兮
無将大車、維塵冥々、無思百憂、不出于熲
無将大車、維塵雝兮、無思百憂、祇自重兮　三共興

14978 小車のちりのかずにもまさらまし身のやめるまでつもるうれへは」（14ウ）

明々上天、照臨下土、我征徂西、至于艽野、二月初吉、載離寒暑、心之憂矣、其毒大苦、念彼共人、涕零如雨、豈不懐帰、畏此罪罟
昔我往矣、日月方除、曷云其還、歳聿云莫、念我独兮、我事孔庶、心憂矣、憚我不暇、念彼共人、睠々懐顧、豈不懐帰、畏此譴怒（万廿〈フヽメリシ花ノハジメニコシ我ヤチリナン後ニ都ヘツカン〉朱薇ノ六章ニモ此意アリ〔頭書〕）
昔我往矣、日月方奥、曷云其還、政事愈蹙、歳聿云莫、采蕭穫菽、心憂矣、自詒伊戚、念彼共人、興言出宿、豈不懐帰、畏此反覆」（15オ）
嗟爾君子、無恒安処、靖共爾位、正直是与、神之聴之、式穀以女
々々々々、々々々々、々々々位、好是正直、神之聴之、介爾景福　五共賦

古今〈いとはる、我身は春の駒なれや野がひがてらにはなちすてつる〉
四五
14979 茂り行よもぎが中に交るともわするなあさのなほき心を
万四〈草かえの入江にあさるあしたづのあなたづ〳〵し友なしにして〉

鼓鐘将、淮水湯々、憂心且傷、淑人君子、懐允不忘　四共賦
鼓鐘喈々、淮水湝々、憂心且悲、淑人君子、其徳不回」（15ウ）
鼓鐘代鼛、淮有三洲、憂心且妯、淑人君子、其徳不猶
鼓鐘欽々、鼓瑟鼓琴、笙磬同音、以雅以南、以籥不僭

14980 琴ふえはかしこきみよの声なれどそれともなみに袖ぞしほるゝ

楚々者茨、言抽其棘、自昔何為、我蓺黍稷、我黍与々、我稷翼々、我倉既盈、我庾維億、以為酒食、以饗以祀、以妥以侑、以介景福
済々蹌々、潔爾牛羊、以往烝嘗、或剝或亨、或肆」（16オ）或将、祝祭于祊、祀事孔明、先祖是皇、神保是饗、孝孫有慶、報以介福、万寿無疆
執爨踖々、為俎孔碩、或燔或炙、君婦莫々、為豆孔庶、為賓為客、献酬交錯、礼儀卒度、笑語卒獲、神保是格、報以介福、万寿攸酢
我孔熯矣、式礼莫愆、工祝致告、徂賚孝孫、苾芬孝祀、神嗜飲食、卜爾百福、如幾如式、既斉既稷、既匡既敕、永錫爾極、時万時億」（16ウ）
礼儀既備、鐘鼓既戒、孝孫徂位、工祝致告、神具酔止、皇尸載起、鼓鐘送尸、神保聿帰、諸宰君婦、廃徹不遅、諸父兄弟、備言燕私
楽具入奏、以綏後禄、爾殽既将、莫怨具慶、既酔既飽、小大稽首、神嗜飲食、使君

寿考、孔恵孔時、維其盡、子々孫々、勿替引之　六章共賦

14981 なみくら（並倉）にあまれるいねはこの秋のはつほ（初穂）のまつり神やうけゝん

14982 いやつゞき（子々孫々／ヤソツヾキ／八十連属）よゝさかゆべし秋冬にいつきまつれる（所祭）神のめぐみに」（17オ）

万十九〈天地と相さかえんと大宮をつかへまつればたうとくうれしき〉

〈天地と久しきまでに万代につかへまつらんくろきしろきを〉

信彼南山、維禹甸之、畇々原隰、曽孫田之、我疆我理、南東其畝

上天同雲、雨雪雰々、益之以霢霂、既優既渥、既霑既足、生我百穀

疆場翼々、黍稷彧々、曽孫穡、以為酒食、昇我尸賓、寿考万年

中田有廬、疆場有瓜、是剝是菹、献之皇祖、曽孫寿考、受天之祜

祭以清酒、従以騂牡、享于祖考、執其鸞刀、以啓其」（17ウ）毛、取其血膋

是烝是亭、苾々芬々、祀事孔明、先祖是皇、報以介福、万寿無疆　六章共賦

14983 たなつもの（水田種子）くさぐ〵分てうけもち神の代よりぞつたへきにける

14984 うけつぎしおのが業（ナリハヒ）就々（トナミ）しめぐみあらはにとしゆたかなり

14985 のこりなく田畑ものもてまつれゝば神もぞ幸をまた給ふめる

倬彼甫田、歳取十千、我取其陳、食我農人、自古有年、今適南畝、或耘或耔、黍稷薿々、攸介攸止、烝我髦士

以我斉明、与我犠羊、以社以方、我田既臧、農夫之慶、琴撃鼓、以御田祖、以祈甘雨、以介我稷黍、」（18オ）以穀我士女

曽孫来止、以其婦子、饁彼南畝、田畯至喜、攘其左右、嘗其旨否、禾易長畝、終善且有、曽孫不怒、農夫克敏

曽孫之稼、如茨如梁、曽孫之庾、如坻如京、乃求千斯倉、乃求万斯箱、黍稷稲粱、農夫之慶、報以介福、万寿無疆　四共賦

〔二行空白〕

大田多稼、既種既戒、既備乃事、以我覃耜、俶載南畝、播厥百穀、既庭且碩、曽孫是若　四共賦

既方既皁、既堅既好、不稂不莠、去其螟螣、及其蟊」（18ウ）賊、無害我田穉、田祖有神、秉畀炎火

有渰萋々、興雨祁々、雨我公田、遂及我私、彼有不穫穉、此有歛穧、彼有遺秉、此有滞穂、伊寡婦之利

曽孫来止、以其婦子、饁彼南畝、田畯至喜、禋祀、以其騂黒、与其黍稷、以享以祀、以介景福

注云、楚茨信南山甫田大田四篇即為豳雅其詳見於豳風の末

14986 さて過よあつめわすれしいなたばもたのみにすめる人もこそあれ

14987 賤のめがひろふ落穂にまづやしるおのがたのみもゆたかなるとし

瞻彼洛矣、維水泱々、君子至止、福禄如茨、韎韐有奭、以作六師　三共興

瞻彼洛矣、維水泱々、君子至止、鞞琫有珌、君子万年、保其家室」（19オ）

瞻彼洛矣、維水泱々、君子至止、福禄既同、君子万年、保其家邦

万七〈天河せごとにぬさを奉る心はきみをさきくいませと〉

万十七〈たてなべていづみの川のみをたえずつかへまつらん大宮所〉

万十六〈ものゝふのやそうち人もよしの川絶ることなくつかへつゝみん〉

裳々者華、其葉湑兮、我覯之子、我心写兮、我心写兮、是以有誉処　興

裳々者華、芸其黄矣、我覯之子、維其有章矣、維其有章矣、是以有慶矣　同

裳々者華、或黄或白、我覯之子、乗其四駱、乗其四駱、六轡沃若　同」（19ウ）

左之左之、君子宜之、右之右之、君子有之、維其有之、是以似之　賦

14988 とゝのひてなびくはたてのあやあるも心ひとつの風にやはあらぬ

桑扈

交々桑扈、有鶯其羽、君子楽胥、受天之祐　興

々々々々、々々々領、々々々々、万邦之屏　同

之屏之翰、百辟為憲、不戢不難、受福不那　賦

兕觥其觩、旨酒思柔、彼交匪敖、万福来求　同」（20オ）

14989 民やすく治る法をきゝつきて君がみくにゝならふくにぐ〵

14990 百国の法を定る君なればつとめざらんやさちなからめや

14991 いさをし（身力）を人にゆづりてのがるとも幸は君をぞもとむべらなる

鴛鴦于飛、畢之羅之、君子万年、福禄宜之
々々在梁、戢其左翼、君子万年、宜其遐福
乗馬在廏、摧之秣之、々々々々、福禄艾之
々々々々、秣之摧之、々々々々、々々綏之　四共興
万六〈御民吾（ミタミワレ）生るしるしあり天地のさかゆる時に相楽（アフラク）おもへば〉
十九〈天にはもいをつ縄はふ万代にくにしらせんといほつつなはふ〉」（20ウ）
有頍者弁、実維伊何、爾酒既旨、爾殽既嘉、豈伊異人、兄弟匪他、蔦与女蘿、施松柏、未君子、憂心奕々、既見君子、庶幾説懌
々々々々、々維何期、々々々々、々々時、々々々々、々々具来、々々々々、々于松上、々々々、々々怲々、々々々々、々々有臧　二章共賦而興又比也
有頍者弁、実維在首、爾酒既旨、爾殽既阜、豈伊異人、兄弟甥舅、如彼雨雪、先集維霰、死喪無日、無幾相見、楽酒今夕、君子維宴　同

14992 かぎりあるよはひをしりていける日にしたしくあそべやからはらから」（21オ）
万二〈いける人つひにもしぬるものにあればこのよなるまはたのしくをあれな〉

間關車之舝兮、思孌季女逝兮、匪飢匪渇、徳音来括、雖無好友、燕且喜　賦
依彼平林、有集維鷮、辰彼碩女、令徳来教、式燕且誉、好爾無射　興
雖無旨酒、式飲庶幾、雖無嘉殽、式食庶幾、雖無徳与女、式歌且舞　賦
陟彼高岡、析其柞薪、々々々々、其葉湑兮、鮮我覯」（21ウ）爾、我心写兮　興
高山仰止、景行々止、四牡騑々、六轡如琴、覯爾新昏、以慰我心　同

14993 よき肴なしといふとも酒くまん妹としくめばあやにたのしも
14994 山高く道広よをはしきやしわがもふ（思）いもと過るうれしさ

営々青蠅、止于樊、豈弟君子、無信讒言　比
々々々々、々々棘、讒人罔極、交乱四国　興
々々々々、々々榛、々々々々、構我弐人　々」（22オ）

14995 いさぎよきそのものごとにけがすなるさばへ（五月蝿）の声のかしましのよや
14996 心せよ横しまごと（讒言）のはて〳〵は清きみよをもけがしみださん

賓之初筵、左右秩々、籩豆有楚、殽核維旅、酒既和旨、飲酒孔偕、鐘鼓既設、挙醻逸々、大侯既抗、弓矢斯張、射夫既同、献爾発功、発彼有的、以祈爾爵　賦
籥舞笙鼓、楽既和奏、烝衎烈祖、以洽百礼、既至、有壬有林、錫爾純嘏、子孫其湛、々々曰楽、各奏爾能、賓載手仇、室人入又、酌康爵、以奏爾時　同」（22ウ）
賓之初筵、温々其恭、其未酔止、威儀反々、曰既酔止、威儀幡々、舎其坐遷、屢舞僊々、其未酔止、威儀抑々、曰既酔止、威儀怭々、是曰既酔、不知其秩　同
賓既酔止、載号載呶、乱我籩豆、屢舞僛々、是曰既酔、不知其郵、側弁之俄、屢舞傞々、既酔而出、並受其福、酔而不出、是謂伐徳、飲酒孔嘉、維其令儀
凡此飲酒、或酔或否、既立之監、或佐之史、彼酔不臧、不酔反恥、式勿従謂、無俾太怠、匪言勿言、匪由勿語、由酔言、俾出童羖、三爵不識、矧敢多又　五共賦」（23オ）

14997 初こし人ともみえずうちみだれゑひさまたれ（沈湎）てよそほひ（威儀）もなし
14998 ゑひ人はこの衛のみかとならねどもこしもおつべく立ぞまふなる
14999 あるはよひあるはあらそひわらひつゝゑひすゝみゆく人ぞあやしき
15000 かたるなよ常をうしなふゑひ人はよになきものもせめもとむめり

魚在在藻、有頒其首、王在在鎬、豈楽飲酒
々々々々、々莘其尾、々々々々、飲酒豈楽
々々々々、依于其蒲、々々々々、有那其居　三共興

15001 魚鳥も水にはやしに所えてやすく楽しむ君にならへり」（23ウ）

采菽々々、筐之筥之、君子来朝、何錫予之、雖無予之、路車乗馬、又何予之、玄袞及黼　興
觱沸檻泉、言采其芹、君子来朝、言観其旂、々々淠々、鸞声嘒々、載驂載駟、君子所届　興
赤芾在股、邪幅在下、彼交匪紓、天子所予、楽只君子、天子命之、楽只君子、福禄申之　賦
維柞之枝、其葉蓬々、楽只君子、殿天子之邦、楽只君子、万福攸同、平々左右、亦是率従　興
汎々楊舟、紼纚維之、楽只君子、天子葵之、楽只君子、福禄膍之、優哉游哉、亦是

戻矣　同

15002 馬車おくる衣の雲鳥もあやなくぞ思ふ君が為には」(24オ)

15003 何をかは君におくらんよの幸をかさね〳〵て久にましませ

騂々角弓、翩其反矣、兄弟婚姻、無胥遠矣　興

爾之遠矣、民胥然、爾之教矣、民胥傚矣　賦

此令兄弟、綽々有裕[ママ]、不令兄弟、交相為瘉　同

民之無良、相怨一方、受爵不譲、至于己斯亡　同

老馬反為駒、不顧其後、如食宜饇、如酌孔取　比

毋教猱升木、如塗々附、君子有徽猷、小人与属　比

雨雪瀌々、見晛曰消、莫肯下遺、式居婁驕　比」(24ウ)

雨雪浮々、見晛曰流、如蛮如髦、我是用憂　比

15004 我かたにひけばもと末よりきつゝうとくもあらぬ梓弓哉

15005 梓弓はる日すくなみそりはてゝおきふしうとくなる契哉

15006 とことわにしたしかるべき中らひのうときは絶る初なるべし

15007 おのが身にたへぬおもにも思はでや老たる馬の駒をうらやむ

15008 うきに又うきをなそへそ芦の手の猶横ざまにいひさかえなん

15009 つもるとも猶つもらせてみよやゆき日かげしさらば露ものこらじ

万二〈梓弓つらをとりはけひく人は後の心をしる人ぞひく〉

有菀者柳、不尚息焉、上帝甚蹈、無自暱焉、俾予靖之、後予極焉　比

有菀者柳、不尚愒焉、上帝甚蹈、無自瘵焉、俾予靖之、後予邁焉　比」(25オ)

有鳥高飛、亦傅于天、彼人之心、于何其臻、曷予靖之、居以凶矜　興

15010 みちのべの春の柳のいとはずはたれよらざらん陰とたのみて

15011 天かける鳥にはありともかぎりなき人の心にいかでまかせん

都人士

彼都人士、狐裘黄々、其容不改、出言有章、行帰于周、万民所望

々々々々、台笠緇撮、彼君子女、綢直如髪、我心[ママ]」(25ウ)不見兮、我心不説

々々々々、充耳琇実、彼君子女、謂之尹吉、我不見兮、我心苑結

々々々々、垂帯而厲、彼君子女、巻髪如蠆、我不見兮、言従之邁

匪伊垂之、帯則有余、匪伊巻之、髪則有旟、我不見兮、云何盱矣　共賦

15012 なほざりにむべる[ママ]帯も都人あやをやなすとみゆるよそほひ

15013 とりわきて玉をかざらぬ人なみも都の人はすぢごとにみゆ」(26オ)

万四〈うち日さす宮にゆくこをまかなしみとむればくるしやればすべなし〉

十〈百しきの大みや人はいとまあれや梅をかざしてこゝにつどへり〉

終朝采緑、不盈一匊、予髪曲局、薄言帰沐

々々々藍、々々一襜、五日為期、六日不詹

之子于狩、言韔其弓、之子于釣、言綸之縄

其釣維何、維魴及鱮、維魴及鱮、薄言観者　共賦

15014 うぐひすの声せぬのべもせをこひてつめるわかなはたまらざりけり

15015 我せこにわかれし日よりくしをだにとりみぬ髪はちりにけがれぬ

15016 我せこをいつか〳〵と待ほどにあはでなぬかもはやたち[ぬ□]にけり」(26ウ)

芃々黍苗、陰雨膏之、悠々南行、召伯労之　興

我任我輦、我車我牛、我行既集、蓋云帰哉　賦

我徒我御、我師我旅、我行既集、蓋云帰処　同

粛々謝功、召伯営之、烈々征師、召伯成之　同

原隰既平、泉流既清、召伯有成、王心載寧　同

〈み[神ニソフ]なかみの教を下にみち引てすめるいづみとなすもかしこし[畏]〉

隰桑有阿、其葉有難、既見君子、其楽如何

隰桑有阿、其葉有沃、既見君子、云何不楽　興

々々々々、々々有幽、々々々々、徳音孔膠　同」(27オ)

心乎愛矣、遐不謂矣、中心蔵之、何日忘之　賦

15017 我たのむ人をしみればゑむくりのみのうれへこそまづ忘れけれ

白華菅兮、白茅束兮、之子之遠、俾我独兮

英々白雲、露彼菅茅、天歩艱難、之子不猶

滮池北流、浸彼稲田、嘯歌傷懐、念彼碩人

樵彼桑薪、卬烘于煁、維彼碩人、実労我心
鼓鐘于宮、声聞于外、念子懆々、視我邁々」（27ウ）
有鶖在梁、有鶴在林、維彼碩人、実労我心
鴛鴦在梁、戢其左翼、之子無良、二三其徳
有扁斯石、履之卑兮、之子之遠、俾我疷兮　共比

15018 しらさぎのすみかと沢のなりしより林がくれにたづぞねをなく
緜蛮黄鳥、止于丘阿、道之云遠、我労如何、飲之食之、教之誨之、命彼後車、謂之載之
々々々々、々々々隅、豈敢憚行、畏不能趨、飲之食之、教之誨之、命彼後車、謂之載之
々々々々、々々々側、々々々々、々々々極、々々々々、々々々々、々々々々、々々々々　共比」（28オ）

15019 羽をよはみ谷にとゞまる鶯の猶たかき木を思ふとぞなく
幡々瓠葉、采之亨之、君子有酒、酌言嘗之
有兎斯首、炮之燔之、君子有酒、酌言献之
有兎斯首、燔之炙之、君子有酒、酌言酢之
有兎斯首、燔之炮之、君子有酒、酌言醻之　共賦

15020 はたつもりほしあゆすしを肴にて酒くみかはし心をぞやる」（28ウ）
漸々之石、維其高矣、山川悠遠、維其労矣、武人東征、不遑朝矣
々々々々、々々卒々、々々々々、曷其没々、々々々々、々々出々
有豕白蹢、烝渉波矣、月離于畢、俾滂沱矣、武人東征、不遑他矣　共賦

15021 あだうつとますらたけをがあけくらし分るひなぢのはてぞしられぬ
15022 山とほく入のみいりていでぬべき道もしられぬたびのくるしさ
15023 とほくきて日をふる雨のいかなればぬれにし袖の色かはるらん」（29オ）
苕之華、芸其黄矣、心之憂矣、維其傷矣　比
々々々、其葉青々、知我如此、不如無生　同
牂羊墳首、三星在罶、人可以食、鮮可以飽　賦

15024 くまかづら木にかゝりては咲ぬとも久しかるべき色ならめやも
15025 うきことのまさ木のかづらかゝるよは生いでぬにはしかじとぞ思ふ
15026 山川のたえぬみつぎもつくるまであくことしらぬよとぞなりぬる
何草不黄、何日不行、何人不将、経営四方　興
々々々玄、々人々矜、哀我征夫、独為匪民　同
匪兕匪虎、率彼曠野、哀我征夫、朝夕不暇　賦」（29ウ）
有芃者狐、率彼幽草、有棧車、行彼周道　興

15027 今は世の秋の末のとなりにけりいづれの草かきはまさるべき
15028 牛とてもつかれざらめやあら野らを露のいとなくひかれありかば

寄川述懐

15029 淵にのみしづめる身にはあすか川せにかはるよもしらずぞ有ける
15030 老の波いやしき〳〵にたつ川ながれてのよもたのまれぬまで

龍公江が、長安一片月、万戸擣衣声といふ詩を、15031 九重の都のかたは月さえてやどてふやどに衣うつなり　とよめるうたを予にかたりつたへ」（30オ）よといふよしきゝつたへて、これをきくに、此うたわが心にかなはずおもへど、よしとおもひてこそつたへよとはいひつらめとおもへば、さしはへこれよりいふべきにもあらず。かゝる名句よみおほすることはかたかんめれど、試に

15032 宿ごとのきぬたの音ぞひゞきあふ都の月のひとつよ寒に

からくして心はいひえたりとおもへば、しらべのいやしさいはんかたなし。此詩の風調に、たらん歌は貫之ぬしの〈まだねぬ人を空にしるかな〉といへるにや。心詞風体具せんことは誠にかたきことにこそあめれ。

象小川」（30ウ）

15033 名をきけば清きながれもみるばかり心にすめるきさの山川
15034 塵にそむ心もあらへむかしよりきよくながるゝきさの川音
15035 むかしより清くすむてふきさ川の水の心はかはるよもなし
15036 ながれてはにごりやすかる世にも猶むかしにすめるきさの川水

入相の声をきゝて

15037 山寺の入相のかねの声ごとにわがよつきなん夕をぞ思ふ

難波のよしまさより久しく音信ぬに、かれより

15038 笛竹のおとせぬうさはわすられてそのおきふしをいかゞとぞ思ふ

よにふればわづらはしきことなどさしつゞきて」(31オ)思ひの外にと絶けることなどいひてかへし

15039 君にさへ聞えぬまでに笛竹のあなう〳〵とよを過しつる

座主のみやに奉んのあらましに松帆のうらより細石をとりよす。これにそふべき歌三百八十有

15040 久にへていはほとならん君が代をまつほのうらのさゞれ石ぞこれ

15041 みほあまり（三百八十）八十のさゞれのこと〴〵にいはほとならんよをみませ君

賀に杖をおくれるに

15042 呉竹のよにやすらけく八千とせのさかも越よとおくる此杖」(31ウ)

ほそ川の岩上に大かめのゐて川上をみたるかたかける。物外尼の歌をこふに

15043 万代をすむべき淵はみいできやほそ谷川の岩の大かめ

かへし

15044 生そめし水上こひて万代をすむべき淵はいまだみいです

ねやにおく刀をわらはのわすれたるにたはぶれに

15045 老ぬれど我はもの、ふ玉つるぎたま〳〵にしもみをはなためや

此詞つゞきあき人にてあらましかばいかゞなどみづから思ひて」(32オ)

15046 武からぬ我はあき人しかはあれどひもかた（匕首）すら（ママ）かくさざらめや

またさるこゝろ（立操）ばへもなきあき人にてはなど思ひて

15047 うまれより我はあき人よわたりをいのちのはかりわするべしやは

入江よしまさが心うべきやうなど、ひて朝聞夕死の心ばへを

15048 おもへ君暮まち付ぬ朝がほも露の光をまたずやはある

と申こし侍りしに、そはおなじ心にこそあめれ。我にもをしへよなどいひて

15049 朝がほも露も夕はまたねどもさけばかたみに光をぞゝふ」(32ウ)

布淑が母の思ひにこもり侍るほど、みだの名号を上におきてあまたよめりしを、のちにみするおくに書そへ侍りし

15050 みるごとになみださしぐむ水ぐきはしたふかなたの岸にながれん

明くれ雲の立けしきに都を思ひて

15051 みせばやな都の人はしら雲のうづまさ寺の夕明ぼの

雲ふかく立こみたる山のおくに人家あり。そのさま山もりの庵とみへたるに

15052 よをとほく思ひへだてぬ山守も雲よりおくにすめばすみけり」(33オ)

庭に松の苗いとおほく生たれど、故もなきにかれ、あるは草にかりこめなどして、生たつもすくなかりければよめる

15053 生るより千世をへぬべき松なれど木だかくなるはすくなかりけり

15054 おしなべていづれも松のたねなれど千よを心にまかせやはする

寄日述懐

15055 袖の露かはかぬみれば天つ日もかげの朽木の身にはてらさず

15056 秋ふかくなりゆくまゝにかげよはる夕日ぞ老の身のたぐひなる

宮よりまつほのうらの松の実をみよ、とて」(33ウ)たまはせたるに思ひし

15057 あはぢのやまつほのうらの松のみのまつこともなき身とぞなりぬる

中天雲の消るをみて、応物無跡と云を思ひて

15058 中空の風に消ゆく雲をみてあとなき人の心をぞしる

あまた書あつめたる、いとわづらはしきをみて

15059 たま〳〵は露色あるも交るやとかきぞあつめし千々のことのは

松をみて

15060 草も木もみどりなれども時わかぬときはの松にしく色ぞなき」(34オ)

いんさきわが床下にたぬきすめり。その比あたりのやのむねをぬす人こすなりといひさわぎけれど、行かたをうしなひけるとぞ。こはわが方にあなるたぬきのわざにこそなどいひける。心気さだまらで、しかともみずして、とがをたぬきにおほせけるがいとはらだゝしくてよめる

15061 つゞみだにうたぬまめだぬたはれたぬたぬまどひしてばちなあたりそ

みか月いなたばなどあるあたり、たぬきのはらつゞみうつかたあるに

15062 いなたばのほのみか月に友よぶと小田のたぬきやはらつゞみうつ」（34ウ）
　歌よむべきやうをかくとて、心を天地の外にもやり、芥子のうちにもおきてとかい
たるを、芥子のうちにはおくとも天地のほかにはいかでやらん、と人のいへるに
15063 そめいろの山もいさごとみえぬべし三千世界おもひやりなば
　江戸嵩雪といふ人、予がたぬきの歌所望。三枚来。画甚拙。仍祝歌によみてつかは
す」（35オ）
15064 これは此豊年ほぎてはらつゞみうちよろこべるおどりたぬ也
　残二枚もたはぶれごと、ことかみにかきて、神服へつかはす。
　寄瀬述懐
15065 世中のうきせ〳〵にさわがれて心の波のたゝぬ日もなし
15066 立ゐさへ苦しきまでに老波のよるせの水のかげもはづかし
　ちかきほどに市川といふ所にすめる老女あり。それにあつらへし」（35ウ）ことを、
三たびうけひき、三度いなみければよめる
15067 ふちはせにかはる心のいちはやき市川人はよにもたのまじ
　是をきゝて旨苗より
15068 市川のながれにうかぶうたかたの我も消べき心ちこそすれ
　老かさなるまゝに身のいといたうくるしうおぼえければ
15069 いかばかりはらたちさわぎうらみまし身の老なみを人のよせなば
　林下幽閑
15070 もみぢばを尋ていれば山もとの林にひゞく鳥の一声」（36オ）
　医博士〔ママ〕は年比したしかりし中らひなりしが、文の事につきてあげつらふべきこ
といできたりぬ。ゆきてわきまへんと思ふにおもく煩ふよしきゝたれば、たゞとひ
ごとのみしつゝ、のべやりつるほど、身かりぬ〔ママ〕ときゝてうちおどろきて
15071 きのふまでけにくがりつる人もけふなしとしきけばあはれとぞ思ふ
15072 世こそかくたのみがたけれいく薬をしへし人のまづぞ死にける
　入江喜昌が七十賀に屏風てうじてそれにおすべき色紙染筆をこふに、再三にいなび
て、つひに前書博士」（36ウ）〔以下自筆本になし〕あとらへてかきけるをみるに、
筆のゆくへとゞこほらずすみつきおもしろくかけるをみて、我はようぞいなみける
といとうれしく
15073 こひつるをかしこくぞわがうけひかざりし　水くきのながれてたゞしき　あとをみるに
も
　となんいはるゝ。こは御流とて　後鳥羽院御ながれをくめる書博士なり。
　わか塵ひちあしかび或問などみせしに布淑がかへすとて
15074 やちまたに分やまどはん石上ふるの中みち跡しつけずは
　といへりしにかへし
15075 分よ君ふるの中道あとはあれど絶て久しきふるの中道
　羽倉のぶ言が身まかれるよしを父の筑前介よりしらせおこせし返事つかはす文のお
くに
15076 よの中のつねなき中にかなしきは分ておやこのわかれなるべし

六帖詠藻　雑八

喜之が二度いとあつしくわづらひたるをこたりざまに
15077 おもひやれとしに二度死出の山みてかへりにし心ぼそさを
とき〻し。さこそあらんずらめ、いとようをこたりけり。此歌も心よりいでたるな
れば、あざやかにきこえたるもうれしく、かへしに
15078 しでの山二度みてもかへりこし君はやちよの坂もこえなん
信言が壱七日に題をわかちて、春
15079 いやとしに世に〻ほふべきわかざくらさかりもまたでかれし春哉
冬」（1オ）
15080 冬のきて消にし人のゆきならば又ふりつがんそらもまたまし
庭の松にねぐらして鳥のをるに
15081 我のみと思ひしむろの松がえにねぐらをしめて鳥もすみけり
15082 山かげにねぐらさだむる鳥みれば我友えたるこ〻ちこそすれ
むかしの聖の、道行（万二）れずとのたまひしを思ひて
15083 かやしげみ陸地は行んかたもなしみをうみ舟にさをやさ〻まし
我にはしたがふべき人もなしなど思ひて」（1ウ）
15084 我のみやみをうみづらにうかびなんかたらふ友も浪のまに〳〵
はかなくあかしくらすことを思ひて
15085 西にくれ東に明ていづる日の今幾めぐり我をてらさん
信言が百日の手向に廿首をおくる、巻頭、月を得て
15086 なきかげの雲がくれにし月ならばあすのよとだに（またましものを）
信郷より
15087 かきつめて手向るけふ」（2オ）の言の葉の花をみるにも袖はぬれけり
と申こし侍し。かへして
15088 思ひいづることをも〻かの手向草露もかはかじ此比の袖
いとさびしきくれに
15089 絶まなくこと〻ふものは山里の軒の松風ふくろふの声
夜ふけておきたるに
15090 やくし仏のおまへのともしかげ更てまつのはやしにふくろふぞなく」（2ウ）
此鳥のことにいとはしくて
15091 侘しきは松のあらしのたゆむよもあかれずきなくふくろふのこへ
ある人のよめる
15092 わたつみの底に生てふさにごじゆぞしづみはつべきみのたぐひなる
是はこのみちの述懐。あるかたにて修行するに心も得ぬよしなり。まへ〳〵より我
かたに心ざせど、さはることあるよしなり。かひ付遣す
15093 わたつみの底におふともあか玉のひかりはいつの世にか〔か〕くれず」（3オ）
手ならふにも心にもまかせざ〔りけ〕れば
15094 いへばわが心なるべき水茎の思はぬかたになどながるらん
老の〻ち行歩坐臥いといたうくるしく日々におとろふるをおぼえて
15095 心のみむかしのま〻とおもひしがそもものごとにうちわすれつ〻
右のめのいたくかすみてみえがたきをり〳〵、あらへばたちまち明らかになる良薬
あり。衣のたなのかすがのわたり藤もと、家に」（3ウ）あり。こひたく思侍りし人
のやめるをみては、しのびがたくとらせなどせしに、この比我めのあしければあら
はんとするに露なかりければよめる
15096 人をのみあはれ〳〵とみしほどにはては我みのうきめをぞやむ
この衛どの〻かうぶりしたまはんとするまへの日、おまへの松の木に鶴来て一日二
日さながらあり。後は餌につきて人になれたれば、人に嘉〔瑞をた〕て」（4オ）ま
つるに、母宮のおほせごとにて〔や〕つがれも歌奉るべきよしなればいなみがたく
上中下ゆすりていはひたまへる折から鶴さへきあふは神のつげたまへる瑞にやとか
つはかしこみ、かつはほぎ奉るとて
15097 此殿にとひ（飛ニソフ）きて立もはなれぬは君によはひをゆづる（鶴ニソフ）なるべし」（4ウ）
ある人玉をみす。玉芙蓉と名づく。白玉のうちに紫をおぶ。その色尋常ならず。そ
のかたち不二に〻て雪の面かげもみゆ。これにうたをこふ。さる奇玉に凡卑の詞を

いかでといへど、しひてこふにいなみがたくて

15098 玉だにもつゝめる不二の面かげをいかでこと〔葉の〕露にうつさむ」（5オ）

月ほのめく夕いづくわたりとみれど、みねもみえねば

15099 うづまさは竹のは山につゝまれて月のいでいるみねもしられず

峨山三秀の院宣首座、対州より、こんとしの初夏の比ならでは得のぼらぬに、月日のおそくたつよし申こし侍しに云やる

としぐ〵なれし花なればとひ侍るに、おなじ」（5ウ）色かにはさけど、思ひなし〔に〕や、いとさびしかりし

15100 もろともにみてらの花はこのはるも君待侘し色に咲つる

としの矢のとく過るならひも、待身にはいかに久しうおぼすらん。我とくすぐる月日にかへまほしくて

15101 老らくのまたぬにめぐるとし月をながしと思ふ君にかへばや

つしまにあさぢ山ありときゝて

15102 まてよ君あさぢの山の秋のはのちりなば木のめはるもちかけん

連声音便をさたする比、経亮が連声集をこゝかしこたづねありきて、〔松〕の枝に」（6オ）つけておくれる。そのいや申つ〔かはすと〕て

15103 古きよの風ぞかよひてのこりける松のことばの声のひゞきも

朝に庭鳥の声をきゝて

15104 里ごとに鳥ぞ今なくその鳥にならひて時をしる身ともがな

懐旧

15105 身のうさのおなじむかしをしのぶ哉若かりしよを思ひ出に〔して〕

15106 人なみに思ふさまなる世をやへしをこにもしのぶみのむかし哉」（6ウ）

15107 かへりこぬならひなればや忍ぶらんみのこしかたもうかりけるよを

山家夕

15108 けふの日も軒ばのみねに入はてゝ麓の空にかねひゞく也

15109 うたひつれかきねを過し柴人の声ばかりしてくるゝ山道

15110 かねの音も聞えぬ山の庵には夕を雲のかへるにぞしる　此歌は前詠る歟。可見合。

名所鶴

15111 うら山しおのが千年のとし波をかさねて〔なる、わ〕かのうらづる」（7オ）

15112 君が代のながらの山の松にすむ鶴はかひ〔ある千〕とせとやなく

千載集に、やまとみことといふ詞あり。新古今竟宴一座懐紙のうちに宮内大輔平宣直といふ人のうたに〈ながきよのためしなる哉敷しまや大和みことのゆく末のはる〉とよめるにてしりぬ。みは美称の詞なる事を。それをよむとて

15113 すなほなるやまとみことはやがてこの神のみくにの道とこそなれ

いねの名をよめる」（7ウ）

15114 いねの名をきけば袖のこほうしごやみよは千もとに長彦のたね

散木集、夫木などにいでたり。

15115 ふきおろすむこ山あらし音はげしにくさびかけよ沖つ舟人

清輔初学抄、小町集、すみよし物語などにも此詞あり。

15116 しづかにとすめるを人のとはぬこそおろかなるみのとり所なれ

散木、山家集にもいでたる詞なり。

惟美がきのくにゝいぬる別をしむに、二とせみとせのほどにま〔たのぼり〕」（8オ）こんといふをきゝて思ひし〔こと〕

15117 又こそと契おけども老ぬればこれぞかぎりの別ならまし

小坂殿十二景

陀峰彩霞

15118 世に超てたてるあみだの嶺なれやいとゝく春の色にかすめる

15119 世をすくふあみだがみねの春かすみたが心かはひかれざるべき　是は、代宗順

15120 よの民におほふかすみの袖なればすくふあみだのみねよりぞたつ」（8ウ）　墨ノ袖、慈円の歌ニヨル。爾時、座主宮故也

15121 春の色に心ひかるゝはつしほやあみだがみねのかすみならまし

15122 かすみてふあみだが峰の春の色に心ひかれぬ人はあらじな

平林春花

15123 をりすぎず咲るしげみの花みれば春光は木がくれもなし　此十二景、澄月、大愚、蒿蹊、御題被下候後、愚老依願、宗順、知足庵へ賜題、詠出之意也。

15124 むら〳〵に雲のたつかと山もとの林がくれに花ぞにほへる　題中有雲、仍除之。

15125 吹風もあたりの木々におほはれて林がくれは花〔ぞのど〕けき」（9オ）
15126 春にあふ松の林にゝほへばや花も一入の色〔にみ〕ゆらん
15127 春山のふもとの林しげゝれど咲にほふ花の色はかくれぬ
15128 花さかぬ木ぞなかりけるこれや此君がことばのはやし成らん
15129 言葉の花の林にめしゝかどやらはれぬべし色かなしとて
15130 色々のことばの花も咲まじる春の林のかげぞ立うき

青田乱蛙

15131 春ふかみひとつみどりの小山田にすだく蛙の声もわかれず
15132 なくかはづ声みだる也小山田の青みわたるやさなへなるらん」（9ウ）
15133 山陰のうつるをなへの生ぬとや水田のかはづ声いそぐらん
15134 春山をうつす水田になくかはづ声のいろめもわかれざりけり
いろめの詞、未聞といへども、いふべきことわりある詞なり。
続拾遺〔ママ〕〈雲鳥のあやの色めもおもほえず人をあひみてとしのへぬれば〉近院右大臣

西山夏雲

15135 さが山にむら散雲の花ならば夏の袖にも風やいとはん
15136 西山や入日の後は秋色にたな引みねの雲ぞすゞしき
15137 夕づく日入ぬるあとの山のはにたな引雲の色ぞ涼しき
15138 そなたよりふく風すゞし大江山たかねの雲や夕立のそら
15139 けふも又夕立すらし朝日さす大江のみねに〔雲ぞか〕さなる」（10オ）
此題もし鵑ノ後ニならば、後二首〔ノ内ナルベシ〕

喬松啼鵑

15140 木だかきは君が松とて先やなく山ほとゝぎすいづさ入さに
15141 陰たかきみむろの松をたのみつゝ千よをや契る山ほとゝぎす
15142 松たかき梢にきなく郭公つばささへこそさやにみえけれ
15143 しらむよの空にうつりて松たかき木間もさやになく郭公
15144 陰たかき松にならひてほとゝぎすなが鳴枝もかくれなき声
15145 時鳥心たかさもたぐひなき君がみむろの松になくなり
15146 時鳥いつもはつねはひとつ松高き梢をとひきてぞなく」（10ウ）
15147 時鳥きなく梢の声の色もならぶかげなき一もとのまつ
15148 たぐひなくたかきみむろの松とてや先はつこゑをなく時鳥
15149 雲になくさ月の空の時鳥松をみせたる声のこだかさ
15150 郭公雲のいづこと詠ればおまへのまつの梢にぞなく

茅檐明月

15151 いさ清きかやゝが軒とみ空行月も光をつくしてぞすむ
15152 よのほかのかやゝが軒はいづるより入まで月のかげぞすみぬる
15153 みそらゆく月も塵なき世外のかやゝが軒や分てすみよき
15154 雨すぐるかやゝが軒の玉水にやどれる月のか〔げぞさや〕けき」（11オ）
15155 あはれとや空にしるらん雁鳴て月すむ秋〔のかやが〕軒ばを
15156 ことそぎてつくるかやゝが軒なれど月の光ぞみちてすみける

曲塢秋草　題順可為前後

此塢字、万葉ヲ初テ歌ニヨメルコトナシ。万ニ字音ヲツカヒテ塢ヲトヨメレド、訓ニハナシ。無例文字和歌ニ被出候事、不可然存ニ付、其旨被申上候様、家中衆へ申入候処、恐思召難申上之旨、道覚申之。愚翁申入候ハ、宮ノ後難不被受様ニ存故也。御内既如此。他人無用之心付ナリ。又言上」（11ウ）不相違。愚翁折々罷出事無用ニ相覚。此字四声、字苑ウネトアリ。ウネハ畔、クロモアトモアゼトモヨメリ。和名可見合。塢ノ心ハ此字ノ心ニハアラズ。塁壁也、厚域又小障也、村隖也ナドアリ。陣営ナドノ土手トミユ、居所ノ心ナリ。此心ナラデハ、ウネモクロモ不叶也。和歌題に可書文字ニハアラズ。

15157 小田ならばくろといふべきたて横に錦をおれる秋くさのはな
15158 花みずはさも思はじを山もとのよこをるくろもあかぬ秋くさ
15159 山ばたのかたさがりなるうねみえてちへに咲ぬるを花秋はぎ
15160 あれはたも猶うねみえて竪横に咲みだれたる露くさの花
15161 小山田のかたさがりなるくろごとに花をつくし〔て咲る秋〕くさ」（12オ）
15162 山がつは田をこそつくれくろごとにたれかはうゑし〔を花〕秋はぎ
15163 行めぐりみまくぞほしき山はたの横折うねに咲る秋くさ
15164 みもあかずみゆるふもとの小田ならば横をるくろの秋くさのはな

虹橋丹楓

15165 そめわたすもみぢの上のそりはしをよそめにかけばにじかとやみん

15166 そめわたすもみぢにはしはつゝまれて虹のうへ行心ちこそすれ
15167 雨はる、折しもにじとみる橋の色とりそへてそむるもみぢば
15168 あやしくもたれかわたるとみしにじはもみぢのうへにかゝるそりはし
15169 にじならば人はゆかじをそめわたす木々のうへにやかけしそりはし」（12ウ）
15170 もみぢする木間のはしとみる〳〵も猶にじかとぞあやぶまれぬる
15171 雨はれてそめます木々の梢より渡すはにじのはしかとぞみる
15172 雨はれてうつる夕日ももみぢばもにじにぞみする池のそりはし

暁苑積雪

15173 よのほどは木ごとの花とみそのふのしらむ光に雪ぞわかるゝ
15174 大かたの光とや思ふ山かけてふかきみその、雪の明がた
15175 山ふかくみしよをぞ思ふあかほしの今もかゞやくみそのふのゆき（みしよもかくやあかほしの光きらめくみそのふのゆき）

翠池浮鴨　題順可為前後」（13オ）

15176 浮鴨の上毛の霜はなか〳〵にみどりの池のけしきをぞゝふ
15177 かはねどもとはにみどりの池にすみて深きめぐみになるゝかもどり
15178 めぐみをやつね〔ママ〕みどりのみなれつゝかはぬになつく池のかもどり
15179 君がめぐみふかきをそらにしるかものつねにみどりのみなれてやすむ
15180 うくかものは色も同じいけ水をおのがすみかと立やはなれぬ

蕭寺清鐘

15181 にごりなき心をさへもあらふめり清水寺のかねのひゞきは
15182 声きくも清くさびしき山寺を入相のかねに思ひこそやれ」（13ウ）
15183 きこえくるよひ暁のかねの音に心もすめる法の古寺
15184 しづかなる山にひゞきて聞ゆるはいづくの寺のいりあひのかね
15185 山ひゞく清水寺のかねの音を夕しづけきみむろ〔にぞ〕聞

竹窓夜雨

15186 ふりお〔も〕る竹のしづくも音更て雨しづかなる夜の山まど
15187 吹そよぐ風をさまりてふかきよの雨しづかなる窓のくれ竹
15188 よひのまのあらしは絶て山まどの雨しづかなるいさゝむら竹
15189 よひのまはそよぎし風の音かへて雨になる〔よ〕の〔窓〕のくれ竹」（14オ）

〔半丁空白〕」（14ウ）

人のとへば、ものしれるかほしていらへなどするがいとをこにおぼえて

15190 ことのはをわたらへ草になさめやも山のやせたももたらましかば

弁乳母の集をみるに、たがゝけるにやとおもへば、故方俊がてなりと心づくに

15191 みればまづ面かげうかぶ水くきになみださへこそながれそひけれ

経亮が四十余り四としいへることし〔ま〕で、いかでかあだにくらしきぬらんとあるに書つく

15192 あだにへし年をゝしまば今よりの月日〔をたゞにすぐ〕さゞら〔なん〕」（15オ）

又おろかなる心の迷ふうきにはれぬ月日を過しにけりとあるには

15193 うき雲にまどひなはてそ空にすむ月日はいつも光さやけし

木島を

15194 秋風によするいなばは波にゝて田中にたてる木島のもり

硯石をあさかがたと名付て

15195 みる石の硯のうみも浅かゞた浅きぞ深きはじめ也ける」（15ウ）

〈なく蝉の葉におく露に秋かけてこかげ涼しき夕暮の声〉〔散ラシ書キ〕
小川布淑所与予。右西行上人真跡写」（16オ）
〈ゆきかへるやそうぢひとのたまかづらかきてぞたのむあふひといふなを〉〔散ラシ書キ〕
右ハ公任卿真蹟写　あ〔し〕で」（16ウ）

〔貼紙〕「将軍家書家八代太郎吉令彫刻。外定家卿真蹟、アシデ書アリ。記録之切也。一切不誦解仍不記之。右得二首、アシデ之趣可知也。」

〔貼紙〕「瑞鳥楼十二景、都而之歌一覧相願候処、今日作者五人分、銘々書分六折来。愚老、宗順、保考、澄月、慈延、蒿蹊等也。知足庵歌不被入。此間対面節、詠草ハ指上候得共、清書短冊ハ不差上除名相願候由也。其所存候ハゞ、最初愚老へ可申事也。強而被仰付ニモアラズ候所、添削之後願除名事、対愚老失礼無量歟。仍而除之。」」（17オ）

陀峰彩霞　宗順

15196 世をすくふあみだが峰のかすみにはたが心かはひかれざるべき　保考
15197 紫の雲もやこゝにかよふらん霞色こきみねの明ぼの　澄月
15198 みねの松こゝをさることも遠からで霞の末にみどりそふ影　慈延
15199 こす巻てみねのあさ日の紅に〔に〕ほへる色やかすみなるらん」（17ウ）　蒿蹊
15200 平林春花
のどかなる春の光をあふげとやあみだがみねの先かすむらん　宗順
15201 しげりあふ林のさくら咲しよりこと木にふくもにほふはる風　保考
15202 ゆふ附日いりし林のかげにしもくれぬや花の光なるらん　澄月
15203 ちる梅のそれ其そこに咲桜はやしがくれはなにの花ぞも」（18オ）　慈延
15204 こと木さへ花になるらし二葉より匂ふ林のはるもおぼえて　蒿蹊
15205 立ならぶしげきを風のへだてにてさけばや花の盛久しき　宗順
15206 青田乱蛙
みどりそふ山田のかはづ時きぬとつまをしのぶのみだれてや鳴　保考
15207 萍もしげる水田の春ふかくねを絶ずしもかはづ鳴なり」（18ウ）　澄月
15208 草ながらかへすやあはれ小山田のしづ心なくかはづなく声　慈延
15209 せく水のあたりやいづこあらをだの草よりしげくかはづ鳴声

15210 はるもはやみどりみえゆく苗代にあめよぶかはづ声しきるなり　蒿蹊
15211 喬松啼鵑
ほとゝぎす来鳴ねぐらもひとつ松よそにうつらぬ声の木だか〔さ〕」（19オ）　宗順
15212 うぐひすの古巣を出るほとゝぎす松の高きにうつりてやなく　保考
15213 ほとゝぎす下枝の雲はそらめにもかけずや声の高まつに鳴　澄月
15214 此殿にまつとはしるき木高きをすぐさでや鳴山ほとゝぎす　慈延
15215 陰たかき松をみそのゝしるしにてしばしばきなく郭公かも」（19ウ）　蒿蹊
15216 西山夏雲
夏たてばめなれし西の山のはもあやしきみねとみする白雲　宗順
15217 かつらぎのよそめもかくや西になる夕日すゞしきみねの白雲　保考
15218 たには路にこゆるみねかとゆふだちのあとよりのぼる雲もあやしき　澄月
15219 入ぬべき山よりたかく夏の日のかげろふみねや雲の夕こり　慈延
15220 入方の日かげもこめてあたご山立白雲の色ぞすゞしき　蒿蹊」（20オ）
15221 曲塢秋草
山畑のかたさがりなるうねごとに花を尽して咲る秋くさ　宗順
15222 こてふをやしるべにとはん秋草の花に道なきこのもかのもゝ　保考

15223 秋風もをぎのやどりや尋らんを花が波のうねづたひして
慈延」(20ウ)

15224 さをしかの立どもあれや分めぐる秋のちくさの垣ね木隠
蒿蹊

15225 いろになる早田のくろのくま〴〵に小萩もおのが秋やあらそふ
宗順

茅檐明月

15226 更行ば軒の秋風みにしみてかやゝの月ぞ澄まさりける
保考

15227 いにしへの俤ながら澄ぬらしかやが軒ばの秋のよの月
澄月

15228 よにすまばかゝる軒ばの秋こそと月もやみがく露のかやぶき」(21オ)
慈延

15229 影みがく玉のいらかにならひてもかやが軒ばの月や澄よき
蒿蹊

15230 高殿の軒のをがやの露更て移ふ月もすみまさるらし
宗順

虹橋丹楓

15231 もみぢ葉につゝめる橋とみる〴〵も猶にじかとぞあやぶまれぬる
保考

15232 たなばたに今もかさばや秋ふかきもみぢをわたす池のそりはし」(21ウ)
澄月

15233 雪にのる名をかよはしてもみぢばのちしほの峰にわたすそりはし
慈延

15234 雨はまだはれぬ木間にたつにじやもみぢ色どる池のそり〔橋〕
蒿蹊

15235 夕虹の面かげみせてうちわたすみいけの橋にうつるもみぢ葉
宗順

翠池浮鴨

15236 水広き沖にうかびて池の名のみどりをたゝむかもの村〔鳥〕
保考」(22オ)

15237 松陰もうつる御池にうく鴨の青羽は霜をしらぬ色なる
澄月

15238 よる波のひろき恵にあをばしてこやみてがひの池のかも鳥
慈延

15239 木々の色は秋にうつりし池水をあをばにかへす鴨のむら鳥
蒿蹊

15240 所えて群つゝあそぶ芦かもの羽色も池の〔みどり〕そふらし」(22ウ)
宗順

暁園積雪

15241 その深き雪の光にしらむ夜はゆふつげ鳥もおくれてぞ鳴
保考

15242 みるやたれ暁いりしそのゝうちの面かげふかき雪の八重山
澄月

15243 ふりつみてをちの高ねはのこるよも雪に明行みそのふの山
慈延

15244 人のよの種にはあらで咲や此あかつき深きゆきの花ぞの
蒿蹊」(23オ)

15245 夜すがらに山とつもりて暁の光をいそぐみそのふのゆき
宗順

蕭寺清鐘

15246 ひゞきくる声遠からぬ山寺の入相のかねに心こそすめ
保考

15247 聞人や心すむらん清水の山寺ちかきあかつきのかね
澄月

15248 心すむいらかあまたのかねのこゑも都のよもにかぞへてぞきく
慈延

15249 ちかくなり遠く答ふるかねの声寺〔より〕寺の夕しらせて」(23ウ)
蒿蹊

15250 松風の伝ふる声も静なる山べの寺のいりあひのかね
竹窓夜雨　宗順
15251 呉竹の窓のさよ風吹絶て小雨そぼふる音のしづけさ　保考
15252 聞てたれ袖ぬらすらむ呉竹のよふかきまどのむら雨のこゑ　澄月
15253 呉竹のまどに声聞しづけさを雨にゆづりてをやむさよ風　慈延」（24オ）
15254 呉竹のまどのさよ風音やみて今ぞ誠の雨になるそら　蒿蹊
15255 呉竹のよふかき窓にふりしめる雨は末ばの雫にぞ聞

難波にとものりといふ書家あり。やつがれによめるうたをこひて、書てすみよしに奉納せんとこふに、いなびがたくて廿首ばかりつかはしたりしに、外の人のうたとゝもにゐりて、蔵山集といふ名をつけて彫刻して市にひさぐときゝつれば、もとめてみるに、いづれも作者にたのまれてゐりたるよしを」（24ウ）序にかけり。いと思ひのほかなれば、にくゝてこと葉のたがひたることをいひやる文のおくに

15256 言葉はやがて心の道なるをなどかくばかりふみはたがへし
かへし　とものり
15257 やはらぐる心のみちのかぜなるをなどかはげしく吹はたがへし
歌をやはらぐみちをおぼえたるもいと思はずなれば、又かへし
15258 はげしきも同じ心の道なるをやはらぐのみと何思ひけん

これはむかしのことにて忘れにたるを、人の」（25オ）かたりいづるにおもひいでゝかいつく。

雨ふる日、維済が父を古郷に見おくりて、かへさにとひ侍りしに
15259 親と子のいつはあれども雨の日の袖のわかれを思ひこそやれ
かへし　維済
15260 おもひやれ八十にちかき老らくにわかれてかへるけふのたもとを

人よりきて、古稀を賀し侍りける日、布淑のもとよりがまのむしろをおくりて
15261 あやにしきそれもしかじの松かげに此草むしろいかゞとぞ思ふ
かへし　此むしろなゝふなん有けり
15262 けふよりは千よ松陰にうきことも七符のむしろしきて」（25ウ）あそばん
わらはやみをこたりて、としへて住しうづまさをたちかへるとて
15263 老て身の今はといらん山里をうかれいづるや猶わらはやみ
布淑是をきゝて
15264 今は君けぢかき里にわかゞへり千よへて山にいらばいらなん
致陳が身まかりし比、経亮より
15265 よはかくと思ひながらもみし人のなしとしきけばおどろかれぬる
かへし
15266 なき人の数をかぞへてふりのこる老のなみだを思ひやらなん」（26オ）

七十といふに、故わかさの守宗直が山庄にすみて、山野のけしきのあかずおぼえければ
15267 ふる人の心をつぎてこゝにわがあかず野山をみるもいつまで
いたくふりたる家なりければ
15268 かたぶける老のよはひとゝし月をふるやの軒といづれあやふき
あはた山より雨後の雲のはるゝをみて
15269 山々をはれのく空にながむればかさなる嶺もひとへにぞなる
夕日に淋しくなれる野をみて
15270 みるまゝにまれになるこそ淋しけれくるゝ野畑の賎がゆきかひ」（26ウ）
いこま山の西より〔は〕みゆるを、こゝよりはみえざりければ
15271 めぢ近き松にへだてゝいこま山このやどよりはみえずぞ有ける
15272 めぢ近き松なかりせばいこま山へだつる雲をいかにかこたん
15273 いこま山雲にへだつと恨しやまつにさはらぬゆふべなりけん
とほく煙のたつをみて
15274 つねにたくかはらざかへの煙かも松のあなたに立のぼりけり

蓮花王院のうしろを瓦坂といへり。古名なり。
垣ねの塵はらふに、老かゞまりていとくるしきに、いつまであらんとてかうはなど
みづからもおもへど、くせなればいかゞはせん」（27オ）
15275 一夜かるたびねの床もゐる塵をはらはで草のまくらをやゆふ
今住やどの軒にふりたる松あり。和かのうらよりうつせしと故人のいへり。経亮つ
たへきゝて
15276 千よかけて君がすむべき庵ぞとやかねてうつせしわかのうら松
かへし
15277 うつしけん人はむかしのやどの松千とせの色をみるもはかなし
15278 その人にあらでなるゝをわかのうらの松はかひなく思ふべらなり
もとひろより、うしのすみ給ふ軒ばにたてる松は、もとの紀宗直朝臣の、わかのう
らよりねこじにうゑて、八十のよはひまで友とせしときけば、翁もそのあとをつぎ
ていや久におはすらんといとうれしく」（27ウ）
15279 わかのうらの松をねこじてむかし人君がためとやかねてうゑけん
かへし、のたまへるやうに、あそもかたり侍りし。その庵に、おもひがけずすむこ
とも、さだめなきよと思ふを、なぐさめてことほぎ給へりし御心ざしの、いとうれ
しければ
15280 うつし植し人にあゆやと我も又とはになれみんわかのうら松
養老滝の下に人家あり。老人夫婦ありて、うちおどろきたるさましたり。わかき人
ひさごに物いれてさしいだしたるかた、人のよまするに
15281 大君のみゆきましけるたどの滝老もわかゆといふ水ぞこれ
是は備中広瀬家中、森岡五郎左衛門頼、若林」（28オ）五兵衛取次。ことし古稀のよ
はひになれゝば、文どもかなたこなたにわかちつかはしたり。養老初年の事実書て
給はるべしと経亮もとに申つかはしたりしに書て、おくに
15282 今よりの老をやしなへみのゝ国たど川水のうつしゑをみて
と申こしたりし。ゑみて、よはひのばへんことはいとゝほくやと思たまへて
いにしへの養老は聖代の瑞といへども、ながれてのよにつたはらず。今日の勘物は
まさしくわが労をのがれたれば
15283 水よりも我をたすけしなさけこそ老をやしなふ薬とはなれ
経亮、元広きあひてふみよみあわせ、」（28ウ）歌よみなどするに、松風にたぐひて
笛のねの聞ゆるに、経亮まづよむ
15284 遠かたの笛竹の音を軒ちかき松ふく風にたぐへてぞきく
つぎに元広
15285 ふえ竹のしらべま近く聞ゆるは松ふく風やさそひきぬらん
とかきて、わがまへにおけばかきつく
15286 笛のねをさそひてふけば松かぜもことに聞ゆるものにぞ有ける
久しく雨ふらで、ふれるあした
15287 めづらしく雨ふりぬれば晴てみし野山のけしきまたまさりけり
此ことわりをおして思へば
15288 はれよりも雨のまさるはめづらしと思ふこゝろのみするなりけり」（29オ）
都のすみか、かなたこなたにあまたゝびうつりて後は、あはたにむかへる岡崎あた
りにすみてよめる
15289 よのうきめいつよそにみんのがれつゝ雲のあはたつやままではきぬ
雨はれて、むら〳〵雲のたつをみて
15290 雨はれてうち詠ればむべしこそ雲のあはたつ山ぞこの山
山　梅宮
15291 花もみぢいづくはあれど遠からぬさが松のをの春秋の山
15292 はるゝかとうちみる程に白雲のかゝれるみねやいこまかづらき
おもふことありて」（29ウ）
15293 人のよの富は草葉におく露の風をまつまの光りなりけり
海獺の人語にこたふるをきゝて、かへりごとなき人に
15294 君はいかに海に住てふ獺すらもとへばこたふる声きこゆなり
海路
15295 まほあげて千重のしほぢを行舟はゆくもとまるも波のまに〳〵

舟人をよめる
15296 いく薬もとむとはなき舟人もうみぢにとしの老にけるかな
明くれ、あはた山をみるに、むかしこのわたりに」(30オ) つどひてあそびし人ののこるもなかりければ、彼衆鳥高飛尽といふ詩の句をおもひいで、
15297 かはらぬもあはれとぞおもふあはた山人はかひなく消うせしよに
むかしものならふとてかよひける宿を、年へてまへわたりするに思ひいで、
15298 十余り七のとしかあけくれに行かよひぬるやどぞこのやど
15299 わがとひしそのかみよりはいくそたびやどのあるじは住かはりけん
山里住のいと侘しくおぼえし夕、たゞ言に
15300 こゝも猶山里ながらしら雲のうづまさよりは住よかりけり」(30ウ)
喜之、北野奉納歌のことにをかしくおぼえければ
15301 ことさらにみがゝぬ玉も千はやぶる神〔の〕光にあらはれにけり
そも〳〵ことのはのよしとあしと分ることは、なにはの道にくらからず、浅か山のおく深きことわりにまどはぬ人のなすなるとぞきゝし。そも猶くれ竹のよゝにうつりゆくすがた、ことば、かた糸のより〳〵にかはりて、一すぢならぬことゝなん。こはさばかり入たちたることにはあらで、この秋もなが月の有明の月まつほどのよひゐのさう〴〵しきをなぐさめて、いにしへの歌人のまねして、たはぶれに三つがひの歌をあはせて翁に判をこふ。いなぶはかへりて物がましくたはぶれごとに、まめごとをもてこたへんもけうざめなれば、」(31オ) いさゝ〔ママ〕は我もたはぶれに長夜を過しやらんとて、かんのくゝりかい付侍になん
なが月はつかあまり一日　七十童　蘆庵
15302 後白川法皇灌頂巻〔朱〕あな興ざめ。人主のみこゝろよせたまふべきことかは。蒼生の言はいかゞはせん。
時をさへさゝせたまへるいせ源氏のものがたりにもおとりてなめげにこそみゆれ
ながれての後のしら川それよりぞあさましくのみよはくだりけれ
そは翁心なめりかし。いと心うきたちてをかしうこそとおぼす人も多かるべし。人道のもとなれば、たれかかれ木をみるやうならん。花みれば春めく心は露かはることなし。されど、そのうちにも老のけぢめはあらはるゝものぞかし。後白川法皇御作灌頂巻、絵は住吉法眼云々。」(31ウ)
15303 古ものがたりに双六のまけわざに、鬼のおくりける女、百日すぎてしたしくなれど、ちぎりしをまたざりしかば水となりて消うせたりける時、男になりて
くやしくぞもゝかの契たがふべき心をおにゝわがしられつる
鬼になりてかへし
15304 めにみえぬ人の心のくまにすむおにゝはいかで君が勝べき
是長谷雄物語なり。
洛東退遐軒にすむに、井の水しはゝゆくていとわづらはし。四五丁西によき水ありて、日ごとにくみて茶をにるにいとよし。神無月の末つかた、さむき霜あさに、従者の水くみにゆく労を思ふに、いとたへがたうくるしかりし。一日二日従者のなかりしをり、いかゞはせんとて井の水を」(32オ) くみて茶をにるに塩気すべてなし。いとうれしく日ごとに試にいと清くて、むかしかでの小路の水のごとし。悦にたへで
15305 きらはしき塩気も絶て井水の清くすめるぞうれしかりける
15306 龍神も我心をやくみつらん塩気もなくてすめる井の水
故ありて我もとを遠ざけたる尼の、さるべきよしありてもとのごとたいめすべきよしをきゝて、うれしみなきけるを、さうじへだて、経亮きゝて
15307 かづきしてさちえしよりもうれしみのあまのよろこぶ声の聞ゆる
我をそしる人おほかりときゝて
15308 すだきつゝ人はあしてふことのはにかくれてかりのよをすごすかな」(32ウ)
15309 いづくにかきこえあぐべきことのはのあしでのつるのねにはなくとも
三井三女、さきに我をしへをたつ。又、高登入道もいとなのめ事ありてとがめける後、いたくなげくときゝて、さらばもとのごとゆるしてんといひしに、かれがずさどもわが意をそむき、いかゞなめしきことかさなるを、製するちからなくて、ずさにしたがふにとても我道つたへんことかたければ、終にたちはてたるをり
15310 三井の水にごれる物をすむやとてなどくみつらんたもとぬらしに」(33オ)
此比より、我やどの水の塩けなくなれゝば

15311 三井の水にごりゆくより我やどの板井は清くすみてける哉
山科宝積院取次　坊官山田刑部卿頼
布袋讃
15312 あめつちを袋に入てもちたればよはうつせみのかろきものなり
小川布淑取次　小野左膳
鏡に、遊里にをとこ女のあまたうつれるを、十王のみたまひたるかたかけるに」（33ウ）
15313 後のよとかけてないひそみな人の心はやがてはりのかゞみを
おなじ人山水のゑにうたゑにして
15314 よはなれてすまゝほしきは山かげの入江の磯の木がくれの宿
萍
15315 よるべとは思はざらめどまこもかる賤がたもとにつけるうき草
15316 ねをたえて波にうきたる萍はよるべもあらんを我ぞかなしき
あしでに
15317 重出いづくにかきこえあぐべき言葉のあしでの鶴のねには鳴とも
15318 重出すだきつゝ人はあしてふことのはにかくれてかりのよを過すかな」（34オ）
あしで
15319 霧わたる夕にみれば薄墨のあしでにかけるこやの池水
八わた山ざきあはひをはるかにみやりて
15320 こゝよりはみえもわかねど山あひのきりのそなたやなはのうみづら
旭祖より
15321 くらき此心もてらせ玉とおくことのはぐさの露のひかりに
かへし
15322 すみぞめの衣の玉をてらさめやひかりなきみのことのはの露
王照〔ママ〕君讃　是正頼
15323 ことざまにうつさるべしと思ひせば鏡をのみはたのみしもせじ
15324 さすらへん身をも思ひ〔ママ〕のみますみのかゞみたのみける哉」（34ウ）

15325 うつりゆくひなのやつれのますかゞみかゝらば影をたのむべしやは
うしのすませ給ふあたりの井のみづ、みなあしかりけるに、この比、うしのもとの
井の水ばかり清くなりぬときゝて
15326 きらはしき塩けもたへて井水も君が心にならひてや住
かへし
15327 清くすむ水にならはんと思へども我心こそにごりやすけれ
泉郎
15328 釣の糸に心のみひくあま人もめかりしほやくうさはかはらじ
15329 よをわたるうきめかり舟いでもあへず汀のあまはもしほをぞやく」（35オ）
山下所望巻物　初に桜折枝画あり。
老波のいやしき〳〵に立そふめれば、うちけちぬべきとりのあと、こゝにとゞめて
思へらんやうをも、後みん便ともせよとなり。かくへだてなくかたらひて、廿あま
り六とせにもやなりぬらん中らひなれば、いなぶべきにもあらず。されどこの花に
いかゞなめげにかきつがんと思へど、思ひかへせば、ながれてのよにのこるべき水
ぐきのあとならぬも、この花によりてしばし岩まにとゞまれるやうもあらんかしと
て、とし比あしでがきといふ」（35ウ）ものゆかしうおぼえたれど、これなんそれと
さだかにのこれるを、みする人もなければ、いかなるものともしらぬを、いさゝか
おもひよるふしありて、もゝたらず手ならひのやうにかきけちしを思ひいでゝ、
こゝにかきたるべし。春日のつれ〳〵秋夜のながきに沈思苦吟せられむをり、おと
がひをときて労をわすれたまへとなり。
田家夏よりして季を追て」（36オ）卅首ばかりかきつかはす。
ある人の寄関述懐に、15330 のがるべき心もやがてとゞまるはをさまれるよにあふ坂
の関　といへりける。武士なりければ、その歌に書そへてやる
15331 をさまれる世のみつかへてあづさ弓やとしもいはゞのがれんや君
ある人のもとよりおとつ日、さかなおくるとてそのうをはこざりける。けふかれよ
り
15332 みさごてふとりもやこゝにあさりけんおとせし魚をひろひあげつる

かへしに、おとつ日えましかばけふはあらざらまし。おくれたるはかへりてわがさちにこそ侍りけれ」（36ウ）

15333 みさごてふとりおとしたる魚ならば何をかあすのくふもの〔にせん〕

南海にあだし国の舟あまたいはめり。いくさ舟ならんとていせのくに人も舟あまたいだしておひはらはんとす。国のうちいとさわがしくて、ぬす人あまたありなど、とりぐ〵いふ比

15334 いくさ舟いはむといふはいせ人のひがことなりときくよしも哉

又ひたちの沖なかにも他国舟あまたみゆなどいふ比、経亮

15335 かねてよりかくれすむみのやすければ心のまゝに君はのがれん

かへし

15336 いづくにか又かくれまし山里も折しら波のよするよならば

経亮」（37オ）

15337 から人のいくさの舟はきそふともしながへ彦の神やゝらはん

かへし

15338 此くにの民の心しなびかずはしなとの風はふかずかもあらん

おなじ比

15339 山かぜのはげしき枝にゐる鳥のさもやすげなきよにもすむ哉

やつがれ故ありて古人の筆跡を尋るに、えゝぬ事とわびたるをきゝつきて、家につたへたりとてあまたゝまへる」（37ウ）嬉しさ、いはん詞をしらず。なほやはあるべき。何をかむくいてんと思ふに、たぐふべき物こそなかりけれ。むかしいよのくにうどの、とさのむろとにまうでゝ、つとにおくれる石あり。その人のいふやう、神浦といふ沖なかに大なる岩ありてはるかにみゆ。国のいさめにて是をとることかたし。されど身にかへても岩このむ」（38オ）人うしほのとほく干たるをり、月の明らかなる夜、しら浪にまぎれてうちかきてもてもうできて、御寺に奉れるを、仏にぬかづきこひたるなり。大かた峰の字のなりして長七あたゝ、わたり四寸ばかりぞ有ける。いとくろみたる石の左より前のかたにめぐりて白きふあり。国人是を石花といひて、このつけるをことにもてはやす。千万歳をへて、うしほのおのづからこりつきたる」（38ウ）なりとぞ。波のよせてくだくるがごとく、風の雪を吹かけたるにたり。そのをり、すゞりにせんとてなほざりにしるし付たるまゝにて、京の火のさわぎにいなかに久しう住て、その事もうちわすれたるを、ふとおもひいでぬ。さるは千里の浜の岩のかたかどにもあらざめれど、色みえぬ心にうふるは何か所によるべき事かはと、心いられて、塵をもよくのごはで」（39オ）まゐらせたるを、我しるしやのこり〔け〕む、そのあとをもとゞめ、もとよりの石のすがたをもそがで、硯に調ぜられたる、心しらひのそへばにや、思ひしよりもみまさりせらるゝ。このぬしなるべき契のありけるなるべし。是が名をこはるゝに、一たび三たびいなぶに、さらばゆゑよしをしるせにあるにもだしがたく、石花といふ詞いまだきかず。されど白きものは花ならぬも花といへる、つねの事〔なり〕。」（39ウ）雪もいはほにさくといへば、しほもなどかさか〔ざらん〕

15340 ときはなる君にみよとて神浦の神のさかせし石花ぞこれ

かへし　　豊躬

15341 石花の春もときはにもてはやす心を君がくみてしらなん

第二句いかゞあらん。

五七丁野をへだてゝ、東南のかたに寺あまたあり。よひあかつきのかねの聞ゆるに、ことにあはれに思ふ声あり

15342 寺々のかねのうちにも此かねのなどかは分て声がかなしき」（40オ）

法然院にまかりてかへるに中山のけぶりをみて

15343 けふはたが消しなごりの夕けぶりあすのたきゞや我みならまし

思ふことありてよめる

15344 立よりてくめばにごらぬ水もなしよそめのみこそ清くみえつれ

政教よりつるにそへて

15345 老の波よせてもわかのうらにへんよはひを君にゆづる也けり

かへし

15346 今よりの千よをゆづるときくからに飛たちぬべき〔心ちこそすれ〕」（40ウ）

月日のとく過るに思ふ事の十の一つもならねば

15347 なすことのなくは何かはとゞまらですぐる月日もかくはをしまん
15348 なすことのなるとも行てかへりこぬ月日のかげはをしからましを
いんさき都の火に、金殿玉楼の一夜の煙となれるをかなしみ、明旦ある人のあとを
だにとてみめぐりけるに、余煙の下にものあり。とりてみれば鴟のかたにやけたる
器なり。そを有隣主におくれるに、金石」(41オ)すら此火にのこらざりしに毛のす
ゑばかりもそこなはれざるに、めでゝよに言そへ〔よ〕とあるをみればあやしくて
名
15349 波よするいそのそにどり水色の青きつばさは火にもやかれず
古事記すせり姫御歌に、そにどりの青きみけし云々。
宇土小島
15350 旅の空うどのこじまにいくめぐり心づくしの月をみつらん
15351 つくしがたうどのこじまによる波の立ゐに付て都をぞ思ふ
胡床を　雄略紀ニアグラトアリ」(41ウ)
15352 世中をあぐらに立てみわたせばいづくにも身はすまんとぞ思ふ
中西良恭が七十賀、つるのかたかける盃つかはすとてつゝみがみに
15353 老波は立かさぬとも千よかけてともに遊ばんわかのうらつる
経亮が生れたる京にかへりすむとていへる
15354 住なれし都にかへるおのがみはいづくをさして古郷とせん
かへし」(42オ)
15355 いづかたにうつり住とも神のます梅津を君が古郷とせよ」(42ウ)
これは梅宮の神人なればなり

六帖詠藻　雑九

雨後にあはた山をみて
15356 はれのぼる雨のなごりの名なりけり雲のあはたつ山ときゝしは
15357 はれのぼる雲かあらぬか山もとの里の夕げにたてる煙か
山野のあかずおぼゆるに、うづまさの幽居を思ひいで、
15358 みても猶あかぬ野山をうづまさの竹の林にいかで住けん
中西良恭頼、故涌蓮絵富士、無名ふじのいたゞき墨付たるをみせて、可証よしこは
れたるに」(1オ)
15359 よの常のふじのたかねのいやたかにみゆるはわける蓮なるべし
暮春の比、いせの本居宣長とひける後、経亮につけてものゝついでに、小沢翁の岡
崎のいほりにとぶらひ物しけるに、軒ちかくたてる松は、わかのうらのときゝてあ
るじの翁のみやびを思ひよせてよめる　宣長
歌は闕字候て詞にかきつぐ
15360 思はずも都ながらにわかのうらのこだかき松をけふみつるかも
庵のみわたしのいとおもしろきをうら山しくおもひて」(1ウ)
15361 みるか君ひんがし山の花のはる月の秋をもわがものにして
是がかへし、元広にあとらへて経亮につけて
本居翁のことのはは、松のおもておこしなめれば、この庵にのこしてんとおもふ序
15362 春ごとに松はみどりもそへてけり年のみたかき我や何なる
とぞ、うめかるゝ庵のみわたしは、げに四のときうつりゆくをりはあかぬことなく
こそ
15363 わがものゝ君におくらで悔しきは野山をいるゝ庵の明くれ」(2オ)
この翁はわがはたち余りの比あひし人にて、年はいくらばかりにやとゝへば、六十
四とこたふ。そのよの人をたれかれとかたりいづるに、のこれる人なし。ことつぐ
べくもなきに、寺々のかねひゞけばわかれける、いとくちをし。これよりもとふべ
し、その物がたりのとき、松によせて思ひしこと
15364 老にけるわかのうら松わかきよをかたりいづれば我みともなし

15365 としたかく成ゆくまゝにわかのうらの松のむかしの友ぞこひしき

15366 君とわがわかざかりにやうゑつらんわかのうら松かげふりにけり」（2ウ）

おなじ比、加茂季鷹がとし比こん〳〵といひて、けふぞ保志と、もにとひきけり。これはとし比きゝつれど、あふはけふはじめなりけり。客人のよめる

15367 石上ふるの中みちたちならしふみならしつゝとはん宿かも

かへし

15368 石上ふるの中みちふみならしとはれんとてやわがながらへし」（3オ）

おなじ比、織田君のけあげをとほり給ふときゝてまかりしに、雨しげき比にて鳥井大路のいとあしきをあゆみわづらひて

15369 としのうちにまれなる君をむかふとて道のぬかりにまどひぬる哉

けあげの道のことにあしければ

15370 うし馬のけあげの水の絶せねば道のぬかりのかはくまもなし

いとゝくきたるに、ことのほかおそくおはしけるをまち侘て

15371 待ほどの過ておそきは玉ほこの道のぬかりに駒やなづめる」（3ウ）

大津車のひんがしにかへるに、塩つみてかへる、いとおもげなるをみて

15372 よねに塩つみかへもどるからきよの大津車のうしやくるしき

経亮より琴さきを心ざすとて

15373 何事もむかしにかへせ琴さきに絶にししらべかきならしつゝ

かへし

15374 ことさきのさきくしあらばながらへてむかしにかへす声もきゝてん

春の末つかた、東山のほとり」（4オ）かなたこなたの霊仏おがみすとて、都の人のあまた道行ぶりにとふ比、おなじ人のもとより

15375 玉ほこの道行ぶりにつねよりもまさりて人のとはんとぞ思ふ

かへし

15376 しづかにと住山里のかひもなくくる人しげき此比のうさ

同じ人の、かもにまかりしとて、こあゆ、あまごといふいを、つとにして

15377 のぼりせのあゆにしあればこぞよりも猶いさゝけきつと、みよ君

こぞはおちあゆの比にて、いますこし」（4ウ）大らかなりしを思ひいでつるなめり。

かへし

15378 あ〔ゆは〕げにちひさけれどもこぞよりもあまごにますのあぢはひはせし

備中夏鼎が、むしあけのせとの明ぼの見にまかりしに、その前夜ふけて雨になりて、からうじて後のよのあけがた明ぼのみたる歌のおもしろく覚ければ、そこに書そへたりし

15379 むしあけのうかりし雨やなか〳〵に哀をそへしせとの明ぼの

月渓がゑに、ふじのねをかすかにかけるに、言そへよといひたるをり、かきや」（5オ）せましと思ひけるうた

15380 雲もなくなぎたる空を心あてにみればぞみゆるふじの遠山

のぞめる人の、名をしもいはねばやみてけり。

あはのくに政子といへる人、とし比我に歌みせける人なり。八十になりぬときゝて寄竹祝といふことを

15381 千尋あるかげにすみなれて万代ものどかにそへん君がよはひは

人々の歌も十首ばかりつかはしたりし。同じくに頼雄といふ人の、寄松祝の」（5ウ）歌こふに

15382 遥なるのべの小松のゆく末のちよをみながら君にとぞ思ふ

うづまさに有ける比、つれ〳〵にかたへに易経の有けるをみてよみ心みんとてよめる卦、あとにてみれば、三十六ぞ有ける。さぐりてよみりれば次なくみだりがはし。よみつがんとおもへど」（6オ）露いとまもなければ、布淑にあつらへて六十四卦になりたるなり

地火明夷

15383 ふりつみてそれともわかぬ松の色は消にし雪の後にこそみめ

15384 ふる雨にゝごる山川はれてしもにごらば清き名にはながれじ

山雷頤

15385 酒にうつる龍をのみつと思ふにも病をうけし人もこそあれ

15386 草木みなほどよくおける露のうへに人をやしなふことわりもみゆ」（6ウ）

15387 口のはにかけていふにもつのくにのあしかるつみをおふとこそきけ
15388 泉さへいやしき名とてのまざりしこゝろ清さを思ひこそやれ
山沢損
15389 君のため人のためにはなには江の身をつくしてもなにかうらみん
15390 おもひいでよたれもえがたき道のためたからを淵にすてしためしを
天火同人
15391 みな人のねがひをみつの道ならば何かなにはのさはりあるべき
雷天大壮
15392 久かたのあめをとよもし鳴神の時えてのぼる声のはげしさ」（7オ）
雷風恒
15393 常なきはこのよの常となる神にこたふる風のひゞきにもしれ
天雷无忘（ママ）
15394 人の道たゞしからずは天地の神のとがめのなどかなからん
火雷噬嗑
15395 なには江のあしをあしともさだめずはよしをよしともたれか思はん
山風蠱」（7ウ）
15396 吹つくす山下風のみだれには高ねもいかでのどけかるべき
山天大畜
15397 よも山をあつめてそらにみつばかりつめるたからはよの人のため
兌為沢
15398 みな人のよにあるほどは悦をかさぬる外の悦ぞなき
沢水困
15399 淵にみのおちくるしみてあすか川せにかはるよをたのむけふ哉
火山旅」（8オ）
15400 我おもひつくかたもなく侘しきはたびのかりやのやくる也けり
15401 友もなきたびのかりやに独ある心ぼそさを思ひしらなん
風水渙

15402 大うみのあらしはげしみ百舟も千舟も秋のこのはとぞちる
山水蒙
15403 山かげの淵にやおちんうなゐごが行かたしらず道まどひして
15404 山かげにまどふうなひご我にもしとひくとならばみちしるべせん」（8ウ）
風山漸
15405 都をばおもひたつよりひとひおちずゆかばいたらん道のおくにも
艮為山
15406 行末は山かさなりて道けはしとまれたび人よるこゝめやも
火地晋
15407 あきらけき心をみちのしをりにてゆくもとまるも時なたがへそ
水山蹇」（9オ）
15408 のぼる日の光みるごといやたかく栄ゆくべき時はきにけり
15409 いかにせむゆくもかへるもなやましくさかしき道にまどひきにけり
水風井
15410 いちはやく安かるかたにしたがひて正しき人に道とひてゆけ
15411 みよや人くめどをしまぬ里中の大路いづゝの水の心を
天地否
15412 あひ思ふはては火水とへだゝりて心かよはぬ中となりぬる
15413 古郷のすゞきのなますしたひけん人の心のうまくも有哉」（9ウ）
風地観
15414 ふく風になびきてあふぐ民草はさかゆる君が光をぞみる
雷沢帰妹
15415 悦にうごくかたちのみえつればこのいもとせはたゞしくもなし
地風升
15416 天地のめぐみを久につみ〳〵て生のぼりゆく松の木高さ
15417 なすわざの身にみち〳〵て年をへば終にさかゆる時にあふべし
地天泰」（10オ）

15418 いもとせのおもひかはせし中らひはなゝやめることもやすくこそなれ

坎為水

15419 ながれてのよるせもがなやよのうさにあぶくま川の底のうもれ木

15420 窓のひましらむかたよりくらきよのあかく成べき道はみえなん

地雷復

15421 なごりなく消ぬとおもへばかつ立てこもれるふじの煙をぞみる

15422 のこりなく吹つくしたる秋風のあとより結ぶのべのしらつゆ

山地剝」（10ウ）

15423 我ひとりのこるもあやふみし友はみなさき立てあらず成よ〔に〕

15424 すみゆくを待まはしばしにごり江にあし洗ひてもあれなよの人

離為火

15425 明らかにてらしてをみよもゆる火のほのほは下につかぬためしを

風沢中孚

15426 よの人の誠は天のみちなればへだてさそふるかたやなからん

水火既済

15427 野も山もみな紅のあきのははいづくのくまか染のこすべき」（11オ）

山火賁

15428 秋山のきゞのにしきの色々をかざりそへたる夕づく日哉

天山遯

15429 なにはがたあしべをさしてなくたづはみちくる塩をうしとなりけり

沢山咸

15430 おもひあふをとめをとこのむつまじきいもせは人のはじめとぞきく」（11ウ）

水天需

15431 おひ風のふかぬ限はみなと舟我とはさして待心みよ

いせの宣長がおくれる歌をみて、経亮

15432 いせ人も都にわかのうら松の木高き君と思ひけらしも

といへる、かへし

15433 いせ人のひがめなるべしわかのうらの木高き松と我をしもみば

又かもの季鷹、宣長途中にてはじめて逢しに、経亮

15434 玉ほこの道ゆきぶりにいれひもの同じ心のあふや嬉しき」（12オ）

とよみて季鷹におくれりとききて

15435 火水とは何かゝはらん玉ぼこの道行ぶりの心ことのは

宣長へかへしつかはしたりし歌のかへし、又経亮につたへて小沢翁のもとにえせ歌

よみてまゐらせけるかへしとて

15436 わがものゝ君におくらで悔しきは――

15437 春ごとに松はみどりもそへてけり――」（12ウ）

とよみてたまはせたるに、めでゝ又

15438 春秋の野山をいるゝことのはにその月花もみる心ちして

またとひけるとき

15439 年のみと何かはいはん君が名はまつよりたかく聞えけるよに　宣長

おなじ人」（13オ）

15440 老にけるわかのうらまつ　といひしかへしに

15441 そのかみのむつびおもへばあらぬよにめぐりあひぬる心ちこそすれ

我甥の女七つ八つばかりにてみし、卅年ばかりへだてゝ、ちゝはゝのをしへにまか

せてとふよしいひてきたりし。いとうとくて有しことを思ふに、またとふべきよし

をいへとせむるに

15442 ちゝ母のをしへのまゝに尋こし道を忘れず我をとへ君

境入江　近江」（13ウ）

15443 浜風に水のけぶりのうちなびきあくるさかひの入江〔をぞ〕みる

15444 波よするさかひの入江暮〔ママ〕てはまぢ行かふ人ぞともしき

稲懸大平、大館高門、花橘といふ茶をおくれるに

15445 名にしおはゞこれをよすがにほとゝぎす君がやどはなたちはなれそよ

15446 たをりこし花橘の一枝はむかしをしのぶよすがともなれ

その日は物がたりし、ことひきあそびて、別て又日つかはす」（14オ）

15447 ほと、ぎすとひもとはずもことのはの花橘に我ぞめでつる
高門かたえはあひみぬさきに、といひしも思ひいでられて
15448 別なばむかしはおきてあたらしき花（ママ）花橘に君をしのばん
中西良恭が七十賀に、鶴のかたかける盃をおくるとて
15449 老波はたちかさぬとも千よかけてともにあそばんわかのうらづる
風鈴のうたをこひしに
15450 ふくとなき風を（ママ）つぐる鈴の音にいとゞ心ぞすみまさりける」（14ウ）
琴引松
15451 春秋にかはるしらべも琴引の松ふく風ぞまづしらせける
15452 わたつみや絶まもおかず引ことの松にしらぶる沖つしほ風
15453 沖つ風吹にけらしなよる波にしらべあはすることひきのまつ
備中人古松軒　元古川平次兵衛云々
九州奥巡行せし人也。四月廿五日入来、扇一握自筆、津軽外浜図玉一包、金花図、
又石持参。初而対面。廿年已前より存立之由也
15454 こ、ながらつがろ（ママ）の浜による玉をけふ手にとるもいのち也けり」（15オ）
雨かすむ夕、農夫のかへるをみて
15455 ふる雨にぬれ〱しづが山畑の家路くれぬとかへるともしさ
物外尼のち、の五十年に、先人の、15456 うゐ置し小松よ千よのよはひへてわがなき
あとのかたみともなれ　とよみしもじを上におきて、卅一首の歌の点をこふに、あ
はれに思ひて書そへける歌
15457 うゐ置し小松のさかえいちじるきことばの手向さぞなうれしき」（15ウ）
土肥如軒がまへがき歌を乞序に、15458 みづ茎の清きながれをくみてみんそこの深さ
をしるべせよ（ママ）　と申たりし、かへし、ものかきてつかはすつ、みがみに
15459 にごるわが心のみゆる水くきに清きながれをいかでうつさん
はりま安志、久光寺前住龍体、百首よみてやつがれに点こはんの志とげずし（ママ）俄に身
まかりけるを、そのゆかりの人もて」（16オ）もうできて、有しよのあらましをかた
りてこふに、いなみがたくいとあはれとて、いける人のごとくかきときて百首のお
くに、有しよにたいめせざりしは、になうくやしながら、真如朽せぬならひなれ
ば　　名
15460 百くさの露をよすがにこんよしもともにことばの道にあそ〔ばん〕」（16ウ）
香花を取、霊前にそなへたる後、如添削令清書、久光寺被納候様にゆかり人にあ
つらふ。
いんさき柴田といふ人の、あづまにまかるとてわかれをしみけるに、まへつかたも
たび〱わかれける人なれば
15461 わかれぢのむかしよりけにかなしきは身の老らくのそへばなりけり
癸丑のとし、ゆくりなくとひきてまだいきたりとて悦びて二たび三たびとひて、こ
たびこそ生別ならめとてわかる、に
15462 このたびは猶ぞかなしき老はて、又あひみじと思ふ別に」（17オ）
東の山の半まで雲か、りて雨ふりこんとす
15463 山近みかさなる雲の極みえておりくるま、に雨ぞこぼる、
有隣がいさ、けきことによりて屈しけるに、心いたみて我なきちからいりをしてた
すけしに、やすらになりぬと悦びて、かれより
15464 わたつみの底のうきめを思ひきや君が情にからん物〔とは〕
かへし」（17ウ）
15465 おろかなるあまは底までえもいらでたゞいそによるうきめ〔のみ〕こそ
水口神社神主石王但馬守、弟文丸両人頼、わがすみかのひんがし近江の山々みゆる
中に、いせのかうぶりがだけみゆる、そのうたこふにつかはす
15466 みえわたる山はなにがしくれがしの中にまがはぬかうぶりがだけ
中にそびへしとかくべかりを、ついわすれにけり。」（18オ）
神祇
15467 すさのをの神の御代よりあらがねの土につたへて（ゾコトニ）茂ることぐさ
15468 いにしへを忍ばん人はかへれとて神や残せしことのはの道
雨いたくふるににじをみて
15469 ふる雨に都かぎりてにしこりののべの杜こそほのにみえけ〔れ〕

いさゝ水をちひさき魚のゝぼるをみて

15470 山里は垣ねながるゝほそ水にのぼる小魚ぞ友となりぬる」（18ウ）

難波の以直がもとへ、歌の究竟はやすらかなるべきことわりをいひつかはしたるに、かれより

15471 あさからぬ君がをしへの水くきにふかき心ぞくみてしらるゝ

と申おこせたりし、かへし

15472 山井のあさき心はいかゞせんくみしられしぞうれしかりける」（19オ）

公よりめさるゝは、いとおもておこしなめれど、つかふる道にいりなば、もとの本意のたがふこともやあらんと思ひて　古松軒に

15473 あらはれし光をさらに此たびはつゝみてかへれ袖のしら玉

頼弥太郎尋こしに、かぞの君の友とてむかしわすれぬ御心ざしにめで、

15474 とひきつる情を思ふ行かへりつかふ［る］道にいとまなきみの」（19ウ）

雨森良寂がふじのふもとのうらに舟うけてゆく人あるかたに

15475 水上を尋し人の心ちして不二のうへこぐ田子のうら舟

望月祐賢亭に亀のたび〳〵出たるに、言そへよとこはるゝに

15476 万代をかさねてこゝに君すめと二度かめや出てつぐらん

いんさきひぜのくに島原のうみにいり、山はさけくだけし、そのゑを人のみするに

15477 海あふれ山さけくだけ飛岩にそひてもえ出るひのくにのうさ」（20オ）

こんといふ人まつに、いとおそかりければ

15478 こん人を今や〳〵とまつの木の名のかはらぬぞあやしかりける

といひて、又おもひかへして

15479 こん人のおそきは千とせふる心ちすればやともにまつといふらん

維摩居士のゑに

15480 水の月かゞみのかげぞ有てなき心をみするすがたなりける

肥後守経亮が母の身まかれる霊前に

15481 よんべ君やめりと聞てけふとへばとくうせにきといふは夢かも

15482 かなしみしおやこむまごを残し置てしにけん君が心をぞ思ふ」（20ウ）

15483 み心の清のぼれと奉る香の煙はなにならねども

経亮もとへは

15484 むつきよりはぐゝまれにしたらちねの母の別のいかゞ悲しき

15485 別れての後の日数のふるまゝに夢ならぬよの夢や悲しき

15486 今はなき母の命の母君のますをうれしと猶つかへてよ

15487 なき人の行ゑしのばゞたらちねの庭の訓にたがふなよ君

15488 常ならぬ人国山に生ながらのこりがほにもとふなげきかな

山とほく入日のなごりをくれごとにみて

15489 山のはの入日のなごりみる度に遠からぬみの夕をぞ思ふ」（21オ）

これも又あるくれ

15490 声のうちに見る〳〵つきてかへりこぬ夕日のなごり入あひのかね

今の世の歌は言えりのみして、常にみきくものも歌にはよめるをきかず

15491 いにしへは大根はじかみにらなすびひるほしうりも歌にこそよめ

便りに付て経亮かへし

15492 ねもころの君がをしへはおやを置て先だつ母も嬉しからまし」（21ウ）

西南のとほくはれたるを暮ごとにみて

15493 夕べ〳〵同じ姿の雲もみずうつりゆくよもかくこそ有らめ

布淑父得病ときゝて

15494 いかに君ゐ立歎ん父命やみ給ぬと伝に聞つる

ちかく火のもゆるをみて

15495 もゆる火のほ中に立てやくるとも露たじろがぬ心ともがな

保志が母の八十八を賀しけるに

15496 八百万八千世重ん八十八つかぞへ初ぬときくぞめでたき

15497 よも山の松ばを千よのかずに取てよむともつきじ君が齢は

15498 いくよともはかりがたきは神山の神の守れるよはひなりけり」（22オ）

是がゝへし後に来

15499 神山の神の［まもれる］齢ぞとつぐる人こそ神山の神

経亮がこもりをるに、なげきのうたおほくみせけるおくに、書付つかはす
15500 むねにみつなげきをことにいひいでゝ露ばかりだに心やらなん
15501 いへばまづ思ひもゆるぶ心ちしてあやにくすしき大和ことのは
名だゝる人々の、からのやまとの詞の林にしき色々にみえ、玉声に聞ゆる耳順賀に、
かげの朽葉をもそふべきよし、しぞくのたび〳〵こはるゝに、何かはことざましに
と、たゞのべにのべ過せしかど、うとき」(22ウ)人にしあらねば、その際にはもだ
〔も〕しあへず、よしその数ならずとも祝ふ心は同じつらにおほせかし
15502 松たけにあらぬは風も此のやどにふけばちとせの声〔と〕こそなれ
真乗院雪岡、知人にもあらざりけるを、あすあづまのかたにいくとてとひけるに思
ひしこと
15503 何せんにけふとひくらんあはざらばあすわかるべきうさもあらじを
経亮が、母のおもひにこもり侍るに、また祖母の新もかさなれる比、うとからぬ中
なれ〔ば〕さなんあり〔つと〕申おこせたりしに、藤衣は」(23オ)重ねてきぬ〔い
さ〕めありなどいひて
15504 藤衣重ねてはきぬならひあればかはかぬ袖を又ぬらす哉
かへし
15505 ぬれし袖ぬらしそへつる藤衣かさね〳〵のなげきをぞ思ふ
春日亀が賀に秋成が、15506 かめ山のをのへにたてる玉松のまつとはなしに千とせぬ(ママ)
べし　とよめるをきゝて
15507 亀山のをのへにたてる玉まつの声こそたかくよに聞えけれ
15508 をのへなる〔松〕としもなきことのは〔に〕おほくの千よをつくしける哉
経亮が、母の思ひにこもれるに、またはゝの身まかりけるに、みづからもやまひし
てあるをとぶらひにつかはすとて」(23ウ)
15509 つかへ〔よと〕いさめし人もなきあとはたゞ君が身を守れとぞ思ふ
〔こは〕祖母のありしとき、猶つかへてよと〔ぞ遣〕しけることあれ〔ば〕なり
世にもてはやす酒をおくりて　斫水
15510 君がよはひいやたかゝれと東路のふじをみきてふみき奉る

かへし
15511 いざゝらば君と相生のふじの山みきてふ酒をともに汲てん
つかへ給ける君のかきもとに、つるの子うめるは、ゆく末のゝどけかるべきみたち
やしるかりけん」(24オ)
15512 おやづるのおふしたつるはおのがこの子の子の千よもこゝにとや思ふ
是西尾定静、主人阿波侯垣下鶴生子、祝詞乞るゝにつかはす。
これにことそへよとこはるゝに、明浄寺熈道法師がもたる一巻とこの新写とを左右
におきて見ならぶるに、いづれをふるきあとも思ひさだめがた〔ければかみ〕の白
きかたやあたらしとて
15513 千はやぶるかみこそ知らめ人めにはいづれかもとの水くきの」(24ウ)あと
是は同人のこふ臨風抄のおく書、年号月日をそふ。
15514 もゆる火もながるゝ水もとゞまらぬ心の外のものとやは思ふ
是は維摩絵、友汀筆、甲斐鶴郡渡辺幸内所望。
幽居有余楽
15515 世に疎く成行まゝにたのしびの心にあまる蓬生のかげ
15516 八重葎しげき宿にはよにしらぬたのしびさへぞ生そはりける
15517 人とはゞなしとこたへよたのしびに心いとなきよもぎふの宿」(25オ)
わが刀つくるをきゝて立作よりあたらしく、かしらふちを調じておくるとてそへた
る
15518 久にみよ頭の雪は若がへりみどりのふちもせにかはるよを
かへし
15519 末のまつちとせの、ちかしら藤の波かもこすとよそにみゆるは
凡今世人かくし題をこのめり。よくたちいれたりとも、をかしきはまれなるべし。
よしをかしくとも道のほいにはあらざるべし。たび〳〵かゝるかへしに」(25ウ)か
しらやまじ、また
15520 底ひなきふちかしら浪立さわぐせのと聞えぬ水のしづけさ
入江まさよしにこたふるながうた

15521 うつせみの　よの人ごとに　おのがじゝ　たてたることの　ありなめと　みなおほかた
に　しをへつゝ　後はのがれて　君がごと　花を友にて　日をくらし　月のまへにて
よをあかし　たのしぶみれど　我はその　人なみ〳〵の　ざへなしと　さしはなたれて
よをわたる　たづきなぎさの　こぜりくひ」(26オ)　あるはいそべに　なづみつゝ　け
ふを過せる　水とりの　みなれそなれし　友もめも　みなさき立て　たゞひとり　あは
れ〳〵と　うそぶきて　へにけるとしは　八といひて　九つをこそ　かさねつれ　かく
はわぶれど　世中の　たのしきことと　聞ふりし　酒をだにのむ　みなりせば　ゑひの
ほどだに　おぼゝしき　心をやれる　をりもあらまし

反歌

15522 今かれん雨のなごりの沢水にうかぶかもめのあるは有かは」(26ウ)

あるうま人の、予がうたをこへるに、思ふ故ありてつかはさゞりければ

15523 たぐひなき君がことのは水くきのあとをとゞめてなどかみせざる

かへし

15524 うづもれて心もゆかぬ水くきのあとをとゞめんことははづかし

とはおもへど是もつかはさず。

いにし申の正月、つしま千尋浦の海底の大石、崎の岩上におのづからあがれり、そ
の大さ一丈二尺わたり九尺厚五尺余なん有ける。丑とし八月」(27オ)下旬に又四十
間ばかり、いそをすぎておのづから海にいれり。そのかたちすざきのかたを絵にも
のしてみするに

15525 つしまなる千尋の浦の神石のうみをいでいる故ぞしられぬ

むかし大足彦忍代別のすべらみこと、とよくにのみちの国にいでまして、指峡ヲノ
大野といふ所に石あり。長むさか広三さか厚一さかいつき、天皇うけひてのたま
はく、われ大くもをほろぼしてんとならば、まさに此石をふまんに如柏葉あがれ
とのたまふ。よてふみ給ふとき如柏大空にあがりぬ。かれその石を名付ておみし
といふ。」(27ウ)

秋成あはたのふもとに住初ける時

15526 山に入人のためしはならはねどうききよの道にまどひてぞこし

といへるに

15527 我も世にまどひて入し山住よいざみのうさをともにかたらん

臨風抄を定静さらにうつしてみするにいひやる

明浄寺熙道法師が一巻と新写と左右におきてみならぶるに、いづれ古きあとゝも思
ひわきがた」(28オ)かりければ、紙の白きやあたらしとてそれに

15528 千はやぶるかみこそしらめ人めにはえしもわかれぬ水くきのあと

かへし　定静

15529 千はやぶるかみをけがせし水くきのいかでか古きあとにゝるべき

あはた山に夕日のさすをみて

15530 我後に生れん人もあはた山あはれとやみん松のむらだち

山家杉

15531 もとしげき谷の杉生に住庵は木こりにだにもしられざりけり」(28ウ)

15532 よをいとふしるしと成て我門の杉は尋てくる人もなし

木下義質が別に歌こふに

15533 世々かけて茂りさかえよあしわかのうらわの波のやむ時もなく

はたちにはまだ二とせばかりたらぬ人になん。

額西庵へ北野奉納歌こふに

社頭梅

15534 千はやぶる神のみかきの梅花いくよをふべきいろかならまし

馬」(29オ)

15535 思ふどち月のかげみる程ばかりひま行駒をとゞめてし哉

15536 おぼつかな何のほだしに老らくの心の駒のよにひかるらん

虎

15537 法の為身はよし虎にすてつとも人の口には猶やそしらん

15538 虎よりもうきよの人の口のはにいきてかゝるは猶ぞくるしき

夜

15539 身のうさも月をしみればなぐさみきやみこそ夜はわびしかりけれ

15540 山深き木々の雫もぬば玉の夜のひゞきぞことにしづけき

述懐」（29ウ）

15541 あひがたき世に生れきて玉々もひろはぬわかのうらめしのみや

15542 なみ〳〵の身は及なきわかのうらに思ひかけしもうき契かな

うちくもりわたるに、東の山をみれば、山の半までくもにかくれて、雨のふりくるに〔重出ノ指摘アリ〕

15543 山近み重雲の極みえておりくるまゝに雨ぞこぼるゝ

池辺鶴　宮御題

15544 色かへぬみどりの池に住なれて千よふる雪とみゆるしらつる

田につるのゐる所さなへあり、是も宮の

15545 あしたづも君がみかきの若なへに千よのたのみのゆたかにぞすむ」（30オ）

白鷺のあさりする所　元広

15546 うきにのみまみるゝよとも白さぎのあさる心はいかゞたのしき

釈教

15547 生初しむねの蓮のひらけずはもとのうきにや又まどはまし

15548 さだかなる現も夢ととく法をきかずはいつのよにか覚まし

陵園宴

15549 とぢはてゝいでぬ扉は朽んよをまつより外のなぐさめぞなき

15550 とぢしよりいでぬみ山の松のとに何をまつとて朽のこるらん

敬儀がりとひしに、人あまたものがたり」（30ウ）すれば、あはでかへりしまたの日、かれより

15551 折しもあれかたり出つゝ恋をりし君がとひしもしらぬ悔しさ

かへし

15552 木がくれし身をおもなみと都人かたるをよそに聞てかへりし

昌喜とひきて、又日のかれより

15553 いのちなり命なりけり老ぬればあふを別とたれかいひけん

かへし

15554 わかるとも又ぞあひみん相みるを命と思はゞ老をやしなへ

二鼠競老身久しくとゞまりがたきをおぼえて」（31オ）

15555 月に日にかくおとろへば玉しひのありともはては何にやどらん

是を聞て、常顕

15556 老ぬともよくやしなはゞ仙人のよはひもなどかたもたざるべき

かへし

15557 仙人のよはひをへなばいにしへにかへるをもみん和かのうら波

片岡某のあとらへける賀竹の画

15558 此やどに生そふ竹の葉をしげみ重る千よは君ぞかぞへん

古松軒が七十賀ニ。春ニ可入。

鷺のあさるかた〔重出ノ指摘アリ〕」（31ウ）

15559 うきにのみまみるゝ世ともしらさぎのあさる心はいかゞたのしき

釈教

15560 さだかなる現も夢とゝく法をきかずはいつのよにかさむべき〔重出ノ指摘アリ〕

15561 へだてなき法の光におろかなる心のやみもはる〔け〕ざらめや

15562 生初しむね〔ママ〕蓮のひらけずはもとのうきにや又まどはまし〔重出ノ指摘アリ〕

布袋の川わたるかた、人にかはりて

15563 いたゞける袋やおもき水やときわたるとみれど行もやらぬは」（32オ）

六帖詠藻　雑十

四季の絵かけるに
15564 あだなりと木草の花や思ふらんその色ごとにうつる心を
15565 折々の木ぐさの花はかはらぬをうつるこゝろの色ぞあだなる
雲　立作手向
15566 詠ればうすきかたよりまづ消てはてはのこらぬ空のうき雲
15567 人の世は有とはみれど中空に消てむなしき空のうきぐも
住吉のおまへの浜の松ばら
15568 ふりて世にかひあるものは住吉のおまへの浜の松の村立」(1オ)
ある人の五十満につかへまつるきみより竹の題をたまはれるに
15569 今よりの老をなぐさのことの葉に千よをかぞへよやどのくれ竹
こゝかしこに文書かよはすべきつゝみをてづからつくりて
15570 ふみかよふふるのの沢の中つゝみ神し守らばみちやのこらん
牛
15571 おやのため子のため思ふなりはひもしらで田かへすうしやくるしき
15572 小田かへすうしのからすきからきよにつながるゝ身もうしのからすき」(1ウ)
黙軒がすみかにぬす人のいらんとするによめる
15573 ひろひおくもくづだになきありそへに何かはよせし沖つ白浪
15574 柴戸をあらしにつれてたゝきしはいづくの山にすめるとねらぞ
このかへし
15575 打よせてかひありなしもうらわかみまたしら浪のうひ立ならし
15576 かぜのごとうはの空なるはぶれをばのにも山にもやどやなからん
〔貼紙〕「大愚法師のもとへ布淑とぶらひし、程もなく夏鼎も行ぬとき、てとひしをり」
15577 玉拾ふあまのてまをやさへつらん此比よする木づみくたもに」(2オ)
有盛がかへるによめる
15578 ことのはのみちやまどはんしるべせし君があたりを立はなれなば

かへし
15579 心をしそへてやれゝばわかるとも何かまどはんことのはの道〔散ラシ書キ〕
15580 いそによせ沖にかへるもおなじ江をわかのうら波立もはなれぬ〔散ラシ書キ〕
難波昌熹に類葉抄の補闕すべきよし、座主宮の仰ごとを申遣し侍りし時」(2ウ)
15581 うづもれし古ことのはをあらはしてなにはのあしのよゝにつたへよ
と申つかはしけるに、かへし
15582 うづもれしみつのほり江のあしかびのかひある春にあふが嬉しき
片岡氏頼竹画、左衛門尉紀惟則七十三歳画
15583 歳毎に生そふ竹のはをしげみかさなる千よは君ぞかぞ〔へ〕ん
杉のゑ、岩井某のかけるに
15584 千はやぶる神もよりいたにするすぎのなほき心はゑをみてもしれ
あざなを直記といひてたれもしるばかりすぐなる人になん」(3オ)
15585 やまふかく分る杉生の杉ならですぎに過てもゆく月日哉
すみよしのほとりの松に、つるのすくひたるをみしとて日騰より
15586 すみよしの松にすづくるあしたづをともにみぬこそ悔しかりしか
かへし
15587 すみよしの松としきけばあしたづももろともに心(ママ)ちこそすれ
こぞすみよしへともにまかりしことを思ひ出たればなり。
夏鼎がむまのはなむけしける日　詞夏に入
15588 そへてやる心はふるの中つ道みちし〔絶〕ずは〔た〕ちもはなれじ」(3ウ)
かへし
15589 しるべせしふるの中みち行末も〔昔〕にかへるあとはたどらじ
政子に
15590 行末にあひみんことは命ぞとたのむべき身の老とこそなれ
かへし
15591 たのむぞよ君がへぬべき行末の千よもかはらぬ道のをしへを
山眺望

15592 夜の雲わかるゝやまのきはみえてやゝあらはるゝみねの松ばら
15593 いつみてもまがふかげなき一松たてるをのへははるかなれども
15594 つねに我はるかにみねのひとつまつなれもひとりやよをつくすらん」（4オ）
むかしの羽衣石翁の家も、鍼術もたえゆくをなげきて、はるかなる東の国にひろめ、おほくの人のやまひをたすけ、猶そのみちの人をあまたよにのこされたるいさをしは、ますらをだにもいとかめる（ママ）を、ましてたをやめのわざにはあらざめり。神や守りたまひけん、師のたましゐやそひけん、とさへぞおぼゆる
15595 まれらなる（いと絶し）天のは衣おりえつゝ、世々につたふる君ぞかしこき
是は三河吉田林おりえと云人、江戸に至りて羽衣石宮門鍼術をひろめ、門人四人をのこし、大坂中寺町常光寺に参詣して、宮門霊前にそのよしをつげ、京にのぼりて我子実文を尋ねに来れり。実文十三年巳然死去をなげき、かつその世の人〔々を尋る〕におほく」（4ウ）身まかりぬとつぐれば、いたくなげくもあはれにて此歌をおくる。又
15596 まれにとふそのよの人はかげもなしのこるは君とわれとなりけり
額正蔵（加賀人）頼、風軒が画、杜にさぎのむれゐるかた、くまにて鷺をみせたるに
15597 ふく風にゆるぎの杜の木間ぞとみえしはさぎのすだく也けり
八わたの西南につゞきたる嶺上に松たてり。つねにみゆれば
15598 常にわがはるかにみねの一松ひとりやなれもよをつくすらん〔重出ノ指摘アリ〕
15599 雲なびく山のをのへの一松いくよかへぬる友なしにして」（5オ）
剛純（山僧）が、つのくにへくだりて病のをこたりざまに聞えければ
15600 あし引のやまひ〔も〕うとく成ぬべしなにはわたりに住もなれなば
かへし　剛純
15601 つのくにのなにはにすめばあし引のやまひのうさもとほざかりゆく
夕つかた山をのぞみて
15602 下はれて夕日さやけし高砂のをのへの松もかぞふばかりに
15603 ふもとよりまづ暮初る遠山の高ねのみこそほのにみえけれ
世龍があしたにきて」（5ウ）
15604 此庵を朝けにとへばみちのべの草はの〔露〕にものすそぬれぬ
かへし
15605 ことのはのみちのしば草露ふかしぬるともかよへいやとほながく
碧巌公案の凡心の及びがたきに
15606 法の道いかでかわかむ此きしのことのはにだにもまどふ身にして
晴後に山もとより雲のゝぼるがけぶりにまがひたるに
15607 雨はるゝ里の夕げの煙かと思へば雲のゝぼるなりけり
北野」（6オ）
15608 千はやぶる北野ゝ原の一よ松いくよへぬらん陰ふりにけり
ものにまかる序、うせにし道敏が家ゐを見侍るに、いたくあれて蓬しげく生たるをみて
15609 みし人の面かげいづらとひなれしやどは蓬がそまとこそなれ
南禅寺にまうで侍るに、ほうし四百人あまり大般若読誦しける声の、いとたうとかりければ
15610 おちたぎつ早川のせと聞えしは般若の声のひゞき也けり」（6ウ）
十六日のあした
15611 一夏をむすぶあならうけふとけておのがじゝにや行わかるらん
よしたつが身まかりけるに
15612 君にまためぐりあはめや天地を極めつくしてよしたづぬとも
黙軒がもとに申遣しける
岡本保志は孝ある人なりとたれも〳〵いひあへりけるに、うちより禄たまひけるよろこびに」（7オ）
15613 たらちねのおやにしたがふ名をたかみ雲のうへまで聞えける哉
そのよろこびにまかりしに
15614 うれしさのあまりに心まどひつゝおろそかなりしあとの悔しさ
かへし
15615 おろそかに何か思はん老らくの心にまかす君がもてなし

15616 老らくの心にまかすもてなしにおやにしたがふ心をぞみる
信美が川がめの子の水にあそぶを、おやのみたるかたに歌こふに」（7ウ）
15617 なれすらも子にをしへけり川亀の万代すまん水の心を
尾張の幸久が
15618 声たかく雲ゐにかよひなく田鶴をあしまがくれに聞よしも哉
かへし
15619 山陰の小沢にとしをふるつるのふりぬる声はきく人もなし
夏鼎が文おこせたるに、事しげくえかへしせで、たゞ言書付つかはしたる
15620 たひらかにますとしきけばへだて、もたゞとなりなる心ちこそすれ」（8オ）
顕道比丘の身まかりぬときゝて
15621 あきらけきみのりのみちをあらはしてみづから先ぞさき立にける
此大徳は、大乗戒々壇の絶たるを、いとわかき時よりなげきて、廃れるをおこさんの心ふかく、ほたるをあつめ雪をつみて、あまたのとしをへて、いまはなべてしらぬ人なく本意もやゝとげつべうおもひ給へりしかど、いまだそのしるしもなくて身まかりたまへる、いかばかりかはおぼすらんかし
15622 人わたす道やはかたき岩はしの又中ぞらに絶にける哉」（8ウ）
寄地無常
15623 あらがねの土も常なき海となり田と成てよをしらずてふなれ
幸久が歌にかきそへてつかはす
15624 いたづらにけふを過すな我ごとく老てはくゆるかひなかりけり
同じ日のくれかたに
15625 けふも又西に入日のなごりのみ空に残してくれはてにけり
いとよろこぼしき夢みたるあした
15626 何事もうつゝなきよとしりながら嬉しきことはうれしかりけり
はりの、ものにとまりていさゝかあやまちける」（9オ）に、ぬひたる人のがりはりをやるとて
15627 ぬひさしてわすれし針のもしやあるとかぞへてをみよことしげくとも

餓鬼界は水を火とみるよしを、転法輪をえざればと思ひて
15628 水を火とみるめしあらば我はいな火を水とこそ思ひ［かへさめ］
直方、麦をしらけておくるに
15629 何ごともおろそかなりし心からつけども麦ぞしらみかねたる
かへし
15630 くろみなくしらけてたびし大麦に赤心のほどはしりにき」（9ウ）
物外が一乗寺村にうつるとて
15631 人ならばさらばといはんおふしたてし松と桜の後をいかにせん
といひおこせし。さること、おもひて
15632 おふしたてし松もさくらも千とせへんやどにゆづりて立わかれてよ
中島道盛頼、中村多宮所持、竹絵讃
15633 うつ竹のむなしければや霜雪のよをへて色のかはらざるらん
15634 むなしきをおのが心のみさをにて千よふる竹の色もかしこし
実法院法禅〔全カ〕所望、猫讃」（10オ）
15635 ながまみのかはることにぞ惜まるゝかへらぬ時と過るよはひと
15636 ひるまにもゝしかいまゝ（マミナハノ反）は穴鼠なれをらうたと（素性集）思はましやは
ふじのゑ、同
15637 たごのうらにうち出てみし古ことを不尽にのこせるみねの白雪
宮崎碩安所持、鶴雌雄画（山本門人）
15638 久にふるいもせの鳥と思へばやうちみるごとにのどけかるらん
九人ばかり各筆して歌あつめけるに、喜之より申おこせたる」（10ウ）
15639 かず〲によせし玉をも今よりはあまのとまやの光とぞみん
かへし
15640 光ありと木づみもくづのみゆめるは玉つくり江によれば成べし
柿本寺いたくあれぬときゝて、舜叟がもとにいさゝかなる物をおくるとて
15641 雨もると聞てふりにし柿本おもひやるにも袖［ぞぬれける］
春庵がもとへ遣しける

15642 おほふべきことのはそへよふりまさる柿本には雨ぞもるてふ」(11オ)

織田侯より来二首歌評

花契多春

15643 ときはなる松にならひていく春も色かふりせぬ花にちぎらん

ならひての詞不叶

15644 ときはなる松にならひて世と共にかはらぬ花の色か〔とも〕がな

かく云てならひては義分れども、題に不叶。題に叶へんとならば

15645 色にかになれてもあかぬ花なれば猶いくちよの春も〔契〕らん

初冬時雨

15646 冬きぬと秋はそめにしもみぢばを同じ時雨のさそふつ〔れなさ〕

五句の内、四所につゞきあり。其内一二のつゞきは人体の頭より」(11ウ)胸にいたる所にて、大切のつゞき也。是を以冬きぬと秋はそめにしの如きつゞき、つゞけられぬ詞をつゞくとて嫌ふ事也

15647 木々のはを秋はそめしに冬きぬと同じ時雨のなどさそふらん

15648 日をへつゝ秋はそめにしもみぢばを冬のしぐれはなどさそふらん

たづのめをあるかた

15649 久にふるいもせのとりと思へばやうちみるごとにのどけかるらん

山水のかたに

15650 何となく心のすむは山ちかく水とほからぬあたりなりけり

雨中の鷺のかた

15651 ぬれて立さはべのさぎをつく〴〵とみるとて雨の日をくらしつれ」(12オ)

画題、天逢聖主世

15652 苔むせるつゞみの山の鳥のねにふく松風も時やたがへぬ

15653 松風も枝をならさぬ時ぞとはねをなく鳥のとくらにもみよ

地富万民家

15654 たがやどのみつぎも又やあまるらんかりのこせる〔も〕わか田のみかは

15655 たがさとのみつぎも又やあまるらんかりのこす田のおほくも〔有かな〕

小川布淑、古今代講せしときおくる

古今は延喜聖代、このみちの後世にもつたはれ」(12ウ)とて四人におほせて撰せしめ給へる和歌集、たれかさるゆゑよしをしらざらん。いましも我もその後世に生れたるをや。何ぞこれをわきまへざらん。はるかに聞、雲のうへにはいつの比よりか古今伝有て、堪能の人は是をつたはりたまふとぞ。上が上のことは、下の下〔なるもの、〕うかゞふべきにあらず。神のことたふとみて近づくべからず。ゆめ〳〵これはたゞふる文に書あらはして誰もしれることなれど、そもまだしらぬ人にそのよしあしをさたし、又みづから筆して」(13オ)天つそらを伺みしことなどいひて、けふの一首をつづる便ともせしなり。そも、猶あしからんはのぞきて、よきにつかるべし。毛の末ばかりもわたくしをいだくべからず

15656 ことの葉のしげきを分ていにしへの正しきみちに人をいざなへ　〔名〕

かへし

15657 ことの葉のしげきを分し跡しあれば正しきみちに人もこそよれ

15658 わすれめやよもぎがもとの跡みせて茂きを払ふことのはの道

備中岡又五郎武敏が父の八十賀に」(13ウ)

15659 世に越て高くさかゆる岡のまつこや幾千歳のねざし成らん

佐竹静休翁の来年八十満なるべければ

15660 万代も猶しあかねば限なきよはひを君にけふたて〔まつる〕

亀の水にうきたるかたあるに、主くまてとかや、喜之のもち来る

15661 よとゝもにうきてみゆる(や)(みゆれど)は川がめの心にかなふ淵やもとむ(深き心はよそにしられじ)〔る〕(もとむとか)」(14オ)

たがともしらぬうた四首の評をこふにつかはす

旅宿花

15662 やどかりて一夜の月のおぼろげにみしははかなの花のちぎりや

落句を露のちぎりやとせば、旅宿逢恋にもなるべし。花の心一首にめぐらぬ故也。

樹陰納涼

15663 かた枝さす入日はあれど夕かげになるかたすゞし生のうらなし

かた枝のかたは片、なるかたのかた方にて、詞たがへりと作者はおもふらめど、も

と意同じければ病也。又耳にもたちて聞ゆ。夕かげとは日の夕かたになれるかげ也。
されば入日はあれどゝは用なき詞也。日なくて夕かげあらんや
15664 日をさふる生のうらなし夕かげになるかたよりそすゞしかりける
如此あらば、しかるべし、又
15665 秋にまたなりもならずもかた枝さす夕かげすゞし生のうらなし
15666 かたへさす入日もすゞし立よれば夕かげになる生のうらなし
野月
15667 すむかげもあだの大のゝはなの露色なる月に秋かぜぞふく」(14ウ)
このすむかげもあだ也、といふは月のやどれる露を秋かぜの吹ちらせばいふ也。しからば花も色も不用のもの也
15668 すむ月もあだの大のゝ草の露やどりもあへず秋かぜぞふく
かくいはればよき歌なるべきを、色なる月のいひたさに花までも引いだして趣意二になれり。是は定家卿の〈かたみこそあだの大野ゝ〔さき〕の露うつろふ色はいふかひもなし〉といふをうらやみて、さながらあやかりていでたれば、萩の色をわすれかねて花にはなれるなるべし。ものにあやかりていづれは如此事あるもの也。心すべし。
松雪
15669 いつはとはわかぬみどりもうづもれて下にや春をまつのしらゆき
是は松主となりて雪は客となれり。この心ならば雪の下にや春をまつらんとあるべし。又松の雪をよむ心ならば
15670 いつはとはわかぬみどりもみえぬまでふりうづみぬる松のしら雪
かくあるべき事也。」(15オ)
昇道がみせし百首のおくに
15671 ことのはの露かき分て尋ればむかしにかへることのはの道
とあるにかきそへし
15672 ことのはのしげきを分てたづぬればかくこそのこれふるの中みち
うぢの川かみ柴ながす絵に
15673 君みずや舟も及ばぬ川かみの人をたすけて下す山しば
おもふ故ありてつかはさず。
山水のゑに
15674 水清く山かげうつるあたりには心のちりもうかばざりけり
これも」(15ウ)
松がうらしまのつる　奥州八景内
15675 色かへぬ松がうらしまいつみてもたづぞむれゐる松がうらしま
備中ひろさだよりもとをり宣長が弟子の大ひら、野翁・大愚などをのゝしるよし風聞あるをいひおこせたりし
15676 ほめそしることのは風をきゝつかば心の根なき人や〔さわがん〕
15677 吹たつる八の風をしのがれずは常にや六の塵にまみれん
ひろさだの文にそへて後の歌をつかはしたるに、かへし　大愚
15678 よししばし八のかぜふく世なりとも心の空にあとをとめゝや
なにはよりふし〔ママ〕までの舟路のところ〳〵を」(16オ)ゑにかゝせて歌をこふ。れいのなめげなればやらず。巻頭は冷泉、軸は芝山どのなり。心やりによむ
15679 なにはよりふしみつかけてよとゝもにのぼればくだるをぶね大ふね
をはりよりきその蕎麦ふちばかまといふ酒をくれるにむくゆ
15680 名にたかき木曽の山そばことそばにすぐれたりとはうちみてぞしる
15681 ふぢばかま都にきてぞしらせける浅からざりし君がなさけを」(16ウ)
ふり分がみかけるをみて　経亮
15682 うなゐごがふり分がみのかたよらぬ道ををしへし文は此文
かへし
15683 うなゐごもまどはぬ道をしるべすとことをそへしぞや〔がて〕からたち
京にすみながらよをのがれたり〔とき〕く人の、歌こふにやる
15684 ことしげきよをばのがれてよにすめる人はのどかに千とせをぞへん
ふり分がみをみて　布淑
15685 玉くしげみるよしなくはおもひとがめやかきなせるふり分がみのうひのをしへも」(17

オ）

かへし

15686 うなゐごのふり分がみのすぢあらはなる言の葉にみじかき心みえぬらんかも

この文を五日へてかへせと経亮よりいひやりたる、うつしはて、かへすとて、熊充

15687 五日をば限りてかへす文なれどうつしとむればいほとせも〔みん〕

かへし

15688 五百年も五百万よもわかゞへりみよやみじかきふり分の〔かみ〕

保志が小魚にそへて」（17ウ）

15689 あみのめももるゝばかりのこ魚をば奉るとはいふも恥かし

かへし

15690 わたつみの翁は歯しもよはければ大魚よりもこ魚まされり

心つきなるいしをうづまさでらにこひて、あとのしるしにせんとまづ庭にすゑ〔たる〕」に、寒山詩にたゞみよ北邙山といひしをおもひいで、

15691 蓬生にうづまさ石をたて置てわが後世のすがたをぞみる

15692 蓬生に身をうづまさの石ぞ我この世ながらのすがたなりける

かへし

15693 おくつきにおくべき石は苔むして庭にちとせをへなんとぞ思ふ」（18オ）

ふり分がみといふ文をかきて

15694 老人もふり分がみをみるばかりわかゞへりてよわかのうらなみ

布淑がりやるとて経亮があつらへたる和かのうらのかた

15695 玉よするわかのうら波こし方にかへる時にもあひてけるかな

都鳥のかたしたるうつはを、むかし難波にすめるいそと名つきたる女の、いたうめで、こひたるにつかはせし。いんさきなにはにまかりし時、いとよわう煩ひたりしが、」（18ウ）たいめする序、とてもながらへ侍らじ。とし比手ならし侍りて本意とげ侍りぬ。こたび京へもてまうで机辺におかせたまへ、といひしまゝもてかへりぬ、いくほどなくて身まかりぬるに、むかしを思ひいで、

15696 いそぢ余り難波に住し都鳥有しいそべの物がたりせよ

信胤が母の賀

15697 さかえゆくこじまを千世の道の口嬉しきなみの数もしられじ

砂

15698 いかにしていさごをまなごすなごとも一つにみつの名をばぐすらん」（19オ）

15699 万葉におやのまなごといひつれば又いさごとも聞えざりけり

15700 いさごともはや日のもとへてふなるはすなごとしもは聞えざりけり

15701 としのをの詞によりて今のよをいまのをとしもいふにやあるらん

15702 かみつけのいかほより吹風の名をいかほかぜとはいひつたへけれ（已上、万〔頭書〕）

15703 春はゝやいそしくなりぬ梅ちりて柳はびこり桃さかぬなり（山家　春〔頭書〕）

15704 身をばわが心もてこそいとをしめ老をあわれぶ人しなければ（同〔頭書〕）

15705 かたりちらしいひちらすともいせ人のひがごとをたがうへと思はん（散木・宝治百首〔頭書〕）」（19ウ）

15706 君が代のかずをやそへん河の石の天にのぼりてほしとなるとも（神功紀〔頭書〕）

15707 おもへどもかくつれなきはあふことをいなふの神に人やいのりし（延喜式　恋〔頭書〕）

15708 今かれんものともしらずながらふるいのちの水のあはれよの中（行家集〔頭書〕）

15709 よし消ねいのちの玉の有数に人も思はぬ露のみなれば（匡衡集〔頭書〕）

15710 いひころしいひながすとは相如といせが歌にぞあらはれにける

15711 わたのそこまがふの石といふばかりしづみておもき心とも哉（夫木　石〔頭書〕）

15712 かくばかりつれなき人の恋しきは何のいはれとしるよしも哉（山家　恋〔頭書〕）」（20オ）

15713 いくみたけよたけといふぞきゝしらぬ勾のみこのみめのみうたに（継体記〔頭書〕）

15714 山川の岸にたゝめる岩わたになくなる雉の声ぞながるゝ（夫木　雑〔頭書〕）

〔四行空白〕

15715 堀川のみよまでいひしはやたつも早くながれて今はきこえず（初度百首　川〔頭書〕）

15716 しら雪をはだれといひし古言もあやしみぬべし今の世人は（万〔頭書〕）

15717 はとふくは鷹をとるにもぬす人の友をまつにもするわざぞかし（堀百　秋〔頭書〕）

15718 かり人も山のとねらもかくるゝをかざしともいひまぶしともいふ（同　かざし〔頭書〕）

15719 はら〱とおつる涙にゝたりけり朝風わたるかしは木の露（山家　露〔頭書〕）」（20ウ）

15720 わぎもこが手枕はづしねなほりしそのよ思へば今ぞくやしき（夫木　恋〔頭書〕）
15721 高ねよりみおろさるれば谷かげにはびこる葛もかひなかりけり（斎宮女御集〔頭書〕）
15722 おとらじとかたみにはげむことのはの日かげにしげく成まさる哉（山家　詞〔頭書〕）
15723 後のよの歌合には負たりきみつねはよみし花の心を（賀陽院歌合〔頭書〕）
15724 花みんと思ふ心やはやるらんあすをたのまぬ老の身なれば（宝治百首　春〔頭書〕）」（21オ）
15725 清輔がうひ学びにもいだせれど鳴つけ鳥ぞ今はきこえぬ（堀百〔頭書〕）
15726 車形菱形霞色々のにしきはやまと文にみえたり
15727 明くれにこれるなげきをになへばや翁のこしのかゞみたるらん（いせ集　雑〔頭書〕）
15728 我ながらもどかしき哉つれもなきにくさにたへてしたふ心は（散木　恋〔頭書〕）
15729 わたつ海のにきめを時の世の人のわかめとこそはいひならひけれ（和名　雑〔頭書〕）」（21ウ）
15730 此杜は神ましけらし茂あふ榊の枝に、きかけてけり（夫木　同〔頭書〕）
15731 ならべてはにつかぬものをさく花になぞしも雲のまがひ初けん（六帖　春〔頭書〕）
15732 斧とりてにふの檜山に入人は心にかなふ宮木こるらし（万　雑〔頭書〕）

〔三行空白〕

15733 武士の手ごとにもたる細才の千足の国ぞたけき国なる（神代　雑〔頭書〕）
15734 かぜそひてほとろ〳〵にふるゆきはさかぬにちれる花かとぞ思ふ（久安百首　冬〔頭書〕）
15735 としありとみゆるわさ田のほだち哉色づきわたりまだきかぶきて（六帖　秋〔頭書〕）」（22オ）
15736 恋人を思ふ心にほだされてわすらる、をもしらずぞ有ける（夫木卅六　恋〔頭書〕）
15737 きそ山のほきのかけみちいにしへはよみける物を又ほきちとも（同・西行・顕輔〔頭書〕）」（22ウ）
15738 はなつ矢の直きをみてもへび弓のまがる心の恥ざらめやも（順集　雑〔頭書〕）
15739 もの、ふの弓の矢風にちる花を、しとやこ、に鶯のなく（好忠集　雑〔頭書〕）
15740 民草もゆたかなりける御代に逢てことばの花ぞ時めきにける（実頼集　同〔頭書〕）
15741 おろかにてかよはきもの、老たればとり所なき我みなりけり（散木・山家　同〔頭書〕）
15742 ことたらぬよもぎふながら折々の花はさすがにともしくもなし（山家・万〔頭書〕）
15743 今こそは日のくれぬるをよの中はしばしとつぐるしばとりの声（宝治百〔頭書〕）
15744 草の庵は思ひもかけぬたくみとり二は三はのかやかりてふけ（山家　雑か〔頭書〕）

15745 とこしへにとこめづらなるとこ夏は花てふ花の中のはな、れ（正治〔頭書〕）」（23オ）
15746 山里の竹のすのこのよそさむきとふのつかなみかさねても猶（散木〔頭書〕）
15747 とき分し麻の衣のあさましくやつれけるみのはてぞ恋しき（同　雑〔頭書〕）
15748 いつみてもみどりかはらでとこしへのとこ松こそはとこめづらしき（〔正〕治百〔頭書〕）
15749 恋じにしたが玉しゐの取つきて我にやものを思はせつらん（夫木〔頭書〕）
15750 つく〴〵とひとりし物を思ふにはとはずかたりぞ常にせらる、（高明集・新百人〔頭書〕）
15751 と、のへてふける板やもふりぬれば雨もよすがらもり明し〔けり〕（金　同〔頭書〕）
15752 ゆらのとのと中にたてるむろの木はたれか岩ねにたねまきつらん（応神紀　同〔頭書〕）
15753 とねりことい へる木かげの馬ひゆは引人もなしいはえしも〔せ〕ず（散木〔頭書〕）
15754 梓弓ともねしてこそかたりあはめつれなく人はいひはつ(ママ)とも（弁乳母　恋〔頭書〕）
15755 老らくのとしたる人のゐむれつ、わかざくらみる心をぞ思ふ（重家集〔頭書〕）」（23ウ）
15756 とこわかの薬えてしかいも、我も老ずてともに千よもへぬべく（成仲〔頭書〕）
15757 つれもなき人をみなとにあこがれてとあさの〔船〕のよりぞかねつる（夫・献円法師〔頭書〕）
15758 めにか、る人かげもなし明くれにとりのあみはる窓のおきふし（貫之　雑〔頭書〕）
15759 卯花のとほめなるべし玉川の岸ねにさらす布とみゆるは（為忠家百首　夏〔頭書〕）
15760 引よせてをらんとすれどなよ竹の遠よるいものねたくも有哉（万　秋〔頭書〕）

〔二行空白〕

15761 うれしさはちくらやちくらおくとても猶ぞあまらんけふの嬉しさ（行家〔頭書〕）
15762 まけはせでいのちや絶んつれなさにすまひて恋る力あはせは（恋〔頭書〕）
15763 折つればちかまさりせぬ桃故にいとゞさくらの花ぞわすれぬ（□(紫カ)集〔頭書〕）
15764 妹をしたふ心はいまも児めくを翁さびすと人やわらはん（山家　恋〔頭書〕）
15765 岸べなる松かげみればたづのすむ千とせの水ぞ夏かゞみなる（清正　雑〔頭書〕）」（24オ）
15766 やぶれたる扇の風はいとぬるしはりかへてこそ夏はもたらめ（源わかな・相経集　夏〔頭書〕）
15767 日くるればうちぬるはぎをよもすがら露のおきゐてうらむべく也（後中務集　秋〔頭書〕）
15768 朝おきの露ぬるばみてふく風をまち心なる夏もきにけり（曽丹　夏〔頭書〕）
15769 うなゐらが日毎にむれて山川のぬるみにすだくあゆごつる也（夫十七　春〔頭書〕）

〔二行空白〕

15770 風のうちの塵のこの身にくらべなばあさのをがらは重かりぬべし（曽丹　雑〔頭書〕）
15771 ことのはの道は限もなき物をゝさなくいかで分初にけん（公忠〔頭書〕）
15772 ほねよりもかへりてほねを折物はたゝむ扇のをりめ也けり（夫木　夏〔頭書〕）
15773 をこなりと思ふらめども時めける人のとはぬはとふにまされり（曽丹〔頭書〕）
15774 宵のまの雪にをれ木の松たきて冬の夜深き寒さしのがん（夫廿六　冬〔頭書〕）」（24ウ）
15775 明日までをり松たきて雪のよにむつかたりせし夏ぞ恋しき（拾愚　冬〔頭書〕）
15776 一年の老そふ身にもわかきなをつめばわ〔かやぐ〕心ちこそすれ（仲文集　春〔頭書〕）

〔二行空白〕

15777 舞人のかざしにさせるわた花に同じ色なる雪ぞ散かふ（仙源抄〔頭書〕）
15778 うくつらきいもがゝくせる文とりてせめてはいかでわきをからせん（為忠百首〔頭書〕）

幽居御花かめもなかりけるを人の心ざしてかしたりければ、それにをり〳〵の花させるに、いつも同じかめなればよめる

15779 さす花はをり〳〵ごとにうつれどもかはらぬ物はかめにぞ有ける」（25オ）
15780 むかしより我しめし野ゝわかすゝきかりにも人にむすばれなせそ（保憲集　恋〔頭書〕）
15781 まどふべきこひぢともまだわかたづのうつ〳〵しとやおもだちてなく（宗良集　同〔頭書〕）
15782 なよたけのよのわたらひと成ぬればをかしかるべきふしさへもうし（兼盛集　雑〔頭書〕）
15783 露をだにおもげになびくわたすゝき結びやせまし人しらぬまに（頼政集　恋〔頭書〕）
15784 わさみのはわかすげのみの万葉に所の名にもかけていひけり（万葉〔頭書〕）
15785 君ならでたれをかあへん妹とあがふたり作りし小田のわさいひ（同　秋〔頭書〕）
15786 うれしきもうきもわきいづる水のごとともにながれてとまらざりけり（伊勢集　雑〔頭書〕）」

（25ウ）

可春ニ入二月十七日の朝、善正寺に火あり。かの寺は法花をむねとゝくるなり

15787 終にかく焼ん思ひの家ぞとやたてる煙を人にみすらん
（程なくしづまりければ〔頭書〕）
15788 人のためやくとみす〳〵法師の思ひの家や猶のこるらん

経亮がいひおこせたる

15789 かねの音のおどろかさずはさわらびのもゆる煙とみつゝすぐさん

かへし

15790 かねはよしおどろかさでもたれかこのほやけの煙わらびとはみん

15791 かねの音にうちおどろきてわがやどの遠きほやけをとひし嬉しさ

益がきていへる

15792 岡崎に火ありときゝて来（キテ）てみればこゝにさはりのなきぞうれしき」（26オ）

かへし

15793 遠からぬ火とてとひしぞ我為にあつき心のしるしみせける
15794 わかなすびもとなすび又老なすびなすびもあまたむかしよみけり（義孝・イセ大輔・小大君集〔頭書〕）
15795 やまとうりきうりしろうりあこたかも春にかうりにかほうりもあり（初学抄〔頭書〕）
15796 うりふ山こまとは田中わかうりも蔵のつかさのふりうりもあり（義孝〔頭書〕）
15797 うちわらひさしわらひともい（また）はぬまによに人しらぬものとこそなれ（初学抄〔頭書〕）
15798 くれ竹のよにあたらしき鶯のわかねさへこそいまはきこえね（拾愚　春〔頭書〕）
15799 虫の声松風分しことの葉のことわりなきをめづるよの人（壬二〔頭書〕）
15800 雪の中に春くる道をしるものは老馬よりもわかきうぐひす（拾愚　春〔頭書〕）」（26ウ）
15801 あまのかるもとはなべてのうみの藻ぞ伏ゐのかるもこれはかれ草（童蒙抄〔頭書〕）
15802 いにしへは草とも藻ともいひけらし入ぬる磯の草は藻なれば（万題詠藻〔頭書〕）

〔貼紙、（27オ）ノ終リマデ〕「

15803 わすらるゝみのゝしら糸かたよりに思ひみだると人はしらじな（行宗集　恋〔頭書〕）
15804 かぢをうつ波の絶まもあらばこそしばし都の夢もむすばめ（行宗集〔頭書〕）
15805 にひはりのかみたの早稲を生したてことしの初穂奉りてん（公重〔頭書〕）
15806 かはら田もつひにぬたにぞ成ぬべきかくのみ常に石をひろはゞ（夫木　雑〔頭書〕）
15807 遠山のかぶろなりつるいたゞきにわたきてけりとみゆるしら雪（隆房〔頭書〕）
15808 いづくぞや年をわたりてふくかぜにしりぞくといふ鳥のねぐらは（夫木〔頭書〕）
15809 なにはめがひがたを遠みおり立て貝ふむほどに塩やみちなん（頼政　雑〔頭書〕）
15810 わかちやる川の枝々いくばくの賤がたのみとならんみなしも（頼政　川〔頭書〕）
15811 いもゝなきねやのかた戸につく〴〵とむかしの夏を忍ぶ日長さ（曽丹〔頭書〕）」（27オ）
15812 思はれぬわれから竹のよとゝもに身のうきふしをかこちてぞぬる（順集〔頭書〕）

15813 わかれては又立かへりみんことともかたしの道の露と消てよ（小大君〔頭書〕）
15814 秋ふかく成にける哉せき入し川田のゆくて霜むすぶ也（経信　秋〔頭書〕）
15815 かるもかきやく塩がまの煙にもからきよわたるわざぞしらるゝ（同　雑〔頭書〕）
15816 まつろへるしらぎ人もて作る名をよゝにのこせるから人の池（応神　同〔頭書〕）
15817 何となくかなしき色は山遠き秋の夕の雨もよの雲（四天王障子　秋〔頭書〕）
15818 かきのぼり松にすがりてみつる哉よそげに過るいもがうしろで（散木〔頭書〕）
15819 聞初しかせぎがその、法の会を契に又やむまれきけん（マヽ）（正後百首〔頭書〕）
15820 郭公かた待よひにねをなかば今こん夏やくやしとおもはん（同・家長〔頭書〕）
15821 み山木のたぐひやはなきさく花のかたはらぶしをしてぞ明さん（為忠百〔頭書〕）」（27ウ）
15822 散つもるよものこのはをかきためてあくる朝げの薪にぞせん（為忠百　雑〔頭書〕）
15823 散つもるもみぢの色もかくろへぬ雪よりけなるけさの朝しも（六〔頭書〕）
15824 ねたしとて花をば雪のかこふともいかゞはすべきにほふ梅がゝ（散木　春〔頭書〕）
15825 言葉をつたへやしつるふく風の片便こそおぼつかなけれ（山家　雑〔頭書〕）
15826 露だにもいたくなおきそうれをおもみまたかた生にみゆる撫子（源末つむ　夏〔頭書〕）
15827 千はやぶる神のみもろぎそなふらしかしはのくもでさゝげてぞゆく（夫木〔頭書〕）
15828 言葉にきくはうみ梅うみがきの外にもありや猶とひてよめ（金・散木〔頭書〕）
15829 てる月に雲かゝる夜はこひ侘ぬ花のかたきといひしあらしも（相模〔頭書〕）
15830 ひかされて心のゝこる人はみなわがよをそむくあだにぞ有ける（散木・相模〔頭書〕）
15831 天にますかさまの神にねぎかけて露のまだにもあはんとぞ思ふ（実方　恋〔頭書〕）
15832 八千種の秋のゝ分の風のまをいのちとたのむ露もはかなし（同　秋〔頭書〕）」（28オ）
15833 元輔がよみはおけども花がさをかざすといふはいかゞあるべき
15834 神山はいづくにもあれ千はやぶる神ます山をいふとこそきけ
15835 かるかやはなべて草の名こと草のありと思ふはあやまりぞかし（万二・苅萱（カルカヤ）〔頭書〕）
15836 あふことのかたかけ舟に乗つればうちこす波に袖ぬらしつゝ（みつね集　寄舟恋〔頭書〕）
15837 松しげき林がくれに生もせでかざおもてにもさける花かな（夫　春　風ガクレ前詠アリ〔頭書〕）
15838 山人の柴のかこひもあまのふくとまのかこみもあはれとぞ思ふ（仲実・堀百〔頭書〕）
15839 ながれてもたのみがたきをかはとみてわたらぬ中ぞ悔しかりける（中務〔頭書〕）

15840 かざうへの花たち花や咲ぬらん吹くる風のあやにかぐはし（嘉言〔頭書〕）
15841 何せんに人もすさめぬことのはをかいたゆきまでかきあつめけん（曽丹・清慎公　雑〔頭書〕）
15842 くれ竹のよのうきにのみかくまれて花を見にだにたちいでもせず（山家　春〔頭書〕）

おほよそごとに水をみとのみいへるをかぞへて」（28ウ）

15843 みなかみのみくまのみくづみかさにはみさびみなはとうかぶみなしも
15844 みをみなかみなれみなぎはみくさ生てみがくれみしぶみのもみこもり

あま衣に四あり

15845 は衣も雨にきるみの墨染も塩やきゝぬもみなあま衣

かぜ

15846 あゆあなしひがたあさこちこちはやちうら島浜もあらし木がらし（越東風（イヌヰ）、ひがた（ヒツジサル））
15847 いへのわきすきまおひ塩みなと谷山川おろし山川のかぜ
15848 よもの風四の時風時つ風沖つ山下木下のかぜ」（29オ）
15849 ますかゞみ野守池水山鳥のはつをもちひのますみてる月

かみ

15850 くろ（かみ）みどりふり分はなちよもぎ白うちたれつるにあさねおちがみ

かづら

15851 はなやなき日かげ玉ゆふ山かづらあふひかづらにむらさきの色
15852 さねかづらまさきのかづらつたかづらくすすひかづら草とみかづら

とり

15853 しばとりといふは庭鳥庭つ鳥ゆふつげどりもゆふつげのとり
15854 たゞ鳥といふは鳴つけくだかけを又はかけとも八こゑなくとり」（29ウ）

はし

15855 丸木かけ又雲水のうきはしにあまのうきはし夢のうきはし
15856 たなはしや川舟朽木一つ岩竹柴はしに又はそりはし

かね

15857 あらがねやまがねこがねに白なまり青やきがねになすのゆりがね

かさ

15858 梅花つぼみからかさ日でり袖日がさすがゞさあやゐ竹がさ
15859 市めがさひらたて（袖）かくれ（かくれもれたり）はづれすき小がさ大がさ青き丶（カクレ）ぬがさ」（30オ）

かしは

15860 ほゝかしはみつながしはに伏ながめならの葉あからいはとあさもと

神

15861 天下るあら人がみにやかつかみたむけゆふげのは守なるかみ
15862 天てるや天つくにつをすべむすぶたけものふるどもろいしにうふ

垣

15863 神がきはあけの玉がきいがきともみづがき又はみづの玉がき
15864 あやひがきすごが竹柴むぐらあしまつ中いはまかきほもとあら」（30ウ）

結

15865 水こほり草松すゝき露霜に木の実糸紐けぶり契か

錦

15866 いにしへにみえし錦は車形ひしがたかすみこま名にぞたつ

帯

15867 石の帯しづはた花田雲ひたちゆはた花帯井手の下帯
15868 水清き丶しの柳のかたなびき吹くる風に夏もわすれつ（拾玉　夏〔頭書〕）
15869 島の名は今もかくさじをふる雨にたみの丶かさにたれかつきけん（国基〔頭書〕）
15870 日のもとの物にもあらじ久かた〔の〕雨ふるごとにさせるからかさ（散木〔頭書〕）」（31オ）
15871 わかのうらやむかしの風は吹たえて横波か丶る音のみぞする（夫卅六　雑〔頭書〕）
15872 横ざまや雲風波にかすみきり山の横をり人のよこ言（おほよそ〔頭書〕）

山家述懐　宮御題、二月十三日御当座

15873 山にても心のすみかかはらねば世をのがれこしかひもなき哉
15874 いとふとや人はみるらん世には我有かひなくて山に住身を
15875 世はなれて住はなばかり山井のにごりやすかる我こ丶ろ哉
15876 世をいとふ人のまねして入しかど心すまねば山もかひなし
15877 かくて我心すまずはよをとほく入にし山のかひやなからん」（31ウ）

こゝかしこのくに〳〵あしき酒うりて人あまた死にきと聞比、人のとひたるによめる

15878 あしき酒うるとしきけばもしやとてうしろめたさにまゐらせぬ也

円尾義豁が、言葉は人の心の声といふ歌をこひたるにやりし百首歌をみせて、そのおくに

15879 ことの葉は心の声と聞しかど思ふさまにはいはれざりけれ

と申こし侍しに、かい付たりし

15880 さればこそ心をつくすことの葉のなしと昔の人もわびけれ

釈迦尊の一字不説を思ひ出て

15881 五千巻四十の文に一字をもとかずといひし人もこそあれ」（32オ）

竹画讃　楠山

15882 むなしきをおのが心のみさをにてよのふし〳〵も色やかはらぬ

例のうたのむしろに、経亮酒肴たづさへきて、庭の出居にてあそびけるに、経亮山野をみ、盃とりてよめる

15883 ながき日のくる丶もしらぬ松陰の土の出居にあそぶたのしさ

かへし

15884 盃をてにとりもちてながめずは野山も何らめでたかるべき
15885 松かげのいで居はつねにありけれどとるさかづきぞとしにまれなる　名」（32ウ）

思ひくまといふ古言のことわりをかきたるつゝみがみに

15886 此文はおもひくまてふいにしへの言の心をしらん為〔な〕り

夢中にいと清らなる山川のせ音を聞もあへず覚たるに

15887 みし夢の山川のせのなる音は覚ても耳に猶のこりけり

夏鼎がやまひをこりてのぼりて、御よはひたけさせ給ふめれば、しばしの絶まもうしろめたきに去年にかはらぬ有さまをみて　夏鼎」（33オ）

15888 一とせもやすくはあらぬ老世を有しながらにますぞ嬉しき

かへし

15889 あづかりし君がやまひもをこたりて〔けふ〕相みしぞ我も嬉しき

寄風空諦
15890 雲をおこし波をたて、はみすれどももとより風のすがたやはある
15891 常とはに音はすれどもめにみえぬ風ぞむなしきよをしらせける
夏鼎亭参向、留守、翌日かれより
15892 くやしくも願はぬみちにいでたちて仏にまさる君をやりつる」（33ウ）
かへし
15893 殊さらに願はぬみちに行しこそ仏にまさる教なら〔ま〕し
悉曇をつぐとて朝ごとに百如和尚がりゆくに、時すこし過ていそぐに
15894 思ひきや七十余り四とせへて手ならふみちに急ぐべしとは
水江鷺
15895 小魚とる里のうなゐに友なれて同じ川べにあさる白さぎ
15896 吹なびく風の柳におどろき〔て〕よどの川べをさぎぞ立なる」（34オ）
直方が蕁をおくるに、15897 これはしも此比波によるときく近江の海のぬなはなりけ
り　かのあしやのうらのこゝちしてをかし
15898 此比の波のよせけるぬなはこそ塩なきうみのみるめ成らめ
15899 よのわざのしき波のまによせてけるぬなはにふかき心をぞしる
字母表といふふみ侍りしに、[illegible]相生を男声〔とし〕伊里を女声として一切の声をう
めるよしかけるをみて」（34ウ）
15900 あかくいりをとこをみなの交りて限なきよのこゑをう〔みつ〕る
五月可入歟
鈴木玄道維馨　尾張犬山人
15901 君をしたひうづまさ寺に尋しもおもひいでつゝ十年過ぬる
15902 今更に昔をしたふ面かげも都にとほくなるぞはかなき
15903 きかばやな千とせもわかのうらわより雲ゐに通ふ老づるの声
これがかへし
15904 夢のまに十とせか過ししら雲のうづまさでらを君が問しも
15905 とはれつるそのよのとほく成まゝに老は猶しもしたふ〔い〕にしへ
15906 色もなきふし葉になづむあしたづの声の雲ゐにいかで聞らん」（35オ）

又文のおくに
15907 末とほく猶色そへん草の庵も君がことば〔の玉の〕光に
是がゝへし
15908 今さらになどいろそはんとしをへてくちのみまさる芦の庵は
大内人のいそがしげに夕のゝべゆくをみて
15909 さす竹の大みやづかへしげゝれやくれゆくのべをいそぐうま人
幸久より詠草をこふとて
15910 とひつゝも猶行迷ふ〔こと〕の葉の道の教を何をしむらん
かへし」（35ウ）
15911 みちびくもまづ先だつをしるべしておくるゝ人は後にこそなれ
15912 さをさして教しまゝに〔漕〕もこばさのみ舟路にまどひしもせじ
なにはに宗丁法師といふ人あり。その人契沖あざりの筆入たる夫木集を半らうつし
のぼせて、のち、音もせざりければ、その集うつしはて、かへす序によみてつかは
す
15913 後のよの人に見よとてはま千鳥残せしあとを中ぞらにすな
小鳥のおほくわたるに
15914 風やふく雨やふるとうちみればむれゆく鳥〔の〕羽音也けり
夕に遠人をみて
15915 くれにけり遠方人はみえながらゆくともくともわかぬばかりに」（36オ）
にし山に入たる日の山さきのあなたの霧にはなほうつれるをみて
15916 あし引の山のあなたの夕日かげそがひにみえて猶ぞのこれる
経亮が家かひてうつれる悦に、一樽の酒をおくるに
15917 呉竹の一葉の露も万代の秋をかけつとくみてしらなん
かへし　経亮
15918 万代といはふ心の露かけて竹の一葉をたまふうれしさ
夏鼎が国へかへるに、こたびいにては又くまじき」（36ウ）けしきなれば
15919 をしむともいとひかすらんかへりては又しもこじと見ゆる別は

15920 まがねふくきびのくらしきしき〳〵につむらん君がとみぞしられぬ
備中倉鋪といふ所なり。
眺望
15921 山もとの木間の寺に法師のかへるかのべのみちいそぐみゆ
いとをうへに置たる詞をか〔ぞへ〕て
15922 いとのしま糸にはあらでいとすゝきひを雨さくら柳萩みづ
厚生がはじめてとひて」(37オ)
15923 あらし吹此山里をとひくれば高くすみぬる松の声かな
かへし
15924 年をへてたかくすむてふ松の声にことのは風のならふよも哉
夫木抄をみしに、為家卿の歌に〈いかにせん家につたはる名のみしていふにもたらぬやまとことのは〉とよまれたるうたあり。家の外にはあらぬものと思はれけるなるべし
15925 しきしまや大和ことのはいかにしてひとついへにはつたへきにけん」(37ウ)
厚生がかへるさにいへる
15926 よそにみんことこそうけれとひなれてかげとたのみし松の梢を
かへし
15927 とほざかるやどの梢をかへりみば又こん君をまつとしらなん
岡崎にて、草かりのうたふをきゝて
15928 うづまさの夕にきゝし草かりのこゑぞかはらぬ今の一ふし
かきねのゝべにむかしをおもひいでゝ
15929 いもとわがむかし作りし庭のおもにさもにたるこのゝべのほそみち」(38オ)
雨はるゝ朝に
15930 雨はるゝ野山の朝け見わたせばさま〴〵かはる雲の色哉
即現といふ法師の来りて、たいめをこふに、あはざりければ
15931 わかのうらによする心をつくしよりあしの庵をけふはたづねぬ
とかきてかへりにけり。さして心つくしつらんともおぼえねば、かへし

15932 わかのうらは入江あまたありあしかるといひさわぐかたに舟なよせそ〔も〕
とかきて百如和尚がりつかはす。此人をしれるときけばなり。」(38ウ)

六帖詠藻　雑十一

15933 かものなから水に入りたるかた、益所望
底に入心もしらでいたづらにうきたるかもと思ひける哉
15934 うきてのみよをふることは水鳥の底にこゝろのあればなりけり
15935 うきてのみよそに見ゆれど水鳥の心は波の下にありけり
ふじのこなたのうみより、たつのゝぼるかた、山下大和守所望
15936 波をたて雲をおこしてふじのねも及ばぬ空にのぼるたつかも
しげい子より、15937 つねにわがはつせの寺のみほとけに君がちとせをいのりこそすれ　とかきたるにかきそへし」（1オ）
15938 常に君ねがふ初せのみ仏のめぐみに我やおいて死にせぬ
旅人渡橋
15939 こけむしてふるのゝ沢の丸木橋わたる旅人あからめなせそ
15940 暮かゝる遠のゝ川は一橋こゝろぼそ〔し〕やわたるたび人
経亮が家をかひてうつりて母の正忌をとぶらふ歌みせしに書そへし
15941 なき人も嬉しとやみんにひ室にふるき〔よ〕しのぶけふの手向を
夕野をみて」（1ウ）
15942 くれにけり遠方人はみえながらゆくともくともわかぬばかりに
石上の柿本寺さへいたくあれぬときく比、おのがかきねに人丸の社をつくれる人あなりときゝて
15943 ふりにけるかきのもとをやうらやみて新につくる人丸のみや
ある法師の、うま人の子になれりときゝて
15944 家をいでゝ又家に入のりのしはいづこのよをかのがれんとする
放髪に書入たる書をみて、わがむかし、15945 いへばわが心なるべき水ぐきの思はぬかたになど流るらん　と」（2オ）よめるを聞て業陳より
15946 老らくの心なるらし水ぐきのながれはさらによどむともみず
かへし
15947 心もてみながらつらし老そひてよどみがちなる水茎のあと
いくつばかりに成ぬると、ひごとしたるに
15948 花さかで七十余りいつとせになりぬといふもはづかしのみや
かくいひたるにことのはに身をかくしたるを思ひて
15949 はづかしのみのひとつだに置かねて茂きことばのかげにかくれつ
故道敏にものならへる釈孝〔輝カ〕が一日とひたる後に、かれより」（2ウ）
15950 ことのはをきくに付てもしたふ哉むかしの人の友とし思へゞ
かへし
15951 かた〴〵にわかれたる道としをへてめぐり逢ぬる心地せしかな
又かれより
15952 今はゝや浜のまさごのみち絶てよるかたもなきわかのうら波
かへし、此国の人語みな歌なれば、みち絶ることはあるべからぬことゝ思ひて
15953 此国はことばの海の大やしまいづくによるもわかのうらなみ
又とふことありて、たはぶれに
15954 わかのうらは入江あまたありやすのはまことひめの浜むつかしのはま」（3オ）
夕陽映島
15955 礒ぎはゝくれてもてらす日のかげをおきのこじまに残してぞみる
15956 たづのゐる沖のこじまのひとつ松あらはにみえてのこる日のかげ
ずさのあたごにゆくに　備後神辺菅浪武十郎維廉
15957 あたごのやしきみが原にましゆかば手折てかへれけふの山づと
15958 ながらへて猶もをしへよ敷しまのよゝのふるみち君こそはしれ
かへし
15959 としをへてわくとはすれど草しげみいまだにたどる野中ふる道」（3ウ）
山口脩安六十賀
15960 六十へし山口よりぞみえ初ぬ君がこゆべき百さかのみね
三十年ばかりいにしへ、したしくかたらひける人の、はりまにいきて、いまになが

らへたりとき〻て、申つかはしける
15961 国へだて年をへだて〻同じよに有と聞こそうれしかりけれ
市中にすむ人のもとに行て
15962 市中に心をすますかくれがは山かげよりものどけかりけり」（4オ）
小坂殿
おまへに古硯あり。潤沢玉のごとし。頓阿法師のもたるとなん。是に言そへよとのたまふに、むねうちつぶれて、石よりもおもき口に、なにごとをかは、になひいださんと、わな〻きながら、取おろしてうらをみるに、西方行者のもじかすかにのこれるにまかせて
15963 となへけんえにひかれつ〻石すゞりのぼりにけらしみだのみねまで
ある人のしほしみたる肴をおくれるに
15964 わたつうみの翁にしあればやくしほのからきにしわぞより増りける」（4ウ）
といひやりたりしかば、こたびは塩のうすき魚にふじみといふ酒をそへておこせたれば
15965 わたつうみの翁のしわものびぬべし浅き塩せにふじをさへみて
幸久が軒の松葉を乞とて
15966 世にたかく聞えし君がすめばこそ松もその名をあらはしにけれ
かへし
15967 名にたてる松なかりせばわが庵をことのつてにもとはれましやは
厚生が申こしたる
15968 玉ひろふ入江やいづこさをさして我にをしへよわかのうら人」（5オ）
かへし
15969 なみならず思ひよりなばわかのうらのいづれの浜も玉はひろはん
是は入江あまたありといへるを聞て、申こしたればなり。
岩のもとに竹かきたるかた
15970 うごきなきいはほにねざすくれ竹は久しきみよのたぐひ成べし
幸久が松ばをこへるに、わづらはしくて、思ひし

15971 かくれがはうゑてだにみじわかのうらのまつとしもなき人ぞとひける
いかなることか夢にみえけん、覚て
15972 悔しくぞ猶人のよにしづみける今は雲にものらんと思ふを」（5ウ）
宮の御試筆みよとてたまはせたる
15973 これも又ふるきにかへせもろ人の心をたねの敷しまの道
御かへりに奉る
15974 立かへり君分ざらばいかばかりあれかもゆかん野中ふる道
甲州渡部幸内きて、去年ふじの四季よめる人々に、打ぐりまゐらすに、布淑へ
15975 なまよみのかひのうちぐり奉る心はこぞの歌のいやとぞ
かへし
15976 花もなき歌のむくいになり出しかひのうちぐりめづらしき哉」（6オ）
鐘
15977 かへりこぬ宵暁のかねの音に驚かぬみぞいやはかなかる
志源甥婚
ともに霜おき雪ふれど、葉がへぬ色のときはかきはにさかえん陰のたのもしくて
15978 生そめしその〻わか松わかたけの千よのみどりの色ぞ久しき
新宅絵、川亀のあまた岩の上にゆくかた」（6ウ）
15979 万世をいやつぎ〳〵にゆく末もときはかきはに住ん川がめ
竹の陰に鶏のなくかた
15980 呉竹のよ〻はふれどもおのが時わすれぬものはくたかけのこゑ
人のつばき、松などの歌こふに
15981 年をへてわがめできつるわがやどのわがまつ〻ばき君におくらん
入江昌喜が宮のおほせごとにて、万葉類葉抄補闕、言詞の部書なべける比しも、いたくわづらひて、それ奉るときあとの名所、神祇部もしはてんとすれど、老病復しがたくて思ひ」（7オ）たゆむよしいひおこせたる序に
15982 おくれても汀にあさるをし鳥のあとをとゞめんことをのみこそ
といへりしかへし

15983 ながはまに跡をとゞめしをし鳥の何かはやまん道のそらにて
越中外山、弘中自敬重義〔軒カ〕、はじめて文おこせたるに
15984 ことのはのみるめなぎさにまよふ身を道しるべせよわかのうら人
　みるめなぎさとは、みる所もなきと云こと也。如是いへば、かざりをそへたき心
とみゆれど、」（7ウ）大意はしからず。こと葉のしげみ分かね、まどふ心なるべ
し。
かへし
15985 何とかはみちしるべせん人ごとの心のねより生ることのは
かのはりまよりかへしきたれり
15986 故人大半入黄泉　屈指索居三十年　今日幸存君与我　雁書時下播州天
15987 おなじよに有ときくこそうれしけれ君が玉づさひらきもあへず」（8オ）
往昔北辺遊行、故人昌伯、野翁、発句思出候とて
蓮台寺糸桜
15988 より〳〵のことばの花よいとざくら　昌伯
15989 さく花のよそめは雲の林（雲林院）哉　野翁
この人はおぼえよき人にて、卅年前の事をおぼえたることかくのごとし。
名所杜
15990 秋はきり春はかすみのうすものを立かへてきる衣での杜」（8ウ）
厚　小坂殿当
15991 年にそふ氷のためしこそすべらぎのめぐみのあつきしるし也けれ
15992 わたさわだあつきふすまのなかりせば老のさむさを何にしのがん
布淑が母の傷のうたあまたみせしおくに
15993 なき玉のゆくへをたのむ心こそやがて蓮の光となるらめ
ある人の、ふじの牧がりのかた、扇のうらおもてにかきたるに、いまうたよむと思
へる人にうたかゝせ、博士にからうたつくらせなどしてもてあそぶ。やつがりは人
なみに得よまず。また物にきそふ事をこのまねば、かたくいなぶに、さらば鷹がり
の歌を異にと乞ことたび〳〵なり。これにそへられん」（9オ）も猶わづらはし。さ
らばこの牧がりをよまんず。
そも〳〵頼朝卿は、頼政卿義兵をうらやみ、宮の令旨をいつはり、義仲、義経の苦
戦、平家を追うたせ、安居して幸逢太平世、広元の奸をあまなひ、惣追捕使を願も
とめ、一人天下に横行せんため、背盟同姓をうち、骨肉をたち、権威を振てなせ
るわざなり。ゑは扇のひさぎものなり、ふるくとも何をかほめん
15994 すべらぎのみいきほひさへかるをのこいづれのくさかゝりのこすべき
巳卯月十七日、伊予三島神主水口和泉入来、故武内松月門人之故を以、卅首斗（ばかり）乞
添削幷自詠懐紙奉納頼、今度神殿造作、御太刀、御弓、此度従京都」（9ウ）持帰之
由、同廿五日所望懐紙遣之詠添削奉納
三島社詠寄国祝　和歌
15995 幣麻都里安賀布流万満仁光添神酒美国八伊予余栄依武
本居宣長に乞奉納懐紙歌
15996 から国の人ならはめや此国の人はますぐの神ならはなん
神道教示尤之詠歌歟、但諸人に教示にて奉納の詠とは不聞。又神と云神何国も同
事歟。かくのみ腹黒に人之詠歌をそしる事、我をほこりていふにあらず。我歌も
かく難あるべし。みづからその難をいまだみあらはさず。あらはす事もあれば、
則あらたむ。不改は其難にいまだ心づか」（10オ）ざる也。そは人あらはして定而
そしるべし。多年かくわが難をみいでんとすれど、人の難にはめ付て、わがなん
はみえがたきものなり。人のなんもみいでざらんよりは、みいでたる、いみじき
事なり。用る人ならば、いひきかせて、みちの正しきに引入べき也。但人をみて
いふべし。
くれんとするに、のをみれば旅人二人南にゆくを
15997 我やどの垣ねをすぐる旅人はいづくにこよひやどりかるらん
布淑がかつらに通ふに、大ゐ川のいかだをみてよめりし」（10ウ）
15998 世中はとにもかくにもさかいかだ下りやすかる物にぞありける
かへし、思ふことありて
15999 みなれざをさしなたがへそ早川にまかせて下るいかだ也とも

又おなじ人
16000 あげまきのとりもつながでのがふなるうしとても尚はなれえぬよや
かへし
16001 ことさらに取つながねどはなれぬはのがひやうしのきづな、るらん
微風吹幽松声のをかしければ
16002 松かぜははげしきよりも吹となき声こそことにあはれ也けれ
重愛が身まかりぬとき、て」（11オ）
16003 廿あまり五とせばかりなれきつることばの友ぞ露と消ぬる
16004 のこしおくことばの露のなかりせば何をか消しかたみにはみん
16005 色そふも今はたのまじ秋のはの千入になればあへず散けり
名所浦
16006 入日さすうらなつかしみきてみれば波ぞにしきの名には立ける
16007 郭公とはだの浦による波のしき〳〵声を聞よしもがな
松経年　直吉亭
16008 軒のまついくよかへぬるとことはにすみて久しき山かぜの声
16009 やどの松いくよかへしととひくれば梢の風ぞほのにこたふる」（11ウ）
16010 うゑしよはあるじもしらぬやどのまつふりぬる声は風ぞ告ける
16011 ふるきよのしらべすみぬるやどの松年へしほどは風にこそしれ
松風
16012 雨やふる岩にや水のせかる、とき、しは風の松をふく声
知乗古今集読終、かれより
16013 をしへおく君がことのはいく千よもかはらぬ松のかげとたのまん
かへし
16014 をしへおくいにしへ今のことのはの心すがたにならへとぞおもふ
蕭寺」（12オ）
16015 いつまでか人はをりけんあかだなの樒のはなのかれてのこれる
16016 おのれまづ常なかりけるよをつげて声を絶ぬる古寺のかね

長明が琵琶にむかへるかたかけるに
16017 山川の瀬音（せのと）をいまだわがきかでわりなきことを思ひける哉
此人折琴、つぎびわなどつくりて、あながちに心つくせしことを思ひてよめるなり。
離別
16018 人世の常世なりせば行かへるかりの別もをしまざらまし
16019 ゆく末の遠く思ひし別ぢの日ごとにちかくなるぞ悲しき
夕に知乗が雲をみて」（12ウ）
16020 夕ぐれに遠き山べをみわたせばたな引にけり空のうきぐも
かへし
16021 たな引て夕日をうつす雲もみなはてはむなしき空に消ぬる
庭のまつに花さけり。さもしらざりけるを、六月ばかり木のあまりにしげ、れば、枝うたせなどするに、きれる枝にあまたあり、人々もちていぬ。友子がきたりてこひけるに、のこれるをりてつかはすとて
16022 松のはな折てぞおくるとほ久に猶とかへりもながらへてみよ
かへし　友子」（13オ）
16023 松の花咲初しより十かへりも君が手折ておくるをぞまつ
経亮がみて
16024 名にしおふわかのうら松ことのはの露のめぐみに花や咲けん
かへし
16025 君こそはわかのうらまつかぞへみよ千よにとかへりさくやこのはな
天球地球のかたをみて
16026 天地のかぎりをさへもさとしける人の心ぞはかりしられぬ」（13ウ）
〔白紙〕」（14オ）
〔封印アリ〕」（14ウ）
宮の御〔歌〕
16027 わが学ぶ仏のみちも其ま、の心の外に何もとめざる

16028

心の外に　何か（をイ）もとめし　過　何か（を）もとむる　現
何か（を）もとめん　未
なにもとむべき（かあるイ）　もとめまし（むへしイ）〔や〕は
あらん物かは

凡如此云下候御意、此五六の句たるべく奉存候。外は〔候ては〕又少たがふべく候。此うちの御句意考候処、第二本行方可然歟。何もとめざるにてはもとむるに可相成歟。いさゝか所存有之。以人不申上管見僻案　言上

九月　　孤鷗謹言」（15オ）

歌のみち、よしあしのきらひなく、心ざまをそのまゝよみいだすをむねとをしへ候事御聞に達し、三教をはじめ百家にいたるまで、心の外にまなぶみちあるべからざるよし、御命を蒙りかしこまり安堵の思をなし候。誠一切唯心所造候。其中歌において発言事候へば、言は不尽意之儀有之。不及修行鍛錬候へば、心に思ふ如く詞まはりがたく候故、あまたよませ候て、其心を達しならはせ候。多年試候に一言をねり候よりも、おほくよませ候かた進達早くおぼえ候。一字一句を損じ、一句一首を損じて、首尾停滞すれば、歌をな〔さず〕候得ば、此修行に付ては、一字も不容易候。此道理明了に付」（15ウ）人は心言一致なるまで文字を置かへ詠候故、師を求るに不及詠来候と相見え候。然るに近世奇異をむねとし、艶を詞とし、道理叶不叶之儀は、中人も無之様相成、元来心は主、詞は従者、詞心に不順は心に恥候得ば、詞は尤容易不可成儀候へば、拙は拙ながら心の思ふ所にかなひ候処に、修行仕候外無之被存候を、当時は詞を以、却而心を制する事、年々多相成候様聞候は、下より上を制する之理、全衰世之風旦暮歎息只此事御座候。延喜御時、躬恒歌被詠賜御衣時

みつね

〈しら雲の我かたにしもおりゐるは天つかぜこそ吹てきぬらし〉」（16オ）

おりゐの詞、当時ならば可被制を、盛朝には無構事歟と被存候。

宮の御歌たまはれるそがかへし

言葉はすぐなる神のみくにぶり正しきみちにかへせわが君

16029

御返し

月日こそてらしますらめいにしへにかへす言葉のみちのまことは

〔封印アリ〕

そもく我宗門に唱るは、経外別伝不立文字云々。されば、第一義底は言句の及ぶ所ならず。言句は第二義門経説なり。是所謂月をさす指なるべし。むかし清居禅師、正法眼蔵を識得せさせんがため、衆生根機を観、病に応方をあたへて、画図十牛をあらはせり。」（16ウ）これに郭〔廓〕庵遠和頌をあらはし、石鼓夷和をなして、ことぐく備れり。又何人か吾国振歌を配せり。男もじのかたき頌の心をわがくにの詞にやはらげたるも、老婆深切のあまりなるべし。歌は経説言句にひとしく第二義なり。第二義は義理通達をむねとせり。しかるにこの歌通ずるもあり、又いぶかしきもあれば、あるはけづり、あるはあらたにもよみてと、光禅師の命ぜらる。古歌さたする事は容易ならねば、二たび三度辞すといへども、外にまかすべき人もあらずと強てせめらる。もとより末学未練優婆塞、彼一義底の事はいかでかしらん。されど歌はつねにさたする事なれば、いなみがたくて、かいつくる詞のつたなきは恥ず、」（17オ）彼経外之伝にたがはんことをおそるゝのみ。

それ歌はかけまくもかしこき二神の神語をうけつぎて、此大みくにゝうまれくる人は、たかきもくだれるも、かしこきも愚なるも、なべてよむ事となれり。そのゆゑは人思ふことなきことあたはず。思へばいはざる事なし。そのいふ詞則うたなり。釈名と云文にも、人の声を歌といふといへり。花に鳴とり、水にすむむしも思ひあればこそ声をあらはす。人なんぞうたをよまざらんや。卅一字になれるは、そさのをのみことの御歌にならひて、文字かずはさだまりける也。すべてちりあればはき、あかず〔つ〕けばあらふ。心に思へることはいはざればつくさず。いへばむね清」（17ウ）になれり。〔よりて〕うたは心のはらへなり。常にはらへば滞る物なく、胸中常に清浄無礙なり。はらへは神道の根本、歌は神国の大道、儒よりつたはらず、仏よりうけず、此国よりはじまり、他国にいたるもの也。かゝる大道なる事をしらで、末世一家にたつる相伝をえてよみ、極微の茶香のたぐひと思ひ、あるは詞をかざりてもてあそぶ物と思ひ、伝をえざればよまれぬものと思へる、ことぐく道をふみた

がへたる也。

第一　尋牛

16030 尋いる牛こそみえね夏山の梢にせみのこゑばかりして

16031 たづね行み山のうしはみえずしてたゞうつせみのこゑのみぞする

たづぬるとは、人心六境に対し、心鏡くもらざれば尋る事はなし。しかはあれども、色に対しては色をおひ、声に対しては声を追ふ。是を楞厳にも、衆生迷悶して背「覚合」塵と、とゝきたまへり。」(18オ)ちりに合すれば、心鏡たちまちにくもり、くもれば外物うつらず、本心をうしなふなり。そのうしなひたる物をうしにたとへてよめるなり。歌の心はわがたづぬるうしいまだみえずして、せみのこゑばかり聞るよし也。二首とも心同じ。此まゝにて聞ゆ。うつせみとはからをのこしてぬけいづるものなれば、虚蟬といふ。虚はむなしといふ心、うつせみのむなしきからといひ、又なくともいふせみの名となれる也

第二　見跡

16032 心ざしふかきみ山のかひありてしをりのあとをみるぞ嬉しき

16033 おぼつかな心づくしにたづぬれば行方もしらぬうしのあと哉

しをりと〔は芝折〕とかけり。おとかけるはあやまり也。山などに入てみちのさだかならねば」(18ウ)かへりいでんときまよはじとて、柴のえだなどを折かけてゆくをいへり。是は人の山に入時の事也。今たづぬるはうしなり。うしのさるわざして入べきことわりなし。あと、は人のうへにも鳥獣にもいへり。み山とは太山とかく。きはめて深き山の事也。ふかきみ山とは重言也

16034 心ざしふかき山ぢのかひありて尋るうしのあとをみしかな

かくいひてうしの足あとをみ初て嬉しと思へる心は、いはでもこもれり。おぼつかなのうたは首尾とゝのはず

16035 おぼつかな心つくしてたづぬれどそこともしらぬうしのゆく末

此行はのせつかはさず〔「此行」ハ前後各一行ヲ指ス〕

かくいふ時はおぼつかなといふ詞かなへり。こゝは

16036 あとみてもおぼつかなしや山ふかく入けんうしのゆくへしらねば

とあらば此所にかなふべし

第三　見牛

16037 青柳のいとの中なるはるの日につねはるかなるかたちをぞみる

16038 ほえけるをしるべにしつゝあらうしのかげみるほどに尋ねきにけり」(19オ)

初のうたの心、少しおぼつかなけれど、おしてはかるに、日光かゞやきてまばゆければ、つねはかたちもみねども、青柳のいとをへだてゝみれば、さもまばゆからで、ほのかにかたちのみゆるといふ歌の心なるべし。はるの日のと直して、外はこのまゝにて聞ゆべし。歌よむ人のためにいふべし。おぼつかなきといふは、初より山に入よしいへり。柳は山の木にあらず。しかるを山にかけり。又春の日にといふにもじあれば、外にかたちある物をみたりと聞ゆ。うしともなければ、うしのかたちともみえず。日のかたちなるべし。よりて日のとあらば可然といふ也。是は歌の修行事にて外の事也。後のうたはこのまゝにて聞えたり。初五、なく声をとせばすこしまさるべし。

第四　得牛

16039 はなさじとおもへばいとゞ心うし是ぞ誠のきづなゝりけり

16040 とりえてもなにかと思ふあらうしのつなひ〔く〕ほどに心づよさよ」(19ウ)

言に雅俗なし、つかひざまに雅俗あり

16041 はなたじと思へばいとゞ心うし是ぞまことのきづなゝりける

こゝの心は、たとへば色をおふて、わが心はうせたりとおもへば、色塵に心をそめじとおもふが、うしをはなたじと思ふ也。さはおもへどそみなれたる心なれば、そみやすければ、正と邪と相あらそふの意也。

後のうた

16042 とりえても猶心こそゆるされねつなひくうしのちからづよさに

かくあらばしかるべしと思ふに、思ひいでたるうたあり。こゝによくにたり

16043 をりえても心ゆるすな山ざくらさそふあらしに散もこそすれ

第五　牧牛

16044 日かずへて野がひのうしもてなるれば身にそふかげとなるぞ嬉しき

16045 尋ね来しまきの〔うねうし〕とりえつゝかひかふほどにしづかなりけり
初のうた大意は聞ゆ。歌よむ人のためにたゞしてみすべし。」(20オ)、野飼とは農業のさはりにならぬ比、うしをやせさせじとて、のにはなちこふをいふ。これははじめうせたるうしにいへり。されどうせたるうしつなぎてなつくも、のがひをとりてなつくも大意同じとはいふ也

16046 うせにけるうしもみいでてつなげれば（つなぎたれば也）いまは身にそふかげと成にき
後のうた
16047 尋ねつる山のあらうしつなぎえて今はてがひになれにける哉
うねうしかひかふ心得がたし。

第六　騎牛帰家

16048 すみのぼる心のそらにうそぶきて立かへりゆくみねのしら雲
16049 かへりみるとを山みちの雪消て心のうしにのりてこそゆけ
初のうた、雲はあしたに山をいで、夕に山にかへる。よりて歌のうへにて雲かへるといへば、夕といはでも夕になる也。このうたは人のかへるなり。上に」(20ウ)、心とあれば人の事と聞ゆれど、落句はみねに雲のかへると聞ゆ。
16050 分きつる高ねの雲をめにかけて立かへりゆくみちぞうれしき
とあらば聞ゆべし。
次の歌、かへりみるといふは、にしにゆく人の東をみるをいふ也。しかればわがきたるかたなり。そのきたるかたのゆき消てゆけとあれば、又東にゆくなり。詞の道かくのごとくたゞしく、一字たがへば閃電光に似て、直下に意を転ず。是は、かへるさのとほ山みち、とあらば聞ゆべし

第七　忘牛存人

16051 よしあしとわたる人こそはかなけれひとつなにはのあしとしらずや
16052 しるべせん山ぢのおくのほらのうしかひかふほどにしづかなりけり
初のうた
捨妄取真　去事就理　捨煩悩取菩提　厭生死暮涅槃
16053 よしあしを分るこゝろのあるほどはひとつなにはのあしとしらなん
と釈すべし、是と云、非と云は、ともに心のほがらかならぬなり、信心銘にも、至道無難」(21オ)唯嫌棟択但莫憎愛洞然
次の歌は第五と同歌なり、しるべせん、ほらのうしともに心得ず、せんとは人をしるべし、やらんの心なればたがへり
16054 はなるとも又つなぐとも思はず（ねば現在　未来也）はうしといふこともわすれはつべし（てつる現在也　未来也）

第八　人牛倶忘

16055 雲もなく月もかつらも木もかれてはらひはてたるうはの空哉
16056 本よりも心のゝりはなきものを夢うつゝとは何をいひけん
初歌、月の桂と申事は兼名苑と中文に云、月中有レ河、河上有二桂樹一高五百丈云々、是を本文として月の桂とは申ならへり。此心を思ふに、心中妄想うせて真如法性あらはれ、洞然たる所をいふ心とみえたり。是言路のたがへるなり。木はかるゝといふとも、月はかるゝといふべからず。月のかつらの木とつゞかざれば木にかゝらず。月は常住不変物、必ず晴くもりによるべからず」(21ウ)
16057 へだてこし心のちりも雲きりもはれてむなしきそらをこそみれ
次のうたは、此まゝにてよく聞えたり。

第九　返本還源

16058 法のみちあとなきもとの山なればまつはみどりに花はしら露
16059 そめねども山はみどりになりにけりをのが〔いろ〕〳〵花もなきなり
初の歌、よく聞ゆ。但是は古句の、やなぎはみどり花はくれなゐといふ古句をあしくつゞけたるまでなり。まつはみどりに花はくれなゐとなほして釈すべし。その故はしら露のしらは花の白きにて聞えたれど、露は何の用にいでたりともみえねば也。
16060 そめねども山はみどりになりぬればおのがいろ〳〵花も咲けり
次のうたの下句は一向不通
是山はもと山、水はもと水、といふ底なるべし。

第十　入鄽垂手」(22オ)

16061 手はたれて足はそらゆくをとこ山かれたる枝に鳥やすむらん

16062 身もおもふ身をば心ぞくるしむるあるにまかせて有ぞあるべき

初のうた、無心所着とやはん。言路をうしなへり。本文入廛垂手序とある。手は手足の手の事にはあらず。垂示といはんがごとく、又手段をいふがごとし。さるを手の事と思へるは、歌の理をしらねばなり。又足はそらなるといふ詞もたがへり。人あはてさはぎてみれどもみえず、きけども聞えぬ体のときありくを、足をそらにてありくといへり。こゝは大悟徹底の人却て入市中相対する邪魔外道悪人をもみなこと〴〵く化度する体の心とみえたり。又頌の句に枯木再花咲とあるをかへて、鳥栖といへる文字にかゝはりて心をなさず。歌道の意大にたがへり。

こゝは文殊三処一夏の心とみゆれば、今別詠之

十牛の歌をよめる中に、入廛垂手の心を

16063 けがれたるあくたにおける露をしも玉になしてぞ月はすみける

此歌、此上句修行事あともどりしたるやうなり。あともどりとは、うしをとりえてはなたじと思ふ第四の修行ににたれば也。此境界に至て身を思ひ心をくるしむる事あるべからず。されど未練未熟の時の事を、大悟の後、更に思ひかへしてかく思へば、かくくるしむものなれば、さとりて今やすきやうを人にしめさんの心と」(22ウ) いひなしてしかるべし。さらば

16064 身を思ふ心（大欲）ぞ身をばくるしむる（大苦）あるにまかせて（少欲）あらばやすけん（知足）

上に詞をかさぬれば下に又詞をかさぬ。是又うたの一体なり 歌の法とは思ふべからず。歌に法なし。古人如此よめる一体あるをいふ也。是は此言路の理をいふのみ。いかでか第一義底にいたらしめん、此道は不立文字、まして拙劣の鄙詞、是とゞめば則所謂葛藤とならん。

蘆庵うしにまみえたてまつりてけるに、このみちのたうときこと〔ママ〕ゞもをしへみちびかせ給ふる、いとうれしうおぼえけるまゝよみて奉るうた　建（イタル）

16065 かげたかきわかのうら松代々かけてよする小舟のしるべとをみん

16066 住吉のうらはそこよとねがはくは我にもつげよ沖つ舟人」(23オ)

かへし

16067 すなほなる心の風ぞわかのうらにゆかん小舟のおひてなるべき

楞厳経に、衆生迷悶背覚合塵の金句とある事をふと思ひいづるに、何の道も一貫なる事を思ひて

16068 一ふしと思ふやがてすなほなる心のゆがむはじめならまし

16069 いかばかりいひちらすともことのはの花を思はゞみはなかるべし

東北蝦夷地画図をみるに、西北にカラフトジマと云」(23ウ)〔あるを〕

16070 我国のえぞにいつよりわたりきてからうとじまの名をばおふらん

蝦夷西北七里海をへだてゝ非蝦夷地、此歌可除改作

16071 わが国のえぞよりいへる名なりけりむかひにみゆるからうとのしま

同図、欧羅巴亜細亜の境をなす、オービイ云大河より流て韃靼の真中を東へ流、長千余里、此川より北、莫斯歌未亜地、南はモンゴル、此川一名サカリイン、一名アルミ川

16072 ながれては神のみくにゝ入ぬべしあるみ川とは大和ことのは

蝦夷

16073 あつしとはえぞにおる布あつけしは所の名にてまどひやすしや

16074 えぞにわがやまとことばのまじりけり所々をしるしおかばや」(24オ)

16075 大ぬまは四里の水海みづうみは石かり川にながれいづてふ

16076 ながれいづる石かり川の水底はこがねのいさごしくとこそきけ

16077 あつ石やいづくあづまの南にぞうちうらのうみありといふ也

16078 うちうらのにし南なる金山の金のすなもて海に入てへ

16079 内川や亀田長はま箱だてに大うす山は白たけのにし

東南海島

16080 人すまぬ南の島のゆかしきは滝のうらてふわたり也けり

16081 こぎ入てみまくほしきは南なる島のふくろのみなと也けり

文丸がむかし別し母のうへを八月八日夢にみしとて」(24ウ)

16082 夢のごと嬉しき物はなかりけり覚てのゝちはかなけれども

かへし、正しき夢かな、春の夜にもなさまほしうおぼすらんかし

16083 ぬば玉の夢てふもの、なかりせばいかでむかしのことをみてまし
此人、安羅果種をつかはしたりし、此実経年生ときけば、毎人につかはす
文丸
16084 生いでん時をばいつと待ほどにこのみはいかゞならんとすらん
かへし
16085 植しうへば若きぞたのみもろともになりいでん身もほどなかるべし
義谿が詠草を入るに、薬袋もて調したる、書つけたりし」(25オ)
16086 こしかたにかへらん道ぞたのもしき死なぬ薬のかみしまもれば
かへし
16087 こし方にかへらんことは玉きはるこゝろのみこそしるべ也けれ
羇中浦
16088 旅路ゆくうさこそかはれおり立てめかり塩やくうら〳〵のあま
経亮がいひおこせるやう
16089 つくしえぞ西東の沖なかにから人のふねみゆとこそきけ
かへし
16090 今のよにまうきしもせじから舟の海にみゆるはあだせんとかも」(25ウ)
高貴の家に盗人入て、黄金あまたとりしよし聞て
16091 しら浪の馬賊にかゝる末の松山こす世にもほどやなからん
澄月がゝける為隣抄といふ文見侍りしに、大体自の見のたがへるをみて
16092 おのがみる窓のゆがみをたゞしての後ぞ隣の為を思はめ
16093 御為とて隣もおのがすみ縄にゆがめてみんと思ふたくみか
これをある人のもとへかへす上包に
16094 とぶ鳥の跡はかもなき空ごとの代々にのこらん名こそをしけれ
雪の詠草にあやまちて墨のおちたるに」(26オ)
16095 しらゆきの黒くなれるは老の手のかじけて墨のかゝるとをしれ
かへし　良春
16096 しらゆきのふりしきぬとも老手のかじけぬ冬のある里も哉

地球図を見て
16097 春秋はうくる大地の時にしてめぐる月日はいつもかはらじ
みちのく人の物語、えぞに歌よめり
16098 たんこたん　やあうしへろけ　ほろはいさ　しやもともふとも　ひるかれんがれ
16099 なみぢへて　そなたの空を　詠れば　わがふるさとは　いづく成らん
返辞　佐藤次左衛門」(26ウ)
16100 あついこる　にしよたいんがる　をかへせば　くこるこたんな　ねこなねんごろ
16101 むらがりて　めごとにかゝる　すなどりの　あみのうけおけ　ほすひまもなし
返辞　同人
天のおほふ所、地のゝする所、人間同情、詞はそのくに〳〵にかはれども、りうきう、えぞ、我本邦にちかければ皆歌をよめり。本邦之人はかへりて不詠やうになれるは、いかなる事ぞや。これたゞむかしの歌のまゝならば、今も可詠詞に制度はじまれるより、凡下の者のうかゞはれぬ事と思ひしより、今のよのごとくなれる成べし。
やつがれはなたれて間〔閑カ〕人となりて、残生を心のまゝにやしなひ、火にあひてうづまさにのがれて幽閑をたのしび、病を得てこゝに来りて我このめる風景にとめるを思ひて」(27オ)
16102 世中のうきにあはずは心ゆくのべの庵にすまゐせましや
16103 よのなかのうきは我身の幸ぞともいのちしなくはいかでしらまし
いそがしげに東西に走、四方に名利をもとむる隠者いまぞがりけり。むかしから文をまれに見侍りしに、終南山の隠者の山犬の声をまねびしことをおもひいでゝ
16104 山里にのがるとならばいまさらにうきよの人のまじらひなせそ
16105 よの中の人にまじらですむ庵はすぐる月日ものどけかりけり
ことばのみちのあらずなるよをなげきて
16106 天地の神もみそなへ末のよの大和ことばの道はみちかは」(27ウ)
16107 天地の神みそなはせ誠なき大和ことばのみちとなるよを
16108 見そなはゞ正しき大和ことのはのむかしにかへせ天地のかみ

16109 天地の神ならずしてことのはのあらずなるよはたれかしるべき

久しくやみふせる比、人々の歌のあまたあるを、布淑、木〔默〕軒、敬儀、勝義にあつらへて、たつべき歌にしるし付させて、此人々の修行をみんといひしに、敬儀より見はてゝおこすに書そへたる

16110 人ごとに心のたねはかはれどもことのははみな君にならへり

かへし

16111 ことのはを我にならはゞ人ごとの心のたねやおひかはらまし」(28オ)

胸消是非

16112 まぼろしのよをうちみればよしあしを思ひもむねのうちに消ぬる

憂喜等夢

16113 うつゝとは何をかいはんうれしきもうきもかりねの夢の世中

入江石亭八十満をほぎて

16114 たじろがぬ石のうてなを名におへる君がよはひぞときは成べき

しをりつかはすつゝみがみに

16115 八十より百坂千さか越ゆかん君がしをりをけふたてまつる」(28ウ)

大愚法師が日のめぐ〔る〕南に庵をたてそへ、いと広らかにつきぐ〵しくすみなせるをほぎて

16116 誰とてかあふがざるべき澄月の後の詞の法師の庵

位山は信濃にあるよし六帖にみえたり。今は飛騨の山となれり。信濃ゝ山は名をうばゝれけり。方人となりて

16117 むべしこそ上中下のしなのにぞ人の位の山はあるらめ

白山は加賀分内なるを、越前越中のはざまにて、こしのしら山と古歌にてなれり。国はかはれどしら山の名はたがはず。伊吹山は同名異所にて、さしもぐさをよめるは下つけなり。」(29オ) 位山は名をうばゝれたる。山のためいとをし。

16118 いこま山たかねを月のいづるより難波入江はこほりをぞしく

この詠は、夫木に長方卿歌に、〈いこま山たかねに月の入まゝにこほり消ゆくこやの池水〉とよまれたり。是は地理をしらでよまれたり。いこまは河内大和のさかひに而摂津東、こやはつの国武庫郡にて、はるかに西なり。いこまに月の入をみんは、大和よりの事なり。すべて歌の詞花にのみながれて、無実浮虚になれるより、如此歌とがむる人さへなくなれるを歎てよめる也。後には詞の縁にひかれ嵐山より月を出せりともとがめぬやうになり侍るべし。

岩にうのゐるかた　日光隠殿仰」(29ウ)

16119 うきしづみ、馴そなれてよを過す身をあなうとも鳥は思はじ

播磨長井左仲より、往昔わがせし発句、里村兄弟も賞せられたれば、しるしおき侍り。それ書てつかはすべきよし申来。その句

萩

16120 さきにほふ萩やをじかのこゑの色

十三夜

16121 霜やおくしろきは後の月の秋

霜野

16122 秋をおきて時ある霜の花野哉

霰

16123 とればけぬこやたがための玉あられ

網代

16124 もりわびてあじろにひをやよるの夢

此内霜の句、昌伯師殊に賞候よし申来。心にとめねば不覚。今思ふに霜の句ことにわろし。いかで被賞けん。是は、
16125 秋をおきて時なる花の霜のかな　といへば心よけれども、さはいはれぬ故、時ある霜のと」(30オ) つゞけたる所、秋を置ての意にむかはねばわろきなり。所望故、はぎ、十三夜、網代を書てつかはす。

典寿法師がよめる、厭離穢土欣求浄土

16126 世をうしといとふ心ぞ極楽に行べき道のしるべなりける

16127 花を思ふ心からこそみよしのゝ山のおくにも人はいるなれ

又、無事此静座一日是両日

16128 事なくてのどけくすめば一年も二とせへぬとおもほゆるかな

又、海印三昧を

16129 風やみて心の海のすみぬればちくさのかげのうつらぬはなし

この人の詠、いまだ二十首にみたず。心のとほる事かくのごとし。是は詞にかゝはらず、心によるが故なり。」(30ウ)

方広寺雷火にて焼亡せし朝、大愚より

16130 きのふまでみなみの山とあふぎみしいらかも今は灰と成けり

この御仏は人々たゞみるものと思ひて、渇仰崇信するさまもあらぬやうなりしことも思ひおどろかれて

16131 末のよにおはぬ仏のみすがたはけぶりとなるもことわりぞかし

此かへり文のはしに、かたちに徳あらば焼べからずすがたにはよらぬ法〔仏カ〕のみのりとはもゆるけぶりをみてぞ知ぬると申つかはしたりしを、いとわろしとて、長文をかけりと、つてにきく。かれは事相によれり、我は法性をいへり。」(31オ)

16132 青ふしがきのとぢめは杉のいた戸なりし。年をへて柱くち戸つぶれて、いとわびしけれ。みなとりはらひて、竹のあみどを野のへだてばかりにしたる

16133 よをいとふ竹のあみ〔ど〕のあらければ猶うきことぞもりて聞ゆる

かへし　黙軒

16134 よのうきはもり聞ゆともへだてたる竹のあみどにまかせてをみよ

かへし

16135 聞えくとうきをいとふはよをいとふ心のあさき山居成べし

ある日、人きたりて、豊後国人なり、ことし七〔十〕年になれり、芝山君より松契遐年題たまへり、賀詠こふよしなり。我はなすことなくて、年たかくなれることの悔しければ、人は交らひも」(31ウ)せであるに、かゝ〔る〕人も有けりとほゝゑまる。例のごとえなんとかへしつ。夕つかたその人はらだゝしくや思ひけん、あたりのわらはにことづて、

16136 敷しまのみちは広めず老らくのにしへゆくこそあはれなりけれ

此人今門をたて、流をつたふるをみち広むとや思ふらん。我心にはそはせばむるにこそあれと思へば、もし又その人の便りあらば、やりてんとて

16137 せばむるを広むと君は思ふべしみ国にみてる敷しまの道

賀に題をもとむるも則せばむるなり。又西へ行の心いと心得がたし。日月星辰西にうつりて、万物西にをさまるの意歟、西方浄土をもとむるの意歟

16138 東へも西へもゆかず天地の外に心を常にすませば

賀はしたしみにしたがふ。もとしらぬ人を思はぬ」(32オ)偽をもて賀すべきにもあらず

16139 松によせ竹によすともちよませと思はぬ人をいはふ物かは

誠や、方広寺のやけたる日、宮を伺ひ奉りて、けぶりのたつをみて

16140 きのふみしいらかはけふのけぶりにてむなしき寺をみるぞかなしき

16141 今よりは何にたとへて大てらの大みほとけのむかしかたらん

16142 あだしよにあらはれませばみ仏も思ひの外の家なかりけり

16143 日本にあらましぬればみ仏もかしこき神の火にぞやけぬる」(32ウ)

隣家尼なきまに、ぬす人きたりて、ものらぬすめるにいひやる

16144 風ふけば汐のひるまも白浪のよするいそやのあまや住うき

知乗にかはりて、黙軒かへし

16145 わたつみのしほのひるまのしら浪は思ひもかけずあまの身なれど

大愚がゝける文をしるす

金剛とて世にかたきもの、かぎりにするも、かましゝの角もてうつ時は、ちりのごとくなるといへり。としふると、くさるとにこそあれ、此世にかたちをなせるものゝ、ほろびずと云ことわりはあらじかし。されば都の南なる方広殿は豊臣大閤おこしたてたまひしより二百年の星霜をふるに、大かたのなゐにもたぢろがず、いかなるはやちにも一ひらかはらだにおつることなし。まいてよものまち家〳〵は二丁あまりをさけて、」(33オ)その間いと遠ければ、あつなかるとも、わざはひにかゝるべくもあらざりけるを、さても時なるかな、ことし寛政十年七月二日あかつき、ひさめ、かみ、おびたゞしくなり、はためきてふた度ばかりおちかゝりぬことおぼえしに、明はつるほど、この方広殿火ありとの、しるものか、こは夢にはあらずや、

人のおよづれごとか、又遠かたのそらめにやなどおぼめくほどに、誠なりけりと聞
さだむるこゝちは、火にもたましひはひゆる物なりけり。さらばいかづちの火なり
けりな、このいそとせばかりあなた、二条の大城の天守といふ物、雷火にてやけう
せし事をきゝおきしも思ひあはせられて、物はほろぶる期なくやはと思しるにも猶
おどろかる、16146 きのふまでみなみの山とあふぎみしいらかもけふは灰となりけり
此仏は世の人たゞみる物とのみおもひて、渇仰崇信する事はあらぬやうに思えし
も、今ぞお〔ど〕ろき思はれける。16147 末のよにおはぬ仏のみすがたはけぶりとな
るもことはりぞかし　このあした小沢蘆庵べちにいひやる事のありし文のおくにか
い付遣たれば、返事に、」（33ウ）かたちにとくあらばやくべからず、16148 すがたに
はよらぬほとけのみのりとはもゆる煙をみてぞしりぬる　と有け〔れば、〕たちか
へりかたちにとくなくば、礼拝供養すべきにあらず、方広殿いたづらごとなるべし、
すがたにはよらずと、御仏のつるの林にいかゞかくれし、小機には小身を現し、大
機には大身現起したまふことはりはしられずや有けん、なぞいはまほしけれど、さ
るいちはやき翁のまけじ心にねぢけがまし、又いひおこせてあらそひになりなんも、
ほいならねばとゞめつ
此法師のかばかりかきつゞけたるものをいまだみず。ことさらにかざれる詞もな
く、この日の朝のさま事実よくかけり。我いひしこと俗人にはいかでいひやらん。
彼法師なれば、大乗円頓の意にていひやれり。かれは小乗事相を」（34オ）いへり。
主意たがふもことわり也。我はひたぶるにねぢけ人と思ひては立かへりいはぬも
よかりけり。いはゞ大乗の心をいはん、大乗かれはた耳にいるべからず
はりまのくに龍野の四五人、贈答歌をあまたみせしに、めやすく聞えたるを悦て、
書そへたりし
16149 さかえゆくわが松こそは老まつのちよの齢となりぬべらなれ
かのおくの四五首、我を松にたとへて、ことほぎしたればなり。
教示歌九首、一紙にかき遣しける返事に
直吉」（34ウ）
16150 ことのはにいひつくされぬうれしさを何にたとへて君にみせまし

16151 うつせみのよにあるほどはわが分ることばのみちのしをりとぞせん
かへし
このみちのひろきにまどひて、たゞたはれたるかたのみさかえ侍る。国人のためい
と〳〵をしく思ひ給へられて、かいつらねしことの、いやしきはすてゝ
16152 すぐなるを嬉しとおぼす御心はやがてことばの色にみえつる
16153 ことのはやがて心のみちぞともしらでまどへる人をゝしへよ
夜の雨はれのく空に、八幡山の半あらはれたる朝」（35オ）
16154 八幡山半は雲にかくるれどつねにみればやまどはざるらん
暁観念
16155 詠れば心のあともなかりけり暁月のかげしらむ空
16156 おのづから暁おきの露をみてむなしきもとの心をぞしる
遠くて高きは近くてひきゝにおとれり
16157 山とほき松の梢をわがやどの庭の蓬のかげよりぞみる
万願寺堪道師坊年忌勧進五百弟子品法華経〔巻〕第四、五百弟子授記品云」（35ウ）
世尊、譬如下有レ人至二親友家一酔レ酒而臥、是時親友官事アリテ当レ行、以二無価宝珠一繫二
其衣裏一与レ之而去ヌ、其人酔臥シテ都不二覚知一、起已テ遊行テ至シテ二於他国一、為二衣食一故、勤力テ
求索シテ甚大ニ艱難、若少モ有レ所レ得便以為レ足、於後ニ親友会遇シテ見レ之、而作二是言一、咄哉
丈夫、何為二衣食一乃至レ如レ是、我昔欲レ令三汝シテ得二安楽一五欲自恣一、於某年月日、以二
無価宝珠一繫二汝衣裏一、今故ナホ現在、而汝不レ知、勤苦憂悩以求二自活一、甚為コレ痴也、汝今
可以二此宝一貿二易所須一、常可中如意無上所二乏短一。
此品意、古今よりはじめて詠歌事不少仍書留也。」（36オ）
同品前文上略、内秘二菩薩行一、外ニ現二是声聞一ト、少欲ニシテ厭二生死一、実自浄二仏土一、示二衆
有二三毒一、又現二邪見相一、我弟子如レ是、方便シテ度二衆生一、若我具足説二種々化〔現化〕現事一、
衆生聞レ是者、〔心〕則懐疑惑。
これらはいまだ歌にきかず、是をしもかくよまば、同品の題ならば何かくるしから
ん
16158 かけおきし袖の玉かとみればそのめぐみをしのぶなみだなりけり

山家

16159 よのうさの猶きこえつといとふこそ心の浅き山居なりけれ」（36ウ）

おもひかけぬことの夢にみえしかば

16160 おもひねにあらでもみつるぬば玉の夢てふものぞあやしかりける

16161 さきつよに我たましひやかよひけん思ひねならぬ夢もみてけり

光陰如旋火輪なるに、たゞをこたりやすき身をくいて

16162 夜とても隙ゆく駒はとまらぬをなすべきわざをなどたゆむらん

百如和尚むろにて、一具骸骨をみて

16163 あなたうと一度みれば三の道永く絶てふそたふばぞ是

16164 あだしよをおほくの人にさとしけるかばねはやがてぼさち也けり」（37オ）

元長をともなひてみせければ、つとめてかれより

16165 なきがらを人にみせつゝ常もなきうきよの常をさとす君かな

かへし

16166 うつせみのよの常なきを常とし君が心ぞかしこかりける

大愚法師、庵をつくりそへし歓申たりし、かへし

16167 まがへても誰かあふがん澄月のかたにとざせるいほりならねば

此第三聞えがたし。口づからいふ予は澄月の弟子にあらずと。此第三は人の名声にていふ心か。さらば俗也。第四光をうけしといはゞ、その心は聞ゆべし。」（37ウ）いとおぼつかなき歌にこそ。

つく〳〵往事をおもへば、みのほど〳〵の吉凶栄辱によりて、喜怒哀楽かはる〴〵めぐるさま、唯昨日の夢にことならねば

16168 何ごともむなしかるよぞ同じくはおもしろくこそ経ぬべかりけれ

日九中岸、間居一一、露五幽苔、孤身一一、法一不一、随一一一、道一不一、時節一一」（38オ）

右大和国久米寺宝塔真柱文、正徳〔ママ〕太子筆跡

右心性寺光禅和尚持参。式読右句

九(オチカヽリテ) 間(カン) 居 一(ヒトリ) 一(サビシ) 五(シホレテ) 一(マツ) 一(タレヲカ) 一(ヒトリ) 不(不ノ古字) 一(オコナハレ) 随(シタガツテ)レ 一(タヽクニ) 一(マス)レ 一(ヒカリヲ) 一(オノツラ) 不レ 一(オコラ) 一(マタン)レ 一(タレヲカ)

四言八句、此訓読なほあるべければ、学生達に可頼遺書留之。有佳句者為題一興物歟。」（38ウ）

妙立師十如是

相

16169 誰しかも心にはみんうつゝにも夢にもあらぬ法の姿を

性

16170 つきやすきものとはなどて思ひけんかはりだにせぬ心なりしを

体

16171 わたつみとみる心には沖つ波立てもゐても外ならぬ哉

力

16172 うきことをしのぶ心とならねかし我ごとくよをいとふみならば

作

16173 なすとみてなすわざならぬわざのみぞ此心にはそむかざりける

因

16174 いつのよにまくとはなしに仏とも成べきたねのある心かな

縁

16175 身にうとき杖だに身をばたすけけり心よもとの心わするな」（39オ）

果

16176 行末に見べきはさぞな今もみん心のおくを尋だにせば

報

16177 今ぞしる色にもかにもおのづから心にむくふ心ありとは

本末

16178 もと末の色もひとしき呉竹に法の心はあらはれにけり

是は一心の上に十如をあてゝよまれたり。一切に十如あるべき理なり。

蒿蹊詠

16179 ほしのくにみつのからくに日の本に吹つたへたるわしの山風

同人改作
16180 月のくにほしの国より日の本に〔吹つたへたるわしの山風〕
ほしのくにとは天竺国を申よし、若拙に伝聞」(39ウ) 我未曽聞故以伝言何之書に有
之哉、誰が名付たる名ぞと尋につかはすあとにて思へること
16181 我ならば仏の国と名付てんほしのくにとはことわりもなし
16182 西北のそらをめぐりてうつるほしいづくをさして国とさだめん
かくいへば日本もしかり。されどこのくにより東にくに聞えず。天竺は地つゞきて
西北にくさ〴〵のくにあれば、猶いかゞとおぼゆ
16183 にしにまた国なくはこそみほとけのくにをばほしのくにとはいはめ
さても猶、月をさしおきて、ほしといはん事いかゞ。同人対面の時改作を申。月
の国は天竺、星の国は唐也。月国は経文にあり。星国は日本古徳の語云々。無覚
可吟味。」(40オ)
よひのほど、光子きて物がたりするつゐで、むかし人の石となり又天つそらにのぼ
りしことなど聞てよめる
16184 石となり雲にものらであだし身はかくながらこそくちぬべらなれ
このてにはは、後撰による。但いせがうたに〈木にもおひずはねもならべで何し
かも波路へだてゝ君をきくらん〉といへり。古代より二やうに申きたれるてには
とみえたり。
薬乞にやるとて、直かたへ申つかはしける」(40ウ)
泉石歴幾年
16185 あかでわが結ぶも久し苔むせるいはまのしみづいくよをかへし
16186 岩ねよりながるゝ水はわきいでしもとのさゞれのよをぞ知らん
方広殿焼亡
法三が詩つたへきゝて、おもしろければ、乞てこゝにのす
16187 不図結構一時灰　何処雲烟是宝台　聞道毘盧身土遍　莫求色相見如来
わがさきに、すがたにはよらぬ仏のみのり」(41オ) のと、いひしをそしるとて
大愚

16188 すがたにはよらずといはゞ御仏のつるの林になどかゝくれし
仏大徳ありて三十二相、八十種好といへど、すがたに徳のなければ終焉煙となら
せ給へり。されば仏の法身はめにさへぎる物ならず。仏子として是ばかりの事を
わきまへずやありけん。都而道心者、法三の意にはおとれり。」(41ウ)

六帖詠藻　雑十二

天老和尚一之字之句

一一学一一、一レ一道一一、
重－習一一一心一一、思－勉一一一智一レ一、
一レ志一レ私一二言－行一一二天命一、其－一無〔レ〕
一服レ一勿レ失、徳一一一一」（見返）

山静似太古

16189 高世のすがたもかくやあし引の山しづかなる鳥の一こゑ（を思ひこそやれ雲ふかく水音遠き山のしづけさ）（をぞ思ふ）（松かぜの声　谷の水音）

日長如少年

16190 さいをとり小弓遊びしいにしへもさらに覚ゆるけふの日長さ

右二題は或所望之由にて、織田君よりきたれり。所望不叶心底不詠遣。我試詠之也。

六歌仙　日騰所望」（1オ）

16191 六人にや道はわかると思らんみな一すぢの大和ことの葉

香川景柄がたびにいで、やめりと聞て

16192 やみぬれば家にあるだにくるしきをいかに侘らんみちの空にて

直方が鳳足石硯をおくりて

16193 作りける石のすゞりのながきよをともにみてだに君はなぐさめ

かへし

16194 有期起なき石のすゞりをとこしへに静けき老の友とこそみめ」（1ウ）

硯を吐雲と名付て

16195 こゝながら思ひしやれば雲のぼるたどの岩波山ひゞくなり

雲のゝぼるかたなん有ける。

ある人の詞をよしざまになほされば、かの苗を引あぐにて我ものならず。いかにして歌ならひてんといふに

16196 ひたすらにいひもてゆけば言葉のよしとあしとはみづからぞわく」（2オ）

歌の二筋になるといふこと

残暑

16197 秋たつといふばかりにていつまでかなつのあつさの残るなるらん（一けふも猶）（四）（はなつにかはらざりけり）（らん文月の空も今くれぬめり〔朱〕）

墨加筆一筋　朱之添削一筋。

16198

勝義があづまにくだるに、橘の千蔭がり遣すとて

立よらば立もよらせよ橘のかげふむ人は道まどひせじ

陰ふむ道はおほけなきものから、立よらばなどうけ給はるこそうれしうおぼえ侍れ。

千蔭

水草隔舟

16199 たぐひなき詞の花の香をしめて立よる人の袖もなつかし」（2ウ）

16200 さす棹の音ばかりしてまこも生る入江は舟のゆくかたもみず

16201 たをやめの花のゐまひはかつみせよ小舟は蓮によしへだつとも

16202 かぜなきに入江のまこもそよめくは玉もかり舟いまかいづらん

16203 かりつみしあし荷のみこそ分かへれ舟は汀のこもかくれつゝ

歌は見聞覚智よりいづるものなるを、うつたへに外をもとむる人の多かりければ

16204 何をかはあぜくらかへしもとむらんみ聞にみてることのはのたね

和名、校倉（阿世久良）俗用之蔵穀物也云々

此詞に似たることあり。伊勢大輔集、庚申の夜まぜくだ物を人々よみしにあまぐりを〈ますらをのあまくりかへし春の日にわかめかるとやうらづたひする〉あまぐりはまぐり歟。」（3オ）

直方が、つばくらめの花ちれる蓮にとまりて、なくかたのゐよませたるに

16205 おのれすらゆらるゝ蓮のうてなにも猶つま恋てなくつばめかな

〔ぬ〕さんきのくにに梅谷村とかやいふ所に、梅助と名付たる人あり。その人廿とせ余りいつとせまで、得なんものいはざりけり。いとかなしと思ひて、つくしなる宰府の天神に食物たちてこもりて、ものいはしめたまへとねぎける。二七夜満ずる夜、童子の梅をあたへてくはしむとみて」（3ウ）けれ、そのくるつあしたよりものいはれけ

るをうれしみ、神明のめぐみをたぶとみて、人々に詩歌をすゝめけるとて、歌みする人のあるに付て

16206 人毎に誠しあれば千早振神のめぐみはよゝにかはらず

ある日、をはり名古や両がへ丁、加藤なにがしきてたいめをこふ。例のごといなみたれど、しひてこふさましんじちなればたいめす。なりはひは何をかはし給ふといへば、糸なりといふに」（4オ）

16207 ことの葉によるぞやさしきなよ竹のよの末ほそきいとなみにして

阿武隈川の埋木をすりたるかみをみて

16208 すめる代にあぶくま川の埋木もあらはれてこそ人にみえけれ

山の庵乃軒に、高樹松あり　松井右衛門尉頼賀

16209 山かげに千よをしめたるかひ有とみゆるは庵の松の木だかさ

老後に望遠鏡をみて

16210 月日さへまぢかくみするかゞみにもとほき世は猶てらさざりけり」（4ウ）

流水漫雲根

16211 立雲のうすきかたより岩がねのながるゝ水の苔あらふみゆ

いせにまうづる人を、松坂わたりにむかへて、かへることほぎゑひしれて、宮木ひくまねしてうたふを

16212 旅人をまつ坂わたりむかへつゝうれしきを引ゑひことすなり

軒の松に、烏の一声鳴ほどもなく、市人のそゝめきゆく音するを

16213 我松の木末の烏ねになけば里の市人あさ立すなり

人世のほどなき一瞬のまにも小の遅速ありて、大数四旬五旬をすぎず、久しく見聞人は六十にも成ぬ。」（5オ）、そはかぞふるほどなり。又廿前後にて身まかる人、ことにいとおほし。何せんに世にはいでたりけんとさへぞをしまるゝに付て、思ひごとを

16214 人のよの早きをみてもまづぞ思ふながらふるみのかひは何ぞも

出居をつくれるに、庭の長松をやがて柱になしけるをみて

16215 風ふかばうごきやせまし生しげる松をはしらとたのむいほりは

16216 たてながら柱にすとはわふな松まつあればこそいでゐてもみれ

16217 千よのかげたのむと人や思ふらん松をはしらに出ゐつくれば

かへし　延年

16218 ときはなる松をはしらの庵こそ千よもうごかぬためしなるらめ

翁の庵つくりして、わふな松とよみたまへるを、うちかへし吟たるに面白さのあまり、松の心も思ひやられて　円深」（5ウ）

16219 千とせをも君にとこそは思らめ柱にすとはなにかわぶべき

博篤とひて

16220 やみたまふやまひもいえてたひらかにいます翁をみるぞうれしき

かへし

16221 やめるまにわが老波や添ぬらんをこたれば猶立ゐくるしき

地球国分、亜細亜部、西に阿多羅山世界第一の高山なるよしをのせたるをみて

16222 西国にありとはきけどなべてよの人のみぬこそあたら山なれ

錫孝にはじめて対面して、かへるさにかれ

16223 けふよりは君が教を身にうけてわが故郷にかへる嬉しさ

かへし」（6オ）

16224 うきながらうれしかりけりけふよりはおなじこゝろの友のわかれぢ

公幹がはりまに下るとて

16225 又もきてあひみんとのみ思ふ身は君故命をしむけふかな

かへし

16226 ゆく末にあひみんことはもろともにいのちぞ中の契なりける

又猪瀬亨碩、初而対面して

16227 けふ君にあひみてしよりしきしまの道をしながくとはんとぞ思ふ

かへし

16228 玉きはるいのちしなずはしきしまの道のながてもともに分まし

両人共、建部内匠頭殿内、在所は播州林田、江戸屋敷は神田明神下。」（6ウ）

出居に杉の屋つくりて、かたつかた松をたてながら柱にしたれば、いとかり初なる

をみて

16229 老がよはとてもかくても杉の庵松のはしらは侘しけれども

遠村煙

16230 雲ならば時もわかじを夕〳〵たてるや里のけぶり成らん

16231 よそめさへ心細しやけぶりたつとほ山もとのさとの一むら

虎讃　望月

16232 むかふよりけおそろしきはたけき其心をさへやうつしゑの虎

ふじの山清見寺海あり舟二三あり　小野宗蔵」（7オ）

16233 まうくめるよものえびすも日本のしるべとあふぐふじの大だけ

備後府中木村周安より、いたどりを杖に調しておくりけるに

16234 あらずなる老も心の虎の杖たのみてわけむ言のはの道

詞もとより武からぬみのいといたう老はて、いとゞかよはくのみなりゆくに、いたどりを杖に調して、人の心さすをみて。」（7ウ）

月　九(オシカヽツテ)二　中　岸一　閑　居　一(タレヲカマツ)レ一

露　五(シホレテ)二　幽　苔一　孤　身　一(ヒトリサビシ)一

法　一(ヒトリ)　不レ　一(ヒロマラ)　随(タヽクニシタガツテ)レ　一(ヒカリヲマス)レ一

道　一(ヒトリ)　不レ　一(ヒロマラ)　時　節　一(ヒトヲマツ)レ一

右、和州久米寺宝塔蝕之字」（8オ）

久米寺伝来無之処、三四十年前、書家法眼松堂求出、以自筆書之。御室幷久米寺へ奉納云々。松堂女子御所と云所住居奉納寄付控有之。写之来

先所聞伝大同少異、仍筆記畢」（8ウ）

山家雨

16235 山陰の落葉に雨のこぼれきて木しげき軒ぞいとゞをぐらき

16236 山陰の軒ばの木末雲とぢて庭の落葉に雨ぞこぼるゝ

佐渡千鶴がことしげくて対面せぬ事とて

16237 年たかき松にたとふる君みずは千歳の後やかなしからまし

かへし

16238 年たかき松の思へることのはの色はちとせの後もかはらじ

心のひとしきは対面にもまさり侍らんかし、又

16239 生出し根にこそあらねことのはにうけし恵は同じ父母

かへし

16240 我を君おやとおぼさば君をわが子とたのみつゝうつくしみせん

この序に思ひし」（9オ）

16241 天地をもとつおやぞと思ふにはあを人ぐさの根やはわくべき

16242 人はみな老たるはおやわかきは子おやははぐゝみ子はつかふべし

博篤がゝへりて、かれより

16243 玉ほこの道のさはりもあらずしてわが古郷に立かへりぬる

かへし

16244 雨しげき此たびなれど海川のさはりもなみときくぞ嬉しき

夜旅

16245 やどからん庵かとゝへばふかき夜のつかやにのこるほかげ也けり

16246 ゆく末をたれにとはまししらぬのゝ夜のたびぢはあふ人もなし」（9ウ）

森田豊香

うしの教のまに〳〵いにしへに立かへらばやと、はやくより大けなきねがひをたてし物から、つくば山、は山、しげやま、さはり多く憚の関のはゞかるまゝに、うぢはしの中たえて、丹生川ことかよ〔は〕ずゝぐし侍りけるが、こたびさちにゆるしありて、あさ衣うらなく学のおやとたのみぬるうれしさは、唐舟につむ共つみはてめや　豊香

16247 行末は路もまよはじたのめおく君がをしへのみちひろくして

いたく老たまへることを思ひやりまゐらせて、

16248 ふることをまなびの窓の明くれも君ちよませとねがひこそすれ

さいつとしよりとざまかうざまに、さはりたりしもかぎり有て、こたびすか〴〵しうおぼしたちけるなんいとめでたき。今よりおなじ心にとひとはれまひらせんは、いかゞうれしからざらん

16249 すなほなるもとの心に立かへり分んちさとのみちはさはらじ」（10オ）

かひなき老を千よもとおぼすらん聞すてがたく

16250 千よ、ばふ軒ばの松は君がいのる心のかぜや吹かよふらん

直吉が病すとて

16251 病するわびしさよりもいか、ぞと君が思はんことぞくるしき

かろきよしを聞て

16252 我思ふことをくるしとおぼされぱかろき病もおもくやしなへ

都のひんがし岡崎わたりにすみ給ふ翁をしたひて、とひ奉りしに、いと情ふかく歌の道、文みるしるべなどつばらにとき、かせたまふ、かたじけなさにをり〳〵行かよひて文いとになくなれ奉りしが、近き」（10ウ）ほどに古郷へかへりなんと思へば、御なごりのつきせずかなしくて

16253 うらもなくなれてきぬればなつ衣た、んとしもはえこそ思はね

かへし

16254 よるべなきあまの小舟もたよりえてわかのうらぢに入ぞうれしき

16255 しるべせしわかのうらぢはまどはじときけば心もそひてこそゆけ

我みのいたつきがちなれば心ぼそくて　寿光

16256 わかるとも又あひみんと思へどもかぜまつ露のいかゞあるべき

かへし

16257 まづ置て久しきかたぞたのまれぬ風待露はひとしけれども

16258 もろともにたのまれぬよにながらへて別のうさをかたるよもがな

知周が、此東のかたの庵主となりて、近き比わが此もとにてよめるうたかきてとひけるに、」（11オ）廿首ばかりかいてつかはしたるに、かれより

16259 たまはりし御筆のあとは千よふともくちずのこらん賤が庵に

かへし

16260 ふりてよにあくたとなれる言の葉も君し拾はゞくちずのこらん

千蔭が歌の中、豊後人六十賀に

16261 やちよまで神ぞ守らんねぎかくるゆふ山まつのときはかきはに

はかり六帖題

16262 おほけなく心にかけてしのぶかなはかりしられぬちよの古こと

閑居

16263 一すぢのかけひの水とわれのみぞ此山陰にすみはてぬべき

老後わづらはしければ、初而対面をこふ人には」（11ウ）すべていなぶ。ある夕つかた法師のきたりたる、例のごといなぶに、おとつとしか〳〵のよしありて、たいめせしといふを思ひいづれば、さる事ありと思ひてあふ

16264 あはずしてみとせ便りもなき人はその名をさへぞはやわすれぬる

尾張早川清大夫乞て、三人の歌一紙にみたき由、予、山の歌に、16265 限なく立かさなりて　と云を書遣す　蒿蹊

16266 ほとりなきあをうなばらとみるそらに八十しまなしてたてる白雲

宣長、海をよめる二の翁の歌のさま、ねびて

16267 沖にうかぶ船のほみれば三か月のみそらおぼゆる大海のはら

播磨野里住人、芥田宣三至遠（むねとほ）、未四十三、入門、京旅宿東洞院夷川上今出川家円山正蔵方」（12オ）

16268 天ざかるひなに聞えし岡崎のつるの一声したひてぞこし

かへし

16269 老づるのわびたる声をきかれしぞよにふり残るかひには有ける

円山章美が、埋木の歌乞につかはしたれば、彼より、16270 心ある人にみせずは埋木もよに顕しかひやなからん　といへるにかへし遣す

16271 心ある人のみせずは埋木のあらはれぬともしらずぞあらまし

16272 身をうしと思ひもたえずよのためにつくすちからや人にまさらん牛」（12ウ）

致遠が父の人のうへを心あつかふを牛の如しとき、て

16273 世のためは身を［ば］うしともおもほえぬこ、ろ力をよはひにはせよ

杉のやの軒をふきのこせるを

16274 杉の板ふきのこせるは常うとき松の梢をみんとなりけり

瓦やく煙をみて
16275 常にしもめなれぬ人はかはらやく煙を雲とみもやまがへん
図南亭の眺望のあかず覚えて」（13オ）
16276 いづくにかおもひくらべん空とほくみやる野山の夕あけぼの
老色日におもてにのぼり、歓情日に心をさる、といふ事をふとおもひいで、
16277 うつせみのよのたのしびのうすらぐは身の老らくのそへばなりけり
つねにとふ経亮が久しうこぬに
16278 何事かおはしますらんおぼつかな風の便もたえてきかねば
ねんじわびてとひまゐらすになん。」（13ウ）
このかみのよをはやうせしにあゆなとて、名をのぶ〔延〕年といひけるが、はたちばかり
にて身まかりしをいたみて
16279 かぎりなくよはひのぶよといひしそのかひなきものはいのち也けり
おほくの人の死てのち、夢ならではなごりなくなれるに
16280 身の後はたが手枕の夢に入てなれしことばのものがたりせむ
江葦
16281 うきふしはよしゝげくともなにはえのみじかき芦のよは過してむ」（14オ）
良春がはりまよりのぼりて
16282 言葉のつもれる数をこのもとによりてひろへときくぞ嬉しき
16283 ことのはの露のめぐみの深ければ涙をそへて袖ぞしほるゝ
かへし
16284 心ざし深くしあらば山里にとひこしかひのなどかなからむ
黒　宮
16285 からす羽も墨もいとはぬ色なれどかへまほしきは人の腹ぐろ」（14ウ）
薪にくだく松が枝のやどり木あるを、人のみせしに
16286 ときはなる松を頼める宿木も千よのかぎりにあひにける哉
妓女対鏡
16287 たのむなよ花も及ばぬたをやめのかげもとゞめずうつるかゞみを

16288 たをやめのむかふかゞみの面影におのが心やまづうつるらむ
博篤がかへさに
16289 日かずふるこのたびなればいつよりもけふの別のをしくも有哉
かへし
16290 このたびの別をしくはとまらなむ人やりならぬ君がゆきかひ」（15オ）
はりま厚生より塩がまに用たる石、温石によろしとて、わが苦寒を思ひておくれる
心ざし浅からず、是をみて　経亮
16291 塩がまのやき石なれば殊更にあたゝむるにもよろしかるべし
かへし
16292 老らくのから寒さもしのぎなんしほになれたるやきいしをもて
おなじ人のをはりのくにゝいくとて、わかれをしみけるをりに
16293 何となく心にかゝる廿日余りたびぢにいでゝあらんと思へば」（15ウ）
かへし
16294 廿日余り旅にいまさん君がやどに思ふことあらば我にいひおけ
九月十三日の朝まだき法禅、経亮、をはりのくにゝなんいくとて別る。鳥井大路を
見おくりて
16295 法師もはふりもともに玉鉾の道のゆくへは同じひとすぢ
十四日の夜一よ雨ふりたるに
16296 草まくらたびのよ床にきく雨はやにふるよりも侘しかるべし」（16オ）
山家月
16297 山井にうつれる月のかげをみて余にはすましと思ひなりぬる
龍野　俣野資原
16298 行て君をみんと思へどいとまなくつかふる我はせんすべぞなき
かへし
16299 言葉の道とて外の道もあらじつかふる道にあからめなせそ
誓興眼病のゝち、片目盲たるに、かた〳〵玉の落たるめがねを入たる箱に言そへよ
といふに

16300 いざこども塩干のかためかねてよりからんといひし時はきにけり」（16ウ）
泥孩児　詩題　宮
16301 うらやましうきより生てうきみとも思はず常にゑめるみどりご
所為をみて心をしる
16302 なすわざにおのが心はかくれぬを人はしらじと思ひけるかな
聞語識心
16303 めにみえぬ人の心もおのづから言葉の色にあらはれにけり
惟徳が歌あまたおこせて、16304 山里のかれ〴〵なりしことのは、露のめぐみを朝夕
にまつ　と申こしたりし
16305 老らくは分ぞかねつるのべ山へいやしき〴〵に生ることぐさ」（17オ）
聴松庵道光法師の来れりければ、何くれのものがたりのみして
16306 法師のまれにきませるけふなれど野山のほかのもてなしもなし
人をとひけるに、異所をとひけるに、いたく老はてたる身をなげきて
16307 久によに今はあらしの声たかき白川山にすみぞかへまし
しら川山に無常所をしめおきたれぱなり。
経亮が久しう旅にあるに、詔子がいへる、16308 三十あまり一日もふれば此比はせこ
がゝへる〔を〕待ぞわびぬる　かへし」（17ウ）
16309 一夜だによがれぬ君が三十余り二夜まつらん心をぞ思ふ
塩しみたる魚を人のおくれるに
16310 塩しみし魚をなたびそわたつみのおきなはからきよにこりぬなり
経亮がいひおこせたる、梅氏の子十一才にて一日に千字かきしを、16311 なにはづを
手ならふ人のはじめより一日に千もじかくぞ妙なる　とあるをみて
16312 うなゐ子も一日に千もじかくてふを我はもゝかに歌一つなき
人のもとより古文かりにおこせたる上ぶみの」（18オ）みえがたかりければ
16313 くちをしや夕は巻のうは文もわかぬ斗に身ぞふりにける
人のつかひの行べきさきをとふが、はしぢかきすまひなれば聞ゆるに
16314 聞てこしおのが行べきさきの名を忘れて人にとふぞあやしき

従者景光かへしゝける
16315 とはれてももとよりしらぬ人なればそことをしへんことのはもなし
天象」（18ウ）
16316 雲風のけしきにみえて四のときうつりゆくこそ空にしらるゝ
16317 折ふしもうつればかはる雲かぜのけしきにしるし春秋のそら
経亮より
16318 此比はとひもまいらず道よりのしはぶきやみのすこしおもりて
かへし
16319 とひまさぬことをあやしみ思ひしがやみぬときけばことわりぞかし
かれ
16320 きのふよりけさはまさりてこゝろよしあすは常にぞ成べかりける
かへし
16321 きのふけふ日ましにやまひをこたるときけばあすこそこゝろやすけれ
又かれ
16322 みぞなはすいせぢのうたのもしもけふ直してあらば給はれよかし
かへし」（19オ）
16323 神かぜのいせぢのみうたこと〴〵く見置にたればかへしまゐらす
16324 いせ路より引たまへれば神かぜのいとゝくやまひいぶきはらはむ
16325 いとゝくはをこたるべしとしる〳〵もかろきやまひもおもくやしなへ
黙軒がはりまにあるほど、備のみちのくち岡山孝郷がまねきけるに、いきけるに申
遣したりし
16326 みかしほのはりまぢならぬ岡山もなほからきよのうさはかはらじ
といひつかはしたりしかへし
16327 はりまぢの海にかへたる岡山も猶ふさはしきさちはなかりき」（19ウ）
是正がくにへかへりて、歌みするおくに、雁の声をきゝて
16328 故郷にことなくきぬと都なる翁につげよ天つかりがね
かへし

16329 ことなしとわがまつかぜの聞えしは君がつてにし声にやありらむ

喜之身まかりぬるいたみに、維済がり申遣すとて

16330 世を早くなさせしとてぞ竹のはをいさめしことは君もしりなん

酒をになうこのみ侍りけるに、いんさき維済をもてたび〳〵いさめけれど、もろともにうけひかで、四年まへより留飲のやまひにて喜之すでにうせぬ。維済もいまにやまざりければ也。」（20オ）

千蔭へつかはすものを、真乗院にあつらへつかはすに、仏事いそがはしきをりなれば申遣しける

16331 老てやむ我をたすけよくさ〴〵の事しげくともわかきあが君

又おなじ便に

16332 東風にしきりにかをる橘のかげとはましをかくし老ずは

椿葉伴齢

16333 八千とせの春もこせの、玉つばきつら〳〵我もながらへてみん

16334 いくよともしら玉つばきみなれつゝ我もあまたのよはひをぞへし」（20ウ）

経亮にかねて灸をすゝめけれどすゑざりけるに、をはりよりかへりてやみぬる比とひごとすとて、詔子がりいひつかはす

16335 みやまひのとほり過なばなこそとて蓬が関をしかとすゑてよ

経亮かへし、16336 いえゆかばやまひくなどの神かけて蓬が関をすゑんとぞ思ふ、詔〔子〕がかへしも下句同じ、この子初而きて、16337 すがるなすこしをれ歌をわかのうらのもくずのかずにみそなはしてよ、といふに

16338 おぼゞしき老のめにさへわかのうらの玉をもくづにいかでかぞへん」（21オ）

雲　長谷川喜之追悼廿首巻頭

「喜之が手向には雲をよめり

16339 なき人の雲にやあると眺むればそれもむなしき空に消つゝ」〔別紙〕

経亮常に迅速の詠を好みて、ともすれば義のわかれがたきことのあるをいさめて

16340 露ばかりことばの道のたがへらばのこらん君が名こそをしけれ

こととわりたゞしければ、甚深遠の意もかくれず

16341 やま川の淵のさゞれもかぞふべくみゆるは水のすめば也けり」（21ウ）

言正しからざればあさ〳〵したる意もあらはれず

16342 ふかきにはあらぬ田川もゆく水のにごれば底のみえずこそなれ

16343 浅けれど底のみえぬは深田川水のにごれてながるればなり

16344 さなへとる野田の流は浅けれどにごりにたればみえぬ水底

元迪、喜之追悼の比、中野、田山老母七十、六十の賀詠混雑之比、邦義が申おこせたる

16345 世中のなげき悦びうち交り身〔に〕したふたつある心ちせり

かへし

16346 世中のうれへ悦びいひ分る舌は一葉のもとねなしぐさ」（22オ）

旨苗わたらひに、はりまのくに、あかし、ひめぢわたり経歴する序、人のこふたびに、ちりひぢ、あしかび、などいひきかせけるに、三十余人心を得てよみける、そのうち童男、童女の心よりよめるがをかしければかいつく

十一才虎吉、母はなくて、父が世わたりにつのくにへいくによめる

16347 ひと（たゞ）りねてる（ぬれば）すは淋しい大坂（もなにはづ）へいくならわしもつれて（ゆかばわれをもいざなへや君）ゆけと、

落句文句顚倒自然そなはれり。朱は旨苗添削。

十五才尼

16348 朝おきて何心なく空みればまゆのごとくに月ぞのこれる

十五女やう（名）

16349 思ふどち山路にゆきて茸とりしおもしろさをばいつかわすれん

九才女もん」（22ウ）

16350 初はるに梅の花咲おもしろやうぐひすさへもきてあそびけり

16351 初秋の二の（ママ）二のほしをまつる日のくれゆくそらぞうれしかりける

16352 大山寺参りてうへの帝釈へのぼりし時ぞあぶなかりける

善三郎、年不聞

16353 今まではよそに思ひし大和歌きけば常いふことばなりけり

是皆心より詠れば、如此聞ゆる歌となれり。此心を古集にもとむるに一首もあ

るべからず。是より新敷ものなし。古集によるが故にわが心を詠ずる事あたは
ず。今歌人皆反之。
経亮より鶴をおくりけるに
16354 見るからに千とせへぬべき心地していたゞきまつる君がたまもの
直方より、16355 いせ人のあぶりものにておくりつるはぜのいを、ぞたてまつりける
16356 いせ人の君におくれる魚をしも我にたまはせたるぞうれしき」（23オ）
入江昌喜さきの不幸を聞て
16357 よの中のさらぬ別はをかざきのたみたる道もとゞめざりけり
16358 をかざきのくさばの露と消にしを聞さへ老は身にぞつまるゝ
かへし
16359 をかざきのたみたる道をおくる火の遠ざかるこそかなしかりつれ
16360 老松のかげをたのみし岡崎の草ばかりこそまづかれにけれ
よしためがのぼりけるとき博篤より、16361 都へに友はのぼりてあとにわがのこる
こゝろを思ひやれ君　と申こしけるに書そへたりし
16362 都へにのぼれる友も古郷にのこしおきつと君をこふめり」（23ウ）
景樹より、そこのみわたりにはあら〳〵しくて、にげなきをしものに侍れど、折ふ
し人のおくりけるをまゐらすとて
16363 つかふなのほねかたければわたつみのめにまかしめてにてもくひませ
かへし、この比、をしものにほり侍りしかど、かたゐおきなのこのめりとて、沖へ
ゆき、へにゆきすなどりくるゝものしなければ、わびにて侍り。をりからのたまも
のいとうれしく
16364 おもふな（魚）をけふこそ得つれあぶりものにぎめにまきて煮てもくひてん
中西幹蔵持参」（24オ）
不二を三島よりみたるかた
16365 天のはら雲の塵ゐぬふじを見て心ゆくらしけふのたび人
貫之真跡をうつせる一巻を、かれ是こふ人にやるとて、詮へつかはすには
16366 いざともにくみてあそばん朝もよひきの川水の清きながれを

景樹へやるに
16367 なべてよにくまぬ人なくなりぬべしきの川水を君がうつさば」（24ウ）
かへし
16368 紀の川のみづくきはえつことのはもはやしるべしてうつさせよきみ
直方江は
16369 かも川にきの川水はせきいれつけだかき浪にいつかゝへさむ
かへし
16370 君せかばきの川みづのたかきよにいまぞかへらんかもの川なみ
剛純へ
16371 きの川を神のいづみにせきかけてよにながるべく君いのらなん
かへし」（25オ）
16372 四の海にやがてみちなんもろ人のかきながしける紀の川の水
佐渡人千鶴へは
16373 きの川のながれはさとゝいふばかりよにみづくきの跡をとゞめよ
よべはゆたにさぶらひ侍て、御をしへごとゞもかず〳〵うけ給り、いと〳〵かたじ
けなくなん。さればかのをこたりの身も心おこしてや侍らん
16374 君がいさめきゝてかへらひふづくゑにふづくみてよをあかしつるかな」（25ウ）
16375 千里をもかけれとむちはうちながらあはれとみらんしこのおそうま
景樹
初の歌一首のしたては、ふづくみてこそよをあかしつれと云て、かなとおくべ
き歌にあらず。かへらひの詞ふるくいひたるには、すこしつかひざまたがひた
るやう也。其義はしばらくおく。ふづくみは恚の字、又啄喇の字をよませて、
いかることなり。いさめられてはらだちあかしたりと聞ゆ。下ノ句身をふづく
みてよをあかしつるとあるべし。
後のうた、自他わかちがたし、人のむちならばあはれとや思ふとあるべし。自の
むちならばむちはうちつれどいかゞはせまし――とあるべし。
おなじ人」（26オ）

16376 いとくらきみちてらせればともし火のかげばかりだにうれしき物を
下句にてみれば、みちてらせるは誠の火にあらず。さるをかくいへば一つともし火にてらすとみゆ。くらきみちてらしつる哉とあらば、下と別になりて一意とほるべし。
すべて実地をふみてよまるべし
16377 むちうつはうみをこえよと思ひきやあな〳〵あやふしこのはやうま
千鶴がいたく心ちそこなひてふしたるに
16378 北の海の千さとの外におやを置てやみふしぬるかあはれ旅人
16379 佐度の海のありそによする浪のごとくだけてさぞなもの思ふら［ん］
かへし
16380 故郷のおやを思ひてやめる身をあはれぶ君もまたおやのごと」（26ウ）
なかたつべき人のおほくよみのくに〳〵行はて、のこれる人は病がちにて、たのもしげなきにおもひ侘て
16381 いまは、や湊こぎいでんうら舟のあし分つゝやよをつくすべき
かへし　千鶴
16382 千里ゆく舟よりもとくわたつみの翁のみなは沖に出つれ
輝孝、下総の牛房を心ざすとて
16383 此苞は下つふさなるうまふゞきうまからずともめさばうれしも
かへし
16384 下つふさふさに生ぬるうまふゞきをはりおほねのいとこなるべし
庵の二木の松をほこりて、あしでに
16385 言ぐさの色こそなけれ岡崎にたてるはみきや二もとのまつ」（27オ）
貫之真跡うつせしまき、かなたこなたにつかはしけるのち、みとみるうたのもじやうかはりたるによめる
16386 ものかはりほしうつりきて紀川の流にかへる水ぐきのあと
千蔭好にてつかはす歌
百たらず八十にちかきよはひまで、もしこの主の筆のあとやのこれると尋ねしかど、一ひらばかりのものもえ〳〵ず成ぬることと明くれわび侍りしを、かういとおほくかきつゞけられたるをみるうれしさ、つゝみかねて思ひつらね侍し」（27ウ）
16387 年波は千重へだつれどきの川のながれて絶ぬみづぐきのあと
16388 水茎のあとばかりかは末のよのまどひをとけるもじのかず〳〵
16389 かず〳〵にうつして君がつたへずはいかであまねく世にはながれん
名
故澄月歌はあまりにたくみにたくみて、いかにぞやとおもふもあれど、たくみおほせたる歌は、こと人の又およぶべきにあらず
楠正行が桜井より正成に別て、故郷［に］かへる一巻の文をもたるかた
16390 君のためすてぬいのちのかなしきはにはのをしへの文の一まき」（28オ）
西行法師のかまくらにて、猫を小児にとらせたるかた
16391 をしむべきたからもちりのよすて人きづなはなれしのらねこやこれ
ときはが子ふたりいだきて雪中にたてるかた
16392 しらゆきのかゝるうきみのなげきにもこずゑ花さく春やまつらん
「［大］愚
16393 ［せ］ばき袖おほふも寒し雪中に春待梅の小枝［つ］らねて
師匠の歌にあやかりて言詠たり、似て非なる物也」〔頭注〕
むかし大はらあたりに住て、年へて又そのあたりとひし時
〔澄月〕
16394 大はらやむかしの夢のあと〳〵ばむすびしまゝの庵はありけり」（28ウ）
残月を
16395 すみのぼる月のかつらはふきすてゝ高ねにのこるまつのあきかぜ
なほ思ひいでたる時にかきとむべし。
黙軒がはりまにくだる餞に
16396 おやを思ひ我をも君が思ひいでば君がたびねをたひらかにませ
かへし　黙軒
16397 君をおき母をおきてはゆくたびになれにし道もたどられぞする

厚生が詠に、16398 わがやどの栂の木ばしらゆるぐなよ」(29オ) ちよもゆるぐなとが
の木ばしら、とあるに書そへたりし

16399 いへ君の心のはしらゆるがずはとがの木ばしら何かゆるがん

勝義、風竹讃

16400 吹かぜにあらそはぬこそくれ竹の直き心のみさを也けれ

いにしへより今にいたりて、ことわりわかれたる言も、すゑのよになりもてゆく
まゝに、人の心いまめかしくえんなることをのみこのみもてあそびて、このちかき
よまで聞えしことすらこめにたりとて、ながしめにみる」(29ウ) よとなれゝば、ま
してふるごとは、なにごとゝも夏のゝくさのむつかしく、みわくる人もなく成ゆく
をいたみて、あとある故言をだいとして、わがともがらによみつがせてんとて、思
ひいづるまゝにかきいで、よみはじめたる日

敬儀

16401 いろ〱のことのはぐさもあらはれしふるの中道君しわけずは

かへし

16402 ふりぬとていひもつがずはいろ〱のことのはぐさはねさへ絶なん

石うら

16403 おもふことなれかしは葉のとふばかりとふ石うらのしるしあらなん

16404 あふことはよしかたくとも人心うごくばかりの石うらも哉」(30オ)

越中大徳寺因猷が

16405 わたつみの翁がめにはうちよする浪のもくづを色なしとみん

かへし

16406 もにまじる玉やあるとてわたつみの翁はつねにめのごひてのみ

きのくにに是正がもとより紀跡一巻を得たりときゝて、16407 むかしより心にかけしき
の川の深き底ひを今ぞしるらん　といへりしに

16408 浅きわが心の水にきの川のふかきそこひをいかでしるべき

16409 あさもよひきの川みづを汲こともよにながらへてませばなりける　とあるには

16410 ながらふる身をもうらみず紀川の波立ちかへるよにもあふやと」(30ウ)

千鶴を旅にやりておそかりければよめる

16411 はなちつる千鶴はいかゞ成つるとおもひつる〱いまねぶりつる

神戸富山浄生所望、応瑞絵、遠近に樵夫帰るかた

16412 友むれて朝は入し柴人のおくれさきだちかへるやまぐち

青水造酒頼、玉のかたはらに百足あるかた

16413 くるとあくと外にはむかでみがけたゞ心の玉のもしやくもると

寿老人の書をみたるかた

16414 よはひたかくさちえし人はしらゆきのふるき文にもあとぞまれなる」(31オ)

まねばん　後撰

16415 浅ましくゝだりのみゆく心にはえぞまねばれぬ高きよの道

16416 たちかへり我もまねばんいにしへのかしこき人も心からこそ

去年森田豊香がもとよりいひおこせたる

うしの教のまに〱いにしへにたちかへらばやと、はやくよりおほけなきねがひを
たてしものから、つくばやま、はやま、しげ山、さはりおほく憚のせきのはゞかる
まゝに、うぢはしの中たえて、にふの川ことかよはすずぐし侍りけるが、こたびさ
ちにゆるしありて、あさごろもうらなく学のおやとたのみぬるうれしさは、もろこ
しぶねにつむともつみはてめや」(31ウ)

16417 ゆく末はふみもまよはじたのめおく君がをしへのみちひろくして

かへし

16418 まよはゞときくぞ嬉しき八ちまたに今はわかれし言のはの道

いたく老たまへれることを思ひやりまゐらせて

16419 古ことをまなびの窓の明くれも君ちよませとねがひこそすれ

かへし

16420 ねがひしや我いのちとは成ぬらんいたく老ぬれどいまだしなぬは

布淑がすゝめし上桂、武田康安六十賀に、しなぬくすりは物したまふべし、大かた
の人よりも、よはき身をやしなひならひて、気力のいまだおとろへぬは、我になら
ひ給へとて

16421 ことしより君がいくべき八千坂の坂口まではわがしるべせむ」（32オ）
金治正方がはじめてきて
16422 としなみをわたりて久にしたひこし君にま見ゆるけふぞ嬉しき
かへし
16423 うれしくは久にとひきてをかざきの松のよはひにあえねとぞ思ふ
いんさき別れ奉しより五とせのほど、いつかはと思ひくらしけるほいかなひて、こぞの冬よりなれつかうまつり、みちのことねもごろにをしへたまはりしが、情いとありがたうかたじけなき。かくてとし比もあらまほしけれど、かぎりあるたびなれば、けふなんわかれんとするに、さらにこんこともたやすからぬみなれば、」（32ウ）いとなみだぐまれて　〔義嵤〕
16424 又もみん時をいつかとおもふよりあへずなみだの袖にこぼるゝ
16425 故郷にかへる物から悲しきは又こんとしをしらぬ別ぢ
かへし
16426 たひらかにいませといはん外ぞなき又あふべくもしらぬ別は
16427 わかるともそひてぞゆかんすなほなる心もみちも二つなければ
まれにこそ東南の山ぎはをもの、序にみしに、山をうがち或はのをつきかためなどして家つくりせり、ことしそのわたりをみるに家うるはしくつくりならべ、商人どもすみなれたる」（33オ）さまにていで入て、いとにぎはしきをみて
16428 きのふまで気遠かりつる野山ともしらでやすめる里のいへ〳〵
わづかなるわがよはひのほどにも、かなたこなたかゝるをみ、又つくりたてにぎはひし里の野となれるもみしぞかし、王質、うら島が子のいへにかへりけんをりおもひやらる
老のゝち、ふるのしをりと名付て、古ことかい付てだいとしたるその袋に
16429 かたりつぎきゝつぎ〳〵ていひつがば五そぢばかりはよみもつぎなん
佐渡金山の図を益がみせけるに
16430 土に入石をうがちてほりいだす金ぞたみの汗の色なる」（33ウ）
かぜにしりぞく鳥　夫木出、風鳥云々

16431 塵のよのかぜにしりぞく鳥ならばよもぎが杣ぞねぐらなるべき
16432 わがたぐひなしとはいはじ塵のよの風にしりぞく鳥も有けり
篤応がよしのよりかへりしとかたるに、象山、たが滝、みや滝、夏箕あたりは、得みざりしといふに
16433 よしのよくみしやとゝへばおぼにみてくはしからぬぞくやしかりける
景樹が城崎のゆへいくとて
16434 まちいませいまかへりきてきのさきのゆしま」（34オ）めぐりのものがたりせん
かへし
16435 恙なく行かへりませきの崎の湯の山道はさがしとぞきく
正誼がよめる
16436 かぎりなき言ばのみちも心ゆかんのりをこえざる君をしるべに
かへし
16437 老てしも明くれ分ることのはのみちとほしとて思ひたゆむな
雨中漁夫　故源琦絵、民部卿行章頼
16438 けふも又雨のふる江をすみかにてぬれつゝ釣のいとまなきみや
16439 世にふればふる江の雨につりのいとのながき日ぐらしぬれつゝかあらん
千鶴が餞しける夜」（34ウ）
16440 わかれては雲ゐの雁の行かよふ便をのみやまつことにせん
かへし
16441 便のみ聞はわたらじ北のうみを雁とゝもにぞまたこえてこん　といへばまた
16442 遠くとも君はまたこん別路の涙は老をおもふなりけり
かへし
16443 健にいませる君がみかげをば又仰ぐべき時をこそまて
ひとりはいたく老、ひとりはさはりがちなれば又
16444 いとゞしくかなしかりけりかた〴〵にあひがたきみの遠きわかれは
かへし
16445 わすられぬ今のわかれの悲しさに」（35オ）ひかれて来べきとし月はへじ

ふじまつ
16446 しら浪のさわがぬふちとみえつるは川せにおほふ岸のふじまつ
ふたみちゞ　家持集
16447 一すぢもまどひやすきを三河なる二みちゞゆく人も有けり
勝秀が人やりの道ながら、立よりてたいめするほどもなく、かへるをのべとほく見
おくりて
16448 勝秀が君にいそぐとのる駒の足音のみしてみえず成ぬる
早川文明がいひおこせたる
16449 朝なゆふなそなたのそらを詠てぞ君やいかにと」（35ウ）おもほゆるかな
16450 としをへてさかゆる松のしたかげにつもる言葉のかずやひろはん
かへし
16451 天かけるつばさもがなや行かひて恋しき君をあさにけにみん
16452 としをへて松はさかゆる下陰に霜の朽葉をかき集つる
詮が詠草の便に朱をおくりて
16453 色もなきことのはぐさにあかねさす光をそへて君よたびなん
かへし
16454 紅のやさしき色もけたれなん君がことばの玉にそへなば
こもり声
16455 よをいとふすみかをとへば木隠に鳴山鳩もこもり声なる」（36オ）
ゆほびか
16456 ゆほびかにみゆなる海も風吹ば天をもひたす波ぞ立ける
石ずゑ
16457 たがすめる宿の名残ぞ草ふかくしげる野中に残る石ずゑ
16458 石ずゑもなくていく世に成ぬらんしがの大つのみやのふるあと
芦の讃
16459 よしとのみみゆなるものをなには江の何ぞはあしの名にたてるらん
老づと
16460 世をいとふ人あらせばやのがれてはやすくへぬるを老づとにして
16461 のがれこし都にゆかばながらへし心しらひを老づとにせん」（36ウ）
典寿がよめる、妄心
16462 心をばなにゝたとへんめにはみて手にはとられぬ水の月かげ
16463 心をばなにゝたとへん秋田をてらすまもなく消るいなづま
真心
16464 大ぞらに人の心はにたりけり初をはりのさかひなくして
又述懐の心を
16465 とし〴〵にこぞのあしきをしりてこそ身のながらふるかひも有らめ
本間忠度があづまにあるほど、目をやむときゝて、あらふくすりつかはしたりけれ
ば悦びて、たび〳〵あらひけるにほどなくおこたりぬとて
16466 はる〴〵と君がたまへるみくすりになやむ病もうちわすれぬる
16467 なにをもてむくいかへさんねもごろに我をおもへる君がなさけを
16468 浅からぬ君がめぐみの心ざしいくとしふとも忘るべしやは」（37オ）
かへし
16469 ことしげき君もやめりと聞つればわがうきめみる心ちこそせし
16470 もしやとておくるくすりに君がめもとくいえぬるときくぞ嬉しき
直方が鯛をおしておくれるに
16471 あざらけにいをとみる〳〵君はくはでおくる心のうまくも有哉
寿光が久しくふみやらぬをいぶかしみて
16472 ふみゝねばと絶のはしのあやふくも思ひぞわたる朝にけに夜に
かへし
16473 あやぶむもことわりぞかしと絶なく思ひわたれるはしもみえねば
素堂より、はからず千づるのぬしに、象頭山のふもとにて、たいめし侍りて」（37
ウ）
16474 つゝがなくますときくこそうれしけれかりにはあらぬつるの便に
かへし

16475 たびにして君もゝな〔ママ〕しと飛かへる千づるが便り聞しうれしさ
　のらかぜ
16476 草枕夢も結ばで明にけりあらのら風のはだ寒くして
　心のかぜ
16477 人ごとの心のかぜの色〳〵はちる言葉のかはるにぞしる
16478 時のまに吹かはりぬる世人のこゝろのかぜをいかでたのまん
　このもし
16479 玉のうてなにしきのしとねこのもしとみしはむかしの心なりけり」（38オ）
16480 世をすてゝ苔の衣をきる人はにしきもあや〔も〕このもしみせじ
　重賢が歌のなだらかに調へるをみて
〔一行空白〕
　夕に野をみて
16481 西に行東にゆきてみな人のもとこしみちにかへるべら也
　みるがうちにまれ〳〵になるに、猶ひとりのこれるをみて、みな人のさき立しに我ひとりいきのこれるを思ひて
16482 よそにみる身のたぐひさへ哀なりおくれてのこるのべの人かげ
　入相のかねをきゝて、つく〴〵世のはかなきことを思ひて
16483 かくしつゝ万代ふともかぎりあらば一日つぐるに何かゝはらん
　身ははかなきものなれど、おもへることはとはにかはらぬ」（38ウ）ものぞと思へば
16484 かぎりなき心もよにはのこさばや身はあだしのゝ草の上の露
　朝たつ塵
16485 ゆくへなくなりてもつきぬ思ひこそ朝たつ塵のたぐひ成らめ
16486 日のかげにみえて朝たつ塵のごとよもに仏のいますとぞきく
　維徳が詠草のつてに、
16487 浅からぬ恵をうけて朝夕にわするべしやはことのはの道
　とあるにかき付し
16488 わすれずは八十にちかき老らくに二度みすな同じ言のは
　やゝもすればもとのうたをみするくせなん有ける」（39オ）

　千鶴がつるがまでいきたるに、完成が京へまうくるに、出舟の風まちてあるよしいひおこせたる、完成がかへる便に
16489 かぜまつとつたへつるかを舟出してうみ路事なくかへりましきや
　博篤がなにはより君平にことづてゝ、
16490 なにはまで夜舟ことなくつきにきとあしの庵のうしにつたへよ　といひおこせたる後、久しく便なかりけれ
16491 難波までつきしと聞し言伝の後の便を待ぞ久しき
　あなづる
16492 とことはに風のあなづる露のみの何にかゝりてながらへぬらん」（39ウ）
16493 我とわが身をぞあなづるいやしくてざえなきもの、老となれ〔ゝ〕ば
　くものいかき
16494 さゝがにのくものいかきは夕〳〵たえぬものから待人もなし
16495 あらし吹軒ばに作るさゝがにのくものいかきぞあやふかりける
　とよみき
16496 のみつればますら武をもたはれをと成てぞゑゝる神のとよみき
16497 ゆく末をねぐ豊みきにいと早もけふより千よをふる心ちする
　くものふね
16498 天原みどりの海の雲の舟心ゆきてもみゆるおひかぜ
16499 空のうみの沖にいでけり〔ママ〕月の舟吹秋かぜを追手にはして
　ともづれ」（40オ）
16500 古郷をいでこし旅の友づれに道のそらにてわかれむはうし
　おもひの山
16501 なげきあればみきゝにふるゝものはみななべて思ひの山とこそなれ
16502 これやわがおもひの山と詠ればむなしき雲のみねにぞ有ける
16503 ながめつゝ沈める身には流ゆく川も思ひの山とこそなれ
　ね覚ごとに心やりに歌よみて思ひつゞけゝる
16504 老らくのね覚を何になぐさめんことの葉草のなきよなりせば
　夕の雲のみるがうちにすがたのかはるを

16505 うつるよのすがたを空にみるものは夕日のそらにかはる浮ぐも」（40ウ）

筑前杉山清大夫所望歌仙貝和歌之内十八首、京都分家社中為修行添削或改作以朱記之、予生涯中勤々不可他見

かたつ貝　日野一位資枝卿

16506 三しほの沖をはるかに生しゆゑひがたつかひの名にやたちけん

すべてかやうの小貝、沖をはるかに生るものにはあらずや。又下の句ひがたまでは聞えてつかひの意も心得がたく詞も不解

16507 沖べにやおひぬ塩干のかたつがひむれつゝあまのおりたちてふむ〔朱〕

ちくさがひ

16508 そめいだすちくさもたぐひ長はまに生てふかひにみるはめづらし

ちくさとは千種也。何にても品々おほきをいへり。そめいだす」（41オ）色の事なるべけれど色みえず。ながはまとはたぐひなきにかくる心ならめど、秀句をかくることはいつも申如くかゝる所までかゝるなり。かゝる所までとはあるまじきといふを、あらじといひ、いにたらばといふを、いなばといふがごとし。此長浜、ながきにはかゝれども、無にはかゝらず。長浜にかけたるむかしの歌をみるべし。長浜は遠江、伊勢にあり。共に勅撰に入。又越中、能登にあり。万葉に出たれども不入勅撰。又筑前に長浜有。大弐高遠集に出。筑前人の所望に此名所被詠候事尤相応なり。但近世勅撰集之外、名所詠候事不可然之定なるを、他人の詠ならば不案内とも可申を、歌の棟梁家より被詠候事不審。かく差支候事有之故、我輩は古人詠置候所都而不詠所なく詠之。何とやらん地下めき候。但名所都而可詠事とは心付候而、先に被立候法を自ら被破候歟。三句、四句、句切、同字、予常に可除様に申吟。此歌してその悪敷」（41ウ）をしるべし。

16509 そめわけてたれかはしけるちぐさ貝みわたし遠きうらの長はま〔朱〕

さくら貝　烏丸大納言光祖卿

16510 時わかず花の名におふさくら貝げにわたつみのかざしなるべし

あさり貝

16511 分いりて底にかづけるあまのこやあさりもとめしかひもあるらん

あはびかひなどのやうに、底にいりて小貝かづくものにもあらずや。又あさりとは求食とかけば求の字もなからんにはしかじ

16512 明くれによわたるあまのなりはひをおのが名におふあさり貝哉〔朱〕

しら貝　芝山中納言持豊卿

16513 うら人もみるめにあかで拾ひこんつくしのうみの波のしら貝

二三のてにはうきてきこゆ。又うら人のあかざらんは、つくしのうみにも限るべからずやあらん」（42オ）

16514 うらなれしあまもみるめにあかずとやぬれてひろひし波のしら貝〔朱〕

塩貝

16515 からきよをわたる名におふ塩貝とおもへばいとゞあはれとぞみる

二三の句いひかねて詞をなさず

16516 拾ひつゝからきよわたるしほ貝ときけばいとこそあはれなりけれ〔朱〕

色貝　日野中宮権大進資愛朝臣

16517 濃紫いそべにみゆるいろがひはみちくるしほをたよりにやよる

下句、いくしほそめて波やよすらん、是は難にはあらず、つゞけがらなり。〔朱〕

物あらがひ

16518 ゆづるてふことをし常におもひなば物あらがひをたれかなすべき

是も難にはあらず、

16519 ゆづりあふをしへを誰（たれ）もわすれずは物あらがひもなきよならまし〔朱〕」（42ウ）

都貝　朝山景隆

16520 名におもふ契へ（をきけば我も恋しき〔朱〕）だてぬ都がひ同じこゝろにたれひろふらん

よき歌なるべきを、一二むつかしき詞にてわろくなれり。

ますほ貝　富士谷成元

16521 わたつみも秋こそあるらしますほ貝なびくすゝき（のべのを花〔朱〕）の色にまよへり

ますほのすゝきといふ、すはう色の花さくより薄のなにいへり。さればすゝきはなべてのすゝきにて尾花の色をいふなり。

枕貝

16522 まくら貝塵をもすゑぬ浪かぜにみるめなぎさの心ちこそせね（なぎさの心ちこそせね：よるこそうれしかりけれ〔朱〕）
みるめある心ちのすといふにや、むつかしき心ちぞする。たゞみるめよるといひ
て聞ゆるをや。」（43オ）

なでしこ貝　僧慈延
16523 いかさまに（でかく）生したてゝ（も）か（ぬ〔朱〕）うらのあまのなでしこがひのなつかしげなる
貝はあまの生したつべきにあらず。

かたし貝
16524 とてもよは（わが）心にあはぬ（にあふことは〔朱〕）かたし貝かひなきことよいはでやみなん
我をたてゝよをあらぬ物にいふこと境界不相応。よをたてゝ我をそむきたる物に
なすべくや。

蛤貝　知足庵紹膺
16525 有てなきよははまぐりのいぶきせしさぎりの中のうてなりけり

さだへ
16526 すなほなる世に生ながらやさがにのすがる（まがる〔朱〕）さだへのみをいかにせん」（43ウ）
さだへは和名にも不見。栄螺子を和名佐左江とよませたり、是か。但蛤に似て円
なる物なりとあれば、さゞえともみえぬを、今に世にいふさゞえにおしてよみな
せる歟。歌のさま屈曲の体也。やさがにまではまがれる心にて、やさがにをやが
て、かにゝとりなして、すがるといふにや。ちひさき貝みるなどは、あはびなど
につくことあれど、かにのすがらんことおぼつかなし。又直なるよに生てまがる
といふが歌の一筋の意なり。すがるは用に立ずしてかへりて心をさまたぐ。

雀貝　蒿蹊
16527 はまぐりになるときゝこし鳥の名をさながらによぶ貝もめづらし（今よぶかひはことにぞ有ける〔朱〕）

小貝
16528 沖つもに交る小がひも時えてはあやにゝしきにつゝまれにけり

花うさぎ貝　明石原珉
16529 晴わたる月の光にさそはれてよりくるなみのはなうさぎがひ」（44オ）

うへの使
16530 世中におもだゝしきはみことのりつたふるうへの使なりけり

さわたる雲
16531 朝まだきさわたる雲とみえつるは山もと過るさぎの一つれ

竹のまろね
16532 むかしより竹の丸ねになれぬれば今はふしうき身とも思はず

山家　宮御題
16533 しづかにとすむ山かげをとはれぬぞ愚なる身のかひには有ける
16534 都人とひくもしらで悔しくぞうしろの山のつま木こりつる
16535 いままではよもながらへし〔以下空白〕」（44ウ）
16536 山かげにのがるゝうさはかはれどもみなよをいとふ人ぞ住ける

すぎくれ　夫木　述懐
16537 杣人の引すぎくれのつな絶てもてなやみぬる身にこそ有けれ

ともつ人
16538 此山のつま木とるまに友つ人庵とひけりなのこる言葉
16539 かぞふればのこりすくなくし友つ人いくらばかりかよみに入けん

筆のはやし
16540 いにしへの筆の林を見わたせばてにとるべくもなき我身哉

あさま
16541 見いれなくあさまにすめる庵こそおのが心の姿なりけれ」（45オ）

ひだり縄
16542 むかしわが思ひしことは左なはながらへぬれどなすわざもなし
16543 おもひよるかたこそなけれ何事も左なはなるよにすまふ身は

越中の自軒がいひおこせたる
16544 空かける鳥のごとなる羽もがな君があたりへやすくかよはん

かへし
16545 雲に飛つばさなくとも仙人のよはひもたらばともにあひてん

さて入江昌喜が身まかりぬときゝて

16546 もろともにやめりし老はさきだちぬさてやいつまでわれはのこらん」（45ウ）

老人述懐

16547 歎つゝへにける老のとし月もみのうきかずはいかでしるべき

白詩陵園妾、一奉寝宮年月多、々々々、春愁秋思知何限

百拙和尚詠草、光栄公添削、資枝卿、持豊郷、自詠被添

資枝卿

16548 法師のことばの露のかず〳〵を寺につたへていくよゝかみん

持豊卿

16549 ながれての末のよまでもあふげなほやまとことのはみづぐきのあと

このおくに百拙歌あまたあり。」（46オ）

みはてゝ

16550 世にたかくきこえし人のことのはのみまさりするはすくなかりけり

名はきこえぬをうれしぶべし」（46ウ）

経亮へ草露貫珠をつかはしたりしに

16551 水茎のあとのまよひも今よりは君がめぐみによるべさだめつ

［かへし］

16552 今よりはかはくまもなくかきながせよるべさだめし水ぐきのあと

うゐ木

16553 わがやどはうゐ木をもせず遥なる野山をみんにさ［は］るべければ

成元が、神の道行へる人の、みのかさきたるかたによめる

16554 みのかさに神のをしへをきる人はふる雨もなしふく風もなし

この歌は、意至句不至也。歌詞のうへ修行すくなき人多くかやうになる也。よにふる雨も何かさはらんなどぞあるべき。又詞のうへのみ」（47オ）心がくれば、句至意不至となる。所謂大愚が、なでしこ貝、かたし貝、祐為が寄月逢恋のたぐひなり。意句不至之歌はさらにいふべくもあらず。此言は僧顕昭がいへることなり。

楠山があつらへし、川中に石のあるかたのゐに、君子交の心を

16555 石はぬれ水はよきつゝ行かはのかはらねばこそちぎりたえせね

宮より密書たび〳〵たまへるに、可附丙丁由仰ごとあるにかへし奉るとて

16556 玉章の光おそれみ火の神ももだして返し奉りつる
鳥」（47ウ）

16557 うかれどりうかりし声も老らくのね覚にきけば嬉しかりけり

宮より給はせたる御文、詩歌余りおほかれば、我にとゞめては、かへりてみだりにもやならんと、さるべきのみをとゞめて、のこるをばみちすでになりて、人をもみちびくばかりになれる人々にわかちつかはす、布淑にとり分さするに

16558 ［わくるにも］あまるばかりの玉づさに言葉のみちのひかりをぞしる

かへし

16559 言葉のみちはいづくもくらからじひかりをよもにわくる玉づさ」（48オ）

あざみ　食物也

16560 春浅みあざみつむよとみしのべの夏すぎ秋も早くれにけり

16561 きのふ見し春のゝあざみいつのまに花さくまでは日をつみにけん

松に鶴　雛もあり

16562 陰なるゝ松葉をひなの有数にかぞへん雫の千よぞしられぬ

川べ竹に亀あふぎて竹をみたるかた

16563 河竹のみどりのかめの万代は千よのふし〳〵かぞへてをしれ

むべといふもの人の心ざすに、朝山景隆におくるとて

16564 何をかもとしたる人にさゝげんとおもふ折しもむべぞみえたる」（48ウ）

かへし　景隆

16565 むべもこの外に何かはたのしまんみるもみするもとしたかき身は
しらゝ

16566 つのくにのむこ山おろし海ふけば沖べしらゝに波立わたる

しかへ

夏 16567 朝まだき柴おふせこし八瀬馬にしかへてかへるのべのをすゝき

16568 をしきかなしかへてになふかるかやにかりこめられしさゆりなでしこ」（49オ）

六帖詠草　雑十三

寄日祝
16569 西に入東にいで、天つ日のいく八千め〔ぐ〕り世をてらすらむ
16570 よをてらす天つひかりの恵こそ高く貴きかぎりなりけれ
めをわたるとり
16571 なすわざはいつものこりてめをわたるとりのはやくもくるゝとし哉
16572 めをわたるとりのは音をきくひまにいかでつらねん三そぢ一もじ
あがむ
16573 いかでよの人にしらせむ明暮にあがむる天のみちのまことを
16574 とことはにあがむる神の道広くさかえゆかなん大和ことのは」（1オ）
古言題鬮、宮様へ入御覧候処、書付候五七題愚詠共被残御室度、愚詠鬮留被遊
候由、仍代以御筆鬮題袋へ書付被下
孤鷗翁天性好和歌、自壮年垂今八旬、日夜
孜々不怠、因名閙四方、歎惜古言湮没、
挺出証歌将伝後学、随得投諸書嚢
積成数首、寡人感其篤志為一帖云」（1ウ）
微妙道人識
古言の絶ゆくをゝしみて　蘆庵
16575 かたりつぎきゝつぎ〱ていひつがば五十あまりはよみもつぎなん」（2オ）
もどきがほ　夫木
16576 おちたぎり岩にくだくる山水をもどきがほにもすめる淵かな
画師東洋来、自画三枚乞讃
老松の陰に小松の生たるかた
16577 霜ゆきの古木のかげに生（はぐゝみ）そめし小松の千よぞ殊にのどけき
荘子のねたるに蝶のとぶかた
16578 心ゆくかたに遊びて飛てふの夢にはまさるうつゝなのよや
16579 ゆきかへりあそべこてふのゆめよゆめうつゝとなるなうつゝなきよぞ
まうのぼりけるくるつあした、御使あり、」（2ウ）宮の御の御文に
16580 老人のつかれやせんと思ふにぞかたりのこせしことのおほかる
御かへし
16581 老舌のよゝみ申をきゝにくゝおぼしめすやとまかりいでつる
朝に鳥の声を遠く聞て
16582 ものゝねは遠きまされり鳥すらはるかにきけばをかしかりけり
みづなみ
16583 底ひなき池のこゝろはさはがねどきしの水なみたゝぬ日もなし
16584 ふくかぜのゆるくはげしきすがたをぞこまかにみする池の水なみ」（3オ）
音する杖
16585 六のみち四のちまたなまどひそと音する杖やおどろかすらん
16586 法師の音する杖にすがりてもまどふ夢路を覚さゞらめや
山下故政教が初月忌、香をつかはすとて
16587 君をわがしのぶ心は手向つる香のにほひにたぐへてもしれ
16588 ながらへてあとゝはんとは思ひきや身の後をこそたのみ置つれ
16589 水ぐきのあと見るなへにたれもみななみだの雨のふるの中道
といひけるは、かれにこの板にのぼすみぎりかゝせけるに、末十枚斗となりて身
まかりにければなり。」（3ウ）
かぜなくて吹とよめる　金葉
16590 山松のおとせぬほどは大海の沖つなみをやふきたてつらん
忠みね集、〈春のゝはおひぬ物なくみゆれども思ひで草はなきよなりけり〉
16591 老らくの思ひでぐさとなりぬべきそのことのはの色だにもなし
16592 夢にだにこてふとならば春のゝのおもひでぐさの花にたはれん
いんさき、織田家々臣俄に水野与右衛門と名乗りて、関東へ下るに、刀ぬすまれた
る故、道たちがたし。古傍輩のよしみをもてうち〱乞助勢由、急事たのみ来れる
に、難義おしはかり金子をつかはしき。そは杉原五八郎と云織田家浪人の作名して、

我をあざむけりとあとにてぞきゝし。ことし」（4オ）又杉原五郎市郎と名付て、久敷浪人及難儀此度片付候事治定候へども、そのまかなひ叶ひがたく、助勢をこふよし申きたれる。文をつゝみてかへすとてつゝみがみに、誠はあめのみち、これを誠にするは人のみちなり、といふ古事を思ひいてゞ

16593 おそろしやつひにかくれぬ天のみち水野のむかしけふのすぎはら

南山閣八景　雑二

16594 はるかなるうみづら岡べ野べ川辺こゝに南の山のたかどの

松賀浦島鶴

16595 色かへぬ松がうら島いつみてもたづぞむれゐるまつがうら島」（4ウ）

あしたの鐘をきゝて

16596 けさはゝや朝のかねとなりにけりきのふをしみし入相の声

この夕又かねを聞て

16597 はかなくてけふも夕となるかねの声のうちにやこのよつきなん

みつね集、〈おそき馬はあしぶちならであふれども心のみこそ先に立けれ〉

16598 隙のかげけふも暮けりあふれどもおそき心の駒はおくれて

資原へ神詠下せしに、かれより

16599 給はりし神のみ歌の筆のあとこや万代のたから成らん

かへし

16600 千はやぶる神のみうたの直なる教をよゝに君のこさなん」（5オ）

はりまの博篤がいせの久老にあひて、歌のとひこたへして、古言とくを聞て、歌学歌の用にたゝずと思ひてよめる、16601 ことのはの道を分ずはいく千巻文まなぶともかひやなからん　と思ひしよしいひおこせたるにかきそふ

16602 ことのはのみちふみしらば一巻も千巻八千巻何かゝはらん

義罄より

16603 心していたつきなせそ秋さへもせめぎし風はあらしとぞなる

かへし

16604 けふまでは寒さにたへて翁ぐさ今こん春をまつとしらなん

御法〈やゝもせば消をあらそふ露のまにおくれさきだつほどへずもがな〉」（5ウ）

16605 やゝもせばあらぬかたにぞまどふべき言葉のみちにあからめなせそ

夫木〈おろかなる心のしとは成ぬれど思ひ〳〵に身をばまかせじ〉

16606 いたづらに老はてんとは思ひきや心のしこそたのみがたけれ

16607 我と身をはふらすみれば愚なる人はこゝろのしをなたのみそ

いにしへの歌合をみるに、一番の左は勝、いはひは勝、かすが山は勝などあり。いとこゝろえぬ事かな。かちにさだまれるものならばつがはでもありなん。又かたんと思はゞさるうたをよみてんとのうちに一番のつがひの左のまけたるもあり。

寛平中宮歌合、題春、一番左、当純

久安五年六月右衛門督家歌合判顕輔、題秋月、左一番、宗成」（6オ）

大治元年八月八日摂政左大臣家歌合、題旅宿、一番左、俊頼

治承二年八月歌合判顕昭、題閑庭秋来、一番左、頼輔

正治二年十月一日歌合、題初冬嵐、一番左、公経卿

建保元年二月廿六日詩歌合、題山中花夕、一番左、範時朝臣

寛元二年十一月十七日河合社歌合、題冬月、一番左、為家朝臣

弘安八年四月歌合、題鶯、一番左、大夫不記名

鶴岡八幡社歌但不年記、題月、一番左、不記名

これらみな右に勝を付られたり。此歌合はみな印外之写本、凡八九十種、先年書写。諸書に名の聞えて今不残歌合、凡四百五六十種、可惜云々」（6ウ）

長義がいひおこせたる、16608 いとはしきをりも有しを老ぬればうれしくぞきくあかつきのとり　と有に書そへたりし

16609 君はいかに今はうれしき鳥のねのいとはしかりし折ぞ恋しき」（7オ）

〔白紙〕」（7ウ）

去年冬、加茂祐為きたりて乞添削。むかし同じながれくめる人なれば、いたくいなめど、しひてこふにまかせ愚存をくはふ。ふるとしあまたかきておこせたれど、えさらぬさはりありて、いまだ見はてず。春、美信〔信美カ〕に付て文おこせたり。祐為我下流にたてるよし人に吹聴すときゝて不平のよしの文なり。われ世人と志を異にして家

をたてず、跡をとゞめず。此夕八旬にちかく、命又如朝露。元来世間の譏誉を心にとめず。彼を我下流になしたりとも悦とするにたらず。此文を見て我又不平の懐をいだけり。仍こぞの詠草そがまゝかへしつかはし、以後所存申入まじく、名家入来故、人めにたて、さま〳〵申めり。このうち入臨かたく断申遣うはぶみかきて思ふに、かれ心を古風にそめ、詞を」（8オ）先達にならふといふ教の外にいでざる作者なり。我は其言に反して心外に歌をもとめず。せんずるところ此地に入作者にあらず。また此地にいらばわれにこふ事あるべからずと思ひて

16610 言葉はおのが心のみづかゞみなにかは人にかげをならはん

維済が歌いとおもしろうよめり。この十年ばかりをこたりざまにみえしかば、たび〳〵いさめけれど、とかくをこたりか〔ママ〕、こぞよりおもひおこしてよめど、むかしのごともあらざりければ、さりやとて

16611 いまはゝや海にいらましをつぎねふのやましろ川の中よどなくは

宮の御の御文をわかちあたへしに　勝義」（8ウ）

16612 たぐひなきかげは千尋の浜ちどり君によらずはあとをみましや

かへし

16613 我はしもあとをとゞめぬ浜ちどり君によせずは久にのこらじ

周防人六十賀

16614 周防なる岩国山の山松の松葉は君か千よの数かも

ひしげ　赤染集

16615 すぐならぬ心なればやむねひしげ分ぞかねつることのはの道

いはふことある所に、八音を題にわかちて、詩歌をあつめしに、金を得て

16616 うつかねのひゞきかよひてそこばくの物音もみなちよとこそなれ」（9オ）

鉄鉢かけるゑに

16617 さか仏の衣はやれてうせぬとも鉢はのこらば今もありなん

16618 もをさゝげ空ゐて行しうばそくも鉢ばかりこそよにのこりけれ

海辺たかき松あり、むらづるたてるかた

16619 松のいろつるの声にやわかのうらは見きくたび〳〵のどけかるらん

そほづの弓引たるかたに

16620 あづさ弓やさしかりけるそほづかな引てはなたぬ心おきては

宝永のころ尚齢〔歯カ〕会せられけるに、楽天がむかしをおぼしいでゝ、通茂の公のよみたまへる」（9ウ）

16621 世にはまたあらじといひしむしろにもけふのまどゐはとしぞましける

と通茂の公のよみたまへるをかきてまゐらすとて　蘆庵

16622 其時のまどゐに君がいましせばいくら千とせの数をまさまし

邦義がつねに歌もみせぬに、千首題のはしつかた十題ばかりよみておこせたるにかきそへたりし

16623 うつせみの命しあらばかぞへ初し千くさの花の咲もみはてん」（10オ）

かへし

16624 かぎりなき君がよはひをかず〔ま〕へばつきんちくさになどくらぶべき

資原が

16625 すなほなる教をよゝに残すべく我につたへよ君が心を

かへし

16626 ことのはの道つたへまくおぼさればまづは心を直にをもて

夫木〈夜を重ね心のせきのかたき哉わかれは鳥の空ねならねど〉

16627 分初しふるの、道や世中にとまる心のせきと成らん

16628 何にとまる心のせきぞ世中は越はてゝきと思ふ我みの

戛玉林　積翠亭十景之内

16629 世にしらぬ誰ことのはぞふくかぜに玉の声きくその、竹むら

博篤がきて

16630 若がへり色もきほひて老波のよすとも」（10ウ）みえぬ岡崎の松

16631 君もあれもことなくもなくこのはるもあひみてかたることぞうれしき

かへし、ともにことなきは住吉、玉つしまの神のめぐみにこそあらめ

16632 ことのはのさかえをともに命にて久にちぎらん二もとの松

夫木〈我こひはみちのねながれさめやらぬ夢なりながらたえやはてなん〉
海驢、三才図絵はと〻のねがれ、落句よをつくさんと有
16633 夢をのみみちのねながれみのうさも波のまに〳〵よをつくさばや
16634 うつゝなきよをうみわたる人のうへも何かはかはるみちのねながれ」（11オ）
玉葉〈かり初に心のやどゝなれる身を有ものがほに何おもふらん〉
16635 いづかたに住やかへましかり初の心のやどの身はふりにけり
16636 たのみこし心のやどもとしふりてあれはてぬればすみうかりけり
匡衡集〈命だに絶ぬべかりしみなれ草うきにたゞよふことはことわり〉
16637 我袖やなみだが池のみなれ草かりにもかはく時しなければ
16638 よとゝもに波にゆらるゝみなれ草生るねざしやすき空なき
16639 波よするきしねに生るみなれ草したばはうきにまみれつゝのみ
夫木〈苔ふかきみどりのほらは紅の塵の外なるすみかなりけり〉」（11ウ）
16640 紅の塵の中にもけがれぬはこゝろの玉のひかりなりけり
16641 紅のちりの中にもすみつべし心のかぜのとはにはらはゞ
夢中詠
16642 ことのはのしげき宿にはよの中のうきことぐさは生せざりけり
行路尋人
16643 行かへり猶尋みんはつせぢをよきぬ住かとむかし聞つる
16644 行みちはよしくれぬとも友つ人とはゞやすみかそこと聞まで
詞〔花〕〈こしらへてかりのやどりにやすめてはまことのみちをいかでしらまし〉」
（12オ）
16645 今も猶もとの都にすまゝしをたがこしらへしかりの宿ぞ
16646 こしらへしかりの宿としりながら常よのことぞ思ひなれぬる
拾玉〈よしの山花のさかりをかへるかりこゝろえにくき心なりけり〉
16647 いかなれや思ひを述ることのはに心得にくきことのおほかる
16648 いつか我分つくすべき法の道心得にくきことのなきまで
わが党、宮の御会にめさ〔れ〕けるを賀して、教明がいひおこせたる

16649 なべてよに聞えわたらん久かたの雲ゐとよます君が家のかぜ」（12ウ）
かへし
16650 我いへのかぜ吹つたへ久によにつたへ〔ママ〕よにをしへて残せ末遠き君
智乗がのぼりて
16651 敷しまの道をしるべにたどりつゝ言葉のやどをとふぞ嬉しき
〔かへし〕
16652 ことのはのむかしの契朽ずしてかはらぬかげをみるぞ嬉しき
〈我身〔うき〕よにやがて消なば尋ねても草のはらをばとはじとや思ふ〉
16653 住すてしむかしの宿は草原そことしもなくしげりあひけり」（13オ）
経信集〈かるもかきたく塩がま〔にあらねどもこひ〕のけぶり〔や身よりたつらん〕〉
〔一行空白〕
宮御画、西行於鎌倉銀猫をもたるかた、讃を民部卿を以おほせ下されけるに
16654 家をすて身をすてゝしもたからをばめがくる物と思ひたるらし
おなじ御画ふじの山詩歌あまた讃したるに
16655 世にあふぐ君にうつされてふじの山かひある時をまちてける哉」（13ウ）
〔としの始に歯の落ければ〕
16656 〔木のめはる春しもおちるこのはにぞ定めなきよの風はしらるゝ〕

第二部　研究編

加藤弓枝

はじめに

本書の底本である静嘉堂文庫蔵『六帖詠藻』（写本、全五〇巻四七冊）は、江戸時代中後期に京都を中心に活躍した歌人小沢蘆庵（一七二三～一八〇一）による、未定稿の自筆家集である。

この自筆本は、約四〇年に及ぶ歳月の間に蘆庵ならびにその周辺人物によって詠出された膨大な歌が、おおよそ年代順に排列されており、さらに詞書が詳細であることから、歌日記的家集であるとも称されてきた。それゆえ、以前よりその全文紹介が待ち望まれていた。それにも関わらず、これまで公刊されなかった主な理由は、全五〇巻という大冊で約一七〇〇〇首の和歌が収められているという量的な問題にあった。

そこで、上記の問題を解決するため、蘆庵文庫研究会では共同研究によって、まず静嘉堂文庫本の転写本として知られる京都女子大学図書館蘆庵文庫本の全文翻刻を行った。その成果は、二〇一四年三月に研究成果報告書としてまとめられた[1]。しかし、蘆庵文庫本と自筆本とを比較すると、少なからぬ異同があり、さらに蘆庵文庫本には雑部の巻末三巻が欠けている。それゆえ、静嘉堂文庫に所蔵される自筆本『六帖詠藻』を用いて、完本として作成したものが本書である。

自筆本を公刊する意義は、もちろん近世和歌研究に寄与するということもあるが、和歌研究の側面にとどまるものではない。本家集が近世中後期の文壇をうかがう際に、有用な資料でもあるためである。自筆本には、上田秋成・伴蒿蹊・橘千蔭・本居宣長・村田春海・妙法院宮真仁法親王をはじめ、当代を代表する歌人や文人たちが登場する。それに加え、現在ではその存在は埋もれてしまっているものの、堂上と地下、文壇と画壇、雅文学と俗文学などの間で、越境的交流の橋渡し役を担った人々の実態をもうかがうことができる。つまり、本書は近世中後期上方文壇の解明にも資すると言えよう。

そこで、第二部の研究編では、自筆本『六帖詠藻』をいくつかの視点から研究した論文を収録した。具体的には、自筆本と板本の家集を比較検討することで、板本『六帖詠草』の編纂過程ならびに自筆本の出版文化史における意義について考察し（論文1）、つづいて、自筆本に登場する非蔵人職にあった蘆庵門人の和歌営為に注目し、彼らに対する蘆庵の和歌指導についてまとめた（論文2）。そして、自筆本ならびにそれと同系統の本文を有する写本『六帖詠藻』の諸本考察を通して、蘆庵門弟による『六帖詠藻』の書写行為の実態について追究した（論文3）。

蘆庵の家集に関しては、近年になって板本『六帖詠草』『六帖詠草拾遺』の注釈書が刊行されたもの[2]の、自筆本を活用した研究は、十分に進展しているとは言い難い。それゆえ、本書の刊行が、多角的な視点から自筆本を用いた研究の発展に稗益することを願ってやまない。

注

（1）飯倉洋一（研究代表者）『二〇一〇～二〇一三年度日本学術振興会科学研究費補助金　基盤研究（B）研究成果報告書　近世上方文壇における人的交流の研究』（二〇一四年三月）。なお、当時の蘆庵文庫は新日吉神宮内にあった。

（2）鈴木淳・加藤弓枝『和歌文学大系七〇　六帖詠草／六帖詠草拾遺』（明治書院、二〇一三年八月）。

【論文1】

自筆本『六帖詠藻』と板本『六帖詠草』

はじめに

本論は、小沢蘆庵自筆の家集『六帖詠藻』（静嘉堂文庫蔵、写本、四七冊）を検討することにより、蘆庵家集の出版文化史上での価値、ならびに江戸時代における家集出版の意義について報告するものである。まずは、静嘉堂文庫蔵本の書誌を次に掲げる。

整理番号　三〇三函三架（図書番号一九六四六）

表紙　（1）後補水色草花散らし文様表紙
（2）原装共紙表紙（一部後補）

外題　（1）［改装表紙］左肩四周双辺・後補書題簽「六帖詠草春一（〜雑十二十三　四十七止）」
（2）［原表紙］左肩直書「詠藻六帖」ノ上ニ書題簽「六帖詠藻春二」ヲ貼付スル（題簽外ノ下方ノ「本」ハ見せ消ち、両方トモ蘆庵自筆ト思シイ）
〈注記〉原表紙ノ書題簽ニハ「六帖詠藻」「六帖詠草」「六帖詠艸」ノ三種アリ（「草」ハ「春三・五・九、夏四、秋二・三・五・七・八、冬三・四、雑一・十三」、「艸」ハ「夏六、恋四」、上記以外ハ「藻」。タダシ「春四、冬二・五」ハ剝落、「秋十・冬五・恋四」ハ原表紙ナシ、「夏二」ノ外題ハ「冬二」ニ貼付サレ、「夏二」ハ「詠藻六帖夏弐」ト直書）

内題・尾題　ナシ

装訂　袋綴

書型　半紙本

寸法　二二・七×一六・四糎

巻数　全五〇巻（改装表紙ノ外題ニヨル）

冊数　四七冊

丁数　全一八三二丁（原表紙ハ丁数ニ含メズ）（第一冊　三二丁／第二冊　四五丁／第三冊　四八丁／第四冊　五〇丁／第五冊　三七丁／第六冊　三五丁／第七冊　四〇丁／第八冊　三五丁／第九冊　四〇丁／第十冊　三四丁／第一一冊　一八丁／第一二冊　三八丁／第一三冊　四七丁／第一四冊　三一丁／第一五冊　三三丁／第一六冊　三三丁／第一七冊　三〇丁／第一八冊　三九丁／第一九冊　五七丁／第二〇冊　四〇丁／第二一冊　五〇丁／第二二冊　三八丁／第二三冊　三七丁／第二四冊　三六丁／第二五冊　三五丁／第二六冊　五八丁／第二七冊　三五丁／第二八冊　四八丁／第二九冊　四四丁／第三〇冊　二八丁／第三一冊　三五丁／第三二冊　一九丁／第三三冊　一八丁／第三四冊　四四丁／第三五冊　二九丁／第三六冊　三〇丁／第三七冊　四八丁／第三八冊　五六丁／第三九冊　五八丁／第四〇冊　三五丁／第四一冊　三七丁／第四二冊　三六丁／第四三冊　四二丁／第四四冊　三二丁／第四五冊　三八丁／第四六冊　四一丁／第四七冊　六三丁）

写式　一面九〜一五行／丁付ナシ／一首一行書／歌題三〜五字下ゲ／合点（墨・朱）アリ／見せ消ちアリ（墨・朱）／所々ニ紙片墨書アリ（江戸期ノモノハ蘆庵自筆、近代ノモノハ丸山季夫筆ナランン）

料紙　楮紙
構成　春部一一巻一一冊、夏部六巻六冊、秋部一〇巻九冊、冬部六巻六冊、恋部四巻三冊、雑部一三巻一二冊（巻数ハ改装表紙ノ外題ニヨル）
〈注記〉改装表紙ニヨレバ、秋九ト秋一〇、恋三ト恋四ハ合冊。ナオ「秋十、冬五」原表紙ナシ、「恋三」原表紙ニ「恋四」ノ書題簽貼付、「恋四」原表紙ナシ
序・跋　ナシ
奥書　ナシ
書写年　〔江戸後期〕写（小沢蘆庵自筆）
歌数　全一六六五六首
蔵書印　朱文長方印「静嘉堂珍蔵」
備考　天地裁断（一部ニ折リ込ンデ、文字ヲ残シテイル箇所アリ）

前述の通り、自筆本『六帖詠藻』は、近世中後期の上方文壇の研究に資する家集であるが、出版文化史からみても注視すべきものである。この自筆本が編纂された寛政期頃から、京都では堂上と地下歌人との歌壇を牽引する力が逆転し始めるが(1)、ちょうどこの頃、歌書の刊行に関しても大きな転換期を迎える。それは家集の生前刊行である。歌人が生前に自身の家集を出版することは、現代においては批判の対象となる行為ではないが、その社会通念が生まれるのは、出版の時代と言われる江戸時代においても、文化文政期を待たなければならなかった。

歌人存命中に刊行された家集の嚆矢は、本居宣長の『鈴屋集』（九巻九冊、寛政一〇年～一二年刊）とされる。かつて鈴木淳氏が「本集以降、生前の家集出板が一般化したということで、近世和歌史上、まことに特筆すべき事件であった(2)」とその出版の意義を指摘された通り、門人のみならず同時代の歌人にとっても、『鈴屋集』が刊行された影響は少なからぬものがあった。

かくのごとく、歌人が生前に自らの家集公刊に関与すること自体が珍しい時代において、宣長と同時期に自身の家集を熱心に編集した歌人が小沢蘆庵であった。『鈴屋集』刊行以降、多くの歌人たちは自身ならびに一門の家集出版を志したが、蘆庵の『六帖詠草』もその一つに数えられる。本集は蘆庵が没した後に門人たちの手によって出版されたものではあるが、序文により蘆庵自身が生前に編纂に関わっていたことが明らかであり、その時期は『鈴屋集』刊行と重なる。

板本は写本よりも「知」を伝える力が大きく、より広範囲に短時間で伝播しうる。それゆえ、その伝播力を意識した編著者たちは、さまざまな意図的な改編を施したものと考えられる。そこで本論では、小沢蘆庵の板本『六帖詠草』ならびに『六帖詠草拾遺』と、自筆本『六帖詠藻』の本文を比較することで、小沢蘆庵とその門弟が家集を編纂する際に施した改訂内容とその意図を具体的に明らかにする。さらに、自筆本『六帖詠藻』の出版文化史における意義についても言及したい。

一、出版された家集

叙上のように、本論は板本『六帖詠草』の編纂意識を考察するとともに、自筆本『六帖詠藻』の文化史的意義についても報告するものである。その意図にも関わるため、まずは江戸時代における家集出版の状況について確認したい。

左記の一覧は、江戸時代に出版された主な家集の一覧である。注目すべきは、歌人の生前に編纂・出版された家集が、時代が下るほど多くなって

いくという現象である。家集の上に星印を付したものがそれにあたる（★印は生前に刊行されたもの、☆印は生前の刊行ではないが歌人本人が編纂に関与していたものを意味する）[3]。

①『挙白集』（木下長嘯子詠、慶安二年刊）
②『逍遊集』（松永貞徳詠、延宝五年刊）
③『草山和歌集』（深草元政詠、寛文一二年刊）
④『黄葉集』（烏丸光広詠、元禄一二年刊）
⑤『広沢輯藻』（望月長孝詠、享保一一年刊）
⑥『晩花集』（下河辺長流詠、文化一〇年刊）
⑦『漫吟集』（契沖詠、天明七年刊）
⑧『芳雲集』（武者小路実蔭詠、天明七年刊）
⑨『散りのこり』（油谷倭文子詠、寛政二年刊）
★⑩『梶の葉』（祇園梶子詠、宝永四年刊）
⑪『賀茂翁家集』（賀茂真淵詠、文化三年刊）
⑫『楫取魚彦家集』（楫取魚彦詠、文政四年刊）
⑬『筑波子家集』（土岐筑波子詠、文化一〇年刊）
☆⑭『六帖詠草』（小沢蘆庵詠、文化八年刊）
⑮『六帖詠草拾遺』（小沢蘆庵詠、嘉永二年刊）
★⑯『鈴屋集』（本居宣長詠、寛政一〇年・寛政一一年刊）
★⑰『うけらが花初編』（橘千蔭詠、享和二年刊）
★⑱『藤簍冊子』（上田秋成詠、文化二年・文化三年刊）
☆⑲『琴後集』（村田春海詠、文化一〇年刊）
⑳『亮々遺稿』（木下幸文詠、弘化四年頃刊）
★㉑『三草集』（松平定信詠、文政一一年頃刊）
★㉒『桂園一枝』（香川景樹詠、文政一三年刊）
☆㉓『桂園一枝拾遺』（香川景樹詠、嘉永三年刊）
★㉔『柿園詠草』（加納諸平詠、嘉永七年刊）
★㉕『浦のしほ貝』（熊谷直好詠、弘化二年刊）
★㉖『草径集』（大隈言道詠、文久三年刊）
☆㉗『志濃夫廼舎歌集』（橘曙覧詠、明治一一年刊）
★㉘『調鶴集』（井上文雄詠、慶応三年刊）
★㉙『海人の刈藻』（蓮月尼詠、明治四年刊）

近現代において、同時代に名の知れた歌人が、生前に家集を編集・出版することは一般的なことであるが、それが最初に行われたのは、鈴木淳氏が指摘されたごとく、本居宣長が寛政一〇年と同一一年に自費出版した『鈴屋集』であったと考えられる[4]。この寛政期を境に、以降は時代が下るに従って家集の生前刊行が地下の宗匠にとって常のこととなっていくのである。そして、この家集出版の転換期にあたる時代に、本居宣長の鈴屋蔵板とならび、意識的に出版という手段を活用した歌人に小沢蘆庵がいた。

左記は、小沢蘆庵が編著に関わった出版物の一覧である（※印を付したものは没後刊行を意味する）。これらの刊行には、門人に書肆の吉田四郎右衛門がいたことも影響を与えたであろうが、蘆庵による自らの歌論の伝播という意図があったものと考えられる。生前の出版物のほとんどに「観荷堂蔵板」と記されるように、蘆庵が板権を保持していたこともその傍証となろう。

①小沢蘆庵編『千首部類』（安永四年出雲寺文次郎刊、観荷堂蔵板）
②小沢蘆庵著『振分髪』（寛政八年吉田四郎右衛門刊、観荷堂蔵板）
③小沢蘆庵編『袖中和歌六帖』（寛政九年吉田四郎右衛門刊、観荷堂蔵板）
④契沖著『河社』（寛政九年須原屋伊八・高橋喜助・葛西市郎兵衛・吉田

四郎右衛門刊、羅風亭・梅径堂・松寿亭〈吉田四郎右衛門〉蔵板、寛政八年前波黙軒凡例、寛政九年小沢蘆庵序）

⑤小沢蘆庵著『布留の中道』（寛政一二年吉田四郎右衛門刊、観荷堂蔵板）

※⑥小沢蘆庵詠・小川布淑編『六帖詠草』（文化八年吉田四郎右衛門刊）

※⑦小沢蘆庵編『類題和歌六帖』（天保一一年須原屋伊八・河内屋喜兵衛・河内屋太助・山城屋佐兵衛・松屋善兵衛刊）→『袖中和歌六帖』の改題本。

※⑧小沢蘆庵詠・小川布淑編『六帖詠草拾遺』（嘉永二年須原屋茂平衛・河内屋喜兵衛・橘屋治兵衛・吉田四郎右衛門刊）

藤實久美子氏は、「商業ルートに乗って多くの場合に出版物として流布した書籍を開放系の『知』」とし、多様な理由によって「商業ルートに乗らずに多くの場合に写本として存在し続けた書籍を閉鎖系の『知』とする」という概念を提示されたが(5)、近世後期の地下宗匠歌人たちにとって、出版とは前者の、自身ならびに一門の「知」を開放的に伝播する意味があったものと思われる。とくに、同時代において横に展開していく板本は、写本よりも伝播する力が大きく、より広範囲に短時間で情報を伝えることができた。それゆえ、宗匠たちが自身の家集を刊行する際には、その伝播力を意識し、意図的な改訂を施していたものと考えられる。

そこで次に、小沢蘆庵の家集板本『六帖詠草』ならびに『六帖詠草拾遺』と、自筆本『六帖詠藻』を比較することで、蘆庵とその門弟が板本を編纂する際に施した改訂内容を明らかにし、近世後期の京都における家集出版の意義について考察したい。まずは、小沢蘆庵の家集における、自筆本と板本の相違点について確認する。

二、自筆本と板本の異同

板本『六帖詠草』は、丹波国柏原藩主で蘆庵門人でもあった織田信憑の求めに対し蘆庵が贈った自撰家集を、高弟の小川布淑と前波黙軒が校訂し、春・夏・秋・冬・雑上下・恋の七冊に仕立て、蘆庵門の書肆吉田四郎右衛門のもとから文化八年に出版した家集である。序跋には、蘆庵自筆本の稿本を選歌資料として用いたことを示唆する記述もある。また、その続編ともいうべき『六帖詠草拾遺』は、蘆庵門弟たちが校合した稿本から板本『六帖詠草』には採られなかった和歌を小川布淑が約三五〇首抽出したものを、嘉永二年に布淑の息子が二冊に収めて公刊したものである(6)。稿本から板本が編纂される際、さまざまな改訂が加えられることは一般的なことであるが、蘆庵の家集の場合は具体的にどのように手が加えられ、そこにはいかなる目論見が存在したのだろうか。

そこで、板本『六帖詠草』と自筆本『六帖詠藻』の本文について比較したところ、門弟たちが校合に長い時間を費やしただけに、その異同は夥しい箇所にのぼった。以下に、春部における異同の一部を取り上げて考察を試みる。

結論から述べると、春部における異同箇所から見えてくるものは、蘆庵による意図的な改編の痕跡である。もちろん、門人の小川布淑や前波黙軒が板本の校合に関わっていることから、門弟による改訂もあると考えられるが、主には蘆庵自身によるものであろう。その根拠は後ほど提示する。

たとえば、詞書の箇所には、次のような異同が存在する（各詞書の下部に、板本には出典部立と歌番号を、自筆本には出典巻数と歌番号を記した。また、傍線は私に付した）。

①板本「ある人の讃をもとめし梅のゑを、打ちおきしにみ出て」（春一二五二）

自筆本「直吉がもとめし梅の画を、うちおきて見いでゝ」（春九—三

②板本「長門介彦明が白詩選新刻なりぬとておくれり。ふせる枕上におきて、をり〳〵みなどす。そがうちの五言律を見て、花下歎白髪を」（春二二一）

自筆本「ある人、白詩選新刻なりぬとて〔おく〕れり。ふせ〔る〕枕がみにおきて、をり見などす。そがうちに五言律をみるに、花下歎白髪を」（春九—三三三四）

③板本「かつらより、あゆに山吹をかざしておくれるに」（春二六三）

自筆本「布淑より、あゆに山吹をかざしておくれるに」（春六—二四七八）

右の箇所は、人名を匿名に変更したり、逆に匿名を特定人物に書き直したりしている。ただ、こうした異同は意図的な改編というより、家集の体裁を整えるうえで必要な校訂であったと考えられる。

注意すべきは、次のごとき異同である。

④板本「遊糸」（春一二九）

自筆本「遊多野　未勘」（春四—一八四二）

⑤板本「夕落花」（春二三三）

自筆本「くれなばなげの」（春一—二二八）

⑥板本「山家霞」（春七二）

自筆本「朝鶯」（春三—一三一九）

④は、自筆本では「遊多野」なる所在未詳の歌枕が歌題となっているが、それを板本では「遊糸」という題詠歌に変更している。同様に⑤も、自筆本には「くれなばなげの」という古句が記されているものの、それを「夕落花」なる題詠歌に変えている。また、⑥のように、元々詠んだものとは異なる歌題が、板本に記されている例も見受けられる。

無論、これは蘆庵が歌題を軽視していたと考えるべきではなく、類題集を出版している蘆庵らしい、題詠歌へのこだわりが現れているものと見る必要がある。しかし、板本の編集に門人が関わっていたことは前述の通りであり、右のような改訂が門弟の手によるものであった可能性も当然考えられる。そこで次に、かくのごとき改編が、門人ではなく蘆庵自身の意図にもとづくと推定できる根拠について考察したい。

それは、自筆本『六帖詠藻』と、板本『六帖詠草拾遺』（以降『拾遺』と略す）の春部における異同箇所を比較したところ、『拾遺』には前述のような大幅な違いが自筆本と板本の間には見られないことにある。改編があったとしても、詞書であったものを題詠歌に変更しているものは見られず、左記の⑦や⑧のような歌会の開催場所や歌題の一部の言葉を削るといった異同に止まる。

⑦板本「滝音知春」（春八）

自筆本「滝音知春　磯谷亭」（春一〇—三五一六）

⑧板本「野遊」（春六二）

自筆本「野遊暮春」（春一一—三八三〇）

また、『六帖詠草』の異同には、その和歌の解釈にも関わるものが含まれていたのに対し、『拾遺』の異同はそういった傾向が見られないことから、『六帖詠草』の改訂は蘆庵自身が中心となって行っていた蓋然性が高く、一方で『拾遺』は、門人小川布淑がその校訂を主に担っていたと推察される。

なお、左の一覧は、板本『六帖詠草』と『拾遺』の春部に収められる和歌の、自筆本における出典を巻別にまとめたものである。

六帖詠草の出典

春一……八首
春二……三三首
春三……五三首
春四……四七首
春五……四〇首
春六……二四首
春七……三九首
春八……三〇首
春九……四八首
春一〇…一五首
春一一…七首
夏一……一首
夏二……一首
夏五……一首
雑四……一首
雑一〇…一首

六帖詠草拾遺の出典

春一……三首
春二……八首
春三……三首
春四……七首
春五……〇首
春六……四首
春七……一首
春八……五首
春九……〇首
春一〇…八首
春一一…二〇首

この一覧から、板本『六帖詠草』は、安永期頃の和歌が収められている春三の前後と、寛政期頃の詠草が記されている春九から、特に好んで校訂者が和歌を抽出しているものの、その他の巻からもそれほど偏りなく歌を抜き出していることがわかる。一方で、『拾遺』は、春一一という最晩年の和歌を中心に抜粋している。こういった違いからも、『六帖詠草』と『拾遺』の校訂者には、編纂に対する意識の違いがあることが看取される。

以上のように、詞書や歌題、ならびに出典における板本と自筆本の相違点を見てきたが、さらに蘆庵の歌論に関する言説にも、板本と自筆本の間には異同が存在する。

三、「ただごと」歌論をめぐって

自筆本を用いて蘆庵歌論の変遷について言及した先行論文によれば、「ただごと歌」の自筆本における初見は、明和元年であり、寛政一〇年に最終的な表現が提示されていると指摘される[7]。では、板本『六帖詠草』の「ただごと歌」の言説は、自筆本の記述がどのようにいかされているのであろうか。

次の用例は、板本『六帖詠草』に登場する「ただごと歌」の記述である（※傍線は私に付した）。

①板本・夏三八四～三五七「四月十七日ばかりにや、宮より花をたまひて御ことのはをさへたびけるかしこまりに神代には有りもやしけん、といひしふることはかかるにやとおもひあはすることも侍らざりしが、そもなべての春のおくれたるとしにこそありけめ、ことしは二月のなかばより咲初めたれば、春のおくれたるにはあらで、のどけき御代にあえけるにぞあらんと、いといとめづらしきあまり、かしこさもわすれておもへるままを、例のただごとにとひこたへなどして、ながき日の御わらひをすすめ奉らむとて」（自筆本・夏五―五三九二）

②板本・夏五一〇～五一一「いとあつき日そらのなべてくもれるに、南にわづかばかり雲間の見えたるに／わづかなる雲間をもりて天つ風吹きもやくると待つぞ久しき／雲間ややひろごりて風吹きおつるに／わづかなる雲まぞひつつあまつ風まちし袂に今吹きくなり／世人はなどやかくただごとなるとわらはんかし」（自筆本・夏三―五〇八五）

③板本・秋八〇一～八一〇「仲秋十日より三日ばかり、夜夜月明なり、

京の人はこのほどにとへとおもへどこず、ありありてくもれるよもやくらむかし、二日ばかり例のただごとに」（自筆本・秋六―八四八四）

④板本・冬一一八〇「しはす十五日ばかり、重愛がきて、歌よみぐるしとまうし侍りしかば、ただごとによめといふ、それなんよみいでがたきよしかたるに、よみておくらんとちぎりしが、十七日にや、思ひいでしまま、年の暮なればいまいくかばかりかとて」（自筆本・冬三―一〇八八一）

板本では、跋文の記述を除くと、右の①～④の四箇所が確認できる。一方、自筆本には、これ以外にも次の⑤～⑯の一二箇所に「ただごと歌」に関する記述が見られる。なにゆえ、右の①から④が板本に採られたのか。

⑤自筆本・春五―二二三二「春のことの花五十首ノ短冊をも、ことしは人々にわかちおくらんと思ひてみるに、こゝかしこ歌のもれたるもあれば、題を補ふまでによみわたす。れいのただ言とやいはれん。」

⑥自筆本・春八―三〇三六「此二首なども歌也。狂歌にあらず。我のみやこもたるといへば、〈われぞ浄土の主ならまし〉といふも歌なれば、その類と思ふべし。是を、たゞごとうたと云り。たゞし、此たゞ言のみ歌にて、余は歌にあらずと思へるは、又ひがごとなり。ことをそへかざりても、たゞごとにても、まめによく聞ゆれば歌なり。かたよりてこのめるは、うたにあらず。人のうへにも、上すべらぎより、下かたゐまで、みな人なるがごとし。一人のうへにも、おくるときあり、ぬる時あり、行ときあるがごとく、歌もいろ〳〵の体あり。元来言語のみちなれば、露ばかりも聞えぬ所あれば、歌にあらず」

⑦自筆本・春九―三三七四「いにしへの道のしをりと成ものはたゞ言歌にしかじとぞ思ふ」（和歌）

⑧自筆本・夏五―五五二七「是同心なり。初はたゞごと也。後は興の体也。今人の心、後を賞ずること必定也。元来、雅言にて心よくとほらざれば、余体をいふもとほりがたし。たゞ言にさへとほらぬ心を、いかで五体にいはれん。仍たゞ言を我はむねとす。何ぞ世人の譏誉を思はん。譏誉を心とするは歌にあらず。道にあらず。世人これより失道」

⑨自筆本・夏五―五五六二「六日、経亮より例のたゞ言申おこせたり」

⑩自筆本・秋五―八二八五「たゞごと、やいはん、松にまひして」

⑪自筆本・秋六―八六五三「三井三女、なめしきことかさなれる折しも、九月十日なれば、例のたゞ言に」

⑫自筆本・秋八―九二六〇「かうとり〳〵のかへしをみるに、あたふべきうたのなほたらねば、また上にたゞごとうたとよみたまへといふもじを、一もじづゝおきてよむ」

⑬自筆本・冬一―一〇〇六八「たゞごとうたとやいふべき、無下につたなく」

⑭自筆本・冬四―一一一二一「いといたう老にたれど、心はまだをさなくて、折句をもれいのたゞごともてかへし参らせていとなんくやしき。さて過んもなめしければ、つゞかぬは、つたなきにゆるしたびてんとて」

⑮自筆本・雑八―一五三〇〇「山里住のいと侘しくおぼえし夕、たゞ言に」

⑯自筆本・雑一〇―一五六二〇「夏鼎が文おこせたるに、事しげくえかへしせで、たゞ言書付つかはしたる」

たとえば、板本に採られなかった⑤には「れいのただ言」とあるが、この表現は、自筆本では①・③・⑤・⑨・⑭に登場する。恐らく、この内二箇所を採ったため、同類表現は板本には載らなかったものと考えられる。

一方で、⑥や⑧などの記述は、蘆庵の歌論をうかがううえで、興味深いものであるが、板本には採られていない。これには歌論書の出版が関わっているものと考えられる。蘆庵は家集の編纂に取りかかった頃に、『振分髪』（寛政八年刊）と『布留の中道』（寛政一二年刊）なる二つの歌論書を、書肆吉田四郎右衛門の元から出版している。それゆえ、家集からは歌論に相当する文章は削除した可能性が考えられる。

しかし、自筆本には約一七〇〇〇首の和歌が収められており、その詞書も夥しい量にのぼる。それほど膨大な記述のなかで、「ただごと」という言説が一六箇所しか登場しないことに、違和感を覚える。

かつて福井久蔵氏は、蘆庵を次のように和歌史に位置付けた（※傍線は私に付した）[8]。

> 古学の精神は喜んだが真淵の一流が徒に擬古を作するのは大に反対であつた。或問の中にも「言語はその時世の移るに従ふ」と云つてゐる如く、死語を旨とする歌人には全く反対であつた。解しにくい古語を列ねて得々としてゐるのは塵塚の中に捨てゝある扇の破れや笏の破片などを拾ひあげて喜んでゐるのと好一対であると排斥してゐる。今日に生命のある語を使ふべしといふ進歩的の意見を有してゐる。歌には歌語を用ゐるといふ昔の教と異つて平常使ふたゞごとを用ゐて宜しいとする。即ち歌道に於けるたゞごと派を唱へたのである。

右のように先学によって近世和歌史に位置付けられて以降、蘆庵といえば、「ただごと歌」を主張し、「ただごと派」を樹立した、と評されている。しかし、自筆本と板本との異同を確認していくなかで、小沢蘆庵と「ただごと派」といった用語を結びつけることは、少なくとも生前の蘆庵の意識からすると、必ずしも正しいとは言えない可能性が出てきた[9]。「ただごと歌」を唱えたことは、同時代の歌人である伴蒿蹊が「こは近頃小沢翁のたゞことうたといふことを唱へられしに」（『読雅俗弁』）と述べていることからも間違いなかろうが、蘆庵がそれをことさらに強調していたわけではない[10]。事実、『布留の中道』以上に流布した『振分髪』のなかには、「ただごと」という言葉自体が出てこない。さらに、自筆本に収められる蘆庵の和歌は、古歌を本歌として詠まれたものが多く、古句や名所を題材に和歌をたびたび詠出してもいる。まして、「ただごと派」と称したとする事実は、蘆庵による添削をはじめ、門人指導に関する資料のなかには、管見の限り確認できない。

先学らの位置付けには、おそらく蘆庵没後まもなく生じた「筆のさが」論争が関係しているのではなかろうか。この論争は近世歌論史上、看過できない大きな出来事であったが、このとき小川布淑をはじめとする蘆庵の門弟たちは、「ただごと歌」をもって、春海・千蔭に反論を加えたのである。そもそも「ただごと歌」なる用語は、蘆庵が強調して用いたものではなかったが、この論争をきっかけに歌壇において、蘆庵と密接に結びついた言葉として位置付けられるようになったと想像される。

四、連作の排列

ところで、ほかにも板本の編纂意識として、贈答歌の多さと連作の配置変更が挙げられるが、ここでは後者について述べる[11]。連作の多さは蘆庵歌の特徴の一つであるが、たとえば、次のような蘆庵を代表する連作にも、板本の編纂意識が垣間見られる。

うづまさにてひとりながめて

☆うしとてもいかがはすべき心もて入りにし山のあきのゆふぐれ

☆うづまさの深き林をひびきくる風のとすごきあきのゆふぐれ

☆山風はややをさまりて立つ霧に林も見えぬあきのゆふぐれ
☆人とはぬ庭のを花のほに出でてたれをかまねく秋の夕ぐれ
★草のはらきえてふりなん露をさへかけてぞおもふ秋の夕ぐれ
（板本『六帖詠草』秋七七一〜七七五）

この連作は、従来同じ時に詠まれたものであると考えられてきたが、自筆本によれば、実際には、別々の時期に詠まれた和歌を、ひとつの詞書にまとめていることがわかる。具体的には、右の連作五首の内、★印をつけた歌は、他の四首とは別の折に詠まれている。自筆本には「うづまさにて、ひとりながめて」の詞書で詠まれた和歌は、次のように七首記されている。

うづまさにて、ひとり詠めて
☆うしとてもいかゞはすべき心もて入にし山のあきの夕ぐれ
☆うづまさの深きはやしをひゞきくる風のとすごき秋の夕暮
☆山風はやゝをさまりてたつきりに林もみえぬ秋の夕暮
☆人とはぬ庭のをばなのほにいでゝたれをかまねく秋の夕暮
かげよはき林の入日入はてゝうす霧わたる秋の夕暮
ひゞきくる林のあらし吹おちてむら萩なびく秋のゆふ暮
遠近の入相の声はつきはてゝ月ぞほのめく秋の夕暮
（自筆本『六帖詠藻』秋五―八一八八〜八一九四）

この内、☆印を付した最初の四首を板本には採用し、残りは削除したのである。これは、削除した三首には前の四首と類似する表現が含まれているためであろう。そのうえで、これより先に詠んでいた、次の和歌を添付したのである。

秋の夕に
★草のはら消てふりなん露をさへかけてぞ思ふ秋の夕暮
（自筆本『六帖詠藻』秋五―八〇六二）

連作の最後に右の和歌を配置することで、前歌の「尾花の穂」に露がついているとみなし、その露のようにはかない自分の命とつづけることによって、太秦での悲しみを痛切な老いの嘆きにまで発展させているのである。蘆庵の連作には、このような意図的な排列の改編がたびたびほどこされている。しかも、その連作は物語的に前後が繋がっているというより、連句のような排列に近く、前歌の一部を受けて、新しい様相を詠んでいる場合が多いのである。

五、出版文化史における『六帖詠藻』の意義

最後に、京都歌壇における蘆庵家集の出版意義について述べたい。まずは、自筆本『六帖詠藻』が契沖仮名遣いに依拠しており、さらに出版された『六帖詠草』がそれを明言している点が挙げられる。小川布淑による板本の跋文には、「かんなは翁の用ゐられしにまかせてひとへに和字正濫鈔による」とある。このように契沖仮名遣いを宣言することは、蘆庵社中、ならびに同時代人、とくに京都を中心に活躍する歌人にとって、重要なことであったと推察される。

蘆庵は安永四年に出版した『千首部類』という類題和歌集において、契沖仮名遣いに依拠することを初めて明記した。これは、堂上派の勢力が強く、なかなか契沖仮名遣いが定着しなかった京都においては画期的なことであった。その後、京都では蘆庵門の書肆吉田四郎右衛門によって、数多くの契沖学に関する書物が刊行されるが、これらの書物の出版は、『千首部類』から約二〇年を経て、ようやく京都においても、契沖仮名遣いやその学問が浸透していったことを裏付ける。契沖学は蘆庵ならびにその社中において重視され、さらには堂上歌人の一部にも浸透しつつあった(12)。

このように、近世後期になると堂上世界にまで古学が流入し、影響を及ぼし始めるのである。その時代において、蘆庵やその門弟たちが家集で契沖仮名遣いの使用を明記することは、自らの立場を明確に歌壇に知らしめるためにも必要なことであったと考えられる。

また、もう一つの意義は、板本『六帖詠草』は、蘆庵自身が生前に編集に携わっている点である。冒頭でも述べた通り、歌人が存命中に刊行された家集の嚆矢は本居宣長の『鈴屋集』であったが、近世後期に至ってもなお、生前に歌人が自身の家集の刊行に関与することは問題視されたことが、村田春海による『家集弁』の次の記述からもわかる[13]。

橘千蔭年頃の歌ども数おほくつもりたるを、こたびみづからえらみ、みづから序作りて、うけらが花と名づけて、ことさらに板にゑりて世に伝へぬ。このごろ吉井清来りてかたらく、わが師の家集世に広まりけるを、ある歌人の見て難じていへらく、むかしより家集といひて伝はりたるは、その人あらずなりたる後に書あつめたるにこそあれ。吾歌をわが世のうちにえらみあつめん事あるべからず。又みづからの集にみづから序つくりて載せん事こそ、いにしへにためしもおぼえね。又わが歌をみづから板にゑりて世に広むといふことは聞もおよばぬ事なり。こはあながちなる名をもとめんとてのわざにや、いといと心得がたしといへり。いでこのそしりのがるまじきことわりにて、世にもかたり伝へもていでてあざけりいはん人の、おほくいで来なましかば、わが師のいみじきおもてぶせにや侍らん、君はいかにおもひ給ふぞといふ。

ここには、橘千蔭が存命中にも関わらず家集を刊行したことが、「吾歌をわが世のうちにえらみあつめん事あるべからず」と、世間から批判された旨が記されたのち、春海による千蔭を擁護する文が記されている。

また、京都居住の文人のなかで、蔵板という自費出版方式によらず生前に家集を刊行した最初の人物は、上田秋成であったと考えられる。その家集『藤簍冊子』に記された昇道の付言には、「翁をしれる人々と心あはせて、是を桜木にさかすべくとてなん、御寺にまゐりて、はかりごとすを、翁聞きつけて、うたて、をこわざするかな、世にはひわたんほどは、必しも有るまじきしわざなりとせいせらる」とあり、秋成の意に反して門人達が刊行したとあるが、実際には秋成の積極的な関与があったと推測されている[14]。昇道が、秋成の意に反してと記した理由は、もちろん序文特有の措辞という側面もあろうが、前掲した『家集弁』からもうかがえるような、当時における、生前に家集を刊行することへの批判をも想定したためではなかろうか。

しかし、『鈴屋集』刊行以降、とくに文化期に入ると、生前の家集出版への風向きが変わっていく。続々と地下宗匠たちは自身の家集を存命中に公刊し始めるのである。おそらくそれには、享和元年には妙法院宮真仁法親王への献上まで果たした『鈴屋集』の、出版による社会的成功が影響していると考えられよう。

『鈴屋集』の出版は、歌人宣長の集大成という側面があると同時に、物故者も含めればすでに四〇〇名を超えていた鈴屋社中へ、作歌や作文の規範を提示する意味もあったと言われる。また、宣長が『鈴屋集』の刊行にあたり、自費出版という方式を採ったことについて鈴木淳氏は「出板書肆の営利主義がもたらす諸制約に縛られない、作者本位の出板を志したにほかならない」と指摘されたが[15]、歌人による生前の家集出版に、書肆の協力を得られる体制が『鈴屋集』以前には確立していなかったためでもあろう。

つまり、生前の家集刊行には、『家集弁』からうかがえるような、先例という壁が存在したが、もう一つに資金面の問題があったものと想像される。家集はその性格上、冊数が多くなることから、歌論書等とは比較にならぬほど刊行に際しては費用が嵩む。それほどの初期投資をしても利益が得にくいのであれば、当時の書肆たちが家集刊行に二の足を踏む姿が想像される。しかし、『鈴屋集』が自費出版という形式で上梓され、商業的にも失敗しなかったことで、書肆のなかに家集刊行へ協力するものが現れてきたものと考えられる。

　このように、『鈴屋集』刊行以後、それに橘千蔭の『うけらが花』や、上田秋成の『藤簍冊子』がつづくことで、生前に家集を刊行することへの抵抗が歌壇において徐々に薄まっていき、文化文政期以降は生前の家集刊行が一般化するのである。

おわりに

　小沢蘆庵が没したのは享和元年（一八〇一）のことであった。蘆庵が自身で家集を纏め始めたのは晩年のことであり、それは宣長による『鈴屋集』の編纂時期と重なる。宣長の家集刊行を耳にし、蘆庵もことのほか刺激を受けたことであろう。

　蘆庵と宣長には、出版における共通点が存在する。それは、先述したような出版にかかる費用をすべて負担するものの、かわりに板権を所有する「蔵板」という自費出版方式をとっていたことである。蘆庵が生前刊行した書籍の多くには、「観荷堂蔵板」と記されている。一方、宣長の出版物の約半数には「須受能耶蔵板」（あるいは「須受能屋蔵板」）とある。つまり、蘆庵も宣長同様、蔵板形式で出版することを見越して、生前に家集を編纂していたことが想像される。しかし、享和元年に没したことで、存命中の出版は叶わず、死後、門人の手によって刊行されたのであった。

『六帖詠草』が出版された文化八年（一八一一）は、蘆庵が没して一〇年後のことであり、桂園派を称した香川景樹が、賀茂真淵の説を反駁した『新学異見』を脱稿した年でもあった。蘆庵の門人たちが、そのような京都歌壇において、『六帖詠草』を刊行した背景には、あらためて蘆庵社中の影響力を示したいという、門人たちの願いも込められていたものと考えられる。

　かつて藤平春男氏は、江戸時代後期の家集出版に関して、「和歌の場合は京・江戸を中心とする歌壇的交流はあってもその規模は小さく、家集の版行は歌人の数の大きさに比べてはなはだ乏しかったのである。ただ、全国各地から詠草を募集しての類題和歌集の刊行が隆盛であったし、各歌人の作品はその類題集に収められたものを通じて他に知られて行った」とし、近世後期において、各歌人の作品は私家集ではなく、類題集を通じて他に知られていったと指摘された[16]。

　確かに、類題集が果たした役割も少なからぬものがあったが、板本『鈴屋集』の社会的成功を契機に、出版が有する力に注視した宗匠たちは、家集を刊行することで、自ら、あるいは一門の「知」を、積極的に広め始めるのである。その意味でも、『鈴屋集』と同時代に、歌人自らの手で編纂されていた板本『六帖詠草』、ならびにその編集意図をうかがうことができる自筆本『六帖詠藻』は、見過ごすことのできない家集として和歌史のみならず出版文化史に位置付けられるのである。

注

（1）当時の歌壇の状況を記した同時代の資料に、堀田知之『宗匠家談話』（名古屋市蓬左文庫〈堀田文庫〉所蔵、写本一冊）がある（拙稿「近世後期の上方における和歌の宗匠たち――名古屋市蓬左文庫所蔵『宗匠家談話』解題と翻刻――」『上方文藝研究』第一一号、二〇一四年六月)。また、堂上と地下の勢力逆転現象については、盛田帝子氏による論考が備わる(『近世雅文壇の研究――光格天皇と賀茂季鷹を中心に――』汲古書院、二〇一三年)。

(2) 鈴木淳「鈴屋集の開板」(『國學院大學日本文化研究所紀要』五七、一九八六年三月)。

(3) 江戸時代には、他にも数多くの家集が出版されたが、ここでは『新編国歌大観』第九巻(角川書店)に所収されるものを基準に選出した。

(4) 『梶の葉』にも黒星印が付されているが、祇園梶子は『近世畸人伝』にも紹介された京都の茶店の女主人であり、宗匠歌人には当たらない。また、その装訂も半丁ごとに宮崎友禅の挿絵と和歌一首が記されるといった、家集というより眺めて楽しむ絵入り本として出版されたものと考えられる。また、ほかにも木下長嘯子の『挙白集』(慶安二年刊)や龍公美の『草廬和歌集』(安永七年刊)、宮部義正の『三藻類聚』(天明二年刊)および『相生の言葉』(天明五年)などがあるが、前掲論文で鈴木淳氏が指摘されるように、「(宣長自身は『挙白集』を)長嘯子の没後、弟子が編集したものとみて」おり、「(その他については)いずれも家集としての組織と内容を充分に備えたものとは言えない」ものであった。よって、歌人の生前に出版された家集の嚆矢は、やはり『鈴屋集』と考えてよかろう。

(5) 藤實久美子「近世書籍文化研究の沿革と本書の構成」(『近世書籍文化論――史料論的アプローチ――』吉川弘文館、二〇〇六年、初出二〇〇〇年)一三頁。

(6) 板本『六帖詠草』ならびに『六帖詠草拾遺』に関する主な先行研究としては、清水勝「小沢蘆庵家集『六帖詠草』について――刊本と、刊本草稿本(推定)より」(『志学館大学文学部研究紀要』二四―一、二〇〇二年七月)、同「小沢蘆庵家集刊本『六帖詠草』続考――雑部について」(『志学館大学文学部研究紀要』二四―二、二〇〇三年一月)、同「小沢蘆庵と織田信憑――小沢蘆庵の「たゞこと歌」と家集『六帖詠草』」(『志学館大学人間関係学部研究紀要』二七―一、二〇〇六年一月)、鈴木淳・加藤弓枝『和歌文学大系七〇 六帖詠草/六帖詠草拾遺』(明治書院、二〇一三年)がある。

(7) 藤田真一「小沢蘆庵・新風への道」(『近世の和歌』和歌文学講座八、勉誠社、一九九四年一月)、伊藤達氏「小澤蘆庵の『ただこと歌』――その年代的変遷を軸に――」(『駒沢国文』四三、二〇〇六年二月)。

(8) 福井久蔵『近世和歌史』(成美堂書店、一九三〇年)参照。

(9) 秋本守英氏も「『ただごと歌』についての疑問」(『和歌文学大系月報』三八、二〇一三年七月)のなかで、「蘆庵といえば『ただごと歌』というような結びつけを、何の条件もなしにしていいのかということも、疑問の一つになってくる。」と指摘する。

(10) 田中仁「伴蒿蹊自筆『読雅俗弁』」(『香川景樹研究――新出資料とその考察』和泉書院、一九九七年)。

(11) 鈴木淳氏は「六帖詠草解説」(『和歌文学大系七〇 六帖詠草/六帖詠草拾遺』前掲書)のなかで、「『六帖詠草』の特色として挙げられるもののうち、もっとも大きなことは、布淑の跋に「これにしもたゞことによめる、あるいは贈答の歌の多かるは、翁人に教へらるゝのかけはしなければなりけり」という通り、贈答歌が多いことであろう。(中略)そもそも贈答というのは、歌を通じて気持ちを通じ合うという、歌が本来持っている機能の実践という一面もある。蘆庵は、布淑がいう通り、普段から意識的に贈答の機会を多く設け、門人指導に当たっていたのかも知れない。」と指摘する。

(12) 詳細は、拙稿「六位の書肆吉田四郎右衛門――出版活動の実態と古学の伝播に果たした役割――」(『近世文藝』一〇二号、二〇一五年七月)を参照されたい。

(13) 「織錦舎随筆」(『日本随筆大成第一期五』吉川弘文館、一九七五年)参照。

(14) 鈴木よね子「『藤簍冊子』の成立と編集」(『近世文藝』六九号、一九九九年一月)参照。

(15) 注2論文参照。

(16) 藤平春男「江戸時代後期の私家集」(『国文学』九月号、第一〇巻第一一号、学燈社、一九六五年一〇月）参照。

〔付記〕　本論は、既発表の拙稿「六帖詠草の出版――その編纂意識と鈴屋集の影響――」（『鈴屋学会報』三三号、二〇一六年一二月）を加筆修正したものである。

【論文2】

小沢蘆庵の門人指導

――『六帖詠藻』に現れる非蔵人たち――

はじめに

小沢蘆庵の世評が、同時代において高まった理由の一つに、彼が時の光格天皇の兄君である妙法院宮真仁法親王（一七六八～一八〇五）の歌の師であったことがあげられる。自筆本『六帖詠藻』にも、たびたび宮は登場する。

宮が文雅を好み、数多の漢学者・歌人・国学者などを召して交遊し、なかでも蘆庵と親密な関係であったことは、既に知られるところである(1)。飯倉洋一氏は、この真仁法親王と地下の文人たちとの交遊に代表されるように、当時堂上・地下間の交流が盛んになった要因として、両者を往来する位置にあった非蔵人たちが果たした役割が大きく、彼らを含め門跡関係者・堂上家への出仕者・神社祠官等の動向をみることが、近世後期の文壇史の構想において重要であるとされた(2)。

蘆庵にはそういった身分的境界領域にあった門人が少なからずいたことが、自筆本『六帖詠藻』からうかがえる。では、彼らはどのような活動をし、いかなる影響を歌壇や文壇に与えたのだろうか。そこで本論では、まず自筆本『六帖詠藻』に現れる非蔵人や門跡関係者に注目し、彼らが蘆庵と真仁法親王の関係に与えた影響を考察する。つづいて、非蔵人たち独自の和歌営為を取り上げ、当時の堂上・地下間の交流に非蔵人たちが果たした役割について考えたい。

一、蘆庵と真仁法親王の周辺

さて、蘆庵と真仁法親王が親しい交流を持っていたことは前述の通りであるが、当時堂上家の人々の中にはそれを快く思わない一派も当然存在したことが、自筆本『六帖詠藻』の次の記述からもうかがえる。

やつがれ、このはるより座主宮のおほせによりて、たび〳〵歌をたてまつる。はじめはほめなどせし人の、いまはとかうあしざまにいひなすときゝて、奉れる歌をかへし給はるべきよし、あるひとのもとへいひつかはす。秋の末なり　（秋五―八三一〇）

ここには、真仁法親王の周辺で自分の歌を非難する人々がいるとの風聞に接した蘆庵が、これまで宮に献上した歌すべての返却を求めたことが記されている。

かくのごとき厳しい目がある中で、いかにして真仁法親王は蘆庵の門人となり得たのか。それには両者の仲介役であった、円山応挙・藤島宗順・知足庵道覚らが深く関わっていたとされる。しかし、彼ら以外にもその役割を果たした者がいた。具体的には、自筆本『六帖詠藻』等からは、蘆庵・真仁法親王の両者と交遊のあった人物として、左記の二六名が確認できる。

知足庵道覚・藤島宗順・円山応挙・橋本経亮・細川常芳・小島相尹・澄月・伴蒿蹊・賀茂季鷹・小川大蔵卿・真応・松井永昌・銀・千保・今小路行章・常楽坊志岸・菅谷寛常・東東洋・皆川淇園・岡本保考・月渓・釈慈周・土岐元信・細川常顕・山本卜泉・山本如哲

なかでも注目すべきは、次に掲げる四名である。

土岐元信（享保一八年生、寛政五年三月一二日没。六一歳。号、自休・霞亭。妙法院宮医官。）
細川常顕（宝暦三年生、天保二年四月一八日没。七九歳。非蔵人、後に蔵人となる。）
山本卜泉（生没年不詳。法眼。）
山本如哲（生没年不詳。※或いは卜泉と同一人物か。）

このうち常顕は、明和六年（一七六九）に妙法院を相続した真仁法親王が入宮する際の行列に加わっており、他三名は、天明七年（一七八七）の『真仁親王御直日記』[3]にその名が記載されていることから、彼らは真仁法親王が蘆庵へ入門する以前より、両者と親交があった可能性が高い。

彼らのうち、元信・常顕・卜泉は、安永八年（一七七九）に蘆庵亭で開催された歌会などの詠草をまとめた『秋月五十首』（写本一冊、京都女子大学図書館蘆庵文庫蔵、以下「蘆庵文庫蔵」と記す）にその名が確認でき、少なくとも安永期には蘆庵と交流があったことがわかる。また、同様の蘆庵主催の歌会資料や自筆本『六帖詠藻』に、たびたび彼らの名が登場することからも親しい間柄であったことが推察される[4]。

また、如哲は、蘆庵周辺で頻繁に見られる名ではなく、卜泉と同一人物である可能性も考えられるが、自筆本『六帖詠藻』雑三（天明期頃の記事）に次のような詞書があることから、親密な仲であったことがうかがえる。

山本如哲八十賀に遣
人はいのちながくて、氏ぞくのおほかるをみるにまされる悦びあるべからず。山本大人のことし八十にみちたまへるに、こ、むまご、いやつぎにさかえて、いとにぎは丶しく賀せらる丶とき丶て、やつがりもしたしきなからひなれば、悦にたへず、一首の卑詞にゆく末の遐算をいのりて　　蘆庵（雑三―一三六九七）

以上のことから、宮の蘆庵への入門には、これまで応挙・宗順・道覚らが深く関わっていたとされてきたが、彼ら以外にも、その周囲には蘆庵の門人・知人が存在していたことが確認できた。とすれば、彼らからも宮は蘆庵の評判を耳にするなどして、徐々に入門への決意を固くしていったと考えられる。

ただ、実際に両者の間を取り持ったのは、応挙・道覚・宗順であった。なかでも宗順は、真仁法親王の蘆庵入門に際しても窓口になっており、その存在はとりわけ重視される。

宗順は非蔵人職にあったが、彼以外にも蘆庵の周辺には同職の人々が数多存在した。そこで、次に彼らの動向を考察し、その役割や特色について考えてみたい。

二、非蔵人たちの動向

非蔵人は、畿内諸神社の子弟の中から選任され、昇殿を許されて殿上の雑務に従事した者をいう。戦国時代に一度任ぜられなくなるが、慶長一一年（一六〇六）に後陽成天皇の発意により再興された。その研究は羽倉敬尚著『非蔵人文書』（私家版、一九三五年一月）[5]に詳しく、その身分は無位ではあるが、六位に准じて扱われ、言うなれば堂上・地下何れにも属さない境界的領域に当たる職であったという。

さて、宗順を含め、蘆庵の周辺にいた非蔵人職の人々は、自筆本『六帖詠藻』や後掲する蘆庵文庫の資料から次の一六名が確認できる。

羽倉信里・羽倉信美・羽倉信愛（能信）・羽倉信充・藤島宗韶・藤島宗順・藤島助功・羽倉信郷・羽倉信邦・羽倉信寿・羽倉信言・富田延秋・橋本経亮・松尾相美・細川常顕・細川常芳

なかでも蘆庵と親しかった者は、藤島宗順・羽倉信美・橋本経亮であった。このうち経亮は蘆庵門弟の中で最も多く自筆本『六帖詠藻』に登場し、信美は、彼の父と子合わせて三代が蘆庵門であった。自筆本『六帖詠藻』の寛政四年頃の詞書に、「子四月廿六日、信美催初会折にて掲十二題巻頭」（春六―二四一三）とあるため、信美が歌会を催していたこともわかる。また、『藤島宗順亭歌会』（天明四年写一冊、蘆庵文庫蔵）等より、宗順も詩歌の会を行っていた様子がうかがえる。このように彼らは個々に歌会を主催し、その和歌活動が盛んであったことが看取される。さらに、注目すべきは非蔵人という集団においても、歌会が催されていたことである。

『雑々歌留』（写本一冊、蘆庵文庫蔵）に収められる「三十首組題」には、三〇首の歌が次に掲げた二六名によって詠まれており、そのうち少なくとも一九名が非蔵人であることが確認できる。なお、〇印は非蔵人を、◎印は非蔵人であり、かつ蘆庵の門人・知人の者を、数字は天明七年時の年齢を意味する。(6)

為勝（不詳）
〇松尾相長　四七歳
〇毛利公始　一八歳
◎羽倉信寿　三四歳
◎羽倉信邦　年齢不明
〇羽倉信賢　三七歳
〇松本為廉　四二歳
〇松本高督　二九歳
〇大西親寧　一八歳
〇大西親実　二九歳
〇安田親教　七一歳
〇安田親元　年齢不明
◎羽倉信言　二〇歳
〇毛利公府　三二歳
◎羽倉信美　三二歳
〇祓川親益　三八歳
信栄（不詳）
〇安田親久　二二歳
勝子（不詳）
公林（不詳）
〇松本為弼　一八歳
〇松本為房　三五歳
〇松本為熙　三九歳
勝丸（不詳）
親臣（不詳）
忠行（不詳）

この組題の詠出時期は不明ながら、次に掲げる天明七年（一七八七）の『非蔵人番所日記』（写本三三冊、宮内庁書陵部蔵）に同一の人物が多数見られることから、おそらく天明期頃であると推察される。※印は、『雑々歌留』に見られる人物に付した。

（天明七年一月一三日の項）

一、非蔵人辰上刻無遅々物詰参勤拝天顔之輩左之通。

永叙　※親元　久福　重矩　善民　明重　広章
重古　親業　盛條　重義　助功　※為熙　吉親
重辰　※相長　※信美　相等　※信賢　※為房　宗順
重威　重伸　広成　光勝　公府　元真　光保
※高督　重澄　※親久　善満　相令　祐盛　元広

※信寿　俊矩　勝連　久致　重泰　延秋　宗跡
※公始　春武　正納　武直　※親寧　重村　※為弼
為絢　重政　能信

この歌会には、天明七年時に七一歳である者より、一八歳である者まで、幅広い年齢層の非蔵人たちが出席していたことがわかる。主催者及び場所は不明ながら、特別な会であるとも思われず、このような非蔵人が中心となる会が、当時度々開催されていたと考えられよう。(7)

それを裏付ける資料として、まず一つ目に『〈兼題／当座〉和歌留』（写本一冊、蘆庵文庫蔵）がある。この資料から、ある歌会が安永三年（一七七四）一月二八日より同七年一〇月七日まで、ほぼ毎月一回の頻度で計三九回にわたり開催されていることがわかる。なお、その参加者は次の二二名である（年齢は安永三年時）。

北小路俊幹　二一歳
北小路俊名　三五歳
◎羽倉　信寿　二一歳
◎羽倉　信美　二五歳
羽倉　信之　四〇歳
松尾　相尹　二一歳
◎松尾　相美　三四歳
松尾　相修　五二歳
広庭　祐周　三八歳
◎細川　常顕　二二歳
◎細川　常芳　四六歳
◎藤島　宗順　一九歳
◎藤島　助功　二五歳
◎藤島　宗韶　四六歳
◎富田　延成　二一歳
小森　頼只　三〇歳
◎橋本　経亮　二一歳
松本　為房　二二歳
※常庵（不詳）
※玄門（不詳）
※光泰（不詳）
※祐胤（不詳）

右のうち※を付した不詳人物四名を除き、残る一八名全員が非蔵人であることから、彼らを中心とした歌会であったと推定される。ちなみにこの歌会に参加していた人物のうち、◎印を付した一〇名が蘆庵の門人または周辺人物であった。

また、主要な出席者は、北小路俊幹・羽倉信美・松尾相尹・広庭祐周・細川常顕・藤島宗順・富田延成・小森頼只・藤島助功・松尾相美・橋本経亮・羽倉信寿の一二名であった。前掲の「三十首組題」の会と相違する点は参加者の年齢にある。主要出席者は、ほぼ二〇代前半であり、比較的若い非蔵人たちによる歌会であった。ではなぜ彼らはこのような歌会を催していたのだろうか。

そこで、安永七年（一七七八）八月六日の歌会に注目してみたい。この時、藤島宗順が兼題「月前擣衣」「月前恋」に詠進した歌は次の通りであった。

さやかなる月にうかれて夜もすがら賤や衣を打あかすらん
雲きりはへだてぬ夜半もみぬ人をかこつ涙にくもる月かげ

これと同歌が『藤島宗順詠草』（写本一冊、蘆庵文庫蔵）に次のように見られる。なお、傍線を付した部分には蘆庵による添削が加えられ、各歌に批言が付されている。蘆庵による添削・批言は【　】内に示した。

来六日稽古会兼題　月前擣衣

（中略）

〽さやかなる月にむかひ（【うかれ】）て夜もすがら
賤や衣を打あかすらん　【是可然候歟】

同　月前恋

（中略）

〽雲きりはへだてぬ夜半もうき（【みぬ】）人を
かこつ涙にくもる月かげ　【尤可然候】

歌題の前に、「来六日稽古会兼題」と記されていることに注目したい。ここからこの歌会は、稽古を目的としていたことがわかる。ゆえに親しい同僚の中でも、若い世代が中心に集まったと考えられる[8]。また、このような歌会は、宗順の周辺に限られる特別なものではなかった。

『月次兼題和歌当座』（写本一冊、蘆庵文庫蔵）によると、宝暦元年（一七五一）より同五年まで、ほぼ毎月非蔵人一〇名前後により歌会が催されていた。出席者は、安田親教（三九歳）・橋本毘経（三五歳）・松室重周（三五歳）・中川元福（三五歳）・藤野井英成（三三歳）・佐々盛房（三四歳）・藤島宗韶（二九歳）・細川常芳（二八歳）・松尾相美（一五歳）等、総計一二名になる（丸括弧内の数字は宝暦五年時の年齢）。前述の歌会とは顔触れを異にするが、共通する点がある。それは会の中心的な人々がほぼ同世代の非蔵人であったことである。

また、『安永年間非蔵人歌会』（写本一冊、蘆庵文庫蔵）も歌会の詠草留であるが、次の一覧から前述の若い世代による非蔵人歌会と開催時期が重なることがわかる（括弧内の数字は安永六年時の年齢）。

〔年月日〕	〔主催者〕	〔出席者〕
①安永六年一一月	松尾相修（五五歳）	北小路俊名（三八歳） 松尾相美（三七歳） 藤島宗韶（四六歳） 橋本尭直（三六歳） 藤島助功（二八歳） 富田延成（二四歳） 細川常顕（二五歳）
②安永七年　二月	松尾相美	①に同じ
③　同年　三月	細川常顕	①に同じ
④　同年　六月	藤島宗韶	①に同じ
⑤　同年九月一八日	藤島助功	①に同じ
⑥　同年一〇月一五日	松尾相修	①に同じ
⑦　同年一二月一五日	松尾相美	①に同じ
⑧安永八年二月	藤島宗韶	①に同じ

これらの資料などから、非蔵人たちがいくつもの仲間に分かれ、それぞれの歌会を積極的に催していた様子がわかる。しかも、一人の非蔵人が複数の非蔵人歌会に参加することも珍しくなかった。このような事実から、非蔵人たちは職場のみならず主催する歌会においても、当時の歌会・歌人に関する情報交換をしていたとも考えられる。本来伝えられるはずのない堂上の情報が、地下へ伝えられたり、またはその逆の事態があったりしたのも、非蔵人の媒介によるところが大きかったのではないか。続けて、非蔵人たちの文化的役割について、藤島宗順を例に考察したい。

三、非蔵人の果たした役割

藤島宗順は、宝暦六年（一七五六）に生まれ、明和三年（一七六六）に一一歳で非蔵人となり、文政四年（一八二一）に六六歳で没している(9)。蘆庵の門人となったのは、安永六年（一七七七）二二歳の時で、『藤島宗順詠草留』（写本一冊、蘆庵文庫蔵）の冒頭には「二月十七日小沢氏入門」とあり、『藤島宗順日記』（蘆庵文庫蔵）安永六年二月一六日の条には、「一、松尾但馬守殿・細川大炊助殿・同名但州・予等、小沢帯刀入門之義、以小野主殿助殿申込之処領掌。明日可同伴之旨儀、大炊助殿被示」と記されている。

さて、蘆庵文庫にはその宗順と蘆庵との間で交わされた書簡が多数所蔵されているが、ここから両者の交遊を見てみよう。それらの書簡には、宗順ならびに父宗韶と蘆庵の親しい交遊を窺わせるものが多いが、宗順が非蔵人であればこその両者の交流が見受けられる。

まず、寛政二年（一七九〇）三月一二日付宗順宛蘆庵書簡(10)の一つ書きの部分に、「宮御会盛ニ被行候由、恐悦之至奉存候」とある。ここから、妙法院宮で歌会が度々開催されていたことがわかる。自筆本『六帖詠藻』や『妙法院日次記』にも、宮で催されていた月次歌会に関する書留が散見する。蘆庵が祝いを宗順に述べたのは、彼がその歌会に歌を詠進していたからである。すでに飯倉洋一氏が指摘されるように、宗順は妙法院宮月次歌会に度々歌を詠進していた。それは蘆庵文庫に残る宗順の詠草書留や、『藤島宗順日記』の記録により、少なくとも安永期には始まっていたことが確認できる。また、父宗韶も『藤島宗韶詠草留』（安永一〇年写一冊、蘆庵文庫蔵）に次のようにあることから、宮の月次歌会に詠進していたことがわかる。

　　妙門御会始
　　　鶯有慶音
　此殿にきくものどけし鶯のも、よろこびの千代の初声

蘆庵の門人のうち、妙法院宮月次歌会へ詠進していた者は、今のところ宗順・宗韶親子がその初めになる。

つづいて寛政九年（一七九七）閏七月二二日付宗順宛蘆庵書簡からは、さらに興味深いことがうかがえる。

　如仰、朝晩冷気罷成、残暑も凌能覚候。抑其御室月次御題拝領、御詠進可被成に付、御詠草被遣、則一覧宜御出来と奉存候、則致返進候。御清書可然、奉存候。尤通題候はゞ、御歌斗御短尺御認可被進候哉と奉存候。御書損無之様、乍慮外可被致成候。先日之御詠、いまだ一覧終り不申候。能序ながら、今日差上不申あとより進達可仕候。以上

ここから、宗順は妙法院宮月次歌会に詠進する歌に、前もって蘆庵の添削をうけていたことがわかる。宗順は真仁法親王が蘆庵へ入門する以前より、この宮の月次歌会へ詠進していたが、その当時から出詠する歌に蘆庵の添削指導をうけていたことが、蘆庵文庫に所蔵される宗順の詠草留の多くに同様の彼の添削が付されていることや、自筆本『六帖詠藻』および『藤島宗順日記』の記録から言える。

さて、宗順が当時の地下と堂上の交流に果たした具体的な役割の一つに、蘆庵の門人たちが妙法院宮月次歌会に初めて出席した際の事柄があげられる。この許可が妙法院より下りたことに、宗順が深く関わっていたのである。

　返々過日被仰示候、妙門へ御賢息様御参之義、御趣意之通、内々申上候、御許容に而候間、御参候節、及御扶持御参、其旨可被仰上候。且

小川殿（小川布淑）・前波殿（前波黙軒）之義も委細申上候。此義も御許容に御座候。名を御差不被成、御門弟之中可然方之歌を可被召候間、其御方に而御定、被成御詠進、則御持参有之候様、御取斗可被成候との御事に御ざ候。此段、過日より参上可申上処、一向無寸暇不能其義候、尚、参上之節、委期面弁候。以上　　（※（　）内は筆者注記）

これは寛政一二年（一八〇〇）一二月一九日付蘆庵宛宗順書簡であるが、宗順が保管していた控え書きである。ここにはまず、寛政一二年頃蘆庵は自分の息子の妙法院宮出仕を切望し、それを宗順が内々に宮へ打診したところ、その許可が下りたことが記されている。つづいて、蘆庵が自らの門人である小川布淑と前波黙軒を、宮の月次歌会に参加させたがっていることを宗順が真仁法親王へ報告したところ、それも許可されたが、誰を出席させるかは妙法院の方で決めるため、然るべき門人の詠草を無記名で提出するように、との内容が記載されている。真仁法親王と蘆庵は親密な交遊を結んだが、ここから主導権はあくまでも真仁法親王側にあったことがうかがえる。結局、門人たちの中で選ばれたのは、前波黙軒・小野勝義・田山敬儀であり、自筆本『六帖詠藻』（春一〇―三七五五～三七六九）の次のような記述により、小川布淑は選ばれなかったことがわかる。

御会に、我をしへたる人々、はじめてめされければなり
雪とけてふるきにかへる春の色もなべてみどりのまつのことのは
（中略）
宮の御かたへわがともがらをはじめてめさるゝに、けふは人おほくまうでぬべしと思ふに、あさ日うら〲とかすみわたれり
まうのぼる小坂のとのゝとよむまで世に聞ゆらしけふのことほぎ
（中略）
敬儀が宮へめされたる悦に
むかしみし玉の光のとしをへてけふこそさらに顕れにけれ
かへし
大空の月の光にてらされてことばの露の玉とみゆらん
この人、むかしわがかたにこざりしほど、玉の歌よみていとおもしろく、後々はよき作者にならんとて、異名を玉のうたよみとなんよびける。我にしたがひて、ことし十とせになれゝばなり。
勝義は故定鑑がつれ来りて、このをのこ、ものをはたしとぐる心ある人なり。道をゝしへたべ、といひし。うづまさにあるほどより、日ごとのやうにかよひて物ならひし。ゆみ、うまはをのがわざなれば、もとよりをこたらず。誠に故人のいひしことにて、いとゝく道にすゝめれば、こたびのめしに奉りし也。よみかく
やきたちのと心をもてつとめこし君が光ぞあらはれにける
かへし
とごゝろの君によりてぞ身におはぬひかりやみえんにぶきかたなも
黙軒にいひかく
世にひろく君がいでゆのいちじるくいやせことばの道のやまひも
この人、但馬京極家浪人。我につきて、廿余年修行せり。このたびのめしにあぐ
かへし
言葉のやまひいやすはよに君がまれにいでゆのめぐみなるべし

またこの手紙の内容に対応する、享和元年（一八〇一）一月一二日付宗順宛蘆庵書簡が存在する。(11)

御慶目出度申納候。早々御入来被下、忝存候。余寒難退候処、弥御安全と奉賀候。昨日は御室会始、無御滞被相済、恐悦候。其節社中参殿、

彼是御世話被下無滞被相勤、帰路茅屋へ被参、初中終承之、大安堵仕候。無御心配と奉存候。右為御挨拶申進候。
一、御所御参内の節、御立寄可被下候。内々御頼申度事御座候。十五日此方会始、御出座被成候はゞ、其節にても宜御座候。以上

まず、昨日の妙法院宮での歌会が無事に終わったことを喜び、宗順へ門人たちが世話になったことへの礼を述べている。蘆庵は歌会には参加していなかったため、帰路に自宅に立ち寄った門人たちから、会の一部始終の報告を受けたことが書かれ、さらに御所へ参内する際か、または蘆庵亭にての歌会始の日に、内々に頼みたいことがあるため、岡崎の自宅に立ち寄ってもらいたい旨が記されている。

以上のように、蘆庵息男の出仕の件や、蘆庵門弟による宮の月次歌会参加の件などより、宗順が妙法院への窓口となり、両者の橋渡し役を担っていたことがわかる。また、前掲の書簡に「内々御頼申度事御座候」とあることにより、こういった蘆庵からの依頼は、珍しいことではなかったと推察される。そして、このように両者を繋ぐ働きを宗順が果たし得たのは、彼が妙法院に縁のある新日吉神社の祠官であったと同時に、非蔵人という地下と堂上との間を自在に往来できる立場にいたためであろう。

おわりに

以上、自筆本『六帖詠藻』に現れる非蔵人や門跡関係者たちの具体的な動向や、彼らが歌壇に与えた影響について考察した。その結果以下の三点を確認できた。第一に、真仁法親王が蘆庵へ入門する以前から、宮の周囲には従来指摘されていた者以外の蘆庵の門人・知人が存在し、その入門に何らかの影響を与えた可能性があること。次に、当時蘆庵門の非蔵人のみならず、同職にあった者の多くが月次歌会を催すなど、積極的な和歌活動を行っていたこと。そして第三に、藤島宗順が蘆庵と妙法院宮の窓口になり、堂上・地下間の橋渡し役を担っていたこと、ならびにそれは非蔵人という立場であるがゆえになしえたのだということである。

この時期以降、堂上と地下との間の交流がいよいよ盛んになってゆくが、その背景にある非蔵人や門跡関係者たちの動向を、総合的に把握する必要がある。そのことは、とりもなおさず、漸次堂上と地下歌人の交流が問題となってくる享和期の京都歌壇への和歌史的展望を、より鮮明にしてくれるはずである。

叙上のごとく、彼らの動向をうかがう際にも、自筆本『六帖詠藻』は有益な資料となり得るのである。

注

（1）真仁法親王と蘆庵の交流については、中野稽雪『小沢蘆庵』（里のとぼそ第一集、私家版、一九五一年一〇月）・同『小沢蘆庵とその後の研究』（里のとぼそ第四集、私家版、一九五六年一一月）・中野義雄編『小沢蘆庵の真面目』（私家版、一九八五年九月）に詳しい。一方妙法院宮サロンに関しては、宗政五十緒「真仁法親王をめぐる芸文家たち」（『日本近世文苑の研究』一九七七年一一月、未来社、初出『国語国文』一九六〇年一二月・一九六一年一月）・今中寛司「『妙法院真仁親王御直日記』に現れた写生派絵師たち」（『同志社大学文学年報』二三・二四合併号、一九七五年三月、『新訂日本文化史研究』三和書房へ所収、一九七五年一〇月）に詳細な研究がある。

（2）飯倉洋一「本居宣長と妙法院宮」（『江戸文学』一二、ぺりかん社、一九九四年七月）・同「妙法院宮サロン」（『論集近世文学五　共同研究秋成とその時代』勉誠出版、一九九四年一一月）。

（3）天明七年正月から八月までの真仁法親王の日記（妙法院史研究会編

『妙法院史料』第四巻所収、一九八〇年二月、吉川弘文館）。宮が蘆庵へ入門したのは、中野稽雪氏前掲論文（注1）に指摘があるように、『藤島宗順日記』（蘆庵文庫蔵）から前年の天明六年一二月九日であるとされるが、初対面は三年後の寛政元年のことである。

（4）『心性寺本尊奉納百首』（写本一冊、蘆庵文庫蔵）などにもその名と詠草が蘆庵のものとともに、記されている。

（5）具体的な職務の内容は、下橋敬長述・羽倉敬尚注『幕末の宮廷』（東洋文庫、一九七九年四月、平凡社）に詳しい。しかし、検証が必要な記述も少なくない。

（6）年齢は『非蔵人座次惣次第』（前掲『非蔵人文書』所収）や『地下家伝』による。

（7）他にも、蘆庵文庫に所蔵される資料（宗順の詠草留や『非蔵人和歌集』（写本一冊））などから、非蔵人による歌会が催されていたことがわかる。

（8）この詠草には蘆庵による添削が施されている。また、この若い世代の非蔵人による歌会は、安永八年以降も続いていたことが、『藤島宗順日記』（蘆庵文庫蔵）よりわかる。

（9）『地下家伝』による。

（10）前掲書『小沢蘆庵の真面目』（注1）の八二頁。また、閏七月二二日付蘆庵書簡は、蘆庵文庫研究会編『日本書誌学大系九八　蘆庵文庫目録と資料』（二〇〇九年一〇月、青裳堂書店）六七二頁参照。

（11）藤島益雄編『寛政文学選書』（一九七四年五月、豊書房）の一九〇頁に翻刻掲載があるが、錯簡がある。同書簡は『蘆庵文庫目録と資料』（前掲書）六七一頁にもあり。

〔付記〕本論は、既発表の拙稿「小沢蘆庵をめぐる人々――非蔵人を中心に――」（『鈴屋学会報』一七号、二〇〇〇年一二月）を加筆修正したものである。

【論文3】

『六帖詠藻』と蘆庵門弟
——自筆本系の諸本を通して——

はじめに

静嘉堂文庫に所蔵される自筆本『六帖詠藻』は、かつて京都東山にある妙法院の御蔵に収められていた。このことは、蘆庵に私淑していた太田垣蓮月（一七九一～一八七五）が、刈谷藩医で国学者の村上忠順（一八一二～一八八四）へ宛てた書簡によって知られる。[1]これに関して、中野稽雪氏は自著のなかで次のように述べている[2]（引用に際して漢字は新字体に直した。以下同様）。

> 蓮月が、蘆庵を心の師としたればこそ、嘉永四年（一八五一）四月に六十一才の尼は、居を大仏に移し、その年の秋まで詠藻や蘆庵の遺書をしらべた。庵に帰った後も度々本を借り出している。（中略）妙法院で、詠藻をしらべた蓮月は、蘆庵の感化をうけたものか、歌や書に、どこか蘆庵臭があるように思われるが、この六帖詠藻について蓮月は、刈谷藩の儒医、村上忠順への消息文の中で、「小沢大人の書は例の六帖詠藻五十巻、半紙五十枚ばかり、ひしと書つめ、その比の伴ぬし、澄月大人、秋成、ゆれん、千蔭、春海かた〴〵の歌会も侍り、（中略）歌のまき五十巻はうらうちもでき候ひて、ことよろしうなりぬ」と、述べている。六帖詠藻五十巻とあるは、一冊が更に分かれているのがあるからで、詠藻四十七冊のことであり、五十枚とは一冊の枚数をさしたのである。当時、裏打ちが出来あがったと記してあり、そして、それらは何れも妙法院の御蔵におさまってあったと誌している。

自筆本『六帖詠藻』が妙法院へ献上された理由は、論文2「小沢蘆庵の門人指導」でも述べた通り、妙法院宮真仁法親王（一七六八～一八〇五）が蘆庵の門人であり、かつ両者が相互に親愛の情を抱いていたためであると推察される。なお、移された時期について中野氏は、「蘆庵の存命中に、しかも亡くなる年位（※筆者注　享和元年）」と推定する[3]。仮に没後のことであったとしても、真仁法親王は文化二年に亡くなっていることから、享和元年（一八〇一）から文化二年（一八〇五）の数年の間のことであったと考えられる。

さて、妙法院に所蔵されていた自筆本『六帖詠藻』は、明治に入ると現在の所蔵先である静嘉堂文庫へ収蔵される。同文庫の司書であった丸山季夫氏は次のように記す[4]。

> 夫れから更に歳月は流れて、明治二十年頃には静嘉堂文庫に収蔵されるに至った。文庫では保存に堪へるよう補修改装はしたが、既に破損した処は何ともならない。（中略）最後に私事にわたつて甚だ恐縮であるが、この六帖詠藻には私にも特別な感慨がある。昭和十二年五月、私が初めて静嘉堂文庫の門をくゞつたのはこの六帖詠藻閲覧の為であった。これが縁となり今日この文庫に勤務する身となり、次いで詠藻の故を以て博士（※筆者注　中野稽雪氏）と相知るを得て、今又一文を草する嘱を受けた。

ここから、静嘉堂文庫には明治二〇年頃までに収められていたことや、現在の自筆本の改装表紙が同文庫で付されたことがわかる。

さて、蘆庵家集の板本については、論文1「自筆本『六帖詠藻』と板本『六帖詠草』」で取り上げたごとく、蘆庵が没して一〇年後の文化八年（一八一一）に、書肆で門人の吉田四郎右衛門のもとから刊行された（全七冊、一九七四首所収）。板本には文化八年版のほか、文政六年（一八二三）版、文政一〇年（一八二七）版、嘉永元年（一八四八）版、刊年不明版があり、文化八年版にも初印本と修訂本の二種類がある（初印本の三六八番歌は重出ゆえ、修訂本で差し替えられている）。(5)このように版を重ねていることや、現存する板本が多いことは、この家集がいかに流布していたかを物語る。

ところで、蘆庵の家集は、右のような板本のみならず、写本という形態でも広がった。なかには板本の転写本や抄本も含まれているが、その半数以上が自筆本と同系統の本文を有する『六帖詠藻』を転写もしくは抄出したものである。

そこで、本論では、自筆本系『六帖詠藻』の書写営為の実態を、その諸本や書簡資料等を通して考察することで、自筆本『六帖詠藻』の和歌史における意義について追究したい。なお、本論では『六帖詠草』は板本系本文を、『六帖詠藻』は自筆本系の本文を有する諸本を指し示す書名として、便宜的に使用した。

一、写本『六帖詠草』『六帖詠藻』の諸本

まずは伝本について取り上げたい。現在のところ、写本の諸本としては、次の二九点が確認できる。(6)

①静嘉堂文庫蔵本（自筆本、五〇巻四七冊）☆
②京都女子大学図書館蘆庵文庫蔵本（雑一一〜一三欠、四七巻四七冊）☆
③龍谷大学図書館蔵本（文化三年写、五〇冊）☆
④宮内庁書陵部蔵本（自筆本ノ「恋三〜四」ト「雑七〜九」ニアタル五巻欠、四四巻四五冊）☆
⑤中野稽雪蔵本（1）（岡田真旧蔵、四四巻二八冊）☆
⑥中野稽雪蔵本（2）（二四巻二四冊）☆
⑦中野稽雪蔵本（3）（西荘文庫旧蔵、雑部一三巻一三冊）☆
⑧台湾大学図書館長沢文庫蔵本（三五巻中二〇巻存、二〇冊）★
⑨東北大学狩野文庫蔵本（二四巻二四冊）★
⑩刈谷市中央図書館村上文庫蔵本（村上忠順写『蘆庵家集』、一八巻一八冊）☆
⑪国会図書館蔵本（『蘆庵集』、欠本、一五巻一五冊）☆
⑫上田年夫蔵本（蘆庵門堀田宗則写、一一巻四冊）☆
⑬中野稽雪蔵本（4）（蘆庵門吉田元長写、七冊）★
⑭龍谷大学図書館蔵本（安政五年写、七冊）
⑮岐阜大学附属図書館蔵本（七冊）
⑯刈谷市中央図書館村上文庫蔵本（『六帖詠草異本』、欠本、五冊）★
⑰小浜市立図書館山岸文庫蔵本（五冊）
⑱天理大学附属天理図書館蔵本（四冊）
⑲相愛大学図書館春曙文庫蔵本（四冊）
⑳住吉大社御文庫蔵本（文政七年写、三冊）
㉑関西学院大学蔵本（二巻二冊）
㉒鶴舞中央図書館蔵本（二冊）
㉓羽中八幡文庫蔵本（小川萍流写、二冊）
㉔水口本（蘆庵門石王文丸写、雑巻三、一冊）☆
㉕ノートルダム清心女子大学附属図書館特殊文庫蔵本（黒川真道旧蔵、春部端本一冊）☆
㉖刈谷市中央図書館村上文庫蔵本（『芦菴翁詠藻六帖』、梅処漫筆三二、一冊）
㉗関西大学岩崎文庫蔵本（『写本六帖詠藻抄』、藤門雑記の内

㉘中野稽雪蔵本（5）（香川景樹選『蘆庵翁六帖詠草摘英』、一冊）

㉙学習院大学蔵本（抄書の内）

これらの写本は、未定稿かつ膨大な和歌を収める自筆本系（A系）と、板本系（B系）の二つの系統に大別でき、さらに自筆本系統の諸本は、蘆庵自筆の静嘉堂文庫本とほぼ同じ本文を有する完本系（A系甲）と、自筆本系統の本文から一部を抜き書きした抄本系（A系乙）とに分けられる。板本系統は文字通り板本『六帖詠草』の写本であるが、やはりこの板本系統も完本系（B系甲）と抄本系（B系乙）とに分類される。

右の一覧のうち、☆印と★印を付したものは、自筆本系統（A系）の本文を有することが判明しているものである。なお、中野武・中野義雄編著『校注完本六帖詠藻』（注4参照）において、校合本として用いられているものに☆印を、それ以外のものに★印を付した。

ここから、現存する写本の多くは、自筆本系の本文を有することがうかがえる。では、いかなる意図により、自筆本は書写されていったのか。これらの諸本の多くについては、中野稽雪氏による詳細な論考が備わる。(7) 本論では中野氏による一連の考察、ならびにその後の研究を参照しつつ、そこに新たな資料を加え、上記の問題について追究するものとする。

まずは自筆本完本系（A系甲）の伝本である、①静嘉堂文庫本、②京都女子大学図書館蘆庵文庫本、③龍谷大学図書館本、④宮内庁書陵部本について取り上げたい。

二、自筆本系の諸本（一）
——静嘉堂文庫本と蘆庵文庫本——

前掲の諸本一覧のうち、これまでとくに重視されてきたのが小沢蘆庵自筆の①静嘉堂文庫蔵本と、①の自筆本を門人たちが転写して蘆庵自身が校合を施したとされる、②の京都女子大学図書館蘆庵文庫蔵本である。①の静嘉堂文庫蔵本は言うまでもなく、全諸本の本源となる蘆庵自筆の稿本である。この本について、中野稽雪氏は次のように記す。(8)

> 全巻麗筆で変わらないのは国会図書館本である。（中略）これは恐らく明治初年に妙法院から流れ出て、後日、岩崎家の静嘉堂文庫に納まり、引き続き今日に至ったもので、現在では表紙も新たになり六帖詠草と書き改められているが、芦庵自筆と言われる古い表紙は、多く藻の字となっているとのこと、そして新しく裏打ちされた処々に古いつゞくりの箇所が残っているし、これらの中の数冊は、六帖詠草と草の字のものもあると丸山季夫さんから知らせがあった。そして、蓮月が草の字を用いているのとあっている。（中略）この現国会図書館本は、春十一冊、夏六冊、秋九冊、冬六冊、雑十二冊、恋三冊、計四七冊からなっている。これらの中で一冊が二部に分かれたものもあり通計すると蓮月が言うているように五十巻になるとのことである。

右で中野氏は静嘉堂文庫本を国会図書館本と称しているが、これは周知の如く、この当時、静嘉堂文庫が国立国会図書館の支部図書館であったためである。(9) よって、文中の国会図書館本とは、静嘉堂文庫本のことを指す。

前述の通り、静嘉堂文庫本はかつて妙法院の御蔵に収められており、これを蓮月が書写したことが分かっている。右のごとく、中野氏は、静嘉堂文庫本は四七冊であるが、このなかには一冊が二部に分かれることから、通計すると蓮月が述べていた通り五〇巻になると記す。たしかに、静嘉堂文庫本の改装表紙に記された外題の巻数を合計すると五〇巻となる。(10)

また、その価値については「今日残っているこの詠藻の双璧は自筆本の静嘉堂文庫本と藤島本（※筆者注…傍書ニテ「龍大図書館本」ヲ加筆）であろう」と記している。(11) そして、ここで藤島本と呼ばれているものが、②の京都女子大学図書館蘆庵文庫本のことである。

京都女子大学図書館蘆庵文庫（以下「蘆庵文庫本」と称す）の資料は、近年まで隣接する新日吉神宮宮司の藤島家が所蔵していた。それゆえ②は中野氏によって藤島本と称されたのである。なお、藤島家は論文2で触れた、蘆庵門で非蔵人であった藤島宗順の子孫である。それゆえ同家には蘆庵にゆかりある資料が代々受け継がれてきた。そのなかの一点に②の自筆本系『六帖詠藻』も含まれていたのである。[12]

さて、蘆庵文庫本について、中野氏は次のように述べている。[13]

> 次に、蘆庵文庫の藤島本六帖詠藻は、国会図書館本と同様、四十七冊であるが、秋十冊、雑十冊、恋四冊の違いになっていて、多少各部の冊数に異同がある。これは他とくらべると内容は最も豊富で研究の価値は高い。藤島氏によれば序文にもあるように、和歌総数一万五千六百七十四首、蘆庵自作一万四千四百四十九首となっている。しかし、筆は門人と思われる箇所が多い。（中略）この藤島本は、蘆庵が六帖詠藻献上の意志あることを知る門人達が、その控えとして社中後日のため、病中の師の枕頭で写したうえ、蘆庵の入朱をわずらわし、更に亡きあとまで追加記入したものと思われる節が多い

右の通り、②蘆庵文庫本は、①の蘆庵自筆本を門弟たちが師の生前に書写し、それに蘆庵自身が朱を入れたものと考えられる。蘆庵文庫本には巻末の三巻（雑一一～一三）が備わっていないが、これは欠けたのではなく、この三巻が完成する以前に書写されたという可能性もある。だが、中野氏が指摘されているように、藤島宗順が同門の吉田四郎右衛門へ②を貸し出した際に記した備忘録が雑一三まで記載されている点から考えると、②の蘆庵文庫本はある時点までは完本であった蓋然性が高い。[14]

さて、現在確認できる自筆本完本系の諸本としては、①静嘉堂文庫本と②蘆庵文庫本のほか、③龍谷大学図書館本と④宮内庁書陵部本が知られる。①静嘉堂文庫本と②蘆庵文庫本のもっとも大きな相違点は、①静嘉堂文庫本が清書本にはあらざる点である。よって、家集としての完成度は、②の蘆庵文庫本の方が高いとも言える。しかし、①の自筆本には、②の蘆庵文庫本には見られない、蘆庵自身による改訂の跡が散見されることから、蘆庵の思考を探るのに有用な資料と位置付けられる。たとえば、蘆庵文庫本には図版10（本書口絵）の前後数丁が削られているが、ここには、蘆庵の添削を受けながらもその詠草を妙法院へ提出しなかった門人知足庵道覚への猛烈な批判や、関連する和歌などが記されている。

また、②の蘆庵文庫本を始めとする他の完本系の諸本では、意味を理解せずに書写された箇所があり、誤読を生じさせる原因ともなっている。さらに、②の蘆庵文庫本には、前述の通り雑一一から雑一三の三巻が備わっていない。

このように、本文の質という点でも、完本であるという点でも①の自筆本の方が価値が高いと言えよう。そして何より、蘆庵の感情までが透けて見える手跡を有するという点は他本を圧倒する。なお、最後に蘆庵文庫本の略書誌を掲げる（静嘉堂文庫蔵本については、論文1を参照されたい）。

②京都女子大学図書館蘆庵文庫蔵本

整理番号　未整理（旧所蔵者整理番号　二七）

表紙　①原装共紙表紙（現・扉）
　　　②後補渋縦刷毛目文様改装表紙

外題　①原装書外題「六帖詠藻　春一（～雑十）」（原表紙）
　　　②後補書外題「六帖詠藻　春一（～雑十）」（改装表紙）

内題　ナシ

装訂　仮綴
書型　大本
寸法　二四・一×一七・六糎
巻数　全五〇巻中、巻末三巻欠（雑一一～一三欠）
冊数　四七冊
構成　春一～一一／夏一～六／秋一～一〇／冬一～六／恋一～四
（「恋四」ハ「恋三ノ補」ト「恋四」ヨリ成ル）／雑一～一〇
丁数　全一六一八丁
写式　丁付ナシ／一面一〇行／一首一行書／朱墨合点アリ／朱墨書入
アリ（一部蘆庵筆）
料紙　楮紙
序文・跋文　ナシ
成立　〔江戸後期〕写
奥書　ナシ
備考　①本文ハ複数名ニヨッテ書写サレル
②蘆庵ニヨル校合書入アリ

三、自筆本系の諸本（二）
――龍谷大学本と宮内庁書陵部本――

つづいて、②龍谷大学図書館蔵本（以下「龍谷大学本」と称す）と、③宮内庁書陵部蔵本（以下「書陵部本」と称す）について取り上げたい。まずは、両本の略書誌を掲げる。

③龍谷大学図書館蔵本

整理番号　九一一・二六／一三〇W（整理書名「六帖詠草」）
表紙　①原装共紙表紙（現・扉）
②後補緑青色花文文様表紙（艶出）
外題　①原装書外題「六帖詠藻　春一（～詠藻　秋冬二抜粋卌二首）」
②後補書題簽「六帖詠藻　春一乙（～〈秋冬／抜粋〉五十尾）」
内題・尾題　ナシ
装訂　袋綴
書型　大本
寸法　二四・二×一六・四糎
巻数　全五〇巻・抄本一巻
冊数　五〇冊
構成　春一～一一／夏一～五／秋一～一〇／冬一～六
恋一～四（「恋四」ハ「恋三ノ補」ト「恋四」ヨリ成ル）／雑一～
一三／秋冬抜粋一
丁数　全一八六二丁
写式　丁付ナシ／一面一〇行／一首一行書／朱墨合点アリ
朱墨書入アリ（タダシ、一、一三、一五～一九冊目ハ書入ナシ）
／初句ノ上ニ朱印「済」ヤ墨印「信」ガ押サレタ歌アリ
料紙　楮紙
序文・跋文　ナシ
成立　文化三年（一八〇六）写
奥書　四九冊目「文化三〈丙／寅〉四月十日書写畢」（巻末）
識語　①一冊目「六帖詠藻春部十一冊、丑七月廿六日／従沢氏増尾女
諸取帰、故益主手跡／なり。布淑没後沢氏へ戻し、其由を／
前波へ可申通事。／〈布淑花押〉」（巻頭遊紙裏）
②二冊目「文化三丙寅正月廿一日以六帖詠藻一校畢／春暁月マ

デ　黙軒／落花難留〈ヨリ／終マデ〉柳斎」（巻末）
③五冊目「文化三年丙寅二月朔以六帖詠藻原本一校了／黙軒」
（巻末）
④一三冊目「此詠草ハ小沢翁社中校正ス／全部五十巻異本也／
文化己午年（ママ）　雪岡」（巻末）
備考　①本文ハ複数名ニヨッテ書写サレル（少ナクトモ五名以上）
②内題下部ニ校合年時（寅二月九日／寅三月廿一日）ヤ校合　者
（間斎・柳斎・布淑・旨苗）ニ関スル書留アリ

④宮内庁書陵部蔵本

整理番号　一五三―一九二（整理書名「六帖詠草」）
表紙　①原装共紙表紙（現・見返し）
②後補砥の粉色布目地茶色横刷毛目模様表紙
外題　①原装直書「六帖詠藻　春二（ママ）（～雑十　四十五）」
②後補直書「六帖詠草　春　一（～雑終　十）」
内題・尾題　ナシ
装訂　袋綴
書型　大本
寸法　二七・四×一九・五糎
巻数　四五巻（自筆本ノ「恋三～四」ト「雑七～九」ニアタル五巻欠）
冊数　四五冊
構成　春一～一一／夏一～六／秋一～九／冬一～六／恋一～二／
雑一～一〇（雑九ハ上下二巻）
丁数　全一八五二丁
写式　丁付ナシ／一面一〇行／一首一行書／朱墨書入アリ
料紙　楮紙
序文・跋文　ナシ
成立　〔江戸後期〕写
奥書　ナシ
備考　①本文ハ複数名ニヨッテ書写サレル（三名ニヨル書写カ）
②朱文方印「宮内省／図書印」

③龍谷大学本は、宗政五十緒氏により、はじめて詳細な解題が報告された伝本である。本解題によって、③の龍谷大学本は蘆庵門の小川布淑と前波黙軒が板本『六帖詠草』を編纂する際に校合に用いた写本であり、板本『六帖詠草拾遺』の刊行の折にも使用されたものであることが明らかにされた(15)。具体的には、龍谷大学本の掲載歌には、墨筆の合点、朱筆の合点と丸印の他に、「済」の朱印と「信」の黒印が頭部に付されているが、「済」の印の付されている歌は、板本『六帖詠草』に収載されているものと重なり、さらに「信」の印が付されている歌は、板本『六帖詠草拾遺』に収録されている歌と重なるという。

また、五冊目の巻末には「文化三年丙寅二月朔以六帖詠藻原本一校了／黙軒」とあり、この「六帖詠藻原本」は①静嘉堂文庫本を指すものと考えられる。同様の校合注記がほぼすべての扉（原表紙）下部に朱墨で書き入れられていることから、本書の底本は静嘉堂文庫本ではないものの、全巻にわたる書き入れは自筆本による校合の跡であることがわかる。よって、龍谷大学本は、校訂前の自筆本の本文をも照合した伝本として位置付けられる。それゆえ、蘆庵文庫本では削除された、先述した図版10の箇所も書写されている。

つぎに、④書陵部本の特徴については、中野氏が次のようにまとめている(16)。

「静嘉堂本」や「藤島本」では雑四の四九八番の歌から雑七の一〇五番の歌までの間は、漢詩編になっていて、その真意がいずれも大和歌で詠まれているが、「宮内庁本」は雑六までが漢詩編である。すなわち宮内庁本では漢詩の部が、静嘉堂及び藤島両本に比してその数が少い。また「藤島本」では、雑六の九十五番の歌の次に、安養寺の本尊の薬師仏へ奉る詞書と歌があって、以下五首が漢詩編の間に挿入されているが、「宮内庁本」にはこの項がない。また静嘉堂、藤島両本では雑六の漢詩編の最初に双六歌が仕組まれているが、「宮内庁本」では漢詩の最後に別な自作歌数首があって、次いで双六歌になって終っている。

右のように、④書陵部本は、①の自筆稿本やそれを書写した②蘆庵文庫本と比較すると、（一）詩経に関する部分が少ない、（二）本文や巻の排列に異同がある、といった違いがあるという。

そこで、このたび自筆本と比較したところ、具体的には次のような異同を確認した。

（一）自筆本の恋三（含恋四）の本文全てを欠く
（二）自筆本の雑七より雑九の本文全てを欠く（よって詩経部分が少ない）
（三）雑六の巻末は自筆本と和歌の掲載順が異なる（例：双六歌等）
（四）自筆本と巻頭歌が異なる巻がある（例：秋三の巻末に自筆本の秋四の巻頭歌がある等）
（五）自筆本になく、龍谷大学本に存する和歌が雑一三巻末に一首ある
（六）自筆本の和歌を恋・雑部以外でも一部欠く

つまり、④の書陵部本は自筆本系統の本文は有しているものの、①の自筆本やそれを校訂した②の蘆庵文庫本を底本にはしていないのである。

では、いかなる本を書写したのか。それを考えるうえで留意すべきことがある。それは、③龍谷大学本と④書陵部本の巻頭二巻の排列が前後している点である。つまり、①静嘉堂文庫本や②蘆庵文庫本で「春二」であるものが、③龍谷大学本と④書陵部では「春一」となっており、逆に①と②で「春一」であるものが、③と④では「春二」となっているのである。
（口絵の図版16～17、19～21参照）

実は、このように巻頭二巻の排列が前後している伝本は③龍谷大学本と④書陵部本以外にもあり、先の諸本一覧のうち、少なくとも⑤の中野稽雪蔵本（一）、⑩の刈谷市中央図書館村上文庫本、⑪の国会図書館本に同様の特徴が見られる。自筆本系の諸本には内題がほぼないことから、外題が記されていなければ、その排列を判別することはひどく困難となる。実際、⑧の台湾大学図書館長沢文庫蔵本には、巻数が付されていないことから、所蔵先の請求番号が順不同に付されている。

ところで、④の書陵部本の第一冊から第三冊、ならびに第三五冊から第三八冊には、原表紙が見返しの料紙として利用され、元外題も書き残されている。そこには、一冊目に「六帖詠藻　春二」とあり、二冊目に「六帖詠藻　春一」と記されていることから、書写された時点では正しい排列であったことがわかる。しかし、のちに現在の順に並べ替えてしまったものと推察される。

④書陵部本には朱墨による書き入れが施され、そこには異本注記も含まれる。ここから他本を参照していたことは間違いない。おそらくはその際、春一と春二が前後する伝本があり、「春二」の詞書の「元日殿にありて、いとのどかなる朝」の方が、歌題「古砌菫」で始まる「春一」より、巻頭歌により相応しく見えたために、前後する伝本の方が正しいと考え、改訂してしまったものと推察される。しかし、実際の排列は、中野氏が指摘さ

れるように、①静嘉堂文庫本や②蘆庵文庫本の方が、所収されている和歌が詠まれた年代から考えても正しい（注14参照）。

以上みてきたように、③龍谷大学本と④書陵部本には、自筆本系の本文を有してはいるが、①の自筆本を直接底本には用いていないという共通の特徴があった。書陵部本が底本とした伝本は未詳であるが、②の龍谷大学本に関しては、一冊目の巻末に「六帖詠藻春部十一冊、丑七月廿六日／従沢氏増尾女請取帰、故益主手跡／なり。布淑没後沢氏へ戻し、其由を／前波へ可申通事。／（布淑花押）」という小川布淑による識語があることから、少なくとも春部一一冊は蘆庵門の沢益による書写本であることが分かる。

四、自筆本系『六帖詠藻』と蘆庵門弟

ここまで自筆本系の主要な伝本について見てきたが、最後にいかなる過程を経て稿本『六帖詠藻』は写されていったのかについて追究し、蘆庵門弟がそれらを書写した意図について考察したい。

蘆庵高弟の小川布淑と前波黙軒によって編纂された板本『六帖詠草』に備わる織田信憑（蘆庵門人、柏原藩主）の序文には、『六帖詠草』刊行の過程は、次のように記される[17]。

小沢のおきな蘆庵といへるなん、わかきより此道にふかく入りたち、おいにいたるまで詠める歌のいともおほかめるをかいつめたる巻巻も、おほかたの人には見せずして、はこのうちにひめおけるを、おのれこのまなびするとて、たいめせしついでに、としごろのしふをとせちにもとめしに、翁いへらく、なべてはいとあまたにていたづらなめれば、みつがひとつばかりかかせて見せまゐらせなんとて、此六帖の詠さうをおくられき、さるをこたび梓に刊らせて、おなじ流くむともがらの、筆の労たすけてよといふ人のあなるにまかせ、校じ合することを、小川布淑、前波黙軒などにあとらへて、板にはつけさせぬ、

つまり、信憑が蘆庵に対面した際に、蘆庵の秘蔵する家集を求めたところ、蘆庵が自ら膨大な詠草の中から三分の一ほどを書写した抄本六帖詠草を作成して信憑へと送った。それを刊行することで、蘆庵流の人々が書写する労を助けて欲しいという人がいるので、この度小川布淑と前波黙軒に校合を依頼して出版せしめた、というのである。

ここで序文中の「おなじ流くむともがらの、筆の労たすけてよといふ人のあなる」という部分に注目したい。蘆庵の門弟ならびにその教えに共鳴する者たちが未定稿の『六帖詠藻』を書写したのは、もちろん第一義には蘆庵の和歌を学ぶためであったと考えられる。

板本が刊行される前は、蘆庵の和歌を学ぶためには、門人自らが写本を借り受け、それを写すしかなかった。しかし、膨大な家集を書写するには大変な労力がかかるため、序文にあるように刊行を期待する声が出てくるのは自然な流れである。だが、蘆庵の門人たちが稿本を書写した理由はこれだけではなかった。次に掲げるものは、蘆庵が淀藩の門人、的場勝秀へ宛てた書簡である（※句読点・傍線は私に付した[18]）。

拙之家集之儀に付、金一歩弐朱被遣候致落手候、御物入に而御うつさせ候事とてものことにさもと覚候程（中間欠落）清撰も不仕もとのまゝにて候。拙者生涯世間へ出候事は一切無之候、右書物往昔より写取度所望候へ共右書物外へ出しがたく、弟子衆之内不勝手之衆筆工いたされ候に頼申候へば、写し代すぐに遣し申候はでは、先勝手あしく候。此度金子預置被申候故直にうつさせ下し申候。もし御望候はゞ料物御登可被成候。四十巻不残は御物入候。四季、恋、雑一通り少し為

書下し可申半紙十行程づゝにて凡一枚五厘に候。（以下欠落）

この書簡は「四十巻不残は御物入候」とあることから、自筆本『六帖詠藻』がまだ四〇巻であったころに書かれたものである。ここから、蘆庵が門人からは代金を受け取り、自筆本『六帖詠藻』の写本を遣わしていたことがうかがえる。ただし、これは蘆庵が私腹を肥やすためにしたことではない。書簡中に「弟子衆之内不勝手之衆筆工いたされ候に頼申候へば、写し代すぐに遣し申候はでは、先勝手あしく候」と記されるごとく、代金は書写を担当する門弟たちへ渡し、彼らの生活費の足しにするためであった。蘆庵の要請をうけて自筆本を書写した門人たちは、書写することで蘆庵の和歌を学ぶことができるのみならず、多額ではないものの、収入を得ることができたのである。

また、「半紙十行程づゝにて凡一枚五厘」とあるように、書写代金が明朗であったことは、依頼する側にとっても、有り難いことであったに相違ない。さらに、「四十巻不残は御物入候。四季、恋、雑一通り少し為書下し可申」とあるように、四〇巻すべてを書写すると高額になってしまうため、まずは抄出をと蘆庵自ら提案している。類似の要望は数多あったと推察され、蘆庵がこの書簡と同様の返答をしたことも想像に難くない。結果、自筆本と同系統の本文を有する『六帖詠藻』の写本が多く生み出されたのである。

おわりに

以上、自筆本系『六帖詠藻』の諸本の特徴と、その伝本が誕生した背景について考察した。前節では蘆庵自らが、代金と引き替えに稿本の一部を門人に書写させ、その手間賃を写した門人たちへ渡していた例を取り上げたが、こういった過程を経ずに書写された自筆本系の写本も当然存在する。蘆庵没後のことではあるが、冒頭で述べた蓮月による書写もその一例である。蓮月が嘉永五年春に村上忠順へ宛てた書簡は次の通りである(19)（※引用に際し適宜濁点を私に補った）。

> 小沢ぬしの書は、れいの六帖詠草五十巻、半紙とぢ五十枚ばかり、ひしと書つめ、その比の伴ぬし・てう月・大ぐ・秋成・ゆれん・ちかげ・春海、かた〳〵の行かひも侍り、外にざゆうの記二十まき、これはことに虫ばみ候て、うらうちもでき侍らでくちをし、うたの巻五十巻はうらうちもできさもらひて、いとよろしうなりぬ、ま事は極内々にて、こゝまでかりもてまゐりて、此比もみ侍るになん、かのうしの心のまゝに、うち思ふまゝをよみいで給ひしかば、近き人のおもしろきなど申やうには侍らず

ここには、自筆本『六帖詠藻』が虫損甚だしいことへの歎きのほかに、蘆庵が思うままに詠んだ和歌への思いが記されている。また、板本とは比較にならぬほど膨大な和歌を収める自筆本を、蓮月が書写したことを風聞した村上忠順は、次のような書簡を同年春に蓮月へ送っている(20)。

> さて、夏比より大仏のうちにうつろひ給ひ、うち〳〵に小沢翁の書ども見たまひて、としごろのほいとげたまふとか、いと〳〵羨しうなむ、ふるの中道ふりわけ髪のたぐひにはあらじ、こゝだき書どもあらむと、おしはかられ侍れ、いかで、そのふみの名をだにもらしたまひね、おのれも、この比、翁の家集全部をもたる人ありと聞侍れば、からまほしう思ひたまふれど、いたくひめもたると聞て、いまだ打出侍らず、去歳より見たまふらむあまたの書の中には、その全集も有べきにこそ、六帖詠草同拾遺などよりも、中々にをかしきふし有ぬべしと思へば、いと〳〵ゆかしうなむ、

ここには、蓮月を羨ましく思っていた忠順が、最近自らもその写本を持っている人の存在を知ったが、秘蔵本であるため、まだ借りられずにいることを歎いている。そのため、ついに家集を手に入れることを果たした忠順は、僧賢明宛の書簡のなかで、その喜びを次のように述べている。(21)

　まことや、小沢ノ翁の家集はやうより見まほしくて、書やどもあなぐりもとめ侍りしかども、えがてなる比しも、みさとの尼蓮月がもとより、何がしの宮の御くらにこめられたるを、うち〳〵よみてたのしむよし、いひおこせ侍しかば、やがてかけてものぼらばやと思ひたまへしかど、あし分なる事のみ多くて、之はたせざりき、さるをりしも、君もたまへりといふ人のあれば、いかでとは思ひたまふるものから、ひめたまふものなれば、心にのみこめて、えうち出ざりしを、了観律師にふとかたり侍しかば、いとやすくうべなひたまへりとて、かしたまへるなむといとうれしきや、そも〳〵、板にゑりたる六帖詠草ははつかなれど、是はこちたきまで多かれば、たやすからぬわざなるを、よくもよくもうつしたまへるかなと、よみもてゆくまき〳〵、感じ侍る事になむ、おのれは筆のしりとる事おそきさがにて、とみにも事ゆかで、いと久しくとゞめ侍りき、やう〳〵よべまでにうつしをへ侍れば、かへしまゐらするになむ、高きみかげによらずば、か丶るうましたからをうつしうべしやと、いと〳〵うれしうなむふかくよろこび思ひたまふる

右の書簡からは、ようやく稿本の家集を手に入れることのできた忠順の喜悦が、ひしひしと伝わってくる。これが、現在、刈谷市中央図書館村上文庫に所蔵される『蘆庵家集』にあたる。

かくのごとく、蘆庵が没し約五〇年を経ても、自筆本『六帖詠藻』は多くの人々の関心を集めた。未定稿の『六帖詠藻』を書写することは、蘆庵門弟のみならず、彼の没後に私淑したものたちにとっても、特別な意味を持ち続けたのである。数多く残るこれら自筆本系の写本は、そのような彼らの思いを現代に伝える。

注

(1) この書簡は村上忠順の子孫家に現存する。なお、当該書簡を含む忠順関連書簡の翻刻は、愛知県史編さん委員会編『愛知県史　資料編二〇　近世六　学芸』（愛知県、二〇一二年三月）に所収される。

(2) 中野稽雪『小沢蘆庵』（里のとぼそ第一集、私家版、一九五一年一〇月）八三頁参照。

(3) 中野稽雪『小沢蘆庵』（前掲書）一七五頁参照。

(4) 中野武・中野義雄『校注完本六帖詠藻』（二〇〇六年九月中野義雄氏写、全九冊、静嘉堂文庫蔵）に所収される、昭和三三年（一九五八）三月に丸山季夫氏が記した序文による。丸山氏も、同序文のなかで、かつて自筆本が妙法院宮にあったことを、「往年蓮月尼は妙法院の宮の御文庫から、この『六帖詠藻』と『ざいうの記』とを借覧して、既に蠹魚の災に冒されて居ることを歎いて、この旨を村上忠順に報している」と触れている。

(5) 藤田真一・坂内泰子「六帖詠草（蘆庵）解題」（『新編国歌大観九　私歌集編Ⅴ』角川書店、一九九一年三月）、拙稿「六帖詠草」（『和歌文学大辞典』古典ライブラリー、二〇一四年一二月）参照。

(6) この一覧は、中野稽雪『小沢蘆庵』（前掲書）、同『「蘆庵翁六帖詠草摘英」補注』（里のそぼそ第三集、私家版、一九五三年一一月）、同『小沢蘆庵その後の研究』（里のとぼそ第四集、私家版、一九五六年一一月）、中野武・中野義雄『校注完本六帖詠藻』（前掲書）の他、「日本古典籍総合目録データベース」（http://base1.nijl.ac.jp/~tkoten/、二〇一六年一一月一日閲覧）、ならびにこれまで実施した書誌調査によって作成した。

(7) 中野稽雪『小沢蘆庵』（前掲書）、同『「蘆庵翁六帖詠草摘英」補注』（前掲書）、同『小沢蘆庵その後の研究』（前掲書）、中野武・中野義雄

『校注完本六帖詠藻』（前掲書）参照。

（8）中野稽雪『小沢蘆庵』（前掲書）一七五頁参照。

（9）静嘉堂文庫は一九五三年から東洋文庫とともに国立国会図書館の支部図書館となった。その後、一九七〇年に再び私立図書館となる。その沿革については、『三菱が夢見た美術館――岩崎家と三菱ゆかりのコレクション――』（展覧会図録、三菱一号館美術館、二〇一〇年）に所収される小林優子「静嘉堂――父子二代の収集とその歴史――」、ならびに成澤麻子「静嘉堂文庫のコレクションについて」参照。なお、国立国会図書館の支部図書館であった頃のことを、中野三敏氏が『師恩――忘れ得ぬ江戸文芸研究者――』（岩波書店、二〇一六年）の「丸山季夫翁」の中で触れている。

（10）現存する伝本のうち、外題に記された巻数の合計が五〇巻となるものは、管見では静嘉堂文庫本と龍谷大学本の二本である。ただし、龍谷大学本は夏六が巻名としてはなく、恋四が「恋三ノ補」と「四」とに分かれている（蘆庵文庫本も同様）。また、最終巻は秋と冬部から三二首の和歌を抜粋したものであるため、正確には五〇巻四九冊本に抄本一冊を付したものと言えよう。また、静嘉堂文庫本も、本文が欠けているわけではないが、改装表紙に付された書題簽には「恋三四」とあるものの、共紙表紙に貼付された外題には「恋四」とあり、本文における巻三と巻四の区分も判然としない。よって、巻数の数え方には留意する必要がある。

（11）中野武・中野義雄『校注完本六帖詠藻』（前掲書）に所収される、昭和三四年一二月に記された中野稽雪氏の自跋による。

（12）なお、中野稽雪『小沢蘆庵』（前掲書）の序文によれば、「蘆庵文庫」とは、もともと蘆庵顕彰事業の母体として昭和二五年に命名された名称であった。しかし、次第に資料の所蔵先を指すようになった。

（13）中野稽雪『小沢蘆庵』（前掲書）一七六頁参照。

（14）中野稽雪『小沢蘆庵その後の研究』（前掲書）二〇七頁参照。なお、この時に元長が書写したものが、⑬中野稽雪蔵本（四）であるという。

（15）宗政五十緒・柳瀬万里・大取一馬「共同研究　龍谷大学所蔵歌書解題（一）」（『佛教文化研究所紀要』一五集、龍谷大学仏教文化研究所、一九七六年六月）。

（16）中野稽雪『「蘆庵翁六帖詠草摘英」補注』（前掲書）八八～八九頁参照。

（17）引用は架蔵板本による。

（18）中野稽雪『「蘆庵翁六帖詠草摘英」補注』（前掲書）八七頁参照。この書簡は、田辺密蔵「七　小沢蘆庵翁と的場家との関係――的場連太夫翁的場連助翁事蹟の一端」（漢城温故会編『漢城温故会第六回報告』漢城温故会刊、一九三一年二月）に所収される。

（19）愛知県史編さん委員会編『愛知県史　資料編二〇　近世六　学芸』（前掲書）三九五～三九九頁参照。忠順は前年の嘉永四年九月二日付の蓮月尼からの来翰により、このとき、自筆本を書写したことを初めて知ったものと推察される。

（20）愛知県史編さん委員会編『愛知県史　資料編二〇　近世六　学芸』（前掲書）三九五～三九七頁参照。

（21）愛知県史編さん委員会編『愛知県史　資料編二〇　近世六　学芸』（前掲書）三八八～三九〇頁参照。

〔付記〕貴重な蔵書の閲覧を御許可下さった各所蔵機関に深謝申し上げる。また、村上忠順の書簡に関して御教示下さった、塩村耕先生に御礼申し上げる。

漢詩初句索引

一片閑雲去又来　13749
万里金波徹五更　8989
不図結構一時灰　16187
水晶簾外雪猶堆　3052
月満東籬夜欲央　8997
氷解雁池嫩碧清　3053
玉骨凌寒三両枝　3049
池上東風解凍来　3051
修竹園中秋月明　8993
東山春満花如錦　3846
故人大半入黄泉　15986
将相功名一関塵　3665
素魄二分輪未盈　8998
第一番風暢暖芳　3050
釣鐘幽闇時難分　2486
問翁積疾全愈否　2398
寒漸盛雪花翩翻　11208
愛此庭階罷掃除　13894
愛此庭階罷掃除　7698
雲影起窓前　3668
憶親常恨後帰期　5789
贈春存古意　3648

—かはへにみえし 8043
—くもまをわたる 8063
—ふえたけのねを 15284
をちかたや
—かすみかたよる 2419
—ゆふたちくもの 5247
をちかへり 4236
をちこちの
—いりあひのこゑは 8194
—さかりのうめの 2698
—みえさすのたの 8103
—みねにたたよふ 9563
—みねにたたよふ 9565
をちこちも
—わかすかすみて 107
—わかすきくらし 13534
をちこちを 963
をちよりは 5679
をとこやま
—かみのみなさへ 14053
—かみのみゆきも 8855
—さかゆくひかり 14054
をとつとし 5769
をとつひも 10411
をとめこか
—うきくさたまも 14728
—さなへううとか 5339
—さなへううとか 5353
—そてふるやまの 7312
—たちまふそてに 10669
—なかきひあかす 5532
—ひれふるそての 10326
—ひれふるとよの 10325
—みとりのかみに 4724
—わかなつみにと 968
をとめこと 1252
をとめらか
—そてふるやまの 2966
—てにまきもたる 1823
をとめらに 14074
をのかねに
—たえぬこころの 216
—ねさめそめしは 13565
をのかみの 10564
をのつから 890
をののえの 7082
をののえも 17
をのへなる 15508
をのへより 10923
をのやまの
—いはねのたきは 4909
—いははをつたふ 4910
—ゆきわけいりし 2699
をのやまや 9988
をはすての 7343
をはなちる 7097
をはなのみ 8813
をふねこく
—あまやきくらん 4649
—こゑにたくひて 6707
—こゑにたくひて 8084
をふねさす
—さほのかはきり 6529
—さをのしつくも 11311
—そてさむからし 7587
をみなへし
—あきまちつらし 9465
—いろのさかりを 9450
—いろゆゑきみか 4675
—うつろふいろも 7124
—うつろふいろを 6650
—うつろふいろを 7787
—おほかるのへに 2347
—かさしにすとか 9572
—かさしのたまと 10802
—かさしのたまの 7694
—くものいともて 8660
—さくさかののの 3559
—さくののつゆの 2348
—たかかりころも 7897
—たちましりつつ 8238
—たはれてみゆる 8942
—つゆのさかりを 6796
—てたまもゆらに 8337
—はなのにしきを 9573
—みなへしをりて 8947
—よそなからみん 7760
—よそになひくを 8070
をやまたの
—いなはそよきて 6437
—かたさかりなる 15161
—しもこほるまて 10334
をやまたは 306
をやまたを 2964
をやみなき 4642
をやみなく 5256
をやむかと 5760
をらてたた 392
をらはやの 12759
をりえても 16043
をりかへし 10392
をりからの 8906
をりしもあれ
—あきさりころも 7673
—あきさりころも 7738
—かたりいてつつ 15551
—こころさされし 11056
—ことはのいろも 9882
—ふゆたちかへる 11081
—ふゆたつそらの 10215
—みやこのひとの 8558
をりすきし 5434
をりすきす 15123
をりすきは 6774
をりそへぬ 805
をりたくも 14444
をりつれは 15763
をりてこし 5487
をりてたに 11737
をりてみん
—なつをかけては 1677
—よそにのみやは 12844
をりならす 4678
をりにあひし 2844
をりにあひて
—けささくきくや 6998
—けささくきくや 7078
—けささくはなの 6854
をりにあふ
—はつねもうれし 4534
—やなきのいとの 1210
をりのこす 2104
をりはやく 4676
をりふしは 13058
をりふしも 16317
をりよくも
—うめのさかりに 3534
—おくるさくらの 495
—とひてけるかな 3223
をりをえて 11422
をりをりに
—ききのしつくの 8463
—なほさそひこし 1370
—はるれはやとる 6162
—わかともかきは 12963
をりをりの 15565
をりをりは 5906
をりをりも 5062
をるあとは 4677
をるそてに 662
をるそての 7687
をるそては 5388
をるひとも 2965
をれふして 10685

【初句欠】

〔　　　　〕
—なみにおもはは 12397
—はるさへさひし 1395
2695

【上句欠】

〔　　　　〕
—はるをたとらて 2695

われをおもふ　9503
われをきみ
—あはれといはは　14804
—おやとおほさは　16240
—さそふこころは　9700
われをこそ　3745
われをのみ
—うしとおもふな　3217
—ふるしはつれと　12310
われをまつ　14817

【ゐ】

ゐあかして　11305
ゐなからに　8934
ゐのうへを　14146
ゐのみつも　3370

【を】

をかさきに
—ちよふるまつの　5809
—ひありとききて　2923
—ひありとききて　15792
—をしむことしの　11627
をかさきの
—かきねもみえす　8797
—くさはのつゆと　16358
—けふのまつりは　9354
—たみたるみちを　16359
—まつのはるかせ　3561
をかのなの　4865
をかのへに　3335
をかのへの
—まつのあきかせ　7445
—まつのあらしを　13425
—をはなふきこす　6524
をかのへや
—こすゑはかすむ　757
—こすゑはさすか　369
をかのやの　9677
をきのおと　6673
をきのこゑ
—きけはぬるよも　6462
—まつふくかせに　13789
をきのねは
—ききなれぬれと　13791
—まくらになれて　6422
—ややききなれし　6957
をきのはに
—ききそめしこのの　6713
—ふくほとよりも　7588
をきのはの
—おとせぬほとの　8547
—そよとはかりに　7006
—そよともすれは　13790
—つゆをまくらに　8129
をきのはを　6315
をきはまた　9627
をくささく
—あきのをみれは　9160
—はるのはなのを　1120
をくさつむ　3811
をくさひく　7948
をくらやま
—あらしにたくふ　6402
—すみこしよよの　6294
をくるまの
—うしてふとしも　2585
—うしてふとしも　11228
—うしとはいへと　12307
—うしのあゆみの　3496
—うしのをやまに　14137
—うしやいつまて　12309
—うしやつらしと　12308
—ちりのかすにも　14978
—われからうしの　2587
—われからうしの　11229
—われやかへりて　11848
をけくちて　14584
をこたらて　13172
をこたりも　5767
をこたれは　3104
をこなりと　15773
をささかき
—ひとよのふしを　12064
—よをもへたてす　12062
をささはら
—かせのふきしく　9928
—ひとよのほとに　7007
—ひとよもかれす　8106
—むすへははらふ　6471
をさまれる
—よのかせみえて　13151
—よのこゑならし　220
—よのはるつけて　2078
—よのみつかへて　15331
をしかなく
—はきのしたはの　6486
—をかへのわさた　6984
—をくらのやまは　7287
をしからぬ　13310
をしきかな　16568
をしけなく
—うへもをりけり　2938
—たれへしをりて　9652
—をれるこころを　2581
をしけれと　9510
をしてこそ　14
をしといふ　13607
をしとおもふ
—こころにのこる　2289
—こころのあとも　8974
—こころははるも　9431
—こころをひとに　283
—こよひなあけそ　10418
—たもとのつゆに　9121
—はるのひかすは　593
をしとしも　5161
をしとても　5016
をしとのみ　2102
をしへおく
—いにしへいまの　16014
—きみかことのは　16013
をしへたる　3774
をしへなん　11870
をしほやま　10340
をしみかね
—まとろむゆめの　2294
—よをうくひすや　5052
をしみこし
—かきりしられて　177
—としのひかすも　11322
—ひかすもけふに　10396
—ひかすもつきて　9916
—わかおもかけや　666
をしみつる
—きのふのはなの　341
—ひとはかへりて　1768
—われこそあらす　254
をしみても　9907
をしむそよ
—かつちるはきの　6506
—よをなかつきも　6672
をしむとて
—たかすきかての　3893
—とまるへきには　2143
をしむとも
—いとひかすらん　15919
—つひにはかなく　9813
をしむへき
—たからもちりの　16391
—ひかけなからも　4570
をしむまに　3438
をしむらん　10277
をしむわか　567
をしめとも
—たちもとまらて　335
—とまらぬはるの　76
—はかなくくれて　314
3153
をしめなほ
—あきのひかりの　8111
—けふしくれなは　10017
—ちりゆくままに　517
—ちりゆくままに　4170
—つゆのまかきに　790
をたえなく　4665
をたかへす　15572
をたつくる　5123
をたならは　15157
をちかたに　7156
をちかたの

わするなよ
—いにしへいまの 3220
—うきよのちりに 3219
—おもひいてはの 14052
—かけはなるとも 11994
わするるか 12657
わするるも 12655
わすれえぬ 13094
わすれかは
—わすられはてし 12485
—わすられはてし 12500
わすれくさ
—いさつみてまし 13198
—おふてふものを 12026
—おふとしきけは 11776
—おふとしきけは 12189
—しけさままさりて 12299
—たれにつめとか 13197
わすれしな 7101
わすれしの
—ことのはもみな 12057
—ちきりはくちて 12346
わすれすは
—こころにてらせ 7102
—やそちにちかき 16488
わすれすよ
—それよりたえし 12056
—なみちへたてて 12005
—なみちへたてて 12021
わすれては
—あきかとおもふ 5817
—たのまれぬよを 11300
わすれめや
—いろもにほひも 37
—ことはのはなも 769
—たけくやさしき 14868
—のやまもさこそ 6912
—はなのこかけの 449
—ひはりたつのの 142
—よもきかもとの 15658
わすれゆく
—ひとのこころを 12035
—ひとをしのふの 12025
わたさわた 15992
わたしふね 8292
わたしもり 6058
わたつうみの
—あまならすとも 6463
—あまのかるてふ 11999
—いりひのかけを 1102
—おきなにしあれは 15964
—おきなのしわも 15965
—おきなはかりは 13444
—なきさのをかの 12945
—はてなきなみも 8385
わたつうみを 13653
わたつちの 13857
わたつみと 16171
わたつみの
—おきなかめには 16405
—おきなにあえよ 5756
—おきなにしあれと 3246
—おきなのきぬを 5755
—おきなはいたく 3638
—おきなははしも 15690
—かさしのはなは 1705
—しほのひるまの 16145
—そこにおふてふ 15092
—そこにおふとも 15093
—そこのうきめを 15464
—にきめひきほす 12884
—にきめをときの 15729
わたつみは 11336
わたつみも 16521
わたつみや 15452
わたとのの 5617
わたのそこ 15711
わたのはら
—くもゐにまかふ 7549
—やそしまかけて 3174
わたりきて 14180
わつかなる
—くもまそひつつ 5085
—くもまをもりて 5084
わつらはし 14338
わひしきは 15091
わひしらに
—なくこゑきけは 7436
—なくこゑきけは 7623
わひつかれ 5506
わひつつも 12146
わひひとの 3732
わらはへの 5653
わらひをり 1948
わりなくも 1625
わりなしや 11915
われおもふ 1063
われかひの 12524
われこえて 13849
われこそは
—まつとふらひて 3583
—わけのこすとも 14060
われさへも 3531
われしなは
—わかちちははの 8586
—わかなきたまは 8587
われたにも
—すますなりなん 8344
—なからんのちの 14083
われとみを 16607
われとわか
—うゑけるよをも 4566
—みをそあなつる 16493
われなから
—あやしやいつの 11753
—しのふもあやし 12674
—もとかしきかな 15728
われならて 6614
われならぬ 12586
われならは 16181
われねかふ 11206
われのみと
—おもひしむろの 15081
—おもひしものを 10876
われのみや
—うれしとはおもふ 14540
—かへりてすまぬ 10913
—たひにうかれん 5461
—なけきこりつむ 14177
—ひとりむすはん 7420
—みをうみつらに 15084
われはしも
—あとをととめぬ 16613
—ちかきまもりを 14952
われはたた 9618
われはなほ 14611
われははや 11511
われはまた
—ことはのうみの 2871
—めをふれぬをも 11010
われはやや 11058
われひとり
—きかはなにせん 4121
—のこるもあやふ 15423
われほりし 5551
われもいさ
—ちよへんまつを 1782
—をりめつらしき 650
われもいま 1059
われもおゆ 2435
われもけさ 2553
われもこの 4452
われもさそ 13858
われもさは 9364
われもしか
—つきみぬやまち 7288
—つまなきおもひ 7783
われもしる 14202
われもまた
—ちよへんまつを 14104
—ひまゆくこまの 3494
われもよに 15527
われもよを
—あきたにさせる 5017
—あきたのそほつ 8824
—いまはとおもふ 1712
—うちのやまへに 4273
われやまた 1090
われよりも 11211
われらのみ 14827
われをいはふ 8838

—のきはにつきの　5268
—のきはのはなの　2775
—はきのしたはも　6863
—はなはさかりに　3206
—まつにかかれる　2771
—まつにつきをし　9514
—まつのこすゑに　1853
—まつのほかなる　8599
—まつのほかなる　8668
—よもきにましる　9400
わかやとは
—うゑきをもせす　16553
—さしてもとはん　4146
—すきまをおほみ　11294
—ひかしのやまを　9551
—ふるほともなき　11563
—まつのしけえの　5825
わかやとも　5840
わかやまの　5588
わかやまひ
—いのりしままに　5529
—たちかへりにし　5603
—をこたるままに　5601
わかゆかに　14835
わかゆてふ
—きくのさかつき　6903
—なをなたのみそ　6858
わかるとも
—そひてそゆかん　16427
—またあひみんと　16256
—またそあひみん　15554
—めくりあふよを　6850
わかるへき
—ひとをまたきに　13556
—みやこしまへを　14415
わかれきて　12666
わかれしは　11320
わかれちに　10385
わかれちの
—あさかほとしも　5248
—けふのうさをし　3597
—なみたとなりて　13622
—むかしよりけに　15461
わかれちも　12352
わかれちを
—ととめかねては　13232
—をしみしことも　2673
わかれての　15485
わかれては
—あけくれにしに　14608
—いつかもあはん　2991
—うしろめたきを　11758
—かたみにつつむ　11949
—くもゐのかりの　16440
—またたちかへり　12831
—またたちかへり　15813
わかれても
—つきにわすれぬ　8882
—なほみをさらぬ　12374
—またきますやと　5883
わかれなは　15448
わかれなん　13758
わかれにし
—おもかけやまの　12530
—ここゐのもりの　1929
わかれには　2670
わかれゆく
—あきのためには　8309
—そてさむかりし　6976
—ふたつのほしの　9185
—ほしのなみたに　7413
わかれゐし　14944
わきかへる　12218
わきてこの　10379
わきてとく　2602
わきてなと　6342
わきてふく　9541
わきもこか
—あかもすそひき　12055
—あかもすそひく　10191
—かさしにさせは　8644
—たまくらはつし　15720
—つめるすみれの　1078
—ともよひかはし　14719
—ゆくてののへの　1079
—ゆめにもみえよ　12676
—わかきぬつつる　7379
—ゑまひににたる　12711
わきもこに　7866
わくらはに　3446
わくるにも　16558
わけいつる
—みやこののへの　13886
—みやこののへの　13952
わけいらは
—きみのみならて　11615
—もみしをもみん　6806
わけいりし
—こころのみちも　11791
—ひとはかへらて　1852
—みゆきのいろに　5704
わけいりて
—きこるきこりも　13639
—そこにかつける　16511
—なほたつねてん　11597
わけいるも　4286
わけいれと　754
わけいれは
—ころもてすすし　4827
—さなからこけに　7031
—そのいろとしも　1889
—わかたもとさへ　14219
わけかねて　10639
わけきつる
—こころそふかき　10854
—こころふかさも　10853
—たかねのくもを　16050
—ちくさのはなの　10647
—やまつとみても　8982
わけくれ□　2462
わけくれて　13116
わけこしは　14832
わけすくる
—そてにはしもと　6600
—つゆにしほれて　6118
—のへのまはきの　6351
わけすてて　10144
わけそむる
—ちとせのやまの　1497
—なつののはらの　14059
わけそめし　16627
わけてとく
—かすむとそみし　3065
—かすむとそみし　3092
わけなれし
—つゆはものかは　12900
—はなのおもかけ　5964
—みやこののへも　969
わけなれぬ　4269
わけのこす　557
わけまとふ
—たひちのくれに　14451
—やくものみちの　14358
わけまよふ　12976
わけゆかむ　12968
わけゆかん　5955
わけゆけは
—そてももすそも　7056
—たをらぬそても　6068
わけよきみ　15075
わけよなほ　5105
わけわひぬ
—ふしいかはらの　7852
—ふふきはるれは　1735
—ゆふきりふかく　6024
わさなへを　3947
わさはひの　14960
わさみのは　15784
わすらるる
—みくにのやまの　12571
—みつののさはに　12144
—みにはみやこも　11785
—みののしらいと　12828
—みののしらいと　15803
—みはうくひすよ　12222
—みをいまさらに　12148
—みをかこつにも　11899
—みをのそまきの　11876
—わかみのうさに　12007
—わかみのうさに　12023
わすられぬ　16445

—みとりのまつに 3542
—みをもおもはて 3543
—むそちをちよの 13363
—ものとはなしに 8450
わかきにて 3892
わかきみか
—かへりますまて 5538
—みことのままに 14867
わかきより 1019
わかくさに 158
わかくさの
—あをむはるのを 605
—あをむはるのを 998
—みとりひにそふ 117
—みとりやふかく 332
わかくさを 1000
わかくにの
—えそにいつより 16070
—えそよりいへる 16071
—ことのはとしも 10973
わかこころ
—いしならませは 14738
—かみにもあらぬか 2615
—くみてもおもへ 14208
わかことや
—おいてつかれし 4924
—つきをめてけん 9092
—ひさしきたひの 10522
わかことを 2948
わかこひは
—あむのこほりの 12559
—ありそによする 12520
—まつのはこしの 12594
わかこふる
—ちちふはやまの 13984
—ひとをいつはた 12545
—ひとをまちえし 8346
わかこまの 4962
わかさかり
—みしよのかけも 9331
—をしみしことは 10321
わかさくら 1778
わかさには 5564
わかせこか
—おりたちぬれて 8950
—ころもやつれぬ 12513
わかせこに 15015
わかせこを
—いつかいつかと 15016
—おやはさくとも 12473
わかそてに 2032
わかそての
—なみたのいろに 12725
—なみたのたまを 12251
わかそては
—あやななみたの 14739
—きりのたちえの 11842
—たけのかけひの 12641
わかそてや 16637
わかそのの 14793
わかたくひ 16432
わかたちは 14902
わかたのむ
—きみかやとりし 14729
—きみをそけふは 8837
—ひとこそうけれ 14768
—ひとをしみれは 15017
わかために
—くるあきならぬ 8077
—くるあきなれや 6974
—このひとえたを 8131
—つめるわかなの 3340
わかための
—あたこのたかね 10752
—はつねはなかし 4969
—わかなときけは 3482
わかためは
—あたらとおもひし 3684
—うくひすたにも 4276
—なにはにつくる 12067
わかちやる
—かはのえたえた 15810
—かわのえたえた 2978
わかつへき
—はれまにをとへ 11149
—ほとにそとはん 11148
わかとひし 15299
わかともに 11704
わかなかに 12774
わかなかの
—なみこすそての 6849
—よとせをわたせ 12158
わかなかは
—おもひなからの 12302
—かたみにくめる 12681
—かはるをそまつ 12718
—かみのいつきの 12471
—かれぬるものを 12862
—しけきひとめを 11814
—なほあふことや 12403
—ふるのみやこと 12051
—ふるはちりゆく 11766
—まとほになりぬ 12381
—むらくもかくれ 12049
—をけのうみをの 12494
—をたのかりほの 12059
12053
わかなけき 14175
わかなすひ
—もとなすひまた 5375
—もとなすひまた 15794
わかなつむ 3488
わかなへを
—うゑそめしより 4863
—とりとりいそく 5092
わかにはの 7699
わかのうらに
—なれしちとりの 10242
—よするこころを 15931
わかのうらの
—いりえのあやめ 4470
—たまのひかりに 13431
—たまひろひなは 2994
—たまもひろはん 11545
—まつにけふしも 13498
—まつのちよもと 13493
—まつをねこして 15279
わかのうらは
—いりえあまたあり 15932
—いりえあまたあり 15954
わかのうらや
—かすむいりえは 3788
—つきのひかりも 13374
—ひくなみまちて 3834
—むかしのかせは 15871
わかのちに 15530
わかはさす 4646
わかふねの 2664
わかへつつ 186
わかまたぬ 213
わかまつに 3859
わかまつの
—こすゑのからす 16213
—ゆくすゑとほく 9327
わかまなふ 16027
わかみすら 11343
わかみとり 13547
わかみもし 10915
わかみよに 7106
わかもとは 9306
わかものと 3453
わかものの
—きみにおくらて 15363
—きみにおくらて 15436
わかやとに
—あたにちりなは 2058
—うゑてこそみれ 144
—にけなきものそ 5047
—はるくむさけの 3529
—やとりてをなけ 5436
—わけてはうゑし 5941
わかやとの
—いけのかはつの 3213
—うのはなかきと 5315
—かきつのはなの 3547
—かきねののへを 9662
—かきねのはなの 1673
—かきねはやかて 3588
—かきねをすくる 15997
—つまたにあるを 12984
—とかのきはしら 16398

―すむへきふちは　15043
―つみてそすまん　7751
―つむともつきし　3821
よろほひて　2945
よをあきに　8173
よをいとふ
―こけのたもとに　10219
―こころのはなも　874
―こころやあさき　13441
―こころをおこす　14371
―しはのとほそも　6596
―しるしとなりて　15532
―すみかはこけを　13943
―すみかもけふは　5674
―すみかをとへは　16455
―そてにならひて　13562
―たけのあみとの　16133
―ひとあらせはや　16460
―ひとのすみかに　14382
―ひとのまねして　15876
―みやまのいほの　3083
よをうしと
―いとふこころそ　16126
―さのみなわひそ　14327
よをうみの
―あまのうけなは　9125
―あまのうなゐか　3225
―めかりしほやく　5869
よをかさね
―あきかせさむし　6653
―うかはにともす　4487
―しもにをれふす　11084
―とはねはしはし　12609
―なれぬるもうき　11890
―まちまちてこそ　4699
―まつかひもなし　4017
―まつもうつきの　4541
よをこめし　385
よをこめて
―あさたつそての　6556
―きくとももかな　2031
―たひたちぬれと　14047
―はるやたつらん　2516
―やまちこえきぬ　9459
―われよりさきに　7943
よをさむみ
―おきいててみれは　9890
―おきゐのさとの　7837
―こほりやすらん　11068
―さらてもゆめは　7067
―しもやおくらん　10389
―しもやふるらん　11504
―ねてのあさけに　10343
―ねてのあさけに　10352
―みきはにさわく　9930
―めのみさめつつ　11630
よをすくふ
―あみたかみねに　5478
―あみたかみねの　15119
―あみたかみねの　15196
―めくみによもの　14299
よをすてて　16480
よをてらす　16570
よをとほく
―おもひへたつに　14635
―おもひへたてぬ　15052
―のかれいるとも　12916
―みはのかれきぬ　13838
よをのこす
―かすみなからに　1579
―つきのかけかと　9822
―まかきのつきの　7330
―まかきのつきの　7376
よをはやく　16330
よをふかく　7559
よをふかみ
―おきそふつゆの　6170
―おきそふつゆを　12070
―かすかになりぬ　10214
―かせをさまりて　6910
―かたふくつきに　8236
―かはせのみつや　10301
―こほるかはへに　10302
―しくれにけらし　11656
―たちいててみれは　9758
―つはさのしもを　9987
―ひとりしきけは　7134
―ふきもたゆまぬ　11332
―ふくとしもなき　9449
―ゆききはたえて　6722
よをへつつ　10130
よをめくむ　14489
よをわたる
―うきめかりふね　15329
―うさにやもれぬ　14440
―みちにかけては　13893
―みちにかけては　13971
よんへきみ　15481

【ら】

らくしつの　13898
らんかんの　4819
らんせいの　2986
らんまんと　2904

【り】

りうしんも　15306
りうすいの　3331
りうそくの　3357
りちのこゑの　3252
りんかんの　8562
りんたうの　6166
りんてんの　11428

【る】

るいえふの
―かけたるつきの　11407
―むねなるへきを　11406
るいねんに　3318
るいねんの　7286
るいらんの　3366
るいをもて　3325
るりくさに　9730
るりのうへに　10561

【れ】

れいよりも　7285

【ろ】

ろうこくの　14847
ろくちんの　9801
ろくのみち　16585

【わ】

わかいとふ　1725
わかいのち　14252
わかいのる　8702
わかいへの　16650
わかいほに　9178
わかいほの　5847
わかいほは　9657
わかうとは　9319
わかうへを　12358
わかえつつ　3422
わかえよと　3339
わかおもひ
―つくかたもなく　15400
―つつめはつつむ　12533
―なるとしきかは　12430
わかおもふ
―こころたくみは　3209
―こころにことの　3522
―ことをくるしと　16252
―ひとのすむなる　14755
―ひとのてふれし　14760
―ひとはなみまの　12337
わかかけは　9323
わかかたに
―ひけはもとすゑ　15004
―よりもよらすも　11788
わかかとに　10511
わかかとの　1374
わかかへて
―かけうつろひて　4965
―すすしくしける　4154
わかかへり
―いろもきほひて　16630
―さかゆくやとて　7215
わかかへる
―たひのなかめに　14899

―なかなかつきの〔連歌〕 6404
―ゆきけにかはる 10021
よひのまに
―いてていりぬる 11828
―ききしきぬたか 8184
―ほのかたらひし 4933
よひのまの
―あつさはいつく 9605
―あらしはたへて 15188
―しくれあられは 10172
―しくれあられは 10415
―しくれにぬれし 6362
―たけはのしもに 10969
―ゆきにをれきの 11236
―ゆきにをれきの 15774
よひのまは
―かたみにしのふ 11911
―さすかかすみし 210
―そよきしかせの 15189
―なほはしゐして 6495
―はらふときさし 10114
よひよひに
―かくてりそはは 9225
―まちしよりなほ 11929
よへのあめの 7344
よへふりし 3823
よもきふに
―うつまさいしを 15691
―みをうつまさの 15692
よもきふの
―かけにはとまれ 11724
―かけもさすかに 3630
―けかしきやとと 2679
―はるにしられぬ 5826
よもすから
―おきいてみはや 7478
―こほりとみえし 9313
―さけくみかはし 9274
―つきかけきよき 9910
―なみたちあれて 9949
―ねてもきかなん 4279
―のわきのかせの 9537
―はふきさわきし 11476
―ふねさしくたし 11663
―みてしもあかぬ 7937
―みてをあかさん 8743
よもにけさ 1789
よもになも 7307
よもにまつ 2860
よものかせ 15848
よもはみな
―しつまるよはを 7502
―しつまるよはを 7515
―ひとしつまりて 6620
―ひとしつまりて 7135
よもやまの
―あきのにしきと 3076
―あきのにしきと 3463
―あきをうつして 8827
―はなのさかりそ 2365
―はなやちるらん 2279
―まつはをちよの 15497
よもやまは
―そめつくしてや 6843
―ゆきとふりもや 11375
よもやまも 11453
よもやまを 15397
よやさむき 9560
よよかけて
―しけりさかえよ 15533
―たたぬちきりは 9176
―なにかたのみし 12058
―むすひしものを 12730
よよくもれ 1846
よよしとて
―とはぬそつらき 12238
―とはれさりせは 9513
―ひとまつへくも 8498
よよしとや 6935
よよたえす 14534
よよのひとの 1612
よよをへて 2343
よりあはて 12419
よりあはむ 11997
よりあふと
―みれはたえぬる 12411
―みれはたへぬる 12401
よりあふも 12254
よりきつつ
―うちみることに 2890
―われにこころを 14777
よりよりに 5542
よりよりの〔連歌〕 15988
よるかけて
―あきもたつたの 4026
―うきねしむらし 10169
―ゆきにやならん 10819
―ゆきやさそはむ 9965
よるしかを
―まつのほくしの 3898
―まつのほくしは 4988
よるせとは 4687
よるとしや 14479
よるとても 16162
よるとみえ 4914
よるなみに
―かけをひたして 7525
―みかくたまえは 8744
―むれたつちとり 10689
―ゆらるるはまの 7669
よるなみの
―あやおりそへて 9962
―あらふいしつの 13956
―あらふいそへに 14374
―いろはのこりて 13207
―いろもわかれす 10085
―おとこそはるの 1418
―おとこそはるの 13662
―おとにかくれて 14086
―おとにまかせて 4810
―おとにわかれて 9398
―おとものとけし 597
―きしねははなに 882
―こゑたかさこに 13473
―しきつのちとり 11230
―ひろきめくみに 15238
よるなみは 7229
よるのくも 15592
よるひかる
―たまかとみてや 4378
―たまやよせくと 8178
よるひるも 11847
よるへとは 15315
よるへなき 16254
よるよるに 6729
よるよるは
―あきやかよひて 5202
―そてのみぬれて 11960
よるをまつ 12569
よろこひに 15415
よろこひの 11062
よろこひを 9651
よろつはの 11409
よろつよと 15918
よろつよに 14677
よろつよの
―かめにちとせの 7187
―こゑはかりこそ 14405
―さかゆくひとは 13618
―ちきりをかけて 13548
―はるのわかなを 1684
―はるをつむとも 3578
―やとにひきうゑて 1669
―やとのはつねそ 1668
よろつよも
―あたにはちらし 2753
―おいかくるへき 536
―ここにかさねよ 3344
―ここにそつまん 301
―こころゆくせの 2346
―たえしみかはの 7005
―なにかひさしき 14539
―なほしあかねは 15660
―ふりせぬあきの 7373
よろつよを
―いやつきつきに 15979
―かけておもへは 9422
―かさねてここに 15476
―かねてうゑける 1562
―きみかしめのの 3387
―さしてめくらす 2336

よにかよふ　13157
よにこえて
—たかきめくみを　5479
—たかくさかゆる　15659
—たてるあみたの　15118
よにしらす　3875
よにしらぬ
—あきこそすめれ　4012
—あきのひかりや　8240
—たかことのはそ　16629
—ほらのもみちも　8134
よにすまは　15228
よにすむも　13291
よにすめは　14277
よにたかく
—きこえしきみか　15966
—きこえしひとの　16550
よにはまた　16621
よにひろく　3768
よにふりし　5064
よにふるは
—からきものそと　13719
—とてもかくても　13554
—またてもきかん　4229
よにふれは
—たれもこころの　5036
—ふるえのあめに　16439
—みちもこそきけ　9379
よにみてる
—なをあらはして　8399
—なをはつかしみ　9082
—なをはつつしみ　8403
よにめくる　14032
よにめつる　6684
よねにしほ　15372
よのあめに　5437
よのあめの
—つらさをかこつ　460
—なこりつゆけき　710
—なこりつゆけき　1379
—なこりのつゆや　1575
よのうきに　12672
よのうきは　16134
よのうきめ
—いつよそにみん　15289
—みすはこころも　12959
よのうさに
—おふるなけきは　14346
—かへてそきかん　13174
—こころつくまの　14379
よのうさの
—なほきこえつと　16159
—われとひとしき　14174
よのうさは
—あまつそらより　14185
—わすれすなから　8500
よのうさも
—きこえぬいほの　13822
—まきれやすると　14118
—よしやなけかし　13615
—わするるさけに　9084
—わするるはなの　356
よのうさよ　14127
よのうさを
—おもひかへせは　12947
—わふるなみたや　13966
よのかせに　6469
よのかせを　1393
よのたみに　15120
よのためは　16273
よのちりに
—うつもれなから　13032
—にこるこころを　12911
よのつねの
—あらしをももち　8541
—ひえをとやまに　5595
—ふしのたかねの　15359
—もちをももちの　8400
—ももやをやちよ　11269
—をしさにまして　9142
よのとみを　2109
よのなかに
—おもたたしきは　16530
—しられぬやまは　2285
—みせんといひし　5724
よのなかの
—うきせうきせに　15065
—うきにあはすは　16102
—うきにまきれて　9445
—うきはわかみの　16103
—うれへよろこひ　16346
—さかしきみちは　14642
—さらぬわかれは　16357
—つねなきなかに　15076
—なけきよろこひ　16345
—ひとにましらて　16105
—めしひしひとの　11011
よのなかは
—あはれはかなと　14549
—あはれはかなと　14564
—いちのうちにも　13840
—うしのをやまの　14136
—かくこそありけれ　9524
—とにもかくにも　15998
よのなかを
—あくらにたてて　15352
—またあきはてす　7500
—われもあきたに　5037
よのはるに　2433
よのはるを　396
よのひとに　12764
よのひとの
—こころそむなと　14469
—こころそむなと　14497
—たちさわくめる　11613
—なかくみてらの　3866
—はかりしられぬ　8169
—はかりしられぬ　14583
—まことはあめの　15426
よのひとは　9692
よのひとを
—あはれふきみか　11608
—めくむこころの　12763
よのほかの
—かややかのきは　15152
—みちしるへせよ　3143
—やまのみましを　3142
よのほとに
—いはこすなみや　9886
—しくれやそめし　8694
—ふりやつくらん　1193
よのほとの
—あめのなこりを　591
—しももあられも　10483
よのほとは　15173
よのまより　45
よのわさの　15899
よはかくと　15265
よはくとも　5773
よはなれし　8278
よはなれて
—うへなきみちに　14519
—すままほしきは　5422
—すままほしきは　15314
—すむとはなしに　10461
—すむはなはかり　15875
—すむやまかけは　1392
—たかすむさとそ　6971
—ちりなきさとの　8528
—ちりにそむとも　8520
—ひとこそとはね　8060
—ひとのかよはぬ　6584
—ひともすさめぬ　2090
—みをおくやまに　6532
—ものにきそはぬ　14878
よはにちる　11635
よはにふく　10329
よはにふる　7952
よはひたかく　16414
よはひなを　497
よひかはす　14707
よひにみし
—あまのいさりひ　6604
—かきねのくまも　8504
—かけよりもなほ　5296
—にはのきくさの　8275
—のきのあれまを　5928
—ほしはうつりて　13688
—まつのこのまの　9594
よひのあめの　6087
よひのあめは

―わかるるみねを　910
よこくもは
―そらにわかれて　256
―へたてもはてす　126
よこさまや　15872
よこそかく　15072
よさのうみや　13208
よしあしと　16051
よしあしに
―にこれとすめと　3611
―みをつくしても　14676
よしあしの
―あちはしらねと　5505
―なにはのことに　14675
よしあしも
―あなわつらはし　379
―しらぬなにはの　11577
よしあしを
―いかてかわかん　13234
―いにしへいまと　3734
―わくるこころの　16053
よしきえね
―いのちのたまの　12814
―いのちのたまの　15709
よしさらは
―こころにのこる　2290
―こよひははなの　426
―よしののおくの　12835
よししはし　15678
よしつもれ　11166
よしとおもふ　14962
よしとのみ　16459
よしのかは
―さくらのなには　7237
―さくらはちりて　1100
―たきついはねを　1793
―たまちるせせの　5949
―ちりかひくもる　865
よしのちに　3873
よしのやま
―いはのかけみち　1602
―かすみのとほや　734
―くものかからぬ　40
―さなからつつむ　2357
―ところもさらす　2357
―なへてさかりの　2366
―はなちるかたに　2371
―はなのしらくも　295
―はなまつころは　397
―みぬよのはるの　92
よしのよく　16433
よしはるか　5835
よしやけふ　2613
よしやなの　11096
よしやひと　11757
よしやふけ　228
よしやふれ　5464
よしやみは　14105
よしやよは
―まかきのたけの　13629
―よしののかはの　13636
よすからに　15245
よせかへり
―なみはあらへと　13646
―ゆらるるいその　14373
よせかへる
―いろもわかれす　109
―いろもわかれす　418
―なみかとそおもふ　13117
―なみのいろより　300
―なみのたちゐも　9768
よそなから
―おもひしよりも　6355
―おもひしよりも　11212
―おもひつくはの　12441
―とふへかりけり　12865
よそにきく
―そてにもつゆは　6045
―たもとのつゆも　6759
―たもとのつゆも　7514
よそにけふ　7710
よそにたに
―あはれとはみよ　12686
―あはれとやみん　12178
―うつらさりせは　11862
―なひかさりせは　12284
よそにちる　1773
よそになす　1268
よそにのみ
―おもひなれにし　14623
―かけはなれゆく　12542
―たれかはきかむ　7175
―ふるとみえける　5321
―みてやはすきん　3300
―みるもはかなし　6824
―めなれしさとも　10919
よそにみて　9944
よそにみは
―いかにあはれの　2590
―ここもかくこそ　5230
―ここもかくこそ　5678
―もときやせまし　13227
よそにみる
―あまそあやしき　14824
―たもとさへこそ　1633
―みのたくひさへ　16482
よそにみん　15926
よそによを　3238
よそにわか
―ききしはものか　8197
―ききしはものか　8305
よそはみな　4005
よそひとは　14467
よそめこそ
―きえぬとみつれ　2304
―すみよくみゆれ　4905
―はなにもまかへ　1202
よそめさへ
―うふねのたなは　4712
―こころほそくや　14445
―こころほそしや　16231
よそめには
―かくともみえし　13768
―やくとみすみす　2919
―をりたかへたる　6776
よそよりも　6025
よつのうみ　105
よつのうみに　16372
よつのとき
―あかぬみとりも　3980
―かはるけしきは　3431
―かはるなかめの　3430
よとともに
―あまのとわたる　9613
―あらしはけしき　12950
―いはこすなみと　14344
―いほののきはの　8634
―うかれしふねや　8100
―うきてみゆるは　15661
―うきてみゆれと　15661
―うきてやみゆる　15661
―おもひおこせし　2724
―おもひこそやれ　8633
―かくくもるへき　6692
―かけなかれそ　8763
―きなけうくひす　1421
―こひしきなみの　12525
―こふれとひとは　12472
―しかたちゐるは　8594
―つきのもれとて　6735
―つきひもほしも　5887
―つもりつもりて　3334
―つれなきつまを　8662
―なみにゆらるる　16638
―ひとにとはれぬ　6975
―ひとをうふねの　12731
―みはやなかつき　7264
―みるめなけれは　12069
―わきていつれと　5707
―ゐせきのみつも　14115
よなよなに　6494
よなよなの
―つきにはうとき　6051
―つきのためにや　9091
―つきもはつかし　8524
よにあふく　16655
よにうとく　15515
よにおほふ
―かすみのそても　1377
―なをやねたみて　6086
―みよのめくみの　10459

―あめにやぬれし　5851
―かせにおきふす　5158
―くもふきかへて　4100
―なこりのくもの　4373
―なこりのくもま　4398
―なこりのつゆに　4108
―なこりのつゆに　4334
―なこりのつゆに　4729
―はれゆくみねに　4504
ゆふたちは
―いまふりくめり　5492
―いまふりくめり　9034
ゆふつきの
―いるかたちかき　4046
―いるさのおそく　4935
―うつりもあへす　5765
―かけうつるまて　2438
―かけなしくれそ　10768
―かけにはれなは　9071
―ころにしあれは　3068
―しららにさける　5854
―そらたのめせし　5694
―ほのめくのへを　8646
―もりのこかけの　4562
ゆふつきは
―いりぬるものを　9660
―またきないりそ　7562
ゆふつきも
―あかぬものから　9746
―またかけもらぬ　4442
ゆふつきを　5804
ゆふつくひ
―いりしはやしの　15202
―いりぬるあとの　15137
―いりぬるままに　5830
―いりぬるみねは　206
―いりぬるやまの　9484
―かすめるそらを　1490
―さすやをかへの　6007
―むかひのをかの　13828
ゆふつくよ
―ほのかにひとを　11927
―をくらのやまち　7984
―をくらのやまの　2250
ゆふつけて　5467
ゆふつけの
―こゑにおきいてて　13689
―とりとめかたき　12351
ゆふつつの　4256
ゆふつつは　12744
ゆふつゆに　6065
ゆふつゆの　8573
ゆふつゆも　7337
ゆふなきに
―あまやかるもの　14040
―あまやかるもの　14107
ゆふなみの　7611
ゆふにしの　15235
ゆふひかけ
―いりてののちそ　6880
―いりぬるのちも　74
―さすかにくもの　4415
―のこるこすゑは　607
―みかきそへても　7129
ゆふひこそ　9335
ゆふひさし
―あるはかけろふ　8798
―あるはしくれて　11487
ゆふひさす
―いりえのみつの　774
―かたやまきしの　1628
―かはへのすすき　6944
―さとのかきねに　13807
―たかねのくもに　14390
―もりのこすゑに　4353
―をかのまつかけ　7513
―をかへのまつの　7332
―をのへのまつの　9415
ゆふへゆふへ
―おなしすかたの　15493
―かせのすすしく　9490
―たのみけるかな　12108
―とはぬかことも　11918
―ひかりをそへて　6607
―むかひのまつに　14042
―むかひのまつに　14110
―よもきかにはの　6071
ゆふまくれ
―あしのはかくれ　4688
―おほつかなきに　5273
―かつかつのきに　5899
―しめりてかほる　1841
―すみやくけふり　10065
―つまよふはとよ　11856
―やまもとかけて　8648
―わけまとひぬる　14157
―をしかなくてふ　6465
ゆふやみの
―あやなきをたを　9494
―そらにしられぬ　5708
ゆふやみは　12490
ゆふやみを
―おのかひかりと　4714
―てらしもはてす　9628
―をのかひかりと　4489
ゆほひかに　16456
ゆめかとて　373
ゆめかとよ　4439
ゆめさそふ
―あらしのかねに　13113
―おちはにそおもふ　11152
―かねのひひきに　13248
―ねやのまくらの　10194
―やはのあられの　10254
ゆめさむる
―あらしのかねの　13057
―あらしのかねの　13182
―たひねのうさを　7784
―まくらのしたに　6967
―まくらのやまの　4171
―よはのまくらに　4472
ゆめさめて　13323
ゆめたにも　11067
ゆめちにも　834
ゆめちをな　6852
ゆめならて
―いつかはひとに　4045
―いつしかもみん　12202
―こよひやほしの　8015
ゆめならは　12678
ゆめなれや　6739
ゆめにしも　14091
ゆめにたに
―あひみんことも　12373
―いまはみるよも　12187
―きくよはそなき　4831
―こてふとならは　16592
―つれなからすは　11865
―またみぬひとを　12426
ゆめにみし　4086
ゆめのこと　16082
ゆめのなかに　3019
ゆめのまに
―ちりはてぬへき　2744
―ととせかすきし　15904
―はるもなかれて　2387
ゆめのまは　7701
ゆめのよを
―かりとなきてや　7014
―しらせかほにも　12934
ゆめをのみ
―さそひしねやの　10195
―なにかはかなと　14124
―みちのねなかれ　16633
ゆらのとの　15752
ゆるくふく　2452
ゆゑなしと　5565

【よ】

よあらしの　10821
よかたりは　2571
よかはたつ　4212
よきさかな　14993
よきひとの　1613
よきひとを　14908
よきみつか　5599
よきよとも　14581
よこくもの
―ひまみえそめて　171
―わかるるみねに　13686
―わかるるみねの　3972

―かきりとむかふ　14528
―さかえをみせて　3336
―ちとせのかすに　1667
―ちとせのはるに　2311
―ちとせのはるに　13533
―ちとせもかねて　12996
―ちとせをこめて　1279
―ちよのはるしる　558
―とほきやまへの　1801
―とほくおもひし　16019
―とものうらはに　13423
―なかたのいなほ　7953
―なかをのむらに　14399
―のとかにみえて　1171
―はるけきのへに　1726
―みよなかつきの　7603
―よはひをとへは　13542
―よろつよかねて　14211
ゆくすゑは
―いそかぬたひも　7945
―ふみもまよはし　16417
―みちもまよはし　16247
―やまかさなりて　15406
ゆくすゑも
―なほかけそへて　7104
―なほさかゆかん　13396
―ひさしくすまん　2635
ゆくすゑや　8030
ゆくすゑを
―おもひおくこそ　9981
―かけておもはは　12491
―たれにとはまし　16246
―ちきりおけとも　13320
―ときはのまつに　13389
―ねくとよみきに　16497
―まてともいはし　14187
―まてともいはし　14203
ゆくそてに　533
ゆくとしの
―あとみぬよはの　10634
―くれぬかきりは　10127
―しはしひなちに　10640
―しはしひなちに　10653
―たちもかへれと　9632
―つもりておいと　10472
―なこりさひしく　9922
ゆくとしは
―いとところや　11057
―はいかちになる　10568
ゆくとしや　10703
ゆくとしを
―いまふつかはかり　10530
―かくはをしめと　10265
―をしむころしも　11290
ゆくはるの
―なこりをのみや　12154
―はなのなこりと　783
ゆくはるも
―やとりとらなん　1016
―わけてそをしき　330
ゆくはるよ　12156
ゆくはるを
―うくひすのねは　3262
―よひもかへさは　2777
―をしとのみこそ　3890
ゆくひとに　14051
ゆくひとは　14402
ゆくひとを
―ふりもととめぬ　5075
―まねきかねてや　7620
―まねくとみしは　6546
―まねくとみしは　6648
ゆくふねの
―かたほにうつる　8042
―こほりをくたく　10037
―とまりやいつこ　13015
―ほのかにひとを　12879
ゆくふねも　6951
ゆくへなく
―きゆるをみれは　5672
―ならんもしらて　12134
―なりてもつきぬ　16485
ゆくみちは　16644
ゆくみつと　1622
ゆくみつに
―かけもみたれて　138
―つなかぬふねの　14970
ゆくみつの
―かへらぬとしの　10497
―きよきかはへの　14761
―すみたかはらの　5584
―とかはのふねも　8680
ゆくりなく　8834
ゆくゑなく　899
ゆけとなほ
―ちよのまつはら　13972
―ひとはおとせて　8004
―ひとはおとせて　14458
―みちのなかはま　13581
―わかむらさきに　6860
ゆたかなる
―くにのみなとを　14172
―としとはかねて　5536
―よにあふみなる　14401
ゆつりあふ　16519
ゆつるてふ　16518
ゆふかけて
―かへすたのもを　1439
―ころもうつなり　7446
―しもやおくらん　10481
―すみれつむのの　2439
―みそきしつれは　4484
ゆふかすみ
―かすみこめても　973
―ひとすちふかき　975
―わけてふかきや　1389
ゆふかせに
―かやりのけふり　4987
―なひくをみれは　5320
―ゆふしてなひく　5308
ゆふかせの　13346
ゆふかせは　982
ゆふかせも　4161
ゆふかほの　4942
ゆふきりに　6415
ゆふきりは
―ものおもふひとの　8055
―やまのはにのみ　9106
ゆふくれに
―とほきやまへを　16020
―とほやまのはを　9049
―なりもてゆけは　6827
―わかれしひとは　14633
ゆふくれの
―あめともならて　11806
―いろやそふらん　2134
―このしたつゆは　7617
―にはにおりはへ　7196
―まかきはやまと　2135
―ものわひしさも　8239
ゆふけふり　12606
ゆふこりの
―しもおきぬとは　10531
―しもおきわたす　10532
ゆふされは
―あきのしほかせ　6652
―あきのやまかせ　6090
―あきのやまかせ　6305
―あしのはなひき　3936
―あふきとりとり　5430
―いつもまたるる　9555
―うはひもささす　4670
―おきつしほかせ　10185
―そなたのそらに　12160
―たつるけふりの　4554
―のはらしのはら　6477
―みなみのかせに　4118
―みなみのかせの　4884
―もゆるほたるも　12271
―わらやののきは　3909
ゆふしくれ　9706
ゆふしほの
―いりえのあしに　9797
―ひかたのうらに　14335
―みつのはまへを　9767
ゆふしほや　13730
ゆふしもの　9969
ゆふすすみ　4354
ゆふたちの
―あめきほふのの　4547
―あめにけふりて　5197

―なほたつねみん　16643
―ならしのをかの　3940
―はなにこころを　421
―わかあとふみて　14818
ゆきかへる
―かひもなきさの　12139
―かひよとしかは　8782
ゆきかよふ　11967
ゆききえて
―うつるひかけや　2125
―かすみわたれり　3865
―ひをつむままに　2701
―ひをやつむらん　1865
―ふるきにかへる　3778
―みとりにかへる　680
―みとりにかへる　1294
―みとりにかへる　1470
―みとりにかへる　3201
ゆききえぬ
―たにのふるすを　1408
―たにのふるすを　1426
―のはらのわかな　912
―はるのあらしの　3066
ゆききえの
―はるにしなれと　238
―はるをもしらぬ　239
ゆききえる
―のさはのみつの　1413
―のやまのはるの　1173
ゆききゆる　644
ゆきくれて
―なほさととほき　6551
―もとめわひにし　6552
ゆきくれぬ
―いささはつゆと　13991
―こよひもまたや　7838
ゆきけそと　2780
ゆきけそふ　1318
ゆきこほり
―きえものこらし　1386
―けさよりとくる　10548
ゆきさむき
―うめかえうたふ　1992
―はるのしらへに　1993
―ひえのふもとを　11105
ゆきさむし　2542
ゆきしろく　11752
ゆきすくる　4864
ゆきすりに　386
ゆきすりの　12690
ゆきたにも　3535
ゆきつかれ
―くさのまくらの　13402
―くるれはかへる　12930
ゆきつきて　11554
ゆきつめる　3513
ゆきつもる
―けさしもとはは　10492
―ときはのやまの　10282
―よるのかつらの　3383
ゆきつれて　14134
ゆきていさ　14720
ゆきてきみを　16298
ゆきてとく　13418
ゆきてみぬ　3442
ゆきてみむ　7877
ゆきてみん　277
ゆきとくる　10845
ゆきとけて　3755
ゆきとちる　289
ゆきとふる
―ころしもとひて　1065
―なこりをそおもふ　5
ゆきなかに　2977
ゆきなやむ
―いはまもみえぬ　10038
―こまはととめて　12584
ゆきにけさ
―きこゆるかねは　11396
―たへすそみゆる　10840
ゆきにたに
―あともととめす　10400
―まつやとならは　3536
ゆきにとく　11039
ゆきにのる
―つきけのこまの　14505
―なをかよはして　15233
ゆきにみし
―おもかけなから　2379
―かきねかすみて　1908
ゆきにみは　11069
ゆきのうちに
―はるくるみちを　15800
―ふくめるはなも　3055
ゆきのこと　11192
ゆきのよは　10873
ゆきはたた　11559
ゆきはなの　6635
ゆきはまた　696
ゆきはるる　1209
ゆきはれて　3310
ゆきふかき　10866
ゆきふかみ　11354
ゆきふりて　10720
ゆきふれは
―ききのみとりの　10550
―さむさにわふる　10771
―とささぬせきも　10084
―ひとへとみしも　10943
―まつもさかきも　10933
―めつらしきかな　10924
ゆきほたる
―あつめさりける　12926
―あつめさりける　13124
ゆきまわけ　6766
ゆきめくり
―あふよもあれな　14566
―かはらぬかけは　7479
―つねなるつきを　7125
―はかなくくれて　6765
―みまくそほしき　15163
ゆきもきえ
―かすみたなひく　1759
―こほりもとけて　1892
―こほりもとけて　2152
ゆきもはなと　3380
ゆきもまた
―きえぬとやまの　348
―けぬのにいてて　2689
ゆきやはな　11168
ゆきゆきて　14089
ゆきよりも
―あはれそふかき　8542
―とくつもりぬる　3388
ゆきわけて
―いりけんをりの　4904
―とひしむかしを　11197
ゆきわけは　10714
ゆきわひぬ　5880
ゆきをしのき　3729
ゆきをはな　11177
ゆくあきの
―つゆさむからし　6358
―つゆさむからし　6715
ゆくあきは
―たちもとまらす　9439
―なにをかかたみ　9690
―ゆふへはかりを　6718
ゆくあきも　9438
ゆくあきや　10978
ゆくあきを
―おしみかねてや　6414
―したふこころの　7971
―そらにもをしと　6380
―をしかのつのの　7997
―をしみかねてや　6314
ゆくかくか　14094
ゆくかたに　10318
ゆくかりも
―たちかへりみよ　1783
―わかれかたみや　3077
ゆくすゑに
―あひみんことは　15590
―あひみんことは　16226
―なれみんあきの　13539
―またあひみんは　5327
―みへきはさそな　16176
―むかしみしこと　11728
―われまとはすな　12476
ゆくすゑの
―あきいくめくり　6174

―つきをかことに　9725
―とほきこすゑに　1568
―ふゆひはやはや　9860
―まつのこのまに　13687
―まつのしつえの　9683
―まつをはなれて　6817
やまのはは
―いりひのなこり　8013
―かすみのうへに　8433
―またいてはてぬ　6309
―またはるかなる　3981
やまのはも　796
やまのはを
―かついてそめし　8915
―なとかこちけむ　7957
やまのまた　5947
やまのゐの
―あさきこころは　15472
―こころはかねて　12694
やまはきり　10956
やまはしの　1024
やまはたに　5637
やまはたの
―かたさかりなる　15159
―かたさかりなる　15221
やまはみな
―あおはになりぬ　473
―あをはになりぬ　4110
やまはゆき　11304
やまひある　11510
やまひこは　14349
やまひすと　3100
やまひする　16251
やまひとの
―うたひつれたる　4282
―おいせぬともと　7062
―しはのかこひも　15838
―ひきひくらん　14176
―やとにすめれは　11536
―よはひのふてふ　6840
―よはひをへなは　15557
やまひとも　11550
やまひひく
―おとのみそひて　5060
―きよみつてらの　15185
―なちのたきつせ　13930
やまひめに　8418
やまひめの
―たにふところに　2351
―たにふところの　2351
―よそほひなりて　1580
やまひめや
―にしきおるらん　7098
―ふかくをさめて　13720
やまふかき
―ききのしつくも　15540
―こけのしたたり　13337
―すきのこかくれ　10546
―たにははるや　5460
―ほらはかすみの　223
やまふかく
―しはかるしつか　13327
―すむともよそに　13129
―すめとすまねと　7946
―たつねきぬれは　4727
―たつねもすへき　4272
―とりのひとこゑ　212
―まつきるしつは　10402
―みしよもかくや　15175
―みしよをそおもふ　15175
―わくるすきふの　15585
―わけゆくままに　1614
やまふかみ
―いつかはかかる　4287
―かさなるくもに　13013
―そのなもしらぬ　13022
―たかよをここに　13068
―たつねもすへき　8132
―ちりのこるはなを　3236
―つゆにうもれて　7174
―としをふるきの　3850
―ひとこそとはね　4787
―ひとはおとせて　9590
―ひとはかよはて　13570
―ふりつむゆきの　10563
―めなれしまつは　14242
やまふきの
―うつろふかけを　685
―さかりとなれは　2658
―さきちるはるを　1970
―つゆやつもりて　236
―なになかれたる　9942
―はなそひとへに　2502
―はなちるにはは　1443
―はなはひとへに　2503
やまふきも　3161
やまふきを　15
やまへゆき　14527
やままつの
―あきかせなから　8355
―おとせぬほとは　16590
―こすゑはわかす　511
―はるのみとりの　58
やまみつの
―きよきなかれを　13379
―きよきなかれを　13400
やまみつも　11367
やまもけさ　4080
やまもとの
―うすきははその　7269
―かすみになひく　1138
―このまのてらに　15921
―さとあるかたと　13464
―しつかころもも　8035
―はなのこかけの　3454
―はやしのこすゑ　7441
―またうすくれの　5612
―をちこちみえて　2224
やまもりの　1035
やまやまの
―ききのこのはを　10477
―ふもとをめくる　11648
やまやまは　3524
やまやまを　15269
やまやみつ　5391
やまわけて
―たつねもこすは　10671
―たつねもこすは　10681
やまをいてて　8273
やみたまふ　16220
やみつつも　14658
やみてきみ　3652
やみにのみ　12075
やみぬれは
―いへにあるたに　16192
―ゆめはかりなる　3205
やみのよるの　7239
やみふして　9377
やめるまに　16221
やめるみの
―いまいくめくり　6679
―またむまたしは　13414
ややふかき　9380
ややもせは　16605
やよしはし
―かさやとりせよ　5859
―まてといひしか　11098
やよひやま　250
やるふみの　13810
やるふみも　12801

【ゆ】

ゆかにみつ　14926
ゆかねとも　9223
ゆきかとて　9253
ゆきかひに
―みちひくしほや　14232
―われさへさむし　9426
ゆきかひの
―たえぬみやこも　13626
―みえぬのみこそ　7147
ゆきかへり
―あそへあそひの　14661
―あそへこてふの　16579
―おのかすみかと　9840
―きつるかひよと　8781
―けふもいくたひ　10366
―ここもかしこも　6444
―こころにまかす　14825
―つねにとまらぬ　10007
―とはたのうらの　4845

—さかりとなれは　1375
—さきそめしより　1720
—さきそめしより　2604
—さきそめてこそ　14750
—さきそめにけり　2470
—さきてそみする　1825
—ちらまくをしと　442
—ちりぬときけと　747
—ちりもこそすれ　423
—ちるこのしたに　1876
—ちるこのもとは　1071
—とはすはいかて　443
—なかははゆきと　1068
—はなさかぬみも　667
—ひときふたきは　2253
—をりてかささは　2383
やまさとに
—かせふきあるる　9562
—きみすめはこそ　9032
—こころすみなは　7677
—こころのゆたて　10515
—すみやはてまし　4869
—すむかひあるは　5180
—のかるとならは　16104
—ふりぬるひとも　11087
—まちそわふてふ　3565
やまさとの
—あれまおほかる　9542
—うれしきものは　9030
—おのつからなる　5589
—かきねのうめに　1910
—かきねのわらひ　265
—かきねのわらひ　1091
—かきねのをささ　10761
—かきねのをはな　8204
—かとたのしもの　9903
—かれかれなりし　3641
—かれかれなりし　16304
—さくらはちりぬ　3879
—たけのすのこの　15746
—たけのせのこの　11234
—つきにとひきて　5591
—なかめいかにと　11582
—はるのわかれは　2877
—ふけゆくあきを　8319
—ものわひしさも　14693
—ゆききえなはと　2296
—よはのさむさも　10750
やまさとは
—かきねなかるる　15470
—かけてもひとの　8295
—しくれのあめの　7315
—しはのとほその　13136
—たけのすのこの　11481
—たけのはやしに　8277
—ふりぬときさし　9826
—まつもをささも　7317
—ゆきふりそめぬ　10774
やまさとも
—はなにはひとの　2362
—へたてぬはるの　585
やまさはに　14802
やまさはの　14786
やましたの　3278
やましろの
—あはたにかれる　8711
—とはにもうりは　1237
やますこひ　2198
やますみの
—こころをかへて　14532
—ねさめのともと　9529
—はるちかしとも　11045
やますみも　13048
やまたかき　6623
やまたかく　14994
やまたかみ
—おちたきつせの　9842
—こすゑはくもに　13691
—みおろすたにの　6366
—みおろすのへの　9152
やまたもり　6048
やまたもる
—いほのあはれも　13763
—ささのいほりに　8372
—そていかならん　6421
やまちかき
—きみかいほりの　11327
—たよりのおかは　611
—のへのいほりは　8632
—みやこはさそな　11445
—やとにはなほも　8631
—をかみよりけに　11205
やまちかく
—けふこさりせは　4102
—すめるかひには　2708
やまちかみ
—いさよふほとに　5324
—かさなるくもの　15463
—かさなるくもの　15543
—またはるさむき　2723
—をしかなくてふ　8783
やまちにや　6666
やまちゆく　10914
やまてらの
—いりあひのかねの　10695
—いりあひのかねの　15037
—かけひのみつや　12903
—のりのとほその　4288
やまてらは　10765
やまとうり
—きうりしろうり　5376
—きうりしろうり　15795
やまとしも　14516
やまとのも　9471
やまとほき
—かたよりくれて　2100
—まつにかかりて　9017
—まつのこすゑを　16157
—まつのこのまに　4330
—みやこのそらも　9911
—みやこのみなみ　410
—みやこのみなみ　7936
やまとほく
—いりのみいりて　15022
—かすみてかかる　360
—かすめるみねの　1156
—かたふくつきを　8695
—かたふくままに　9634
—くるるたかねの　8102
—けさはかすみて　832
—さしいつるより　5919
—さしいつるより　6862
—たてるかすみや　1360
—たなひくくもに　9487
—はるるゆふひに　14515
—みしほともなく　4059
—みしやいつれと　27
—よきりのこりて　8902
やまとほみ
—くもかはなかと　2430
—くもかはなかと　2449
やまとりの
—はつをのかかみ　5977
—よるはわかるる　11772
—をのへのさくら　1099
—をのへのはなや　1675
やまならて　4690
やまにいる　15526
やまにても
—こころのすみか　15873
—なほよをえしも　11297
やまのいに　16297
やまのいの　7856
やまのおく　2284
やまのかけ　5252
やまのなの　10556
やまのはに
—いりなはきへし　9252
—うつるゆふひの　5849
—つきかたふきて　7719
—まかひしくもは　1219
—まちいてしよひの　73
—ゆふへのくもの　5604
やまのはの
—いりひのかけを　9025
—いりひのなこり　15489
—いりひをまねく　6894
—こすゑさはらて　9968
—このまのほしと　5254
—つきいてにけり　8979
—つきまつあきの　9720

やとらはや　14135
やとりして　13195
やとるへき
―かけもなみちの　14184
―さとのしるへと　12931
―さとをもとはて　6617
やとるより　6762
やとれとや　275
やとれりし　3613
やとをわく　9243
やなきちる　8019
やなきならて　9229
やなきにも　9336
やはたやま　16154
やはらくる
―こころのみちの　15257
―ひかりはきみに　7700
―ひかりはきみに　13895
やふなみの　1831
やふれたる
―あふきのかせは　5371
―あふきのかせは　15766
やへかくむ　11121
やへかすみ　3864
やへさくら
―このひとえたの　500
―はるをかさねて　475
やへしける　8911
やへとつる　4480
やへにほひ　14859
やへにほふ　2429
やへむくら
―いふせくしける　4748
―しけきやとには　15516
―しけみかくれに　9406
―はひたるこやも　12781
やへもやや　1641
やほかゆく　11854
やほよろつ　15496
やまあひに　14816
やまかきの　11506
やまかけに
―あたらさくらと　3854
―すめるかひには　8421
―ちよをしめたる　16209
―ねくらさたむる　15082
―のかるるうさは　16536
―のこるいろかを　1006
―ひときのこりて　11440
―ふるきのさくら　3853
―まとふうなゐこ　15404
―みやこのつきの　8365
やまかけの
―あしろやまたき　11651
―あをみなつきの　5692
―うつるをなへの　15133
―おちはにあめの　16235
―おとろかやはら　793
―かきねのわらひ　12722
―かれののをはな　10466
―きよくすすしき　14575
―くにのみやこの　14447
―こけのむしろに　12370
―さむきみむろに　11104
―たけのほたるの　4740
―つきのむしろを　9031
―ねくらをいつる　10319
―のきはのこすゑ　16236
―ふたきのまつの　8721
―ふちにやおちん　15403
―ましはふきしく　11274
―ましはまつはの　11063
―まつのはやしの　8894
―もりのこのまの　942
―をさはにとしを　15619
―をののをさはの　4653
やまかけは
―ききのおちはに　10475
―ききのしつくの　6938
―こほりとつらし　10049
―こほりやすらん　10447
―はるもあらしの　414
―はるもあらしの　2460
―またきしもをも　6777
―またきにくれて　11652
やまかけも
―くまなくてらす　8356
―こほりとくらし　1022
やまかけや
―あとみぬこけの　6961
―あらしのにはの　13158
―あゐよりもこき　8110
―あゐをなかせる　1656
―えのみつすこく　13185
―えのみつすこく　14403
―かけひのみつの　440
―きくさくいほを　10410
―こすゑのあらし　13399
―しはのとほそを　1319
―たかねのもみち　9957
―ちりなきこけを　4887
―ちりのそとなる　741
―つきもしつけき　6124
―となせにたきつ　972
―となせにたきつ　5023
―のきはもみえす　4921
―めなれぬたきを　4981
―よのまのおちは　13213
やまかけを　11170
やまかせに
―くものゆきかひ　10255
―このはふきしく　9994
―このはみたれて　7972
―ちりくるはなの　866
―はるるあとより　11485
―はれのくみねの　7155
―ふきはらひぬる　7460
―ゆきのちりくと　11531
―よそのもみちを　9991
やまかせの
―たえすたつぬる　10545
―はけしきえたに　15339
―はけしきほとは　10261
―ふきくるからに　2423
―ふきのまにまに　10156
―ふきもてゆする　3602
―ふくほとはかりと　618
―まつにしくるる　6015
―まとほなれはや　13981
やまかせは
―ふきなはらひそ　10054
―ふもとのさとに　13011
―ややをさまりて　8190
やまかせも
―こころしてふけ　21
―さそはぬはなの　1610
―よしやいとはし　864
やまかせや　11295
やまかせを　5127
やまかつの
―かきほのたけの　5942
―こころのはなに　2593
やまかつは
―たをこそつくれ　15162
―とひそかねぬる　12964
やまかつも　1991
やまかはの
―いはまによとむ　13254
―うのはなさける　4746
―きしにたためる　2959
―きしにたためる　15714
―きしねのもみち　6400
―せおとをいまた　16017
―せのとのみして　9065
―たえぬみつきも　15026
―はやせのそこの　13282
―ひとつみなもと　13104
―ふちのさされも　16341
―みつのこころし　13731
―みとりはおなし　13107
―ゐせきのみつや　10927
やまからす　3160
やまくつれ　5537
やまこゆる　7902
やまさきの　5235
やまさくら
―かさしてかへる　587
―かさしてかへる　944
―かすむひかけに　3655
―けさやさくらん　571
―これもみのりの　2471

―つゆをよすかに　15460
―はなといふとも　8023
―はなのさかりを　7619
―はなのなかにも　7261
―はなののつゆに　6343
―はなののつゆを　6423
―はなののなかに　7505
ももくさは　7257
ももくさも　9866
ももくにの　14990
ももしきの
―おほみやひとの　14331
―みなみのとのの　3737
ももすもも　14736
ももたらす
―ななそちむとせ　5558
―やそちにちかき　11605
―やそちにちかく　11682
ももつたふ　2821
ももといふ　3841
ももとせと　2310
ももとせの　14081
ももとせを　3393
ももとりの　3712
ももにちに　14889
もものゆみ　14226
ももふねの　13723
ももふねも　14171
ももよしも　6753
もゆるひの　15495
もゆるひも　15514
もりかはる
―つきをみよとや　8168
―つきをみよとや　10734
もりすてし
―ふゆたのいほは　13027
―ふゆたはしもの　9913
もりなれし　9614
もりのなの　10549
もりもこす　7284
もりわひて〔連歌〕　16124
もるうさは　8367
もるおとに　2914
もるおとの
―うときをきけは　10928
―すくなきかたに　5019
もるおとは　2917
もるしつか　8706
もるひとの　8079
もるやまの　6467
もれてもし　12634
もれやせむ　12261
もろくちる　11670
もろこしの　2534
もろともに
―あはれよはひも　13496
―いくひさならし　8466
―うれしきことの　2681
―おいにけるかな　13842
―おもふかなかは　12635
―かかけはけまむ　9851
―かすみをわけて　3484
―かはらておいと　12612
―かはらぬたより　11466
―きえをあらそふ　11107
―けぬへきはるに　2841
―すみこしひとも　14062
―たちかへりなは　514
―たつらのおちほ　12799
―たのまれぬよに　16258
―とひくるまても　1004
―なかめてしかな　7980
―なたかきかけを　9054
―はなにあそはん　3129
―ひさにみんとそ　2784
―ひとをあはれと　13499
―みしよおほえて　6408
―みしよのともを　8490
―みしよのはるを　30
―みしよはとほき　3560
―みしよまてやは　7383
―みしよをしのふ　6333
―みてらのはなは　15100
―みはいかならん　6574
―みんとちきりし　1003
―みんとちきりし　12935
―ももよろこひの　13531
―やめりしおいは　16546
―わけこしみちの　10201
もろはくさ　5004
もろひとの
―とほるのさとに　14015
―まとゐをみれは　5735
もろもろの　2044
もをささけ　16618

【や】

やかてこの
―かきねやふるす　1026
―まかきのそとは　8006
やきたちの　3766
やくしふつの　15090
やくしほの　5866
やくすみと　10953
やくすみの　10462
やくもたつ　5681
やくものや　5443
やさしきも　6785
やすからん　10895
やすくます　11513
やすけなき　4615
やすらけく　2617
やすらはて　6630
やせうまの　14199
やそさかに　2541
やそしまに　7246
やそちあまり　2842
やそちより　16115
やたのなる　14369
やちかへり　14547
やちくさの
―あきののわきの　8957
―あきののわけの　15832
―はなのさかりも　7804
―はなののつゆの　5917
―はなはありとも　6755
―はなをみなから　9653
やちとせの　16333
やちとせを　13949
やちまたに　15074
やちよまて　16261
やつかほの
―かふきわたりて　8931
―なかをのむらの　7966
―みつほのくにの　13826
やつのかせ　14126
やつりやま　10587
やとかへて
―すまはやとおもふ　8039
―またこんとしも　7583
やとからそ　4736
やとからの　2910
やとからは　8137
やとからん
―いそへもみえす　7133
―いそやもみえす　7327
―いほかとヽへは　16245
―さとはそことも　7326
やとかりて　15662
やとことに
―あきやはへらむ　4891
―たつるとみえし　4881
やとことの
―きぬたのおとそ　15032
―けふのあやめに　5224
―のきはにかりて　13582
―のきはのあをは　5412
やとしつる　12914
やとしめて　2204
やとちかく
―うつしこころの　524
―うゑしかきほの　5965
―うゑすはきかし　7423
やとなから
―こころはゆきて　2776
―はなをつくして　3847
―はるのゆくへも　2788
やとのまつ　16009
やともなき
―いなのささはら　6618
―のはらしのはら　14098

めつらしや
—いとひなれにし 9052
—つつりのそてに 2873
—ふもとのましは 13326
めつるわか 3441
めてきつる
—はなのなこりと 165
—はなほとときす 1431
—はなよおほくの 765
めてそめし 7466
めてつらん 9237
めててみし
—ことはのはなや 1617
—ことはのはなや 1672
—そのよをさへも 1084
めなれすよ 4297
めにかかる 15758
めにちかき 11113
めにちかく 11142
めになれて 10438
めにみえぬ
—かせにもはるの 1286
—かせのすかたも 13572
—ひとのこころの 15304
—ひとのこころも 16303
めのかみの 10565
めのまへに
—いまもむかしと 10816
—かきけちぬへき 10885
めもはるに
—かすみそひなは 2468
—かすみそふるは 2467
—かれたつあしの 9940
—しけりあへりし 10431
—のなるわかなを 958
—わたすかははし 5183
めをわかす 14957
めをわたる 16572

【も】

もえいつる
—くさきもあめも 3123
—くさのみとりは 226
もえいてて 11303
もえそむる 1452
もえてしも 12776
もえまさる
—おもひはいかか 12529
—このめにしるし 1787
もえわたる 5107
もくつのみ
—かきあつめつつ 13806
—かきあつめつつ 13813
もしほくむ
—たもともかくは 12386
—てまうちやめて 8374
もしほひの 7530
もしほやく
—あまはあこきの 14452
—あまはなけれと 14217
—いせをのあまの 13804
—うらさひしくも 14315
—うらのあまひと 5865
—けふりもたてす 8375
—けふりもともに 3313
—けふりやそひて 8054
—けふりをたえて 6533
もしやとて
—おきてもみすは 9349
—おくるくすりに 16470
もちつきの 8420
もちとても 7590
もちにこそ 6568
もちのみか 9299
もちのよの
—うさはわすれし 8735
—つきもまたるる 8779
—つきをはともに 9293
もちまては 3881
もてなしも 3550
もてはやす
—いろかもひさし 6999
—いろかもひさし 7079
もとかしと 2145
もとしけき
—たにのすきふに 15531
—よしたのやまの 8896
もとすけか 15833
もとすゑの 16178
もとすゑも 14938
もとつかを 875
もとつひの 13518
もとゆひに
—ふりそふしもと 8153
—ふりそふしもを 7468
もとよりの 14573
もとよりも
—あとみぬにはは 10222
—こころののりは 16056
—なつかしけなき 12932
—はるしらぬみは 4770
もにましる 16406
ものおもはぬ 8076
ものおもひ 496
ものおもふ
—けはひやみえん 11811
—けはひやもれん 11877
—ひとのたもとの 8655
—ひとをやともと 4349
—まくらにきけは 6050
—よはのまくらを 4578
—わかみひとつの 6488
ものおもへは 14168
ものかはり 16386
ものこしの 12326
ものことに
—こころちらねは 3412
—みにしむいろよ 9489
もののねの 11007
もののねは 16582
もののねを 3036
もののふの
—てことにもたる 15733
—てならすゆみの 14227
—てならすわさを 14198
—ねらふやすちの 12096
—はつにとりそふ 12543
—ゆみにとりそふ 13976
—ゆみのやかせに 15739
もみちする
—このまにみれは 10814
—このまのはしと 15170
—まゆみのをかの 8686
—やまはまかきの 8155
もみちせぬ 6909
もみちちり
—ゆきさへふりぬ 11099
—ゆきもふりなは 11501
もみちちる 7851
もみちはに
—あやなくおきそ 6373
—つつめるはしと 15231
—ふかくこころは 10979
もみちはの
—いろはのこらす 9921
—かけをしとへは 10815
—このまたちくき 9591
—ちしほのうへの 8313
—ちらすはなにに 7829
—ちりもそめすは 7430
—つねなきいろを 6100
—にしきをよする 3836
もみちはは
—ちしほもまたて 7431
—みしあきよりも 6868
もみちはも
—したになかれて 10311
—のこるこすゑの 11267
—ふりにこそふれ 9878
もみちはを
—かせとみつとに 7702
—かせのたよりに 10278
—たつねていれは 15070
—なにかをしみし 10621
—ひとつてにのみ 9601
もみちみに 9136
ももあまり 2832
ももくさの
—いろもおもはす 7362
—かうもえいつる 1833
—たまもかりふね 13575

―やつといふとしの 10889
むそちへし 15960
むたりにや 16191
むちうつは 16377
むつきには 2862
むつきより 15484
むつたかは 1137
むつましき
―いもせのちきり 14418
―とよのあかりの 2335
―ひとりふたりを 13035
むなかたの 7796
むなくるま 14887
むなしきを
―おのかこころの 15634
―おのかこころの 15882
むなしくて 2213
むなてにて 3526
むねにみつ 15500
むねのくも 5157
むねわけに 7729
むへしこそ
―あらしもきかぬ 474
―うへなかしもの 16117
―ちよとなきけれ 2361
―よになもみてれ 7144
むへもこの 16565
むへもふく 8905
むまくさに 4346
むまれゆく 6265
むめ　→うめ
むらあしの 13846
むらかりて 16101
むらきえの 4594
むらきくの 7186
むらくさは 10804
むらくもの
―たえまもりいつる 6157
―たへまにもるる 6230
むらくもも 9235
むらくもを 8969
むらさきに
―うつろふきくは 7253
―そめたるいとを 1350
むらさきの
―いろにうつりて 6875
―いろにはあらぬ 7624
―くさのゆかりの 6237
―くさのゆかりは 4668
―くもいるてらと 2796
―くもかとみえて 7211
―くもとみるまて 159
―くもとみるまて 313
―くものいろとも 1855
―くものゆかりに 1009
―くももやここに 15197
―すみれのはなの 2437
―そてふりはへて 10941
―ちしほのいろの 7216
―にほひはいつら 7073
―はなさきてこそ 1719
―はなさきてこそ 1739
―ひともときくに 7219
―むらこにそめて 1289
―ゆかりとみつる 5779
―ゆかりのいろの 7716
―ゆかりのいろは 8924
―ゆかりのゆゑも 14953
むらさめに 4284
むらさめの
―なこりのそらに 4396
―なこりのつゆに 4163
むらしくれ
―いくたひきかは 10607
―いくよふるとも 2354
―はるれはたてる 9417
―ふるかひあれや 9883
―ふるののの へ の 9014
むらすすめ 13283
むらちとり
―ちよとなくねを 7232
―やちよとなくは 10588
―やちよとなくを 2356
むらとりの
―おのかねくらも 9830
―たちなよりこそ 12535
―たつかとみれは 10967
むらとりは
―かへるゆふへの 4185
―かへるゆふへの 9971
むらまつの
―きまのつきを 5155
―しつくおちそひ 2207
むらむらに
―くものたつかと 15124
―さくうのはなは 4350
―のこりしにはの 719
むれきてや 11360
むれてうく 11137
むれてこし 2034
むれてたつ 9765
むれてとふ
―さきのつはさも 14502
―たかそてのかと 1564
むれてゐも 11074
むろつみや 14090
むろのうらの 14092
むろやまの 1777

【め】

めあはすと 4805
めうつしの
―はなしなけれは 1966
―はななきころの 5144
めかれすよ 6135
めくみあれな 8820
めくみをや 15178
めくりあはて 12745
めくりあはむ 11884
めくりあはん
―あきをやちきる 6453
―ちきりもしらぬ 6916
―をりなたかへそ 819
―をりなたかへそ 1211
めくりあふ
―あきのなかはの 8395
―けふのたもとの 6038
―ちきりもあらは 11873
―ちきりもうれし 6664
―ちきりをいかに 13008
―はるやあらぬと 1730
―みちそうれしき 9574
―ゆふへのつきは 7488
めくりこし 9231
めくりこむ 6859
めくりこん
―あきもたのまぬ 6823
―こよひのつきに 9647
めちちかき
―まつなかりせは 15272
―まつにへたてて 15271
―やまよりやまの 3615
めちとほく 14740
めつらしき
―いろともなきを 14309
―ことはのつゆの 9571
―まとゐのそての 1565
―みゆきといへは 13854
めつらしく
―あめふりぬれは 15287
―くははるはるの 1270
―たつねしきみを 2732
―たつねしきみを 3193
―むさしのうみの 5598
めつらしと
―うちみるたひに 10439
―うちみるなへに 9824
―うちみるなへに 11089
―たれかみさらん 4737
―みしいにしへは 11112
―みるほともなく 10064
―むかふこころは 8988
―ゆきをみるにも 11088
―わかみるまつの 11180
―われこそみつれ 14432
めつらしな
―おもひもかけぬ 3930
―のきはのきりの 7408
―はこねちふかく 13308
―はるをかさねて 1858
―またふかからぬ 185

—なきやまかけの　5153
—なきやまかけの　8222
みるふみに
—うつるみとりも　8260
—わかをこたりを　12106
みるふみの　8263
みるほとも
—あたなるいろの　2519
—なきにはさへそ　11031
みるままに
—こころほそきは　2040
—こころもいとと　6324
—せたのなかはし　11460
—にはのこかけは　5932
—まれになるこそ　15270
みるみるも
—うすらくくもの　12777
—うつるこころの　12101
—なみにけつへき　10886
みるもうし
—さかりのはなの　2499
—たひのつきひの　14013
—なひきもあへす　11761
—まつにいくよか　11821
みるやたれ　15242
みるゆめも
—あらしはけしき　13144
—なみのよるよる　14255
みるよりも
—あはれそふかき　8279
—まされるたきの　14312
みれはなほ　12124
みれはまつ
—おもかけうかふ　15191
—わかことのはも　1198
みれはわか
—こころすむとは　8856
—こころもよりぬ　13974
みわたせは
—かすみにもるる　1514
—きりをもれたる　8593
—とはたをかけて　8615
—はきもすすきも　7827
—やまたのうねも　5201
みゐのみつ
—にこりゆくより　15311
—にこれるものを　15310
みをうしと　16272
みをおもふ　16064
みをくしの　9728
みをこかす
—たくひなるへき　12495
—たくひなるへき　12504
みをしれは　4144
みをたえす　13657
みをたえぬ　14236
みをつくし　6267
みをつみて　14117
みをのやま　10055
みをはわか　15704
みをみなか　15844

【む】

むかしおもふ
—おいのまくらの　13887
—こころのこまに　13674
—そてのなみたの　4052
—そてのなみたの　4525
—ねさめのそてに　7015
むかしこの　2956
むかしたれ　12848
むかしには　14606
むかしにも
—あらすなりぬる　12881
—あらすなるみは　152
—かはらぬいろと　3235
—かへるしるへや　13111
むかしへも　11716
むかしへや　5786
むかしみし
—いもかかととて　14684
—いもかすみかは　5581
—いろにはさけと　1057
—かしらのゆきは　14080
—たまのひかりの　3764
—つきやあらぬと　8147
—まつはふりゆく　13902
—ままのいりえを　14409
—やとはのはらの　1544
むかしより
—かくはすみけん　8775
—きよくすむてふ　15035
—こころにかけし　16407
—たけのまるねに　16532
—ふゆとしなれは　10524
—わかしめしのの　12825
—われしめしのの　15780
むかしわか
—おもひしことは　16542
—おもひしままに　3517
—おもひもかけぬ　3518
—はつねたつねし　4626
むかつをの　11430
むかひつる　6258
むかひみる　5951
むかひゐし　5156
むかひゐて
—みれともあかぬ　12511
—むつかたりせし　13692
むかふとて　8053
むかふより
—けおそろしきは　16232
—こころそうつる　990
—こころにまつそ　2797
—すすしさまねく　5025
—なみたせきあへす　6799
—なみたそおつる　6251
—のこるあつさも　8699
むかふわか　11538
むかへきて　8020
むかへとも　12913
むきいねを　5362
むきかりて　5242
むくらおひて
—あれたるにはそ　8693
—あれたるやとそ　8689
—あれたるやとも　10192
—ひとこそみえね　6290
むくらした　2206
むさしのの
—くさのゆかりか　4606
—くさはみなから　6003
—くさはみなから　9888
—はきのさかりを　7519
—むらくさわけて　2197
むさしのは　9743
むさしのや
—くるれはつゆの　13194
—むらさきならぬ　7437
むしあけの　15379
むしのこと　1528
むしのこゑ
—まつかせわけし　2976
—まつかせわけし　15799
むしのねの　6244
むしのねも
—ありあけのつきも　6288
—いまやそはまし　4696
—うらかれいそく　6661
—さそしけからし　6080
—さそしけからし　6392
—ひとつならぬは　9455
—ふけゆくままに　8688
—またきかれぬる　6430
—よなよなたかく　8878
むしのねを　8038
むしろたの　7235
むすこけに　13487
むすこけの
—いろこそわかね　6125
—みとりそきよき　13159
むすはれて　11988
むすひおきし　12249
むすふとも　6214
むすふへき　6218
むすふゆの　10926
むすふより　8349
むせかへる　6223
むそちあまり
—やつといふとしに　10890
—やつといふとしの　10888

みはいつを　4483
みはおいぬ　10297
みはかくて
—あるにもあらぬ　6225
—つひにつきなん　12961
—はるかにひとを　12267
みはふりぬ　4684
みはをひぬ　13321
みひとつに　14780
みひとつの　6298
みほあまり　15041
みほとけに　4222
みほとけの
—こころをこゑに　14394
—ひかりをそへよ　6082
—ひかりをそへよ　6394
—みちをひろめし　13954
—みとやひらくと　10860
—やくるけふりを　9196
みみうとき
—おいのねさめの　7774
—おいはかたらふ　3392
—わかためならし　4919
みみうとみ　8862
みみなしの　1711
みもあかす　15164
みもおいぬ　14372
みもおもふ　16062
みもとより　5650
みもわかて　13081
みやきこる　4516
みやきのの　9734
みやきひく
—こゑいそくなり　4517
—こゑはかりして　13950
みやこいてて　12992
みやこおもふ
—ゆめちはゆるせ　13012
—ゆめもみつかす　13175
みやこさへ
—はなまちとほし　3420
—ゆきになるまて　11025
—よそになかむる　11446
みやこたに
—あめかちなるを　10959
—しもさむくなる　10826
みやこにそ　8340
みやこにて
—おもひしよりも　7132
—おもひしよりも　7321
—かすみとみしは　5587
—ききしよりけに　7781
—たれかはこよひ　7547
—とひこしひとは　8488
—なれしよりけに　14262
—まつらんとたに　2618
みやこには
—こころとめしと　4228
—またきかさりし　5480
—みつのわさはひ　5556
みやこにも
—とまらぬとしは　10790
—とまらぬとしを　10791
—ひなにもみつる　2868
—まつほとあらし　9859
みやこひと
—いまかをしまん　8761
—えしもとはぬは　3572
—かへらはひとり　8426
—かへらんのちは　8425
—かへりしあとの　5089
—かへりしのちに　9113
—たつねてきぬと　4280
—つとひきてしも　3582
—とはすはるも　792
—とひくとみしは　13088
—とひくもしらて　16534
—ひとつこころを　9414
—まつとはなしに　8339
—まつとはなしに　8487
—みせまほしきは　8567
—みせまほしきは　11718
みやこへに
—あまたのとしは　11604
—ともはのほりて　16361
—のほれるともも　16362
みやこへの
—つきはふけてそ　9744
—つちもひとつの　11260
みやこへは　11520
みやこまて　14206
みやこより　10877
みやこをは
—いそきしかとも　3386
—おもひたつより　15405
みやつくる　14898
みやつこか　8617
みやつこも　10934
みやひとの
—かさしなれても　5002
—こころにかけし　5003
—そてつきころも　5455
—はなをふらせて　10862
みやまきの　15821
みやまなる　7926
みやまひの
—いまはやすしと　3112
—とほりすきなは　16335
みやまへの　10940
みやまより　4395
みやゐせし　14068
みゆきせし　14456
みゆきもて　3593
みよしのに　3002
みよしのの
—あをねかみねの　5622
—おほかはみつの　14776
—おほかわよとの　5286
—はなしさかすは　626
—はなふきおろす　1657
—やまはさくらに　181
—よしののはなは　3461
—よしのはなは　3074
みよしのや　13721
みよまても　11385
みよやこの　726
みよやひと
—あきのくさはと　12708
—くめとをしまぬ　15411
みるいしの　15195
みるいしは
—かみやあたへし　13602
—たれかあたへし　13601
みるかうちに
—あきかせたかく　8549
—あめきほひきて　4513
—いけのみつなみ　11658
—きえにしくもの　5671
—さきそふはなの　2360
—たかねしらみて　13982
—とほさかりつつ　2083
—のやまのくさき　4318
—ひかりうすらく　8973
—またうきくもの　6167
—みえもわかれす　5240
—ゆふへをいそく　5945
みるかきみ　15361
みるかけの　1282
みるかこと　11129
みるからに
—たのもしきかな　3803
—ちとせへぬへき　16354
—よそのたもとも　89
みることに
—そてそぬれける　11522
—なみたさしくむ　15050
—にほひみちぬる　3155
—みせまほしきは　11122
みるたひに　3005
みるときの　5397
みるともの　1601
みるともは　1482
みるなへに　2783
みるになほ　7670
みるひとの
—あきにあはしと　5145
—こころつからや　8175
—ことはのはなを　1197
—ちとせをふれは　7200
みるひとも
—なきやまかけに　3855

—ちまちのいなは　6668
—はるのやまへに　2012
—はるのやまへに　2023
—ひとつかとたの　4761
—ひとつくさはと　10465
—ひろはかくれの　5112
—まつにましりて　5611
—まつにましれる　8627
—まつのこのまの　5966
—まつはみゆきに　11462
—やなきのまゆそ　1862
みとりのみ　9443
みなかみの
—きりをさしゆく　8048
—みくまのみくつ　15843
—ゆきけしられて　577
—ゆきけしられて　1082
—ゆきけにまさる　3516
みなかみは　13722
みなかみも　5278
みなかみを　15475
みなきしの　5172
みなせかは
—かすみのみをの　886
—かすみのみをや　1556
みなそこに
—すすむとみえて　5616
—たつもやふすと　14153
みなそこの
—いさこにましる　7227
—かけもととめす　237
みなつきに
—おほみつあるも　11503
—わかとこいつる　5890
みなつきの
—あつきさかりは　5837
—あつさにたへて　5493
—あつさはひるま　4862
—あつさもいまは　4445
—けふおもひつる　5348
—けふしもいひし　8877
—つきたちそめて　5444
—つきたちそめぬ　5342
—つきもはてぬに　5255
—つちさへさくる　13338
—てりはたたける　5485
—てるひにかれて　4419
—てるひにかれぬ　4858
—てるひもさすか　4495
—てるひをさふる　4010
—なをうつまさの　5148
—はらへすすしも　4310
—ひなみかさなり　14222
—まつりみるとや　12952
—もちにけぬれは　4828
—もちにけぬれは　4829
みなつきや　2345
みなとえに　11242
みなとえの　11243
みなとふね
—いているさまや　6246
—いているさをに　9798
みなひとに　3555
みなひとの
—あすのつきまつ　8603
—いとへるおいを　8597
—おいせぬともと　1505
—かたみにちよを　2014
—かたみにちよを　2018
—こころうかるる　321
—こころかねてや　8602
—ことのはかせの　11384
—ことのはかせを　8717
—ことはのはなの　1766
—こよひのほしに　7160
—さてそのりえし　14525
—すむへきくにや　11018
—ついにゆくへき　14008
—ねかひをみつの　15391
—まちこふるあめも　9074
—まちしさかりに　2743
—まちよろこへる　9024
—みにしむかせは　1722
—ゆくかたそとて　14010
—よにあるほとは　15398
—わかなをつみて　1248
みなひとや　13963
みなもより　11496
みなれさを　15999
みにあまる　8595
みにうとき　16175
みにかへて
—いつかあひみん　12266
—をしむにとまる　146
—をしむにとまる　14872
みにきつる　3707
みにきませ　3371
みにさむき　3505
みにさむく　12716
みにさゆる　11516
みにしみて
—あはれそふかき　5993
—あはれとそおもふ　8451
—いかかかなしき　7765
みにしるく　5246
みにそしむ
—ことしのあきも　6671
—ことしもなかは　5215
—にほはぬあきの　8011
—のきのこのまに　8141
みにそはぬ　14482
みにつもる
—おいはわすれて　10293
—おいをわすれて　11131
みにならん　2565
みぬさかひ
—しらぬくににも　7660
—しらぬさとにも　13718
みぬひとに　10983
みぬひとの　1435
みぬよはは　14882
みねいくへ　13187
みねこえて　8225
みねたかみ　13741
みねとほく　1495
みねのくも　13390
みねのつき
—まつはのつゆも　8241
—みたにのまつを　8245
みねのまつ
—ここをさること　15198
—こそのあらしに　2445
みねのゆき
—いはまのこほり　1117
—ふもとのくもの　13506
みねははや　2027
みねふもと　11060
みのうきに　12593
みのうさに　12893
みのうさの
—おなしむかしを　15105
—よとみしもせし　4833
みのうさは
—おもひしらぬに　13927
—かそへあまりて　14314
—ときをもわかぬ　6487
—よとみしもせし　5279
みのうさも
—つきをしみれは　15539
—なくさむへきを　8872
みのうさや　4715
みのうさを　14178
みのかさに　16554
みのかさは　11555
みのきつつ　2497
みのつみも　10649
みのならん　13304
みののちは
—しみとやならん　14483
—たかたまくらの　16280
みののちも
—おもはてしつか　4508
—なにかかはらむ　3827
みのはるに　1758
みのほとを
—おもひもわかて　12979
—しれるひつしの　14731
みのをはり　5553
みはいつの
—つゆとかきえん　13489
—ゆふへのあられ　10820

―なみかすならぬ　4999
―またきにあきの　4485
みそきする
―あさのたちえも　5000
―かはかせすすし　4268
みそきせし
―かはへのあしの　7612
―ならのをかはは　10631
みそちあまり
―ひとひもふれは　16308
―みしよはとほく　2401
―みしよはわれも　13017
みそなはす
―いせちのうたの　16322
―なつかはきしの　5688
みそなはせ　3688
みそなはは
―きませなきたま　7642
―たたしきやまと　16108
みそのふの　1459
みそもしに　9356
みそらとふ　9276
みそらゆく
―くももこよひは　6515
―つきにもしのふ　6848
―つきもちりなき　15153
―つきをさへんと　8411
みたにより　1774
みたほとけ　6801
みたれちる　4116
みたれつつ　14858
みちかけを　9083
みちかへて　706
みちしあらは　9515
みちすから　5768
みちたえて
―けさふるゆきの　10832
―ふりにしやとの　10878
みちてとふ　8415
みちとせに　11002
みちとほし
―きみかかへらは　14721
―さのみさされに　14860
―よしののさくら　14131
みちとほみ
―こきてもくへき　8130
―ことしはうとき　2492
―こよひのつきに　8494
―たよせにかみは　2389
―ひをふるほとに　1830
―まつとはなしに　10829
―ゆくてのそらに　8601
みちのおくに　3495
みちのくの　14690
みちのため
―いろにそめつる　12761
―おもふこころの　11614
―つとめつとめて　2870
みちのへに　374
みちのへの
―はるのやなきの　15010
―やなきはさしも　3030
―をとろにましる　648
―をはなふきこす　7046
みちひくも　15911
みちひろき　14420
みちもせに　7047
みちもなく　3993
みつあをき　5169
みつおとそ　11356
みつおとの　5658
みつかきの
―ちもとのはなも　1430
―ひさしくなれと　599
―ひさしくにほへ　2388
みつかきも　1135
みつかきや　10252
みつかるる　4844
みつかれて
―なのみのこれる　14244
―ふりぬるいけの　4381
―ふるきさはへの　4837
みつかれの　4420
みつききつ　6159
みつきもの　14364
みつきよき
―きしのやなきの　5380
―きしのやなきの　15868
―はるのさはへを　1591
―やまたにおふる　4804
みつきよく　15674
みつきよみ
―うきてなかれぬ　7178
―そこよりたつと　13633
―にほひもうつす　534
―はふきあまたに　1687
みつくきに　11621
みつくきの
―あとのまよひも　16551
―あとはかりかは　16388
―あとみるなへに　16589
―あとをしみれは　11618
―きよきなかれを　15458
―はかなきあとも　12121
みつくきは　14698
みつくりの　8835
みつこほり　15865
みつしほに　10059
みつしほの
―おきをはるかに　16506
―かたしわかねは　10665
―かたしわかねは　10676
みつたえぬ　5251
みつたまる　14221
みつつこし
―やまのさくらの　499
―やまのさくらや　1376
みつつたふ　6232
みつとほく　8828
みつとりの
―いかてかぬらん　10354
―おりいるいけの　10165
―かものかはなみ　13475
―たちのいそきに　8215
―つかひみること　14705
―つはさのしもを　10306
―つはたにはらふ　10217
―はらひもあへす　10273
みつぬるむ　113
みつのあわの　6260
みつのいろも
―ひとつみとりに　888
―わかむらさきに　1690
みつのつき
―かかみのかけそ　15480
―またはかかみに　3612
みつのねも　13684
みつのふね　3244
みつはるる　4591
みつはれて　6132
みつひきて　1977
みつひろき　15236
みつまさる　4451
みつまして　14289
みつもなく　10798
みつよりも　15283
みつわくむ　13907
みつをくみ　9378
みつをひと　15628
みてそしる　10448
みてもなほ
―あかぬこころは　13541
―あかぬのやまを　15358
―あかぬはけさの　362
―いろかもしらぬ　2936
みとせへし　14901
みとりこそ　6882
みとりそふ
―こさめやくらき　5457
―のやまのいろも　683
―はるのうみへの　3469
―はるのやなきの　3669
―はるまちえても　2121
―まつそちとせの　12937
―やまたのかはつ　15206
みとりなほ　10183
みとりなる
―えたのはままつ　1848
―きりのひろはの　5111
―くさのいともて　8347
―こけにしおけは　8867

—くみかはしぬる　9275
まとゐせし　9295
まなくちる　6613
まなふらん　9849
まねくこそ　7707
まねけとも
—かひなくくれて　6895
—かへらぬあきを　7803
まののうらや
—なひくをはなの　6019
—をはなふきこす　6020
まはきさく
—かきねのむしも　8266
—すすきほにいてて　8486
まはきちり
—をはなしほれて　7597
—をはなみたれて　8200
まはきちる　9320
まひなしに　9517
まひとの
—かさしにさせる　11235
—かさしにさせる　15777
まひめの　12644
まほあけて　15295
まほろしの　16112
まもります　13044
まよははと　16418
まよふその　13449
まるきかけ　15855
まれなりと　10961
まれにあひて
—かたりなれにし　13235
—わかるるそての　13236
まれにあふ
—さよもふけぬと　6427
—ちきりなわひそ　6994
—としのはつねも　2325
—ほしにかさはや　9037
まれにきて
—こよひかへるの　12630
—とふもつゆけき　12962
まれにけさ　2239
まれにけふ　5421
まれにこは　14852
まれにとふ
—そのよのひとは　15596
—ひとはみちにや　10741
—われもきえなは　10298
まれになく　2073
まれにみし
—まくらのゆめの　13667
—むかしをゆめと　5306
まれにみる　7628
まれまれに
—ききしみやこの　11702
—きぬたのおとの　7517
まれらなる　15595
まんやうに　15699

【み】

みあへには　5521
みいれなく　16541
みえさりし　5691
みえすとて　5605
みえはこそ　12577
みえわたる　15466
みかかれし　14782
みかきえぬ　3520
みかきけん　14679
みかきなす
—きみかことはの　8523
—たまかときのふ　8563
みかきなは　13816
みかくとも　13815
みかさそふ　4520
みかさやま　578
みかしほの
—はりまちならぬ　16326
—はりまちゆかむ　14138
—はりまちゆきて　14093
—はりまのこふと　12556
みかつきの
—かけもくもりぬ　8343
—ほとなきかけも　9165
—ほのめくかけの　12882
みかはせと　12853
みかりのや　10619
みかりひと　10145
みきくさへ　14783
みきはなる　14722
みきはには　13281
みきりなる　3328
みくさおふる　11783
みくにひと　5567
みくまのの
—うらのはまゆふ　697
—はまのみなみの　14671
みくまのは
—なちのやまかせ　14670
—みなみのやまの　14672
みけむかふ
—あはちしまも　3607
—こかめのみやの　7880
みこころの　15483
みこころを　11263
みこもりの　1795
みさかなの　3530
みさこてふ
—とりおとしたる　15333
—とりもやここに　15332
みさひゐて
—いけこそあらね　7428
—ふりぬるいけも　4469
みさりせは　12364
みしあきの
—かせのやとりも　10289
—ちくさをなにに　10778
みしかよの
—うふねのかかり　4486
—のこりすくなき　5449
みしかよを　4199
みしともも　1658
みしはなの　342
みしはなは　1403
みしはるの
—かへてかしはの　4843
—こすゑしけりて　4069
みしひとの　15609
みしふつき　4797
みしまえの　6239
みしゆきの　654
みしゆめの
—おもかけしたふ　11852
—なこりつゆけき　6253
—はなのおもかけ　115
—もみちになほや　11153
—やまかはのせの　15887
みしゆめは　1368
みしゆめも
—としのみとせを　13469
—としのみとせを　14463
みしよには
—あらぬいろかを　1982
—さてもかへらぬ　1981
—たちもかへらす　13589
みしよにも　6927
みしをりに　8170
みすてては　4376
みすもあらす　3742
みせしとて　3557
みせはやと
—おもひしはなそ　1261
—おもひしはなは　5722
—おもふこころの　5729
—おもふもみちの　8219
みせはやな
—かたさかりなる　11185
—かへりしあきに　10989
—ひとりふすまの　11843
—ふゆかれもせて　11888
—ふりぬるわれも　11032
—みたれてさくる　12077
—みやこのひとは　15051
—ゆめもむすはぬ　11944
みせまほし　11721
みそあかぬ
—ふたよのつきも　6841
—やまちのきくの　6127
—よなよなかけの　9226
みそかにも　9434
みそきかは

まつかせに
—こころすませて 8519
—なみのうききり 6072
—まかひししかの 14087
まつかせの
—こゑかときけは 643
—こゑもそのふの 2579
—こゑをともにて 7472
—さむくしふかは 3486
—さむくなりゆく 9561
—つたふるこゑも 15250
—ときやうのこゑに 8836
まつかせは
—あめときこえて 10388
—たえすふけとも 9546
—なほさえなから 81
—はけしきよりも 16002
—ふけとふかねと 8196
まつかせも
—えたをならさぬ 15653
—かにこそにほへ 7341
—かにこそにほへ 7374
—さかりをつけて 867
まつかれし 11589
まつことも 9192
まつしかの 5253
まつしけき
—こかけのこけの 13161
—こかけもはるる 13873
—このしたみちを 430
—はやしかくれに 2979
—はやしかくれに 15837
—みねのうすきり 6748
—やまちをゆけは 11473
まつしける 5879
まつしまの 7534
まつしまや 12328
まつすきの
—いつこもりてか 8657
—いろもわかれす 6401
—このまにのきは 12928
—このまをもりて 7476
—こふかきもりに 14078
—みとりにはえて 13
まつそむる 9461
まつそめる 8050
まつたかき
—かせのしらへに 3356
—こかけのみやゐ 9086
—こすゑにきなく 15142
まつたけに 15502
まつたけの 11329
まつたけも 9584
まつたにの 14193
まつちやま 14375
まつちるも 3690
まつつけて 10020
まつつはき 3389
まつてらす 3287
まつにこそ 1786
まつにねぬ 4104
まつにふく
—あきかせたえて 8561
—あらしはかりや 1077
—あらしはたえて 8913
—うらかせさえて 9914
—かせもあらしに 11155
—かせもおとせて 1704
—こゑこそかはれ 5953
—しらへもかはる 7863
—はるかせぬるく 3070
まつによせ 16139
まつのいろ
—たつのこゑさへ 3820
—つるのこゑにや 16619
—としのさむきに 10948
まつのいろの 1288
まつのいろは
—あめにくれそふ 2740
—くるるいりえの 57
—くれそふままに 2271
—ややくれそひて 1221
まつのいろも 4773
まつのえの 11199
まつのおの 4122
まつのかけ
—うつろふみつの 13604
—なかれいつみの 4959
まつのこゑ 5137
まつのこゑを 4777
まつのとの 13737
まつのはな
—さきそめしより 16023
—をりてそおくる 16022
まつのはに 3538
まつのひの 5219
まつのをに 2061
まつのをの 4698
まつはなほ
—おとせぬほとの 6493
—をくらくみえて 3780
まつはらの 14245
まつはるる 8012
まつはれて
—ともまつほとに 10193
—みしはともまつ 9786
—みしはともまつ 11694
—ゆきもともをそ 10270
まつはれは 13576
まつひとき 8624
まつひとの 12558
まつひとは 8338
まつひはら 7991
まつふくも 1960
まつほとの
—すきておそきは 14790
—すきておそきは 15371
—ひさしかりしに 8917
まつほとも
—なくてふくへき 4004
—ふかくそつもる 10212
まつむしの 8032
まつむしも 9212
まつもひき 3368
まつもわれ 4540
まつよはの 12602
まつらかた
—やまなきうみも 8771
—やまなきにしに 5918
まつろはぬ 14918
まつろへる 15816
まつをこそ 180
まつをのみ 14264
まつをふく
—こゑもたかせの 14345
—よさのうらかせ 8766
まてしはし
—あはれといはむ 6791
—としにまれなる 22
—われもちりなん 3720
まてといふに
—とまるならひの 10069
—ひまゆくこまは 13467
まてよきみ 15102
まとこしに 4494
まとさむき 10187
まとにうつる 5627
まとにさす 3756
まとのひま 15420
まとひそめし 13715
まとふへき
—こひちともまた 12826
—こひちともまた 15781
まとほなる 6451
まとほにも 4206
まとみれは 5631
まとろまし 12498
まとろまて
—なほそをしまむ 824
—はるをまつとや 10419
—をしみあかさん 3700
—をしむこころも 1300
まとろまぬ
—ねやのあれまを 5929
—よはのまくらの 4577
まとろまは 13148
まとろむと
—おもひもあへぬ 13800
—おもひもはてぬ 14553
まとゐして
—いくよのはるを 124

ほのみゆる　5113
ほほかしは　15860
ほめそしる　15676
ほりあけし　3592
ほりえてふ　13436
ほりかはの　15715

【ま】

まうくめる　16233
まうのほる　3761
まかせつる　338
まかねふく　15920
まかひつる　1132
まかへても　16167
まかりきに
―さかれるくすの　14714
―はふくすかつら　14715
まきあくる
―こすのとやまの　1179
―こすのとやまの　1551
―たもとにゆるく　1515
まきのしま
―さらせるぬのは　14430
―よるさへぬのを　7536
まきひはら　11474
まきまきを
―おとさてつてよ　11432
―みるにつけても　11427
まきるへき　13108
まくさには　7222
まくすはは　8122
まくらかひ　16522
まくらかる
―かややののきの　976
―よひあかつきの　12539
まくらつく　12782
まくらとる　8515
まくらをも　10977
まけはせて
―いのちやたえん　12821
―いのちやたえん　15762
まことある　13573
まこととや　12451
まことなき　14769
まさきちる　13398
まさこちの　14029
まさこちは　10204
ましはわけ　13329
ましみつの　5206
ますかかみ　15849
ますかみや　13350
ますますに　11426
ますらをか　14480
ますらをは　4960
ますらをも　13836
またきうつ　5431
またきおく　6811
またきさく　2129
またきちる　7250
またきより
―あきかせさむき　9170
―あきやかよへる　3983
―あきをならして　4825
―あさゆふつゆの　3989
―あさゆふつゆの　4336
―かくのみふらは　5475
―たつなにひとの　12273
―のきにたききも　10234
―はるをふかめて　270
―はるをふかめて　375
―ふゆかまへする　9427
―ゆきふきこしの　10593
またくれぬ　10704
またこそと
―おもひしはなの　2095
―ことにはいへと　14641
―ちきりおけとも　15117
またさむき　173
またしらぬ
―うれひはなかき　8165
―おもひこそつけ　12658
―ひとにつけはや　5008
またひとへ　2537
またみんと　3596
またもきて　16225
またもみん　16424
またもよに　12505
またやみん　2839
またよひと　8518
またよひに　10200
まちいつる　11958
まちいませ　16434
まちうけし　4317
まちうけて
―ありあけのつきを　12072
―こぬひとたのむ　11769
まちえしも　4382
まちえても
―おほつかなしや　4213
―たたひとこゑを　4370
まちえてや　7351
まちたゆむ
―ゆめのまくらの　4521
―よはしもあらは　4511
まちつけし
―おいきのはるそ　2405
―きみはかへさし　12439
―しもよのかねの　10247
―ひとのこころの　2318
まちつけて
―さそなこころも　6196
―たれかきくらん　4368
―たれかきくらん　4765
―なかなかそての　2408
―みはやけふより　1014
―わかなつむとや　269
―わかなつむとや　370
まちつけん　11213
まちてみん　14412
まちとほく　7986
まちとほに　8383
まちとほみ　10652
まちふけて
―つきもさしての　11825
―ひとりやねなん　12093
まちまちし
―あきのなぬかの　7940
―あきのもなかの　8092
―はるのさむさは　3649
―ほとはくもゐの　4791
まちまちて
―いまはくひなの　12098
―うきあかつきの　12268
―ききそめつれは　4700
―けささくはきの　7414
―けふきさらきの　2722
―はきさくころの　6678
―みそめしはるの　5395
―ややはれそむる　6165
―わかもくひなの　12239
まちもあへす　11114
まちわひし　5151
まちわひて
―ぬるよもあらは　11879
―ひとはねしよの　4016
まちわふる　9638
まちをしむ
―こころのほかの　732
―よひあかつきの　6585
まつおきて　16257
まつかえを　2349
まつかけに
―さけるさくらは　3749
―そむるもみちは　7824
―なかるるいすみ　5250
―よりてそみつる　10970
まつかけの
―あききりふかく　8300
―いていはかせは　9280
―いてゐにてて　5610
―いてゐはつねに　15885
―ちりうちはらへ　5819
―つちのいていに　5223
―つゆのふるつか　7030
―みとりをつめる　11666
―やととひまさは　3489
まつかけは　2432
まつかけも
―うつるおいけに　15237
―くまなくてらす　13873
まつかすむ　2136

―こころのちりも　16057
へたてつる
―くもはのこらし　6155
―たかねのくもま　6547
―をちのたかねは　4024
―をちのたかねは　4324
へたてても　6070
へたてなき
―こころときけは　2525
―つゆもわけてや　6136
―のりのひかりに　15561
―ひかりもみえて　552
へたてなく
―くるはるつくる　2528
―くるはるつくる　2719
―しけりあへれは　4838
―てらせるつきも　11735
―むかひてともに　1969
へたてゆく　12063
へてもみよ　3343

【ほ】

ほえけるを　16038
ほかにまた　4953
ほかのちる
―ころしもさきて　1812
―のちならすとも　1532
―のちのいろかを　1589
ほかはみな
―さそひつくして　286
―ちりてののちも　3151
―ちりはてぬれや　1074
ほかよりも
―くれのこりけり　984
―とくふりそめて　13638
―とくもえぬとや　1412
―なほゆきふかし　10181
ほこるとも　3028
ほさてみん　6478
ほしあひの　6202
ほしあへぬ　11762
ほしうつり　11414
ほしのくに　16179
ほしまつる
―くもゐにけふや　9179
―ゆふへのにはに　8817
ほたいしゆの　14612
ほたるすら　5011
ほたるとふ
―あささはみつの　4654
―みつのゆくせの　4181
ほてうちて　11182
ほとときす
―ありしつらさに　4139
―いつもはつねは　15146
―いまかきなかん　4875
―いまきのをかの　3938
―いまひとこゑは　4248
―いまひとこゑは　4529
―いまひとこゑは　4977
―うつきといふも　5174
―うつきもなかは　3915
―おなしこころに　4978
―おのかさつきの　4734
―おのかさつきも　4498
―おのかなみたや　4132
―かたまつよひに　15820
―かたらふほとの　5191
―かへりしやまも　4710
―ききもわかれす　4115
―きくもわかれぬ　4138
―きなくこすゑの　15147
―きなくなみたか　4460
―きなくねくらも　15211
―くものいつこと　15150
―ここそとまりと　4650
―こころたかさも　15145
―こころにのみそ　5409
―こころゆるして　4582
―こゑききそめし　4824
―こゑのあやをも　4416
―こゑのいろそふ　5438
―こゑのたえまも　3955
―こゑのふくろに　5177
―さやかになきて　5179
―しつえのくもは　15213
―しのひかねてや　4363
―しのふこころや　4784
―しはなくかけに　4235
―しひてまたすは　4340
―すまふみやまの　4558
―そらにこそなけ　4902
―たそかれときの　4246
―たそかれときの　4342
―たちもかへらぬ　4369
―たつねいりつる　3913
―たれにこころを　4253
―たれをとふとか　5042
―つらきものから　4660
―とはたのうらに　16007
―とひもとはすも　15447
―とひもやくると　4413
―とへととはねと　5664
―なかすはたれか　4347
―なかなくこゑに　4607
―なかなくこゑに　5041
―なかはつこゑを　2341
―なかゐのさとに　4859
―なきてわかれし　9649
―なくこゑよりも　5190
―なくひとこゑに　5656
―なくへきころは　5489
―なくへきそらと　4622
―なにをうしとか　4140
―なれたにおいを　5407
―ぬしをえらはて　4786
―ぬれぬこゑさへ　5435
―ねくらさためよ　4412
―はつねののちの　4293
―はやもなかなん　3271
―はやもなかなん　5520
―ひとこゑなきて　4733
―ほのききそめし　4766
―ほのめくつきに　4385
―またうひたたぬ　5490
―またさとなれぬ　4383
―まつかひもなき　4294
―まつとしらてや　4823
―まてこととはむ　4603
―ややさとなれん　4792
―やよひくははる　4632
―ゆくもかへるも　5276
―よそにもきかん　5094
―よはになきけん　5352
―よはになきけん　5382
―われのみきかて　4601
―をのかさつきも　4209
ほとほき　3348
ほとほく　8995
ほとほりの　3087
ほともなき　987
ほともなく
―いまたちかへり　2630
―かへりみやこと　11378
―かへるわかれに　11380
―すすしかるへき　4003
―すすしかるへき　4325
―ちりなんものを　8213
―つきはいてなん　8366
―はるにやこえん　9764
―はるにやこえん　9846
―ふゆはいなはの　13140
―またくりきぬ　7352
―まよはんみちを　8269
ほとりなき　16266
ほにいつる　7692
ほにいてて
―あきたちにけり　6767
―ふきもあへぬに　8965
ほにいてん　3973
ほねよりも
―かへりてほねを　5373
―かへりてほねを　15772
ほのかなる
―このまのかけも　6067
―こゑをしるへに　1061
―つきもよをへは　5607
―ねをつけてこそ　4553
―はつねもそへよ　4329
ほのかにも　9569
ほのみえし　12878

—おいをあはれに　11574
—みをあたたむる　11158
—みをうちやまの　5410
—わかみはおきて　10880
ふりもあへす　8325
ふりやそふ　8886
ふりやまは　12940
ふりゆくも　10633
ふりゆけと　3395
ふるあめに
—あまのかはみつ　7807
—いろつくうめの　12981
—うつろひぬれと　8885
—かやりのけふり　4897
—ころものそてを　5515
—さきやそふらん　4082
—にこるやまかは　15384
—ぬるともかくは　12172
—ぬれぬれしつか　15455
—ほしのわかれも　6353
—みやこかきりて　15469
ふるあめの
—はれぬひかすも　4018
—ゆきとかはるは　1204
ふるあめを　5519
ふるいけの　6970
ふるかはや　13747
ふるかわや　11860
ふるきよの
—かせそかよひて　15103
—かせにこころは　13225
—しらへすみぬる　16011
—なのみのこれる　14254
ふるきよを
—おもひいつれは　11679
—かけてそおもふ　10470
ふることの　5544
ふることを
—おもひいてつつ　11749
—おもひいてても　11681
—おもひかへせは　13676
—かたりしあへは　3587
—しのふのくさは　8725
—なにとしのふの　13223
—まなひのまとの　16248
—まなひのまとの　16419
ふるさとと　2608
ふるさとに
—いかにいそけは　660
—いさもろともに　14831
—いつかもゆきて　14779
—かけてもしらし　13052
—かへるとみれは　13143
—かへるなこりや　7831
—かへるものから　16425
—ことなくきぬと　16328
—たちかへりぬる　12901
—たひたつかりも　2422
—たれをかおもひ　5028
—とふかことくも　14031
ふるさとの
—あるるかきねの　1
—あれたるにはに　7128
—あれたるやとに　7854
—いやとほさかる　14398
—おやをおもひて　16380
—かきねはあれて　6670
—かへのあれまの　7380
—すすきのなます　15413
—たつのにかへる　9325
—とほさかりゆく　14414
—のへわけゆかは　1611
—はるもしのはし　1039
—はるやいかなる　658
—はるやいかにと　276
—まかきのはなも　6839
—まつもけふこそ　2652
—まつもわすれて　2651
—もとあらのはきは　7100
ふるさとは
—あとたにもなし　5207
—こそよりもなほ　7012
—さなからあらす　14063
—そののやまかき　6866
—そののやまかき　7994
—まつのおちはに　13053
—むくらよもきに　6773
ふるさとも　13679
ふるさとを
—いつたちそめて　6376
—いつたちそめて　13132
—いてこしたひの　16500
—おもひあかしに　14164
—おもひいつやと　13430
—わかれかたみや　11026
ふるさるる　12204
ふるつかの
—こけのみとりも　10276
—こけのみとりも　10657
ふるてらの
—あかゐのみつに　12904
—あやめのつゆに　5116
—こけちはちりも　13486
—こほるるかへの　8826
—のきのこすゑの　8198
—のきはにちかき　7019
—みいけのあやめ　5115
ふるてらは
—こころすめはや　8358
—こころすめはや　8379
ふるとしに　2150
ふるとしの
—あめをうれへし　2556
—ひかすをこめて　10789
—ふるかのみこそ　2491
—ゆきけのくもの　244
—ゆきけわすれぬ　241
—ゆきたにきえぬ　2693
—ゆきのしたより　3296
ふるとしは　1131
ふるとしも
—ききしうくひす　2457
—しらてねしよの　3822
—しられぬはるの　1148
—みさりしゆきに　3511
—みしはかはらぬ　538
ふるとても　7811
ふるとなき　9663
ふるとみし
—あともなみちの　4260
—ねやのあられは　10109
ふるのやま
—くもにへたてて　4643
—くもにへたてて　4776
—みやゐあれはと　5050
ふるひとの　15267
ふるふみを　11612
ふるほとは　10838
ふるままに
—おとよはりゆく　10171
—くれゆくやとの　9829
ふるみやは　14478
ふるもけさ　139
ふるやそと　10493
ふるゆきか　3221
ふるゆきに
—うつもれてこそ　10050
—うつもれてこそ　11700
—つひのたききも　11209
—とへとていはて　10125
—なひかさりせは　10906
ふるゆきの
—しらはまかせに　10964
—はなのみやこの　11215
ふるゆきも
—はなとそみゆる　2000
—やへとななへの　11173
ふるるみは　11578

【へ】

へたつとも
—あふことかたの　3256
—みえぬはかりの　9282
へたつるは
—うきものこしの　12295
—うきものなから　2375
—うきものなから　8625
へたつれと　6812
へたてきて　12110
へたてこし
—うきとしつきも　5975

ふゆのよの
—そらさへこほる 9902
—たけのかけひは 11482
—つきかけふけて 10285
—つきもかすみて 10295
—ふけてたきそふ 11483
—やまひのとこに 10922
ふゆはたか 10780
ふゆはまた 10377
ふゆはゆき 2751
ふゆふかき
—あめはこんとし 11041
—みやこのやまの 10958
ふゆふかく
—しもはおけとも 13546
—なりゆくままに 9986
—ふりつむゆきの 10168
ふゆもきぬ 9951
ふゆやとき
—あきやおくれて 10682
—あきやおくれて 10706
ふゆやまの 10925
ふゆよりも 9741
ふらうしの 6803
ふらぬこそ 9068
ふらぬまに 9079
ふらぬまは 5782
ふらぬまも
—あらしはけしき 10182
—かさなるくもに 4114
—きしけきのきは 5640
—さつきのあめの 5418
ふらぬよも 12205
ふらはふり 2249
ふらはふれ〔連歌〕 427
ふりいつる
—あめにいまはと 7289
—こゑはさなから 8537
ふりいてし 6227
ふりいてて
—たむけやすらん 9640
—なくとはなしに 4290
ふりうつむ
—さとのこすゑも 9787
—みきりのいけの 716
—ゆきにまかへる 14506
ふりおもる
—しつかのゆきに 10833
—たけのしつくも 15186
—まつはあらしに 11703
—ゆきになひきて 10632
ふりかかる 10300
ふりかくす 1185
ふりきえん 11094
ふりくとて 5049
ふりくらす 11043
ふりくるも 121
ふりさして 14389
ふりしほる 4205
ふりしみの 10842
ふりしみは 3124
ふりしみを 3863
ふりしめる
—あめにもきえす 4136
—かきねのたつら 13356
—こすゑにたへす 4019
—わらやののきは 614
ふりしよに 10835
ふりしよも 10847
ふりしより 3799
ふりしよを
—たれにしのへと 4348
—なとしのひけん 11035
—わすれすとひし 14551
ふりすくる
—いたやののきの 10701
—しくれにいとと 7265
—せきのわらやの 10180
ふりすさふ 9900
ふりすてぬ 5076
ふりせぬは 14668
ふりそそく
—あやめのはすゑ 4457
—しすくたえせぬ 4191
ふりそひて
—くれゆくことに 10716
—たけのはやしも 8082
—なほよそふかき 10383
—のこるいろなき 10344
—のこるいろなき 10353
ふりそひぬ 11351
ふりそふを
—なとかまちけん 10268
—なにかはまたむ 10258
ふりつかは 9823
ふりつかむ 10932
ふりつくせ 11701
ふりつみし
—おきつなみまの 10623
—ひかりにあけて 10320
—ひかりにあけて 10370
—みちゆきひとの 10722
—ゆきもけなくに 548
—ゆきやとくらん 66
ふりつみて
—いはねこかけに 10143
—くれゆくそらは 9788
—それともわかぬ 15383
—ひとはかよはぬ 10150
—をちのたかねは 15243
ふりつもる
—いりえのあしの 10230
—けさのひかりに 9778
—けさのひかりに 11454
—ひかりにききの 9950
—ひかりににほの 9761
—ひかりにはれて 10001
—まとのしらゆき 9983
—ゆきにあけゆく 11125
—ゆきにとさして 10547
—ゆきにはあとも 10721
—ゆきのあさとの 715
—ゆきのあしたの 10624
—ゆきのあしたの 11126
—ゆきのはやしや 10595
—ゆきのひかりに 9973
—ゆきはうすゆき 10805
ふりてみの 11583
ふりてよに
—あくたとなれる 16260
—かひあるものは 15568
ふりにける
—かきのもとをや 15943
—きしのいはねの 13383
—さなからつるき 13344
—しまねのまつの 10597
—せきやののきを 11251
—たかののはらの 4860
—ねやのつきかけ 10776
—まつとわれとや 10731
—みにもをしへよ 10839
—みやゐもさらに 10002
—ゆきのうちのを 10626
—よのまのゆきは 1888
—わらはのやまは 13352
ふりにふる 11210
ふりぬとて
—いとはるへきを 11346
—いひもつかすは 16402
—まつやはかはる 2649
ふりぬとも
—いまひとしほは 14644
—そらにくたすな 9175
ふりぬるか 10779
ふりぬれは 1604
ふりのこる 11091
ふりはてし 7263
ふりはへし 10494
ふりはへて
—けふしとはすは 2562
—たれかとひこん 5193
—とひこさりせは 2563
—とひしこころの 2559
—なくほとまては 4291
—よるやまこえに 14133
ふりはるる 10738
ふりはれし
—あとのかきねに 11169
—こすゑのかはつ 5124
ふりふりて 11161
ふりまさる

ふちなみの　4779
ふちにのみ　15029
ふちにみの　15399
ふちはかま
—あやなくさくそ　7657
—いろそふつゆの　7690
—うすむらさきに　7658
—きてみるたひに　7651
—さきもあまらは　7689
—さけるひとのの　7650
—たれきてみよと　6955
—にほひみちたる　8925
—ほころふとても　7051
—みやこにきてそ　15681
ふちはせに　15067
ふちはやや　10931
ふつかつき　9022
ふつきくれ　8904
ふてのあと　5552
ふなちには　13841
ふなてして　13856
ふなひとの
—おろすいかりを　14744
—こころをさへや　1937
ふなひとは
—さたかにやきく　4651
—なにをしをりに　13729
ふなひとや　1807
ふねくたす　2622
ふねとむる　5465
ふねとめて
—いかなるときの　14017
—いつくときけは　4811
—ふかぬおひてを　14101
—ふかぬおひてを　14111
ふねもかな　1541
ふねよする
—いそへのなみの　4034
—いそへのなみの　6272
—いそやまかけの　6273
—うらのみなとを　10659
—みなとのすとり　8101
ふねよせて
—いさみてゆかん　1718
—いさみてゆかん　1738
ふふみしに　3400
ふふめりし
—はなならぬみは　13994
—はなのちるまて　12460
ふふめれは　11732
ふみかよふ
—ふるののさはの　15570
—ほとはたのめて　12621
—みちやはあらぬ　12161
ふみしたく
—おともさむけし　10574
—はななをしみそ　6794
—はなにひつめや　3871
—はなにひつめや　3887
ふみつきの
—くれもはてぬに　8897
—まれにかさなる　6061
ふみふけて　10199
ふみみねは　16472
ふみみれは　2764
ふみわくる
—われよりさきの　8003
—われよりさきの　14457
ふみわけし
—うつまさてらの　10946
—かきねののへの　11671
ふみわけて
—かよひしひとの　10030
—たれかいとはん　9854
—とはすはしらし　10161
—とひこはふかき　9978
—とひこんひとも　10843
—とへはなれこし　10173
—ひともかよはぬ　10043
ふみをしと　10576
ふもとかは　725
ふもとこそ　11059
ふもとなる　13914
ふもとより
—かけろひゆきて　5498
—まつくれそむる　15603
ふゆかけて
—うめさくかけは　2685
—さきそめしかと　3069
—さきそめしかと　3169
—はるきぬなりと　3197
ふゆかれし
—にはのきくさに　10830
—ふるはかくれの　1492
ふゆかれに　10831
ふゆかれの
—あらしのやまは　13671
—きのよりふる　11697
—こすゑにふるは　10281
—このまよりふる　10022
—にはのあさちふ　10369
—まかきのきくの　9773
—をはなのしもは　11307
ふゆきては
—しくるるくもと　11486
—しはしとまらて　10176
—つまきこるをも　9783
ふゆきても　11493
ふゆきぬと
—あきはそめにし　15646
—けさはひかけも　9834
—しくれそめたる　11642
—しののめさむく　2211
—ほにいてておく　9932
ふゆくさの
—かれははかりに　11111
—かれふにむすふ　10512
ふゆくれは
—うゑきのこのは　11639
—かせにみたれて　10663
—しほかせさえて　10965
—のきはのもみち　9750
—わかすむやまは　10620
ふゆことに　11315
ふゆこもり
—いつれをうめの　10167
—うつせしうめに　11722
—おもひもかけす　9752
—おもひもかけす　10117
—かつさくうめも　10309
—さきぬるひより　3097
—ますほとをこそ　10996
ふゆこもる
—うめのいろかそ　10036
—おいのこころも　11108
ふゆさけは　3680
ふゆさへも　11601
ふゆさむき
—いけはかかみと　10484
—けしきのもりの　10134
—まつのあらしの　10611
ふゆさむく
—なりそめしより　10684
—なりゆくままに　10433
ふゆさむみ
—いまはこほらぬ　10570
—こほらぬみつも　10602
—こほらぬみつも　10674
—こほりにとちて　9780
—ひともなかめぬ　11646
ふゆさらは　9588
ふゆされは　11491
ふゆちかく　9129
ふゆなから
—あたたかけれや　10891
—あめかすむひの　10892
ふゆになほ
—にほへまかきの　6578
—のこりしきくも　10291
ふゆのきて
—かせのはやしと　11373
—きえにしひとの　15080
—なほにほふとも　7621
—まなくしくるる　10263
ふゆのきの　12775
ふゆのひの
—あしたのまさへ　10221
—いとととくこそ　10394
—かけほとなしと　10435
—ほとなきそらに　10197
ふゆのひは　11551

—たけのはやしの　6101
—ちくさのはなの　6027
—みとりはあきの　4444
ふきぬなり　6804
ふきのこす
—あらしのやまの　583
—せきちのはなの　3298
—はなもやあると　1075
ふきのほる　1067
ふきはらふ
—あきかせもかな　9148
—かせのあとより　8610
—かせもおとせて　6005
—かせやたかせの　7923
—かせをもまたて　6371
—やまかせみえて　13809
ふきまよふ
—あきののかせに　7575
—あらしにつれて　10573
—あらしにゆきや　10770
—かせしつまりぬ　7578
—かせにみたれて　6474
—かせをしくれの　10097
—ころもかさきの　7872
—のかせになひく　6646
—のかせにみれは　7336
ふきわかる　472
ふきわくる　6241
ふきわたす　1894
ふきわたる
—あさけのかせも　6093
—かすみのみをの　1925
—かせのゆききに　311
—くものかけはし　13219
ふきをくる　3899
ふくかせに
—あしのはなひき　5024
—あたらしとてか　5655
—あらそはぬこそ　16400
—しらふとききし　14256
—たへてふるきを　11705
—ちりくるゆきは　10348
—ちりゆくころは　1939
—なひきてあふく　15414
—ならのはそよき　3840
—まかせてちれは　9599
—まなくよせきて　13382
—ゆるきのもりの　15597
ふくかせの
—あとよりやかて　5954
—あとをもみせす　6484
—たえまをなかの　14257
—ゆるくはけしき　16584
ふくかせは　3086
ふくかせも
—あきのけしきの　4610
—あたりのききに　15125
—いとのとかなる　3314
—しつまるにはの　6449
—のとけきみよの　2385
—またてけぬへき　13912
—ゆふへはたえて　981
ふくかせを　2056
ふくことに　10687
ふくとても　983
ふくとなき
—かせにそよきて　13365
—かせにもそよく　7068
—かせにもなひく　12778
—かせをつくる　15450
—はるかせみえて　555
ふくもまた　8094
ふくるよの
—あはれもそひて　6321
—みつのしつくの　11184
ふくろふの
—けうときこゑも　8508
—こゑのほかなる　8509
—なくなるまつに　8914
ふけすきて　5199
ふけていま　12113
ふけておく　8167
ふけなはと　12680
ふけにける
—わかよいつまて　10679
—わかよをそへて　10554
ふけぬとて
—うちぬるのちも　6606
—かかけそへすは　13748
—かへりしあとに　8881
—くさのまくらは　7274
—ねられんものか　8501
ふけぬとも
—かへらてきかん　8784
—よこえにこえん　7744
ふけぬへき　9852
ふけぬるか
—かせみにしみて　7901
—かたふくつきに　11253
—ほとけのみなを　10315
—ゆきさへふりて　11252
ふけぬれは　8360
ふけはてし
—わかよをくもの　7427
—われよはおきて　9635
ふけはもえ　14378
ふけやすき
—かけはかりこそ　32
—かけはかりこそ　5304
ふけゆかは
—かけもやもると　6691
—のきのあきかせ　15226
ふけゆくか　854
ふけゆくを　12194
ふけゆけと　4109
ふけゆけは
—あまとふかりも　6508
—いているふねも　6153
—いているふねも　13932
—かはおとたえて　10000
—けふりたえても　1342
—なほかけさむし　209
—にはのをきはら　6844
—ひとはおとせて　6619
ふけるよの　7678
ふけわたる
—かけををしとや　6388
—とよらのてらの　7661
—のてらのかねの　6913
ふさなから
—ちりなんよりも　2755
—ちるはかせゆゑ　2760
—ちるをしみれは　2757
ふしいとの　13558
ふしおほく　6790
ふしておもひ　11412
ふしてこひ　14422
ふしてねかひ　6269
ふしてもみ　2201
ふしなれて　12065
ふしのねの
—ゆきのさかりを　11403
—ゆきはあさしな　4830
ふしのねも　12301
ふしみすき　1866
ふしもみぬ　12601
ふしわひぬ　9963
ふすまきて　11713
ふせにける　11455
ふたかみの
—うめるにほんの　14050
—おりたちうみし　14166
—このしまよりや　14049
—やまのゆきけも　1756
ふたたひは　11547
ふたたひも　14602
ふたつある　11003
ふたつなき　6248
ふたとせの　6234
ふたもとの
—すきしむかしは　11188
—すきなはきみや　11193
ふちかつら　14888
ふちころも
—かさねてはきぬ　15504
—きるひとあらは　14885
ふちせなき
—ちきりとをしれ　5980
—ちきりをたのめ　5996
—ちきりをなかの　6888
ふちとなき　12279

ひろひつつ　16516
ひろひとる　13459
ひろふへき　3637
ひろまへに
　―ねこしてううる　13454
　―ねこしてうふる　1114
ひをかさね
　―あめはふれとも　5555
　―おりたつしつか　1976
　―ふりつもりぬる　10509
ひをさふる
　―うれひのそらの　14541
　―おひのうらなし　15664
　―かけしなけれは　4428
　―ふもとのましは　5311
ひをそふる
　―のきはのたけの　4249
　―やましたみつの　4179
ひをつまは　1506
ひをとると　11689
ひをはいま　11275
ひをふれと　9419
ひをふれは
　―けふりもたえて　9931
　―そのいろとなき　7495
　―そのいろならぬ　7496
ひをへつつ
　―あきはそめにし　15648
　―おとろへもてく　14508
　―しつかかるかや　7858
　―ふかきみとりの　1398
　―みてるもうれし　11441
ひをへても　7249

【ふ】

ふえたけの
　―おとせぬうさは　15038
　―しらへまちかく　15285
　―よのうきふしは　13818
ふえのねを
　―こよひのつきの　6085
　―さそひてふけは　15286
ふかからぬ
　―こころとかつは　12395
　―とやまのききの　6382
　―わかえはやしに　12550
ふかからむ　11951
ふかかりし　2212
ふかきには　16342
ふかきよの
　―あめのおとにや　2103
　―かせしつまりて　10271
　―かはとにのこる　4214
　―かみのみゆきと　8918
　―しもかあらぬと　7572
　―しもかとみえて　6150
　―しもかとみれは　6152
　―しもにうてたる　10613
　―しもにしほれし　10330
　―しもにまかひて　7145
　―ねさめのまくら　6077
　―ねさめのまくら　6084
　―ねさめのまくら　6396
　―ねやのあれまを　8919
　―はなのこすゑや　463
　―まつのはしろく　8002
　―みつうみさむく　7148
　―ゆきをわけつる　10723
　―ゆめのたたちの　6262
ふかくさの　6255
ふかくさや
　―のとなるさとに　9389
　―のとなるさとの　6412
　―のとなるさとの　6543
ふかくとも
　―そこのこころの　14027
　―ゆきはまとはし　14353
ふかくなる
　―あきのけしきも　6808
　―かとたのあきの　6558
　―はるのあらたを　1943
　―はるのゆくへも　2526
　―ふゆのひかすも　10378
　―みたにのゆきそ　11071
　―ゆふへのいろは　412
ふかくわか　12795
ふかぬまも　560
ふかみとり
　―いくよをこめし　12895
　―いろそふまつの　2953
　―いろにはわかぬ　7157
　―いろにはわかぬ　7295
　―かはらぬまつも　11591
　―それともわかぬ　6215
ふきあるる　9836
ふきあれし　9959
ふきおくる
　―あらしやみねに　13087
　―こゑもたかのの　13028
　―やまかせあらく　4720
　―やまかせすすし　4117
　―やまかせはやみ　10747
ふきおろす
　―あらしのやまの　6023
　―あらしをさむみ　9425
　―いそやまかせを　10693
　―かせのあられも　10174
　―かせのかけたる　11457
　―こすゑのゆきの　10147
　―ひらのたかねの　756
　―むこやまあらし　15115
　―やまかせあれて　2127
　―やまかせあれて　9896
　―やまかせたえて　9757
　―やまのあらしに　13256
　―ゆきのやまかせ　11030
ふきかくる
　―かせのもみちは　11072
　―ゆきやはけしき　11707
ふきかへし　3015
ふきかへす　150
ふきかよふ　9984
ふききそふ　10100
ふきくれは　2373
ふきさそふ
　―あらしにまかふ　2116
　―あらしのかねの　10048
　―あらしのさくら　2466
　―あらしやみねに　6075
　―あらしやみねに　6410
　―あらしやよはの　10691
　―あらしをまつに　319
　―かせになひきて　10133
　―かせのこのはの　10380
　―かせのまにまに　9877
　―かせもうらみし　203
　―かせをもまたす　1168
　―かつらおほいの　5150
　―もみちのいろは　10115
　―やまかせすすし　4579
ふきさやく　10513
ふきしをる
　―あさあらしにも　11632
　―かせのあとより　4982
　―たけのすかたを　14531
　―まつかせはやし　11645
　―まつのおちはも　9806
　―まつはのしもも　11355
ふきそへし
　―あやめもくちて　4561
　―あやめもくちて　4664
ふきそよく
　―かせしつまりて　5923
　―かせをさまりて　15187
ふきたたは　14513
ふきたちぬ　6592
ふきたつる
　―まつはかきのは　9544
　―やつのかせをし　15677
ふきたてし
　―おちはにしもや　10005
　―ききのこすゑは　10280
ふきためし　11477
ふきたゆむ　13285
ふきつくす　15396
ふきなひく
　―いなはのくもの　6181
　―かせのくもまに　6434
　―かせのしくれを　10324
　―かせのやなきに　15896
　―くものたえまに　6433

—すすしもあつき　4849
—ぬのかたひらの　8286
ひとへにも　12128
ひとへふる　11106
ひとへやま　5287
ひとへをも　2801
ひとまたせ　5548
ひとまたに　11993
ひとむらの
—かすみとなりて　2495
—くもこそかかれ　1098
—まつのこのまに　8992
ひとめおほみ　14810
ひとめきて　14703
ひとめこそ　14616
ひとめせく　11923
ひとめなき
—かきねのききす　2231
—かきねのききす　2677
—かきねののたに　5638
—かたにそむしは　7090
—かとたにあさる　12953
ひとめにも
—かからさりせは　12257
—もしやかかると　12117
ひとめのみ
—おほみやちかき　12668
—しのふのあまの　11756
—しのふのいけの　12214
ひとめみし　12340
ひともいふ　14925
ひともとの
—まつのこすゑも　641
—まつをくまなる　6953
ひともみぬ　9202
ひとやしる　12551
ひとやりの
—かりかはあやな　3080
—みちにしあらすは　3663
—みはこころにも　3600
ひとよかは　7915
ひとよかる
—たひねのとこも　15275
—のかみのつゆの　12842
ひとよしれ　11866
ひとよたに　16309
ひとよとは　6195
ひとよとも　2440
ひとよねし　742
ひとよねて　4227
ひとよりも　1814
ひとりある　7791
ひとりいま　14686
ひとりたた　10313
ひとりねて　16347
ひとりねに
—きくはおもひも　12196
—きけはおもひも　11964
—もゆるおもひの　2488
ひとりねの
—こひのすみかの　12890
—とこのさむしろ　11961
—とこのやまかせ　12092
—とこはなみたの　1113
—とこはなみたの　12259
—ねさめをなにに　5090
—まくらにきけは　4195
—よはのまくらに　11798
ひとりまた　9659
ひとりみし　10519
ひとりみる　1242
ひとりわか　3020
ひとりゐて　9120
ひとわかす　1885
ひとわかぬ　961
ひとわくも　5319
ひとわたす
—のりのみふねの　13457
—みちやはかたき　15622
ひとをいつ
—みつのみなとに　12031
—みなみのうみの　12867
—みののしらいと　12771
ひとをおもふ　12589
ひとをかく　12574
ひとをこひ　9726
ひとをとく　14778
ひとをなほ　12052
ひとをのみ
—あはれあはれと　15096
—うらのしほきの　12201
—おもふにはあらす　3212
ひとをまつ
—こころのみちも　10081
—こころやあきの　8412
ひとをみな　14572
ひとをわか
—おもひのくさの　14710
—おもふこころに　12816
ひなくもり　7722
ひにけふる　11323
ひにそひて
—あつさはいたく　9694
—あをむみすたの　2391
—きみかやまひの　5600
—さそなきのめも　549
—しもかれわたる　10262
—ちかつくあきの　6873
—ちかつくとしの　9814
—ちかつくとしの　9847
—ちりつもりぬる　4119
—とほさかりゆく　925
—とほやままゆの　904
—みとりすすしく　3990
ひにそわん　7554
ひにたきて　8999
ひにゆるふ　10751
ひのえには　2836
ひのかけに
—たまかとみゆる　8858
—みえてあさたつ　16486
ひのかけの　9491
ひのかけも
—のこらぬそらの　9488
—もらぬはかりに　14477
ひのめくる
—かたえよりまつ　561
—みなみにむきて　9407
—みなみのえたの　2006
—みなみのはてに　10622
—みなみのやまの　14820
ひのもとに　16143
ひのもとの
—もとのひかりの　3568
—ものにもあらし　15870
ひはくれぬ　10586
ひはりなく　3714
ひひきくる
—こゑとほからぬ　15246
—しつかさころも　8097
—たうたもいまは　5136
—はやしのあらし　8193
—まつのあらしに　13765
—まつのあらしを　13376
ひまあれは　3103
ひまのかけ　16598
ひまのこま
—かけもとまらて　13675
—しはしととまれ　1637
—のりてまたとへ　2572
ひまもなく　7860
ひみつとは　15435
ひむろもる
—やまかけすすし　4898
—やまにはなつも　4851
—をののやまちは　4903
ひむろやま　3910
ひめゆりの　5044
ひもたかし　7459
ひやかなる　5288
ひらけゆく　1863
ひらのねの　11308
ひらまつの　10606
ひらやまの　9610
ひるならは
—みとりそふのも　3618
—ゆつきかしたは　8206
ひるまにも　15636
ひろさはの　11475
ひろははや　13959
ひろひおく　15573

— なみたもあきの 12151
— むねはひたきの 12582
ひとこゑの 4605
ひとこゑは
— あやもわかれぬ 14231
— ふたかみやまの 14046
ひとこゑも 13508
ひとさかり
— ありてうつろふ 2759
— よにまれなりし 2484
ひとさとの 13463
ひとしほの
— いろそふ 13867
— いろそふはるに 1521
— はるのみとりの 2931
— はるのみとりも 13280
— はるもうつりて 3280
— みとりもはなも 1820
— みとりもふりて 88
— みとりをみてや 14246
ひとしほは 6041
ひとしらぬ
— ねさしやあると 4449
— みたにかくれに 13631
— ものとこそなれ 2974
ひとしれす
— おもふおもひの 10904
— おもふかたより 12074
— けふこそおひし 12659
— こひしわたれは 12105
ひとしれぬ
— こころのちりも 9045
— そてのなみたや 12579
ひとすちに
— ちよをこめても 13599
— ゆくせをみせて 10446
ひとすちの
— かうのけふりに 3632
— かけひのみつと 16263
— かすみのうちや 3175
— みちしるへせよ 8271
— ゆくせをみせて 11698
ひとすちも 16447
ひとすまて
— あるるのきはに 4064
— あれしみやこも 10360
— あれゆくてらの 6847
ひとすまぬ
— くにのみやこの 4634
— みなみのしまの 16080
— やとのしるしの 14741
ひとそうき 11985
ひとたひの
— あふにいのちを 12677
— うきわかれより 14598
— わかれにかけて 14599
ひとついろに
— いまそしけらん 4799
— しけるのもせの 13167
ひとつかに 2015
ひとつてに 9137
ひととせに 7718
ひととせの
— うらみもあらし 7632
— おいそふへくも 1898
— おいそふへくも 2013
— おいそふみには 3508
— おいそふみにも 2972
— おいそふみにも 15776
— おほつかなさも 7563
— おほつかなさを 6769
— かきりとをしむ 10677
— くははるおいも 1217
— くははるおいも 1607
— つきのさかりは 8980
— とほきわたりも 6460
— なかめをゆめに 11649
— のこるひかすも 9762
— はなてふはなを 1535
— はなをつくして 1548
— ひかすをなにに 7435
ひととせは
— おもひわすれよ 936
— わすれてたつも 934
ひととせも 15888
ひととせを
— けふまてあたに 9812
— なかにへたてて 6426
— なかにへたてて 6989
— ふるほとよりも 7809
— へたつるよりも 6898
— まちつけてみし 5394
ひととはぬ
— かきねのをくさ 4612
— かとのしるしや 14685
— たなかのいほの 13014
— にはにみたるる 6473
— にはのかきねの 75
— にはのこけちに 6923
— にはのをはなの 8191
— やとそさひしき 13785
— やととてかせの 952
— やとにはとしの 11723
— わかみをよそに 12701
ひととはは
— くもをさしてや 3626
— なしとこたへよ 15517
ひとなつを 15611
ひとなひき 11631
ひとなみに
— おもふさまなる 15106
— たちましはれと 14316
— まつともわれを 4694
ひとならは
— さらはといはん 15631
— なしといはましを 3304
ひとにけふ 12421
ひとにこそ 10267
ひとのため 15788
ひとのてに 12325
ひとのみち 15394
ひとのよそ 7928
ひとのよに
— かけてはいはし 8074
— にたるものかな 9029
ひとのよの
— いそちかほしの 8935
— こころならひに 7810
— さかりをまたぬ 3216
— さかりをみせて 8229
— さかりをみせて 8675
— たねにはあらて 15244
— とこよなりせは 16018
— とみはくさはに 15293
— はやきをみても 16214
ひとのよは
— あたのおほのの 14454
— ありとはみれと 15567
— かせのうきくも 14535
ひとのよも
— かせにきえゆく 9027
— なにかはかはる 9126
ひとのよを 13466
ひとはいさ
— しらてつらさや 12598
— われはいななる 2725
ひとはいつ
— かよひしままそ 8005
— かよひしままそ 14459
— とふのすかこも 12713
ひとはいま 12024
ひとはこて 3084
ひとはちる 8362
ひとはなほ 12673
ひとはみな
— おいたるはおや 16242
— かへりつくして 2214
— しつまるよはに 9608
ひとはよし 12868
ひとひとも 11431
ひとふしと
— おもふややかて 9727
— おもふややかて 16068
ひとふしの 14963
ひとへたに
— いとはしかりし 4800
— ちりのこらねは 1442
ひとへつつ
— ちるともかくて 1526
— ひらけはちれる 5488
ひとへなる

—ふしたちぬとや　5354
はれゆくを　8715
はれゆけは　11245
はれよりも　15288
はれわたる
—かせになひきて　13820
—つきのひかりに　16529
はをしけみ　10584

【ひ】

ひえとりは　14967
ひえのやま　13045
ひかけさす
—かきねのをたの　11524
—かたへはきへて　10025
—かたよりきえる　10216
—のさはのこほり　1054
ひかけにも　7339
ひかけみぬ　10148
ひかされて　15830
ひかしへも　16138
ひかしやま　9506
ひかすふる
—あめにあらしの　346
—このたひなれは　16289
—ゆきのこすゑと　873
ひかすへて　16044
ひかてたた　1957
ひかぬきも　4519
ひかぬねを　7742
ひかりありと　15640
ひかりある
—さとはたまかは　2660
—たまかとみれは　7089
—はなはやまふき　2659
ひかりそふ
—ことはのつゆに　6526
—たまつしまえの　6032
ひかりなき
—ことはのつゆを　7985
—たにのといてて　130
—みたにもさすか　13446
ひきあみの　8962
ひきうゑし　2481
ひきかへす　12645
ひきつれて　8685
ひきつれは　8650
ひきとむる　1489
ひきならへ　4593
ひきのほる　8108
ひきほせと　12885
ひきよせて
—をらんとすれと　12823
—をらんとすれと　15760
ひくことの　10443
ひくしほの　13988
ひくらしに　1042
ひくるれは
—うちぬるはきを　8949
—うちぬるはきを　15767
ひこほしの　7808
ひこほしは　11006
ひころへぬ　2926
ひさかたの
—あまつかみよの　1893
—あまつかみよの　1924
—あまつくもゐの　11530
—あまのかくやま　1178
—あまのかはせや　9875
—あまのかはなみ　7447
—あまのかはらの　7404
—あまのかはらも　8029
—あまのはしたて　5990
—あめにかへりし　3210
—あめのふるひを　5518
—あめをとよもし　15392
—かつらにこそは　9285
—かつらのさとに　3379
—かつらのひとの　9060
—かつらのひとの　9284
—くもゐのにはに　3757
—つききよきよは　9646
—つきそふりせぬ　7372
—つきにうのつく　3232
—つきにかけしは　8568
—つきのかつらや　10785
—つきのひかりも　7884
—つきみしよるは　9103
—なかなるかはの　7772
—なかなるかはの　7814
—なかにおひたる　5318
—なかにおひたる　8737
—なかにもおひぬ　8683
ひさかりに　10844
ひさかりの　9173
ひさかりは
—いつくにあきの　8391
—ここにすくさむ　5310
ひさしかれ　470
ひさになほ　3286
ひさにふる
—いもせのとりと　15638
—いもせのとりと　15649
—まつもちとせの　13799
—まつもよはひの　10729
—まつをやとひて　3806
ひさにへて
—いはほとならん　15040
—ひさにききつる　8304
ひさにへん　2711
ひさにませ
—うゑぬにしける　5031
—まさはこむまこ　3396
ひさにみよ　15518
ひさによに　16307
ひたすらに
—いひもてゆけは　16196
—うしともひとに　4759
—さかすはなの　2407
—わするとならは　12656
—わすれにけるを　12298
ひたちおひの　13009
ひたちなる　14292
ひとえたに
—こころをやりて　2473
—やまのけしきの　8220
ひとえたの　503
ひとかけも　6560
ひとかたに
—うきをはらはは　1406
—ふきもさそはぬ　10436
—ふきもさためぬ　5615
—ふきもさためぬ　9198
ひとかとも　9656
ひときたに
—ちよのまつはら　13973
—ひさしくのこれ　2280
ひとこころ
—あきたちしより　12861
—あたのおほのの　12629
—あなうのさとの　12810
—いまはあらしの　12714
—うのいるいはに　12733
—のとかならさる　11739
ひとことに
—あらそふみちを　14742
—ありとはきけと　14003
—うつるこころの　5013
—おもへこのよの　14947
—かたりつたへん　3735
—けふもてはやす　7183
—こころのたねは　16110
—こたふることも　2820
—こよひのそらの　8849
—しのふもあやし　4993
—たつぬるはなを　1803
—ちとせをいはふ　833
—まことしあれは　16206
—まちしひとよの　7418
—まちしひとよの　7425
—もちいのみやと　14366
ひとことの
—あなうのさとは　12812
—こころのかせの　16477
—さかのならすは　7762
—さかのにたてる　8068
—さかののかせの　6645
—しけしやしけし　12811
ひとことは　14568
ひとことを　14812
ひとこふる

—ひかしのやまを　3200
—みちはせきとや　1788
はるのけの　11256
はるのたつ　11001
はるのたに　14893
はるのつき
—かたふくままに　1111
—みぬよをかけて　1728
はるののに　1311
はるののの　1818
はるのはな　4539
はるのひに
—きえこぬものは　1186
—はれるやなきを　1752
—はれるやなきを　1753
—ゆきかもちると　2322
はるのひの
—あたたかにさす　2454
—うつりやすくも　3490
—うつるかたより　3456
—さはりあらしと　2925
—なかくみてらの　3868
—なかはまかけて　2891
—のとけきにはに　14754
—ゆたののはらに　1842
はるのひは　1952
はるのひを　1999
はるのよの
—あかつきふかく　1112
—あめさむかりし　3408
—くらふのやまの　1049
—つきまつほとの　516
—やみのころしも　1321
—ゆめさきかはの　1843
—ゆめのまくらを　540
はるのよは　1031
はるはいぬ　2067
はるはおひ　9595
はるはたた　2075
はるはなの
—さきちるころの　2476
—さきちるみれは　2477
—さくまてにほへ　14850
—にほふかことき　14775
はるはなほ　820
はるははな　9602
はるははや
—いそしくなりぬ　2957
—いそしくなりぬ　15703
—くるるなこりの　2047
—くれぬるけふの　2048
はるはまた
—あさかせさむみ　366
—とひてさかりの　11363
はるはると
—きみかたまへる　16466
—こしのまつはら　14269
—みゆるみつたの　5363
はるはるに　3284
はるはるの
—ねのひねのひの　3425
—はなをのとけき　3413
はるひかけ　3429
はるふかき
—いろにさけはや　784
—おきつしほかせ　872
—かすみのたには　1771
—ひかけやなれも　622
—ゐてのわたりの　623
はるふかく
—かすめるつきに　249
—なりぬとみえて　1835
はるふかみ
—いひしらぬまて　1847
—ひとつみとりの　15131
—わけこしみねの　924
はるへさく　3771
はるまたて
—とはんとそおもふ　11518
—なにかけぬへき　11200
—にほへるはなに　11288
はるまつと　11625
はるもけふ　13530
はるもはや　15210
はるもやや　877
はるもゆき　2300
はるやけさ　2591
はるやとき　797
はるやまに　14871
はるやまの
—あめあたたけき　3010
—かけにかかよふ　1716
—ふもとのはやし　15127
—みとりのかけを　3807
はるやまを　15134
はるよりも
—あきのわかれや　7471
—あはれそふかき　3929
—まさりてをしき　7470
はるるかと
—うちみるほとに　15292
—みしはひとひの　5797
—みるほともなく　10026
—みるほともなく　10057
—みれはたなひく　14070
はるるひは
—くもゐにみえて　2323
—はるかにみえて　10799
はるるよに　9096
はるるよの
—かせにみかきて　8179
—こかけにのこる　8751
—ほしかとみれは　5680
—ほしとそおもふ　5823
はるるよは　9507
はるるよも　8327
はるるよを　8713
はるをあさみ
—またきえあへぬ　553
—またそてさむく　1284
—またつむほとも　112
—ゆきけのくもを　407
はるをしたふ　5054
はるをへて
—あれのみまさる　1144
—おいそのもりの　1372
—しられぬはなも　2987
—ふりせぬはなは　1798
—みれともあかぬ　1013
—わかおいうまの　5740
はるをまつ
—いそきもしらぬ　10092
—いろもすくなし　304
—なかとはなしに　11822
—みにもあらねは　10018
—やとにもあらす　10351
はれくもり　7780
はれくもる
—かけもさやけし　6001
—しくれはかせを　10274
はれさらは　2126
はれせぬは　5350
はれぬへき
—けしきもみえぬ　9523
—けしきをやかて　4624
—そらをかきりの　5330
—はつきのかけの　9055
はれぬへく　2858
はれのこる　7542
はれのほる
—あめのなこりの　15356
—くもかあらぬか　5822
—くもかあらぬか　15357
はれまなき
—あまよのそらに　12275
—さつきのあめの　5858
—とやまのゆきに　1330
—のきのいとみつ　4054
—のはたのむきの　5269
はれまなく
—かくしふりなは　5539
—ひをふりつみて　10239
—ひをふるやまの　1474
—ひをふるゆきに　11150
はれままつ　424
はれもせす
—ふりもいてなて　3012
—ふりもいてなて　9069
はれやらぬ　9828
はれゆかは
—にしたちぬとや　5340

—なくなるこゑの　5051
—はななきやまは　5057
—はなものこらぬ　2068
はるくれは
—うくひすならぬ　1083
—おなしみとりも　615
—かきりもみえす　999
—かすみのころも　1715
—くははるおいも　3546
—させることなき　527
—させることなき　3165
—しものふるはは　1441
—たかねかすみて　550
—たてるかすみを　1316
—ねのひわかなの　361
—のやまのはなに　174
—ひとそとひける　2069
—ふかくかすむと　835
—まつのふたはに　100
—みやこのひとを　261
—みやこのひとを　631
—むろのやしまの　770
—よるしらなみも　1313
はるけしな　12706
はることに
—あれまそひゆく　1143
—いろかをそひて　383
—いろそふまつの　491
—おふるねのひの　1666
—おもへはこその　535
—ききなれこしも　2028
—きみかよはひを　3481
—さきそふふちの　199
—ちるとはみれと　748
—つきしとそおもふ　3874
—はなをしみれは　3709
—まつのみとりの　3671
—まつはみとりも　15362
—まつはみとりも　15437
—みとりをそへて　406
—みるとはすれと　1041
—むかしはとほく　2728
—わかかへりぬる　3722
—わかかへるはなに　3694
—わかかへるみは　12936
はることの
—あらしのさくら　456
—かすみそたてる　194
—はなこそのこれ　307
—はなはむかしに　509
—わかなとともに　1664
はるさえて　1954
はるさむき
—あらしのやまの　2256
—あれたのこせり　3089
—かきりとおもへは　3576
—くらまのやまの　2030
—ことしのさかの　2107
—としならさらは　3419
—のはらにいてて　3483
—まつかうらしま　1081
—ゆきをいとひて　2001
はるさむみ
—こほりとつれや　2303
—なほきさらきの　3407
—はなまつほとの　2227
—ゆきのみつみて　1184
はるさめに
—いとそめかけて　598
—うえつるきくの　7260
—けさやもゆらん　1298
—ぬれつつとひし　436
—ふりはへとひし　434
—みやこかきりて　2523
はるさめの
—あやおるいけは　1502
—あやおるいけは　1703
—おときくたひに　3675
—くものかへしの　2226
—くももはれゆく　425
—はれゆくあとは　3590
—ふるともわかぬ　1840
—ふるにつけても　2096
—ふるのささはら　260
—ふるののくさは　225
—ふるやはこけに　3670
—みちゆきふりに　13924
はるされは
—まつさくうめの　3515
—まつさくはなも　2683
はるしらぬ
—おいのこころの　2597
—みにくらふれは　766
—やとのひかりと　2911
はるそとは　464
はるそとも
—おもひわかれぬ　3170
—またしらゆきの　120
はるたちて
—おいもそひぬと　6805
—かかるみゆきは　2566
—ふたももとをか　8584
—みえすなれるは　3523
はるたてと
—さきちるはなの　1706
—ゆきちりかひて　655
はるたては
—いつくのやまも　2700
—いつれあをねか　1496
—ねのひのこまつ　1433
—ひらのねおろし　2892
—まつさくうめの　7224
—まつさくはなも　1547
—まつのみとりも　771
—まつものまうす　2680
—わかかとをさへ　2071
はるちかく　11048
はるちかし　11102
はるといへは　1860
はるとこそ　1950
はるとても　1058
はるならは
—かすみともみん　5237
—こころをよせん　7891
はるなれは　2781
はるなれや　979
はるにあけし
—けさのこころや　2584
—けさのこころや　2878
はるにあひて
—ひさしきかとの　1741
—むいかもへぬに　2835
はるにあふ
—ききのなかにも　2397
—ききのなかにも　2446
—けさのこころの　1355
—まつのはやしに　15126
—みとりのまつや　490
—みにもあらねと　160
はるにあへは　2825
はるにいま　1757
はるにけさ
—たちそふはなの　416
—ふりくるみれは　1329
はるにそふ　3672
はるになほ　9905
はるになる
—ひかりやしるき　2529
—ひかりやしるき　2720
はるにまた　804
はるのいろに
—こころひかるる　168
—こころひかるる　15121
はるのいろは
—かきねののへの　1651
—かすみのをちの　1214
—とやまのまつに　1227
—わけてやなきの　1709
はるのいろも　1228
はるのいろを　681
はるのうちは　323
はるのうみの　962
はるのかせ　381
はるのきて
—いくかもへぬを　959
—とくとはすれと　364
—ひかけのとかに　839
はるのくる
—あかつきまては　10672
—あしたのそらを　1632
—かとのやなきの　816

はなもかく 10510
はなもけふ 2443
はなもさきぬ 14350
はなもしれ 989
はなもちり
―かすみもはれて 4208
―つきもありあけに 3031
―とりもかへりて 1662
―とりもかへりて 2882
―はるもかへりて 5282
はなもちりぬ 12803
はなもなき
―うたのむくいに 15976
―はるのひなみの 2297
はなもなほ 13229
はなもまた 1053
はなもみち
―いくはるあきか 13276
―いつくはあれと 15291
―たれうゑなへて 14230
―なたかきやまも 12921
―なにかはそへん 14593
―ふところかみの 9008
はなやきし 3796
はなやきに 3562
はなやさく 3636
はなやなき 15851
はなやまの 2020
はなゆゑそ 895
はなゆゑに
―はるはいとひし 5838
―やへむくらをも 2009
はなよりも 10296
はなるとも 16054
はなをおもふ 16127
はなをさへ 1159
はなをとふ 2952
はなをぬき 3121
はなをのみ 2260
はなをみる 2942
はなをめて
―つきにうかれし 10403
―つきにうかれて 13906
はなをると 2601
はねをよはみ 15019
ははこをは 6787
ははそはら 14552
はふくすも 14708
はまかせに 15443
はまくりに 16527
はまちとり
―ちよとなくねを 13543
―のこせしあとを 2993
はまひさし 13527
はままつの 3466
はやかはの 1423
はやきせも 6271
はやくせも 10399
はやくより
―ことはのみちに 13985
―なたかくききし 12836
―みまくそほしき 14072
はらはしな 4047
はらはすは 4421
はらはぬも 4078
はらはらと
―おつるなみたに 8939
―おつるなみたに 15719
はらひかは
―きしねのさくら 13335
―ちりのけかれも 13334
はらひする 4036
はらふへき
―かせさへたえて 6624
―くもしなけれは 6569
はらへする 4187
はらへせし
―はしめときけは 14443
―むかしはとほき 1407
はりまちの 16327
はりまなる 11677
はるあきに
―おいそのもりの 10082
―おいそのもりの 11696
―おいそのもりは 13275
―かはるけしきも 11603
―かはるしらへも 15451
―とめりしきみか 3842
―とめるみはさそ 11023
―みしはものかは 11746
―みやこのにしの 13613
はるあきの
―いろとりかへて 13716
―かすみもきりも 13726
―なかめつきせて 2989
―のやまをいるる 15438
―はなのにしきの 7387
―はなはちくさに 13915
―はなももみちも 2046
―はなももみちも 13761
―はなももみちも 14310
はるあきは
―うくるおほちの 16097
―はなよつきよと 10322
はるあさき 3040
はるあさみ 16560
はるいくよ 494
はるかけて
―ききつるとしも 5293
―なつはきぬれと 5499
はるかすみ
―くみてかへりし 2570
―たちいててきみと 3485
―たちそめしより 3458
―たちなかくしそ 3418
―たちもへたてす 1837
―たちわかれなは 2656
―たちわかれにし 6354
―へたててさやに 3651
―よしへたつとも 738
はるかせに
―おふのうらなみ 743
―なひくとみれは 274
―まつこそにほへ 3056
―みきはのさくら 432
―よせくるなみの 433
はるかせの
―さそはさりせは 305
―たゆめはとけて 1959
―ふかぬたえまも 54
―ふきさそひくる 1244
―ふくかたしるく 466
―ふくほとはかり 530
―ふけのさとのこ 1819
はるかなる
―うみつらをかへ 16594
―しかのねさそふ 9122
―ちきりをおもへ 5974
―ちとせのさかも 13697
―のなかのもりの 178
―のへのこまつの 15382
―のへのわかなに 3465
―のやまのはなを 3845
―みちゆきかへり 8786
―もろこしかけて 9946
―やなきのはをも 14224
―やまはさなから 5186
―をのへのまつも 13605
はるかにそ 9230
はるかにも
―おもひしかりは 6440
―おもひやるかな 9023
はるきてそ 3506
はるきても
―あさきひかすの 1331
―あさしもさむし 365
―あたこおろしの 2883
―こころはしもの 828
―とけぬつららや 829
―なほうちかへし 2864
―のこれるゆきの 129
―ひとめまれなる 2326
―またあささむき 1190
―またゆききえぬ 543
はるきぬと
―いふはかりなる 1118
―おもふこころに 2317
―かすめるみねの 1599
―むかへはしらむ 1177
―わかなとめこし 13916
はるくれて

はなさかり
—おもひのほかに　1934
—しはしなりとや　5943
—つゆをもそめし　7072
—とふへきさとの　665
—ふくたにたえぬ　2381
—ほしにいのりし　5399
—またしきほとの　7000
—またしきほとは　7080
—みしあきよりも　10803
—よそにしられて　1838
—をりすこさしと　7455
はなさかん　11372
はなさけは
—うすきもえきに　3635
—つゆをもあめと　5472
はなさしと　16039
はなしあらは
—なほうくひすも　2881
—ひともやとふと　6795
はなすすき　7862
はなそうき　280
はなたしと　16041
はなちつる　16411
はなちりし　486
はなちりて
—はるもくれゆく　3154
—やとりいふせく　4874
はなつやの　15738
はなといはは　8061
はなといへは
—ちらぬはななし　14194
—ひなもみやこも　1721
はなとさき　14664
はなとみし
—とほやまさくら　56
—ふゆのはやしの　11494
はなとりに
—おくるとみえし　1557
—おくれてまたや　2880
—こかれくらして　893
はなとりの
—いろにもねにも　3826
—いろねのほかの　1213
—いろねもあれと　141
—いろねをこめて　2221
—しつけきのみか　2599
—たのしみのみか　2600
—わかれのみかは　1623
はなとりも
—いまおりそへよ　1653
—いまおりそへん　1359
—のこらぬあとに　1987
はなとりを　931
はななちりそ　3468
はならて
—あはれなるものは　11693
—はななるききそ　13545
—はななるものは　10096
—まつこともなき　3457
はならぬ　11217
はならは　10294
はななれや
—ところもさらて　1036
—みやこのにしの　315
はなにあかぬ　5433
はなにいとひ　13224
はなにうき
—あらしもきかす　908
—かせにまかする　1826
はなにきて　452
はなにこそ
—ひとめもみつれ　3294
—わけこむはるの　1093
はなにさく　3324
はなにしも　4956
はなにそみ　14496
はなにそめ　14470
はなにつくる　2245
はなになく
—こころのいろも　541
—ともうくひすの　1195
—はるのこころは　892
はなになれし　4790
はなにのみ
—おもひかけしを　2548
—くらさぬはるは　3728
はなにふる　344
はなにまち　7484
はなにみし
—おもかけもなく　9889
—そのこすゑとも　4313
—のきはのあをは　5413
はなにみる　478
はなにめて　2298
はなにわく　4186
はなのいろ
—つきのひかりと　14501
—ほのみえそめて　1520
はなのいろに　1187
はなのいろは
—おほつかなきを　5523
—かすめるつきの　574
—からくれなゐに　5798
—しもにうつろふ　11472
—たそかれときの　906
—つゆのまかきの　6954
—ふかからねとも　10698
はなのいろも
—うつろふころも　153
—ひときはそへて　880
—ほのほのみえて　1180
—むかしなからに　1416
—ややしらみゆく　1484
はなのいろを　2324
はなのえを　2913
はなのかに　4151
はなのかの　9408
はなのころ　3567
はなのそて
—あさのたもとの　4685
—にしきのたもと　13627
—をみのころもに　13637
はなのちる　1737
はなのときは　13812
はなのなに　7240
はなのなも　7637
はなのはる
—けふもくれぬと　2465
—けふもくれぬと　2512
—もみちのあきそ　12946
はなのひも　2847
はなのみそ　175
はなはあらし　14695
はなはたた
—おそさくらこそ　1534
—かすみわたれる　1659
はなはちり
—つきはありあけに　3872
—とりはかへりて　2716
—とりはかへりて　2770
はなはちりぬ
—かすみははれぬ　5633
—みとりのみこそ　1624
はなはなほ　7720
はなはまた
—うつろひのこる　6183
—かそふるほとの　802
—とほきやまへも　1404
—とほきやまへも　1472
はなはみな　2287
はなみすは　15158
はなみつつ
—おもへはおゆと　704
—つまをこふれや　7725
はなみても　978
はなみむと　5590
はなみゆと　7750
はなみると　13997
はなみれと　11562
はなみんと
—うゑしまかきは　1971
—うゑてまつまの　684
—おもふこころも　3617
—おもふこころや　2961
—おもふこころや　15724
—ちきりしけふの　1603
はなもあれと　6820
はなもいま
—さかむとおもへと　3640
—さきいてぬへき　11053

―かけとたのみし 7070
―さらにひかりの 13648
―ところさためぬ 12256
―はなももみちも 14495
―ゆめにまさらぬ 12925
はきすすき
―さらぬくさはも 4071
―ふきしくをのの 6874
はきのはな
―さきそふころと 8884
―ちらはをしけん 8887
―ひさしくのこれ 7596
はきはきは 8517
はきはやや 8419
はきよする 10745
はきをはな
―あらそふのへに 9533
―あらそふのへの 9532
はくくみて 8024
はくらにも 5573
はけしきも 15258
はけみつつ 2900
はこねちを 12552
はこねのや 7865
はこねやま
―たかくのほりて 7875
―たかくのほりて 14267
はころもも 15845
はしたかの
―しらふはゆきに 9895
―をはなおしなみ 7844
はしたての 7711
はしたなく
―いひなちらしそ 14114
―みのなりぬとや 5029
はしのなの 12607
はしひめの 8754
はしみゆる 5466
はしめこし 14997
はしめこそ 3642
はしもとの 11678
はしもみち
―すすきははそに 7714
―たちえいろこく 7713
はしりほに 5323
はしゐする
―あさのたもとを 5295
―そてのにはかに 8329
―のきのわかたけ 4039
はたさむき
―かせはなふきそ 9502
―みやこのゆきを 11216
はたさむく 7919
はたさむみ
―いくたひとなく 11528
―ぬきかへまくそ 5463
はたすすき 12518
はたちあまり 16003
はたつもり 15020
はたとせに 14704
はちかみの 5176
はちをかの 10757
はつあきの 16351
はつおいの 5557
はつかあまり
―たつののたより 11383
―たひにいまさん 16294
はつかしな
―あたにくらして 10124
―なすことなくて 11219
―なすこともなく 13823
はつかしの 15949
はつかなる 1225
はつきりの 9711
はつこゑは 4631
はつこゑを 2342
はつさくら
―たまひしひより 5398
―まつわかためと 3435
―みしはうまれし 5402
はつしくれ 11667
はつしもの
―おきいててみれは 9127
―おきまよふつきの 6930
―おきゐてきけは 7094
はつせかは 5892
はつせやま
―いりあひのこゑも 1595
―しらみそめたる 9821
―はなのいろのみ 1104
―ひはらはいろも 10079
―ゆふいるみねは 13093
―をのへのかねは 6292
―をのへのかねは 13025
はつねなく 1857
はつねには 5415
はつねのひ 1494
はつはつの 3363
はつはなも 3098
はつはなを
―けふしもそみる 1254
―たをりてきみに 3860
はつはるに 16350
はつはるの
―あしたはいつも 3090
―かすみをもれぬ 2532
―きみかやととふ 2687
―けふのまとゐに 3537
―ちきりわすれす 1639
―なゐよりしより 3507
―わかなにつもる 2691
―わかなのうへに 2690
はつゆきの
―とくきえぬれと 11568
―ふらはとひとの 9825
―またきふりぬる 10544
―めつらしきにも 11395
―めつらしきにも 11573
―めつらしきにも 11653
はつゆきは 11268
はつわかな 3365
はつわらひ 14864
はてしらぬ
―あをうなはらに 1095
―のやまのあきの 9423
―ひとのつらさの 12798
はてつひに
―あらしこのみの 13330
―きゆるをみれは 9028
―たえんとやおもふ 12344
―たきそへんみを 14192
―たれもあらしと 14533
はてはては
―てにたにとらぬ 13900
―まつよむなしき 12603
―わかみをうらの 12361
はてはまた
―いとはむかせを 753
―しくれもいろに 9884
―よそになひきぬ 11904
はてもなく 13776
はとふくは
―たかをとるにも 8938
―たかをとるにも 15717
はなおそき 1290
はなかたみ 3000
はなこそは 3022
はなことに
―うつろはぬまは 3703
―たはれしてふの 3666
はなころも
―なるるをいとふ 5014
―なれぬともまた 4789
はなさかて 15948
はなさかぬ
―おいきをさへも 3136
―きそなかりける 15128
―ことのはくさの 891
―さともあらしな 350
―ときはのさとは 2139
―ときはのやまの 7213
―ふるきをさへも 3120
―みそたくひなき 14630
―わかへのそのも 8045
―わかみはいつを 673
―われにひかれて 1434
―をささかはらの 6540
はなさかは 128
はなさかむ
―あきをもまたし 4312
―をりをもかけて 1146

―ひとをわたすと 14571
―ふきつくしたる 15422
のこるとも 1133
のこるひの
―かけもすすしく 3982
―かけをたのみて 14209
―くれそふままに 10488
―ひかりにきへて 9636
のこるひも 2769
のこるよを 12956
のこれなほ 10094
のしまのや 3326
のちつひに 14853
のちにこそ 42
のちにまた 5396
のちにみん 9520
のちのつき 6169
のちのよと 15313
のちのよの
―うきせもしらて 4061
―うたあはせには 2960
―うたあはせには 15723
―ひとにみよとて 15913
のちのよも 14526
のちもみん 7395
のとかなる
―あしたはらの 913
―あめのなこりの 1203
―ころしもさきて 3609
―はるのひかすも 118
―はるのひかりに 13532
―はるのひかりを 15200
―はるのひくらし 391
―はるのひくらし 2735
―はるのみそらに 13196
―はるのみそらに 13409
―はるひうつろふ 3539
―はるひくらし 3194
―はるをむかへて 11744
―ふゆのひかけに 11371
―みとりのそらに 2773
―みやこはふゆも 11600
―やなきのいとに 3718
のとかにそ 9210
のとかにも 8211
のとけきは
―かきねのをたの 1883
―やなきさくらの 1384
―ゆふひかすめる 3433
のとけさに
―かきねののへの 3184
―きみかあたりの 2827
―けふよりあすの 11054
のとけさは 3003
のとけさを 3054
のとけしと
―おもひのほかに 3621
―のへにしくれは 3791
のとけしな
―あらしもきかぬ 1383
―おひそめしより 5187
―かすみもなみに 531
―かすみわたりて 1189
―くもるもわかて 232
―ことはのはなも 3514
―なにのくさきか 1323
―はなももみちも 13699
―はるしるやとの 965
のとなりて 14064
ののみやの 9341
のはあをく 10955
のはらのみ 9509
のふといふ 3323
のへことに 6476
のへちかき
―かきねにとこや 927
―かきねよりまつ 3784
―かきねをとひて 3783
―きみかあたりを 11449
のへちかく 8861
のへとほく
―たひゆくひとの 8040
―ともすきつねひ 7282
のへになく 7896
のへにはふ 14861
のへにふく 3487
のへにゆき 6409
のへのいろも 1545
のへはあき 6029
のへはいさ 7161
のへはさそ 7819
のへやまへ
―うみへかはへに 9255
―けふもさくらの 635
―わけてふかねと 1517
のへやらん 6636
のほりけん 14121
のほりせの 15377
のほりたち 3367
のほりふね 2663
のほるひの 15408
のほるへき 14595
のみつれは 16496
のもやまも
―おきてちくさに 7368
―さすかほのかに 7277
―しくれしくれて 10501
―ひとつちしほの 6658
―みとりにかすむ 2395
―みなくれなゐの 15427
―ゆきになりゆく 10950
―ゆふへをしらぬ 9789
のやまなる 2620
のやまにも 547
のやまみな 14857
のりのこゑ
―いはもるみつに 12909
―かけひのみつの 12906
―ききつつみれは 2795
―まつのひひきも 8008
のりのこゑは 12908
のりのしの
―おとするつえに 16586
―おとろかさすは 4633
―かへるのてらの 10292
―ことはのつゆの 16548
―すそはなちゆく 5805
―すめるやまより 3620
―まつらんとたに 3619
―まれにきませる 16306
のりのしも 16295
のりのため
―いくそのはるか 2035
―つめはたむけの 3188
―つめるわかなの 1354
―のへのわかなを 1353
―みはよしとらに 15537
のりのみち
―あとなきもとの 16058
―いかてかわかむ 15606
―たつぬることに 11078
のりのゑを 8898
のるこまの
―あおともおそし 3290
―うらやましとや 2079
―たつかみふして 8067
のるこまも
―ととめられけり 3297
―ふましとやおもふ 3289
のわきたつ 6825

【は】

はおとのみ 8186
はかせにも 539
はかなくそ 863
はかなくて
―けふくれはては 3260
―けふもくれゆく 9209
―けふもゆふへと 16597
―ねぬにみえける 12664
―むつきたちぬと 2897
はかなくも 12303
はかなさは 14597
はかなしと
―なにかいひけん 13587
―なにかいひけん 13678
―なにかいひけん 13803
はかなしや
―あたなるはなに 11947
―あつめしゆきは 10874
―いつまてとてか 12938

—ときしきぬれと 4877
ぬきとめぬ 9843
ぬさまつり 15995
ぬさまつる 8619
ぬさをたに 10724
ぬししらは 337
ぬしなしと 13931
ぬしやたれ 8430
ぬのひきの 14560
ぬはたまの
—くろかみやまは 8748
—くろとははまの 9344
—こよひはかりの 10552
—すみゑにそへし 11227
—やみのよなれは 2874
—やみもけたれし 14503
—ゆめてふものの 16083
—ようへのあめも 11218
—よにひにわかみ 3111
ぬひさして 15627
ぬるくふく 3063
ぬるとなき 14558
ぬれきぬは 12760
ぬれきぬを 12455
ぬれしそて 15505
ぬれつつも 11893
ぬれつつや 4548
ぬれてたつ 15651
ぬれてなほ 9164
ぬれてほす 8445
ぬれぬとも
—けふゆきてみん 9655
—ほさしたもとの 7398
—わけてをみはや 5920
ぬれぬれて
—きみたをらすは 7041
—しくれをすくす 10367
ぬれぬれも 446
ぬれはみえ 2810

【ね】

ねかひしや 16420
ねきかくる 9181
ねきことの 2654
ねきことを
—あたにくたすな 8272
—うかのみたまの 13528
—もちゐのみやと 14365
ねくらとる
—とりよりのちの 13357
—とりよりのちの 13386
—はなたちはなも 4598
—はふきにとりの 11497
ねこのこの 2955
ねさめして
—こそもききつる 4407
—たれをしむらん 9938
—むかへはうすき 13450
—わかよのふけを 10229
ねさめすと 13566
ねさめつつ 8164
ねさめとて 4211
ねたきてふ 5289
ねたしとて
—はなをはゆきの 11241
—はなをはゆきの 15824
ねたしとや 4586
ねつよしと 14207
ねてやきき 4627
ねにそなく 6845
ねにたてて 4134
ねにたてぬ 4231
ねになきて
—ほしやかこたん 7359
—をしみととめよ 1779
ねぬなはの 12837
ねぬるよの 7444
ねのひする
—こまつかはらの 1486
—こまつかはらの 13339
—こまつかはらを 2469
—のへにいてしも 1870
—のへのこまつの 609
ねのひせし
—きのふのはるは 521
—をかへのまつの 2122
ねのひとて
—かすまへられは 3679
—のへにもゆかし 1605
ねのひにも 923
ねもころの 15492
ねやなから 780
ねやのうちは 12042
ねやのとを
—おしあけかたの 6356
—たれかたたくと 4813
ねよといふ 6792
ねられぬに 4360
ねをそなく 6456
ねをたえて 15316
ねをなかは 4937

【の】

のかるとも 13817
のかるへき
—こころもやかて 15330
—みちやはかたき 13848
のかれいる
—すみかならすは 11717
—やまほとときす 4625
のかれきて
—すまはやとおもふ 7279
—すむへきよとは 4958
—よにすみわひし 8556
—よにつなかれぬ 2588
のかれこし 16461
のかれすむ
—こころをかへて 204
—やまのかひには 3918
のかれつつ 2768
のかれては 3398
のかれても
—すみはつましき 12939
—すみはつましき 13368
—なほうきときは 14130
—みとせのあきの 8442
のかれなは 13712
のきくらく 4973
のきことに 5877
のきちかき
—まきのみしたり 11584
—まつのふたきの 8720
—やまのしたしは 6499
のきちかく
—うゑすはきかし 6490
—うゑもおかすは 9753
—さきぬるうめの 3362
—とひきてやなく 3320
のきにおふる
—まつこそいたく 13561
—まつのみとりも 13160
のきにふく
—あやめのくさの 4679
—あやめわかれて 4242
—けふのあやめの 5876
—けふはあやめを 4056
のきのまつ 16008
のきのまつは 6491
のきのゆき 11685
のきはあれて
—にははのとなる 8199
—ひとすみけにも 8226
—みしにもあらぬ 4567
のきはなる
—かちのはちりぬ 8815
—はなよりおつる 730
—はなよりつたふ 1030
—まつにはきかぬ 6492
—をきのはそよく 6712
のこしおく 16004
のこりたる
—ゆきにましりて 1713
—ゆきにましりて 1714
のこりなく
—うゑわたしけり 4762
—かれふしにけり 10467
—こほるとみえて 9811
—こほるとみえて 10074
—そめつくしけり 6360
—たはたものもて 14985
—はれゆくくもに 6171

―むへもあさかの　2195
なもしるし
―くにはとよくに　14473
―としあるあきを　7757
なもしるる　10788
なやましく　2193
なよたけの
―よそちすきなは　11543
―よのわたらひと　15782
―をるへくもなく　10422
ならのはの　11411
ならはんと　3378
ならへては
―につかぬものを　2963
―につかぬものを　15731
なりなれて　2187
なりはひに　5832
なりはひも
―ことはのうへも　3776
―ことはのみちも　3777
なるかみの
―おとはかりして　4025
―こゑかときけは　4772
―ひひきにちりて　3686
―ひひきもそひて　4491
―ひひきをそへて　4355
なるこひき　8971
なるとなる　3245
なれきつつ　2192
なれきつる
―つましもいまは　4929
―なこりはかりや　5218
なれすらも　15617
なれたにも　10732
なれてしも
―かすむるはるの　1961
―かすめるはるの　1915
なれてみし
―おいきのはなは　1157
―たかねもそれと　1683
―たかねもそれと　3591
―のかひのうしも　4768
―ゆきけのくもの　2327
なれなれし
―はなうくひすの　1304
―ひとのわかれそ　6257
―むかしにかへす　13086
なれなれて
―いくよかへぬる　13526
―みしことのはの　12789
―みるかひあるは　3327
―むかしもみつる　1477
なれにしを　13085
なれのみの　6057
なれのみや　3719
なれまさる　1410
なれもけふ　116
なれもさそ　12991
なれもしか　3795
なれもよの　7113
なをおもふ　16520
なをきくも　13511
なをきけは
―かかるをくさの　6786
―きよきなかれも　15033
―われもこひしき　16520
なをとくる　9348

【に】

にきたへに　10783
にこらしよ　13130
にこりなき
―こころのみちに　14517
―こころをあらふ　5290
―こころをさへも　15181
―つきのひかりを　7818
―つきのひかりを　14038
―もとのこころを　13030
にこるとも　12912
にこるわか　15459
にしかせに　11340
にしかせの　11203
にしききて
―かへるとやみん　5927
―たれたたすむと　6864
にしきたの　16182
にしきとも　4433
にしきにも
―あやにもこよひ　9272
―まさるしとねや　13746
にしきもて　7580
にしこそと　7165
にしこりや
―かたふくつきに　8731
―たなかのもりに　10960
にしとほく　8621
にしならは　15169
にしにいり　16569
にしにくれ　15085
にしにたつ　14610
にしになる
―つきかけすみて　13286
―つきのかけかと　10349
にしにひの
―いるをかまちし　8875
―ややいりなはの　14854
にしにまた
―かへすいくさに　14923
―くになくはこそ　16183
にしにゆき　16481
にしのうみの　14149
にしへいく　7016
にしやまの　489
にしやまは　3071
にしやまや　15136
にしをねかふ　8007
にはかにも
―さそひしかせか　1396
―さそひしかせか　1451
―すすしきそてに　9606
にはくさに　7038
にはくさの
―つゆさむからし　5916
―つゆもかけみぬ　6693
―つゆもかはきて　5143
―つゆやよさむの　6413
にはさくら　2505
にはたつみ　468
にはつとり
―かけのたれおの　12209
―かけのたれをの　3338
―かけのたれをの　12897
にはのいけに　7300
にはのおもに　714
にはのおもの
―こけのむしろは　44
―なつくさのこと　5018
にはのおもは
―ちりしくはなに　43
―ちりしくはなに　248
―よもきむくらに　6587
にはのまつ　13318
にはもせに
―おふるなつなの　3760
―さきけるはなの　9051
―ちくさのはなを　7704
―にしきしくかと　7667
―にしきしくかと　7679
―やまちのきくを　7192
にひはりの
―かみたのわせを　8953
―かみたのわせを　15805
―とはのあふみに　14012
―やまたつくると　5364
にほとりの
―うきねあらはに　9901
―とこもあらはに　10051
にほのうみや　6548
にほはすは　7861
にほひくる　2141
にほひのみ
―ふきさそひきて　53
―ふきさそひきて　980
―ふきさそひきて　1338
にほふかの　3404
にほふより　2036

【ぬ】

ぬきかはの　12474
ぬきかふる
―ころものそては　3933

なはしるや　2189
なはしろの
―あつくるしつも　3739
―みすせきいれし　1978
なひきあふ　167
なへていま　229
なへておく　6318
なへてさく
―うめのなかにも　2016
―はなのなかにも　1797
なへてたつ
―かすみのいろは　2219
―かすみのいろも　2328
なへてまた　7166
なへてよに
―おほふみのりの　13609
―きこえわたらん　16649
―くまぬひとなく　16367
―けふもてはやす　4808
―ふるはかはらぬ　13665
なへてよの
―あはれとひとや　8964
―おもひをけたは　14518
―はなのこころや　3832
―はるにおくれて　3276
―はるをやみする　733
―ひとはしらしな　3696
―ふゆにこもれる　10995
―ふゆにこもれる　11278
なへてよは　546
なほくとも　13680
なほさえて
―けさはこころの　1897
―ころもきさらき　945
―そてにはわかぬ　2003
―むすほほれたる　2246
―ゆきのふるすを　612
なほさえる
―このあかつきの　291
―しほかせなから　197
なほさむき　3629
なほさりに
―うたふきこりか　13744
―きくもはかなし　13033
―むすへるおひも　15012
なほさりの
―あまのあしひひや　5236
―たかたまつさそ　6443
なほそうき　4295
なほそまつ　3986
なほたてる　202
なほたのむ　11836
なほのこる
―あつさはせみの　8393
―あつさはなつに　8345
―おいをやすくも　14622
―けふりもみえて　4757
―さむさをはなの　2932
―としのひかすも　80
―はなをみすてて　3699
―はるのひかりを　1678
―みやまさくらは　2240
なほふらは
―たふれやすると　11637
―もとのみつくち　14183
なまやけの　11751
なまよみの　15975
なみあらき　14363
なみかせの
―あらきいそやの　13142
―いつかはあれて　14271
―かしこきうみの　13452
なみかせも　14667
なみくらに　14981
なみこすと　6838
なみこゆる
―ちきりならねは　7355
―みくさのつゆに　3937
なみたかき
―うらのみるめは　12508
―よわたるわさは　14041
―よわたるわさは　14108
なみたかは　12082
なみたさへ
―ととこほらてそ　10758
―ふりやそふらん　13278
なみたそふ　11853
なみたにそ　6250
なみたにも　11885
なみちへて　16099
なみとなり　8803
なみとほき　13026
なみとほく
―うかふひとはの　13439
―かけこそかすめ　856
―かけをひたして　6034
―かたふくままに　6727
―かたふくままに　7870
―くもふきはらふ　6311
―くるるいりえに　758
―くるるいりえに　13244
―しほせのけふり　309
―ひくしほみえて　6154
―みるめのせきと　14300
なみなみの　15542
なみならす
―おもひよりなは　15969
―よせしこころそ　13625
なみならぬ
―みをやよくらん　14576
―もくつもわれも　13701
―もくつをわれも　13714
なみにしく
―かけのとたえと　7954
―かけよりなにや　7523
―ゑしまのつきの　7537
なみにふし　11480
なみのいろを　4745
なみのうへに
―つきかたふきて　5629
―のこるもうすき　6313
なみのうへは　14383
なみのうへも
―つきになるをの　8764
―ふるかひあれや　10015
なみのうへを　9747
なみのおとに　13178
なみのおとは
―なきたるはるの　1832
―なきたるはるの　1851
なみのしは
―うへもなきさの　3332
―よるともなしや　2573
なみのたま　2717
なみのねは
―こほりにとちて　10137
―まつのひひきに　13403
―むすほほれゆく　9985
なみのねも
―ことにきこえて　7864
―さむきゆふへの　6651
―とほさかるかと　9759
なみのはな　1810
なみのまに　4371
なみはかり　7674
なみはるる
―すさきのまつの　6211
―すさきのまつの　6738
―みきはのまつの　6129
―みなみのかせの　4674
なみまくら　8910
なみよする
―いそのうらわの　7248
―いそのそにとり　15349
―いはねこたちの　14274
―きしねにおふる　16639
―さかひのいりえ　15444
―しららのはまの　14504
―なきさのをかの　8227
―はまへのちとり　9766
―ゆふかせすすし　4672
なみわけて
―いてくるつきそ　7907
―ふかきうみにも　12509
なみをたて　15936
なもしらぬ
―このまにつきの　5893
―とりのひとこゑ　13358
―とりはすたけと　2939
なもしるく
―たちまふすかた　14826

なにことか　16278
なにことの　2088
なにことも
—あしたのつゆと　12974
—あとなきなみの　13404
—あとなきなみを　13862
—ありてなきよは　13649
—うつつなきよと　15626
—うつつなきよの　13801
—おろそかなりし　15629
—かへらぬなみの　4188
—けふかきのふの　4475
—すつるとならは　4533
—なさてふるみを　2896
—なすひなけれは　9114
—ななつのかすの　14843
—ひとにおくれし　9404
—むかしにかはる　14788
—むかしにかへせ　15373
—むなしかるよそ　16168
なにことを
—うるまのいちめ　9925
—なすともなきに　10894
—なすともならて　11220
—わらふとわれは　13307
なにしおはは
—うつろふいろも　7220
—これをよすかに　15445
—はなのさかりに　7763
—ゆふひをかへせ　14189
なにしおふ
—やまはあらしの　2749
—わかのうらまつ　16024
なにすとて　11244
なにせむに
—とひてみつらん　8174
—なすことなくて　14510
—わかをりつらん　1980
なにせんに
—きてもなれけん　13243
—けふとひくらん　15503
—はるをまちけん　10357
—ひともすさめぬ　15841
—わかまちつらん　8059
なにそよに
—すむかひぬまの　7817
—すむかひぬまの　14037
なにたかき
—あらしにくもの　7266
—きそのやまそは　15680
—さかやまさくら　409
—のちのつきみに　9287
—はなやことはの　1587
—ふたよなからに　8846
—もろにはくもる　9554
—やまのあらしに　9891
—をかののすみれ　2063
なにたてる
—かけをかくして　6690
—かせのみやゐの　2514
—ちもとのさくら　85
—つきのくもるも　6699
—ところところに　9337
—はるのみなとや　285
—ふしみのさとは　7314
—まつなかりせは　15967
—もちのよはれは　9057
なにとかく
—おもひもわかて　13373
—こころとむらん　13702
—ひとのこころを　1216
—ひとはのふねの　13405
なにとかは　15985
なにとなく
—かきねこたちの　14279
—かなしきいろは　8955
—かなしきいろは　15817
—こころにかかる　16293
—こころのすみて　9592
—こころのすむは　15650
—のとけきものは　2084
—めてたきものは　11283
—めとまるものは　4476
なにとりと　3126
なににかは
—ことのはそへん　14771
—なくさめかねん　8267
—なにはのあしの　14737
—まきれてまたん　13784
なにけさ　2817
なににそふ　12605
なににとまる　16628
なにによの　14594
なににわか
—こころそめけむ　12692
—こころそめけん　4996
—こころととめて　13655
なにのはなも　7391
なにのみちも
—しかまのいちめ　13269
—すゑとほるへき　13910
なにはえの
—あしのひとよと　2642
—あしをあしとも　15395
—ふかきめくみは　6264
なにはえは　10957
なにはえや
—あしかりをふね　13060
—しけきあしまも　13863
—しもにをれふす　10052
—ひとよもかれす　10211
—みかくれはてぬ　3904
—もとのあしへも　4673
なにはかせ　3817
なにはかた
—あしかるみちに　3726
—あしのひとよの　10395
—あしのひとよの　11727
—あしへをさして　15429
—あしわけをふね　12941
—いりえのなみは　10104
なにはつに　114
なにはつの
—ことはのはなの　3059
—さとのうめかえ　3816
—はるいかならん　1320
—はるをそおもふ　3358
—むかしのあとも　2194
なにはつを　16311
なにはにて　2665
なにはひと
—あしひたくやも　9393
—ところからなる　9368
なにはまて
—つきしときさし　16491
—よふねことなく　16490
なにはめか
—あしひたくやの　11214
—かるもにましる　11763
—ひかたをとほみ　15809
なにはより
—とくかへりませ　2675
—ふしみつかけて　15679
なにふりし
—さつきはさても　4709
—さつきもけふを　5821
なにめてて　11580
なにもいま　6763
なにをおもふ　6442
なにをかは
—あせくらかへし　16204
—うるまのしみつ　13029
—おもひみたれて　3922
—きみにおくらん　15003
—はるのさくらの　991
—みよのほとけに　14351
なにをかも
—うきふしにして　4758
—としたるひとに　16564
—としをやさしと　11594
—はなのみやこの　14141
なにをして
—ことしもけふに　10705
—なからへぬらん　2203
なにをみの　13411
なにをもて　16467
なのはなそ
—いまさかりなる　3145
—いまさかりなる　3156
なのみして　911
なはえせし　3359

なつきても 5383
なつきぬと
―かふるころもの 5015
―かふるたもとに 4997
―ぬきもかへなは 4393
なつくさの
―つゆふくのへの 5038
―つゆみえそめ 5818
なつくれて
―すすしくならは 5842
―すすしくなりぬ 14891
なつくれは
―こそのいなくき 4352
―よひあかつきの 4574
なつころも
―うすきたもとに 4070
―うすきたもとに 4408
―ききのしたみち 4202
―きてみるそても 4068
―きのふにもにぬ 6496
―きみわかかへり 9631
―そてにいくよか 4750
―たもとになれぬ 8342
―なれしあつさに 8709
―なれぬるままに 8707
―ひとへにはるの 4133
―ひもゆふつゆの 4732
なつさへも 11103
なつしらぬ 11014
なつそとは
―いかてしるらん 4089
―たれかいはまの 4315
―たれかいはまを 3958
なつそとも 3978
なつそなほ 4345
なつたては
―あふきをのみも 14751
―めなれしにしの 15216
なつなしと
―おもひなれにし 8710
―きのふおもひし 8708
なつなれは 5238
なつにけさ
―いろそわかるる 4150
―かへしはうとき 5012
なつになほ 359
なつのきて
―かふるとならは 4613
―とはれしからに 4067
―にはくさしけく 4747
なつのきの 5811
なつのくる
―こよひかならす 3018
―やよひのやまの 3270
なつののに 4426
なつのひに 12596
なつのひの
―あつきさかりは 4417
―あつさもしらぬ 5829
―あつさをあめに 4399
―ひるねになるる 13413
なつのひは 5824
なつのひも
―こころをのとに 5482
―こころをみつに 5481
なつのひを 4966
なつのよの
―あくるほとなき 4158
―おもいおもひの 5696
―ふけゆくままに 3959
―みしかきをさへ 5360
なつのよは 4198
なつはきの 4481
なつはたた
―しみつなかるる 4237
―みなみおもての 3963
なつはなほ
―いとなかるらし 4986
―おちたきつせの 4718
―かけとそたのむ 4538
なつふかき
―あめのなこりの 5702
―いりえをかけて 4592
―くさのしたねに 4425
―くさのはやまの 4406
―つゆをかことに 5080
―ねさめにそよと 4749
―やまさはもかく 14873
―よはにはあきも 5639
―よはのねさめに 4094
なつふかく
―しけるかへての 4853
―しけるくさはを 4730
―しけるにつけて 5198
―しけれるままに 4890
なつふかみ 4238
なつふゆも 13336
なつふゆを 3250
なつまても 5719
なつみかは 10562
なつむしの 12438
なつもけふ 4092
なつもすきぬ 6222
なつもなほ
―きえせぬゆきの 10487
―はなにこころや 5510
なつもまた 5346
なつもやや 4303
なつやとき 5393
なつやとく 5188
なつやまに
―きみとしいらは 5291
―みちまとはすは 5621
なつやまの
―あをはかくれに 4296
―あをはかくれの 4564
―あをはゆかしみ 5620
―しけきこのまを 4305
―まつのこすゑを 4180
―みとりをそへて 4836
なつやまを 4870
なつよりも 6884
なてしこの
―いろいろさける 3500
―かれにしやとは 7654
―つゆのひるねを 5046
―とこなつかしき 2344
―はなかとみしは 5806
なてしこも
―さゆりのはなも 5045
―なつかしけれと 7574
なとかかく
―おほつかなくは 1510
―おほつかなくは 12379
なとかわれ 5714
なとやかく
―あふせまれなる 6296
―うきせはもとの 4245
―こころにそめて 231
―ふかきあはれの 6674
―ふかくはおもふ 12009
―またきうきなの 12869
なとやわか 12648
なかへり 11221
なくさに
―ねかはははしや 8703
―ねかはははしや 8806
なくさの
―あきのひとよを 5976
―くすりのわかな 2688
―なかにもわきて 7636
―ひとくさことに 2829
ななそちに 5574
ななそちの
―ことしをきみは 3415
―のちのよとせに 11350
―はるしるまつに 3274
―はるのはなみん 2402
―よはひをつゆの 2424
―われまつさかか 3305
ななそちは
―かすにもあらす 3411
―ひとかすならぬ 3410
ななそちや 3646
ななそちを 3149
ななとせの 7655
ななのひは 6331
なにかあると 2577
なにかさは 3376
なにかせむ 14724
なにかみの 3725

―めくりあふよの　8396
なかりそと　14143
なかるとも　2668
なかるへき
―いはねここしみ　14839
―みせきのうらと　12576
なかれいつる
―いしかりかはの　16076
―みつのみなかみ　13007
なかれきて　4216
なかれくる　6643
なかれそふ　6243
なかれてと　8959
なかれての
―すゑのよまても　16549
―のちのしらかは　15302
―よにもかくこそ　8730
―よにもつきせし　7230
―よよにつたへよ　4931
―よよにもさそな　13978
―よよにもたえす　14067
―よるせもかなや　15419
なかれては
―かみのみくにに　16072
―さらしなかはと　13635
―にこりやすかる　15036
―よとむせもなく　12159
―わかみこすなみ　12663
なかれても
―あふせありせは　12235
―あふせありたの　12566
―たのみかたきを　15839
なかれなは　14697
なかれふね　2564
なかれゆく
―はるのひかりも　2080
―みつのうたかた　2639
なかんころ　14618
なきあとの
―かたみとひとの　3710
―ためとはうゑぬ　8016
なきかけの　15086
なきかけは　2621
なきかけも
―うれしとそみん　3711
―はかなとやみん　2644
なきかけを
―したふなみたの　6639
―しのはんひとは　13877
なきからを　16165
なきこふる
―つまのつらさは　13755
―なみたなからの　6236
―ねにあらはれて　12208
なきたまの
―あやしとやみん　7643
―あやなとやおもふ　7645
―ひかりやそふと　11079
―ゆくへをそおもふ　6229
―ゆくへをたのむ　15993
なきたまを
―おくるみのりの　8589
―むかふるならし　7297
なきためし　12484
なきてきぬ　6390
なきてゆく　5026
なきとむる　1001
なきとめぬ　2065
なきなのみ　12316
なきぬなり　3352
なきのちも　2196
なきひとの
―いそちのあとを　2643
―かけたにみえぬ　13515
―かけるしゆのしの　13514
―かすをかそへて　15266
―くもにやあると　16339
―けふりとなりし　2415
―ことをつたへは　4604
―さこそいまはの　13461
―のこるおもひや　8546
―めてしはなそと　6079
―めてしはなそと　6391
―やとをしとへは　10828
―ゆくゑしのはは　15487
なきひとも　15941
なきひとを　6798
なきよはる　6018
なきよりて　8116
なきわたる　8098
なくかはつ
―かたみにこゑの　5766
―こゑみたるなり　15132
なくかりの　6345
なくききす　14360
なくこゑも
―おほろつきよの　661
―かすみのとほの　77
なくさめし
―おいのうれへそ　9360
―はなもちりけり　2292
なくしかの
―こゑのうちにも　7727
―こゑふきおくる　7826
―こゑよりもなほ　6466
―ひとりやたえて　8105
なくしかは　8037
なくたつの　13751
なくたつは　14577
なくちとり　10767
なくつるや　14428
なくはかり　3265
なくひはり　3263
なくむしの
―こゑなかりせは　9464
―こゑをつくして　6175
なくむしも　6978
なけかしよ　12272
なけきあれは　16501
なけきつつ　16547
なけきのみ　11896
なけくなよ　9197
なこりあれや
―あさたつそての　9939
―おほろつきよの　699
なこりおもふ　10151
なこりなき
―あさけののちも　590
―こそのかたみを　2434
―ひとのこころの　12100
なこりなく
―いりぬとみれは　7938
―いろそくちぬる　10629
―けぬとおもへは　15421
―ゆきはきえけり　11266
―をこたるときかは　3114
なすことの
―なくはなにかは　15347
―なるともゆきて　15348
なすことも
―なくてくれけり　10111
―なくてつきひは　13700
―なくてつきひは　13713
―ななそちあまり　3043
なすとみて　16173
なすわさに　16302
なすわさの　15417
なすわさは
―いつものこりて　16571
―またあさまたき　14322
なすわさも　8552
なそへなき　8438
なそもかく
―こよひとなれは　6682
―なみたはおつる　5771
―またこえやらぬ　12319
なそやかく　12442
なつかけて
―おとろかすらん　5349
―そてそしほるる　5077
―みしものそとも　7769
なつかしき
―いろにやいもか　12436
―かににほふより　12281
―にほひもたそと　5048
―むかしにかへせ　2190
なつかしく　2333
なつかしと　7703
なつかりの　5689
なつきえぬ　11004
なつきたの　7794

とりのねも
—かねのひひきも　13685
—けうときあきの　8507
—とほくきこえて　83
とりはくもに　2671
とりへのの　1056
とりへやま　6924
とりめけと　5863
とりわきて
—おのかいろなき　8065
—たまをかさらぬ　15013
とりわけて
—うゑなんもをし　5374
—ちまちにはこふ　3943
とるかさの　13896
とるとりの　10338
とるふてに　10882
とるふての　2995
とるふても　12030
とるむきの　14767
とれはけぬ〔連歌〕　16123
とをあまり
—ななつのとしか　15298
—むまきのふみの　11423
とをかあまり
—ひとよふたよは　6161
—みよのひかりは　6609
—みよのひかりは　8728

【な】

なかかきの
—こなたにかかる　6949
—そなたのたけに　1382
—そなたのたけの　1381
なかかきは　25
なかかきを
—こえてさけれは　7052
—へたつともなし　13010
—へたつはかりの　26
なかからぬ
—このよなるまは　3704
—このよのほとも　5426
—このよはさても　5453
—よをすくすとて　4952
なかからん
—やみちをおもへ　5451
—やみをもおもへ　5427
なかかれと
—なほやいのらん　11973
—なほやたのまん　11938
なかきひの　15883
なかきひも　326
なかきひを
—うゑもつくさて　3942
—ときにてさける　2120
—はるよりふして　5526
—むなてにすくる　2205
—やすむまもなく　4873
なかきよの
—あきのおもひは　7799
—おもておこしを　2988
—ねふりもさませ　13023
—ねふりやさめぬ　14122
—ねむりもともに　13055
—やみちをなにに　7335
—ゆめもさむやと　13736
なかきよも
—かきりありけり　9081
—むかしのつきの　2191
なかくなる　3096
なかくよを　14582
なかそらに
—すみのほりたる　9256
—つきすみぬれは　8566
—てりみつつきの　8505
—みるかけよりも　1324
なかそらの
—かせにきえゆく　15058
—つきのひかりに　9505
—つきをやとして　6885
なかたえし
—くめちのはしを　7167
—くめちのはしを　7347
—みをうちかはの　11805
なかたえて　12839
なかつきの
—あきにおくれし　11512
—あめにやとりし　9352
—ありあけのかけは　6821
—ありあけのつきの　6665
—かけこそことに　6287
—けふさくきくの　9704
—けふしもひとの　8476
—けふのためとや　7184
—ここぬかといへと　8839
—なにたつあきも　8073
—ひかすはつきぬ　7973
—よさむのつきの　6855
なかつきも　9430
なかなかに
—あさいをそせし　9538
—おいてはつまし　7190
—かきるひかすの　5468
—かはるすかたそ　13643
—かはるすかたそ　14424
—こかけさやけし　9460
—しのふむかしの　14125
—としきりもせぬ　2404
—のとけかりけり　1207
—はなやあはれと　253
なかはたつ　3095
なかはまに　15983
なかまちし
—あめふりぬとや　8705
—あめふりぬとや　8808
なかまみの　15635
なかみちを　3661
なかむらん　3717
なかむれは
—あきのおもひも　9064
—うすきかたより　15566
—こころのあとも　16155
—こころははるの　3639
—ちさとをかけて　3317
—とほきまつしま　7666
—とほきまつしま　7885
—なきかけこひし　7800
—みさらんのちの　7608
—みさりしひとの　6156
—ものいひかはす　7802
なかめきて　3731
なかめつつ
—おもふもかなし　7801
—おもへはえその　7663
—おもへはきえし　5670
—おもへはちかの　7665
—おもへはつかろ　7886
—くまなききみか　9258
—しつめるみには　16503
なかめつる
—のはあききりに　8654
—のはうすきりに　8667
なかめはれ　2188
なかめやる
—ここちはいまや　11672
—こころのはても　5959
—のくさしなへて　5888
—はるのゆくへか　3158
—ふもともはなに　1070
—みきはのやなき　5690
なかめわひ　9593
なかめわひぬ
—やととやよそに　1918
—やとをやよそに　1963
なからふる
—いのちをつゆの　8461
—みをもうらみす　16410
なからへて
—あととはんとは　16588
—あふちのはなも　5522
—いけるかひには　5244
—うきみのうらの　14099
—きみをとはんと　14417
—けふもみきりの　5652
—こえんとおもへと　11348
—ともにことしも　11465
—なほいくたひも　11347
—なほもをしへよ　15958
—なほよにしはし　8123
—ふりゆくそてに　8458
—みるかひあるは　3351

とほきよの　6749
とほきよを
—しのふあまりに　6055
—しのふもあやし　12978
とほくきて　15023
とほくとも
—きこえかはさむ　13171
—きみはまたこん　16442
—まとはてゆかん　10107
—まよはてゆかむ　10044
とほくなり　13568
とほくゆく　5741
とほさかる
—あととふことに　14181
—こそのあはれは　7036
—こゑあはれなり　354
—こゑはかりして　390
—なこりをしいて　702
—なこりをしひて　1340
—なこりをそおもふ　1033
—まつのほかけの　13855
—ままにそてこそ　9499
—やとのこすゑを　15927
とほつあふみ　12478
とほつかは　8581
とほつひと　9395
とほつまを
—たれまつとてか　7975
—まつよかさねて　6654
—まつよふけぬと　8185
とほやまた　8033
とほやまの
—いくたひとなく　5513
—かふろなりつる　11238
—かふろなりつる　15807
—たかねのくもま　7309
—たかねのつきに　8243
—たかねのつきを　5154
—まつのすかたも　8923
—みねにかさなる　7050
—みねにゆふゐる　13634
とほやまは　8078
とほやまを　5514
とまらぬも　12540
とまをあらみ　6483
とむひとに　14140
とむひとの　11333
とめきつる　1273
とめくれは
—あきもたつかと　4431
—あつさわするる　4178
—しみつなかるる　4013
とめゆけと
—あふこなきさの　14870
—なほはるさえて　1183
とめるにも　13205
ともかきの
—ことはのはなは　3503
—へたてぬなかは　6778
ともしする
—しつかこんよも　4763
—しつかこんよも　4806
—やまのしつくに　4509
ともしひの
—あかしのうらに　13154
—かけかとみれは　4742
—かけさへしめる　7293
—かけふけにけり　8333
—かけもしらみて　10251
—ひかりをそへて　104
—ひかりをそへて　1149
ともしひも　10553
ともしひを
—かかけつくして　10123
—かかけつくして　13434
—きみかかけすは　3394
ともすひは　7573
ともすれは
—うきにそまとふ　13406
—しのふこころの　12338
—はなにまかひて　946
—ふきたふすへき　11509
ともともと　14746
ともなれて
—うれしかりつる　13239
—おなしこかけは　13796
—さかゆるいへの　14529
—さかゆるやとの　5030
—ちよへんきみか　5032
—みしよやゆめち　12924
ともにいさ
—かけをうつして　6797
—はしうちわたり　1878
—ゆきのやまちの　11662
—よふねこきいてし　6958
ともにいま　3894
ともにけふ
—みぬひとこひし　3451
—もてはやさるる　4585
ともにこし　2483
ともにこそ
—つきをもめてめ　8427
—みんとおもひし　3532
ともにみし
—いはれののへの　13771
—うつきのそらの　4175
—きのふのいろの　3452
—つきもむかしの　11835
—つきもむかしの　12230
—なこりををしみ　8359
—はるはいくよを　329
—はるはいくらも　1577
—はるはむかしと　12203
—はるやあらぬと　29
—ひともやとりも　8218
ともにみぬ
—ことをそいひし　11444
—とものいそへの　13833
ともによに　3627
とものうらの　13832
ともはみな　7981
ともむれて
—あしたはいりし　16412
—まとゐするよの　8557
とももなき
—たひのかりやに　15401
—はしゐをさむし　9119
ともよはふ　352
とやまなる
—まさきのかつら　4584
—まさきのかつら　6344
とやまには
—またふりそめぬ　9989
—またふりそめぬ　10113
—またふりそめぬ　11692
とよをかの　7755
とらよりも　15538
とらをうつ　14795
とりえても
—なにかとおもふ　16040
—なほこころこそ　16042
とりかたき　8963
とりかなく　1694
とりかねに　9917
とりかねは
—あやななつけそ　14395
—あやななつけそ　14411
—わかれをつけし　11980
とりかへす　14659
とりすらも
—おのかむれむれ　2640
—おもふおもひの　10903
とりたてて
—いへはいろなき　8064
—おのかいろしも　7369
とりつなく　2814
とりとめぬ
—かせのしくれの　6138
—かせをいている　13882
とりとりに
—ううとはすれと　3945
—ううるさなへに　3921
—のへのこまつは　1869
とりなきぬ
—あけくれならし　14797
—めさましたまへ　14815
とりならは　14974
とりのこゑ　2320
とりのねに
—さとあるかたと　6745
—わかれをいそく　11867

とちはてて 15549
とてもきみ 10514
とてもねぬ
―くさのまくらと 6980
―なみのまくらを 6918
とてもよは 16524
とてもわか 16524
とてもわれ 13847
ととせあまり
―いつなれぬとも 2051
―なにはのはるに 151
―みしよのはなに 876
―むかしのひとを 5445
ととのひし 14942
ととのひて 14988
ととのへて 15751
ととまらぬ 5055
ととめあへぬ
―なみたさへこそ 12572
―をりにあひては 2500
ととめえす 4014
ととめえぬ 4043
ととめおく 13703
となふなる 10184
となふれは 10650
となへけん 15963
とにかくに
―みはにこりえの 4223
―むすほほれたる 12475
とねりこと 15753
とのもりも 4077
とはさらは 8306
とはすして 11093
とはてしも 4847
とはてへし 11725
とはてやは
―うめかかかほる 3805
―まつふくかせの 6985
とはにふく 2277
とはにふけ 14586
とはぬまの 11782
とはぬをも
―あさしとはみす 11124
―おとろかさすは 12263
とははとへ 14689
とははやな
―あきのさかのの 6022
―きみかことはの 345
―たれかはよよに 1781
―つゆのはへなき 4477
―なにのなたかの 14435
―はるのねのひの 13393
―はるをととめて 788
―みやこのうちに 4074
とはるへき
―みにしあらねは 11675
―やとならねとも 896
とはれしと
―しはのとさして 2598
―よものひとめを 5644
とはれしの 8071
とはれしも 11163
とはれすは
―ひとりそこよひ 9848
―ひとりみるへき 8133
とはれつる
―そのころよりも 11198
―そのよのとほく 15905
とはれてそ 3585
とはれても
―なにとこたへん 5794
―もとよりしらぬ 16315
―わかなきほとの 2094
とはれにし 3924
とはれぬは 1037
とはれねは
―いととふかくさ 6481
―かとのゆきをも 11638
とはれはの 10875
とひかはす
―あともはつかし 11190
―まとのみゆきの 11195
とひきつる
―きみにまきれて 10793
―となりのさとも 8613
―なさけをおもふ 15474
―ひとのためとや 4386
―まつのちとせの 3510
とひきてそ 996
とひきても
―あふことかたの 12502
―とまらぬよはは 12541
とひきませ 7584
とひくれは
―さすかしはしは 6813
―たままくくすの 12802
―やともるいぬの 12094
とひこしも 3025
とひこぬを 12608
とひしひとの 3862
とひそゆく 13750
とひつつも 15910
とひてみよ
―みやこはちるも 1005
―をくれてさける 1262
とひてみる 3693
とひてみん
―いのちもかなや 1646
―かはきしかけて 932
とひてわか 9267
とひとはれ
―あとみぬゆきを 11037
―はなうくひすに 31
―みぬひなかりし 11726
―めてこしかたの 11038
とひなれし 13937
とひまさぬ 16319
とひみしも 11164
とひもこぬ 12627
とひよらは 13472
とひよりし 477
とひよりて
―きかはやこゑも 266
―きかはやこゑも 376
―やとりもとらん 382
とひよれと 5666
とひよれは
―あさちかもとに 6352
―ことはのはなの 4271
とふことは 11036
とふさきそ 13246
とふさきの
―おりいさりせは 11459
―おりゐさりせは 10441
―つはさもけふは 10594
―つはさもさやに 13220
とふさとの 4326
とふてふの 8661
とふとても 10240
とふとりの
―あとはかもなき 16094
―つはさのみかは 9277
―はつきとまりの 9315
―ゆくかたとほく 9486
とふにこそ 9850
とふひとも 10787
とふひとを 5791
とふほたる
―あつむとはなき 4479
―こころのやみを 4991
―もえこそわたれ 3901
とへかしと 9124
とへかしな
―いつくもあきは 7553
―こけのむしろも 10279
―そめつくしては 7151
―つてやるまては 5131
―のきはかすみて 147
―のきはのうめの 2024
―のちのよとしも 11801
とへかしの
―こころのみちも 7316
―しるしのすきは 14682
―しるしもあやな 10004
とへとしも 14730
とへはかく 6336
とほからぬ
―あきのもなかも 6680
―ひとてとひしそ 2924
―ひとてとひしそ 15793
とほきのを 8793

―さゆるひむろの　4218
―しかたちならひ　9458
―したしかるへき　15006
―なかめつきせぬ　2752
―めくるつきひも　9357
―もゆとはみえし　12724
とこなつの　3502
とこよより
―つたへきにける　4992
―ふきかもくらん　14585
ところえて
―かはつなくなり　624
―すみつくいほの　3969
―なれはすかくや　3962
―はなやさくらん　3316
―むしやなくらん　6539
―むれつつあそふ　15240
ところせき　7464
ところせく　9526
とこわかの　15756
とこゑあまり　4387
としありと
―みゆるわさたの　8944
―みゆるわさたの　15735
としかへる　3045
としくれし　2846
としくれて　11590
としこえて　3477
としことに
―あかすみあれの　3319
―あたにはへしと　10356
―いろかそそはん　2414
―おひそふたけの　15583
―ききふりぬれと　4356
―こころはゆきて　664
―ひけとあかぬは　1488
―まつそひさしき　9639
としことの
―あきのひとよも　6457
―あきはいかなる　6208
―けふもてはやす　4447
―こよひのつきは　6566
―はなにかけても　2261
―はなのいろかは　288
―はるにとはるる　2482
―はるののにいてて　616
―まとゐをおもへは　11443
としさむき
―こほりをみてや　10523
―ほともしられて　8031
としさむく　10525
としさむみ　11515
としたかき
―きみいさこそと　11587
―きみかよはひに　11714
―まつにたとふる　16237
―まつのおもへる　16238
―わかたらちめを　13315
としたかく
―いやふりそはん　11175
―つもりしみには　11328
―なりゆくままに　15365
としつきの
―すきのふるはを　12342
―とほきもちかき　13673
としつきは　3369
としつきを
―かさねかさねて　14128
―わたりてひなみ　2721
としつみて　10528
としつもる
―おいのさむさも　11588
―かしらのいろに　10806
―せきやはいたく　11249
としとしに
―いろかをそへて　846
―かくるくすりの　5262
―かすみへたてて　1303
―かはらぬはなの　1052
―こそのあしきを　16465
―しけきいなつか　3775
―しけさまさりて　3808
―なきたまおくる　8698
―ふてのあとたに　3804
―まさることはの　5614
―みるかけなれと　9266
―ややちかよりて　11729
としとしの
―くさのはらのの　918
―はなにこしかと　970
―はなのかけには　1808
―ゆきふるたひに　10339
としとともに　3303
としなみの
―ちへにこすとも　12892
―よるそうれしき　11617
としなみは　16387
としなみも
―けさたちかはる　1700
―はやなかつせの　4496
としなみを　16422
としにこそ　6439
としにそふ
―こかねしろかね　13590
―ひのためしこそ　15991
としのうちに
―いつかかくやは　10737
―さきぬとひとの　11298
―はるきぬめりと　3195
―はるくることを　3196
―はるさへきぬる　10235
―はるのきさしの　11560
―はるのきさしは　11561
―ふふめるそのの　3057
―まれなるきみを　15369
としのうちの
―はなはさなから　559
―はるしるまつに　11743
―はるををしとも　11740
―ひかすをかけて　1536
―ひかすをかけて　10503
―ひかすをこめて　3198
としのうちも　10902
としのはに　1685
としのみと　15439
としのゆく　11061
としのをの　15701
としはけふ　830
としはまた　11101
としふかき　10228
としふれと
―あふくまかはも　12768
―えそこえやらぬ　12431
―こころにしみて　14214
―ねもみぬなかは　12010
としへても
―あふとはなしに　12125
―むねあひかたき　12289
―わかかへるはなを　3695
としもはや
―なかはこえゆく　4866
―なかはすきぬと　6708
としもへぬ
―さつきのいつか　5118
―もろこしさとの　14367
としもまた　13488
としをへし
―しるしもみえて　12993
―そてのなみたや　12191
―ほともしられて　13074
―わかのうらわの　3603
としをへて
―きみかみかきし　14651
―こひをするかの　12622
―さかゆるまつの　16450
―すむともたれか　13135
―たえぬちきりの　8140
―たかくすむてふ　15924
―つれなきひとを　12563
―はなにいとひし　9666
―まつはさかゆる　16452
―やせかしけたる　11282
―わかこひわたる　12568
―わかめてきつる　15981
―わくとはすれと　15959
とたたくと　4812
とちあへぬ　9776
とちしより　15550
とちそへて　10609
とちはつる　9807
とちはてし　941

―さはらてふるは　10775
―ゆくかたみする　5166
―われもうかれて　8376
てるつきの
―あかしになれし　8742
―あかしのうらの　13476
―あかしのとなみ　7528
―あかしのはまち　13579
―あたりにまよふ　8409
―あたりははれて　7543
―いりかたみれは　9227
―かせをやとして　6819
―かたふくままに　8513
―かつらのさをは　6095
―かつらはひとの　11903
―こほりをくたく　7378
―こほりをくたく　13189
―しららにみゆる　7924
―すすしくもある　4667
―たよりならても　8794
―ひかりさやけみ　6959
―ひかりさやけみ　7109
―ひかりそきよき　7618
―ひかりなりけり　8757
―ひかりにまかふ　5317
―ひかりをきよみ　6593
―ひかりをきよみ　7524
―ひかりをちらす　8760
―ひかりをはなと　5901
―ひかりをはなの　6518
―もりのこかけは　6536
―よよしととへは　5316
てるつきは
―はなにもかもや　13995
―われやますみの　8491
てるつきも　14436
てるつきを
―おもひいててそ　9016
―そふるはくもの　8388
―やまのはにけて　8696
てをとれは　14195
てをひてて　11015
てををれは　14856

【と】

とかへりに
―さくはまたみす　2017
―さくはまれなり　6783
とかへりの
―はなさくまつに　13153
―はなさくやとの　13155
―はるまつほとは　823
とかまもて
―かりそくかこと　14275
―とくかりはらへ　7218
ときおける　14486
とききぬと
―こころつからに　2501
―さなへとりとり　4351
―なみのよるよる　4530
とききぬの
―おもひみたると　1582
―はるをもしらぬ　1581
ときくれは　14732
ときこまに　3825
ときしもあれ　3448
ときしらぬ
―みにはのとけき　2538
―ゆきかとみえて　985
―ゆきにけたれて　12920
ときすきて
―もゆるわらひも　4769
―ゆきとふりぬる　2786
―ゆふけはたかし　5110
ときすきは　14865
ときならす　14819
ときならぬ
―さむさにおいは　3130
―ゆきこそふれれ　2853
ときにこそ　11420
ときのまに
―ひかけくもりて　4079
―ひかけくもりて　4493
―ふきかはりぬる　16478
―みつこそにこれ　4502
ときのまも
―おほつかなきを　12616
―わすれぬいもか　12807
ときはいま　8431
ときはきに　10974
ときはきの
―かけにかくれて　14182
―なたたるまつも　13353
ときはなる
―きみにみよとて　15340
―こけちにつゆの　6922
―はなにもかもや　13996
―まつおのやまに　2060
―まつてふむしも　5911
―まつてふむしも　7291
―まつにならひて　15643
―まつにならひて　15644
―まつのしたいほ　5747
―まつのみとりの　679
―まつもけふより　1015
―まつをたのめる　16286
―まつをはしらの　16218
ときはゐの　2634
ときはゐは　2636
ときめける　3360
ときわかす
―こころゆくせの　2346
―さきぬるうめと　11047
―さひしきやとは　6973
―しけるひはらの　4172
―しほくむあまの　7532
―なにたつなみの　8138
―なみのはなさく　1419
―はなのなにおふ　16510
―みとりをつみて　5889
ときわかぬ
―ことはのはなも　1429
―ときはのさとも　10243
―ときはのやまに　13821
―なみさへはるは　1483
―なみのはなさへ　3173
―ひとのこころの　12858
―ひむろのやまは　4852
―まつのあらしも　9966
―まつのけふりも　651
―まつのひひきも　9920
―みとりもさらに　3961
―やとのさかへも　13317
―やまさとひとも　2734
―やまさとひとも　3192
―やまのおくには　10708
ときわけし　15747
とくいえし　9478
とくいたす　14939
とくおきて　14798
とくおそく　3288
とくきても　6780
とくきゆる　11450
とくさくは　2265
とくさふく
―こゑいかならん　5921
―よはのあきかせ　7892
とくたてよ　3423
とくちりし　993
とくのりの　14546
とくはせて　14913
とくるかと　3793
とけかたき　11831
とけそめて　227
とけてねぬ　11313
とけやらぬ　182
とこころの　3767
とこしへに
―そらゆくくもも　14590
―とこめつらなる　5369
―とこめつらなる　15745
―まもるかんたの　7941
―めくるひかけも　2112
とことはに
―あかぬのやまの　3203
―あかむるかみの　16574
―あはれとみつる　11750
―ありとはみせぬ　12870
―かせのあなつる　16492
―かせやはらへを　14347
―きみをこひなん　5868

つゆにそめ　1647
つゆにたに　5926
つゆにふす　9609
つゆにみし
—あきののはらの　9960
—かけもとためす　9873
つゆにゑむ　1824
つゆのいろの　4113
つゆのいろは　6180
つゆのいろも　6386
つゆのたて　7493
つゆのまと　7251
つゆのまも
—うゑてそめてん　6934
—ちとせふるてふ　9693
—みれはわかゆと　8181
—ゆめやはむすふ　7815
—わするとはなき　5981
つゆのみに　13596
つゆのみの　12849
つゆのみを　1215
つゆはかり
—あはれはかけよ　12258
—あはれはかけよ　12791
—あはれをかけよ　12510
—おもひかけきや　2099
—ことはのみちの　16340
—そてにもかけし　11892
—たのめぬなかに　11765
—つきにわけつる　9528
—つめはわかゆと　8301
—ゆめもむすはん　13560
つゆはらふ　3895
つゆふかき
—あきののみくさ　13990
—そとものつきの　7558
—とこはくさはと　7979
—のしまかさきの　6131
—まかきのをささ　5973
—やまちのききの　6104
—よもきかかけの　7069
つゆふかし
—あけてそわけん　7734
—あけてわくとも　7776
—あめのなこりの　7778
—のへのをささの　7735
—のへのをささの　7777
つゆふかみ
—ひとこそとはね　6289
—ひともとひこぬ　8460
つゆやうき　6704
つゆよりも　6505
つゆわけし　10149
つゆわけて
—とひこぬたれを　5962
—われかととへは　8161
つゆをさへ
—ちらさぬかせも　5129
—はらはぬにはに　4645
つゆをたに
—おもけになひく　12827
—おもけになひく　15783
—もとめわひつる　5159
つらからは　3900
つらくとも
—かけてもあたに　11871
—ことにいてては　11917
—ひとめをしのふ　12013
—よもさのみはと　12324
つらくのみ　12320
つらくはと　11880
つらけれと　11900
つらさにも　11956
つらしとも
—えそかこたれぬ　6625
—かこつかたなく　11930
つらつらに　2582
つらなりし　6334
つらなれる
—えたのかたかた　13505
—えたをわかれて　14789
つりえたる　2727
つりのいとに　15328
つりのいとの
—なかなかしひも　5189
—なにこころの　13879
つるのこの　13259
つるはみの　14791
つれつれと
—なかむるあきの　6228
—まちこそわふれ　2232
—みつつそくらす　1126
つれてこし　11676
つれなきは　12428
つれなきも　4542
つれなきを
—おもひこかると　12578
—なとかくしもと　12874
つれなくて
—あはてのもりは　12647
—あはぬなけきは　12332
つれなくは
—したはしとこそ　12696
—たえねといのる　11850
—またしいまはの　12313
—もしうきなにや　12747
つれなくも　11940
つれなさそ　12220
つれなさに　12684
つれなさの
—おなしひとをも　12323
—かきりをみんと　12697
—たくひやはある　698
—なかしのぬまの　12710
つれなさは
—いつをはてとも　11966
—いつをはてとも　12199
つれなさも
—かきりありけり　3939
—かきりありけり　4193
つれなさを
—おもひかへせは　12404
—かこつなみたの　12198
—さらにそかこつ　12116
—つたへわひてや　12104
つれなしと　12640
つれもなき
—いもかみそての　12854
—うつつにかへす　12115
—つまこひかねて　6525
—つまをうらみて　7092
—ひともあはれと　12138
—ひとをいつまて　12413
—ひとをみなとに　12820
—ひとをみなとに　15757
—よをあきくさの　7350
つれもなく　6206

【て】

てすさひに　9739
てにとれは　7853
てにならす　14197
てになれし　12014
てにむすふ　3199
てはたれて　16061
てらしみん　7977
てらすとも　12590
てらすひに　5082
てらてらの　15342
てらふりし　3180
てらふりて
—のりのこゑすむ　8866
—よもきむくらの　7454
てらゐをも　12910
てりつつく　9149
てりまさる
—あきたのつきに　9062
—つきのよころは　8284
てりみたん　9297
てりみてる
—かつらのみやに　8510
—つきにもつきし　8424
—つきのまとゐに　8428
てりもせす　2045
てるつきに
—あこかれぬらし　7881
—かかりやすると　8294
—くもかかるよは　8956
—くもかかるよは　15829
—こころうかれて　6310
—こころとめしも　8679

つねにきみ　15938
つねにしも　16275
つねにすむ　4220
つねにたく　15274
つねにみる　3747
つねにわか
—こころのきりの　9729
—はつせのてらの　15937
—はるかにみねの　15598
つねにわれ
—はるかにみねの　15594
—みなみのやまの　2990
つねもなき
—いろかにさきて　1021
—いろかややかて　1529
—おもひなるへし　12723
—かせにまかせて　14512
—はないろころも　154
—みはいつまてか　1020
—よのうきくもの　5695
—よをしらせたる　14471
—よをしらせたる　14498
—よをやわふらん　14475
つねよりも　9107
つのくにの
—てしまはしまと　14296
—なにはおもはす　3058
—なにはにすめは　15601
—なにはにはまた　11117
—なにはのことも　13408
—むこやまおろし　16566
つのさはふ　12464
つののまくら　14862
つひにかく
—たえぬるまてを　12838
—やかんおもひの　15787
—やけんおもひの　2918
つひにゆく
—かたそとにしを　14076
—みちにつゆのま　13360
つひにわれ　2210
つひのみの　7088
つまかくす
—やののかみやま　1906
—やののかみやま　1916
つまきこる　10455
つまこひて　8572
つまこひに
—なくねをたえて　8780
—ならしのをかの　6523
—まとひていてし　11077
つまこひの
—あきもいまはと　7999
—おもひくまなき　7095
つまこひも　7450
つまこふと　7421
つまこふる
—あきのをしかの　8571
—おもひやしるへ　6510
—こころのやみも　6947
—しかのおもひも　7093
—しかのなみたや　6485
—しかのねさひし　6583
—みねのあききり　7074
—をしかのこゑの　7905
つまつかす　2901
つまはやな　51
つまやうき　7506
つみいるる　47
つみいれし　1553
つみうへき　4764
つみさして　3812
つみためて　2686
つみつれは
—いまやわかゆと　8440
—そてこそつゆに　1485
つみてこし
—こころふかさも　50
—すみれのいろに　1231
—すみれのいろは　1223
—すみれのいろは　1224
—わかなのいろも　3802
つみてふる　7238
つみとかを　4948
つみふかき　14006
つみふかみ　12804
つみもあへす　1390
つみわひぬ　1222
つむことに　8456
つむことの　3512
つむころに　5596
つむころの　5597
つめとなほ　14711
つもりこし　6235
つもりそふ
—おいもわすれぬ　3364
—かかみのゆきの　9808
—こしちのゆきの　10521
つもりつつ　7393
つもりては　5164
つもりゆく　6242
つもるとも　15009
つもるらん　11171
つもれとも　2558
つもれなほ
—かかみのゆきの　10719
—きえてあとなく　10122
—ことはのはやし　10362
つゆかけぬ　12573
つゆかはく
—あきたのいなは　8351
—こすゑのせみの　8394
つゆけきは　6117
つゆけさも
—なほいくとせか　12004
—なほいくとせか　12020
つゆけさを　13122
つゆけしと　8262
つゆさむき
—あさちかはらの　6042
—あしたのはらの　9339
—くさのうへしらく　7705
つゆさむく　2208
つゆしくれ
—いかにおほしの　14160
—いかにおほみの　7841
—いたくなかけそ　8930
—こころやわけて　6307
—しのきしのきし　13774
—もりのこかけの　7254
つゆしけき
—くさのまくらの　7210
—こすけみたれて　6563
—のもせのくさは　3914
—よもきかはらを　8933
つゆしもに
—いろつくこのみ　9329
—つれなきまつも　6099
—にほひそめたる　1907
—にほへるあきの　1917
つゆしもの
—あきのかきりと　7319
—あきのすゑのの　6649
—あきのすゑのの　7123
—あきのすゑのの　7786
—あしたゆふへの　9411
—ころしもさける　9351
—さむきゆふへに　9208
—そむるかうへも　5989
—そむるやあさき　6281
—そめぬまつさへ　6010
—ちしほのうへの　7371
—ちしほもまたて　6276
—ふかさしられて　6807
—めくみをうけて　9328
—をかへのもみち　6012
—をかへのをたの　6464
つゆしもも　8088
つゆしもや　6385
つゆしもを　7370
つゆすかる　7749
つゆたにも
—いたくなおきそ　5378
—いたくなおきそ　15826
つゆちりて　3941
つゆなから
—かかるあふひも　4697
—たをらすとても　6407
—なひくとみれは　4893
—をりしやまちの　8629
つゆにそむ　7746

―いりののさとの　7740
―くまなくはれて　6172
―なかそらなから　6736
―まつのこのまに　8554
―をくらのやまに　6021
つきはいり　8637
つきはしるや　8879
つきはなと　11683
つきはなに　11684
つきはなの
―なかめにあける　14694
―なにふりぬれと　10099
―をりにふれても　13003
―をりはさすかに　13440
―をりをりなれて　13650
つきはなを
―そのこころなる　2524
―みるにつけても　2299
つきはのこり　2633
つきはまた
―かけみぬよひの　4152
―みかつきはかり　9637
つきはよし　3967
つきはれは　8848
つきひこそ　16029
つきひさへ　16210
つきひとり　9521
つきひのみ
―あたになかれて　13166
―つもりのあまの　12465
つきひへて　2202
つきふけて　7475
つきまちて
―なくさむへくも　8025
―をしまんとこそ　1596
つきみつつ
―おもへはかなし　8177
―おもへはとほき　7664
つきみよと　5743
つきみれは　5473
つきみんと　9072
つきもあらは　2144
つきもさそ　6103
つきもせぬ
―おもひをせめて　6270
―わかあらましよ　13249
つきもなほ　12399
つきもはや　8322
つきもひも
―いつみしままそ　4641
―いてくるやまの　13872
つきもやや
―うつろひにけり　7084
―かけほのかなる　4035
つきもよの　8516
つきもよを　334
つきやしる
―かみよのあきも　6770
―たのめしひとも　11818
つきやすき　16170
つきやすむ　8143
つきやとる
―かややかのきの　10777
―つゆのあきはき　8522
―はやしはつゆに　8210
つきゆきに
―おもひくらへて　1212
―こころうかれて　11661
つきゆきは　627
つきよにも　9219
つきよよし
―よよしとこゆる　8736
―よよしととへは　5314
つきよりも
―あめをやまちし　4359
―ひかりますみの　9309
つきをおそみ　8144
つきをこそ
―あきのなこりと　7331
―あきのなこりと　7377
―みにこしのへに　7310
つきをのみ
―おもひしかとも　8714
―なにかこちけん　8152
―みまくほしさに　9557
つきをまつ
―あきのよひゐは　9721
―あきのよひゐは　13311
―こよひはよきよ　9053
つくかたも　12517
つくしえそ　16089
つくしかた　15351
つくしちの　14555
つくしわた　10667
つくつくと
―おもひかへせは　9232
―おもへはたえし　11418
―なかむるそての　5673
―ひとりしものを　12818
―ひとりしものを　15750
つくはやま
―しけきめくみの　13064
―はやまのさとに　7759
つくまえや　4066
つくりける　16193
つくるひと　14821
つけそむる
―うくひすのみそ　2029
―なれよりさきに　13564
つけねとも　12683
つしまなる　15525
つしまねを　14085
つたのはふ　7432
つたひくる　4908
つたへける　5417
つたへしは　3345
つたへてん　11433
つたもみち　6403
つちさけて
―てるひにぬれし　8968
―てるひにもなほ　4839
―てるひのうさも　5820
―てるひもほほの　14215
―てるひもみつの　5303
―てるみなつきも　5147
つちにいる　16430
つちのうちに　11665
つちのねも　6706
つちのふて　3659
つつかなく
―ありへてこそは　11523
―ますときくこそ　16474
―ますをみてこそ　5441
―まつこそたてれ　3674
―ゆきかへりませ　16435
つつしさく
―いはねのみつの　1086
―きしねをなみの　1087
つつしめる　13600
つつましき　11950
つつみあまる　12424
つつみうち　8585
つつみうつ　14876
つつみこし
―うきなはよもに　12084
―こころのみつや　12537
―こころやあさき　12276
―なみたのいろに　11982
つつみたけ　14000
つつみたに　15061
つつみもて　3616
つつむとも　12162
つつむわか
―おもひやはなに　11970
―こころもしらぬ　11952
つつめとも
―おもひますほの　12726
―そてかなみこす　11889
つつめなは　11845
つてにたに　13987
つとよはに　14911
つねうとき
―おいのみみをも　9205
―ひともとひけり　7614
つねとはに　15891
つねなきは　15393
つねなしや　10666
つねならぬ
―ひとくにやまに　15488
―よをしらせてか　13993
つねにきく　3033

ちりのよに
―ありふるほとは 5119
―たちまよふみは 2595
―なかれいてなは 5706
ちりのよの 16431
ちりはかり 11178
ちりはてて
―あくたとなるも 5738
―こころにのこる 2293
ちりほとの 9645
ちりやすき 12081
ちりゆくは 9132
ちりゆくを 166
ちりよりも 11859
ちりをたに 3139
ちるうめの 15203
ちるかうへに 2146
ちることを
―ならひそむやと 1337
―ならひそむやと 1366
ちるころは 2380
ちるさくら 2506
ちるつゆを
―そてにのこして 6711
―よそにのみみて 7961
ちるといふ 603
ちるとては 13551
ちるはうき 2787
ちるはなに
―ききしはものか 3017
―ましてをしきは 3831
ちるはなの
―ともまつゆきの 3293
―なこりそつきぬ 483
ちるはなも 1463
ちるはなを
―かくはをしまし 2992
―さそひつくして 3281
―ぬさとたむけの 164
―よもわれひとり 1919
―よもわれひとり 1962
ちるもまた 8363
ちるもみち 7850
ちれはこそ
―さきもしつらめ 2517
―さそひもすらめ 1769
―ふくをもいとへ 52
―ふくをもいとへ 2372
―またそめかへて 7830
ちれはまた
―おきよりさける 2077
―おきよりさける 14579

【つ】

つかふとて
―いそきなれにし 13824
―さかしまころも 12898
つかふなの 16363
つかふりて 14863
つかへする 9093
つかへても 6249
つかへよと 15509
つかるとも 11387
つかろより 11392
つきいりて 7764
つきうすき 4411
つきうつる
―かはそひをたに 5184
―みつのかはつも 5764
つきおそき
―こかけのまとゐ 564
―やまのはみても 9723
―やまのはみても 13313
つきかけと 9254
つきかけに 4177
つきかけの
―かたふくみれは 5128
―きよくすむよは 8495
―さすにまかせて 8323
―てらさぬさとは 8690
―てりみつよはは 8684
―にほふもすすし 6192
―はれもやすると 9043
―むかしをかけて 9233
―ややさしぬれは 3837
つきかけは
―なれてひさしき 6897
―なれてひさしき 7118
―またいてはてぬ 4048
―またいてはてぬ 4527
つきかけも
―こほりのうへに 9996
―すすしくしらむ 4410
―すまていくよそ 14243
―のこりははてす 10072
―ふけゆくよはの 13179
―もらぬはかりに 4572
つきかけを 9101
つきかすむ 3004
つききよき
―いりえのあしの 8080
―かけのみなとに 7541
―ゆふへののきの 9046
つききよく
―あきかせさむし 8920
―かせのすすしき 5697
―かせのすすしき 9167
―かせひややけき 8489
―とほやまみゆる 8649
つききよし 8387
つききよみ
―こすのうちとの 7579
―さやにみましを 9716
―そらにはまれに 7003
―そらにはまれに 7083
―はことのつゆに 8381
つきくさの 6263
つきくらき 9545
つきくらく 10795
つきことの 8402
つきさむき 7982
つきさゆる
―あしろのなみの 10029
―かへのあれまの 7730
つきしあらは 2364
つきしなき 13293
つきしなく 9358
つきしろき 9717
つきすめは 8932
つきせめや
―こほりのためし 14895
―みそもしあまり 9355
―わかれをしたふ 6256
つきそなほ 7117
つきたにも 8072
つきてふれ 10341
つきときみ 9073
つきなくも 11736
つきなしと 11730
つきならて 6733
つきにこそ 4543
つきにこん 3081
つきにしく
―とふのすかこも 8929
―とふのすかこも 9735
つきにしも 6696
つきにたに 8548
つきにつけ 9218
つきになる
―のきはのけふり 4755
―よかはもなほや 4711
―をかのささはら 7313
つきにひに 15555
つきにふく 8410
つきのあきを 7482
つきのいる 7075
つきのいろ 6504
つきのうちの 10755
つきのきく 9374
つきのくに 16180
つきのため
―あさまにすめる 11634
―あたこのくもの 9075
―きみかはらひし 8289
―そむけしよひの 7280
つきのみそ
―おもてかはりせぬ 6896
―かはらぬあきの 7489
つきのみと 8716
つきのもる 9678
つきはいま

ちきりけん
―こころそふかき　6438
―そのかみよより　6992
ちきりしは
―あともととめぬ　11925
―あらぬよにふる　10034
ちきりつる
―けふをもまたて　5723
―ひかしのいけの　14879
―ひとしもさそな　508
―をりはしはしと　5104
ちきりても　12623
ちきりをく　13152
ちくささく　14813
ちくさのか　14238
ちこめきて　3354
ちさとゆく　16382
ちさとをも　16375
ちしほをも
―なにかはまつの　6446
―なほあかすとや　6016
ちたひうつ　6046
ちちこくさ　6788
ちちのあき
―かけてふらなん　9365
―ひとつのつきの　14849
ちちははの
―たひなるわれを　14830
―ちかからさらは　14723
―ちよをかそふる　1745
―よにますほとの　14002
―をしへのままに　15442
ちちははを　14965
ちとせとも　13034
ちとせふる
―ためしをきくの　6384
―ためしをひきて　1281
―つゆにやとして　8242
―つるのこほりに　7252
―はなのかひなく　6932
―まつならはこそ　12333
―ゆきにもまつは　8907
ちとせへん
―ひとはときはの　14263
―ひとをともとや　2312
―よはひはしるし　1522
ちとせみん　7228
ちとせもと　6338
ちとせをも
―きみにとこそは　16219
―このやとにとや　13375
ちはやふる
―かみこそしらめ　15513
―かみこそしらめ　15528
―かみなりけらし　3828
―かみのねのひの　13340
―かみのみうたの　16600
―かみのみかきの　15534
―かみのみもろき　15827
―かみのめくみも　13961
―かみましけりな　14077
―かみもよりいたに　15584
―かみやあたへし　13603
―かみをけかせし　15529
―かむなひやまの　7951
―かものかはあゆ　8641
―かんたのいねの　7942
―きたののはらの　15608
ちひさこの　13967
ちひろある　15381
ちまちたに　4401
ちよかけて
―きみかすむへき　15276
―さかゆくきみか　9326
―さきにしやとの　2493
―わかまつかけに　5717
ちよとしも　9643
ちよのかけ
―たのむとひとや　16217
―よるもくもらす　8248
ちよのさか　13578
ちよふへき　2745
ちよませと
―もちひのかかみ　827
―よそへしあきの　6406
ちよまたて
―かれぬるものを　1899
―かれぬるものを　13391
ちよよはふ　16250
ちよをせく　6836
ちよをへん　9578
ちらさしと
―しのふあまりに　11803
―しのふあまりに　11987
―をしみてかせは　5134
ちらさしな　8310
ちらすなよ　5531
ちらぬまと　136
ちらぬまの　672
ちらぬまは　2025
ちらぬまも
―こころつくしを　711
―をしまぬはなそ　1923
ちらねとも　7179
ちらはまた　632
ちりうかふ
―はなこきませて　1983
―はなものこらて　3032
―ひとはとみえて　13438
―もみちもいろを　10328
ちりうせぬ　13149
ちりうつむ　1559
ちりかかる　2737
ちりかたの
―きのふのあらし　2275
―みねのさくらに　3701
ちりかてに　2494
ちりしくも　885
ちりしけは　10112
ちりしより　2286
ちりそひて　884
ちりそむる
―きりのこのまを　6809
―ひとはのきりの　6098
ちりそめし
―きりのひとはの　7589
―きりのひとはの　8361
ちりつみて　13369
ちりつもる
―かかみとみえて　7278
―たなはたつめの　7403
―とこのやまより　12581
―はなにうつみて　1941
―はなふみわけて　5728
―もみちいろも　11240
―もみちのいろも　9863
―もみちのいろも　15823
―よものこのはを　11239
―よものこのはを　15822
ちりてこは　8214
ちりてしも
―いろやそふとて　9865
―おもかけのこす　1872
―しはしとまらて　357
―てるひにかれぬ　10628
ちりてのち　2363
ちりにそむ
―こころもあらへ　15034
―ゆめをあらひて　4803
ちりぬとも
―かせかくれには　10507
―なほたちさらし　720
―はらはてをみん　9774
―むかしのかには　1796
―よしとおもはは　5730
ちりぬへき
―あきはきなから　7302
―はなをみすてて　1129
―ものともみえす　13361
ちりぬるか　2291
ちりのこる
―こすゑもそれと　451
―このひともとの　205
―さかやまさくら　347
―はなにこころを　894
―はなもありけに　3148
―はなやなからん　2762
―はなをたつねて　4230
―ひとときのはなの　183
ちりのみに　4497
ちりのよと　14639

—みちのさはりも　16243
—みちのひかりに　14652
—みちもさりあへす　465
—みちゆきふりに　15375
—みちゆきふりに　15434
—みちゆくひとも　4123
たままつの　13769
たまもかる　13999
たまよする　15695
たみくさの　11040
たみくさは　2557
たみくさも
—ひしりのみちの　2766
—ひしりのみちの　2798
—ゆたかなりける　15740
—ゆたかなるよの　2967
たみやすく　14989
たむくとも　689
たむくるは　8257
たむくるも
—あはれいつまて　6802
—いろなきまつの　13814
—なみたつゆけし　6261
—ゆめかあらぬと　6083
—ゆめかあらぬと　6395
たむけくさ　12970
たむけなは　7641
たむけはや
—ちきりたかはて　7158
—ふたつのほしの　6993
たゆみつと　3478
たよりなき　2912
たよりのみ　16441
たらちねの
—あらましかはと　10386
—おやにしたかふ　15613
—めくみはかみに　14765
たらちめに　487
たらちめの　13314
たれかこの　6822
たれかしる
—かめのうへなる　2568
—かめのうへなる　2605
—さけはかたみに　3654
たれかすむ　2426
たれかれと　9259
たれここに　9947
たれしかも
—けふをすきしと　1989
—こころにはみん　16169
—しらたまつはき　3736
—たねまきそめて　1588
—まねくとみしは　9213
—よよしとつきに　6605
—をしみとめけん　8874
たれすみて
—いまもきくらん　6544
—こころそむらん　8796
—なかめわふらん　3977
—なかめわふるらん　8768
—ひときなからも　8800
たれそこの　8946
たれとしも　1642
たれとてか
—あふかさるへき　16116
—おやにつかへぬ　14973
—ねきかけさらん　14542
たれとても
—かなしきあきを　9496
—のこらぬよそと　6247
—みにしまさらん　8095
たれとなく　3023
たれとねし　4252
たれとひて　13095
たれとへと　6203
たれにけさ　12167
たれまきし　5043
たれまつと　9005
たれみよと
—あめのなこりの　5209
—ゆききたえたる　3902
たれもけふ
—ことはのいろの　9260
—はなのころもを　4658
たれもこの　7053
たれもさそ
—かさすあふひに　4783
—かさすあふひに　4816
たれもみな
—きてこそめつれ　7683
—こころをとめて　7231
—さらぬわかれの　13504
—つひにきえなん　13490
—なつはきてすめ　5660
—にこりやすきを　12923
たれゆえか　7499
たれゆきて　13428
たれわけて　9161
たれをとふ
—くつのあとそと　11147
—みちのゆくてそ　4934
たをやめの
—おもひあかりや　13230
—こころをさへや　13228
—はなのゑまひの　8889
—はなのゑまひは　16201
—むかふかかみの　16288
たをらすは　2946
たをらねと　1436
たをりきて
—おくるはかりそ　2052
—きみしみせすは　722
—きみしみせすは　3870
たをりこし
—こころのいろの　723
—さかりのうめの　2863
—はつはなさくら　2444
—はなたちはなの　15446
—はなのいろかに　3214
—はなはひにけに　8085
—やまちのきくに　8630
たをるとも　6468
たをるへき　3814
たんこたん　16098

【ち】

ちいほあき　14466
ちかからは
—あさかのぬまの　13049
—とはましものを　10207
ちかくしなん　3623
ちかくても
—あはぬつらさに　12265
—あひみぬなかに　12456
ちかくなり
—とほくきこえて　13290
—とほくこたふる　15249
ちかくなる
—たひのよそひの　1032
—ちとりのこゑに　10766
ちかことに　12883
ちかなから
—あはともみえす　3406
—おいのあゆみの　9138
—おもはぬひとの　14808
—しらてそねぬる　5667
—なれさりしこそ　14356
ちかのうらや　7535
ちきらすは　10638
ちきりあらは　12852
ちきりありて　12321
ちきりあれは　9477
ちきりあれや
—ききてふりにし　13831
—みつゆくきしに　9679
—むとせのあとの　4474
ちきりおかは　12958
ちきりおきし
—けふはこすとも　9286
—つきのけふしも　9290
—つきのみやこを　9732
—としもすきのの　12794
—はなのさかりに　1066
—はるになりぬと　3604
—ひとまつへくも　9347
—みやこのはるを　3101
—ゆふへもまたて　12366
ちきりおきて　1230
ちきりおく
—ちとせはけふを　1503
—のちせのやまの　11823

—わかなといふは　1504
たのむへき
—うつつもなしや　13137
—ひかりなきみに　13110
—ひともなきさに　14841
たのめおきし
—ひともこすゑの　11894
—よひのひとまも　12588
たのめおきて
—あふよとなれは　12620
—まつよとなれは　12369
たのめこし　12228
たのめしも　12546
たのめつつ
—あたにまたせて　12699
—いつかはひとを　12636
—こなたかなたに　14805
—まてはつきひも　12560
—めくりあふよの　9676
たのめつる
—うめつのひとの　5216
—このくれやまの　12561
—こよひもすきの　12343
たのめても
—あふこかたたに　12631
—いなはのさとの　13939
—ひとはかれゆく　12147
—ひとはこしまに　12304
—よりあふことは　12078
—よりあふことは　12248
たのめなほ　6233
たのもしな
—いなつきこまつ　14716
—にこりにそまぬ　14421
たひころも
—きそちのすゑの　462
—そてのやつれも　7209
—そてまきほさん　3999
—たちかさねてよ　11029
—たちわかれなは　13237
—たつををしみし　1609
—ぬるるもしらて　2742
—ぬれとほりけり　4826
—はるはるそきし　11391
—ひもゆふつゆや　7085
—まつたちぬへき　1608
たひたひの　12376
たひちゆく
—うさこそかはれ　16088
—わかれをしらて　13170
たひといへは　14148
たひにして
—あきもくれぬと　9689
—きみもななしと　16475
—にしきをしける　841
—ひなのあらのに　11076
—まつそひさしき　14022
たひのうさ　8750
たひのそら
—うとのこしまに　15350
—くもゐはるけき　13061
—ことなくきみに　9696
—しらぬのもりの　8145
—ものやかなしき　6963
—ゆきうちはふき　11027
たひのやと　13429
たひひとの
—あさたちすらし　7556
—いほるやまへに　2011
—うひたちしける　9564
—かつくたもとに　13279
—かつくたもとも　4719
—かよふはかりに　11310
—こころをとむる　5634
—こころをとめて　8773
—こころをのみや　7529
—こまうちわたし　10482
—こゑをやしるへ　1871
—せきこえかてに　12943
—そていかならん　6663
—そてしほるらし　4938
—そてのしほれを　7320
—そてもかすかす　6436
—そてやつゆけき　7806
—たえぬゆききと　7055
—ぬれしとあめに　13897
—ぬれしとやとる　10500
—はなふみゆくと　755
—ふねまつきしの　10323
—まくらかるよは　14116
—みにやしむらん　9386
—やとかりそめに　2022
—ゆききはたえて　8120
—ゆききはたえて　8870
—ゆくさきおほく　13738
—ゆくさきおほく　14210
—ゆくさきくらく　5039
—ゆくへもみえて　8234
たひひとも　11341
たひひとや
—あさたちくらん　14147
—いそくむまやの　13580
—みちまとふらん　4262
—やともとむらん　14048
たひひとを　16212
たひらかに
—いませといはん　16426
—きみおはしませ　5872
—ますとしきけは　15620
—われもありへん　5873
たひらけく　11393
たふさくち　11012
たへてすむ
—ひとのたもとの　10140
—ふるさとひとの　13123
たへてすめ　11468
たへてなほ
—すみけんひとの　8249
—またすはきかし　4785
たへてもる　5933
たへてわか　13072
たまかつら　12729
たまかとて　4125
たまかはに　2479
たまかはの
—なみのいろある　4073
—みつゆくきしに　881
たまかはや　4659
たまきはる　16228
たまくしけ
—あけゆくなみの　10157
—あけるひことに　520
—ふたたひとへる　5795
—ふたとせかけて　1369
—ふたひらかくと　5550
—ふたみのうらの　7247
—ふたみのくちの　13460
—ふつかはるれは　5385
—みるよしなくは　15685
たまくらに　5307
たまさかに
—あひねのはまの　9190
—あふとしいはは　14297
—こゑをもらして　4695
たましきの　9738
たましゐも　13621
たますたれ
—すきかけすすし　3926
—たれしのへとか　4590
たまたすき　9270
たまたにも　15098
たまたまに　6638
たまたまは　15059
たまつさに　3109
たまつさの　16556
たまてはこ　3347
たまとみし　8432
たまのうてな　16479
たまははき　10742
たまはりし
—かみのみうたの　16599
—ひとえたたにも　2934
—みふてのあとは　16259
たまはるも　11394
たまはれる　5641
たまひつる　5572
たまひろふ
—あまのてまをや　15577
—いりえやいつこ　15968
たまへりし　8642
たまほこの

たつつきの　13417
たつとみし　1867
たつとりも　14794
たつなにも　11916
たつぬれは
―こひのすみかは　12889
―そこはかとなく　7389
―はしめもはても　6160
たつねいりし　5739
たつねいる
―うしこそみえね　16031
―やまちのつゆの　6105
―やまのかひには　4341
―やまはいくへそ　415
たつねきて　431
たつねくる　14640
たつねこし　16045
たつねつつ
―ひくひとあれは　4450
―わけいるそてに　707
たつねつる
―けふのもみちを　10813
―やまのあらうし　16047
たつねても
―ことはのはなし　14139
―のこれるはなや　5053
たつねはや　1845
たつねみむ　1085
たつねゆく
―はなのところの　1829
―みやまのうしは　16030
たつのゐる　15956
たておける　5698
たてそへよ　3908
たてなから
―つくられもせし　9737
―はしらにすとは　16216
―まかきのきくの　9736
たてならふ　13073
たてまつる
―うまさけよりも　14024
―こはをはりなる　3563
―すまのうらわの　3660
たとのやま　11368
たとへこし　14485
たとらめや　7944
たとりつつ　551
たとるへき　6187
たなうらに　14743
たなつもの　14983
たなはしや　15856
たなはたに
―いさねきかけて　7410
―いまもかさはや　15232
―こころをかして　8251
―たむくるつめの　8482
―なにかかはらん　8398
―まつさくはきや　6428
たなはたの
―あきにかならす　6991
―あきまちえても　7406
―あなにくしとや　6771
―あふよのてまに　9641
―あふよのふけて　7813
―あまつひれかと　6186
―いつくなてしこ　7634
―いほつはたのに　9182
―いほはたころも　7049
―おくるあしたの　8943
―おるてふはたは　9681
―かさしにをさせ　7400
―かさしのたまか　8952
―くものころもの　7434
―けふのみあへと　9183
―こころをそくむ　6675
―そてふるかはの　9186
―そらのまそてに　7565
―たえぬあふせに　7995
―たえぬちきりに　6190
―たえぬちきりに　9644
―たむけもちよの　6772
―ちきりそめけん　9040
―つまこふしきの　9041
―つままつくれと　7630
―つままつよひの　6325
―つまむかへふね　5997
―つもるおもひを　6194
―つもるおもひを　7569
―てならすよひの　6890
―てにもおとらし　6937
―なみたにかさは　6960
―はたおるいとの　7360
―ふみきもかくや　3384
―まくらのちりを　9177
―わかれてのちは　6995
たなはたは
―あまのかはなみ　6899
―あまのかわなみ　7120
―うけやひくらん　9474
―かりをかことに　9039
―ねにゆくとりの　9472
―みみなれけらし　8334
たなはたや　7639
たなはたを　8819
たなひきて
―いりひをうつす　9050
―ゆふひをうつす　16021
たにかけに　13770
たにかけの　279
たにかけは　11507
たにかけも　1990
たにかせの　8832
たにかはの
―いはねにかけし　14179
―いはもるみつの　13062
―おとにまきれて　4906
―こほりもけさや　1306
―みつのいまたに　3810
―みつをこころに　778
たにさむき　2072
たにさむみ　2696
たにはちに　15218
たにはちの　8580
たにふかき
―あおはのそこに　5459
―おちはふみわけ　6416
―くちはかうへの　10478
たにふかみ
―おりゐるくもを　12995
―こすゑはさすか　303
―すむさとあれや　9391
―つきまつやまの　6723
―ひともかよはて　13067
たにみつの
―おともさひしき　4292
―ことしのこゑは　10710
―さそひいてすは　676
たにみつは　9990
たにみつも　14773
たねおろす
―ときやきぬらん　358
―なはしろをたの　5283
たねしあれは　6254
たねまきつ　4503
たねまきて　1994
たのましな　11872
たのましよ
―かけみるとても　12076
―ことよくいふも　11775
―ひとのこころの　11991
―ゆふくれをこそ　14880
たのまめや　12682
たのまれぬ
―いのちをたもつ　5609
―おいのみをもて　3266
―こころのはなよ　12046
―みのみのこりて　2807
たのみこし
―こころのやとも　16636
―こころはあれて　11830
―しるしをみわの　11777
―ちきりはかれて　11861
―ひとのこころの　12047
―ひとのこころの　12252
―みくさもかれて　14785
たのみしも　12243
たのむそよ
―きみかへぬへき　5328
―きみかへぬへき　15591
たのむなよ
―はなもおよはぬ　16287

—なもむつましき 328
たくさとる 14822
たくなはの 12453
たくひなき
—いろかをききて 12845
—かけはちひろの 16612
—きみかことのは 15523
—ことはのはなの 16199
たくひなく 15148
たくふへき
—いろかもあらは 997
—いろかもよよに 602
たくみらか 2132
たけかはや 14388
たけからぬ 15046
たけくまの
—まつのゆきけの 1699
—まつはかれぬと 14437
たけのこの 5122
たけもまつも 3337
たこのうらに 15637
たしまのや 13788
たすねつつ 7091
たそかれに 7540
たそかれの
—のへのくさむら 9211
—まかきはゆきの 3995
—やとのやまふき 652
たたしかる 13660
たたとりと 15854
たたひとへ
—うつもはてす 11064
—へたつるやとの 2800
—まつはにつもる 10257
たたひとり 16347
たたへみん 7388
たちいてて
—いつるをまちし 7108
—かへりみすれは 8864
—みれはかすまぬ 296
たちいてん
—あしたのそらを 12902
—こころのみちも 2589
たちえこそ 2308
たちかくす
—かすみをもれて 853
—かすみをもれて 1864
—きりのまかきを 6891
たちかさね 10350
たちかへり
—あこきかうらに 14453
—あすこそわけめ 10011
—あふせほとなき 5979
—いかてみやこに 14663
—いかにかたらん 13089
—おもへはあとも 12997
—きけともあかす 13658
—きみわけさらは 15974
—さらにそとはん 860
—なほあふきみん 1051
—はやもみやこに 14662
—またもきなかん 5093
—みんやみしやも 10920
—むかしのひとの 7029
—われもまねはん 16416
たちかへる
—なこりいまはの 600
—なみちのあとに 6240
—ならひとならは 14523
—はるのうらみは 2657
—はるのしるしや 922
—ものとはなしに 2729
—わかれなりせは 6226
たちこむる
—あふさかやまの 297
—かすみのみをの 772
—きりふかくして 8172
たちこめし
—かすみもけさは 794
—つつみのやなき 6141
—のたのあききり 5934
たちこめて
—いととひかけそ 245
—くるるもわかぬ 170
—くるるもわかぬ 526
—そこともわかぬ 8034
たちさはく 10308
たちさらて 3923
たちさるも 11895
たちさわく 10287
たちそふも
—うしやあらしの 746
—なほはかなしや 13271
たちそめし
—かすみのぬきも 1508
—はるのかすみの 938
たちそめて 395
たちつつく 669
たちとまり
—たれめてさらん 678
—みてこそゆかめ 163
—みはやもみちも 9881
—をりそわつらふ 7221
たちならふ
—こすゑはわかて 388
—このまくもらて 5902
—しけきをかせの 15205
—となりもみえぬ 13168
—まつのあらしに 221
—まつのみとりも 2119
—まつをあやにて 8312
たちなれし 4063
たちなれて 4021
たちなれん
—かけものとけし 13147
—かけものとけし 13264
たちぬへる 7638
たちぬれす 5086
たちぬれて
—おもひてにせん 1089
—をしむとしらは 9880
たちのほる
—けふりそしるへ 11070
—けふりのいろも 7028
—よものとなりの 14624
たちはなの
—こころつからや 5132
—こしまもはるは 70
—にほひはあやな 4708
—にほふあたりの 13536
—はなちるころは 5594
—はなちるさとは 4107
—はなちるさとは 4333
たちましる
—あきのはやしの 8671
—ははそのいろそ 8672
たちまちの 8107
たちまよふ 2596
たちめくる 7967
たちよらは 16198
たちよりし 928
たちよりて
—いつかたをらむ 12305
—くめはにこらぬ 15344
—なみやをるらん 7245
たちよるも 12691
たちよれは 4609
たちろかぬ
—いしのうてなを 16114
—かけにそしるき 4994
たちわかれ
—とほさかりなは 482
—みるめしなくは 13623
たちわたる
—うらわのきりの 7555
—かすみのみをの 1890
—かすみのみをの 1955
—はしとはならて 12800
—ゆふきりふかし 6372
たちゐさへ 15066
たつあさる 4461
たつかねの 9278
たつかねは 14949
たつかもの 6816
たつきりも 6268
たつくもに 9262
たつくもの 16211
たつしきの 6535
たつたひめ
—あきのわかれの 8474
—いかにいそけは 7607

—あきののこせる 10680
—いまはかきりと 7964
—かつちるつゆの 6114
そめつくす
—つゆしもならす 8233
—もみちにまつも 6387
—もみちのいろを 11318
—やまとみつとの 8829
—やまはもみちに 6365
—よものもみちも 9600
そめてけり
—うすきもこきも 7318
—しくれぬひまも 6128
そめてこそ 12294
そめなすは 7110
そめねとも
—やまはみとりに 16059
—やまはみとりに 16060
そめのこす
—けふのもみちを 8217
—このはもあらし 10139
そめはてて
—いまそさかりの 7152
—こころをわけん 6657
そめはてぬ 7606
そめはては 8471
そめもあへす 12080
そめもはてす 9441
そめわけて 16509
そめわたす
—もみちにはしは 15166
—もみちのうへの 15165
そよとふく 9624
そらかける 16544
そらさへや 9585
そらたかく
—あかるひはりの 2330
—つきすめるよの 8666
そらとほく 1590
そらにこそ 1201
そらにみつ 9874
そらのいろも
—おなしのさはに 13632
—ひとつみとりに 3353
そらのうみや 8628
そらよりは 11641
そらよりや 14964
そりたかき 12748
それそとも 2314
それとなき
—あとをやさしみ 13435
—わかみつくきの 5577
それとなく
—かきかすめたる 11837
—かすみはてても 28
—かすみふかめて 1879
それならぬ 1692
それもうし 11816
それもなほ 11849
そをたにと 55

【た】

たいさんち 16352
たいのしの 8588
たえすふく 4888
たえせめや
—あまつかみよの 13036
—このくにふりの 14212
—よろつよかねて 13933
たえたえに
—うたへるこゑの 5102
—かけもなかれて 4307
たえたえの 398
たえたるを 11417
たえていま 11902
たえなはと 11990
たえぬへき
—うさをみんとや 12841
—ひとのこころの 12131
たえねとて 11977
たえまなき
—けふりにしるし 10434
—のきのいとみつ 4311
たえまなく
—いはもるみつの 3957
—こととふものは 15089
—ふきいるのきの 4886
たかあきに 6143
たかあきの 7625
たかうへも
—おもへはつひに 2416
—かせまつくさの 7035
たかかたに
—こよひちきりて 11935
—ひきたかふらん 12217
たかかたの 11802
たかかとの 2417
たかきよの 16189
たかくなる 8860
たかさこの
—をのへのあらし 9385
—をのへをいつと 4583
たかさとの 15655
たかさとも
—おほろつきよの 693
—つゆやへたてぬ 6361
—よさむへたてぬ 6381
—よさむへたてぬ 7181
—よさむへたてぬ 7510
たかすめる
—いへたのまつそ 13938
—やとのなこりそ 16457
たかそてに 4945
たかそての
—なこりなるらん 6479
—ゆかりとやさく 621
たかそても
—くゆるはかりに 401
—はなのうたけに 5736
—よさむへたてぬ 6348
たかたにも 14851
たかためか
—くるはることに 1574
—はるくることに 1648
たかために 9667
たかための 4367
たかつけし 13306
たかてより 5142
たかとのの 15230
たかなかの 3748
たかねには 7461
たかねより
—おちくるたきの 10984
—はこふましはも 2254
—みおろさるれは 15721
たかみとも 1247
たかやとそ
—あきのよふけて 7066
—かすむかとたの 246
—くもかはなかと 2244
—のきはのやなき 1909
たかやとの
—こすゑなるらん 4436
—しるしなりけん 14683
—みつきもまたや 15654
たかやとも
—ききふりぬらん 4055
—けふとしいへは 5675
たかをやまの 6764
たきかはの
—たまちるきしの 5967
—われてもすゑに 14734
たききこる
—やまちにくれて 9869
—やまちをさむみ 10040
たききつき 9200
たきさして 4756
たきすてし 4801
たきすてて 4880
たきそふる 8066
たきつせの
—あたりはなつも 4106
—いはねもはるは 24
—なかなるよとと 318
—なかなるよとと 2377
—なかはによとむ 23
—なかれにわたす 4285
たきつせは 2376
たきみつつ 4916
たきものの
—けふりにをしれ 11009

—こころもくみて　7930
—こころもくみて　12905
—こころもしるし　12975
すむやたれ
—いはぬいろなる　458
—ゆふひをおほふ　4165
すめるえの　8353
すめるよに　16208
すめるよの
—かすはいくらと　13979
—そらにきこえて　6577
—つきにきこえて　6911
すゑかけて　13709
すゑつひに
—あはしといへは　12137
—あふよもあらし　12429
—たえもやすらん　12130
—ひとをみくにの　12570
—よりもあはすは　11779
すゑとほき
—かれののしもの　10103
—きみかちとせは　3752
—ちとせはしらす　7206
—のへのわかなの　3751
—はるののわかな　1663
すゑとほく
—なほいろそへん　15907
—みえつるはなの　8128
すゑのつゆ　13491
すゑのまつ　15519
すゑのよと　3730
すゑのよに
—おはぬほとけの　16131
—おはぬほとけの　16147
—かなふとおほす　9195
—なりゆくのりの　14637
すゑまたて　12613
すゑまては　14784
すゑよはみ　13594

【せ】

せきあへぬ　11810
せきあまる　12367
せきいれし
—あせのほそみち　739
—おかはのみつや　625
せきいれぬ　7581
せきこえは　8384
せきすゑは　11611
せきのとも　5277
せきもりの
—うちぬるひまに　12143
—うちぬるひまは　12260
せきやまの
—すきのしたみち　4795
—ゆききになるる　852
—ゆききになるる　1122
—ゆふつけとりは　13853
せきわくる　1975
せくみつの　15209
せにかはる　11281
せはきいほに　3361
せはきそて　16393
せはくなる　5222
せはふちと　11280
せはむるを　16137
せみのねも　5309
せみのはの　4390
せをはやみ
—くたすいかたに　9782
—ふねもかよはぬ　4298
せんさいや　2830
せんにんの　224

【そ】

そこきよく　14653
そことなく
—うすきりなひき　13739
—うめかかかほり　1729
—かすみてくれし　1519
—かすむみきはを　1468
—きりわたれとも　5956
—くれゆくとしの　10718
—たつのひとこゑ　1420
—はなのかかすむ　325
—はなのかかほり　3882
—ゆふしほみちて　69
そこにいる　15933
そこにしも　4728
そこはくの　10316
そこひなき
—いけのこころは　16583
—おかはのみつの　3773
—ふちかしらなみたち　15520
—わかおもひには　12452
そこふかき　12564
そてかけて　1317
そてたれて　7458
そてにこそ　9612
そてにちる　8162
そてにのみ
—かけてもなにと　6502
—ふりぬとつけて　9001
そてにまた　4443
そてにまつ　8307
そてぬらす　7498
そてのいろは　12037
そてのいろも　6861
そてのうちに　9116
そてのうへに　7770
そてのかも　12611
そてのしもも　9856
そてのつゆ
—いろにないてそ　12173
—かけそへんとや　7044
—かはかぬみれは　15055
—ほしてたにゆけ　7419
そてひちて　13762
そてふれし　1158
そとのちる　5400
そなたのみ　10800
そなたより　15138
そのいろと　10975
そのかみの
—ちうたのもしは　3342
—とくさのたから　14574
—むつひおもへは　15441
そのときの
—はらへにすてし　3829
—まとゐにきみか　16622
そのにまた　8776
そのひとと　12296
そのひとに　15278
そのひとは　13458
そのひもし　3633
そのふかき　15241
そへてやる
—おもひのかすそ　13416
—こころはふるの　5325
—こころはふるの　15588
—なつのあふきの　5337
そほちつつ　3177
そまきこる　4300
そまきひく
—あとこそみえね　9919
—こゑきこゆなり　13951
そまくたす　12086
そまひとの
—ひきすきくれの　16537
—をののひひきは　5593
そまひとも
—しらぬみたにに　13630
—ひかぬみやまの　13465
そまやまの　4518
そむくとも　13928
そむくへき
—うきにたへても　12977
—くまものこらぬ　8732
そめあへぬ　7116
そめいたす　16508
そめいろの
—やまにはときの　14186
—やまもいさこと　15063
そめさして　8216
そめしより　9444
そめそへん　9418
そめそめし
—なこりをやおもふ　6610
—もみちをおのか　7768
そめそめて
—あきののこせる　10670

―かみよをしたふ　12894
―こころことはそ　10900
―こころことはを　11381
―こころたかさは　11655
―こころなりせは　13735
―こころにいてん　11415
―こころのかせそ　16067
―こころのねより　13659
―こころのほかに　13624
―こころのみちは　5483
―すかたそやかて　13261
―すかたにいかて　4701
―すかたをえはや　12994
―ひとのあつまる　5810
―みちにいさなへ　3521
―みちをわけんと　9359
―もとのこころに　16249
―もとのこころを　13319
―やまとみことは　15113
―よにおひなから　16526
―をしへをよよに　16625
すはうなる　16614
すへらきの　15994
すへらきも　14392
すへらきや　14956
すまあかし　8740
すまてしも　7708
すまてやは　6119
すまのうら　14845
すまのうらや　2242
すまはわか　14266
すみかきの
―あかすみゆるは　2713
―あかすみゆるは　2772
すみかへは
―ここをもまたや　14487
―またやしのはむ　4142
すみかまに
―たえぬけふりの　9999
―たえぬけふりの　10697
すみかまの　131
すみころも
―えそそめはてぬ　12488
―えそそめはてぬ　14044
すみすてし
―さかののいほの　7384
―たれをしのふの　13378
―としふるさとも　4656
―としもあまたに　13042
―ひとをしのふの　4241
―むかしのままに　157
―むかしのやとは　16653
―もとのまかきは　4044
―やとのこすゑを　14488
―やとのみきりの　4143
すみすてて
―あれゆくやとの　798
―としふるさとの　1440
―みるひともなき　60
すみそへて　11353
すみそむる
―やとのしるしの　13253
―やとのちとせは　9745
―やとりもをかの　14702
すみそめの
―くらまのやまの　3884
―ころものたまを　15322
―そてにをられて　8135
―そてよりほかの　12929
すみつかぬ　13075
すみつきて　11592
すみてみよ　14692
すみてわか　8845
すみなれし
―そてもこよひは　8209
―なにはわすれて　2551
―みやこにかへる　15354
―みやこのかたを　5780
―みやこのそらを　5781
―やとのいけみつ　10163
すみなれて
―きくひとさそな　12907
―ことそともなく　7538
―たれかみるらん　6594
―たれなかむらん　7748
―なかめわひたる　7676
―みしあきよりも　6669
―みるともあかし　3970
すみのいろに
―ゆきのありしを　2554
―ゆきのありしを　2574
すみのいろは　9997
すみのえの
―きしのまつかせ　8435
―こはまのししみ　14034
―はるのみるめの　554
―はるのみるめの　3789
―まつかせのみや　14524
すみのえや
―いくとしなみに　13388
―まつふきしをる　10537
すみのこと　11539
すみのほる
―こころのそらに　16048
―つきのかつらは　16395
―ひかりをきよみ　9095
すみのゑや　6350
すみはてぬ　7610
すみまさる　14638
すみゆくを　15424
すみよしと
―みきはのたつも　14320
―みきはのたつも　14341
すみよしの
―うらはそこよと　16066
―えなつにたちて　14425
―えなつのまつの　14426
―おいきのまつに　14645
―かみのうゑける　13092
―きしならねとも　13199
―こはまのししみ　12557
―しほひのなこり　2655
―はまかせこして　10387
―はまへにほふ　6037
―はるにこころは　2616
―はるのはまへの　1050
―まつとしきけは　15587
―まつにあひおひの　815
―まつにすつくる　15586
―まつのあらしを　13728
―まつのこのまの　9085
―まつのむらたち　9955
―まつふくかせも　234
―まつふくかせも　7242
―まつよりをちの　1188
―まつをためしに　2138
―まつをためしに　14674
すみよしや
―きくさくころの　7241
―ちとせをまつの　5245
すみれくさ　2441
すみれさく　387
すみれには　4429
すみわたる
―つきにおもへは　13892
―つきにそおもふ　7753
―つきものいはは　7754
―みつのあきかせ　6655
―みつのあきかせ　6730
すみわひし
―あさちかやとの　140
―くさのいほりを　6538
すみわひて　1027
すみわひぬ　5984
すみをしも　9010
すむかけも　15667
すむことよ　13215
すむつきに　6818
すむつきの　9244
すむつきも
―あたのおほのの　15668
―うきよのそとの　6877
すむつきを　5580
すむつるの　14324
すむとしも
―いはぬいろなる　9
―ひとにしられぬ　10091
すむはよし　13131
すむひとそ　13037
すむひとの
―あるとはかりに　6300

しらつゆの
—おきゐのさとの 7836
—きえをあらそふ 13495
—たまぬきとめぬ 7785
しらつゆを 8261
しらてぬる 9832
しらとりの 96
しらなみの
—さわかぬふちと 16446
—はそくにかかる 16091
しらなみや 13745
しらみしは 10608
しらみゆく
—うみつらとほく 6379
—おまへのともし 2123
—かきねののへを 10998
—かきねののへを 11141
—かけしつかなり 6601
—かすみのそとの 909
—ひかりもわかす 9937
—みねよりはれて 6304
—やまのかすみは 2692
しらむまて 7832
しらむやと
—あくれはまとの 10416
—いくたひほしの 9473
しらむよの
—かけうすらきし 8540
—そらにうつりて 15143
しらむより 1693
しらゆきに 11719
しらゆきの
—かかるうきみの 16392
—きえにしあとを 1352
—きえにしあとを 1385
—くろくなれるは 16095
—けふふりくへき 10773
—つむにまかせて 3759
—のこれるにはは 10846
—ふりしきぬとも 16096
—ふりにしあとも 2359
—ふりにしあとを 10162
—ふりにしともを 11575
—ふりにしよにも 13277
—まつにのこるを 2560
しらゆきは 405
しらゆきも
—きえてみとせを 10225
—むらきえそめぬ 1761
しらゆきを 15716
しらるなよ 12118
しられしと
—こころをさめし 12872
—しのひしものを 12277
—つつめはいとと 12060
—ひとめかしこく 12534
しられしな
—あはてふるきの 12286
—こひしきことの 12357
—つゆはときはに 12331
—ねにしたてねは 12089
—ひとめしけみの 12212
—ひとめしけみの 12385
しるへせし
—ふるのなかみち 5326
—ふるのなかみち 15589
—わかのうらちは 16255
しるへせむ 14073
しるへせん
—ことはしらねと 11616
—みちこそしらね 3144
—やまちのおくの 16052
しるやひと
—あはぬなけきを 11926
—たえぬおもひは 12288
しるらめや 12793
しろかねを 6567
しろくろの 8126
しろたへに
—けさふるゆきの 11731
—やまもをかはも 11255
しろたへの
—おほねのはなは 3157
—おほねのはなは 5456
—そてにうつれる 9245
—つつしはなさき 2802
—のへのゆきまの 2782
—はなをめてしか 3402
—ふつくゑのうへに 3437
—まさこちとほく 8027
—ゆきにきほひて 10966
—ゆきのふるへき 11640
—ゆきもやふると 9251
—をはなやかはの 7887
しをりせし 5882
しをれしな 11390
しをれふす 11458

【す】

すかたこそ 9802
すかたには
—よらすといはは 16188
—よらぬほとけの 16132
—よらぬほとけの 16148
すかのねの 573
すかもかる
—まきのしまふね 7983
—まきのしまふね 14431
すかるなす 16337
すきかてに 4389
すきかへす 1942
すきしよの 9291
すきつれは 13332
すきのいた 16274
すきのかけ 13343
すきまかせ 11277
すきまふく 9674
すくならぬ
—こころなれはや 16615
—こころにしける 13251
—わかこころとや 13100
すくなるを 16152
すくなれと 13300
すくもたく 5852
すくやかに
—いませときみは 11508
—いませるきみか 16443
すさのをの
—かみのみゆきに 9702
—かみのみよより 15467
すすかかは 12264
すすきはら 7879
すすくとも 12368
すすしきは
—あきもやたつと 7008
—いけのささなみ 4568
—まつふくかせの 4037
—みなみのかせに 3979
すすしさに
—あきかときけは 5205
—あききにけりと 4861
—なつはまたれし 9742
—なつもしらてや 4124
—ねよとのかねも 4040
—はらはてそみる 4148
—ゆめもむすはて 4130
すすしさは
—あらしもなにか 4255
—てるひかけろふ 4182
—なつをよそなる 3911
すすしさも 4011
すすしさを
—ここにせきいれて 4430
—ここにもさそへ 4041
—まねくたまかと 5855
すすしやと
—かけみるほとも 4233
—かけみるほとも 4374
すすのうみの 7933
すすみとる
—なつもくれぬと 5097
—ならのこかけの 4432
—のきのしたをき 4500
すすみにと 5005
すすむしの 8465
すたきつつ
—ひとはあしてふ 15308
—ひとはあしてふ 15318
すたちせし 2428
すてをふね 13443
すなほなる

しはひとに　4913
しはひとの
—いへちいそかす　2583
—かけみしみつも　9749
—かへるそはちの　2803
—かへるやまちを　13740
—かまときさして　2944
—こすゑをふみて　13767
—ぬれしといそく　13480
—やまちをかへる　7099
—よわたるみちに　13970
—わけなれてしも　3934
—わけなれてしも　4183
しはひとは
—いかてわくらむ　10476
—かへりつくして　7474
—かへりつくして　13766
しはひとも　9868
しはふねの　4507
しはらくは　3390
しひてなほ　12027
しひてふく　8406
しひてゆく　9857
しほかせに
—いろもかはらぬ　11959
—かたへかれぬる　2646
しほかせの　7867
しほかまの
—けふりもかきり　2815
—けむりもかきり　3746
—やきいしなれは　16291
しほしみし　16310
しほしみて　2726
しほたかく
—ふふきにくもる　10664
—ふふきはけしき　10675
しほみては
—いつくのうらも　10284
—いつくのうらも　10307
しほやかぬ　4713
しほれしは　13819
しまとのみ　13935
しまのなの　7244
しまのなは　15869
しみつてら　14328
しめおきし　8831
しめしめと
—けふはかたりつ　7586
—ふるあきさめに　9416
しめはへて　5502
しめゆひし
—あきをふるさて　5998
—まかきもみえす　789
—もとのまかきも　1312
—をりはしはしと　7
しめゆひて　12040
しめゆへと　7635
しもおかぬ
—あさけはふゆも　10024
—ひとのこころの　12227
しもかれし
—かきねのくさは　1619
—かきねののへの　1652
—きのめけふりて　955
—くさはのいろも　62
—のはらのあさち　917
—のへのくさきの　1170
—ふるののくさは　528
—やなきのいとも　1573
—やなきのいとを　1649
しもかれに　11517
しもかれぬ　9934
しもかれの
—あしのひまなく　10440
—あしのよなよな　10445
しもかれは　3743
しもこほり　10662
しもこほる　10358
しもさえて　10614
しもさむし　14894
しもさゆる
—かねのひひきに　9792
—ふゆはきつれと　11258
しもつふさ　16384
しもときえ　10489
しもとくる　10135
しもとけて　1465
しもとみる　8990
しもにうつ　5960
しもにくち　9779
しもになほ　11259
しもにのみ
—あへすちりゆく　9993
—くゆるおもひの　11324
しもにふす
—かりたのおもの　11276
—みきはのくさの　10039
—みきはのくさの　10102
しものうへに
—あられたはしり　10536
—あられみたれて　10534
しものふる　9581
しもはらふ
—はかせになみも　10060
—やまかせさむし　10231
しもみつる　10062
しもやおく〔連歌〕　16121
しもゆきに
—いろこそかへね　9954
—きえてみんとや　10912
—しほめるおいの　11109
—たへてのこれる　9871
—なほいろきほふ　11674
—はかへぬまつの　13164
—ひかりもそはぬ　13550
—ふりせぬまつの　10730
しもゆきの
—いろよりもなほ　575
—いろよりもなほ　1023
—うつまさてらに　2321
—ふかからすとも　10754
—ふるきのかけに　16577
—ふるきのまつも　3754
—ふるきのまつも　3858
—ふるきもふゆを　11364
—ふるはましりの　1163
しもゆきも　10625
しもゆきを　2855
しもよりも　8821
しもをふく　12887
しもをへて　10637
しもをれの　10259
しらかはの　13696
しらかはも　2826
しらかはや　10982
しらかみに　3234
しらかゆも　11159
しらかわの　13694
しらきくの
—にほひはしもに　6405
—はなそあやしき　7217
しらきぬの　4907
しらくもの
—あはたつやまは　2475
—あはたのやまの　3440
—たなひきわたる　13778
—たなひくやまの　13079
—ふかきところの　8265
—みねにもおにも　668
—やへたつみねに　9289
しらくもも
—あやなへたてそ　6634
—なかはにかかる　13296
しらくもを
—しるへにこそは　3138
—はなかとみしは　5511
しらさきの　15018
しらしひと　12283
しらすはや　12017
しらせしは　3450
しらせての　11883
しらせはや
—かれてくちきの　12231
—そてのみぬれて　12001
—つゆわけいりし　11792
—よをうのはらに　12497
しらたまの　850
しらつゆに
—きえはおくれぬ　3424
—しぬぬにぬれし　2200
—ほころふのへの　6946

―ききにひひきて　5831
―こころのをかの　5301
―こすゑをめくる　12742
―このしたかせの　4008
―このしたくらき　4090
―このしたやみも　4951
―すさきのあしの　13859
―にはのむくらを　13503
―にはのよもきか　13502
―はやしのさくら　15201
―ふるののくさの　14607
―まつのこのまに　3146
―みきはのあやめ　4468
―わかのまつかけ　5762
―をくさかりそき　12565
しけりゆく
―かきねのくさに　5163
―かへてかしはの　5853
―こすゑのくひな　4437
―ちまちのなへに　4435
―のきのこのはの　5746
―よもきかなかに　14979
しけるとも
―かりなはらひそ　4644
―かるともなにか　12660
しけれたた　4357
しけれなほ　14665
したきえの　5752
したくくる　4126
したくゆる　12213
したさゆる　7978
したたみて　372
したはれて　15602
したひこし
―かけはななとせ　6111
―さんとせのあきも　6501
したひみる　1060
したひもの　12039
したふそよ
―はつきなかはの　13371
―わかれしとしも　10426
したふらん　6330
したもえに　12262
したれふる　6398
したをれの　9831
しつかうゑし　7920
しつかすむ
―あしのしのやの　12066
―かはらのこやを　5404
しつかなる
―あきのみむろの　8259
―いほりならすは　10841
―えをとめよれは　14381
―こころならひに　506
―こころにみすは　8422
―こよひのつきに　13844
―つきをしみすは　8499
―てらゐのつきの　6642
―ねさめならすは　4343
―ねさめならすは　4546
―やとにならはは　731
―やまにひひきて　15184
―やまのすみかの　3470
しつかにそ　14792
しつかにて
―ふるともわかぬ　3014
―やすきをしらは　14569
しつかにと
―すみなすいほも　6047
―すむやまかけを　16533
―すむやまさとの　1125
―すむやまさとの　2106
―すむやまさとの　15376
―すむやますみを　3570
―すめるをひとの　15116
しつかやの
―のきのわらふき　9543
―まかきのたけの　3889
しつけしな
―あかつきまたて　9927
―はなのはるをも　322
―ふけゆくままに　6940
―よもきかにはの　4322
しつのめか
―あさはたたてて　13437
―あはまきけらし　14285
―かとのほしうり　5366
―ころもかけほす　4167
―さなへとりとり　4662
―なかきひくらし　5535
―ひろふおちほに　14987
しつのめや　7741
しつのをか
―あすのためとや　4462
―かへしさしつる　1438
―かりつむのきの　12954
―つまきのみちも　10152
―みもなきわらを　10921
してのさき　14348
してのやま　15078
しなたかく　14774
しなのなる
―きそちのはしも　12773
―そのはらやまに　14307
しのけたた　4097
しののめは　11246
しのはしき　13802
しのひかね
―もらしそむとも　12206
―もらしそめつる　11957
しのひこし
―わかなかかはは　11755
―われなかかはは　11858
しのひつま　12809
しのひねも　3912
しのふその　14669
しのふとて　13884
しのふとも　12752
しのふやと　11092
しのふるを
―かことになして　11878
―かことになして　12750
しのふれは
―おそきもひとの　12749
―そてもせきあへす　13563
―たよりはあれと　12449
―つゆたのめつる　12211
―ひともしつめて　12079
―ふけてあふよの　12142
―ふけゆくそらを　12112
―よふかくこしを　12434
しはくさを　3226
しはしこそ
―しもにしほると　11138
―しもにしほれし　11083
―すすむとくつれ　5109
―すすむとしつれ　5096
―ととめらるとも　12317
―ぬれしとひとの　13479
―はらふとみしか　9956
―ひとはつとはめ　3571
―もるとはしつれ　4926
しはしそと　9199
しはしたに
―かけはつかしき　2662
―みかさをみせよ　5061
―わかるるはをし　2631
しはしとて
―みをおくつゆの　6761
―むかひしけさの　10490
しはしとは
―いはてもひとを　1259
―おもふものから　501
―なかぬものから　4608
しはしなほ
―すすみてこえむ　4344
―なけやうくひす　331
―まちこころみよ　4621
しはしなる
―はなのさかりの　1150
―はなのさかりも　476
―はなのさかりも　1127
―わかれとおもへと　2632
―わかれをなにか　13173
しはとりと　15853
しはのとも
―またさしあへぬ　4277
―われとはささて　13216
しはのとを
―あらしにつれて　15574
―よはにあけめや　11086

—こよひのつきの 9322
—こよひのつきも 8207
—こよひのつきも 9288
—こゑはのこりて 7385
—つきにあかしの 6205
—つきにあかしの 13119
—つきにうかれて 6981
—つきにけたれて 7272
—つきにねをなく 7076
—つきのひかりは 9242
—つきはなかつき 5900
—つきもなみたに 6793
—つきをやそての 5894
—よころはとはて 8529
—よしもとひこぬ 8530
さやかには 8718
さやけきを 8341
さやけくは 2702
さやけさも
—かくてやむかし 6377
—なかむるともも 9550
—よよにかはらぬ 6519
さやけさを
—くらへてそみん 6608
—このまにみせて 6033
さゆるひは 1200
さゆれとも 10155
さよかせの
—ふきしくおとの 10429
—ふきしくおとの 10453
さよしくれ 10073
さよちとり 10661
さよなかに
—かちおとすなり 14237
—たれをとふとか 4379
—たれをとふとか 5635
—ひとりおきゐて 4647
さよふかく 11989
さよふかみ 10283
さよふけて
—かすかになれる 10543
—たれわたるらん 14530
—もえほたれける 5367
さよふけぬ 8117
さらしけん 5270
さらしなや 8749
さらてたに
—あしきやまちを 11552
—いへちわするる 7616
—うつるつきひの 4636
—たははになひく 7585
—とまらぬとしを 1539
—とまらぬとしを 5160
—とまらぬとしを 10505
—とまらぬとしを 10579
—とまらぬなつを 4950
—みしかきあきの 7724
さらにけさ
—あらしのこゑを 10203
—おくしもしろく 537
—ところもわかぬ 717
さらにけふ
—おもひいつるも 6550
—ふくとはすれと 4112
—ふくとはすれと 4456
—めとまるこすの 3927
さらにこの 9952
さらになと 12071
さらにまた
—あはれをそそふ 6717
—かすみそめてや 1141
—かすみそめてや 1945
—くれぬるとしの 10401
—すみさしそへん 10450
—はきもすすきも 8899
さらぬたに 10095
さらはうき 14932
さりけなく
—つれなきひとに 12402
—もてはなれても 12292
—もてはなれぬる 12410
さりともと
—かかけつくして 11948
—たのみしかみも 12336
—たのむもはかな 12153
—なとまちつらん 12363
—まちうけしよの 11910
—まちしつきひも 12396
—まつにたひたひ 13019
されはこそ
—あめになりけれ 9077
—うらこかるねに 8727
—こころをつくす 15880
—しくれもつゆも 8665
—ふりいてにけれ 3013
—ゆきになりけれ 11376
—ゆきふりにけれ 11709
さわきたつ 7544
さをさして 15912
さをしかの
—いつかひよとは 12762
—うきねなそへそ 6274
—こゑしきかすは 8314
—たちともあれや 15224
—つまとふのへの 6883
—つれなきつまを 6509
—むねわけにちる 7726

【し】

しかしとは 3375
しかそいま 5098
しかのうら 6742
しかのうらや
—ささなみとほく 4304
—みきはのこほり 9760
しかのたつ 4721
しかのなの 9621
しかのねも 4872
しかやなく 2209
しかやまや 5280
しかやまを 1734
しきしまの
—みちはひろめす 16136
—みちをしるへに 16651
—やまとうたには 13757
—やまとかきさへ 9117
—やまとなてしこ 3966
—やまとなてしこ 4760
—やまとなてしこ 4781
しきしまや
—やまとことのは 12990
—やまとことのは 13177
—やまとことのは 15925
—やまとにはあらぬ 9236
—やまとのよそも 6631
しきたへの
—まくらはこけに 12236
—まくらもとらて 6627
しきなみの 4846
しくままに 10305
しくるとも 12036
しくれくる 10248
しくれしも 11668
しくれつつ 8462
しくれつる
—おとにもこえて 9751
—くもはなこりも 10047
—くもはのこらて 10746
—こすゑのくもの 8290
しくれても 8670
しくれにも
—きりにもぬれて 10976
—つゆにもあらて 7131
しくれゆく 8321
しけかりし
—あともあらはに 11082
—あともあらはに 11139
—なにはいりえの 9796
—なにはのあしも 10413
—みきはのあしま 13864
—みくさもかれぬ 12766
—ゆききもたへて 10398
しけきはを 5800
しけくちる 8525
しけみより 11248
しけりあひて
—つきをへたつる 13795
—ひとつみとりの 4560
しけりあふ
—あしのしのひに 12553
—あしまのいけも 4985

―さかすはさかし　1291
―つれなきいろを　12705
―つれなきはなを　1292
―とまらぬとしは　10635
さてもわか　12806
さとことに
―とりそいまなく　15104
―まつなるものを　5040
―みをしわけねは　4197
さとことの　1533
さとちかく　7731
さととほき
―きぬたならては　7127
―やまたのいなは　6598
―やまへよりまつ　4201
―をかののすみれ　2064
さととほし　13811
さととほみ
―しつかわかなへ　5646
―ゆきかくもかと　1220
さとにふる　11564
さとのいぬの　6732
さとのうみの　16379
さとのこか
―いそくゆききも　13524
―ゆききはたえて　6545
さとのこる　6647
さとのなに　14937
さとはあれて
―ひとりふしみの　11813
―ふりにしにはの　4053
―ふりゆくにはの　4524
さとはなほ　9935
さとははや　1447
さとはまた　4565
さとひとの
―こころをいかか　7758
―ちつるかおやの　5562
さとりえて　13742
さとわかす　1911
さとわかぬ
―つきのたよりと　7613
―つきのひかりも　6846
―はるのひかりも　1191
さなへおひ　5540
さなへとる
―ころにしなれは　4616
―ころやきぬらん　5861
―しつにもなれて　13112
―たこのうらなみ　5138
―のたのなかれは　16344
さなへひく　5381
さねかつら　15852
さのみはと
―かへるいへちも　3830
―なかめすてても　6719
さのみひと　12790
さはりおほき　11442
さはりなく　355
さはるとて　6576
さはるへき
―くまなきのへに　8373
―くもなきそらは　5910
―くももこよひは　6515
さはるやと　5898
さひしきは
―つゆふくくれの　6710
―となりたえたる　13324
―のきはのまつに　13387
―ふきしくよりも　6091
―みきはをよそに　7480
―むらさめすくる　7308
さひしさに
―たへしとおもふ　6814
―たへすとききし　11296
―たへてとしふる　13076
―たへてはよもと　6374
さひしさは
―いつくもおなし　6349
―すむいへからの　8081
―やまもかはらぬ　4691
さひしさも
―あとこそなけれ　10852
―もらすはしらし　7163
さひしとも　9661
さほしかの　6878
さほひめの
―うちたれかみを　1349
―かすみのそての　240
―かすみのそても　119
―つつむおもいは　2010
―つつむおもひは　2021
―はなのころもの　3122
―はるのよそひか　727
さほひめや
―ぬさとたむくる　2520
―みたれしかみを　14281
さまさまの
―あきののむしの　7821
―うきにてくれし　10760
さみたれに
―あせこえぬなり　5703
―みかさまさりて　4314
―みかさまされは　5284
―みたれそめにし　12876
―もとのふちせや　3907
さみたれの
―あままにきいて　5864
―あめまはくもに　5258
―いくよをつみて　5665
―いとよりよりみ　5546
―くもをかさぬる　5799
―そらたきものは　4706
―なこりのくもも　4335
―はれぬひかすを　4640
―はれまにとほく　5561
―はれまにをたを　5495
―はれまのかせは　4818
―はれままとほに　3954
―ふるえのうらを　5139
―ふるきのきはの　4455
―をやまはそてや　5332
さみたれは
―あやめのはすゑ　4963
―いくへかくもに　5071
―くむひともなし　4955
―けふかはるらん　4885
―けふかはるらん　14156
―はれまもあるを　3956
―ひをふるままに　5073
―ふねもおよはす　14239
さみたれも　4302
さみたれや　4947
さみのやま　14290
さむかせの　9446
さむかせを
―とひもまつらす　11540
―ほとよくしのけ　11541
さむからぬ　2999
さむからん　2334
さむきかせ　10764
さむきひに　11369
さむくなる　12788
さむけさに　11097
さむけさを　11490
さむけしな
―あしのかれはに　10331
―おきそふしもの　10136
―このはふきまく　10303
―こほりとちそふ　10312
―こほりのうへに　10414
―しものはなのみ　9897
―すみつくへくも　10540
―そまやまあらし　9953
―まさこもともに　9948
―ゆきけにくもる　10170
さむけれと　2973
さむしろの　9804
さめてのち　10872
さめにける　10486
さめぬへき　13717
さもこそは　10694
さやかなる
―あかときつきに　8948
―あきのひとよの　8401
―かけにのりてや　6176
―かけにのりてや　7057
―かけにのりてや　8052
―かけのみなとか　1044
―かけやとすらし　7065
―かけをつはさの　6520

さくらこそ 2624
さくらさく
—これにしなれは 736
—そのこすゑとも 5471
—となせにたきつ 317
—はるとしなれは 636
—はるのまとゐも 7173
—はるのまとゐも 7345
—はるのやまへに 637
—はるはよるたに 2149
—みをのそまひと 16
—やまのかけのの 1455
さくらたに 1844
さくらちる
—えたのはまへは 1849
—かきねのつゆに 336
—ころよりふちの 3888
—はるのみなとの 2238
さくらはな
—あかぬこころを 604
—あはれとおもへ 848
—いまはとさそふ 1092
—いろかふりせて 768
—うつろひぬれと 2747
—うつろふころの 3444
—かこめにぬさと 2230
—かこめにぬさと 2301
—さかりにたにも 2518
—さきそめしより 1660
—さきにしころは 2474
—ちらてときはに 964
—ちらてときはに 2147
—ちりかたならは 2236
—ちりしおもひも 3876
—ちりものこらぬ 787
—ちれとちらねと 3414
—とははけふとへ 657
—とひこしやとは 3998
—まちとほなりし 507
—みさらんのちの 2057
—みるかうちにも 1922
—よのまのつゆに 751
—をりけんあめの 2907
さくをまつ 1196
さけにうつる 15385
さけにかむ 14897
さけはこそ
—きてみるひとの 7682
—とはれもしつれ 10409
—ひともとひくれ 2235
さけはちる
—さかやまさくら 1256
—はすのはなひら 7448
—はなのこころを 3877
—はなのたよりに 1682
—はなはうしとや 1422
ささかにの
—いとうとくへし 3190
—いとゝくくへき 2733
—いともたのもし 6901
—いともたのもし 7409
—いともてつなけ 7695
—くものいかきは 16494
—くものいともて 4739
—くもれるそらも 2730
—くもれるそらも 3189
ささくるも 10725
ささてしも 4033
ささなみの
—おとにたてても 6952
—よするみきはの 4899
ささなみや
—にほのうらうら 6697
—ふりにししかの 95
—むかふかかみの 9754
ささぬにそ 14660
ささのいほ 8368
ささのはに
—しみこほれはや 10432
—しみこほれはや 10452
—ふりしくおとの 10869
ささまくら 12662
さされいしの
—いはほとなるも 13798
—うへもかくれぬ 14240
さされより
—なれるいはほを 8075
—なれるいはほを 13732
—なれるはしらす 13903
ささわけて 6480
さしおほふ
—えたしけけれや 1130
—きしねのまつの 10596
さしくたす 6219
さしこめて 14613
さしそへし 9818
さしている 9707
さしてこし
—しほちさはらて 14233
—みなとをつきに 8099
さしてたに 5259
さしてゆく
—かたもなけれと 1895
—かたもなけれと 1927
—ふなきのもりの 4979
さしとほる 11708
さしなから 11841
さしのほる
—つきにきこえて 8148
—つきにそみゆる 8916
—ひかけにおちて 2552
—ひかけをはなの 2555
—ひかりにきえし 6747
—ひかりにしるし 13098
—ひかりにやへの 6530
—ひはらのつきを 8753
—まつのこすゑの 6622
—まつのこすゑを 6323
—まつのこまかに 8308
—みかさのつきに 9945
—みかさのつきを 6116
—やまのひかけに 8614
—をのへははれて 6378
さしはへて 10753
さしむかふ
—ともしなけれは 9553
—ひかけをはるの 10023
さしもなき 3656
さしもなと
—とひこさるらん 12099
—なひきそめけん 6134
さすかまた 12149
さすくしの 8640
さすさをの 16200
さすさをも 9066
さすすみも 10567
さすたけの
—おほみやつかへ 15909
—きみかみはしの 2902
さすはなは
—をりをりことに 2930
—をりをりことに 15779
さすらへん 15324
さそはれて 4328
さそひくる 5140
さそひこし
—かひもあらしの 1076
—みねのあらしや 6283
さそひつる 9617
さそふをも 282
さたかなる
—うつつもゆめと 15548
—うつつもゆめと 15560
さたかには 2779
さたのうらの 14287
さためなき
—そらともいはし 10381
—よにしすまへは 6013
—よになからへて 8496
—よになれてしも 10506
さつきてふ 5260
さつきやま
—あめをふふめる 5196
—ふもとはあめの 5494
さてすきよ 14986
さてもなほ
—あくよそしらぬ 1806
—あつめぬまとを 4478
—あふとはなしに 12122
—うきせはおなし 4244
—かきりあるよを 9063

さきかかる
―たかねのふちの 807
―なつのこすゑの 4189
―ふちのしなひの 1351
―まかきもつゆの 4127
―まつのこかけは 1629
―みきはをとほみ 775
さきしより
―あしたゆふへに 4176
―あそふこてふと 633
―あひみぬともの 1523
―いけのみとりも 1162
―いろかにめてて 1309
―かねてたむけの 1335
―こかけをつねの 869
―こけちのちりを 1038
―このしたてらす 745
―ちくさははなの 6210
―なにのいろかも 709
―にはをそはらふ 2269
―ひことにとひて 2307
―ひとにとはれて 1124
―まうてたえせぬ 2117
―みぬひなけれは 572
―よそにうつらぬ 13598
―よもきかかけも 7201
―よりきてここに 1688
―よるしらなみも 2114
―わかしめゆひし 5940
―をはなかそても 7518
さきそはむ
―いろかをこめて 544
―いろをもこめて 570
―ことはのはなの 1723
―ちとせのはるを 1045
―はるはありとも 10186
さきそはん 7363
さきそひて
―あすはなかはの 2259
―いろのつねなる 2885
―むへとこなつの 4232
さきそふを
―いほりになかく 3867
―みるひとなしに 9206
さきそめし
―あきのなこりを 7622
―はなのかとめて 1276
―はるをへたてて 5167
さきそめて
―いくよつもりの 2113
―さかりまたきに 3135
さきそめは 12796
さきたたし 1691
さきたつも 13492
さきちるは
―ほとなきさかの 1586
―ほとなきはなの 862
―ほとなきはなも 2258
―ほとなきはるの 339
さきつかむ 20
さきつつく
―かきりもみえす 903
―はなのしたみち 457
さきつよに 16161
さきてこそ 905
さきてしも 7594
さきてとく 767
さきなはと 9454
さきにけり
―とののみつほの 5654
―はなをそかりし 41
―もりのこのまに 4505
さきにほふ
―かすみのうちの 2400
―きくにかへさも 7060
―きしねのきくの 7236
―ことはのはなの 13645
―はきやをしかの〔連歌〕 16120
―はなにけなき 634
―はなのかけゆく 201
―はなのひかりも 3653
―まかきはこかね 7194
さきにみし 8851
さきぬとや 1995
さきぬへき
―おもかけかすむ 1344
―はなのはるとは 1724
―はなよりさきと 1327
さきぬやと
―ひともこそとへ 3285
―よそめにまかふ 1229
さきぬれは 7303
さきのこる 4275
さきのとふ
―えのみつとほく 7989
―とほやまめくる 8811
―ふもとのきりの 9619
さきのよに 11794
さきのよの 12521
さきのゐる 9467
さきましる
―いろのちくさに 6097
―なかにもわけて 640
―はなのにつまや 6328
さきみたる 8237
さきみちて 316
さきもあへす 2756
さきやそふ 5133
さくうめの
―いろかにあかて 293
―にほひのみこそ 1047
―はなはさなから 813
さくかきり
―わけつくすとも 1896
―わけつくすとも 1928
さくきくに 9140
さくきくの
―いろいろことに 7032
―にほひをそへし 7033
―はなのしろかね 7195
さくころと 1834
さくころは
―またとほやまの 1598
―やまちくらして 3935
さくとちる 2575
さくはきの 6644
さくはなに
―おくれてそめし 7259
―そめしこころも 5121
―わかれしはるの 6147
さくはなの
―あたりをいとふ 721
―いろかにあかて 6933
―おもておこしに 2998
―おりよくけふは 133
―かけとひよれは 1448
―こかけならすは 1072
―こすゑはそこと 812
―のきのはるかせ 799
―はるしもなとか 132
―ひかりはかりは 8447
―ひかりをそふる 6121
―よそめはくもの〔連歌〕 15989
―をりをしまては 1839
さくはなは
―おなしけれとも 3147
―まつほととほし 7483
さくはなも
―あたなるいろと 273
―まちとほならし 1402
さくはなを
―うらやましとや 2962
―ひともみすて 2101
―まかきのきりは 8298
さくふちの
―かけなるいけは 1161
―しなひをつたふ 3178
さくまては 1674
さくもまた 1002
さくもの
―はなのさとのこ 1763
―をりすきてたに 3650
さくやいかに 2536
さくやこの 33
さくやとて 3026
さくらいろに 2507
さくらかり
―あめにひとよの 444
―かへさのそての 649
―かへさのそての 806
―のやまのはるを 39

―こゑにはいろの　9383
―こゑはのこりて　6744
―こゑはのこりて　9399
―こゑはをちこち　9387
―とはたのさとの　7935
―ひともしらしな　7136
ころもての
―しもかとみしも　9246
―たなかみやまの　9892
こゑきかは　8785
こゑきくも　15182
こゑことに
―とほさかりつつ　703
―とほさかりつつ　1341
こゑたかく
―くもゐにかよひ　15618
―そらにそひひく　7675
こゑたてて　9703
こゑなつむ　1733
こゑのいろも　78
こゑのうちに
―みるみるつきて　15490
―をしむことしは　11628
こゑはかり　606
こゑはして
―のかひのうしの　4424
―ゆふくれふかき　6383
こをおもふ
―おもひもさそな　14429
―なみたやゆつる　14427
―みちにまとひて　13983
―みちにわけても　1094
こんあきの
―いなはのかせの　4536
―おもかけみえて　4391
―たのみもさそな　610
―むしのやとりと　5068
こんあきは　7111
こんあきも
―なほよにあらは　8127
―またとほやまの　4871
こんあきを
―おもひこそやれ　4731
―かならすまたむ　2082
こんつきは　9059
こんとしの
―あきのなぬかの　7939
―こよひもあらは　5914
―はなややつさん　2748
―ひとのうれひと　11607
―わかなをしみは　3498
こんとしは　3499
こんとしも　7582
こんとしを　5335
こんはるの　11546
こんはるは
―いかてかみんと　1073
―こんとおもへと　5329
―われはみすとも　2406
こんはるも　11196
こんはるを
―ちきりてけさは　11585
―ちきりはおけと　11586
―ちきるもとほき　5333
―まちつけてみん　5331
こんひとの　15479
こんひとは　5225
こんひとを　15478

【さ】

さいこくに　16222
さいをとり　16190
さえあるる　10086
さえあれし
―あらしはたえて　10527
―かはつらはれて　10014
―きのふのなこり　2850
―なこりもなみの　9756
―よのまのあられ　9933
―よるのあらしの　10571
さえかへり
―くもかくるへき　2804
―けさはたたゆる　290
―ころもきさらき　3405
―すすりのみつの　2895
―なほふるとしに　2033
―ふりつむゆきに　97
―ゆきそふりくる　831
さえかへる
―かせのたちえの　1935
―けさのあらしに　645
―ゆきのみそらも　2128
―よはのあらしに　419
さえくらし
―きのふをこそと　2111
―ひはらのくもは　10090
さえくれし
―あとともみえす　10132
―きのふのくもの　10131
―きのふのゆきの　1145
さえさえし
―ゆきけのそらも　581
―よはのしくれの　10088
さえさえて
―つもらぬはるの　1507
―ねられぬよはの　9819
―ゆめもむすはぬ　10063
さえしまの　10551
さえとほる
―かねのひひきに　11529
―しもよのかりの　12384
―しもよりのちの　9867
―よそちあまりの　11285
さえわたる
―かせにまかせて　10146
―つきのなしるく　10615
―つきのひかりも　9748
さえわひて　10031
さかえゆく
―こしまをちよの　15697
―こまつかちよの　3691
―たみのかまとの　14055
―みとりのたけの　14772
―やつのみたまの　9314
―やとのちとせや　13146
―やとのちとせや　13265
―わかまつこそは　16149
さかしまに　5099
さかつきを　15884
さかぬまに
―おほきみまさは　3678
―とくふきつくせ　1770
さかぬやと　6950
さかのやま
―あすはわけみん　2251
―あらしのつてに　859
―はなさきにけり　2252
―はなのさかりに　971
さかはとく　7139
さかほとけ　11017
さかほとけの　16617
さかみのや　5271
さかやまに　15135
さかやまの
―はなさしより　2262
―はなをのみやは　2263
さかゆかん　5575
さかゆへき
―ちとせのまつも　1900
―はるをそかねて　515
さかりそと
―おもふものから　5710
―ききてしわけは　2257
―きけはなつかし　2609
―をりえしからに　14717
さかりたに　6871
さかりなる
―あきはきしのき　7508
―あきはきしのき　7591
―うのはなかさの　4848
―にはのこすゑの　1378
―はなのひかりに　1932
―はなもたひゆく　2627
―はなをやねたむ　459
―ふちののむらか　1822
―をりにきまさは　3372
さかりにも　1558
さかりをや　2984
さきあまる　10
さきいてし　3833
さきうつむ　125

—おふとしきけは 5226
—しひてそまたん 4623
—せきいれてちよも 7396
—ちとせもませと 5227
—ちとせをしめて 7894
—ちよをうつして 3460
このやとの
—あるしはよそに 7709
—かきねののへに 9310
—ちくさにおける 8281
—つきにみかき 9261
—のきはのまつに 13084
—はきのさかりを 6920
—はなとやさける 5356
—はなのいろかを 2234
—はるしるまつの 13364
—みきりになれて 13442
—みきりのまつに 13258
—わかきのうめの 845
このやとは 13698
このやとを
—たつねさりせは 4120
—とふとはなしに 400
—をりよくとひて 4597
このやまの 16538
このゆふへ
—あききにけらし 9047
—あきたつそらの 6278
—こゑきこゆなり 9620
—ねをなくつるは 9042
—ふみわけかたく 9835
—やとはありとも 6603
—やまほとときす 3916
このよかく 11254
このよにて 12805
このよらは 5357
このよをは 9715
このろうの 4596
こはきちる 7180
こひかねて 12450
こひかわに 12562
こひこひて
—あふうれしさに 7411
—こころにつもる 12704
—まれのちきりも 4434
—みるかひもなし 11962
こひしくは 9435
こひしさは 11998
こひしさを 13200
こひしなは 12528
こひしにし
—たかたましいの 15749
—たかたましひの 12817
こひすてふ 11855
こひせしの 4339
こひちにや 12670
こひつるを 15073
こひてなく 3241
こひになを 12087
こひひとを 15736
こひゆゑは 12880
こひわたる
—しるしもなみの 12129
—ふたつのほしの 6191
—むかしはあとも 14408
こひわひて
—いまはとまては 12688
—とはにかはかぬ 12329
—ねをなくはては 11808
こひわひぬ
—あふとはなしに 12462
—いつかはひとを 11934
—いつかはひとを 12290
—たのむるすゑも 12461
—たのむるすゑも 12493
—ゆめにもひとを 12028
こひをのみ
—すかのあらのに 12219
—すまのうらはに 12651
こふといへは 12639
こふれとも 3713
こほりとく 576
こほりとけ
—あしのかれはも 647
—このめけふりて 2085
—はるゆくみすの 1096
—ひをつむままに 1454
—みとりにかへる 2151
こほりとち 9771
こほるよの 9781
こまつはら 14259
こまつひき 257
こまつひく
—たよりならても 1453
—わかなをやつむ 1861
こまとしも 1236
こまとはの 1238
こまとめて 5476
こまなつむ 12192
こまなへて 9342
こまやまの 14306
こまよりも 3493
こむらさき 16517
こもりける 3231
こゆるきの 10711
こよひあす 9094
こよひあふ
—ほしにならひて 7357
—ほしのたむけと 7358
—ほしのひかりも 9187
こよひこそ
—あまのかはらの 6198
—こころのやみも 8250
—たちかへりなめ 9512
—なかをへたてぬ 7354
—ふたつのほしの 7353
こよひさそ
—つきもひかりを 6990
—もろこしひとも 6987
こよひさへ 13312
こよひたれ
—おきなとともに 9118
—つきにうかれて 6528
—まくらもとらて 7659
—やすいもねすに 1754
—よとのわたりに 6527
こよひとや 7402
こよひのみ 9188
こよひはと 8986
こよひふく 7878
こよひみん 8287
こりすとふ 12435
こりすまに
—おもひこかれし 12362
—たくやもしほの 11827
—なほそまたるる 4600
—またたをれとや 11143
これそこの 19
これにます 14561
これはかの 3580
これはこの
—とよとしほきて 8437
—とよとしほきて 15064
これはしも 15897
これはわか 3579
これもとく 2933
これもまた
—いつのたききの 191
—いろはにほへと 12933
—かきりありけり 13433
—かそへそへてよ 12987
—こころをそめよ 10087
—ちよとはささし 6905
—つもれはおいの 11130
—ときすきしとや 4454
—なのみなかれて 14069
—のりのためとは 1251
—ふるきにかへせ 3048
—ふるきにかへせ 15973
これもよの 4587
これやこの 13193
これやたか 14433
これやわか 16502
これをたに 12119
ころころの 2831
ころもうつ
—いほはとなりも 9392
—おとはこそにも 8223
—おともまとほに 7656
—かたしのうらの 9019
—こゑたかさこに 9396

このくには　15953
このくにも　1698
このくれの
―うきにならはて　11874
―うさにならはて　12083
このくれも　13091
このころそ　4207
このころの
―あきはいつくに　8330
―あきはいつくに　8392
―あめのみかさの　6425
―あらちのやまの　10083
―おうきはふゆの　5141
―きぬたのおとの　7504
―さむさをときと　11271
―しくれにもまた　9135
―しくれのあめに　9371
―つきみるまては　8423
―なみのよせける　15898
―のやまのゆきを　10945
―はつゆきよりも　11572
―はなにくらへは　2949
―やまはあかちの　7963
―やまへのあきを　9380
―ゆきにそいとと　10944
このころは
―いかにふくらむ　9665
―いかにふくらん　9169
―いつくのやまも　4331
―いつくのやまも　9412
―うつるひかけも　4095
―かははしたえて　5517
―きみかやまひも　5602
―こゑもわかれす　4084
―しくれしくれぬ　10260
―とひもまいらす　16318
―はさきいろつく　5803
―はななきにはの　4375
―ふりかくされて　13851
―またぬまもなし　4512
―みやこのつても　8550
―やなきにふくも　1621
―よそのもみちを　9991
―われものやまの　10951
―をりをりみゆる　1456
このころを　935
このさとに　4557
このさとの　11145
このさとは　10743
このさとも
―あすはふりこん　8104
―よそになしそ　4501
このさとを　4983
このそのの　14951
このたけは　3960
このたひに　11388
このたひの
―うさはいつしか　5753
―つとはなにを　11379
―ぬさとちりなは　2628
―はるひにとけて　3428
―わかれをしくは　16290
このたひは
―かへらぬしての　13462
―ちよのはしめと　1139
―なほそかなしき　15462
―をりあしみにも　5778
このつきの
―いまくれはては　5682
―そはすはむつき　1471
―みそかありせは　10016
―みそかありせは　10520
このつとは　16383
このてらは　8778
このとのに
―とひきてたちも　15097
―まつとはしるき　15214
このとのの
―さかえをまつの　13295
―たかきのかけに　3763
このとのは　5168
このねぬる
―あさけにふくも　1285
―あさけのあらし　9861
―あめのなこりの　8221
―あめのなこりの　14629
―よのまのつゆや　1578
―よるのあつさの　5881
このへの
―けふのみそれは　10942
―はつはなれは　1226
このはきの　6921
このはさへ　5130
このはちる　9837
このはなは
―かてのこうしに　3786
―ちとせのあきに　6929
このはるに　1140
このはるの
―うさいまたみぬ　1636
―さくらはみてき　2909
―さくらはみてや　1597
―なこりとおもへは　2282
―ねのひわかなに　4573
このはるは
―あつまちさして　3599
―かすみなたちそ　3473
―かならすともに　3628
―こころとちれる　3008
―ことしけからし　211
―ことしけからて　1174
―さかやまちかく　2091
―さくやまふきの　1106
―さなからちりに　2108
―さひしからまし　3479
―たかよはひをか　838
―たまはんはなを　2899
―つきのころしも　413
―なきひとしたふ　2092
―なほうゑそへて　312
―ひかすふりぬる　176
―ひをふるあめに　2513
―ほかにならひて　1640
このはるも
―かはらぬのへの　2527
―はなさきにけり　1836
―またうゑそへつ　1487
―またゆくへなき　2674
―ゆききになれて　399
このはるを
―ちよのねのひと　1387
―ちよのはつねの　162
―ちよよろつよの　3315
このふねは　10727
このふみは　15886
このふゆも　11659
このほかに　10726
このまさへ　9018
このままに
―きえすはまたも　11201
―くちかもはてん　12786
―すみもはてはや　439
このまめは　9453
このまもる
―かけにたくひて　4081
―つきかけきよし　7571
―つきかとみえて　4210
―つきそさやけき　6295
―つきのひかりも　4168
―つきはさなから　7912
このまより
―きらめくつきを　9622
―みそめしつきの　6734
このめはる
―はるのなかめも　1446
―はるをもまたて　2358
このもとに
―いりあひのこゑは　3283
―ちりつもりぬる　10275
―ちりつもりぬる　10656
―つもることのは　14218
このもとの
―さひしきはるを　3119
―にほひもうめの〔連歌〕　252
このもとは　479
このもとを　1873
このもりは
―かみましけらし　15730
―かみましけりな　13690
このやとに
―おひそふたけの　15558

―しけきやとには 16642
―しけきをわけし 15657
―しけきをわけて 15656
―しけきをわけて 15672
―しけみこちたみ 10898
―しけるにつけて 12989
―しけれるやとに 11596
―しをりとかねて 13786
―たままつかけに 3541
―つもれるかすを 16282
―つゆいろそはて 9669
―つゆいろそへよ 7605
―つゆかからすは 502
―つゆかきわけて 15671
―つゆかけそへて 9201
―つゆしかかれは 7691
―つゆしかかれは 7959
―つゆにやしなふ 3692
―つゆのひかりに 8789
―つゆのひかりも 4129
―つゆのひかりも 6088
―つゆのめくみの 7681
―つゆのめくみの 16283
―つゆのめくみを 5833
―つゆはつくれと 9346
―つゆふかけれは 3501
―つゆもそひける 5392
―つゆをしるへに 5106
―つゆをよすかに 13238
―てるひをそふる 5834
―ともにいのち 10120
―なつもかれぬる 5875
―はなさかぬみは 2626
―はなさかぬみは 11404
―はなさくやとや 1512
―はなそさきそふ 3042
―はなたちはなと 4856
―はなたちはなも 13537
―はなにさきぬる 2522
―はなにみえしは 9102
―はなにもはるは 2951
―はなのさくてふ 3624
―はなのはやしに 15129
―はなのみやこを 35
―はなのむしろを 3551
―はなはにほはて 1809
―はなまつほとに 3273
―はなもさきそふ 3272
―はなをりおくれ 3525
―ひかりにけふは 9294
―ひかりもそひて 9301
―まとゐにとはぬ 3552
―まとゐもけふそ 1702
―みちつたへまく 16626
―みちとてほかの 16299
―みちにかしこき 2997
―みちのささはら 14095
―みちのしはくさ 15605
―みちはいつくも 16559
―みちはかきりも 15771
―みちはさらなり 8477
―みちふみしらは 16602
―みちやまとはん 15578
―みちをまなひの 13299
―みちをわけすは 16601
―みるめなきさに 15984
―むかしのちきり 16652
―むなしきゆみを 14225
―やまひいやすは 3769
―よにあらはれて 14649
―をしへはおのか 11598
ことのはは
―いひもつくさし 11405
―いろなるものの 12728
―おのかこころの 16610
―こころのこゑと 15879
―すくなるかみの 16028
―なにのあやめも 5423
―ひとのこころの 10901
―やかてこころの 15256
―やかてこころの 16153
―よしやなくとも 11359
―をさむれるよの 14491
ことのはも
―いまそひらけん 3350
―いまはくちきの 12085
―およはぬはなの 281
―かかれとそおもふ 2650
―かれなんとてや 12226
―さそやちくさの 2869
―はなにさかせよ 2515
―はなにさかなん 82
―ふるきにかへる 3082
―またひとしほの 1293
―よしやあやなし 12973
ことのはを
―きくにつけても 15950
―こんあきまてに 9098
―そめんきのえの 8854
―つたへやしつる 15825
―まなひのまとの 13301
―よすかになして 9058
―わたらへくさに 15190
―われにならはは 16111
ことひきて 14909
ことふえは 14980
ことやまは
―きりにくれゆく 13342
―みなうすすみの 13341
ことよきは 11912
ことりおふ 8331
ことわりと 12433
ことわりの 6489
ことわりや 3625
こなたにも 1380
こぬひとを
―いつとかまたん 2295
―つきのよすから 7311
―まつとせしまに 12394
―まつよふけゆく 11897
―まつよやふけし 9390
このあきの
―そてはつゆにや 8089
―つきのさかりに 9300
このあきは
―ちりくるかちに 8814
―とくきてみませ 9204
―とくのほらんと 5776
―とくもたつねて 9203
―みさりしききの 10990
このあきも
―いのちのうちに 8256
―さそきりふかく 9410
―なほなからへて 8146
―はかなくくれぬ 9002
―ふけてかへらぬ 8726
―ふけにけるかな 9580
―ややいりたてと 9220
このあきや 8457
このあさけ
―あとなきなみも 10391
―いかかおはする 11553
―かかみのやまの 11309
―せせのあらなみ 10061
―ちりもそめすは 7429
このいほに 9033
このいほの
―かきねのみちの 12915
―なてんのさくら 2509
―はなをとへとて 1644
―みつおときけは 5302
このいほを 15604
このかとの 818
このかねを 14933
このかみの
―ひかりをみせて 13212
―めてけんちよの 13250
このきしに 2898
このくにに
―みはやすつきと 8985
―めてそめしより 6907
―めてそめしより 8729
このくにの
―たみのこころし 15338
―なかきにあえし 8320
―ひかりとあふく 8468
―ひかりとなりて 8565
―ひかりとみすや 6570
―ひかりもしるく 8166
―ひかりをもみよ 6112
―ひかりをよもに 6565

—にはのあきはき　9654
—はるのゆふへの　3883
こしかたに
—かへらんことは　16087
—かへらんみちそ　16086
—かへるなみこそ　13957
こしかたの
—あきやしのふの　7021
—ゆめにもかもな　13693
こしかたは
—おいてそいとと　13105
—ねぬにみえける　13586
こしかたを
—おもひかへせは　13138
—かつみしよはの　14123
—しのふたもとは　6286
—みはてぬゆめの　13888
こしちなる　4878
こしちより　11042
こしてゆく　700
こしのひの　14220
こしらへし　16646
こすまきて　15199
こすゑには　2237
こすゑのみ
—かつあらはれて　179
—みつつそくらす　3455
こすゑふく
—おとよはりゆく　10256
—まつかせなから　4254
こすゑより　3116
こそちりし
—はなもことしは　3131
—はなもさきけり　3819
こそとくれ　363
こそにゝぬ　9214
こそのあき
—おもひかけきや　8205
—わかれしのへを　7009
こそのけふを　10936
こそのなつ　5442
こそのはる　5583
こそまての　3044
こそまても　11439
こそみしは　122
こそよりも
—かすみそひつつ　1151
—もるおとしけし　2915
—をとつとしこそ　13331
こそをけさ　11128
こたかきは　15140
こたかすゑ
—かりにくへしや　7846
—かりにたにとへ　12350
こたへする　1710
こちかせに　16332
こちたくは　5845
こてふさへ
—むつるるはるの　1920
—むつるるはるの　1964
こてふをや　15222
ことかねは　3035
こときさへ　15204
こときには
—のこらぬこその　957
—ふくともわかぬ　3062
ことくさに　7043
ことくさの
—いろこそなけれ　16385
—うつろふのちも　8017
ことくさは　7545
ことくさも　7908
ことさきの　15374
ことさまに　15323
ことさらに
—あさきこころの　11436
—おふしたてねと　9401
—けふりてみゆる　10454
—けふりてみゆる　10460
—さえわたりふゆ　11345
—さやけきつきの　7143
—とはれけるこそ　11370
—とへるみちより　9012
—とりつなかねと　16001
—ねかはぬみちに　15893
—のほるくらゐの　902
—はつきのもちの　9087
—ふきかよはねと　9470
—ふみもてとひし　11437
—みかかぬたまも　15301
—わけこしよはの　9853
ことしおひの　1785
ことしけき
—うきよときくの　8453
—うきよをのきの　6137
—きみもやめりと　16469
—なにはわすれて　1175
—みにしあらねは　1445
—みやこはものに　10641
—みやこはものに　10654
—よにしすまへは　14600
—よのひといかに　2264
—よをはのかれて　15684
ことしけく
—つかふるいとま　3601
—よにふるうさも　13664
—よにふるひとに　13083
ことしけみ
—けふもみつたの　5676
—みをしわけねは　393
—をりてわすれし　11738
ことしより
—きみかいくへき　16421
—さきぬるはなに　1116
—ねくらもしめよ　584
—はなさきそめし　13644
—はるのうめつの　3308
ことそきし　8543
ことそきて　15156
ことたえぬ　11132
ことたらぬ
—よもきふなから　2968
—よもきふなから　15742
ことつても　12448
こととはん　14295
こととりも　5178
ことなくて　16128
ことなしと　16329
ことにいつ　12787
ことにいてて　14766
ことにこそ　13909
ことにとく　5401
ことのいとを　13780
ことのねの　8723
ことのねを　13779
ことのはに
—いかてくらへん　8526
—いささなみとは　8936
—いひつくされぬ　16150
—おいのよはひを　12986
—おもひわつらふ　5120
—かきるものかは　1239
—きくはうみうめ　15828
—きよきをよこす　8408
—こころをそむと　9007
—つゆのひかりを　8258
—となりかくなり　1235
—もゆるわかなを　3801
—よしまとひある　8268
—よるそやさしき　16207
ことのはの
—あしはいほりの　11581
—あらきのまゆみ　14223
—あらすなるより　12008
—いやおひしける　3185
—いろありとても　2594
—いろかはしらぬ　134
—いろこそそはね　9265
—いろさへにこそ　11467
—いろしなけれは　3527
—いろしもそはて　1956
—いろしもそはは　1255
—いろそへてみよ　9264
—いろはさくらの　3880
—いろをもそへて　13263
—おほかるよりや　12982
—こゑのしらへに　3072
—さかえはかねて　13141
—さかえははるの　3202
—さかえやみする　13427
—さかえをともに　16632

—いたやののきは　10700
—つつみのやまの　15652
こけれとも　9685
ここかしこ
—すみやくわさも　10605
—つかねしのたの　5582
—まつのこのまの　3150
—もてはやされし　3849
—もてはやします　3848
ここなから
—おもひしやれは　16195
—こころはこえて　14359
—つかろのはまに　15454
—ぬさたてまつる　13608
—むかへはちりの　9596
ここにいま
—おもへはゆきて　9343
—みそめしゆきも　3504
ここにうき　6633
ここにきて　10910
ここにこそ　5661
ここにさへ　8253
ここにしも
—きみまささらは　10850
—たれかはよよに　14103
ここにたに　9249
ここにても　9701
ここにまた
—ひかりをわけて　6096
—ふたとせくれぬ　11052
ここにまつ
—こころやきみか　3102
—つきのおそきは　9713
—つきのおそきは　9719
—つきのかけをや　4488
ここのふしの　5265
ここのへに　1010
ここのへの
—くもゐにちかき　3064
—くもゐにちかき　3091
—くもゐのにはも　7207
—はなはちるとも　2629
—みかきのはなや　1011
—みやこにちかく　14071
—みやこのかたは　15031
ここのへを　5292
ここまては　10709
ここもなほ
—ひとそとひける　13031
—やまさとなから　15300
ここもまた　6306
ここもよの　13612
ここよりは　15320
こころあてに
—たつねてもみん　408
—たをりきぬれは　6781
こころあての
—あつちのやまの　7876
—あらしのはなは　435
—はなのこすゑの　1043
こころあらは　3917
こころありて
—あまはけふりを　855
—くもはさはらぬ　6572
—つきのころしも　1813
—つきのさかりに　6756
—とはぬとをしれ　14688
—をりのこすかと　1461
こころある
—さつきのけふの　4961
—ひとにみせすは　3869
—ひとにみせすは　16270
—ひとのみせすは　16271
—みやまおろしに　11534
こころあれや
—いまひとこゑは　4976
—かきくらしふる　2543
—つきのゆくゑの　5904
—ひかけへたてて　5999
—へたつるくもも　6069
—むらむらさきて　1287
こころこそ
—そらになりぬれ　12864
—まつうつりけれ　12693
—まつのとかなれ　3427
—まつみたれけれ　2274
こころさし
—あさくらやまの　5065
—たまふくたもの　2928
—ふかきいろかも　3815
—ふかきみやまの　16032
—ふかきやまちの　16034
—ふかくしあらは　16284
—よせしもはなの　1271
こころさす　9688
こころさへ
—あれもやせしと　5469
—うつりけるかな　9682
—にこりにしまて　4028
—まつそうつろふ　14929
—みさへうつりて　8503
—みにそはぬかと　11778
—もみちのいろに　8087
こころして
—いたつきなせそ　16603
—おりたたましを　14249
—くははるはるも　670
こころすむ
—いらかあまたの　15248
—きみかききしや　9279
こころせよ
—あしたのあらし　10823
—すかのやまかせ　14362
—たらひのみつも　11398
—はれますくなき　2929
—よこしまことの　14996
こころたに
—かよははそれに　12707
—かよははなにか　12111
—すなほなりせは　13252
—すなほなりせは　13905
—むなしかりせは　14461
こころつく　12514
こころとく
—さくらはちりし　608
—はるつけそむる　2313
—ひとのおくれる　2908
こころなき
—かきにもみみは　11008
—かせのゆききに　6213
—きくさのはなも　1626
—くさきさへこそ　8656
—くもさへつきに　9240
こころなく　6629
こころにし　3253
こころには
—かかりなからも　2765
—とはんとおもへと　5846
こころにも
—かからさりせは　13046
—つねはかからぬ　737
こころのみ
—ここにのこして　3417
—むかしのままと　15095
こころみに
—あはれともいへ　12850
—おもひたえぬと　11882
—のこははなの　8443
こころもて
—うつろふはなと　2758
—きみかまとはぬ　13787
—ちるたにあるを　284
—ちるをもみせす　3006
—みなからつらし　15947
こころゆく
—かたにあそひて　16578
—かはかめならし　3208
—こともなきねに　14890
—みちのなとかは　9603
こころをし
—いろにそむれは　1764
—そへてやれれは　15579
—そめすはなにか　14493
こころをは
—なににたとへん　16462
—なににたとへん　16463
こころをも　2736
こさふかは　8774
こさめふり　5754
こさめふる
—とやまのくもの　5458

— はかなくくれて 14462
— またくれそひて 9763
— ゆふなみちとり 13989
けふのみと
— かすむいりえを 1136
— くるれはさらに 9923
— くれゆくはるや 461
— したふもあやし 1371
— はるをおもひて 692
— ゆふひもさむき 6185
けふのみの 9587
けふはたか 15343
けふはなほ 343
けふははや
— そてそしくるる 9906
— のわきたちぬる 4099
けふはまた
— みやこのうちに 2996
— むらむらさきて 123
— むらむらさきて 2367
けふはまつ
— そらはれにける 5559
— たむくるかほりの 3631
けふはゆき 1206
けふまちて 5491
けふまつる
— かみはやくもの 5272
— かみもうれしと 5836
— たまよりもなほ 8880
けふまてと 3447
けふまては
— さむさにたへて 10763
— さむさにたへて 16604
— みしかけなれは 10627
— よもとおもひて 1263
けふまても
— しもにかれせぬ 11514
— みのありかほに 5305
けふまてを 3878
けふみそめ 12689
けふみれは
— たききにくたく 190
— たくさひくなり 4798
— のはたのむきも 5389
— ゆきふりにけり 10555
けふもなほ
— いふはかりにて 16197
— うゑはつくさて 4239
— かくてこそみめ 3931
— かくてこそみれ 4464
— ちりのこりぬる 2427
けふもまた
— あめのふるえを 16438
— いくそのひとか 14005
— いろつくうめの 4145
— うすきりなひき 7990
— おなしかたにと 13115
— かなたこなたに 13192
— かなたこなたに 13355
— かりにといひて 7847
— くさのかれはを 1274
— くるるうらちの 7322
— くるるみきはに 14589
— くれなはここに 10299
— こしかひなくて 11919
— しくるるそらに 9899
— しくれしくれて 10502
— にしにいりひの 15625
— はやしのかけに 14619
— ひとめそみえぬ 14385
— みきりのさくら 556
— みやこのきたの 10178
— やまちにくれて 9894
— ゆきにはならて 10582
— ゆふたちすすし 5241
— ゆふたちすらし 4492
— ゆふたちすらし 4580
— ゆふたちすらし 15139
— われとふことを 13018
けふよりの
— ちとせをよはふ 13145
— ちよをかそふる 1540
— なつをせにとや 4743
— ももよろこひを 1511
けふよりは
— いもせのほしの 8704
— いもせのほしの 8807
— うきことなみに 4832
— おいのやまひも 3039
— きみかをしへを 16223
— くやしとおもはし 11416
— すすしきかせを 4657
— たちやなれまし 4083
— ちもとのまつも 1308
— ちよまつかけに 15262
— つゆおきそめて 13538
— にはにちとせを 6120
— ねくらをしめよ 267
— ねくらをしめよ 377
— のこるとやいはむ 10233
— はなををしみし 5384
けふよりも 12152
けふよりや
— あめはれぬらん 4414
— ちとせをさらに 8777
— ひとをこひちに 12669
けふりたち 12650
けふりとそ 9194
けふりとも
— ならすはたえし 14056
— ならはなかなか 12463
けふわかれ 13940
けふをせに 6199

【こ】

こいをとる 15895
こえてくる 1949
こえてまた 14036
こえなつむ 6522
こえわひぬ 808
こかくれし 15552
こかくれて
— いろなきつゆに 38
— すむとしもなき 8414
— たえたえなりし 3906
— はなはさけとも 7397
こかくれの 7199
こかくれは 7557
こかねいろに 1679
こかふより 14892
こからしの
— いたらぬさとも 10992
— こゑたかさこの 10728
— のはふきしほり 11389
— ふゆをしのかは 9579
こからしも 8444
こかれわひ 12871
こきいつる
— あまのをふねか 7766
— あまのをふねか 7871
— ふなちさやけみ 9589
— ふねちのあとに 13020
— もろこしふねを 7913
— ゆらのみなとの 7825
こきいてし
— いそやまかけの 6942
— もろこしふねを 14326
こきいてて 6059
こきいれて 16081
こきうすき 10196
こきくれぬ 14018
こきちらす 5751
こきよする 4031
こくうすき 5069
こくふねの
— かすもさたかに 5991
— こゑはのこりて 940
こくらくを 9686
こけころも
— いくよきしねに 13384
— うらなるたまに 14481
— きのふものりの 1250
— はなのたもとの 4957
こけのいろも 718
こけのうへに
— ちりしくはなは 2504
— もみちみたれて 11362
こけふかき 14406
こけむして 15939
こけむせる

—みたれてかかる　13000
くろかみは　14712
くろみとり　15850
くろみなく　15630

【け】

けからはし　1499
けかれたる
—あくたにおける　16063
—ころものうらの　14352
けさこそは
—おきわかれしも　12133
—しつかまかせし　1585
けさそみる　7970
けさたにも　11975
けさのあさけ　7361
けさのまに　6892
けさのゆき　10859
けさはきえ　12721
けさはさそ
—おもひいてつつ　11747
—おもひいててや　11680
けさははや
—あきのなこりの　9908
—あしたのかねと　16596
—かせをもまたて　6178
—ききのあをはに　4149
—こほりなかるる　951
—せせのいはまの　10041
—せせのいはまの　10105
—とやまのゆきま　1891
—はるたちくらし　3179
けさはまた
—あまのはころも　7119
—うすきかすみに　1802
—かすみもはてす　749
—こころのほかの　2319
—たちもつつかて　750
—ひとへにうすき　10610
—ひともかよはて　6375
—ふきもたえねと　6615
—ふみわけつへき　11330
—やなきなみよる　368
—ゆきもけなくに　196
—ゆきもけなくに　950
けさまても
—のこらさりせは　10093
—のこりしのへの　217
けさみれは
—くももかすみも　255
—こきむらさきの　7071
—にはもまかきも　713
—ゆきふりつみて　10598
—よるのさむさを　11334
—われいるやまの　5592
けさもなほ　9972
けさよりの
—なつをせにとや　4190
—はるにみとりの　1572
—はるのかすみの　1169
—はるのかすみの　1339
—はるのかすみの　1394
けさよりは
—たえすをきなけ　215
—なつきにけりと　4744
—なへてこのめの　1518
—はるたちくらし　2712
—はるのたちぬと　3038
—ふゆもきにけり　11357
—みきりのたけに　349
—みつのはるとや　68
—みつもこほれり　11532
—よしののやまの　84
けさよりも
—うめかかふかし　907
—さきやそふらん　4
—そめていろこき　6865
けさよりや
—こころのみちも　106
—はるはこゆらん　1363
けちかたき　4338
けちはてぬ　4990
けぬかうへに
—いくとしとしか　13850
—つゆやおきそふ　653
—なほふりそひて　11065
—なほふりつもる　10190
—ふるののみゆき　1546
けふいくか
—くものはれまも　4316
—たちなれぬらん　4141
—のきはにおつる　4321
—のやまのきくを　7208
—ふるかはのへの　10223
—ふるのたかはし　4009
けふいなは　4096
けふうゑし　1493
けふおろす　9363
けふきみに　16227
けふくれぬ
—あすははれんと　5447
—ひとえはをりて　103
けふくれは　3267
けふここに　10408
けふこそは
—きみかちとせの　2447
—きみやめりとも　3554
—さみたれそめし　4974
—のきはにうゑし　5619
—まゆみのひをり　4686
—みそめかさきの　12769
けふことに
—かねていのちを　5266
—なきたまをしも　7415
—はらへていのる　5693
—はらへてすてし　5162
—ひくとはすれと　4895
—ふたつのほしの　9191
—みのをこたりを　10428
けふことの
—ほしのたむけは　6429
—まとゐもとしを　10405
けふさかは　663
けふさへも　4194
けふしはや　10935
けふすきす　3949
けふすきは　3948
けふそしる
—かきつはたとは　3163
—そてになれたる　8598
けふそみる
—ききてふりにし　10599
—さかつきのゐの　14284
—ちつるかおやの　5563
—めくるほとなく　10808
けふそみん　8469
けふといへは
—あさのおおぬさ　4001
—くもらぬそらの　8984
—こころにかかる　4726
—さかぬきくにも　6109
—さらになこりそ　13606
—たれもちとせを　5261
—にほひをとめて　4203
—ははこのもちひ　1762
けふとても　4215
けふとへは　3533
けふならん　3218
けふなれと
—なをのみきくの　8544
—のくさかりつみ　9697
—ひともとひこす　2816
—わかなもつます　837
けふにあふ
—このほしのゑみの　8481
—つゆのこのみも　8459
—はなのひかりを　6832
けふのあめ　8404
けふのあめに
—ぬれぬれをりし　9698
—はきもをはなも　8195
けふのきく　8639
けふのひも
—あたにくらすな　14167
—いりえかすみて　1182
—いりえすすしく　4309
—いりえのなみの　13077
—かけろふやまの　4265
—くるるをかへの　3950
—のきはのみねに　15108
—はかなくくれて　13470

くれかかる
―とほののかはは　15940
―みねのかけはし　13126
―やまもととほき　6705
くれかけて　13481
くれことに　4998
くれそひて
―うしろめたくや　14204
―うしろめたしや　14188
―ゆききもみえぬ　6450
くれそむる　1260
くれたけに　542
くれたけの
―ねさしかはらて　12969
―はつかのつきの　9705
―はやしのあめに　13593
―ひとはのつゆも　15917
―ひとよのほとに　11066
―ふしみのゆめも　14410
―まとにこゑきく　15253
―まとのさよかせ　15251
―まとのさよかせ　15254
―みとりをあめに　13595
―むなしきこころ　13421
―よなかきふゆの　10735
―よにあたらしき　2975
―よにあたらしき　15798
―よにやすらけく　13577
―よにやすらけく　15042
―よのうきにのみ　2980
―よのうきにのみ　15842
―よのうきふしも　13302
―よのはるしらぬ　302
―よふかきまとに　15255
―よよはふるとも　11419
―よよはふれとも　15980
くれていま　8163
くれてゆく
―あきのかたみは　9437
―あきをしたへは　7026
―としのこころや　11100
―としのをしさも　11623
―はるのこころの　3467
―はるのたむけの　1334
―はるのなこりか　149
―はるやいつこと　3159
―はるををしとも　786
くれなはと
―たのめさりせは　12653
―ちきりおきつる　12365
くれなゐに
―あらぬくさきそ　7993
―そめてこそきめ　12163
―にほふかうへの　10837
くれなゐの
―あかもすそひき　14154
―あかもすそひく　9189
―あくよもしらす　6359
―いろにいてすは　12048
―かすみににほふ　2448
―ちりのなかにも　16640
―ちりのなかにも　16641
―はつはなころも　12420
―ももさくやまの　694
―やさしきいろも　16454
くれなゐは　2309
くれなゐも
―しろきもうめに　3403
―なつかしけれと　14213
くれにけり
―すみたかはらの　14587
―たかねのましは　1931
―ゆきうちはらひ　10345
―をちかたひとは　15915
―をちかたひとは　15942
くれぬとて
―いそくたひちも　7615
―かはらぬそらの　6979
―かへさもよほす　1277
―ましはをりしき　10337
―みちいそけはや　13829
くれぬとも　4103
くれぬとや　6945
くれぬなり
―いそちのとしも　10266
―いそちのとしも　10371
―いまひとよりも　10012
―またやこよひも　14079
くれぬまに
―うききりはれぬ　9283
―くもふきはらへ　6681
―こころあはせて　9036
くれぬまは　9166
くれぬめり　14066
くれぬやと　8622
くれぬるか
―あまのいさりひ　7438
―くさかりふえの　8976
―はるはこてふの　1680
くれのこる
―うつきをかけて　3952
―けふしとはすは　10427
―としのひかすも　1538
―としのひかすを　1302
―としのをかけて　1500
―としのをかけて　10384
―はなのいろさへ　986
―はるもはつかに　2498
―ひかすすくなく　10893
―ひかすすくなく　10907
―ひかすもいまは　10504
くれはたち　2697
くれはてて
―あやなきをちの　4793
―としのさかひと　10678
くれはてぬ　6319
くれはとく　12615
くれはとり　2903
くれふかき
―いろににほへる　7600
―かすみにみちや　143
―くさのはやまに　4257
―そらにやひとり　13289
―みちしるへとや　4281
くれふかく
―かすみこめたる　1283
―たちそふきりに　8618
―たちそふきりに　8659
くれふかみ　795
くれまたむ
―いのちもけさは　11971
―いのちもしらす　11795
くれまたん　12375
くれまちて　12166
くれもあへす　8612
くれやすき
―あきのひかけも　5961
―あきのひかけを　7507
くれゆかは
―あひやとりして　13559
―あめやふりこん　7723
―ことしのかけも　10498
―つゆもやとりを　7486
―みてなくさまん　9558
―わかいほさきの　14376
くれゆきて　9263
くれゆくを　782
くれゆけと
―えそたちやらぬ　1278
―なほあつきひは　5677
―なほそたちうき　1593
―なほたちさらて　14592
―なほほのみえて　6893
―ほのにみゆるは　3282
くれゆけは
―かけあらはれて　4000
―かせふきそひぬ　2857
―てらゐのうへの　1816
―なみにおりはへ　3975
―ならのこかけも　4022
―なれぬるにはの　5203
―にしにひかしに　14733
―ほにあらはれて　4556
―わかれまをしき　5685
くれわたる
―きりにゝほひて　7550
―のさわをよそに　7792
くれをたに　12168
くろかみの
―しらかになるも　5649
―ふりてかはらん　10404

—ひまあらはして 9153
くもきりは
—みなはれつきて 7364
—よそになひきて 8987
くもきりも
—あらしにはれて 6515
—なみちはるかに 6531
—なみのちさとに 6347
—ふもとにしつむ 6346
—へたてぬみねに 6936
—をりよくはれて 6513
くもちより 7168
くもつより 7934
くもとちて
—あめもやまぬに 8847
—さらにあつしく 5541
—はてはみるめも 4946
—ひをふるやまの 5192
—みつのおとのみ 4944
くもとつる 13097
くもなひく
—かせのけしきに 9540
—かたののましは 3988
—やまのをのへの 15599
くもならて 9292
くもならは 16230
くもにきえ 6432
くもにそふ 6687
くもにとふ 16545
くもになく 15149
くものいとに 3443
くものいろ
—かせのおとをも 12496
—かせのけしきも 12506
くものいろも 1325
くものうへの
—はなちるときく 5734
—はなみんことの 11537
—よにすくれたる 14545
くものうへは 2818
くものこと 14941
くものほる 2849
くものゐる 14357
くもはよし 6683
くもはらふ
—あらしにかねの 8149
—あらしのすえに 6291
—あらしのすゑに 6062
—あらしのつての 7270
—あらしのやまの 7283
—あらしもみえて 6031
—いそやまかせを 13186
くもはるる
—おとはのやまの 8246
—みやこのにしの 8762
くもはれて
—ひかりさやけき 7462
—ふけゆくそらに 5905
くもはれぬ 5355
くもはれん 9228
くもふかき
—うつまさてらの 5088
—みねのあききり 13039
くもまもる
—つきをもみはや 6688
—ひかけにあめの 4648
—ゆふひのかけに 4514
くもまよひ
—このはしくれて 10205
—このはしくれて 10748
—さみたれそむる 5229
—さみたれそめぬ 5070
—しくるるそらに 9586
—むらさめなひく 4098
—よそはくらまの 10954
くもまより
—ほのかにいつる 5606
—もるかとみれは 6424
くももいま 701
くももなく
—さやけきよはの 6573
—つきもかつらも 16055
—なきたるくもの 2704
—なきたるそらに 2707
—なきたるそらを 15380
—なきたるはるの 2811
くもよりも 9269
くもりなき 14666
くもるにも 8502
くもるひの 2511
くもるよの 8531
くもるよは
—たれかとひこん 9217
—つきみるとしは 8712
くもるよも 6986
くもるわか 8252
くもをおこし 15890
くやしくそ
—なほひとのよに 15972
—ももかのちきり 15303
くやしくも
—うらみつるかな 12012
—さののふなはし 12345
—なにはのみつの 13099
—ねかはぬみちに 15892
—はなたのおひの 11838
—ひとのこころの 11974
くやしとて 1914
くゆるかは 1166
くゆるとも 12179
くらいやま 14253
くらきこの 15321
くらきよも 1048
くらきわか 8285
くらはしの 4971
くらへうま
—みにゆくひとの 5560
—みにゆくひとも 5570
くらへこし 11436
くらへては
—ききのもみちも 735
—ひえのためうき 13870
くらへみは 5971
くりいたす 169
くりいてて 2418
くりかへし
—いくかへぬらん 4638
—おもへはよるの 2489
—かすめるたひに 2218
—てらしてらして 9115
—なほうらみはや 12246
—ひことによりて 2420
—みまくそほしき 9362
—みよやむそちの 1480
—みれとあかぬは 4911
—みれともあかぬ 1554
—よりてみれとも 2886
くりのきも 8303
くりもゑみ 8276
くるあきの 8183
くるあきは 9048
くるあきを 8096
くるかりの 6826
くるとあくと
—したふこころに 13672
—そとにはむかて 16413
—ちかつくあきの 9141
—にこりにそめし 438
—はるかにみねの 3301
—みとりかはらぬ 13056
—をしみしみし 2715
くるはるも 3664
くるはるを
—つくるかねにも 3224
—まつのとほその 3037
—むかふるわさの 10070
くるひとに 2315
くるひとも
—おもひかけぬを 7715
—たえしとそおもふ 3166
—たえてみえねと 1373
くるまかた 15726
くるるいろを 2130
くるるのの 879
くるるまて
—うたふたうたに 4402
—みしまひめの 12643
くるるより
—かけしらむまて 8377
—まきのはしらに 7107
—もゆるほたるや 4555

きりはらふ　6368
きりはれて　7745
きりはれる　7869
きりふかき
　―あきのはやしの　6204
　―かとたのくれの　6557
　―にはのまかきに　6983
　―のきはをわたる　6317
　―ゆふへのやまの　8663
　―よさのはしたて　8010
きりふかみ　7868
きりもはれ　6173
きりわけて
　―ゆくすゑとほく　13241
　―ゆくとはわれも　13242
　―わかのるこまの　6555
きりわたり　7697
きりわたる
　―あきのゆふへの　8972
　―こけちしめりて　7947
　―にはのちくさと　8044
　―のへにやまへに　14450
　―やまさはみつを　7481
　―ゆふへにみれは　8669
　―ゆふへにみれは　15319
　―ゆふへのやまの　9500
きることは
　―いさめしなしを　2767
　―いさめしなしを　2799

【く】

くさかきの
　―いふせきやとも　3964
　―つゆにうつろふ　9207
くさかくれ
　―すめるのさはの　4652
　―ひとのみぬまを　13711
くさかはの　4889
くさかりの
　―かりのこのよの　9710
　―かりはてつとや　8977
くさきには　9625
くさきにも　9626
くさきまて　1475
くさきみな　15386
くさくさに　5874
くさくさの　7992
くさつつみ
　―やまひあらせす　11599
　―やまひなくして　11712
くさなから　15208
くさのいと　7962
くさのいほに
　―すますこころは　455
　―すますこころも　437
くさのいほは　15744
くさのうへの　9457
くさのつゆ　9664
くさのはに
　―おくはひるまも　12709
　―たまやおけると　7855
くさのはの　8901
くさのはら
　―きえてふりなん　8062
　―ふりしみとせの　6751
くさはには　6709
くさはみな
　―かるるをかへの　10045
　―かるるをかへの　10108
くさふかき　9504
くさふかみ　4738
くさまくら
　―かたしくまなく　14855
　―かりねのそての　11787
　―かりねのとこは　8150
　―ここにむすはん　8069
　―たひのよとこに　16296
　―なれしみやこの　13021
　―ねさめのそての　12665
　―ゆふかせさむき　9156
　―ゆめもむすはて　16476
くさもきも
　―あたたかけなる　11157
　―いろかはりゆく　6139
　―うるひわたりて　1401
　―おくよりかはる　5970
　―かれゆくあきの　9433
　―ふりぬるみにも　3798
　―みとりなれとも　15060
　―みとりにかへす　3085
くしひかる　2199
くすかつら
　―くるひとなしに　8484
　―くるよのまれに　12632
くすのはの
　―うらみそたえぬ　12754
　―つゆもらすへき　12355
くたかけの　12600
くたくわか
　―こころはしるや　12341
　―こころはみえよ　14484
くたけちる　10164
くたらのに　9367
くたりつる　11533
くちてしも　4441
くちなしと　1266
くちなしの
　―いろにさけとも　3835
　―いろにしさけは　1265
　―いろもやそはん　8616
　―いろもやそはん　8658
くちねたた　12942
くちのこる
　―いろもさむけし　9912
　―おいきさくらも　2394
　―かひもなきさの　14650
　―をはなのしもや　10801
くちのはに　15387
くちまさる　9929
くちをしと　2985
くちをしの　3851
くちをしや　16313
くつはむし　8022
くつれゆく　5267
くにくにに　14846
くにとほく　14940
くにへたて　15961
くにもせに　4840
くはなのや　9180
くははれる
　―おいをもよそに　3545
　―ひかすはいはて　10417
くひななく　4788
くひなもそ　11085
くまかつら　15024
くましたた　12983
くまもなく　5983
くみしらは　13054
くみすてし　98
くみそふる　14163
くみてしる　6308
くみてしれ
　―いふにもあまる　12033
　―きよくすみぬる　14625
　―てらゐのうへの　1815
　―ひとめつつみに　12720
くみてわか
　―おもひしよりも　1940
　―おもひしよりも　14283
くみわくる　6397
くむさけの
　―えひはつゆのま　13516
　―ひとのこころし　9858
くむさけや　7061
くむそてに　6094
くめはけさ　9898
くもいとふ　8036
くもいなる　12875
くもかかる
　―とほやまとりの　5995
　―やまやおもはん　13777
　―よそめもすすし　4042
　―をちのたかねや　4217
くもかすみ　2228
くもかせの
　―けしきにみえて　16316
　―はけしきまては　10749
くもきえて　7077
くもきりの
　―いろもわかれす　14448
　―はれもやすると　8026

—はれせぬくもも　3953
—をちにうせしは　11434
きのめはる　16656
きはみたる　10836
きふねかわ　11907
きほひくる　4243
きませとは　3549
きみかあたり　8927
きみかいさめ　16374
きみかいとふ　11576
きみかいふ　9308
きみかえし　11299
きみかおもふ　5742
きみかかけ　8607
きみかかけし　9699
きみかきて
—にしきとみしは　7668
—にしきとみしは　7680
きみかけふ
—きまささりせは　2731
—きまささりせは　3191
—とひくとしらは　5170
きみかこし　11695
きみかこと　11413
きみかこん　3152
きみかしく　9273
きみかすむ
—ひひきのなたの　11262
—みなみにむける　5839
—みやこのにしの　12735
—やとはよもきか　13640
きみかため
—うゑけるはなと　8888
—きそのやまみち　5790
—ちよをふるのの　3164
—つなきとめなん　2983
—としをつめとも　2531
—のへのわかなを　3480
—みをやわすれし　14912
—ゆきうちはらひ　9769
きみかての　11386
きみかなの　9577
きみかへん
—ちとせのともや　2569
—ちとせはけふを　3471
—ちよのかさしと　258
—ちよはつむへき　14472
—やほよろつとせの　3762
きみかみち　5774
きみかみは　3645
きみかめくみ　15179
きみかやと　8792
きみかやとに　3677
きみかやに　9324
きみかやの　14726
きみかゆく　14084
きみかよの
—かすをやそへん　15706
—なからのやまの　15112
きみかよは
—いくたひはかり　14161
—おほいもかはの　14162
—かきりもしらす　2355
—ちよをやさかの　14205
きみかよはひ　15510
きみかよふ　2540
きみかよを　14578
きみかわけし　10857
きみこそは　16025
きみすめは
—とひとはれつつ　3581
—とひとはれても　3581
きみせかは　16370
きみといへは　14903
きみとわか
—いもせのやまの　14814
—かたみにつみて　1749
—ちきりはかれし　12526
—つむともつきし　1750
—わかさかりにや　15366
きみならて
—たれにかあへん　8951
—たれにかよせん　13880
—たれをかあへん　15785
—とくさののりを　5403
きみにこそ　11451
きみにさへ　15039
きみにまた　15612
きみにわか　11549
きみのあたは　14874
きみのため
—すてぬいのちの　16390
—ひとのためには　15389
—ひとをもとむと　14910
きみはいかに
—いまはうれしき　16609
—うみにすむてふ　15294
きみはおい　5770
きみはさそ
—つもるをまつの　11448
—のやまのゆきを　11452
きみはしるや
—このふゆはかり　11204
—もみちにふれる　11265
きみはたた
—そてはかりをや　14781
—つきにつけてそ　12738
きみひとり　298
きみまさは　9080
きみまたは　12458
きみまちて　5715
きみみすや
—きのふはそめし　8311
—ふねもおよはぬ　15673
きみもあれも　16631
きみもいま　11286
きみもけふ　5808
きみもこす　9733
きみもこの
—やととひまさは　10858
—やますみすとか　3569
きみもさそ　3705
きみもまた　2833
きみもわれも
—おいのさかりに　2840
—ともにきえなん　11189
—なりはひにのみ　14836
—ももよをへつつ　3787
きみゆかは
—なほまつかけに　9511
—のこりてひとり　14609
きみよりや　12483
きみをおき　16397
きみをおもふ　12548
きみをしたひ　15901
きみをしたふ　8981
きみをとふ　9648
きみをなほ　12554
きみをもし　10516
きみをわか
—しのふこころは　16587
—まつをみること　11470
—やらしとおもふ　11687
きよくすむ　15327
きよすけか　15725
きよたきの　7281
きよみかた　639
きらはしき
—しほけもたえて　15305
—しほけもたへて　15326
きりかくれ　12322
きりきりす
—たのむかけとて　5936
—つつりさせとは　7652
—なきよるかへも　6870
—なきよるねやも　7105
—なくゆふかけの　6591
—ななきそわれも　5079
—なれもうきよを　6441
—わかゆかのへに　14896
きりこめて　7733
きりたちて
—あきのけしきを　8620
—ひとめもみえぬ　8154
きりなひく　8970
きりのうちに　8812
きりのはに　7820
きりのまに
—あまのいさりひ　7324
—さとのこすゑは　13501
きりはらの　8021

ききなれぬ 13569
ききにさく 3723
ききのいろは 15239
ききのつゆ 3839
ききのはの 9519
ききのはも 11001
ききのはを
—あきはそめしに 15647
—そめつるしもも 8160
ききはまた 3330
ききはみな
—はなともみえて 13544
—はらひつくして 9870
ききわたる
—あまのはしたて 7712
—なからのはしの 2641
—みみかはいまも 10600
ききわひぬ
—こころのもりの 4975
—つきのひかりも 7022
—のきはのやまに 13218
—みやこにいつる 14387
—よさむのさとの 5987
—よをのかれても 13377
きくしあらは 8545
きくそても 6285
きくたひに
—おとろかるるは 14537
—なこりそをしき 4388
きくなへに
—すすしかりけり 3322
—たれもししまと 3439
きくならて 9552
きくならは 8454
きくになほ
—そてこそぬるれ 6335
—なみたやもろき 4062
きくのさく 7205
きくのつゆ 7002
きくのはな
—おいせぬともと 7063
—ちるもしほむも 7256
きくはまた 7456
きくひとの 13288
きくひとも 5027
きくひとや 15247
きくもうし
—いまとひくやと 12414
—なかのちきりの 12157
—ゆめにあらては 12044
—よそになりゆく 11824
きくもみち 9353
きくもやや 10707
きくやとの 4629
きけはなほ 6044
きけはわか
—こころもすみぬ 13760
—なみたももろし 7816
きこえくと 16135
きこえくる 15183
きさのゆはつ 14919
きしかたの 8441
きしかたも 9522
きしかたを 8555
きしたかみ
—およはぬまつに 677
—およひぬなみも 3333
きしとほき 2086
きしへなる 15765
きすなしと 3682
きそのよの
—なこりをそおもふ 9312
—はけしかりける 8890
きそやまの 15737
きたかせに
—もしもえひすの 5566
—ゆきふふききぬ 14758
—ゆきよこきりて 2544
きたにのみ 2458
きたのうみの 16378
きたやまの
—まつたけかりに 9583
—やしほのもみち 9146
きてみすは
—あきのにしきの 9366
—くやしからまし 6184
きてみれは
—いろなきそても 7494
—うすむらさきの 5924
—またあきあさき 6445
きぬきぬに 8228
きぬきぬの 12190
きのうみの 14270
きのうみや 9340
きのかはの
—きよきみつくき 9740
—なかれはさとと 16373
—みつくきはえつ 16368
—みつにうつさは 11619
きのかはを 16371
きのくにの 14407
きのしまの 6926
きのふかも
—あからむとみし 5648
—うゑしやまたは 7672
—うゑしやまたは 8691
—すすみにきつる 9709
きのふけふ
—かりくらしても 10412
—さきそふみれは 2233
—はれせぬくもや 6626
—ひましにやまひ 16321
きのふこそ
—あきはたちしか 9483
—かすみそめしか 1417
—かすみそめしか 13661
—たちかへてける 10206
—ぬきはかへしか 7048
—はるはきにしか 3094
—はるはたちえの 3782
—みそくとせしか 10630
きのふさへ 5232
きのふたに
—うつろふとみし 6326
—ひかれさりつる 4589
きのふとくれ 3886
きのふにも
—うゑしやまたは 7736
—かへましものを 4392
きのふまて
—あやしきみねと 8057
—くさかとおもひし 9035
—けとほかりつる 16428
—けにくかりつる 15071
—こころかかりの 8604
—こころにかけし 9234
—こゑのみききし 11028
—さかののはなに 992
—しけきはやしと 8302
—すみれつみにし 4767
—せめきしおいも 2823
—たのみきにける 6616
—とちのこしたる 11463
—なほけふありと 3268
—なほけふありと 3698
—のこるとみしも 518
—のこるとみしも 4169
—はなにいとひし 4337
—ふりにしゆきも 1345
—またしかりしも 7394
—またしきはなの 7185
—またれしをきの 5896
—まゆにこもれる 2888
—みなみのやまと 16130
—みなみのやまと 16146
—めなれしものの 1655
—ゆきけにさえし 46
—よそにおもひし 10089
—よそになかめし 14065
きのふみし
—いらかはけふの 16140
—しものふるはの 690
—ちくさのはなは 6052
—にしきはけふの 11374
—はなはいかにと 340
—はなはいつれの 5173
—はるののあさみ 16561
—ひとはけふなき 13743
—わらはのやまも 13351
きのふより
—けさはまさりて 16320

—ねてのあさけの　4219
—みしははつくさ　12746
—むすひしくさの　6482
—わけいらましや　14155
かりそめの
—いろになめてそ　9481
—かやかのきはに　1167
—みちのちまたも　3029
—みるめもいまは　12109
—やとのなこりを　13908
—わかれたにかく　2612
かりつみし
—あしにのみこそ　16203
—しはのかれはに　10612
—のきにむれきて　5897
かりつめる　7756
かりてこし　4702
かりてふく　4703
かりときに　5569
かりなきて
—ゆふきりなひく　7164
—をきふくかせに　6461
かりにきて　7805
かりにさす　3976
かりにたに　12592
かりにても　12700
かりねする
—あしやのさとに　13121
—くさのまくらの　4499
—くさのまくらの　13043
—くさのまくらを　7839
—すすきのほやの　7150
—のもりかいほの　6039
—みやまのいほの　4289
かりねせし
—たかかたしきの　4404
—たかなこりとか　13101
—のへのつゆにも　13103
かりのくる　485
かりのこす
—くさはにあきを　14617
—をたのたぬしの　9015
かりのみは　14265
かりのよを　7087
かりはてぬ　12966
かりはらふ　4422
かりひとも
—かはるるいぬも　14823
—やまのとねらも　15718
かりみやに　14293
かりもいぬ　3291
かりもいま　6667
かるあとに　4467
かるかやは
—なへてくさのな　8958
—なへてくさのな　15835
かるくさの　5067
かるそてに　4131
かるひとも　14968
かるもかき　15815
かれいひの　1253
かれかれに　11815
かれくさを　2865
かれてたつ
—かたやまきしの　14803
—すすきおしなみ　10585
かれにける
—おいきさくらの　3118
—しものふるはは　2110
かれぬるか　13484
かれのこる
—あをはにしもを　10508
—いほりののきは　1645
—くさのうへしらく　10526
—ひとはふたはの　10688
—をはなかいろも　9838
かれはてし
—ひとのこころの　11804
—ひとのこころの　11972
かれはてて　10290
かれはてん　7191
かれふして
—いまはあをはも　9795
—かせもさはらす　10138
かれまさる　10879
かれるたに　8676
かをとめて
—あやめはひかん　4663
—とひしもひとの　3024
—とへかしうめの　897
—ひとやとひこん　569
—をらはをりてん　7198
—をりしはうめの　2875
—をりもたかへぬ　2876
かんさきの　14272
かんなつき
—うつろふきくに　7258
—このはみたれて　9794
—このはみたれて　9879
—こはるのそらを　11500
—しくるるころは　10317
—しくれしくれて　10202
—しくれのあめの　10812
—しくれのそらの　10811
—しくれやまちし　10986
—ひかけのとかに　9777
—ふりしわかれを　11319
—またしかりつる　11488
—もみつるききは　10988
—もみつるききを　10991
かんなひの　14391

【き】

きえあへぬ　1415
きえかかる　11202
きえかへり
—おもひそいつる　11570
—ものをそおもふ　12886
きえしよを　7027
きえにしと　10577
きえぬとて　10517
きえぬへき
—つゆのいのちよ　12851
—みのなからへて　11115
—ゆふへをかけて　7771
—よもきかもとを　8350
きえぬまに
—すみさしそへん　9844
—すみさしそへん　10538
きえぬみの　11095
きえのこる
—たかねのゆきも　1881
—ゆきかとみえて　271
—ゆきかとみれは　916
—ゆきにはあらし　4879
—ゆきよりゆきの　2838
きえやすき　13555
きえやらて　12604
きえゆくを　5668
きかさらは　9193
きかせはや
—たのめしあきの　12628
—つまとふしかの　7899
—よものこのはの　10739
きかはやな
—ちとせもわかの　15903
—とひしいそちは　2669
ききしにも
—みるはまさりて　10981
—みるはまさりて　13106
ききしらぬ
—けはひもうしや　12073
—みやまのとりの　14386
ききすてて　13683
ききそめし
—いつのならひに　4599
—かせきかそのの　15819
—ころよりもなほ　6357
—ほとときすさへ　4868
ききてこし　16314
ききてしも
—なほそまたるる　4259
—みにしむそとの　7782
ききてたに
—かけそゆかしき　13471
—そてのぬるると　90
ききてたれ　15252
ききなれし
—あきのなこりの　9958
—かねのしらへも　3181
—をきのうははの　5972

—みやこならては　13885
—みやこならては　13953
—ゆふへわするな　11760
かへりすむ　9841
かへりみし　8928
かへりみて　450
かへりみる
—さとのこすゑも　13852
—とをやまみちの　16049
—みやこのやまも　2638
—みやこはいくへ　7323
かへりゆく
—かりそあやしき　1921
—くもゐのかりに　776
—そらはみとりの　1326
—つはさはきえて　582
—はるのたむけか　688
—ゆふへのそらに　64
—ゆふへのそらに　900
かへるかり
—いつくはありとも　1343
—かすみはてても　2421
—なみたなそへそ　310
—なみたなそへそ　1040
かへるさの
—たひちなりせは　14397
—たひちなりせは　14413
—みちとほけれは　3658
—やまかせはけし　10818
かへるさは
—かせのさむさも　11020
—かせのさむさも　11021
—しめはへてけり　740
—なほこそそての　12549
かへるさも　532
かへるさを
—おもふもとほし　13247
—かさしのはなに　272
かへるへき
—みちもわすれぬ　4362
—みちもわすれぬ　4532
—をりすきぬれは　12538
かへるらん　10393
かへれきみ　14752
かほりくる　7392
かほるかそ　9163
かほるかに　2808
かほるかも
—いとふはかりに　1160
—ますたのいけの　4400
かみかきに　1134
かみかきの
—すすしきつきの　5294
—たそかれときの　4563
—ねのひのこまつ　193
—まつにねくらや　4364
—まつのことのは　13874
—むかしのあきを　8647
かみかきは　15863
かみかきも
—はるめきにけり　1307
—やまのこてらも　1933
かみかせの
—いせちのみうた　16323
—いせのののくさの　13960
かみさひし　7903
かみさひて　14061
かみたにも　2118
かみちちみ　11016
かみつけの
—いかほよりふく　15702
—さののくくたち　12457
かみつよの　5484
かみのます
—えふみのやまの　4923
—かみちのやまに　9338
—もりのこのまの　4006
—もりのしたみす　2390
かみのもる　13962
かみまつる
—うつききぬらし　4876
—うつききぬらし　5501
—うつきのけふの　3932
—きねかつつみに　9334
—けふのあふひは　4817
—けふのつかひは　5534
—けふのつかひや　5534
かみもけふ　5274
かみもさそ
—うゑてみしよや　13139
—うゑてみしよや　13426
—なこりやおもふ　10071
かみやまの
—かみのまもれる　15499
—ふたはのあふひ　4366
—ふもとのあふひ　4723
かみやまは　15834
かみよより　13267
かめにさし　708
かめにさす
—はなしちりなは　2754
—やへのさくらも　498
かめのをの
—やまのいはねの　13257
—やまのふもとに　7276
かめやまに　2746
かめやまの
—をのへにたてる　15506
—をのへにたてる　15507
かもかねに
—さむきみなもを　11073
—さむきみなもを　11136
かもかはに
—きのかはみつは　16369
—けふはなこしの　4671
かもかはの
—かはへはすこし　5390
—かはへはすこし　5406
—せにふすあゆの　13878
かもとりの　10930
かもめゐる　7662
かもをえは　14799
かやしけみ　15083
かやりとて　4882
かやりひの
—けふりにむかふ　4358
—たくもくゆりて　5860
かよひちの　12114
からきよも　14334
からきよを　16515
からきわか　12555
からくにの　15996
からことの　3034
からころも
—あかつきかけて　6389
—うつこゑたかし　6662
—うらめつらしく　3167
—うらめつらしく　3187
—かりそなくなる　6716
—すそのあはすて　12783
からさきの　2893
からさきや　6221
からすうり　14900
からすたに　7560
からすはも　16285
からてみむ　4377
からにしき
—おりかけてけり　6972
—ふたむらやまは　7898
からねこの
—からしとみをや　13754
—こゑうらかなし　13752
からのうみの　16499
からひとの
—いくさのふねは　15337
—いのちなかしと　11366
—ちきりしはしの　2667
からやまと　8397
からろおす　801
かりあくる　12948
かりあけん　13574
かりかねに　484
かりかねの　3078
かりかりと　8678
かりくらし　9816
かりころも　13834
かりすらも　3079
かりそめに
—かをとめてこし　2154
—たちよるそても　6337
—なみをしつめて　13509

かつこほり 10390
かつさかせ 2545
かつさきて 135
かつさける 9162
かつしかの 1868
かつそめし 8354
かつちりて
―こころよはさを 1115
―ともまつほとに 6
―ともまつほとに 1025
かつのこる 10636
かつひてか 16448
かつまたの 4544
かつみても
―かつこひしきを 12512
―まことすくなき 12164
かつみれと 12353
かつらあゆ
―かはへのわらひ 3229
―とるといてたつ 3228
かつらきの
―あらしにたえて 14511
―まゆみさへこそ 7779
―よそめもかくや 15217
かつらひと 3385
かつらより
―あくかれきつる 9061
―つゆやしくると 10786
かとたなる 13808
かなしみし 15482
かなやまの 14021
かならすと
―さしてたのみし 12695
―たのめしけふの 1509
―たのめしけふの 12380
―たのめしことに 12888
―たのめしものを 11946
―ちかひしことの 8608
―ちきりしはるも 5103
かならすも 5578
かににほふ
―うめかえいつら〔連歌〕 251
―かせをしるへに 8446
―きくのたかはま 9345
―はなたちはなの 4854
かねてより
―あきをまたんと 9109
―かくれすむみの 15335
―きみかこころに 9056
―みかきおきける 3519
かねのおとに
―うちおとろきて 2922
―おきいててみれは 1103
―かすみてくれぬ 594
かねのおとの 2920
かねのおとは 9790
かねのおとも 3186
かねのねに
―うちおとろきて 15791
―おきいててみれは 5152
―おくれてくるる 10580
かねのねの 15789
かねのねは 6879
かねのねも
―あらしにすみて 6275
―あをはのそこに 5630
―きこえぬやまの 13217
―きこえぬやまの 13456
―きこえぬやまの 15110
―くもにへたてて 5257
―しもにひひきて 9979
―はるのしらへに 3168
―ふけゆくそらに 6641
―ふりうつむかと 10382
かねはよし
―おとつれすとも 2921
―おとろかさても 15790
かのくにの 13510
かのみゆる
―いらかののきの 9409
―かはへのさいを 14762
―ふもとのさとの 2411
かはおとの 5149
かはおとは 6656
かはおとも 6731
かはかせに 1097
かはかせの
―かすみをもれて 1275
―ふくのまにまに 5185
かはかせも 948
かはかせや 3115
かはかみの
―やまのかけより 11650
―ゆついはむらに 13992
かはかみも 14303
かはかりの 5545
かはかりや 12
かはきしの
―かなたこなたに 13478
―このはみたれて 10364
―このはみたれて 10365
―みつのけふりの 592
―やなきになひく 949
かはきりの 7857
かはくまは 4928
かはさきの
―すさきにたてる 14109
―みきはにしける 14043
かはしまに 3905
かはそひの
―さとのこすゑそ 9123
―つつみをこめて 6140
かはたけの 16563
かはちちに 1780
かはつこそ 8553
かはつなく
―みきはもみえす 930
―ゐてのたまかわ 2081
かはなみに 8119
かはなみの
―こほりにむせふ 9995
―たちはかへらて 7024
―よるとしなれは 3903
―よるのみきはや 9839
―よるのわたりの 13191
―よるのわたりの 13354
かはねとも 15177
かはのなの 13474
かはみつに 11456
かはみつは 9784
かはらさへ 8539
かはらしと 11921
かはらしな 11914
かはらしの 11797
かはらすと 5503
かはらたも 15806
かはらぬも 15297
かはらめや 3047
かひたつる 4306
かひなしと 3264
かひのくに 14170
かへてしも 4619
かへにこそ 2947
かへにのみ 5699
かへのきの 14033
かへりいる 687
かへりきて
―またねにひとを 13617
―またねにひとを 14132
―みんもはるけき 10118
かへりくる
―あきしもあるを 7671
―ものとはなしに 13255
かへりこぬ
―あきのわかれを 7025
―あきをうらみて 6750
―さかののはらの 10794
―ならひなれはや 15107
―はなのわかれを 156
―はなのわかれを 1305
―はるのかはへの 1817
―ひとのわかれを 299
―むかしをこふる 13883
―よいあかつきの 3128
―よひあかつきの 15977
―よをししのへは 8018
―よをししのへは 8124
―わかれのみかは 13180
かへりこむ 601
かへりこん
―はるそまちかき 9809

―みきはこきいつる　9915
―ゆきそちりくる　11337
―ゆふきりなひき　8825
かせさやく　10359
かせさわく　9150
かせそひて　15734
かせそへて　11233
かせたえて
―かすみもふかき　471
―くさもゆるかぬ　5210
―くものこころに　8407
―くもまもみえす　6163
―しもよふけたる　10968
―つゆしつかなる　6571
―つゆしつかなる　7271
―つゆにしほるる　6720
―ふけゆくよはの　6448
かせたつな　8538
かせなかは　14370
かせなきし　11660
かせなきに　16202
かせならて
―つきすむそらに　8514
―つゆもはらはぬ　7465
かせにおこく　14921
かせにこそ　2374
かせにちり　5737
かせにちる
―つゆさへみえて　5986
―なこりもさひし　6220
かせになひく
―あまのかはらの　9466
―やなきをみつつ　5701
かせのいろも　6562
かせのうちの　15770
かせのおとの　10210
かせのこと　15576
かせのねは　6447
かせのねも
―ふけゆくよはの　5992
―ややはたさむき　6965
かせのまに　6754
かせのまを　7086
かせはまた　6177
かせはやみ
―おほえのやまは　5281
―くものゆきかひ　8326
―しくれなからに　9151
かせふかぬ
―みよのまかきの　8299
―よことにきみか　9476
かせふかは　16215
かせふけは
―うゑしかきねを　1427
―かけもなひきて　1346
―しほのひるまも　16144
―すすしかりけり　5341
―たままつかえの　14280
―ときをもわかす　13975
―ともにみたれて　5063
―なみやはたたぬ　12481
かせませに　10250
かせませの　10817
かせまつと　16489
かせやふく　15914
かせやみて　16129
かせよりも
―さきにととひし　1524
―さみしかりけり　13040
―なほみにしむは　7911
―みにしむいろは　6420
―みにしむいろは　6939
―みにしむものは　8532
かせわたる
―いけのささなみ　4065
―かれののをはな　10868
―くものうきはし　12347
―くものうきはし　12348
―くもまのつきの　4159
―こすゑのつゆに　4020
―さわへのをくさ　4072
―そのふのたけの　14393
―たけのそのふの　5850
―なつののくさの　4384
―なにはのあしの　4850
―なみのうききり　6561
―ならのをかはの　4970
―のきはのかちの　8818
―はしゐすすしき　4323
―はすのうきはの　3896
―まつのこのまの　4128
―まとのくれたけ　4147
―みつのみとりの　8681
―みねのまつかえ　4266
―やまのかけのの　10592
かせをいたみ　13773
かせをいとふ　2055
かせをこそ　6370
かせをさへ　1800
かせをなみ　2927
かせをのみ　7546
かせをまち
―くもをいとふと　6689
―くもをかこちて　8850
かせをまつ　4894
かそいろの
―こころやすめに　14709
―つむへきちよに　1746
かそいろは　2619
かそふへき　11176
かそふるは　6908
かそふれは
―あきさくはなも　7172
―あきさくはなも　7346
―あきもみとせを　6503
―ことしもいまは　10067
―ことしもいまは　10881
―すくなかりけり　5726
―そのよもととせ　264
―としのひかすも　1904
―としのひかすも　10645
―のこりすくなくし　16539
―はたとせあまり　13118
―はるなつかけて　5525
―もちのよのみや　4936
―もなかのあきの　6694
―ゆめなりけりな　10119
かそへても　12896
かたいとの
―あはてのもりに　1938
―あをやきうたふ　2042
かたえさす　15663
かたかたに
―ひきやわくらん　13934
―ひきわかれつつ　13794
―わかれたるみち　15951
かたこひは　12751
かたしきの
―くさのまくらの　10245
―まくらのちりを　12186
かたつえは　840
かたふける　15268
かたへさす　15666
かたみとも　4932
かたみには　11019
かたみにや　1391
かたもなく　1333
かたらんと　3373
かたりあはむ　13201
かたりあふ　6779
かたりいてて　13066
かたりちらし　15705
かたりつき
―ききつきつきて　16429
―ききつきつきて　16575
かたるなよ　15000
かたるより　327
かたれなを　4226
かたわかす
―おふるくさはも　4834
―かくれあらはれ　14950
―よすなるなみの　13881
かたわかぬ
―はるのかすみも　1567
―はるのひかりも　1513
かちののり　5571
かちをうつ　15804
かちをたえ　12103
かつきして　15307
かつきする　12753
かつきせぬ　8651

かけなれて
—おゆとなるまて 705
—こころをそめし 960
—としもふるきの 847
—とははやけふを 1046
かけなれん 1661
かけにきて 13866
かけにほふ
—あまのかはとの 8014
—はなのいろのみ 2451
かけはまた 4263
かけひたす
—かはへのやなき 1347
—つきもなかれて 4038
かけひたに 4922
かけふかき
—かものみたらし 14543
—ききのしつくも 5351
—たにのきのめも 529
—たにのをくさの 6148
—たまのはやしと 5083
—はやしもくもに 2097
かけふかみ 14241
かけふけぬ 6201
かけみかく 15229
かけみたす 773
かけみつつ 9271
かけみれは
—おいのなみなき 2352
—きよたきかはの 8745
かけもやや 9361
かけもりて 9673
かけやとす
—くさはのつゆも 7171
—たまつしまえの 8741
—つきやいかにと 8521
かけゆけは 2142
かけよはき
—はやしのいりひ 8192
—ゆふひもみねに 9616
かけよはる 8626
かけろふは 3001
かけわたす 3928
かさうへの 15840
かささきの
—とひめくるまを 5058
—とひゆくみれは 12741
—はしうちわたす 7226
—はしのうへしろく 10617
—はねをならふる 6060
—はやまのあらし 10437
—ふるすをおのか 14725
—みねのこすゑを 5059
かささきも 1697
かさすとも 1018
かさなれる
—かひそなにそ 11119
—しもふりつきも 11118
かさぬれと 10457
かさねても
—たけのすかきの 10458
—なこやかならぬ 10375
—なほこそさゆれ 10535
—なほそてさむし 9876
—なほはるさむき 172
—ゆめとやおもふ 8315
かしこきか 3027
かしこきも 14305
かしこしと 14800
かしこしな
—あとなきなみの 13654
—たけくまめなる 3207
—ふるきむかしの 13843
かしのみの 5549
かしわきの 11767
かすかすに
—うつしてきみか 16389
—たのめてとしを 12224
—よせしたまをも 15639
かすかなる
—きぬたのおとに 7023
—はるたのみその 3824
かすかにて
—よにすみわひし 4225
—よにすみわひし 4693
かすかのに 1828
かすかのの
—とふひののもり 656
—ねのひのこまつ 111
—はらからこそは 14914
—むしもときえつ 8282
—わかむらさきの 1913
かすかのは 8009
かすかのを 6074
かすかやま
—かみよをかけて 198
—ふりつむゆきの 3462
—ふりつむゆきも 3075
かすしらす
—あはせてもなほ 10456
—あはせてもなほ 10463
—かけしことはの 8439
かすしらぬ 14492
かすならぬ
—ことのはなから 3643
—みはよるなみに 14035
—われみやまへの 5411
かすみあひて 1875
かすみあへす
—なほふりつもる 1295
—なほふるゆきも 1743
—なほゆきふかき 1905
—なほゆきふかき 10646
かすみかね 2852
かすみさへ 695
かすみそひ 3240
かすみそふ 803
かすみたち
—はなさくやまは 3176
—はるめくやまも 2431
—はるめくやまも 2450
かすみたつ
—いそやまさくら 292
—うなかみかたを 1784
—おきつしほかせ 184
—きのめけふりし 4883
—ころものさとは 2508
—のへのわかなを 1747
—のへのわかなを 1748
—のやまをみれは 3544
—はるのあをうま 1569
—はるのみそらに 2714
—みそらよりふる 3060
—みまきのくさや 2019
—ゐのうへゆかは 1804
かすみたに
—たちとまらなん 1314
—たちもとまらは 61
かすみつる
—かたやまはやし 4196
—さとはほのかに 402
かすみてふ 15122
かすみわけ 926
かすむえは 1874
かすむかと 208
かすむひの 1332
かすむよの
—つきのなこりに 268
—つきのなこりに 378
—つきはさやけき 1152
かすめはや 2812
かせかよふ 3919
かせきよく
—つきさやかなる 7743
—つゆきらめける 8871
かせこへの 5379
かせさえて
—そらかきくらし 1192
—なほうつみひの 1199
かせさむき
—あしへのかりの 8158
—あらしのふもと 2750
—たにのこほりは 2026
—のきはのまつの 11022
かせさむく 3329
かせさむみ
—あられみたれて 10485
—しくれたちたる 11075
—つきはさやかに 10740
—なほゆきふふく 2140
—またはちをかの 2399

— ちりゆくことに　5727
— はれぬとみえし　4778
かきりある
— あきをもまたぬ　4814
— はなとみるみる　1055
— はなのひかすを　2148
— ひかすもまたて　214
— ひかすをはなに　995
— ひかすをはなに　1012
— ひとのよそかし　8564
— みをおもはすは　1986
— よはひをしりて　14992
— わかよのふけは　10673
かきりあれは
— あきもすゑのの　6724
— あくともかくて　8255
— おきいててしも　11931
— おきいててしも　12197
— さそはぬひまも　1310
かきりなき
— あきにさくへき　7399
— あきにすむへき　2350
— あきにすむへき　6919
— あきをかけても　6452
— あきをかけても　6977
— あはれをこめて　9159
— あをうなはらに　1926
— いのちあるくにに　155
— いのちをもたる　5608
— きみかめくみに　9104
— きみかよはひそ　5807
— きみかよはひを　16624
— こころもよには　16484
— ことはのみちも　16436
— そらのみとりに　8274
— としをそつまん　3464
— のへのみとりは　3779
— はるのみるめは　1707
— はるをちきりて　2384
— むねのおもひは　14468
— よはひもへなん　13422
かきりなく
— たちかさなりて　16265
— ひさにましませ　14563
— ゆきかへるへき　2805
— よにすみのえの　3341
— よはひのふよと　16279
かきりなみ　14548
かきりやは　9731
かくしつつ
— あれはあるには　13359
— かたるまにまに　11622
— さくころまても　5233
— つきしてらさは　9099
— よろつよふとも　16483
— われもいくよか　510
かくそとは
— えもいはしろの　12171
— つゆもいはねに　12412
— なににつけてか　12437
かくそとも　12032
かくつちの　5749
かくてこそ　12960
かくてのみ　7001
かくてわか　15877
かくなから
— ちとせおきても　9547
— なほさとなれて　13260
— はれすはこよひ　8559
かくなんと　2905
かくはかり
— あふこかたみに　12244
— いとふにはゆる　12597
— つれなきひとの　12813
— つれなきひとの　15712
かくはしき　4896
かくはとて　6168
かくもこの　1064
かくらをか　8842
かくるへき
— くまこそなけれ　14330
— つきををしとや　7958
— よはひとはなし　2382
かくれかは
— うのはなをしも　5313
— うめをなうゑそ　1620
— うゑてたにみし　15971
— こころのうちに　3239
— なうゑそうつき　5785
かくれたる　3391
かくれてそ　2039
かくれぬに
— おふるあやめも　4471
— おふるはちすの　14884
かけあかく　8332
かけうすき
— いりひはみねに　6146
— かすみをはなと　3657
— つきのよふねに　6312
— にはのともしひ　6900
かけうつす
— かへてかしはの　5477
— ききのみとりは　1592
— みきはのさくら　563
かけおきし　16158
かけおそき
— つきまつほとの　6369
— つきをまちつけて　9714
— つきをまちつけて　9724
— やまかけなれはと　8125
かけおそく　1951
かけかすみ　1367
かけかすむ　2386
かけきえし　11438
かけきよき
— いつくはあれと　6660
— しほひのなこり　7451
— つきしやとれは　14654
— つきにうたひて　7059
— つきのすゑのの　8996
— なみのよるよる　4405
— のやまのあきに　5930
かけきよく　7275
かけきよみ
— うらわたりする　6743
— おりくるつはさ　8569
— しきしのふへき　3968
— ひとりしつきを　9559
— まれなるほしも　7268
かけさえて　2676
かけさむき
— しはすのそらも　10232
— つきのかつらの　9388
— つきのしもにも　5913
— まとのともしひ　11293
かけさむく　5908
かけしたふ　9321
かけしめて　14377
かけしらむ
— しつかともしに　5424
— しつかともしに　5454
かけしわか　12095
かけそめし　12591
かけたえぬ　6458
かけたかき
— いはほのふちの　233
— かきほのうめの　3548
— まつにならひて　15144
— まつやいくたひ　6011
— まつをみそのの　15215
— みむろのまつを　15141
— やなきのかとの　1740
— やまのこのはを　10116
— わかのうらまつ　16065
かけたかく
— しけりさかゆる　1827
— しけりてふかき　5772
かけつかて　12247
かけつかむ　14416
かけてまつ　6459
かけとひし　4972
かけとひて
— そてにそしめん　4258
— をしみしほとの　1877
かけとへは　4940
かけとほく　6737
かけとめて　817
かけなるる　16562
かけなれし
— なこりはかりに　4611
— むかしのはなを　2093

—かすみもきりも　14247
—めつらしけなき　1744
おもふにも
—たもとをしほる　13162
—はてなきものは　5909
おもふひと
—みつとなかれて　12757
—みつとなるとも　12758
おもふへき　13163
おもふまま　5579
おもふらん　11306
おもへきみ
—くるるもまたて　8280
—くれまちつけぬ　15048
—けふはゆふひも　8291
—つきもわかよも　8208
—なつもあつさを　9171
おもへとも
—あたにいはれの　12719
—えそとふらはぬ　11123
—かくつれなきは　12815
—かくつれなきは　15707
—このころあらぬ　11191
おもへひと
—かみたにもなほ　14442
—ときをたかへぬ　14646
おもほえす
—かみのめくみに　5243
—ことしはかりの　11207
—たつことやすき　870
おやつるの　15512
おやとこの　15259
おやのため　15571
おやをおもひ　16396
おやをすてて　13447
およひなき
—おもひをえしも　12300
—くものうへなる　11535
おりたちて
—いとなくいそく　1686
—いのらさりせは　12255
—ううとはすれと　3944
—きるとはなしに　12523
—つくりなしたる　7644
—つらをたつねは　5801
—ねせりやつまん　371
—まつとしりきや　14806
—まとふもあやし　11864
—わかなすすくと　1458
—をささかりそく　10762
おりのほる　5312
おりはえし　943
おりはえて　1172
おりはへし　10053
おりよくそ　1264
おろかおひ　9497
おろかさも　14700
おろかなる
—あまはそこまて　15465
—あまはそれとも　13432
—こころのねより　13805
—こころのみゆる　14113
—こころをたねの　4002
—ことはのつゆは　8455
—みをなけくこそ　14681
—われにはおはぬ　3243
おろかにて　15741
おろかにも　13397
おろしやの　11013
おろそかに　15615

【か】

かうにめてて　6399
かかけつつ　11626
かかけても
—かけこそしめれ　5358
—さたかならぬや　12360
—ふきいるかせに　13262
—まとふかきよの　9926
—わかかけならぬ　13325
かかけなて　12359
かかけみる　565
かかみにそ　3610
かかみやま
—たかねのつきに　8247
—たかねのつきの　9020
かかりける　2567
かかりさす　4794
かかりひの
—かけはてらさし　5021
—けふりわかれて　14946
かかるみの
—ちきりもかなし　4682
—はてをつくつく　5365
かかるよに　12957
かかるわか　11898
かかるをも　5585
かかれとや　1689
かかれはそ
—ちよをふるきの　10939
—ひとにあはしと　5796
かかれはや
—くさきもいろの　6327
—とくかれぬらん　10591
かきおこし
—おもひかへせは　10569
—ほたきりくへよ　10557
かきおこす
—ひとしなけれは　10541
—ひとしなけれは　10559
—ひとしもなくは　9998
かきくつし　3141
かきくもり
—いましくるらし　10264
—のこりおほかる　8734
かきくらし
—くるしかりつる　3099
—ふりくるゆきに　10141
—ふりくるゆきを　9904
—ふりしくあとも　10781
—ふりぬるゆきに　10851
—ふるしらゆきに　10834
—ふるののゆきに　48
—ふるはなみたか　5035
—みそるるそらに　10333
かきけたん　10884
かきそへて　13206
かきたえて
—くるよもなきを　12618
—とりのあとたに　10575
—ひをふるゆきに　12383
かきたれし　11279
かきたれて　9215
かきつけて　5547
かきつはた
—いろなるなみの　5470
—うつろふかけも　4380
—けふこそをらめ　4780
—こころをこめて　3233
—しほれやすると　4137
—はなにたくひて　4842
—はるをへたてて　5033
—をりけるはなの　3230
かきつむる　11172
かきつめし　14522
かきつめて
—いくよつもりの　13065
—いくよへぬらん　4283
—たむくるけふの　15087
—たれにかみせん　13298
かきつらね
—かすことのはに　6542
—むかしのあきを　6144
かきならす　8722
かきねこそ　102
かきねなる
—あはふのなるこ　8900
—おちはふみわけ　13445
—たけのけふりの　4552
—なはしろくみを　4964
かきねみち　2718
かきねゆく　13328
かきのほり
—まつにすかりて　12832
—まつにすかりて　15818
かきのみも　9382
かきほなす　12382
かきやらは　12123
かきりありて
—あきのほたるの　9000
—くれゆくとしに　10373

―よるともなみの 4060
おもかけに 14763
おもかけの
―かすみてたにも 1576
―としにふりせぬ 10142
―のこるもうしや 12349
おもかけは
―かひなかりけり 7649
―なほみにそひぬ 7648
―みにそふかひも 12444
―みをはなれねと 12443
おもかけも 13190
おもかけを
―うつしかへすは 14507
―のちもしのへと 247
おもしろき 5871
おもにおひ 192
おもにおふ 4771
おもはしと
―おもひかへせと 14196
―おもへとものを 3733
おもはす 12415
おもはすも
―かはるすかたを 13642
―かはるすかたを 14423
―ことはのつゆを 1272
―はるのひかけの 308
―みちにあひみて 10855
―みのなからへて 14400
―みやこなからに 15360
おもはすよ
―あひみしよはの 11799
―ありしよりけに 12400
―ありしよりけに 12409
―あをはかくれの 4270
―きのふかこちし 8609
―さしもたのめし 11965
―ぬれつつとひし 11983
―はなたちはなの 4857
―よよもといひし 12391
おもはれぬ
―われからたけの 12830
―われからたけの 15812
おもひあふ 15430
おもひあまり
―かくたまつさも 12405
―みてたにこひや 12846
―ゑにかきとめて 12165
おもひいつる
―ことをももかの 15088
―そていかならん 11080
おもひいてて
―きえかへるとも 10035
―そてしほるらし 11317
おもひいては 2610
おもひいてよ 15390
おもひいりし 13270
おもひいる
―こころのおくや 13070
―みこそおよはね 2002
―みこそおよはね 2049
―みちにこころや 14020
おもひおく 13415
おもひおこす 2547
おもひかね
―たれいもかりと 8118
―なかむるそらの 14120
おもひかは
―あふせもあらは 12454
―かはるやとたに 12480
―かはるやとたに 12499
おもひきや
―あはぬよをさへ 11906
―いもかおひせし 10867
―こそよりまちし 3204
―ななそちあまり 15894
―なれしみやこを 14621
おもひしる 10883
おもひつつ 10870
おもひての 13868
おもひにも 4174
おもひねに 16160
おもひねの
―ゆめにもみえよ 13588
―ゆめのうちにも 675
―ゆめのまくらに 4032
―ゆめもみぬめの 10042
―ゆめもみぬめの 10106
―よはのゆめちの 4628
―わかたまくらに 1119
おもひのみ
―まさきのつなの 11844
―ますたのいけの 12297
おもひやる
―あさなゆふなに 11720
―うきふしさそな 4050
―うきふしさそな 4526
―かひもなけれと 11400
―こころにまかす 12873
―こころのこまの 8511
―こころのみちは 10075
―こころをそらに 1767
―のきはのわかの 2549
―はなのためにも 422
―ひとのこころの 9855
―みやこのみかは 3106
おもひやれ
―あまたたひねの 12392
―あらしをまたぬ 10744
―つゆにもあてぬ 13775
―としにふたたひ 15077
―なれはまさらて 11784
―はなのきのめの 148
―やそちにちかき 15260
―ゆめもくたけて 10361
―よそのはれまも 12649
―よはのあきかせ 11924
―わけこしあとも 9980
おもひよる
―かたこそなけれ 16543
―ふしなきままに 13695
おもふこと
―いはてやけふも 3
―いはてやまめや 10905
―いはてわかるる 5613
―いはぬいろには 1946
―いひつくしぬる 5759
―いふかひあらん 14173
―いまはくちきの 13710
―おほかるやとに 13272
―おほつのなみに 11231
―かくてやつひに 14144
―かちのしちはに 7407
―ここらつとへは 3724
―すゑもとほらし 13708
―ちしまのえそか 12216
―ちちのひとつも 13918
―ちはののはるに 1760
―つひにとほるの 14014
―とくとはすれと 14565
―なすひなけれは 9298
―ならはなりなん 13923
―なりもならすも 13922
―なりもやすする 13917
―なるてふけふの 8480
―なるとのおきの 3311
―なれかしははの 16403
―ひとつもなさて 8876
―ひとひもなきて 5347
―みつのまにまに 13919
―みなつきはつる 4093
―ももへかはらの 14368
―やふのしはかき 12779
―やへにあれはや 1794
―やへやまふきの 1107
―よとみかちにて 13920
―われとひとしき 13921
おもふことの 10442
おもふせに 12467
おもふそよ 230
おもふてふ 11817
おもふとち
―あたりはなれて 11331
―かたらふよひの 4409
―つきのかけみる 15535
―むれつつとはん 2105
―やまちにゆきて 16349
―よわたるうさや 14282
おもふとも 12479
おもふなを 16364
おもふには

―なかなかつらし　12174
おとしも　2603
おとなしの　4327
おとにきく
―つつみのやまは　14404
―もよきかしまや　13525
おとにのみ
―ききこしまつの　5761
―ききわたりつる　13071
おとはせて　9964
おとはやま
―さしいつるつきを　8758
―たかねのつきに　8244
おとらしと　15722
おとろかす
―たのもをよそに　8041
―まくらのやまの　2098
おとろかぬ　13412
おとろきし　3818
おとろきて　9108
おなしころ　11292
おなしなを　14464
おなしねに　8578
おなしねの　5757
おなしのに　7162
おなしのの
―つゆにみたれて　6702
―わかなかたれも　1988
おなしよに
―ありときくこそ　15987
―なほなからへて　3706
おのかいろも
―はてはもみちに　8159
―はてはもみちに　8478
おのかこに　13448
おのかしし　14441
おのかすむ　4274
おのかつま
―さのみなこひそ　13756
―みるめなしとや　6941
おのかとち
―うたひつれたる　13865
―こころのゆきて　2813
―へぬへきちよは　14321
―へぬへきちよは　14342
おのかみに　15007
おのかみる　16092
おのつから
―あかつきおきの　8975
―あかつきおきの　16156
―あふにこころも　504
―おひせはなにの　2794
―きよきはちすの　14004
―たゆるならひの　2763
―とほくそかほる　3321
―のちにうまるる　11429
おのとりて　15732
おのれすら　16205
おのれのみ　11284
おのれひとり　4821
おのれまつ　16016
おはするは　14009
おひいてし　16239
おひいてん　16084
おひかせに　13156
おひかせの　15431
おひかせを
―まつにかかりて　14228
―まほにうけつつ　13724
おひそひて　14476
おひそへる　14260
おひそめし
―そのかみやまの　13078
―そののわかまつ　15978
―みなかみこひて　15044
―むねのはちすの　15547
―むねはちすの　15562
―もとのねさしや　14250
おひそめて　13926
おひましる　1297
おふしけん　5651
おふしたてし　15632
おふのうらの　1233
おふふしの　6789
おふるより
―ちよふるまつも　13764
―ちよをへぬへき　15053
おほうみの　15402
おほかたの
―あきのあはれも　6297
―あきのいろとや　12293
―あきのはなには　5146
―つゆとやおもふ　8417
―なかれとやおもふ　7931
―のへのくさきの　6498
―はなはのこらぬ　2396
―はるにこころの　761
―ひかりとやおもふ　15174
―ひとのやみつる　11711
―よにそむけたる　2332
おほかたは　2666
おほきみの
―みことかしこみ　14748
―みことかしこみ　14842
―みことかしこみ　14869
―みことのままに　14922
―みことのままに　14976
―みゆきましける　15281
―めくみならては　3852
―めくみのつゆの　3247
おほくらの
―いりえのなみそ　7833
―いりえのふねは　7835
―いりえのみつも　7834
おほけなく　16262
おほさはの　6612
おほそらに　16464
おほそらの
―かすみのうちに　2706
―つきのひかりに　3765
―みつまさくもを　9479
おほそらも　14514
おほつかな
―いつらわかとき　14969
―こころつくして　16035
―こころつくしに　16033
―なににかかりて　12732
―なににひかれて　13845
―なにのくさはそ　4689
―なにのほたしに　15536
おほぬまは　16075
おほねすみ　14834
おほはらの
―うへののすすき　7828
―やまちのすゑの　4901
おほはらや
―おほろのしみつ　4920
―むかしのゆめの　16394
おほひえの　2851
おほふねの　1772
おほふへき　15642
おほほしき
―おいのめにさへ　16338
―こころはるけん　5194
おほみかと　4892
おほみつに　5554
おほみゆき
―おおみよそひは　10863
―おほみよそひは　2331
おほよとの　13477
おほらかに　11644
おほろけの　2703
おほろよと　3067
おほろよの　3021
おほゐかは
―いくせのなみに　3974
―いくせのなみに　4319
―いくせもこさて　4247
―いくせもわかす　6106
―かはおとたかく　994
―かはきりはれて　7267
―かはへのいほに　513
―かわきりふかく　7386
―きしねのさくら　1101
―くたすうふねの　4550
―したはかつらの　861
―しもにいかたの　9775
―つきとはなとの　512
―なほよをのこす　3985
―はやせをくたす　2255
―みつのけふりも　974

—またあささむみ　5632
—わけそかねつる　16305
おいらくも
—とひたつはかり　3399
—わかかへるなる　4782
—わかみとりなる　4815
—わかゆときくの　6904
おおくらの　8109
おおふねに　12183
おかのやに　7916
おかみせし　2653
おきあかす　9845
おきあまる
—うははのつゆや　7909
—くさはをみれは　13707
—つゆこほれつつ　9623
—つゆににほひや　4184
—つゆをおもみや　7859
おきいつる
—ころもてさむく　10175
—ころもてさむみ　9128
—そてにかかりて　4427
—たもとにふくも　1062
おきいてて
—つかふるみちに　12998
—みれはよのまの　6363
—むかふもさむし　10430
—むかふもさむし　10451
—むかへはうゑぬ　6000
—むかへはさらに　10158
おきかふる　4523
おきそむる　6581
おきそめし　6301
おきつかせ
—あめをさそひて　14088
—あられまつはら　10583
—ふきくるかたの　7561
—ふきくるなへに　10424
—ふきしくいその　10712
—ふきたつなへに　2076
—ふきたつなへに　14580
—ふきにけらしな　15453
—まつふきしをり　13986
—みつのみなとの　13725
—ゆきふきかくと　10444
—ゆきふきかくと　11699
—ゆきふきこして　10128
おきつすに　3172
おきつすへ　10690
おきつもに　16528
おきつれは　5814
おきてこし　14001
おきなくさ　11365
おきにうかふ　16267
おきのうへに　12282
おきのは　11636
おきふしに
—しくれやすらん　7849
—そてやぬれそふ　6329
おきふしも　11222
おきへにや　16507
おきわたす
—きくさのつゆに　8142
—はなはてるひの　4160
おきゐつつ
—きけはかすかに　6599
—みてをあかさん　7149
おくしもに
—いろこそかくれ　10177
—いろそめかへし　10160
—うつろひはてし　10288
—うつろふへしと　11471
—かれふすのへの　10058
—のこるとみつる　9827
おくしもの
—いろもわかれす　6320
—しらすのたつの　10480
—しらすのつきの　9805
おくしもは
—こそもことしも　10827
—ひとよふたよと　10686
—わかしをあしの　11479
おくしもも　10696
おくつきに　15693
おくつゆの　12334
おくつゆは
—あさしともみす　7010
—はやほにいてて　6043
おくつゆも
—あたたかけれや　1464
—いろわくはかり　6212
—こころをわけて　6053
—すすしくみえて　6782
—ねをなくむしも　9658
おくふかき
—ことはのみちも　13597
—みちこそしらね　207
—みつのみなかみ　947
—ゆきものこらし　956
おくやまに　10952
おくやまの
—しけきかもとに　12536
—ゆきけもしるく　3809
おくりける　3249
おくりつる
—うめのひとえに　3307
—やとにもおかて　2059
おくるるも　13497
おくれきて
—あきやこふらん　10332
—こゆるもすすし　4308
おくれける　3994
おくれしと　10856
おくれすそ　9687
おくれたる
—ともまちつけて　7932
—はなのひときの　1643
おくれつる　6073
おくれても　15982
おくれゐて　6332
おさふるも　11981
おしてるや　188
おしなへて
—いつれもまつの　15054
—かれぬるみれは　9498
—そむるもみちも　9155
—たてるかすみも　1880
—ふくおとつれも　7424
—めくみひろたの　14298
おしねもる　6209
おそくきえ　8202
おそくさく
—こすゑなるらし　2276
—はななりけらし　2241
—はなのかけには　1606
—はなはきのふの　2266
おそくとく　1979
おそさくら　2496
おそるへき　14648
おそろしや　16593
おためとて　16093
おちしいの　12425
おちたきつ
—いはうつなみの　6182
—いはせのおとに　4717
—いはせのなみの　6537
—いはせをおろす　12468
—いはねのさくら　849
—おともきこえす　4299
—たきのしくれに　9139
—となせにさける　7234
—はやかはのせと　15610
—みすのはるかせ　71
—やまかけくらき　4261
—やまはかすみに　642
—よとまぬみつも　10129
おちたきり　16576
おちたきる　13347
おちつもる　10468
おちはして
—ことときはのこる　11489
—つきのいろのみ　10253
おちはせし　10471
おつるひの　4820
おときくも　5204
おとするは　7910
おとたえぬ　9918
おとたかき　7473
おとつるる　596
おとつれも
—なかなかさひし　13041

—こたちゆかしみ　5010
—こたちゆかしみ　5034
うゑしよは　16010
うゑしよも　59
うゑしより
—いくそのひとの　4332
—いつしかみんと　3251
—やとのさかえも　13316
うゑしよを
—しのひやすらん　5208
—たれにしのへと　4661
うゑそへし　1358
うゑそへて　871
うゑたてし　4240
うゑたてて　4618
うゑつれは　14631
うゑてしも　2709
うゑてまつ
—かきねのうめの　1561
—かきねのうめは　3785
—かきねのきくは　7893
—ちくさのいろの　7141
—のきはのうめの　522
—やとのちとせの　1560
うゑてみし
—こたちわすれぬ　13783
—はるをやこひて　1972
—やとのむかしや　4655
うゑてみる
—かとのやなきの　1650
—はなたちはなは　4855
—まかきのたけの　13904
うゑてみん　9379
うゑのこす　5165
うゑはてし　4030
うゑはてて　3946
うゑもせす　14833
うゑわたす　4029
うゑをきし　977

【え】

えしままに　11654
えそにわか　16074
えたかはす
—さかきもはるは　1886
—ちきりとならは　712
—のきはのうめの　222
—まつのちとせに　320
—まつのみとりの　868
—まつもめかれす　333
—やなきさくらも　580
えたすりもや　11478
えたたかく　14840
えたたはに　939
えたもはも　8801
えならすよ　6775
えにさらす　6123
えにしあれは　3594
えのやまの　13669
えひひとは　14998
えみのまゆ　7640
えむことは　11410

【お】

おいかため　11402
おいかみの　9668
おいかみは　10861
おいかみを　6014
おいかよは　16229
おいきさへ　3133
おいしたの　16581
おいせぬを　14977
おいそはん　11287
おいそひぬ　11349
おいたにも　9281
おいつるの　16269
おいつれは　2970
おいてこそ
—かけもかこため　6303
—けふみそめつれ　5812
—なほあはれなれ　3259
—ひともめつなれ　5828
おいてしも
—あけくれわかる　16437
—ことしけけれは　9370
おいてたに　12919
おいてみの　15263
おいてやむ　16331
おいてよに　14936
おいなみは
—たちかさぬとも　15353
—たちかさぬとも　15449
おいなみを　14380
おいにける
—わかのうらまつ　15364
—わかのうらまつ　15440
おいぬとて　13929
おいぬとも　15556
おいぬれと　15045
おいぬれは
—あきのはつよの　8940
—くらまのやまの　3885
—たをらぬのみそ　9536
—なほあささむみ　5713
—はるはまとほし　11519
—ふゆそわひしき　10736
—またやきさらんと　5217
—まつふしまちて　8978
—まつふしまちて　9318
—みみうとしとて　5408
—やまひもあまた　5885
—ゆみをもとらぬ　5886
おいのかす
—つもれるほかは　11127
—としよりさきに　11167
おいのなみ
—いやしきしきに　15030
—たちかさねすは　13614
—たちかさねつつ　7520
—たちやまかふと　1676
—よせてもわかの　15345
おいのみを　2822
おいのよに　2578
おいはてて
—けやすきみとも　10911
—つゆまつことも　5212
おいはともに　2681
おいはなほ
—さむきあらしの　3683
—さやかにもみす　8719
おいひとの　16580
おいひとも　15694
おいまさる　10887
おいまつに　14655
おいまつの　16360
おいもけさ
—みをかへつやと　5625
—みをもやかふと　5625
おいゆけと　14142
おいらくの
—あたこのあらし　10782
—あたこのたかね　9145
—いやとしのはに　9143
—おもひてくさと　16591
—からきさむさも　16292
—きみかためにと　2828
—きみにみせんと　9110
—こころなるらし　15946
—こころにまかす　15616
—こころのしもも　2856
—さていつまてか　9330
—ちとせをきくの　6108
—ちよのよはひを　1665
—としたかひとの　2969
—としたるひとの　15755
—なけきをたれか　11144
—ねさめをなにに　16504
—またぬにめくる　15101
—まれのゆくてに　3687
—みさらんのちの　9332
—みにつきなしと　9535
—みのいたつきは　3211
—みはいかにして　11325
—やまひのうちに　11289
—ゆめはあらしの　13793
—ゆめはもろしや　13792
—よはひのうちに　2859
—よはひらのへの　3312
おいらくは
—おなしこころの　2535
—はるともわかぬ　3041

うみあふれ　15477
うみかけて
―つきになるをの　8765
―ふしのねおろし　14318
―ふしのねおろし　14340
うみこしの　6026
うみたにも　4954
うみならぬ　7968
うみなりし　14680
うみやまの
―たからをのせて　14150
―へたてをなかの　11820
うみやまを
―へたつるよりも　12610
―へたててとほき　11610
―みすしてこえん　3497
うめかえに
―そゆることはは　3647
―ゆきうちちりて　242
うめかえの　1627
うめかえを　11733
うめかかの
―にほはさりせは　11691
―にほへるかたや　3279
うめかかは
―ひとをもわかす　929
―ひとをもわかす　1437
うめかかも
―いまさそふらし　836
―つきもむかしの　2316
うめかはら　3790
うめかほり
―こほりなかれて　1516
―つきかすむよは　2455
―やなきけふりて　2510
うめさけは　13183
うめたにも　11046
うめちりて　3132
うめつかは　5171
うめならて　3295
うめならは　3277
うめのはな
―さきそめしより　523
―さきそめにけり　2861
―さきぬとみれは　2329
―さきぬるひより　3857
―つほみからかさ　15858
―にほはさりせは　11044
―ふかきいろかは　2053
―またきにさきて　10013
うめのをり　1638
うめはさけと　2682
うめもかく　11401
うめもさき
―うくひすもとく　2539
―うくひすもなく　10963
うらうらと
―かすむはるひは　3800
―かすめるそらに　3750
―かすめるつきも　367
―てれるはるひに　3540
うらうらの
―しほのみちひを　10658
―まさこのつきに　8028
うらかせに
―うかふこのはと　14039
―うかふこのはと　14106
―たつそなくなる　13063
―ふきしくみれは　8739
―もしほのけふり　6534
―ゆふきりなひく　7329
うらかせの
―いたくふくにも　3673
―うちふくことに　1811
うらかせは　2661
うらかせや　7439
うらかれの　9436
うらしまか　3346
うらしまの　7533
うらちとり　10423
うらとほき　9257
うらとほく　8139
うらなみの　9296
うらなれし
―あまもみるめに　16514
―あまやきくらん　4372
うらなれて　10241
うらのなの
―なかいをすれは　14112
―なかゐをすれは　14102
―ひかたとなれや　10604
うらのなみ　13120
うらひとも　16513
うらみあへす　8121
うらみあれや
―おいてははるる　9247
―こととふよはの　620
―とりはそらねと　11846
うらみしよ　6632
うらみても
―あまのこりつむ　12200
―かひなくふけて　7900
―みるめなきには　11812
うらみはや
―あきのくすはの　12633
―あまのひくてふ　12466
―うきいつはりも　12016
―こころにこめて　12755
うらみめや　8316
うらみわひ　11891
うらむへき
―かたこそなけれ　294
―よすかもたえぬ　12176
うらむるを　12127
うらめしな　12470
うらめるも　12245
うらもなく　16253
うらやまし
―いとつれなきも　12740
―うきよりおひて　16301
―おいにけるみは　3586
―おのかちとせの　15111
―かたしとききし　13305
―ことしけきよを　14601
―たけのあみとの　5950
―としをかさねて　1034
―はこやのやまの　7212
―ひとめまれなる　14615
―みつきますへき　14886
―やすくやひろふ　12626
うらやます　12625
うらやまの
―かすむみるめに　3292
―はるのみるめに　34
うらやめる　14201
うららなる　2837
うりつくる
―こまのさとにも　9943
―のはたのしつに　5220
うりふやま
―こまとはたなか　5377
―こまとはたなか　15796
うることを　13611
うるはしき　14948
うるひつつ　1751
うれしきも　15786
うれしくそ
―ぬれてたつねし　1258
―みにきましける　2561
うれしくは
―なほやしなひて　3110
―ひさにとひきて　16423
うれしくも　11579
うれしさの
―あまりにこころ　15614
―なみたにそての　3107
うれしさは　15761
うれしとや　9248
うゑおきし
―こまつのさかえ　15457
―こまつよちよの　15456
―はなたちはなの　3920
―やとののきはの　4515
うゑおきて
―いつかとまちし　3813
―すますなりにし　12967
―わかまつにはの　7629
うゑかへて　13002
うゑしいも　5512
うゑしうへは　16085
うゑしその

―なほつれなくて　4522
うつまさに
―あとあるゆきを　10947
―さくうのはなは　5175
うつまさの
―たけのはやしの　5114
―たけのはやしの　14935
―たけのはやしを　8483
―ふかきはやしを　8189
―もりにひひきて　5087
―もりにひひきて　5091
―ゆふへにききし　15928
―よものあらしに　11049
うつまさは　15099
うつまさも　8527
うつまさや
―こりたるゆきの　10908
―こりたるゆきの　10909
―たけのほすゑに　10807
―ふかきはやしの　8475
うつみの　10997
うつみひに
―うちかこまれて　11326
―さしそふすみも　10314
うつみひの
―あたりなからも　11344
―あたりならすは　10558
―あたりはふゆの　10491
―あたりもさむく　10683
―うつもれしみも　13529
―すみさへもよの　11397
―すみつきかたき　11399
―もとによりそひ　11710
―もとのこころの　10539
―もとみしともを　10542
うつみひは
―しもとなれとも　11352
―すみさしそへん　10566
うつもるる
―おもひをつけん　11224
―わかみつくきの　14696
うつもれし
―ふることのはを　15581
―みつのほりえの　15582
うつもれて
―こころもゆかぬ　15524
―さくころよりも　1998
―さくほとよりも　2043
うつもれぬ
―かはせのなみの　9974
―けふりそしるへ　9785
―ことのはのみや　10420
―ことはのはなの　10849
―みちのひかりは　10363
うつもれん　10784
うつらなく
―こゑうらかなし　7096
―のちのあきはき　7929
うつりゆく
―かけはさすかに　6637
―つきひはいつと　1218
―つきひもしらぬ　729
―つきひもしらぬ　954
―はなのさかりを　3127
―はなのさかりを　3134
―はなのゆふへの　3140
―はるのひかりも　1424
―はるのひかりや　883
―はるのひかりを　811
―はるををしとや　2485
―はるををしむも　2806
―ひかけをみれは　3491
―ひとにうらみの　11869
―ひとまつやとの　12393
―ひなのやつれの　15325
―ほしにそしるき　14396
―むかしをこひて　5181
うつるとも　5733
うつるなよ　6837
うつるひに　5081
うつるひも　394
うつるよの　16505
うつろはて　5718
うつろはぬ
―はなかとみえて　10335
―はなをそみつる　10406
うつろはは　6828
うつろふと
―ききてとひこし　1476
―きくまてひとの　1269
―なにいとひけん　937
うつろふも
―いとはてそみる　278
―いまはをします　7304
―いろわくつきの　6056
―みるへきはなの　7301
うつろへる
―いろをみせしと　3702
―おほえたよりも　2950
―きくをむらさき　7255
うとからぬ　10449
うとかりし　8090
うとかるを　11548
うとしとは　6189
うなはらの　7416
うなはらや
―かきりもなみの　821
―かきりもみえぬ　800
―なみにいりひの　13176
―はるのみるめは　108
うなゐかは　4867
うなゐこか
―くさかりはてて　14096
―たのきのさはを　14234
―つみてみせすは　3215
―ふりわけかみの　15682
―をりもてゆくは　14216
うなゐこと　3227
うなゐこの　15686
うなゐこも
―ひとひにちもし　16312
―まとはぬみちを　15683
うなゐらか
―きそふあふきを　5429
―ひことにむれて　2971
―ひことにむれて　15769
―をささわけくる　8293
うねことに　5200
うのはなに　5642
うのはなの
―さけるあたりは　5709
―さけるかきねは　3996
―さけるかきねは　4995
―とほめなるへし　5370
―とほめなるへし　15759
―のきをめくりて　5643
―まかきやひとを　5705
うのはなは　5586
うのはなも
―ちりのこるらし　4707
―をりあやしとや　5516
うのはなを　5763
うはへには　13980
うひにけふ　3662
うふみつに　14678
うへしこそ
―あけくれきりの　8232
―きよきなかれを　5300
―こほりとけけれ　2453
―ときをもわかす　14538
―ふてとりそめて　2576
―よはつねなしと　2480
―をりはへてなけ　5182
うへもなき
―のりのひかりに　3275
―ほとけのたねと　14632
うまくたの　12527
うまくるま
―あふさきるさに　14866
―おくるころもの　15002
うまひつし　14955
うまひとの
―いもせをよそに　14706
―うたけはさよも　14931
―ちちははやから　14954
―をさむるよもの　14930
うまひとは　14928
うまひとを　14945
うまやをさ　14920
うまれしを　11000
うまれより　15047

―はるかにみほの 14434
―みねともしるし 2611
うちいてん 12170
うちうちは 14915
うちうらの 16078
うちおほふ 9799
うちかすみ 11606
うちかすむ
―あめとともにや 11609
―とほやまさくら 417
―はるのやまたの 1584
―をちかたひとの 218
うちかはの 1968
うちかはや 16079
うちかへし 1974
うちかへす 10668
うちくもり 6695
うちけふる
―えのむらとほく 4551
―とやまのまつの 744
うちしきり 1208
うちしきる 5944
うちしくれ
―このはみたれて 8224
―つきなきよはに 7469
―にはのむらくさ 9684
―やまかせさむし 9833
うちしのひ
―わかそねになく 12015
―われそねになく 4111
うちしめり
―かほるはふかし 4705
―さみたれそむる 4490
―しくるるそらを 8464
うちしめる
―あまけのかせの 5450
―かねのひひきの 2487
―にほひそふかき 6833
―にほひをふかみ 4164
うちそよく 6589
うちつけに 7233
うちとけし 3792
うちとけて 11314
うちとけぬ
―こゑもつれなし 4941
―はつねなくなり 844
うちとなく
―ちりみたれけり 1105
―まもれはみよも 13523
うちなひき
―かほるさはへの 4250
―こはきさくのは 5938
―こほりとけゆく 1322
―ふりそふままに 10189
うちなひく
―いろもめつらし 384
―くさはにみえて 13221
―さえたのしもに 10159
―さえたのしもの 10269
―のはらのあさち 9158
―をささのしもや 10008
―をはなのなみの 6741
うちはしも 13652
うちはへて
―うけもひかねは 12685
―かすみたなひく 2866
―くるとはなしに 12418
―たかかるかやそ 7626
―とひくるをりは 12619
うちはらふ
―まくらのちりを 12006
―まくらのちりを 12022
うちふくも
―のとけきたこの 1854
―のとけきちよの 2533
うちふけは 5345
うちみたれ
―あるはまめなる 14699
―むすほほれたる 9475
うちみれは 14119
うちむかふ
―かかみのやまの 9755
―きたのやまかせ 10080
―すすりのうみの 8493
―やまもかすみて 3432
うちむれて
―きみかよはひを 2442
―ここにといへは 3606
―こよひのそらを 6728
―そこにといへは 3606
―ちまちのさなへ 4085
―ちよをことふく 1727
―つめとつきぬは 1405
―つめとつきぬは 1473
―よはひをのへの 110
うちもねす 7273
うちもねは
―ゆめにもきかん 4510
―ゆめにもみてん 2809
うちよする
―いはねのはなや 14294
―いりえのなみの 5963
―いりえのなみの 6284
―なみのはなさへ 7340
―なみのはなさへ 7375
―なみのもくつは 14151
―みきはのなみも 14588
うちよせて
―かひありなしも 15575
―みきはにきゆる 6516
うちわすれ 8596
うちわたし
―おもひこそやれ 10518
―おもへはとほき 13127
―みやこのいぬゐ 13871
うちわたす
―こまのあおとを 14026
―こまのあをとも 13482
―みつのはるかせ 617
うちわらひ 15797
うつかねの 16616
うつききて 5504
うつきたつ
―かものやしろの 5533
―けふとしなれは 5500
―こやのえひらに 5750
うつきより 5368
うつくしき 14828
うつくしと 9630
うつされし 2614
うつしうゑし
―ききやうかはらの 8790
―ひとにあゆやと 15280
うつしうゑて
―いつかとまちし 2413
―まちとほなれと 6299
―みきりのさくら 145
―よにふるみちも 13303
―よはひのふてふ 7490
うつしけん
―きみかひかりに 2982
―こころのはなを 2791
―ひとはむかしの 15277
うつしては 5907
うつしみる 10864
うつしゑも 6554
うつせみの
―いのちしあらは 16623
―むなしきからを 12999
―よにあるほとは 16151
―よにますほとは 9650
―よのことのはに 8270
―よのたのしひの 16277
―よのつねなきを 16166
―よのひとことに 15521
うつたけの 15633
うつたやま 1790
うつつとて 13016
うつつとは 16113
うつつとも
―いもかゑまひに 12847
―おもひそわかぬ 11905
うつつなき
―よはうきふしの 13585
―よはゆめなから 3667
―よをうつまさに 10759
―よをうみわたる 16634
うつつには
―あふせもあらし 12624
―おもひたえぬる 13677
―なほそつれなき 12567

うきしつみ　16119
うきしつむ　13202
うきたひに　11789
うきてたつ　2115
うきてのみ
―よそにみゆれと　15935
―よをふることは　15934
うきなかは
―あききりかくれ　11826
―あささはぬまの　11863
―あしかるふねの　11829
―おとろかすとも　12242
―かれののまくつ　12188
―ねかたくてのみ　11963
―ひとめしのふの　11986
―よりあふことも　11887
うきなから
―いつかはきかむ　12599
―うれしかりけり　16224
―かたみとやみん　629
―くちなむとおもふ　14764
―まかせてそみん　1029
―まつよもさらぬ　6628
うきなのみ
―いはれのいけに　12210
―みなとこきいてて　12507
うきなみた　12575
うきにつけ　13869
うきにのみ
―まみるるよとも　15546
―まみるるよとも　15559
うきにまた　15008
うきねする
―かたやなからん　10355
―なみのまくらに　9397
うきねせし　10272
うきひとに　12408
うきひとの　12857
うきふしの
―しけきこのよは　13830
―しけりのみゆく　14460
うきふしは
―さてもやまたの　13268
―よししけくとも　16281
うきふしよ　13628
うきみるの　14248
うきものの　11321
うきよには　13109
うきよをは　14634
うくかもの
―なみのかけはし　10560
―はいろもおなし　15180
うくつらき
―いもかかくせる　12824
―いもかかくせる　15778
うくひすの
―あかすやちよを　219
―あかてわかれし　2790
―こつたひあそふ　1555
―こつたひあそふ　1671
―こゑきくへくは　2710
―こゑするかたに　14759
―こゑせぬのへも　15014
―こゑなつかしみ　403
―こゑをゆかしみ　2774
―つけそめしより　3715
―とひこさりせは　953
―なくこゑきけは　2306
―なくこゑきけは　3459
―なくはるなかの　1776
―ねなからをまて　2789
―ねにさそはれて　1008
―ねにさそはれて　1165
―ねをのみなきて　1450
―はつねはいかに　2131
―ふるすをいつる　15212
うくひすは
―いなかのたにを　1409
―うへもなきけり　2461
―おほくなけとも　5056
―こゑあはすなり　2041
―そこともいはす　686
―なかすなりぬる　3016
―はなのみやこの　1425
―またきなきしを　1634
―またつけそめぬ　2694
―まちつけてきく　1856
―むへもなきけり　2459
うくひすも
―いまはななきそ　5419
―うめもあまねき　3577
―ともともとむなり　14916
―はつねをそへよ　1194
―またつけそめぬ　2004
うくひすや　3566
うくひすよ　5827
うけためし　8328
うけつきし　14984
うけひかぬ
―かみのこころも　12423
―ひとのつらさに　11928
うけれとも　9268
うこきなき
―いしくらむらに　13964
―いしのすすりを　16194
―いはねにさける　36
―いはほにねさす　15970
―にほんのくにの　14165
―ひとのこころは　12029
―みよはいはねの　13150
―よよをかさねて　13827
うさきとる　14718
うしうまの　15370
うしつらし　12637
うしといひて　13899
うしとても
―いかかはすへき　8188
―つかれさらめや　15028
うしとてや　6685
うしなから　14337
うしやわか　7761
うしよりも　3434
うしろてに　8600
うしろめて　3108
うしろやすく　11556
うすかすみ　11055
うすからん　11807
うすきより　9131
うすくこき
―いろをかたみに　8472
―かすみのいろに　411
―かすみのうちに　2223
―きぎのもみちや　8171
―もみちちりしく　9862
―もみちちりしく　10027
―もみちのいろに　8470
―もみちふきまく　9772
うすくとも　2281
うすくなる
―きみかめくみに　14875
―こころもしらて　11984
うすけれと　9154
うすこほり　10590
うすすみに
―かきまきらはす　65
―かきまきらはす　901
―かけるもしすら　8492
―ゑかけるきくは　8083
うすすみの
―ひとふてかきの　63
―ひとふてかきの　898
―ひとふてかきの　2008
―ゆふへのそらに　8945
うすものに　14807
うすらきし　7292
うせにける　16046
うたたねの
―ほとなきゆめに　14557
―ゆめともしらて　13181
―ゆめはたえても　11936
うたひつれ　15109
うたふとも
―おきなかことは　9516
―もものうれへの　14829
うちいつる
―なみのはなには　619
―なみのはなもや　966
うちいてて
―いつかはみえん　11768
―いつかはみえん　12207
―つれなくはとも　12687

―たちもかへらて 3472
―とささぬたにの 14500
いりたたぬ 1566
いりたちて 12515
いりてしも 14361
いりぬへき 15219
いりはてて 3697
いりひさす 16006
いるかたの
―たかねのまつの 6621
―つきすめるよの 9909
―つきみるのみや 7974
―とほしとみつる 7987
―ひかけもこめて 15220
いるかたは 9302
いるかたを
―をしほのやまの 6514
―をしみてやなく 4015
いるつきに 12737
いるつきの
―きみをさそはは 12736
―ゆくへをとめて 9531
いるつきを 7526
いるやまの 9224
いれぬとて 11133
いろいろに
―おもひくたけと 12727
―さきみたるれと 9402
―みえしすかたも 13483
―ややさきそはん 8895
いろいろの
―いろをつくして 7193
―うさはかさなる 13552
―おもひをおのか 7013
―ことのはくさも 16401
―ことはのはなは 9097
―ことはのはなも 15130
―このはみたれて 10972
―このはみたれて 11135
―そてにけたれて 10077
―たまのなかにも 1997
―ねになくむしや 6703
―はなののつゆに 6701
―はなのひもとく 691
―はなのまかきの 4559
いろかある 7960
いろかしる
―きみかためには 2937
―ひとにみせまし 2981
いろかそふ
―ことはのはなに 18
―ことはのはなの 324
―はるはありとも 9976
いろかなき 7040
いろかには
―かくれすとても 588
―そむとはなしに 724
いろかはる
―くすのうらかせ 5922
―こころのあきに 12045
―こころもしらす 11819
―そてはなみたの 12185
―のへのくすはの 6582
―ひとのこころの 11834
―みきはのくさの 6559
いろかへて 8799
いろかへぬ
―かしのふみれは 14023
―ときはのやまの 2353
―なにこそたてれ 9970
―なにこそたてれ 10066
―のきはのまつの 5716
―まさきのかつら 11901
―まつかうらしま 15675
―まつかうらしま 16595
―まつのしたいほ 5748
―まつのちとせは 1525
―みとりのいけに 15544
いろかをや 1164
いろことに
―うつるこてふの 12638
―こころそうつる 8841
いろそそふ 10993
いろそはむ 1147
いろそはん 9088
いろそふも 16005
いろそふを 6676
いろそへて 9241
いろつきし 8212
いろなしと
―いひてやみなは 3528
―いひなおとしそ 7767
いろにいてぬ 7333
いろにかに
―あかすおもはは 7081
―あかてそちよも 2425
―おもひそいつる 566
―こころとめすや 1965
―そめしこころを 1530
―なれてもあかぬ 15645
―めてすははなの 2378
いろにそむ
―こころしられて 11
―つみうへきみも 7922
いろにたに 12048
いろになる
―いなはをみれは 7795
―おくてのいなは 7225
―はやたのくろの 15225
いろふかき 7921
いろふかく 7492
いろまかふ 4751
いろみえぬ 9405
いろもいま 7918
いろもかも
―あたなるよとや 3708
―かひなかりけり 3248
―このひとはなを 2403
―さかりひさしき 760
―しろきはなには 3401
―たくひあらめや 7262
―つねなきのみそ 1336
―つねなきのみそ 1365
―としにそひゆく 1432
―としにそふへく 545
―はつかなからに 1563
―ふりせぬやとの 967
いろもなき
―あさのそてにも 4473
―こころのはなに 8390
―こころのはなは 3681
―ことのはくさに 13734
―ことのはくさに 16453
―ふしはになつむ 15906
―まつのをやまの 8086
いろよりも
―かこそあはれと 659
―かこそいひし 2005
いろわきて 6216
いろをこそ 8115
いをとりも 15001
いをやまの 4918

【う】

うかひひと
―こころのやみや 4549
―なとやかくしも 4681
うかひひの 4506
うかひふね 4088
うかふへき 11620
うかりける
―あめのなこりの 469
―きのふのさかよ 454
うかるへき
―のちせをたにも 14756
―むくいにかへて 4809
うかれとり 16557
うかれめに 12843
うきあきの 7793
うきかもの 15176
うきくさの 14605
うきくさも 15207
うきくもに 15193
うきくもの
―うきておもひの 12195
―さまさまなりし 9026
うきくもは 8994
うきくもも 8606
うきことの 15025
うきことも 9238
うきことを 16172

いほのよもは　11521
いほふりて　595
いほりさす　12949
いまいくか　5211
いまいつか　9375
いまかれん
—あめのなこりの　15522
—ものともしらす　15708
いまこそは
—ひのくれぬるを　15743
—むすほほるとも　14567
いまこんと
—いひてわかれし　12274
—たのめをかねと　4602
いまさかむ　1109
いまさらに
—おもふといふも　12378
—しのふもはかな　11920
—なといろそはん　15908
—なにとこころの　11875
—みたれはそめし　11908
—むかしをしたふ　15902
—をしむもはかな　10121
いましいと　12698
いましかも　14333
いましたち　14966
いましはし　11542
いますこし
—のほれかはふね　1583
—よりこよさむの　9582
いまそしる
—いろにもかにも　16177
—おいもわかゆと　3474
—おとのみききて　11979
いまそはん　2530
いまたにも　14544
いまならは　14753
いまのときに　11421
いまのゆき　11179
いまのよに　16090
いまはきみ　15264
いまはたた　12388
いまはとて
—うきよをよそに　14045
—おきいつるはなの　448
—おきわかれゆく　11941
—おもひいりにし　8434
—たちかへるあきも　6107
—たちもやられす　2645
—まちもたゆまは　3971
—まちもたゆまは　4234
—まつよそいたく　12253
—わかるるけふは　13322
いまはとや　6611
いまはなき　15486
いまははや
—うみにいらまし　16611
—かせもうらみし　2215
—ともまちつけて　10717
—はまのまさこの　15952
—みなとこきいてん　16381
いまはみの　8506
いまはよに
—ありやなしやも　12840
—こころとめしと　2272
—ふるかひなしと　11657
—まつこともなく　2647
いまはよの　15027
いまはよを
—うつまさひとに　14603
—うつまさひとに　14620
いまふかは　8701
いまかては
—よそにおもひし　16353
—よもなからへし　16535
いままても　11187
いまみるも　8176
いまむいか　9376
いまめきし　3797
いまもかも　3838
いまもその
—なにのこりぬる　13911
—なはうつもれぬ　10421
—をりをわすれす　4575
いまもなほ
—こゑたかさこに　9820
—もとのみやこに　16645
—やへさきにほふ　1912
—ゆふゐるくもに　13096
いまもまた
—のなかのしみつ　13419
—みそなはすなり　9373
いまよりの
—あきにあふみの　7501
—あきのゆふへの　5952
—おいをなくさの　15569
—おいをやしなへ　15282
—ちよをゆつると　15346
—つゆけささそな　5994
—のやまもかくそ　9462
いまよりは
—あかすとひきて　493
—うゑてこそみめ　6470
—かはおとをのみ　11629
—かはくまもなく　16552
—しつやわふらむ　11633
—しはこるしつか　13839
—たれかはとはん　10153
—ちしほもまたし　6872
—つきをやまたん　5946
—ともをそまたむ　9501
—なかへりましそ　12447
—なににたとへて　16141
—はことのつゆに　8288
—はるのうめつの　3046
—ひさにつたへん　11435
—ひとをいなまし　5792
—よるはたさむし　9568
いまよりや
—ひことにさかむ　7142
—ふゆにこもらん　10994
いみつかわ　7739
いもかそて
—こすかせも　12856
—ふきこすかせに　12855
いもかりと
—いそくかほしの　9642
—いそくこころや　12585
—いそくこころを　1635
—はやるこころは　12642
いもとせの　15418
いもとわか
—うゑつるにはは　8114
—ならひいまちの　9317
—むかしつくりし　15929
いももなき
—ねやのかさとに　12829
—ねやのかたとに　15811
いもをしたふ
—こころはいまも　12822
—こころはいまも　15764
いもをまた　11273
いやしきに　9936
いやしきも　4716
いやつきに　1155
いやつつき　14982
いやとしに
—たれもみつきの　8926
—よににほふへき　15079
いやひこの　7752
いやましに　13591
いややしる　1240
いらかくち　7453
いらこさき　14011
いりあひの
—かねてをしみし　11745
—かねにきほひて　8485
—かねよりのちも　10581
—こゑさへしめる　682
—こゑにくれけり　10397
—こゑのほのかに　8201
—こゑはうつまて　9791
—こゑはのこりて　7018
—こゑふきさそふ　10198
—こゑよりのちも　127
—こゑよりのちも　889
—こゑよりのちも　5135
—こゑよりのちも　6364
いりかたの　9672
いりしひの　8805
いりしより

いとまなや 4968
いとみつの 4537
いなくきの 3409
いなしきの 8364
いなすすめ 7949
いなたはの 15062
いなつかの 8673
いなつまの 9629
いなはふく 12944
いなひかり 8937
いなみのや 14474
いなりやま 13348
いにしあき 11643
いにしあきの 9216
いにしはる 1859
いにしへに
—かへらんことは 10899
—かへるこころの 11033
—まれなるよはひ 9144
—まれのよはひも 2954
—みえしにしきは 15866
いにしへの
—あきをつらつら 8859
—いはとのせきの 11270
—おもかけなから 15227
—こととしいへは 8638
—しつはたおひの 14927
—しらへにきみか 8283
—たかいへはとそ 13682
—たれてすさひを 14235
—つふらえとてや 5239
—となせのはるの 3744
—はつねもけふの 4576
—はるのみかとの 3302
—はるもかくやは 1411
—ひともうれしと 2623
—ふてのはやしを 16540
—みちのしをりと 3374
—をさはのみつの 14082
いにしへは
—いかにゆききの 9941
—うさきをとりし 14787
—おおぬさにこそ 5214
—おなしくもゐの 5720
—おほねはしかみ 15491
—くさとももとも 15802
—たかいへしまと 13944
—たまのみはしの 3738
いにしへも
—かくやすみけん 8759
—ひとりなかめし 8674
—みちのためには 9378
—をふねくたけて 14291
いにしへを
—おもひかへせは 13210
—しのはんひとは 15468
—しのふなみたか 7843
—しのふなみたに 2625
—しのふのくさも 11034
—しのふるやとの 5684
—なれもこふれや 4635
いにしよを 3382
いねのなを 15114
いのちあらは
—あきこんかりを 5867
—おいかかまりて 14276
—またそみきりの 10425
いのちたに 13004
いのちつく 5264
いのちとて 4173
いのちなり 15553
いのらはや 12141
いのりこし
—かひもあらせよ 13455
—かみのみしめは 12422
—かみもつらしな 12335
いのりつる
—かみのめくみに 9575
—きみかことふき 9576
いはかねに
—たれしらきぬを 14311
—みたれてかかる 4912
いはかねの
—ここしきやまを 14713
—こりしくやまの 13080
—さかしきやまの 3299
—ぬれていろそふ 13647
いはかねを 10347
いはくくる 4027
いはけなき
—こころにたにし 12018
—こころにたにも 12002
いはしたた
—ことわりとしも 12432
—ことわりとしも 12756
—しらせてのちに 11881
いはしみつ
—かみのみゆきも 6512
—なかれにやとる 8093
いはすとも 11995
いはせゆく 10310
いはそそく 13592
いはたたく 4438
いはておもふ 3445
いはてたた 12440
いはといてし 1356
いはとよみ 5285
いはなみに 1542
いはなみの 13188
いはなみも 9887
いはぬいろに 2785
いはぬいろは 2478
いはぬいろも 1973
いはぬまは 3861
いはねふみ
—からたちわけて 10896
—さかしきみちを 2739
いはねより 16186
いはのうへに 14521
いはひつる 2834
いはほをも 13410
いはまより
—あきももりくる 3991
—しみつおちくる 4267
いはみのみ 1791
いひころし 15710
いひしらす 9420
いひしらぬ 785
いひそめて
—うきせにまさる 12229
—つれなからはと 12270
—のちつらからは 12675
いひよらん
—たよりもなみに 12091
—よすかもなしの 12280
いふことは 3614
いふことを 12667
いふせさに 4752
いふせさの 4943
いへきみの 16399
いへちをも 1460
いへつとに
—たをりはかりは 2472
—をりけんやまの 10809
いへつとの 10810
いへとしを 14905
いへとみて 13204
いへのうちの 3105
いへのなの 11447
いへのわき 15847
いへはえに
—いはきるみつの 12169
—いはもとたきり 12215
いへはまつ 15501
いへはわか
—こころなるへき 15094
—こころなるへき 15945
いへゐして 1017
いへをいてて 15944
いへをすて 16654
いほしめて
—ききしるひとの 5758
—こころをたにも 13837
—まつすまみみてん 13401
—まつすみみてん 13380
いほちかき
—いなはのくもに 8370
—やましたみつの 13082
いほとせも 15688
いほにふく 4680
いほのはな 3449

いつしかも
—しられそめまし　12241
—みををかのへの　13102
いつちにか　4023
いつちまき　15881
いつとてか　5446
いつとても　2521
いつとなき　13781
いつとなく
—うつるひかけも　10068
—おちてつもれる　10479
—ひまゆくこまも　1850
いつのあき
—たかたねまきて　7204
—はしのはしらに　7169
—はしのはしらに　7348
いつのあきそ　6698
いつのあきも　8378
いつのしも　10825
いつのとしも　9429
いつのまに
—いろをそふらん　6367
—こほりなかれて　579
—しもはむすふと　8991
—ふかくなるらん　7842
—みをむすひけん　9480
いつのよに
—おひはしめけん　7203
—まくとはなしに　16174
いつはあれと
—ふかきこのまに　5100
—ものにまきれぬ　10792
—やまのいほりの　8551
いつはたと　14354
いつはとは
—わかぬみとりも　14308
—わかぬみとりも　15669
—わかぬみとりも　15670
いつはりに　12492
いつはりの　11796
いつはりは　12377
いつはりを　14971
いつはれる　12339
いつまてか
—あれぬるなをも　13209
—いくたのいけの　12922
—かくてきくへき　13451
—かくてもきかん　7305
—かけのたれをの　12269
—くさきのうへに　7955
—こころつくしの　12547
—たひにうかれん　5462
—ひとのこころの　11781
—ひとのこころは　12734
—ひとはをりけん　16015
—ふらんとすらん　5432
—わかしきたへの　12372
いつまてそ　8
いつまてと　4135
いつみかは　7965
いつみさへ　15388
いつみても
—かはらぬいろに　4930
—こまつかはらは　14258
—まかふかけなき　15593
—みとりかはらて　15748
いつみわく　11223
いつもきく
—ものともなしや　420
—ものともなしや　7598
いつもすむ　7609
いつもふく　9611
いつよりか
—いつぬきかはの　14323
—たまてのきしに　14319
—たまてのきしに　14343
—はるのわかなも　1570
—やつのみたまの　9316
いつよりも
—かくあたたかき　2824
—さむきあきとは　8692
—とくくるはるか　1903
—とくくるはるか　10644
—はなのさかりの　5843
—はなのさかりの　5844
—はるさむからし　858
いつるひの
—あつまのみやこ　14943
—かけおそけれや　11526
—かけみぬほとは　4264
—かけをもみせす　10733
—たかねのゆきの　1696
—ひかりをよもに　94
いつるより
—あききりはれて　6411
—いりえにうつる　8352
—いるまてかけを　7477
—うききりはれて　6815
—うみつらはれて　6500
—かけをならへて　6418
—かすめるそらに　2705
—さやかにみえて　6316
—たかねあらはに　13349
—のきはのやまの　6595
—はやこのとのの　11734
—ひかりをそへて　8000
—ほのかにみえし　353
いつれをか
—あはれといはん　235
—あはれといはん　1181
—あはれといはん　5626
—あはれといはん　8810
—あはれといはん　9403
—あはれとおもはむ　5895
—あはれとはみむ　6876
—あはれとはみん　1887
—まつをしままし　1128
いていりの　2070
いてかてに　2550
いてていま　7154
いててきみ　11051
いててこし
—たにのふるすや　4365
—みやこのいほは　6322
いてはなる　13500
いとくらき　16376
いとたえし　15595
いとたけに
—こころをよせぬ　2392
—はなのひかりを　2393
いとたけは　13512
いととくは　16325
いととしく
—あまのしわさや　9810
—おほつかなきは　5802
—かなしかりけり　16444
—ふるきのまつの　11264
—へたてもゆくか　12516
いとのしま　15922
いとはしき　16608
いとはねと　9977
いとはやも
—うゑわたしけり　4617
—かすみにけりな　1571
—けさはかすみの　287
—けさはみやこに　67
—けふのまとゐに　7034
—ささなみとほく　843
—たまもかりさせ　13998
—とよとしつくる　9468
—ふるとしとほき　1400
—みとりをそへて　3608
—わかきのさくら　3113
いとはるる　12223
いとはれて　11809
いとひかね　10824
いとひても　13006
いとふかく　11567
いとふとも　12917
いとふとや　15874
いとふなよ　12285
いとふらん　12150
いとへとも　13284
いとまたき
—あきもやたつと　5101
—おきてそみつる　11110
いとまなき
—しほやきころも　7503
—しほやきころも　7516
—なたのしほやの　1176
いとまなく　1176

―あふせもなみの 12184
―あふともしらて 11839
―みるめもなみの 11754
いさよひに 9311
いさりひか 5221
いさりひも 7366
いさをしを 14991
いしすえも 16458
いしとなり 16184
いしのうへ 9428
いしのおひ 15867
いしはなの 15341
いしはぬれ 16555
いしをかむ 13835
いせちより 16324
いせのうみ 11673
いせのうみの 14191
いせのうみや 7925
いせひとの
―あふりものにて 16355
―きみにおくれる 16356
―せしひかことを 1243
―ひかめなるへし 15433
いせひとは 1232
いせひとも 15432
いそきはは 15955
いそきふけ 3676
いそたにも 11544
いそちあまり 15696
いそちより 14657
いそによせ 15580
いそのかみ
―ふりてひさしき 2867
―ふるくきこえし 9011
―ふるのささはら 10009
―ふるのたかはし 11461
―ふるのなかみち 5793
―ふるのなかみち 13925
―ふるのなかみち 15367
―ふるのなかみち 15368
―ふるののをささ 9793
―ふるのみやこの 921
―ふるのやまたも 4535
いそやまも 7521
いたたきの 11120
いたたける 15563
いたつらに
―あすやちりなん 2268
―おいぬるたにも 14509
―おいはてんとは 16606
―おくりむかへて 12918
―くれぬるほとそ 1462
―けふまてへつる 11595
―けふをすくすな 15624
―ことしもくれぬ 10046
―ことしもくれぬ 11301
―すくるつきひと 4204
―すくるつきひと 5001
―つきひはかりは 14570
―としのみふりて 10949
―ねてあかさめや 5912
―ねてもふるかな 3222
―ねてやあかさん 8687
―ねてやあかさん 9239
―はのみしけりて 8643
―ひとしぬれは 12544
―よにへんよりも 2648
―わかよふけぬる 10213
いたまかせ 10374
いためやま 7732
いたやふく 492
いちかはの 15068
いちしるく 14848
いちちるき 11408
いちなかに 15962
いちなかも 13610
いちのうちの 11741
いちのとも 11742
いちはやく 15410
いちひとに 12193
いちめかさ 15859
いつかかく 12797
いつかたに
―うつりすむとも 15355
―うつりはつらん 11773
―すみやかへまし 16635
―ゆきてみるとも 9307
いつかはと 13942
いつかまた 3595
いつかよに 14304
いつかわれ 16648
いつかをは 15687
いつくさに 14075
いつくそと 14449
いつくそや
―しろきつはさの 2940
―としをわたりて 15808
いつくとは 14025
いつくとも
―ききそわかれぬ 4939
―しらぬしほちの 8436
―しらぬしまとや 14332
―しらぬみやまの 6076
―しらぬみやまの 6282
いつくにか
―あすはわかれん 14019
―おもひくらへん 8230
―おもひくらへん 16276
―かくれたるらん 12866
―かねのひひきも 5669
―かりねしつらん 13890
―きこえあくへき 15309
―きこえあくへき 15317
―きみゆかさらん 14906
―くさのまくらを 6126
―くすりたつねて 14520
―こころもちらむ 2283
―こそのふるかの 2490
―すみうかるらん 13362
―つままとはして 10651
―とのつくるらん 14251
―ふゆののこりて 3061
―またいのりみん 12054
―またかくれまし 15336
―やとりからまし 7328
いつくにも
―いかておよはん 9250
―さきはすらめと 1884
―はるたちくらし 1315
いつくをか
―いまはたつねん 2288
―さしてしたはん 10642
―さしてしたはん 10655
いつこそや
―いらこのさきの 13936
―よふこのやまの 2778
いつこにか 10227
いつしかと
―あかつきふかく 12955
―あきやきぬらん 6497
―おもひこかれし 7775
―おもひしあきの 7401
―おもひしあきは 3992
―おもひしあきは 7433
―おもひしものを 7290
―おもひのほかに 3781
―かりしほちかく 7696
―きみまつさかに 3843
―きみまつやまに 5420
―くもとちはてし 4075
―ころもてすすし 6340
―しものかれはの 351
―なにまちつらん 12715
―なもわくほとに 589
―はなそめころも 3925
―はるたちくらし 93
―はるはおもひし 9157
―ふちさくいけの 809
―ふるののさわの 1121
―またれしものの 8058
―まちこしあきも 7367
―まちこしかとも 7440
―まちことにせし 2007
―まつのこのまの 814
―まつほとよりも 5968
―まつまやさかり 7138
―みつるこしまの 5721
―ゆきはのこらて 915
―わかまつあきは 5249
―わかまつさくら 5891
いつしかに 4569

—しつけからまし 1069
—すてかねつとも 3644
—そてしほるらん 5787
—つゆけかるらん 6996
—としはふるとも 3509
—としをへにけん 4915
—はらたちさわき 15069
—ふかからねとも 1736
—ふかきあはれの 8049
—わかともひとの 11116
—ゑみのまゆをか 4822
いかるかの 13955
いきうしと
—いひてかへらは 5336
—いひてやまたも 5334
いきたなく 13616
いくあきか 6867
いくあきそ
—あまのかはらの 7412
—かきりもしらぬ 7996
いくあきも
—かかるちきりを 7112
—かはらててらせ 9105
—のこるあつさに 9633
いくかへり 11361
いくくすり 15296
いくこのめ 3416
いくさとか 10098
いくさとに 13047
いくさひと 14796
いくさふね 15334
いくそたひ
—しくれふるらん 13941
—ゆきかへるとも 8787
いくたひか
—おひかはるらん 1618
—かせをひかりに 6149
—くもかかるらん 11484
—しくれあられに 10246
—たひゆくひとを 10499
—ふねよはふらん 13051
—ふりもさためす 10028
—まきてかるらん 14286
—みつくとすれと 9975
いくちたひ 12050
いくちちの 13584
いくちとせ 101
いくちよそ
—あきなきときも 7788
—あきなきときも 13184
—すみてひさしき 7004
—へにけるかすも 13370
—へにけんとしも 13024
いくちよと
—かそへもつきす 12891
—たれかかそへん 7604
いくちよを
—かけしちきりそ 6906
—つむともつきし 6857
いくつなつ 5663
いくつねて 11291
いくつらそ 5957
いくとせか
—いはてしのふの 11937
—かはらぬねをも 13535
—ひとりすむらん 7522
—をかへのまつの 9872
—をかへのまつの 10101
いくとせの
—うたのむしろに 13485
—ゆきつもりてか 10601
いくのをか 2222
いくはるか
—みつのこころも 1466
—みとりになひく 933
いくはるの 1478
いくほとも 8467
いくみたけ 15713
いくむかし
—たつへたつらん 638
—ふるのもりの 87
—へにけるやとに 5948
いくめくり
—あけたつはるそ 195
—くみておいぬる 6902
—すみてみるらん 9680
—つきぬちきりそ 13521
—てらしきぬらん 9469
—としのひとよは 5978
—なきおもかけを 6640
いくもとそ 1936
いくゆふへ
—ききなれにける 11857
—しらぬうらわに 13453
いくよしも 3897
いくよとも
—かきらぬつきは 7122
—かきりそしらぬ 2137
—かきりそしらぬ 14673
—しらたまつはき 16334
—たれかかそへん 6853
—はかりかたきは 15498
いくよねぬ 4153
いくよよの 13540
いくよりと 5440
いくよをか
—かけてさくらん 7599
—かけてそむらん 2410
—まちふかすらん 12743
いけかみの 8802
いけなみに 7298
いけのなの 12765
いけのふちの 189
いけはみな 11464
いけみつに
—かけをうつせは 7299
—きえせぬゆきの 2305
—ちりうくはなを 586
いけみつの
—あさきかたより 10154
—こほりてみゆる 10166
—こほりのうへに 9817
—こほりやさらに 243
—すむへきちよの 2087
—にこりにしめる 4754
—まこもにましる 4453
いけみつは 14336
いけみつも 5624
いけもせに 10797
いけるひに 14838
いこまやま
—かけまたみねに 9221
—くもにへたつと 15273
—たかねをつきの 8357
—たかねをつきの 16118
—やまかけなから 9222
いさきよき
—いけのこころの 13292
—かややかのきと 15151
—きみかこころの 8865
—こころことはの 8413
—しみつのみやに 14329
—そのものことに 14995
いさけふは
—すすみをかねて 4949
—ねのひのこまつ 481
—わかなつみてん 914
いさことも
—しほひのかため 16300
—はやひのもとへ 15700
いささかの 11571
いささけき 3598
いささみす 4692
いささみつ 4224
いささらは
—あひやとりせむ 878
—きみとあひおひの 15511
—ふきほしてゆけ 6102
—われもいりなん 14159
—をふねこきよせ 1765
いさときみ 10985
いさともに
—かけふりぬとも 13549
—くみてあそはん 16366
いさにはの
—をかへにたちて 13969
—をかへにゆきて 13968
いさやかは 14325
いさやこら 7721
いさやまた
—あふくまかはも 12767

—ひかりをまたや 14614
あらましき 8056
あられにや 10769
あられふり
—いたまかせあれ 9803
—このはしくるる 10533
あられふる 10572
ありあけに 9549
ありあけの
—かけさやかにて 13782
—かけをのこして 10033
—ことのはかせに 8983
—つきかけくらき 13620
—つきかけにほふ 779
—つきかたふきて 13287
—つきさすかたに 8386
—つきにおくれて 6092
—つきになるよを 5022
—つきのいりえの 10660
—つきのゆくへの 10188
—つきのゆくへの 10209
—つきまちかねて 6472
—つきをかけても 11932
—つきをまつとや 10692
—みかつきになる 2163
ありありて 2171
ありありと 2156
ありしよに 14559
ありしよの
—あきをやまねく 7011
—うらみもきえて 10871
—さつきのあやめ 4057
—ひとはとしとし 3794
—ままのつきはし 12132
ありそへの 14626
ありてなき
—まほろしのよを 14596
—よのさかみせて 14058
—よははまくりの 16525
ありてゆく
—かけもととめす 1110
—なかれもかれて 4571
ありときく
—ころものうらの 14261
—むねのはちすも 4753
ありとしも 2172
ありとても
—いつまてかくて 10372
—ことかたらはぬ 14562
ありなしと 1241
ありのみを 1234
ありはてぬ
—みははせをはの 2176
—よはたひなるを 14097
ありふるも
—かりそめのよと 13666
—はてはのこらぬ 10236
ありふれは
—これもうきよと 10496
—ゆきもまたみつ 10938
ありへてそ 13557
あるかきり 11593
あるはきえ 8497
あるはよひ 14999
あるものと 14057
あれにけり 8235
あれにける
—なのみととめて 13656
—はちをかてらの 2089
あれぬるか 1449
あれはたも 15160
あれはてて
—つゆところせき 12041
—のとなるにはの 389
あれわたる
—かきねのすみれ 525
—やとのみきりの 2
あゐよりも 7177
あをたにも 3740
あをによし 4448
あをねろに 14749
あをやきの
—いとくりかへし 1670
—いとさためなき 1631
—いととくみする 404
—いとなかきひを 5783
—いとのなかなる 16037
—いとのみたれの 1399
—いとのもとにと 1742
—いとへたてても 1958
—いとわかかへり 2337
—いとわかかへる 2338
—いとをとなりに 1428
—めつらしとみし 5784
あんなから 8809

【い】

いえつとに
—いつれをわきて 7693
—わけてはをらん 6078
いえゆかは 16336
いかかせむ 4105
いかかせん
—〔　　　〕ややのの 12097
—けふりとならん 12177
いかこさき 13958
いかさまに
—おしたててか 16523
—ことはかりせは 12459
いかつちの 4841
いかつちを 5361
いかてかく 16523
いかてかと
—おもひしあきの 9670
—おもひしいのち 3309
—おもひしものを 6752
いかてかは 13706
いかてよの 16573
いかてわれ 4669
いかならん
—けさのしらやま 2546
—このよたにかく 4320
—となりたえたる 13134
—なへてゆかしき 11090
—やそちのしもの 8903
いかなりし 14273
いかなれや
—おもひをのふる 16647
—けふこそおひし 12671
—よをもいとひし 568
いかにうき 9495
いかにきみ 15494
いかにさは 6829
いかにして
—いさこをまなこ 15698
—おいはいますそ 9369
—せはしきやとに 7054
—たをりきぬらん 1267
—つみてきぬらん 49
—ひとにしらせん 12580
—ひとのうきせを 12486
—ひとのうきせを 12501
—わけいりつらん 10848
いかにせむ 15409
いかにせん
—おもにおふへき 14844
—おもひのけふり 11770
—かみのいかきは 12327
いかになほ
—さひしからまし 7126
—そてしほれとか 6962
—てりまさるらん 9525
いかにねて
—またもみつかん 13372
—みえけるゆめそ 13668
いかにふる 11160
いかにみは 12306
いかによし 9800
いかによせ 10589
いかはかり
—あめはふるとも 8590
—いひたらすとも 10897
—いひちらすとも 16069
—いふせからまし 4666
—うれしからまし 12739
—うれしからまし 13233
—かけすみぬらん 7342
—ことはのはなの 3573
—さかえかゆかん 13825
—さひしとかおもふ 9112
—さむかりつらん 11338

あめはまた 15234
あめはるる
—あとよりすみて 13165
—あはたのまつの 3183
—あらしにゆきの 1205
—いりえのみつに 4545
—こかけすすしき 5009
—さつきのそらは 5195
—さとのゆふけの 15607
—たみののしまに 13705
—とやまのそらの 10078
—なこりのくもの 4397
—のきのたまみつ 14313
—のきはのまつの 13797
—のやまのあさけ 15930
—はなののてふの 8645
—はるののはらの 3589
—ひはらのつゆの 4007
—をりしもにしと 15167
あめはれし
—こよひのつきを 8873
—つきをめててや 9089
あめはれて
—あやめにすかる 4683
—いよいよあをき 13245
—うちなかむれは 15290
—うつるゆふひも 15172
—えのみつとほく 3237
—くもたちのほる 5647
—くもやのこると 3011
—けさのあさひに 3182
—そめますききの 15171
—ちかくみゆるは 5524
—ひかけのとけし 2248
—よよしとむかふ 4394
あめはれぬ
—さつきのくもの 5072
—たなはたつめの 7812
—のきのたまみつ 9003
—のたのわかなへ 5618
あめはれは 7338
あめはれる 8922
あめふりて
—かせすさましき 8635
—かみさへなりぬ 5725
—きみきまさねと 9078
—つきもみえねと 8853
—のはかすみけり 3758
あめふりぬ 9013
あめふれは
—なへてのはなは 6207
—なほそまたるる 4581
あめませに 429
あめもはれ 8605
あめもよと 9070
あめもよに
—かすみわたれり 2941
—かすむあしたは 3436
あめもよの
—かはつのこゑを 5386
—くもにうつして 9691
—そらもはるたつ 826
—ゆふへのくもに 9492
あめもよほを 3073
あめもりて 2916
あめもると
—ききてふりにし 2672
—ききてふりにし 15641
あめやいま 8582
あめやふる 16012
あめやみて
—くもはれのほる 5813
—つきまつよひと 9675
あめよりも 5020
あめをこそ 646
あめをのみ 5359
あめをよふ 13681
あやうしと 3377
あやしくも
—こころのとまる 4704
—たれかわたると 15168
あやしとは 10962
あやなくも 11978
あやなこの 3574
あやにくに
—かれゆくひとを 11790
—きかまはしきは 4200
—くるるひかけの 161
—はなさかぬまは 2267
—みにしむおいの 7773
あやにくの 447
あやにしき 15261
あやひかき 15864
あやふむも 16473
あやめくさ
—かほるよとのの 4775
—かほるよとのの 12417
—かりやもみとせ 5117
—かるあとみえて 4162
—くさねあらひて 4465
—なかきねさしを 4049
—なかきねさしを 4528
—なかきわかれの 4058
—ねなからいのる 5878
—はすゑにむすふ 4459
—よひとはのきに 4221
あやめひく 4466
あやめふく
—けふとしなれは 4807
—ころのけしきに 5405
—さつきのけふの 4637
あゆあなし 15846
あゆはけに 15378
あらいそに 13381
あらいその 10713
あらかねの
—つちにきさせる 11664
—つちはふめとも 5576
—つちもつねなき 15623
あらかねや 15857
あらかりし 8908
あらきかせ
—きみふせかすは 13001
—ふせかんかけの 14419
あらけゆく 14961
あらさらん 2184
あらしふく
—かみちのやまの 2229
—かみちのやまの 2302
—このやまさとを 15923
—すすのしのやの 13385
—そののむらたけ 10796
—のきはにつくる 16495
あらしやま
—たかねのくもは 5509
—はなちるころの 2278
—はなはさかりに 857
あらすなる
—おいもこころの 16234
—こころのみちも 4423
—みはふるいへの 2178
あらそひし 6549
あらそひて 11715
あらたへの 3772
あらたまの
—としあけしより 2845
—としたちかへり 1142
—としとのみこそ 3421
—としのうちより 1537
—としのよとせを 2412
—としのをかけて 1301
—としのをかけて 1902
—としのをかけて 10643
—としのをのへの 1153
—ともによはひを 2684
—ねんたちかはる 3397
—はつはなみれは 2819
—はるたちきぬと 1944
—はるたちしより 2854
—はるたちしより 8653
—はるのひかりは 1328
—はるのひかりも 2216
—はるのやなきの 2894
—はるはいかなる 3753
—はるはこそより 1775
—はるひにあたる 1985
—はるひのそらに 1984
—はるふるゆきは 3306
あらはれし
—のちもなほみん 11992
—ひかりをさらに 15473

あまさかる
—ひなちのうさも 8151
—ひなにあるわれを 14975
—ひなにきこえし 16268
—ひなにはなれぬ 3492
—ひなにもとしは 10208
—ひなのあらのの 13366
—ひなのなかちを 13913
—ひなもみやこも 2884
あまたある 14747
あまたたひ
—しくれしあきの 9134
—なゐふるひるも 11261
あまたとし
—たつねてここに 4774
—たつねてここに 12416
—つめとあかぬは 1414
—ふるえのはきの 6758
—ふるきのさくら 2436
—よそにねこして 8429
あまたにも 2174
あまちにや 11024
あまつかみ
—きみにさつくる 14917
—なはしろみつの 14647
あまつかり
—かへるをみてや 1792
—つはさもみえす 6302
—つらをみたして 8570
あまつそら 13513
あまつひに 5711
あまつひの
—いろにはさけと 3965
—かけもくもらし 13520
—したをめくりて 5712
—ひかりをわきて 4835
—みかけかくせし 2038
—めくみかしこみ 11505
あまてらす
—かみちのやまの 7214
—ひつきをつくる 10019
あまてるや 15862
あまならぬ 12980
あまのかは
—あさせにすまふ 8961
—あせぬるよしも 7567
—かはおとふけぬ 6889
—せきくたすかと 4166
—とほきわたりも 6188
—はしもをふねも 11005
—はれのくくもの 7463
—みかさもみえす 4156
—よわたるつきの 6721
あまのかる 15801
あまのくむ 6677
あまのすむ
—いほちかからし 9394
—さとのしるへや 13059
あまのとそ 5448
あまのとの 2456
あまのなは 8652
あまのはら
—くものちりいぬ 16365
—とはにめくりて 9447
—なるかみよりも 10937
—みとりのうみの 16498
—ゆくめくりつつ 13519
あまひとの
—たくものけふり 822
—なみかけころも 6964
—わかすむかたも 1388
あまひとは 8682
あまひとも 810
あまひとや 7873
あままをも 2906
あまもみよ 13005
あまもよの 1080
あまをとめ 10616
あまをふね
—いまこきいてよ 13727
—こきやいつらん 13860
—みさをもなみに 2161
—よるのみるめも 13266
あみたふと 4917
あみたふに 2186
あみたふの 6238
あみたふを 6266
あみのめも 15689
あめかした
—すへをさむるも 14907
—ゆたかなるよに 14169
あめかすむ 613
あめかせに
—さくらはちれと 5731
—はなはちりけり 5732
あめかせの
—きのふかからは 8891
—くさきはそてを 11557
—しけきのみかは 2273
—はけしきまては 8892
—はれまはまつに 14229
—ほたしをよくと 3689
あめかせは
—おいてきくたに 8636
—のかれしはなの 3685
—はけしけれとも 14809
あめかとて 8830
あめきほふ 4051
あめくたる 3242
あめけふり 5543
あめけふる 11382
あめこふる 5231
あめさそふ 1245
あめしけき
—ことしのさかよ 3007
—ことしのはるの 3009
—このたひなれと 16244
—としにもあるかな 2843
あめしけみ 5568
あめすきて 8534
あめすくる
—かややかのきの 15154
—にはのきくさの 4087
あめそそく
—ふちのしなひの 1088
—よもきかねや 9004
あめつちに
—みつほのくにの 2181
—わかみひとつの 14958
あめつちの
—あらんかきりは 7570
—かきりなきよを 6997
—かきりをさへも 16026
—かみしまもれは 13522
—かみならすして 16109
—かみのかためし 14490
—かみみそなはせ 16107
—かみもたすけよ 14757
—かみもみそなへ 16106
—かみやかためて 13297
—さとしをみても 14959
—めくみをひさに 15416
あめつちも 14536
あめつちを
—てらしつくして 9597
—ふくろにいれて 15312
—もとつおやそと 16241
あめつゆの 8664
あめなかに 5387
あめにけふ
—くさのいほりを 13663
—しひてをらすは 9111
—ぬれつつそゆく 13069
あめにさへ 8611
あめにしほれ 1947
あめにしむ 2409
あめにそふ 5074
あめにちる 2607
あめになほ
—たけゆくはるな 2464
—わかなのいろも 2463
あめにぬれ 8448
あめにひの 9493
あめにます
—かさまのかみに 12833
—かさまのかみに 15831
あめのひに 5788
あめのひも 2606
あめはいま
—はるるあらしの 428
—ふりいてにけり 9076

あはれたか　1246
あはれてふ
—きみかことはを　1007
—きみにあらすは　10495
—ことをひつちの　8677
あはれとて
—くるひとあれな　1630
—つゆわけいりし　11793
—とひよるねやの　12407
あはれとは　12522
あはれとふ　11335
あはれとも
—かしかましとも　9534
—きかるはかりの　12088
—ひとはおもはぬ　11851
あはれとや
—そらにしるらん　15155
—つまもきくらん　7422
—みそなはすらん　2157
あはれなり
—あるかなきかに　7382
—あるかなきかに　7512
—けふのけふりと　1249
—よもきかまとの　12985
あはれなる
—おいのみかのの　7889
—おいのみかのの　14301
あはれにも
—こととひなるる　10244
—なきよるねやの　5935
—のこれるかけそ　12988
あはれまた
—かりそなくなる　7114
—ことしのあきも　6110
あはれよに
—ふるほともなき　11257
—ふるほともなき　11302
あひおもふ
—ともにあふてふ　14701
—とものむなしく　14591
—なかのひとめの　12808
—はてはひみつと　15412
あひおもへよ　3426
あひかたき　15541
あひきしつ　13394
あひきする　13395
あひてしも　12477
あひにあひて　8091
あひにあふ　505
あひみしは　12614
あひみすは　9044
あひみては
—いろもかはらぬ　11943
—なほそぬれそふ　12011
あひみても　12180
あひみぬは　12652
あひみまく
—ほしのゆふへの　6887
—ほしのゆふへの　7631
—ほしのゆふへの　12278
あひみれは　12859
あひみんも　14355
あひもみす　12646
あふきみる　2159
あふきをや　7159
あふくへし　11226
あふくまに　11686
あふことの
—あらはとこめし　11954
—いまはよとのの　12712
—かくつきなくは　12860
—かたかけふねに　12834
—かたかけふねに　15836
—かたきこひちは　12287
—かたきみにこそ　12291
—かたきをつくる　12135
—かたときくこそ　3254
—かたにおふてふ　3255
—かたぬくしかの　12136
—かたのうらなみ　12487
—かたのうらなみ　12503
—つきなきよはも　12531
—ときはのさとの　9184
—ととこほりぬる　12250
—なきなをたてて　12469
—なみたかたしく　12068
—なみたかたしく　12387
—なみたにかけの　12398
—なみたにかすむ　12145
—なみたにかすむ　12679
—なみたにくもる　11942
—なみたにつきは　6914
—なみたのうみの　12583
—なみたのつゆを　12371
—まれにもなみの　12703
—むすほほれゆく　12038
あふことは
—いさやいつとも　11886
—さてもかたたの　12126
—さてもなきさを　12311
—ととこほるとも　12717
—なつみのかはの　12090
—よしかたくとも　16404
—よとみかちなる　12120
あふことも
—かたしくそての　11913
—かたしくそての　11968
—かたへくちゆく　12232
—なたのしほやの　11771
—なたのをふねの　12182
—なみたのうみの　12312
—なみまにおろす　12181
あふことを
—たのめぬなかに　12237
—ととめらるかな　12318
—まつそはかなき　12000
—まつとせしまに　12043
—まつのときはに　12389
—まつのはしらの　12003
—まつのはしらの　12019
あふさかの
—このまをいてて　6417
—せきちもゆきの　1364
—せきのこなたの　12863
—はなよりさきの　851
—はなよりさきの　1123
—やまちのつきの　7058
あふさかや
—せきともみえす　6521
—とささぬせきも　5636
—とささぬせきも　13050
—とささぬよにも　562
—ゆくもかへるも　10179
あふせをや　12140
あふちさく　3997
あふとみし　11868
あふとみる　12427
あふひくさ　4725
あふひより　5775
あふみちの　1805
あふみのみ
—いそのさきさき　8231
—やそのみなとも　8769
あふむをや　9038
あふよしも　12772
あふよはの　12489
あへすちる　7969
あまかける
—たつのうまかと　8804
—つはさもかなや　12587
—つはさもかなや　16451
—とりにはありとも　15011
あまかせに　8756
あまきつゆ　14656
あまくたる
—あらひとかみに　15861
—かみのみましか　13345
あまくもに　5848
あまくもの
—けふうつまさも　8405
—はれまやあると　9570
—はれもやすると　7294
—やへかさなりて　6164
—よそになひくと　12175
—よそになるやと　14129
—よそのわれさへ　8254
—よそめもすすし　5700
あまころも
—きつつなつてふ　13901
—しほたれたりと　3716
—なれゆくなかを　11909

―かたふくまつに　5857
―しみつのもとに　5686
―のきはのやまに　4361
―のきはのやまに　4531
―みなつきはつる　4101
―みなみのかせの　2166
あつきひを
―くらしわひつつ　4446
―へたつるかけの　4076
―へたつるかけの　4155
あつきよも
―すすしくなれる　5815
―ねふきにまけて　5816
あつけきを　5344
あつけさに　5744
あつさすき　9695
あつさゆみ
―いかてかへらん　2340
―いそへのまつの　13641
―いそへのやまの　2792
―いそへのやまは　2761
―いそへをとほく　10286
―いてのとねりか　13977
―いるさのつきに　7539
―おきふしなれて　759
―かへりもあへす　2339
―すえなかためて　1717
―ともねしてこそ　12819
―ともねしてこそ　15754
―とりつたへたる　2872
―はるくるかたの　1695
―はるたちくらし　1154
―はるなつかけて　5439
―はるのかすみも　1501
―はるのかすみも　1701
―はるのみとりの　1821
―はるのをとほく　2220
―はるひすくなみ　15005
―ひきしほみえて　14190
―ひきつらなりて　3770
―やさしかりける　16620
―やはせのさきよ　13670
―やはたにつつく　5234
―やへやまふきの　1108
―やよひのももの　1616
―やよひもけふは　2062
あつさゆゑ　8844
あつさをも　4595
あつしさを　5275
あつしとは　16073
あつまちの
―ききやうかはらの　8791
―にふはいつくそ　14007
―ふしをみしひと　13507
あつまちは
―なたかきふしの　14317
―なたかきふしの　14339
あつまちを
―かけておもへは　13203
―ゆくゆくいかに　1028
あつまやの
―まやのあまりに　2225
―まやのあまりの　8733
―まやののきはも　4639
あつまより
―いまこんはるを　11050
―そめしもみちの　8822
―なきはしむらし　13571
あつむとや　4440
あつめおきて　11425
あつめおく　12965
あつめきて　9518
あつめしは　11424
あつめねは
―ひかりなきみの　9982
―ほたるはかりの　12927
―ほたるはかりの　13125
あとしたふ　6259
あとたえて　10529
あとたれて　13965
あとつけて　10003
あととへと　13274
あととへな　13273
あととへは
―そてのなみたそ　11316
―はやひととせを　1457
―みとせのしもの　11558
あととめて　10249
あとのつき　6564
あとはさそ　11174
あとはたか
―ことはのみちに　11194
―ゆくさきとたに　11165
あとふりし　14455
あとみても　16036
あともなき
―すさくおほちの　3381
―なみのうへなから　13861
―ふはのせきやに　11250
あともなく
―あれゆくやとは　14687
―かれぬとみつる　13407
―きえゆくとしの　10918
―きへにしゆきの　10578
―ふりかくされて　10238
―ゆきかくれぬる　10715
あともみす　2183
あともみぬ　6142
あなうとも　9305
あなうわか　2167
あなかしこ　14028
あなさむと　11358
あなしかせ
―ゆきふきかけて　10110
―ゆきふきかけて　10224
あなたふと　16163
あなにくと　14145
あなねつみ　14770
あなわひし　9009
あはしとも　11953
あはすして　16264
あはすはと　13240
あはたのや
―あはふにましる　5474
―あはふにましる　5497
あはたやま
―あはとみるまに　11566
―あはともみえす　5657
―あはれとさこそ　11748
―かひよりのほる　2848
―たかねにかかる　5507
―たかねのゆふひ　5496
―たかねをこれと　8591
―ふかくかすめる　3257
―ふもとのあはふ　8577
―ふもとをめくる　8788
―ふもとをめくる　9508
―みねのまつのみ　3258
―ゆうひにみれは　2943
―ゆふひのかけは　9482
あはちかた　6151
あはちしま　6943
あはちのや　15057
あはてのみ　12330
あはてふる
―いもかあたりを　5228
―としつきよりも　12595
―むねのなけきの　12877
あはてへし　8724
あはてみの　11976
あはてよに　12661
あはてわか　13169
あはとみの　14604
あはぬまの
―うきせにたへて　8960
―つれなきよりも　12102
―なかめかしはの　12482
―なみたのいろも　7566
―はたつもりなは　12519
―ひとひもふれは　14811
―ふたつのほしの　7568
あはぬまは　11933
あはぬよの　12785
あはぬよは
―いつれまさらん　12446
―みやこもおなし　11786
―よしかさぬとも　12233
あはゆきの　79
あはらなる　7552
あはれしる　6049
あはれしれ　11996

—やまからふゆの　8297
—やまからふゆの　8318
—やまさむけれや　10772
—やまちのあきも　9381
—やまちのゆきの　10126
—やまとりのをの　9615
—やまにすむてふ　8296
—やまにすむてふ　8317
—やまのあさきり　5414
—やまのあなたの　15916
—やまのいすみの　5299
—やまのかすみを　1549
—やまのかひなく　13619
—やまのこのはを　9967
—やまのさくらは　2247
—やまのたかねの　11162
—やまのはいつる　9712
—やまのはいつる　9718
—やまのはとほく　9303
—やまのみとりは　5645
—やまひいとよく　3553
—やまひしをれは　11156
—やまひもうとく　15600
—やまほとときす　5623
あしまより　12951
あしろきに　9961
あしろさし　11688
あすありと
—おもひのとめぬ　2879
—おもふこころの　11624
あすかかは
—かはるふちせも　4157
—ふちせにかはる　13038
—みをしたえすは　2169
あすかてら　200
あすしまぬ　2177
あすしらぬ
—おいこそいとと　13876
—けふのわかみの　14643
—けふはちとせを　7188
—みのうきふしは　13468
—みのなからへて　1901
—みのなからへて　13392
—みはあたしのの　6231
—みをうつまさの　10865
—みをなかかれと　13759
—みをなかかれと　13875
—わかみなからも　6158
—わかみはおきて　13651
あすそみん　8852
あすといふ　11800
あすとはは　2741
あすなかは　5416
あすならは　8795
あすのかけ　2164
あすのそらは　8560
あすのひま　2165
あすのみと　3261
あすはまた
—いつくのうらの　14554
—うくひすさそへ　519
—しのひやせまし　4403
—ともさそひこん　5007
—みかさもそそふ　4251
あすまては
—あらしのかねの　1357
—さてもあらしの　263
—さてもあらしの　630
—をしませしとや　1594
あすもありと
—おもひのとめぬ　2586
—おもふこころの　10006
あすもこん　10010
あすもなほ　11502
あすもまた　3622
あすよりの　3951
あすよりは
—あめもやはれむ　5297
—いとひやせまし　5095
—いとひやせまし　5108
—きかしとおもへは　7998
—たれかすさめん　4458
—ちらはちらなん　7457
あせにけり　12390
あせにける　99
あせはてん　12240
あそふとて　14883
あそふとも　14837
あたうちて　14924
あたうつと　15021
あたこのや　15957
あたこやま
—しきみかはらに　10603
—ひことにくもは　9067
—やまさきかけて　5508
あたしなの　988
あたしよと　7845
あたしよに
—あらはれませは　16142
—こころをそめぬ　2270
あたしよの
—いろにならはて　2243
—ことはのつゆの　13494
—はないろころも　4620
—みのおもひてや　2185
あたしよを
—おほくのひとに　16164
—おもへはたれも　12792
—ちへのにしきと　13553
—みするさくらの　14499
あたたけき
—このはつはるに　3476
—ときをまつらん　3575
あたなみの　11764
あたなみは
—かけしとおもふを　12314
—さもこそあらめ　12315
あたなりと
—きくさのはなや　15564
—たれかいひけん　1681
—たれかいひけん　3727
—はなやかへりて　764
—はなやかへりて　14494
—はなやなかなか　1531
—ひとやとかめん　1615
あたなれや　488
あたにちる
—うさもわすれて　91
—うさもわすれて　380
—うさをみしとて　1257
—こころのはなを　12221
あたにへし
—としををしまは　15192
—みのなけきたに　10702
あたにみの　14200
あたにやは　5338
あたによる　13231
あたひとの
—こころこのはと　11840
—こころのあきに　11833
—こころのいろに　11774
—こころのはなの　12155
あたひなき
—たまとはあきの　8180
—としのなこりを　9924
あたらしき
—いろにはさけと　86
—としのしるしに　2153
あたらしく　14904
あたらしと　13551
あたらとは　2935
あたらよを　3891
あちかまの　7882
あちきなく　14268
あちきなや
—あふにかへなん　11832
—みはなよたけの　2162
あついこる　16100
あついしや　16077
あつかりし　15889
あつきは
—ここにそすまん　5659
—しみつなかるる　5662
あつきひに　4796
あつきひは
—くさはにまちて　4418
—しはしあたりを　5687
—たのみなれにし　14972
あつきひも
—いのちのうちと　5856
—かけにはよらし　3125

あささむく　8473
あさたたは　11232
あさたちし　3844
あさたちて
―かへりみすれは　14278
―けふわかれなは　6928
―こえゆくこまの　6553
あさちふの　13367
あさちふも　9350
あさちふや　6714
あさつくひ
―うつらふうみは　13891
―きらめくにはの　10469
―さすかにかけは　10220
―てらしてみかく　8857
―にほふをみれは　920
―のとかにさせは　2133
―むかひのをかの　2369
あさつゆに　12445
あさつゆの
―おきてみよとや　7443
―けやすきみをも　7189
―ひるまもあめに　8535
あさつゆは　7487
あさとあけて
―まつそみらるる　3475
―みつのたかねの　13333
―むかふこすゑも　467
あさとてに
―あはたのやまの　11565
―むかひしかけも　1953
あさとての
―ころもてさむき　6008
―そてにかかりて　4463
―そらかきくらし　1296
―のきはのそらの　3987
あさとてを　12899
あさなあさな
―あまのをふねの　3171
―いけはこほりの　10226
―いろまさりゆく　6130
―おきそふしもに　10474
―おくしもふかく　9864
―かれゆくみつや　5527
―さきそふうめの　781
―さきそふにはの　9548
―たちわかるとも　11759
―ちりうちはらひ　7595
―つもるこのはの　10056
―なきしうくひす　3117
―なれきてみはや　1654
―ぬれていろそふ　4192
―まつのはしのき　11492
―みとりそふかき　1362
―みまへのはなに　2155
―みれとあかぬは　8583
―もみちとちそへ　11569
―わつかになりて　1491
あさなけに　13772
あさなゆふな
―あはれとそみる　11469
―おいのはたへを　9567
―かすみやふかく　1550
―きみかみはやす　7685
―そなたのそらを　16449
―ちりゆくはなに　2066
―ちるほとみえて　1527
―ところもさらす　2370
―なれてもみすは　1498
―むかへとあかぬ　13309
―ややあきちかく　5213
―をちこちきこゆ　3093
あさはかに　12034
あさひかけ　11527
あさひさす
―おきのこしまの　13704
―かたよりはれて　7551
―かはへのまつに　13889
―こすゑのみゆき　2124
―のきはのもみち　6277
―のきははかりは　10342
―のきははかりは　10368
―まつのみゆきは　11181
―みきりのまつの　1469
―みねのまさかき　919
あさひやま　1755
あさほらけ　2580
あさましく　16415
あさまたき
―おきいててみれは　9539
―かきやきのまたに　11377
―かすみににほふ　262
―かすみににほふ　628
―かすみへたてて　72
―かすみわたれは　2958
―さわたるくもと　16531
―しのにみたれて　6541
―しはおふせこし　16567
―しらみてみゆる　7592
―たききこるをや　9893
―たちいててみれは　13090
―たつあききりの　6659
―たれをとひける　11146
―つつみのやなき　1467
―つつみのやなき　6969
―なくひくらしは　8912
―ひかけまつまの　10076
―ひとめもたえて　453
―ふりくるあめも　5343
―みちのゆくての　10218
―みやこにいつる　11272
―みわたすやとの　4735
―むかふこすゑの　6122
―むらちるくもに　7653
―わかれしくもの　1930
―わくるのはたの　3269
―わたせいつこと　9885
―をちのやまもと　5530
あさまやま　2170
あさみとり
―かすみそめてや　1280
―かすみにもるる　3605
―かすみのころも　2050
―かすみのみかは　1444
―かすみわたりて　887
―かすむさかのを　3558
―かすめるのへは　777
―かすめるやまは　1361
―かひあるいろに　1996
―かひあるいろも　2037
―くりいつるたひに　2217
―はるくるいろは　1708
―はるたちくらし　842
―はるはうららに　2887
―ふりせぬはるの　3634
―やなきのいとの　791
―やなきのいとの　1348
―よりてみぬまに　1397
あさもうます　14877
あさもよひ　16409
あさゆふに
―きみかことはの　14628
―しほたつのへの　9168
―みのりのこゑを　14636
あさゆふの
―けしきはかりは　8700
―つゆのおかすは　7296
あさらけに　16471
あさりせし　14384
あしかきは　12780
あしからの　752
あしからや　13133
あしきさけ　15878
あしたつも
―きみかみかきの　5322
―きみかみかきの　15545
―むれきてなるる　13733
あしたまて　15775
あしたゆく　14735
あしといへと　14881
あしならぬ　5066
あしのはに
―うすきりなひき　7325
―かくれてすめる　8747
―つきかたふきて　5628
あしのはの　10304
あしのはは　10376
あしはらや　14465
あしひきの
―やまおろしふきて　8833
―やまかくれなる　10916

—つきひのかけは 14745
—のりのひかりも 4301
—みのりのつきの 7334
—みのりのつきの 13114
—みのりのみちを 15621
—よにはあやなと 14691
—よをしてらさは 13517
あきをあさみ 7115
あきをおきて
—ときあるしもの〔連歌〕 16122
—ときなるはなと 10336
—ときなるはなの 16125
あきをおもふ 5006
あきをしも 4927
あきをしる 9147
あきをなほ
—こふるかのへの 10971
—こふるかのへの 11134
あきをへて
—いろなきつゆの 6917
—おいとなるまて 6851
—おいとなるまて 8449
—きみかみかけに 9100
—みるめになれし 6035
—もりそふいほに 8380
あきをまつ 7914
あくかるる 480
あくたひの 8967
あくるまて
—みつつあそはは 9304
—をりまつたきて 11237
あくるよの
—かけかすかなり 12972
—くもはわかるる 187
—さかひのかはに 14288
—やまのはみれは 4984
あくるより 7988
あくるよを 6602
あくるをも 4741
あけかたに 4722
あけくらし
—いつかいつかと 3856
—ことはのちりを 2738
—たえぬなみたは 12532
—たえぬなみたは 14152
—たつるけふりに 10929
—みなをのみこそ 2173
—をしみをしみて 10917
あけくれに
—うきみのうらの 14100
—おもひやれとも 10756
—かけておもふも 12225
—きみをしのへは 3088
—くめはわかゆと 6856
—これるなけきを 15727
—たつのいちひと 13211
—なれこしひとの 4482
—ねにはなけとも 14934
—はるかにみつる 2637
—みかはしなから 12061
—みとりのあやめ 4588
—みをあるものと 2168
—むかふあはたは 9372
—やとのものとや 9598
—よわたるあまの 16512
—われとるふての 3741
—をしへしきみか 5777
あけくれの
—こころにたえぬ 6800
—とさしさためぬ 4278
あけくれも 13128
あけそむる
—とほやまさくら 763
—とやまのゆきの 2592
—なみにしらみて 3984
—のやまのけしき 2678
—みねのかすみの 3721
あけたては 8264
あけていま 8869
あけてけさ 1799
あけてしも 13214
あけぬとて
—おとろかされし 13567
—なといそきけん 11922
あけぬへき
—あしたのみこそ 2074
—よををしみつつ 6988
あけぬへく 5425
あけぬるか
—いそへのまつの 14302
—うすきたもとに 5298
あけはなほ 10032
あけはまた 14556
あけはまつ 4630
あけまきか 13222
あけまきの 16000
あけまきは 5870
あけやすき 4989
あけゆかは 6740
あけゆけは 2368
あけわたる 6145
あこかるる
—こころのはても 8770
—むねのおもひや 12107
—むねのおもひや 12234
あこかれて
—よはにやいてし 4980
—よはにやいてし 6725
あこのうみ 2175
あさあらし 11690
あさおきて 16348
あさおきの
—つゆぬるはみて 5372
—つゆぬるはみて 15768
あさかすみ
—かすむるもりの 728
—たたすはなにに 1732
—たてるをみれは 1731
あさかせの 11140
あさかせは 10999
あさかほの
—さくをまつまの 7137
—さくをまつまの 7140
—はなのものいふ 14801
—はなをはかなと 7927
—ひとはなみんと 4967
—またきさきたる 5884
あさかほは
—はかなけれとも 8182
—ひかけまつまも 6224
あさかほも 15049
あさかやま 2160
あさからす
—おもひいりたる 3584
—とはるるけふの 5982
あさからぬ
—きみかなさけの 9527
—きみかめくみの 3564
—きみかめくみの 16468
—きみかをしへの 15471
—こころありとも 10237
—こころつかひに 3349
—こころのいろも 7442
—こころのはなを 445
—こころのみつを 441
—こころはかねて 13420
—ことはのつゆに 14550
—ちきりしくれて 10327
—めくみのつゆに 14627
—めくみのつゆの 2793
—めくみをうけて 16487
—めくみをそおもふ 9770
あさかりに 10464
あさかりの 9815
あさきりそ 7906
あさきりの
—かかるのやまも 11602
—ふかくしたては 11669
あさきわか 16408
あさけたく
—けふりたたすは 11151
—けふりもさむし 11525
—けふりをこめて 5528
—やまもとみれは 4900
—わらやのゝきの 10473
あさけれと 16343
あさことに
—きなくうくひす 2054
—ならすすすりの 10822
あさころも 4614
あささむき 10699

—ふつかのつきの　9021
あきたつと
—いふはかりにて　16197
—きくよりそてに　6580
あきたては
—ちへにやちへに　9413
—みなふくかせに　8576
あきたもる
—うさはわすれつ　8371
—すこかすのこを　8369
あきちかき　4091
あきつゆに　10987
あきとても　5078
あきとともに　6040
あきにあひて　7356
あきにあふ
—あふきもおのか　13583
—かちのひとはの　8816
—ときはのまつの　12702
—みをうつまさの　2179
—よもきかねやの　12406
あきにあへす　11780
あきにそふ　11342
あきになる　6810
あきにまた　15665
あきのあめの　8579
あきのあめは　9671
あきのいけの　6869
あきのいろに
—うつらぬこけと　8868
—うつらぬまつも　9442
—こころひけとや　7848
あきのいろの　9992
あきのいろは　6280
あきのいろを　6341
あきのうみ　7890
あきのかせ　9451
あきのきて
—かそふはかりの　6064
—ほころひそめし　7717
あきのきり　7103
あきのしも　8479
あきのたつ　9485
あきのたの
—はつほのかつら　12617
—ほのほのみえて　6006
あきのつき
—あはれをかけよ　5915
—いつさいるさの　6517
—いつさいるさの　6886
—かけしくうみの　7548
—かけしくなみの　5958
—かけみしみつの　10346
—かたふくままに　8755
—さてもやかけの　5931
—さてもやかけの　8738
—そらことならぬ　6686
—みしよのともを　6768
—むかしのあかさ　7840
—むかしのあかさ　14158
—むかしよりけに　8001
—むかしをかけて　6746
—ゆくかたのなき　7064
あきのつゆ
—おきゐてきけは　9607
—きえてみとせを　7121
—きえてみとせを　7130
あきのとく　10980
あきののに
—さまさまかはる　6063
—たれきてみよと　5925
—つくりしにはも　4925
あきののの
—ちくさのつゆに　7039
—はなのにしきは　8336
—はなのにしきを　8348
—をはなにましる　7223
—をはなにましる　7602
あきののは
—ちくさのはなの　6028
—まねくをはなに　7045
あきのひの
—いりぬるのちも　8113
—かけよはりゆく　6590
—のこるもうすき　6925
—をしからぬには　9556
あきのひは　8893
あきのむし　7390
あきのよの
—さやけきつきに　6009
—さやけきつきを　8746
—たけのはやしに　7017
—たけのはやしの　6002
—つきになとひそ　7883
—つきはやまさと　8416
—ふけひのはまの　7243
—ふしみのゆめも　7950
—ゆめのまくらに　6881
あきのよへ　9722
あきのよも
—なにかなかとの　14016
—ややたけしまに　7531
あきのよる　8512
あきはきに
—うらひれをれは　8941
—おくしらつゆも　7042
—かくとはすれと　7686
あきはきの
—あたなるいろと　12770
—いろこきのへに　6784
—えたのまにまに　8840
—こきむらさきの　5939
—さけるさかさる　6054
—したはのいろの　6252
—つゆよりけなる　8536
—はなにむすへる　6579
—はなはあやなし　7684
あきはきは　6757
あきはきり　15990
あきはきを　7688
あきはけふ　8823
あきはたの　8623
あきはまた
—あささはをのの　6066
—みかののはしに　7888
あきひとに　14030
あきひとよ　6455
あきふかき
—つゆにみたるる　6004
—にはのをすすき　7706
—やまたもるをの　6419
—よさむのねやの　5937
あきふかく
—おきそふつゆも　8051
—ならてはそめす　9421
—なりにけるかな　8954
—なりにけるかな　15814
—なりゆくままに　15056
あきふかみ
—きくはさくとも　8452
—みるひとなしに　2182
あきふけて　7728
あきふりて　14446
あきまたて
—かなしはははそに　5126
—かなしはははその　5125
あきむしの　9006
あきもけふ　9440
あきもはや
—すきのはしろき　11154
—ふるからをのの　10648
あきもまた　8203
あきもやや
—くれなゐふかき　7822
—ふけゆくよはに　6948
あきやくる
—かきねののへの　7381
—かきねののへの　7511
あきやまの
—うすきりこもり　8863
—ききのちしほの　6279
—ききのにしきの　15428
—ふもとのいりえ　8112
—ふもとをめくる　7449
あきやまを　6113
あきらかに
—てらしてをみよ　15425
—ふたつのほしの　8335
あきらけき
—こころのつきは　13226
—こころをみちの　15407

—ゆきにやならん 11183
あかつきを 12971
あかてわか 16185
あかなくに
—おきわかれこし 12654
—おきわかれつる 11939
—かへさわすれて 10618
—くれゆくはるの 674
—ひとよとてこそ 1543
—よれとよそめに 2889
あかねさす
—けふはねのひか 3355
—ひるはみしかし 11225
—ひるはむらさき 3162
—ひるもききしか 9130
あかもひき 3556
あきいくよ
—とひきてともに 5985
—めくみおほぬの 6435
あきいろを 7823
あきかけて
—しくれそめけり 9133
—たのめしをりに 6915
—ひえのねおろし 9424
—ゆきのふりにし 11312
—ゆきもやふると 7202
あきかせに
—あらしなたちそ 7497
—いなはなみより 9604
—いほはたころも 6197
—くもふきはれて 7306
—こかけのきりも 7895
—こころゆるさて 9172
—しかのねきこゆ 7153
—すえはなひきて 6588
—たなひくくもや 6193
—たれをかまねく 6245
—ちらはちらなん 6431
—ちりぬるみれは 8883
—つゆちりたりと 8966
—とのものやなき 9174
—なひくをはなは 8843
—ひまなくそよく 7874
—ひもとくはなの 7633
—ふきかへされて 7798
—ふきみたされて 7576
—まねくをはなの 6982
—まねくをはなの 7601
—みすのうききり 6115
—みのりのこゑの 2180
—よするいなはは 15194
—よやさむからし 7789
—よるのかはおと 7956
あきかせの
—あとをもみせす 6586
—かこのしまきり 7527
—さそふもまたて 5988
—さむきみそらに 8157
—さむくしふかは 12784
—さむくなりぬと 7182
—さむくふきぬる 7509
—しきしきふけは 9384
—たえまもなひく 13424
—たちのこしてや 11647
—たよりにきけは 6966
—はたさむからん 9566
—ふきあけのはまに 6036
—ふきそめしより 12356
—ふきたつまても 5683
—ふきまよはすは 7577
—ふくをもまたて 7593
—ふくをやまちし 7797
—ほにあれはれて 7627
—やまふきせせに 8047
—やまふきのせも 1967
—やまふきのせも 14439
—やまふくせせに 14438
—よさむのさとの 8767
あきかせは
—こころもおかす 7485
—ふきもはらはて 11945
—またふきたたぬ 6030
あきかせも
—われをのみふく 7790
—をきのやとりや 15223
あきかせや
—たかくふくらん 8592
—ふきさそふらん 6507
あききても
—あつきかきりは 8533
—とこよにおもふ 6956
—なほあつきよの 6454
あききぬと
—いふよりやかて 5969
—おもひなしにや 9448
—きくよりやかて 6217
—たれかはつけて 6339
—なけきしよりも 9432
—ほにあらはれて 6179
—ゆふつけとりの 6133
あききりに
—かへるとすれと 11969
—にほへるかけの 8382
あききりの 7917
あききりは
—あしたのかねに 7020
—たかためとてか 8575
—たれにみよとか 8574
—つつむとすれと 7491
あきくさの 9456
あきくすの 9452
あきくれて
—とくきにけるを 11186
—ひとひはたちぬ 5745
—ふゆそさひしさ 11706
あきくれは
—みとりもみえす 6475
—わきへのそのも 8046
あきことに
—あふここちして 6081
—あふここちして 6393
—あらたまりけり 8752
—あるしそつまん 10407
—いろもかはらぬ 8136
—きてもとまらぬ 7405
—さやけきつきの 5903
—すままほしきは 7146
—まさきのかつら 6089
あきこよひ
—あふむをほしに 7564
—おもひくまなき 7170
—かせさむからは 9090
—きすなきたまと 7417
—きすなきたまと 7426
—さやけきつきに 6511
—ちきらすとても 6575
—つきみぬやとや 6293
—なたたるつきの 6726
—なにあらはれて 7365
—めてそめしより 7467
—やとれるほしも 6842
—よよしとたれか 6597
あきさかん 5486
あきさむき
—あさけのそらに 7037
—いそやまおろし 8909
—かりのなくねに 8156
—ころものうらに 7976
—しもかあらぬと 9708
—しもやむすふと 6834
—しもよのきぬた 6760
—しもよのころも 7176
—のへのちくさに 7349
—はちをかてらは 8324
—まくらによるの 9463
—みつたのつきの 8187
あきさむく
—なりゆくままに 9333
—よのなりゆけは 7904
あきさむみ
—おきそふしもに 6700
—しつかころもを 7737
—とこのへさらす 8921
—ねさめてきけは 6931
—またきにしもや 7747
—ゆきかもふると 8697
—よなよみよはる 6968
—わかきぬつつる 7647
あきされは 7646
あきたちて
—すすしくならは 5841

10254, 10385, 12891, 12980, 13288, 13314, 13434, 13672, 13692, 14002, 14550　→光雲院
蘆雪(〈長沢-〉)　2002
滝原　→豊常

【わ】

和泉(水口-)　15995
和泉式部　14679

【その他】

某(阿波侯)　→重喜
某(伊沢老母)　14563　→〔祥貞母〕
某(伊地知)　2680
某(伊良子)　1525
某(院)　13290
某(うえ石, 〈羽衣石〉)　→宮内(羽衣石-)
某(羽倉亭)　3517　→〔信郷〕
某(塩津)　10487, 13773
某(加藤)　16207
某(荷田)　→〔信郷〕
某(菅谷)　→寛常
某(京極)　6376
某(近衛, この衛)　15097
某(近衛母)　14998, 15097
某(五条)　→五条殿
某(広瀬, 房洲岩国家中)　3460, 15282
某(岡の)　5181　→柳陰亭, 某(つつみの家)
某(香川)　3786, 9320　→〔景柄〕
某(谷村)　511
某(さが)　1586　→〔涌蓮〕
某(山下)　→政教, 伴政, 大和守(山下-)
某(山本)　4597　→卜泉, 悠軒
某(芝山)　15679, 16136　→重豊, 持豊, 芝山殿
某(柴田)　15461
某(矢部)　→矢部亭
某(篠山)　→直勝
某(若林)　→五兵衛(若林-)
某(深島)　→博篤
某(森河)　→周尹
某(西川)　→弥六(西川-)
某(西本)　13295
某(石田)　→忠豊
某(禅尼)　89
某(大石, 赤穂-)　3579
某(池見)　966, 12986　→元始, 元珍, 松斎
某(池上)　8801
某(竹田の庵室)　→義蓮
某(竹内)　→松月
某(中院)　12011
某(中山)　→法眼(中山-)
某(中西)　→良恭
某(中村)　→宗廷
某(中野)　→熊充
某(大町)　33
某(つつみの家, 堤の家)　7106, 7573, 7674, 7590　→某(岡の), 柳陰亭
某(殿)　340, 362, 392, 493, 530, 546, 578, 4096, 4133, 4167, 6097, 6113, 6328, 9910, 10021, 10047, 10097, 10121, 10126　→武者小路殿, 某(鷹司)
某(渡辺)　10426
某(土肥女様)　2002　→〔如軒〕
某(藤谷殿)　4118
某(藤井亭)　→維済
某(内田亭)　4198
某(楠山)　→詮
某(ねごろ何寺僧正)　13421
某(梅氏の子)　16311
某(博士)　7636
某(武佐)　491
某(武者小路)　→武者小路殿
某(平田)　5932, 6419, 6984　→元雅, 直信
某(平田老父)　→〔直信父〕
某(片岡-)　15558, 15583
某(北脇)　→玄忠
某(北村)　→〔輝孝〕
某(北村兄)　→〔輝孝兄〕
某(鷹司)　11734
某(里村兄弟)　16120　→〔昌桂, 昌周〕
某(冷泉)　15679　→為村, 為泰
某(わかつき)　2981
某(□□枝)　10022

和歌連歌初句索引

【あ】

あかくいり　15900
あかこころ　2158
あかさりし
　―きのふのはるの　5862
　―こそのあそひを　3137
　―はなのはやしの　11495
　―はるのうみへも　8772
あかしかた　7452
あかすいま　11247
あかすおもふ
　―こころつからや　1481
　―こころつからや　1600
　―こころつからや　1882
　―こころよりこそ　762
　―こころをおいの　1479
　―ちきりのいろの　671
　―はなもいろいろの　5263
あかすけふ　137
あかすして
　―くるるはるのの　1552
　―くれぬるけふの　7197
　―わかれしつまを　13753
　―わかれしのへの　14727
あかすなほ　6835
あかすみん　259
あかすやや　6017
あかつきに
　―よはなりぬらし　5428
　―よはなりぬらし　5452
あかつきの
　―おいのねさめの　11498
　―おいのねふりは　11499
　―かねきくまてと　825
　―かねのひひきに　1299
　―かねひひくなり　8389
　―ねさめのをきの　6830
　―ねやのうつみひ　11339
　―まくらにきけは　4802
　―やこゑのとりの　13294
　―やこゑのとりも　6200
　―わかれをかねて　12354
　―わかれをしはし　11955
　―をきふくかせに　6831
あかつきは
　―うきねさめにも　13947
　―なとうきときと　13945
　―にしにうつりて　13946
　―ねさめにしれと　13948
　―のへよりやまに　9530

天照大神(天照太神)　14596
天倫(増上寺僧-)　3587, 3594
天老(-和尚)　16189
典寿(徒然院)　3617, 3619, 5839, 5846, 9428, 16126, 16462
典信(狩野-)　→栄川

【と】

とく　4929
とものり　→景範
徒然院　→典寿
屠龍　3416
当純　16608
東洋(東-)　3665, 3744, 3859, 3871, 3887, 16577
島雪　8437
藤谷殿　4118
道覚(鈴木-, 重遠, 知足庵, 〈貢〉)　1610, 2060, 2530, 2997, 3057, 3326, 3676, 5531, 5718, 8175, 8707, 8995, 9078, 13910, 14613, 14615, 14618, 15123, 15157, 15196
道賢(〔人〕, 〈桂彦右衛門, 大名方用達〉)　7683, 7685, 7687, 7689, 7959, 7960, 13909
道光(聴松庵-)　16306
道瑞(〈中-, 法眼, 医, 閑院宮殿内〉)　1263, 2359, 5035, 8320
道盛(中島-)　15633
道節　3736
道敏(栂井-, 一室, みちとし)　1178, 1183, 1187, 1194, 1195, 1486, 4605, 4607, 4609, 6661, 6675, 6775, 6778, 6939, 6944, 7583, 7586, 10301, 10305, 10427, 12295, 12300, 12963, 13421, 13471, 13559, 13637, 13879, 15609, 15950　→〔古瓦亭〕
道符(横尾-, 紫洋)　13894, 14402　→〔黄道〕
篤応　16433
篤志　5758, 9328
頓阿　12216, 15963
墩　9106

【な】

内侍(あはの-)　→阿波の内侍
内匠頭(建部-)　→政賢
内府公　→〔経熙〕

【に】

日　→ジツ
入阿　6350
女　→ジョ

【ね】

念阿　13237

【の】

のぶよし　→布淑, 信美
能信　→信愛
能宣　11688
能登守(濃州岩村松平-, 〈〔松平乗賢〕〉)　14582
能有(近院右大臣)　15134

【は】

梅厓(十時賜)　11722
梅宮　→経亮
梅助　16206
博篤(深島-, 〔深島〕)　5602, 5755, 5770, 5778, 9203, 9324, 9648, 11522, 11673, 11676, 11710, 11720, 16220, 16243, 16289, 16361, 16490, 16601, 16630
八九童　→蘆庵
伴政(山下-, 山下亭, 山下大舎人-, 〈藤井重好息〉)　1163, 1190, 1618, 13162　→某(山下)
範古　13779
範時　16608

【ひ】

ひさし　→石亭(入江-)
ひろさだ　→夏鼎
弥子(やよ子, 〈元之助母〉)　2055, 5048, 5088, 14631　→三女(三井-)
弥清(〈布淑息, 武之助〉)　3649, 3770, 3773
弥太郎　→春水(頼-)
弥六(西川-)　3694, 9613
美季(木瀬-, 〈伊織, 聖護院内〉)　2740, 2761, 2792, 2819, 3317, 3400, 9286, 9347, 9698, 9699, 11145
美季母(美季が母)　2761, 2792
美信　→〔信美〕
微妙(微妙)　→真仁法親王
百如(-比丘, -和尚)　5389, 5414, 5417, 15894, 15932, 16163
百拙(-和尚)　16548, 16550
浜随軒　819, 1210
賓興(榎本-, 榎本亭, 〔榎〕)　18, 78, 133, 183, 219, 475, 479, 482, 507, 514, 574, 616, 768, 769, 791, 871, 875, 937, 977, 1009, 1022, 1025, 1031, 1141, 4069, 4229, 4234, 4342, 4481, 5010, 5034, 5963, 6284, 6413, 6424, 6564, 6746, 6778, 9984, 10111, 10200, 10241, 10250, 10275, 12072, 12180, 12963, 13005, 13121, 13232, 13359, 13429, 13433, 13469
賓興叔父(-僧弟子)　→蓮泉坊

【ふ】

不染信女　→政教娘
布淑(小川-, 小川亭, 布よし, のぶよし)　2036, 2359, 2403, 2467, 2472, 2478, 2479, 2530, 2558, 2560, 2602, 2606, 2615, 2666, 2736, 2789, 2886, 2894, 2906, 2908, 2938, 3046, 3067, 3118, 3119, 3205, 3210, 3226, 3228, 3338, 3379, 3381, 3517, 3649, 3657, 3759, 3770, 3780, 5125, 5189, 5226, 5387, 5878, 8427, 8529, 8530, 8718, 8779, 8785, 8961, 8985, 9030, 9031, 9060, 9061, 9112, 9114, 9284, 9297, 10724, 10792, 10826, 11041, 11285, 11342, 11443, 11548, 11743, 15050, 15074, 15196, 15261, 15264, 15313, 15383, 15494, 15577, 15656, 15685, 15695, 15975, 15993, 15998, 16000, 16110, 16421, 16558　→のぶよし
布淑息　→弥清
布淑父　15494
布淑母　3118, 5125, 8428, 15050, 15993
附鳳　477, 478, 4067　→〔雅胤〕
普擣縁長居士　→重豊
輔相(すけみ)　2394
輔平(〈鷹司-〉)　→某(殿), 某(鷹司)
輔平娘(〔姫君〕, 〈鷹司-〉)　162
武佐　→某(武佐)
武者小路殿　544, 704, 758, 816, 823, 842, 851, 853, 854, 869, 878, 895, 906, 4379, 4417, 6409, 6530, 10192, 12110, 12112, 12140, 12145, 12154, 13244, 13323　→実岳, 公陰, 某(殿)
武十郎　→維廉
武貞(阿部新左衛門-)　1051
武敏(岡-, 又五郎)　8673, 8999, 15659
武敏父　15659
封　→ホウ
風軒　15597
物外(花月庵, あるじの尼, 〔禅尼, この庵〕)　514, 1457, 1530, 1573, 1638, 1639, 1643, 1645, 2331, 2442, 2481, 2482, 2500, 2505,

大国主命　3207
大蔵卿(小川-)　→〔純方〕
大足彦忍代別　→景行天皇
大平(大ひら，稲懸-，〈本居〉)　9727, 15445, 15676
大和守(山下-)　15936　→〔重直〕
達磨和尚　2393
但馬守(石王-)　→文丸兄
坦斎(春日亀-)　→政美
探雪　13572
探幽　9667
潭空　133, 600, 6463
潭浄　1055

【ち】

至遠(芥田宣三-，むねとほ)　16268
知栄　→惟美
知家　13049
知謙(〈池水軒尼〉)　3541, 5650
知周(鈴木-，〈四郎右衛門〉)　1997，2044，3336，9256，9279，9407, 16259
知乗(智乗，尼，〈森氏〉)　3215，3219，3225，3339，3429，3480，5487，5515，5606，5767，5776，5780，5876，9049，9265，9447，11431，11604，16013，16020，16144, 16145, 16651
知信　3786
知足庵　→道覚
致遠　16273
致陳(三宅-，〈与兵衛〉)　2359，2416, 15265
智証大師　→円珍
竹翁(由佐-)　1632
竹田の庵　→義蓮
筑前介(羽倉-)　→信郷
中将殿　9769, 11987　→〔実岳，少将殿，三位殿，武者小路殿〕
中将姫(当麻-)　13637
中納言　11991, 11992, 11975　→〔為村，持豊〕
中宮　→〔欣子内親王〕
忠瑗(中川-)　13066, 13094
忠正(高垣-，〈門人録「忠政」〉)　2325，5093　→是正，ただまさ
忠正妻　→興子
忠正祖母(高垣円祖母)　2325
忠度(本間-)　5613, 16466
忠豊(石田-，石田若狭守-)　5963，6284, 6413, 13094, 13153
長家(〈藤原-〉)　12996
長義　16608
長九郎(駒井-)　3389
長献　→良平
長好(〈金田-，光賢，長兵衛，妙法院内〉)　4821，7654
長春　10842
長乗(後藤-)　4922
長方(〈藤原-〉)　16118
長方(諏訪部-)　13152, 13235
長方母(諏訪部長方老母)　13152
長明　16017
重愛(しげちか，〈河合-，安右衛門〉)　2253，2254，2359，2531，2619，3188，5186，8415，8527，8529，8780, 8782, 8788, 9131, 10881，10914，14633，14634，14635，16003
重威(佐竹静休，佐竹紀伊守親父，前書博士，〔老父〕)　5030，14529, 15073, 15660
重遠(鈴木-)　→道覚
重家(小島-)　29, 188, 2401, 5721，5928
重家養子　→相尹
重喜(阿波侯〈蜂須賀-〉)　15513
重義(弘中自敬-，〔自軒〕)　3637，15984, 16544
重賢(〈小野-〉)　16481
重枝　→雅胤
重勝(〔佐竹紀伊守〕)　5030, 14529　→紀伊守(佐竹-)
重勝父　→重威
重直(〔山下大和守〕，〈妙法院宮侍〉)　15936
重豊(黄門-，文靖院，〔芝山殿，普擣縁長居士〕)　937, 4481, 6501，10144　→芝山殿
澄月(九々翁)　724, 725, 727, 2535，2546，2547，2570，2631，2669，2680，2840，4136，5464，5580，5769，6355，8322，8905，9368，11033，11058，11089，11092，11095，11096，11106，11108，11110，11118，11119，11127，11160，11163，11165，11187，11200，11202，11210，11265，11436，11439，11852，11853，15123，15196，15198，15203，15208，15213，15218，15223，15228，15233，15238，15243，15248，15253，16092，16116，16167, 16389, 16394
直(矢部-)　→正直(矢部-)
直記(岩井某)　15584, 15585
直吉(直好，直よし，磯谷-，〈瀬泉，聖護院宮内〉)　2740, 2766, 2798，3248，3251，3323，3388，3484，3485，3488，3491，3493，3494，3496，3516，3554，3561，3573，3579，3598，3657，9030，9033，9098，9269，9283，9477，9502，9504，9508，9510，9513，9645，11343，11425，11544，11551，11554，11581，11617，16008，16150, 16251
直好　→直吉
直勝(篠山-，〈弥惣次，主馬〉)　1540, 1687
直信(平田-，〈作十郎〉)　1587，3333，5272，6984，8086，9151，10489　→某(平田)
直信父(〔平田老父〕)　1560
直超坊　→良歓
直方(小西-，直かた，〈源兵衛〉)　2785，2827，2942，3040，3088，3334，3348，3420，3507，3536，3575，9109，9241，9350，11296，11409，11512，11587，11683，11741，15629，15897，16185，16193，16205，16355，16369，16471
陳好(高田-，〈庄左衛門，小倉藩小笠原家中〉)　4793, 4911

【つ】

通斎(尼崎-)　12924, 12969
通茂　16621, 16622

【て】

定家　9727, 13652, 14596, 15196，15668
定鑑(岡田-，〈彦兵衛〉)　3766，13572
定辰(石見守-，〈木村-，閑院宮御内〉)　10160
定信(〔公〕)　15473
定静(西尾-，〈富之助，阿波徳島藩士〉)　1503，1562，1891，2050，2318，2359，2531，3245，3311，3376，3627，3651，3894，4765，5887，8207，8211，8280，8281，8306，8413，8425，9100，9295，10847，10982，11327，11435，14633，14640，14657，15513，15514, 15528, 15529
貞以(谷口-，〈重兵衛，毛利大和守用達〉)　1034, 10215
貞胤(水野-，万空，〈源六，小倉藩士〉)　1270，1306，1683，4679，4791, 13574, 13621, 13841
貞経(〈西村与三右衛門〉)　2531
貞子　2530
貞楨(信濃守，〈種田-，鷹司家諸太夫〉)　203, 339, 455, 526, 10047
程普　14701
徹関　10981

正寿　→えん女
正勝(〈寿光息〉)　3709
正誠　4213, 13504
正成　16390
正蔵(額-)　15597
正蔵(円山-)　16268
正直(矢部-，直，敬寿)　2101, 7036, 14560, 14593
正通院　5469
正方(金治-)　3873, 5753, 16422
正養(木村-，周安，〈雅敬〉)　3579, 12936, 13577, 16234
正養祖父(木村-)　12936
正利(関口-，〈鷹司家臣〉)　251
生白楼　→真仁法親王
成元(富士谷-)　→御杖
成寂　7104
西庵(額-)　15534
西行(かの上人)　3088, 8304, 15196, 15737, 16391, 16654
西市佐(小畑-)　→宗文
斉　→サイ
政教(山下-，山下亭，山下の廃宅，〈惣左衛門，佐竹右京殿内〉)　988, 1190, 1163, 1293, 2530, 3015, 3332, 3745, 4533, 4995, 4996, 5529, 6769, 6937, 7670, 9288, 10335, 10492, 10528, 13393, 13493, 13546, 13547, 13881, 14417, 15330, 15345, 16587
政教娘(山下-，不染信女)　14417
政子(〈井上-，夏鼎妻〉)　5327, 5328, 5333, 15590
政子(あはのくに-，上記政子ノ可能性含)　15381
政子(〈未詳，上記政子ノ可能性含〉)　1912, 2138, 5441, 7984, 8304, 14432, 14673
政賢(建部内匠頭)　16228
政美(春日亀，〈坦斎〉)　2568, 2605, 15506
政孚(堀尾-)　1344
清居(-禅師)　16030
清少納言　2928
清生(金屋-，金谷-，金屋亭，〈喜左衛門，銀座役人〉)　1005, 1007, 1013, 1303, 1633, 4621, 4623, 6700, 10228, 12214, 13492, 13538, 13596, 13604
清生母(清生の老母，清生亡母)　1013, 1633
清大夫(早川-)　→文明
清大夫(杉山-)　16506
清統(〈妙法院宮内〉)　410, 3960
清輔　2659, 13652
清養院(〈秀辰娘〉)　11725
盛子(〈栄寿，柏原孫左衛門母〉)　11452
盛信母　8128
盛澄(比喜多-，もりずみ，卯作，〈丹太郎，阿波徳島藩士〉)　2253, 2531, 3344, 3387, 5167, 5666, 8289, 8529, 9248, 10914, 14633
盛有　2742
盛亮　3396, 3801, 11429
聖徳太子(太子)　2108, 12747, 16169
誠之　13422
誓願寺母(尾張誓願寺上人母)　3415
誓興(〈涌蓮甥，伊勢人〉)　1998, 2043, 2663, 8135, 8173, 8205, 8799, 11096, 14584, 16300
静休(佐竹-)　→重威
石鼓夷　16030
石亭(入江-，ひさし，男)　2335, 9686, 16114
碩安(宮崎-)　15638　→〔宮奇〕
積翠亭　→真仁法親王
雪岡(南禅寺真乗院西堂-，真乗院-)　3871, 3887, 11028, 11505, 15503　→真乗院
摂津守(羽倉-)　→信郷
千蔭(橘-)　3727, 3729, 3731, 3733, 3787, 3788, 3826, 5584, 5586, 5587, 5588, 5589, 5590, 5591, 5592, 5593, 5594, 5595, 9727, 11612, 16198, 16199, 16261, 16331, 16387
千鶴(千づる，〈中山-，泰蔵，長年，松斎，哲斎，致遠〉)　3484, 3487, 3492, 3498, 3499, 3501, 3551, 5562, 5563, 5741, 5743, 9574, 9576, 11508, 11533, 11536, 11596, 11600, 11608, 11610, 16237, 16373, 16378, 16382, 16411, 16440, 16474, 16475, 16489
千鶴親(千づるがおや)　5562, 5563
宣首座(峨山三秀の院-)　15100
宣長(本居-，本居おきな)　3410, 9008, 9727, 15360, 15362, 15364, 15432, 15434, 15436, 15439, 15441, 15676, 15996, 16267
宣直(宮内大輔平-)　15113
専阿　13241
詮(楠山-)　2925, 9091, 11393, 15882, 16366, 16453, 16555
善衛(境指吸-)　10489
善行院(〈勝秀母〉)　12913　→蘆庵妻
善三郎　16353
善四郎(今井-)　3393
善正寺　→〔了天〕

【そ】

そちの宮　→閑院宮
素堂　→夏鼎
匝(僧-)　8132
宋閑　→豊常
宗順(藤島-，〈松径〉)　2428, 2531, 3316, 8519, 8521, 8523, 8525, 10742, 14627, 15119, 15123, 15196, 15201, 15206, 15211, 15216, 15221, 15226, 15231, 15236, 15241, 15246, 15251
宗慎居士　→庸
宗政(備前大守-，〔三代前国守〕，〈池田家〉)　5703, 9684
宗成　16608
宗蔵(小野-)　16233
宗則(〈堀田-，元矩，梅衛，梅園〉)　5018, 8266, 8267, 14641
宗直(紀-，わかさの守-)　2983, 5222, 13694, 13870, 15267, 15279
宗廷(中村-，〔中村〕，〈与三右衛門〉)　1684, 1726, 2092, 2100, 2217, 3560, 4579, 13544
宗美(神服，〈讃岐守，太秦木島神官〉)　2253, 2359, 2366, 4912, 5188, 5189, 8205, 8360, 8437, 8518, 10811, 10876, 15065
宗美息　8437
宗弼(-法師)　3416, 9378, 9382, 11612, 11619, 11621
宗文(小畑-，西市佐)　4249
宗包　8170
宗了(-法師)　15913
宗林庵　→日騰
相尹(小島頼母-，〈周尹息，重家養子〉)　2401, 5719, 5721
草廬(龍-)　→公江
造酒(青水-)　16413
即現　15931, 15932
即扁　6156, 6161
即扁母(老たる母)　6161

【た】

ただまさ　11465　→〔是正，忠正〕
ただ良　3637
多宮(中村-)　15633
太淳(柚木-)　511, 3052
対馬守(森河-)　→章尹
退翁　2046
退翁息　2046
退廻軒　→蘆庵
大王　→真仁法親王
大愚　→慈延

9252, 10983, 11125, 11421
勝憑(〈斎藤-〉) 3803
詔子(〈経亮妻〉) →紹子
照道 →昇道
丈三(石川-) 7104
浄観(紫竹の庵) 3969, 6086, 12915
浄心院(〔姪の老女〕) 3396, 10744
浄心院孫 →盛亮
浄生(富山-) 16412
浄聖院 11585
常悦 4214, 6030, 6124
常顕(細川-, 院蔵人-, 〈常芳息〉) 3312, 3692, 9445, 10698, 11020, 11345, 14651, 15556
常顕父 →常芳
常山(〈馬場-〉) 1530
常之 11576
常道 13431
常逢 →要人
常芳(極﨟顕主) 14649
常芳息 →常顕
常陸介(唐崎-) 13599, 14596
紹膺(知足庵-) 16525
織江(林おりえ) 15596
織田君 →信憑
心月 9365, 9366, 9368
心性寺(山寺) 2711, 8830, 8835, 8863, 8866, 8893, 8898, 8899, 11069, 11078, 16169 →惟宗, 一乗, 光禅
心性寺尼(尼) 8898
辰子(〈瓜生半母〉) 3813, 3862, 5812
辰信(岡-, 〈内膳〉) 14608, 14610, 14702
信愛(能信, よしただ, よしのぶ, 〈羽倉-, 紀伊守〉) 2414, 3680, 3770, 8794, 10979
信胤(〈津田伝蔵〉) 15697
信胤母 15697
信郷(羽倉-, 摂津守, 筑前介, 〔荷田のなにがし〕) 721, 3425, 4544, 6297, 6600, 6617, 10171, 13164, 13333, 13420, 14688, 15087, 15076 →〔某(羽倉)〕
信郷息 →延年, 信言
信郷弟 →信寿(〈信郷養子〉)
信郷父 →信満
信郷母(羽倉摂津守信郷の母) 6297
信郷養子 →信寿
信言(羽倉のぶ言, 〈羽倉-, 常陸介〉) 2105, 2253, 2255, 10842, 15076, 15079, 15086
信言父 →信郷
信守(菊蔵-, 〈旨苗同族〉) 5809
信寿(〈羽倉-, 信昌, 信郷弟, 信郷養子〉) 8793
信寿父 →信満
信縮父 →勇蔵父
信昌 →信寿
信美(羽倉-, 荷田-, 〔羽くら, のぶよし, 美信〕) 1397, 2413, 2429, 2526, 3072, 3342, 3770, 3857, 5105, 5106, 5572, 5573, 8290, 8720, 8722, 8814, 8859, 9746, 11731, 15617, 16610 →のぶよし
信美息(能信) →信愛
信美父 →信里
信憑(織田-, 〔織田君, 織田侯〕) 3752, 3843, 3864, 5418, 5538, 5583, 9362, 15369, 15643, 16190, 16593
信満(羽倉信寿が亡父, 羽倉摂津守の父) 8793, 13164
信里(〈信美父〉) 3770, 6564, 13359
信里息 →信美
神光院 8090
真淵 9727
真応 8989
真休寺 →剛純
真乗院(天龍寺-) 13442
真乗院(天龍寺-)父 →左京(富田-)
真乗院(南禅寺) →雪岡
真仁法親王(宮, 座主宮, 小坂宮, 小坂殿, 瑞鳥楼, 積翠亭, 王院宮, 微妙, 微妙, 生白楼, 妙法大王, 蓮華王院王, 大王, 御室, 御作, 御題) 2119, 2317, 2398, 2532, 2579, 2580, 2598, 2692, 2698, 2699, 2702, 2713, 2772, 2884, 2899, 2905, 2908, 2910, 2932, 2983, 2989, 2997, 3005, 3021, 3022, 3023, 3048, 3050, 3051, 3060, 3077, 3098, 3120, 3136, 3137, 3142, 3247, 3390, 3605, 3609, 3610, 3659, 3664, 3665, 3668, 3676, 3677, 3678, 3687, 3688, 3722, 3750, 3754, 3755, 3761, 3762, 3764, 3770, 3809, 3832, 3850, 3858, 3887, 3960, 5095, 5129, 5168, 5169, 5173, 5192, 5304, 5322, 5392, 5429, 5459, 5477, 5531, 5584, 5618, 5619, 5624, 5639, 5641, 5658, 5668, 5688, 5714, 5717, 5721, 5814, 5831, 5862, 5869, 5888, 8252, 8259, 8260, 8261, 8273, 8282, 8299, 8310, 8311, 8387, 8395, 8532, 8595, 8597, 8699, 8707, 8736, 8776, 8986, 8998, 9047, 9067, 9085, 9096, 9121, 9143, 9160, 9452, 9500, 9529, 9624, 9679, 9683, 9686, 9689, 9716, 9728, 10779, 10791, 10853, 11024, 11044, 11061, 11100, 11246, 11255, 11302, 11323, 11330, 11398, 11530, 11584, 11642, 11645, 11647, 11649, 11661, 11666, 11690, 11723, 11728, 12645, 14595, 14649, 14668, 14696, 15040, 15057, 15118, 15120, 15157, 15196, 15274, 15544, 15545, 15581, 15873, 15963, 15973, 15982, 15991, 16027, 16028, 16140, 16285, 16301, 16533, 16556, 16558, 16575, 16580, 16612, 16629, 16649, 16654
慎次(駒井-) 3389
慎次息 →長九郎
新玉津島(新玉つしま) 580, 589, 4021, 4213, 6028, 6032, 6096, 13212 →周尹
人麿(人丸) 4561, 6881, 10051, 14783
仁徳天皇(仁徳) 2497, 14273

【す】

すけよし →蒿蹊
須勢理毘売命(すせり姫) 15349
翠巖(三秀院-) 4407, 6750 →三秀院
瑞鳥楼 →真仁法親王
嵩 →シュウ
寸松院(大徳寺-) 11280

【せ】

世龍(山本-, よしたつ, 〈賢蔵〉) 2686, 2730, 2751, 2753, 2783, 2804, 3189, 3191, 3193, 5736, 8883, 8901, 11085, 11087, 15604, 15612
是正 11445, 11447, 15323, 16328, 16407 →〔忠正, ただまさ〕
正儀(市瀬-, 〈主銓〉) 3164, 3327, 3460
正誼(原田-) 3417, 5600, 5872, 9201, 9326, 9732, 11516, 11518, 11667, 11673, 11704, 16436
正行(楠-) 16390
正子(矢部-, 矢部直妹-, 恵静, 〈慧静〉) 814, 1229, 1245, 1773, 2034, 3037, 5486, 6695, 7036, 8018, 8124, 13319
正次 11629

実岳(武者小路故三品-，秋峰真空院)　13371　→〔三位，中将殿，武者小路殿，某(殿)〕
実文(〈蘆庵三男，文次郎，母ハ智雲，易命カ〉)　1946, 15596　→易命，蘆庵息
斫水　3533, 8679, 9125, 15510
斫水孫(うまご)　9125
釈孝　→輝孝
錫孝　11520, 16223
主水　→応挙
守貫(〈常磐井-，監物〉)　2530
守貫義姉　→五百子
守貫母(兵頭監物守貫老母)　2530
種徳(村上-)　329, 3917, 4165
寿欽　8219
寿光　3603，3709，3714，11537，16256, 16472
寿光息　→正勝　3709
秀吉(豊臣太閤，豊国殿下)　2634，16146
秀勝　1996　→〔勝秀，蘆庵息〕
秀辰(木村日向守，〈閑院宮諸大夫〉)　34, 172, 1396, 4073, 9999, 10225, 11725, 11727
秀辰娘　→清養院
秀辰養子　→定辰
周安(木村-)　→正養
周尹(新玉津島神主-，森河-，〈主計〉)　133, 315, 421, 422, 448, 452, 454, 456, 463, 488, 508, 958, 1053，1060，1084，1115，1638，2366，2401，4021，4062，4385，4553，4564，4915，5721，6108，6278，6285，6410，6874，6882，6907, 6924, 8466, 10119, 10260，10272，12180，12216，12253，13182，13212，13250，13291，13292, 13365, 13445, 13455　→新玉津島
周尹息　→相尹(〈重家養子〉)
周尹弟　→高尹
周尹父　→章尹
周円(円海寺-，〈為村門〉)　597，4356, 6498, 10157, 10426, 13234
周虔　3673, 9562
周廷　2316
周瑜　14701
宗　→ソウ
秋成(上田-，余斎)　2548，2574，2575，2581，2583，2589，2763，2764，3422，3424，5288，5289，5299，5467，5468，8720，8724，8726，9012，9014，9221，10977，10979，10994，11277，11280，11281，11399，11592，11594，11730, 11736, 15506, 15526
修敬　→龍(鈴木-)
修理大夫(酒井-)　5791
脩安(山口-)　15960
嵩雪　15064
襲津彦　7779
十左衛門(興津-)　→吉従
十蓮　13457
重　→チョウ
淑長(常陸介-，左近将監，〈鈴木-〉)　89, 90, 238, 4077, 4096
縮父(〈信縮父〉)　→信縮父
俊成　2359, 13652
俊頼　4938, 16608
春庵　15642
春海　3727, 3728, 3730, 3732, 3734，9727
春光院(春光，〈長嘯子娘〉)　1385，1390
春日亀　→政美
春水(頼弥太郎)　15474
春良(矢部-)　6695，13253　→矢部亭
舜叟(石上-，〈大和柿本寺庵主〉)　2864, 15641
純方(〔小川大蔵卿〕)　3605　→〔法橋(小川-)〕
書博士(前-)　→重威
諸持(薄-，〈薄田-，大仲〉)　10309
女院　→〔恭礼門院，建礼門院〕
如軒(土肥-)　15458　→〔某(土肥女様)〕
如哲(山本-)　13697
恕助　→公強
小舎丸　12721
小竹丸(ささ丸)　→小竹麿
小竹麿(小竹麻呂，小竹丸，ささ丸，ささまろ)　2500，2502，2506，2530, 2565
小坂殿　→真仁法親王
少将殿　258，5122，11981　→〔実岳，公陰，中将殿，武者小路殿〕
正　→セイ
生　→セイ
尚守(松枝-)　13169
昌喜(入江-，まさよし，よしまさ，喜昌，昌熹)　2335, 2359, 2643，2658，5103，9192，9364，9367，9368, 9686, 9700, 10575, 10753，10756，10785，10786，10787，10973，11000，11001，11003，11006，11008，11009，11011，11122，11214，11424，14675，15038，15048，15073，15521，15553，15581，15982，16357，16546
昌喜息　→石亭(入江-)
昌桂(〔里村兄弟〕)　16120　→某(里村兄弟)
昌周(〔里村兄弟〕)　16120　→某(里村兄弟)
昌碩(高野-)　2613
昌伯　15988, 15990, 16125
昇義(金子-，金子亭，〈仙五郎，伊予松山松平隠岐守家中〉)　1279，1301，1612，1614，2047，6958，7706
昇道(熙道，照道，明浄寺，〈間斎〉)　2493，2608，3527，3545，3565，3567，5610，9143，9233，15513，15528, 15671
松陰　1681
松月(武内-，〔竹内〕)　974, 1086，1106，1223，1247，1254，1281，1521，1603，3794，4913，6902，6907, 7040, 13135, 13156, 13183，13414，13491，13512，13606，15995
松斎(池見-，〈麻生松斎モ含，千鶴モ同号〉)　1033，1683，2088，4791, 6765, 8218, 13363
松虫(松むし)　13457
松堂(書家法眼-)　16234
祥貞母(伊沢祥貞老母，〔伊沢老母〕)　7490, 14563
章尹(森河対馬守，周尹のもとの父)　4062, 6410, 13182
章尹妻(森河対馬守がつま)　13182
章美(円山-)　16270
淞翁(〈壺井-，門人録「淞月」〉)　14636
紹子(詔子，〈経亮妻〉)　3640，11563, 16308, 16335, 16337
勝義(小野-，かつよし，〈元太郎，自然〉)　2253, 2256, 2359, 2396，2530，2557，2562，2564，2623，2910，2912，3318，3448，3742，3766，3876，5572，8717，8728，8781，8784，8786，8787，8986，9104, 9261, 9281, 10962, 11039，11123，11337，11366，11403，11405，16110，16198，16400，16612
勝子(〈高登妹〉)　2062　→三女(三井-)
勝秀(〈的場-，連太夫，淀藩家中〉)　1999, 16448
勝秀(〈本庄-，右膳，蘆春斎，蘆庵長男，母ハ日住〉)　→蘆庵息，〔秀勝〕
勝重(〈石田-，弾正，主計〉)　2634，2636，3202，8728，8986，

広空　323, 344, 1271, 10815
広元　15994
光阿　10725
光雲院　13508　→〔蘆庵母〕
光栄　16548
光興（左衛門尉-，播磨守）　4544, 8167, 9769, 9771
光子　3542, 3866, 3868, 8728, 9226, 9244, 9513, 11315, 11417, 16184
光昌　13291, 13293, 13389, 13548
光禅（心性寺-）　16030, 16169 →心性寺
光祖（烏丸大納言-）　16510
行章（今小路，民部卿-，法橋-）3055, 3846, 3847, 3848, 5716, 8996, 9609, 16438
行尊（〈天台座主〉）　3426
杏坪（万蔵，〈頼-，惟柔〉）　5537
亨安（馬杉-，馬杉翁，馬杉老人，馬杉老翁）　116, 133, 282, 315, 487, 536, 1157, 1352, 1385, 3912, 3915, 4002, 4603, 6010, 6014, 6309, 6404, 6564, 6924, 6927, 6982, 7006, 7507, 12180, 12892, 13018, 13443, 13484
亨翁（惟清，頼又十郎，安芸国竹原）2728, 5537, 7482, 7484, 13443, 13786
亨翁息　→杏坪
亨翁孫　→山陽
亨碩（猪瀬-）　16227
孝郷　16326
孝子（〈小野田八郎母〉）　→三女（三井-）
幸久（尾張の-）　3022, 15618, 15624, 15910, 15966, 15971
幸内（渡辺-，渡部-）　15515, 15975
幸文（木下義質）　→15533
厚生（〈石田-，三九郎〉）　3064, 3091, 3099, 8981, 9214, 9216, 9218, 11258, 11262, 11263, 15923, 15926, 15968, 16291, 16398
厚典（土山-，土山亭，〈左近将監〉）1045, 1359, 1887, 3176, 4535, 4910, 12211, 13530
皇子　→温仁親王
高尹（〈周尹弟〉）　463
高登（〈三井-，八郎右衛門，子龍，宗巴〉）　1263, 1608, 7062, 7063, 13652, 13671, 15310　→臨泉亭
高門（大館-）　15445, 15448
康安（武田-）　16421
蒿渓　→蒿蹊
蒿蹊（伴-，蒿渓，資芳，すけよし，入道，友とする人）　273, 477, 484, 507, 513, 1003, 1008, 1528, 2324, 2397, 2443, 2444, 2445, 2446, 2580, 3045, 3056, 3427, 3607, 3722, 3724, 4269, 4272, 4274, 4275, 4278, 4282, 4285, 4287, 4292, 4294, 4297, 4301, 5029, 5465, 5532, 6639, 6749, 7111, 7112, 8707, 8709, 8800, 8988, 9530, 9534, 9882, 10809, 10810, 10823, 10992, 11042, 11062, 11301, 12028, 13642, 13643, 14181, 15123, 15196, 15200, 15205, 15210, 15215, 15220, 15225, 15230, 15235, 15240, 15245, 15250, 15255, 16179, 16180, 16183, 16266, 16527
蒿蹊祖父　6749
蒿蹊父　6639
興　→キョウ
剛純（長柄-，ながらの僧-，真休寺）2565, 2883, 5243, 9127, 9250, 9271, 11411, 11441, 15600, 15601, 16371
国女父　490
極　→キョク

【さ】

ささまろ　→小竹麿
左京（富田-）　13442
左京少進　10087
左近将監　→淑長
左膳（小野-）　15313, 15314
左仲（長井-，〔かのはりま〕）15986, 16120
左門（水谷-）　10939
西　→セイ
宰相（故-）　5122
済　→セイ
三位殿　802, 6643, 10143, 13281 →〔実岳，中将殿，武者小路殿〕
三光院（三井の-）　3074, 3461
三秀院（〈天龍寺塔頭〉）　10813 →翠巌，宣首座
三女（三井-）　8653, 15310　→孝子，勝子，弥子
三勝亭　1576　→雅因
三代前国守　→〔宗政〕
山陰坊　11209
山陽（久太郎，〈頼-〉）　5537

【し】

しげい子　15937
子春（松枝-，尾張松枝-）　1139, 6526, 6664, 10764, 13243, 14662
只豊（永屋-，明甫）　1549, 7514, 10470, 10471
矢部亭　246, 644, 11886, 13212 →春良，正直，正子
旨苗（稲塚-，〈彦之，猪助，関無〉）3321, 3770, 5807, 8130, 8140, 9290, 15068, 16347
旨苗息　→興昌
旨苗同族　→信守
芝山殿　10144, 13261, 13264 →重豊，持豊，某（芝山君）
志岸　8997
志源甥　15978
紫竹庵（紫竹の庵）　→浄観
紫洋　→道符
資愛（日野中宮権大進-）　16517
資原（俣野-）　3599, 3660, 9694, 9743, 16298, 16599, 16625
資枝（日野一位-）　16506, 16548
資芳　→蒿蹊
詩仙堂禅尼　12222　→〔物外〕
賜（十時-）　→梅厓
次左衛門（佐藤-）　16100, 16101
自閑斎（真田豆州家臣-）　8175
自休（土岐-）　→元信
自軒　→重義（弘中-）
治　→チ
持豊（芝山中納言-）　16513, 16548, 16549　→〔芝山殿，某（芝山）〕
持明院（飛鳥井殿息-）　997, 12133, 13196, 13409
慈円　15120
慈延（慈莚，大愚）　2577, 2579, 2584, 2774, 2878, 2983, 3044, 3147, 3426, 3606, 3722, 3723, 3725, 3811, 5403, 5531, 8707, 8708, 8709, 8821, 8823, 8880, 8881, 8990, 9529, 9532, 10993, 11043, 11054, 11056, 11061, 11098, 11104, 11105, 11121, 11145, 11228, 11229, 11300, 11734, 14634, 15123, 15196, 15199, 15204, 15209, 15214, 15219, 15224, 15229, 15234, 15239, 15244, 15249, 15254, 15577, 15676, 15678, 16116, 16130, 16146, 16148, 16167, 16188, 16393, 16523, 16555
慈照寺　1002, 6864, 7428, 10253
慈鎮　4302
日光隠殿　16119
日照（備前妙林寺-）　9684
日台（〈歓喜院，妙満寺僧〉）　2032, 14547, 14564
日騰（宗林庵-）　2643, 2646, 2651, 2653, 2656, 2661, 9131, 9134, 9142, 9377, 10958, 15586, 16191 →満願寺

16295, 16308, 16311, 16318, 16320, 16322, 16335, 16336, 16340, 16354, 16551
経亮妻 →紹子(詔子)
経亮祖母 15504, 15509
経亮母 5170, 11079, 15481, 15504, 15509
敬儀(田山-, 惣兵衛, 敬義, 玉のうたよみ) 2627, 2667, 3096, 3325, 3447, 3526, 3530, 3555, 3764, 3765, 5729, 8837, 8865, 8986, 9118, 9168, 9231, 9692, 11407, 11589, 11590, 11654, 11680, 11747, 15551, 16110, 16401
敬儀母(田山惣兵衛母, 田山老母) 3471, 16345
敬儀(但馬-, 敬義) 1720, 13880 →黙軒
敬寿 →正直
景光(従者-) 11535, 16315
景行天皇(大足彦忍代別) 15526
景樹(香川-) 3477, 3561, 5698, 9535, 9634, 11731, 11737, 11739, 16363, 16367, 16375, 16376, 16434
景範(とものり, 〈加藤-〉) 15256, 15257
景文(明石-, 〈亀蔵, 反哺堂〉) 4056, 5952, 6368, 11983, 13082
景柄(香川-, 陸奥介-) 3569, 3571, 3573, 3581, 3583, 3585, 3786, 3816, 9320, 11369, 16192 →某(香川)
景隆(朝山-) 11282, 16520, 16564, 16565
迎称寺 275, 473, 533, 535, 613, 615, 626, 640, 776, 807, 4026, 4060, 4063, 4102, 4110, 4208, 4313, 6052, 6061, 6323, 6349, 6377, 10026, 11964, 11965, 12013, 13093, 13263, 13268
月渓 →呉春
月真院 587, 867, 872, 873, 911, 912, 919, 924, 934, 940, 952, 960, 979, 992, 995, 1009, 1010, 1012, 1018, 1047, 1137, 1141, 1151, 1153, 1157, 1159, 1299, 1336, 1346, 1357, 4414, 4484, 4510, 4537, 4543, 4547, 4603, 6412, 6543, 6615, 6647, 6651, 6657, 6741, 6744, 6746, 6747, 6761, 6774, 6796, 6922, 6928, 6973, 6986, 7034, 7038, 7090, 7103, 7130, 10128, 10188, 10194, 10204, 10209, 10221, 10234, 10241, 10244, 10246, 10263, 10275, 10362, 10404, 12008, 12105, 12109, 12129, 12161, 12173, 12200, 12218, 12238, 12243, 12268, 12289, 12293, 12353, 13191, 13294, 13296, 13308, 13354, 13394, 13404, 13412, 13424, 13469, 13474, 13478, 13552, 13556, 13557, 13582, 13592, 13626
見行(前田-) 3841
建(イタル) 16065
建礼門院(女院) 4922, 4923
兼好法師 509
兼輔(かねすけ) 11106
兼平 6549
賢秀(〈吉田-, 長兵衛〉) 5666
賢良(〈加藤-, 医師〉) 1590
顕季 5360
顕昭 13652, 14596, 16554, 16608
顕道 15621, 15622
顕輔 15737, 16608
元雅(平田-, 伊賀守, 〈閑院宮諸大夫〉) 617, 3968, 6287, 6701, 9769, 9770, 9995, 10005, 10006, 12180, 13155, 13364
元暉(永屋-, 〈右膳, 京極宮内〉) 1265, 10216
元賢 3053
元広(もとひろ, 〈小野-〉) 2531, 2663, 2714, 2747, 2749, 3020, 3131, 8717, 10978, 10980, 10996, 11022, 15279, 15284, 15285, 15362, 15546
元始(池見-, 池見亭, 〈弥衛門, 佐竹右京太夫内〉) 757, 966, 978, 1869, 4361, 4531, 6580, 6765, 6784, 7042, 12079, 13540 →某(池見)
元始祖母(池見-) 1801
元信(土岐-, 自休, 〔法眼〕, 〈妙法院宮殿内〉) 1472, 1498, 8181, 13698
元信父(〈好雅, 天寿〉) 1498
元長(吉田-) 22, 3153, 3335, 8578, 9103, 9239, 11199, 11433, 16165
元長(上田-) 1479, 7372
元長父(上田-) 7372
元長母(上田-) 1479
元珍(池見-) 6309, 6407 →某(池見)
元迪(三神-, 法橋, 法眼, 〈飛鳥井殿内〉) 511, 519, 522, 902, 955, 968, 982, 992, 1005, 1006, 1050, 1171, 1571, 2251, 3272, 3328, 3472, 4540, 4578, 6111, 6741, 6754, 6793, 6830, 7032, 7033, 10201, 11562, 13379, 13400, 13402, 13489, 13490, 13534, 13640, 16345
元迪父(三神法橋の父) 6111
元迪母(三神法眼亡母) 6793
玄純(〈稲垣-〉) 1263, 2099
玄章(〈桜田-, 弥兵衛〉) 1530, 1638, 1728, 4734, 6335, 6338, 6806, 6860, 12895, 13459, 13513
玄昌 12895
玄章父 1728
玄冲(玄仲) →蘆庵
玄忠(北脇□聞斎-, 北脇会, 〈門人録「玄」〉) 7701, 7800
玄同 4819
言倫 →〔法眼(中山-)〕
彦之 →旨苗
彦明(岩垣長門介, 巌-, ある人) 3234, 3579, 3645, 3648
原珉(明石-) 16529
源琦 →琦(源-)
愿(皆川-) →淇園

【こ】

古瓦亭 137, 225, 462, 840, 1187, 6661, 6752, 13410 →〔道敏〕
古松軒(元古川平次兵衛) 2768, 15454, 15473, 15559
虎吉 16347
孤鴎 →蘆庵
五条殿 1084, 4122, 4130, 4132, 6027, 11885
五八郎(杉原-) →与右衛門(水野-)
五百子(兵頭守貫姉, 〈尾中-〉) 2532
五兵衛(若林-) 10966, 15282
五郎左衛門(森岡-, 備中広瀬家中) 15282
五郎市郎(杉原-) →与右衛門(水野-)
呉春(月渓, 〈松村-〉) 2568, 2576, 2581, 2605, 3665, 3888, 9609, 9728, 10966, 15380
後鳥羽院 13652, 15074
後白河法皇(後白川法皇) 4922, 15303
御 →ギョ
公 →〔定信〕
公陰(武者小路-, 〔少将殿〕) 258, 1122, 1899, 13391 →武者小路殿, 少将殿, 某(殿)
公幹 16225
公強(〈後藤-, 恕助〉) 463, 503, 2110, 14658
公経 16608
公江(龍-, たつのきみ江) 13419, 13616, 15031
公任 2659, 3243, 15196

夏鼎妻　→政子
華光寺殿　6294, 13031
榎　→賓興
臥雲(-道人)　13749
雅因(宛在楼, 〈興津-〉)　973, 1576, 1619, 4596, 7264, 10815, 13804　→〔三勝亭〕
雅胤(永屋-, 長屋-, 重枝)　298, 329, 647, 3915, 3923, 3924, 4002, 4023, 4120, 4184, 6010, 6013, 6014, 6759, 6778, 9809, 9848, 9849, 9883, 11835, 11884, 12974, 13085, 13271　→〔附凰〕
雅経(〈飛鳥井-〉)　4922
雅尚(川口-, 〈平左衛門〉)　1622
戒師　→因性寺
廓庵遠　16030
干保　8987
完成　16489
貫之　2394, 3037, 4575, 11106, 11280, 11612, 14732, 15033, 16366, 16386
堪道(万願寺-)　9458, 16158　→満願寺
閑院宮(そちの宮, 帥のみや, 〔宮〕)　172, 4073, 11725, 13844
寛之(松本-)　7101
寛常(法印-, 菅谷, 〈刑部卿〉)　2601, 3054, 8991
幹蔵(中西-)　16365
潤月(〈荒木-〉)　1547

【き】

きみ江(たつの-)　→公江
季康(安倍-)　3691
季政(出雲守-, 〈安倍-〉)　2298
季鷹(加茂-, 〈賀茂-〉, 県主-)　2700, 2951, 2954, 3058, 3059, 15367, 15434, 15435
紀伊守(佐竹-)　→重勝
紀伊守父(佐竹-)　→重威
紀光(柳原亜相)　3479
紀之(山口-, よし之, 〈長右衛門〉)　2832, 3315, 7667, 7670, 8529, 8535, 8790, 10984
姫君　→〔輔平娘〕
基治(水口神社神主石王但馬守, 〈文丸兄〉)　15466
淇園(皆川愿)　3051
喜之(長谷川-, 〈三平〉)　1511, 2092, 2094, 2253, 2359, 2532, 2576, 2629, 3322, 5188, 7681, 7742, 8417, 8418, 8430, 8604, 10493, 10494, 10495, 11224, 11226, 11546, 11563, 11570, 11692, 15077, 15301, 15639, 15661, 16330, 16339, 16345
喜之母(長谷川-)　1798
喜昌(安見-, 〈又兵衛〉)　2082, 8182
喜昌(入江-)　→昌喜
喜撰　4302
琦(源-)　16438
輝孝(〔北村〕)　3548, 3549, 3550, 11558, 15950, 15952, 16383
輝孝兄(〔兄〕)　11558
熙道　→昇道
義嵜(円尾-, よしため, 〈龍野住〉)　3873, 5753, 9665, 9739, 11538, 15879, 16086, 16361, 16424, 16603
義経　15994
義質(木下-)　→幸文
義助(よしのや-)　5832
義正(〈宮部-〉)　13652
義速　→義蓮
義仲　15994
義篤　2359, 8424, 11050
義方(義かた, 甲斐守-)　32, 515, 5830, 6103, 10047
義蓮(竹田の庵, 〈洛南竹田法華堂僧, 門人録「義速」〉)　10519
吉従(興田-, 十左衛門)　5791, 5874, 5882
吉令(将軍家書家八代太郎-)　15195
九々翁　→澄月
久嘉(柏木源右衛門-, 〈旨苗門〉)　5807
久太郎　→山陽
久道　2096, 2102, 14604
久徳(〈興津-, 孫作〉)　8429
久老　11673, 11676, 16601
宮　→真仁法親王, 閑院宮, 以仁王
宮奇　4544　→〔碩安(宮崎-)〕
宮殿　3963, 5118
宮門(羽衣石-, うえ石)　13506, 15595, 15596
躬恒(みつね)　16028
許由　2331
御枝(富士谷成元)　16521, 16554
匡房　7626
亨　→コウ
杏　→コウ
恭礼門院(〔女院〕)　2817, 11223
教明　9322, 16649
興子(〈高垣忠正妻〉)　2991, 2992, 2993, 9569, 10952, 11031
興昌(〈旨苗息, 稲塚-〉)　3770, 3775
響十(光明寺-)　13644
行　→コウ
業陳　11287, 15946
旭応　→潭空
旭祖　10944, 15321
極楽寺　741, 4501, 12077, 12169
極臈顕主　→常芳
玉蟾(〈望月派2代, 玉仙〉)　8181
玉のうたよみ　→敬儀
近院右大臣　→能有
金子亭　→昇義
欣子内親王(〔中宮〕)　3568
銀　8993

【く】

空也　10579
宮　→キュウ
君平(〈蒲生-〉)　5788, 5789, 16490

【け】

家　→カ
刑部卿(山田-)　15312
契沖　3393, 5874, 11185, 15913
恵慶　3037, 5486
恵静　→正子
経熙(〔内府公〕, 〈近衛-〉)　1996
経信　3243
経亮(橋本-, 橋本亭, 肥後守-, 梅津の-)　2474, 2532, 2610, 2663, 2690, 2821, 2824, 2828, 2831, 2845, 2848, 2851, 2874, 2920, 2949, 3042, 3129, 3182, 3184, 3211, 3307, 3313, 3388, 3514, 3519, 3528, 3538, 3539, 3553, 3559, 3573, 3592, 3617, 3633, 3671, 5170, 5185, 5216, 5439, 5505, 5518, 5542, 5544, 5547, 5549, 5551, 5553, 5555, 5557, 5559, 5562, 5564, 5566, 5568, 5570, 5574, 5576, 5578, 5596, 5598, 5666, 8518, 8580, 8600, 8602, 8608, 8640, 8720, 8734, 8861, 8884, 8885, 8886, 8887, 8890, 8985, 9053, 9056, 9058, 9101, 9135, 9292, 9299, 9301, 9303, 9305, 9307, 9310, 9314, 9353, 9369, 9371, 9373, 9375, 9445, 9480, 9482, 9513, 9564, 10936, 10950, 11079, 11365, 11398, 11427, 11540, 11563, 11565, 11571, 11678, 12763, 15103, 15192, 15265, 15276, 15282, 15284, 15285, 15307, 15335, 15337, 15354, 15360, 15362, 15373, 15432, 15434, 15436, 15481, 15484, 15492, 15500, 15504, 15509, 15682, 15687, 15695, 15789, 15883, 15917, 15918, 15941, 16024, 16089, 16278, 16291, 16293,

人名索引

【あ】

亜相(柳原-)　→〔紀光〕
阿波の内侍(あはの内侍)　4922
安近(今西-)　10235
安乗院(岐阜-)　13190
安則(冨永-)　6859
安楽　13457

【い】

いそ　15696
以仁王(〔宮〕)　15994
以直(〈山本-, 彦三郎〉)　2643, 2646, 15471
伊賀守(平田-)　→元雅
伊勢(いせ)　15710, 16184
伊八(山田-)　10739
伊良子　→某(伊良子)
威王院　13003
為家　15925, 16608
為久　5951
為村(冷泉殿, 民部卿殿, 故中納言)　1272, 4129, 4302, 4314, 6371, 6372, 6376, 11972, 11991, 11992, 11997, 12011, 13031, 13072, 13074, 13098, 13234, 13652, 13773　→民部卿, 中納言, 某(冷泉)
為泰(冷泉家)　8478
惟喬親王(これたかのみこ)　11105
惟清(安芸国竹原)　→亨翁
惟清(越後高田雁島村-)　5867
惟宗(〈心性寺僧〉)　9651　→心性寺
惟則(左衛門尉紀-)　15583
惟忠(中西-, 〈深斎, 主馬〉)　2569
惟典(阿蘇-, 阿蘇大宮司-)　8431, 14252, 14253
惟徳　3641, 11363, 16304　→〔維徳〕
惟美(〈紀伊国人, 知栄, 十助〉)　15117
維馨(鈴木玄道-, 〈尾張犬山人〉)　15901
維済(藤井-, 藤井亭, 〈汝輯, 西野, 伝右衛門, 江州彦根の人, 二条城番組与力〉)　2359, 2447, 2531, 3276, 3343, 3563, 3770, 3878, 4769, 5183, 7521, 7676, 7708, 8000, 8204, 8405, 9263, 9525, 9598, 9600, 9602, 10921, 11415, 11562, 13774, 13775, 15259, 15260, 16330, 16611
維済息　→維篤, 望岳亭
維済父　2462, 2469, 15259
維済母(藤井-)　1799, 13774
維直(生田-)　3615
維徳(富岡-, 〈伝兵衛〉)　2532, 2566, 3319, 8422, 8875, 9105, 9237, 11284, 14694, 16487　→〔惟徳〕
維篤(〈維済息, 助三郎〉)　3770, 3771　→〔望岳亭〕
維明(〈羽山, 相国寺光源院僧〉)　1998, 2324, 2797
維廉(備後菅浪武十郎-)　15958
一阿　13239
一宮　→〔温仁親王〕
一室　→道敏
一乗(〈心性僧〉)　3869, 9650　→心性寺
一乗父　9650
因性寺(戒師-, あるじ)　153, 4270, 4273, 4274, 4277, 4279, 4284, 4288, 4291, 4301　→〔了天〕
因猷(越中大徳寺-)　16405
員衡(萩原由次郎-)　5793
寅綱(〈伊佐内記〉)　14573

【う】

右　→ユウ

【え】

えん女(〈正寿, 柏原孫左衛門慶章妻〉)　11448
永屋亭　→雅胤
永亨(松井右衛門尉, 〈伊予守, 妙法院宮内〉)　8994, 16209
永昌(〈松井-, 西市正, 妙法院宮内〉)　8992
英鎮(磯田-)　6329
栄安　3534, 3537, 11423
栄庵　→瑩庵
栄川(〈狩野典信, 白玉斎〉)　1996, 2037, 9160
栄寿　→盛子
瑩庵(佐野-, 栄庵)　3330, 8568, 9745
易命(〈蘆庵息, 実文カ〉)　1107, 6156, 10075, 10126, 13045, 13447　→実文, 蘆庵息
益(沢-, 〈将監, 監物〉)　2310, 2863, 2923, 3284, 3320, 3401, 3434, 3449, 3521, 3524, 3531, 3859, 3880, 5433, 5608, 5731, 5733, 8927, 9093, 9099, 9225, 9235, 9426, 11313, 11325, 11413, 15792, 15933, 16430
益母(益が母)　2310, 11313
円(高垣-)　→忠正
円祖母(高垣-)　→忠正祖母
円源　5787
円向(雪勝斎-)　2793
円深(〈天台僧, 比叡山住〉)　3214, 5623, 9194, 9289, 9701, 11467, 16219
円珍(智証太師)　12721
宛在楼　→雅因
延年(羽倉-, 〈石見守, 岡村市兵衛モ同号〉)　3314, 9273, 11562, 16218
延年(のぶ年, 〈蘆庵次兄カ〉)　16279　→蘆庵兄, 蘆庵兄弟
園城　11076
縁荷(〈青木市左衛門妻〉)　8136　→〔まどか〕

【お】

おりえ　→織江
王質　16428
王昭君(王照君)　14507, 15323
応挙(主水)　1997, 2044, 8173, 8430, 8568, 14594
応瑞　16412
黄道(-博士)　7698, 7700　→〔道符〕
黄門　→重豊
温仁親王(〔皇子, 一宮〕)　3568, 5734

【か】

かつよし　→勝義
可然(竹島-)　14181
花月庵　→物外
河勝　13487
夏鼎(ひろさだ, 素堂, 〈井上-, 永美, 文吉, 善右衛門, 五蔵, 子徴, 君敬, 宮崎屋, 花屋〉)　2721, 2725, 2742, 2745, 2800, 3023, 5325, 5326, 5329, 5338, 11145, 15379, 15577, 15588, 15620, 15676, 15678, 15888, 15892, 15919, 16474

索引凡例

・本索引は、Ⅰ）人名索引、Ⅱ）和歌連歌初句索引、Ⅲ）漢詩初句索引から成る。
・採録の対象とするのは、本書「第１部　本文編」に示した、小沢蘆庵自筆の『六帖詠藻』（静嘉堂文庫蔵・写50巻47冊）である。
・所出位置は歌番号で示した。
・必要に応じて、適宜「→」（見よ項目）を立てた。

Ⅰ）人名索引

・詞書や左注に登場する人名、ならびに和歌に詠み込まれた人名を採録の対象とした。
・代名詞のうち、人名が判明するものについては採録の対象とした。ただし、小沢蘆庵が一人称として用いているものは除外した。
・普通名詞や、書名に含まれている人名、ならびに詩経の本文に登場する人名については原則として採録の対象から除外した。ただし、人物を特定できる普通名詞（父母等）は採録の対象とした。
・寺社や邸宅名等のうち人名の代わりとして用いられているものや、歌会の開催会場等となっているものについては、採録の対象とした。
・詞書のみで和歌本文を有さない場合は、便宜的に次歌の歌番号を記した。
・原則として名を見出し項目としたが、通称・号・官職名しかわからない者についてはやむを得ずそれを掲げた。漢学者・俳人・絵師等は号で、僧侶は法諱（禅僧はこれに道号を加える）で、中国人は「姓-号（あるいは字）」で、それぞれ立項した。
・排列は、第一字の音読み（おおむね漢音）による五十音順。
　例）「西」はセイ、「重」はチョウ、「正」はセイ、「宗」はソウ
・同音の場合は画数順により、同画数の場合は部首順に並べた。
・同字は一箇所に集め、第二字以降を、第一字と同じ原則に従って並べた。
・国字等については訓読みした。
　例）「麿（マロ）」
・仮名表記については、片仮名・平仮名の順とし、同音の漢字表記の前に置いた。
・姓氏しか分からない者については、名の箇所を「某」と表記し、巻末に排列した。
　例）某（谷村）
・血縁関係者はおおむねまとめ、その関係性を明記した。
・うしろの（　　）内には、本文における表記を適宜示した。〔　　〕内は推定によるもの、〈　　〉内はわたくしによる注記である。なお「-」は省略を意味する。
　例１）亜相（柳原-）　　→〔紀光〕
　　　※「柳原亜相」は「柳原紀光」であると推定されるため、「紀光」の項目を見よの意。
　例２）古瓦亭　137, 225, 462, 840, 1187, 6661, 6752, 13410　　→〔道敏〕
　　　※「古瓦亭」は137, 225, 462, 840, 1187, 6661, 6752, 13410番歌の詞書等に記されている。さらに、「古瓦亭」は道敏亭であると推定されるため、「道敏」の項目も見よの意。

Ⅱ）和歌連歌初句索引

・採録の対象は和歌のみならず、連歌の発句も拾った。
・連歌の句末には、〔連歌〕と付した。
・添削・別案など傍記される本文も拾った。
・表記はすべて歴史的仮名遣いによる仮名表記。すべて清音で記し、踊り字は開いた。
・排列は、歴史的仮名遣いによる五十音順。
・初句が同じものは第二句を示した。
・初句・上句が欠けているものは、最後にまとめて掲げた。

Ⅲ）漢詩初句索引

・詩経などの中国文献は、採録の対象から除外した。
・排列は、頭字の画数順。画数が同じものは部首順に並べた。

か諸本と対校し、さらに頭注を施すという入念な形での完成であった。

上掲の自跋には、続けて『六帖詠藻』の内容と意義が語られる。

一度これを繙く時は、景樹の師と呼ぶに相応しい蘆庵の卓越した力量と共に、崇高且深遠な学識から芽生えた「ただこと歌」の根源の深さを知ると共に、交友の宣長、秋成、涌蓮、蒿蹊、澄月、慈延、昌熹、千蔭、春海らをはじめとして、他には殿上歌人らとの未だ世に知られていない多くの贈答は、それらの詞書によって彼等の動静を知る上から見ても貴重なる新資料であり、さらに、京都を中心にして全国に散在していた蘆庵一門の歌人群が浮び上って来て、それらの人々が歌壇今日の隆昌に対し如何なる陰の役割を果したかを知るとき、蘆庵の潜在力が如何に偉大であったかがわかると思う。

又この詠藻の中には蘆庵の幼年の頃や青少年の時の思い出も詠われているから、これはつまり彼の全生涯の歌日記であり、生活詩でもある。そのうえ公事は申すに及ばず、天変地異から一木一草に至るまで詠藻は四季、恋、雑の部いずれとわかず詞書や歌題があって、比較的正しく年次を追っているから年代がわかるので有難い。時には望遠鏡をのぞいて思いを天涯に馳せているかと思うと、地図を開いては遠くヒマラヤ、モスコウを覗き、また蝦夷、琉球の言葉を使って詠んでもいる。また古歌の詞やその中にある名所を巧みにとり入れて詠んでいるかと思うと、国を思う情厚く、庶民へ、亡き父母へ、兄姉へ誠心を披瀝している。これらの反面、蘆庵は漢詩にも造詣が深く、独学でよく当時一流の漢学者龍公美、岩垣龍渓らと旺に贈答を交していたこともわかる。そして太秦の幽居にあっては易卦はもとより、詩経の大半を見事に和歌に詠みこなしている腕前は、景樹といへども到底追随を許さないものがある。

どうか世の人々、本書をひもどいて後年山陽が太秦での蘆庵の作を唐代の詩人杜甫の夔州でのそれらと比して讃歎せしめた真意を汲みとられたい。

かく言う『六帖詠藻』の魅力を世に知らしむべく、出版を期されながら、その分量と複雑な紙面の故に、梓に上ることのないままに、昭和四十八年、中野稽雪氏は他界された。後事を託された息男、中野義雄氏は、医業に於いてと同じく御父君の跡を嗣がれ、『校注完本六帖詠藻』に追記・補正を加え続けられたのであるが、しかし、公刊には至らず、全巻を清書されて、平成十八年に静嘉堂文庫に寄贈されたのである。

そして、平成二十七年五月、静嘉堂文庫を訪れ、初めて『校注完本六帖詠藻』を目の当たりにした我々は思わず息を呑んだ。全九冊総計二千二百三十七頁に及ぶ、一言一句、いや見せ消ちや合点に至るまで一点一画をおろそかにしない懇切なる手書き原稿の迫力に圧倒されたからである。著者の蘆庵に対する敬仰の念、尋常ならざることを改めて実感するとともに、同じく自筆本系『六帖詠藻』の翻字作業に長年従事してきた我々には、氏の十八年間に渡る苦心苦労が他人事とは思えず、なおかつそれが半世紀も前に成し遂げられたことを思い、その強靱にして真摯なる姿勢に身を糺さざるを得なかった。

その後、中野義雄氏にお会いして、今回の我々の出版に対してご理解を頂き、有り難いことに、翻字確認作業の中途段階からは『校注完本六帖詠藻』を参照しつつ進めることができた。果たして我々のこの本が稽雪氏の意に叶うもの為り得ているのか心許なくもあるが、蘆庵の和歌の全貌を公にし、近世中期の京都歌壇の実相を闡明せんとする志に於いては、氏の跡を襲う者ではある。

本書を中野稽雪氏に捧げる。

とは言え、本書の刊行も容易ではなかった。本書に先立って、蘆庵文庫本『六帖詠藻』を底本とした翻字を公開した『二〇一〇～二〇一三年度日本学術振興会科学研究費補助金　基盤研究（B）「近世上方文壇における人的交流の研究」研究成果報告書』（平成二十六年四月）記載の「『六帖詠藻』翻字公開までの経緯」（研究代表者、飯倉洋一記）の一部を引く。

一九九九年三月に、藤田真一氏を中心とする国文学研究資料館調査員メンバー（大谷俊太・岡本聡・久保田啓一・鈴木淳・藤田真一・盛田帝子・山本和明・飯倉洋一）で翻刻出版の企画があり、国文学研究資料館の共同研究「蘆庵文庫の研究」の一環として、翻字を進めることにした。出版社も決まり、分担して翻字作業に取り組み、二〇〇〇年秋には、一応の翻字がほぼ完成した。しかし、種々の事情で出版に至らないまま、この企画は中絶した形となった。

しかし、蘆庵文庫の調査はその後も続けられ、大谷・加藤弓枝・神作・盛田・山本・飯倉の六名からなる「蘆庵文庫研究会」は、蘆庵文庫の目録を作成、新日吉神宮創祀八五〇年の二〇〇九年に『蘆庵文庫　目録と資料』（青裳堂書店）と題して刊行した。ここで、『六帖詠藻』出版の機運が再び高まり、本科研の趣旨にも合致するので、あらためて翻字方針などを見直した上で、翻字本文を作成し、人名一覧も付して、完璧とは言えないが、利用価値は十分にあると考え、ここに公開することにした。

そして今回、底本を蘆庵自筆の静嘉堂文庫本に改めての再度の翻字を行い、研究編を加え、人名・和歌連歌／漢詩初句索引を付して、漸く上梓の運びとなった。奇しくも『校注完本六帖詠藻』と同じ十八年という年月を費やしたことになる。

今回もここに至るまでには多くの方々のご厚意・ご尽力を忝くしている。底本としての翻字・写真掲載を許可された静嘉堂文庫、ならびに閲覧・撮影に便宜を図って下さった同文庫の成澤麻子氏、『校注完本六帖詠藻』の利用・写真掲載をお認め戴いた中野義雄氏、口絵写真の掲載を許された東京国立博物館・日本バプテスト連盟医療団・京都女子大学図書館・龍谷大学図書館・宮内庁書陵部関係各位、また、翻字改訂作業に協力を得た高松亮太・紅林健志・熊澤美弓・服部温子各氏に対して深謝申し上げる。また、今回直接には関わるわけではないけれど、そもそもの企画の共同研究において素稿を作られた藤田真一氏・鈴木淳氏・久保田啓一氏・岡本聡氏、長年の蘆庵文庫での調査を見守り戴いた新日吉神宮の藤島嘉子氏にも、改めて御礼申し上げる。

さらに、大部かつ面倒な組みにもかかわらず、最後まで丁寧に版面を調えて下さった和泉書院の廣橋研三社長に謝意を表する。

本書の底本である静嘉堂文庫本は蘆庵の自筆稿本である。自筆稿本であるが故に蘆庵はこの本の公刊は考えていなかったという。未定稿であり、私的に過ぎる内容・表現を含むと考えたためであったろうか。とすれば、そこには等身大の蘆庵がいることになる。一方で、門人には書写をさせ与えもしたという。とすれば、そこには伝え残しておきたい何かがあったことになろう。自筆本『六帖詠藻』には、蘆庵の歩んだ道と歩むべきと考えた道とが示されているのである。

『校注完本六帖詠藻』自跋の掉尾、

> 謹んで本書を蘆庵翁の墓前に捧げて筆を擱く。
>
> 昭和三十四年十二月冬至日　蘆庵門人熊充（くまみつ）玄孫　稽雪　中野武（たける）

と署名を終えた中野稽雪氏は、その奥に、次の蘆庵の「道」の歌四首を書き添えられた。

蘆庵

いにしへの道のしをりと成ものはたゞ言歌にしかじとぞ思ふ
しかじとは我はおもへど我ひとり思ふはみちの為にあやふし
あやふしと思はぬみちのもしもあらばつたへよ我もさらにならはん
ならはんと思ふよはひは老ぬれど道聞てこそしなば死なまし

（平成二十九年立春日　大谷俊太記）

蘆庵文庫研究会　担当者一覧

◇飯倉洋一（いいくら よういち）
一九五六年生まれ。

大阪大学大学院文学研究科教授。

博士（文学）。

著書『秋成考』（翰林書房、二〇〇五）、『上田秋成—絆としての文芸』（大阪大学出版会、二〇一二）。

◇大谷俊太（おおたに しゅんた）
一九五六年生まれ。

京都女子大学文学部教授。

博士（文学）。

著書『和歌史の近世　道理と余情』（ぺりかん社、二〇〇七）。

◇加藤弓枝（かとう ゆみえ）
一九七四年生まれ。

豊田工業高等専門学校一般学科准教授。

博士（文学）。

共著『和歌文学大系七〇　六帖詠草／六帖詠草拾遺』（明治書院、二〇一三）。

◇神作研一（かんさく けんいち）
一九六五年生まれ。

国文学研究資料館教授。総合研究大学院大学教授（併任）。

博士（文学）。

著書『近世和歌史の研究』（角川学芸出版、二〇一三）。

◇盛田帝子（もりた ていこ）
一九六八年生まれ。

大手前大学総合文化学部准教授。

博士（文学）。

著書『近世雅文壇の研究』（汲古書院、二〇一三）。

◇山本和明（やまもと かずあき）
一九六二年生まれ。

国文学研究資料館特任教授。

論文「梅を紡ぐ—京伝『梅花氷裂』私案—」（文学　第十七巻四号、二〇一六）。

研究叢書486

小沢蘆庵自筆 六帖詠藻
本文と研究

二〇一七年二月二三日初版第一刷発行
（検印省略）

編　者　蘆庵文庫研究会
発行者　廣橋研三
印刷所　亜細亜印刷
製本所　渋谷文泉閣
発行所　有限会社　和泉書院
大阪市天王寺区上之宮町七-六
〒五四三-〇〇三七
電話　〇六-六七七一-一四六七
振替　〇〇九七〇-八-一五〇四三

ISBN978-4-7576-0828-3　C3392